Bolesław Prus

LALKA

Notatki na marginesie
Cytaty, które warto znać
Streszczenie

Opracowała
Anna Popławska

Wydawnictwo GREG®
Kraków

Tytuł:
Lalka

Autor opracowania:
Anna Popławska

Korekta:
Agnieszka Nawrot

Projekt okładki:
BROS s.c.

Ilustracje:
Jolanta Adamus Ludwikowska

978-83-7327-186-9

Copyright by Wydawnictwo GREG®

2008

Wydawnictwo GREG®
31-979 Kraków, ul. Klasztorna 2B
tel. (012) 643 55 14, fax (012) 643 47 33

Księgarnia internetowa: www.greg.pl
tel. 012 644-98-90, w godz. 8.00-17.00

Znak firmowy GREG®
zastrzeżony w Urzędzie Patentowym RP.

Wszystkie prawa zastrzeżone.
Żadna część niniejszej publikacji nie może być reprodukowana
lub przedrukowana bez pisemnej zgody Wydawnictwa GREG®.

Skład i łamanie:
BROS s.c.

Druk:
Zakład Poligrafii – Alicja Genowska

Wstęp

Od Wydawcy

Masz przed sobą jedną z lektur, które będziesz omawiał na lekcjach języka polskiego. Znajdziesz tu jej treść oraz dokładne, wyczerpujące opracowanie. Jego autor uwzględnił Twoje potrzeby, omówił zagadnienia związane z lekturą biorąc pod uwagę **tematy lekcji, tematy wypracowań, pytania** zadawane przez nauczyciela. Miał również na uwadze wszystkie rady naszych czytelników, dotyczące zarówno treści, jak i układu opracowania, oraz zalecenia metodyczne dotyczące sposobu omawiania lektury. Jest więc:
– ciekawie napisana biografia pisarza,
– kalendarium jego życia i twórczości,
– precyzyjnie określone: rodzaj i gatunek literacki utworu,
– szczegółowy plan wydarzeń,
– plan losów głównego bohatera,
– wyczerpująca charakterystyka postaci,
– interpretacja treści.

Każde stwierdzenie zostało poparte odpowiednim cytatem. Przy każdym cytacie znajdziesz numer odpowiedniej strony, aby łatwiej go było zlokalizować w tekście lektury. Ponadto autor opracowania zebrał najważniejsze cytaty, których będziesz potrzebował pisząc wypracowanie lub przygotowując się do odpowiedzi.

Absolutną **nowością** jest *Indeks komentarzy do tekstu*. Wiemy, że czytając lekturę często zaznaczasz na marginesie ważniejsze fragmenty, aby łatwiej je odnaleźć podczas lekcji. Oddajemy do Twojej dyspozycji właśnie tak przygotowaną książkę. Na marginesach poszczególnych stron masz oznaczone fragmenty, w których jest mowa o czasie, miejscu akcji, poszczególnych bohaterach (ich przeszłości, przeżyciach, cechach), najważniejszych wydarzeniach, scenach, opisach, motywach i symbolach występujących w książce. Spis tych informacji wraz z numerami odpowiednich stron pomoże Ci łatwo i sprawnie odnaleźć potrzebny fragment i cytat.

Staraliśmy się, aby treść książki była dla Ciebie całkowicie zrozumiała, dlatego tekst został opatrzony **przypisami i objaśnieniami**.

Mamy nadzieję, że praca z książką, którą kupiłeś, stanie się łatwiejsza i bardziej przyjemna.

Wydawnictwo GREG

Bolesław Prus

LALKA
TOM I

Autor:	Bolesław Prus
Tytuł:	*Lalka*
Czas i miejsce akcji:	II poł. XIX wieku, Warszawa, w epizodach Paryż, Zasławek
Bohaterowie:	Stanisław Wokulski, Ignacy Rzecki, Tomasz Łęcki, Izabela Łęcka, Helena Stawska, jej córeczka i matka, doktor Szuman, Ochocki, mieszczanie warszawscy, arystokracja
Wątki:	nieszczęśliwa miłość Wokulskiego do Łęckiej, wątek Rzeckiego, wątek pani Stawskiej darzącej uczuciem Wokulskiego, wątek Węgiełka i magdalenki
Problem:	pokazanie stosunków społecznych panujących w II poł. XIX wieku, krytyczne spojrzenie na realizację haseł pozytywizmu
Gatunek literacki:	powieść, jedna z najlepszych polskich powieści realizmu krytycznego

Tom I

Rozdział I

Jak wygląda firma J. Mincel i S. Wokulski przez szkło butelek?

W początkach roku 1878, kiedy świat polityczny zajmował się pokojem san-stefańskim[1], wyborem nowego papieża[2] albo szansami europejskiej wojny[3], warszawscy kupcy tudzież inteligencja pewnej okolicy Krakowskiego Przedmieścia[4] nie mniej gorąco interesowała się przyszłością galanteryjnego sklepu pod firmą J. Mincel i S. Wokulski.

W renomowanej jadłodajni, gdzie na wieczorną przekąskę zbierali się właściciele składów bielizny i składów win, fabrykanci powozów i kapeluszy, poważni ojcowie rodzin utrzymujący się z własnych funduszów, i posiadacze kamienic bez zajęcia, równie dużo mówiono o uzbrojeniach Anglii, jak o firmie J. Mincel i S. Wokulski. Zatopieni w kłębach dymu cygar i pochyleni nad butelkami z ciemnego szkła, obywatele tej dzielnicy jedni zakładali się o wygranę lub przegranę Anglii, drudzy o bankructwo Wokulskiego; jedni nazywali geniuszem Bismarcka[5], drudzy – awanturnikiem Wokulskiego; jedni krytykowali postępowanie prezydenta MacMahona[6], inni twierdzili, że Wokulski jest zdecydowanym wariatem, jeżeli nie czymś gorszym...

Pan Deklewski, fabrykant powozów, który majątek i stanowisko zawdzięczał wytrwałej pracy w jednym fachu, tudzież radca Węgrowicz, który od dwudziestu lat był członkiem-opiekunem jednego i tego samego Towarzystwa Dobroczynności[7], znali S. Wokulskiego najdawniej i najgłośniej przepowiadali mu ruinę. – Na ruinie bowiem i niewypłacalności – mówił pan Deklewski – musi skończyć człowiek, który nie pilnuje się jednego fachu i nie umie uszanować darów łaskawej fortuny. – Zaś radca Węgrowicz, po każdej również głębokiej sentencji swego przyjaciela dodawał:

– Wariat! wariat!... Awanturnik!... Józiu, przynieś no jeszcze piwa. A która to butelka?

– Szósta, panie radco. Służę piorunem!... – odpowiadał Józio.

---

[1] *pokój w San Stefano* – zawarty 3 marca 1878 r. kończył wojnę pomiędzy Rosją i Turcją.

[2] *wybór nowego papieża* – 20 lutego 1878 r., po śmierci Piusa IX, na tron wstąpił papież Leon XIII.

[3] *szanse europejskiej wojny* – wobec zaostrzenia się stosunków między Anglią i Rosją po jej zwycięstwie nad Turcją.

[4] *Krakowskie Przedmieście* – jedna z głównych ulic warszawskich.

[5] *Otto Bismarck* – kanclerz niemiecki, dokonał zjednoczenia Niemiec.

[6] *Patrice MacMahon* – marszałek Francji, dowodził wojskami wersalczyków przeciw Komunie Paryskiej, potem prezydent republiki.

[7] *Towarzystwo Dobroczynności* – Warszawskie Towarzystwo Dobroczynności, instytucja filantropijna opiekująca się starcami, chorymi, ochronkami, założona w 1814 r.

— Już szósta?... Jak ten czas leci!... Wariat! wariat! — mruczał radca Węgrowicz. Dla osób posilających się w tej co radca jadłodajni, dla jej właściciela, subiektów i chłopców przyczyny klęsk mających paść na S. Wokulskiego i jego sklep galanteryjny były tak jasne jak gazowe płomyki oświetlające zakład. Przyczyny te tkwiły w niespokojnym charakterze, w awanturniczym życiu, zresztą w najświeższym postępku człowieka, który mając w ręku pewny kawałek chleba i możność uczęszczania do tej oto tak przyzwoitej restauracji, dobrowolnie wyrzekł się restauracji, sklep zostawił na Opatrzności boskiej, a sam z całą gotówką odziedziczoną po żonie pojechał na turecką wojnę[8] robić majątek.

Deklewski o polskich kupcach

— A może go i zrobi... Dostawy dla wojska to gruby interes — wtrącił pan Szprot, ajent handlowy[9], który bywał tu rzadkim gościem.

— Nic nie zrobi — odparł pan Deklewski — a tymczasem porządny sklep diabli wezmą. Na dostawach bogacą się tylko Żydzi i Niemcy; nasi do tego nie mają głowy.

— A może Wokulski ma głowę?

— Wariat! wariat!... — mruknął radca. — Podaj no, Józiu, piwa. Która to?...

— Siódma buteleczka, panie radco. Służę piorunem.

— Już siódma?... Jak ten czas leci, jak ten czas leci...

Ajent handlowy, który z obowiązków stanowiska potrzebował mieć o kupcach wiadomości wszechstronne i wyczerpujące, przeniósł swoją butelkę i szklankę do stołu radcy i topiąc słodkie wejrzenie w jego załzawionych oczach, spytał zniżonym głosem:

— Przepraszam, ale... dlaczego pan radca nazywa Wokulskiego wariatem?... Może mogę służyć cygarkiem... Ja trochę znam Wokulskiego. Zawsze wydawał mi się człowiekiem skrytym i dumnym. W kupcu skrytość jest wielką zaletą, duma wadą. Ale żeby Wokulski zdradzał skłonności do wariacji, tegom nie spostrzegł.

Radca przyjął cygaro bez szczególnych oznak wdzięczności. Jego rumiana twarz, otoczona pękami siwych włosów nad czołem, na brodzie i na policzkach, była w tej chwili podobna do krwawnika[10] oprawionego w srebro.

Wokulski – przeszłość – nauka

— Nazywam go — odparł, powoli ogryzając i zapalając cygaro — nazywam go wariatem, gdyż go znam lat... Zaczekaj pan... Piętnaście... siedemnaście... osiemnaście... Było to w roku 1860... Jadaliśmy wtedy u Hopfera. Znałeś pan Hopfera?...

— Phi...

— Otóż Wokulski był wtedy u Hopfera subiektem i miał już ze dwadzieścia parę lat.

— W handlu win i delikatesów?

— Tak. I jak dziś Józio, tak on wówczas podawał mi piwo, zrazy nelsońskie[11]...

— I z tej branży przerzucił się do galanterii? — wtrącił ajent.

---

[8] *wojna turecka* — wspomniana już wojna rosyjsko-turecka.
[9] *ajent handlowy* — przedstawiciel firmy handlowej sprzedający jej towary za prowizję.
[10] *krwawnik* — kamień półszlachetny o czerwonym zabarwieniu.
[11] *zrazy nelsońskie* — mięso duszone z kartoflami i grzybami.

— Zaczekaj pan — przerwał radca. — Przerzucił się, ale nie do galanterii, tylko do Szkoły Przygotowawczej[12], a potem do Szkoły Głównej[13], rozumie pan?... Zachciało mu się być uczonym!...
Ajent począł chwiać głową w sposób oznaczający zdziwienie.
— Istna heca — rzekł. — I skąd mu to przyszło?
— No skąd! Zwyczajnie — stosunki z Akademią Medyczną, ze Szkołą Sztuk Pięknych...[14] Wtedy wszystkim paliło się we łbach, a on nie chciał być gorszym od innych. W dzień służył gościom przy bufecie i prowadził rachunki, a w nocy uczył się...
— Licha musiała to być usługa.
— Taka jak innych — odparł radca, niechętnie machając ręką. — Tylko że przy posłudze był, bestia, niemiły; na najniewinniejsze słówko marszczył się jak zbój... Rozumie się, używaliśmy na nim, co wlazło, a on najgorzej gniewał się, jeżeli nazwał go kto „panem konsyliarzem[15]". Raz tak zwymyślał gościa, że mało obaj nie porwali się za czuby.
— Naturalnie, handel cierpiał na tym.
— Wcale nie! Bo kiedy po Warszawie rozeszła się wieść, że subiekt Hopfera chce wstąpić do Szkoły Przygotowawczej, tłumy zaczęły tam przychodzić na śniadanie. Osobliwie roiła się studenteria.
— I poszedł też do Szkoły Przygotowawczej?
— Poszedł i nawet zdał egzamin do Szkoły Głównej. No, ale co pan powiesz — ciągnął radca uderzając ajenta w kolano — że zamiast wytrwać przy nauce do końca, niespełna w rok rzucił szkołę...

> Wokulski — przeszłość — udział w powstaniu styczniowym, powrót do Warszawy

— Cóż robił?
— Otóż, co... Gotował wraz z innymi piwo, które do dziś dnia pijemy[16], i sam w rezultacie oparł się aż gdzieś koło Irkucka.
— Heca, panie! — westchnął ajent handlowy.
— Nie koniec na tym... W roku 1870 wrócił do Warszawy z niewielkim fundusikiem. Przez pół roku szukał zajęcia, z daleka omijając handle korzenne, których po dziś dzień nienawidzi, aż nareszcie przy protekcji swego dzisiejszego dysponenta[17], Rzeckiego, wkręcił się do sklepu Minclowej, która akurat została wdową, i — w rok potem ożenił się z babą grubo starszą od niego.
— To nie było głupie — wtrącił ajent.
— Zapewne. Jednym zamachem zdobył sobie byt i warsztat, na którym mógł spokojnie pracować do końca życia. Ale też miał on krzyż Pański z babą!
— One to umieją...

---

[12] *Szkoła Przygotowawcza* — właściwie kurs przygotowawczy do Szkoły Głównej otwarty w 1861 r.
[13] *Szkoła Główna* — uczelnia wyższa w Warszawie z polskim językiem wykładowym, założona w 1862 r., w 1869 zamieniona przez władze carskie na uniwersytet z rosyjskim językiem wykładowym.
[14] *Akademia Medyczna, Szkoła Sztuk Pięknych* — uczelnie warszawskie.
[15] *pan konsyliarz* — lekarz.
[16] *piwo, które do dziś dnia pijemy* — aluzja do powstania styczniowego.
[17] *dysponent* — zastępca kierownika w sklepie.

— Jeszcze jak! — prawił radca. — Patrz pan jednakże, co to znaczy szczęście. Półtora roku temu baba objadła się czegoś i umarła, a Wokulski po czteroletniej katordze został wolny jak ptaszek, z zasobnym sklepem i trzydziestu tysiącami rubli w gotowiźnie, na którą pracowały dwa pokolenia Minclów.

— Ma szczęście.

> Wokulski —
> przeszłość —
> wyjazd na wojnę
> turecko-
> -bułgarską

— Miał — poprawił radca — ale go nie uszanował. Inny na jego miejscu ożeniłby się z jaką uczciwą panienką i żyłby w dostatkach; bo co to, panie, dziś znaczy sklep z reputacją i w doskonałym punkcie!... Ten jednak, wariat, rzucił wszystko i pojechał robić interesa na wojnie. Milionów mu się zachciało czy kiego diabła.

— Może je będzie miał — odezwał się ajent.

— Ehe! — żachnął się radca. — Daj no, Józiu, piwa. Myślisz pan, że w Turcji znajdzie jeszcze bogatszą babę aniżeli nieboszczka Minclowa?... Józiu!...

— Służę piorunem!... Jedzie ósma...

— Ósma? — powtórzył radca — to być nie może. Zaraz... Przedtem była szósta, potem siódma... — mruczał zasłaniając twarz dłonią. — Może być, że ósma. Jak ten czas leci!...

Mimo posępne wróżby ludzi trzeźwo patrzących na rzeczy sklep galanteryjny pod firmą J. Mincel i S. Wokulski nie tylko nie upadł, ale nawet robił dobre interesa. Publiczność zaciekawiona pogłoskami o bankructwie coraz liczniej odwiedzała magazyn, od chwili zaś kiedy Wokulski opuścił Warszawę, zaczęli zgłaszać się po towary kupcy rosyjscy. Zamówienia mnożyły się, kredyt za granicą istniał, weksle były płacone regularnie, a sklep roił się gośćmi, którym ledwo mogli wydołać trzej subiekci: jeden mizerny blondyn, wyglądający, jakby co godzinę umierał na suchoty, drugi szatyn z brodą filozofa a ruchami księcia i trzeci elegant, który nosił zabójcze dla płci pięknej wąsiki, pachnąc przy tym jak laboratorium chemiczne.

Ani jednak ciekawość ogółu, ani fizyczne i duchowe zalety trzech subiektów, ani nawet ustalona reputacja sklepu może nie uchroniłyby go od upadku, gdyby nie zawiadował nim czterdziestoletni pracownik firmy, przyjaciel i zastępca Wokulskiego, pan Ignacy Rzecki.

Rozdział II

Rządy starego subiekta

Pan Ignacy od dwudziestu pięciu lat mieszkał w pokoiku przy sklepie. W ciągu tego czasu sklep zmieniał właścicieli i podłogę, szafy i szyby w oknach, zakres swojej działalności i subiektów; ale pokój pana Rzeckiego pozostał zawsze taki sam.

Ignacy Rzecki – przedstawienie postaci

Było w nim to samo smutne okno, wychodzące na to samo podwórze, z tą samą kratą, na której szczeblach zwieszała się, być może, ćwierćwiekowa pajęczyna, a z pewnością ćwierćwiekowa firanka, niegdyś zielona, obecnie wypłowiała z tęsknoty za słońcem.

Pod oknem stał ten sam czarny stół obity suknem, także niegdyś zielonym, dziś tylko poplamionym. Na nim wielki czarny kałamarz wraz z wielką czarną piaseczniczką[18], przymocowaną do tej samej podstawki — para mosiężnych lichtarzy do świec łojowych, których już nikt nie palił, i stalowe szczypce, którymi już nikt nie obcinał knotów. Żelazne łóżko z bardzo cienkim materacem, nad nim nigdy nie używana dubeltówka, pod nim pudło z gitarą, przypominające dziecinną trumienkę, wąska kanapka obita skórą, dwa krzesła również skórą obite, duża blaszana miednica i mała szafa ciemnowiśniowej barwy stanowiły umeblowanie pokoju, który ze względu na swoją długość i mrok w nim panujący zdawał się być podobniejszym do grobu aniżeli do mieszkania.

Równie jak pokój, nie zmieniły się od ćwierć wieku zwyczaje pana Ignacego.

Rzecki – zwyczaje, porządek dnia

Rano budził się zawsze o szóstej; przez chwilę słuchał, czy idzie leżący na krześle zegarek, i spoglądał na skazówki, które tworzyły jedną linię prostą. Chciał wstać spokojnie, bez awantur; ale że chłodne nogi i nieco zesztywniałe ręce nie okazywały się dość uległymi jego woli, więc zrywał się, nagle wyskakiwał na środek pokoju i rzuciwszy na łóżko szlafmycę[19], biegł pod piec do wielkiej miednicy, w której mył się od stóp do głów, rżąc i parskając jak wiekowy rumak szlachetnej krwi, któremu przypomniał się wyścig.

Podczas obrządku wycierania się kosmatymi ręcznikami z upodobaniem patrzył na swoje chude łydki i zarośnięte piersi mrucząc:

„No, przecie nabieram ciała".

W tym samym czasie zeskakiwał z kanapki jego stary pudel Ir z wybitym okiem i mocno otrząsnąwszy się, zapewne z resztek snu, skrobał do drzwi, za którymi roz-

---

[18] *piaseczniczka* – naczynko na piasek zastępujący bibułę do osuszania atramentu.

[19] *szlafmyca* – nocna czapka.

legało się pracowite dmuchanie w samowar. Pan Rzecki, wciąż ubierając się z pośpiechem, wypuszczał psa, mówił dzień dobry służącemu, wydobywał z szafy imbryk, mylił się przy zapinaniu mankietów, biegł na podwórze zobaczyć stan pogody, parzył się gorącą herbatą, czesał się nie patrząc w lustro i o wpół do siódmej był gotów.

Obejrzawszy się, czy ma krawat na szyi, a zegarek i portmonetkę w kieszeniach, pan Ignacy wydobywał ze stolika wielki klucz i trochę zgarbiony, uroczyście otwierał tylne drzwi sklepu obite żelazną blachą. Wchodzili tam obaj ze służącym, zapalali parę płomyków gazu i podczas gdy służący zamiatał podłogę, pan Ignacy odczytywał przez binokle ze swego notatnika rozkład zajęć na dzień dzisiejszy.

„Oddać w banku osiemset rubli, aha... Do Lublina wysłać trzy albumy, tuzin portmonetek... Właśnie!... Do Wiednia przekaz na tysiąc dwieście guldenów...[20] Z kolei odebrać transport... Zmonitować[21] rymarza za nieodesłanie walizek... Bagatela!... Napisać list do Stasia... Bagatela..."

Skończywszy czytać zapalał jeszcze kilka płomieni i przy ich blasku robił przegląd towarów w gablotkach i szafach.

„Spinki, szpilki, portmonety... dobrze... Rękawiczki, wachlarze, krawaty... tak jest... Laski, parasole, sakwojaże... A tu – albumy, neseserki...[22] Szafirowy wczoraj sprzedano, naturalnie!... Lichtarze, kałamarze, przyciski... Porcelana... Ciekawym, dlaczego ten wazon odwrócili?... Z pewnością... Nie, nie uszkodzony... Lalki z włosami, teatr, karuzel... Trzeba na jutro postawić w oknie karuzel, bo już fontanna spowszedniała. Bagatela!... Ósma dochodzi... Założyłbym się, że Klejn będzie pierwszy, a Mraczewski ostatni. Naturalnie... Poznał się z jakąś guwernantką i już jej kupił neseserkę na rachunek i z rabatem... Rozumie się... Byle nie zaczął kupować bez rabatu i bez rachunku..."

Tak mruczał i chodził po sklepie przygarbiony, z rękoma w kieszeniach, a za nim jego pudel. Pan od czasu do czasu zatrzymywał się i oglądał jakiś przedmiot, pies przysiadał na podłodze i skrobał tylną nogą gęste kudły, a rzędem ustawione w szafie lalki, małe, średnie i duże, brunetki i blondynki, przypatrywały się im martwymi oczami.

Drzwi od sieni skrzypnęły i ukazał się pan Klejn, mizerny subiekt, ze smutnym uśmiechem na posiniałych ustach.

– A co, byłem pewny, że pan przyjdziesz pierwszy. Dzień dobry – rzekł pan Ignacy. – Paweł! gaś światło i otwieraj sklep.

Służący wbiegł ciężkim kłusem i zakręcił gaz. Po chwili rozległo się zgrzytanie ryglów, szczękanie sztab i do sklepu wszedł dzień, jedyny gość, który nigdy nie zawodzi kupca. Rzecki usiadł przy kantorku[23] pod oknem. Klejn stanął na zwykłym miejscu przy porcelanie.

– Pryncypał jeszcze nie wraca, nie miał pan listu? – spytał Klejn.
– Spodziewam się go w połowie marca, najdalej za miesiąc.

---

[20] *gulden* – srebrna moneta austriacka.

[21] *zmonitować* – napomnieć.

[22] *neseserka* – dziś: neseser, walizka na podręczne rzeczy.

[23] *kantorek* – dawniej biurko.

— Jeżeli go nie zatrzyma nowa wojna.
— Staś... Pan Wokulski — poprawił się Rzecki — pisze mi, że wojny nie będzie.
— Kursa jednak spadają, a przed chwilą czytałem, że flota angielska[24] wpłynęła na Dardanele.
— To nic, wojny nie będzie. Zresztą — westchnął pan Ignacy — co nas obchodzi wojna, w której nie przyjmie udziału Bonaparte.
— Bonapartowie skończyli już karierę.
— Doprawdy?... — uśmiechnął się ironicznie pan Ignacy. — A na czyjąż korzyść MacMahon z Ducrotem[25] układali w styczniu zamach stanu?... Wierz mi, panie Klejn, bonapartyzm[26] to potęga!...
— Jest większa od niej.
— Jaka? — oburzył się pan Ignacy. — Może republika z Gambettą[27]?... — Może Bismarck?...
— Socjalizm... — szepnął mizerny subiekt kryjąc się za porcelanę.

Pan Ignacy mocniej zasadził binokle i podniósł się na swym fotelu, jakby pragnąc jednym zamachem obalić nową teorię, która przeciwstawiała się jego poglądom, lecz poplątało mu szyki wejście drugiego subiekta z brodą.

— A, moje uszanowanie panu Lisieckiemu! — zwrócił się do przybyłego. — Zimny dzień mamy, prawda? Która też godzina w mieście, bo mój zegarek musi się spieszyć. Jeszcze chyba nie ma kwadransa na dziewiątą?..

— Także koncept!... Pański zegarek zawsze spieszy się z rana, a późni wieczorem — odparł cierpko Lisiecki ocierając szronem pokryte wąsy.

— Założę się, żeś pan był wczoraj na preferansie[28].

— Ma się wiedzieć. Cóż pan myślisz, że mi na całą dobę wystarczy widok waszych galanterii i pańskiej siwizny?

— No, mój panie, wolę być trochę szpakowatym aniżeli łysym — oburzył się pan Ignacy.

— Koncept!... — syknął pan Lisiecki. — Moja łysina, jeżeli ją kto dojrzy, jest smutnym dziedzictwem rodu, ale pańska siwizna i gderliwy charakter są owocami starości, którą... chciałbym szanować.

Do sklepu wszedł pierwszy gość: kobieta ubrana w salopę[29] i chustkę na głowie, żądająca mosiężnej spluwaczki... Pan Ignacy bardzo nisko ukłonił się jej i ofiarował krzesło, a pan Lisiecki zniknął za szafami i wróciwszy po chwili doręczył interesantce ruchem pełnym godności żądany przedmiot. Potem zapisał cenę spluwaczki na kartce, podał ją przez ramię Rzeckiemu i poszedł za gablotkę z miną bankiera, który złożył na cel dobroczynny kilka tysięcy rubli.

Spór o siwiznę i łysinę był zażegnany.

---

[24] *flota angielska* — patrz Objaśnienia.
[25] *MacMahon z Ducrotem* — mowa o nieudanym zamachu monarchistycznym we Francji w styczniu 1878 r.
[26] *bonapartyzm* — ruch polityczny popierający ród Bonapartych w dążeniach do władzy.
[27] *Leon Gambetta* — wybitny polityk francuski, republikanin.
[28] *preferans* — gra w karty na trzy osoby.
[29] *salopa* — watowane damskie okrycie.

Mraczewski – wygląd

Dopiero około dziewiątej wszedł, a raczej wpadł do sklepu pan Mraczewski, piękny, dwudziestokiletni blondynek, z oczyma jak gwiazdy, z ustami jak korale, z wąsikami jak zatrute sztylety. Wbiegł ciągnąc za sobą od progu smugę woni i zawołał:

— Słowo honoru daję, że już musi być wpół do dziesiątej. Letkiewicz jestem, gałgan jestem, no — podły jestem, ale cóż zrobię, kiedy matka mi zachorowała i musiałem szukać doktora. Byłem u sześciu...

— Czy u tych, którym dajesz pan neseserki? — spytał Lisiecki.
— Neseserki?... Nie. Nasz doktor nie przyjąłby nawet szpilki. Zacny człowiek... Prawda, panie Rzecki, że już jest wpół do dziesiątej? Stanął mi zegarek.

— Dochodzi d z i e w i ą t a... — odparł ze szczególnym naciskiem pan Ignacy.
— Dopiero dziewiąta?... No, kto by myślał! A tak projektowałem sobie, że dziś przyjdę do sklepu pierwszy, wcześniej od pana Klejna...

— Ażeby wyjść przed ósmą — wtrącił pan Lisiecki.

Mraczewski utkwił w nim błękitne oczy, w których malowało się najwyższe zdumienie.

— Pan skąd wie?... — odparł. — No, słowo honoru daję, że ten człowiek ma zmysł proroczy! Właśnie dziś, słowo honoru... muszę być na mieście przed siódmą, choćbym umarł, choćbym... miał podać się do dymisji...

— Niech pan od tego zacznie — wybuchnął Rzecki — a będzie pan wolny przed jedenastą, nawet w tej chwili, panie Mraczewski. Pan powinieneś być hrabią, nie kupcem, i dziwię się, że pan od razu nie wstąpił do tamtego fachu, przy którym zawsze ma się czas, panie Mraczewski. Naturalnie!

— No, i pan w jego wieku latałeś za spódniczkami — odezwał się Lisiecki. — Co tu bawić się w morały.

— Nigdy nie latałem! — krzyknął Rzecki uderzając pięścią w kantorek.
— Przynajmniej raz wygadał się, że całe życie jest niedołęgą — mruknął Lisiecki do Klejna, który uśmiechał się podnosząc jednocześnie brwi bardzo wysoko.

Do sklepu wszedł drugi gość i zażądał kaloszy. Naprzeciw niego wysunął się Mraczewski.

— Kaloszyków żąda szanowny pan? Który numerek, jeżeli wolno spytać? Ach, szanowny pan zapewne nie pamięta! Nie każdy ma czas myśleć o numerze swoich kaloszy, to należy do nas. Szanowny pan pozwoli, że przymierzymy?... Szanowny pan raczy zająć miejsce na taburecie. Paweł! Przynieś ręcznik, zdejm panu kalosze i wytrzyj obuwie...

Wbiegł Paweł ze ścierką i rzucił się do nóg przybyłemu.

— Ależ, panie, ależ przepraszam!... — tłomaczył się odurzony gość.
— Bardzo prosimy — mówił prędko Mraczewski — to nasz obowiązek. Zdaje mi się, że te będą dobre — ciągnął podając parę scepionych nitką kaloszy. — Doskonałe, pysznie wyglądają; szanowny pan ma tak normalną nogę, że niepodobna mylić się co do numeru. Szanowny pan życzy sobie zapewne literki; jakie mają być literki?...

— L. P. — mruknął gość czując, że tonie w bystrym potoku wymowy grzecznego subiekta.

— Panie Lisiecki, panie Klejn, przybijcie z łaski swojej literki. Szanowny pan każe zawinąć dawne kalosze? Paweł! wytrzyj kalosze i okręć w bibułę. A może szanowny pan nie życzy sobie dźwigać zbytecznego ciężaru? Paweł! rzuć kalosze do paki... Należy się dwa ruble kopiejek pięćdziesiąt... Kaloszy z literkami nikt szanownemu panu nie zamieni, a to przykra rzecz znaleźć w miejsce nowych artykułów dziurawe graty... Dwa ruble pięćdziesiąt kopiejek do kasy z tą karteczką. Panie kasjerze, pięćdziesiąt kopiejek reszty dla szanownego pana.

Nim gość oprzytomniał, ubrano go w kalosze, wydano resztę i wśród niskich ukłonów odprowadzono do drzwi. Interesant stał przez chwilę na ulicy, bezmyślnie patrząc w szybę, spoza której Mraczewski darzył go słodkim uśmiechem i ognistymi spojrzeniami. Wreszcie machnął ręką i poszedł dalej, może myśląc, że w innym sklepie kalosze bez literek kosztowałyby go dziesięć złotych[30].

Pan Ignacy zwrócił się do Lisieckiego i kiwał głową w sposób oznaczający podziw i zadowolenie. Mraczewski dostrzegł ten ruch kątem oka i podbiegłszy do Lisieckiego, rzekł półgłosem:

— Niech no pan patrzy, czy nasz stary nie jest podobny z profilu do Napoleona III[31]? Nos... wąs... hiszpanka[32]...

— Do Napoleona, kiedy chorował na kamień[33] — odparł Lisiecki.

Na ten dowcip pan Ignacy skrzywił się z niesmakiem. Swoją drogą Mraczewski dostał urlop przed siódmą wieczorem, a w parę dni później w prywatnym katalogu Rzeckiego otrzymał notatkę:

„Był na *Hugonotach*[34] w ósmym rzędzie krzeseł z niejaką Matyldą???..."

Na pociechę mógłby sobie powiedzieć, że w tym samym katalogu równie posiadają notatki dwaj inni jego koledzy, a także inkasent, posłańcy, nawet — służący Paweł. Skąd Rzecki znał podobne szczegóły z życia swych współpracowników, jest to tajemnica, z którą przed nikim się nie zwierzał.

Około pierwszej w południe pan Ignacy zdawszy kasę Lisieckiemu, któremu pomimo ciągłych sporów ufał najbardziej, wymykał się do swego pokoiku, ażeby zjeść obiad przyniesiony z restauracji. Współcześnie z nim wychodził Klejn i wracał do sklepu o drugiej; potem obaj z Rzeckim zostawali w sklepie, a Lisiecki i Mraczewski szli na obiad. O trzeciej znowu wszyscy byli na miejscu.

O ósmej wieczór zamykano sklep; subiekci rozchodzili się i zostawał tylko Rzecki. Robił dzienny rachunek, sprawdzał kasę, układał plan czynności na jutro i przypominał sobie: czy zrobiono wszystko, co wypadało na dziś. Każdą zaniedbaną sprawę opłacał długą bezsennością i smętnymi marzeniami na temat ruiny sklepu, stanowczego upadku Napoleonidów i tego, że wszystkie nadzieje, jakie miał w życiu, były tylko głupstwem.

---

[30] *dziesięć złotych* — w Królestwie obowiązywały ruble, ale wciąż używano też polskich nazw pieniędzy: 1 zł — 50 kopiejek.

[31] *Napoleon III* — patrz Objaśnienia.

[32] *hiszpanka* — bródka przycięta w szpic po hiszpańsku.

[33] *chorował na kamień* — na kamienie żółciowe.

[34] *„Hugonoci"* — opera G. Meyerbeera.

„Nic nie będzie! Giniemy bez ratunku" — wzdychał przewracając się na twardej pościeli.

Jeżeli dzień udał się dobrze, pan Ignacy był kontent. Wówczas przed snem czytał historię konsulatu i cesarstwa albo wycinki z gazet opisujących wojnę włoską z roku 1859[35], albo też, co trafiało się rzadziej, wydobywał spod łóżka gitarę i grał na niej *Marsza Rakoczego* przyśpiewując wątpliwej wartości tenorem.

Potem śniły mu się obszerne węgierskie równiny, granatowe i białe linie wojsk, przysłoniętych chmurą dymu... Nazajutrz miewał posępny humor i skarżył się na ból głowy.

Do przyjemniejszych dni należała u niego niedziela; wówczas bowiem obmyślał i wykonywał plany wystaw okiennych na cały tydzień.

W jego pojęciu okna nie tylko streszczały zasoby sklepu, ale jeszcze powinny były zwracać uwagę przechodniów bądź najmodniejszym towarem, bądź pięknym ułożeniem, bądź figlem. Prawe okno przeznaczone dla galanteryj zbytkownych mieściło zwykle jakiś brąz, porcelanową wazę, całą zastawę buduarowego stolika, dokoła których ustawiały się albumy, lichtarze, portmonety, wachlarze, w towarzystwie lasek, parasoli i niezliczonej ilości drobnych a eleganckich przedmiotów. W lewym znowu oknie, napełnionym okazami krawatów, rękawiczek, kaloszy i perfum, miejsce środkowe zajmowały zabawki, najczęściej poruszające się.

Niekiedy podczas tych samotnych zajęć w starym subiekcie budziło się dziecko. Wydobywał wtedy i ustawiał na stole wszystkie mechaniczne cacka. Był tam niedźwiedź wdrapujący się na słup, był piejący kogut, mysz, która biegała, pociąg, który toczył się po szynach, cyrkowy pajac, który cwałował na koniu, dźwigając drugiego pajaca, i kilka par, które tańczyły walca przy dźwiękach niewyraźnej muzyki. Wszystkie te figury pan Ignacy nakręcał i jednocześnie puszczał w ruch. A gdy kogut zaczął piać łopocząc sztywnymi skrzydłami, gdy tańczyły martwe pary, co chwilę potykając się i zatrzymując, gdy ołowiani pasażerowie pociągu, jadącego bez celu, zaczęli przypatrywać mu się ze zdziwieniem i gdy cały ten świat lalek, przy drgającym świetle gazu, nabrał jakiegoś fantastycznego życia, stary subiekt podparłszy się łokciami śmiał się cicho i mruczał:

Rzecki – refleksje na temat życia

— Hi! hi! hi! dokąd wy jedziecie, podróżni?... Dlaczego narażasz kark, akrobato?... Co wam po uściskach, tancerze?... Wykręcę się sprężyny i pójdziecie na powrót do szafy. Głupstwo, wszystko głupstwo!... a wam, gdybyście myśleli, mogłoby się zdawać, że to jest coś wielkiego!...

Po takich i tym podobnych monologach szybko składał zabawki i rozdrażniony chodził po pustym sklepie, a za nim jego brudny pies.

„Głupstwo handel... głupstwo polityka... głupstwo podróż do Turcji... głupstwo całe życie, którego początku nie pamiętamy, a końca nie znamy... Gdzież prawda?..."

Ponieważ tego rodzaju zdania wypowiadał niekiedy głośno i publicznie, więc uważano go za bzika, a poważne damy, mające córki na wydaniu, nieraz mówiły:

— Oto do czego prowadzi mężczyznę starokawalerstwo!

---

[35] *wojna włoska z 1859 r.* — jeden z etapów wojny o zjednoczenie Włoch, wojna przeciw Austrii.

Z domu pan Ignacy wychodził rzadko i na krótko i zwykle kręcił się po ulicach, na których mieszkali jego koledzy albo oficjaliści[36] sklepu. Wówczas jego ciemnozielona algierka[37] lub tabaczkowy surdut[38], popielate spodnie z czarnym lampasem i wypłowiały cylinder, nade wszystko zaś jego nieśmiałe zachowanie się zwracały powszechną uwagę. Pan Ignacy wiedział to i coraz bardziej zniechęcał się do spacerów. Wolał przy święcie kłaść się na łóżku i całymi godzinami patrzeć w swoje zakratowane okno, za którym widać było szary mur sąsiedniego domu, ozdobiony jednym jedynym, również zakratowanym oknem, gdzie czasami stał garnczek masła albo wisiały zwłoki zająca.

Lecz im mniej wychodził, tym częściej marzył o jakiejś dalekiej podróży na wieś lub za granicę. Coraz częściej spotykał we snach zielone pola i ciemne bory, po których błąkałby się, przypominając sobie młode czasy. Powoli zbudziła się w nim głucha tęsknota do tych krajobrazów, więc postanowił natychmiast po powrocie Wokulskiego wyjechać gdzieś na całe lato.

— Choć raz przed śmiercią, ale na kilka miesięcy — mówił kolegom, którzy nie wiadomo dlaczego uśmiechali się z tych projektów.

Dobrowolnie odcięty od natury i ludzi, utopiony w wartkim, ale ciasnym wirze sklepowych interesów, czuł coraz mocniej potrzebę wymiany myśli. A ponieważ jednym nie ufał, inni go nie chcieli słuchać, a Wokulskiego nie było, więc rozmawiał sam z sobą i — w największym sekrecie pisywał pamiętnik.

---

[36] *oficjalista* — niższy urzędnik.
[37] *algierka* — męskie ubranie z futra.
[38] *surdut* — ówczesny męski ubiór wizytowy.

Rozdział III

Pamiętnik starego subiekta

«...Ze smutkiem od kilku lat uważam, że na świecie jest coraz mniej dobrych subiektów i rozumnych polityków, bo wszyscy stosują się do mody. Skromny subiekt co kwartał ubiera się w spodnie nowego fasonu, w coraz dziwniejszy kapelusz i coraz inaczej wykładany kołnierzyk. Podobnież dzisiejsi politycy co kwartał zmieniają wiarę: onegdaj wierzyli w Bismarcka, wczoraj w Gambettę, a dziś w Beaconsfielda[39], który niedawno był Żydkiem.

Już widać zapomniano, że w sklepie nie można stroić się w modne kołnierzyki, tylko je sprzedawać, bo w przeciwnym razie gościom zabraknie towaru, a sklepowi gości. Zaś polityki nie należy opierać na szczęśliwych osobach, tylko na wielkich dynastiach. Metternich był taki sławny jak Bismarck, a Palmerston sławniejszy od Beaconsfielda i — któż dziś o nich pamięta? Tymczasem ród Bonapartych trząsł Europą za Napoleona I, potem za Napoleona III, a i dzisiaj, choć niektórzy nazywają go bankrutem, wpływa na losy Francji przez wierne swoje sługi, MacMahona i Ducrota.

Zobaczycie, co jeszcze zrobi Napoleonek IV, który po cichu uczy się sztuki wojennej u Anglików! Ale o to mniejsza. W tej bowiem pisaninie chcę mówić nie o Bonapartych, ale o sobie, ażeby wiedziano, jakim sposobem tworzyli się dobrzy subiekci i choć nie uczeni, ale rozsądni politycy. Do takiego interesu nie trzeba akademii, lecz przykładu — w domu i w sklepie.

Rzecki — przeszłość

Ojciec mój był za młodu żołnierzem, a na starość woźnym w Komisji Spraw Wewnętrznych[40]. Trzymał się prosto jak sztaba, miał nieduże faworyty[41] i wąs do góry; szyję okręcał czarną chustką i nosił srebrny kolczyk w uchu.

Mieszkaliśmy na Starym Mieście z ciotką, która urzędnikom prała i łatała bieliznę. Mieliśmy na czwartym piętrze dwa pokoiki, gdzie niewiele było dostatków, ale dużo radości, przynajmniej dla mnie. W naszej izdebce najokazalszym sprzętem był stół, na którym ojciec powróciwszy z biura kleił koperty; u ciotki zaś pierwsze miejsce zajmowała balia. Pamiętam, że w pogodne dnie puszczałem na ulicy latawce, a w razie słoty wydmuchiwałem w izbie bańki mydlane.

Na ścianach u ciotki wisieli sami święci; ale jakkolwiek było ich sporo, nie dorównali jednak liczbą Napoleonom, którymi ojciec przyozdabiał swój pokój. Był tam jeden Napoleon w Egipcie, drugi pod Wagram, trzeci pod Austerlitz, czwarty pod Mo-

---

[39] *Beaconsfield i in.* — Rzecki wymienia tu ówczesnych polityków.
[40] *Komisja Spraw Wewnętrznych* - naczelny organ Administracji w Królestwie Kongresowym.
[41] *faworyty* - bokobrody.

skwą, piąty w dniu koronacji, szósty w apoteozie. Gdy zaś ciotka, zgorszona tyloma świeckimi obrazami, zawiesiła na ścianie mosiężny krucyfiks, ojciec, ażeby — jak mówił — nie obrazić Napoleona, kupił sobie jego brązowe popiersie i także umieścił je nad łóżkiem.

— Zobaczysz, niedowiarku — lamentowała nieraz ciotka — że za te sztuki będą cię pławić w smole.

— I!... Nie da mi cesarz zrobić krzywdy — odpowiadał ojciec.

Często przychodzili do nas dawni koledzy ojca: pan Domański, także woźny, ale z Komisji Skarbu[42], i pan Raczek, który na Dunaju[43] miał stragan z zieleniną. Prości to byli ludzie (nawet pan Domański trochę lubił anyżówkę), ale roztropni politycy. Wszyscy, nie wyłączając ciotki, twierdzili jak najbardziej stanowczo, że choć Napoleon I umarł w niewoli, ród Bonapartych jeszcze wypłynie. Po pierwszym Napoleonie znajdzie się jakiś drugi, a gdyby i ten źle skończył, przyjdzie następny, dopóki jeden po drugim nie uporządkują świata.

— Trzeba być zawsze gotowym na pierwszy odgłos! — mówił mój ojciec.

— Bo nie wiecie dnia ani godziny — dodawał pan Domański.

A pan Raczek, trzymając fajkę w ustach, na znak potwierdzenia pluł aż do pokoju ciotki.

— Napluj mi acan[44] w balię, to ci dam!... — wołała ciotka.

— Może jejmość i dasz, ale ja nie wezmę — mruknął pan Raczek plując w stronę komina.

— U... cóż to za chamy te całe grenadierzyska! — gniewała się ciotka.

— Jejmości zawsze smakowali ułani. Wiem, wiem...

Później pan Raczek ożenił się z moją ciotką...

...Chcąc, ażebym zupełnie był gotów, gdy wybije godzina sprawiedliwości, ojciec sam pracował nad moją edukacją.

Nauczył mię czytać, pisać, kleić koperty, ale nade wszystko — musztrować się. Do musztry zapędzał mnie w bardzo wczesnym dzieciństwie, kiedy mi jeszcze zza pleców wyglądała koszula. Dobrze to pamiętam, gdyż ojciec komenderując: „Pół obrotu na prawo!" albo „Lewe ramię naprzód — marsz!...", ciągnął mnie w odpowiednim kierunku za ogon tego ubrania.

Była to najdokładniej prowadzona nauka.

Nieraz w nocy budził mnie ojciec krzykiem: „Do broni!...", musztrował pomimo wymyślań i łez ciotki i kończył zdaniem:

— Ignaś! zawsze bądź gotów, wisusie, bo nie wiemy dnia ani godziny... Pamiętaj, że Bonapartów Bóg zesłał, ażeby zrobili porządek na świecie, a dopóty nie będzie porządku ani sprawiedliwości, dopóki nie wypełni się testament cesarza.

Nie mogę powiedzieć, ażeby niezachwianą wiarę mego ojca w Bonapartych i sprawiedliwość podzielali dwaj jego koledzy. Nieraz pan Raczek, kiedy mu dokuczył ból w nodze, klnąc i stękając mówił:

---

[42] *Komisja Skarbu* — odpowiednik ministerstwa finansów.

[43] *Dunaj* — ulica w Warszawie na Starym Mieście.

[44] *acan* — wyrażenie skrótowe, pogardliwe od waszmość pan.

– E! wiesz, stary, że już za długo czekamy na nowego Napoleona. Ja siwieć zaczynam i coraz gorzej podupadam, a jego jak nie było, tak i nie ma. Niedługo porobią się z nas dziady pod kościół, a Napoleon po to chyba przyjdzie, ażeby z nami śpiewać godzinki.

– Znajdzie młodych.

– Co za młodych! Lepsi z nich przed nami poszli w ziemię, a najmłodsi – diabła warci. Już są między nimi i tacy, co o Napoleonie nie słyszeli.

– Mój słyszał i zapamięta – odparł ojciec mrugając okiem w moją stronę. Pan Domański jeszcze bardziej upadał na duchu.

– Świat idzie do gorszego – mówił trzęsąc głową. – Wikt coraz droższy, za kwaterę zabraliby ci całą pensję, a nawet co się tyczy anyżówki, i w tym jest szachrajstwo. Dawniej rozweseliłeś się kieliszkiem, dziś po szklance jesteś taki czczy, jakbyś się napił wody. Sam Napoleon nie doczekałby się sprawiedliwości!

A na to odpowiedział ojciec:

– Będzie sprawiedliwość, choćby i Napoleona nie stało. Ale i Napoleon się znajdzie.

– Nie wierzę – mruknął pan Raczek.

– A jak się znajdzie, to co?... – spytał ojciec.

– Nie doczekamy tego.

– Ja doczekam – odparł ojciec – a Ignaś doczeka jeszcze lepiej.

Już wówczas zdania mego ojca głęboko wyrzynały mi się w pamięci, ale dopiero późniejsze wypadki nadały im cudowny, nieomal proroczy charakter.

Około roku 1840 ojciec zaczął niedomagać. Czasami po parę dni nie wychodził do biura, a wreszcie na dobre legł w łóżku.

Pan Raczek odwiedzał go co dzień, a raz patrząc na jego chude ręce i wyżółkłe policzki szepnął:

– Hej! stary, już my chyba nie doczekamy się Napoleona!

Na co ojciec spokojnie odparł:

– Ja tam nie umrę, dopóki o nim nie usłyszę.

Pan Raczek pokiwał głową, a ciotka łzy otarła myśląc, że ojciec bredzi. Jak tu myśleć inaczej, jeżeli śmierć już kołatała do drzwi, a ojciec jeszcze wyglądał Napoleona...

Było już z nim bardzo źle, nawet przyjął ostatnie sakramenta, kiedy w parę dni później wbiegł do nas pan Raczek dziwnie wzburzony i stojąc na środku izby zawołał:

– A wiesz, stary, że znalazł się Napoleon?...

– Gdzie? – krzyknęła ciotka.

– Jużci, we Francji.

Ojciec zerwał się, lecz znowu upadł na poduszki. Tylko wyciągnął do mnie rękę i patrząc wzrokiem, którego nie zapomnę, wyszeptał:

– Pamiętaj!... Wszystko pamiętaj...

Z tym umarł.

W późniejszym życiu przekonałem się, jak proroczymi były poglądy ojca. Wszyscy widzieliśmy drugą gwiazdę napoleońską[45], która obudziła Włochy i Węgry; a chociaż spadła pod Sedanem[46], nie wierzę w jej ostateczne zagaśnięcie. Co mi tam Bismarck, Gambetta albo Beaconsfield! Niesprawiedliwość dopóty będzie władać światem, dopóki nowy Napoleon nie urośnie.

W parę miesięcy po śmierci ojca pan Raczek i pan Domański wraz z ciotką Zuzanną zebrali się na radę: co ze mną począć? Pan Domański chciał mnie zabrać do swoich biur i powoli wypromować na urzędnika; ciotka zalecała rzemiosło, a pan Raczek zieleniarstwo. Lecz gdy zapytano mnie: do czego mam ochotę? odpowiedziałem, że do sklepu.

– Kto wie, czy to nie będzie najlepsze – zauważył pan Raczek. – A do jakiegoż byś chciał kupca?

– Do tego na Podwalu[47], co ma we drzwiach pałasz, a w oknie kozaka.

– Wiem – wtrąciła ciotka. – On chce do Mincla.

– Można spróbować – rzekł pan Domański. – Wszyscy przecież znamy Mincla. Pan Raczek na znak zgody plunął aż w komin.

– Boże miłosierny – jęknęła ciotka – ten drab już chyba na mnie pluć zacznie, kiedy brata nie stało... Oj! nieszczęśliwa ja sierota!...

– Wielka rzecz! – odezwał się pan Raczek. – Wyjdź jejmość za mąż, to nie będziesz sierotą.

– A gdzież ja znajdę takiego głupiego, co by mnie wziął?

– Phi! może i ja bym się ożenił z jejmością, bo nie ma mnie kto smarować – mruknął pan Raczek, ciężko schylając się do ziemi, ażeby wypukać popiół z fajki. Ciotka rozpłakała się, a wtedy odezwał się pan Domański:

– Po co robić duże ceregiele. Jejmość nie masz opieki, on nie ma gospodyni; pobierzcie się i przygarnijcie Ignasia, a będziecie nawet mieli dziecko. I jeszcze tanie dziecko, bo Mincel da mu wikt i kwaterę, a wy tylko odzież.

– Hę?... – spytał pan Raczek patrząc na ciotkę.

– No, oddajcie pierwej chłopca do terminu, a potem... może się odważę – odparła ciotka. – Zawsze miałam przeczucie, że marnie skończę...

– To i jazda do Mincla! – rzekł pan Raczek podnosząc się z krzesełka. – Tylko jejmość nie zrób mi zawodu! – dodał grożąc ciotce pięścią.

Wyszli z Panem Domańskim i może w półtorej godziny wrócili obaj mocno zarumienieni. Pan Raczek ledwie oddychał, a pan Domański z trudnością trzymał się na nogach, podobno z tego, że nasze schody były bardzo niewygodne.

– Cóż?... – spytała ciotka.

– Nowego Napoleona wsadzili do prochowni! – odpowiedział pan Domański.

– Nie do prochowni, tylko do fortecy. A-u... A-u... – dodał pan Raczek i rzucił czapkę na stół.

– Ale z chłopcem co?

---

[45] *druga gwiazda napoleońska* – Rzecki naiwnie uważa Wiosnę Ludów za wynik działalności Napoleona III.
[46] *pod Sedanem* – nad Mozą wojska francuskie poniosły klęskę, a Napoleon III dostał się do niewoli.
[47] *Podwale* – ulica na Starym Mieście w Warszawie.

— Jutro ma przyjść do Mincla z odzieniem i bielizną — odrzekł pan Domański. — Nie do fortecy A-u..., A-u... tylko do Ham-ham czy Cham... bo nawet nie wiem...

— Zwariowaliście, pijaki! — krzyknęła ciotka chwytając pana Raczka za ramię.

— Tylko bez poufałości! — oburzył się pan Raczek. — Po ślubie będzie poufałość, teraz... Ma przyjść do Mincla jutro z bielizną i odzieniem... Nieszczęsny Napoleonie!...

Ciotka wypchnęła za drzwi pana Raczka, potem pana Domańskiego i wyrzuciła za nimi czapkę.

— Precz mi stąd, pijaki!

— Wiwat Napoleon! — zawołał pan Raczek, a pan Domański zaczął śpiewać:

Przechodniu, gdy w tę stronę zwrócisz swoje oko,
Przybliż się i rozważaj ten napis głęboko...
Przybliż się i rozważaj ten napis głęboko.

Głos jego stopniowo cichnął, jakby zagłębiając się w studni, potem umilkł na schodach, lecz znowu doleciał nas z ulicy. Po chwili zrobił się tam jakiś hałas, a gdy wyjrzałem oknem, zobaczyłem, że pana Raczka policjant prowadził do ratusza.

Takie to wypadki poprzedziły moje wejście do zawodu kupieckiego.

Sklep Mincla znałem od dawna, ponieważ ojciec wysyłał mnie do niego po papier, a ciotka po mydło. Zawsze biegłem tam z radosną ciekawością, ażeby napatrzeć się wiszącym za szybami zabawkom. O ile pamiętam, był tam w oknie duży kozak, który sam przez się skakał i machał rękoma, a we drzwiach — bęben, pałasz i skórzany koń z prawdziwym ogonem.

> Sklep Mincla — wygląd wnętrza

Wnętrze sklepu wyglądało jak duża piwnica, której końca nigdy nie mogłem dojrzeć z powodu ciemności. Wiem tylko, że po pieprz, kawę i liście bobkowe szło się na lewo do stołu, za którym stały ogromne szafy od sklepienia do podłogi napełnione szufladami. Papier zaś, atrament, talerze i szklanki sprzedawano przy stole na prawo, gdzie były szafy z szybami, a po mydło i krochmal szło się w głąb sklepu, gdzie było widać beczki i stosy pak drewnianych.

Nawet sklepienie było zajęte. Wisiały tam długie szeregi pęcherzy naładowanych gorczycą i farbami, ogromna lampa z daszkiem, która w zimie paliła się cały dzień, sieć pełna korków do butelek, wreszcie wypchany krokodylek, długi może na półtora łokcia[48].

> Minclowie — Jan Mincel (ojciec) — wygląd

Właścicielem sklepu był Jan Mincel, starzec z rumianą twarzą i kosmykiem siwych włosów pod brodą. W każdej porze dnia siedział on pod oknem na fotelu obitym skórą, ubrany w niebieski barchanowy kaftan, biały fartuch i takąż szlafmycę. Przed nim na stole leżała wielka księga, w której notował dochód, a tuż nad jego głową wisiał pęk dyscyplin, przeznaczonych głównie na sprzedaż. Starzec odbierał pieniądze, zdawał gościom resztę, pisał w księdze, niekiedy drzemał, lecz pomimo tylu zajęć, z niepojętą uwagą czuwał nad biegiem handlu w całym skle-

---

[48] *łokieć* — dawna miara długości.

pie. On także, dla uciechy przechodniów ulicznych, od czasu do czasu pociągał za sznurek skaczącego w oknie kozaka i on wreszcie, co mi się najmniej podobało, za rozmaite przestępstwa karcił nas jedną z pęka dyscyplin.

Mówię: nas, bo było nas trzech kandydatów do kary cielesnej: ja tudzież dwaj synowcy starego – Franc i Jan Minclowie.

Czujności pryncypała i jego biegłości w używaniu sarniej nogi[49] doświadczyłem zaraz na trzeci dzień po wejściu do sklepu.

Franc odmierzył jakiejś kobiecie za dziesięć groszy[50] rodzynków. Widząc, że jedno ziarno upadło na kontuar (stary miał w tej chwili oczy zamknięte), podniosłem je nieznacznie i zjadłem. Chciałem właśnie wyjąć pestkę, która wcisnęła się mi między zęby, gdy uczułem na plecach coś, jakby mocne dotknięcie rozpalonego żelaza.

– A, szelma! – wrzasnął stary Mincel i nim zdałem sobie sprawę z sytuacji, przeciągnął po mnie jeszcze parę razy dyscypliną, od wierzchu głowy do podłogi.

Zwinąłem się w kłębek z bólu, lecz od tej pory nie śmiałem wziąć do ust niczego w sklepie. Migdały, rodzynki, nawet rożki miały dla mnie smak pieprzu.

Urządziwszy się ze mną w taki sposób, stary zawiesił dyscyplinę na pęku, wpisał rodzynki i z najdobroduszniejszą miną począł ciągnąć za sznurek kozaka. Patrząc na jego półuśmiechniętą twarz i przymrużone oczy, prawie nie mogłem uwierzyć, że ten jowialny staruszek posiada taki zamach w ręku. I dopiero teraz spostrzegłem, że ów kozak widziany z wnętrza sklepu wydaje się mniej zabawnym niż od ulicy.

> Minclowie -- Jan i Franc (synowie) – wygląd

Sklep nasz był kolonialno-galanteryjno-mydlarski. Towary kolonialne wydawał gościom Franc Mincel, młodzieniec trzydziestokilkoletni, z rudą głową i zaspaną fizjognomią. Ten najczęściej dostawał dyscypliną od stryja, gdyż palił fajkę, późno wchodził za kontuar, wymykał się z domu po nocach, a nade wszystko niedbale ważył towar. Młodszy zaś, Jan Mincel, który zawiadywał galanterią i obok niezgrabnych ruchów odznaczał się łagodnością, był znowu bity za wykradanie kolorowego papieru i pisywanie na nim listów do panien.

> August Katz – wygląd

Tylko August Katz, pracujący przy mydle, nie ulegał żadnym surowcowym upomnieniom. Mizerny ten człeczyna odznaczał się niezwykłą punktualnością. Najraniej przychodził do roboty, krajał mydło i ważył krochmal jak automat; jadł, co mu podano, w najciemniejszym kącie sklepu, prawie wstydząc się tego, że doświadcza ludzkich potrzeb. O dziesiątej wieczorem gdzieś znikał.

> Minclowie – sklep Mincla – porządek dnia

W tym otoczeniu upłynęło mi osiem lat, z których każdy dzień był podobny do wszystkich innych dni, jak kropla jesiennego deszczu do innych kropli jesiennego deszczu. Wstawałem rano o piątej, myłem się i zamiatałem sklep. O szóstej otwierałem główne drzwi tudzież okiennicę. W tej chwili gdzieś z ulicy zjawiał się August Katz, zdejmował surdut, kładł fartuch i mil-

---

[49] *sarnia noga* – rękojeść dyscypliny z sarniej nogi.
[50] *dziesięć groszy* – pięć kopiejek.

cząc stawał między beczką mydła szarego a kolumną ułożoną z cegiełek mydła żółtego. Potem drzwiami od podwórka wbiegał stary Mincel mrucząc: *Morgen!*[51] poprawiał szlafmycę, dobywał z szuflady księgę, wciskał się w fotel i parę razy ciągnął za sznurek kozaka. Dopiero po nim ukazywał się Jan Mincel i ucałowawszy stryja w rękę stawał za swoim kontuarem, na którym podczas lata łapał muchy, a w zimie kreślił palcem albo pięścią jakieś figury.

Franca zwykle sprowadzano do sklepu. Wchodził z oczyma zaspanymi, ziewający, obojętnie całował stryja w ramię i przez cały dzień skrobał się w głowę w sposób, który mógł oznaczać wielką senność lub wielkie zmartwienie. Prawie nie było ranka, ażeby stryj patrząc na jego manewry nie wykrzywiał mu się i nie pytał:

— No... a gdzie, ty szelma, latała?

Tymczasem na ulicy budził się szmer i za szybami sklepu coraz częściej przesuwali się przechodnie. To służąca, to drwal, jejmość w kapturze, to chłopak od szewca, to jegomość w rogatywce szli w jedną i drugą stronę jak figury w ruchomej panoramie[52]. Środkiem ulicy toczyły się wozy, beczki, bryczki — tam i na powrót... Coraz więcej ludzi, coraz więcej wozów, aż nareszcie utworzył się jeden wielki potok uliczny, z którego co chwilę ktoś wpadał do nas za sprawunkiem.

— Pieprzu za trojaka[53]...

— Proszę funt kawy...

— Niech pan da ryżu...

— Pół funta mydła...

— Za grosz liści bobkowych...

Stopniowo sklep zapełniał się po największej części służącymi i ubogo odzianymi jejmościami. Wtedy Franc Mincel krzywił się najwięcej: otwierał i zamykał szuflady, obwijał towar w tutki[54] z szarej bibuły, wbiegał na drabinkę, znowu zwijał, robiąc to wszystko z żałosną miną człowieka, któremu nie pozwalają ziewnąć. W końcu zbierało się takie mnóstwo interesantów, że i Jan Mincel, i ja musieliśmy pomagać Francowi w sprzedaży.

Stary wciąż pisał i zdawał resztę, od czasu do czasu dotykając palcami swojej białej szlafmycy, której niebieski kutasik zwieszał mu się nad okiem. Czasem szarpnął kozaka, a niekiedy z szybkością błyskawicy zdejmował dyscyplinę i ćwiknął[55] nią którego ze swych synowców. Nader rzadko mogłem zrozumieć: o co mu chodzi? synowcy bowiem niechętnie objaśniali mi przyczyny jego popędliwości.

Około ósmej napływ interesantów zmniejszał się. Wtedy w głębi sklepu ukazywała się gruba służąca z koszem bułek i kubkami (Franc odwracał się do niej tyłem), a za nią — matka naszego pryncypała, chuda staruszka w żółtej sukni, w ogromnym czepcu na głowie, z dzbankiem kawy w rękach. Ustawiwszy na stole swoje naczynie, staruszka odzywała się schrypniętym głosem:

---

[51] *Morgen* (niem.) — skrócone dzień dobry.

[52] *panorama* — obraz wewnątrz okrągłego budynku.

[53] *trojak* — trzy grosze.

[54] *tutki* — tu: zwinięte torebki papierowe.

[55] *ćwiknąć* (gwar.) — uderzyć.

— *Gut Morgen, meine Kinder! Der Kaffee ist schon fertig...*[56]
I zaczynała rozlewać kawę w białe fajansowe kubki.
Wówczas zbliżał się do niej stary Mincel i całował ją w rękę mówiąc:
— *Gut Morgen, meine Mutter!*[57]
Za co dostawał kubek kawy z trzema bułkami.
Potem przychodził Franc Mincel, Jan Mincel, August Katz, a na końcu ja. Każdy całował staruszkę w suchą rękę, porysowaną niebieskimi żyłami, każdy mówił:
— *Gut Morgen, Grossmutter!*[58]
I otrzymywał należny mu kubek tudzież trzy bułki.
A gdyśmy z pośpiechem wypili naszą kawę, służąca zabierała pusty kosz i zamazane kubki, staruszka swój dzbanek i obie znikały.
Za oknem wciąż toczyły się wozy i płynął w obie strony potok ludzki, z którego co chwila odrywał się ktoś i wchodził do sklepu.
— Proszę krochmalu...
— Dać migdałów za dziesiątkę...
— Lukrecji za grosz...[59]
— Szarego mydła...
Około południa zmniejszał się ruch za kontuarem towarów kolonialnych, a za to coraz częściej zjawiali się interesanci po stronie prawej sklepu, u Jana. Tu kupowano talerze, szklanki, żelazka, młynki, lalki, a niekiedy duże parasole, szafirowe lub pąsowe. Nabywcy, kobiety i mężczyźni, byli dobrze ubrani, rozsiadali się na krzesłach i kazali sobie pokazywać mnóstwo przedmiotów targując się i żądając coraz to nowych.
Pamiętam, że kiedy po lewej stronie sklepu męczyłem się bieganiną i zawijaniem towarów, po prawej — największe strapienie robiła mi myśl: czego ten a ten gość chce naprawdę i — czy co kupi? W rezultacie jednak i tutaj dużo się sprzedawało; nawet dzienny dochód z galanterii był kilka razy większy aniżeli z towarów kolonialnych i mydła.
Stary Mincel i w niedzielę bywał w sklepie. Rano modlił się, a około południa kazał mi przychodzić do siebie na pewien rodzaj lekcji.
— *Sag mir*[60] — powiedz mi: *was ist das?* co to jest? *Das ist Schublade* — to jest szublada. Zobacz, co jest w te szublade. *Es ist Zimmt* — to jest cynamon. Do czego potrzebuje się cynamon? Do zupe, do legumine potrzebuje się cynamon. Co to jest cynamon? Jest taki kora z jedne drzewo. Gdzie mieszka taki drzewo cynamon? W Indii mieszka taki drzewo. Patrz na globus — tu leży Indii. Daj mnie za dziesiątkę

---

[56] *Gut Morgen, meine Kinder! Der Kaffee ist schon fertig* (niem.) — dzień dobry, moje dzieci, kawa jest już gotowa.
[57] *Gut Morgen, meine Mutter!* (niem.) — dzień dobry, moja matko!
[58] *Gut Morgen, Grossmutter* (niem.) — dzień dobry, babciu.
[59] *lukrecja* — wyciąg z korzenia drzewa lukrecjowego, ma słodki, mdły smak, używana w leczeniu.
[60] *Sag mir* (niem.) — powiedz mi.

cynamon... *O, du Spitzbub!*...[61] jak tobie dam dziesięć raz dyscyplin, ty będziesz wiedział, ile sprzedać za dziesięć groszy cynamon...

W ten sposób przechodziliśmy każdą szufladę w sklepie i historię każdego towaru. Gdy zaś Mincel nie był zmęczony, dyktował mi jeszcze zadania rachunkowe, kazał sumować księgi albo pisywać listy w interesach naszego sklepu.

Mincel był bardzo porządny, nie cierpiał kurzu, ścierał go z najdrobniejszych przedmiotów. Jednych tylko dyscyplin nigdy nie potrzebował odkurzać dzięki swoim niedzielnym wykładom buchalterii, jeografii i towaroznawstwa.

Powoli, w ciągu paru lat, tak przywykliśmy do siebie, że stary Mincel nie mógł obejść się beze mnie, a ja nawet jego dyscypliny począłem uważać za coś, co należało do familijnych stosunków. Pamiętam, że nie mogłem utulić się z żalu, gdy raz zepsułem kosztowny samowar, a stary Mincel zamiast chwytać za dyscyplinę – odezwał się:

– Co ty zrobiła, Ignac?... Co ty zrobiła!...

Wolałbym dostać cięgi wszystkimi dyscyplinami aniżeli znowu kiedy usłyszeć ten drżący głos i zobaczyć wylęknione spojrzenie pryncypała.

Obiady w dzień powszedni jadaliśmy w sklepie, naprzód dwaj młodzi Minclowie i August Katz, a następnie ja z pryncypałem. W czasie święta wszyscy zbieraliśmy się na górze i zasiadaliśmy do jednego stołu. Na każdą Wigilię Bożego Narodzenia Mincel dawał nam podarunki, a jego matka w największym sekrecie urządzała nam (i swemu synowi) choinkę. Wreszcie w pierwszym dniu miesiąca wszyscy dostawaliśmy pensję (ja brałem 10 złotych). Przy tej okazji każdy musiał wylegitymować się z porobionych oszczędności: ja, Katz, dwaj synowcy i służba. Nierobienie oszczędności, a raczej nieodkładanie co dzień choćby kilku groszy, było w oczach Mincla takim występkiem jak kradzież. Za mojej pamięci przewinęło się przez nasz sklep paru subiektów i kilku uczniów, których pryncypał dlatego tylko usunął, że nic sobie nie oszczędzili. Dzień, w którym się to wydało, był ostatnim ich pobytu. Nie pomogły obietnice, zaklęcia, całowania po rękach, nawet upadanie do nóg. Stary nie ruszył się z fotelu, nie patrzył na petentów[62], tylko wskazując palcem drzwi wymawiał jeden wyraz: *fort! fort!*...[63] Zasada robienia oszczędności stała się już u niego chorobliwym dziwactwem.

Dobry ten człowiek miał jedną wadę, oto – nienawidził Napoleona. Sam nigdy o nim nie wspominał, lecz na dźwięk nazwiska Bonapartego dostawał jakby ataku wścieklizny; siniał na twarzy, pluł i wrzeszczał: szelma! szpitzbub! rozbójnik!...

Usłyszawszy pierwszy raz tak szkaradne wymysły nieomal straciłem przytomność. Chciałem coś hardego powiedzieć staremu i uciec do pana Raczka, który już ożenił się z moją ciotką. Nagle dostrzegłem, że Jan Mincel zasłoniwszy usta dłonią coś mruczy i robi miny do Katza. Wytężam słuch i – oto co mówi Jan:

– Baje stary, baje! Napoleon był chwat, choćby za to samo, że wygnał hyclów Szwabów. Nieprawda, Katz?

A August Katz zmrużył oczy i dalej krajał mydło.

---

[61] *O, du Spitzbub!* (niem.) – o, ty łobuzie.

[62] *petent* – interesant.

[63] *Fort! fort!* (niem.) – precz! precz!

Osłupiałem ze zdziwienia, lecz w tej chwili bardzo polubiłem Jana Mincla i Augusta Katza. Z czasem przekonałem się, że w naszym małym sklepie istnieją aż dwa wielkie stronnictwa, z których jedno, składające się ze starego Mincla i jego matki, bardzo lubiło Niemców, a drugie, złożone z młodych Minclów i Katza, nienawidziło ich. O ile pamiętam, ja tylko byłem neutralny.

W roku 1846 doszły nas wieści o ucieczce Ludwika Napoleona z więzienia. Rok ten był dla mnie ważny, gdyż zostałem subiektem, a nasz pryncypał, stary Jan Mincel, zakończył życie z powodów dosyć dziwnych.

W roku tym handel w naszym sklepie nieco osłabnął, już to z racji ogólnych niepokojów, już z tej, że pryncypał za często i za głośno wymyślał na Ludwika Napoleona. Ludzie poczęli zniechęcać się do nas, a nawet ktoś (może Katz?...) wybił nam jednego dnia szybę w oknie.

Otóż wypadek ten, zamiast całkiem odstręczyć publiczność, zwabił ją do sklepu i przez tydzień mieliśmy tak duże obroty jak nigdy; aż zazdrościli nam sąsiedzi. Po tygodniu jednakże sztuczny ruch na nowo osłabnął i znowu były w sklepie pustki.

Pewnego wieczora w czasie nieobecności pryncypała, co już stanowiło fakt niezwykły, wpadł nam drugi kamień do sklepu. Przestraszeni Minclowie pobiegli na górę i szukali stryja, Katz poleciał na ulicę szukać sprawcy zniszczenia, a wtem ukazało się dwu policjantów ciągnących... Proszę zgadnąć kogo?... Ani mniej, ani więcej – tylko naszego pryncypała oskarżając go, że to on wybił szybę teraz, a zapewne i poprzednio...

Na próżno staruszek wypierał się: nie tylko bowiem widziano jego zamach, ale jeszcze znaleziono przy nim kamień... Poszedł też nieborak do ratusza.

Sprawa po wielu tłumaczeniach i wyjaśnieniach naturalnie zatarła się; ale stary od tej chwili zupełnie stracił humor i począł chudnąć. Pewnego zaś dnia usiadłszy na swym fotelu pod oknem już nie podniósł się z niego. Umarł oparty brodą na księdze handlowej, trzymając w ręce sznurek, którym poruszał kozaka.

Przez kilka lat po śmierci stryja synowcy prowadzili wspólnie sklep na Podwalu i dopiero około 1850 roku podzielili się w ten sposób, że Franc został na miejscu z towarami kolonialnymi, a Jan z galanterią i mydłem przeniósł się na Krakowskie, do lokalu, który zajmujemy obecnie. W kilka lat później Jan ożenił się z piękną Małgorzatą Pfeifer, ona zaś (niech spoczywa w spokoju) zostawszy wdową oddała rękę swoją Stasiowi Wokulskiemu, który tym sposobem odziedziczył interes prowadzony przez dwa pokolenia Minclów.

> Sklep Mincla
> – historia

Matka naszego pryncypała żyła jeszcze długi czas; kiedy w roku 1853 wróciłem z zagranicy, zastałem ją w najlepszym zdrowiu. Zawsze schodziła rano do sklepu i zawsze mówiła:

– *Gut Morgen, meine Kinder! Der Kaffee ist schon fertig...*

Tylko głos jej z roku na rok przyciszał się, dopóki wreszcie nie umilknął na wieki.

> Sklep Mincla
> – rola pryncypała

Za moich czasów pryncypał był ojcem i nauczycielem swoich praktykantów i najczujniejszym sługą sklepu; jego matka lub żona były gospodyniami, a wszyscy członkowie rodziny pracownikami. Dziś pryncypał bierze tylko dochody z handlu, najczęściej nie zna go i najwięcej troszczy się o to, ażeby jego dzieci nie zostały kupcami. Nie mówię tu o Stasiu Wokulskim, który ma szersze zamiary, tylko myślę w ogólności, że kupiec powinien siedzieć w sklepie i wyrabiać sobie ludzi, jeżeli chce mieć porządnych.

Słychać, że Andrassy zażądał sześćdziesięciu milionów guldenów na nieprzewidziane wydatki. Więc i Austria zbroi się, a Staś tymczasem pisze mi, że — nie będzie wojny. Ponieważ nie był nigdy fanfaronem, więc chyba musi być bardzo wtajemniczony w politykę; a w takim razie siedzi w Bułgarii nie przez miłość dla handlu...

Ciekawym, co on zrobi! Ciekawym!...»

Rozdział IV

Powrót

Jest niedziela, szkaradny dzień marcowy; zbliża się południe, lecz ulice Warszawy są prawie puste. Ludzie nie wychodzą z domów albo kryją się w bramach, albo skuleni uciekają przed siekącym ich deszczem i śniegiem. Prawie nie słychać turkotu dorożek, gdyż dorożki stoją. Dorożkarze opuściwszy kozioł wchodzą pod budy swoich powozów, a zmoczone deszczem i zasypane śniegiem konie wyglądają tak, jakby pragnęły schować się pod dyszel i nakryć własnymi uszami.

Pomimo, a może z powodu tak brzydkiego czasu pan Ignacy siedząc w swoim zakratowanym pokoju jest bardzo wesół. Interesa sklepowe idą wybornie, wystawa w oknach na przyszły tydzień już ułożona, a nade wszystko – lada dzień ma powrócić Wokulski. Nareszcie pan Ignacy zda komuś rachunki i ciężar kierowania sklepem, najdalej zaś za dwa miesiące wyjedzie sobie na wakacje. Po dwudziestu pięciu latach pracy – i jeszcze jakiej! – należy mu się ten wypoczynek. Będzie rozmyślał tylko o polityce, będzie chodził, będzie biegał i skakał po polach i lasach, będzie świstał, a nawet śpiewał jak za młodu. Gdyby nie te bóle reumatyczne, które zresztą na wsi ustąpią...

Więc choć deszcz ze śniegiem bije w zakratowane okna, choć pada tak gęsto, że w pokoju jest mrok, pan Ignacy ma wiosenny humor. Wydobywa spod łóżka gitarę, dostraja ją i wziąwszy kilka akordów, zaczyna śpiewać przez nos pieśń bardzo romantyczną:

> *Wiosna się budzi w całej naturze*
> *Witana rzewnym słowików pieniem;*
> *W zielonym gaju, ponad strumieniem,*
> *Kwitną prześliczne dwie róże.*

Czarowne te dźwięki budzą śpiącego na kanapie pudla, który poczyna przypatrywać się jedynym okiem swemu panu. Dźwięki te robią więcej, gdyż wywołują na podwórzu jakiś ogromny cień, który staje w zakratowanym oknie i usiłuje zajrzeć do wnętrza izby, czym zwraca na siebie uwagę pana Ignacego.

„Tak, to musi być Paweł" — myśli pan Ignacy.

Ale Ir jest innego zdania; zeskakuje bowiem z kanapy i z niepokojem wącha drzwi, jakby czuł kogoś obcego.

Słychać szmer w sieniach. Jakaś ręka poszukuje klamki, nareszcie otwierają się drzwi i na progu staje ktoś odziany w wielkie futro upstrzone śniegiem i kroplami deszczu.

— Kto to? — pyta się pan Ignacy i na twarz występują mu silne rumieńce.
— Jużeś o mnie zapomniał, stary?... — cicho i powoli odpowiada gość.
Pan Ignacy miesza się coraz bardziej. Zasadza na nos binokle, które mu spadają, potem wydobywa spod łóżka trumienkowate pudło, śpiesznie chowa gitarę i toż samo pudełko wraz z gitarą kładzie na swoim łóżku.
Tymczasem gość zdjął wielkie futro i baranią czapkę, a jednooki Ir obwąchawszy go poczyna kręcić ogonem, łasić się i z radosnym skomleniem przypadać mu do nóg.
Pan Ignacy zbliża się do gościa wzruszony i zgarbiony więcej niż kiedykolwiek.
— Zdaje mi się... — mówi zacierając ręce — zdaje mi się, że mam przyjemność...
Potem gościa prowadzi do okna mrugając powiekami.
— Staś... jak mi Bóg miły!...
Klepie go po wypukłej piersi, ściska za prawą i za lewą rękę, a nareszcie oparłszy na jego ostrzyżonej głowie swoją dłoń wykonywa nią taki ruch, jakby mu chciał maść wetrzeć w okolicę ciemienia.
— Cha! cha! cha! — śmieje się pan Ignacy. — Staś we własnej osobie... Staś z wojny!... Cóż to, dopiero teraz przypomniałeś sobie, że masz sklep i przyjaciół? — dodaje, mocno uderzając go w łopatkę. — Niech mię diabli wezmą, jeżeli nie jesteś podobny do żołnierza albo marynarza, ale nigdy do kupca... Przez osiem miesięcy nie był w sklepie!... Co za pierś... co za łeb...
Gość także się śmiał. Objął Ignacego za szyję i po kilka razy gorąco ucałował go w oba policzki, które stary subiekt kolejno nadstawiał mu, nie oddając jednak pocałunków.
— No i cóż słychać, stary, u ciebie? — odezwał się gość. — Wychudłeś, pobladłeś...
— Owszem, trochę nabieram ciała.
— Posiwiałeś... Jakże się masz?
— Wybornie. I w sklepie jest nieźle, trochę zwiększyły nam się obroty. W styczniu i lutym mieliśmy targu za dwadzieścia pięć tysięcy rubli!... Staś kochany!... Osiem miesięcy nie było go w domu... Bagatela... Może siądziesz?
— Rozumie się — odpowiedział gość siadając na kanapie, na której wnet umieścił się Ir i oparł mu głowę na kolanach.
Pan Ignacy przysunął sobie krzesło.
— Może co zjesz? Mam szynkę i trochę kawioru.
— Owszem.
— Może co wypijesz? Mam butelkę niezłego węgrzyna, ale tylko jeden cały kieliszek.
— Będę pił szklanką — odparł gość.
Pan Ignacy zaczął dreptać po pokoju, kolejno otwierając szafę, kuferek i stolik.
Wydobył wino i schował je na powrót, potem rozłożył na stole szynkę i kilka bułek. Ręce i powieki drżały mu i sporo czasu upłynęło, nim o tyle się uspokoił, że zgromadził na jeden punkt poprzednio wyliczone zapasy. Dopiero kieliszek wina przywrócił mu silnie zachwianą równowagę moralną.
Wokulski tymczasem jadł.
— No, cóż nowego? — rzekł spokojniejszym tonem pan Ignacy trącając gościa w kolano.
— Domyślam się, że ci chodzi o politykę — odparł Wokulski. — Będzie pokój.

— A po cóż zbroi się Austria?
— Zbroi się za sześćdziesiąt milionów guldenów?... Chce zabrać Bośnię i Hercegowinę.
Ignacemu rozszerzyły się źrenice.
— Austria chce zabrać?... — powtórzył. — Za co?...
— Za co? — uśmiechnął się Wokulski. — Za to, że Turcja nie może jej tego zabronić.
— A cóż Anglia?
— Anglia także dostanie kompensatę.
— Na koszt Turcji?
— Rozumie się. Zawsze słabi ponoszą koszta zatargów między silnymi.
— A sprawiedliwość? — zawołał Ignacy.
— Sprawiedliwym jest to, że silni mnożą się i rosną, a słabi giną. Inaczej świat stałby się domem inwalidów, co dopiero byłoby niesprawiedliwością.
Ignacy posunął się z krzesłem.
— I ty to mówisz, Stasiu?... Na serio, bez żartów?
Wokulski zwrócił na niego spokojne wejrzenie.
— Ja mówię — odparł. — Cóż w tym dziwnego? Czyliż to samo prawo nie stosuje się do mnie, do ciebie, do nas wszystkich?... Za dużo płakałem nad sobą, ażebym się miał rozczulać nad Turcją.
Pan Ignacy spuścił oczy i umilkł. Wokulski jadł.
— No, a jakże tobie poszło? — zapytał Rzecki już zwykłym tonem.
Wokulskiemu błysnęły oczy. Położył bułkę i oparł się o poręcz kanapy.
— Pamiętasz — rzekł — ile wziąłem pieniędzy, gdym stąd wyjeżdżał?
— Trzydzieści tysięcy rubli, całą gotówkę.
— A jak ci się zdaje: ile przywiozłem?
— Pięćdzie... ze czterdzieści tysięcy... Zgadłem?... — pytał Rzecki, niepewnie patrząc na niego.
Wokulski nalał szklankę wina i wypił ją powoli.
— Dwieście pięćdziesiąt tysięcy rubli, z tego dużą część w złocie — rzekł dobitnie.
— A ponieważ kazałem zakupić banknoty, które po zawarciu pokoju sprzedam, więc będę miał przeszło trzysta tysięcy rubli...
Rzecki pochylił się ku niemu i otworzył usta.
— Nie bój się — ciągnął Wokulski. — Grosz ten zarobiłem uczciwie, nawet ciężko, bardzo ciężko. Cały sekret polega na tym, żem miał bogatego wspólnika i że kontentowałem się cztery i pięć razy mniejszym zyskiem niż inni. Toteż mój kapitał ciągle wzrastający był w ciągłym ruchu. — No — dodał po chwili — miałem też szalone szczęście... Jak gracz, któremu dziesięć razy z rzędu wychodzi ten sam numer w rulecie. Gruba gra?... prawie co miesiąc stawiałem cały majątek, a co dzień życie.

| Wokulski o zgromadzonym na wojnie majątku |

— I tylko po to jeździłeś tam? — zapytał Ignacy.
Wokulski drwiąco spojrzał na niego.
— Czy chciałeś, ażebym został tureckim Wallenrodem?...

— Narażać się dla majątku, gdy się ma spokojny kawałek chleba!... — mruknął pan Ignacy kiwając głową i podnosząc brwi.

Wokulski zadrżał z gniewu i zerwał się z kanapy.

— Ten spokojny chleb — mówił zaciskając pięści — dławił mnie i dusił przez lat sześć!... Czy już nie pamiętasz, ile razy na dzień przypominano mi dwa pokolenia Minclów albo anielską dobroć mojej żony? Czy był kto z dalszych i bliższych znajomych, wyjąwszy ciebie, który by mnie nie dręczył słowem, ruchem, a choćby spojrzeniem? Ileż to razy mówiono o mnie i prawie do mnie, że karmię się z fartucha żony, że wszystko zawdzięczam pracy Minclów, a nic, ale to nic — własnej energii, choć przecie ja podźwignąłem ten kramik, zdwoiłem jego dochody...

Mincle i zawsze Mincle!... Dziś niech mnie porównają z Minclami. Sam jeden przez pół roku zarobiłem dziesięć razy więcej aniżeli dwa pokolenia Minclów przez pół wieku. Na zdobycie tego, com ja zdobył pomiędzy kulą, nożem i tyfusem, tysiąc Minclów musiałoby się pocić w swoich sklepikach i szlafmycach. Teraz już wiem, ilu jestem wart Minclów, i jak mi Bóg miły, dla podobnego rezultatu drugi raz powtórzyłbym moją grę! Wolę obawiać się bankructwa i śmierci aniżeli wdzięczyć się do tych, którzy kupią u mnie parasol, albo padać do nóg tym, którzy w moim sklepie raczą zaopatrywać się w waterklozety...

— Zawsze ten sam! — szepnął Ignacy.

Wokulski ochłonął. Oparł się na ramieniu Ignacego i zaglądając mu w oczy rzekł łagodnie:

— Nie gniewasz się, stary?

— Czego? Alboż nie wiem, że wilk nie będzie pilnował baranów... Naturalnie...

— Cóż u was słychać? — powiedz mi.

— Akurat tyle, co pisałem ci w raportach. Interesa dobrze idą, towarów przybyło, a jeszcze więcej zamówień. Trzeba jednego subiekta.

— Weźmiemy dwu, sklep rozszerzymy, będzie wspaniały.

— Bagatela!

Wokulski spojrzał na niego z boku i uśmiechnął się widząc, że stary odzyskuje dobry humor.

— Ale co w mieście słychać? W sklepie, dopóki ty w nim jesteś, musi być dobrze.

— W mieście...

— Z dawnych kundmanów[64] nie ubył kto? — przerwał mu Wokulski, coraz szybciej chodząc po pokoju.

— Nikt! Przybyli nowi.

— A... a...

Wokulski stanął jakby wahając się. Nalał znowu szklankę wina i wypił duszkiem.

— A Łęcki kupuje u nas?...

— Częściej bierze na rachunek.

— Więc bierze... — Tu Wokulski odetchnął. — Jakże on stoi?

Rzecki o Łęckim
— Zdaje się, że to skończony bankrut i bodaj że w tym roku zlicytują mu nareszcie kamienicę.

---

[64] *kundman* — stały odbiorca.

Wokulski pochylił się nad kanapą i zaczął bawić się z Irem.
— Proszę cię... A panna Łęcka nie wyszła za mąż?
— Nie.
— A nie wychodzi?...
— Bardzo wątpię. Kto dziś ożeni się z panną mającą wielkie wymagania, a żadnego posagu? Zestarzeje się, choć ładna. Naturalnie...

Wokulski wyprostował się i przeciągnął. Jego surowa twarz nabrała dziwnie rzewnego wyrazu.

— Mój kochany stary! — mówił biorąc Ignacego za rękę — mój poczciwy stary przyjacielu! Ty nawet nie domyślasz się, jakim ja szczęśliwy, że cię widzę, i jeszcze w tym pokoju. Pamiętasz, ilem ja tu spędził wieczorów i nocy... jak mnie karmiłeś... jak oddawałeś mi co lepsze odzienie... Pamiętasz?...

Rzecki uważnie spojrzał na niego i pomyślał, że wino musi być dobre, skoro aż tak rozwiązało usta Wokulskiemu.

Wokulski usiadł na kanapie i oparłszy głowę o ścianę mówił jakby do siebie:

— Nie masz pojęcia, co ja wycierpiałem, oddalony od wszystkich, niepewny, czy już kogo zobaczę, tak strasznie samotny. Bo widzisz, najgorszą samotnością nie jest ta, która otacza człowieka, ale ta pustka w nim samym, kiedy z kraju nie wyniósł ani cieplejszego spojrzenia, ani serdecznego słówka, ani nawet iskry nadziei...

Wokulski o samotności

Pan Ignacy poruszył się na krześle z zamiarem protestu.

— Pozwól sobie przypomnieć — odezwał się — że z początku pisywałem listy bardzo życzliwe, owszem, może nawet za sentymentalne. Zraziły mnie dopiero twoje krótkie odpowiedzi.

— Alboż ja do ciebie mam żal?...

— Tym mniej możesz go mieć do innych pracowników, którzy nie znają cię tak jak ja.

Wokulski ocknął się.

— Ależ ja do żadnego z nich nie mam pretensji. Może — odrobinę — do ciebie, żeś tak mało pisał o... mieście... W dodatku bardzo często ginął „Kurier"[65] na poczcie, robiły się luki w wiadomościach, a wtedy męczyły mnie najgorsze przeczucia.

— Z jakiej racji? Wszakże u nas nie było wojny — odparł ze zdziwieniem pan Ignacy.

— Ach, tak!... Nawet dobrze bawiliście się. Pamiętam, w grudniu mieliście świetne żywe obrazy. Kto to w nich występował?...

— No, ja na takie głupstwa nie chodzę.

— To prawda. A ja tego dnia dałbym — bodaj — dziesięć tysięcy rubli, ażeby je zobaczyć. Głupstwo jeszcze większe!... Czy nie tak?...

— Zapewne — chociaż dużo tu tłomaczy samotność, nudy...

— A może tęsknota — przerwał Wokulski. — Zjadała mi ona każdą chwilę wolną od pracy, każdą godzinę odpoczynku. Nalej mi wina, Ignacy.

Wypił, zaczął znowu chodzić po pokoju i mówić przyciszonym głosem:

---

[65] „Kurier" — „Kurier Warszawski" — popularne czasopismo.

> **Wokulski – o tęsknocie za krajem**

— Pierwszy raz spadło to na mnie w czasie przeprawy przez Dunaj trwającej od wieczora do nocy. Płynąłem sam i Cygan przewoźnik. Nie mogąc rozmawiać przypatrywałem się okolicy. Były w tym miejscu piaszczyste brzegi jak u nas. I drzewa podobne do naszych wierzb, wzgórza porośnięte leszczyną i kępy lasów sosnowych. Przez chwilę zdawało mi się, że jestem w kraju i że nim noc zapadnie, znowu was zobaczę. Noc zapadła, ale jednocześnie zniknęły mi z oczu brzegi. Byłem sam na ogromnej smudze wody, w której odbijały się nikłe gwiazdy.

Wówczas przyszło mi na myśl, że tak daleko jestem od domu, że dziś ostatnim między mną i wami łącznikiem są tylko te gwiazdy, że w tej chwili u was może nikt nie patrzy na nie, nikt o mnie nie pamięta, nikt!... Uczułem jakby wewnętrzne rozdarcie i wtedy dopiero przekonałem się, jak głęboką mam ranę w duszy.

— Prawda, że nigdy nie interesowały mnie gwiazdy — szepnął pan Ignacy.

— Od tego dnia uległem dziwnej chorobie — mówił Wokulski. — Dopóki rozpisywałem listy, robiłem rachunki, odbierałem towary, rozsyłałem moich ajentów, dopókim bodaj dźwigał i wyładowywał zepsute wozy albo czuwał nad skradającym się grabieżcą, miałem względny spokój. Ale gdym oderwał się od interesów, a nawet gdym na chwilę złożył pióro, czułem ból, jakby mi — czy to rozumiesz, Ignacy? — jakby mi ziarno piasku wpadło do serca. Bywało, chodzę, jem, rozmawiam, myślę przytomnie, rozpatruję się w pięknej okolicy, nawet śmieję się i jestem wesół, a mimo to czuję jakieś tępe ukłucie, jakiś drobny niepokój, jakąś nieskończenie małą obawę.

Ten stan chroniczny, męczący nad wszelki wyraz, lada okoliczność rozdmuchiwała w burzę. Drzewo znajomej formy, jakiś obdarty pagórek, kolor obłoku, przelot ptaka, nawet powiew wiatru bez żadnego zresztą powodu budził we mnie tak szaloną rozpacz, że uciekałem od ludzi. Szukałem ustroni tak pustej, gdzie bym mógł upaść na ziemię i nie podsłuchany przez nikogo, wyć z bólu jak pies.

Czasami w tej ucieczce przed samym sobą doganiała mnie. noc. Wtedy spoza krzaków, zwalonych pni i rozpadlin wychodziły naprzeciw mnie jakieś szare cienie i smutnie kiwały głowami o wybladłych oczach. A wszystkie szelesty liści, daleki turkot wozów, szmery wód zlewały się w jeden głos żałosny, który mnie pytał: „Przechodniu nasz, ach! co się z tobą stało?..."[66]

Ach, co się ze mną stało...

— Nic nie rozumiem — przerwał Ignacy. — Cóż to za szał?

— Co?... Tęsknota.

— Za czym?

Wokulski drgnął.

— Za czym? No... za wszystkim... za krajem...

— Dlaczegożeś nie wracał?

— A cóż by mi dał powrót?... Zresztą — nie mogłem.

— Nie mogłeś? — powtórzył Ignacy.

---

[66] „Przechodniu nasz, ach! co się z tobą stało?..." — niedokładny cytat z wiersza A. Mickiewicza *Do H.* (do Henrietty Ankwiczówny).

— Nie mogłem... i basta! Nie miałem po co wracać — odparł niecierpliwie Wokulski. — Umrzeć tu czy tam, wszystko jedno... daj mi wina — zakończył nagle, wyciągając rękę.

Rzecki spojrzał w jego rozgorączkowaną twarz i odsunął butelkę.

— Daj pokój — rzekł — już i tak jesteś rozdrażniony...

— Dlatego chcę pić...

— Dlatego nie powinieneś pić — przerwał Ignacy. — Za wiele mówisz... może więcej, aniżelibyś chciał — dodał z naciskiem.

Wokulski cofnął się. Zastanowił się i odparł potrząsając głową:

— Mylisz się.

— Zaraz ci dowiodę — odpowiedział Ignacy przyciszonym głosem. — Ty nie jeździłeś tam wyłącznie dla zrobienia pieniędzy...

— Zapewne — rzekł Wokulski po namyśle.

— Bo i na co trzysta tysięcy rubli tobie, któremu wystarczało tysiąc na rok?...

— To prawda.

Rzecki zbliżył swoje usta do jego ucha.

— Jeszcze ci powiem, że pieniędzy tych nie przywiozłeś dla siebie...

— Kto wie, czyś nie zgadł.

— Zgaduję więcej, aniżeli myślisz...

Wokulski nagle roześmiał się.

— Aha, więc tak sądzisz? — zawołał. — Upewniam cię, że nic nie wiesz, stary marzycielu.

— Boję się twojej trzeźwości, pod wpływem której gadasz jak wariat. Rozumiesz mnie, Stasiu?...

Wokulski wciąż się śmiał.

— Masz rację, nie przywykłem pić i wino uderzyło mi do głowy. Ale — już zebrałem zmysły. Powiem ci tylko, że mylisz się gruntownie. A teraz, ażeby ocalić mnie od zupełnego upicia, wypij sam — za pomyślność moich zamiarów.

Ignacy nalał kieliszek i mocno ściskając rękę Wokulskiemu, rzekł:

— Za pomyślność wielkich zamiarów...

— Wielkich dla mnie, ale w rzeczywistości bardzo skromnych.

— Niech i tak będzie — mówił Ignacy. — Jestem tak stary, że mi wygodniej nic nie wiedzieć; jestem już nawet tak stary, że pragnę tylko jednej rzeczy — pięknej śmierci. Daj mi słowo, że gdy przyjdzie czas, zawiadomisz mnie...

— Tak, gdy przyjdzie czas, będziesz moim swatem.

— Już byłem i nieszczęśliwie... — rzekł Ignacy.

— Z wdową przed siedmioma laty?

— Przed piętnastoma[67].

— Znowu swoje — roześmiał się Wokulski. — Zawsze ten sam!

— I tyś ten sam. Za pomyślność twoich zamiarów... Jakiekolwiek są, wiem jedno, że muszą być godne ciebie. A teraz — milczę...

---

[67] *przed piętnastoma* (laty) — aluzja do powstania styczniowego.

To powiedziawszy Ignacy wypił wino, a kieliszek rzucił na ziemię. Szkło rozbiło się z brzękiem, który obudził Ira.

— Chodźmy do sklepu — rzekł Ignacy. — Bywają rozmowy, po których dobrze jest mówić o interesach.

Wydobył ze stolika klucz i wyszli. W sieni wionął na nich mokry śnieg. Rzecki otworzył drzwi sklepu i zapalił kilka lamp.

— Co za towary! — zawołał Wokulski. — Chyba wszystko nowe?

— Prawie. Chcesz zobaczyć?... Tu jest porcelana. Zwracam ci uwagę...

— Później... Daj mi księgę.

— Dochodów?

— Nie, dłużników.

Rzecki otworzył biurko, wydobył księgę i podsunął fotel. Wokulski usiadł i rzuciwszy okiem na listę, wyszukał w niej jedno nazwisko.

— Sto czterdzieści rubli — mówił czytając. — No, to wcale niedużo...

— Któż to? — zapytał Ignacy. — A... Łęcki...

— Panna Łęcka ma także otwarty kredyt... bardzo dobrze — ciągnął Wokulski zbliżywszy twarz do księgi, jakby w niej pismo było niewyraźne. — A... a... Onegdaj wzięła portmonetkę... Trzy ruble?... to chyba za drogo...

— Wcale nie — wtrącił Ignacy. — Portmonetka doskonała, sam ją wybierałem.

— Z którychże to? — spytał niedbale Wokulski i zamknął księgę.

— Z tej gablotki. Widzisz, jakie to cacka.

— Musiała jednak dużo między nimi przerzucić... Jest podobno wymagająca...

— Wcale nie przerzucała, dlaczego miałaby przerzucać? — odparł Ignacy. — Obejrzała tę...

— Tę?..

— A chciała wziąć tę...

— Ach, tę... — szepnął Wokulski biorąc do ręki portmonetkę.

— Ale ja poradziłem jej inną, w tym guście...

— Wiesz co, że to jednak jest ładny wyrób.

— Tamta, którą ja wybrałem, była jeszcze ładniejsza.

— Ta bardzo mi się podoba. Wiesz... ja ją wezmę, bo moja już na nic...

— Czekaj, znajdę ci lepszą — zawołał Rzecki.

— Wszystko jedno. Pokaż inne towary, może jeszcze co mi się przyda.

— Spinki masz?... Krawat, kalosze, parasol...

— Daj mi parasol, no... i krawat. Sam wybierz. Będę dziś jedynym gościem i w dodatku zapłacę gotówką.

— Bardzo dobry zwyczaj — odparł uradowany Rzecki. Prędko wydobył krawat z szuflady i parasol z okna i podał je ze śmiechem Wokulskiemu. — Po strąceniu rabatu — dodał — jako handlujący, zapłacisz siedem rubli. Pyszny parasol... Bagatela...

— To już wrócimy do ciebie — rzekł Wokulski.

— Nie obejrzysz sklepu? — spytał Ignacy.

— Ach, co mnie to ob...

— Nie obchodzi cię twój własny sklep, taki piękny sklep?... — zdziwił się Ignacy.

— Gdzież znowu, czy możesz przypuszczać... Ale jestem trochę zmęczony.

— Słusznie — odparł Rzecki. — Co racja, to racja. Więc idźmy.

Pozakręcał lampy i przepuściwszy Wokulskiego zamknął sklep. W sieni znowu spotkał ich mokry śnieg i Paweł niosący obiad.

Rozdział V

Demokratyzacja pana i marzenia panny z towarzystwa

Mieszkanie Łęckich – wygląd wnętrza

Pan Tomasz Łęcki z jedyną córką Izabelą i kuzynką panną Florentyną nie mieszkał we własnej kamienicy, lecz wynajmował lokal, złożony z ośmiu pokojów, w stronie Alei Ujazdowskiej[68]. Miał tam salon o trzech oknach, gabinet własny, gabinet córki, sypialnię dla siebie, sypialnię dla córki, pokój stołowy, pokój dla panny Florentyny i garderobę, nie licząc kuchni i mieszkania dla służby, składającej się ze starego kamerdynera Mikołaja, jego żony, która była kucharką, i panny służącej, Anusi.

Mieszkanie posiadało wielkie zalety. Było suche, ciepłe, obszerne, widne. Miało marmurowe schody, gaz, dzwonki elektryczne i wodociągi. Każdy pokój w miarę potrzeby łączył się z innymi lub tworzył zamkniętą w sobie całość. Sprzętów wreszcie miało liczbę dostateczną, ani za mało, ani za wiele, a każdy odznaczał się raczej wygodną prostotą aniżeli skaczącymi do oczu ozdobami. Kredens budził w widzu uczucie pewności, że z niego nie zginą srebra; łóżko przywodziło na myśl bezpieczny spoczynek dobrze zasłużonych; stół można było obciążyć, na krześle usiąść bez obawy załamania się, na fotelu marzyć.

Kto tu wszedł, miał swobodę ruchu; nie potrzebował lękać się, że mu coś zastąpi drogę lub że on coś zepsuje. Czekając na gospodarza nie nudził się, otaczały go bowiem rzeczy, które warto było oglądać. Zarazem widok przedmiotów, wyrobionych nie wczoraj i mogących służyć kilku pokoleniom, nastrajał go na jakiś ton uroczysty.

Na tym poważnym tle dobrze zarysowywali się jego mieszkańcy.

Tomasz Łęcki – przedstawienie i wygląd postaci

Pan Tomasz Łęcki był to sześćdziesięciokilkoletni człowiek, niewysoki, pełnej tuszy, krwisty. Nosił nieduże wąsy białe i do góry podczesane włosy, tej samej barwy. Miał siwe, rozumne oczy, postawę wyprostowaną, chodził ostro. Na ulicy ustępowano mu z drogi – a ludzie prości mówili: oto musi być pan z panów.

Łęcki – ród i przeszłość

Istotnie, pan Łęcki liczył w swoim rodzie całe szeregi senatorów. Ojciec jego jeszcze posiadał miliony, a on sam za młodu krocie. Później jednak część majątku pochłonęły zdarzenia polityczne, resztę – podróże po Europie i wysokie stosunki. Pan Tomasz bywał bowiem przed rokiem 1870 na dworze francuskim, następnie na wiedeńskim i włoskim. Wiktor Emanuel[69], oczarowany pięknością jego córki, zaszczycał go swoją przyjaźnią

---

[68] *Aleje Ujazdowskie* – jedna z piękniejszych ulic Warszawy.
[69] *Wiktor Emanuel II* – król Sardynii, po zjednoczeniu w 1861 król Włoch.

i nawet chciał mu nadać tytuł hrabiego. Nie dziw, że pan Tomasz po śmierci wielkiego króla przez dwa miesiące nosił na kapeluszu krepę.

Od paru lat pan Tomasz nie ruszał się z Warszawy, za mało mając już pieniędzy, ażeby błyszczeć na dworach. Za to jego mieszkanie stało się ogniskiem eleganckiego świata i było nim aż do czasu rozejścia się pogłosek, że pan Tomasz postradał nie tylko swój majątek, ale nawet posag panny Izabeli.

Pierwsi cofnęli się epuzerowie[70], za nimi damy mające brzydkie córki, z pozostałą zaś resztą zerwał sam pan Tomasz i ograniczył swoje znajomości wyłącznie do stosunków z familią. Lecz gdy i tu zauważył zniżenie się uczuciowej temperatury, zupełnie wycofał się z towarzystwa, a nawet ku zgorszeniu wielu szanownych osób, jako właściciel domu w Warszawie, wpisał się do Resursy Kupieckiej[71]. Chciano go tam zrobić prezesem, ale nie zgodził się.

Tylko jego córka bywała u sędziwej hrabiny Karolowej i paru jej przyjaciółek, co znowu dało początek pogłosce, że pan Tomasz jeszcze posiada majątek i że zerwał z towarzystwem w części przez dziwactwo, w części dla poznania rzeczywistych przyjaciół i wybrania córce męża, który by ją kochał dla niej samej, nie dla posagu.

Więc znowu dokoła panny Łęckiej począł zbierać się tłum wielbicieli, a na stoliku w jej salonie stosy biletów wizytowych. Gości jednak nie przyjmowano, co zresztą między nimi nie wywołało zbyt wielkiego oburzenia, ponieważ rozeszła się trzecia z kolei pogłoska, że Łęckiemu licytują kamienicę.

Tym razem w towarzystwie powstał zamęt. Jedni twierdzili, że pan Tomasz jest zdeklarowanym bankrutem, drudzy gotowi byli przysiąc, że zataił majątek, aby zapewnić szczęście jedynaczce. Kandydaci do małżeństwa i ich rodziny znaleźli się w dręczącej niepewności. Ażeby więc nic nie ryzykować i nic nie stracić, składali hołdy pannie Izabeli nie angażując się zbytecznie i po cichu rzucali w jej domu swoje karty, prosząc Boga, ażeby ich czasem nie zaproszono przed wyklarowaniem się sytuacji.

O rewizytach ze strony pana Tomasza nie było mowy. Usprawiedliwiano go ekscentrycznością i smutkiem po Wiktorze Emanuelu.

Tymczasem pan Tomasz w dzień spacerował po Alejach, a wieczorem grywał w wista[72] w resursie. Fizjognomia jego była zawsze tak spokojna, a postawa tak dumna, że wielbiciele jego córki zupełnie potracili głowy. Rozważniejsi czekali, ale śmielsi poczęli znowu darzyć ją powłóczystymi spojrzeniami, cichym westchnieniem lub drżącym uściskiem ręki, na co panna odpowiadała lodowatą, a niekiedy pogardliwą obojętnością.

Panna Izabela była niepospolicie piękną kobietą. Wszystko w niej było oryginalne i doskonałe. Wzrost więcej niż średni, bardzo kształtna figura, bujne włosy blond z odcieniem popielatym, nosek prosty, usta trochę odchylone, zęby perłowe, ręce

> **Izabela Łęcka – wygląd, sposób bycia**

---

[70] *epuzer* – kandydat do małżeństwa.
[71] *resursa* – nazwa związków towarzyskich i należących do nich lokali.
[72] *wist* – gra w karty.

i stopy modelowe[73]. Szczególne wrażenie robiły jej oczy, niekiedy ciemne i rozmarzone, niekiedy pełne iskier wesołości, czasem jasnoniebieskie i zimne jak lód.

Uderzająca była gra jej fizjognomii. Kiedy mówiła, mówiły jej usta, brwi, nozdrza, ręce, cała postawa, a nade wszystko oczy, którymi zdawało się, że chce przelać swoją duszę w słuchacza. Kiedy słuchała, zdawało się, że chce wypić duszę z opowiadającego. Jej oczy umiały tulić, pieścić, płakać bez łez, palić i mrozić. Niekiedy można było myśleć, że rozmarzona otoczy kogoś rękoma i oprze mu głowę na ramieniu; lecz gdy szczęśliwy topniał z rozkoszy, nagle wykonywała jakiś ruch, który mówił, że schwycić jej niepodobna, gdyż albo wymknie się, albo odepchnie, albo po prostu każe lokajowi wyprowadzić wielbiciela za drzwi...

Ciekawym zjawiskiem była dusza panny Izabeli.

Gdyby ją kto szczerze zapytał: czym jest świat, a czym ona sama? niezawodnie odpowiedziałaby, że świat jest zaczarowanym ogrodem, napełnionym czarodziejskimi zamkami, a ona — boginią czy nimfą uwięzioną w formy cielesne.

> **Łęcka – wyobrażenia o sobie i świecie**

Panna Izabela od kolebki żyła w świecie pięknym i nie tylko nadludzkim, ale — nadnaturalnym. Sypiała w puchach, odziewała się w jedwabie i hafty, siadała na rzeźbionych i wyścielanych hebanach[74] lub palisandrach[75], piła z kryształów, jadała ze sreber i porcelany kosztownej jak złoto.

Dla niej nie istniały pory roku, tylko wiekuista wiosna, pełna łagodnego światła, żywych kwiatów i woni. Nie istniały pory dnia, gdyż nieraz przez całe miesiące kładła się spać o ósmej rano, a jadała obiad o drugiej po północy. Nie istniały różnice położeń geograficznych, gdyż w Paryżu, Wiedniu, Rzymie, Berlinie czy Londynie znajdowali się ci sami ludzie, te same obyczaje, te same sprzęty, a nawet te same potrawy: zupy z wodorostów Oceanu Spokojnego, ostrygi z Morza Północnego, ryby z Atlantyku albo z Morza Śródziemnego, zwierzyna ze wszystkich krajów, owoce ze wszystkich części świata. Dla niej nie istniała nawet siła ciężkości, gdyż krzesła jej podsuwano, talerze podawano, ją samą na ulicy wieziono, na schody wprowadzano, na góry wnoszono.

Woalka chroniła ją od wiatru, kareta od deszczu, sobole od zimna, parasolka i rękawiczki od słońca. I tak żyła z dnia na dzień, z miesiąca na miesiąc, z roku na rok, wyższa nad ludzi, a nawet nad prawa natury. Dwa razy spotkała ją straszna burza, raz w Alpach, drugi — na Morzu Śródziemnym. Truchleli najodważniejsi, ale panna Izabela ze śmiechem przysłuchiwała się łoskotowi druzgotanych skał i trzeszczeniu okrętu, ani przypuszczając możliwości niebezpieczeństwa. Natura urządziła dla niej piękne widowisko z piorunów, kamieni i morskiego odmętu, jak w innym czasie pokazała jej księżyc nad Jeziorem Genewskim albo nad wodospadem Renu rozdarła

> **Arystokracja – skład społeczności**

chmury, które zakrywały słońce. To samo przecie robią co dzień maszyniści teatrów i nawet w zdenerwowanych damach nie wywołują obawy.

---

[73] *modelowy* — tu w znaczeniu wzorowy.

[74] *heban* — twarde i ciężkie drewno koloru czarnego.

[75] *palisander* — drewno używane na forniry.

Ten świat wiecznej wiosny, gdzie szeleściły jedwabie, rosły tylko rzeźbione drzewa, a glina pokrywała się artystycznymi malowidłami, ten świat miał swoją specjalną ludność. Właściwymi jego mieszkańcami były księżniczki i książęta, hrabianki i hrabiowie tudzież bardzo stara i majętna szlachta obojej płci. Znajdowały się tam jeszcze damy zamężne i panowie żonaci w charakterze gospodarzy domów, matrony strzegące wykwintnego obejścia i dobrych obyczajów i starzy panowie, którzy zasiadali na pierwszych miejscach przy stole, oświadczali młodzież, błogosławili ją i grywali w karty. Byli też biskupi, wizerunki Boga na ziemi, wysocy urzędnicy, których obecność zabezpieczała świat od nieporządków społecznych i trzęsienia ziemi, a nareszcie dzieci, małe cherubiny, zesłane z nieba po to, ażeby starsi mogli urządzać kinderbale[76].

Wśród stałej ludności zaczarowanego świata ukazywał się od czasu do czasu zwykły śmiertelnik, który na skrzydłach reputacji potrafił wzbić się aż do szczytów Olimpu. Zwykle bywał nim jakiś inżynier, który łączył oceany albo wiercił czy też budował Alpy. Był jakiś kapitan, który w walce z dzikimi stracił swoją kompanię, a sam okryty ranami ocalał dzięki miłości murzyńskiej księżniczki. Był podróżnik, który podobno odkrył nową część świata, rozbił się z okrętem na bezludnej wyspie i bodaj czy nie kosztował ludzkiego mięsa.

Bywali tam wreszcie sławni malarze, a nade wszystko natchnieni poeci, którzy w sztambuchach[77] hrabianek pisywali ładne wiersze, mogli kochać się bez nadziei i uwieczniać wdzięki swoich okrutnych bogiń naprzód w gazetach, a następnie w oddzielnych tomikach, drukowanych na welinowym papierze.

Cała ta ludność, między którą ostrożnie przesuwali się wygalonowani[78] lokaje, damy do towarzystwa, ubogie kuzynki i łaknący wyższych posad kuzyni, cała ta ludność obchodziła wieczne święto.

Arystokracja – tryb życia

Od południa składano sobie i oddawano wizyty i rewizyty albo zjeżdżano się w magazynach. Ku wieczorowi bawiono się przed obiadem, w czasie obiadu i po obiedzie. Potem jechano na koncert lub do teatru, ażeby tam zobaczyć inny sztuczny świat, gdzie bohaterowie rzadko kiedy jedzą i pracują, ale za to wciąż gadają sami do siebie – gdzie niewierność kobiet staje się źródłem wielkich katastrof i gdzie kochanek, zabity przez męża w piątym akcie, na drugi dzień zmartwychwstaje w pierwszym akcie, ażeby popełniać te same błędy i gadać do siebie nie będąc słyszanym przez osoby obok stojące. Po wyjściu z teatru znowu zbierano się w salonach, gdzie służba roznosiła zimne i gorące napoje, najęci artyści śpiewali, młode mężatki słuchały opowiadań porąbanego kapitana o murzyńskiej księżniczce, panny rozmawiały z poetami o powinowactwie dusz, starsi panowie wykładali inżynierom swoje poglądy na inżynierię, a damy w średnim wieku półsłówkami i spojrzeniami walczyły między sobą o podróżnika, który jadł ludzkie mięso. Potem zasiadano do kolacji, gdzie usta jadły, żołądki trawiły, a buciki rozmawiały o uczuciach

---

[76] *Kinderbal* (niem.) – zabawa dla dzieci.
[77] *sztambuch* – album, pamiętnik.
[78] *wygalonowani* – w liberiach z galonami; galon – obwódka z taśmy złotej lub srebrnej na mundurze i liberii.

> **Łęcka – wyobrażenie o ludziach z „niższych sfer"**

lodowatych serc i marzeniach głów niezawrotnych. A potem – rozjeżdżano się, ażeby w śnie rzeczywistym nabrać sił do snu życia. Poza tym czarodziejskim był jeszcze inny świat – zwyczajny. O jego istnieniu wiedziała panna Izabela i nawet lubiła mu się przypatrywać z okna karety, wagonu albo z własnego mieszkania. W takich ramach i z takiej odległości wydawał on się jej malowniczym i nawet sympatycznym. Widywała rolników powoli orzących ziemię – duże fury ciągnione przez chudą szkapę – roznosicieli owoców i jarzyn – starca, który tłukł kamienie na szosie – posłańców idących gdzieś z pośpiechem – ładne i natrętne kwiaciarki – rodzinę złożoną z ojca, bardzo otyłej matki i czworga dzieci, parami trzymających się za ręce – eleganta niższej sfery, który jechał dorożką i rozpierał się w sposób bardzo zabawny – czasem pogrzeb. I mówiła sobie, że tamten świat, choć niższy, jest ładny; jest nawet ładniejszy od obrazów rodzajowych, gdyż porusza się i zmienia co chwilę.

I jeszcze wiedziała panna Izabela, że jak w oranżeriach rosną kwiaty, a w winnicach winogrona, tak w tamtym niższym świecie wyrastają rzeczy jej potrzebne. Stamtąd pochodzi jej wierny Mikołaj i Anusia, tam robią rzeźbione fotele, porcelanę, kryształy i firanki, tam rodzą się froterzy, tapicerowie, ogrodnicy i panny szyjące suknie. Będąc raz w magazynie kazała zaprowadzić się do szwalni i bardzo ciekawym wydał się jej widok kilkudziesięciu pracownic, które krajały, fastrygowały i układały na formach fałdy ubrań. Była pewna, że robi im to wielką przyjemność, ponieważ te panny, które brały jej miarę albo przymierzały suknie, były zawsze uśmiechnięte i bardzo zainteresowane tym, ażeby strój leżał na niej dobrze.

I jeszcze wiedziała panna Izabela, że na tamtym, zwyczajnym świecie trafiają się ludzie nieszczęśliwi. Więc każdemu ubogiemu, o ile spotkał ją, kazała dawać po kilka złotych; raz spotkawszy mizerną matkę z bladym jak wosk dzieckiem przy piersi oddała jej bransoletę, a brudne, żebrzące dzieci obdarzała cukierkami i całowała z pobożnym uczuciem. Zdawało się jej, że w którymś z tych biedaków, a może w każdym, jest utajony Chrystus, który zastąpił jej drogę, ażeby dać okazję do spełnienia dobrego czynu.

W ogóle dla ludzi z niższego świata miała serce życzliwe. Przychodziły jej na myśl słowa Pisma Świętego: „W pocie czoła pracować będziesz". Widocznie popełnili oni jakiś ciężki grzech, skoro skazano ich na pracę; ależ tacy jak ona aniołowie nie mogli nie ubolewać nad ich losem. Tacy jak ona, dla której największą pracą było dotknięcie elektrycznego dzwonka albo wydanie rozkazu.

Raz tylko niższy świat zrobił na niej potężne wrażenie.

Pewnego dnia, we Francji, zwiedzała fabrykę żelazną. Zjeżdżając z góry, w okolicy pełnej lasów i łąk, pod szafirowym niebem zobaczyła otchłań wypełnioną obłokami czarnych dymów i białych par i usłyszała głuchy łoskot, zgrzyt i sapanie machin. Potem widziała piece, jak wieże średniowiecznych zamków, dyszące płomieniami – potężne koła, które obracały się z szybkością błyskawic – wielkie rusztowania, które same toczyły się po szynach – strumienie rozpalonego do białości żelaza i półnagich robotników, jak spiżowe posągi, o ponurych wejrzeniach. Ponad tym wszystkim – krwawa łuna, warczenie kół, jęki miechów, grzmot młotów i niecierpliwe oddechy kotłów, a pod stopami dreszcz wylęknionej ziemi.

Wtedy zdało się jej, że z wyżyn szczęśliwego Olimpu zstąpiła do beznadziejnej otchłani Wulkana, gdzie cyklopowie kują pioruny mogące zdruzgotać sam Olimp. Przyszły jej na myśl legendy o zbuntowanych olbrzymach, o końcu tego pięknego świata, w którym przebywała, i pierwszy raz w życiu ją, boginię, przed którą gięli się marszałkowie i senatorzy, zdjęła trwoga.

— To są straszni ludzie, papo... — szepnęła do ojca.

Ojciec milczał, tylko mocniej przycisnął jej ramię.

— Ale kobietom oni nic złego nie zrobią?

— Tak, nawet oni — odpowiedział pan Tomasz.

W tej chwili pannę Izabelę ogarnął wstyd na myśl, że troszczyła się tylko o kobiety. Więc szybko dodała:

— A jeżeli nam, to i wam nie zrobią nic złego...

Ale pan Tomasz uśmiechnął się i potrząsnął głową. W owym czasie dużo mówiono o zbliżającym się końcu starego świata, a pan Tomasz głęboko odczuwał to, z wielkimi trudnościami wydobywając pieniądze od swoich pełnomocników.

Odwiedziny fabryki stanowiły ważną epokę w życiu panny Izabeli. Z religijną czcią czytywała ona poezje swego dalekiego kuzyna, Zygmunta[79], i zdawało się jej, że dziś znalazła ilustrację do *Nie-Boskiej komedii*. Odtąd często marzyła o zmroku, że na górze kąpiącej się w słońcu, skąd zjeżdżał jej powóz do fabryki, stoją Okopy Św. Trójcy[80], a w tej dolinie zasnutej dymami i parą było obozowisko zbuntowanych demokratów, gotowych lada chwila ruszyć do szturmu i zburzyć jej piękny świat.

Teraz dopiero zrozumiała, jak gorąco kocha tę swoją duchową ojczyznę, gdzie kryształowe pająki zastępują słońce, dywany — ziemię, posągi i kolumny — drzewa. Tę drugą ojczyznę, która ogarnia arystokrację wszystkich narodów, wykwintność wszystkich czasów i najpiękniejsze zdobycze cywilizacji.

I to wszystko miałoby runąć, umrzeć, albo rozpierzchnąć się!... Rycerska młodzież, która śpiewa z takim uczuciem, tańczy z wdziękiem, pojedynkuje się z uśmiechem albo skacze na środku jeziora w wodę za zgubionym kwiatkiem?... Mają zginąć te ukochane przyjaciółki, które okrywały ją tyloma pieszczotami albo siedząc u jej nóg opowiadały jej tyle drobnych tajemnic, albo oddalone od niej pisywały takie długie, bardzo długie listy, w których tkliwe uczucia mieszały się z nader wątpliwą ortografią?

A ta dobra służba, która ze swymi panami postępuje tak, jakby zaprzysięgała im dozgonną miłość, wierność i posłuszeństwo? A te modystki, które zawsze witają ją z uśmiechem i tak pamiętają o najdrobniejszym szczególe jej toalety, tak dokładnie wiedzą o jej triumfach? A te piękne konie, którym jaskółka mogłaby zazdrościć lotu, a te psy mądre i przywiązane jak ludzie, a te ogrody, gdzie ręka ludzka powznosiła pagórki, wylewała strumienie, modelowała drzewa?... I to wszystko miałoby kiedyś zniknąć?...

Od tych rozmyślań przybył pannie Izabeli na twarz nowy wyraz łagodnego smutku, który ją robił jeszcze piękniejszą. Mówiono, że już zupełnie dojrzała.

---

[79] *Zygmunt* — mowa o Zygmuncie Krasińskim.

[80] *Okopy Św. Trójcy* — zamek w *Nie-Boskiej komedii* ostatnia ostoja arystokracji.

> **Łęcka – poglądy na małżeństwo**

Rozumiejąc, że wielki świat jest wyższym światem, panna Izabela dowiedziała się powoli, że do tych wyżyn wzbić się można i stale na nich przebywać tylko za pomocą dwóch skrzydeł: urodzenia i majątku. Urodzenie zaś i majątek są przywiązane do pewnych wybranych familij, jak kwiat i owoc pomarańczy do pomarańczowego drzewa. Bardzo też jest możliwym, że dobry Bóg widząc dwie dusze z pięknymi nazwiskami, połączone węzłem sakramentu, pomnaża ich dochody i zsyła im na wychowanie aniołka, który w dalszym ciągu podtrzymuje sławę rodów swoimi cnotami, dobrym ułożeniem i pięknością. Stąd wynika obowiązek oględnego zawierania małżeństw, na czym najlepiej znają się stare damy i sędziwi panowie. Wszystko znaczy trafny dobór nazwisk i majątków. Miłość bowiem, nie ta szalona, o jakiej marzą poeci, ale prawdziwie chrześcijańska, zjawia się dopiero po sakramencie i najzupełniej wystarcza, ażeby żona umiała pięknie prezentować się w domu, a mąż z powagą asystować jej w świecie.

Tak było dawniej i było dobrze, według zgodnej opinii wszystkich matron. Dziś zapomniano o tym i jest źle: mnożą się mezalianse i upadają wielkie rodziny.

„I nie ma szczęścia w małżeństwach" — dodawała po cichu panna Izabela, której młode mężatki opowiedziały niejeden sekret domowy.

Dzięki nawet tym opowiadaniom nabrała dużego wstrętu do małżeństwa i lekkiej wzgardy dla mężczyzn.

> **Łęcka – stosunek do mężczyzn**

Mąż w szlafroku, który ziewa przy żonie, całuje ją mając pełne usta dymu z cygar, często odzywa się: „A dajże mi spokój" albo po prostu: „Głupia jesteś!..." — ten mąż, który robi hałasy w domu za nowy kapelusz, a za domem wydaje pieniądze na ekwipaże dla aktorek — to wcale nieciekawe stworzenie. Co najgorsze, że każdy z nich przed ślubem był gorącym wielbicielem, mizerniał nie widząc długo swej pani, rumienił się, kiedy ją spotkał, a nawet niejeden obiecywał zastrzelić się z miłości.

Toteż mając lat osiemnaście, panna Izabela tyranizowała mężczyzn chłodem. Kiedy Wiktor Emanuel raz pocałował ją w rękę, uprosiła ojca, że tego samego dnia wyjechali z Rzymu. W Paryżu oświadczył się jej pewien bogaty hrabia francuski, odpowiedziała mu, że jest Polką i za cudzoziemca nie wyjdzie. Podolskiego magnata odepchnęła zdaniem, że odda swoją rękę tylko temu, kogo pokocha, a na co się jeszcze nie zanosi, a oświadczyny jakiegoś amerykańskiego milionera zbyła wybuchem śmiechu.

Takie postępowanie na kilka lat wytworzyło dokoła panny pustkę. Podziwiano ją i wielbiono, ale z daleka; nikt bowiem nie chciał narażać się na szyderczą odmowę.

Po przejściu pierwszego niesmaku panna Izabela zrozumiała, że małżeństwo trzeba przyjąć takim, jakie jest. Była już zdecydowana wyjść za mąż, pod tym wszakże warunkiem, aby przyszły towarzysz – podobał się jej, miał piękne nazwisko i odpowiedni majątek. Rzeczywiście, trafiali się jej ludzie piękni, majętni i utytułowani; na nieszczęście jednak, żaden nie łączył w sobie wszystkich trzech warunków, więc — znowu upłynęło kilka lat.

Nagle rozeszły się wieści o złym stanie interesów pana Tomasza i — z całego legionu konkurentów — zostało pannie Izabeli tylko dwu poważnych: pewien baron i pewien marszałek, bogaci, ale starzy.

Teraz spostrzegła panna Izabela, że w wielkim świecie usuwa jej się grunt pod nogami, więc zdecydowała się obniżyć skalę wymagań. Ale że baron i marszałek pomimo swoich majątków budzili w niej niepokonaną odrazę, więc odkładała stanowczą decyzję z dnia na dzień. Tymczasem pan Tomasz zerwał z towarzystwem. Marszałek nie mogąc się doczekać odpowiedzi wyjechał na wieś, strapiony baron za granicę i — panna Izabela pozostała kompletnie samą. Wprawdzie wiedziała, że każdy z nich wróci na pierwsze zawołanie, ale — którego tu wybrać?... jak przytłumić wstręt?... Nade wszystko zaś, czy podobna robić z siebie taką ofiarę mając niejaką pewność, że kiedyś odzyska majątek, i wiedząc, że wówczas znowu będzie mogła wybierać. Tym razem już wybierze poznawszy, jak ciężko jej żyć poza towarzystwem salonów...

Jedna rzecz w wysokim stopniu ułatwiała jej wyjście za mąż dla stanowiska. Oto panna Izabela nigdy nie była zakochaną. Przyczyniał się do tego jej chłodny temperament, wiara, że małżeństwo obejdzie się bez poetycznych dodatków, nareszcie miłość idealna, najdziwniejsza, o jakiej słyszano.

Raz zobaczyła w pewnej galerii rzeźb posąg Apollina, który na niej zrobił tak silne wrażenie, że kupiła piękną jego kopię i ustawiła w swoim gabinecie. Przypatrywała mu się całymi godzinami, myślała o nim i... kto wie, ile pocałunków ogrzało ręce i nogi marmurowego bóstwa?... I stał się cud: pieszczony przez kochającą kobietę głaz ożył. A kiedy pewnej nocy zapłakana usnęła, nieśmiertelny zstąpił ze swego piedestału i przyszedł do niej w laurowym wieńcu na głowie, jaśniejący mistycznym[81] blaskiem.

> Łęcka – sposób odczuwania, stosunek do miłości, cechy temperamentu (motyw Pigmaliona)

Siadł na krawędzi jej łóżka, długo patrzył na nią oczyma, z których przeglądała wieczność, a potem objął ją w potężnym uścisku i pocałunkami białych ust ocierał łzy i chłodził jej gorączkę.

Odtąd nawiedzał ją coraz częściej i omdlewającej w jego objęciach szeptał on, bóg światła, tajemnice nieba i ziemi, jakich dotychczas nie wypowiedziano w śmiertelnym języku. A przez miłość dla niej sprawił jeszcze większy cud, gdyż w swym boskim obliczu kolejno ukazywał jej wypięknione rysy tych ludzi, którzy kiedykolwiek zrobili na niej wrażenie.

Raz był podobnym do odmłodzonego jenerała-bohatera, który wygrał bitwę i z wyżyn swego siodła patrzył na śmierć kilku tysięcy walecznych. Drugi raz przypominał twarzą najsławniejszego tenora, któremu kobiety rzucały kwiaty pod nogi, a mężczyźni wyprzęgali konie z powozu. Inny raz był wesołym i pięknym księciem krwi jednego z najstarszych domów panujących; inny raz dzielnym strażakiem, który za wydobycie trzech osób z płomieni na piątym piętrze dostał legię honorową[82]; inny raz był wielkim rysownikiem, który przytłaczał świat bogactwem swojej fantazji, a inny raz weneckim gondolierem albo cyrkowym atletą nadzwyczajnej urody i siły.

Każdy z tych ludzi przez pewien czas zaprzątał tajemne myśli panny Izabeli, każdemu poświęcała najcichsze westchnienia rozumiejąc, że dla tych czy innych

---

[81] *mistyczny* — tu: tajemniczy, nadprzyrodzony.
[82] *Legia Honorowa* — najwyższe odznaczenie francuskie.

powodów kochać go nie może, i – każdy z nich za sprawą bóstwa ukazywał się w jego postaci, w półrzeczywistych marzeniach. A od tych widzeń oczy panny Izabeli przybrały nowy wyraz jakiegoś nadziemskiego zamyślenia. Niekiedy spoglądały one gdzieś ponad ludzi i poza świat; a gdy jeszcze jej popielate włosy na czole ułożyły się tak dziwnie, jakby je rozwiał tajemniczy podmuch, patrzącym zdawało się, że widzą anioła albo świętą.

Przed rokiem w jednej z takich chwil zobaczył pannę Izabelę Wokulski. Odtąd serce jego nie zaznało spokoju.

Prawie w tym samym czasie pan Tomasz zerwał z towarzystwem i na znak swoich rewolucyjnych usposobień zapisał się do Resursy Kupieckiej. Tam z pomiatanymi niegdyś garbarzami, szczotkarzami i dystylatorami grywał w wista, głosząc na prawo i na lewo, że arystokracja nie powinna zasklepiać się w wyłączności, ale przodować oświeconemu mieszczaństwu, a przez nie narodowi. Za co wywzajemniając się dumni dziś garbarze, szczotkarze i dystylatorzy raczyli przyznawać, że pan Tomasz jest jedynym arystokratą, który pojął swe obowiązki względem kraju i spełnia je sumiennie. Mogli byli dodać: spełnia co dzień od dziewiątej wieczór do północy.

I kiedy w ten sposób pan Tomasz dźwigał jarzmo stanowiska, panna Izabela trawiła się w samotności i ciszy swego pięknego lokalu. Nieraz Mikołaj już twardo drzemał w fotelu, panna Florentyna, zatkawszy sobie uszy watą, na dobre spała, a do pokoju panny Izabeli sen jeszcze nie zapukał odpędzany przez wspomnienia. Wtedy zrywała się z łóżka i odziana w lekki szlafroczek całymi godzinami chodziła po salonie, gdzie dywan głuszył jej kroki i tylko tyle było światła, ile go rzucały dwie skąpe latarnie uliczne.

Chodziła, a w ogromnym pokoju tłoczyły się jej smutne myśli i widziadła osób, które tu kiedyś bywały. Tu drzemie stara księżna; tu dwie hrabiny informują się u prałata, czy można dziecko ochrzcić wodą różaną. Tu rój młodzieży zwraca ku niej tęskne spojrzenia albo udanym chłodem usiłuje podniecić w niej ciekawość; a tam girlanda panien, które pieszczą ją wzrokiem, podziwiają albo jej zazdroszczą. Pełno świateł, szelestów, rozmów, których większa część, jak motyle około kwiatów, krążyły około jej piękności. Gdzie ona się znalazła, tam obok niej wszystko bladło; inne kobiety były jej tłem, a mężczyźni niewolnikami.

I to wszystko przeszło!... I dziś w tym salonie – chłodno, ciemno i pusto... Jest tylko ona i niewidzialny pająk smutku, który zawsze zasnuwa szarą siecią te miejsca, gdzie byliśmy szczęśliwi i skąd szczęście uciekło. Już uciekło!... Panna Izabela wyłamywała sobie palce, ażeby pohamować się od łez, których wstyd jej było nawet w pustce i w nocy.

Wszyscy ją opuścili, z wyjątkiem – hrabiny Karolowej, która kiedy wezbrał jej zły humor, przychodziła tu i szeroko zasiadłszy na kanapie, prawiła wśród westchnień:

— Tak, droga Belciu, musisz przyznać, że popełniłaś kilka błędów nie do darowania. Nie mówię o Wiktorze Emanuelu, bo tamto był przelotny kaprys króla – trochę liberalnego i zresztą bardzo zadłużonego. Na takie stosunki trzeba mieć więcej – nie powiem: taktu, ale – doświadczenia – ciągnęła hrabina, skromnie spuszczając powieki. – Ale wypuścić czy – jeżeli chcesz – odrzucić hrabiego Saint-Auguste, to już daruj!... Człowiek młody, majętny, bardzo dobrze, i jeszcze z taką karierą!... Teraz właśnie przewodniczy jednej deputacji do Ojca świętego i zapewne dostanie specjalne błogosławieństwo dla całej rodziny, no – a hrabia Chambord[83] nazywa go *cher cousin*...[84] Ach, Boże!

– Myślę, ciociu, że martwić się tym już za późno – wtrąciła panna Izabela.

– Alboż ja chcę cię martwić, biedne dziecko i bez tego czekają cię ciosy, które ukoić może tylko głęboka wiara. Zapewne wiesz, że ojciec stracił wszystko, nawet resztę twego posagu?

– Cóż ja na to poradzę?

– A jednak ty tylko możesz radzić i powinnaś – mówiła hrabina z naciskiem. – Marszałek nie jest wprawdzie Adonisem[85], no – ale... Gdyby nasze obowiązki były do spełnienia łatwe, nie istniałaby zasługa. Zresztą, mój Boże, któż nam broni mieć na dnie duszy jakiś ideał, o którym myśl osładza najcięższe chwile? Na koniec, mogę cię zapewnić, że położenie pięknej kobiety, mającej starego męża, nie należy do najgorszych. Wszyscy interesują się nią, mówią o niej, składają hołdy jej poświęceniu, a znowu stary mąż jest mniej wymagający od męża w średnim wieku...

– Ach, ciociu...

– Tylko bez egzaltacji, Belciu! Nie masz lat szesnastu i na życie musisz patrzeć serio. Nie można przecie dla jakiejś idiosynkrazji[86] poświęcać bytu ojca, a choćby Flory i waszej służby. Wreszcie pomyśl, ile ty przy twym szlachetnym serduszku mogłabyś zrobić dobrego rozporządzając znacznym majątkiem.

– Ależ, ciociu, marszałek jest obrzydliwy. Jemu nie żony trzeba, ale niańki, która by mu ocierała usta.

– Nie upieram się przy marszałku, więc baron...

– Baron jeszcze starszy, farbuje się, różuje i ma jakieś plamy na rękach.

Hrabina podniosła się z kanapy.

– Nie nalegam, moja droga, nie jestem swatką, to należy do pani Meliton. Zwracam tylko uwagę, że nad ojcem wisi katastrofa.

– Mamy przecie kamienicę.

– Którą sprzedają najdalej po św. Janie, tak że nawet twoja suma spadnie.

– Jak to – dom, który kosztował sto tysięcy, sprzedadzą za sześćdziesiąt?...

– Bo on niewart więcej, bo ojciec za dużo wydał. Wiem to od budowniczego, który oglądał go z polecenia Krzeszowskiej.

– Więc w ostateczności mamy serwis... srebra... – wybuchnęła panna Izabela załamując ręce.

Hrabina ucałowała ją kilkakrotnie.

– Drogie, kochane dziecko – mówiła łkając – że też właśnie ja muszę tak ranić ci serce!... Słuchaj więc... Ojciec ma jeszcze długi wekslowe, jakieś parę tysięcy rubli. Otóż te długi... uważasz... te długi ktoś skupił... kilka dni temu, w końcu marca. Domyślamy się, że to zrobiła Krzeszowska...

> Łęccy – stosunki z panią Meliton

---

[83] *hr. Chambord* – potomek rodu Burbonów pretendent do tronu francuskiego.

[84] *cher cousin* (fr.) – drogi kuzynie.

[85] *Adonis* (mit.) – piękny młodzieniec, kochanek Afrodyty.

[86] *idiosynkracja* – wstręt do pewnych przedmiotów, osób, pokarmów.

— Cóż za nikczemność! — szepnęła panna Izabela. — Ale mniejsza o nią... Na pokrycie paru tysięcy rubli wystarczy mój serwis i srebra.

— Są one warte bez porównania więcej, ale — kto dziś kupi rzeczy tak kosztowne?

— W każdym razie spróbuję — mówiła rozgorączkowana panna Izabela. — Poproszę panią Meliton, ona mi to ułatwi...

— Zastanów się jednak, czy nie szkoda tak pięknych pamiątek.

Panna Izabela roześmiała się.

— Ach, ciociu... Więc mam wahać się pomiędzy sprzedaniem siebie i serwisu?... Bo na to, ażeby zabierano nam meble, nigdy nie pozwolę... Ach, ta Krzeszowska... to wykupywanie weksli... co za ohyda!

— No, może to jeszcze nie ona.

— Więc chyba znalazł się jakiś nowy nieprzyjaciel, gorszy od niej.

— Może to ciotka Honorata — uspokajała ją hrabina — czy ja wiem? Może chce dopomóc Tomaszowi, ale zawieszając nad nim groźbę. Lecz bądź zdrowa, moje kochane dziecię, adieu...

| Komentarz narratora do stylu rozmowy w języku francuskim |

Na tym skończyła się rozmowa w języku polskim, gęsto ozdobionym francuszczyzną, co robiło go podobnym do ludzkiej twarzy okrytej wysypką.

Rozdział VI

W jaki sposób nowi ludzie ukazują się nad starymi horyzontami

Początek kwietnia, jeden z tych miesięcy, które służą za przejście między zimą i wiosną. Śnieg już zniknął, ale nie ukazała się jeszcze zieloność; drzewa są czarne, trawniki szare i niebo szare: wygląda jak marmur poprzecinany srebrnymi i złotawymi nitkami.

Jest około piątej po południu. Panna Izabela siedzi w swoim gabinecie i czyta najnowszą powieść Zoli: *Une page d'amour*[88]. Czyta bez uwagi, co chwilę podnosi oczy, spogląda w okno i półświadomie formułuje sąd, że gałązki drzew są czarne, a niebo szare. Znowu czyta, spogląda po gabinecie i półświadomie myśli, że jej meble kryte błękitną materią i jej niebieski szlafroczek mają jakiś szary odcień i że festony białej firanki są podobne do wielkich sopli śniegu. Potem zapomina, o czym myślała w tej chwili, i pyta się w duchu: „O czym ja myślałam?... Ach, prawda, o kweście wielkotygodniowej...". I nagle czuje ochotę przejechania się karetą, a jednocześnie czuje żal do nieba, że jest takie szare, że złotawe żyłki na nim są tak wąskie... Dręczy ją jakiś cichy niepokój, jakieś oczekiwanie, ale nie jest pewna, na co czeka: czy na to, ażeby chmury się rozdarły, czy na to, ażeby wszedł lokaj i wręczył jej list zapraszający na wielkotygodniową kwestę? Już taki krótki czas, a jej nie proszą.

Znowu czyta powieść, ten rozdział, kiedy podczas gwiaździstej nocy p. Rambaud naprawiał zepsutą lalkę małej Joasi, Helena tonęła we łzach bezprzedmiotowego żalu, a opat Jouve radził, ażeby wyszła za mąż. Panna Izabela odczuwa ten żal i kto wie, czy gdyby w tej chwili ukazały się na niebie gwiazdy, zamiast chmur, czy nie rozpłakałaby się tak jak Helena. Wszak to już ledwo parę dni do kwesty, a jej jeszcze nie proszą. Że zaproszą, o tym wie, ale dlaczego zwłóczą?...

„Te kobiety, które zdają się tak gorąco szukać Boga, bywają niekiedy nieszczęśliwymi istotami, których serce wzburzyła namiętność. Idą do kościoła, ażeby tam wielbić mężczyznę" — mówi opat Jouve.

„Poczciwy opat, jak on chciał uspokoić tę biedną Helenę!" — myśli panna Izabela i nagle odrzuca książkę. Opat Jouve przypomniał jej, że już od dwu miesięcy haftuje pas do kościelnego dzwonka i że go jeszcze nie skończyła. Podnosi się z fotelu i przysuwa do okna stolik z tamburkiem[89], z pudełkiem różnokolorowych jedwabiów, z kolorowym deseniem; rozwija pas i zaczyna gorliwie wyszywać na nim róże i krzyże. Pod wpływem pracy w sercu budzi się otucha. Kto tak jak ona służy kościołowi, nie może być zapomnianym przy wielkotygodniowej kweście. Wybiera jedwabie,

---

[88] *„Une page d'amour"* (fr.) — *Kartka miłości*, powieść Emila Zoli.
[89] *tamburek* — bębenek, na który naciąga się materiał do haftowania.

nawłóczy igły i szyje wciąż. Oko jej przebiega od wzoru do haftu, ręka spada z góry na dół, wznosi się z dołu do góry, ale w myśli zaczyna rodzić się pytanie, dotyczące kostiumu na groby i toalety na Wielkanoc. Pytanie to wkrótce zapełnia jej całą uwagę, zasłania oczy i zatrzymuje rękę. Suknia, kapelusz, okrywka i parasolka, wszystko musi być nowe, a tu tak niewiele czasu i nie tylko nic nie zamówione, ale nawet nie wybrane!...

Tu przypomina sobie, że jej serwis i srebra już znajdują się u jubilera, że już trafia się jakiś nabywca i że dziś lub jutro będą sprzedane. Panna Izabela czuje ściśnięcie serca za serwisem i srebrami, lecz doznaje niejakiej ulgi na myśl o kweście i nowej toalecie. Może mieć bardzo piękną, ale jaką?...

Odsuwa tamburek i ze stolika, na którym leżą Szekspir, Dante, album europejskich znakomitości tudzież kilka pism, bierze „Le Moniteur de la Mode"[90] i zaczyna go przeglądać z największą uwagą. Oto jest toaleta obiadowa; oto ubiory wiosenne dla panienek, panien, mężatek, młodych mężatek i ich matek; oto suknie wizytowe, ceremonialne, spacerowe; sześć nowych form kapeluszy, z dziesięć materiałów, kilkadziesiąt barw... Co tu wybrać, o Boże?... Niepodobna wybierać bez naradzenia się z panną Florentyną i z magazynierką...

Panna Izabela z niechęcią odrzuca monitora mody i siada na szezlongu w postaci półleżącej. Ręce splecione jak do modlitwy opiera na poręczy, głowę na rękach i patrzy w niebo rozmarzonymi oczyma. Kwesta wielkotygodniowa, nowa toaleta, chmury na niebie — wszystko miesza się w jej wyobraźni na tle żalu za serwisem i lekkiego uczucia wstydu, że go sprzedaje.

„Ach, wszystko jedno!" — mówi sobie i znowu pragnie, ażeby chmury rozdarły się choć na chwilę. Ale chmury zgęszczają się, a w jej sercu wzmaga się żal, wstyd i niepokój. Spojrzenie jej pada na stolik stojący tuż obok szezlonga[91] i na książkę do nabożeństwa oprawną w kość słoniową. Panna Izabela bierze do rąk książkę i powoli, kartka za kartką, wyszukuje w niej modlitwy: *Acte de résignation*[92], a znalazłszy zaczyna czytać:

„*Que votre nom soit béni à jamais, bien qui avez voulu m'éprouver par cette peine.*[93]" W miarę jak czyta, szare niebo wyjaśnia się, a przy ostatnich słowach... *et d'attendre en paix votre divin secours...*[94]", chmury pękają, ukazuje się kawałek czystego błękitu, gabinet panny Izabeli napełnia się światłem, a jej dusza spokojem. Teraz jest pewna, że modły jej zostały wysłuchane, że będzie miała najpiękniejszą toaletę i najlepszy kościół do kwesty.

W tej chwili delikatnie otwierają się drzwi gabinetu; staje w nich panna Florentyna, wysoka, czarno ubrana, nieśmiała, trzyma w dwu palcach list i mówi cicho:

— Od pani Karolowej.

---

[90] „*Le Moniteur de la Mode*" — „Monitor Mody", żurnal paryski.
[91] *szezlong* — rodzaj kanapy.
[92] *Acte de résignation* (fr.) — akt poddania się woli bożej.
[93] „*Que votre nom soit béni a jamàis...*" (fr.) — „Niech imię Twoje będzie błogosławione na wieki, mimo że chciałeś mnie doświadczyć przez cierpienie".
[94] „*... et d'attendre en paix votre divin secours...*" (fr.) — „... i oczekiwać w pokoju Twej boskiej pomocy...".

— Ach, w sprawie kwesty — odpowiada panna Izabela z czarującym uśmiechem.
— Cały dzień nie zaglądałaś do mnie, Florciu.
— Nie chcę ci przeszkadzać.
— W nudzeniu się?... — pyta panna Izabela. — Kto wie, czy nie byłoby nam weselej nudzić się w jednym pokoju.
— List... — mówi nieśmiała osoba w czarnej sukni, wyciągając rękę do Izabeli.
— Znam jego treść — przerywa panna Izabela. — Posiedź trochę u mnie i jeżeli nie zrobi ci subiekcji, przeczytaj ten list.

Panna Florentyna siada nieśmiało na fotelu, delikatnie bierze z biurka nożyk i z największą ostrożnością przecina kopertę. Kładzie na biurku nożyk, potem kopertę, rozwija papier i cichym, melodyjnym głosem czyta list pisany po francusku:

„Droga Belu! wybacz, że odzywam się w sprawie, którą tylko ty i twój ojciec macie prawo rozstrzygać. Wiem, drogie dziecię, że pozbywasz się twego serwisu i sreber, sama mi zresztą o tym mówiłaś. Wiem też, że znalazł się nabywca, który ofiarowuje wam pięć tysięcy rubli, moim zdaniem za mało, choć w tych czasach trudno spodziewać się więcej. Po rozmowie jednak, jaką miałam w tej materii z Krzeszowską, zaczynam lękać się, ażeby piękne te pamiątki nie przeszły w niewłaściwe ręce.

Chciałabym temu zapobiec, proponuję ci więc, jeżeli zgodzisz się, trzy tysiące rubli pożyczki na zastaw wspomnianego serwisu i sreber. Sądzę, że dziś wygodniej będzie im u mnie, gdy ojciec twój znajduje się w takich kłopotach. Odebrać je będziesz mogła, kiedy zechcesz, a w razie mojej śmierci nawet bez zwracania pożyczki.

Nie narzucam się, tylko proponuję. Rozważ, jak ci będzie wygodniej, a nade wszystko pomyśl o następstwach.

O ile cię znam, byłabyś boleśnie dotkniętą usłyszawszy kiedyś, że nasze rodzinne pamiątki zdobią stół jakiego bankiera albo należą do wyprawy jego córki.

Zasyłam ci tysiące pocałunków.

Joanna

P. S. Wyobraź sobie, co za szczęście spotkało moją ochronkę. Będąc wczoraj w sklepie tego sławnego Wokulskiego przymówiłam się o mały datek dla sierot. Liczyłam na jakie kilkanaście rubli, a on, czy uwierzysz, ofiarował mi tysiąc, wyraźnie: tysiąc rubli, i jeszcze powiedział, że na moje ręce nie śmiałby złożyć mniejszej sumy. Kilku takich Wokulskich, a czuję, że na starość zostałabym demokratką."

Panna Florentyna skończywszy list nie śmiała oderwać od niego oczu. Wreszcie odważyła się i spojrzała: panna Izabela siedziała na szezlongu blada, z zaciśniętymi rękami.

— Cóż ty na to, Florciu? — spytała po chwili.
— Myślę — odparła cicho zapytana — że pani Karolowa na początku listu najtrafniej osądziła swoje stanowisko w tej sprawie.
— Co za upokorzenie! — szepnęła panna Izabela, nerwowo bijąc ręką w szezlong.

— Upokorzeniem jest proponować komuś trzy tysiące rubli na zastaw sreber, i to wówczas, gdy obcy ofiarowują pięć tysięcy... Innego nie widzę.

— Jak ona nas traktuje... My chyba naprawdę jesteśmy zrujnowani...

— Ależ, Belciu!... — przerwała ożywiając się panna Florentyna. — Właśnie ten cierpki list dowodzi, że nie jesteście zrujnowani. Ciotka lubi być cierpką, ale umie oszczędzać nieszczęście. Gdyby wam groziła ruina, znaleźlibyście w niej tkliwą i delikatną pocieszycielkę.

— Dziękuję za to.

— I nie potrzebujesz obawiać się tego. Jutro wpłynie nam pięć tysięcy rubli, za które można prowadzić dom przez pół roku... choćby przez kwartał. Za parę miesięcy...

— Zlicytują nam kamienicę...

— Prosta forma, i nic więcej. Owszem, możecie zyskać, podczas gdy dzisiaj kamienica jest tylko ciężarem. No, a po ciotce Hortensji dostaniesz ze sto tysięcy rubli. Zresztą — dodała po chwili panna Florentyna podnosząc brwi — ja sama nie jestem pewna, czy i ojciec nie ma jeszcze majątku. Wszyscy są tego zdania...

Panna Izabela wychyliła się z szezlonga i ujęła rękę panny Florentyny.

— Florciu — rzekła zniżając głos — komu ty to mówisz?... Więc naprawdę uważasz mnie tylko za pannę na wydaniu, która nic nie widzi i niczego nie pojmuje?... Myślisz, że nie wiem — domówiła jeszcze ciszej — że już miesiąc, jak pieniądze na utrzymanie domu pożyczasz od Mikołaja...

— Może właśnie ojciec chce tego...

— Czy i tego chce, ażebyś mu co rano podkładała kilka rubli do pugilaresu?

Panna Florentyna spojrzała jej w oczy i poruszyła głową.

— Za dużo wiesz — odparła — ale nie wszystko. Już od dwu tygodni, może od dziesięciu dni widzę, że ojciec miewa po kilkanaście rubli...

— Więc zaciąga długi...

— Nie. Ojciec nigdy nie zaciąga długów w mieście. Każdy wierzyciel przychodzi z pożyczką do domu i w gabinecie ojca dostaje kwit albo procent. Nie znasz go pod tym względem.

— Więc skądże teraz ma pieniądze?

— Nie wiem. Widzę, że ma, i słyszę, że zawsze je miał.

— Po cóż w takim razie zezwala na sprzedaż sreber? — pytała natarczywie panna Izabela.

— Może chce zirytować rodzinę.

— A kto wykupił jego weksle?

Panna Florentyna zrobiła rękoma ruch oznaczający rezygnację.

— Nie wykupiła ich Krzeszowska — rzekła — to wiem na pewno. — Więc — albo ciotka Hortensja, albo...

— Albo?...

— Albo sam ojciec. Czy nie wiesz, ile rzeczy robi ojciec, ażeby zaniepokoić rodzinę, a potem śmiać się...

— Za cóż chciałby mnie, nas niepokoić?

— Myśli, że ty jesteś spokojna. Córka powinna nieograniczenie ufać ojcu.

— Ach, tak!... — szepnęła panna Izabela zamyślając się.
Czarno ubrana kuzynka z wolna podniosła się z fotelu i cicho wyszła.

Panna Izabela znowu poczęła patrzeć na swój pokój, który wydał jej się popielatym, na czarne gałązki, które chwiały się za oknem, na parę wróbli świergoczących może o budowie gniazda, na niebo, które stało się jednolicie szarym, bez żadnej jaśniejszej prążki. W jej pamięci znowu odżyła sprawa kwesty i nowej toalety, ale obie wydały się jej tak małymi, tak prawie śmiesznymi, że myśląc o nich nieznacznie wzruszyła ramionami.

Dręczyły ją inne pytania: czyby nie oddać serwisu hrabinie Karolowej — i — skąd ojciec ma pieniądze? Jeżeli miał je dawniej, dlaczego pozwolił na zaciąganie długów u Mikołaja?... A jeżeli nie miał, z jakiego źródła czerpie je dziś?... Jeżeli ona odda serwis i srebra ciotce, może stracić okazję do korzystnego pozbycia się ich, a jeżeli sprzeda za pięć tysięcy, pamiątki te naprawdę mogą dostać się w niewłaściwe ręce, jak pisała hrabina.

Nagle przerwał się ten bieg myśli: bystre jej ucho usłyszało w dalszych pokojach szmer. Było to męskie stąpanie, miarowe, spokojne. W salonie stłumił je nieco dywan, w pokoju jadalnym wzmocniło się, w jej sypialni przycichło, jakby ktoś szedł na palcach.

— Proszę, papo — odezwała się panna Izabela usłyszawszy pukanie do swych drzwi.

Wszedł pan Tomasz. Ona podniosła się z szezlonga, ale ojciec nie pozwolił na to. Objął ją w ramiona, ucałował w głowę i zanim usiadł przy niej, rzucił okiem w duże lustro na ścianie. Zobaczył tam swoją piękną twarz, siwe wąsy, swój ciemny żakiet bez zarzutu, gładkie spodnie, jakby dopiero co wyszły od krawca, i uznał, że wszystko jest dobrze.

— Słyszę — rzekł do córki uśmiechając się — że panienka odbiera korespondencje, które jej psują humor.

— Ach, papo, gdybyś wiedział, jakim tonem przemawia ciotka...

— Zapewne tonem osoby chorej na nerwy. Za to nie możesz mieć do niej żalu.

— Gdyby tylko żal. Ja boję się, że ona ma rację i że nasze srebra mogą naprawdę znaleźć się na jakim bankierskim stole.

Przytuliła głowę do ramienia ojca. Pan Tomasz spojrzał niechcący w lusterko na stoliku i przyznał w duchu, że oboje w tej chwili tworzą bardzo piękną grupę. Szczególniej dobrze odbijała obawa rozlana na twarzy córki od jego spokoju. Uśmiechnął się.

— Bankierskie stoły!... — powtórzył. — Srebra naszych przodków bywały już na stołach Tatarów, Kozaków, zbuntowanych chłopów, i nie tylko nam to nie uchybiało, ale nawet przynosiło zaszczyt. Kto walczy, naraża się na straty.

— Tracili przez wojnę i na wojnie — wtrąciła panna Izabela.

— A dziś nie ma wojny?... Zmieniła się tylko broń: zamiast kosą albo jataganem[95] walczą rublem. Joasia dobrze to rozumiała sprzedając nie serwis — ale rodzinny majątek, albo rozbierając na wybudowanie spichlerza ruiny zamku.

— Więc jesteśmy zwyciężeni... — szepnęła panna Izabela.

---

[95] *jatagan* — wschodnia broń sieczna.

— Nie, dziecko — odparł pan Tomasz prostując się. — My dopiero zaczniemy triumfować i bodaj czy nie tego boi się moja siostra i jej koteria[96]. Oni tak głęboko zasnęli, że razi ich każdy objaw żywotności, każdy mój śmielszy krok — dodał jakby do siebie.

— Twój, papo?

— Tak. Myśleli, że poproszę ich o pomoc. Sama Joasia chętnie zrobiłaby mnie swoim plenipotentem. Ja natomiast podziękowałem im za emeryturę i zbliżyłem się do mieszczaństwa. Zyskałem u tych ludzi powagę, która zaczyna trwożyć nasze sfery. Myśleli, że zejdę na drugi plan, a widzą, że mogę wysunąć się na pierwszy.

— Ty, papo?

— Ja. Dotychczas milczałem nie mając odpowiednich wykonawców. Dziś znalazłem takiego, który zrozumiał moje idee, i zacznę działać.

Łęcki o Wokulskim

— Któż to jest? — spytała panna Izabela, ze zdumieniem patrząc na ojca.

— Niejaki Wokulski, kupiec, żelazny człowiek. Przy jego pomocy zorganizuję nasze mieszczaństwo, stworzę towarzystwo do handlu ze Wschodem, tym sposobem dźwignę przemysł...

— Ty, papo?

— I wówczas zobaczymy, kto wysunie się naprzód, choćby przy możliwych wyborach do rady miejskiej...

Panna Izabela słuchała z szeroko otwartymi oczyma.

— Czy ten człowiek — szepnęła — o którym mówisz, papo, nie jest jakim aferzystą, awanturnikiem?...

Łęcka o Wokulskim

— Nie znasz go więc? — spytał pan Tomasz. — On jednak jest jednym z naszych dostawców.

— Sklep znam, bardzo ładny — mówiła panna Izabela zamyślając się. — Jest tam stary subiekt, który wygląda trochę na dziwaka, ale nadzwyczajnie uprzejmy... Ach, zdaje mi się, że kilka dni temu poznałam i właściciela... Wygląda na gbura...

— Wokulski gbur?... — zdziwił się pan Tomasz. — Jest on wprawdzie trochę sztywny, ale bardzo grzeczny.

Panna Izabela wstrząsnęła głową.

— Niemiły człowiek — odpowiedziała z ożywieniem. — Teraz przypominam go sobie... Będąc we wtorek w sklepie zapytałam go o cenę wachlarza... Trzeba było widzieć, jak spojrzał na mnie!... Nie odpowiedział nic, tylko wyciągnął swoją ogromną czerwoną rękę do subiekta (nawet dość eleganckiego chłopca) i mruknął głosem, w którym czuć było gniew: panie Morawski czy Mraczewski (bo nie pamiętam), pani zapytuje o cenę wachlarza. A... nieciekawego znalazł papo wspólnika!... — śmiała się panna Izabela.

— Szalonej energii człowiek, żelazny człowiek — odparł pan Tomasz. — Oni tacy. Poznasz ich, bo myślę urządzić w domu parę zebrań. Wszyscy oryginalni, ale ten oryginalniejszy od innych.

— Papa tych panów chce przyjmować?...

---

[96] *koteria* — grupa osób wzajemnie się popierających.

— Muszę naradzać się z niektórymi. A co do naszych — dodał patrząc w oczy córce — zapewniam cię, że gdy usłyszą, kto u mnie bywa, ani jednego nie zabraknie w salonie.

W tej chwili weszła panna Florentyna zapraszając na obiad. Pan Tomasz podał rękę córce i przeszli we troje do jadalnego pokoju, gdzie już znajdowała się waza tudzież Mikołaj odziany we frak i wielki biały krawat.

— Śmieję się z Belci — rzekł pan Tomasz do kuzynki, która nalewała rosół z wazy. — Wyobraź sobie, Floro, że Wokulski zrobił na niej wrażenie gbura. Czy ty go znasz?

> Ważny cytat — Łęcka o Wokulskim

— Któż by dziś nie znał Wokulskiego — odpowiedziała panna Florentyna podając Mikołajowi talerz dla pana. — No, elegancki on nie jest, ale — robi wrażenie...

— Pnia z czerwonymi rękoma — wtrąciła ze śmiechem panna Izabela.

— On mi przypomina Trostiego, pamiętasz, Belu, tego pułkownika strzelców w Paryżu — odpowiedział pan Tomasz.

— A mnie posąg triumfującego gladiatora — melodyjnym głosem dodała panna Florentyna. — Pamiętasz, Belu, we Florencji, tego z podniesionym mieczem? Twarz surowa, nawet dzika, ale piękna.

— A czerwone ręce?... — zapytała panna Izabela.

— Odmroził je na Syberii — wtrąciła panna Florentyna z akcentem.

> Historia w powieści — aluzja do powstania styczniowego

— Cóż on tam robił?

— Pokutował za uniesienia młodości — rzekł pan Tomasz. — Można mu to przebaczyć.

— Ach, więc jest i bohaterem!...

— I milionerem — dodała panna Florentyna.

— I milionerem? — powtórzyła panna Izabela. — Zaczynam wierzyć, że papo zrobił dobry wybór przyjmując go na wspólnika. Chociaż...

— Chociaż?... — spytał ojciec.

— Co powie świat na tę spółkę?

— Kto ma siłę w rękach, ma świat u nóg.

Właśnie Mikołaj obniósł polędwicę, gdy w przedpokoju zadzwoniono. Stary służący wyszedł i po chwili wrócił z listem na srebrnej, a może platerowanej tacy.

— Od pani hrabiny — rzekł.

— Do ciebie, Belu — dodał pan Tomasz biorąc list do ręki. — Pozwolisz, że cię zastąpię w połknięciu tej nowej pigułki.

Otworzył list, zaczął go czytać i ze śmiechem podał pannie Izabeli.

— Oto — zawołał — cała Joasia jest w tym liście. Nerwy, zawsze nerwy!...

Panna Izabela odsunęła talerz i z niepokojem przebiegła papier oczyma. Lecz stopniowo twarz jej wypogodziła się.

— Słuchaj, Florciu — rzekła — bo to ciekawe.

„Droga Belu! — pisze ciotka. — Zapomnij, aniołku, o moim poprzednim liście. W rezultacie twój serwis nic mnie nie obchodzi i znajdziemy inny, gdy będziesz szła za mąż. Ale chodzi mi, ażebyś koniecznie kwestowała tylko ze mną, i właśnie o tym miałam zamiar pisać poprzednio, nie o serwisie. Biedne moje nerwy! jeżeli nie chcesz ich do reszty rozstroić, musisz zgodzić się na moją prośbę.

Grób w naszym kościele będzie cudowny. Mój poczciwy Wokulski daje fontannę, sztuczne ptaszki śpiewające, pozytywkę, która będzie grała same poważne kawałki, i mnóstwo dywanów. Hozer[97] dostarcza kwiatów, a amatorowie urządzają koncert na organ, skrzypce, wiolonczelę i głosy. Jestem zachwycona, ale gdyby mi wśród tych cudów zabrakło ciebie, rozchorowałabym się. A więc tak?... Ściskam cię i całuję po tysiąc razy, kochająca ciotka.

Joanna

Postscriptum. Jutro jedziemy do magazynu zamówić dla ciebie kostium wiosenny. Umarłabym, gdybyś go nie przyjęła."

Panna Izabela była rozpromieniona. List ten spełniał wszystkie jej nadzieje.

— Wokulski jest nieporównany! — rzekł śmiejąc się pan Tomasz. — Szturmem zdobył Joasię, która nie tylko nie będzie mi wymawiała wspólnika, lecz nawet gotowa o niego walczyć ze mną.

Mikołaj podał kurczęta.

— Musi to być jednakże genialny człowiek — zauważyła panna Florentyna.

— Wokulski?... no, nie — mówił pan Tomasz. — Jest to człowiek szalonej energii, ale co się tyczy daru kombinowania, nie powiem, ażeby posiadał go w wysokim stopniu.

— Zdaje mi się, że składa tego dowody.

— Wszystko to są dowody tylko energii — odpowiedział pan Tomasz. — Dar kombinacji, genialny umysł poznaje się w innych rzeczach, choćby... w grze. Ja z nim dosyć często grywam w pikietę[98], gdzie koniecznie trzeba kombinować. Rezultat jest taki, że przegrałem osiem do dziesięciu rubli, a wygrałem około siedemdziesięciu, chociaż — nie mam pretensji do geniuszu! — dodał skromnie.

Pannie Izabeli wypadł z ręki widelec. Pobladła i chwyciwszy się za czoło szepnęła:

— A!... a!...

Ojciec i panna Florentyna zerwali się z krzeseł.

— Co ci jest, Belu?... — spytał zatrwożony pan Tomasz.

— Nic — odpowiedziała wstając od stołu — migrena. Od godziny czułam, że będę ją mieć... To nic, papo...

Pocałowała ojca w rękę i wyszła do swego pokoju.

— Nagła migrena powinna by przejść zaraz — rzekł pan Tomasz. — Pójdź do niej, Florciu. Ja na chwilę wyjdę do miasta, bo muszę zobaczyć się z kilkoma osobami, ale wcześniej wrócę. Tymczasem czuwaj nad nią, kochana Florciu, proszę cię o to — mówił pan Tomasz ze spokojną fizjognomią człowieka, bez którego poleceń albo prośby nie może być dobrze na świecie.

— Zaraz do niej pójdę, tylko tu zrobię porządek — odpowiedziała panna Florentyna, dla której ład w domu był sprawą ważniejszą od czyjejkolwiek migreny.

---

[97] *Hozer* — znana w Warszawie kwiaciarnia.

[98] *pikieta* — tu: gra w karty na dwie osoby.

Już mrok ogarnął ziemię... Panna Izabela jest znowu sama w swoim gabinecie; upadła na szezlong i obu rękami zasłoniła oczy. Spod kaskady tkanin spływających aż na podłogę wysunął się jej wąski pantofelek i kawałek pończoszki, ale tego nikt nie widzi ani ona o tym nie myśli. W tej chwili jej duszę znowu targa gniew, żal i wstyd. Ciotka ją przeprosiła, ona sama będzie kwestować przy najładniejszym grobie i będzie miała najpiękniejszy kostium; lecz mimo to — jest nieszczęśliwą... Doznaje takich uczuć, jak gdyby wszedłszy do pełnego salonu ujrzała nagle na swym nowym kostiumie ogromną tłustą plamę obrzydłej formy i koloru, jakby suknię wytarzano gdzieś na kuchennych schodach. Myśl o tym jest dla niej tak wstrętną, że ślina napływa jej do ust.

Co za straszne położenie!... Już miesiąc zadłużają się u swego lokaja, a od dziesięciu dni jej ojciec na swoje drobne wydatki wygrywa pieniądze w karty... Wygrać można; panowie wygrywają tysiące, ale nie na opędzenie pierwszych potrzeb, i przecież — nie od kupców. Ach, gdyby można, upadłaby ojcu do nóg i błagała go, ażeby nie grywał z tymi ludźmi, a przynajmniej nie teraz, kiedy ich stan majątkowy jest tak ciężki. Za kilka dni, gdy odbierze pieniądze za swój serwis, sama wręczy ojcu paręset rubli prosząc, ażeby je przegrał do tego pana Wokulskiego, ażeby wynagrodził go hojniej, niż ona wynagrodzi Mikołaja za zaciągnięte długi.

> Łęcka
> o Wokulskim

Ale czyż jej wypada zrobić to, a nawet mówić o tym ojcu?...

„Wokulski?... Wokulski?... — szepcze panna Izabela. — Któż to jest ten Wokulski, który dziś tak nagle ukazał się jej od razu z kilku stron, pod rozmaitymi postaciami. Co on ma do czynienia z jej ciotką, z ojcem?..."

I otóż zdaje się jej, że już od kilku tygodni coś słyszała o tym człowieku. Jakiś kupiec niedawno ofiarował parę tysięcy rubli na dobroczynność, ale nie była pewna, czy to był handlujący strojami damskimi, czy futrami. Potem mówiono, że także jakiś kupiec podczas wojny bułgarskiej dorobił się wielkiego majątku, tylko nie uważała, czy dorobił się szewc, u którego ona bierze buciki, czy jej fryzjer? I dopiero teraz, przypomina sobie, że ten kupiec, który dał pieniądze na dobroczynność, i ten, który zyskał duży majątek, są jedną osobą, że to właśnie jest ów Wokulski, który do jej ojca przegrywa w karty, a którego jej ciotka, znana z dumy hrabina Karolowa, nazywa: „mój poczciwy Wokulski!..."

W tej chwili przypomina sobie nawet fizjognomię tego człowieka, który w sklepie nie chciał z nią mówić, tylko cofnąwszy się za ogromne japońskie wazony przypatrywał się jej posępnie. Jak on na nią patrzył...

Jednego dnia weszła z panną Florentyną na czekoladę do cukierni, przez figle. Usiadły przy oknie, za którym zebrało się kilkoro obdartych dzieci. Dzieci spoglądały na nią, na czekoladę i na ciastka z ciekawością i łakomstwem głodnych zwierzątek, a ten kupiec — tak samo na nią patrzył.

Lekki dreszcz przebiegł pannę Izabelę. I to ma być wspólnik jej ojca?... Do czego ten wspólnik?... Skąd jej ojcu przyszło do głowy zawiązywać jakieś towarzystwa handlowe, tworzyć jakieś rozległe plany, o których nigdy dawniej nie marzył?... Chce przy pomocy mieszczaństwa wysunąć się na czoło arystokracji; chce zostać wybranym do rady miejskiej, której nie było i nie ma?...

Ależ ten Wokulski to naprawdę jakiś aferzysta, może oszust, który potrzebuje głośnego nazwiska na szyld do swoich przedsiębiorstw. Bywały takie wypadki. Ileż to pięknych nazwisk szlachty niemieckiej i węgierskiej unurzało się w operacjach handlowych, których ona nawet nie rozumie, a ojciec chyba nie więcej.

Zrobiło się już zupełnie ciemno; na ulicy zapalono latarnie, których blask wpadał do gabinetu panny Izabeli malując na suficie ramę okna i zwoje firanki. Wyglądało to jak krzyż na tle jasności, którą powoli zasłania gęsty obłok.

„Gdzie to ja widziałam taki krzyż, taką chmurę i jasność?..." – zapytała się panna Izabela. Zaczęła przypominać sobie widziane w życiu okolice i – marzyć.

Zdawało się jej, że powozem jedzie przez jakąś znaną miejscowość. Krajobraz jest podobny do olbrzymiego pierścienia, utworzonego z lasów i zielonych gór, a jej powóz znajduje się na krawędzi pierścienia i zjeżdża na dół. Czy on zjeżdża? bo ani zbliża się do niczego, ani od niczego nie oddala, tak jakby stał w miejscu. Ale zjeżdża: widać to po wizerunku słońca, które odbija się w lakierowanym skrzydle powozu i drgając, z wolna posuwa się w tył. Zresztą słychać turkot... To turkot dorożki na ulicy?... Nie, to turkoczą machiny pracujące gdzieś w głębi owego pierścienia gór i lasów. Widać tam nawet, na dole, jakby jezioro czarnych dymów i białych par, ujęte w ramę zieloności.

Teraz panna Izabela spostrzega ojca, który siedzi przy niej i z uwagą ogląda sobie paznokcie, od czasu do czasu rzucając okiem na krajobraz. Powóz ciągle stoi na krawędzi pierścienia niby bez ruchu, a tylko wizerunek słońca, odbitego w lakierowanym skrzydle, wolno posuwa się ku tyłowi. Ten pozorny spoczynek czy też utajony ruch w wysokim stopniu drażni pannę Izabelę. „Czy my jedziemy, czy stoimy?" – pyta ojca. Ale ojciec nie odpowiada nic, jakby jej nie widział; ogląda swoje piękne paznokcie i czasami rzuca okiem na okolicę...

Wtem (powóz ciągle drży i słychać turkot) z głębi jeziora czarnych dymów i białych par wynurza się do pół figury jakiś człowiek. Ma krótko ostrzyżone włosy, śniadą twarz, która przypomina Trostiego, pułkownika strzelców (a może gladiatora z Florencji?), i ogromne czerwone dłonie. Odziany jest w zasmoloną koszulę z rękawami zawiniętymi wyżej łokcia; w lewej ręce, tuż przy piersi, trzyma karty ułożone w wachlarz, w prawej, którą podniósł nad głowę, trzyma jedną kartę, widocznie w tym celu, aby ją rzucić na przód siedzenia powozu. Reszty postaci nie widać spośród dymu.

„Co on robi, ojcze?" – pyta się zalękniona panna Izabela.
„Gra ze mną w pikietę" – odpowiada ojciec, również trzymając w rękach karty.
„Ależ to straszny człowiek, papo!"
„Nawet tacy nie robią nic złego kobietom" – odpowiada pan Tomasz.

Teraz dopiero panna Izabela spostrzega, że człowiek w koszuli patrzy na nią jakimś szczególnym wzrokiem, ciągle trzymając kartę nad głową. Dym i para, kotłujące w dolinie, chwilami zasłaniają jego rozpiętą koszulę i surowe oblicze; tonie wśród nich – nie ma go. Tylko spoza dymu widać blady połysk jego oczów, a nad dymem obnażoną do łokcia rękę i – kartę.

„Co znaczy ta karta, papo?.." – zapytuje ojca.
Ale ojciec spokojnie patrzy we własne karty i nie odpowiada nic, jakby jej nie widział.

„Kiedyż nareszcie wyjedziemy z tego miejsca?..."

Ale choć powóz drży i słońce odbite w skrzydle posuwa się ku tyłowi, ciągle u stopni widać jezioro dymu, a w nim zanurzonego człowieka, jego rękę nad głową i – kartę.

Pannę Izabelę ogarnia nerwowy niepokój, skupia wszystkie wspomnienia, wszystkie myśli, ażeby odgadnąć: co znaczy karta, którą trzyma ten człowiek?...

Czy to są pieniądze, które przegrał do ojca w pikietę? Chyba nie. Może ofiara, jaką złożył Towarzystwu Dobroczynności? I to nie. Może tysiąc rubli, które dał jej ciotce na ochronę, a może to jest kwit na fontannę, ptaszki i dywany do ubrania grobu Pańskiego?... Także nie; to wszystko nie niepokoiłoby jej.

Stopniowo pannę Izabelę napełnia wielka bojaźń. Może to są weksle jej ojca, które ktoś niedawno wykupił?... W takim razie wziąwszy pieniądze za srebra i serwis spłaci ten dług najpierw i uwolni się od podobnego wierzyciela. Ale człowiek pogrążony w dymie wciąż patrzy jej w oczy i karty nie rzuca. Więc może... Ach!...

Panna Izabela zrywa się z szezlonga, potrąca w ciemności o taburet i drżącymi rękoma dzwoni. Dzwoni drugi raz, nie odpowiada nikt, więc wybiega do przedpokoju i we drzwiach spotyka pannę Florentynę, która chwyta ją za rękę i mówi ze zdziwieniem:

– Co tobie, Belciu?...

Światło w przedpokoju nieco oprzytomnia pannę Izabelę. Uśmiecha się.

– Weź, Florciu, lampę do mego pokoju. Papa jest?

– Przed chwilą wyjechał.

– A Mikołaj?

– Zaraz wróci, poszedł oddać list posłańcowi. Czy gorzej boli cię głowa? – pyta panna Florentyna.

– Nie – śmieje się panna Izabela – tylko zdrzemnęłam się i tak mi się coś majaczyło.

Panna Florentyna bierze lampę i obie z kuzynką idą do jej gabinetu. Panna Izabela siada na szezlongu, zasłania ręką oczy przed światłem i mówi:

– Wiesz, Florciu, namyśliłam się, nie sprzedam moich sreber obcemu. Mogą naprawdę dostać się Bóg wie w jakie ręce. Siądź zaraz, jeżeliś łaskawa, przy moim biurku i napisz do ciotki, że... przyjmuję jej propozycję. Niech nam pożyczy trzy tysiące rubli i niech weźmie serwis i srebra.

Panna Florentyna patrzy na nią z najwyższym zdumieniem, wreszcie odpowiada:

– To jest niemożliwe, Belciu.

– Dlaczego?...

– Przed kwadransem otrzymałam list od pani Meliton, że srebra i serwis już kupione.

– Już?... Kto je kupił? – woła panna Izabela chwytając kuzynkę za ręce.

Panna Florentyna jest zmieszana.

– Podobno jakiś kupiec z Rosji... – mówi, lecz czuć, że mówi nieprawdę.

– Ty coś wiesz, Florciu!... Proszę cię, powiedz!... – błaga ją panna Izabela. Jej oczy napełniają się łzami.

– Zresztą tobie powiem, tylko nie zdradź tajemnicy przed ojcem – prosi kuzynka.

— Więc kto?... No, kto kupił?...
— Wokulski — odpowiada panna Florentyna.
Pannie Izabeli w jednej chwili obeschły oczy nabierając przy tym barwy stalowej. Odpycha z gniewem ręce kuzynki, przechodzi tam i na powrót swój gabinet, wreszcie siada na foteliku naprzeciw panny Florentyny. Nie jest już przestraszoną i zdenerwowaną pięknością, ale wielką damą, która ma zamiar kogoś ze służby osądzić, a może wydalić.

— Powiedz mi, kuzynko — mówi pięknym kontraltowym głosem — co to za śmieszny spisek knujecie przeciwko mnie?

— Ja?... spisek?... — powtarza panna Florentyna przyciskając rękoma piersi. — Nie rozumiem cię, Belu...

— Tak. Ty, pani Meliton i ten... zabawny bohater... Wokulski...

— Ja i Wokulski?... — powtarza panna Florentyna. Tym razem zdziwienie jej jest tak szczere, że wątpić nie można.

— Przypuśćmy, że nie spiskujesz — ciągnie dalej panna Izabela — ale coś wiesz...

— O Wokulskim wiem to, co wszyscy. Ma sklep, w którym kupujemy, zrobił majątek na wojnie...

— A o tym, że wciąga papę do spółki handlowej, nie słyszałaś?

Wyraziste oczy panny Florentyny zrobiły się bardzo dużymi.

— Ojca twego wciąga do spółki?... — rzekła wzruszając ramionami. — Do jakiejże spółki może go wciągnąć?...

I w tej chwili przestrasza się własnych słów...

Panna Izabela nie mogła wątpić o jej niewinności; znowu parę razy przeszła się po gabinecie z ruchami zamkniętej lwicy i nagle zapytała:

— Powiedzże mi przynajmniej: co sądzisz o tym człowieku?

— Ja o Wokulskim?... Nic o nim nie sądzę, wyjąwszy chyba to, że szuka rozgłosu i stosunków.

— Więc dla rozgłosu ofiarował tysiąc rubli na ochronę?

— Z pewnością. Dał przecie dwa razy tyle na dobroczynność.

— A dlaczego kupił mój serwis i srebra?

— Zapewne dlatego, ażeby je z zyskiem sprzedać — odpowiedziała panna Florentyna. — W Anglii za podobne rzeczy dobrze płacą.

— A dlaczego... wykupił weksle papy?

— Skąd wiesz, że to on? W tym nie miałby żadnego interesu.

— Nic nie wiem — pochwyciła gorączkowo panna Izabela — ale wszystko przeczuwam, wszystko rozumiem... Ten człowiek chce zbliżyć się do nas...

— Już się przecie poznał z ojcem — wtrąciła panna Florentyna.

— Więc do mnie chce się zbliżyć!... — zawołała panna Izabela z wybuchem. — Poznałam to po...

| Łęcka o Wokulskim |

Wstyd jej było dodać: „po jego spojrzeniu".

— Czy nie uprzedzasz się, Belciu?...

— Nie. To, czego doznaję w tej chwili, nie jest uprzedzeniem, ale raczej jasnowidzeniem. Nawet nie domyślasz się, jak ja dawno znam tego człowieka, a raczej — od jak dawna on mnie prześladuje. Teraz dopiero przypominam sobie, że przed rokiem nie było przedstawienia w teatrze, nie było koncertu, odczytu, na których bym go nie spotykała, i dopiero dziś ta... bezmyślna figura wydaje mi się straszną...

Panna Florentyna aż cofnęła się z fotelikiem, szepcząc:

— Więc przypuszczasz, żeby się ośmielił...

— Zagustować we mnie?... — przerwała ze śmiechem panna Izabela. — Tego nawet nie myślałabym mu bronić. Nie jestem ani tak naiwna, ani tak fałszywie skromna, ażeby nie wiedzieć, że się podobam... mój Boże! nawet służbie... Kiedyś gniewało mnie to jak żebranina, która zastępuje nam drogę na ulicach, dzwoni do mieszkań albo pisuje listy z prośbą o wsparcie. Ale dziś — tylko zrozumiałam lepiej słowa Zbawcy: „Komu wiele dano, od tego wiele żądać będą."[99]

— Zresztą — dodała wzruszając ramionami — mężczyźni w tak bezceremonialny sposób zaszczycają nas swoim uwielbieniem, że nie tylko już nie dziwię się ich nadskakiwaniu albo impertynenckim spojrzeniom, ale temu, gdy jest inaczej. Jeżeli w salonie spotkam człowieka, który mi nie mówi o swej sympatii i cierpieniach albo nie milczy posępnie w sposób zdradzający jeszcze większą sympatię i cierpienia, albo nie okazuje mi lodowatej obojętności, co ma być oznaką najwyższej sympatii i cierpień, wtedy — czuję, że mi czegoś brak, jak gdybym zapomniała wachlarza albo chusteczki... O, ja ich znam! tych wszystkich donżuanów[100], poetów, filozofów, bohaterów, te wszystkie tkliwe, bezinteresowne, złamane, rozmarzone albo silne dusze... Znam całą tę maskaradę i zapewniam cię, że dobrze się nią bawię. Cha! cha! cha!... jacy oni śmieszni...

> Łęcka — stosunek do mężczyzn

— Nie rozumiem cię, Belciu... — wtrąciła panna Florentyna rozkładając ręce.

— Nie rozumiesz?... Więc chyba nie jesteś kobietą.

Panna Florentyna zrobiła gest przeczący, a następnie powątpiewający.

— Posłuchaj — przerwała panna Izabela. — Od roku już straciliśmy stanowisko w świecie. Nie zaprzeczaj, bo tak jest, wszyscy o tym wiemy. Dziś jesteśmy zrujnowani...

— Przesadzasz...

— Ach, Floro, nie pocieszaj mnie, nie kłam!... Czyżeś nie słyszała przy obiedzie, że nawet tych kilkanaście rubli, które ma obecnie mój ojciec, są wygrane w karty od...

Panna Izabela mówiąc to drżała na całym ciele. Oczy jej błyszczały, na twarzy miała wypieki.

— Otóż w takiej chwili przychodzi ten... kupiec, nabywa nasze weksle, nasz serwis, opętuje mego ojca i ciotkę, czyli — ze wszystkich stron otacza mnie sieciami jak myśliwiec zwierzynę. To już nie smutny wielbiciel, to nie konkurent, którego można odrzucić, to... zdobywca!... On nie wzdycha, ale zakrada się do łask ciotki, ręce i nogi oplątuje ojcu, a mnie chce porwać gwałtem, jeżeli nie zmusić do tego, ażebym mu się sama oddała... Czy rozumiesz tę wyrafinowaną nikczemność?

> Łęcka o Wokulskim

Panna Florentyna przestraszyła się.

— W takim razie masz bardzo prosty sposób. Powiedz...

---

[99] „Komu wiele dano, od tego wiele żądać będą" — cytat z *Ewangelii* św. Łukasza XII, 48.

[100] *donżuan* — tu: uwodziciel.

— Komu i co?... Czy ciotce, która gotowa popierać tego pana, ażeby mnie zmusić do oddania ręki marszałkowi?... Czy może mam powiedzieć ojcu, przerazić go i przyśpieszyć katastrofę? Jedno tylko zrobię: nie pozwolę ojcu, ażeby zaciągał się do jakichkolwiek spółek, choćbym miała włóczyć mu się u nóg, choćbym miała... zabronić mu tego w imieniu zmarłej matki...

Panna Florentyna patrzy na nią z zachwytem...

— Doprawdy, Belciu — rzekła — przesadzasz. Z twoją energią i taką genialną domyślnością...

— Nie znasz tych ludzi, a ja widziałam ich przy pracy. W ich rękach stalowe szyny zwijają się jak wstążki. To straszni ludzie. Oni dla swoich celów umieją poruszyć wszystkie siły ziemskie, jakich my nawet nie znamy. Oni potrafią łamać, usidlać, płaszczyć się, wszystko ryzykować, nawet — cierpliwie czekać...

— Mówisz na podstawie czytanych romansów.

Łęcka o Wokulskim

— Mówię na mocy moich przeczuć, które ostrzegają... wołają, że ten człowiek po to jeździł na wojnę, ażeby mnie zdobyć. I ledwie wrócił, już mnie ze wszystkich stron obsacza... Ale niech się strzeże!... Chce mnie kupić? dobrze, niech kupuje!... przekona się, że jestem bardzo droga... Chce mnie złapać w sieci?... Dobrze, niech je rozsnuwa... ale ja mu się wymknę, choćby — w objęcia marszałka... O Boże! nawet nie domyślałam się, jak głęboką jest przepaść, w którą spadamy, dopóki nie zobaczyłam takiego dna. Z salonów Kwirynału[101] do sklepu... To już nawet nie upadek, to hańba.

Siadła na szezlongu i utuliwszy głowę rękoma szlochała.

---

[101] *Kwirynał* — nazwa siedziby włoskich królów.

Rozdział VII

Gołąb wychodzi na spotkanie węża

Serwis i srebra familii Łęckich były już sprzedane i nawet jubiler odniósł panu Tomaszowi pieniądze, strąciwszy dla siebie sto kilkadziesiąt rubli składowego i za pośrednictwo. Mimo to hrabina Karolowa nie przestała kochać panny Izabeli; owszem – jej energia i poświęcenie, okazane przy sprzedaży pamiątek, zbudziły w sercu starej damy nowe źródło uczuć rodzinnych. Nie tylko uprosiła pannę Izabelę o przyjęcie pięknego kostiumu, nie tylko co dzień bywała u niej albo ją wzywała do siebie, ale jeszcze (co było dowodem niesłychanej łaski) na całą Wielką Środę ofiarowała jej swój powóz.

– Przejedź się, aniołku, po mieście – mówiła hrabina całując siostrzenicę – i pozałatwiaj drobne sprawunki. Tylko pamiętaj, żebyś mi za to w czasie kwesty wyglądała ślicznie... Tak ślicznie, jak to tylko ty potrafisz!... Proszę cię...

Panna Izabela nie odpowiedziała nic, ale jej spojrzenie i rumieniec kazały domyślać się, że z całą gotowością spełni wolę ciotki.

W Wielką Środę, punkt o jedynastej rano, panna Izabela już siedziała w otwartym powozie wraz ze swoją nieodstępną towarzyszką, panną Florentyną. Po Alei chodziły wiosenne powiewy roznosząc tę szczególną, surową woń, która poprzedza pękanie liści na drzewach i ukazanie się pierwiosnków; szare trawniki nabrały zielonego odcienia; słońce grzało tak mocno, że panie otworzyły parasolki.

– Śliczny dzień – westchnęła panna Izabela patrząc na niebo, gdzieniegdzie poplamione białymi obłokami.

– Gdzie jaśnie panienka rozkaże jechać? – spytał lokaj zatrzasnąwszy drzwiczki powozu.

– Do sklepu Wokulskiego – z nerwowym pośpiechem odpowiedziała panna Izabela.

Lokaj skoczył na kozioł i spasione gniade konie ruszyły uroczystym kłusem parskając i wyrzucając łbami.

– Dlaczego, Belciu, do Wokulskiego? – zapytała trochę zdziwiona panna Florentyna.

– Chcę sobie kupić paryskie rękawiczki, kilka flakonów perfum...

– To samo dostaniemy gdzie indziej.

– Chcę tam – odpowiedziała sucho panna Izabela.

Od paru dni męczył ją osobliwy niepokój, jakiego już raz doznała w życiu. Będąc przed laty za granicą w ogrodzie aklimatyzacyjnym[102] zobaczyła w jednej z klatek ogromnego tygrysa, który spał oparty o kratę w taki sposób, że mu część głowy i jedno ucho wysunęło się na zewnątrz.

---

[102] *ogród aklimatyzacyjny* – tu: ogród zoologiczny.

Widząc to panna Izabela uczuła nieprzepartą chęć pochwycenia tygrysa za ucho. Zapach klatki napełniał ją wstrętem, potężne łapy zwierzęcia nieopisaną trwogą, lecz mimo to czuła, że — musi tygrysa przynajmniej dotknąć w ucho.

Dziwny ten pociąg wydał się jej samej niebezpiecznym i nawet śmiesznym. Przemogła się więc i poszła dalej; lecz po paru minutach wróciła. Znowu cofnęła się, przejrzała inne klatki, starała się o czym innym myśleć. Na próżno. Wróciła się i choć tygrys już nie spał, tylko mrucząc lizał swoje straszliwe łapy, panna Izabela podbiegła do klatki, wsunęła rękę i — drżąca i blada — dotknęła tygrysiego ucha.

W chwilę później wstydziła się swego szaleństwa, lecz zarazem czuła to gorzkie zadowolenie znane ludziom, którzy usłuchają w ważnej sprawie głosu instynktu.

Dziś zbudziło się w niej podobnego rodzaju pragnienie.

Gardziła Wokulskim, serce jej zamierało na samo przypuszczenie, że ten człowiek mógł zapłacić za srebra więcej, niż były warte, a mimo to czuła nieprzeparty pociąg — wejść do sklepu, spojrzeć w oczy Wokulskiemu i zapłacić mu za parę drobiazgów tymi właśnie pieniędzmi, które pochodziły od niego. Strach ją zdejmował na myśl spotkania, lecz niewytłomaczony instynkt popychał.

Na Krakowskim już z daleka zobaczyła szyld z napisem: J. Mincel i S. Wokulski, a o jeden dom bliżej nowy, jeszcze nie wykończony sklep o pięciu oknach frontu, z lustrzanymi szybami. Z kilku pracujących przy nim rzemieślników i robotników jedni od wewnątrz wycierali szyby, drudzy złocili i malowali drzwi i futryny, inni umocowywali przed oknami ogromne mosiężne bariery.

— Cóż to za sklep budują? — spytała panny Florentyny.

— Chyba dla Wokulskiego, bo słyszałam, że wziął obszerniejszy lokal.

„Dla mnie ten sklep!"— pomyślała panna Izabela szarpiąc rękawiczki.

Powóz stanął, lokaj zeskoczył z kozła i pomógł paniom wysiąść. Lecz gdy następnie otworzył z łoskotem drzwi do sklepu Wokulskiego, panna Izabela tak osłabła, że nogi zachwiały się pod nią. Przez chwilę chciała wrócić do powozu i uciec stąd; wnet jednak opanowała się i z podniesioną głową weszła.

Pan Rzecki już stał na środku sklepu i zacierając ręce, witał ją niskimi ukłonami. W głębi pan Lisiecki, podczesując piękną brodę, okrągłymi i pełnymi godności ruchami prezentował brązowe kandelabry jakiejś damie, która siedziała na krześle. Mizerny Klejn wybierał laski młodzieńcowi, który na widok panny Izabeli szybko uzbroił się w binokle — a pachnący heliotropem[103] Mraczewski palił wzrokiem i sztyletował wąsikami dwie rumiane panienki, które towarzyszyły damie i oglądały toaletowe cacka.

Na prawo ode drzwi, za kantorkiem, siedział Wokulski schylony nad rachunkami.

Gdy panna Izabela weszła, młodzieniec oglądający laski poprawił kołnierzyk na szyi, dwie panienki spojrzały na siebie, pan Lisiecki urwał w połowie swój okrągły frazes o stylu kandelabrów, ale zatrzymał okrągłą pozę, a nawet dama słuchająca jego wykładu ciężko odwróciła się na krześle. Przez chwilę sklep zaległa cisza, którą dopiero panna Izabela przerwała odezwawszy się pięknym kontraltem:

— Czy zastałyśmy pana Mraczewskiego?...

— Panie Mraczewski!... — pochwycił pan Ignacy.

---

[103] *heliotrop* — krzew o silnie pachnących kwiatach.

Mraczewski już stał przy pannie Izabeli, zarumieniony jak wiśnia, pachnący jak kadzielnica, z pochyloną głową, jak kita wodnej trzciny.

— Przyszłyśmy prosić pana o rękawiczki.

— Numerek pięć i pół — odparł Mraczewski i już trzymał pudełko, które mu nieco drżało w rękach pod wpływem spojrzenia panny Izabeli.

— Otóż nie... — przerwała panna ze śmiechem. — Pięć i trzy czwarte... Już pan zapomniał!...

— Pani, są rzeczy, których się nigdy nie zapomina. Jeżeli jednak rozkazuje pani pięć i trzy czwarte, będę służył w nadziei, że niebawem znowu zaszczyci nas pani swoją obecnością. Bo rękawiczki pięć i trzy czwarte — dodał z lekkim westchnieniem, podsuwając jej kilka innych pudełek — stanowczo zsuną się z rączek...

— Geniusz! — cicho szepnął pan Ignacy mrugając na Lisieckiego, który pogardliwie ruszył ustami.

Dama siedząca na krześle zwróciła się do kandelabrów, dwie panny do toaletki z oliwkowego drzewa, młodzieniec w binoklach począł znowu wybierać laski i — rzeczy w sklepie przeszły do spokojnego trybu. Tylko rozgorączkowany Mraczewski zeskakiwał i wbiegał na drabinkę, wysuwał szuflady i wydobywał coraz nowe pudełka tłomacząc pannie Izabeli po polsku i po francusku, że nie może nosić innych rękawiczek, tylko pięć i pół, ani używać innych perfum, tylko oryginalnych Atkinsona[104], ani ozdabiać swego stolika innymi drobiazgami, jak paryskimi.

Wokulski pochylił się nad kantorkiem tak, że żyły nabrzmiały mu na czole, i — wciąż rachował w myśli:

„29 a 36 — to 65, a 15 to 80, a 73 — to... to..."

Tu urwał i spod oka spojrzał w stronę panny Izabeli rozmawiającej z Mraczewskim. Oboje stali zwróceni do niego profilem; dostrzegł więc pałający wzrok subiekta przykuty do panny Izabeli, na co ona w sposób demonstracyjny odpowiadała uśmiechem i spojrzeniami łagodnej zachęty.

„29 a 36 — to 65, a 15..." — liczył w myśli Wokulski, lecz nagle pióro prysło mu w ręku. Nie podnosząc głowy wydobył nową stalówkę z szuflady, a jednocześnie, nie wiadomo jakim sposobem, z rachunku wypadło mu pytanie:

„I ja mam niby to ją kochać?... Głupstwo! Przez rok cierpiałem na jakąś chorobę mózgową, a zdawało mi się, że jestem zakochany... 29 a 36... 29 a 36... Nigdym nie przypuszczał, ażeby mogła mi być tak dalece obojętną... Jak ona patrzy na tego osła... No, jest to widocznie osoba, która kokietuje nawet subiektów, a czy tego samego nie robi z furmanami i lokajami!... Pierwszy raz czuję spokój... o Boże... A tak go bardzo pragnąłem..."

> Wokulski
> o Łęckiej

Do sklepu weszło jeszcze parę osób, do których niechętnie zwrócił się Mraczewski, powoli wiążąc paczki.

Panna Izabela zbliżyła się do Wokulskiego i wskazując w jego stronę parasolką rzekła dobitnie:

— Floro, bądź łaskawa zapłacić temu panu. Wracamy do domu.

---

[104] *perfumy Atkinsona* — luksusowe perfumy angielskie.

— Kasa jest tu — odezwał się Rzecki podbiegając do panny Florentyny. Wziął od niej pieniądze i oboje cofnęli się w głąb sklepu.

Panna Izabela z wolna podsunęła się tuż do kantorka, za którym siedział Wokulski. Była bardzo blada. Zdawało się, że widok tego człowieka wywiera na nią wpływ magnetyczny[105].

— Czy mówię z panem Wokulskim?

Wokulski powstał z krzesła i odparł obojętnie:

— Jestem do usług.

— Wszakże to pan kupił nasz serwis i srebra? — mówiła zdławionym głosem.

— Ja, pani.

Teraz panna Izabela zawahała się. Po chwili jednak słaby rumieniec wrócił jej na twarz. Ciągnęła dalej:

— Zapewne pan sprzeda te przedmioty?

— W tym celu je kupiłem.

Rumieniec panny Izabeli wzmocnił się.

— Przyszły nabywca w Warszawie mieszka? — pytała dalej.

— Rzeczy tych nie sprzedam tutaj, lecz za granicą. Tam... dadzą mi wyższą cenę — dodał spostrzegłszy w jej oczach zapytanie.

— Pan spodziewa się dużo zyskać?

— Dlatego, ażeby zyskać, kupiłem.

— Czy i dlatego mój ojciec nie wie, że srebra te są w pańskim ręku? — rzekła ironicznie.

Wokulskiemu drgnęły usta.

— Serwis i srebra nabyłem od jubilera. Sekretu z tego nie robię. Osób trzecich do sprawy nie mieszam, ponieważ to nie jest w zwyczajach handlowych.

Pomimo tak szorstkich odpowiedzi panna Izabela odetchnęła. Nawet oczy jej nieco pociemniały i straciły połysk nienawiści.

— A gdyby mój ojciec namyśliwszy się chciał odkupić te przedmioty, za jaką cenę odstąpiłby je pan teraz?

— Za jaką kupiłem. Rozumie się z doliczeniem procentu w stosunku... sześć... do ośmiu od sta rocznie...

— I wyrzekłby się pan spodziewanego zysku?... Dlaczegóż to?... — przerwała mu z pośpiechem.

— Dlatego, proszę pani, że handel opiera się nie na zyskach spodziewanych, ale na ciągłym obrocie gotówki.

— Żegnam pana i... dziękuję za wyjaśnienia — rzekła panna Izabela widząc, że jej towarzyszka już kończy rachunki.

Wokulski ukłonił się i znowu usiadł do swej księgi.

Gdy lokaj zabrał paczki i panie zajęły miejsca w powozie, panna Florentyna odezwała się tonem wyrzutu:

— Mówiłaś z tym człowiekiem, Belu?

— Tak i nie żałuję tego. On wszystko skłamał, ale...

---

[105] *wpływ magnetyczny* — dziś powiedzielibyśmy hipnotyczny.

— Co znaczy to: a l e ?... — z niepokojem zapytała panna Florentyna.
— Nie pytaj mnie. Nic do mnie nie mów, jeżeli nie chcesz, ażebym rozpłakała się na ulicy...

A po chwili dodała po francusku:
— Zresztą, może zrobiłam źle przyjeżdżając tutaj, ale... wszystko mi jedno!...
— Myślę, Belciu — rzekła, z powagą sznurując usta, jej towarzyszka — że należałoby pomówić o tym z ojcem albo z ciotką.
— Chcesz powiedzieć — przerwała panna Izabela — że muszę pomówić z marszałkiem albo z baronem? Na to zawsze będzie czas; dziś nie mam jeszcze odwagi.

Przerwała się rozmowa. Panie milcząc wróciły do domu; panna Izabela cały dzień była rozdrażniona.

Po wyjściu panny Izabeli ze sklepu Wokulski wziął się znowu do rachunków i bez błędu zsumował dwie duże kolumny cyfr. W połowie trzeciej zatrzymał się i dziwił się temu spokojowi, jaki zapanował w jego duszy. Po całorocznej gorączce i tęsknocie przerywanej wybuchami szału skąd naraz ta obojętność?

Wokulski – opis przeżyć (po wizycie Łęckiej w sklepie)

Gdyby można było jakiegoś człowieka nagle przerzucić z balowej sali do lasu albo z dusznego więzienia na chłodne obszerne pole, nie doznałby innych wrażeń ani głębszego zdumienia.

„Widocznie przez rok ulegałem częściowemu obłąkaniu" — myślał Wokulski. — Nie było niebezpieczeństwa, nie było ofiary, której nie poniósłbym dla tej osoby, i ledwiem ją zobaczył, już nic mnie nie obchodzi.

A jak ona rozmawiała ze mną. Ile tam było pogardy dla marnego kupca... «Zapłać temu panu!...» Paradne są te wielkie damy; próżniak, szuler, nawet złodziej, byle miał nazwisko, stanowi dla nich dobre towarzystwo, choćby fizjognomią zamiast ojca przypominał lokaja swej matki. Ale kupiec — jest pariasem[106]... Co mnie to wreszcie obchodzi; gnijcie sobie w spokoju!"

Znowu dodał jedną kolumnę nie uważając nawet, co się dzieje w sklepie.

„Skąd ona wie — myślał dalej — że ja kupiłem serwis i srebra?... A jak wybadywała, czym nie zapłacił więcej niż warte! Z przyjemnością ofiarowałbym im ten pamiątkowy drobiazg. Winienem jej dozgonną wdzięczność, bo gdyby nie szał dla niej, nie dorobiłbym się majątku i spleśniałbym za kantorkiem. A teraz może mi smutno będzie bez tych żalów, rozpaczy i nadziei... Głupie życie!... Po ziemi gonimy marę, którą każdy nosi we własnym sercu, i dopiero gdy stamtąd ucieknie, poznajemy, że to był obłęd... No, nigdy bym nie przypuszczał, że mogą istnieć tak cudowne kuracje. Przed godziną byłem pełen trucizny, a w tej chwili jestem tak spokojny i — jakiś pusty, jakby uciekła ze mnie dusza i wnętrzności, a została tylko skóra i odzież. Co ja teraz będę robił? czym będę żył?... Chyba pojadę na wystawę do Paryża[107], a potem w Alpy..."

W tej chwili zbliżył się do niego na palcach Rzecki i szepnął:
— Pyszny jest ten Mraczewski, co? Jak on umie rozmawiać z kobietami!

---

[106] *parias* — najbardziej pokrzywdzony, najbiedniejszy człowiek.

[107] *wystawa w Paryżu* — 1 maja 1878 r. została otwarta w Paryżu Wielka Wystawa Powszechna.

— Jak fryzjerczyk, którego uzuchwalono — odpowiedział Wokulski nie odrywając oczu od księgi.

— Nasze klientki zrobiły go takim — odpowiedział stary subiekt, lecz widząc, że przeszkadza pryncypałowi, cofnął się. Wokulski znowu wpadł w zadumę. Nieznacznie spojrzał na Mraczewskiego i dopiero w tej chwili zauważył, że młody człowiek ma coś szczególnego w fizjognomii.

„Tak — myślał — on jest bezczelnie głupi i zapewne dlatego podoba się kobietom."

Śmiać mu się chciało i ze spojrzeń panny Izabeli, wysyłanych pod adresem pięknego młodzieńca, i z własnych przywidzeń, które dziś tak nagle go opuściły.

Wtem drgnął; usłyszał imię panny Izabeli i spostrzegł, że w sklepie nie ma nikogo z gości.

— No, ale dzisiaj toś się pan nie ukrywał ze swoimi amorami — mówił ze smutnym uśmiechem Klejn do Mraczewskiego.

— Ale bo jak ona na mnie patrzyła, to ach!... — westchnął Mraczewski, jedną rękę kładąc na piersi, drugą podkręcając wąsika. — Jestem pewny — mówił — że za parę dni otrzymam wonny bilecik. Potem — pierwsza schadzka, potem: „dla pana łamię zasady, w jakich mnie wychowano", a potem: „czy nie gardzisz mną?" Chwila wcześniej jest bardzo rozkoszną, ale w chwilę później człowiek jest tak zakłopotany...

— Co pan blagujesz! — przerwał mu Lisiecki. — Znamy przecie pańskie konkiety[108]: nazywają się Matyldami, którym pan imponujesz porcją pieczeni i kuflem piwa.

— Matyldy są na co dzień, damy na święta. Ale Iza będzie największym świętem. Słowo honoru daję, że nie znam kobiety, która by na mnie tak piekielne robiła wrażenie... No, ale bo też i ona lgnie do mnie!

Trzasnęły drzwi i do sklepu wszedł jegomość szpakowaty; zażądał breloku[109] do zegarka, a krzyczał i stukał laską tak mocno, jakby miał zamiar kupić całą japońszczyznę.

Wokulski słuchał przechwałek Mraczewskiego bez ruchu. Doświadczał wrażenia, jakby mu na głowę i na piersi spadały ciężary.

— W rezultacie nic mnie to nie obchodzi — szepnął.

Po szpakowatym jegomości weszła do sklepu dama żądająca parasola, później pan w średnim wieku chcący nabyć kapelusz, potem młody człowiek żądający cygarnicy, nareszcie trzy panny, z których jedna kazała podać sobie rękawiczki Szolca, ale koniecznie Szolca[110], bo innych nie używa.

Wokulski złożył księgę, z wolna podniósł się z fotelu i sięgnąwszy po kapelusz stojący na kantorku skierował się ku drzwiom. Czuł brak oddechu i jakby rozsadzanie czaszki.

Pan Ignacy zabiegł mu drogę.

— Wychodzisz?... Może zajrzysz do tamtego sklepu — rzekł.

— Nigdzie nie zajrzę, jestem zmęczony — odpowiedział Wokulski nie patrząc mu w oczy.

---

[108] *konkiety* — podboje.

[109] *brelok* — ozdobny wisiorek.

[110] *Szolc* — firma galanteryjna w Warszawie.

Gdy wyszedł, Lisiecki trącił Rzeckiego w ramię.
— Coś stary jakby zaczynał robić bokami — szepnął.
— No — odparł pan Ignacy — puszczenie w ruch takiego interesu jak moskiewski to nie chy-chy! Rozumie się.
— Po cóż się w to wdaje?
— Po to, żeby miał nam z czego pensje podwyższać — surowo odpowiedział pan Ignacy.
— A niechże sobie zakłada sto nowych interesów, nawet w Irkucku, byle tak co roku podwyższał — rzekł Lisiecki. — Ja z nim się o to spierać nie będę. Ale swoją drogą uważam, że jest diabelnie zmieniony, osobliwie dzisiaj. Żydzi, panie, Żydzi — dodał — jak zwąchają jego projekta, dadzą mu łupnia.
— Co tam Żydzi...
— Żydzi, mówię, Żydzi!... Wszystkich trzymają za łeb i nie pozwolą, ażeby im bruździł jakiś Wokulski, nie Żyd ani nawet meches[111].
— Wokulski zwiąże się ze szlachtą — odpowiedział Ignacy — a i tam są kapitały.
— Kto wie, co gorsze: Żyd czy szlachcic — wtrącił mimochodem Klejn i podniósł brwi w sposób bardzo żałosny.

---

[111] *meches* — przechrzta (pogardliwie)

Rozdział VIII

Medytacje

Znalazłszy się na ulicy Wokulski stanął na chodniku, jakby namyślając się, dokąd iść. Nie ciągnęło go nic w żadną stronę. Dopiero gdy przypadkiem spojrzał w prawo, na swój nowo wykończony sklep, przed którym już zatrzymywali się ludzie, odwrócił się ze wstrętem i poszedł w lewo.

„Dziwna rzecz, jak mnie to wszystko mało obchodzi" – rzekł do siebie. Potem myślał o tych kilkunastu ludziach, którym już daje zajęcie, i o tych kilkudziesięciu, którzy od pierwszego maja mieli dostać u niego zajęcie, o tych setkach, dla których w ciągu roku miał stworzyć nowe źródła pracy, i o tych tysiącach, którzy dzięki jego tanim towarom mogliby sobie poprawić nędzny byt – i – czuł, że ci wszyscy ludzie i ich rodziny nic go w tej chwili nie interesują.

„Sklep odstąpię, nie zawiążę spółki i wyjadę za granicę" – myślał.

„A zawód, jaki zrobisz ludziom, którzy w tobie położyli nadzieję?"

„Zawód?... Alboż mnie samego nie spotkał zawód?..."

Wokulski idąc poczuł jakąś niewygodę; lecz dopiero zastanowiwszy się osądził, że męczy go ciągłe ustępowanie z drogi; przeszedł więc na drugą stronę ulicy, gdzie ruch był mniejszy.

„A jednak ten Mraczewski jest infamis[112]! – myślał. – Jak można mówić takie rzeczy w sklepie? «Za parę dni otrzymam bilecik, a potem – schadzka!...» Ha, sama sobie winna; nie trzeba kokietować błaznów... Zresztą – wszystko mi jedno."

Czuł w duszy dziwną pustkę, a na samym jej dnie coś jakby kroplę piekącej goryczy. Żadnych sił, żadnych pragnień, nic, tylko tę kroplę tak małą, że jej niepodobna dojrzeć, a tak gorzką, że cały świat można by nią zatruć.

„Chwilowa apatia, wyczerpanie, brak wrażeń... Za dużo myślę o interesach" – mówił.

Stanął i patrzył. Dzień przedświąteczny i ładna pogoda wywabiły mnóstwo ludzi na bruk miejski. Sznur powozów i pstrokaty falujący tłum między Kopernikiem i Zygmuntem[113] wyglądał jak stado ptaków, które właśnie w tej chwili unosiły się nad miastem dążąc ku północy.

> Wokulski – refleksje o życiu i przemijaniu

„Szczególna rzecz – mówił. – Każdy ptak w górze i każdy człowiek na ziemi wyobraża sobie, że idzie tam, dokąd chce. I dopiero ktoś stojący na boku widzi, że wszystkich razem pcha naprzód jakiś fatalny prąd, mocniejszy od ich przewidywań

---

[112] *infamis* (łac.) – człowiek bez czci, niegodziwiec.

[113] *między Kopernikiem i Zygmuntem* – tzn. na Krakowskim Przedmieściu.

i pragnień. Może nawet ten sam, który unosi smugę iskier wydmuchniętych przez lokomotywę podczas nocy?... Błyszczą przez mgnienie oka, aby zagasnąć na całą wieczność, i to nazywa się życiem.

Mijają ludzkie pokolenia
Jak fale, gdy wiatr morzem zmęci;
I nie masz godów ich pamięci,
I nie masz bólów ich wspomnienia[114].

Gdzie ja to czytałem?... Wszystko jedno."

Nieustanny turkot i szmer wydał się Wokulskiemu nieznośnym, a wewnętrzna pustka straszliwą. Chciał czymś się zająć i przypomniał sobie, że jeden z zagranicznych kapitalistów pytał go o zdanie w kwestii bulwarów nad Wisłą. Zdanie już miał wyrobione: Warszawa całym swoim ogromem ciąży i zsuwa się ku Wiśle. Gdyby brzeg rzeki obwarować bulwarami, powstałaby tam najpiękniejsza część miasta: gmachy, sklepy, aleje...

„Trzeba spojrzeć, jak by to wyglądało" – szepnął Wokulski i skręcił na ulicę Karową[115].

Przy bramie wiodącej tam zobaczył bosego, przewiązanego sznurami tragarza, który pił wodę prosto z wodotrysku; zachlapał się od stóp do głów, ale miał bardzo zadowoloną minę i śmiejące się oczy.

„Juści, ten ma, czego pragnął. Ja, ledwiem zbliżył się do źródła, widzę, że nie tylko ono znikło, ale nawet wysychają moje pragnienia. Pomimo to mnie zazdroszczą, a nad nim każą się litować. Co za potworne nieporozumienie!"

Na Karowej odetchnął. Zdawało mu się, że jest jedną z plew, które już odrzucił młyn wielkomiejskiego życia, i że powoli spływa sobie gdzieś na dół tym rynsztokiem zaciśniętym odwiecznymi murami.

„Cóż bulwary?... – myślał. – Postoją jakiś czas, a potem będą walić się, zarośnięte zielskiem i odrapane, jak te oto ściany. Ludzie, którzy je budowali z wielką pracą, mieli także na celu zdrowie, bezpieczeństwo, majątek, a może zabawy i pieszczoty. I gdzie oni są?... Zostały po nich spękane mury, jak skorupa po ślimaku dawnej epoki. A cały pożytek z tego stosu cegieł i tysiąca innych stosów będzie, że przyszły geolog nazwie je skałą ludzkiego wyrobu, jak my dziś koralowe rafy albo kredę nazywamy skałami wyrobu pierwotniaków.

I cóż ma z trudu swego człowiek?...
I z prac tych, które wszczął pod słońcem?...
Znikomość – jego dzieła gońcem,
A żywot jego mgnieniem powiek.

Gdziem ja to czytał, gdzie?... Mniejsza o to."

---

[114] „*Mijają ludzkie pokolenia*" - cytat z poematu Włodzimierza Zagórskiego *Król Salomon*.

[115] *ulica Karowa, Dobra i nast.* - ulice Powiśla, dzielnicy zamieszkiwanej przez najbiedniejszą ludność.

> **Miejsce akcji – wygląd Powiśla**

Zatrzymał się w połowie drogi i patrzył na ciągnącą się u jego stóp dzielnicę między Nowym Zjazdem[116] i Tamką. Uderzyło go podobieństwo do drabiny, której jeden bok stanowi ulica Dobra, drugi – linia od Garbarskiej do Topieli, a kilkanaście uliczek poprzecznych formują jakby szczeble.

„Nigdzie nie wejdziemy po tej leżącej drabinie – myślał. – To chory kąt, dziki kąt."

I rozważał pełen goryczy, że ten płat ziemi nadrzecznej, zasypany śmieciem z całego miasta, nie urodzi nic nad parterowe i jednopiętrowe domki barwy czekoladowej i jasnożółtej, ciemnozielonej i pomarańczowej. Nic, oprócz białych i czarnych parkanów, otaczających puste place, skąd gdzieniegdzie wyskakuje kilkupiętrowa kamienica jak sosna, która ocalała z wyciętego lasu, przestraszona własną samotnością.

„Nic nic!..." – powtarzał tułając się po uliczkach, gdzie widać było rudery zapadnięte niżej bruku, z dachami porosłymi mchem, lokale z okiennicami dniem i nocą zamkniętymi na sztaby, drzwi zabite gwoździami, naprzód i w tył powychylane ściany, okna łatane papierem albo zatkane łachmanem.

Szedł, przez brudne szyby zaglądał do mieszkań i nasycał się widokiem szaf bez drzwi, krzeseł na trzech nogach, kanap z wydartym siedzeniem, zegarów o jednej skazówce, z porozbijanymi cyferblatami. Szedł i cicho śmiał się na widok wyrobników wiecznie czekających na robotę, rzemieślników, którzy trudnią się tylko łataniem starej odzieży, przekupek, których całym majątkiem jest kosz zeschłych ciastek – na widok obdartych mężczyzn, mizernych dzieci i kobiet niezwykle brudnych.

> **Ważny cytat – Wokulski o Powiślu**

„Oto miniatura kraju – myślał – w którym wszystko dąży do spodlenia i wytępienia rasy. Jedni giną z niedostatku, drudzy z rozpusty. Praca odejmuje sobie od ust, ażeby karmić niedołęgów; miłosierdzie hoduje bezczelnych próżniaków, a ubóstwo nie mogące zdobyć się na sprzęty otacza się wiecznie głodnymi dziećmi, których największą zaletą jest wczesna śmierć.

Tu nie poradzi jednostka z inicjatywą, bo wszystko sprzysięgło się, ażeby ją spętać i zużyć w pustej walce – o nic."

> **Ważny cytat – Wokulski przeszłość**

Potem w wielkich konturach przyszła mu na myśl jego własna historia. Kiedy dzieckiem będąc łaknął wiedzy – oddano go do sklepu z restauracją. Kiedy zabijał się nocną pracą będąc subiektem – wszyscy szydzili z niego, począwszy od kuchcików, skończywszy na upijającej się w sklepie inteligencji. Kiedy nareszcie dostał się do uniwersytetu – prześladowano go porcjami, które niedawno podawał gościom.

Odetchnął dopiero na Syberii. Tam mógł pracować, tam zdobył uznanie i przyjaźń Czerskich, Czekanowskich, Dybowskich[117]. Wrócił do kraju prawie uczonym, lecz gdy w tym kierunku szukał zajęcia, zakrzyczano go i odesłano do handlu...

„To taki piękny kawałek chleba w tak ciężkich czasach!"

---

[116] *Nowy Zjazd* – biegł od placu Zamkowego do mostu na Wiśle.
[117] *Czereski, Czekanowski, Dydowski* – polscy uczeni zesłańcy.

No i wrócił do handlu, a wtedy zawołano, że się sprzedał i żyje na łasce żony, z pracy Minclów.

Traf zdarzył, iż po kilku latach żona umarła zostawiając mu dość spory majątek. Pochowawszy ją Wokulski odsunął się nieco od sklepu, a znowu zbliżył się do książek. I może z galanteryjnego kupca zostałby na dobre uczonym przyrodnikiem, gdyby znalazłszy się raz w teatrze nie zobaczył panny Izabeli.

> Wokulski – Izabela – pierwsze spotkanie

Siedziała w loży z ojcem i panną Florentyną, ubrana w białą suknię. Nie patrzyła na scenę, która w tej chwili skupiała uwagę wszystkich, ale gdzieś przed siebie, nie wiadomo gdzie i na co. Może myślała o Apollinie?...

Wokulski przypatrywał się jej cały czas.

Zrobiła na nim szczególne wrażenie. Zdawało mu się, że już kiedyś ją widział i że ją dobrze zna. Wpatrzył się lepiej w jej rozmarzone oczy i nie wiadomo skąd przypomniał sobie niezmierny spokój syberyjskich pustyń, gdzie bywa niekiedy tak cicho, że prawie słychać szelest duchów wracających ku zachodowi. Dopiero później przyszło mu na myśl, że on nigdzie i nigdy jej nie widział, ale – że jest tak coś – jakby na nią od dawna czekał.

„Tyżeś to czy nie ty?..." – pytał się w duchu, nie mogąc od niej oczu oderwać.

Odtąd mało pamiętał o sklepie i o swoich książkach, lecz ciągle szukał okazji do widywania panny Izabeli w teatrze, na koncertach lub na odczytach. Uczuć swoich nie nazwałby miłością i w ogóle nie był pewny, czy dla oznaczenia ich istnieje w ludzkim języku odpowiedni wyraz. Czuł tylko, że stała się ona jakimś mistycznym punktem, w którym zbiegają się wszystkie jego wspomnienia, pragnienia i nadzieje, ogniskiem, bez którego życie nie miałoby stylu, a nawet sensu. Służba w sklepie kolonialnym, uniwersytet, Syberia, ożenienie się z wdową po Minclu, a w końcu mimowolne pójście do teatru, gdy wcale nie miał chęci – wszystko to były ścieżki i etapy, którymi los prowadził go do zobaczenia panny Izabeli.

Od tej pory czas miał dla niego dwie fazy. Kiedy patrzył na pannę Izabelę, czuł się absolutnie spokojnym i jakby większym; nie widząc – myślał o niej i tęsknił. Niekiedy zdawało mu się, że w jego uczuciach tkwi jakaś omyłka i że panna Izabela nie jest żadnym środkiem jego duszy, ale zwykłą, a może nawet bardzo pospolitą panną na wydaniu. A wówczas przychodził mu do głowy dziwaczny projekt:

„Zapoznam się z nią i wprost zapytam: czy ty jesteś tym, na co przez całe życie czekałem?... Jeżeli nie jesteś, odejdę bez pretensji i żalu..."

W chwilę później spostrzegał, że projekt ten zdradza umysłowe zboczenie. Kwestię więc: czym jest, a czym nie jest, odłożył na bok, a postanowił, bądź co bądź, zapoznać się z panną Izabelą.

Wtedy przekonał się, że między jego znajomymi nie ma człowieka, który mógłby go wprowadzić do domu Łęckich. Co gorsze: pan Łęcki i panna byli klientami jego sklepu, lecz taki stosunek, zamiast ułatwić, utrudniał raczej znajomość.

Stopniowo sformułował sobie warunki zapoznania się z panną Izabelą. Ażeby mógł nic więcej, tylko szczerze rozmówić się z nią, należało:

Nie być kupcem albo być bardzo bogatym kupcem.

Być co najmniej szlachcicem i posiadać stosunki w sferach arystokratycznych.

Nade wszystko zaś mieć dużo pieniędzy.
Wylegitymowanie się ze szlachectwa nie było rzeczą trudną.

W maju roku zeszłego Wokulski wziął się do tej sprawy, którą jego wyjazd do Bułgarii o tyle przyspieszył, że już w grudniu miał dyplom. Z majątkiem było znacznie trudniej; w tym przecie dopomógł mu los.

> Wokulski – przyjaźń z Suzinem

W początkach wojny wschodniej przejeżdżał przez Warszawę bogaty moskiewski kupiec, Suzin, przyjaciel Wokulskiego jeszcze z Syberii. Odwiedził Wokulskiego i gwałtem zachęcał go do przyjęcia udziału w dostawach dla wojska.

— Zbierz pieniędzy, Stanisławie Piotrowiczu, ile się da — mówił — a uczciwe słowo, zrobisz okrągły milionik!...

Następnie półgłosem wyłożył mu swoje plany.

Wokulski wysłuchał jego projektów. Do wykonania jednych nie chciał należeć, inne przyjął, lecz wahał się. Żal mu było opuścić miasto, w którym przynajmniej widywał pannę Izabelę. Ale gdy w czerwcu ona wyjechała do ciotki, a Suzin począł naglić go depeszami, Wokulski zdecydował się i podniósł całą gotówkę po żonie w ilości rs trzydzieści tysięcy, którą nieboszczka trzymała nietykalną w banku.

> Szuman – wygląd

Na kilka dni przed wyjazdem zaszedł do znajomego lekarza Szumana, z którym pomimo obustronnej życzliwości widywali się nieczęsto. Lekarz, Żyd, stary kawaler, żółty, mały, z czarną brodą, miał reputację dziwaka. Posiadając majątek leczył darmo i o tyle tylko, o ile było mu to potrzebnym do studiów etnograficznych; przyjaciołom zaś swoim raz na zawsze dał jedną receptę:

„Używaj wszystkich środków, od najmniejszej dozy oleju do największej dozy strychniny, a coś ci z tego pomoże, nawet na — nosaciznę."

Gdy Wokulski zadzwonił do mieszkania lekarza, ten właśnie był zajęty gatunkowaniem włosów rozmaitych osobników rasy słowiańskiej, germańskiej i semickiej i przy pomocy mikroskopu mierzył dłuższe i krótsze średnice ich przekrojów.

— A, jesteś?... — rzekł do Wokulskiego odwracając głowę. — Nałóż sobie fajkę, jeżeli chcesz, i kładź się na kanapie, jeżeli się zmieścisz.

Gość zapalił fajkę i położył się, jak mu kazano, doktor robił swoje. Przez pewien czas obaj milczeli, wreszcie odezwał się Wokulski:

— Powiedz mi: czy medycyna zna taki stan umysłu, w którym człowiekowi wydaje się, że jego rozproszone dotychczas wiadomości i... uczucia złączyły się jakby w jeden organizm?

— Owszem. Przy ciągłej pracy umysłowej i dobrym odżywianiu mogą wytworzyć się w mózgu nowe komórki albo — skojarzyć się między sobą dawne. No i wówczas z rozmaitych departamentów mózgu i z rozmaitych dziedzin wiedzy tworzy się jedna całość.

— A co znaczy taki stan umysłu, w którym człowiek obojętnieje dla śmierci, ale za to poczyna tęsknić do legend o życiu wiecznym?...

— Obojętność dla śmierci — odpowiedział doktor — jest cechą umysłów dojrzałych, a pociąg do życia wiecznego — zapowiedzią nadchodzącej starości.

Znowu umilkli. Gość palił fajkę, gospodarz kręcił się nad mikroskopem.

— Czy myślisz — spytał Wokulski — że można... kochać kobietę w sposób idealny, nie pożądając jej?

— Naturalnie. Jest to jedna z masek, w którą lubi przebierać się instynkt utrwalenia gatunku.

— Instynkt — gatunek — instynkt utrwalenia czegoś i — utrwalenia gatunku!... — powtórzył Wokulski. — Trzy wyrazy, a cztery głupstwa.

— Zrób szóste — odpowiedział doktór nie odejmując oka od szkła — i ożeń się.

— Szóste?... — rzekł Wokulski podnosząc się na kanapie. — A gdzież piąte?

Szuman o miłości Wokulskiego

— Piąte już zrobiłeś: zakochałeś się.

— Ja?... W moim wieku?...

— Czterdzieści pięć lat — to epoka ostatniej miłości, najgorszej — odpowiedział doktór.

— Znawcy mówią, że pierwsza miłość jest najgorsza — szepnął Wokulski.

— Nieprawda. Po pierwszej czeka cię sto innych, ale po setnej pierwszej — już nic. Żeń się; jedyny to ratunek na twoją chorobę.

— Dlaczegożeś ty się nie ożenił?

— Bo mi narzeczona umarła — odpowiedział doktór pochyliwszy się na tył fotelu i patrząc w sufit. — Więc zrobiłem, com mógł: otrułem się chloroformem. Było to na prowincji. Ale Bóg zesłał dobrego kolegę, który wysadził drzwi i uratował mnie. Najpodlejszy rodzaj miłosierdzia!... Ja zapłaciłem za drzwi zepsute, a kolega odziedziczył moją praktykę ogłosiwszy, żem wariat...

Szuman — nieszczęśliwa miłość

Znowu wrócił do włosów i mikroskopu.

— A jaki z tego sens moralny dla ostatniej miłości? — spytał Wokulski.

— Ten, że samobójcom nie należy przeszkadzać — odpowiedział doktór.

Wokulski poleżał jeszcze z kwadrans, potem podniósł się, postawił w kącie fajkę i schyliwszy się nad doktorem ucałował go.

— Bywaj zdrów, Michale.

Doktór zerwał się od stołu.

— No?..

— Wyjeżdżam do Bułgarii.

— Po co?

— Zostanę wojskowym dostawcą. Muszę zrobić duży majątek!... — odparł Wokulski.

— Albo?...

— Albo... nie wrócę.

Doktór popatrzył mu w oczy i mocno ścisnął go za rękę.

— *Sit tibi terra levis*[118] — rzekł spokojnie. Odprowadził go do drzwi i znowu wziął się do swojej roboty.

Już Wokulski był na schodach, gdy doktór wybiegł za nim i zawołał wychylając się przez poręcz:

---

[118] *Sit tibi terra levis* (łac.) — niech ci ziemia lekką będzie.

— Gdybyś jednak wrócił, nie zapomnij przywieźć mi włosów: bułgarskich, tureckich i tak dalej, od obu płci. Tylko pamiętaj: w oddzielnych pakietach z notatkami. Wiesz przecie, jak to robić...

...Wokulski ocknął się z tych dawnych wspomnień. Nie ma doktora ani jego mieszkania i nawet ich od dziesięciu miesięcy nie widział. Tu jest błotnista ulica Radna, tam Browarna. Na górze spoza nagich drzew wyglądają żółte gmachy uniwersyteckie; na dole parterowe domki, puste place i parkany, a niżej — Wisła.

> Wokulski — pomoc Wysockiemu (praca u podstaw)

Obok niego stał jakiś człowiek w wypłowiałej kapocie z rudawym zarostem. Zdjął czapkę i pocałował Wokulskiego w rękę. Wokulski przypatrzył mu się uważniej.

— Wysocki?... — rzekł — Co ty tu robisz?

— Tu mieszkamy, wielmożny panie, w tym domu — odpowiedział człowiek wskazując na niską lepiankę.

— Dlaczego nie przyjeżdżasz po transporta? — pytał Wokulski.

— Czym przyjadę, panie, kiedy jeszcze na Nowy Rok koń mi padł.

— Cóż robisz?

— A ot tak — razem nic. Zimowaliśmy u brata, co jest dróżnikiem na Wiedeńskiej Kolei. Ale i jemu bieda, bo go ze Skierniewic przenieśli pod Częstochowę. W Skierniewicach ma trzy morgi i żył jak bogacz, a dzisiaj i on kiepski, i grunt wynędznieje bez dozoru.

— No, a z wami co teraz?

— Kobieta niby trochę pierze, ale takim, co nie bardzo mają czym płacić, a ja — ot tak... Marniejemy, panie... nie pierwsi i nie ostatni. Jeszcze póki wielkiego postu, to człowiek krzepi się mówiący: dzisiaj pościsz za dusze zmarłe, jutro na pamiątkę, że Chrystus Pan nic nie jadł, pojutrze na intencję, ażeby Bóg złe odmienił. Zaś po świętach nie będzie nawet sposobu i dzieciom wytłomaczyć, na jaką intencję nie jedzą...

Ale i wielmożny pan coś markotnie wygląda? Taki już widać czas nastał, że wszyscy muszą zginąć — westchnął ubogi człowiek.

Wokulski zamyślił się.

— Komorne wasze zapłacone? — spytał.

— Nawet nie ma, panie, co płacić, bo nas i tak wypędzą.

— A dlaczego nie przyszedłeś do sklepu, do pana Rzeckiego? — spytał Wokulski.

— Nie śmiałem, panie. Koń odszedł, wóz u Żyda, kubrak na mnie jak na dziadzie... Z czymże było przyjść i jeszcze ludziom głowę zaprzątać?...

Wokulski wydobył portmonetkę.

— Masz tu — rzekł — dziesięć rubli na święta. Jutro w południe przyjdziesz do sklepu i dostaniesz kartkę na Pragę. Tam u handlarza wybierzesz sobie konia, a po świętach przyjeżdżaj do roboty. U mnie zarobisz ze trzy ruble na dzień, więc dług spłacisz łatwo. Zresztą dasz sobie radę.

Ubogi człowiek dotknąwszy pieniędzy zaczął się trząść.

Uważnie słuchał Wokulskiego, a łzy spływały mu po wychudzonej twarzy.

— Czy panu powiedział kto — zapytał po chwili — że z nami jest... ot tak?... Bo już nam ktoś — dodał szeptem — przysyłał siostrę miłosierdzia, będzie z miesiąc. Mówiła,

że muszę być ladaco, i dała nam kartkę na pud węgla z Żelaznej ulicy. Czy może pan tak sam z siebie?...
— Idź do domu, a jutro bądź w sklepie — odparł Wokulski.
— Idę, panie — odpowiedział człowiek kłaniając się do ziemi.

Odszedł, lecz przystawał na drodze; widocznie rozmyślał nad niespodziewanym szczęściem.

W tej chwili Wokulskiego tknęło szczególne przeczucie.
— Wysocki!... — zawołał. — A twemu bratu jak na imię?
— Kasper — odpowiedział człowiek wracając pędem.
— Przy jakiej mieszka stacji?
— Przy Częstochowie, panie.
— Idź do domu. Może Kaspra przeniosą do Skierniewic.

Ale ten zamiast iść, zbliżył się.
— Przepraszam, wielmożny panie — rzekł nieśmiało — ale jak mnie kto zaczepi: skąd, mam tyle pieniędzy?...
— Powiedz, że na rachunek wziąłeś ode mnie.
— Rozumiem, panie... Bóg... niech Bóg...

Ale Wokulski już nie słuchał; szedł w stronę Wisły myśląc:

„Jakże oni szczęśliwi, ci wszyscy, w których tylko głód wywołuje apatię, a jedynym cierpieniem jest zimno. I jak łatwo ich uszczęśliwić!... Nawet moim skromnym majątkiem mógłbym wydźwignąć parę tysięcy rodzin. Nieprawdopodobne, a przecież — tak jest."

> Wokulski — o ubogich z Powiśla, o pracy organicznej

Wokulski doszedł do brzegu Wisły i zdumiał się. Na kilkumorgowej przestrzeni wznosił się tu pagórek najobrzydliwszych śmieci, cuchnących, nieomal ruszających się pod słońcem, a o kilkadziesiąt kroków dalej leżały zbiorniki wody, którą piła Warszawa.

„O, tutaj — myślał — jest ognisko wszelkiej zarazy. Co człowiek dziś wyrzuci ze swego mieszkania, jutro wypije; później przenosi się na Powązki i z drugiej znowu strony miasta razi bliźnich pozostałych przy życiu.

Bulwar tutaj, kanały i woda źródlana na górze i — można by ocalić rokrocznie kilka tysięcy ludzi od śmierci, a kilkadziesiąt tysięcy od chorób... Niewielka praca, a zysk nieobliczony; natura umie wynagradzać."

Na stoku i w szczelinach obmierzłego wzgórza spostrzegł niby postacie ludzkie. Było tu kilku drzemiących na słońcu pijaków czy złodziei, dwie śmieciarki i jedna kochająca się para, złożona z trędowatej kobiety i suchotniczego mężczyzny, który nie miał nosa. Zdawało się, że to nie ludzie, ale widma ukrytych tutaj chorób, które odziały się w wykopane w tym miejscu szmaty. Wszystkie te indywidua zwietrzyły obcego człowieka; nawet śpiący podnieśli głowy i z wyrazem zdziczałych psów przypatrywali się gościowi.

Wokulski uśmiechnął się.

„Gdybym tu przyszedł w nocy, na pewno wyleczyliby mnie z melancholii. Jutro już spoczywałbym pod tymi śmieciami, które — wreszcie — są tak wygodnym grobem jak każdy inny. Na górze zrobiłby się wrzask, ścigano by i wyklinano tych poczciwców, a oni — może wyświadczyliby mi łaskę.

> *O, bo nie znają, w snach mogilnych*
> *Drzemiący, ciężkich trosk żywota*
> *I duch się ich już nie szamota*
> *W pragnieniach — tęsknych a bezsilnych...*

Ależ ja zaczynam być naprawdę sentymentalny?... muszę mieć nerwy dobrze rozbite. Bulwar jednak nie wytępiłby takich oto Mohikanów; przenieśliby się na Pragę albo za Pragę, uprawialiby w dalszym ciągu swoje rzemiosło, kochaliby się jak ta dwójeczka, ba, nawet mnożyliby się. Co za piękne, ojczyzno, będziesz miała potomstwo, urodzone i wychowane na tym śmietniku, z matki okrytej wysypką i beznosego ojca!...

Moje dzieci byłyby inne; po niej wzięłyby piękność, po mnie siłę... No, ale ich nie będzie. W tym kraju tylko choroba, nędza i zbrodnia znajdują weselne łożnice, nawet przytułki dla potomstwa.

Strach, co się tu stanie za kilka generacyj... A przecie jest proste lekarstwo: praca obowiązkowa — słusznie wynagradzana.

Ważny cytat – wartość pracy

Ona jedna może wzmocnić lepsze indywidua, a bez krzyku wytępić złe i... mielibyśmy ludność dzielną, jak dziś mamy zagłodzoną lub chorą."

A potem, nie wiadomo z jakiej racji, pomyślał:

„Cóż z tego, że trochę kokietuje?... Kokieteria u kobiet jest jak barwa i zapach u kwiatów. Taka już ich natura, że każdemu chcą się podobać, nawet Mraczewskim...

Dla wszystkich kokieteria, a dla mnie: «zapłać temu panu!...» Może ona myśli, że ja oszukałem ich na kupnie srebra?... To byłoby kapitalne!"

Nad samym brzegiem Wisły leżał stos belek. Wokulski uczuł znużenie, siadł i patrzył. W spokojnej powierzchni wody odbijała się Saska Kępa, już zieleniejąca, i praskie domy z czerwonymi dachami; na środku rzeki stała nieruchoma berlinka[119]. Nie większym wydawał się ten okręt, który zeszłego lata widział Wokulski na Morzu Czarnym, unieruchomiony z powodu zepsucia się machin.

„Leciał jak ptak i nagle utknął; zabrakło w nim motoru. Spytałem się wówczas: a może i ja kiedyś stanę w biegu? — no, i stanąłem. Jakież to pospolite sprężyny wywołują ruch w świecie: trochę węgla ożywia okręt, trochę serca — człowieka..."

W tej chwili żółtawy, za wczesny motyl przeleciał mu nad głową w stronę miasta.

„Ciekawym, skąd on się wziął? — myślał Wokulski. — Natura miewa kaprysy i — analogie — dodał. — Motyle istnieją także w rodzaju ludzkim: piękna barwa, latanie nad powierzchnią życia, karmienie się słodyczami, bez których giną — oto ich zajęcie. A ty, robaku, nurtuj ziemię i przerabiaj ją na grunt zdolny do siewu. Oni bawią się, ty pracujesz; dla nich istnieje wolna przestrzeń i światło, a ty ciesz się jednym tylko przywilejem: zrastania się, jeżeli cię rozdepcze ktoś nieuważny.

Wokulski – stosunek do Izabeli (kontrast między nimi)

---

[119] *berlinka* — duża łódź żaglowa do przewozu ładunków.

I tobież to wzdychać do motyla, głupi?... I dziwić się, że ma wstręt do ciebie?... Jakiż łącznik może istnieć między mną i nią?..
No, gąsienica jest także podobna do robaka, póki nie zostanie motylem. Ach, więc to ty masz zostać motylem, kupcze galanteryjny? Dlaczegóż by nie? Ciągle doskonalenie się jest prawem świata, a ileż to kupieckich rodów w Anglii zostało lordowskimi mościami.
W Anglii!... Tam jeszcze istnieje epoka twórcza w społeczeństwie; tam wszystko doskonali się i wstępuje na wyższe szczeble. Owszem, tam nawet ci wyżsi przyciągają do siebie nowe siły. Lecz u nas wyższa warstwa zakrzepła jak woda na mrozie i nie tylko wytworzyła osobny gatunek, który nie łączy się z resztą, ma do niej wstręt fizyczny, ale jeszcze własną martwotą krępuje wszelki ruch z dołu. Co się tu łudzić: ona i ja to dwa różne gatunki istot, naprawdę jak motyl i robak. Mam dla jej skrzydeł opuszczać swoją norę i innych robaków?... To są moi – ci, którzy leżą tam na śmietniku, i może dlatego są nędzni, a będą jeszcze nędzniejsi, że ja chcę wydawać po trzydzieści tysięcy rubli rocznie na zabawę w motyla. Głupi handlarzu, podły człowieku!...
Trzydzieści tysięcy rubli znaczą tyle, co sześćdziesiąt drobnych warsztatów albo sklepików, z których żyją całe rodziny. I to ja mam byt ich zniszczyć, wyssać z nich ludzkie dusze i wypędzić na ten śmietnik?...
No dobrze, ale gdyby nie ona, czy miałbym dziś majątek?... Kto wie, co się stanie ze mną i z tymi pieniędzmi bez niej? Może właśnie dopiero przy niej nabiorą one twórczych własności; może choć kilkanaście rodzin z nich skorzysta?..."
Wokulski odwrócił się i nagle zobaczył na ziemi swój własny cień. Potem przypomniał sobie, że ten cień chodzi przed nim, za nim albo obok niego zawsze i wszędzie, jak myśl o tamtej kobiecie chodziła za nim wszędzie i zawsze, na jawie i we śnie, mieszając się do wszystkich jego celów, planów i czynów.
„Nie mogę wyrzec się jej" – szepnął rozkładając ręce, jakby tłomaczył się komuś.
Wstał z belek i wrócił do miasta.
Idąc przez ulicę Oboźną przypomniał sobie furmana Wysockiego, któremu koń padł, i zdawało mu się, że widzi cały szereg wozów, przed którymi leżą padłe konie, cały szereg rozpaczających nad nimi furmanów, a przy każdym gromadę mizernych dzieci i żonę, która pierze bieliznę takim, co płacić nie mogą.
„Koń?..." – szepnął Wokulski i czegoś serce mu się ścisnęło.
Raz w marcu przechodząc Aleją Jerozolimską zobaczył tłum ludzi, czarny wóz węglarski stojący w poprzek drogi pod bramą, a o parę kroków dalej wyprzężonego konia.
– Co się to stało?
– Koń złamał nogę – odparł wesoło jeden z przechodniów, który miał fiołkowy szalik na szyi i trzymał ręce w kieszeniach.
Wokulski mimochodem spojrzał na delikwenta. Chudy koń z wytartymi bokami stał przywiązany do młodego drzewka unosząc w górę tylną nogę. Stał cicho, patrzył wywróconym okiem na Wokulskiego i gryzł z bólu gałązkę okrytą szronem.
„Dlaczego dziś dopiero przypomniał mi się ten koń? – myślał Wokulski – dlaczego ogarnia mnie taki żal?"

Szedł Obożną pod górę, rozmarzony, i czuł, że w ciągu kilku godzin, które spędził w nadrzecznej dzielnicy, zaszła w nim jakaś zmiana. Dawniej – dziesięć lat temu, rok temu, wczoraj jeszcze, przechodząc ulicami nie spotykał na nich nic szczególnego. Snuli się ludzie, jeździły dorożki, sklepy otwierały gościnne objęcia dla przechodniów. Ale teraz przybył mu jakby nowy zmysł. Każdy obdarty człowiek wydawał mu się istotą wołającą o ratunek tym głośniej, że nic nie mówił, tylko rzucał trwożne spojrzenia jak ów koń ze złamaną nogą. Każda uboga kobieta wydawała mu się praczką, która wyżartymi od mydła rękami powstrzymuje rodzinę nad brzegiem nędzy i upadku. Każde mizerne dziecko wydawało mu się skazanym na śmierć przedwczesną albo na spędzanie dni i nocy w śmietniku przy ulicy Dobrej.

I nie tylko obchodzili go ludzie. Czuł zmęczenie koni ciągnących ciężkie wozy i ból ich karków tartych do krwi przez chomąto. Czuł obawę psa, który szczekał na ulicy zgubiwszy pana, i rozpacz chudej suki z obwisłymi wymionami, która na próżno biegała od rynsztoka do rynsztoka szukając strawy dla siebie i szczeniąt. I jeszcze, na domiar cierpień, bolały go drzewa obdarte z kory, bruki podobne do powybijanych zębów, wilgoć na ścianach, połamane sprzęty i podarta odzież.

Zdawało mu się, że każda taka rzecz jest chora albo zraniona, że skarży się: „Patrz, jak cierpię...", i że tylko on słyszy i rozumie jej skargi. A ta szczególna zdolność odczuwania cudzego bólu urodziła się w nim dopiero dziś, przed godziną.

Rzecz dziwna! przecie miał już ustaloną opinię hojnego filantropa. Członkowie Towarzystwa Dobroczynności we frakach składali mu podziękowania za ofiarę dla wiecznie łaknącej instytucji; hrabina Karolowa we wszystkich salonach opowiadała o pieniądzach, które złożył na jej ochronę; jego służba i subiekci sławili go za podwyższenie im pensji. Ale Wokulskiemu rzeczy te nie sprawiały żadnej przyjemności, tak jak on sam nie przywiązywał do nich żadnej wagi. Rzucał tysiące rubli do kas urzędowych dobroczyńców, ażeby kupić za to rozgłos nie pytając, co się zrobi z pieniędzmi.

I dopiero dziś, kiedy dziesięcioma rublami wydobył człowieka z niedoli, kiedy nikt nie mógł głosić przed światem o jego szlachetności, dopiero dziś poznał, co to jest ofiara. Dopiero dziś przed jego zdumionym okiem stanęła nowa, nie znana dotychczas część świata – nędza, której trzeba pomagać.

„Tak, alboż ja dawniej nie widywałem nędzy?..." – szepnął Wokulski.

I przypomniał sobie całe szeregi ludzi obdartych, mizernych, a szukających pracy, chudych koni, głodnych psów, drzew z obdartą korą i połamanymi gałęźmi. Wszystko to przecie spotykał bez wrażenia. I dopiero gdy wielki ból osobisty zaorał mu i zbronował duszę, na tym gruncie użyźnionym krwią własną i skropionym niewidzialnymi dla świata łzami wyrosła osobliwa roślina: współczucie powszechne, ogarniające wszystko – ludzi, zwierzęta, nawet przedmioty, które nazywają martwymi.

„Doktór powiedziałby, że utworzyła mi się nowa komórka w mózgu albo że połączyło się kilka dawnych" – pomyślał.

„Tak, ale co dalej?..."

Dotychczas bowiem miał tylko jeden cel: zbliżyć się do panny Izabeli. Dziś przybył mu drugi: wydobyć z niedostatku Wysockiego.

„Mała rzecz!..."

„Przenieść jego brata pod Skierniewice..." – dodał jakiś głos.

„Drobnostka."

Ale poza tymi dwoma ludźmi stanęło zaraz kilku innych, za nimi jeszcze kilku, potem olbrzymi tłum borykający się z wszelkiego rodzaju nędzą i wreszcie — cały ocean cierpień powszechnych, które wedle sił należało zmniejszyć, a przynajmniej powściągnąć od dalszego rozlewu.

„Przywidzenia... abstrakcje... zdenerwowanie!" — szepnął Wokulski.

To była jedna droga. Na końcu bowiem drugiej widział cel realny i jasno określony — pannę Izabelę.

„Nie jestem Chrystusem, ażeby poświęcać się za całą ludzkość."

„Więc na początek zapomnij o Wysockich" — odparł głos wewnętrzny.

„No, głupstwo! Jakkolwiek jestem dziś rozkołysany, ależ nie mogę być śmieszny — myślał Wokulski. — Zrobię, co się da i komu można, lecz osobistego szczęścia nie wyrzeknę się, to darmo..."

W tej chwili stanął przed drzwiami swego sklepu i wszedł tam.

W sklepie zastał Wokulski tylko jedną osobę. Była to dama wysoka, w czarnych szatach, nieokreślonego wieku. Przed nią leżał stos neseserek: drewnianych, skórzanych, pluszowych i metalowych, prostych i ozdobnych, najdroższych i najtańszych, a wszyscy subiekci byli na służbie. Klejn podawał coraz nowe neseserki, Mraczewski chwalił towar, a Lisiecki akompaniował mu ruchami ręki i brody. Tylko pan Ignacy wybiegł naprzeciw pryncypała.

— Z Paryża przyszedł transport — rzekł do Wokulskiego. — Myślę, że trzeba odebrać jutro.

— Jak chcesz.

— Z Moskwy obstalunki za dziesięć tysięcy rubli, na początek maja.

— Spodziewałem się.

— Z Radomia za dwieście rubli, ale furman upomina się na jutro.

Wokulski ruszył ramionami.

— Trzeba raz zerwać z tym kramarstwem — odezwał się po chwili. — Interes żaden, a wymagania ogromne.

— Zerwać z naszymi kupcami?... — spytał zdziwiony Rzecki.

— Zerwać z Żydami — wtrącił półgłosem Lisiecki. — Bardzo dobrze robi szef wycofując się z tych parszywych stosunków. Nieraz aż wstyd wydawać reszty, tak pieniądze zalatują cebulą.

Wokulski nic nie odpowiedział. Usiadł do swej księgi i udawał, że rachuje, ale naprawdę nie robił nic, nie miał siły. Przypomniał sobie tylko swoje niedawne marzenia o uszczęśliwieniu ludzkości i osądził, że musi być mocno zdenerwowany.

„Rozigrał się we mnie sentymentalizm i fantazja — myślał. — Zły to znak. Mogę ośmieszyć się, zrujnować..."

I machinalnie przypatrywał się niezwykłej fizjognomii damy, która wybierała neseserki. Była ubrana skromnie, miała gładko uczesane włosy. Na jej twarzy białej i razem żółtej malował się głęboki smutek; spoza ust przyciętych wyglądała złość, a ze spuszczonych oczu błyskał czasami gniew, niekiedy pokora.

> Krzeszowska — wygląd

Mówiła głosem cichym i łagodnym, a targowała się jak stu skąpców. To było za drogie, tamto za tanie; tu plusz stracił barwę, tam zaraz odlezie skórka, a owdzie ukazuje się rdza na okuciach. Lisiecki już cofnął się od niej rozgniewany, Klejn odpoczywał, a tylko Mraczewski rozmawiał z nią jak z osobą znajomą.

W tej chwili otworzyły się drzwi sklepu i ukazał się w nich jeszcze oryginalniejszy jegomość. Lisiecki powiedział o nim, że jest podobny do suchotnika, któremu w trumnie zaczęły odrastać wąsy i faworyty. Wokulski zauważył, że gość ma gapiowato otwarte usta, a za ciemnymi binoklami nosi duże oczy, z których przeglądało jeszcze większe roztargnienie.

> Krzeszowski – wygląd

Gość wszedł kończąc rozmowę z kimś na ulicy, lecz wnet cofnął się, aby swego towarzysza pożegnać. Potem znowu wszedł i znowu cofnął się zadzierając do góry głowę, jakby czytał szyld. Nareszcie wszedł na dobre, ale drzwi za sobą nie zamknął. Wypadkowo spojrzał na damę i – spadły mu z nosa ciemne binokle.

— A... a... a!... — zawołał.

Ale dama gwałtownie odwróciła się od niego do neseserek i upadła na krzesło. Do przybysza wybiegł Mraczewski i uśmiechając się dwuznacznie, zapytał:

— Pan baron rozkaże?...

— Spinki, uważa pan, spinki zwyczajne, złote albo stalowe... Tylko, rozumie pan, muszą być w kształcie czapki dżokejskiej i – z biczem...

Mraczewski otworzył gablotkę ze spinkami.

— Wody... — odezwała się dama słabym głosem.

Rzecki nalał jej wody z karafki i podał z oznakami współczucia.

— Pani dobrodziejce słabo?... Może by doktora...

— Już mi lepiej — odparła.

Baron oglądał spinki, ostentacyjnie odwracając się tyłem do damy.

— A może, czy nie sądzi pan, byłyby lepsze spinki w formie podków? — pytał Mraczewskiego.

— Myślę, że panu baronowi potrzebne są i te, i te. Sportsmeni noszą tylko oznaki sportsmeńskie, ale lubią odmianę.

— Powiedz mi pan — odezwała się nagle dama do Klejna — na co podkowy ludziom, którzy nie mają za co utrzymywać koni?...

— Otóż, proszę pana — mówił baron — wybrać mi jeszcze parę drobiazgów w formie podkowy...

— Może by popielniczkę? — zapytał Mraczewski.

— Dobrze, popielniczkę — odparł baron.

— Może gustowny kałamarz z siodłem, dżokejką, szpicrutą[120]?...

— Proszę o gustowny kałamarz z siodłem i dżokejką...

— Powiedz mi pan — mówiła dama do Klejna podniesionym głosem — czy wam nie wstyd zwozić tak kosztowne drobiazgi, kiedy kraj jest zrujnowany?... Czy nie wstyd kupować konie wyścigowe...

---

[120] *szpicruta* — giętki pręt używany do jazdy konnej.

— Drogi panie — zawołał niemniej głośno baron do Mraczewskiego — zapakuj wszystkie te garnitury, popielniczkę, kałamarz i odeszlij mi do domu. Macie prześliczny wybór towarów... Serdecznie dziękuję... *Adieu!*...

I wybiegł ze sklepu wracając się parę razy i spoglądając na szyld nad drzwiami.

Po odejściu oryginalnego barona w sklepie zapanowało milczenie. Rzecki patrzył na drzwi, Klejn na Rzeckiego, a Lisiecki na Mraczewskiego, który znajdując się z tyłu damy krzywił się w sposób bardzo dwuznaczny.

Dama z wolna podniosła się z krzesła i zbliżyła się do kantorka, za którym siedział Wokulski.

— Czy mogę spytać — rzekła drżącym głosem — ile panu winien jest ten pan, który dopiero co wyszedł?...

— Rachunki tego pana ze mną, szanowna pani, gdyby je miał, należą tylko do niego i do mnie — odpowiedział Wokulski kłaniając się.

— Panie — ciągnęła dalej rozdrażniona dama — jestem Krzeszowska, a ten pan jest moim mężem. Długi jego obchodzą mnie, ponieważ on zagarnął mój majątek, o który w tej chwili toczy się między nami proces...

— Daruje pani — przerwał Wokulski — ale stosunki między małżonkami do mnie nie należą.

— Ach, więc tak?... Zapewne, że dla kupca jest to najwygodniej. *Adieu.*

I opuściła sklep trzaskając drzwiami.

W kilka minut po jej odejściu wbiegł do sklepu baron. Parę razy wyjrzał na ulicę, a następnie zbliżył się do Wokulskiego.

— Najmocniej przepraszam — rzekł usiłując utrzymać binokle na nosie — ale jako stały gość pański, ośmielę się w zaufaniu zapytać: co mówiła dama, która wyszła przed chwilą?... Bardzo przepraszam za moją śmiałość, ale w zaufaniu...

— Nic nie mówiła, co by kwalifikowało się do powtórzenia — odparł Wokulski.

— Bo uważa pan, jest to, niestety! moja żona... Pan wie, kto jestem... Baron Krzeszowski... Bardzo zacna kobieta, bardzo światła, ale skutkiem śmierci naszej córki trochę zdenerwowana i niekiedy... Pojmuje pan?... Więc nic?...

— Nic.

Baron ukłonił się i już we drzwiach skrzyżował spojrzenia z Mraczewskim, który mrugnął na niego.

— Więc tak?... — rzekł baron, ostro patrząc na Wokulskiego.

I wybiegł na ulicę. Mraczewski skamieniał i oblał się rumieńcem powyżej włosów. Wokulski trochę pobladł, lecz spokojnie usiadł do rachunków.

— Cóż to za oryginalne diabły, panie Mraczewski? — spytał Lisiecki.

— A to cała historia! — odparł Mraczewski przypatrując się spod oka Wokulskiemu. — Jest to baron Krzeszowski, wielki dziwak, i jego żona, trochę narwana. Nawet skuzynowani ze mną,

> Mraczewski o Krzeszowskich

ale cóż!... — westchnął spoglądając w lustro. — Ja nie mam pieniędzy, więc muszę być w handlu; oni jeszcze mają, więc są moimi kundmanami...

— Mają bez pracy!... — wtrącił Klejn. — Ładny porządek świata, co?

— No, no... już mnie pan do swoich porządków nie nawracaj odparł Mraczewski.

— Otóż pan baron i pani baronowa od roku prowadzą ze sobą wojnę. On chce rozwodu, na co ona się nie zgadza; ona chce przepędzić go od zarządu swoim majątkiem, na co on się nie zgadza. Ona nie pozwala mu trzymać koni, szczególniej jednego wyścigowca; a on nie pozwala jej kupić kamienicy po Łęckich, w której pani Krzeszowska mieszka i gdzie straciła córkę. Oryginały!... Bawią ludzi wymyślając jedno na drugie...

Opowiadał lekkim tonem i kręcił się po sklepie z miną panicza, który przyszedł tu na chwilkę, ale zaraz wyjdzie. Wokulski mienił się siedząc na fotelu; już nie mógł znieść głosu Mraczewskiego.

"Kuzyn Krzeszowskich... — myślał. — Dostanie bilet miłosny od panny Izabeli... A, infamis!..."

I przemógłszy się wrócił do swej księgi. Do sklepu znowu poczęli wchodzić goście, wybierać towary, targować się, płacić. Ale Wokulski widział tylko ich cienie, pogrążony w pracy. A im dłuższe sumował kolumny, im większe wypadały mu sumy, tym bardziej czuł, że w sercu kipi mu jakiś gniew bezimienny. O co?... na kogo?... mniejsza. Dosyć, że ktoś za to zapłaci, pierwszy z brzegu.

Około siódmej sklep już stanowczo wyludnił się, subiekci rozmawiali, Wokulski wciąż rachował. Wtem znowu usłyszał nieznośny głos Mraczewskiego, który mówił aroganckim tonem:

— Co mi pan, panie Klejn, będzie zawracał głowę!... Wszyscy socjaliści są złodzieje, bo chcieliby dzielić się cudzym, i — szubrawcy, bo mają na dwu jedną parę butów i nie wierzą w chustki do nosa.

— Nie mówiłbyś pan tak — odparł smutnie Klejn — gdybyś przeczytał choć z parę broszurek, nawet niedużych.

— Błazeństwo... — przerwał Mraczewski włożywszy ręce w kieszenie. — Będę czytał broszury, które chcą zniszczyć rodzinę, wiarę i własność!... No, takich głupich nie znajdziesz pan w Warszawie.

Wokulski zamknął księgę i włożył ją do kantorka. W tej chwili znowu weszły do sklepu trzy panie żądając rękawiczek.

Targ z nimi przeciągnął się z kwadrans. Wokulski siedział na fotelu i patrzył w okno; gdy zaś damy wyszły, odezwał się tonem bardzo spokojnym:

— Panie Mraczewski.

— Co pan każe?... — spytał piękny młodzieniec biegnąc do kantorka krokiem kontredansowym.

— Od jutra niech pan postara się o inne miejsce — rzekł krótko Wokulski.

Mraczewski osłupiał.

— Dlaczego, panie szefie?... Dlaczego?...

— Dlatego, że u mnie już pan nie ma miejsca.

— Jakiż powód?... Przecie chyba nic złego nie zrobiłem? Gdzież pójdę, jeżeli pan tak nagle pozbawi mnie posady?...

— Świadectwo dostanie pan dobre — odparł Wokulski. — Pan Rzecki wypłaci panu pensję za następny kwartał, wreszcie — za pięć miesięcy... A powód jest ten, że ja i pan nie pasujemy do siebie... Zupełnie nie pasujemy. — Mój Ignacy, zrób z panem Mraczewskim rachunek do pierwszego października.

To powiedziawszy Wokulski wstał z fotelu i wyszedł na ulicę.

Dymisja Mraczewskiego zrobiła takie wrażenie, że subiekci nie przemówili między sobą ani słowa, a pan Rzecki kazał zamknąć sklep, chociaż nie było jeszcze ósmej. Pobiegł zaraz do mieszkania Wokulskiego, lecz go tam nie zastał. Przyszedł drugi raz o jedynastej w nocy, lecz w oknach było ciemno, i pan Ignacy wrócił do siebie zgnębiony.

Na drugi dzień, w Wielki Czwartek, Mraczewski już nie pokazał się w sklepie. Pozostali koledzy jego byli smutni i czasem naradzali się między sobą po cichu.

Około pierwszej przyszedł Wokulski. Lecz nim usiadł do kantorka, otworzyły się drzwi i zwykłym wahającym się krokiem wbiegł pan Krzeszowski zadając sobie wiele trudu nad osadzeniem binokli na nosie.

— Panie Wokulski — zawołał roztargniony gość, prawie ode drzwi. — W tej chwili dowiaduję się... Jestem Krzeszowski... Dowiaduję się, że ten biedny Mraczewski z mojej winy otrzymał dymisję. Ależ, panie Wokulski, ja wczoraj bynajmniej nie miałem pretensji do pana... Ja szanuję dyskrecję, jaką okazał pan w sprawie mojej i mojej żony... Ja wiem, że pan jej odpowiedział, jak przystało na dżentelmena...

— Panie baronie — odparł Wokulski — ja nie prosiłem pana o świadectwo przyzwoitości. Poza obrębem tego — co pan każe?...

— Przyszedłem prosić o przebaczenie biednemu Mraczewskiemu, który nawet...

— Do pana Mraczewskiego nie mam żadnej pretensji, nawet tej, ażeby do mnie wracał.

Baron przygryzł wargi. Chwilę milczał, jakby odurzony szorstką odmową; na koniec ukłonił się i cicho powiedziawszy: „Przepraszam...", opuścił sklep.

Panowie Klejn i Lisiecki cofnęli się za szafy i po krótkiej naradzie wrócili do sklepu, od czasu do czasu rzucając na siebie smutne, lecz wymowne spojrzenia.

Około trzeciej po południu ukazała się pani Krzeszowska. Zdawało się, że jest bledsza, żółciejsza i jeszcze czarniej ubrana niż wczoraj. Lękliwie obejrzała się po sklepie, a spostrzegłszy Wokulskiego zbliżyła się do kantorka.

— Panie — rzekła cicho — dziś dowiedziałam się, że pewien młody człowiek, Mraczewski, z mojej winy stracił u pana miejsce. Jego nieszczęśliwa matka...

— Pan Mraczewski już nie jest u mnie i nie będzie — odparł Wokulski z ukłonem.
— Czym więc mogę pani służyć?...

Pani Krzeszowska miała widocznie ułożoną dłuższą mowę. Na nieszczęście spojrzała Wokulskiemu w oczy i... z wyrazem: „Przepraszam...", wyszła ze sklepu.

Panowie Klejn i Lisiecki mrugnęli na siebie wymowniej niż dotychczas, lecz poprzestali na jednomyślnym wzruszeniu ramionami.

Dopiero około piątej po południu zbliżył się do Wokulskiego Rzecki. Oparł ręce na kantorku i rzekł półgłosem:

— Matka tego Mraczewskiego, Staśku, jest bardzo biedna kobieta...
— Zapłać mu pensję do końca roku — odparł Wokulski.
— Myślę... Stasiu, myślę, że nie można aż tak karać człowieka za to, że ma inne niż my przekonania polityczne...

— Polityczne?... — powtórzył Wokulski takim tonem, że panu Ignacemu przeszedł mróz po kościach...

— Zresztą, powiem ci — ciągnął dalej pan Ignacy — szkoda takiego subiekta. Chłopak piękny, kobiety go pasjami lubią...

— Piękny? — odparł Wokulski. — Więc niech pójdzie na utrzymanie, jeżeli taki piękny.

Pan Ignacy cofnął się. Panowie Lisiecki i Klejn już nawet nie spoglądali na siebie.

W godzinę później przyszedł do sklepu niejaki pan Zięba, którego Wokulski przedstawił jako nowego subiekta.

> Zięba — wygląd, sposób bycia

Pan Zięba miał około lat trzydziestu; był może tak przystojny jak Mraczewski, ale wyglądał nierównie poważniej i taktowniej. Nim sklep zamknięto, już zaznajomił się, a nawet zdobył przyjaźń swoich kolegów. Pan Rzecki odkrył w nim zagorzałego bonapartystę; pan Lisiecki wyznał, że on sam obok Zięby jest bardzo bladym antysemitą, a pan Klejn doszedł do wniosku, że Zięba musi być co najmniej biskupem socjalizmu.

Słowem, wszyscy byli kontenci, a pan Zięba spokojny.

Rozdział IX

Kładki, na których spotykają się ludzie różnych światów

W Wielki Piątek z rana Wokulski przypomniał sobie, że dziś i jutro hrabina Karolowa i panna Izabela będą kwestowały przy grobach.

„Trzeba tam pójść i coś dać – pomyślał i wyjął z kasy pięć złotych półimperiałów[121]. – Chociaż – dodał po chwili – posłałem im już dywany, ptaszki śpiewające, pozytywkę, nawet fontannę!... To chyba wystarczy na zbawienie jednej duszy. Nie pójdę."

Po południu jednak zrobił sobie uwagę, że może hrabina Karolowa liczy na niego. A w takim razie nie wypada cofać się lub złożyć tylko pięć półimperiałów. Wydobył więc z kasy jeszcze pięć i wszystkie zawinął w bibułkę.

„Co prawda – mówił do siebie – będzie tam panna Izabela, a tej nie można ofiarowywać dziesięciu półimperiałów."

Więc rozwinął swój rulon, znowu dołożył dziesięć sztuk złota i jeszcze namyślał się: „Iść czy nie iść?..."

„Nie – powiedział – nie będę należał do tej jarmarcznej dobroczynności."

Rzucił rulon do kasy i w piątek nie poszedł na groby.

Ale w Wielką Sobotę sprawa przedstawiła mu się całkiem z nowego punktu.

„Oszalałem! – mówił. – Więc jeżeli nie pójdę do kościoła, gdzież ją spotkam?... Jeżeli nie pieniędzmi, czym zwrócę na siebie jej uwagę?... Tracę rozsądek..."

Lecz jeszcze wahał się i dopiero około drugiej po południu, gdy Rzecki z powodu święta kazał już sklep zamykać, Wokulski wziął z kasy dwadzieścia pięć półimperiałów i poszedł w stronę kościoła[122].

Nie wszedł tam jednak od razu; coś go zatrzymywało. Chciał zobaczyć pannę Izabelę, a jednocześnie lękał się tego i wstydził się swoich półimperiałów.

„Rzucić stos złota!... Jakie to imponujące w papierowych czasach[123] i – jakie to dorobkiewiczowskie... No, ale co robić, jeżeli one właśnie na pieniądze czekają?... Może nawet będzie za mało?..."

Chodził tam i na powrót po ulicy naprzeciw kościoła nie mogąc od niego oczu oderwać.

„Już idę – myślał. – Zaraz... jeszcze chwilkę... Ach, co się ze mną stało!..." – dodał czując, że jego rozdarta dusza nawet na tak prosty czyn nie może zdobyć się bez wahań.

---

[121] *półimperiał* – moneta rosyjska wartości 5 rubli srebrnych.
[122] *poszedł w stronę kościoła* – mowa o kościele św. Józefa (karmelitów) na Krakowskim Przedmieściu.
[123] *papierowe czasy* – w czasie wojny tureckiej rząd rosyjski wyemitował dużą ilość pieniędzy papierowych.

Teraz przypomniał sobie: jak on dawno nie był w kościele. „Kiedyż to?... Na ślubie raz... Na pogrzebie żony drugi raz..."

Lecz i w tym, i w tamtym wypadku nie wiedział dobrze, co się koło niego dzieje; więc patrzył w tej chwili na kościół jak na rzecz zupełnie nową dla siebie.

„Co to jest za ogromny gmach, który zamiast kominów ma wieże, w którym nikt nie mieszka, tylko śpią prochy dawno zmarłych?... Na co ta strata miejsca i murów, komu dniem i nocą pali się światło, w jakim celu schodzą się tłumy ludzi?...

Na targ idą po żywność, do sklepów po towary, do teatru po zabawę, ale po co tutaj?..."

Mimo woli porównywał drobny wzrost stojących pod kościołem pobożnych z olbrzymimi rozmiarami świętego budynku i przyszła mu myśl szczególna. Że jak kiedyś na ziemi pracowały potężne siły dźwigając z płaskiego lądu łańcuchy gór, tak kiedyś w ludzkości istniała inna niezmierna siła, która wydźwignęła tego rodzaju budowle. Patrząc na podobne gmachy można by sądzić, że w głębi naszej planety mieszkali olbrzymowie, którzy wydzierając się gdzieś w górę, podważali skorupę ziemską i zostawiali ślady tych ruchów w formie imponujących jaskiń.

„Dokąd oni wydzierali się? Do innego, podobno wyższego świata. A jeżeli morskie przypływy dowodzą, że księżyc nie jest złudnym blaskiem, tylko realną rzeczywistością, dlaczego te dziwne budynki nie miałyby stwierdzać rzeczywistości innego świata?... Czyliż on słabiej pociąga za sobą dusze ludzkie aniżeli księżyc fale oceanu?..."

Wszedł do kościoła i zaraz na wstępie znowu uderzył go nowy widok. Kilka żebraczek i żebraków błagało o jałmużnę, którą Bóg zwróci litościwym w życiu przyszłym. Jedni z pobożnych całowali nogi Chrystusa umęczonego przez państwo rzymskie, inni w progu upadłszy na kolana wznosili do góry ręce i oczy, jakby zapatrzeni w nadziemską wizję. Kościół pogrążony był w ciemności, której nie mógł rozproszyć blask kilkunastu świec płonących w srebrnych kandelabrach. Tu i owdzie na posadzce świątyni widać było niewyraźne cienie ludzi leżących krzyżem albo zgiętych ku ziemi, jakby kryli się ze swoją pobożnością pełną pokory. Patrząc na te ciała nieruchome można było myśleć, że na chwilę opuściły je dusze i uciekły do jakiegoś lepszego świata.

„Rozumiem teraz — pomyślał Wokulski — dlaczego odwiedzanie kościołów umacnia wiarę. Tu wszystko urządzone jest tak, że przypomina wieczność."

Od pogrążonych w modlitwie cieniów wzrok jego pobiegł ku światłu. I zobaczył w różnych punktach świątyni stoły okryte dywanami, na nich tace pełne bankocetli[124], srebra i złota, a dokoła nich damy siedzące na wygodnych fotelach, odziane w jedwab, pióra i aksamity, otoczone wesołą młodzieżą. Najpobożniejsze pukały na przechodniów, wszystkie rozmawiały i bawiły się jak na raucie.

> **Ważny cytat —
> Wokulski w kościele (trzy
> odmienne światy, indywidualizm bohatera)**

Zdawało się Wokulskiemu, że w tej chwili widzi przed sobą trzy światy. Jeden (dawno już zeszedł z ziemi), który modlił się i dźwigał na chwałę Boga potężne gmachy. Drugi, ubogi i pokorny, który umiał modlić się, lecz wznosił tylko lepianki, i — trzeci, który dla siebie murował pałace, ale już zapomniał o modlitwie i z domów bożych zrobił miejsce schadzek; jak

---

[124] *bankocetle* — banknoty.

niefrasobliwe ptaki, które budują gniazda i zawodzą pieśni na grobach poległych bohaterów.

„A czymże ja jestem, zarówno obcy im wszystkim?..."

„Może jesteś okiem żelaznego przetaka, w który rzucę ich wszystkich, aby oddzielić stęchłe plewy od ziarna" — odpowiedział mu jakiś głos.

Wokulski obejrzał się. „Przywidzenie chorej wyobraźni." Jednocześnie przy czwartym stole, w głębi kościoła, spostrzegł hrabinę Karolową i pannę Izabelę. Obie również siedziały nad tacą z pieniędzmi i trzymały w rękach książki, zapewne do nabożeństwa. Za krzesłem hrabiny stał służący w czarnej liberii.

Wokulski poszedł ku nim potrącając klęczących i omijając inne stoły, przy których pukano na niego zawzięcie. Zbliżył się do tacy i ukłoniwszy się hrabinie, położył swój rulon imperiałów[125].

„Boże — pomyślał — jak ja głupio muszę wyglądać z tymi pięniędzmi."

Hrabina odłożyła książkę.

— Witam cię, panie Wokulski — rzekła. — Wiesz, myślałam, że już nie przyjdziesz, i powiem ci, że nawet było mi trochę przykro.

— Mówiłam cioci, że przyjdzie, i do tego z workiem złota — odezwała się po angielsku panna Izabela.

Hrabinie wystąpił na czoło rumieniec i gęsty pot. Zlękła się słów siostrzenicy przypuszczając, że Wokulski rozumie po angielsku.

— Proszę cię, panie Wokulski — rzekła prędko — siądź tu na chwilę, bo delegowany[126] nas opuścił. Pozwolisz, że ułożę twoje imperiały na wierzchu, dla zawstydzenia tych panów, którzy wolą wydawać pieniądze na szampana...

— Ależ niech się ciocia uspokoi — wtrąciła panna Izabela znowu po angielsku. — On z pewnością nie rozumie...

Tym razem i Wokulski zarumienił się.

— Proszę cię, Belu — rzekła hrabina tonem uroczystym — pan Wokulski... który tak hojną ofiarę złożył na naszą ochronę...

— Słyszałam — odpowiedziała panna Izabela po polsku, na znak powitania przymykając powieki.

— Pani hrabina — rzekł trochę żartobliwie Wokulski — chce mnie pozbawić zasługi w życiu przyszłym, chwaląc postępki, które zresztą mogłem spełniać w widokach zysku.

— Domyślałam się tego — szepnęła panna Izabela po angielsku.

Hrabina o mało nie zemdlała czując, że Wokulski musi domyślać się znaczenia słów jej siostrzenicy, choćby nie znał żadnego języka.

— Możesz, panie Wokulski — rzekła z gorączkowym pośpiechem — możesz łatwo zdobyć sobie zasługę w życiu przyszłym, choćby... przebaczając urazy...

— Zawsze je przebaczam — odparł nieco zdziwiony.

---

[125] *imperiał* — moneta rosyjska wartości 10 rubli srebrnych.

[126] *delegowany* — z Towarzystwa Dobroczynności do udziału w kweście.

— Pozwól sobie powiedzieć, że nie zawsze — ciągnęła hrabina. — Jestem stara kobieta i twoja przyjaciółka, panie Wokulski — dodała z naciskiem — więc zrobisz mi pewne ustępstwo...

— Czekam na rozkazy pani.

— Onegdaj dałeś dymisję jednemu z twoich... urzędników, niejakiemu Mraczewskiemu...

— Za cóż to?... — nagle odezwała się panna Izabela.

— Nie wiem — rzekła hrabina. — Podobno chodziło o różnicę przekonań politycznych czy coś w tym guście...

— Więc ten młody człowiek ma przekonania?... — zawołała panna Izabela. — To ciekawe!...

Powiedziała to w sposób tak zabawny, że Wokulski poczuł, jak ustępuje mu z serca niechęć do Mraczewskiego.

— Nie o przekonania chodziło, pani hrabino — odezwał się — ale o nietaktowne uwagi o osobach, które odwiedzają nasz magazyn.

— Może te osoby same postępują nietaktownie — wtrąciła panna Izabela.

— Im wolno, one za to płacą — odpowiedział spokojnie Wokulski. — Nam nie.

Silny rumieniec wystąpił na twarz panny Izabeli. Wzięła książkę i zaczęła czytać.

— Ale swoją drogą dasz się ubłagać, panie Wokulski — rzekła hrabina. — Znam matkę tego chłopca, i wierz mi, że przykro patrzeć na jej rozpacz...

Wokulski zamyślił się.

— Dobrze — odpowiedział — dam mu posadę, ale w Moskwie.

— A jego biedna matka?... — zapytała hrabina tonem proszącym.

— Więc podwyższę mu o dwieście... o trzysta rubli pensję — odparł.

W tej chwili zbliżyło się do stołu kilkoro dzieci, którym hrabina zaczęła rozdawać obrazki. Wokulski wstał z fotelu i aby nie przeszkadzać pobożnym zajęciom, przeszedł na stronę panny Izabeli.

Panna Izabela podniosła oczy od książki i dziwnym wzrokiem patrząc na Wokulskiego spytała:

— Pan nigdy nie cofa swoich postanowień?

— Nie — odpowiedział. Ale w tej chwili spuścił oczy.

— A gdybym poprosiła za tym młodym człowiekiem?...

Wokulski spojrzał na nią zdumiony.

— W takim razie odpowiedziałbym, że pan Mraczewski stracił miejsce, ponieważ niestosownie odzywał się o osobach, które zaszczyciły go trochę łaskawszym tonem w rozmowie... Jeżeli jednak pani każe...

Teraz panna Izabela spuściła oczy, zmieszana w wysokim stopniu.

— A... a!... wszystko mi jedno w rezultacie, gdzie osiedli się ten młody człowiek. Niech jedzie i do Moskwy.

— Tam też pojedzie — odparł Wokulski. — Moje uszanowanie paniom — dodał kłaniając się.

Hrabina podała mu rękę.

— Dziękuję ci, panie Wokulski, za pamięć i proszę, ażebyś przyszedł do mnie na święcone. Bardzo cię proszę, panie Wokulski — dodała z naciskiem.

Nagle spostrzegłszy jakiś ruch na środku kościoła zwróciła się do służącego:
— Idźże, mój Ksawery, do pani prezesowej i proś, ażeby nam pozwoliła swego powozu. Powiedz, że nam koń zachorował.
— Na kiedy jaśnie pani rozkaże? — spytał służący.
— Tak... za półtorej godziny. Prawda, Belu, że nie posiedzimy tu dłużej?
Służący podszedł do stołu przy drzwiach.
— Więc do jutra, panie Wokulski — rzekła hrabina. — Spotkasz u mnie wielu znajomych. Będzie kilku panów z Towarzystwa Dobroczynności...
„Aha!..." — pomyślał Wokulski żegnając hrabinę. Czuł dla niej w tej chwili taką wdzięczność, że na jej ochronę oddałby połowę majątku.

Panna Izabela z daleka kiwnęła mu głową i znowu spojrzała w sposób, który wydał mu się bardzo niezwykłym. A gdy Wokulski zniknął w cieniach kościoła, rzekła do hrabiny:
— Cioteczka kokietuje tego pana. Ej! ciociu, to zaczyna być podejrzane...
— Twój ojciec ma słuszność — odparła hrabina — ten człowiek może być użytecznym. Zresztą za granicą podobne stosunki należą do dobrego tonu.
— A jeżeli te stosunki przewrócą mu w głowie?... — spytała panna Izabela.
— W takim razie dowiódłby, że ma słabą głowę — odpowiedziała krótko hrabina biorąc się do książki nabożnej.

Wokulski nie opuścił kościoła, ale w pobliżu drzwi skręcił w boczną nawę. Tuż przy grobie Chrystusa, naprzeciw stolika hrabiny, stał w kącie pusty konfesjonał. Wokulski wszedł do niego, przymknął drzwiczki i niewidzialny, przypatrywał się pannie Izabeli.

Trzymała w ręku książkę spoglądając od czasu do czasu na drzwi kościelne. Na twarzy jej malowało się zmęczenie i nuda. Czasami do stolika zbliżały się dzieci po obrazki; panna Izabela niektórym podawała je sama z takim ruchem, jakby chciała powiedzieć: ach, kiedyż się to skończy!...

„I to wszystko robi się nie przez pobożność ani przez miłość do dzieci, ale dla rozgłosu i w celu wyjścia za mąż — pomyślał Wokulski. — No i ja także — dodał — niemało robię dla reklamy i ożenienia się. Świat ładnie urządzony! Zamiast po prostu pytać się: kochasz mnie czy nie kochasz? albo: chcesz mnie czy nie chcesz? ja wyrzucam setki rubli, a ona kilka godzin nudzi się na wystawie i udaje pobożną.

A jeżeli odpowiedziałaby, że mnie kocha? Wszystkie te ceremonie mają dobrą stronę: dają czas i możność zaznajomienia się.

Źle to jednak nie umieć po angielsku... Dziś wiedziałbym, co o mnie myśli: bo jestem pewny, że o mnie mówiła do swej ciotki. Trzeba nauczyć się...

Albo weźmy takie głupstwo jak powóz... Gdybym miał powóz, mógłbym ją teraz odesłać do domu z ciotką, i znowu zawiązałby się między nami jeden węzeł... Tak, powóz przyda mi się w każdym razie. Przysporzy z tysiąc rubli wydatków na rok, ale cóż zrobię? Muszę być gotowym na wszystkich punktach.

Powóz... angielszczyzna... przeszło dwieście rubli na jedną kwestię!... I to robię ja, który tym pogardzam... Właściwie jednak — na cóż będę wydawał pieniądze, jeżeli nie na zapewnienie sobie szczęścia? Co mnie obchodzą jakieś teorie oszczędności, gdy czuję ból w sercu?..."

Dalszy bieg myśli przerwała mu smutna, brzęcząca melodia. Była to muzyka szkatułki grającej, po której nastąpił świegot sztucznych ptaków; a gdy one milkły, rozlegał się cichy szelest fontanny, szept modlitw i westchnienia pobożnych.

W nawie, u konfesjonału, u drzwi kaplicy grobowej widać było zgięte postacie klęczących. Niektórzy czołgali się do krucyfiksu na podłodze i ucałowawszy go kładli na tacy drobne pieniądze wydobyte z chustki do nosa.

W głębi kaplicy, w powodzi światła, leżał biały Chrystus otoczony kwiatami. Zdawało się Wokulskiemu, że pod wpływem migotliwych płomyków twarz jego ożywia się przybierając wyraz groźby albo litości i łaski. Kiedy pozytywka wygrywała *Łucję z Lamermooru*[127] albo kiedy ze środka kościoła doleciał stukot pieniędzy i francuskie wykrzykniki, oblicze Chrystusa ciemniało. Ale kiedy do krucyfiksu zbliżył się jaki biedak i opowiadał Ukrzyżowanemu swoje strapienia, Chrystus otwierał martwe usta i w szmerze fontanny powtarzał błogosławieństwa i obietnice...

„Błogosławieni cisi... Błogosławieni smutni..."[128]

> Maria – wygląd, zachowanie

Do tacy podeszła młoda, uróżowana dziewczyna. Położyła srebrną czterdziestówkę[129], ale nie śmiała dotknąć krzyża. Klęczący obok z niechęcią patrzyli na jej aksamitny kaftanik i jaskrawy kapelusz. Ale gdy Chrystus szepnął: „Kto z was jest bez grzechu, niech rzuci na nią kamieniem"[130], padła na posadzkę i ucałowała jego nogi jak niegdyś Maria Magdalena.

„Błogosławieni, którzy łakną sprawiedliwości... Błogosławieni, którzy płaczą..."

Z głębokim wzruszeniem przypatrywał się Wokulski pogrążonemu w kościelnym mroku tłumowi, który z tak cierpliwą wiarą od osiemnastu wieków oczekuje spełnienia się boskich obietnic.

„Kiedyż to będzie!..." – pomyślał.

„Pośle Syn Człowieczy anioły swoje, a oni zbiorą wszystkie zgorszenia i tych, którzy nieprawość czynią, jako zbiera się kąkol i pali się go ogniem."[131]

Machinalnie spojrzał na środek kościoła. Przy bliższym stoliku hrabina drzemała, a panna Izabela ziewała, przy dalszym trzy nie znane mu damy zaśmiewały się z opowiadań jakiegoś wykwintnego młodzieńca.

„Inny świat... inny świat!... – myślał Wokulski. – Co za fatalność popycha mnie w tamtą stronę?"

> Stawska – wygląd

W tej chwili tuż obok konfesjonału stanęła, a potem uklękła osoba młoda, ubrana bardzo starannie, z małą dziewczynką.

Wokulski przypatrzył się jej i dostrzegł, że jest niezwykle piękna. Uderzył go nade wszystko wyraz jej twarzy, jakby do tego grobu przyszła nie z modlitwą, ale z zapytaniem i skargą.

---

[127] *Łucja z Lamermooru* – opera Donizettiego.
[128] „*Błogosławieni cisi... Błogosławieni smutni*" – słowa Chrystusa z *Ewangelii* św. Mateusza, V, 4-5.
[129] *czterdziestówka* – moneta 20-kopiejkowa (40 groszy).
[130] „*Kto z was jest bez grzechu*" – słowa Chrystusa do faryzeuszów oskarżających jawnogrzesznicę (*Ewangelia* św. Jana, VIII, 7).
[131] „*Błogosławieni, którzy łakną sprawiedliwości... Błogosławieni, którzy płaczą...*" – słowa Chrystusa z *Ewangelii* św. Łukasza, VI, 21.

Przeżegnała się, lecz zobaczywszy tacę wydobyła woreczek z pieniędzmi.
— Idź, Helusiu — rzekła półgłosem do dziecka — połóż to na tacy i pocałuj Pana Jezusa.
— Gdzie, proszę mamy, pocałować?
— W rączkę i w nóżkę...
— I w buzię?
— W buzię nie można.
— Ech, co tam!... — Pobiegła do tacy i pochyliła się nad krzyżem.
— A widzi mama — zawołała powracając — pocałowałam i Pan Jezus nic nie powiedział.
— Niech Helusia będzie grzeczna — odparła matka. — Lepiej uklęknij i zmów paciorek.
— Jaki paciorek?
— Trzy Ojcze nasz, trzy Zdrowaś...
— Taki duży paciorek?... a ja taka malutka...
— No, to zmów jedno Zdrowaś... Tylko uklęknij... Patrz się tam...
— Już patrzę. Zdrowaś Maria, łaski pełna... Czy to, proszę mamy, ptaszki śpiewają?
— Ptaszki sztuczne. Mów paciorek.
— Jakie to sztuczne?
— Zmów pierwej paciorek.
— Kiedy nie pamiętam, gdzie skończyłam...
— Więc mów za mamą: Zdrowaś Maria...
— Śmierci naszej. Amen — dokończyła dziewczynka. — A z czego robią się sztuczne ptaszki?
— Heluniu, bądź cicho, bo nigdy cię nie pocałuję — szepnęła strapiona matka. — Masz tu książkę i oglądaj obrazki, jak Pan Jezus był męczony.

Dziewczynka usiadła z książką na stopniach konfesjonału i ucichła.

„Co to za miła dziecina! — myślał Wokulski. — Gdyby była moją, zdaje się, że odzyskałbym równowagę umysłu, którą dziś tracę z dnia na dzień. I matka prześliczna kobieta. Jakie włosy, profil, oczy... Prosi Boga, ażeby zmartwychwstało ich szczęście... Piękna i nieszczęśliwa; musi być wdową.

Ot, gdybym ją był spotkał rok temu.

I jestże tu ład na świecie?... O krok od siebie staje dwoje ludzi nieszczęśliwych; jedno szuka miłości i rodziny, drugie może walczy z biedą i brakiem opieki. Każde znalazłoby w drugim to, czego potrzebuje, no — i nie zejdą się... Jedno przychodzi błagać Boga o miłosierdzie, drugie wyrzuca pieniądze dla stosunków. Kto wie, czy paręset rubli nie byłoby dla tej kobiety szczęściem? Ale ona ich nie dostanie Bóg w tych czasach nie słucha modlitwy uciśnionych.

A gdyby jednak dowiedzieć się, kto ona jest?... Może bym potrafił jej dopomóc. Dlaczego wzniosłe obietnice Chrystusa nie mają być spełnione; choćby przez takich jak ja niedowiarków, skoro pobożni zajmują się czym innym?..."

W tej chwili Wokulskiemu zrobiło się gorąco... Do stolika hrabiny zbliżył się elegancki młodzieniec i coś położył na tacy. Na jego widok panna Izabela zarumieniła się i oczy jej nabrały tego dziwnego wyrazu, który zawsze tak zastanawiał Wokulskiego.

Na wezwanie hrabiny elegant siadł na tym samym fotelu, który niedawno zajmował Wokulski, i zawiązała się żywa rozmowa. Wokulski nie słyszał jej treści, tylko czuł, że w mózgu wypala mu się obraz tego towarzystwa. Kosztowny dywan, srebrna taca zasypana na wierzchu garścią imperiałów, dwa świeczniki, dziesięć płomyków, hrabina odziana w grubą żałobę, młody człowiek zapatrzony w pannę Izabelę i ona — rozpromieniona. Nawet ten szczegół nie uszedł jego uwagi, że od blasku płomyków hrabinie świecą się policzki, młodemu człowiekowi koniec nosa, a pannie Izabeli oczy.

> **Wokulski — o obyczajach arystokracji**

„Czy oni kochają się? — myślał. — Więc dlaczegóż by się nie pobrali?... — Może on nie ma pieniędzy... Lecz w takim razie: co znaczą jej spojrzenia?... Podobne rzucała dziś na mnie. Prawda, że panna na wydaniu musi mieć kilku albo i kilkunastu wielbicieli i wabić wszystkich, ażeby... sprzedać się najwięcej ofiarującemu!"

Przyszedł delegowany. Hrabina podniosła się z fotelu, to samo zrobiła panna Izabela i przystojny młodzieniec, i wszyscy troje z wielkim szelestem poszli ku drzwiom zatrzymując się przy innych stolikach. Każdy z asystującej tam młodzieży gorąco witał pannę Izabelę, a ona każdego obdarzała tymi samymi, zupełnie tymi samymi spojrzeniami, które Wokulskiemu zachwiały rozum. Wreszcie wszystko ucichło: hrabina i panna Izabela opuściły kościół.

Wokulski ocknął się i spojrzał bliżej siebie. Pięknej pani z dzieckiem już nie było.

„Jaka szkoda!" — szepnął i uczuł lekkie ściśnięcie serca.

Natomiast obok krzyża leżącego na ziemi wciąż klęczała młoda dziewczyna w aksamitnym kaftaniku i jaskrawym kapeluszu. Gdy zwróciła oczy na oświetlony grób, jej także błysnęło coś na wyróżowanych policzkach. Jeszcze raz ucałowała nogi Chrystusowi, ciężko podniosła się i wyszła.

„Błogosławieni, którzy płaczą... Niechże przynajmniej tobie zmarły Chrystus dotrzyma obietnicy" — pomyślał Wokulski i wyszedł za nią.

W kruchcie spostrzegł, że dziewczyna rozdaje jałmużnę dziadom. I opanowała go okrutna boleść na myśl, że z dwu kobiet, z których jedna chce się sprzedać za majątek, a druga już się sprzedaje z nędzy, ta druga, okryta hańbą, wobec jakiegoś wyższego trybunału może byłaby lepszą i czystszą.

Na ulicy zrównał się z nią i zapytał:

— Dokąd idziesz?

Na jej twarzy znać było ślady łez. Podniosła na Wokulskiego apatyczne wejrzenie i odparła:

— Mogę pójść z panem.

— Tak mówisz?... Więc chodź.

Nie było jeszcze piątej, dzień duży; kilku przechodniów obejrzało się za nimi.

„Trzeba być kompletnym błaznem, ażeby robić coś podobnego — pomyślał Wokulski idąc w stronę sklepu. — Mniejsza o skandal, ale co, u diabła, za projekta snują mi się po łbie? Apostolstwo?... Szczyt głupoty.

Wreszcie — wszystko mi jedno; jestem tylko wykonawcą cudzej woli."

Wszedł w bramę domu, w którym znajdował się sklep, i skręcił do pokoju Rzeckiego, a za nim dziewczyna. Pan Ignacy był u siebie i zobaczywszy szczególną parę, rozłożył ręce z podziwu.

— Czy możesz wyjść na kilka minut? — zapytał go Wokulski.
Pan Ignacy nie odpowiedział nic. Wziął klucz od tylnych drzwi sklepu i opuścił pokój.
— Dwu? — szepnęła dziewczyna wyjmując szpilkę z kapelusza.
— Za pozwoleniem — przerwał jej Wokulski. — Dopiero co byłaś w kościele, wszak prawda, moja pani?
— Pan mnie widział?
— Modliłaś się i płakałaś. Czy mogę wiedzieć, z jakiego powodu?
Dziewczyna zdziwiła się i wzruszając ramionami odparła:
— Czy pan jest ksiądz, że się o to pyta?
A przypatrzywszy się uważniej Wokulskiemu dodała:
— Ech! także zawracanie głowy... Dowcipny!
Zabierała się do odejścia, ale zatrzymał ją Wokulski.
— Poczekaj. Jest ktoś, który chciałby ci dopomóc, więc nie spiesz się i odpowiadaj szczerze...
Znowu przypatrzyła mu się. Nagle oczy jej zaśmiały się, a na twarz wystąpił rumieniec.
— Wiem — zawołała — pan pewnie od tego starego pana!... On kilka razy obiecywał, że mnie weźmie... Czy on bardzo bogaty?... Pewnie, że bardzo... Jeździ powozem i siada w pierwszych rzędach w teatrze.
— Posłuchaj mnie — przerwał — i odpowiadaj: czegoś płakała w kościele?
— A bo, widzi pan... — zaczęła dziewczyna i opowiedziała tak cyniczną historię jakiegoś sporu z gospodynią, że słuchając jej Wokulski pobladł.
„Oto zwierzę!" — szepnął.
— Poszłam na groby — mówiła dalej dziewczyna — myślałam, że się trochę rozerwę. Gdzie tam, com wspomniała o starej, to aż mi łzy pociekły ze złości. Zaczęłam prosić Pana Boga, ażeby albo starą choroba zatłukła, albo żebym ja od niej wyszła. I widać Bóg wysłuchał, kiedy ten pan chce mnie zabrać.
Wokulski siedział bez ruchu. Wreszcie zapytał:
— Ile masz lat?
— Mówi się, że szesnaście, ale naprawdę mam dziewiętnaście.
— Chcesz stamtąd wyjść?
— A — choćby do piekła. Już mi tak dokuczyli... Ale...
— Cóż?
— Pewno nic z tego nie będzie... Wyjdę dziś, to po świętach sprowadzą mnie i zapłacą jak wtedy w karnawale, com później tydzień leżała.
— Nie sprowadzą.
— Akurat! Mam przecie dług...
— Duży?
— Oho!... z pięćdziesiąt rubli. Nie wiem nawet, skąd się wziął, bo za wszystko płacę podwójnie. Ale jest... U nas tak zawsze. A jeszcze jak usłyszą, że tamten pan ma pieniądze, to powiedzą, że ich okradłam, i narachują, ile im się podoba.
Wokulski czuł, że opuszcza go odwaga.
— Powiedz mi, czy ty zechcesz pracować?

— A co będę miała do roboty?
— Nauczysz się szyć.
— To na nic. Byłam przecie w szwalni. Ale z ośmiu rubli na miesiąc nikt nie wyżyje. Wreszcie — jestem tyle jeszcze warta, że mogę nikogo nie obszywać.

Wokulski podniósł głowę.
— Nie chcesz wyjść stamtąd!
— Ale chcę!
— Więc decyduj się natychmiast. Albo weźmiesz się do roboty, bo darmo nikt na świecie chleba nie jada...
— I to nieprawda — przerwała. — Ten stary pan nic przecie nie robi, a pieniądze ma. Nieraz też mówił, że mnie już o nic głowa nie zaboli...
— Nie pójdziesz do żadnego pana, tylko do magdalenek[133]. Albo wracaj na miejsce.
— Magdalenki mnie nie wezmą. Trzeba zapłacić dług i mieć poręczenie...
— Wszystko będzie załatwione, jeżeli tam pójdziesz.
— Jakże ja do nich pójdę?
— Dam ci list, który zaraz odniesiesz, i tam zostaniesz. Chcesz czy nie chcesz?...
— Ha! niech pan da list. Zobaczę, jak mi tam będzie.

Usiadła i oglądała się po pokoju.

Wokulski napisał list, opowiedział, gdzie ma iść, i w końcu dodał:
— Masz wóz i przewóz. Będziesz dobra i pracowita, będzie ci dobrze; ale jeżeli nie skorzystasz z okazji, rób, co ci się podoba. Możesz iść.

Dziewczyna rozśmiała się.
— To stara będzie się wściekać... To jej narobię... Cha... Cha!... Ale... może pan tylko naciąga?
— Idź — odpowiedział Wokulski wskazując drzwi.

Jeszcze raz przypatrzyła mu się z uwagą i wyszła wzruszając ramionami.

W chwilę po jej odejściu ukazał się pan Ignacy.
— Cóż to za znajomość? — spytał kwaśno.
— Prawda!... — rzekł zamyślony Wokulski. — Nie widziałem jeszcze podobnego bydlęcia, chociaż znam dużo bydląt.
— W samej Warszawie jest ich tysiące — odparł Rzecki.
— Wiem. Tępienie ich do niczego nie doprowadzi, bo ciągle się odradzają, więc wniosek, że prędzej czy później społeczeństwo musi się przebudować od fundamentów do szczytu. Albo zgnije.
— Aha!... — szepnął Rzecki. — Domyślałem się tego.

Wokulski pożegnał go. Doświadczał takich uczuć, jak chory na gorączkę, którego oblano zimną wodą.

„Nim jednak przebuduje się społeczność — myślał — widzę, że sfera mojej filantropii bardzo się uszczupli. Majątek mój nie wystarczyłby na uszlachetnianie instynktów nieludzkich. Wolę ziewające kwestarki niżeli modlące się i płaczące potwory."

---

[133] *magdalenki* — siostry zakonu św. Magdaleny prowadziły domy poprawcze dla upadłych dziewcząt, niekiedy tak nazywano wychowanki tych domów.

Obraz panny Izabeli ukazał mu się otoczony jaśniejszym niż kiedykolwiek blaskiem. Krew biła mu do głowy i upokarzał się w duchu na myśl, że z podobnym stworzeniem mógł ją zestawić!

„Wolęż ja wyrzucać pieniądze na powozy i konie aniżeli na tego rodzaju – nieszczęścia!..."

W Wielką Niedzielę Wokulski najętym powozem zajechał przed mieszkanie hrabiny. Zastał już długi szereg ekwipażów bardzo rozmaitego dostojeństwa. Były tam eleganckie dorożki obsługujące złotą młodzież i dorożki zwyczajne, wzięte na godziny przez emerytów; stare karety, stare konie, stara uprząż i służba w wytartej liberii, i nowe, prosto z Wiednia powoziki, przy których lokaje mieli kwiaty w butonierkach, a furmani opierali bat na biodrze, jak marszałkowską buławę. Nie brakło i fantastycznych kozaków, odzianych w spodnie tak szerokie, jakby tam właśnie ich panowie umieścili swoją ambicję.

Dostrzegł też mimochodem, że w gronie zebranych woźniców służba wielkich panów zachowywała się w sposób pełen godności, bankierscy chcieli rej wodzić, za co im wymyślano, a dorożkarze byli najrezolutniejsi. Furmani zaś powozów najętych trzymali się blisko siebie, gardzący resztą i przez nią pogardzani.

Gdy Wokulski wszedł do przysionka, siwy szwajcar[134] w czerwonej wstędze ukłonił mu się głęboko i otworzył drzwi do kontramarkarni[135], gdzie dżentelmen w czarnym fraku zdjął z niego palto. Jednocześnie zaś zabiegł mu drogę Józef, lokaj hrabiny, który dobrze znał Wokulskiego; przenosił bowiem z jego sklepu do kościoła pozytywkę i śpiewające ptaszki.

– Jaśnie pani czeka – rzekł Józef.

Wokulski sięgnął do kamizelki i dał mu pięć rubli czując, że poczyna sobie jak parweniusz[136].

„Ach, jakiż ja jestem głupi! – myślał. – Nie, nie jestem głupi. Jestem tylko dorobkiewicz, który w tym państwie musi opłacać się każdemu na każdym kroku. No, nawracanie jawnogrzesznic kosztuje więcej."

Szedł po marmurowych schodach ozdobionych kwiatami, a Józef przed nim. Na pierwszej kondygnacji miał kapelusz na głowie, na drugiej zdjął go nie wiedząc, czy robi stosownie, czy niestosownie.

„W rezultacie mógłbym między nich wszystkich wejść w kapeluszu na głowie" – rzekł do siebie.

Dostrzegł, że Józef mimo swego wieku, więcej niż średniego, biegł po schodach jak łania i na górze gdzieś się podział, a Wokulski został sam, nie wiedząc, dokąd udać się i komu się zameldować. Była to krótka chwila, lecz w Wokulskim gniew zakipiał.

„Jakimi to oni formami obwarowali się, co? – pomyślał. – A... gdybym to mógł wszystko zwalić!..."

---

[134] *szwajcar* – portier.
[135] *kontramarkarnia* – szatnia.
[136] *parweniusz* – prostak-dorobkiewicz.

Lalka – ark. 4

I przywidziało mu się w ciągu kilkunastu sekund, że między nim a tym czcigodnym światem form wykwintnych musi się stoczyć walka, w której albo ten świat runie, albo – on zginie.

„Więc dobrze, zginę... Ale zostawię po sobie pamiątkę!..."

„Zostawisz przebaczenie i litość" – szepnął mu jakiś głos.

„Czyżem ja aż tak nikczemny!"

„Nie, jesteś aż tak szlachetny."

Ocknął się – przy nim stał pan Tomasz Łęcki.

— Witam cię, panie Stanisławie — rzekł z właściwą mu majestatycznością. — Witam cię tym goręcej, że przybycie twoje do nas łączy się z bardzo miłym wypadkiem w rodzinie...

„Czyżby zaręczyła się panna Izabela?..." – pomyślał Wokulski i pociemniało mu w oczach.

— Wyobraź pan sobie, że z okazji twego tu przybycia... Słyszysz, panie Stanisławie?... Z okazji twojej wizyty u nas ja pogodziłem się z panią Joanną, z moją siostrą... Ale pan zbladłeś?... Znajdziesz tu wielu znajomych.... Nie wyobrażaj sobie, że arystokracja jest tak straszną...

Wokulski otrząsnął się.

— Panie Łęcki — odparł chłodno — w moim namiocie pod Plewną[137] bywali więksi panowie. I byli dla mnie tyle łaskawi, że niełatwo wzruszę się widokiem nawet tak wielkich, jakich... nie znajdę w Warszawie.

— A... A!... — szepnął pan Tomasz i ukłonił mu się. Wokulski zdumiał się.

„Oto fagas[138]! – przemknęło mu przez głowę. – I ja... ja!... miałbym z takimi ludźmi robić sobie ceremonie?..."

Pan Łęcki wziął go pod rękę i w sposób bardzo uroczysty wprowadził do pierwszego salonu, gdzie byli sami mężczyźni.

— Widzisz pan: hrabia... — zaczął pan Tomasz.

— Znam — odparł Wokulski, a w duchu dodał: — „Winien mi ze trzysta rubli..."

— Bankier... — objaśniał dalej pan Tomasz. Ale nim powiedział nazwisko, bankier sam zbliżył się do nich i przywitawszy Wokulskiego rzekł:

— Bój się pan Boga, z Paryża ogromnie ekscytują[139] nas o te bulwary... Czy pan im odpowiedziałeś?

— Pierwej chciałem porozumieć się z panem — odparł Wokulski.

— Więc zejdźmy się gdzie. Kiedy pan jesteś w domu?

— Nie mam stałej godziny, wolę być u pana.

— To wstąp pan do mnie we środę na śniadanie i raz skończmy.

Pożegnali się. Pan Tomasz czulej przycisnął ramię Wokulskiego.

— Jenerał... — zaczął.

Jenerał ujrzawszy Wokulskiego podał mu rękę i przywitali się jak starzy znajomi.

---

[137] *Plewna* – miejscowość w Bułgarii; bitwa pod Plewną była rozstrzygającym momentem w przebiegu wojny bułgarskiej.

[138] *fagas* – służalec, lizus.

[139] *ekscytować* – niepokoić, naglić.

Pan Tomasz stawał się coraz tkliwszym dla Wokulskiego i zaczynał dziwić się widząc, że kupiec galanteryjny zna najwybitniejsze osobistości w mieście, a nie zna tylko tych, którzy odznaczali się tytułem albo majątkiem, nic zresztą nie robiąc.

Przy wejściu do drugiego salonu, gdzie było kilka dam, zastąpiła im drogę hrabina Karolowa. Koło niej przesunął się służący Józef.

„Rozstawili pikiety[140] – pomyślał Wokulski – ażeby nie skompromitować dorobkiewicza. Grzecznie to z ich strony, ale..."

– Jakże się cieszę, panie Wokulski – rzekła hrabina odbierając go panu Tomaszowi – jakże się cieszę, że spełniłeś moją prośbę... Jest tu właśnie osoba, która pragnie poznać się z panem.

W pierwszym salonie ukazanie się Wokulskiego zrobiło pewną sensację.

– Jenerale – mówił hrabia – hrabina zaczyna nam sprowadzać kupców galanteryjnych. Ten Wokulski...

– On taki kupiec jak ja i pan – odparł jenerał.

– Mój książę – mówił inny hrabia – skąd wziął się tu ten jakiś Wokulski?

– Zaprosiła go gospodyni – odparł książę.

– Nie mam przesądu co do kupców – ciągnął dalej hrabia – ale ten Wokulski, który zajmował się dostawą w czasie wojny i zrobił na niej majątek...

– Tak... tak... – przerwał książę. – Ten rodzaj majątków bywa zwykle niepewny, ale za Wokulskiego ręczę. Hrabina mówiła ze mną, a ja zapytywałem oficerów, którzy byli na wojnie, między innymi mojego siostrzeńca. Otóż o Wokulskim było jedno zdanie, że dostawa, której się on dotknął, była uczciwa. Nawet żołnierze, ile razy dostali dobry chleb, mówili, że musiał być pieczony z mąki od Wokulskiego. Więcej hrabiemu powiem – ciągnął książę – że Wokulski, który swoją rzetelnością zwrócił na siebie uwagę osób najwyżej położonych, miewał bardzo ponętne propozycje. W styczniu tego oto roku dawano mu dwakroć sto tysięcy rubli tylko za firmę do pewnego przedsiębiorstwa i nie przyjął...

Hrabia uśmiechnął się i rzekł:

– Miałby więcej o dwakroć sto tysięcy rubli...

– Miałby, ale nie byłby dziś tutaj – odparł książę i kiwnąwszy głową hrabiemu odszedł.

– Stary wariat – szepnął hrabia, pogardliwie spoglądając za księciem.

W trzecim salonie, dokąd wszedł z hrabiną Wokulski, znajdował się bufet tudzież mnóstwo większych i mniejszych stolików, przy których dwójkami, trójkami, nawet czwórkami siedzieli zaproszeni. Kilku służących roznosiło potrawy i wina, a dyrygowała nimi panna Izabela, widocznie zastępując gospodynię. Miała na sobie bladoniebieską suknię i wielkie perły na szyi. Była tak piękna i tak majestatyczna w ruchach, że Wokulski patrząc na nią skamieniał.

„Nawet marzyć o niej nie mogę!..." – pomyślał z rozpaczą.

Jednocześnie we framudze okna spostrzegł młodego człowieka, który był wczoraj na grobach, a dziś siedział sam przy małym stoliczku nie spuszczając oka z panny Izabeli.

---

[140] *pikieta* – dawna nazwa placówki wystawionej w celu obserwowania nieprzyjaciela.

„Naturalnie, że ją kocha!" — myślał Wokulski i doznał takiego wrażenia, jakby owionął go chłód grobu.

„Jestem zgubiony" — dodał w duchu.

Wszystko to trwało kilka sekund.

— Czy widzisz pan tę staruszkę między biskupem i jenerałem? — odezwała się hrabina. — Jest to prezesowa Zasławska, moja najlepsza przyjaciółka, która koniecznie chce pana poznać. Jest panem bardzo zajęta — ciągnęła hrabina z uśmiechem — jest bezdzietna i ma parę ładnych wnuczek. Zróbże pan dobry wybór!... Tymczasem przypatrz się jej, a gdy ci panowie odejdą, przedstawię pana. A... książę...

— Witam pana — odezwał się książę do Wokulskiego. — Kuzynka pozwoli?...

— Bardzo proszę — odparła hrabina. — Macie tu panowie wolny stolik... Ja opuszczę was na chwilę...

Odeszła.

— Siądźmy, panie Wokulski — mówił książę. — Wybornie zdarzyło się, ponieważ mam do pana ważny interes. Wyobraź pan sobie, że pańskie projekta wywołały wielki popłoch między naszymi bawełnianymi fabrykantami... Wszak dobrze powiedziałem — bawełnianymi?... Oni utrzymują, że pan chce zabić nasz przemysł... Czy istotnie konkurencja, którą pan stwarza, jest tak groźna?...

— Mam wprawdzie — odparł Wokulski — u moskiewskich fabrykantów kredyt do wysokości trzech, nawet czterech milionów rubli, ale jeszcze nie wiem, czy pójdą ich wyroby.

— Straszna!... straszna cyfra! — szepnął książę. — Czy nie widzisz pan w niej istotnego niebezpieczeństwa dla naszych fabryk?

— Ach, nie. Widzę tylko nieznaczne zmniejszenie ich kolosalnych dochodów, co zresztą mnie nie obchodzi. Ja mam obowiązek dbać tylko o własny zysk i o taniość dla nabywców; nasz zaś towar będzie tańszy.

— Czy jednak rozważyłeś pan tę kwestię jako obywatel?... — rzekł książę ściskając go za rękę. — My już tak niewiele mamy do stracenia...

— Mnie się zdaje, że jest to dość po obywatelsku dostarczyć konsumentom tańszego towaru i złamać monopol fabrykantów, którzy zresztą tyle mają z nami wspólnego, że wyzyskują naszych konsumentów i robotników.

— Tak pan sądzisz?... Nie pomyślałem o tym. Mnie zresztą nie obchodzą fabrykanci, ale kraj, nasz kraj, biedny kraj...

— Czym można panom służyć? — odezwała się nagle, zbliżywszy się do nich, panna Izabela.

Książę i Wokulski powstali.

— Jakże jesteś dziś piękna, kuzynko — rzekł książę ściskając ją za rękę. — Żałuję doprawdy, że nie jestem moim własnym synem... Chociaż — może to i lepiej! Bo gdybyś mnie odrzuciła, co jest prawdopodobne, byłbym bardzo nieszczęśliwy... Ach, przepraszam!... — spostrzegł się książę. — Pozwolisz, kuzynko, przedstawić sobie pana Wokulskiego. Dzielny człowiek, dzielny obywatel... to ci wystarczy, wszak prawda?..

— Miałam już przyjemność... — szepnęła panna Izabela odpowiadając na ukłon.

Wokulski spojrzał jej w oczy i dostrzegł takie przerażenie, taki smutek, że go znowu opanowała desperacja.

„Po com ja tu wchodził?..." – pomyślał.

Spojrzał na framugę okna i znowu zobaczył młodego człowieka, który ciągle siedział sam nad nietkniętym talerzem zasłaniając oczy ręką.

„Ach, po com ja tu przyszedł, nieszczęśliwy..." – myślał Wokulski czując taki ból, jakby mu serce wyrywano kleszczami.

– Może pan choć wina pozwoli? – pytała panna Izabela przypatrując mu się ze zdziwieniem.

– Co pani każe – odparł machinalnie.

– Musimy się lepiej poznać, panie Wokulski – mówił książę. – Musisz pan zbliżyć się do naszej sfery w której, wierz mi, są rozumy i szlachetne serca, ale – brak inicjatywy...

– Jestem dorobkiewiczem, nie mam tytułu... – odparł Wokulski chcąc cośkolwiek odpowiedzieć.

– Przeciwnie, masz pan... jeden tytuł: pracę, drugi: uczciwość, trzeci: zdolności, czwarty: energię... Tych tytułów nam potrzeba do odrodzenia kraju, to nam daj, a przyjmiemy cię jak... brata...

Zbliżyła się hrabina.

– Pozwoli książę?... – rzekła. – Panie Wokulski...

Podała mu rękę i poszli oboje do fotelu prezesowej.

– Oto jest, prezesowo, pan Stanisław Wokulski – odezwała się hrabina do staruszki ubranej w ciemną suknię i kosztowne koronki.

> Wokulski – spotkanie z prezesową Zasławską

– Siądź, proszę cię – rzekła prezesowa wskazując mu krzesło obok. – Stanisław ci na imię, tak?... A z którychże to Wokulskich?...

– Z tych... nie znanych nikomu – odparł – a najmniej chyba pani.

– A nie służyłże twój ojciec w wojsku?

– Ojciec nie, tylko stryj.

– I gdzież to on służył, nie pamiętasz?... Czy nie było mu na imię także Stanisław?

– Tak, Stanisław. Był porucznikiem, a później kapitanem w siódmym pułku liniowym...

– W pierwszej brygadzie, drugiej dywizji – przerwała prezesowa. – Widzisz, moje dziecko, że nie jesteś mi tak nie znany... Żyjeż on jeszcze?...

– Umarł przed pięcioma laty.

Prezesowej zaczęły drżeć ręce. Otworzyła mały flakonik i powąchała go.

– Umarł, powiadasz?... Wieczny mu odpoczynek!... Umarł... A nie zostałaż ci jaka po nim pamiątka?

– Złoty krzyż...

– Tak, złoty krzyż... I nicże więcej?

– Miniatura stryja z roku 1828, malowana na kości słoniowej.

Prezesowa coraz częściej podnosiła flakonik; ręce drżały jej coraz silniej.

– Miniatura... – powtórzyła. – A wieszże, kto ją malował?... I nicże więcej nie zostało?

– Była jeszcze paczka papierów i jakaś druga miniatura...

— Coże się z nimi dzieje?... — nalegała coraz niespokojniej prezesowa.

— Te przedmioty stryj sam opieczętował na kilka dni przed śmiercią i kazał włożyć je do swojej trumny.

— A... a!... — szepnęła staruszka i rzewnie się rozpłakała.

W sali zrobił się ruch. Przybiegła zatrwożona panna Izabela, potem hrabina, wzięły prezesową pod ręce i z wolna wyprowadziły do dalszych pokojów. W jednej chwili na Wokulskiego zwróciły się wszystkie oczy. Zaczęto z cicha szeptać.

Widząc, że wszyscy na niego patrzą i o nim mówią, Wokulski zmieszał się. Ażeby jednak pokazać obecnym, że ta osobliwa popularność nic go nie obchodzi, wypił jeden po drugim dwa kieliszki wina stojące na stoliku i wtedy spostrzegł, że jeden kieliszek, z winem węgierskim, należał do jenerała, a drugi, z czerwonym, do biskupa.

„Ładnie się urządzam — rzekł do siebie. — Gotowi jeszcze powiedzieć, że zrobiłem afront staruszce, ażeby wypić wino jej sąsiadom..."

Wstał z zamiarem wyjścia i zrobiło mu się gorąco na myśl o defiladzie przez dwa salony, w których czekają go rózgi spojrzeń i szeptów. Ale zabiegł mu drogę książę mówiąc:

— Pewnie rozmawialiście państwo z prezesową o bardzo dawnych czasach, kiedy aż do łez doszło. Prawda, że zgadłem?... Wracając do tematu, który nam przerwano, czy nie sądzisz pan, że dobrze byłoby założyć w kraju polską fabrykę tanich tkanin?...

Wokulski potrząsnął głową.

— Wątpię, ażeby się to udało — odparł. — Trudno myśleć o wielkich fabrykach tym, którzy nie mogą zdobyć się na małe ulepszenia w już istniejących...

— Mianowicie?...

— Mówię o młynach — ciągnął Wokulski. — Za parę lat będziemy sprowadzali nawet mąkę, bo nasi młynarze nie chcą zastąpić kamieni — walcami.

— Pierwszy raz słyszę?... Siądźmy tu — mówił książę ciągnąc go do obszernej framugi — i opowiedz pan, co to znaczy?

W salonach tymczasem rozmawiano.

— Jakaś zagadkowa figura ten pan — mówiła po francusku dama w brylantach do damy w strusim piórze. — Pierwszy raz widziałam prezesową płaczącą.

— Naturalnie, historia miłosna — odpowiedziała dama z piórem. — W każdym razie zrobił ktoś złośliwego figla hrabinie i prezesowej wprowadzając tego jegomościa.

— Przypuszczasz pani, że...

— Jestem pewna — odparła wzruszając ramionami. — Niech pani wreszcie spojrzy na niego. Maniery bardzo złe, ale cóż to za fizjognomia, jaka duma!... Szlachetnej rasy nie ukryje się nawet pod łachmanami.

— Zadziwiające!... — mówiła dama w brylantach. — Bo i ten jego majątek, jakoby zrobiony w Bułgarii...

— Naturalnie. To zarazem tłomaczy, dlaczego prezesowa pomimo bogactw tak mało wydaje na siebie.

— I książę bardzo na niego łaskaw...

— Przez litość, czy nie za mało?... Niech tylko pani spojrzy na nich obu...

— Sądziłabym, że nie ma ani śladu podobieństwa.

— Zapewne, ale... ta duma, pewność siebie... Z jaką oni swobodą rozmawiają...

Przy innym stoliku naradzali się trzej panowie.
— No, hrabina zrobiła zamach stanu — mówił brunet z grzywką.
— I udał się jej. Ten Wokulski trochę sztywny, ale ma w sobie coś — odpowiedział pan siwy.
— W każdym razie kupiec...
— Czymże kupiec gorszy od bankierów?
— Kupiec galanteryjny, sprzedaje portmonetki — nalegał brunet.
— My czasami sprzedajemy herby... — wtrącił trzeci, szczupły staruszek z siwymi faworytami.
— Jeszcze zechce ożenić się tutaj...
— Tym lepiej dla panien.
— Ja bym mu sam oddał córkę. Człowiek, słyszę, porządny, bogaty, posagu nie strwoni...

Koło nich szybko przeszła hrabina.
— Panie Wokulski — rzekła wyciągając wachlarz w kierunku framugi.

Wokulski przybiegł do niej. Podała mu rękę i we dwoje opuścili salon. Osamotnionego księcia zaraz otoczyli mężczyźni; niektórzy prosili go, ażeby zapoznał ich z Wokulskim.
— Warto, warto!... — mówił zadowolony książę. — Takiego nie było jeszcze między nami. Gdybyśmy dawniej zbliżyli się do nich, nasz nieszczęśliwy kraj wyglądałby inaczej.

Usłyszała to mijająca ich właśnie panna Izabela i — pobladła. Przystąpił do niej młody człowiek z wczorajszej kwesty.
— Zmęczyła się pani? — rzekł.
— Trochę — odpowiedziała ze smutnym uśmiechem. — Przychodzi mi do głowy dziwne pytanie — dodała po chwili — czy ja też potrafiłabym walczyć?...
— Czy z sercem? — zapytał. — Nie warto...

Panna Izabela wzruszyła ramionami.
— Ach, gdzież znowu z sercem. Myślę o prawdziwej walce z silnym nieprzyjacielem.

Ścisnęła go za rękę i opuściła salon.

Wokulski prowadzony przez hrabinę minął długi szereg pokojów. W jednym z nich, z dala od zaproszonych gości, rozlegały się śpiewy i dźwięki fortepianu. Gdy weszli tam, uderzył go szczególny widok. Jakiś młody człowiek grał na fortepianie; z dwu bardzo przystojnych dam, stojących przy nim, jedna udawała skrzypce, druga klarnet; przy tej zaś muzyce tańczyło kilka par, między którymi znajdował się tylko jeden mężczyzna.
— Oj! wy zbytnicy! — zgromiła ich hrabina.

Odpowiedzieli wybuchem śmiechu, nie przerywając zabawy.

Minęli i ten pokój i weszli na schody.
— Ot, widzisz — rzekła hrabina — to jest najwyższa arystokracja. Zamiast siedzieć w salonie, uciekli tutaj dokazywać.

„Jaki oni mają rozum!" — pomyślał Wokulski.

I zdawało mu się, że między tymi ludźmi życie upływa prościej i weselej aniżeli między nadętym mieszczaństwem albo arystokratyzującą szlachtą.

Na górze, w pokoju odciętym od zgiełku i nieco przyćmionym, siedziała w fotelu prezesowa.

— Zostawiam was tu, moi państwo — rzekła hrabina. — Nagadajcie się, bo ja muszę wracać.

— Dziękuję ci, Joasiu — odpowiedziała prezesowa. — Siądźże, proszę cię — zwróciła się do Wokulskiego.

A gdy zostali sami, dodała:

— Nawet nie wiesz, ile obudziłeś we mnie wspomnień.

Teraz dopiero Wokulski spostrzegł, że między tą damą a jego stryjem musiał istnieć jakiś niezwykły stosunek. Opanowało go niespokojne zdumienie.

„Dzięki Bogu — pomyślał — że jestem legalnym dzieckiem moich rodziców."

— Proszę cię — zaczęła prezesowa — mówisz, że stryj twój umarł. Gdzieże on, biedak, pochowany?

— W Zasławiu[141], gdzie mieszkał od powrotu z emigracji.

Prezesowa znowu podniosła chustkę do oczu.

— Doprawdy?... Ach, ja niewdzięczna!... Byłżeś kiedy u niego?... Nie mówiłże ci nic... Nie oprowadzał cię?... Wszakże tam, na górze, są ruiny zamku, prawda? Stojąż one jeszcze?

— Tam właśnie, do zamku, stryj co dzień chodził na spacer i całe godziny przesiadywaliśmy z nim na dużym kamieniu...

— Patrzajże?... Znam ten kamień; siedzieliśmy wtedy oboje na nim i patrzyliśmy to na rzekę, to na obłoki, których bieg niepowrotny uczył nas, że tak ucieka szczęście. Czuję to dopiero dzisiaj. A studnia jestże w zamku i zawsze głęboka?

— Bardzo głęboka. Tylko trafić do niej trudno, bo wejście zamaskowały gruzy. Dopiero stryj mi ją pokazał.

— Wieszże ty — mówiła prezesowa — że w chwili ostatniego z nim pożegnania myśleliśmy: czyby się do tej studni nie rzucić? Nikt by nas tam nie odszukał i na wieki zostalibyśmy razem. Zwyczajnie — szalona młodość...

Otarła oczy i ciągnęła dalej:

— Bardzo... bardzo lubiłam go; a myślę, że i on mnie trochę... kiedy tak pamiętał wszystko. Ale on był ubożuchny oficer, a ja na nieszczęście bogata, i do tego jeszcze bliska krewna dwu jenerałów. No i rozdzielono nas... Może też byliśmy zanadto cnotliwi... Ale cicho!... cicho!... — dodała śmiejąc się i płacząc. — Takie rzeczy wolno mówić kobietom dopiero w siódmym krzyżyku.

Łkanie przerwało jej mowę. Powąchała swój flakonik, odpoczęła i zaczęła znowu:

— Bywają wielkie zbrodnie na świecie, ale chyba największą jest zabić miłość. Tyle lat upłynęło, prawie pół wieku; wszystko przeszło: majątek, tytuły, młodość, szczęście... Sam tylko żal nie przeszedł i pozostał, mówię ci, taki świeży, jakby to było wczoraj. Ach, gdyby nie wiara, że jest inny świat, w którym podobno wynagrodzą tutejsze krzywdy, kto wie, czy nie przekłęłoby się i życia, i jego konwenansów... Ale ty mnie nie rozumiesz, bo wy dziś macie mocniejsze głowy, lecz zimniejsze aniżeli my serca.

---

[141] *Zasław* — nazwa fikcyjna.

Wokulski siedział ze spuszczonymi oczyma. Coś dławiło go, szarpało za piersi. Wpił sobie paznokcie w ręce i myślał, ażeby jak najprędzej stąd wyjść i już nie słuchać skarg, które odnawiały w nim najboleśniejsze rany.

— A maż on, biedaczysko, jaki nagrobek? — spytała po chwili prezesowa.

Wokulski zarumienił się. Nigdy nie przychodziło mu do głowy, ażeby zmarli potrzebowali czegoś więcej nad grudę ziemi.

— Nie ma — ciągnęła prezesowa widząc jego zakłopotanie. — Nie tobie dziwię się, moje dziecko, żeś o nagrobku nie pamiętał, ale sobie wyrzucam, żem zapomniała o człowieku.

Zadumała się i nagle, położywszy na jego ramieniu swoją wychudłą i drżącą rękę, rzekła zniżonym głosem:

— Mam do ciebie prośbę... Powiedz, że ją spełnisz...

— Z pewnością — odparł Wokulski.

— Pozwól, ażebym ja mu postawiła nagrobek. Ale że sama jechać tam nie mogę, więc ty mnie wyręczysz. Weź stąd kamieniarza, niechaj rozłupie ten kamień, wiesz, ten, na którym siadywaliśmy na górze, pod zamkiem, i niech jedną połowę ustawią na jego grobie. Cokolwiek będzie kosztować, zapłacisz, a zwrócę ci razem z dozgonną wdzięcznością. Zrobiszże to?

— Zrobię.

— To dobrze, dziękuję ci... Myślę, że mu przyjemniej będzie spoczywać pod kamieniem, który słyszał nasze rozmowy i patrzył na łzy. Ach, jak ciężko wspominać... A napis, wieszże jaki? — mówiła dalej. — Kiedyśmy się rozłączali, zostawił mi parę strofek z Mickiewicza. Pewnie czytałeś je kiedy.

> *Jak cień tym dłuższy, gdy padnie z daleka,*
> *Tym szerzej koło żałobne roztoczy,*
> *Tak pamięć o mnie: im dalej ucieka,*
> *Tym grubszym kirem twą duszę zamroczy...*[142]

O, prawda to!... I studnię, która miała nas połączyć, chciałabym upamiętnić w jakiś sposób...

Wokulski wstrząsnął się i patrzył gdzieś szeroko otwartymi oczyma.

— Co tobie? — zapytała prezesowa.

— Nic — odparł z uśmiechem. — Śmierć zajrzała mi w oczy.

— Nie dziw się: krąży koło mnie starej, zatem muszą ją widzieć moi sąsiedzi. Więc zrobisz, o co cię proszę?

— Tak.

— Bądźże u mnie po świętach i... często przychodź. Może się trochę ponudzisz, ale może i ja, niedołężna, przydam ci się na co. A teraz idź już na dół, idź...

Wokulski pocałował ją w rękę, ona go parę razy w głowę; potem dotknęła dzwonka. Wszedł służący.

— Sprowadźże pana do sali — rzekła.

---

[142] niedokładny cytat z wiersza A. Mickiewicza *Do M...*

Wokulski był odurzony. Nie wiedział, którędy idzie, nie zdawał sobie sprawy z tego, o czym rozmawiali z prezesową. Czuł tylko, że znajduje się w jakimś odmęcie dużych komnat, starodawnych portretów, cichych stąpań, nieokreślonej woni. Otaczały go kosztowne meble, ludzie pełni delikatności, o jakiej nigdy nie marzył, a nad tym wszystkim, jak poemat, unosiły się wspomnienia starej arystokratki, przesiąknięte westchnieniami i łzami.

„Cóż to za świat?... Co to za świat?..."

A jednak jeszcze mu czegoś brakło. Chciał choć raz spojrzeć na pannę Izabelę.

„No, w sali ją zobaczę..."

Lokaj otworzył drzwi do sali. Znowu wszystkie głowy zwróciły się w jego stronę i ucichły rozmowy jak szum odlatującego ptactwa. Nastała chwila ciszy, w której wszyscy patrzyli na Wokulskiego, a on nie widział nikogo, tylko rozgorączkowanym spojrzeniem szukał bladoniebieskiej sukni.

„Tu jej nie ma" – pomyślał.

— No, tylko patrzcie, jak on sobie nic z was nie robi!... — szepnął śmiejąc się staruszek z siwymi faworytami.

„Musi być w drugiej sali" – mówił do siebie Wokulski.

Spostrzegł hrabinę i zbliżył się do niej.

— Cóż, skończyliście państwo konferencję? – spytała hrabina. – Prawda, jaka to miła osoba, prezesowa?... Ma pan w niej wielką przyjaciółkę, nie większą jednak aniżeli we mnie. Zaraz przedstawię pana... Pan Wokulski!... – dodała zwracając się do damy w brylantach.

— A ja zaraz przystępuję do interesu – rzekła dama patrząc na niego z góry. – Nasze sierotki potrzebują kilku sztuk płótna...

Hrabina lekko zarumieniła się.

— Tylko kilku?... – powtórzył Wokulski i spojrzał na brylanty wyniosłej damy, reprezentujące wartość kilkuset sztuk najcieńszego płótna. – Po świętach – dodał – będę miał honor na ręce pani hrabiny przysłać płótno...

Ukłonił się, jakby chciał odchodzić.

— Chcesz nas pan pożegnać? – spytała trochę zmieszana hrabina.

— Ależ to impertynent! – rzekła dama w brylantach do swej towarzyszki w strusim piórze.

— Żegnam panią hrabinę i dziękuję za zaszczyt, jaki mi pani raczyła wyrządzić!... – mówił Wokulski całując gospodynię w rękę.

— Tylko do widzenia, panie Wokulski, wszak prawda?... Dużo będziemy mieli interesów ze sobą.

I w drugim salonie nie było panny Izabeli. Wokulski uczuł niepokój.

„Przecież muszę na nią spojrzeć... Kto wie, jak prędko spotkamy się w podobnych warunkach..."

— A, jesteś pan – zawołał książę. – Już wiem, jaki ułożyliście spisek z panem Łęckim. Spółka do handlu ze Wschodem – wyborna myśl! Musicie i mnie do niej przyjąć... Musimy poznać się bliżej... – A widząc, że Wokulski milczy, dodał: – Prawda, jakim ja nudny, panie Wokulski? Ale to nic nie pomoże; musicie zbliżyć się do nas,

pan i panu podobni i — razem idźmy. Wasze firmy są także herbami, nasze herby są także firmami, które gwarantują rzetelność w prowadzeniu interesów...
Ściskali się za ręce i Wokulski coś odpowiedział, ale co?... — nie było mu wiadome. Niepokój jego wzrastał; na próżno szukał panny Izabeli.
— Chyba jest dalej — szepnął, z trwogą idąc do ostatniego salonu.
Tu pochwycił go pan Łęcki z oznakami niebywałej tkliwości.
— Już pan wychodzisz? Więc do widzenia, drogi panie. Po świętach u mnie pierwsza sesja i w imię boże zaczynajmy.
„Nie ma jej!" — myślał Wokulski żegnając się z panem Tomaszem.
— Ale wiesz pan — szepnął Łęcki — zrobiłeś szalony efekt. Hrabina nie posiada się z radości, książę mówi tylko o tobie... A jeszcze ten wypadek z prezesową... No... cudownie! Nie można było marzyć o zdobyciu lepszej pozycji...
Wokulski stał już w progu. Jeszcze raz szklanymi oczyma powiódł po sali i — wyszedł z desperacją w sercu.
„Może wypadałoby wrócić i pożegnać ją?... Przecież zastępowała miejsce gospodyni..." — myślał, powoli schodząc ze schodów.
Nagle drgnął słysząc szelest sukni w wielkiej galerii.
„Ona..."
Podniósł głowę i zobaczył damę w brylantach.
Ktoś podał mu palto. Wokulski wyszedł na ulicę zatoczywszy się jak pijany.
„Cóż mi po świetnej pozycji, jeżeli jej tam nie ma?"
— Konie pana Wokulskiego! — zawołał z sieni szwajcar, pobożnie ściskając trzyrublówkę. Łzami zaszłe oczy i nieco zachrypnięty głos świadczyły, że obywatel ten nawet na trudnym posterunku czci jednak pierwszy dzień Wielkiejnocy.
— Konie pana Wokulskiego!... Konie Wokulskiego!... Wokulski, zajeżdżaj!... — powtórzyli stojący furmani.
Środkiem Alei z wolna toczyły się dwa szeregi dorożek i powozów w stronę Belwederu i od Belwederu. Ktoś z jadących spostrzegł na chodniku Wokulskiego i ukłonił mu się.
„Kolega!" — szepnął Wokulski i zarumienił się.
Gdy sprowadzono mu powóz, zrazu chciał wsiąść, lecz rozmyślił się.
— Wracaj, bracie, do domu — rzekł do furmana dając mu na piwo.
Powóz odjechał ku miastu. Wokulski zmieszał się z przechodniami i poszedł w stronę Ujazdowskiego placu[143]. Szedł z wolna i przypatrywał się jadącym. Wielu spomiędzy nich znał osobiście. Oto rymarz, który dostarcza mu wyrobów skórzanych, jedzie na spacer z żoną, grubą jak beczka cukru, i wcale ładną córką, z którą chciano go swatać. Oto syn rzeźnika, który do sklepu, niegdyś Hopfera, dostarczał wędlin. Oto bogaty cieśla z liczną rodziną. Wdowa po dystylatorze, również mająca duży majątek i również gotowa oddać rękę Wokulskiemu. Tu garbarz, tam dwaj subiekci bławatni, dalej krawiec męski, mularz, jubiler, piekarz, a oto — jego współzawodnik, kupiec galanteryjny, w zwykłej dorożce.

---

[143] *Plac Ujazdowski* — służył za miejsce zabaw ludowych, wystaw rolniczych.

Większa ich część nie widziała Wokulskiego, niektórzy jednak spostrzegli go i kłaniali mu się; lecz byli i tacy, którzy spostrzegłszy go nie kłaniali się, a nawet uśmiechali się złośliwie. Z całego mnóstwa tych kupców, przemysłowców i rzemieślników, równych mu stanowiskiem, niekiedy bogatszych od niego i dawniej znanych w Warszawie, on tylko jeden był dziś na święconym u hrabiny. Żaden z tamtych, on tylko jeden!...

„Mam nieprawdopodobne szczęście — myślał. — W pół roku zrobiłem majątek krociowy, za parę lat mogę mieć milion... Nawet prędzej... Dziś już mam wstęp na salony, a za rok?... Niektórym z tych, co przed chwilą ocierali się o mnie, przed siedemnastu laty mogłem usługiwać w sklepie, a nie usługiwałem chyba dlatego, że żaden nie wstąpiłby tam. Z komórki przy sklepie do buduaru hrabiny, co za skok!... Czy aby ja nie za prędko awansuję?" — dodał z tajemną trwogą w sercu.

Był już na rozległym placu Ujazdowskim, w którego południowej części znajdowały się zabawy ludowe. Pomieszane dźwięki katarynek, odgłosy trąb i zgiełk kilkunastutysięcznego tłumu ogarniał go jak fala nadpływającej powodzi. Widział jak na dłoni długi szereg huśtawek, kołyszących się w prawo i w lewo niby ogromne wahadła o potężnym rozmachu. Potem drugi szereg — szybko kręcących się namiotów, z dachami w różnokolorowe pasy. Potem trzeci szereg — bud zielonych, czerwonych i żółtych, gdzie przy wejściu jaśniały potworne malowidła, a na dachu ukazywali się jaskrawo odziani pajace albo olbrzymie lalki. A we środku placu — dwa wysokie słupy, na które teraz właśnie wspinali się amatorowie frakowych garniturów i kilkurublowych zegarków.

Wśród tych wszystkich czasowych a brudnych budynków roił się rozbawiony tłum.

Wokulskiemu przypomniały się lata dziecinne. Jakże mu wtedy, wygłodzonemu, smakowała bułka i serdelek! Jak wyobrażał sobie siadłszy na konia w karuzeli, że jest wielkim wojownikiem! Jak szalonego doznawał upojenia wylatując do góry na huśtawce! Co to była za rozkosz pomyśleć, że dziś nic nie robi i jutro nic nie będzie robił — za cały rok. A z czym da się porównać ta pewność, że dziś położy się spać o dziesiątej i jutro, gdyby chciał, wstanie także o dziesiątej przeleżawszy dwanaście godzin z rzędu!

> **Wokulski o sobie – nuda, niepokój – cechy romantyka**

„I to ja byłem, ja?... — mówił do siebie zdumiony. — Mnie tak cieszyły rzeczy, które w tej chwili tylko wstręt budzą?... Tyle tysięcy otacza mnie rozradowanych biedaków, a ja, bogacz przy nich, cóż mam?... Niepokój i nudy, nudy i niepokój... Właśnie kiedy mógłbym posiadać to, co kiedyś było moim marzeniem, nie mam nic, bo dawne pragnienia wygasły. A tak wierzyłem w swoje wyjątkowe szczęście!..."

W tej chwili potężny krzyk wydarł się z tłumu. Wokulski ocknął się i na szczycie słupa zobaczył jakąś ludzką figurę.

„Aha, triumfator!" — rzekł do siebie Wokulski, ledwie trzymając się na nogach pod naciskiem tłumu, który biegł, klaskał, wiwatował, wskazywał palcami bohatera, pytał o jego nazwisko. Zdawało się, że zdobywcę frakowego garnituru na rękach zaniosą do miasta, wtem — zapał ostygł. Ludzie biegli wolniej, nawet zatrzymywali się, okrzyki cichły, wreszcie zupełnie umilkły. Chwilowy triumfator zsunął się ze szczytu i w parę minut zapomniano o nim.

„Przestroga dla mnie..." — szepnął Wokulski ocierając pot z czoła.

Plac i rozbawione tłumy obmierzły mu do reszty. Zawrócił do miasta.

Środkiem Alei wciąż toczyły się dorożki i powozy. W jednym Wokulski zobaczył bladoniebieską suknię.

„Panna Izabela?..."

Serce poczęło mu bić gwałtownie.

„Nie, nie ona."

O pareset kroków dalej spostrzegł jakąś piękną twarz kobiecą i dystyngowane ruchy.

„Ona?... Nie. Skądże by wreszcie ona?"

I tak szedł przez całe Aleje, plac Aleksandra, przez Nowy Świat ciągle upatrując kogoś i ciągle doznając zawodu.

„Więc to jest moje szczęście?... Kto wie, czy śmierć jest takim złem, jak wyobrażają sobie ludzie."

I pierwszy raz uczuł tęsknotę do twardego, nieprzespanego snu, którego nie niepokoiłyby żadne pragnienia, nawet żadne nadzieje.

W tym samym czasie panna Izabela, wróciwszy od ciotki do domu, prawie z przedpokoju zawołała do panny Florentyny:

— Wiesz?... był na przyjęciu!...

— Kto?

— No ten, Wokulski...

— Dlaczegóż być nie miał, skoro go zaproszono — odparła panna Florentyna.

— Ależ to zuchwalstwo... Ależ to niesłychane!... i jeszcze, wyobraź sobie, ciotka jest nim oczarowana, książę nieledwie mu się narzuca, a wszyscy chórem uważają go za jakąś znakomitość... I ty nic na to?...

Panna Florentyna uśmiechnęła się smutnie.

— Znam to. Bohater sezonu. W zimie był takim pan Kazimierz, a przed kilkunastu laty nawet... ja — dodała cicho.

— Ależ uważaj, kim on jest?... Kupiec... kupiec!...

— Moja Belu — odpowiedziała panna Florentyna — pamiętam sezony, kiedy nasz świat zachwycał się nawet cyrkowcami. Przejdzie i to.

— Boję się tego człowieka — szepnęła panna Izabela.

Rozdział X

Pamiętnik starego subiekta

«Mamy tedy nowy sklep: pięć okien frontu, dwa magazyny, siedmiu subiektów i szwajcara we drzwiach. Mamy jeszcze powóz błyszczący jak świeżo wyglancowane buty, parę kasztanowatych koni, furmana i lokaja — w liberii. I to wszystko spadło na nas w początkach maja, kiedy Anglia, Austria, a nawet skołatana Turcja[144] uzbrajały się na łeb na szyję!

— Kochany Stasiu — mówiłem do Wokulskiego — wszyscy kupcy śmieją się, że tak dużo wydajemy w niepewnych czasach.

— Kochany Ignasiu — odpowiedział mi Wokulski — a my śmiać się będziemy ze wszystkich kupców, kiedy nadejdą czasy pewniejsze. Dziś właśnie jest pora do robienia interesów.

— Ależ europejska wojna — mówię — wisi na włosku. W takim razie na pewno czeka nas bankructwo.

— Żartuj z wojny — odpowiada Staś. — Cały ten hałas uspokoi się za parę miesięcy, a my tymczasem zdystansujemy wszystkich współzawodników.

No — i wojny nie ma. W naszym sklepie ruch jak na odpuście, do naszych składów zwożą i wywożą towary jak do młyna, a pieniądze płyną do kas nie gorzej od plew. Kto by Stasia nie znał, powiedziałby, że to genialny kupiec; ale że ja go znam, więc coraz częściej pytam się: na co to wszystko?... *Warum hast du denn das getan?...*[145]

Prawda, że i mnie się w podobny sposób pytano. Czyżbym już był tak stary jak nieboszczka *Grossmutter* i nie rozumiał ani ducha czasu, ani intencyj ludzi młodszych ode mnie?... Ehe! tak źle nie jest...

Pamiętam, że kiedy Ludwik Napoleon (późniejszy cesarz Napoleon III) uciekł z więzienia w roku 1846, zakotłowało się w całej Europie. Nikt nie wiedział, co będzie. Ale wszyscy ludzie rozsądni przygotowywali się do czegoś, a wuj Raczek (pan Raczek ożenił się z moją ciotką) ciągle powtarzał:

— Mówiłem, że Bonapart wypłynie i piwa im nawarzy! Cała bieda w tym, że ja coś nie zdążam[146] na nogi.

> Rzecki
> o Wiośnie Ludów

Rok 1846 i 1847[147] upłynęły w wielkim rozgardiaszu. Ukazywały się coraz to jakieś pisemka, a znikali ludzie. Nieraz i ja

---

[144] *Anglia, Austria, a nawet skołatana Turcja...* — mowa o zaognieniu stosunków międzynarodowych w maju 1878 r.
[145] *Warum hast du denn das getan?* (niem.) — więc dlaczego to zrobiłeś?
[146] *zdążać* (gwar.) — dać radę, potrafić.
[147] „Rok 1846 i 1847" — zob. Objaśnienia.

myślałem: czy już nie pora wytknąć głowę na szerszy świat? A kiedy mnie ogarnęły wątpliwości i niepokoje, po zamknięciu sklepu szedłem do wuja Raczka i opowiadałem, co mnie trapi, prosząc, ażeby poradził mi jak ojciec.

— Wiesz co — odpowiadał wuj uderzając się pięścią w chore kolano — poradzę ci jak ojciec. Chcesz, mówię ci... to idź, a nie chcesz, mówię ci... to zostań...

Dopiero w lutym roku 1848, kiedy Ludwik Napoleon już był w Paryżu, ukazał mi się jednej nocy nieboszczyk ojciec, tak jak widziałem go w trumnie. Surdut zapięty pod szyję, kolczyk w uchu, wąs wyszwarcowany[148] (zrobił mu to pan Domański, ażeby ojciec byle jako nie wystąpił na boskim sądzie). Stanął we drzwiach mojej izdebki we front i rzekł tylko te słowa:

— Pamiętaj, wisusie, czegom cię uczył!...

„Sen mara, Bóg wiara" — myślałem przez kilka dni. Ale już sklep mi obrzydł. Nawet do śp. Małgosi Pfeifer straciłem skłonność i ciasno zrobiło mi się na Podwalu tak, żem nie mógł wytrzymać. Poszedłem znowu do wuja Raczka po radę.

Pamiętam, leżał akurat w łóżku nakryty pierzyną mojej ciotki i pił gorące ziółka na poty. Gdy mu zaś opowiedziałem cały interes, rzekł:

— Wiesz co, poradzę ci jak ojciec. Chcesz — idź, nie chcesz — zostań. Ale ja, gdyby nie podłe moje nogi, dawno bym już był za granicą. Bo i twoja ciotka, mówię ci — tu zniżył głos — tak okrutnie miele jęzorem, że wolałbym, mówię ci, słuchać baterii austriackich[149] armat aniżeli jej trajkotu. Co mi pomoże smarowaniem, to mi zepsuje gadaniem...

— A maszże pieniądze? — spytał po chwili.

— Znajdę z kilkaset złotych.

Wuj Raczek kazał zamknąć drzwi mieszkania (ciotki w domu nie było) i sięgnąwszy pod poduszkę wydobył stamtąd klucz.

— Naści — rzekł — otwórz ten kufer skórą obity. Będzie tam na prawo skrzyneczka, a w niej kieska. Podaj mi ją...

Wydobyłem kieskę grubą i ciężką. Wuj Raczek wziął ją do ręki i wzdychając odliczył piętnaście półimperiałów.

— Weź te pieniądze — mówił — na drogę i jeżeli masz jechać, to jedź... Dałbym ci więcej, ale może i na mnie przyjść pora... Zresztą trzeba zostawić coś babie, żeby sobie w razie wypadku znalazła drugiego męża...

Pożegnaliśmy się płacząc. Wuj aż dźwignął się na łóżku i odwróciwszy mnie twarzą do świecy, szepnął:

— Niech ci się jeszcze przypatrzę... Bo to, mówię ci, z tego balu nie każdy wraca... Wreszcie i ja sam jużem człek niedzisiejszy, a humory[150], mówię ci, zabijają prawie tak jak kule...

Wróciwszy do sklepu, mimo spóźnionej pory, rozmówiłem się z Janem Minclem dziękując mu za obowiązek i opiekę. Ponieważ od roku już gadaliśmy o tych rzeczach, a on zawsze zachęcał mnie, ażebym szedł bić Niemców, więc zdawało mi się,

---

[148] *wyszwarcowany* - uczerniony.

[149] *bateria* - w ówczesnej armii 8 dział.

[150] *humory* - tu: substancje płynne w ludzkim ciele, limfa.

że mój zamiar zrobi mu wielką przyjemność. Tymczasem Mincel jakoś posmutniał. Na drugi dzień wypłacił mi pieniądze, które miałem u niego, dał nawet gratyfikację[151], obiecał opiekować się pościelą i kufrem, na wypadek gdybym kiedy wrócił. Ale zwykła wojowniczość opuściła go i ani razu nie powtórzył swego ulubionego wykrzyknika:

— Ehej!... dałbym ja Szwabom, żebym tak nie miał sklepu...

Gdy zaś około dziesiątej wieczór, ubrany w półkożuszek i grube buty, uściskawszy go wziąłem za klamkę, ażeby opuścić izbę, w której tyle lat przemieszkaliśmy razem, coś dziwnego stało się z Janem. Nagle zerwał się z krzesła i rozkrzyżowawszy ręce krzyknął:

— Świnia!... gdzie ty idziesz?...

A potem rzucił się na moje łóżko szlochając jak dzieciak.

Uciekłem. W sieni słabo oświetlonej olejnym kagankiem ktoś zastąpił mi drogę. Ażem drgnął. Był to August Katz, odziany jak wypadało na marcową podróż.

— Co ty tu robisz, Auguście? — spytałem.

— Czekam na ciebie.

Myślałem, że chce mnie odprowadzić; więc poszliśmy na plac Grzybowski[152] w milczeniu, bo Katz nigdy nic nie mówił. Fura żydowska, którą miałem jechać, była już gotowa. Ucałowałem Katza, on mnie także. Wsiadłem... on za mną...

— Jedziemy razem — rzekł.

A potem, kiedy byliśmy już za Miłosną, dodał:

— Twardo i trzęsie, spać nie można.

Wspólna podróż trwała niespodziewanie długo, bo aż do października 1849 roku, pamiętasz, Katz, niezapomniany przyjacielu? Pamiętasz te długie marsze na spiekocie, kiedy nieraz piliśmy wodę z kałuży; albo ten pochód przez bagno, w którym zamoczyliśmy ładunki; albo te noclegi w lasach i na polach, kiedy jeden drugiemu spychał głowę z tornistra i ukradkiem ściągał płaszcz służący za wspólną kołdrę?... A pamiętasz tarte kartofle ze słoniną, które ugotowaliśmy we czterech w sekrecie przed całym oddziałem? Tylem razy jadał od tej pory kartofle, ale żadne nie smakowały mi tak jak wówczas. Jeszcze dziś czuję ich zapach, ciepło pary buchającej z garnka i widzę ciebie, Katz, jak dla nietracenia czasu mówiłeś pacierz, jadłeś kartofle i zapalałeś fajkę u ogniska.

Ej! Katz, jeżeli w niebie nie ma węgierskiej piechoty i tartych kartofli, niepotrzebnieś się tam pospieszył.

A pamiętasz jeneralną bitwę, do której zawsze wzdychaliśmy odpoczywając po partyzanckiej strzelaninie? Ja bo nawet w grobie jej nie zapomnę, a jeżeli kiedyś zapyta mnie Pan Bóg, po com żył na świecie?... po to — odpowiem — ażeby trafić na jeden taki dzień. Ty tylko rozumiesz mnie, Katz, bośmy to obaj widzieli. A niby na razie wydawało się — nic...

Na półtorej doby przedtem skupiła się nasza brygada pod jakąś wsią węgierską, której nazwy nie pamiętam. Fetowali nas aż miło. W winie, co prawda nieosobliwszym, można się było myć, a wieprzowina i papryka już nam tak zbrzydły, że człowiek

---

[151] *gratyfikacja* — dodatkowe wynagrodzenie.
[152] *Plac Grzybowski* — plac handlowy w śródmieściu Warszawy.

nie wziąłby do ust tego paskudztwa, gdyby, rozumie się, miał co innego. A jaka muzyka, a jakie dziewuchy!... Cyganie doskonale grają, a każda Węgierka istny proch. Kręciło się ich, bestyjek, wszystkiego ze dwadzieścia, a jednak zrobiło się tak gorąco że nasi zakłuli i zarąbali trzech chłopów, a chłopi zabili nam drągami huzara[153].

I Bóg wie czym skończyłaby się tak pięknie rozpoczęta zabawa, gdyby w chwili największego tumultu nie zajechał do sztabu szlachcic czwórką koni okrytych pianą. W kilka minut później rozeszła się po wojsku wieść, że w pobliżu znajdują się wielkie masy Austriaków. Zatrąbiono do porządku, tumult ucichł, Węgierki znikły, a w szeregach zaczęto szeptać o jeneralnej bitwie.

— Nareszcie!... — powiedziałeś do mnie.

Tej samej nocy posunęliśmy się o milę naprzód, w ciągu następnego dnia znowu o milę. Co kilka godzin, a później nawet co godzinę przylatywały sztafety. Było to dowodem, że w pobliżu znajduje się nasz sztab korpuśny i że zanosi się na coś grubego.

Tej nocy spaliśmy na gołym polu nie stawiając nawet w kozły broni. Zaś skoro świt ruszyliśmy naprzód: szwadron kawalerii z dwoma lekkimi armatami, potem nasz batalion, a potem cała brygada z artylerią i furgonami[154], mając silne patrole po bokach. Sztafety przylatywały już co pół godziny.

Gdy weszło słońce, zobaczyliśmy przy gościńcu pierwsze ślady nieprzyjaciela: resztki słomy, wytlone ogniska, budynki rozebrane na opał. Następnie coraz częściej zaczęliśmy spotykać uciekających: szlachtę z rodzinami, duchownych rozmaitych wyznań, w końcu — chłopów i Cyganów. Na wszystkich twarzach malowała się trwoga; prawie każdy coś wykrzykiwał po węgiersku, wskazując rękoma za siebie.

Była blisko siódma, kiedy w stronie południowo-zachodniej huknął strzał armatni. Po szeregach przeleciał szmer:

— Oho! zaczyna się...

— Nie, to sygnał...

Padły znowu dwa strzały i znowu dwa. Jadący przed nami szwadron zatrzymał się; dwie armaty i dwa jaszczyki[155] galopem popędziły naprzód, kilku jezdnych pocwałowało na najbliższe wzgórza. Stanęliśmy i przez chwilę zaległa taka cisza, że słychać było tętent siwej klaczy dopędzającego nas adiutanta. Przeleciała mimo, do huzarów, dysząc i prawie dotykając brzuchem ziemi.

Tym razem odezwało się bliżej i dalej kilkanaście armat; każdy strzał można było odróżnić.

— Macają dystans! — odezwał się stary nasz major.

— Jest z piętnaście armat — mruknął Katz, który w podobnych chwilach stawał się rozmowniejszy. — A że my ciągniemy dwanaście, toż będzie bal!...

Major odwrócił się do nas na koniu i uśmiechnął się pod szpakowatym wąsem. Zrozumiałem, co to znaczy, usłyszawszy całą gamę strzałów, jakby kto zagrał na organach.

— Jest więcej niż dwadzieścia — rzekłem do Katza.

---

[153] *huzar* — żołnierz jazdy węgierskiej.

[154] *furgon* — wóz ładowny.

[155] *jaszczyk* — dwukołowy wóz ze skrzynią do przewożenia amunicji.

— Osły!... — zaśmiał się kapitan i podciął swego konia.

Staliśmy na wzniesionym miejscu, skąd widać było idącą za nami brygadę. Zaznaczał ją rudy obłok kurzu, ciągnący się wzdłuż gościńca ze dwie albo i trzy wiorsty[156].

— Straszna masa wojsk! — szepnąłem. — Gdzie się to pomieści!...

Odezwały się trąbki i nasz batalion rozłamał się na cztery kompanie uszykowane kolumnami obok siebie. Pierwsze plutony wysunęły się naprzód, my zostaliśmy w tyle. Odwróciłem głowę i zobaczyłem, że od głównego korpusu oddzieliły się jeszcze dwa bataliony; zeszły z gościńca i biegły pędem przez pola, jeden na prawo od nas, drugi na lewo. W mały kwadrans zrównały się z nami, przez drugi kwadrans wypoczęły i — ruszyliśmy trzema batalionami naprzód, noga za nogą.

Tymczasem kanonada wzmogła się tak, że było słychać po dwa i po trzy strzały wybuchające jednocześnie. Co gorsze, spoza nich rozlegał się jakiś stłumiony odgłos, podobny do ciągłego grzmotu.

— Ile armat, kamracie? — spytałem po niemiecku idącego za mną podoficera.

— Chyba ze sto — odparł kręcąc głową. — Ale — dodał — porządnie prowadzą interes, bo odezwały się wszystkie razem.

Zepchnięto nas z gościńca, którym w kilka minut później przejechały wolnym kłusem dwa szwadrony huzarów i cztery armaty z należącymi do nich jaszczykami. Idący ze mną w szeregu poczęli żegnać się: „W imię Ojca i Syna..." — Ten i ów popił z manierki.

Na lewo od nas huk wzmagał się: pojedynczych strzałów już nie można było odróżnić. Nagle krzyknięto w przednich szeregach:

— Piechota!... piechota!...

Machinalnie schwyciłem karabin na tuj myśląc, że pokazali się Austriacy. Ale przed nami oprócz wzgórza i rzadkich krzaków nie było nic. Natomiast na tle grzmotu armat, który prawie przestał nas interesować, usłyszałem jakiś trzask podobny do rzęsistego deszczu, tylko o wiele potężniejszy.

— Bitwa!... — zawołał ktoś na froncie przeciągłym głosem.

Uczułem, że mi na chwilę serce bić przestało, nie ze strachu, ale jakby w odpowiedzi na ten wyraz, który od dzieciństwa robił na mnie dziwne wrażenie.

W szeregach pomimo marszu zrobił się ruch. Częstowano się winem, oglądano broń, mówiono, że najdalej za pół godziny wejdziemy w ogień, a nade wszystko — w grubiański sposób żartowano z Austriaków, którym nie wiodło się w tych czasach. Ktoś zaczął gwizdać, inny nucił półgłosem; stopniała nawet sztywna powaga oficerów zamieniając się w koleżeńską zażyłość. Trzeba było dopiero komendy: „Baczność i cisza!...", ażeby nas uspokoić.

Umilkliśmy i wyrównały się nieco pogięte szeregi. Niebo było czyste, ledwie tu i ówdzie bielił się nieruchomy obłok; na krzakach, które mijaliśmy, nie poruszał się żaden listek; nad polem, zarośniętym młodą trawą, nie odzywał się wystraszony skowronek. Słychać było tylko ciężkie stąpanie batalionu, szybki oddech ludzi, czasem szczęk uderzonych o siebie karabinów albo donośny głos majora, który jadąc przodem, odzywał się do oficerów. A tam, na lewo, wściekały się stada armat i lał deszcz

---

[156] *wiorsta* — rosyjska miara długości, ok. 1067 m.

karabinowych strzałów. Kto takiej burzy przy jasnym niebie nie słyszał, bracie Katz, ten nie zna się na muzyce!... Pamiętasz, jak nam wówczas dziwnie było na sercu?... Nie strach, ale tak coś jakby żal i ciekawość...

Skrzydłowe bataliony oddalały się od nas coraz bardziej; wreszcie prawy zniknął za wzgórzami, a lewy o paręset sążni[157] od nas dał nurka w szeroki parów i tylko kiedy niekiedy błysnęła fala jego bagnetów. Podzieli się gdzieś huzarzy i armaty, i ciągnąca z tyłu rezerwa, i został sam nasz batalion, schodzący z jednego wzgórza, ażeby wejść na drugie, jeszcze wyższe. Tylko od czasu do czasu z frontu, od tyłu albo z boków przeleciał jakiś jeździec z kartką albo z ustnym poleceniem od majora. Prawdziwy cud, że od tylu poleceń nie zamąciło mu się we łbie!

Nareszcie, już była blisko dziewiąta, weszliśmy na ostatnią wyniosłość porosłą gęstymi krzakami. Nowa komenda; plutony idące jeden za drugim poczęły stawać obok siebie. Gdy zaś dosięgliśmy szczytu wzgórza, kazano nam pochylić się i zniżyć broń, a w końcu przyklęknąć.

Wtedy (pamiętasz, Katz?) Kratochwil, który klęczał przed nami, wetknął głowę między dwie młode sosenki i szepnął:

— Patrzajcie no!...

Od stóp wzgórza, na południe, aż gdzieś do krawędzi horyzontu ciągnęła się równina, a na niej — jakby rzeka białego dymu, szeroka na kilkaset kroków, długa — czy ja wiem — może na milę drogi.

— Tyralierzy!... — rzekł stary podoficer.

Po obu stronach tej dziwnej wody widać było kilka czarnych i kilkanaście białych chmur, kotłujących się przy ziemi.

— To baterie, a tam płoną wsie... — objaśniał podoficer.

Wpatrzywszy się zaś lepiej, można było dojrzeć gdzieniegdzie, również po obu stronach długiej smugi dymu, prostokątne plamy: ciemne po lewej, białe po prawej. Wyglądały one jak wielkie jeże z połyskującymi kolcami.

— To nasze pułki, a to austriackie... — mówił podoficer. — No, no!... — dodał — i sam sztab lepiej nie widzi...

Z tej długiej rzeki dymu dolatywało nas nieustanne trzeszczenie karabinowych strzałów, a w tamtych białych chmurach szalała burza armat.

— Phy! — odezwałeś się wtedy, Katz — i to ma być bitwa?... Miałem się też czego bać...

— Zaczekaj no — mruknął podoficer.

— Przygotuj broń!... — rozległo się po szeregach.

Klęcząc zaczęliśmy wydobywać i odgryzać patrony[158]. Rozległo się szczękanie stalowych stempli i trzask odciąganych kurków...[159] Podsypaliśmy proch na panewki i znowu cisza.

---

[157] *sążeń* — miara długości, 6 stóp, ok. 190 cm.

[158] *odgryzać patrony* — patron: rurka papierowa napełniona prochem, zatkana na jednym końcu kulą, na drugim zalepiona; przed nabiciem żołnierz odgryzał zalepiony koniec patronu, sypał proch w lufę na panewkę i wpychał za nim papier wraz z kulą, przybijając ją mocno za pomocą pręta zwanego stemplem.

[159] *kurek* — w dawnej strzelbie skałkowej część zamka zaopatrzona w krzemień, który krzesał iskry zapalające proch.

Naprzeciw nas, może o wiorstę, były dwa pagórki, a między nimi gościniec. Spostrzegłem, że na jego żółtym tle ukazują się jakieś białe znaki, które wkrótce utworzyły białą linię, a potem białą plamę. Jednocześnie z parowu leżącego o kilkaset kroków na lewo od nas wyszli granatowi żołnierze, którzy niebawem sformowali się w granatową kolumnę. W tej chwili na prawo od nas huknął strzał armatni i nad białym oddziałem austriackim ukazał się siwy obłoczek dymu. Parę minut pauzy i znowu strzał, i znowu nad Austriakami obłoczek. Pół minuty – znowu strzał i znowu obłoczek...

— *Herr Gott!*[160] — zawołał stary podoficer — jak nasi strzelają... Bem[161] komenderuje czy diabeł...

Od tej pory szedł z naszej strony strzał za strzałem, aż ziemia drgała, ale biała plama tam, na gościńcu, rosła wciąż. Jednocześnie na przeciwległym wzgórzu błysnął dym i w stronę naszej baterii poleciał warczący granat. Drugi dym... trzeci dym... czwarty...

— Mądre bestie! — mruknął podoficer.

— Batalion!... naprzód marsz!... — wrzasnął ogromnym głosem nasz major.

— Kompania!... naprzód marsz!... Pluton!... naprzód marsz!... — powtórzyli różnymi głosami oficerowie.

Znowu uszykowano nas inaczej. Cztery środkowe plutony zostały na tyle, cztery poszły naprzód, na prawo i na lewo. Podciągnęliśmy tornistry i wzięliśmy broń, jak się komu podobało.

— Z górki na pazurki!... — zawołałeś wtedy, Katz.

A w tej chwili granat przeleciał wysoko nad nami i pękł gdzieś w tyle z wielkim łoskotem.

Wtedy błysnęła mi szczególna myśl. Czy bitwy nie są hałaśliwymi komediami, które wojska urządzają dla narodów, nie robiąc sobie zresztą krzywdy?... To bowiem, na co patrzyłem, wyglądało wspaniale, ale nie tak znowu strasznie.

Zeszliśmy na równinę. Od naszej baterii przyleciał huzar donosząc, że jedna z armat zdemontowana. Współcześnie na lewo od nas padł granat; zarył się w ziemię, ale nie wybuchnął.

— Zaczynają nas lizać — rzekł stary podoficer.

Drugi granat pękł nad naszymi głowami i jedna z jego skorup padła Kratochwilowi pod nogi. Pobladł, ale śmiał się.

— Oho!... ho!... — zawołano w szeregu.

W plutonach, które szły przed nami o jakieś sto kroków na lewo, zrobiło się zamieszanie; gdy zaś kolumna posunęła się dalej, zobaczyliśmy dwu ludzi: jeden leżał twarzą do ziemi, wyciągnięty jak struna, drugi siedział trzymając się rękoma za brzuch. Poczułem zapach prochowego dymu; Katz przemówił coś do mnie, alem go nie słyszał; natomiast zaszumiało mi w prawym uchu, jakby tam wpadła kropla wody.

Podoficer poszedł w prawo, my za nim. Kolumna nasza rozwinęła się we dwie długie linie. Na pareset kroków przed nami zakłębił się dym. Coś trąbiono, alem nie

---

[160] *Herr Gott!* (niem.) — Panie Boże!

[161] *Józef Bem* — polski generał, uczestnik powstania listopadowego, jeden z dowódców powstania węgierskiego 1848 r.

zrozumiał sygnału; natomiast słyszałem ostre poświsty nad głową i koło lewego ucha. O kilka kroków przede mną coś uderzyło w ziemię zasypując mi piaskiem twarz i piersi. Mój sąsiad strzelił; dwaj stojący za mną prawie na moich ramionach oparli karabiny i wypalili jeden po drugim. Ogłuszony do reszty, wypaliłem i ja... Nabiłem i znowu strzeliłem. Przed front spadł czyjś kask i karabin, ale otoczyły nas takie kłęby dymu, żem nic dalszego nie mógł dojrzeć. Widziałem tylko, że Katz, który ciągle strzelał, wygląda jak obłąkany i ma pianę w kątach ust. Szum w uszach spotęgował mi się tak, żem w końcu nic nie słyszał, ani huku karabinów, ani armat.

Nareszcie dym stał się tak gęsty i nieznośny, że za wszelką cenę chciałem wydobyć się z niego. Cofnąłem się z początku wolno, później biegiem, widząc ze zdziwieniem, że i inni robią to samo. Zamiast dwu wyciągniętych szeregów zobaczyłem kupę uciekających ludzi. „Czego oni, u diabła, uciekają?..." – myślałem przyspieszając kroku. Nie był to już bieg, ale koński galop. Zatrzymaliśmy się w połowie wzgórza i tu dopiero spostrzegliśmy, że miejsce nasze na placu zajął jakiś nowy batalion, a na szczycie wzgórza walą z armat.

– Rezerwy w ogniu!... Naprzód, łajdaki!... Świnie wam paść, psubraty!... – wołali czarni od dymu, rozbestwieni oficerowie, ustawiając nas na powrót w szeregi i płazując[162] każdego, kto nawinął się im pod rękę.

Majora między nimi nie było.

Powoli zmieszani w odwrocie żołnierze znaleźli się w swoich plutonach, ściągnęli maruderowie i batalion wrócił do porządku. Ubyło jednak ze czterdziestu ludzi.

– Gdzież oni się rozbiegli? – spytałem podoficera.

– Aha, rozbiegli się – odparł zachmurzony.

Nie śmiałem pomyśleć, że zginęli.

Ze szczytu wzgórza zjechało dwu furgonistów; każdy prowadził konia objuczonego pakami. Naprzeciw nich wybiegli nasi podoficerowie i wkrótce wrócili z pakietami nabojów. Wziąłem osiem, bo tyle mi brakowało w ładownicy, i zdziwiłem się: jakim sposobem mogłem je zgubić?

– Wiesz ty – rzekł do mnie Katz – że już po jedynastej?...

– A wiesz ty, że ja nic nie słyszę? – odparłem.

– Głupiś. Przecież słyszysz, co mówię...

– Tak, ale armat nie słyszę... Owszem, słyszę – dodałem skupiwszy uwagę. Grzmot armat i łoskot karabinów zlały się w jedno ogromne warczenie, już nie ogłuszające, ale wprost ogłupiające. Ogarnęła mnie apatia.

Przed nami, może na pół wiorsty, bałwaniła się szeroka kolumna dymu, którą budzący się wiatr niekiedy rozdzierał. Wówczas na chwilę można było widzieć długi szereg nóg albo kasków, z połyskującymi obok nich bagnetami. Nad tamtą kolumną i nad naszą kolumną szumiały granaty, wymieniane pomiędzy baterią węgierską, która strzelała spoza nas, i austriacką, odzywającą się ze wzgórz przeciwległych.

Rzeka dymu, ciągnąca się przez równinę ku południowi, kłębiła się jeszcze mocniej i była bardzo pogięta. Gdzie Austriacy brali górę, zgięcie szło na lewo, gdzie Węgrzy — na prawo. W ogóle pasmo dymu wyginało się bardziej na prawo, jakby nasi

---

[162] *płazować* – uderzać płaską stroną szabli.

już odepchnęli Austriaków. Po całej równinie słała się delikatna mgła niebieskawej barwy.

Dziwna rzecz: huk, choć silniejszy teraz, aniżeli był z początku, już nie robił na mnie wrażenia; ażeby go słyszeć, musiałem się dopiero wsłuchiwać. Tymczasem bardzo wyraźnie dochodził mnie szczęk nabijanych karabinów albo trzask kurków.

Przyleciał adiutant, zatrąbiono, oficerowie zaczęli przemawiać.

— Chłopcy! — wrzeszczał na całe gardło nasz porucznik, który niedawno uciekł z seminarium. — Zrejterowaliśmy, bo Szwabów było więcej, ale teraz zaskoczymy z boku ot tę kolumnę, widzicie?... Zaraz podeprze nas trzeci batalion i rezerwa... Niech żyją Węgry!...

— I ja chciałbym pożyć... — mruknął Kratochwil.

— Pół obrotu w prawo, marsz!...

Szliśmy tak kilka minut; potem pół obrotu w lewo i zaczęliśmy spuszczać się na równinę, usiłując dostać się na prawy bok kolumny walczącej przed nami. Okolica wciąż falista; z przodu widać przez mgłę pole zarośnięte badylami, za nim lasek.

Nagle między owymi badylami spostrzegłem kilka, a potem kilkanaście dymków, jakby w rozmaitych punktach zapalono fajki; jednocześnie zaczęły nad nami świstać kule. Pomyślałem, że tak wychwalane przez poetów świstanie kul nie jest bynajmniej poetyczne, ale raczej ordynaryjne[163]. Czuć tam wściekłość martwego przedmiotu.

Od naszej kolumny oderwał się sznur tyralierów i pobiegł ku badylom. My maszerowaliśmy wciąż, jakby kule przelatujące z ukosa nie do nas adresowano.

W tej chwili stary podoficer, który szedł na prawym skrzydle gwiżdżąc *Rakoczego*[164], wypuścił karabin, rozstawił ręce i zatoczył się jak pijany. Przez mgnienie oka widziałem jego twarz: miał z lewej strony rozdarty daszek kaska i czerwoną plamkę na czole. Szliśmy wciąż; na prawym skrzydle znalazł się inny podoficer, młody blondynek.

Już zrównywaliśmy się z walczącą kolumną i widzieliśmy pustą przestrzeń między dymem naszej i austriackiej piechoty, kiedy spoza niej wynurzył się długi szereg białych mundurów. Szereg podnosił się i zniżał co sekundę, a jego nogi migały raz po razu, jak na paradzie.

Stanął. Nad nim błysnęła taśma stali, pochyliła się i — zobaczyłem ze sto wycelowanych do nas karabinów, lśniących jak igły w papierku. Potem zadymiło się, zgrzytnęło jak łańcuch po żelaznej sztabie, a nad nami i około nas przeleciał wicher pocisków.

— Stój!... Pal!...

Wystrzeliłem co rychlej, pragnąc zasłonić się chociaż dymem. Pomimo huku usłyszałem za sobą niby uderzenie kijem w człowieka; ktoś z tyłu padł zawadzając o mój tornister. Opanował mnie gniew i desperacja; czułem, że zginę, jeżeli nie zabiję niewidzialnego wroga. Nabijałem broń i strzelałem bez pamięci, trochę zniżając karabin i myśląc z dziką satysfakcją, że moje kule nie pójdą górą. Nie patrzyłem na bok ani pod nogi; bałem się zobaczyć leżącego człowieka.

---

[163] *ordynaryjny* — zwyczajny, pospolity.
[164] *gwiżdżąc Rakoczego* — marsz Rakoczego, narodowy marsz węgierski.

Wtem stało się coś nieoczekiwanego. W pobliżu nas zatrzeszczały bębny i rozległy się przeraźliwe piszczałki fajfrów[165]. Toż samo za nami. Ktoś krzyknął: „Naprzód!", i – nie wiem, z ilu piersi wybuchnął krzyk podobny do jęku albo do wycia. Kolumna poruszyła się z wolna, prędzej, biegiem... Strzały prawie ucichły i odzywały się tylko pojedyńczo... Z impetem uderzyłem o coś piersiami, pchano się na mnie ze wszystkich stron, pchałem się i ja...

– Kłuj Szwaba!... – krzyczał nieludzkim głosem Katz rwąc się naprzód. A że nie mógł wydobyć się z ciżby, więc podniósł karabin i walił kolbą w tornistry stojących przed nami kolegów.

Nareszcie zrobiło się tak ciasno, że zaczęła mi się giąć klatka piersiowa i uczułem brak tchu. Uniesiono mnie do góry, opuszczono, a wtedy poznałem, że nie stoję na ziemi, ale na człowieku, który jeszcze pochwycił mnie za nogę. W tej chwili wrzeszczący tłum posunął się naprzód, a ja upadłem. Lewa ręka poślizgnęła mi się we krwi.

Obok mnie leżał przewrócony na bok oficer austriacki, człowiek młody, o bardzo szlachetnych rysach. Spojrzał na mnie ciemnymi oczyma z nieopisanym smutkiem i wyszeptał chrapliwym głosem:

– Nie trzeba deptać... Niemcy są też ludźmi...

Wsunął rękę pod bok i jęczał żałośnie.

Pobiegłem za kolumną. Nasi byli już na wzgórzach, gdzie stały austriackie baterie. Wdrapawszy się za innymi, zobaczyłem jedną armatę przewróconą, drugą zaprzężoną i otoczoną przez naszych.

Trafiłem na szczególną scenę. Jedni z naszych chwycili za koła armaty, drudzy ściągali woźnicę z siodła; Katz przebił bagnetem konia z pierwszej pary, a kanonier austriacki chciał zwalić go w łeb wyciorem[166]. Schwyciłem kanoniera za kołnierz i nagłym ruchem w tył przewróciłem go na ziemię. Katz i jego chciał przebić.

– Co robisz, wariacie?!... – zawołałem odbijając mu karabin.

Wtedy rozwścieczony rzucił się na mnie, ale stojący obok oficer pałaszem odtrącił mu bagnet.

– Czego się tu mieszasz?... – krzyknął Katz na oficera i – oprzytomniał.

Dwie armaty były wzięte, za resztą pognali huzarzy. Daleko przed nami stali nasi pojedyńczo i w gromadach, strzelając do cofających się Austriaków. Kiedy niekiedy jakaś zbłąkana kula nieprzyjacielska świsnęła nad nami albo zaryła się w ziemię wydmuchując obłoczek kurzu. Trębacze zwoływali do szeregów.

Około czwartej po południu pułk nasz ściągnięto; było po bitwie. Tylko na zachodniej krawędzi horyzontu jeszcze odzywały się pojedyncze strzały lekkiej artylerii, jak odgłosy burzy, która już przeszła.

W godzinę później na rozległym placu boju w różnych punktach zagrały pułkowe orkiestry. Przyleciał do nas adiutant z powinszowaniem. Trębacze i dobosze uderzyli sygnał: do modlitwy. Zdjęliśmy kaski, chorągwiowie podnieśli sztandary i cała armia, z bronią do nogi, dziękowała węgierskiemu Bogu za zwycięstwo.

---

[165] *fajfer* – w dawnym wojsku muzyk przygrywający na piszczałce.
[166] *wycior* – szczotka do wycierania lufy po wystrzale.

Stopniowo dym opadł. Gdzie oko sięgło, widzieliśmy w rozmaitych miejscach jakby skrawki białego i granatowego papieru, bez ładu porozrzucane na zdeptanej trawie. W polu kręciło się kilkanaście furmanek, a jacyś ludzie składali na nich niektóre z owych skrawków. Reszta została.

— Mieli się też po co rodzić!... — westchnął oparty na karabinie Katz, którego znowu opanowała melancholia.

Było to bodaj czy nie ostatnie nasze zwycięstwo. Od tej chwili sztandary z trzema rzekami częściej chodziły przed nieprzyjacielem aniżeli za nieprzyjacielem, dopóki wreszcie pod Vilagos[167] nie opadły z drzewców jak liście na jesieni.

Dowiedziawszy się o tym Katz rzucił szpadę na ziemię (byliśmy już obaj oficerami) i powiedział, że teraz tylko sobie w łeb strzelić. Ja jednak pamiętając, że we Francji już siedzi Napoleon, dodałem mu otuchy i — przekradliśmy się do Komorna.

Przez miesiąc wyglądaliśmy odsieczy: z Węgier, z Francji, nawet z nieba. Nareszcie twierdza kapitulowała.

Pamiętam, że tego dnia Katz kręcił się około prochowni, a miał taki wyraz na twarzy jak wówczas, kiedy to chciał przebić leżącego kanoniera. Gwałtem wzięliśmy go w kilku pod ręce i wyprowadziliśmy z fortecy, za naszymi.

— Cóż to — szepnął mu jeden z kolegów — zamiast iść z nami na tułactwo, chciałbyś zmykać do nieba?... Ej! Katz, węgierska piechota nie tchórzy i nie łamie słowa danego, nawet... Szwabom...

W pięciu oddzieliliśmy się od reszty wojsk, połamaliśmy szpady, przebraliśmy się za chłopów i ukrywszy pod odzieżą pistolety wędrowaliśmy w stronę Turcji. Tropiła nas też, bo tropiła sfora Haynaua!...[168]

Podróż nasza po bezdrożach i lasach trwała ze trzy tygodnie. Pod nogami błoto, nad głowami deszcz jesienny, za plecami patrole, a przed nami wieczne wygnanie — oto byli nasi towarzysze. Mimo to mieliśmy dobry humor.

Szapary ciągle gadał, że Kossuth[169] jeszcze coś wymyśli, Stein był pewny, że odezwie się za nami Turcja, Liptak wzdychał do noclegu i gorącej strawy, a ja mówiłem, że kto jak kto, ale Napoleon nas nie opuści. Deszcz rozmiękczył nam odzienie jak masło, brnęliśmy w błocie wyżej kostek, poodłaziły nam podeszwy, a w butach grało jak na trąbce; mieszkańcy bali się sprzedać nam dzbanka mleka, a chłopi w jednej wsi gonili nas z widłami i kosami. Mimo to humor był, a Liptak pędząc obok mnie tak, aż błoto bryzgało, rzekł zadyszany:

— *Eljen Magyar!...*[170] Oto będziemy spali... Żeby tak jeszcze z kielich śliwowicy do poduszki!...

W tym wesołym towarzystwie obdartusów, przed którymi nawet wrony uciekały, tylko Katz był pochmurny. On najczęściej odpoczywał i jakoś prędzej mizerniał; miał spieczone usta, a w oczach blade iskry.

---

[167] *Vilagos, Komorno* — węgierskie miejscowości związane z wydarzeniami 1849 r.
[168] *Juliusz Haynau* — marszałek austriacki znany z krwawego stłumienia rewolucji węgierskiej.
[169] *Ludwik Kossuth* — wódz rewolucji węgierskiej 1848–1849.
[170] *Ejlen Magyar!* (węg.) — Niech żyją Węgry!

— Boję się, żeby nie dostał zgniłej gorączki[171] — rzekł raz do mnie Szapary. Niedaleko rzeki Sawy[172], nie wiem którego dnia naszej wędrówki, znaleźliśmy w pustej okolicy kilka chat, gdzie nas bardzo gościnnie przyjęto. Mrok już zapadł, wściekle byliśmy znużeni, ale dobry ogień i butelka śliwowicy napędziły nam wesołych myśli.

— Przysięgam — wołał Szapary — że najdalej w marcu Kossuth powoła nas do szeregów. Głupstwo zrobiliśmy łamiąc szpady...

— Może jeszcze w grudniu Turek wojska posunie — dodał Stein. — Ażeby się choć wygoić do tego czasu...

— Moi kochani!... — jęczał Liptak zawijając się w grochowiny — kładźcie się, do diabła, spać, bo inaczej ani Kossuth, ani Turek nas nie rozbudzi.

— Pewno, że nie rozbudzi! — mruknął Katz.

Siedział na ławie naprzeciw komina i smutno patrzył w ogień.

— Ty, Katz, niedługo w sprawiedliwość boską przestaniesz wierzyć — odezwał się Szapary marszcząc brwi.

— Nie ma sprawiedliwości dla tych, którzy nie umieli zginąć z bronią w ręku! — krzyknął Katz. — Głupi wy i ja z wami... Turek albo Francuz nadstawi za was karku?... Czemu, żeście wy sami nie umieli go nadstawić?...

— Ma gorączkę — szepnął Stein. — Będzie z nim kłopot w drodze...

— Węgry!... już nie ma Węgier! — mruczał Katz. — Równość... nigdy nie było równości!... Sprawiedliwość... nigdy jej nie będzie... Świnia wykąpie się nawet w bagnie; ale człowiek z sercem!... Darmo, panie Mincel, już ja u ciebie nie będę krajać mydła...

Zmiarkowałem, że Katz jest bardzo chory. Zbliżyłem się do niego i ciągnąc go na grochowiny, rzekłem:

— Chodź, Auguście, chodź...

— Gdzież pójdę?... — odparł, na chwilę wytrzeźwiony.

A potem dodał:

— Z Węgier wypędzili, do Szwabów się nie zaciągnę...

Mimo to legł na barłogu. Ogień na kominie wygasał. Dopiliśmy wódkę i położyliśmy się rzędem z pistoletami w garści. W szczelinach chaty wiatr jęczał, jakby całe Węgry płakały, a nas zmorzył sen. Śniło mi się, że jestem małym chłopcem i że jest Boże Narodzenie. Na stole płonie choinka, przybrana tak ubogo, jak my byliśmy ubodzy, a dokoła mój ojciec, ciotka, pan Raczek i pan Domański śpiewają fałszywymi głosami kolędę:

Bóg się rodzi — moc truchleje.

Obudziłem się, łkając z żalu za moim dzieciństwem. Ktoś szarpał mię za ramię.

Był to chłop, właściciel chaty. Podniósł mnie z grochowin i wskazując w stronę Katza mówił przerażony:

— Patrzcie no, panie wojak... Z nim się coś złego stało...

---

[171] *zgniła gorączka* — wedle ówczesnej terminologii, gorączka „przy której soki ciała psują się i gniją".
[172] *Sawa* — dopływ Dunaju.

Porwał z komina łuczywo i zaświecił. Spojrzałem. Katz leżał na barłogu skurczony, z wystrzelonym pistoletem w ręku. Ogniste płatki przeleciały mi przed oczyma i zdaje mi się, żem zemdlał.

Ocknąłem się na furze, którą właśnie dojeżdżaliśmy do Sawy. Już dniało, zapowiadał się dzień pogodny; od rzeki ciągnęła surowa wilgoć. Przetarłem oczy, porachowałem... Było na wozie nas czterech i piąty furman. Przecież powinno być pięciu. Nie, powinno być sześciu!... Szukałem Katza, nie mogłem się dopatrzeć. Nie pytałem o niego; płacz ścisnął mnie za gardło i myślałem, że mnie udusi. Liptak drzemał, Stein ocierał oczy, a Szapary patrzył na bok i tylko pogwizdywał Rakoczego, chociaż ciągle się mylił.

Ej! bracie Katz, cóżeś ty zrobił najlepszego?... Czasem zdaje mi się, żeś znalazł tam w niebie i węgierską piechotę, i swój wystrzelany pluton... Niekiedy słyszę łoskot bębnów, ostry rytm marszu i komendę: „Na ramię broń!..." A wtedy myślę, że to ty, Katz, idziesz na zmianę warty przed bożym tronem... Bo kiepskim byłby Pan Bóg węgierski, gdyby się nie poznał na tobie!

Rzecki – losy żołnierza

...Alem się też rozgadał, Boże odpuść!... Myślałem o Wokulskim, a piszę o sobie i o Katzu. Wracam więc do przedmiotu.

W parę dni po śmierci Katza weszliśmy do Turcji, a przez dwa lata następne ja, już sam, tułałem się po całej Europie. Byłem we Włoszech, Francji, Niemczech, nawet w Anglii, a wszędzie nękała mnie bieda i żarła tęsknota za krajem. Nieraz zdawało mi się, że stracę rozum słuchając potoków obcej mowy i widząc nie nasze twarze, nie nasze ubiory, nie naszą ziemię. Nieraz oddałbym życie, ażeby choć spojrzeć na las sosnowy i chałupy poszyte słomą. Nieraz jak dziecko wołałem przez sen: „ja chcę do kraju!..." A gdym się obudził zalany łzami, ubierałem się i pędem biegłem na ulicę, bo mi się przywidziało, że ta ulica koniecznie musi być Starym Miastem albo Podwalem.

Może bym się zabił z desperacji, gdyby nie ciągłe wiadomości o Ludwiku Napoleonie, który już został prezydentem, a myślał o cesarstwie. Było mi lżej dźwigać nędzę i tłumić wybuchy żalu, kiedym słuchał o triumfach człowieka, który miał wykonać testament Napoleona I i zrobić porządek w świecie.

Nie udało mu się wprawdzie, aleć – zostawił syna. Nie od razu Kraków zbudowano!...

Nareszcie nie mogłem wytrzymać i – w grudniu 1851 roku przejechawszy wzdłuż Galicję stanąłem na komorze w Tomaszowie. Jedna mnie tylko myśl trapiła: „A nuż mnie i stąd wypędzą?..."

Nigdy zaś nie zapomnę radości, jakiej doznałem usłyszawszy, że mam jechać do Zamościa. Właściwie, tom nawet nie bardzo jechał; raczej szedłem, ale z jakąż uciechą!

W Zamościu[173] bawiłem rok z czymś. A żem dobrze drwa rąbał, więc byłem co dzień na świeżym powietrzu. Napisałem stamtąd list do Mincla i podobno otrzymałem od niego odpowiedź, nawet pieniądze; ale wyjąwszy pokwitowania z odbioru, bliższych szczegółów tego wypadku nie pamiętam.

Zdaje się jednak, że Jaś Mincel zrobił inną rzecz, choć nie wspomniał o niej do śmierci i nawet nie lubił o tym rozmawiać. Oto chodził on do różnych jenerałów,

---

[173] „W Zamościu..." – w Zamościu było więzienie rosyjskie.

którzy odbyli węgierską kampanię, i tłomaczył im, że przecież powinni ratować kolegę w nieszczęściu. No i uratowali mnie, tak że już w lutym 1853 roku mogłem jechać do Warszawy. Zwrócono mi nawet patent oficerski[174], jedyną pamiątkę, jaką wyniosłem z Węgier nie licząc dwu ran: w piersi i w nogę. Było nawet lepiej, bo oficerowie wyprawili mi obiad, na którym gęsto piliśmy zdrowie węgierskiej piechoty. Od tej też pory mówię, że najtrwalsze stosunki zawiązują się na placu bitwy.

Ledwiem opuścił mój dotychczasowy apartament będąc gołym jak pieprz turecki, zaraz zastąpił mi drogę nieznany Żydek i oddał list z pieniędzmi. Otworzyłem go i przeczytałem:

„Mój kochany Ignacy! Posyłam ci dwieście złotych na drogę, to się później obrachujemy. Zajedź wprost do mego sklepu na Krakowskim Przedmieściu, a nie na Podwal, broń Boże! bo tam mieszka ten złodziej Franc, niby mój brat, któremu nawet pies porządny nie powinien podawać ręki. Całuję cię, Jan Mincel.

Warszawa, d. 16 lutego r. 1853.

Ale, ale!... Stary Raczek, co się z twoją ciotką ożenił, to wiesz – umarł, a i ona także, ale pierwej. Zostawili ci trochę gratów i parę tysięcy złotych. Wszystko jest u mnie w porządku, tylko salopę ciotki mole trochę sponiewierały, bo bestia Kaśka zapomniała włożyć bakuniu[175]. Franc kazał cię ucałować.

Warszawa, d. 18 lutego r. 1853."

Ten sam Żydek wziął mnie do swego domu, gdzie doręczył mi tłomoczek z bielizną, odzieniem i obuwiem. Nakarmił mnie rosołem z gęsiny, potem gotowaną, a potem pieczoną gęsiną, której do Lublina nie mogłem strawić. Nareszcie dał mi butelkę wybornego miodu, zaprowadził do gotowej już furmanki, lecz – ani chciał słuchać o żadnym wynagrodzeniu.

– Ja bym się wstydził brać od takie osoby, co z migracje wraca – odpowiadał na wszystkie moje zaklęcia.

Dopiero gdym już miał wsiąść do fury, odprowadził mnie na bok i rozejrzawszy się, czy kto nie podsłuchuje, szepnął:

– Jak pan dobrodziej ma węgierskie dukaty[176], to ja kupię. Ja rzetelnie zapłacę, bo mnie potrzeba dla córki, co po pańskim Nowym Roku wychodzi za mąż...

– Nie mam dukatów – odparłem.

– Pan dobrodziej był na węgierskie wojne i pan nie ma dukatów?... – rzekł zdziwiony.

Już postawiłem nogę na stopniu fury, kiedy ten sam Żydek odciągnął mnie drugi raz na stronę.

– Może pan dobrodziej ma jakie kosztowności?... Pierścionków, zygarków, branzeletów?... Jak zdrowia pragnę, ja rzetelnie zapłacę, bo to dla mojej córki...

– Nie mam, bracie, daję ci słowo...

---

[174] *patent oficerski* – dyplom oficerski.

[175] *bakuń* – najlichszy gatunek tytoniu.

[176] *węgierskie dukaty* – złote monety o wysokiej próbie.

— Nie ma pan? — powtórzył, szeroko otwierając oczy. — To po co pan chodził na Węgry?...

Ruszyliśmy, a on jeszcze stał i trzymał się ręką za brodę, z politowaniem kiwając głową.

Fura była wynajęta tylko dla mnie. Zaraz jednak na następnej uliczce furman spotkał swego brata, który miał bardzo pilny interes do Krasnegostawu.

— Niech wielmożny pan pozwoli jego zabrać — prosił zdjąwszy czapkę. — Na złe droge to on będzie szedł piechotą.

Pasażer wsiadł. Nim dojechaliśmy do bramy fortecznej, zastąpiła nam drogę jakaś Żydówka z tłomokiem i poczęła krzykliwie rozmawiać z furmanem. Okazało się, że jest to jego ciotka, która ma w Fajsławicach chore dziecko.

— Może wielmożny pan pozwoli się jej przysiąść... To jest bardzo letka osoba... — prosił furman.

Za bramą wreszcie, w rozmaitych punktach szosy, znalazło się jeszcze trzech kuzynów mego furmana, który zabrał ich pod pozorem, że będzie mi w drodze weselej. Jakoż zepchnęli mnie na tylną oś wozu, deptali po nogach, palili szkaradny tytoń, a przede wszystkim wrzeszczeli jak opętani. Pomimo to nie pomieniałbym mego ciasnego kąta na najwygodniejsze miejsce we francuskich dyliżansach albo angielskich wagonach. Byłem już w kraju.

Przez cztery dni zdawało mi się, że siedzę w przenośnej bożnicy. Na każdym popasie jakiś pasażer ubywał, inny zajmował jego miejsce. Pod Lublinem zsunęła mi się na plecy ciężka paka; istny cud, żem nie stracił życia. Pod Kurowem staliśmy parę godzin na szosie, gdyż zginął czyjś kufer, po który furman jeździł konno do karczmy. Przez całą wreszcie drogę czułem, że leżąca na moich nogach pierzyna jest gęściej zaludniona od Belgii.

Piątego dnia, przed wschodem słońca, stanęliśmy na Pradze. Ale że fur było mnóstwo, a łyżwowy most[177] ciasny, więc ledwie około dziesiątej zajechaliśmy do Warszawy. Muszę dodać, że wszyscy moi współpasażerowie znikli na Bednarskiej ulicy, jak eter octowy, zostawiając po sobie mocny zapach. Gdy zaś przy ostatecznym rachunku wspomniałem o nich furmanowi, wytrzeszczył na mnie oczy.

— Jakie pasażery?... — zawołał zdziwiony. — Wielmożny pan to jest pasażer, ale tamto — same parchy. Jak my stanęli na rogatce, to nawet strażnik dwa takie gałgany rachował za złotówkę na jeden paszport. A wielmożny pan myśli, co oni byli pasażery!...

— Więc nie było nikogo?... — odparłem. — A skądże, u licha, pchły, które mnie oblazły?

— Może z wilgoci. Czy ja wiem! — odpowiedział furman.

Przekonany w ten sposób, że na bryce nie było nikogo oprócz mnie, sam jeden, rozumie się, zapłaciłem za całą podróż, co tak rozczuliło furmana, że wypytawszy się, gdzie będę mieszkał, obiecał mi przywozić co dwa tygodnie tytuń przemycany.

— Nawet teraz — rzekł cicho — mam na furze centnar[178]. Może przynieść wielmożnego pana z parę funty?...

---

[177] *most łyżwowy* — tymczasowy, pontonowy.
[178] *cetnar* — jednostka masy, 50 kg.

— Żeby cię diabli wzięli!— mruknąłem chwytając mój tłomoczek. — Tego jeszcze brakowało, ażeby aresztowali mnie za defraudację[179].

Szybko biegnąc przez ulice, przypatrywałem się miastu, które po Paryżu wydawało mi się brudne i ciasne, a ludzie posępni. Sklep J. Mincla na Krakowskim Przedmieściu łatwo znalazłem; ale na widok znanych miejsc i szyldów serce zaczęło mi się tak trząść, żem chwilę musiał odpocząć.

Spojrzałem na sklep — prawie taki jak na Podwalu; na drzwiach blaszany pałasz i bęben (może ten sam, który widziałem w dzieciństwie!) — w oknie talerze, koń i skaczący kozak... Ktoś uchylił drzwi i zobaczyłem w głębi zawieszone u sufitu: farby w pęcherzach, korki w siatce, nawet wypchanego krokodyla.

Za kontuarem, blisko okna, siedział na starym fotelu Jan Mincel i ciągnął za sznurek kozaka...

Wszedłem drżąc jak galareta i stanąłem naprzeciw Jasia. Zobaczywszy mnie (już zaczął tyć chłopak) ciężko uniósł się z fotelu i przymrużył oczy. Nagle krzyknął do jednego z chłopców sklepowych:

— Wicek!... gnaj do panny Małgorzaty i powiedz, że wesele zaraz po Wielkiejnocy...

Potem wyciągnął do mnie obie ręce ponad kontuarem i długo ściskaliśmy się milcząc.

— Aleś też walił Szwabów! Wiem, wiem — szepnął mi do ucha. — Siadaj — dodał wskazując krzesło. — Kaziek! rwij do *Grossmutter*... Pan Rzecki przyjechał!...

Siadłem i znowu nie mówiliśmy nic do siebie. On żałośnie trząsł głową, ja spuściłem oczy. Obaj myśleliśmy o biednym Katzu i o naszych zawiedzionych nadziejach. Wreszcie Mincel utarł nos z wielkim hałasem i odwróciwszy się do okna, mruknął:

— No, co tam...

Wrócił zadyszany Wicek. Uważałem, że surdut tego młodzieńca połyskuje od tłustych plam.

— Byłeś? — spytał go Mincel.

— Byłem. Panna Małgorzata powiedziała, że dobrze.

— Żenisz się? — rzekłem do Jasia.

— Phi!... cóż mam robić — odparł.

— A *Grossmutter* jak się ma?

— Zawsze jednakowo. Choruje tylko wtedy, kiedy stłuką jej dzbanek do kawy.

— A Franc?

— Nie gadaj mi o tym łajdaku — wstrząsnął się Jan Mincel. — Wczoraj przysiągłem sobie, że noga moja u niego nie postanie...

— Cóż ci zrobił? — spytałem.

— To podłe Szwabisko ciągle drwi z Napoleona!... Mówi, że złamał przysięgę rzeczypospolitej, że jest kuglarzem, któremu oswojony orzeł napluł w kapelusz... Nie — mówił Jan Mincel — z tym człowiekiem żyć nie mogę...

Przez cały czas naszej rozmowy dwaj chłopcy i subiekt załatwiali interesantów, na których nawet nie zwracałem uwagi. Wtem skrzypnęły tylne drzwi sklepu i spoza szaf wysunęła się staruszka w żółtej sukni, z dzbanuszkiem w ręku.

---

[179] *defraudacja* — sprzeniewierzenie.

— *Gut Morgen, meine Kinder!... Der Kaffee ist schon...*
Pobiegłem i ucałowałem jej suche rączyny nie mogąc słowa przemówić.
— *Ignaz!... Herr Jesäs... Ignaz!* — zawołała ściskając mnie. — *Wo bist du so lange gewesen, lieber Ignaz?...*[180]
— No, przecie Grossmutter wie, że był na wojnie. Co się tu pytać, gdzie był? — wtrącił Jan.
— *Herr Jesäs!... Aber du hast noch keinen Kaffee getrunken?...*[181]
— Naturalnie, że nie pił — odparł Jan w moim imieniu.
— *Du lieber Gott! Es ist ja schon zehn Uhr...*[182]
Nalała mi kubek kawy, wręczyła trzy świeże bułki i znikła jak zwykle.

Teraz główne drzwi otworzyły się z łoskotem i wbiegł Franc Mincel, tłuściejszy i czerwieńszy od brata.
— Jak się masz, Ignacy!... — zawołał padając mi w objęcia.
— Nie całuj się z tym durniem, który jest zakałą rodu Minclów!... rzekł do mnie Jan.
— Oj! oj! co mi to za ród!... — odparł ze śmiechem Franc. — Nasz ojciec przyjechał taczkami we dwa psy...
— Nie gadam z panem! — wrzasnął Jan.
— Ja też nie do pana mówię, tylko do Ignacego — odparł Franc. — A nasz stryj — ciągnął dalej — było przecie takie zakute Szwabisko, że wylazł z trumny po swoją szlafmycę, której mu tam zapomnieli włożyć...
— Robisz mi pan afront w moim domu!... — krzyknął Jan.
— Nie przyszedłem do pańskiego domu, tylko do sklepu za sprawunkiem... Wicek! — zwrócił się Franc do chłopca — daj mi korek za grosz... Tylko zawiń go w bibułę... Do widzenia, kochany Ignacy, wpadnij do mnie dziś wieczorem, to przy dobrej butelce pogadamy. A może i ten pan z tobą przyjdzie — dodał już z ulicy, wskazując ręką na sinego z gniewu Jana.
— Noga moja nie postanie u podłego Szwaba! — krzyknął Jan.

To jednak nie przeszkodziło, że wieczorem byliśmy obaj u Franca.

Mimochodem wspomnę, że nie było tygodnia, w ciągu którego bracia Minclowie nie pokłóciliby się i nie pogodzili przynajmniej ze dwa razy. Co zaś jest najosobliwszym, że przyczyny swarów nigdy nie wypływały z interesu natury materialnej. Owszem, pomimo największych nieporozumień bracia zawsze poręczali swoje kwity, pożyczali sobie pieniędzy i nawzajem płacili długi. Powody tkwiły w ich charakterach.

Jan Mincel był romantyk i entuzjasta, Franc spokojny i zgryźliwy; Jan był gorącym bonapartystą, Franc republikaninem i specjalnym wrogiem Napoleona III. Nareszcie Franc Mincel przyznawał się do niemieckiego pochodzenia, podczas gdy Jan uroczyście twierdził, że Minclowie pochodzą ze starożytnej pol-

> Minclowie – Jan i Franc – cechy, usposobienia, tożsamość narodowa

---

[180] „*Ignaz!... Herr Jesäs... Ignaz!... Wo bist du so lange gewesen, lieber Ignaz?*" (niem.) — Ignacy!... Panie Jezu... Ignacy! Gdzie byłeś tak długo, drogi Ignacy?

[181] „*Herr Jesäs... Aber du hast noch keinen Kaffee getrunken?*" (niem.) — Panie Jezu... Ale ty nie piłeś jeszcze kawy?

[182] „*Du lieber Gott! Es ist ja schon zehn Uhr*" — Boże kochany! Jest już przecież dziesiąta godzina.

skiej rodziny Miętusów, którzy kiedyś, może za Jagiellonów, a może za królów wybieralnych osiedli między Niemcami.

Dość było jednego kieliszka wina, ażeby Jan Mincel zaczął bić pięściami w stół albo w plecy swoich sąsiadów i wrzeszczeć:

— Czuję w sobie starożytną polską krew!... Niemka nie mogłaby mnie urodzić!... Mam zresztą dokumenta...

I bardzo zaufanym osobom pokazywał dwa stare dyplomy, z których jeden odnosił się do jakiegoś Modzelewskiego, kupca w Warszawie za czasów szwedzkich, a drugi do Millera, kościuszkowskiego porucznika. Jaki by przecież istniał związek między tymi osobami a rodziną Minclów – nie wiem po dziś dzień, choć objaśnienia niejednokrotnie słyszałem.

Nawet z powodu wesela Jana wybuchnął skandal między braćmi: Jan bowiem zaopatrzył się na tę uroczystość w amarantowy kontusz, żółte buty i szablę, podczas gdy Franc oświadczył, że nie pozwoli na taką maskaradę przy ślubie, choćby miał podać skargę do policji. Usłyszawszy to Jan przysiągł, że zabije denuncjanta, jeżeli go zobaczy, i do weselnej kolacji ubrał się w szaty swoich przodków Miętusów. Franc zaś był i na ślubie, i na weselu, lecz choć nie gadał z bratem, na śmierć zatańcowywał mu żonę i prawie do samobójstwa upił się jego winem.

Nawet zgon Franca, który w roku 1856 zmarł na karbunkuł[183], nie obszedł się bez awantury. W ciągu trzech ostatnich dni obaj bracia po dwa razy wyklęli się i wydziedziczyli w sposób bardzo uroczysty. Mimo to Franc cały majątek zapisał Janowi, a Jan przez kilka tygodni chorował z żalu po bracie i – połowę odziedziczonej fortuny (około dwudziestu tysięcy złotych) przekazał jakimś trzem sierotkom, którymi nadto opiekował się do końca życia.

Dziwna to była rodzina!

I otóż znowu zboczyłem od przedmiotu: miałem pisać o Wokulskim, a piszę o Minclach. Gdybym nie czuł się tak rześkim, jak jestem, mógłbym posądzić się o gadulstwo zapowiadające bliską starość.

Powiedziałem, że w postępowaniu Stasia Wokulskiego wielu rzeczy nie rozumiem i za każdym razem mam ochotę zapytać: na co to wszystko?...

Otóż kiedym wrócił do sklepu, prawie co wieczór zbieraliśmy się u *Grossmutter* na górze: Jan i Franc Minclowie, a czasem i Małgosia Pfeifer. Małgosia z Janem siadywali w okiennej framudze i trzymając się za ręce patrzyli w niebo; Franc pił piwo z dużego kufla (który miał cynową klapę), staruszka robiła pończochę, a ja – opowiadałem dzieje kilku lat spędzonych za granicą.

Najczęściej, rozumie się, była mowa o tęsknotach tułaczki, niewygodach żołnierskiego życia albo o bitwach. W takiej chwili Franc wypijał podwójne porcje piwa, Małgosia przytulała się do Jana (do mnie nikt się tak nie przytulał), a Grossmutter gubiła oczka w pończosze. Gdym już skończył, Franc wzdychał, szeroko rozsiadając się na kanapie, Małgosia całowała Jana, a Jan Małgosię, staruszka zaś trzęsąc głową mówiła:

---

[183] *karbunkuł* – wąglik, niebezpieczny zaraźliwy wrzód.

— *Jesäs! Jesäs!... wie is das schrecklich... Aber sag mir, lieber Ignaz, wozu also bist du denn nach Ungarn gegangen?*[184]

— No, przecie *Grossmutter* rozumie, że chodził do Węgier na wojnę — wtrącił niecierpliwie Jan.

Lecz staruszka ciągle kręcąc głową ze zdziwienia mruczała do siebie:

— *Der Kaffee war ja immer gut und zu Mittag hat er sich doch immer vollgegessen... Warum hat er denn das getan?...*[185]

— O! bo *Grossmutter* myśli tylko o kawie i o obiedzie — oburzył się Jan.

Nawet kiedy opowiedziałem ostatnie chwile i straszną śmierć Katza, starowina wprawdzie rozpłakała się, pierwszy raz od czasu, jak ją znałem; niemniej jednak otarłszy łzy i wziąwszy się znowu do swej pończochy, szeptała:

— *Merkwürdig!*[186] *Der Kaffee war ja immer gut und zu Mittag hat er sich doch immer vollgegessen... Warum hat er denn das getan?*

Toż samo ja dziś, nieomal co godzinę, mówię o Stasiu Wokulskim. Miał po śmierci żony spokojny kawałek chleba, więc po co pojechał do Bułgarii? Zdobył tam taki majątek, że mógłby sklep zwinąć: po co zaś rozszerzył go? Ma przy nowym sklepie pyszne dochody, więc po co tworzy jeszcze jakąś spółkę?...

Po co wynajął dla siebie ogromne mieszkanie? Po co kupił powóz i konie? Po co pnie się do arystokracji, a unika kupców, którzy mu tego darować nie mogą?...

A w jakim celu zajmuje się furmanem Wysockim albo jego bratem, dróżnikiem z kolei żelaznej? Po co kilku biednym czeladnikom założył warsztaty? Po co opiekuje się nawet nierządnicą, która choć mieszka u magdalenek, mocno szkodzi jego reputacji?...

A jaki on sprytny... Kiedy dowiedziałem się na giełdzie o zamachu Hödla, wracam do sklepu i patrząc mu bystro w oczy mówię:

— Wiesz, Stasiu, jakiś Hödel strzelił do cesarza Wilhelma...[187]

A on, jakby nigdy nic, odpowiada:

— Wariat.

— Ale temu wariatowi — ja mówię — zetną głowę.

— I słusznie — on odpowiada — nie będzie się mnożył ród wariacki.

Żeby mu przy tym drgnął choć jeden muskuł, nic. Skamieniałem wobec jego zimnej krwi.

Kochany Stasiu, tyś sprytny, alem i ja nie w ciemię bity: wiem więcej, aniżeli przypuszczasz, i to mi tylko bolesne, że nie masz do mnie zaufania. Bo rada przyjaciela i starego żołnierza mogłaby cię uchronić od niejednego głupstwa, jeżeli nie od plamy...

Rzecki — wyobrażenia o działalności politycznej Wokulskiego

Ale co ja tu będę wypowiadać własne opinie; niech mówi za mnie bieg wypadków.

---

[184] „*Jesäs! Jesäs... wie ist das schrecklich...*" (niem.) — Jezu! Jezu... jakie to straszne... Ale powiedz mi, drogi Ignacy, więc po co ty właściwie poszedłeś na Węgry?

[185] „*Der Kaffee war ja immer gut...*" (niem.) — kawa była przecież zawsze dobra i przy obiedzie najadał się do syta... Dlaczego więc to zrobił?

[186] *Merkwürding* (niem.) — osobliwe.

[187] *Hödel strzelił do cesarza Wilhelma* — mowa o zamachu z 11 maja 1878 r.

W początkach maja wprowadziliśmy się do nowego sklepu, który obejmuje pięć ogromnych salonów. W pierwszym pokoju, na lewo, mieszczą się same ruskie tkaniny: perkale, kretony, jedwabie i aksamity. Drugi pokój zajęty jest w połowie na te same tkaniny, a w połowie na drobiazgi do ubrania służące: kapelusze, kołnierzyki, krawaty, parasolki. W salonie frontowym najwykwintniejsza galanteria: brązy, majoliki[188], kryształy, kość słoniowa. Następny pokój na prawo lokuje zabawki tudzież wyroby z drzewa i metalów, a w ostatnim pokoju na prawo są towary z gumy i skóry.

Tak sobie to uporządkowałem; nie wiem, czy właściwie, ale Bóg mi świadkiem, żem chciał jak najlepiej. Wreszcie pytałem o zdanie Stasia Wokulskiego; ale on, zamiast coś poradzić, tylko wzruszał ramionami i uśmiechał się, jakby mówił:

„A cóż mnie to obchodzi..."

Dziwny człowiek! Przyjdzie mu do głowy genialny plan, wykona go w ogólnych zarysach, ale – ani dba o szczegóły. On kazał przenieść sklep, on zrobił go ogniskiem handlu ruskich tkanin i galanterii zagranicznej, on zorganizował całą administrację. Ale zrobiwszy to, dziś ani miesza się do sklepu: składa wizyty wielkim panom albo jeździ swoim powozem do Łazienek, albo gdzieś znika bez śladu; a w sklepie ukazuje się ledwie przez parę godzin na dzień. Przy tym roztargniony, rozdrażniony, jakby na coś czekał albo czegoś się obawiał.

Ale cóż to za złote serce!

Ze wstydem wyznaję, że było mi trochę przykro wynosić się na nowy lokal. Jeszcze ze sklepem pół biedy; nawet wolę służyć w ogromnym magazynie, na wzór paryskich, aniżeli w takim kramie, jakim był nasz poprzedni. Żal mi jednak było mego pokoju, w którym dwadzieścia pięć lat przemieszkałem. Ponieważ do lipca obowiązuje nas stary kontrakt, więc do połowy maja siedziałem w moim pokoiku, przypatrując się jego ścianom, kracie, która przypominała mi najmilsze chwile w Zamościu, i starym sprzętom.

„Jak ja to wszystko ruszę, jak ja to przeniosę, Boże miłosierny!...– myślałem.

Aż jednego dnia, około połowy maja (rozeszły się wówczas wieści mocno pokojowe[189]), Staś przed samym zamknięciem sklepu przychodzi do mnie i mówi:

– Cóż, stary, czas by się przeprowadzić na nowe mieszkanie[190].

Doznałem takiego uczucia, jakby ze mnie krew wyciekła. A on prawi dalej:

– Chodźże ze mną, pokażę ci nowy lokal, który wziąłem dla ciebie w tym samym domu.

– Jak to wziąłeś? – pytam. – Przecież muszę umówić się o cenę z gospodarzem.

– Już zapłacone! – on odpowiada.

Wziął mnie pod rękę i prowadzi przez tylne drzwi sklepu do sieni.

– Ależ – mówię – tu lokal zajęty...

Zamiast odpowiedzi otworzył drzwi po drugiej stronie sieni... Wchodzę... słowo honoru – salon!... Meble kryte utrechtem[191], na stołach albumy, w oknie majoliki... Pod ścianą biblioteka...

---

[188] *majoliki* – wyroby z palonej gliny pokryte emalią o metalicznym połysku.

[189] „*wieści mocno pokojowe*" – od maja prasa donosiła o poprawie stosunków między Rosją a Anglią i Austrią.

[190] „*nowe mieszkanie*" – Wokulski przeniósł Rzeckiego do oficyny za nowym sklepem Krakowskie Przedmieście 7.

[191] *utrecht* – aksamitna tkanina obiciowa.

— Masz tu — mówi Staś pokazując bogato oprawne książki — trzy historie Napoleona I, życie Garibaldiego[192] i Kossutha, historię Węgier...

Z książek byłem bardzo kontent, ale ten salon, muszę wyznać, zrobił na mnie przykre wrażenie. Staś spostrzegł to i uśmiechnąwszy się, nagle otworzył drugie drzwi.

Boże miłosierny!... ależ ten drugi pokój to mój pokój, w którym mieszkałem od lat dwudziestu pięciu. Okna zakratowane, zielona firanka, mój czarny stół... A pod ścianą naprzeciw moje żelazne łóżko, dubeltówka i pudło z gitarą...

— Jak to — pytam — więc mnie już przenieśli?...

— Tak — odpowiada Staś — przenieśli ci każdy ćwieczek, nawet płachtę dla Ira.

Może to się wyda komu śmiesznym, ale ja miałem łzy w oczach... Patrzyłem na jego surową twarz, smutne oczy i prawie nie mogłem wyobrazić sobie, że ten człowiek jest tak domyślny i posiada taką delikatność uczuć. Bo żebym mu choć wspomniał o tym... On sam odgadł, że mogę tęsknić za dawną siedzibą, i sam czuwał nad przeprowadzeniem moich gratów.

Szczęśliwa byłaby kobieta, z którą by on się ożenił (mam nawet dla niego partię...); ale on się chyba nie ożeni. Jakieś dzikie myśli snują mu się po głowie, ale nie o małżeństwie, niestety!... Ile to już poważnych osób przychodziło do naszego sklepu niby za sprawunkami, a naprawdę w swaty do Stasia i — wszystko na nic.

Taka pani Szperlingowa ma ze sto tysięcy rubli gotowizną i dystylarnię. Czego ona już nie kupiła u nas, a wszystko dlatego, ażeby mnie zapytać:

— Cóż, nie żeni się pan Wokulski?

— Nie, pani dobrodziejko...

— Szkoda! — mówi pani Szperlingowa wzdychając. — Piękny sklep, duży majątek, ale — wszystko to rozejdzie się... bez gospodyni. Gdyby zaś pan Wokulski wybrał sobie jaką poważną i majętną kobietę, wzmocniłby się nawet jego kredyt.

— Święte słowa pani dobrodziejki... — ja odpowiadam.

— *Adieu!* panie Rzecki — ona mówi (kładąc na kasie dwadzieścia albo i pięćdziesiąt rubli). — Ale niechże pan czasem nie wspomni panu Wokulskiemu o tym, że ja mówiłam coś o małżeństwie. Bo gotów pomyśleć, że stara baba poluje na niego... *Adieu*, panie Rzecki...

„Owszem, nie zaniedbam wspomnieć mu o tym..."

I zaraz myślę, że gdybym ja był Wokulskim, w jednej chwili ożeniłbym się z tą bogatą wdową. Jak ona zbudowana, *Herr Jesäs!...*

Albo taki Szmeterling, rymarz. Ile razy załatwiamy rachunek, mówi:

— Nie mógłby się, panie tego, taki, panie tego, Wokulski żenić?... Chłop, panie, ognisty; kark jak u byka... Żeby mnie piorun, panie tego, trzasł, sam oddałbym mu córkę, a w posagu dałbym im rocznie za dziesięć tysięcy, panie tego, rubli towaru... No?

Albo taki radca Wroński. Niebogaty, cichutki, ale kupuje u nas co tydzień choćby parę rękawiczek i za każdym razem mówi:

— Ma tu Polska nie ginąć, mój Boże, kiedy tacy jak Wokulski nie żenią się. Bo to nawet, mój Boże, nie potrzebuje człowiek posagu, więc mógłby znaleźć panienkę, która, mój Boże! i do fortepianu, i domem zarządzi, i zna języki...

---

[192] *Józef Garibaldi* — rewolucjonista włoski, przywódca walk o wyzwolenie i zjednoczenie Włoch.

Takich swatów dziesiątki przewijają się przez nasz sklep. Niektóre matki, ciotki albo ojcowie po prostu przyprowadzają do nas panny na wydaniu. Matka, ciotka albo ojciec kupuje coś za rubla, a tymczasem panna chodzi po sklepie, siada, bierze się pod boki, ażeby zwrócić uwagę na swoją figurę, wysuwa naprzód prawą nóżkę, potem lewą nóżkę, potem wystawia rączki... Wszystko w tym celu, ażeby złapać Stacha, a jego albo nie ma w sklepie, albo jeżeli jest, to nawet nie patrzy na towar, jakby mówił:

— Taksacją[193] zajmuje się pan Rzecki...

Wyjąwszy rodzin mających dorosłe córki tudzież wdów i panien na wydaniu, które zdają się być odważniejszymi od węgierskiej piechoty, biedny mój Stach nie cieszy się sympatią. Nic dziwnego — oburzył przeciw sobie wszystkich fabrykantów jedwabnych i bawełnianych, a także kupców, którzy sprzedają ich towary.

Raz, przy niedzieli (rzadko mi się to zdarza), zaszedłem do handelku na śniadanie. Kieliszek anyżówki i kawałek śledzia przy bufecie, a do stołu porcyjka flaków i ćwiartka porteru — oto bal! Zapłaciłem niecałego rubla, ale com się nałykał dymu, a com się nasłuchał!... Wystarczy mi tego na parę lat.

W dusznym i ciemnym jak wędlarnia[194] pokoju, gdzie mi flaki podano, siedziało ze sześciu jegomościów przy jednym stole. Byli to ludzie spasieni i dobrze odziani; zapewne kupcy, obywatele miejscy, a może i fabrykanci. Każdy wyglądał tak na trzy do pięciu tysięcy rubli rocznego dochodu.

Ponieważ nie znałem tych panów, a zapewne i oni mnie, nie mogę więc posądzić ich o umyślną szykanę. Proszę jednak wyobrazić sobie, co za traf, że właśnie gdym wszedł do pokoju, rozmawiali o Wokulskim. Kto mówił, z przyczyny dymu nie widziałem; wreszcie nie śmiałem podnieść oczu od talerza.

> Stosunki panujące w Warszawie — warszawscy mieszczanie o Wokulskim

— Karierę zrobił! — mówił gruby głos. — Za młodu wysługiwał się takim jak my, a ku starości chce mu się fagasować wielkim panom.

— Ci dzisiejsi panowie — wtrącił jegomość dychawiczny — tyle warci co i on. Gdzie by to dawniej w hrabskim domu przyjmowali eks-kupczyka, który przez ożenek dorobił się majątku... Śmiech powiedzieć!...

— Fraszka ożenek — odparł gruby głos zakrztusiwszy się nieco — bogaty ożenek nie hańbi. Ale te miliony, zarobione na dostawach w czasie wojny, z daleka pachną kryminałem.

— Podobno nie kradł — odezwał się półgłosem ktoś trzeci.

— W takim razie nie ma milionów — huknął bas. — A w takim znowu wypadku po co zadziera nosa!... czego pnie się do arystokracji?

— Mówią — dorzucił inny głos — że chce założyć spółkę z samych szlachciców...

— Aha!... I oskubać ich, a potem zemknąć — wtrącił dychawiczny.

— Nie — mówił bas — on z tych dostaw nie obmyje się nawet szarym mydłem. Kupiec galanteryjny robi dostawy! Warszawiak jedzie do Bułgarii!...

— Pański brat, inżynier, jeździł za zarobkiem jeszcze dalej — odezwał się półgłos.

---

[193] *taksacja* — ocena.
[194] *wędlarnia* — wędzarnia.

— Zapewne! — przerwał bas. — Czy może i sprowadzał perkaliki z Moskwy? Tu jest drugi sęk: zabija przemysł krajowy!...

— Ehe! he!... — zaśmiał się ktoś dotąd milczący — to już do kupca nie należy. Kupiec jest od tego, ażeby sprowadzał tańszy towar i z lepszym zyskiem dla siebie. Nieprawda?... Ehe! he!...

— W każdym razie nie dałbym trzech groszy za jego patriotyzm — odparł bas.

— Podobno jednak — wtrącił półgłos — ten Wokulski dowiódł swego patriotyzmu nie tylko językiem...

— Tym gorzej — przerwał bas. — Dowodził będąc gołym! Ochłonął poczuwszy ruble w kieszeni.

— O!... że też my zawsze kogoś musimy posądzać albo o zdradę kraju, albo o złodziejstwo! Nieładnie!... — oburzał się półgłos.

— Coś go pan mocno bronisz?... — spytał bas posuwając krzesłem.

— Bronię, bom trochę o nim słyszał — odpowiedział półgłos. — Furmani u mnie niejaki Wysocki, który umierał z głodu, nim Wokulski postawił go na nogi...

— Za pieniądze z dostaw w Bułgarii!... Dobroczyńca!...

— Inni, panie, zbogacili się na funduszach narodowych[195] i — nic. Ehe! he!...

— W każdym razie ciemna to figura — zakonkludował dychawiczny. — Rzuca się w prawo i w lewo, sklepu nie pilnuje, perkaliki sprowadza, szlachtę jakby chciał naciągnąć...

Ponieważ chłopiec sklepowy w tej chwili przyniósł im nowe butelki, więc wymknąłem się po cichu. Nie wmieszałem się do tej rozmowy, gdyż znając Stacha od dziecka, mógłbym im powiedzieć tylko dwa wyrazy: „Jesteście podli...''

I to wszystko gadają wówczas, kiedy ja drżę z obawy o jego przyszłość, kiedy wstając i kładąc się spać pytam: „Co on robi? po co robi? i co z tego wyniknie?...'' I to wszystko gadają o nim dziś, przy mnie, który wczoraj patrzyłem, jak dróżnik Wysocki upadł mu do nóg dziękując za przeniesienie do Skierniewic i udzielenie zapomogi...

Prosty człowiek, a jaki uczciwy! Przywiózł ze sobą dziesięcioletniego syna i wskazując na Wokulskiego mówił:

— Przypatrzże się, Pietrek, panu, bo to nasz największy dobrodziej... Jakby kiedy zechciał, żebyś sobie uciął rękę dla niego, utnij, a jeszcze mu się nie wywdzięczysz...

Albo ta dziewczyna, która pisała do niego od magdalenek: „Przypomniałam sobie jedną modlitwę z dziecinnych czasów, ażeby modlić się za pana...''

Oto ludzie prości, oto dziewczyny występne; czyliż oni i one nie mają więcej szlachetnych uczuć aniżeli my, surdutowcy, po całym mieście chwalący się cnotami, w które zresztą żaden z nas nie wierzy. Ma Staś rację, że zajął się losem tych biedaków, chociaż... mógłby się nimi zajmować w sposób trochę spokojniejszy...

Ach! bo trwożą mnie jego nowe znajomości...

Pamiętam, w początkach maja wchodzi do sklepu jakiś bardzo niewyraźny jegomość (rude faworyty, oczy paskudne) i położywszy na kantorku swój bilet wizytowy, mówi dosyć połamanym językiem:

---

[195] *„Inni zbogacili się na funduszach narodowych"* — mowa o nadużyciach i defraudacjach w czasie powstania styczniowego.

— Proszę powiedzieć pan Wokulski, ja będę dziś siódma...
I tyle. Spojrzałem na bilet, czytam: „Wiliam Colins, nauczyciel języka angielskiego..." Cóż to za farsa?... Przecie chyba Wokulski nie będzie uczył się po angielsku?... Wszystko jednak zrozumiałem[196], gdy na drugi dzień przyszły telegramy o... zamachu Hödla...

Albo inna znajomość, jakaś pani Meliton, która zaszczyca nas wizytami od chwili powrotu Stasia z Bułgarii. Chuda baba, mała, trajkocze jak młyn, a czujesz, że mówi tylko to, co chce powiedzieć. Wpada raz, w końcu maja:

Rzecki o pani Meliton

— Jest pan Wokulski? Pewno nie ma, spodziewam się... Wszak mówię z panem Rzeckim? Zaraz to zgadłam... Co za piękna neseserka!... Drzewo oliwkowe, znam się na tym. Niech pan powie panu Wokulskiemu, ażeby mi to przysłał, on wie mój adres, i — ażeby jutro, około pierwszej, był w Łazienkach...

— W których, przepraszam? — spytałem, oburzony jej zuchwalstwem.
— Jesteś pan błazen... W królewskich! — odpowiada mi ta dama.

No i cóż!... Wokulski posłał jej neseserkę i pojechał do Łazienek. Wróciwszy zaś stamtąd, powiedział mi, że... w Berlinie zbierze się kongres[197] dla zakończenia wojny wschodniej... I kongres jest!...

Taż sama jejmość wpada drugi raz, zdaje mi się, pierwszego czerwca.

— Ach! — woła — cóż to za piękny wazon!... z pewnością francuska majolika, znam się na tym... Powiedz pan panu Wokulskiemu, ażeby mi go przysłał, i... (tu dodała szeptem) i... powiedz mu pan jeszcze, że pojutrze około pierwszej...

Gdy wyszła, rzekłem do Lisieckiego:
— Załóż się pan, że pojutrze będziemy mieli ważną polityczną wiadomość.
— Niby trzeciego czerwca?... — odparł śmiejąc się.

Proszę sobie jednak wyobrazić nasze miny, kiedy przyszedł telegram donoszący... o zamachu Nobilinga w Berlinie!... Ja myślałem, że padnę trupem, Lisiecki od tej pory zaprzestał już nieprzyzwoitych żartów na mój rachunek i co gorsze, zawsze wypytuje mnie o wiadomości polityczne...

Zaprawdę! strasznym nieszczęściem jest wielka reputacja. Ja bowiem od chwili, kiedy Lisiecki zwraca się do mnie jako do „poinformowanego", straciłem sen i resztę apetytu...

Cóż dopiero musi się dziać z moim biednym Stachem, który utrzymuje ciągle stosunki z tym panem Colinsem i z tą panią Melitonową...

Boże miłosierny, czuwaj nad nami!...

Już kiedym się tak rozgadał (dalibóg, robię się plotkarzem), więc muszę dodać, że i w naszym sklepie panuje jakiś niezdrowy ferment. Oprócz mnie jest siedmiu subiektów (czy kiedy marzył o czymś podobnym stary Mincel!), ale — nie ma jedności. Klejn i Lisiecki, jako dawniejsi, trzymają tylko z sobą, resztę zaś kolegów traktują w sposób nie powiem pogardliwy, ale trochę z góry. Trzej zaś nowi subiekci: galanteryjny, meta-

---

[196] *„Wszystko jednak zrozumiałem"* — Rzecki podejrzewał, że Colins, nauczyciel angielskiego, był angielskim agentem.

[197] *„w Berlinie zbierze się kongres"* — patrz Objaśnienia.

lowy i gumowy, znowu tylko z sobą się wdają, są sztywni i pochmurni. Wprawdzie poczciwy Zięba chcąc ich zbliżyć biega od starych do nowych i ciągle im coś perswaduje; ale nieborak ma tak nieszczęśliwą rękę, że antagoniści po każdej próbie godzenia krzywią się na siebie jeszcze szkaradniej.

Może gdyby nasz magazyn (z pewnością jest to magazyn, a w dodatku pierwszorzędny magazyn!), otóż gdyby on rozwijał się stopniowo, gdybyśmy co rok przybierali po jednym subiekcie — nowy człowiek wsiąknąłby między starych i istniałaby harmonia. Ale jak od razu przybyło pięciu ludzi świeżych, jak jeden drugiemu często gęsto wchodzi w drogę (bo w tak krótkim czasie nie można ani towarów należycie uporządkować, ani każdemu określić sfery jego obowiązków), jest naturalnym, że muszą wyradzać się niesnaski. No, ale co ja mam się wdawać w krytykę czynności pryncypała i jeszcze człowieka, który ma więcej rozumu aniżeli my wszyscy...

> **Szlangbaum (syn) – wygląd, sposób bycia**

W jednym tylko punkcie godzą się starzy i nowi panowie, a nawet pomaga im Zięba, oto: jeżeli chodzi o dokuczenie siódmemu naszemu subiektowi — Szlangbaumowi. Ten Szlangbaum (znam go od dawna) jest mojżeszowego wyznania, ale człowiek porządny. Mały, czarny, zgarbiony, zarośnięty, słowem — trzech groszy nie dałbyś za niego, kiedy siedzi za kantorkiem. Ale niech no gość wejdzie (Szlangbaum pracuje w wydziale ruskich tkanin), Chryste elejzon!... Kręci się jak fryga; dopiero co był na najwyższej półce na prawo, już jest przy najniższej szufladzie na środku i w tej samej chwili znowu gdzieś pod sufitem na lewo. Kiedy zacznie rzucać sztuki, zdaje się, że to nie człowiek, ale machina parowa; kiedy zacznie rozwijać i mierzyć, myślę, że bestia ma ze trzy pary rąk. Przy tym rachmistrz zawołany, a jak zacznie rekomendować towary, podsuwać kupującemu projekta, odgadywać gusta, wszystko niezmiernie poważnym tonem, to słowo honoru daję, że Mraczewski w kąt!... Szkoda tylko, że jest taki mały i brzydki; musimy mu dodać jakiegoś głupiego a przystojnego chłopaka za pomocnika dla dam. Bo wprawdzie z ładnym subiektem damy dłużej siedzą, ale za to mniej grymaszą i mniej się targują.

> **Rzecki – humor**

(Swoją drogą, niechaj nas Bóg zachowa od damskiej klienteli. Ja może dlatego nie mam odwagi do małżeństwa, że ciągle widuję damy w sklepie. Stwórca świata formując cud natury, zwany kobietą, z pewnością nie zastanowił się, jakiej klęski narobi kupcom.)

Otóż Szlangbaum jest w całym znaczeniu porządnym obywatelem, a mimo to wszyscy go nie lubią, gdyż — ma nieszczęście być starozakonnym...

> **Rzecki – o antysemityzmie**

W ogóle, może od roku, uważam, że do starozakonnych rośnie niechęć; nawet ci, którzy przed kilkoma laty nazywali ich Polakami mojżeszowego wyznania, dziś zwą ich Żydami. Zaś ci, którzy niedawno podziwiali ich pracę, wytrwałość i zdolności, dziś widzą tylko wyzysk i szachrajstwo.

Słuchając tego, czasem myślę, że na ludzkość spada jakiś mrok duchowy, podobny do nocy. W dzień wszystko było ładne, wesołe i dobre; w nocy wszystko brudne i niebezpieczne. Tak sobie myślę, ale milczę; bo cóż może znaczyć sąd starego subiekta wobec głosu znakomitych publicystów, którzy dowodzą, że Żydzi krwi chrześcijań-

skiej używają na mace i że powinni być w prawach swoich ograniczeni. Nam kule nad głowami inne wyświstywały hasła, pamiętasz, Katz?...
Taki stan rzeczy w osobliwy sposób oddziaływa na Szlangbauma. Jeszcze w roku zeszłym człowiek ten nazywał się Szlangowskim, obchodził Wielkanoc i Boże Narodzenie, i z pewnością najwierniejszy katolik nie zjadał tyle kiełbasy co on. Pamiętam, że gdy raz w cukierni zapytano go:
— Nie lubisz pan lodów, panie Szlangowski?
Odpowiedział:
— Lubię tylko kiełbasę, ale bez czosnku. Czosnku znieść nie mogę.
Wrócił z Syberii razem ze Stachem i doktorem Szumanem i zaraz wstąpił do chrześcijańskiego sklepu, choć Żydzi dawali mu lepsze warunki. Od tej też pory ciągle pracował u chrześcijan i dopiero w roku bieżącym wymówili mu posadę.
W początkach maja pierwszy raz przyszedł do Stacha z prośbą. Był bardziej skurczony i miał czerwieńsze oczy niż zwykle.
— Stachu — rzekł pokornym głosem — utonę na Nalewkach[198], jeżeli mnie nie przygarniesz.
— Dlaczegoś od razu do mnie nie przyszedł? — spytał Stach.
— Nie śmiałem... Bałem się, żeby nie mówili o mnie, że Żyd musi się wszędzie wkręcić. I dziś nie przyszedłbym, gdyby nie troska o dzieci.
Stach wzruszył ramionami i natychmiast przyjął Szlangbauma z pensją półtora tysiąca rubli rocznie.
Nowy subiekt od razu wziął się do roboty, a w pół godziny później mruknął Lisiecki do Klejna:
— Co tu, u diabła, tak czosnek zalatuje, panie Klejn?..
Zaś w kwadrans później, nie wiem już z jakiej racji, dodał:
— Jak te kanalie Żydy cisną się na Krakowskie Przedmieście! Nie mógłby to parch, jeden z drugim, pilnować się Nalewek albo Świętojerskiej?
Szlangbaum milczał, tylko drgały mu czerwone powieki.
Szczęściem, obie te zaczepki słyszał Wokulski. Wstał od biurka i rzekł tonem, którego, co prawda, nie lubię:
— Panie... panie Lisiecki! Pan Henryk Szlangbaum był moim kolegą wówczas, kiedy działo mi się bardzo źle. Czybyś więc pan nie pozwolił mu kolegować ze mną dziś, kiedy mam się trochę lepiej?...
Lisiecki zmieszał się czując, że jego posada wisi na włosku. Ukłonił się, coś mruknął, a wtedy Wokulski zbliżył się do Szlangbauma i uścisnąwszy go powiedział:
— Kochany Henryku, nie bierz do serca drobnych przycinków, bo my tu sobie po koleżeńsku wszyscy docinamy. Oświadczam ci także, że jeżeli opuścisz kiedy ten sklep; to chyba razem ze mną.
Stanowisko Szlangbauma wyjaśniło się od razu; dziś mnie prędzej coś powiedzą (ba! nawet zwymyślają) aniżeli jemu. Ale czy wynalazł kto sposób przeciw półsłówkom, minom i spojrzeniom?... A to wszystko truje biedaka, który mi nieraz mówi wzdychając:

---

[198] *Nalewki, Świętojerska* — ulice żydowskiej dzielnicy Warszawy.

— Ach, gdybym się nie bał, że mi dzieci zżydzieją, jednej chwili uciekłbym stąd na Nalewki...

— Bo dlaczego, panie Henryku — spytałem go — raz się, do licha, nie ochrzcisz?...

— Zrobiłbym to przed laty, ale nie dziś. Dziś zrozumiałem, że jako Żyd jestem tylko nienawistny dla chrześcijan, a jako meches byłbym wstrętny i dla chrześcijan, i dla Żydów. Trzeba przecie z kimś żyć. Zresztą — dodał ciszej — mam pięcioro dzieci i bogatego ojca, po którym będę dziedziczyć...

Rzecz ciekawa. Ojciec Szlangbauma jest lichwiarzem, a syn, ażeby od niego grosza nie wziąć, bieduje po sklepach jako subiekt.

Nieraz we cztery oczy rozmawiałem o nim z Lisieckim.

— Za co — pytam — prześladujecie go? Wszakże on prowadzi dom na sposób chrześcijański, a nawet dzieciom urządza choinkę...

— Bo uważa — mówi Lisiecki — że korzystniej jadać macę z kiełbasą aniżeli samą.

— Był na Syberii, narażał się...

— Dla geszeftu...[199] Dla geszeftu nazywał się też Szlangowskim, a teraz znowu Szlangbaumem, kiedy jego stary ma astmę.

— Kpiliście — mówię — że stroi się w cudze pióra, więc wrócił do dawnego nazwiska.

— Za które dostanie ze sto tysięcy rubli po ojcu — odparł Lisiecki.

Teraz i ja wzruszyłem ramionami i umilkłem. Źle nazywać się Szlangbaumem, źle Szlangowskim; źle być Żydem, źle mechesem... Noc zapada, noc, podczas której wszystko jest szare i podejrzane!

A swoją drogą Stach na tym cierpi. Nie tylko bowiem przyjął do sklepu Szlangbauma, ale jeszcze daje towary żydowskim kupcom i paru Żydów przypuścił do współki. Nasi krzyczą i grożą, ale nie jego straszyć; zaciął się i nie ustąpi, choćby go piekli w ogniu.

Czym się to wszystko skończy, Boże miłosierny...

Ale, ale!... Ciągle odbiegając od przedmiotu zapomniałem kilku bardzo ważnych szczegółów. Mam na myśli Mraczewskiego, który od pewnego czasu albo krzyżuje mi plany, albo wprowadza w błąd świadomie.

Chłopak ten otrzymał u nas dymisję za to, że w obecności Wokulskiego trochę zwymyślał socjalistów. Później jednakże Stach dał się ubłagać i zaraz po Wielkiejnocy wysłał Mraczewskiego do Moskwy podwyższając mu nawet pensję.

Nie przez jeden wieczór zastanawiałem się nad znaczeniem owej podróży czy zsyłki.

Lecz gdy po trzech tygodniach Mraczewski przyjechał stamtąd do nas wybierać towary, natychmiast zrozumiałem plan Stacha.

Pod fizycznym względem młodzieniec ten niewiele się zmienił: zawsze wygadany i ładny, może cokolwiek bledszy. Mówi, że Moskwa mu się podobała, a nade wszystko tamtejsze kobiety, które mają mieć więcej wiadomości i ognia, ale za to mniej przesądów aniżeli nasze. Ja także, póki byłem młody, uważałem, że kobiety miały mniej przesądów aniżeli dziś.

---

[199] *geszeft* — interes (pogardliwie).

Wszystko to jest dopiero wstępem. Mraczewski bowiem przywiózł ze sobą trzy bardzo podejrzane indywidua, nazywając ich „prykaszczykami"[200], i — całą pakę jakichś broszur. Owi „prykaszczykowie" mieli niby coś oglądać w naszym sklepie, ale robili to w taki sposób, że nikt ich u nas nie widział. Włóczyli się po całych dniach i przysiągłbym, że przygotowywali u nas grunt do jakiejś rewolucji. Spostrzegłszy jednak, że mam na nich zwrócone oko, ile razy przyszli do sklepu, zawsze udawali pijanych, a ze mną rozmawiali wyłącznie o kobietach, twierdząc wbrew Mraczewskiemu, że Polki to „sama prelest"[201] — tylko bardzo podobne do Żydówek.

Rzecki o socjalistach

Udawałem, że wierzę wszystkiemu, co mówią, i za pomocą zręcznych pytań przekonałem się, iż — najlepiej znane im są okolice bliższe Cytadeli[202]. Tam więc mają interesa. Że zaś domysły moje nie były bezpodstawnymi, dowiódł fakt, iż owi „prykaszczykowie" zwrócili nawet na siebie uwagę policji. W ciągu dziesięciu dni, nic więcej, tylko trzy razy odprowadzano ich do cyrkułów[203]. Widocznie jednak muszą mieć wielkie stosunki, ponieważ ich uwolniono.

Kiedym zakomunikował Wokulskiemu moje podejrzenia co do „prykaszczyków" — Stach tylko uśmiechnął się i odparł:

— To jeszcze nic...

Z czego wnoszę, że Stach musi być grubo zaawansowany w stosunkach z nihilistami.

Proszę sobie jednak wyobrazić moje zdziwienie, kiedy zaprosiwszy raz Klejna i Mraczewskiego do siebie na herbatę przekonałem się, że Mraczewski jest gorszym socjalistą od Klejna... Ten Mraczewski, który za wymyślanie na socjalistów stracił u nas posadę!... Ze zdumienia przez cały wieczór nie mogłem ust otworzyć; tylko Klejn cieszył się po cichu, a Mraczewski rozprawiał.

Jak żyję, nie słyszałem nic równego. Młodzieniec ten dowodził mi przytaczając nazwiska ludzi, podobno bardzo mądrych, że wszyscy kapitaliści to złodzieje, że ziemia powinna należeć do tych, którzy ją uprawiają, że fabryki, kopalnie i maszyny powinny być własnością ogółu, że nie ma wcale Boga ani duszy, którą wymyślili księża, aby wyłudzać od ludzi dziesięcinę. Mówił dalej, że jak zrobią rewolucję (on z trzema „prykaszczykami"), to od tej pory wszyscy będziemy pracowali tylko po osiem godzin, a przez resztę czasu będziemy się bawili, mimo to zaś każdy będzie miał emeryturę na starość i darmo pogrzeb. Wreszcie zakończył, że dopiero wówczas nastanie raj na ziemi, kiedy wszystko będzie wspólne: ziemia, budynki, maszyny, a nawet żony.

Mraczewski o socjalistach

Ponieważ jestem kawalerem (nazywają mnie nawet starym) i piszę ten pamiętnik bez obłudy, przyznam więc, że mi się ta wspólność żon trochę podobała. Powiem nawet, że nabrałem niejakiej życzliwości dla

Rzecki — humor

---

[200] *prykaszczyk* — subiekt, pracownik handlowy.
[201] *„sama prelest"* (ros.) — sama przyjemność.
[202] *Cytadela* — twierdza w Warszawie wybudowana z rozkazu Mikołaja I, w jednym z pawilonów było więzienie.
[203] *cyrkuł* — dzielnica miasta, biuro policyjne zarządzające tą częścią.

socjalizmu i socjalistów. Po co oni jednak koniecznie chcą robić rewolucję, kiedy i bez niej ludzie miewali wspólne żony?

Tak myślałem, ale tenże sam Mraczewski uleczył mnie ze swoich teoryj, a zarazem bardzo pokrzyżował moje plany.

Nawiasowo powiem, że serdecznie chcę, ażeby się Stach ożenił. Gdyby miał żonę, nie mógłby tak często naradzać się z Colinsem i panią Meliton, a gdyby jeszcze przyszły dzieci, może zerwałby wszystkie podejrzane stosunki. Bo co to, żeby taki człowiek jak on, taka żołnierska natura, żeby kojarzył się z ludźmi, którzy bądź jak bądź nie występują na plac z bronią przeciw broni. Węgierska piechota i wreszcie żadna piechota nie będzie strzelać do rozbrojonego przeciwnika. Ale czasy zmieniają się.

Otóż bardzo pragnę, ażeby się Stach ożenił, i nawet myślę, że upatrzyłem mu partię. Bywa czasem w naszym magazynie (i bywała w tamtym sklepie) osoba dziwnej urody. Szatynka, szare oczy, rysy cudownie piękne, wzrost okazały, a rączki i nóżki — sam smak!... Patrzyłem, jak raz wysiadała z dorożki, i powiem, że mi się gorąco zrobiło wobec tego, com ujrzał... Ach, miałby poczciwy Stasiek wielki z niej pożytek, bo to i ciałka w miarę, i usteczka jak jagódki... A co za biust!... Kiedy wchodzi ubrana do figury, to myślę, że wszedł anioł, który zleciawszy z nieba, na piersiach złożył sobie skrzydełka!...

Zdaje mi się, że jest wdową, gdyż nigdy nie widuję jej z mężem, tylko z małą córeczką Helunią, miluchną jak cukiereczek. Stach, gdyby się z nią ożenił, od razu musiałby zerwać z nihilistami, bo co by mu zostało czasu od posług przy żonie, to pieściłby jej dziecinę. Ale i taka żoneczka niewiele zostawiłaby mu chwil wolnych.

Już ułożyłem cały plan i rozmyślałem: w jaki by sposób zapoznać się z tą damą, a później przedstawić jej Stacha, gdy nagle — diabli przynieśli z Moskwy Mraczewskiego. Proszę zaś sobie wyobrazić mój gniew, kiedy zaraz na drugi dzień po swoim przyjeździe frant ten wchodzi do naszego sklepu z moją wdową!... A jak skakał przy niej, jak wywracał oczyma, jak starał się odgadywać jej myśli... Szczęście, że nie jestem otyły, bo wobec tych bezczelnych zalotów dostałbym chyba apopleksji.

Kiedy w parę godzin wrócił do nas, pytałem go z najobojętniejszą miną, kto jest owa dama.

— Podobała się panu — on mówi — co?... Szampan, nie kobieta dodał, bezwstydnie mrugając okiem. — Ale na nic pański apetyt, bo ona szaleje za mną... Ach, panie, co to za temperament, co za ciało... A gdybyś pan widział, jak wygląda w kaftaniku!...

— Spodziewam się, panie Mraczewski... — odparłem surowo.

— Ja przecież nic nie mówię! — odpowiada zacierając ręce w sposób, który wydał mi się lubieżnym. — Ja nic nie mówię!... Największą cnotą mężczyzny, panie Rzecki, jest dyskrecja, panie Rzecki, szczególniej w bardziej poufałych stosunkach...

Przerwałem mu czując, że gdyby tak mówił dalej, musiałbym pogardzić tym młodzieńcem. Co za czasy, co za ludzie!... Bo ja, gdybym miał szczęście zwrócić na siebie uwagę jakiej damy, nie śmiałbym nawet myśleć o tym, a nie dopiero wrzeszczeć na cały głos, jeszcze w tak wielkim, jakim jest nasz, magazynie.

Gdy zaś w dodatku wyłożył mi Mraczewski swoją teorię o wspólności żon, zaraz przyszło mi do głowy:

— Stach nihilista i Mraczewski nihilista... Niechże się więc pierwszy ożeni, to drugi zaraz mu zaprowadzi wspólność... A przecie szkoda byłoby takiej kobiety dla takiego Mraczewskiego.

W końcu maja Wokulski postanowił zrobić poświęcenie naszego magazynu. Przy tej sposobności zauważyłem, jak się czasy zmieniają... Za moich młodych lat kupcy także poświęcali sklepy troszcząc się o to, ażeby ceremonii dopełnił ksiądz sędziwy a pobożny, ażeby na miejscu była autentyczna woda święcona, nowe kropidło i organista biegły w łacinie. Po skończonym zaś obrządku, przy którym pokropiono i obmodlono prawie każdą szafę i sztukę towaru, przybijało się na progu sklepu podkowę, ażeby zwabiała gości, a dopiero potem — myślano o przekąsce, zwykle złożonej z kieliszka wódki, kiełbasy i piwa.

Dziś zaś (co by powiedzieli na to rówieśnicy starego Mincla!) pytano przede wszystkim: ilu potrzeba kucharzy i lokajów, a potem: ile butelek szampana, ile węgrzyna i — jaki obiad? Obiad bowiem stanowił główną wagę uroczystości, gdyż i zaproszeni nie o to troszczyli się: kto będzie święcił, ale co podadzą do stołu...

W wigilię ceremonii wpadł do naszego magazynu jakiś jegomość przysadkowaty, spocony, o którym nie mógłbym powiedzieć, czy kołnierzyki walały mu szyję, czy też działo się na odwrót. Z wytartej surduciny wydobył gruby notes, włożył na nos zatłuszczone binokle i — począł chodzić po pokojach z taką miną, że mnie po prostu wzięła trwoga.

„Co, u diabła — myślę — czyby kto z policji, czy może jaki sekretarz komornika spisuje nam ruchomości?..."

Dwa razy zastępowałem mu drogę, chcąc jak najgrzeczniej spytać: czego by sobie życzył? Ale on za pierwszym razem mruknął: „Proszę mi nie przeszkadzać!" — a za drugim bez ceremonii odsunął mnie na bok.

Zdumienie moje było tym większe, że niektórzy z naszych panów kłaniali mu się bardzo uprzejmie i zacierając ręce, jakby co najmniej przed dyrektorem banku, dawali wszelkie objaśnienia.

„No — mówię w duchu — już ci chyba ten biedaczysko nie jest z towarzystwa ubezpieczeń. Ludzi tak obdartych tam nie trzymają..."

Dopiero Lisiecki szepnął mi, że ten pan jest bardzo znakomitym reporterem i że będzie nas opisywał w gazetach. Ciepło mi się zrobiło około serca na myśl, że mogę ujrzeć w druku moje nazwisko, które raz tylko figurowało w „Gazecie Policyjnej", gdym zgubił książeczkę. Jednej chwili spostrzegłem, że w tym człowieku jest wszystko wielkie: wielka głowa, wielki notes, a nawet — bardzo wielka przyszczypka[204] u lewego buta.

A on wciąż chodził po pokojach nadęty jak indyk i pisał, wciąż pisał... Nareszcie odezwał się:

— Czy w tych czasach nie było u panów jakiego wypadku?... Małego pożaru, kradzieży, nadużycia zaufania, awantury?...

— Boże uchowaj!— ośmieliłem się wtrącić.

---

[204] *przyszczypka* — łatka na obuwiu.

— Szkoda — odparł. — Najlepszą reklamą dla sklepu byłoby, gdyby się tak kto w nim powiesił...

Struchlałem usłyszawszy to życzenie.

— Może pan dobrodziej — odważyłem się wtrącić z ukłonem — raczy wybrać sobie jaki przedmiocik, który odeślemy bez pretensji...

— Łapówka?... — zapytał spoglądając na mnie jak figura Kopernika. — Mamy zwyczaj — dodał — to, co nam się podoba, kupować; prezentów nie przyjmujemy od nikogo.

Włożył poplamiony kapelusz na głowę na środku magazynu i z rękami w kieszeniach wyszedł jak minister. Jeszcze po drugiej stronie ulicy widziałem jego przyszczypkę.

Wracam do ceremonii poświęcenia.

Główna uroczystość, czyli obiad, odbyła się w wielkiej sali Hotelu Europejskiego[205]. Salę ubrano w kwiaty, ustawiono ogromne stoły w podkowę, sprowadzono muzykę i o szóstej wieczór zebrało się przeszło sto pięćdziesiąt osób. Kogo bo tam nie było!... Głównie kupcy i fabrykanci z Warszawy, z prowincji, z Moskwy, ba, nawet z Wiednia i z Paryża. Znalazło się też dwu hrabiów, jeden książę i sporo szlachty. O trunkach nie wspominam, gdyż naprawdę nie wiem, czego było więcej: listków na roślinach zdobiących salę czy butelek.

Kosztowała nas ta zabawa przeszło trzy tysiące rubli, ale widok tylu jedzących osób był zaiste okazały. Kiedy zaś wśród ogólnej ciszy powstał książę i wypił zdrowie Stacha, kiedy zagrała muzyka, nie wiem już jaki kawałek, ale bardzo ładny, i stu pięćdziesięciu ludzi huknęło: „Niech żyje!" — miałem łzy w oczach. Pobiegłem do Wokulskiego i ściskając go szepnąłem:

— Widzisz, jak cię kochają...

— Lubią szampana — odpowiedział.

Zauważyłem, że wiwaty nic go nie obchodzą. Nie rozchmurzył się nawet, choć jeden z mówców (musiał być literat, bo gadał dużo i bez sensu) powiedział, nie wiem, w swoim czy w Wokulskiego imieniu, że... jest to najpiękniejszy dzień jego życia.

Uważałem, że Stach najwięcej kręci się koło pana Łęckiego, który przed swym bankructwem ocierał się podobno o europejskie dwory... Zawsze ta nieszczęśliwa polityka!...

Z początku uczty wszystko odbywało się bardzo poważnie; coraz któryś z biesiadników zabierał głos i gadał tak, jakby chciał odgadać wypite wino i zjedzone potrawy. Lecz im więcej wynoszono pustych butelek, tym dalej uciekała z tego zgromadzenia powaga, a w końcu — zrobił się przecie taki hałas, że wobec niego prawie oniemiała muzyka.

Byłem zły jak diabeł i chciałem zwymyślać przynajmniej Mraczewskiego. Odciągnąwszy go jednak od stołu zdobyłem się ledwie na te słowa:

— No, i po co to wszystko?...

— Po co?... — odparł patrząc na mnie błędnymi oczyma. — To tak dla panny Łęckiej...

---

[205] *Hotel Europejski* — jeden z eleganckich hoteli w Warszawie, mieści się przy Krakowskiem Przedmieściu.

— Zwariowałeś pan!... Co dla panny Łęckiej?...
— No... te spółki... ten sklep... ten obiad... Wszystko dla niej... I ja przez nią wyleciałem ze sklepu... — mówił Mraczewski opierając się na moim ramieniu, gdyż nie mógł ustać.
— Co?... — mówię widząc, że jest zupełnie pijany. — Wyleciałeś przez nią ze sklepu, więc może i przez nią dostałeś się do Moskwy?...
— Rozum... rozumie się... Szepnęła słówko, takie... nieduże słóweczko i... dostałem trzysta rubli więcej na rok... Żabcia ze starym wszystko zrobi, co jej się podoba...
— No, idź pan spać — rzekłem.
— Właśnie, że nie pójdę spać... Pójdę do moich przyjaciół... Gdzie oni są?... Oni by sobie z Żabcią prędzej poradzili... Nie grałaby im po nosie jak staremu... Gdzie moi przyjaciele? — zaczął wrzeszczeć.

Naturalnie, że kazałem go odprowadzić do numeru na górę. Domyślam się jednak, że udawał pijanego, ażeby mnie otumanić.

Około północy sala była podobna do trupiarni albo do szpitala; coraz kogoś trzeba było wyciągać do numeru albo do dorożki. Wreszcie odnalazłszy doktora Szumana, który był prawie trzeźwy, zabrałem go do siebie na herbatę.

Doktór Szuman jest także starozakonny, ale niezwykły to człowiek. Miał nawet ochrzcić się, gdyż zakochał się w chrześcijance; ale że umarła, więc dał spokój. Mówią nawet, że trul się z żalu, ale go odratowano. Dziś całkiem porzucił praktykę lekarską, ma spory majątek i tylko zajmuje się badaniem ludzi czy też ich włosów. Mały, żółty, ma przejmujące spojrzenie, przed którym trudno by coś ukryć. A że zna się ze Stachem od dawna, więc musi wiedzieć wszystkie jego tajemnice.

> Rzecki o Szumanie

Po hucznym obiedzie byłem dziwnie zafrasowany i chciałem Szumana pociągnąć trochę za język. Jeżeli ten dzisiaj nie powie mi czego o Stachu, to już chyba nigdy nic nie będę wiedział.

Kiedy przyszliśmy do mego mieszkania i podano samowar, odezwałem się:
— Powiedz mi, doktorze, ale szczerze, co myślisz o Stachu?... Bo on mnie niepokoi. Widzę, że od roku rzuca się na jakieś po prostu awantury... Ten wyjazd do Bułgarii, a dziś ten magazyn... spółka... powóz... Jest dziwna zmiana w jego charakterze.
— Nie widzę zmiany — odparł Szuman. — Był to zawsze człowiek czynu, który, co mu przyszło do głowy czy do serca, wykonywał natychmiast. Postanowił wejść do uniwersytetu i wszedł, postanowił zrobić majątek i zrobił. Więc jeżeli wymyślił jakieś głupstwo, to także się nie cofnie i zrobi głupstwo kapitalne. Taki już charakter.
— Z tym wszystkim — wtrąciłem — widzę w jego postępowaniu wiele sprzeczności...

> Szuman o Wokulskim

— Nic dziwnego — przerwał doktór. — Stopiło się w nim dwu ludzi: romantyk sprzed roku sześćdziesiątego i pozytywista z siedemdziesiątego. To, co dla patrzących jest sprzeczne, w nim samym jest najzupełniej konsekwentne.
— A czy nie wplątał się w jakie nowe historie?... — spytałem.
— Nic nie wiem — odparł sucho Szuman.

> **Ważny cytat – Wokulski (cechy romantyka i pozytywisty)**

Umilkłem i dopiero po chwili spytałem znowu:

— Cóż z nim jednak w rezultacie będzie?...

Szuman podniósł brwi i splótł ręce.

— Będzie źle — odparł. — Tacy ludzie jak on albo wszystko naginają do siebie, albo trafiwszy na wielką przeszkodę rozbijają sobie łeb o nią. Dotychczas wiodło mu się, ale... nie ma przecie człowieka, który by w życiu wygrywał same dobre losy...

— Więc?... — spytałem.

— Więc możemy zobaczyć tragedię — zakończył Szuman. Wypił szklankę herbaty z cytryną i poszedł do siebie.

Całą noc spać nie mogłem. Takie straszne zapowiedzi w dzień triumfu...

Eh! stary Pan Bóg więcej wie od Szumana; a On chyba nie pozwoli zmarnować się Stachowi...»

Rozdział XI

Stare marzenia i nowe znajomości

Pani Meliton przeszła twardą szkołę życia, w której nauczyła się nawet lekceważyć powszechnie przyjęte opinie.
Za młodu mówiono jej powszechnie, że panna ładna i dobra, choćby nie miała majątku, może jednak wyjść za mąż. Była dobrą i ładną, lecz za mąż nie wyszła. Później mówiono również powszechnie, że wykształcona nauczycielka zdobywa sobie miłość pupilów i szacunek ich rodziców. Była wykształconą, nawet zamiłowaną nauczycielką, lecz mimo to pupilki jej dokuczały, a ich rodzice drwili z niej od pierwszego śniadania do kolacji. Potem czytała dużo romansów, w których powszechnie dowodzono, że zakochani książęta, hrabiowie i baronowie są ludźmi szlachetnymi, którzy w zamian za serce mają zwyczaj oddawać ubogim nauczycielkom rękę. Jakoż oddała serce młodemu i szlachetnemu hrabiemu, lecz — nie pozyskała jego ręki.

> Pani Meliton — przeszłość

Już po trzydziestym roku życia wyszła za mąż za podstarzałego guwernera, Melitona, w tym jedynie celu, ażeby moralnie podźwignąć człowieka, który nieco się upijał. Nowożeniec jednak po ślubie więcej pił aniżeli przed ślubem, a małżonkę, dźwigającą go moralnie, czasami okładał kijem.

Gdy umarł, podobno na ulicy, pani Meliton odprowadziwszy go na cmentarz i przekonawszy się, że jest niezawodnie zakopany, wzięła na opiekę psa; znowu bowiem powszechnie mówiono, że pies jest najwdzięczniejszym stworzeniem. Istotnie, był wdzięcznym, dopóki nie wściekł się i nie pokąsał służącej, co samą panią Meliton przyprawiło o ciężką chorobę.

Pół roku leżała w szpitalu, w osobnym gabinecie, samotna i zapomniana przez swoje pupilki, ich rodziców i hrabiów, którym oddawała serce. Był czas do rozmyślań. Toteż gdy wyszła stamtąd chuda, stara, z posiwiałymi i przerzedzonymi włosami, znowu zaczęto mówić powszechnie, że — choroba zmieniła ją do niepoznania.

— Zmądrzałam — odpowiedziała pani Meliton.
Nie była już nauczycielką, ale rekomendowała nauczycielki; nie myślała o zamążpójściu, ale swatała młode pary; nikomu nie oddawała swego serca, ale we własnym mieszkaniu ułatwiała schadzki zakochanym. Że zaś każdy i za wszystko musiał jej płacić, więc miała trochę pieniędzy i z nich żyła.

> Pani Meliton — sposób zarabiania pieniędzy

W początkach nowej kariery była posępna i nawet cyniczna.

— Ksiądz — mówiła osobom zaufanym — ma dochody ze ślubów, ja z zaręczyn. Hrabia... bierze pieniądze za ułatwianie stosunków koniom, ja za ułatwianie znajomości ludziom.

Z czasem jednak stała się powściągliwszą w mowie, a niekiedy nawet moralizującą, spostrzegłszy, że wygłaszanie zdań i opinii przyjętych przez ogół wpływa na wzrost dochodów.

Pani Meliton od dawna znała się z Wokulskim. A że lubiła widowiska publiczne i miała zwyczaj wszystko śledzić, więc prędko zauważyła, że Wokulski zbyt nabożnie przypatruje się pannie Izabeli. Zrobiwszy to odkrycie wzruszyła ramionami; cóż ją mógł obchodzić kupiec galanteryjny zakochany w pannie Łęckiej? Gdyby upodobał sobie jakąś bogatą kupcównę albo córkę fabrykanta, pani Meliton miałaby materiał do swatów, Ale tak!...

Dopiero gdy Wokulski powrócił z Bułgarii i przywiózł majątek, o którym opowiadano cuda, pani Meliton sama zaczepiła go o pannę Izabelę ofiarowując swoje usługi. I stanął milczący układ: Wokulski płacił hojnie, a pani Meliton udzielała mu wszelkich informacyj o rodzinie Łęckich i związanych z nimi osobach wyższego świata. Za jej nawet pośrednictwem Wokulski nabył weksle Łęckiego i srebra panny Izabeli.

Przy tej okazji pani Meliton odwiedziła Wokulskiego w jego prywatnym mieszkaniu, ażeby mu powinszować.

— Bardzo rozsądnie przystępujesz pan do rzeczy — mówiła. — Wprawdzie ze sreber i serwisu niewielka będzie pociecha, ale skup weksli Łęckiego jest arcydziełem... Znać kupca!...

Usłyszawszy taką pochwałę Wokulski otworzył biurko, poszukał w nim i za chwilę wydobył paczkę weksli.

— Te same? — rzekł pokazując je pani Meliton.

— Tak. Chciałabym mieć te pieniądze!... — odpowiedziała z westchnieniem.

Wokulski ujął paczkę w obie ręce i rozdarł ją.

— Znać kupca?... — spytał.

Pani Meliton przypatrzyła mu się ciekawie i kiwając głową mruknęła:

— Szkoda pana.

— Dlaczegóż to, jeżeli łaska?...

— Szkoda pana — powtórzyła. — Sama jestem kobietą i wiem, że kobiet nie zdobywa się ofiarami, tylko siłą.

— Czy tak?

— Siłą piękności, zdrowia, pieniędzy...

— Rozumu... — wtrącił Wokulski jej tonem.

— Rozumu nie tyle, prędzej pięści — dodała pani Meliton z szyderczym uśmiechem. — Znam dobrze moją płeć i nieraz miałam okazję litować się nad naiwnością męską.

— Dla mnie niech pani sobie nie zadaje tego trudu.

— Myślisz pan, że nie będzie potrzebny? — spytała patrząc mu w oczy.

— Łaskawa pani — odparł Wokulski — jeżeli panna Izabela jest taką, jak mi się wydaje, to może mnie kiedyś oceni. A jeżeli nią nie jest, zawsze będę miał czas rozczarować się...

— Zrób to wcześniej, panie Wokulski, zrób wcześniej — rzekła podnosząc się z fotelu. — Bo wierz mi, łatwiej wyrzucić tysiące rubli z kieszeni aniżeli jedno przywiązanie z serca. Szczególniej, gdy się już zagnieździ. A nie zapomnij pan — dodała — dobrze umieścić mój kapitalik. Nie dałbyś paru tysięcy, gdybyś wiedział, jak ciężko nieraz trzeba na nie pracować.

W maju i czerwcu wizyty pani Meliton stały się częstszymi, ku zmartwieniu Rzeckiego, który podejrzewał spisek. I nie mylił się. Był spisek, ale przeciw pannie Izabeli; stara dama dostarczała ważnych informacyj Wokulskiemu, ale dotyczących tylko panny Izabeli. Zawiadamiała go mianowicie: w których dniach hrabina wybiera się ze swoją siostrzenicą na spacer do Łazienek.

W takich wypadkach pani Meliton wpadała do sklepu i zrealizowawszy sobie wynagrodzenie w formie kilku- lub kilkunastorublowego drobiazgu, mówiła Rzeckiemu dzień i godzinę.

Dziwne to bywały epoki dla Wokulskiego. Dowiedziawszy się, że jutro będą panie w Łazienkach, już dziś tracił spokojność. Obojętniał dla interesów, był rozdrażniony; zdawało mu się, że czas stoi w miejscu i że owe jutro nie nadejdzie nigdy. Noc miał pełną dzikich marzeń; niekiedy w półśnie, półjawie szeptał:

„Cóż to jest w rezultacie?... nic!... Ach, jakież ze mnie bydlę..."

Lecz gdy nadszedł ranek, bał się spojrzeć w okno, ażeby nie zobaczyć zachmurzonego nieba, i znowu do południa czas rozciągał mu się tak, że w jego ramach mógł był pomieścić całe swoje życie, zatrute dziś okropną goryczą.

„Czyliż to może być miłość?..." — zapytywał sam siebie z desperacją.

Rozgorączkowany, już w południe kazał zaprzęgać i jechać. Co chwilę zdawało mu się, że spotyka wracający powóz hrabiny, to znowu, że jego rwące się z cugli konie idą zbyt wolno.

Znalazłszy się w Łazienkach wyskakiwał z powozu i biegł nad sadzawkę, gdzie zazwyczaj spacerowała hrabina lubiąca karmić łabędzie. Przychodził zawczasu, a wtedy padał gdzieś na ławkę, zalany zimnym potem, i siedział bez ruchu, z oczyma skierowanymi w stronę pałacu, zapominając o świecie.

Nareszcie na końcu alei ukazały się dwie kobiece figury, czarna i szara. Wokulskiemu krew uderzyła do głowy.

„One!... Czy mnie choć zatrzymają?..."

Podniósł się z ławki i szedł naprzeciw nich jak lunatyk, bez tchu. Tak, to jest panna Izabela: prowadzi ciotkę i o czymś z nią rozmawia.

Wokulski przypatruje się jej i myśli:

„No i cóż jest w niej nadzwyczajnego?... Kobieta jak inne... Zdaje mi się, że bez potrzeby szaleję na jej rachunek..."

Ukłonił się, panie się odkłoniły. Idzie dalej nie odwracając głowy, ażeby się nie zdradzić. Nareszcie ogląda się: obie panie znikły między zielonością.

„Wrócę się — myśli — jeszcze raz spojrzę... Nie, nie wypada!"

I czuje w tej chwili, że połyskująca woda sadzawki ciągnie go z nieprzepartą siłą.

„Ach, gdybym wiedział, że śmierć jest zapomnieniem... A jeżeli nie jest?... Nie, w naturze nie ma miłosierdzia... Czy godzi się w nędzne ludzkie serce wlać bezmiar tęsknoty, a nie dać nawet tej pociechy, że śmierć jest nicością?"

Prawie w tym samym czasie hrabina mówiła do panny Izabeli:
— Coraz bardziej przekonywam się, Belu, że pieniądze nie dają szczęścia. Ten Wokulski zrobił świetną jak dla niego karierę, lecz — cóż stąd?... Już nie pracuje w sklepie, ale nudzi się w Łazienkach. Uważałaś, jaką on ma znudzoną minę?
— Znudzoną? — powtórzyła panna Izabela. — Mnie on wydaje się przede wszystkim zabawnym.
— Nie dostrzegłam tego — zdziwiła się hrabina.
— Więc... nieprzyjemnym — poprawiła się panna Izabela.

Wokulski nie miał odwagi wyjść z Łazienek. Chodził po drugiej stronie sadzawki i z daleka przypatrywał się migającej między drzewami szarej sukni. Dopiero później spostrzegł, że przypatruje się aż dwom szarym sukniom, a trzeciej niebieskiej, że żadna z nich — nie należy do panny Izabeli.

„Jestem piramidalnie głupi" — pomyślał.

Ale nic mu to nie pomogło.

Pewnego dnia, w pierwszej połowie czerwca, pani Meliton dała znać Wokulskiemu, że jutro w południe panna Izabela będzie na spacerze z hrabiną i — z prezesową. Drobny ten wypadek mógł mieć pierwszorzędne znaczenie.

Wokulski bowiem od pamiętnej Wielkanocy parę razy odwiedzał prezesową i poznał, że staruszka jest mu bardzo życzliwa. Zwykle słuchał jej opowiadań o dawnych czasach, rozmawiał o swoim stryju, nawet ostatecznie umówił się o nagrobek dla niego. W toku tej wymiany myśli, nie wiadomo skąd, wplątało się imię panny Izabeli tak nagle, że Wokulski nie mógł ukryć wzruszenia; twarz mu się zmieniła, głos stłumił się.

Staruszka przyłożyła binokle do oczu i wpatrzywszy się w Wokulskiego spytała:
— Czy mi się tylko wydaje, czyli też panna Łęcka nie jest ci obojętną?
— Prawie nie znam jej... Mówiłem z nią raz w życiu... — tłomaczył się zmieszany Wokulski.

Prezesowa wpadła w zamyślenie i kiwając głową szepnęła:
— Ha...

Wokulski pożegnał ją, ale owe „ha!" utkwiło mu w pamięci. W każdym razie był pewny, że w prezesowej nie ma nieprzyjaciółki. I otóż w niecały tydzień po tej rozmowie dowiedział się, że prezesowa jedzie z hrabiną i z panną Izabelą na spacer do Łazienek. Czyżby dowiedziała się, że panie go tam spotykają?... A może chce ich zbliżyć?...

Wokulski spojrzał na zegarek; była trzecia po południu.

„Więc to jutro — pomyślał — za godzin... dwadzieścia cztery... Nie, nie tyle... Za ileż to?..."

Nie mógł zrachować, ile godzin upłynie od trzeciej do pierwszej w południe. Ogarnął go niepokój; nie jadł obiadu; fantazja rwała się naprzód, ale trzeźwy rozum hamował ją.

„Zobaczymy, co będzie jutro. A nuż będzie deszcz albo która z pań zachoruje?"

Wybiegł na ulicę i błąkając się bez celu, powtarzał:

„No, zobaczymy, co będzie jutro... A może mnie nie zatrzymają?... Zresztą panna Izabela jest sobie piękna panna, przypuśćmy, że nawet niezwykle piękna, ale tylko panna, nie nadprzyrodzone zjawisko. Tysiące równie ładnych chodzi po świecie, a ja też nie myślę czepiać się zębami jednej spódnicy. Odepchnie mnie?... Dobrze!... Z tym większym rozmachem padnę w objęcia innej..."

Wieczorem poszedł do teatru, lecz opuścił go po pierwszym akcie. Znowu wałęsał się po mieście, a gdzie stąpił, prześladowała go myśl jutrzejszego spaceru i niejasne przeczucie, że jutro zbliży się do panny Izabeli.

Minęła noc, ranek. O dwunastej kazał zaprząc powóz. Napisał kartkę do sklepu, że przyjdzie później, i poszarpał jedną parę rękawiczek. Nareszcie wszedł służący.

„Konie gotowe!" — błysnęło Wokulskiemu.

Wyciągnął rękę po kapelusz.

— Książę!... — zameldował służący.

Wokulskiemu pociemniało w oczach.

— Proś.

Książę wszedł.

— Dzień dobry, panie Wokulski — zawołał. — Pan gdzieś wyjeżdża? — Zapewne do składów albo na kolej. Ale nic z tego. Aresztuję pana i zabieram do siebie. Będę nawet tak niegrzeczny, że zakwateruję się do pańskiego powozu, bo dziś swego nie wziąłem. Jestem jednak pewny, że wszystko to wybaczy mi pan ze względu na doskonałe wiadomości.

— Raczy książę spocząć?...

— Na chwilkę. Niech pan sobie wyobrazi — mówił książę siadając — że dopóty dokuczałem naszym panom bratom... Czy dobrze powiedziałem?... Dopóty ich prześladowałem, aż obiecali przyjść w kilku do mnie i wysłuchać projektu pańskiej spółki. Natychmiast więc pana zabieram, a raczej zabieram się z panem i — jedziemy do mnie.

Wokulski doznał takiego wrażenia jak człowiek, który spadł z wysokości i uderzył piersiami o ziemię.

Pomieszanie jego nie uszło uwagi księcia, który uśmiechnął się przypisując to radości z jego wizyty i zaprosin. Przez głowę mu nawet nie przeszło, że dla Wokulskiego może być ważniejszym spacer do Łazienek aniżeli wszyscy książęta i spółki.

— A więc jesteśmy gotowi? — spytał książę powstając z fotelu.

Sekundy brakowało, ażeby Wokulski powiedział, że nie pojedzie i nie chce żadnych spółek. Ale w tym samym momencie przebiegła mu myśl:

„Spacer — to dla mnie, spółka — dla niej."

Wziął kapelusz i pojechał z księciem. Zdawało mu się, że powóz nie jedzie po bruku, ale po jego własnym mózgu.

„Kobiet nie zdobywa się ofiarami, tylko siłą, bodaj pięści..."— przypomniał sobie zdanie pani Meliton. Pod wpływem tego aforyzmu chciał porwać księcia za kołnierz i wyrzucić go na ulicę. Ale trwało to tylko chwilę.

Książę przypatrywał mu się spod rzęs, a widząc, że Wokulski to czerwienieje, to blednieje, myślał:

„Nie spodziewałem się, że zrobię aż taką przyjemność temu poczciwemu Wokulskiemu. Tak, trzeba zawsze podawać rękę nowym ludziom..."

W swoim towarzystwie książę nosił tytuł zagorzałego patrioty, prawie szowinisty; poza towarzystwem cieszył się opinią jed-

> Książę — charakterystyka, poglądy społeczne

nego z najlepszych obywateli. Bardzo lubił mówić po polsku, a nawet treścią jego francuskich rozmów były interesa publiczne.

Był arystokratą od włosów do nagniotków, duszą, sercem, krwią. Wierzył, że każde społeczeństwo składa się z dwu materiałów: zwyczajnego tłumu i klas wybranych. Zwyczajny tłum był dziełem natury i mógł nawet pochodzić od małpy, jak to wbrew Pismu świętemu utrzymywał Darwin. Lecz klasy wybrane miały jakiś wyższy początek i pochodziły, jeżeli nie od bogów, to przynajmniej od pokrewnych im bohaterów, jak Herkules, Prometeusz, od biedy — Orfeusz.

Książę miał we Francji przyjaciela, hrabiego (w najwyższym stopniu dotkniętego zarazą demokratyczną), który drwił sobie z nadziemskich początków arystokracji.

— Mój kuzynie — mówił — myślę, że nie zdajesz sobie należycie sprawy z kwestii rodów. Cóż to są wielkie rody? Są nimi takie, których przodkowie byli hetmanami, senatorami, wojewodami, czyli po dzisiejszemu: marszałkami, członkami izby wyższej lub prefektami departamentów. No — a przecie takich panów znamy, nic w nich nadzwyczajnego... Jedzą, piją, grają w karty, umizgają się do kobiet, zaciągają długi — jak reszta śmiertelników, od których są niekiedy głupsi.

Księciu na twarz występowały chorobliwe rumieńce.

— Czy spotkałeś kiedy, kuzynie — odparł — prefekta lub marszałka z takim wyrazem majestatu, jaki widujemy na portretach naszych przodków?...

— Cóż w tym dziwnego — śmiał się zarażony hrabia. — Malarze nadawali obrazom wyraz, o jakim nie śniło się żadnemu z oryginałów; tak jak heraldycy i historycy opowiadali o nich bajeczne legendy. To wszystko kłamstwa, mój kuzynie!... To tylko kulisy i kostiumy, które z jednego Wojtka robią księcia, a z innego parobka. W rzeczywistości jeden i drugi jest tylko lichym aktorem.

— Z szyderstwem, kuzynie, nie ma rozprawy! — wybuchał książę i uciekał. Biegł do siebie, kładł się na szezlongu z rękoma splecionymi pod głową i patrząc w sufit widział przesuwające się na nim postacie nadludzkiego wzrostu, siły, odwagi, rozumu, bezinteresowności. To byli — przodkowie jego i hrabiego; tylko że hrabia zapierał się ich. Czyżby istniała w nim jaka przymieszka krwi?...

Tłumem zwyczajnych śmiertelników książę nie tylko nie gardził, ale owszem: miał dla nich życzliwość, a nawet stykał się z nimi i interesował ich potrzebami. Wyobrażał sobie, że jest jednym z Prometeuszów, którzy mają poniekąd honorowy obowiązek sprowadzić tym biednym ludziom ogień z nieba na ziemię. Zresztą religia nakazywała mu sympatię dla maluczkich i książę rumienił się na samą myśl, że większa część towarzystwa stanie kiedyś przed boskim sądem bez tego rodzaju zasługi.

Więc aby uniknąć wstydu dla siebie, bywał i nawet zwoływał do swego mieszkania rozmaite sesje, wydawał po dwadzieścia pięć i po sto rubli na akcje rozmaitych przedsiębiorstw publicznych, nade wszystko zaś — ciągle martwił się nieszczęśliwym położeniem kraju; a każdą mowę swoją kończył frazesem:

> Książę — fałszywy patriotyzm

— Bo, panowie, myślmy najpierwej o tym, ażeby podźwignąć nasz nieszczęśliwy kraj...

A gdy to powiedział, czuł, że z serca spada mu jakiś ciężar; tym większy, im więcej było słuchaczów albo im więcej rubli wydał na akcje.

Zwołać sesję, zachęcić do przedsiębiorstwa i cierpieć, wciąż cierpieć nad nieszczęśliwym krajem, oto jego zdaniem były obowiązki obywatela. Gdyby go jednak spytano, czy zasadził kiedy drzewo, którego cień ochroniłby ludzi i ziemię od spiekoty? albo czy kiedy usunął z drogi kamień raniący koniom kopyta? – byłby szczerze zdziwiony.

Czuł i myślał, pragnął i cierpiał – za miliony. Tylko – nic nigdy nie zrobił użytecznego. Zdawało mu się, że ciągłe frasowanie się całym krajem ma bez miary wyższą wartość od utarcia nosa zasmolonemu dziecku.

W czerwcu fizjognomia Warszawy ulega widocznej zmianie. Puste przedtem hotele napełniają się i podwyższają ceny, na wielu domach ukazują się ogłoszenia: „Apartament z meblami do wynajęcia na kilka tygodni". Wszystkie dorożki są zajęte, wszyscy posłańcy biegają. Na ulicach, w ogrodach, teatrach, w restauracjach, na wystawach, w sklepach i magazynach strojów damskich widać figury nie spotykane w zwykłym czasie. Są nimi tędzy i opaleni mężczyźni w granatowych czapkach z daszkami, w zbyt obszernych butach, w ciasnych rękawiczkach, w garniturach pomysłu prowincjonalnego krawca. Towarzyszą im gromadki dam, nie odznaczających się pięknością ani warszawskim szykiem, tudzież nie mniej liczne gromadki niezręcznych dzieci, którym z ust szeroko otwartych wygląda zdrowie.

Jedni z wiejskich gości przyjeżdżają tu z wełną na jarmark, drudzy na wyścigi, inni, ażeby zobaczyć wełnę i wyścigi; ci dla spotkania się z sąsiadami, których na miejscu mają o wiorstę drogi, tamci dla odświeżenia się w stolicy mętnej wody i pyłu, a owi męczą się przez kilkudniową podróż sami nie wiedząc po co.

Z podobnego zjazdu skorzystał książę, ażeby zbliżyć Wokulskiego z ziemiaństwem.

Książę we własnym pałacu, na pierwszym piętrze, zajmował ogromne mieszkanie. Część jego, złożona z gabinetu pana, biblioteki i fajczarni, była miejscem męskich zebrań, na których

Pałac księcia – wygląd

książę przedstawiał swoje lub cudze projekta dotyczące spraw publicznych. Zdarzało się to po kilka razy w roku. Ostatnia nawet sesja wiosenna była poświęcona kwestii statków śrubowych[206] na Wiśle, przy czym bardzo wyraźnie zarysowały się trzy stronnictwa. Pierwsze, złożone z księcia i jego osobistych przyjaciół, koniecznie domagało się śrubowców, drugie zaś, mieszczańskie, uznając w zasadzie piękność projektu, uważało go jednak za przedwczesny i nie chciało dać na ten cel pieniędzy. Trzecie stronnictwo składało się tylko z dwu osób: pewnego technika, który twierdził, że śrubowce nie mogą pływać po Wiśle, i pewnego głuchego magnata, który na wszystkie odezwy, skierowane do jego kieszeni, stale odpowiadał:

– Proszę trochę głośniej, bo nic nie słychać...

Książę z Wokulskim przyjechali o pierwszej, a w kwadrans po nich zaczęli schodzić się i zjeżdżać inni uczestnicy sesji. Książę witał każdego z uprzejmą poufałością, prezentował Wokulskiego, a następnie podkreślał przybysza na liście zaproszonych bardzo długim i bardzo czerwonym ołówkiem.

---

[206] *statki śrubowe* – poruszane przez obrót śruby zanurzonej w wodzie, a wprawianej w ruch przez maszynę parową; nie nadają się do żeglugi rzecznej.

Jednym z pierwszych gości był pan Łęcki; wziął Wokulskiego na stronę i jeszcze raz wypytał go o cel i znaczenie spółki, do której należał już całą duszą, ale nigdy nie mógł dobrze spamiętać, o co chodzi. Tymczasem inni panowie przypatrywali się intruzowi i zniżonym głosem robili o nim uwagi.

— Bycza mina! — szepnął otyły marszałek wskazując okiem na Wokulskiego. — Szczeć na głowie jeży mu się jak dzikowi, pierś — upadam do nóg, oko bystre... Ten by nie ustał na polowaniu!

— I twarz, panie... — dodał baron z fizjognomią Mefistofelesa.— Czoło, panie... wąsik, panie... mała hiszpanka, panie... Wcale, panie... wcale... Rysy trochę, panie... ale całość, panie...

— Zobaczymy, jaki będzie w interesach — dorzucił nieco przygarbiony hrabia.

— Rzutki, ryzykowny, t e k — odezwał się jakby z piwnicy drugi hrabia, który siedział sztywnie na krześle, nosił bujne faworyty i porcelanowymi oczyma patrzył tylko przed siebie jak Anglik z „Journal Amusant"[207].

Książę powstał z fotelu i chrząknął; zebrani umilkli, dzięki czemu można było usłyszeć resztę opowiadania marszałka:

— Wszyscy patrzymy na las, a tu coś skwierczy pod kopytami. Wyobraź sobie acan dobrodzieju, że chart idący przy koniach na smyczy zdusił w bruździe szaraka!...

Co powiedziawszy marszałek uderzył olbrzymią dłonią w udo, z którego mógł był wyciąć sobie sekretarza i jego pomocnika.

Książę chrząknął drugi raz, marszałek zmieszał się i niezwykle wielkim fularem[208] otarł spocone czoło.

— Szanowni panowie — odezwał się książę. — Poważyłem się fatygować szanownych panów w pewnym... nader ważnym interesie publicznym, który, jak to wszyscy czujemy, powinien zawsze stać na straży naszych interesów publicznych... Chciałem powiedzieć... naszych idei... to jest...

Książę zdawał się być zakłopotany; wnet jednak ochłonął i mówił dalej:

— Chodzi o inte... to jest o plan, a raczej... o projekt zawiązania spółki do ułatwiania handlu...

— Zbożem — wtrącił ktoś z kąta.

— Właściwie — ciągnął książę — chodzi nie o handel zbożem, ale...

— Okowitą — pośpieszył ten sam głos.

— Ależ nie!... O handel, a raczej o ułatwienie handlu między Rosją i zagranicą towarami, no... towarami... Miasto zaś nasze, pożądane jest, ażeby się stało centrum takowego...

— A jakież to towary? — spytał przygarbiony hrabia.

— Stronę fachową kwestii raczy objaśnić nam łaskawie pan Wokulski, człowiek... człowiek fachowy — zakończył książę. — Pamiętajmy jednak, panowie, o obowiązkach, jakie na nas wkłada troska o interesa publiczne i ten nieszczęśliwy kraj...

— Jak Boga kocham, zaraz daję dziesięć tysięcy rubli!... — wrzasnął marszałek.

— Na co? — spytał hrabia udający autentycznego Anglika.

---

[207] „Journal Amusant" — francuskie czasopismo humorystyczne.

[208] fular — ozdobna chustka z cienkiego jedwabiu.

— Wszystko jedno!... — odparł wielkim głosem marszałek. — Powiedziałem: rzucę w Warszawie pięćdziesiąt tysięcy rubli, więc niech dziesięć pójdzie na cele dobroczynne, bo kochany nasz książę mówi cudownie!... z rozumu i z serca, jak Boga kocham...

— Przepraszam — odezwał się Wokulski — ale nie chodzi tu o spółkę dobroczynną, tylko o spółkę zapewniającą zyski.

— Otóż to!... — wtrącił hrabia zgarbiony.

— Tek!... — potwierdził hrabia-Anglik.

— Co mnie za zysk z dziesięciu tysięcy? — zaoponował marszałek. — Z torbami bym poszedł pod Ostrą Bramę przy takich zyskach.

Zgarbiony hrabia wybuchnął:

— Proszę o głos w kwestii: czy należy lekceważyć małe zyski!... To nas gubi!... to, panowie — wołał pukając paznokciem w poręcz fotelu.

— Hrabio — przerwał słodko książę — pan Wokulski ma głos.

— Tek!... — poparł go hrabia-Anglik czesząc bujne faworyty.

— Prosimy więc szanownego pana Wokulskiego — odezwał się nowy głos — ażeby ten publiczny interes, który nas zgromadził tu, do gościnnych salonów księcia, raczył nam przedstawić z właściwą mu jasnością i zwięzłością.

Wokulski spojrzał na osobę przyznającą mu jasność i zwięzłość. Był to znakomity adwokat, przyjaciel i prawa ręka księcia; lubił mówić kwieciście, wybijając takt ręką i przysłuchując się własnym frazesom, które zawsze znajdował wybornymi.

— Tylko żebyśmy zrozumieli wszyscy — mruknął ktoś w kącie zajętym przez szlachtę, która nienawidziła magnatów.

— Wiadomo panom — zaczął Wokulski — że Warszawa jest handlową stacją między Europą zachodnią i wschodnią. Tu zbiera się i przechodzi przez nasze ręce część towarów francuskich i niemieckich przeznaczonych dla Rosji, z czego moglibyśmy mieć pewne zyski, gdyby nasz handel...

— Nie znajdował się w ręku Żydów — wtrącił półgłosem ktoś od stołu, gdzie siedzieli kupcy i przemysłowcy.

— Nie — odparł Wokulski. — Zyski istniałyby wówczas, gdyby nasz handel był prowadzony porządnie.

— Z Żydami nie może być porządny...

— Dziś jednak — przerwał adwokat księcia — szanowny pan Wokulski daje nam możność podstawienia kapitałów chrześcijańskich w miejsce kapitału starozakonnych...

— Pan Wokulski sam wprowadza Żydów do handlu — brygnął oponent ze stanu kupieckiego.

Zrobiło się cicho.

— Ze sposobu prowadzenia moich interesów nie zdaję sprawy przed nikim — ciągnął dalej Wokulski. — Wskazuję panom drogę uporządkowania handlu Warszawy z zagranicą, co stanowi pierwszą połowę mego projektu i jedno źródło zysku dla krajowych kapitałów. Drugim źródłem jest handel z Rosją. Znajdują się tam towary poszukiwane u nas i tanie. Spółka, która zajęłaby się nimi, mogłaby mieć piętnaście do dwudziestu procentów rocznie od wyłożonego kapitału. Na pierwszym miejscu stawiam tkaniny...

— To jest podkopywanie naszego przemysłu — odezwał się oponent z grupy kupieckiej.

— Mnie nie obchodzą fabrykanci, tylko konsumenci... — odpowiedział Wokulski.

Kupcy i przemysłowcy poczęli szeptać między sobą w sposób mało życzliwy dla Wokulskiego.

— Otóż i dotarliśmy do interesu publicznego!... — zawołał wzruszonym głosem książę. — Kwestia zarysowuje się tak: czy projekta szanownego pana Wokulskiego są objawem pomyślnym dla kraju?... Panie mecenasie... — zwrócił się książę do adwokata, czując potrzebę wyręczenia się nim w kłopotliwej nieco sytuacji.

— Szanowny pan Wokulski — zabrał głos adwokat — z właściwą mu gruntownością raczy nas objaśnić: czy sprowadzanie owych tkanin, aż z tak daleka, nie przyniesie uszczerbku naszym fabrykom?

— Przede wszystkim — rzekł Wokulski — owe nasze fabryki nie są naszymi, lecz niemieckimi...

— Oho!... — zawołał oponent z grupy kupców.

— Jestem gotów — mówił Wokulski — natychmiast wyliczyć fabryki, w których cała administracja i wszyscy lepiej płatni robotnicy są Niemcami, których kapitał jest niemiecki, a rada zarządzająca rezyduje w Niemczech; gdzie nareszcie robotnik nasz nie ma możności ukształcić się wyżej w swoim fachu, ale jest parobkiem źle płatnym, źle traktowanym i na dobitkę germanizowanym...

— To jest ważne!... — wtrącił hrabia zgarbiony.

— Tek... — szepnął Anglik.

— Jak Boga kocham, doświadczam emocji słuchając!... — zawołał marszałek. — Nigdym nie myślał, że tak można zabawić się przy podobnej rozmowie... Zaraz wrócę...

I opuścił gabinet, aż uginała się pod jego stopami podłoga.

— Czy mam wyliczać nazwiska? — spytał Wokulski.

Grupa kupców i przemysłowców złożyła w tej chwili dowód rzadkiej powściągliwości nie domagając się nazwisk. Adwokat szybko podniósł się z fotelu i zatrzepotawszy rękoma zawołał:

— Sądzę, że nad kwestią miejscowych fabryk możemy przejść do porządku. Teraz szanowny pan Wokulski raczy nam, z właściwą mu jędrnością, objaśnić: jakie pozytywne korzyści z jego projektu odniesie...

— Nasz nieszczęśliwy kraj — zakończył książę.

— Proszę panów — mówił Wokulski — gdyby łokieć mego perkalu kosztował tylko o dwa grosze taniej niż dziś, wówczas na każdym milionie kupionych tu łokci ogół oszczędziłby dziesięć tysięcy rubli...

— Cóż to znaczy dziesięć tysięcy rubli?... — spytał marszałek, który już powrócił do gabinetu, ale jeszcze nie wpadł w tok rozpraw.

— To wiele znaczy... bardzo wiele! — zawołał hrabia zgarbiony. — Raz nauczmy się szanować zyski groszowe...

— Tek... Pens jest ojcem gwinei...[209] — dodał hrabia ucharakteryzowany na Anglika.
— Dziesięć tysięcy rubli — ciągnął Wokulski — jest to fundament dobrobytu dla dwudziestu rodzin co najmniej...
— Kropla w morzu — mruknął jeden z kupców.
— Ale jest jeszcze inny wzgląd — mówił Wokulski — obchodzący wprawdzie tylko kapitalistów. Mam do dyspozycji towaru za trzy do czterech milionów rubli rocznie...
— Upadam do nóg!... — szepnął marszałek.
— To nie jest mój majątek — wtrącił Wokulski — mój jest znacznie skromniejszy...
— Lubię takich!... — rzekł zgarbiony hrabia.
— Tek... — dodał Anglik.
— Owe trzy miliony rubli stanowią mój osobisty kredyt i przynoszą mi bardzo mały procent jako pośrednikowi — mówił Wokulski. — Oświadczam jednak, że o ile w miejsce kredytu podstawiłoby się gotówkę, zysk z niej wynosiłby piętnaście do dwudziestu procentów, a może więcej. Otóż ten punkt sprawy obchodzi panów, którzy składacie pieniądze w bankach na niski procent. Pieniędzmi tymi obracają inni i zyski ciągną dla siebie. Ja zaś ofiaruję panom sposobność użycia ich bezpośredniego i powiększenia własnych dochodów. Skończyłem.
— Pysznie! — zawołał przygarbiony hrabia. — Czy jednak nie można by dowiedzieć się szczegółów bliższych?
— O tych mogę mówić tylko z moimi wspólnikami — odpowiedział Wokulski.
— Jestem — rzekł zgarbiony hrabia i podał mu rękę.
— Tek — dodał pseudo-Anglik wyciągnąwszy do Wokulskiego dwa palce.
— Moi panowie! — odezwał się wygolony mężczyzna z grupy szlachty nienawidzącej magnatów. — Mówicie tu o handlu perkalami, który n a s nic nie obchodzi... Ale, panowie!... — ciągnął dalej płaczliwym głosem — m y mamy za to zboże w śpichlerzach, m y mamy okowitę w składach, na której wyzyskują nas pośrednicy w sposób — że nie powiem — niegodny...
Obejrzał się po gabinecie. Grupa szlachty gardzącej magnatami dała mu brawo.
Promieniejąca dyskretną radością twarz księcia zajaśniała w tej chwili blaskiem prawdziwego natchnienia.
— Ależ, panowie! — zawołał — dziś mówimy o handlu tkaninami, lecz jutro i pojutrze któż zabroni nam naradzić się nad innymi kwestiami?... Proponuję więc...
— Jak Boga kocham, cudnie mówi ten kochany książę — zawołał marszałek.
— Słuchamy... słuchamy!... — poparł go adwokat, silnie okazując, że stara się pohamować zapał dla księcia.
— A więc, panowie — ciągnął wzruszony książę — proponuję jeszcze następujące sesje: jedną w sprawie handlu zbożem, drugą w sprawie handlu okowitą...
— A kredyt dla rolników?... — spytał ktoś z nieprzejednanej szlachty.
— Trzecią w sprawie kredytu dla rolników — mówił książę. — Czwartą...
Tu zaciął się.

---

[209] *pens, gwinea* — angielskie monety.

— Czwartą i piątą — pochwycił adwokat — poświęcimy rozważaniu ogólnej ekonomicznej sytuacji...
— Naszego nieszczęśliwego kraju — dokończył książę prawie ze łzami w oczach.
— Panowie!... — wrzasnął adwokat obcierając nos z akcentem rozrzewnienia. — Uczcijmy naszego gospodarza, znakomitego obywatela, najzacniejszego z ludzi...
— Dziesięć tysięcy rubli, jak Bo... — zawołał marszałek.
— Przez powstanie! — szybko dokończył adwokat.
— Brawo!... niech żyje książę!... — zawołano przy akompaniamencie łoskotu nóg i krzeseł.

Grupa szlachty gardzącej arystokracją krzyczała najgłośniej.

Książę zaczął ściskać swoich gości nie panując już nad wzruszeniem; pomagał mu adwokat, wszystkich całował, a sam bez ceremonii płakał. Kilka osób skupiło się przy Wokulskim.

— Przystępuję na początek z pięćdziesięcioma tysiącami rubli mówił zgarbiony hrabia. — Na rok przyszły zaś... zobaczymy...

— Trzydzieści, panie... trzydzieści tysięcy rubli, panie... Bardzo, panie... bardzo! — dodał baron z fizjognomią Mefistofelesa.

— I ja trzydzieści tysięcy... tek!... — dorzucił hrabia-Anglik kiwając głową.

— A ja dam dwa... trzy razy tyle, co... kochany książę. Jak Boga kocham!... — rzekł marszałek.

Paru oponentów z grupy kupieckiej również zbliżyło się do Wokulskiego. Milczeli, lecz tkliwe ich spojrzenia stokroć więcej miały wymowy aniżeli najczulsze słowa.

Z kolei zbliżył się do Wokulskiego człowiek młody, mizerny, z rzadkim zarostem na twarzy, ale z niewątpliwymi śladami przedwczesnego zniszczenia w całej postaci. Wokulski spotykał go na rozmaitych widowiskach, wreszcie i na ulicy, jeżdżącego najszybszymi dorożkami.

— Jestem Maruszewicz — rzekł zniszczony młody człowiek z miłym uśmiechem. — Wybaczy pan, że prezentuję się tak obcesowo i w dodatku przy pierwszej znajomości będę miał prośbę...

— Słucham pana.

Młodzieniec wziął Wokulskiego pod ramię i zaprowadziwszy go do okna mówił:

— Kładę od razu karty na stół; z takimi ludźmi jak pan nie można inaczej. Jestem niemajętny, mam dobre instynkta i chciałbym znaleźć zajęcie. Pan tworzy spółkę, czy nie mógłbym pracować pod pańskim kierunkiem?...

Wokulski przypatrywał mu się z uwagą. Propozycja, którą słyszał, jakoś nie pasowała do wyniszczonej figury i niepewnych spojrzeń młodzieńca. Wokulski uczuł niesmak, mimo to spytał:

— Cóż pan umie? jaki pański fach?

— Fachu, uważa pan, jeszcze nie wybrałem, ale mam wielkie zdolności i mogę podjąć się każdego zajęcia.

— A na jaką pan liczy pensję?

— Tysiąc... dwa tysiące rubli... — odparł zakłopotany młodzieniec.

Wokulski mimo woli potrząsnął głową.

— Wątpię — odparł — czy będziemy mieli posady odpowiadające pańskim wymaganiom. Niech pan jednak wstąpi kiedy do mnie...

Na środku gabinetu przygarbiony hrabia zabrał głos.

— A zatem — mówił — szanowni panowie, w zasadzie przystępujemy do spółki proponowanej przez pana Wokulskiego. Interes wydaje się bardzo dobrym, a obecnie chodzi tylko o bliższe szczegóły i spisanie aktu. Zapraszam więc panów, chcących zostać uczestnikami, do mnie na jutro, o dziewiątej wieczór...

— Będę u ciebie, kochany hrabio, jak Boga kocham — odezwał się otyły marszałek — i może jeszcze przyprowadzę ci z paru Litwinów; no, ale powiedz, dlaczegóż to my mamy zawiązywać spółki kupieckie?... Niechby już sami kupcy...

— Choćby dlatego — odparł hrabia gorąco — ażeby nie mówiono, że nic nie robimy, tylko obcinamy kupony...

Książę poprosił o głos.

— Zresztą — rzekł — mamy na widoku jeszcze dwie spółki: do handlu zbożem i — okowitą. Kto nie zechce należeć do jednej, może należeć do drugiej... Nadto zaś prosimy szanownego pana Wokulskiego, ażeby w innych naszych naradach chciał przyjąć udział...

— Tek!... — wtrącił hrabia-Anglik.

— I z właściwym mu talentem raczył oświetlać kwestie — dokończył adwokat.

— Wątpię, czy przydam się panom na co — odparł Wokulski. — Miałem wprawdzie do czynienia ze zbożem i okowitą, ale w wyjątkowych warunkach. Chodziło o duże ilości i pośpiech, nie o ceny... Nie znam zresztą tutejszego handlu zbożem...

— Będą specjaliści, szanowny panie Wokulski — przerwał mu adwokat. — Oni nam dostarczą szczegółów, które pan raczysz tylko uporządkować i rozjaśnić z właściwą mu genialnością...

— Prosimy... bardzo prosimy!... — wołali hrabiowie, a za nimi jeszcze głośniej szlachta nienawidząca magnatów.

Była blisko piąta po południu i zgromadzeni poczęli się rozchodzić. W tej chwili Wokulski spostrzegł, że z dalszych pokojów zbliża się do niego pan Łęcki w towarzystwie młodzieńca, którego już widział obok panny Izabeli podczas kwesty i na święconym u hrabiny. Obaj panowie zatrzymali się przy nim.

— Pozwolisz, panie Wokulski — odezwał się Łęcki — że przedstawię ci pana Juliana Ochockiego. Nasz kuzyn... trochę oryginał, ale...

— Dawno już chciałem poznać się z panem i porozmawiać — rzekł Ochocki ściskając go za rękę.

Wokulski w milczeniu przypatrywał się. Młody człowiek nie dosięgnął jeszcze lat trzydziestu i rzeczywiście odznaczał się niezwykłą fizjognomią. Zdawało się, że ma rysy Napoleona Pierwszego, przysłonięte jakimś obłokiem marzycielstwa.

> Ochocki — wygląd

— W którą stronę pan idzie? — spytał młody człowiek Wokulskiego. — Mogę pana podprowadzić.

— Będzie się pan fatygował...

— O, ja mam dosyć czasu — odpowiedział młody człowiek.

„Czego on chce ode mnie?" — pomyślał Wokulski, a głośno rzekł: — Możemy pójść w stronę Łazienek...
— Owszem — odparł Ochocki. — Wpadnę jeszcze na chwilę pożegnać się z księżną i dogonię pana.
Ledwie odszedł, pochwycił Wokulskiego adwokat.
— Winszuję panu zupełnego triumfu — rzekł półgłosem. — Książę formalnie zakochany w panu, obaj hrabiowie i baron toż samo... Oryginały to są, jak pan widział, ale ludzie dobrych chęci... Chcieliby coś robić, mają nawet rozum i ukształcenie, ale... energii brak!... Choroba woli, panie: cała klasa jest nią dotknięta... Wszystko mają: pieniądze, tytuły, poważanie, nawet powodzenie u kobiet, więc niczego nie pragną. Bez tej zaś sprężyny, panie Wokulski, muszą być narzędziem w ręku ludzi nowych i ambitnych... My, panie, my jeszcze wielu rzeczy pragniemy — dodał ciszej. — Ich szczęście, że trafili na nas...

Ponieważ Wokulski nie odpowiedział nic, więc adwokat począł uważać go za bardzo przebiegłego dyplomatę i żałował w duszy, że sam był zanadto szczery.

„Zresztą — myślał adwokat patrząc na Wokulskiego spod oka — choćby powtórzył księciu naszą rozmowę, cóż mi zrobi?... Powiem, że chciałem go wybadać..."

„O jakie on mnie ambicje posądza?..." — zapytywał się w duchu Wokulski.

Pożegnał księcia, obiecał przychodzić odtąd na wszystkie sesje i wyszedłszy na ulicę odesłał powóz do domu.

„Czego chce ode mnie ten pan Ochocki? — myślał podejrzliwie. — Naturalnie, że idzie mu o pannę Izabelę... Może ma zamiar odstraszyć mnie od niej?... Głupi... Jeżeli ona go kocha, nie potrzebuje tracić nawet słów; sam się usunę... Ale jeżeli go nie kocha, niech się strzeże usuwać mnie od niej... Zdaje się, że zrobię w życiu jedno kapitalne głupstwo, zapewne dla panny Izabeli. Bodajby nie padło na niego; szkoda chłopaka..."

W bramie rozległo się pośpieszne stąpanie; Wokulski odwrócił się i zobaczył Ochockiego.

— Pan czekał?... przepraszam!... — zawołał młody człowiek.
— Idziemy ku Łazienkom? — spytał Wokulski.
— Owszem.

Jakiś czas szli milcząc. Młody człowiek był zamyślony. Wokulski zirytowany.

Postanowił od razu chwycić byka za rogi.

— Pan jest bliskim kuzynem państwa Łęckich? — zapytał.
— Trochę — odpowiedział młody człowiek. — Matka moja była a ż Łęcka — rzekł z ironią — ale ojciec tylko Ochocki. To bardzo osłabia związki rodzinne... Pana Tomasza, który jest dla mnie jakimś ciotecznym stryjem, nie znałbym do dziś dnia, gdyby nie stracił majątku.

— Panna Łęcka jest bardzo dystyngowaną osobą — rzekł Wokulski patrząc przed siebie.

— Dystyngowana?... — powtórzył Ochocki. — Powiedz pan: bogini!... Kiedy rozmawiam z nią, zdaje mi się, że potrafiłaby mi zapełnić całe życie. Przy niej jednej czuję spokój i zapominam o trapiącej mnie tęsknocie. Ale cóż!... Ja nie umiałbym siedzieć z nią cały dzień w salonie ani ona ze mną w laboratorium...

Wokulski stanął na ulicy.
— Pan zajmuje się fizyką czy chemią?... — spytał zdziwiony.
— Ach, czym ja się nie zajmuję!... — odparł Ochocki. — Fizyką, chemią i technologią... Przecież skończyłem wydział przyrodniczy w uniwersytecie i mechaniczny w politechnice... Zajmuję się wszystkim; czytam i pracuję od rana do nocy, ale — nie robię nic. Udało mi się trochę ulepszyć mikroskop, zbudować jakiś nowy stos elektryczny, jakąś tam lampę...

Wokulski zdumiewał się coraz więcej.
— Więc to pan jest tym Ochockim, wynalazcą?...
— Ja — odparł młody człowiek. — No, ale i cóż to znaczy?... Razem nic. Kiedy pomyślę, że w dwudziestym ósmym roku tylko tyle zrobiłem, ogarnia mnie desperacja. Mam ochotę albo porozbijać swoje laboratorium i utonąć w życiu salonowym, do którego mnie ciągną, albo — trzasnąć sobie w łeb... Ogniwo Ochockiego albo — lampa elektryczna Ochockiego... jakież to głupie!... Rwać się gdzieś od dzieciństwa i utknąć na lampie — to okropne... Dobiegać środka życia i nie znaleźć nawet śladu drogi, po której by się iść chciało — cóż to za rozpacz!...

> Ochocki – marzenia i rozczarowania wynalazcy

Młody człowiek umilkł, a że byli w Ogrodzie Botanicznym, więc zdjął kapelusz. Wokulski przypatrywał mu się z uwagą i zrobił nowe odkrycie. Młody człowiek, aczkolwiek wyglądał elegancko, nie był wcale elegantem; nawet nie zdawał się troszczyć o swoją powierzchowność. Miał rozrzucone włosy, nieco zsunięty krawat, u kamizelki guzik nie zapięty. Można było domyślać się, że ktoś bardzo starannie czuwa nad jego bielizną i garderobą, z którą jednak on sam postępuje niedbale, i właśnie to niedbalstwo, przejawiające się w dziwnie szlachetnych formach, nadawało mu oryginalny wdzięk. Każdy jego ruch był mimowolny, rozrzucony, lecz piękny. Równie pięknym był sposób patrzenia, słuchania, a raczej niesłuchania, nawet — gubienia kapelusza.

> Ochocki – wygląd

Weszli na wzgórze, skąd widać studnię zwaną Okrąglakiem. Ze wszystkich stron otaczali ich spacerujący, ale Ochocki nie krępował się ich obecnością i wskazawszy kapeluszem jedną z ławek, mówił:
— Dużo czytałem, że szczęśliwy jest człowiek, który ma wielkie aspiracje. To kłamstwo. Ja przecież mam niepowszednie pragnienia, które jednak robią mnie śmiesznym i zrażają do mnie najbliższych. Spojrzyj pan na tę ławkę... Tu, w początkach czerwca, około dziesiątej wieczorem, siedzieliśmy z kuzynką i z panną Florentyną. Świecił jakiś księżyc i nawet jeszcze śpiewały słowiki. Byłem rozmarzony. Nagle kuzynka odzywa się: „Znasz, kuzynie, astronomię?" — „Trochę."— „Więc powiedz mi, jaka to gwiazda?" — „Nie wiem — odpowiedziałem — ale to jest pewne, że nigdy nie dostaniemy się na nią. Człowiek jest przykuty do Ziemi jak ostryga do skały..." W tej chwili — ciągnął dalej Ochocki — zbudziła się we mnie moja idea czy mój obłęd... Zapomniałem o pięknej kuzynce, a zacząłem myśleć o machinach latających. A ponieważ myśląc muszę chodzić, więc wstałem z ławki i bez pożegnania opuściłem kuzynkę!... Na drugi dzień panna Flora nazwała mnie impertynentem, pan Łęcki oryginałem, a kuzynka przez tydzień nie chciała ze mną rozmawiać... I żebym jeszcze co wymyślił; ale nic, literal-

> Ochocki o samolotach

nie nic, choć byłbym przysiągł, że nim z tego pagórka zejdę do studni, urodzi mi się w głowie przynajmniej ogólny szkic machiny latającej... Prawda, jakie to głupie?...

„Więc oni tu przepędzają wieczory przy księżycu i śpiewie słowika?... — pomyślał Wokulski i poczuł straszny ból w sercu. — Panna Izabela już kocha się w Ochockim, a jeżeli się nie kocha, to tylko z winy jego dziwactw... No i ma słuszność... piękny człowiek i niezwykły..."

— Naturalnie — prawił dalej Ochocki — ani słówka nie wspomniałem o tym mojej ciotce, która ile razy bodaj wpina mi jakąś szpilkę w odzienie, ma zwyczaj powtarzać: „Kochany Julku, staraj się podobać Izabeli, bo to żona akurat dla ciebie... Mądra i piękna; ona jedna wyleczyłaby cię z twoich przywidzeń..." A ja myślę: co to za żona dla mnie?... Gdyby chociaż mogła być moim pomocnikiem, jeszcze pół biedy... Ale gdzieżby ona dla laboratorium mogła opuścić salon!... Ma rację, to jej właściwe otoczenie; ptak potrzebuje powietrza, ryba wody... Ach, jaki piękny wieczór!... — dodał po chwili. — Jestem dziś podniecony jak rzadko. Ale... co panu jest, panie Wokulski?...

— Trochę zmęczyłem się — odparł głucho Wokulski. — Może byśmy siedli, choćby o! tu...

Usiedli na stoku wzgórza, na granicy Łazienek. Ochocki oparł brodę na kolanach i wpadł w zadumę, Wokulski przypatrywał mu się z uczuciem, w którym podziw mieszał się z nienawiścią.

„Głupi czy przebiegły?... Po co on mi to wszystko opowiada?" — myślał Wokulski.

Musiał jednak przyznać, że gadulstwo Ochockiego miało te same cechy szczerości i roztargnienia, jak jego ruchy i cała wreszcie osoba. Spotkali się pierwszy raz i już Ochocki tak z nim rozmawiał, jak gdyby znali się od dzieci.

„Skończę z nim" — rzekł do siebie Wokulski i głęboko odetchnąwszy spytał głośno:

— Zatem żeni się pan, panie Ochocki?...

— Chybabym zwariował — mruknął młody człowiek wzruszając ramionami.

— Jak to?... Przecież kuzynka pańska podoba się panu?

— I nawet bardzo, ale to jeszcze nie wszystko. Ożeniłbym się z nią, gdybym miał pewność, że już nic w nauce nie zrobię...

W sercu Wokulskiego obok nienawiści i podziwu błysnęła radość. W tej chwili Ochocki przetarł czoło jak zbudzony ze snu i patrząc na Wokulskiego nagle rzekł:

— Ale, ale... Nawet zapomniałem, że mam ważny interes do pana...

„Czego on chce?..." — pomyślał Wokulski podziwiając w duszy mądre spojrzenie swego rywala i nagłą zmianę tonu. Zdawało się, że przez jego usta przemówił inny człowiek.

— Chcę zadać panu pytanie... nie... dwa pytania, bardzo poufne, a może nawet drażliwe — mówił Ochocki. — Czy nie obrazi się pan?...

— Słucham — odparł Wokulski.

Gdyby stał na szafocie, nie doznałby tak strasznych wrażeń jak w tej chwili. Był pewny, że chodzi o pannę Izabelę i że w tym samym miejscu zdecydują się jego losy.

— Pan był przyrodnikiem? — spytał Ochocki.

— Tak.

— I w dodatku przyrodnikiem entuzjastą. Wiem, co pan przeszedł, od dawna szanuję pana z tego powodu... To za mało; powiem więcej... Od roku wspomnienie o trudnościach, z jakimi szamotał się pan, dodawało mi otuchy... Mówiłem sobie: zrobię przynajmniej to, co ten człowiek, a ponieważ nie mam takich przeszkód, więc — zajdę dalej od niego...

Wokulski słuchając myślał, że marzy albo że rozmawia z wariatem.

— Skąd pan to wie?... — spytał Ochockiego.

— Od doktora Szumana.

— Ach, od Szumana. Ale do czego to wszystko prowadzi?...

— Zaraz powiem — odparł Ochocki. — Byłeś pan przyrodnikiem entuzjastą i... w rezultacie rzuciłeś pan nauki przyrodnicze. Otóż w którym roku życia osłabnął pański zapał w tym kierunku?...

Wokulski poczuł jakby uderzenie toporem w głowę. Pytanie było tak przykre i niespodziewane, że przez chwilę nie tylko nie umiał odpowiedzieć; ale nawet zebrać myśli.

Ochocki powtórzył, bystro przypatrując się swemu towarzyszowi.

— W którym roku?... — rzekł Wokulski. — W zeszłym roku... Dziś mam czterdziesty szósty rok...

— A zatem ja do kompletnego ochłodzenia się mam jeszcze przeszło piętnaście lat. To mi trochę dodaje odwagi... — rzekł jakby do siebie Ochocki.

I znowu po chwili dodał:

— To jedno pytanie, a teraz drugie, ale — nie obraź się pan. W którym roku życia zaczynają mężczyźnie obojętnieć kobiety?...

Drugi cios. Był moment, że Wokulski chciał schwycić młodzieńca za gardło i udusić. Opamiętał się jednak i odparł ze słabym uśmiechem:

— Myślę, że one nigdy nie obojętnieją... Owszem, coraz wydają się droższymi...

— Źle! — szepnął Ochocki. — Ha, zobaczymy, kto mocniejszy.

— Kobiety, panie Ochocki.

— Jak dla kogo, panie — odpowiedział młody człowiek wpadając znowu w zamyślenie. I zaczął mówić jakby do siebie.

— Kobiety, ważna rzecz. Kochałem się już, zaraz, ileż to?... Cztery... sześć... ze siedem, tak, siedem razy... Zabiera to dużo czasu i napędza desperackie myśli... Głupia rzecz, miłość... Po-

> Ochocki
> o miłości

znajesz, kochasz, cierpisz... Potem jesteś znudzony albo zdradzony... Tak, dwa razy byłem znudzony, a pięć razy zdradzony... Potem znajdujesz nową kobietę, doskonalszą od innych — a potem ona robi to samo, co mniej doskonałe... Ach, jakiż podły gatunek zwierząt te baby!... Bawią się nami, choć ograniczony ich mózg nawet nie jest w stanie nas pojąć... No, prawda, że i tygrys może bawić się człowiekiem... Podłe, ale miłe... Mniejsza o nie! A tymczasem gdy raz opanuje człowieka idea, już go nie opuszcza i nie zdradza nigdy...

Położył rękę na ramieniu Wokulskiego i patrząc mu w oczy jakimś rozstrzelonym i rozmarzonym wzrokiem spytał:

— Wszakże pan myślał kiedyś o machinach latających?... Nie o kierowaniu balonami, które są lżejsze od powietrza, bo to błazeństwo, ale — o locie machiny ciężkiej, napełnionej i obwarowanej jak pancernik?... Czy pan rozumie, jaki nastąpiłyby przewrót w świecie po podobnym wynalazku?... Nie ma fortec, armii, granic... Znikają narody, lecz za to

> Ochocki —
> wynalazca

w nadziemskich budowlach przychodzą na świat istoty podobne do aniołów lub starożytnych bogów... Już ujarzmiliśmy wiatr, ciepło, światło, piorun... Czy więc nie sądzisz pan, że nadeszła pora nam samym wyzwolić się z oków ciężkości?... To idea leżąca dziś w duchu czasu... Inni już pracują nad nią; mnie ona dopiero nasyca, ale od stóp do głów... Co mnie ciotka z jej radami i prawidłami dobrego tonu!... Co mnie żeniaczka, kobiety, a nawet mikroskopy, stosy i lampy elektryczne?... Oszaleję albo... przypnę ludzkości skrzydła...

— A gdybyś pan je nawet przypiął, to co?... — spytał Wokulski.

— Sława, jakiej nie dosięgnął jeszcze żaden człowiek — odparł Ochocki. — To moja żona, to moja kobieta... Bądź pan zdrów, muszę iść...

Uścisnął Wokulskiemu rękę, zbiegł ze wzgórza i zniknął między drzewami.

Na Ogród Botaniczny i na Łazienki zapadał już mrok.

„Wariat czy geniusz?... — szepnął Wokulski czując, że sam jest w najwyższym stopniu rozstrojony. — A jeżeli geniusz?..."

Wstał i poszedł w głąb ogrodu, między spacerujących ludzi. Zdawało mu się, że nad pagórkiem, z którego uciekł, unosi się jakaś święta groza.

W Ogrodzie Botanicznym było prawie ciasno; na każdej ulicy tłoczyły się kolumny, gromady, a przynajmniej szeregi spacerujących; każda ławka uginała się pod ciżbą osób. Zastępowano Wokulskiemu drogę, deptano po piętach, potrącano łokciami; rozmawiano i śmiano się ze wszystkich stron. Wzdłuż Alei Ujazdowskiej, pod murem belwederskiego ogrodu, pod sztachetami od strony szpitala, na ulicach najmniej uczęszczanych, nawet na zagrodzonych ścieżkach, wszędzie było pełno i wesoło. Im więcej ciemniało w naturze, tym gęściej i hałaśliwiej robiło się między ludźmi.

„Zaczyna mi już braknąć miejsca na świecie!..." — szepnął.

Przeszedł do Łazienek i tu znalazł spokojniejsze ustronie. Na niebie zaiskrzyło się kilka gwiazd, przez powietrze, od Alei, ciągnął szmer przechodniów, a od stawu wilgoć. Czasem nad głową przeleciał mu huczny chrabąszcz albo cicho przemknął nietoperz; w głębi parku kwilił żałośnie jakiś ptak, na próżno wzywający towarzysza; na stawie rozlegał się daleki plusk wioseł i śmiechy młodych kobiet.

Naprzeciw zobaczył parę ludzi pochylonych ku sobie i szepczących. Ustąpili mu z drogi i ukryli się w cieniu drzew. Opanował go żal i szyderstwo.

„Oto są szczęśliwi zakochani! — pomyślał. — Szepczą i uciekają jak złodzieje... Pięknie urządzony świat, co?... Ciekawym, o ile byłoby lepiej, gdyby władał nim Lucyper?... A gdyby mi zastąpił drogę jaki bandyta i zabił w tym kącie?..."

I wyobrażał sobie, jaki to przyjemny musi być chłód noża wbitego w rozgorączkowane serce.

„Na nieszczęście — westchnął — dziś nie wolno zabijać innych, tylko siebie można; byle od razu i dobrze. No!..."

Wspomnienie o tak niezawodnym środku ucieczki uspokoiło go. Stopniowo pogrążał się w jakimś uroczystym nastroju; zdawało mu się, że nadchodzi moment, w którym powinien zrobić rachunek sumienia czy też ogólny bilans życia.

„Gdybym był najwyższym sędzią — myślał — i gdyby spytano mnie, kto jest wart panny Izabeli: Ochocki czy Wokulski, musiałbym przyznać, że — Ochocki... O osiemnaście lat młodszy ode mnie (osiemnaście lat!...) i taki piękny... W dwudziestym ósmym roku życia skończył dwa fakultety (ja w tym wieku ledwie zaczynałem się uczyć...) i już zrobił trzy wynalazki (ja żadnego!). A nad to wszystko jest naczyniem, w którym wylęga się wielka idea... Dziwaczna to rzecz: machina latająca, ale faktem jest, że on znalazł dla niej genialny i jedynie możliwy punkt wyjścia. Machina latająca musi być cięższa, nie zaś jak balon lżejsza od powietrza; boć wszystko, co prawidłowo lata, począwszy od muchy, skończywszy na olbrzymim sępie, jest od powietrza cięższe. Ma prawdziwy punkt wyjścia, ma twórczy umysł, czego dowiódł bodajby swoim mikroskopem i lampą; któż wie zatem, czy nie uda mu się zbudować machiny latającej? A w takim razie będzie większym dla ludzkości od Newtona i Napoleona razem wziętych... I ja mam z nim współzawodniczyć?... A jeżeli stanie kiedy kwestia: który z nas dwu powinien się usunąć, czyliż będę się wahał?... Cóż to za piekło powiedzieć sobie, że muszę moją nicość złożyć na ofiarę człowiekowi ostatecznie takiemu jak ja, śmiertelnemu, ulegającemu chorobom i omyłkom, a nade wszystko — tak naiwnemu... Boć to jeszcze dzieciak; co on mi nie wygadywał?..."

Dziwny traf. Gdy Wokulski był subiektem w sklepie kolonialnym, marzył o *perpetuum mobile*[210], machinie, która by się sama poruszała. Gdy zaś wstąpiwszy do Szkoły Przygotowawczej poznał, że taka machina jest niedorzecznością, wówczas najtajniejszym i najulubieńszym jego pragnieniem było — wynaleźć sposób kierowania balonami. To, co dla Wokulskiego było tylko fantastycznym cieniem, błąkającym się po fałszywych drogach, w Ochockim przybrało już formę praktycznego zagadnienia.

> Wokulski — refleksje po rozmowie z Ochockim

„Cóż to za okrucieństwo losów! — myślał z goryczą. — Dwom ludziom dano prawie te same aspiracje, tylko jeden urodził się o osiemnaście lat wcześniej, drugi później; jeden w nędzy, drugi w dostatku; jeden nie mógł wdrapać się na pierwsze piętro wiedzy, drugi lekkim krokiem przeszedł dwa piętra... Jego nie zepchną z drogi burze polityczne, tak jak mnie; jemu nie przeszkodzi miłość, którą traktuje jak zabawkę; podczas gdy dla mnie, który sześć lat spędziłem na pustyni, uczucie to jest niebem i zbawieniem... Więcej nawet!... No i on triumfuje nade mną na każdym polu, choć przecież ja mam te same uczucia, tę samą świadomość położenia, a pracę z pewnością większą..."

Wokulski dobrze znał ludzi i często porównywał się z nimi. Lecz gdziekolwiek był, wszędzie widział się trochę lepszym od innych. Czy jako subiekt, który spędzał noce nad książką, czy jako student, który przez nędzę szedł do wiedzy, czy jako żołnierz pod deszczem kul, czy jako wygnaniec, który w śniegiem zasypanej lepiance pracował nad nauką — zawsze miał w duszy ideę sięgającą poza kilka lat naprzód. Inni żyli z dnia na dzień, dla swego żołądka albo kieszeni.

I dopiero dziś spotkał człowieka wyższego od siebie, wariata, który chce budować machiny latające!...

„A ja czy dzisiaj nie mam idei, dla której pracuję przeszło rok, zdobyłem majątek, pomagam ludziom i zmuszam ich do szacunku?..."

---

[210] *perpetuum mobile* — maszyna, która wbrew zasadom fizyki byłaby w wiecznym ruchu bez zasilania energią.

„Tak, ale miłość to uczucie osobiste; wszystkie zasługi towarzyszące jej są jak ryby zaplątane w odmęt morskiego cyklonu. Gdyby na świecie zniknęła jedna kobieta, a w tobie pamięć o niej, czymże byś został?... Zwyczajnym kapitalistą, który z nudów grywa w karty w resursie. A tymczasem Ochocki ma ideę, która będzie rwała go zawsze naprzód, chyba że umysł mu zagaśnie..."

„Dobrze, a jeżeli on nic nie zrobi i zamiast zbudować machinę latającą pójdzie do szpitala wariatów?... Ja tymczasem faktycznie coś zrobię, a mikroskop, stos czy nawet lampa elektryczna z pewnością nie znaczą więcej od setek ludzi, którym ja daję byt. Skądże więc we mnie ta ultrachrześcijańska pokora?... Co kto zrobi, jeszcze nie wiadomo. Ja tymczasem jestem dziś człowiek czynu, a on marzyciel... Zaczekajmy z rok..."

Rok! Wokulski wstrząsnął się. Zdawało mu się, że w końcu drogi nazwanej rokiem widzi tylko niezmierną otchłań, która pochłania wszystko, ale nie mieści w sobie nic...

„Więc nic?... nic!..."

Instynktownie rozejrzał się. Był w głębi łazienkowskiego parku, na jakiejś ulicy, do której żaden szmer nie dolatywał. Nawet gęstwina ogromnych drzew stała cicho.

– Która godzina? – zapytał go nagle jakiś głos zachrypnięty.

– Godzina?...

> Wokulski – scena w Łazienkach – pragnienie śmierci

Wokulski przetarł oczy. Przed nim, z mroku, wynurzył się obdarty człowiek.

– Kiedy grzecznie pytają, to trzeba grzecznie odpowiadać – rzekł człowiek i podszedł bliżej.

– Zabij mnie, to sam zobaczysz – odparł Wokulski.

Obdarty człowiek cofnął się. Na lewo od drogi widać było parę ludzkich cieni.

– Głupcy! – zawołał Wokulski idąc naprzód – mam złoty zegarek i kilkaset rubli gotówką... Bronić się nie będę, no!...

Cienie usunęły się między drzewa i któryś rzekł zniżonym głosem:

– Taki to, psiakrew, zejdzie, gdzie go nie posieją...

– Bydlęta!... tchórze!... – krzyczał Wokulski prawie nieprzytomny.

Odpowiedział mu tętent uciekających.

Wokulski zebrał myśli.

„Gdzie ja jestem?... Jużci, w Łazienkach, ale w którym miejscu?... Trzeba iść w drugą stronę..."

Obrócił się parę razy i już nie wiedział, dokąd idzie. Serce zaczęło mu bić gwałtownie, zimny pot wystąpił na czoło, pierwszy raz w życiu uczuł obawę nocy i zbłąkania...

Przez parę minut biegł bez celu, prawie bez tchu; dzikie myśli wirowały mu w głowie. Wreszcie na lewo zobaczył mur, a dalej budynek.

„Aha, Pomarańczarnia..."

Potem doszedł do jakiegoś mostka, odpoczął i oparłszy się na barierze myślał:

„Więc do tego doszedłem?... Niebezpieczny rywal... rozbite nerwy... Zdaje mi się, że już dziś mógłbym napisać ostatni akt tej komedii!..."

Prosta droga doprowadziła go do stawu, później do łazienkowskiego pałacu. We dwadzieścia minut był w Alejach Ujazdowskich i siadł w przejeżdżającą dorożkę; w kwadrans później znalazł się we własnym mieszkaniu.

Na widok świateł i ulicznego ruchu odzyskał wesołość; nawet uśmiechał się i szeptał:

„Cóż znowu za przywidzenia?... Jakiś Ochocki... samobójstwo!... Ach, głupota... Dostałem się przecież między arystokrację, a co będzie dalej – zobaczymy..."

Gdy wszedł do gabinetu, służący oddał mu list pisany na jego własnym papierze przez panią Meliton.

– Ta pani była tu dziś dwa razy – rzekł wierny sługa. – Raz o piąty, drugi raz o ószmy...

Rozdział XII

Wędrówki za cudzymi interesami

Wokulski powoli otwierał list pani Meliton przypominając sobie niedawne wypadki. Zdawało się mu, że w nieoświetlonej części gabinetu jeszcze widzi ciemną gęstwinę łazienkowskich drzew, niewyraźne sylwetki obdartusów, którzy mu zastąpili drogę, a później wzgórek ze studnią, gdzie Ochocki zwierzał mu się ze swych pomysłów. Lecz gdy spojrzał na światło, mgliste obrazy znikały. Widział lampę z zielonym daszkiem, stos papierów, brązy stojące na biurku i chwilami myślał, że Ochocki ze swymi machinami latającymi i jego własna rozpacz były tylko snem.

„Co on za geniusz? — mówił do siebie Wokulski — to zwyczajny marzyciel!... I panna Izabela taka sama kobieta jak inne... Wyjdzie za mnie — dobrze; nie wyjdzie — to przecież nie umrę."

Rozłożył list i czytał:

„Panie! Ważna wiadomość: za kilka dni Łęckim sprzedają kamienicę, a jedynym kupcem będzie baronowa Krzeszowska, ich kuzynka i nieprzyjaciółka. Wiem z pewnością, że zapłaci za dom tylko sześćdziesiąt tysięcy rubli; a w takim razie reszta posagu panny Izabeli, w kwocie trzydziestu tysięcy rubli, przepadnie. Chwila jest bardzo pomyślna, gdyż panna Izabela, postawiona między biedą a wyjściem za marszałka, chętnie zgodzi się na każdą inną kombinację. Domyślam się, że tym razem nie postąpisz Pan z nastręczającą się okazją jak z wekslami Łęckiego, które podarłeś w moich oczach. Pamiętaj Pan: kobiety tak lubią być ściskane, że dla spotęgowania efektu trzeba je niekiedy przydeptać nogą. Im zrobisz Pan to bezwzględniej, tym pewniej cię pokocha. Pamiętaj Pan!...

Zresztą możesz Pan sprawić Beli małą przyjemność. Baron Krzeszowski przyciśnięty potrzebą sprzedał własnej żonie swoją ulubioną klacz, która w tych dniach ma się ścigać i na którą wiele rachował. O ile znam stosunki, Bela byłaby szczerze kontenta, gdyby ani baron, ani jego żona nie posiadali tej klaczy w dniu wyścigów. Baron byłby zawstydzony, że sprzedał klacz, a baronowa zrozpaczona, gdyby klacz wygrawszy komu innemu przyniosła zysk. Bardzo subtelne są te wielkoświatowe komeraże[211], ale spróbuj je Pan zużytkować. Okazja zaś nastręcza się, gdyż o ilem słyszała, niejaki Maruszewicz, przyjaciel obojga Krzeszowskich, ma Panu zaproponować kupno tej klaczy. Pamiętaj Pan, że kobiety są niewolnicami tylko tych, którzy potrafią je mocno trzymać i dogadzać ich kaprysom.

---

[211] *komeraże* — plotki, intrygi.

Doprawdy, zaczynam wierzyć, że urodziłeś się Pan pod szczęśliwą gwiazdą. Szczerze życzliwa.

A. M."

Wokulski głęboko odetchnął; obie wiadomości były ważne. Drugi raz przeczytał list podziwiając szorstki styl pani Meliton i uśmiechając się przy uwagach, jakie robiła nad swoją płcią. Mocno trzymać ludzi czy okoliczności to leżało w naturze Wokulskiego; wszystko i wszystkich chwytałby za kark, wyjąwszy — pannę Izabelę. Ona jedna była istotą, której wobec siebie chciał zostawić absolutną wolność, jeżeli nie panowanie.

Mimo woli spojrzał na bok; służący stał przy drzwiach.

— Idź spać — rzekł.

— Żaraz pójdę, tylko był tu jeszcze pan — odparł służący.

— Jaki pan?

— Żosztawił bilet, leży na biurku.

Na biurku leżał bilet Maruszewicza.

— Aha!... Cóż ten pan mówił?

— On niby, żeby tak, to nicz nie mówił. Tylko pytał się: kiedy pan jeszt w domu? A ja powiedziałem: koło dziesiąty ż rana, i wtedy on powiedział, że przyjdzie jutro o dziesiąty, ino na minutkę.

— Dobrze, dobranoc ci!

— Upadam do nóg, proszę łaski pana.

Służący wyszedł, Wokulski czuł się zupełnie otrzeźwionym. Ochocki i jego latające maszyny zmalały mu w oczach. Miał znowu energię jak wówczas, kiedy wyjeżdżał do Bułgarii. Wtedy szedł po majątek, a dziś ma okazję rzucić jego część dla panny Izabeli. Kłuły go wyrazy listu pani Meliton: „postawiona między biedą i wyjściem za marszałka..." Otóż ona nigdy nie znajdzie się w tym położeniu... A wydźwignie ją nie jakiś tam Ochocki, za pomocą swojej maszyny, ale on... Czuł w sobie taką siłę, iż gdyby w tej chwili sufit z dwoma piętrami spadł mu na głowę, chyba utrzymałby go.

Wydobył z biurka swój notatnik i począł rachować:

„Klacz wyścigowa — głupstwo... Wydam najwyżej tysiąc rubli, z których wróci się przynajmniej część... Dom rs. 60 000, posag panny Izabeli rs. 30 000, razem rs. 90 000. Bagatela... prawie trzecia część mego majątku... W każdym razie za dom wróci mi się ze 60 000 albo i więcej... No!... trzeba skłonić Łęckiego, ażeby te 30 000 mnie powierzył: będę mu płacił 5 000 rubli rocznie jako dywidendę...[212] Chyba im wystarczy?... Konia oddam berejterowi[213], niech on zajmie się puszczeniem go na wyścigi... O dziesiątej będzie u mnie Maruszewicz, o jedynastej pojadę do adwokata... Pieniądze dostanę na ósmy procent — 7200 rubli rocznie; a że mam na pewno piętnaście procent... No i dom coś przynosi... A co powiedzą moi wspólnicy?... Ach, dużo mnie to obchodzi!... Mam 45 000 rubli rocznie, ubędzie 12 - 13 000 rubli, zostanie

---

[212] *dywidenda* - zysk.
[213] *berejter* - ujeżdżacz koni.

32 000 rubli... Żona moja nudzić by się nie powinna... W ciągu roku wycofam się z tej kamienicy, choćby ze stratą 30 000 rubli... Wreszcie to nie jest strata, to jej posag..."
Północ. Wokulski zaczął się rozbierać. Pod wpływem jasno określonego celu uspokoiły się rozstrojone nerwy. Zgasił światło, położył się i patrząc na firanki, którymi bujał wiatr wpadający przez otwarte okno, zasnął jak kamień.

Wstał o siódmej rano tak rześki i wesoły, że zwróciło to uwagę służącego, który zaczął kręcić się po pokoju.

— Czegóż to chcesz? — zapytał Wokulski.

— Ja nic. Ino, proszę pana, stróż chce, ale nie śmi prosić, żeby pan pofatygował się i potrzymał mu dziecko do krztu.

— A a a!... A pytał się, czy ja chcę, ażeby on miał dziecko?

— Nie pytał się, bo pan był wtedy na wojnie.

— No dobrze. Będę jego kumem.

— To może by mnie pan teraż podarował sztary szurdut, bo jakże ja będę na krzcinach?

— Dobrze, weź ten surdut.

— A reperaczyja?...

— O, głupi jesteś, nie nudź mnie... Każ zreperować, choć nie wiem co...

— Bo ja chciałbym, proszę pana, akszamitny kołmirz.

— Przyszyj sobie aksamitny kołnierz i idź do diabła.

— Czałkiem beż potrzeby gniewa się pan, bo przecie to dla pańszkiego honoru, nie dla mego — odparł służący i wychodząc trzasnął drzwiami.

Czuł, że jego pan jest w wyjątkowo dobrym usposobieniu.

Ubrawszy się Wokulski usiadł do rachunków, pijąc przy tym czystą herbatę. Po ukończeniu ich napisał depeszę do Moskwy o asygnację[214] na sto tysięcy rubli i drugą do ajenta w Wiedniu, ażeby wstrzymał pewne obstalunki.

Na kilka minut przed dziesiątą wszedł Maruszewicz. Młody człowiek wydawał się jeszcze bardziej zniszczonym i onieśmielonym aniżeli wczoraj.

— Pozwoli pan — odezwał się Maruszewicz po kilku słowach powitania — że od razu położę karty na stół... Chodzi o oryginalną propozycję...

— Słucham najoryginalniejszej...

— Pani baronowa Krzeszowska (jestem przyjacielem obojga baronostwa) — mówił zniszczony młodzieniec — pragnie zbyć klacz wyścigową. Zaraz pomyślałem, że pan przy swoich stosunkach może życzyłby sobie posiadać podobnego konia... Jest ogromna szansa wygranej, gdyż biegają prócz niej w wyścigu tylko dwa konie, znacznie słabsze...

— Dlaczegóż pani baronowa sama nie puszcza tej klaczy?

— Ona?... Ona jest śmiertelną nieprzyjaciółką wyścigów!

— Po cóż więc kupiła klacz wyścigową?

— Dla dwu przyczyn — odparł młody człowiek. — Naprzód baron, potrzebując pieniędzy na pokrycie długu honorowego[215], oświadczył, że zastrzeli się, jeżeli nie do-

---

[214] *asygnacja* — pisemne zlecenie upoważniające do podjęcia pieniędzy.

[215] *dług honorowy* — w obyczajowości szlacheckiej dług wynikający z przegranej w karty.

stanie ośmiuset rubli, choćby za swoją ukochaną klacz, a po wtóre, baronowa nie życzy sobie, aby jej mąż przyjmował udział w wyścigach. Więc kupiła klacz, ale dziś biedaczka choruje ze wstydu i rozpaczy i chciałaby pozbyć się jej za jakąkolwiek bądź cenę.
— Mianowicie?
— Osiemset rubli — odparł młody człowiek, spuszczając oczy.
— Gdzie jest koń?
— W maneżu[216] Millera.
— A dokumenta?
— Oto są — odpowiedział już weselej młody człowiek wydobywając paczkę papierów z bocznej kieszeni surduta.
— Możemy zaraz skończyć? — spytał Wokulski przeglądając papiery.
— Natychmiast.
— Po obiedzie pójdziemy obejrzeć konia?
— O, naturalnie...
— Niech pan pisze kwit — rzekł Wokulski i wydobył pieniądze z biurka.
— Na osiemset?... naturalnie!... — mówił młody człowiek.

Szybko wziął papier i pióro i zaczął pisać. Wokulski zauważył, że młodzieńcowi trochę drżały ręce i twarz mu się mieniła.

Kwit był napisany według wszelkich form. Wokulski położył osiem sturublówek i schował papiery. W chwilę później młody człowiek, ciągle zmieszany, opuścił gabinet; zbiegając zaś ze schodów, myślał:

„Podły jestem, tak, podły... Ale ostatecznie za kilka dni zwrócę babie dwieście rubli i powiem, że dołożył je Wokulski poznawszy bliżej zalety konia. Oni przecież nie zetkną się, ani baron z żoną, ani ten... kupczyk z nimi... Kwit kazał sobie pisać... wyborny!... Jak to znać geszefciarza i parweniusza... O! strasznie jestem ukarany za moją lekkomyślność..."

O jedynastej Wokulski wyszedł na ulicę z zamiarem udania się do adwokata.

Ledwie jednak stanął przed bramą, wnet trzej dorożkarze na widok jasnego paltota i białego kapelusza współcześnie zacięli konie. Jeden wjechał drugiemu dyszlem w otwarty powóz, trzeci zaś chcąc ich wyminąć o mało nie rozbił tragarza niosącego ciężką szafę. Wszczął się hałas, bitwa na baty, świstanie policjantów, zbiegowisko i w rezultacie — dwaj najgorętsi dorożkarze sami siebie własnymi powozami odwieźli do cyrkułu.

„Zła wróżba — pomyślał Wokulski i nagle uderzył się w czoło. — Pyszny interes! — mówił sobie — idę do adwokata, ażeby mi kupił dom, a nie wiem, ani jak dom wygląda, ani nawet gdzie leży."

Wrócił na powrót do swego mieszkania i w kapeluszu na głowie, z laską pod pachą, począł przerzucać kalendarz. Szczęściem słyszał, że dom Łęckich[217] znajduje się gdzieś w okolicach Alei Jerozolimskiej; pomimo to upłynęło kilka minut, nim odszukał ulicę i numer.

---

[216] *maneż* — ujeżdżalnia.
[217] *dom Łęckich* — prawdopodobnie dom przy ul. Kruczej 26.

„Ładnie bym się zarekomendował adwokatowi! — myślał schodząc ze schodów. — Jednego dnia namawiam ludzi, aby mi powierzyli kapitały, a drugiego kupuję kota w worku. Naturalnie, że od razu skompromitowałbym albo siebie, albo... pannę Izabelę."

Skoczył w przejeżdżającą dorożkę i kazał skręcić ku Alei Jerozolimskiej. Na rogu wysiadł i poszedł piechotą w jedną z poprzecznych ulic.

Dzień był piękny, niebo prawie bez obłoku, bruk bez kurzu. Okna domów pootwierane, niektóre dopiero myto; figlarny wiatr miotał spódnicami pokojówek; przy czym można było spostrzec, że warszawska służba łatwiej odważa się myć okna na trzecim piętrze aniżeli własne nogi. Z wielu mieszkań odzywały się fortepiany, z wielu podwórek katarynki albo monotonne nawoływania piaskarzy, szczotkarzy, tandeciarzy i im podobnych przedsiębiorców. Tu i ówdzie pod bramą ziewał stróż odziany w niebieską bluzę; kilka psów goniło się po ulicy, którą nikt nie przejeżdżał; małe dzieci bawiły się odzieraniem kory z młodych kasztanów, którym jeszcze nie zdążyły pociemnieć jasnozielone liście.

W ogóle ulica przedstawiała się czysto, spokojnie i wesoło. Na drugim jej końcu widać nawet było odrobinę horyzontu i kępę drzew; lecz wiejski ten pejzaż, niestosowny dla Warszawy, zasłaniano teraz rusztowaniami i ścianą z cegły.

Idąc prawym chodnikiem dostrzegł Wokulski na lewo, mniej więcej w połowie ulicy, dom niezwykle żółtej barwy. Warszawa posiada bardzo wiele żółtych domów; jest to chyba najżółciejsze miasto pod słońcem. Ta jednak kamienica wydawała się żółciejszą od innych i na wystawie przedmiotów żółtych (jakiej zapewne doczekamy się kiedyś) otrzymałaby pierwszą nagrodę.

Podszedłszy bliżej Wokulski przekonał się, że nie tylko on zwrócił uwagę na szczególną kamienicę, nawet psy, częściej tu niż na jakimkolwiek innym murze, składały wizytowe bilety.

„Do licha! — szepnął — zdaje mi się, że to właśnie jest ów dom..."

Istotnie, była to kamienica Łęckich.

Kamienica Łęckich — wygląd

Zaczął się przypatrywać. Dom był trzypiętrowy; miał parę żelaznych balkonów i każde piętro zbudowane w innym stylu. Za to w architekturze bramy panował tylko jeden motyw, mianowicie: wachlarz. Górna część wrót miała formę rozłożonego wachlarza, którym mogłaby się chłodzić przedpotopowa olbrzymka. Na obu skrzydłach bramy były wyrzeźbione ogromne prostokąty, które w rogach również ozdobiono do połowy otwartymi wachlarzami. Najcenniejszym jednak upiększeniem bramy były umieszczone w pośrodku jej skrzydeł dwie rzeźby przedstawiające główki gwoździ, ale tak wielkich, jakby nimi była przytwierdzona brama do kamienicy, a kamienica do Warszawy.

Prawdziwą osobliwość stanowiła sień wjazdowa posiadająca bardzo lichą podłogę, ale za to bardzo ładne krajobrazy na ścianach. Było tam tyle wzgórz, lasów, skał i potoków, że mieszkańcy domu śmiało mogli nie wyjeżdżać na letnie mieszkania.

Podwórko, otoczone ze wszystkich stron trzypiętrowymi oficynami, wyglądało jak dno obszernej studni, napełnionej wonnym powietrzem. W każdym rogu były drzwi, a w jednym aż dwoje drzwi; pod oknem mieszkania stróża znajdował się śmietnik i wodociąg.

Wokulski mimochodem spojrzał w klatkę głównych schodów, do których prowadziły szklane drzwi. Schody zdawały się być mocno brudnymi; za to obok znajdowała się nisza, a w niej — nimfa z dzbankiem nad głową i utrąconym nosem. Ponieważ dzbanek miał zabarwienie amarantowe, twarz nimfy żółte, piersi zielone, a nogi niebieskie, można było odgadnąć, że nimfa stoi naprzeciw okna posiadającego kolorowe szyby.

„No, tak!..." — mruknął Wokulski tonem, który nie zdradzał zbyt wielkiego zachwytu.

W tej chwili z prawej oficyny wyszła piękna kobieta z małą dziewczynką.

— Teraz, proszę mamy, pójdziemy do ogrodu? — pytało dziecko.

— Nie, kochanie. Teraz pójdziemy do sklepu, a do ogrodu po obiedzie — odpowiedziała pani bardzo przyjemnym głosem.

Była to wysoka szatynka z szarymi oczami, o klasycznych rysach. Spojrzeli na siebie oboje z Wokulskim i — dama zarumieniła się.

„Skąd ja ją znam?" — pomyślał Wokulski wychodząc z bramy na ulicę.

Dama obejrzała się, lecz spostrzegłszy go odwróciła głowę.

„Tak — myślał — widziałem ją w kwietniu na grobach, a później w sklepie. Nawet Rzecki zwracał mi na nią uwagę i mówił, że ma śliczne nogi. Istotnie ładne."

Cofnął się znowu w bramę i począł czytać spis mieszkańców.

„Co?... Baronowa Krzeszowska na drugim piętrze!... Co?... co?... Maruszewicz w lewej oficynie na pierwszym?... Szczególny zbieg okoliczności. Trzecie piętro od frontu studenci... Ale kto może być ta piękność? Prawa oficyna, pierwsze piętro — Jadwiga Misiewicz, emerytka, i Helena Stawska z córeczką. Z pewnością ona."

Wszedł na podwórko i oglądał się. Prawie wszystkie okna były otwarte. W tylnej oficynie na dole była pralnia zatytułowana paryską; na trzecim piętrze było słychać kucie szewskiego młotka, poniżej na gzemsie gruchało parę gołębi, a na drugim piętrze tej samej oficyny od kilku minut rozlegały się miarowe dźwięki fortepianu i krzykliwy sopran śpiewający gamę.

— A!... a!... a!... a!... a!... a!... a!... a!... a!... a!... a!...

Wysoko nad sobą, na trzecim piętrze, Wokulski usłyszał silny bas męski, który mówił:

— O! znowu zażyła kussiny..[218] Już z niej wyłazi soliter... Marysiu!... chodź no do nas...

Jednocześnie z okna na drugim piętrze wychyliła się głowa kobiety wołającej:

— Marysiu!... wracaj mi zaraz do domu... Marysiu!...

„Słowo daję, że to pani Krzeszowska" — szepnął Wokulski.

W tej chwili usłyszał charakterystyczny szelest: z trzeciego piętra padł strumień wody, trafił na wychyloną głowę pani Krzeszowskiej i rozprysnął się po podwórku.

— Marysiu!... chodź do nas... — wołał bas.

— Nikczemnicy!... — odpowiedziała pani Krzeszowska odwracając twarz w górę.

---

[218] *kussina* — lekarstwo na tasiemce wyrabiane ze sproszkowanych kwiatów krzewu kusso.

Nowy strumień wody lunął z trzeciego piętra i zatamował jej mowę. Zarazem wychylił się stamtąd młody człowiek z czarnym zarostem i zobaczywszy cofającą się fizjognomię pani Krzeszowskiej zawołał pięknym basem:
— Ach, to pani dobrodziejka!... Bardzo przepraszam...
Odpowiedział mu z mieszkania pani Krzeszowskiej spazmatyczny płacz niewieści:
— O, ja nieszczęśliwa!... Przysięgnę, że to on, nikczemnik, nasadził na mnie tych bandytów... Wywdzięcza mi się, żem go wydobyła z nędzy!... Żem kupiła jego konia!...
Tymczasem na dole praczki prały bieliznę, na trzecim piętrze szewc kuł, a na drugim w tylnej oficynie dźwięczał fortepian i rozlegała się wrzaskliwa gama:
— A!... a!... a!... a!... a!... a!... a!... a!... a!... a!... a!...
„Wesoły dom, nie ma co..." — szepnął Wokulski otrzepując krople wody, które mu spadły na rękaw.
Wyszedł z podwórza na ulicę i jeszcze raz obejrzawszy nieruchomość, której miał zostać panem, skręcił w Aleję Jerozolimską. Tu wziął dorożkę i pojechał do adwokata.
W przedpokoju adwokata zastał parę obdartych Żydków i starą kobietę w chustce na głowie. Przez otwarte drzwi na lewo widać było szafy zapełnione aktami, trzech dependentów[219] szybko piszących i kilku gości z waszecia[220], z których jeden miał fizjognomię kryminalną, a reszta bardzo znudzone.
Stary lokaj z siwymi wąsami i podejrzliwym wejrzeniem zdjął z Wokulskiego palto i zapytał:
— Wielmożny pan na dłuższy interes?
— Na krótszy.
Wprowadził Wokulskiego do sali na prawo.
— Jak mam zameldować?
Wokulski podał bilet i został sam. W sali były sprzęty kryte amarantowym utrechtem jak w wagonach pierwszej klasy — kilka ozdobnych szaf z pięknie oprawnymi książkami, które tak wyglądały, jakby ich nigdy nie czytano — na stole zaś parę ilustracyj i albumów, które, zdaje się, oglądali wszyscy. W jednym rogu sali stał gipsowy posąg bogini Temidy z mosiężnymi wagami i brudnymi kolanami.
— Pan mecenas prosi!... — odezwał się służący przez uchylone drzwi.
Gabinet znakomitego adwokata miał sprzęty kryte brązową skórą, w oknach brązowego koloru firanki, a na ściennych obiciach brązowe desenie. Sam gospodarz odziany był w brązowy surdut i trzymał w ręku bardzo długi cybuch, u góry zakończony funtowym bursztynem i piórkiem.
— Byłem pewny, że dziś powitam szanownego pana u siebie — rzekł adwokat podsuwając Wokulskiemu fotel na kółkach i prostując nogą dywan, który się nieco zmarszczył. — Jednym wyrazem — ciągnął adwokat — możemy rachować na jakieś trzysta tysięcy rubli udziałów w naszej spółce. A że do rejenta pójdziemy jak najrychlej i gotówkę ściągniemy co do grosza, w tym może pan rachować na mnie...
Wszystko to mówił akcentując ważniejsze wyrazy, ściskał Wokulskiego za rękę i obserwował go spod oka.

---

[219] *dependent* — praktykant u adwokata lub notariusza.
[220] *z waszecia* — zaściankowo.

— A tak... spółka!... — powtórzył Wokulski usiadłszy na fotelu. — To rzecz tych panów, ile zbiorą gotówki.
— No, zawsze kapitał... — wtrącił adwokat.
— Mam go bez spółki.
— Dowód zaufania...
— Wystarcza mi własne.
Adwokat umilkł i pośpiesznie zaczął ssać dym z piórka.
— Mam prośbę do mecenasa — rzekł po chwili Wokulski.
Adwokat utopił w nim spojrzenie pragnąc odgadnąć: co to za prośba? Od natury jej bowiem zależał sposób słuchania. Widocznie jednak nie odkrył nic groźnego, gdyż jego fizjognomia przybrała wyraz poważnej, lecz serdecznej życzliwości.
— Chcę kupić kamienicę — ciągnął Wokulski.
— Już?... — spytał mecenas podnosząc brwi i schylając głowę. — Winszuję, bardzo winszuję... Dom handlowy nie na próżno nazywa się d o m e m... Kamienica dla kupca jest jak strzemię dla jeźdźca; pewniej siedzi na interesach. Handel nie oparty na tak realnej podstawie, jaką jest d o m, jest tylko kramarstwem. O jakąż to chodzi kamienicę, jeżeli szanowny pan raczysz mnie już zaszczycać swoim zaufaniem?
— Ma być w tych dniach licytowany dom pana Łęckiego...
— Znam — przerwał adwokat. — Mury wcale dobre, rzeczy drewniane należałoby stopniowo zmienić, w rezerwie ogród... Licytuje baronowa Krzeszowska do sześćdziesięciu tysięcy rubli, konkurentów zapewne nie będzie, kupimy najwyżej za sześćdziesiąt tysięcy rubli.
— Choćby za dziewięćdziesiąt tysięcy, a nawet i więcej — wtrącił Wokulski.
— Po co?... — skoczył na fotelu adwokat. — Baronowa poza sześćdziesiąt tysięcy nie wyjdzie, domów nikt dziś nie kupuje... Wcale dobry interes...
— Dla mnie będzie dobrym nawet za dziewięćdziesiąt tysięcy.
— Ale lepszym za sześćdziesiąt pięć tysięcy...
— Nie chcę obdzierać mego przyszłego wspólnika.
— Wspólnika?... — zawołał adwokat. — Ależ szanowny pan Łęcki jest stanowczym bankrutem; po prostu skrzywdziłbyś go pan, naddając mu jakieś kilka tysięcy rubli. Znam pogląd jego siostry; hrabiny, na tę sprawę... W chwili gdy pan Łęcki zostanie bez grosza przy duszy, jego urocza córka, którą wszyscy uwielbiamy, wyjdzie za barona albo marszałka...
Oczy Wokulskiego tak dziko błysnęły, że adwokat umilkł. Przypatrywał mu się, rozmyślał... Nagle uderzył się ręką w czoło.
— Szanowny pan — rzekł — jesteś zdecydowany dać dziewięćdziesiąt tysięcy rubli za tę ruderę?...
— Tak — odparł głucho Wokulski.
— Sześćdziesiąt od dziewięćdziesięciu... posag panny Izabeli... — mruknął adwokat. — Aha!...
Fizjognomia i cała postawa jego zmieniła się do niepoznania. Pociągnął z wielkiego bursztynu ogromny kłąb dymu, rozparł się na fotelu i trzęsąc ręką w stronę Wokulskiego mówił:

— Rozumiemy się, panie Wokulski. Wyznam ci, że jeszcze przed pięcioma minutami podejrzewałem cię, sam nie wiem o co, bo interesa twoje są czyste. Ale w tej chwili, wierz mi, masz we mnie tylko człowieka życzliwego i... sprzymierzeńca...

— Teraz ja pana nie rozumiem — szepnął spuszczając oczy Wokulski.

Adwokatowi na policzkach wystąpiły ceglaste rumieńce. Zadzwonił wszedł służący.

— Nie wpuszczać tu nikogo, dopóki nie zawołam — rzekł.

— Słucham pana mecenasa — odparł markotny lokaj.

Znowu zostali we dwu.

> **Arystokracja w oczach adwokata księcia**

— Panie... Stanisławie — zaczął adwokat. — Pan wie, co to jest nasza arystokracja i jej dodatki?... Jest to parę tysięcy ludzi, którzy wysysają cały kraj, topią pieniądze za granicą, przywożą stamtąd najgorsze nałogi, zarażają nimi klasy średnie, niby to zdrowe, i — sami giną bez ratunku: ekonomicznie, fizjologicznie i moralnie. Gdyby zmusić ich do pracy, gdyby s k r z y ż o w a ć z innymi warstwami, może... byłby z tego jaki pożytek, bo jużci są to organizacje subtelniejsze od naszych. Rozumie pan... skrzyżować, ale... nie wyrzucać na podtrzymanie ich trzydziestu tysięcy rubli. Otóż do skrzyżowania pomagam panu, ale do strwonienia trzydziestu tysięcy rubli — nie!...

— Nic nie rozumiem pana — odparł cicho Wokulski.

— Rozumiesz, tylko nie ufasz mi. Wielka to cnota nieufność, leczyć z niej pana nie będę. Tyle ci powiem: Łęcki — bankrut może zostać... krewnym nawet kupca, a tym bardziej kupca-szlachcica. Ale Łęcki z trzydziestoma tysiącami rubli w kieszeni!...

— Panie mecenasie — przerwał Wokulski — czy zechce pan w moim imieniu stanąć do licytacji tego domu?

— Stanę, lecz ponad to, co da pani Krzeszowska, postąpię najwyżej parę tysięcy. Wybacz pan, panie Wokulski, ale sam z sobą licytować się nie będę.

— A jeżeli znajdzie się trzeci licytant?

— Ha! w takim razie i jego zdystansuję, ażeby dogodzić pańskiemu kaprysowi.

Wokulski wstał.

— Dziękuję panu — rzekł — za parę słów szczerszych. Ma pan rację, ale i ja mam moje racje... Pieniądze przyniosę panu jutro; teraz do widzenia.

— Żal mi pana — odpowiedział adwokat ściskając go za rękę.

— Dlaczegóż to?

— Dlatego, panie, że kto chce zdobyć, musi zwyciężyć, zdusić przeciwnika, nie zaś karmić go z własnej spiżarni. Popełniasz pan błąd, który cię raczej odsunie, aniżeli zbliży do celu.

— Myli się pan.

— Romantyk!... romantyk!... — powtarzał adwokat z uśmiechem.

Wokulski wybiegł z domu adwokata i wsiadłszy w dorożkę kazał się wieźć w stronę ulicy Elektoralnej. Był zirytowany tym, że adwokat odkrył jego tajemnicę, i tym, że krytykował jego metodę postępowania. Naturalnie, że kto chce zdobyć, musi zdusić przeciwnika; ależ tu zdobyczą miała być panna Izabela!...

Wysiadł przed niepozornym sklepikiem, nad którym wisiał czarny szyld z żółtawym napisem: „Kantor wekslu i loterii S. Szlangbauma."

Sklep był otwarty; za kontuarem, obitym blachą i od publiczności oddzielonym drucianą siatką, siedział stary Żyd z łysą głową i siwą brodą, jakby przylepioną do „Kuriera".
— Dzień dobry, panie Szlangbaum! — zawołał Wokulski.
Żyd podniósł głowę i z czoła zsunął okulary na oczy.
— Ach, to pan dobrodziej?... — odparł ściskając go za rękę. — Co to, czy już i pan potrzebuje pieniędzy?...
— Nie — odpowiedział Wokulski rzucając się na wyplatane krzesło przed kontuarem. A ponieważ wstyd mu było od razu objaśnić, po co przyszedł, więc spytał:
— Cóż słychać, panie Szlangbaum?
— Źle! — odpowiedział starzec. — Na Żydów zaczyna się prześladowanie. Może to i dobrze. Jak nas będą kopać i pluć, i dręczyć, wtedy może upamiętają się i te młode Żydki, co jak mój Henryk poubierali się w surduty i nie zachowują swoje religie.
— Kto was prześladuje! — odparł Wokulski.
— Pan chce dowody?... — spytał Żyd. — Ma pan dowód w ten „Kurieru". Ja onegdaj posłałem do nich szaradę. Pan zgaduje szarady?...
Posłałem taką:

> Pierwsze i drugie — to zwierz kopytkowy,
> Pierwsze i trzecie — ozdabia damskie głowy;
> Wszystkie razem na wojnie strasznie goni,
> Niech nas Pan Bóg od tego zabroni.

Pan wie, co to?... Pierwsze i drugie — to jest: ko-za; pierwsze i trzecie — to jest koki, a wszystkie — to są: K o z a k i. A pan wie, co oni mi odpisali?... Zaraz...
Podniósł „Kurier" i czytał:
— „Odpowiedzie od redakcje. P a n u W. W. Encyklopedie większe Orgelbranda..."[221] Nie to... „P a n u M o t y l k o w i. Frak kładzie się..." Nie to... A, jest!... „P a n u S. S z l a n g b a u m o w i: Pańska szarada polityczna nie jest gramatyczna." — Proszę pana: co tu jest z polityki? Żebym ja napisał szarade o Dizraeli albo o Bismarck, to byłaby polityka, ale o Kozaki to przecie nie jest polityka, tylko wojskowość.
— Ale gdzież w tym prześladowanie Żydów? — spytał Wokulski.
— Zaraz powiem. Pan sam musiał bronić od prześladowcy mego Henryka; ja to wszystko wiem, choć nie on mi mówił. A teraz o szaradę. Jak ja pół roku temu odniosłem moją szaradę do pana Szymanowskiego[222], to on mnie powiedział: „Panie Szlangbaum, my te szarade drukować nie będziemy, ale ja panu radzę, co lepiej byś pan pisał szarade, aniżeli brał procentów." A ja mówię: „Panie redaktorze, jak mnie pan da tyle za szarady, co ja mam z procenty, to ja będę pisał." A pan Szymanowski na to: „My, panie Szlangbaum, nie mamy takie pieniądze, żeby za pańskie szarady płacić." To powiedział sam pan Szymanowski, słyszy pan? Nu, a oni mnie dzisiaj piszą w „Kurierku", że to niepolitycznie i niegramatycznie!... Jeszcze pół roku temu gadali inaczej. A co teraz drukują w gazety na Żydków!...

---

[221] *Encyklopedia większa Orgelbranda* — dwudziestoośmiotomowa encyklopedia wydana w latach 1859—1868.
[222] *Wacław Szymanowski* — pisarz, dziennikarz, wydawca „Kuriera Warszawskiego".

Wokulski słuchał historii o prześladowaniu Żydów patrząc na ścianę, gdzie wisiała tabelka loteryjna, i bębniąc palcami w kontuar. Ale myślał o czym innym i wahał się.

— Więc ciągle zajmujesz się szaradami, panie Szlangbaum?— spytał.
— Co to ja!... — odparł stary Żyd. — Ale ja, panie, mam po Henryku wnuczka, co mu dopiero dziewięć lat, i niech no pan słucha, jaki on do mnie w tamten tydzień list napisał: „Mój dziadku — on pisał, ten mały Michaś — ja potrzebuje takie szarade:

> Pierwsze znaczy dół, drugie — przeczenie.
> Wszystko razem kortowe odzienie[223].

A jak dziadzio — on pisał, Michaś — zgadnie, to niech mi dziadzio przyszle sześć rubli na ten kortowy interes." Ja się rozpłakałem, panie Wokulski, jakiem przeczytał. Bo ten pierwszy, dół, to znaczy: spód, a przeczenie to jest nie — a wszystkie razem to są spodnie. Ja się spłakałem, panie Wokulski, co takie mądre dziecko przez upartość Henryka chodzi bez spodnie. Ale ja mu odpisałem: „Mój kochaneczku. Bardzo jestem kontent, że ty od dziadusia nauczyłeś się układać szarady. Ale żebyś ty jeszcze nauczył się oszczędności, to ja tobie na te kortowe odzienie posyłam tylko cztery ruble. A jak ty się będziesz dobrze uczył, to ja tobie po wakacje sprawie takie szarade:

> Pierwsze znaczy po niemiecku usta, drugie godzina.
> Wszystkie kupuje się dziecku — jak do gimnazje chodzić zaczyna."

To znaczy: mund-ur; pan od razu zgadł, panie Wokulski?
— Więc i cała pańska rodzina bawi się szaradami? — wtrącił Wokulski.
— Nie tylko moja — odpowiedział Szlangbaum. — U nas, panie, niby u Żydów, jak się młodzi zejdą, to oni nie zajmują się, jak u państwo, tańcami, komplementami, ubiorami, głupstwami, ale oni albo robią rachunki, albo oglądają uczone książki, jeden przed drugim zdaje egzamin albo rozwiązują sobie szarady, rebusy, szachowe zadanie. U nas ciągle jest zajęty rozum i dlatego Żydzi mają rozum, i dlatego, niech się pan nie obrazi, oni cały świat zawojują. U państwa wszystko się robi przez te sercowe gorączke i przez wojne, a u nas tylko przez mądrość i cierpliwość,

Ostatnie wyrazy uderzyły Wokulskiego. On przecież zdobywał pannę Izabelę mądrością i cierpliwością... Jakaś otucha wstąpiła mu w serce, przestał wahać się i nagle rzekł:
— Mam do pana prośbę, panie Szlangbaum...
— Pańskie proźbę tyle znaczy dla mnie co rozkaz, panie Wokulski.
— Chcę kupić dom Łęckiego...
— Znam go. On pójdzie za sześćdziesiąt parę tysięcy.
— Chcę, żeby poszedł za dziewięćdziesiąt tysięcy, i potrzebuję kogoś, kto by licytował do tej sumy.

Żyd szeroko otworzył oczy.
— Jak to?... Pan chce zapłacić drożej o trzydzieści tysięcy rubli?... spytał.
— Tak.

---
[223] *kortowe odzienie* — z kortu, rodzaju sukna.

— Przepraszam, ale nie rozumiem. Bo żeby panu dom sprzedawali, a Łęcki chciał jego kupić, wtedy pan miałby interes podbijać cenę. Ale jak pan kupuje, to pan ma interes zniżyć wartość...

— Mam interes zapłacić drożej.

Starzec potrząsnął głową i odezwał się po chwili:

— Żebym ja pana nie znał, tobym myślał, że pan robi zły interes; ale że ja pana znam, więc ja sobie myślę, co pan robi... dziwny interes. Nie tylko pan zakopuje w mury gotówkę i traci na tym z dziesięć procentów rocznie, ale jeszcze chce pan zapłacić trzydzieści tysięcy rubli więcej... Panie Wokulski — dodał biorąc go za rękę — nie zrób pan takie głupstwo. Ja pana proszę... Stary Szlangbaum pana prosi...

— Wierz mi pan, że dobrze na tym wyjdę...

Żyd nagle podniósł palec do czoła. Błysnęły mu oczy i zęby białe jak perły.

— Cha! cha!... — zaśmiał się. — Nu, jaki ja już stary jestem, żem od razu tego nie pomiarkował. Pan panu Łęckiemu da trzydzieści tysięcy rubli... a on panu ułatwi interes może na sto tysięcy rubli... Git!...[224] Ja panu dam licytanta, co on za piętnaście rubelków podbije cenę domu. Bardzo porządny pan, katolik, tylko jemu nie można dawać wadium[225] do ręki... Ja panu dam jeszcze jakie dystyngowane dame, co także za dziesięć rubelków będzie podbijać... Ja mogę dać jeszcze z parę Żydki, po pięć rubelków... Zrobi się taka licytacja, co pan może zapłacić za ten dom choćby sto pięćdziesiąt tysięcy i nikt nie zmiarkuje, jaki jest interes...

Wokulskiemu było trochę przykro.

— W każdym razie sprawa zostaje między nami — rzekł.

— Panie Wokulski — odparł Żyd uroczyście — ja myślę, że pan nie potrzebował to powiedzieć. Pański sekret to mój sekret. Pan ujął się za mój Henryczek, pan nie prześladuje Żydów...

Pożegnali się i Wokulski wrócił do swego mieszkania. Tam zastał już Maruszewicza, z którym pojechał do rajtszuli[226] obejrzeć kupioną klacz.

Rajtszula składała się z dwu połączonych ze sobą budynków, tworzących jedną całość w formie szlify. W części okrągłej mieścił się maneż, w prostokątnej stajnie.

W chwili gdy Wokulski z Maruszewiczem weszli tam, odbywała się lekcja konnej jazdy. Czterech panów i jedna dama jeździli, koń za koniem, wzdłuż ścian maneżu; na środku stał dyrektor zakładu, mężczyzna z miną wojskową, w granatowej kurtce, białych obcisłych spodniach i wysokich butach z ostrogami. Był to pan Miller; komenderował jeźdźcami pomagając sobie w tej czynności długim batem, którym od czasu do czasu podcinał źle manewrującego konia, przy czym krzywił się jeździec. Wokulski zauważył naprędce, że jeden z panów, który jeździł bez strzemion, trzymając prawą rękę za plecami, ma minę łobuza, że drugi z nich pragnie zająć na koniu stanowisko środkujące między szyją a zadem, a czwarty wygląda tak, jakby w każdej chwili usiłował zsiąść z konia i już do końca życia nie ćwiczyć się w ekwitacji[227].

---

[224] *git* (żyd.) — dobrze.
[225] *vadium* — zastaw, suma składana dla zapewnienia, że zobowiązanie będzie dotrzymane.
[226] *rajtszula* — ujeżdżalnia.
[227] *ekwitacja* — umiejętność jazdy konnej.

Tylko dama w amazonce jeździła śmiało i zręcznie, co Wokulskiemu nasunęło myśl, że na świecie nie ma dla kobiet pozycji ani niewygodnej, ani niebezpiecznej.

Maruszewicz zapoznał swego towarzysza z dyrektorem.

— Właśnie czekałem na panów i natychmiast służę. Panie Szulc!...

Wbiegł pan Szulc, młody blondyn, odziany również w granatową kurtkę, lecz jeszcze wyższe buty i obciślejsze spodnie. Z wojskowym ukłonem wziął do ręki symbol dyrektorskiej władzy i zanim Wokulski opuścił maneż, przekonał się, że Szulc mimo młodego wieku energiczniej włada batem aniżeli sam dyrektor. Drugi bowiem pan aż syknął, a czwarty rozpoczął formalną kłótnię.

— Pan — rzekł dyrektor do Wokulskiego — przyjmuje klacz barona ze wszelkimi przynależnościami: siodłami, derami i tam dalej?...

— Naturalnie.

— W takim razie mam u pana sześćdziesiąt rubli za stajnię, której pan Krzeszowski nie opłacił.

— Trudna rada.

Weszli do stajenki widnej jak pokój, nawet ozdobionej dywanami, niezbyt zresztą cennymi. Żłób był nowy i pełny, drabina toż samo, na podłodze leżała świeża słoma. Pomimo to bystre oko dyrektora dojrzało jakąś niestosowność, krzyknął bowiem:

— Cóż to za porządek, panie Ksawery, do stu par diabłów!... Czy i w pańskiej sypialni konserwują się takie rzeczy?

Drugi pomocnik dyrektora ukazał się tylko na chwilę. Spojrzał, zniknął i z korytarza zawołał:

— Wojciech!... do stu tysięcy diabłów... Zaraz mi zrób porządek, bo ci to wszystko każę położyć na stole...

— Szczepan!... cholero jakiś... — odezwał się trzeci głos za przepierzeniem. — Jak mi jeszcze raz, pieskie nasienie, tak stajnię zostawisz, to ci każę zbierać zębami...

Jednocześnie rozległo się kilka tępych uderzeń, jakby ktoś pochwycił kogoś drugiego za głowę i uderzał nią o ścianę. Niebawem zaś przez okno stajni zobaczył Wokulski młodzieńca z metalowymi guzikami przy kurtce, który wybiegł na podwórze po miotłę i znalazłszy takową, mimochodem zwalił przez łeb gapiącego się Żydka. Jako przyrodnik, podziwiał Wokulski tę nową formę prawa zachowania siły, gdzie gniew dyrektora w tak szczególny sposób zawędrował aż do istoty znajdującej się poza rajtszulą.

Tymczasem dyrektor kazał wyprowadzić klacz na korytarz. Było to piękne zwierzę na cienkich nóżkach, z małą główką i oczyma, z których przeglądał dowcip i rzewność. Klaczka w przechodzie zwróciła się do Wokulskiego wąchając go i chrapiąc, jakby w nim odgadła pana.

— Już pana poznała — rzekł dyrektor. — Niech jej pan da cukru... Piękna klacz!...

To mówiąc wydobył z kieszeni kawałek brudnej substancji, nieco zalatującej tytuniem. Wokulski podał to klaczy, która bez namysłu zjadła.

— Zakładam się o pięćdziesiąt rubli, że wygra!... — zawołał dyrektor. — Trzyma pan?

— Owszem — odpowiedział Wokulski.

— Wygra niezawodnie. Dam doskonałego dżokeja, a ten poprowadzi ją według mojej instrukcji. Ale gdyby została przy baronie Krzeszowskim, niech mnie piorun trzaśnie, przywlokłaby się trzecia do mety. Zresztą nawet nie trzymałbym jej na stajni...

— Dyrektor jeszcze nie może uspokoić się — wtrącił ze słodkim uśmiechem Maruszewicz.

— Uspokoić się!... — krzyknął dyrektor czerwieniejąc z gniewu. — No, niech pan Wokulski osądzi, czy mogę nadal utrzymywać stosunki z człowiekiem, który opowiadał, że ja sprzedałem w Lubelskie konia, co miał koler!... Takich rzeczy — wołał, coraz mocniej podnosząc głos — nie zapomina się, panie Maruszewicz. I gdyby hrabia nie załagodził afery, pan Krzeszowski miałby dziś kulę w udzie... Ja sprzedałem konia, co miał koler!... Żebym miał zapłacić od siebie sto rubli, klacz wygra... Żeby miała paść... Przekona się pan baron... Koń miał koler!...[228] Cha! cha! cha!... — wybuchnął demonicznym śmiechem dyrektor.

Po obejrzeniu klaczy panowie udali się do kancelarii, gdzie Wokulski uregulował należne rachunki przysięgając sobie nie mówić o żadnym koniu, że ma koler. Na pożegnanie zaś odezwał się:

— Czy nie mógłbym, dyrektorze, wprowadzić tę klacz na wyścigi bezimiennie?

— Zrobi się.

— Ale...

— O! niech pan będzie spokojny — odparł dyrektor ściskając go za rękę. — Dla dżentelmena dyskrecja jest pierwszą cnotą. Spodziewam się, że i pan Maruszewicz...

— O!... — potwierdził Maruszewicz trzęsąc głową i ręką w taki sposób, że o tajemnicy pogrzebanej w jego piersiach nie można było wątpić.

Wracając obok maneżu Wokulski znowu usłyszał trzaśnięcie batem, po którym czwarty pan znowu rozpoczął kłótnię z zastępcą dyrektora.

— To jest niedelikatność, mój panie!... — krzyczał czwarty. — Odzienie mi popęka...

— Wytrzyma — odparł flegmatycznie pan Szulc trzaskając batem w kierunku drugiego pana.

Wokulski opuścił rajtszulę.

Gdy, pożegnawszy się z Maruszewiczem, siadał w dorożkę, przyszła mu szczególna myśl do głowy:

„Jeżeli ta klacz wygra, to panna Izabela pokocha mnie..."

I nagle zawrócił się; jeszcze przed chwilą obojętne zwierzę stało mu się sympatycznym i interesującym.

Wchodząc powtórnie do stajenki usłyszał znowu charakterystyczny łoskot głowy ludzkiej uderzanej o ścianę. Jakoż istotnie z sąsiedniego przedziału wybiegł mocno zarumieniony chłopak stajenny, Szczepan, z włosami ułożonymi w taki wicherek, jakby mu dopiero co wyjęto z nich rękę, a zaraz po nim ukazał się i furman, Wojciech, który ocierał o kurtkę nieco zatłuszczone palce. Wokulski dał starszemu trzy ruble, młodszemu rubla i obiecał im na przyszłość gratyfikacje, byle tylko klaczka nie miała krzywdy.

---

[228] *koler* — bezgorączkowa choroba mózgu u koni.

— Będę jej, panie, doglądał lepiej niż własnej żony — odpowiedział Wojciech z niskim ukłonem. — Ale i s t a r y jej nie skrzywdzi, owszem... Na wyścigu, panie, pójdzie kobyłka jak szkło...

Wokulski wszedł do stajenki i z kwadrans przypatrywał się klaczy. Niepokoiły go jej delikatne nóżki i sam drżał na widok dreszczów przebiegających jej aksamitną skórę, myślał bowiem, że może zachorować. Potem objął ją za szyję, a gdy oparła mu na ramieniu główkę, całował ją i szeptał:

— Gdybyś ty wiedziała, co od ciebie zależy!... gdybyś wiedziała...

Odtąd po parę razy na dzień jeździł do maneżu, karmił klacz cukrem i pieścił się z nią. Czuł, że w jego realnym umyśle zaczyna kiełkować coś jakby przesąd. Uważał to za dobrą wróżbę, gdy klacz witała go wesoło, lecz gdy była smutna, niepokój poruszał mu serce. Już bowiem jadąc do maneżu mówił sobie: „Jeżeli zastanę ją wesołą, to mnie panna Izabela pokocha."

Niekiedy budził się w nim rozsądek; wówczas opanowywał go gniew i pogarda dla samego siebie.

„Cóż to — myślał — czy moje życie ma zależeć od kaprysu jednej kobiety?... Czy nie znajdę stu innych?... Alboż pani Meliton nie obiecywała, że mnie zapozna z trzema, z czterema równie pięknymi?... Raz, do licha, muszę się ocknąć!..."

Ale zamiast ocknąć się, coraz głębiej zapadał w opętanie. Zdawało mu się w chwilach świadomości, że na ziemi jeszcze chyba istnieją czarodzieje i że jeden z nich rzucił na niego klątwę. Wtedy mówił z trwogą:

„Ja nie jestem ten sam... Ja robię się jakimś innym człowiekiem... Zdaje mi się, że mi ktoś zamienił duszę!..."

Chwilami znowu zabierał w nim głos przyrodnik i psycholog:

„Oto — szeptał mu gdzieś w głębi mózgu — oto jak mści się natura za pogwałcenie jej praw. Za młodu lekceważyłeś serce, drwiłeś z miłości, sprzedałeś się na męża starej kobiecie, a teraz masz!... Przez długie lata oszczędzany kapitał uczuć zwraca ci się dziś z procentem..."

„Dobrze to — myślał — ale w takim razie powinienem zostać rozpustnikiem; dlaczegóż więc myślę o niej jednej?"

„Licho wie — odpowiadał oponent. — Może właśnie ta kobieta najlepiej nadaje się do ciebie. Może naprawdę, jak mówi legenda[229,] dusze wasze stanowiły kiedyś, przed wiekami, jedną całość?..."

„Więc i ona powinna by mnie kochać... — mówił Wokulski. A potem dodawał: — Jeżeli klacz wygra na wyścigach, będzie to znakiem, że mnie panna Izabela pokocha... Ach! stary głupcze, wariacie, do czego ty dochodzisz?..."

Na parę dni przed wyścigami złożył mu w mieszkaniu wizytę hrabia-Anglik, z którym zaznajomił się podczas sesji u księcia.

Po zwykłym powitaniu hrabia usiadł sztywnie na krześle i rzekł:

— Z wizytą i z interesem — t e k !...Czy wolno?...

— Służę hrabiemu.

---

[229] „... jak mówi legenda..." — mowa o legendzie z *Uczty* Platona.

— Baron Krzeszowski — ciągnął hrabia — którego klacz nabył pan, zresztą najzupełniej prawidłowo — tek — ośmiela się najuprzejmiej prosić pana o ustąpienie mu jej... Cena nie stanowi nic... Baron porobił duże zakłady... Proponuje tysiąc dwieście rubli...

Wokulskiemu zrobiło się zimno; gdyby sprzedał klacz, panna Izabela mogłaby nim pogardzić.

— A jeżeli i ja mam moje widoki na tę klacz, panie hrabio?... — odparł.

— W takim razie pan ma słuszne pierwszeństwo, tek — wycedził hrabia.

— Zdecydował pan kwestię — rzekł Wokulski z ukłonem.

— Czy tek?... Bardzo żałuję barona, ale pańskie prawa są lepsze.

Wstał z krzesła jak automat na sprężynach i pożegnawszy się dodał:

— Kiedyż do rejenta, drogi panie, z naszą spółką?... Namyśliwszy się przystępuję z pięćdziesięcioma tysiącami rubli... Tek.

— To już zależy od panów.

— Bardzo pragnąłbym widzieć ten kraj kwitnącym i dlatego, panie Wokulski, posiada pan całą moją sympatię i szacunek, tek, bez względu na zmartwienie, jakie pan robi baronowi. Tek, był pewnym, że mu pan ustąpi konia...

— Nie mogę.

— Pojmuję pana — zakończył hrabia. — Szlachcic, choćby się odział w skórę przemysłowca, musi wyleźć z niej przy lada okazji. Pan zaś, proszę mi wybaczyć śmiałość, jesteś przede wszystkim szlachcicem, i to w angielskiej edycji, jakim każdy z nas być powinien.

Mocno uścisnął mu rękę i wyszedł. Wokulski przyznawał w duszy, że ten oryginał, udający marionetkę, ma jednak dużo sympatycznych przymiotów.

„Tak — szepnął — z tymi panami przyjemniej żyć aniżeli z kupcami. Oni są naprawdę ulepieni z innej gliny..."

A potem dodał:

„I dziwić się, że panna Izabela pogardza takim jak ja, wychowawszy się wśród takich jak oni... No, ale co oni robią na świecie i dla świata?... Szanują ludzi, którzy mogą dać piętnasty procent od ich kapitałów... To jeszcze nie zasługa."

„Tam do licha! — mruknął strzelając z palców — a skąd oni wiedzą, że ja kupiłem klacz?... Bagatela!... przecież kupiłem ją od pani Krzeszowskiej za pośrednictwem Maruszewicza... Zresztą za często bywam w maneżu, wie o mnie cała służba... Eh! zaczynam już palić głupstwa, jestem nieostrożny... Nie podobał mi się ten Maruszewicz..."

Rozdział XIII

Wielkopańskie zabawy

Nareszcie nadszedł dzień wyścigów, pogodny, ale nie gorący; właśnie jak potrzeba. Wokulski zerwał się o piątej i natychmiast pojechał odwiedzić swoją klacz. Przyjęła go dość obojętnie, ale była zdrowa, a pan Miller pełen otuchy.

— Co?... — śmiał się trącając Wokulskiego w ramię. — Palisz się pan, co?... Ocknął się w panu sportsmen!... My, panie, przez cały czas wyścigów jesteśmy w gorączce. Nasz zakładzik o pięćdziesiąt rubli stoi, co?... Jakbym je miał w kieszeni; mógłbyś je pan natychmiast zapłacić.

— Zapłacę z największą przyjemnością — odparł Wokulski i myślał: „Czy klacz wygra?... czy go panna Izabela kiedy pokocha?... czy się coś nie stanie?... A jeżeli klacz złamie nogę!..."

Ranne godziny wlokły mu się, jakby do nich zaprzężono woły. Wokulski na chwilę tylko wpadł do sklepu, przy obiedzie nie mógł jeść, potem poszedł do Saskiego Ogrodu ciągle myśląc: „Czy klacz wygra i czy go panna Izabela pokocha?..." Przemógł się jednak i wyjechał z domu dopiero około piątej.

W Alejach Ujazdowskich był już taki natłok powozów i dorożek, że miejscami należało jechać stępa; przy rogatce zaś utworzył się formalny zator i musiał czekać z kwadrans, pożerany niecierpliwością, zanim ostatecznie powóz jego wydostał się na Mokotowskie Pola.

Na skręcie drogi Wokulski wychylił się i przez mgłę żółtawego kurzu, który gęsto osiadał mu twarz i odzienie, przypatrywał się wyścigowemu polu. Plac wydawał mu się dzisiaj nieskończenie wielkim i przykrym, jakby nad nim unosiło się widmo niepewności. Z daleka przed sobą widział długi sznur ludzi uszykowanych w półkole, które ciągle zwiększało się dopływającymi gromadami.

Nareszcie dojechał na miejsce i znowu upłynęło z dziesięć minut, nim służący powrócił z kasy z biletem. Dokoła powozu tłoczyła się ciżba bezpłatnych widzów i huczał gwar tysiąca głosów, a Wokulskiemu zdawało się, że wszyscy mówią tylko o jego klaczy i drwią z kupca, który bawi się w wyścigi.

Nareszcie powóz puszczono wewnątrz toru. Wokulski zeskoczył na ziemię i pobiegł do swej klaczy usiłując zachować powierzchowność obojętnego widza.

Po długim szukaniu znalazł ją na środku wyścigowego placu, a przy niej panów Millera i Szulca tudzież dżokeja z wielkim cygarem w ustach, w czapce żółtej z niebieskim i w paltocie narzuconym na ramiona. Jego klacz wobec ogromnego placu i niezliczonych tłumów wydała mu się tak małą i mizerną, że zdesperowany chciał wszystko rzucić i wracać do domu. Ale panowie Miller i Szulc mieli fizjognomie jaśniejące nadzieją.

— Nareszcie jest pan — zawołał dyrektor maneżu i wskazując oczyma na dżokeja dodał: — Zapoznam panów: pan Yung, najznakomitszy w kraju dżokej — pan Wokulski.

Dżokej podniósł dwa palce do żółto-niebieskiej czapki, a wyjąwszy drugą ręką cygaro z ust plunął przez zęby.

Wokulski przyznał w duchu, że tak chudego i tak małego człowieka jeszcze w życiu nie widział. Zauważył przy tym, że dżokej ogląda go jak konia: ode łba do pęcin, i wykonywa krzywymi nogami ruchy, jakby miał zamiar wsiąść i przejechać się na nim.

— Niechże pan powie, panie Yung, czy nie wygramy? — spytał dyrektor.

— Och! — odpowiedział dżokej.

— Tamte dwa konie są niezłe, ale nasza klacz znakomita — mówił dyrektor.

— Och! — potwierdził dżokej.

Wokulski odprowadził go na stronę i rzekł:

— Jeżeli wygramy, będę panu winien pięćdziesiąt rubli ponad umowę.

— Och! — odparł dżokej, a przypatrzywszy się Wokulskiemu dodał:

— Pan jest czysty krew sportsmen, ale jeszcze pan trochu gorączkuje. Na przyszły rok będzie spokojniejszy.

Znowu plunął na długość konia i poszedł w stronę trybuny, a Wokulski, pożegnawszy panów Millera i Szulca, popieściwszy klaczkę, wrócił do swego powozu.

Teraz zaczął szukać panny Izabeli.

Obszedł długi łańcuch powozów ustawionych wzdłuż toru, przypatrywał się koniom, służbie, zaglądał pod parasolki damom, ale panny Izabeli nie dostrzegł.

„Może nie przyjedzie?" — szepnął i zdawało mu się, że cały ten plac napełniony ludźmi zapada wraz z nim pod ziemię. Miał też po co wyrzucać tyle pieniędzy, jeżeli jej tu nie będzie! A może pani Meliton, stara intrygantka, okłamała go na spółkę z Maruszewiczem?...

Wszedł na schodki wiodące do trybuny sędziów i oglądał się na wszystkie strony. Na próżno. Gdy schodził stamtąd, zatamowali mu drogę dwaj tyłem stojący panowie, z których jeden, wysoki, z wszelkimi cechami sportsmena, mówił podniesionym głosem:

— Czytając od dziesięciu lat, jak łają nas za zbytki, już chciałem poprawić się i sprzedać stajnię. Tymczasem widzę, że człowiek, który wczoraj dorobił się majątku, dziś puszcza konia na wyścigach... Ha! myślę, toście wy takie ptaszki?... Nas moralizujecie, a gdy się uda, robicie to samo?... Otóż nie poprawię się, nie sprzedam stajni, nie...

Jego towarzysz spostrzegłszy Wokulskiego trącił mówcę, który nagle urwał. Korzystając z chwili Wokulski chciał ich minąć, ale wysoki pan zatrzymał go.

— Przepraszam — odezwał się dotykając kapelusza — że ośmieliłem się robić tego rodzaju uwagi... Jestem Wrzesiński...

— Z przyjemnością słuchałem ich — odpowiedział z uśmiechem Wokulski — ponieważ w duchu mówię sobie to samo. Zresztą — staję na wyścigach pierwszy i ostatni raz w życiu.

Podali sobie ręce z wysokim sportsmenem, który gdy Wokulski odsunął się na parę kroków, mruknął:

— Dziarski chłop...

Teraz dopiero Wokulski kupił program i z uczuciem jakby wstydu czytał, że w trzeciej gonitwie biega klacz Sułtanka po Alim i Klarze, należąca do X. X., jeżdżona przez dżokeja Yunga w żółtej kurtce z niebieskimi rękawami. Nagroda trzysta rubli; koń wygrywający ma być na miejscu sprzedany.

„Oszalałem!" — mruknął Wokulski dążąc w stronę galerii. Myślał, że chyba tam jest panna Izabela, i projektował, że natychmiast wróci do domu, jeżeli jej nie znajdzie.

Opanował go pesymizm. Kobiety wydawały mu się brzydkimi, ich barwne stroje dzikimi, ich kokieteria wstrętną. Mężczyźni byli głupi, tłum ordynaryjny, muzyka wrzaskliwa. Wchodząc na galerię śmiał się z jej skrzypiących schodów i starych ścian, na których było widać ślady deszczowych zacieków. Znajomi kłaniali mu się, kobiety uśmiechały się do niego, tu i owdzie szeptano: „Patrz! patrz!..." Ale on nie uważał. Stanął na najwyższej ławie galerii i ponad pstrym a huczącym tłumem patrzył przez lornetę na drogę, aż hen pod rogatkę, widząc tylko kłęby żółtego kurzu.

„Co te galerie robią przez cały rok?" — myślał. I przywidziało mu się, że na próchniejących ławach zasiadają tu co noc wszyscy zmarli bankruci, pokutujące kokoty, wszelkiego stanu próżniacy i utracjusze, których wypędzono nawet z piekła, i przy smutnym blasku gwiazd przypatrują się wyścigom szkieletów koni, które poginęły na tym torze. Zdawało mu się, że nawet w tej chwili widzi przed sobą zbutwiałe stroje i czuje zapach stęchlizny.

Zbudził go okrzyk tłumu, dzwonek i brawo... To odbył się pierwszy wyścig. Nagle spojrzał na tor i zobaczył wjeżdżający do szranków powóz hrabiny. Siedziały hrabina z prezesową, a na przodzie pan Łęcki z córką.

Wokulski sam nie wiedział, kiedy zbiegł z galerii i kiedy wszedł do koła. Kogoś potrącił, ktoś pytał go o bilet... Pędził prosto przed siebie i od razu wpadł na powóz. Lokaj hrabiny ukłonił mu się z kozła, a pan Łęcki zawołał:

— Otóż i pan Wokulski...

Wokulski przywitał się z paniami, przy czym prezesowa znacząco ścisnęła go za rękę, a pan Łęcki spytał:

— Czy naprawdę kupiłeś, panie Stanisławie, klacz Krzeszowskiego?

— Tak jest.

— No, wiesz co, żeś mu spłatał figla, a mojej córce zrobiłeś miłą niespodziankę...

Panna Izabela zwróciła się do niego z uśmiechem.

— Założyłam się z ciocią — rzekła — że baron nie utrzyma swojej klaczy do wyścigów i wygrałam, a drugi raz założyłam się z panią prezesową, że klacz wygra...

Wokulski okrążył powóz i zbliżył się do panny Izabeli, która mówiła dalej:

— Naprawdę to przyjechałyśmy tylko na ten wyścig: pani prezesowa i ja. Bo ciocia udaje, że gniewa się na wyścigi... Ach, panie, pan musi wygrać...

— Jeżeli pani zechce, wygram — odparł Wokulski patrząc na nią ze zdumieniem... Nigdy nie wydała mu się tak piękną jak teraz w wybuchu niecierpliwości. Nigdy też nie marzył, ażeby rozmawiała z nim tak łaskawie.

Spojrzał po obecnych. Prezesowa była wesoła, hrabina uśmiechnięta, pan Łęcki promieniejący. Na koźle lokaj hrabiny półgłosem zakładał się z furmanem, że Wokulski wygra. Dokoła nich kipiały śmiech i radość. Radował się tłum, galerie, powozy;

kobiety w barwnych strojach były piękne jak kwiaty i ożywione jak ptaki. Muzyka grała fałszywie, ale raźnie; konie rżały, sportsmeni zakładali się, przekupnie zachwalali piwo, pomarańcze i pierniki. Radowało się słońce, niebo i ziemia, a Wokulski poczuł się w tak dziwnym nastroju, że chciałby wszystko i wszystkich porwać w objęcia.

Odbył się drugi wyścig, muzyka znowu zagrała. Wokulski pobiegł do trybuny, a spotkawszy Yunga, który z siodłem w ręku powracał w tej chwili od wagi, szepnął mu:

— Panie Yung, musimy wygrać... Sto rubli nad umowę... Niech bodaj klacz padnie...

— Och!... — jęknął dżokej przypatrując mu się z odcieniem chłodnego podziwu.

Wokulski kazał dojechać swemu powozowi bliżej hrabiny i wrócił do pań. Uderzyło go to, że przy nich nikt nie stał. Wprawdzie marszałek i baron zbliżyli się do ich powozu, ale obojętnie przyjęci przez pannę Izabelę niebawem odsunęli się. Lecz młodzież kłaniała się z daleka i omijała.

„Rozumiem — pomyślał Wokulski. — Oziębiła ich wiadomość o licytacji domu. A teraz — dodał w duchu, patrząc na pannę Izabelę — przekonaj się, kto naprawdę kocha ciebie, nie twój majątek."

Zadzwoniono na trzeci wyścig. Panna Izabela stanęła na siedzeniu; na twarz jej wystąpiły rumieńce. O parę kroków od niej przejechał na Sułtance Yung z miną człowieka, który się nudzi.

— Spraw się dobrze, ty śliczna!... — zawołała panna Izabela.

Wokulski wskoczył do swego powozu i otworzył lornetę. Był tak pochłonięty wyścigiem, że na chwilę zapomniał o pannie Izabeli. Sekundy rozciągały mu się w godziny; zdawało mu się, że jest przywiązany do trzech koni mających się ścigać i że każdy ich ruch niepotrzebny szarpie mu ciało. Uważał, że jego klacz nie ma dość ognia i że Yung jest zanadto obojętny. Mimo woli słyszał rozmowy otaczających go:

— Yung weźmie...
— Ale... Przypatrz się pan temu gniademu...
— Dałbym dziesięć rubli, żeby Wokulski wygrał... Utarłby nosa hrabiom.
— Krzeszowski wściekłby się...

Dzwonek. Trzy konie z miejsca ruszyły cwałem.

— Yung na przodzie...
— To właśnie głupstwo...
— Już minęli zakręt...
— Pierwszy zakręt, a gniady tuż za nim...
— Drugi... Znowu wysunął się...
— Ale gniady idzie...
— Pąsowa kurtka w tyle...
— Trzeci zakręt... Ależ Yung nic sobie z nich nie robi...
— Gniady dopędza...
— Patrzcie!... patrzcie!... Pąsowy bierze gniadego...
— Gniady na końcu... Przegrałeś pan...
— Pąsowy bierze Yunga...
— Nie weźmie, już ćwiczy konia...
— Ale... ale... Brawo Yung!... Brawo Wokulski!... Klacz idzie jak woda!... Brawo!...
— Brawo!... brawo!...

Dzwonek. Yung wygrał. Wysoki sportsmen wziął klacz za uzdę i zaprowadziwszy przed trybunę sędziów zawołał:

— Sułtanka!... Jeździec Yung!... Właściciel anonim...

— Co to anonim... Wokulski... Brawo Wokulski!... — wrzeszczał tłum.

— Właściciel pan Wokulski! — powtórzył wysoki dżentelmen i odesłał klacz na licytację.

Wśród tłumu zbudził się szalony zapał dla Wokulskiego. Jeszcze żaden wyścig tak nie rozruszał widzów: cieszono się, że warszawski kupiec pobił dwu hrabiów.

Wokulski zbliżył się do powozu hrabiny. Pan Łęcki i damy starsze winszowały mu; panna Izabela milczała.

W tej chwili przybiegł wysoki sportsmen.

— Panie Wokulski — rzekł — oto są pieniądze. Trzysta rubli nagrody, osiemset za klacz, którą ja kupiłem...

Wokulski z paczką banknotów zwrócił się do panny Izabeli:

— Czy pozwoli pani, ażebym na jej ręce złożył to dla ochrony pań?...

Panna Izabela przyjęła paczkę z uśmiechem i prześlicznym spojrzeniem.

Wtem ktoś potrącił Wokulskiego. Był to baron Krzeszowski. Blady z gniewu zbliżył się do powozu i wyciągając rękę do panny Izabeli zawołał po francusku:

— Cieszę się, kuzynko, że twoi wielbiciele triumfują... Przykro mi tylko, że na mój koszt... Witam panie! — dodał kłaniając się hrabinie i prezesowej.

Twarz hrabiny powlokła się chmurą; pan Łęcki był zakłopotany, panna Izabela zbladła. Baron w impertynencki sposób osadził spadające mu binokle i ciągle patrząc na pannę Izabelę mówił:

— Tak jest... Mam szczególniejsze szczęście do wielbicieli kuzynki...

— Baronie... — wtrąciła prezesowa.

— Przecież nie mówię nic złego... Mówię tylko, że mam szczęście do...

Stojący za nim Wokulski dotknął jego ramienia.

— Słówko, panie baronie — rzekł.

— Ach, to pan — odparł baron przypatrując mu się. Odeszli na bok.

— Pan mnie potrącił, panie baronie...

— Bardzo przepraszam...

— To mi nie wystarcza...

— Czyżby pan chciał satysfakcji? — spytał baron.

— Właśnie.

— W takim razie służę — rzekł baron szukając biletu. — Ach, do licha! Nie wziąłem biletów... Może pan ma notatnik z ołówkiem, panie Wokulski?...

Wokulski podał mu bilet i notatnik, w którym baron zapisał adres i swoje nazwisko nie omieszkawszy zrobić przy nim zakrętu.

— Miło mi będzie — dodał kłaniając się Wokulskiemu — dokończyć rachunku za moją Sułtankę...

— Postaram się zadowolnić pana barona.

Rozstali się wymieniając najpiękniejsze ukłony.

— Rzeczywiście, awantura! — rzekł zmartwiony pan Łęcki, który widział wymianę grzeczności.

Zirytowana hrabina kazała jechać do domu nie czekając końca wyścigów. Wokulski ledwo miał czas dopaść powozu i pożegnać się z damami. Nim konie ruszyły, panna Izabela wychyliła się i podając Wokulskiemu końce palców szepnęła:
— Merci, monsieur...[230]
Wokulski osłupiał z radości. Był jeszcze na jednym wyścigu nie widząc, co się koło niego dzieje, i korzystając z pauzy opuścił tor.
Prosto z wyścigów Wokulski pojechał do Szumana.

Doktór siedział przy otwartym oknie, w watowanym obdartym szlafroku, i robił korektę trzydziestostronicowej broszurki etnograficznej, do napisania której użył przeszło tysiąca obserwacyj i czterech lat czasu. Była to rozprawa o kolorze i formie włosów ludności zamieszkującej Królestwo Polskie. Uczony doktór głośno twierdził, że praca ta rozejdzie się najwyżej w kilkunastu egzemplarzach, ale po cichu — kazał odbić ich cztery tysiące i był pewnym drugiej edycji. Pomimo drwin ze swej ulubionej specjalności i narzekań, iż nikogo nie interesuje, w głębi duszy Szuman wierzył, że w świecie ucywilizowanym nie ma człowieka, którego by w najwyższym stopniu nie interesowała kwestia koloru włosów i stosunki długości ich średnic. I w tej właśnie chwili zastanawiał się, czyby na czele rozprawy nie należało napisać aforyzmu: „Pokaż mi twoje włosy, a powiem ci, kim jesteś."

Gdy Wokulski wszedł do jego pokoju i zmęczony upadł na kanapę, doktór zaczął:
— Co to za profany[231] z tych korektorów!... Mam tu pareset cyfr o trzech znakach dziesiętnych i wyobraź sobie, połowa jest błędna... Oni myślą, że jakaś tysiączna albo nawet setna część milimetra nic nie znaczy, a nie wiedzą, laiki, że tam właśnie mieści się cały sens. Niech mnie diabli porwą, jeżeli w Polsce byłoby możliwym nie tylko wynalezienie, ale nawet drukowanie tablic logarytmicznych. Dobry Polak poci się już przy drugiej cyfrze dziesiętnej, przy piątej dostaje gorączki, a przy siódmej zabija go apopleksja... Cóż u ciebie słychać?
— Mam pojedynek — odparł Wokulski.

Doktór zerwał się z fotelu i tak prędko przybiegł do kanapy, że rozrzucone poły szlafroka robiły go podobnym do nietoperza.
— Co?... pojedynek?! — krzyknął z błyszczącymi oczyma. — I może myślisz, że pojadę z tobą w roli lekarza?... Będę patrzył, jak dwu dudków strzela sobie we łby, i może jeszcze będę musiał którego z nich opatrywać?... Ani myślę mieszać się do tych błazeństw... — wrzeszczał chwytając się za głowę. — Zresztą nie jestem chirurgiem i od dawna pożegnałem się z medycyną...
— Toteż nie będziesz lekarzem, tylko sekundantem[232].
— A... to co innego — odparł doktór bez zająknienia. — Z kimże?...
— Z baronem Krzeszowskim.
— Dobrze strzela! — mruknął doktór wysuwając dolną wargę. — O cóż to?
— Potrącił mnie na wyścigach.
— Na wyści...?... A cóżeś ty robił na wyścigach?...

---

[230] Merci, monsieur (fr.) — dziękuję, panie.
[231] profan — nie znający się na jakiejś sztuce lub nauce.
[232] sekundant — świadek przy pojedynku.

— Puszczałem konia i nawet wziąłem nagrodę.

Szuman uderzył się ręką w tył głowy i nagle rozsunąwszy Wokulskiemu jedną i drugą powiekę zaczął mu pilnie badać oczy.

— Myślisz, żem zwariował? — spytał go Wokulski.

— Jeszcze nie. Czy to — dodał po chwili — ma być żart, czy serio?

— Zupełnie serio. Nie chcę absolutnie żadnych układów i proszę o ostre warunki.

Doktór wrócił do swego biurka, usiadł, oparł brodę na ręku i rzekł po namyśle:

— Spódnica, co?... Nawet koguty biją się tylko...

— Szuman... strzeż się!... — przerwał mu Wokulski zduszonym głosem, prostując się na kanapie.

Doktór znowu przypatrzył mu się badawczo.

— Więc już tak?... — mruknął. — Dobrze. Będę twoim sekundantem. Masz rozbić łeb, rozbij go przy mnie; może ci co pomogę...

— Przyszlę ci tu zaraz Rzeckiego — odezwał się Wokulski ściskając go za rękę.

Od doktora udał się do swego sklepu, krótko rozmówił się z panem Ignacym i wróciwszy do mieszkania położył się przed dziesiątą. Znowu spał jak kamień. Dla jego lwiej natury potrzebne były silne wzruszenia; przy nich dopiero dusza szarpana namiętnością odzyskiwała równowagę.

Na drugi dzień, około piątej po południu, Rzecki z Szumanem jechali już do hrabiego-Anglika, który był świadkiem Krzeszowskiego. Obaj przyjaciele Wokulskiego milczeli w drodze; raz tylko odezwał się pan Ignacy:

— I cóż doktór na to wszystko?

— To co już raz powiedziałem — odparł Szuman. — Zbliżamy się do piątego aktu. Jest to albo koniec dzielnego człowieka, albo początek całego szeregu głupstw...

— Najgorszych, bo politycznych — wtrącił Rzecki.

Doktór wzruszył ramionami i patrzył na drugą stronę dorożki; pan Ignacy ze swoją wieczna polityką wydawał mu się nieznośnym.

Hrabia-Anglik czekał na nich w towarzystwie innego dżentelmana, który nieustannie wyglądał przez okno na obłoki i co kilka minut poruszał krtanią w taki sposób, jakby coś przełykał z trudnością. Miał minę nieprzytomnego; w rzeczywistości był niepospolitym człowiekiem, jako myśliwiec na lwy i głęboki znawca egipskich starożytności.

W gabinecie hrabiego-Anglika stał na środku stół przykryty zielonym suknem i otoczony czterema wysokimi krzesłami; na stole leżały cztery arkusze papieru, cztery ołówki, dwa pióra i kałamarz tak wielkich rozmiarów, jakby był przeznaczony do sitzbadów[233].

Gdy wszyscy usiedli, hrabia zabrał głos:

— Proszę panów — rzekł — baron Krzeszowski przyznaje, że mógł potrącić pana Wokulskiego, ponieważ jest roztargniony, t e k. W konsekwencji zaś, na nasze żądanie...

Tu hrabia spojrzał na swego towarzysza, który z uroczystą miną coś przełknął.

— Na nasze żądanie — ciągnął hrabia — baron jest gotów... przeprosić nawet listownie pana Wokulskiego, którego wszyscy szanujemy — t e k... Cóż panowie na to?

---

[233] *Sitzbad* (niem.) — kąpiel nasiadowa.

— Nie mamy upoważnienia do żadnych kroków pojednawczych — odparł Rzecki, w którym ocknął się były oficer węgierski.

Uczony egiptolog szeroko otworzył oczy i przełknął dwa razy, raz po raz.

Na twarzy hrabiego mignęło zdumienie; w tej chwili jednak opanował się i odpowiedział tonem suchej grzeczności:

— W takim razie słuchamy warunków...
— Niech panowie raczą je podać — odparł Rzecki.
— O! bardzo prosimy panów — rzekł hrabia.

Rzecki odchrząknął.

— W takim razie ośmielę się proponować... przeciwnicy stają o dwadzieścia pięć kroków, idą naprzód po pięć kroków...
— Tek.
— Pistolety gwintowane z muszami...[234] Strzały do pierwszej krwi...[235] — zakończył Rzecki ciszej.
— Tek.
— Termin, jeżeli można, jutro przed południem...
— Tek.

Rzecki ukłonił się nie wstając z krzesła. Hrabia wziął arkusz papieru i wśród ogólnego milczenia przygotował protokół, który Szuman natychmiast przepisał. Oba dokumenty poświadczono i niespełna w trzy kwadranse interes był gotowy. Świadkowie Wokulskiego pożegnali gospodarza i jego towarzysza, który znowu zatopił się w rozpatrywaniu obłoków.

Gdy już byli na ulicy, Rzecki odezwał się do Szumana:

— Bardzo mili ludzie, ci panowie z arystokracji...
— Niech ich diabli porwą!... Niech was wszystkich diabli porwą z waszymi głupimi przesądami!... — wrzeszczał doktór wywijając kułakiem.

Wieczorem pan Ignacy sprowadziwszy pistolety wstąpił do Wokulskiego. Zastał go samotnego przy herbacie. Rzecki nalał sobie herbaty i odezwał się:

— Uważasz, Stachu, to są ludzie wysoce honorowi. Baron, który jak wiesz, jest bardzo roztargniony, gotów cię przeprosić...
— Żadnych przeprosin.

Rzecki umilkł. Pił herbatę i tarł czoło. Po długiej pauzie rzekł:

— Naturalnie, zapewneś pomyślał o interesach... na wypadek...
— Nie spotka mnie żaden wypadek — odparł z gniewem Wokulski.

Pan Ignacy posiedział jeszcze z kwadrans w milczeniu. Herbata nie smakowała mu, głowa go bolała. Dokończył szklanki i spojrzawszy na zegarek opuścił mieszkanie przyjaciela mówiąc na pożegnanie:

— Jutro wyjedziemy o wpół do ósmej rano.
— Dobrze.

---

[234] *pistolety gwintowane z muszami* — z lufą gwintowaną, co nadaje pociskowi ruch postępowo-obrotowy i z muszką czyli celownikiem na końcu lufy.

[235] *strzały do pierwszej krwi* — do pierwszej rany.

Gdy pan Ignacy wyszedł, Wokulski usiadł do biurka, na arkusiku listowego papieru napisał kilkadziesiąt wierszy, a na kopercie położył adres Rzeckiego. Zdawało mu się, że wciąż słyszy niemiły głos barona:

„Cieszę się, kuzynko, że triumfują twoi wielbiciele... Przykro mi tylko, że na mój koszt..."

A gdziekolwiek spojrzał, widział piękną twarz panny Izabeli oblaną rumieńcem wstydu.

W sercu gotowała mu się głucha wściekłość. Czuł, że jego ręce stają się jak żelazne sztaby, a ciało nabiera tak dziwnej tęgości, że chyba nie ma kuli, która by uderzywszy go nie odskoczyła. Przemknął mu przez głowę wyraz: śmierć, i na chwilę uśmiechnął się. Wiedział, że śmierć nie rzuca się na odważnych; staje tylko naprzeciw nich jak zły pies i patrzy zielonymi oczyma: czy nie zmrużą powieki?

Tej samej nocy, jak każdej zresztą innej nocy, baron grał w karty. Maruszewicz, który również był w klubie, przypominał mu o dwunastej, o pierwszej i o drugiej, ażeby szedł spać, gdyż z rana zbudzi go o siódmej; roztargniony baron odpowiadał: „Zaraz! zaraz!...", ale przesiedział do trzeciej, o której to godzinie odezwał się jeden z jego partnerów:

— Basta! baronie. Prześpij się choć parę godzin, bo będą ci drżały ręce i spudłujesz.

Słowa te, a jeszcze bardziej opuszczenie stolika przez partnerów, otrzeźwiły barona. Wyszedł z klubu, wrócił do domu i swemu kamerdynerowi, Konstantemu, kazał zbudzić się o siódmej rano.

— Pewnie jaśnie pan robi jakieś głupstwo!... — mruknął obrażony sługa. — Cóż tam znowu?... — pytał gniewnie, rozbierając barona.

— A, ty błaźnie jakiś! — oburzył się baron — myślisz, że ja będę się przed tobą tłomaczył? Mam pojedynek, no?... bo mi się tak podoba. O dziewiątej rano będę się strzelał z jakimś szewcem czy fryzjerem, no?... Może mi zabronisz?...

— A niech się jaśnie pan strzela nawet ze starym diabłem! — odparł Konstanty. — Tylkom ciekawy, kto weksle jaśnie pana zapłaci?... A komorne... a utrzymanie domu?... Dlatego że jaśnie pan co kwartał ma ciekawość na Powązki, to gospodarz nasyła nam rejentów, a ja boję się, żebym z głodu nie umarł... Dobra służba!...

— Pójdziesz mi ty!... — wrzasnął baron i pochwyciwszy kamasz rzucił nim za cofającym się kamerdynerem. Kamasz trafił w ścianę i o mało nie zwalił brązowego posążka Sobieskiego.

Załatwiwszy się z wiernym sługą, baron legł na łóżku i począł zastanawiać się nad swoim opłakanym położeniem.

„Trzeba szczęścia — wzdychał — ażeby mieć pojedynek z kupczykiem. Jeżeli ja go trafię, będę jak myśliwiec, który wyszedł na niedźwiedzie, a zabił chłopu cielną krowę. Jeżeli on mnie trafi, wyjdzie na to, jak gdyby mnie zwalił batem dorożkarz. Jeżeli z obu stron pudło... Nie, mamy przecież strzelać się do krwi. Niech mnie roztratują, jeżeli nie wolałbym tego osła przeprosić, choćby w kancelarii rejenta, ubrawszy się na tę uroczystość we frak i biały krawat. Ach, podłe czasy liberalne!... Mój ojciec kazałby takiego zucha oćwiczyć swoim psiarczykom, a ja muszę dawać mu satysfakcję, jak gdybym sam sprzedawał cynamon... Niechże już raz przyjdzie ta głupia rewolucja socjalna i wytłucze albo nas, albo liberałów..."

Począł usypiać i marzył, że Wokulski zabił go. Widział, jak jego trupa dwu posłańców niesie do mieszkania żony, jak żona mdleje i rzuca mu się na zakrwawione piersi... Jak płaci wszystkie jego długi i asygnuje tysiąc rubli na pogrzeb i... jak on zmartwychwstaje i zabiera owe tysiąc rubli na drobne wydatki...

Błogi uśmiech zaigrał na zniszczonej twarzy barona i – zasnął jak dziecię.

O siódmej ledwie go zbudzili Konstanty i Maruszewicz. Baron w żaden sposób nie chciał wstawać mrucząc, że woli być zhańbionym i niehonorowym aniżeli zrywać się tak wcześnie. Dopiero widok karafki z zimną wodą upamiętał go. Baron wyskoczył z łóżka, uderzył Konstantego, zwymyślał Maruszewicza, a w duchu przysiągł, że Wokulskiego zabije.

Lecz gdy już był ubrany, wyszedł na ulicę, zobaczył piękną pogodę i wyobraził sobie, że widzi wschód słońca, nienawiść do Wokulskiego osłabła w nim i postanowił tylko przestrzelić mu nogę.

„A tak!... – dodał po chwili. – Drasnę go, a on będzie kulał do końca życia i będzie opowiadał: tę śmiertelną ranę otrzymałem w pojedynku z baronem Krzeszowskim!... To mnie urządził. Co oni mi narobili, ci moi kochani sekundanci?... Jeżeli już jakiś kupczyk gwałtem chce do mnie strzelać, niech strzela przynajmniej wtedy, kiedy idę na spacer, ale nie w pojedynku... Straszne położenie!... Wyobrażam sobie, jak moja droga małżonka będzie opowiadać, że biję się z kupcami..."

Zajechały powozy. Do jednego wsiadł baron z hrabią-Anglikiem, do drugiego milczący egiptolog z pistoletami i chirurgiem. Ruszyli w stronę Bielan, a w parę minut popędził za nimi lokaj barona, Konstanty, w dorożce. Wierny sługa klął na czym świat stoi i obiecywał, że w dwójnasób policzy swemu panu koszta tej wycieczki. Był jednak niespokojny.

W lasku bielańskim baron i trzej jego towarzysze znaleźli już partię przeciwną i dwoma grupami udali się w gęstwinę tuż nad brzegiem Wisły. Doktor Szuman był zirytowany, Rzecki sztywny, Wokulski posępny. Baron gładząc swój rzadki zarost przypatrywał mu się z uwagą i myślał:

„On musi dobrze karmić się, ten kupczyk. Wyglądam przy nim jak austriackie cygaro przy byku. Niech mnie diabli wezmą, jeżeli nie strzelę temu błaznowi nad głową albo... wcale nie strzelę... Tak będzie najlepiej..."

Ale wnet przypomniał sobie, że pojedynek ma doprowadzić do pierwszej krwi. Wtedy baron rozzłościł się i nieodwołalnie postanowił zabić Wokulskiego z miejsca.

„Niech raz te łyki oduczą się wyzywać nas..." – mówił sobie baron.

O kilkadziesiąt kroków od niego Wokulski chodził między dwoma sosnami tam i na powrót jak wahadło. Teraz nie myślał o pannie Izabeli; słuchał świergotu ptaków, którym kipiał cały las, i pluskania Wisły podmywającej brzegi. Na tle odgłosów spokojnego szczęścia natury dziwnie odbijało szczękanie stempli w pistoletach i trzask odwodzonych kurków. W Wokulskim obudziło się drapieżne zwierzę; cały świat zniknął mu sprzed oczu, a został tylko jeden człowiek, baron, którego trupa miał zawlec do nóg obrażonej panny Izabeli.

Postawiono ich na mecie. Baron był ciągle zakłopotany niepewnością, co zrobić z kupczykiem, i ostatecznie zdecydował się przestrzelić mu rękę. Na twarzy Wokulskiego malowała się tak dzika zajadłość, że zdumiony hrabia-Anglik pomyślał:

„Tu chyba nie chodzi ani o klacz, ani o potrącenie na wyścigach!..."

Milczący dotychczas egiptolog zakomenderował, przeciwnicy wycelowawszy pistolety ruszyli. Baron zmierzył Wokulskiemu w prawy obojczyk i zniżając pistolet, delikatnie przycisnął cyngiel. W ostatniej chwili pochyliły mu się binokle; pistolet zboczył na włos, wypalił i – kula przeleciała o kilka cali od ramienia Wokulskiego.

Baron zasłonił twarz lufą i patrząc spoza niej myślał:

„Nie trafi osioł... Mierzy w głowę..."

Nagle uczuł mocne uderzenie w skroń; zaszumiało mu w uszach, czarne płatki przeleciały przed oczyma... Wypuścił broń z ręki i przyklęknął.

– W głowę!... – krzyknął ktoś.

Wokulski rzucił pistolet na ziemię i zeszedł z mety. Wszyscy pobiegli do klęczącego barona, który jednakże zamiast umierać, mówił wrzaskliwym głosem:

– Szczególny wypadek! Mam dziurę w twarzy, ząb wybity, a kuli nie widać... Przecie jej nie połknąłem...

Wtedy egiptolog podniósł i obejrzał starannie pistolet barona.

– A!... – zawołał – to jasne... Kula w pistolet, a zamek w szczękę... Pistolet zdezelowany; bardzo interesujący strzał...

– Czy pan Wokulski jest zadowolony? – spytał hrabia-Anglik.

– Tak.

Baronowi chirurg obandażował twarz. Spomiędzy drzew nadbiegł wystraszony Konstanty.

– A co! – mówił. – Przepowiadałem, że się jaśnie pan doigra.

– Milcz, błaźnie!... – wybełkotał baron. – Jedź mi zaraz do pani baronowej i powiedz kucharce, że jestem ciężko ranny...

– Proszę – rzekł uroczyście hrabia-Anglik – ażeby przeciwnicy podali sobie ręce.

Wokulski zbliżył się do barona i uścisnął go.

– Piękny strzał, panie Wokulski – mówił z trudnością baron, mocno potrząsając Wokulskiego za rękę. – Zastanawia mnie, że człowiek pańskiego fachu... Ale może pana to obraża?...

– Wcale nie!

– Otóż, że człowiek pańskiego fachu, bardzo zresztą szanownego, tak dobrze strzela... Gdzie moje binokle?... Ach, są... Panie Wokulski, proszę o słówko na osobności...

Oparł się na ramieniu Wokulskiego i odeszli kilkanaście kroków w las.

– Jestem oszpecony – mówił baron – wyglądam jak stara małpa chora na fluksję. Nie chcę z panem drugiej awantury, bo widzę, że masz szczęście... Więc powiedz mi pan: za co właściwie zostałem kaleką?... Bo nie za potrącenie... – dodał patrząc mu w oczy.

– Obraziłeś pan kobietę... – odparł cicho Wokulski.

Baron cofnął się o krok.

– Ach... *c'est ça!*...[236] – rzekł. – Rozumiem... Jeszcze raz przepraszam pana, a tam... wiem, co mi należy zrobić...

– I pan mi przebacz, baronie – odpowiedział Wokulski.

---

[236] *C'est ça!* (fr.) – to tak!

— Mała rzecz... bardzo proszę... nic nie szkodzi — mówił baron targając go za rękę. — Nie powinienem być oszpecony, a co do zęba... Gdzie mój ząb, doktorze?... proszę zawinąć go w papierek... A co do zęba, od dawna już powinienem wprawić sobie nowe. Nie uwierzysz pan, panie Wokulski, jak mam popsute zęby...

Pożegnali się wszyscy bardzo zadowoleni. Baron dziwił się, skąd człowiek t e g o fachu tak dobrze strzela, hrabia-Anglik więcej niż kiedykolwiek był podobny do marionetki, a egiptolog znowu zaczął obserwować obłoki. W drugiej zaś partii — Wokulski był zamyślony, Rzecki zachwycony odwagą i uprzejmością barona, a tylko Szuman zły. I dopiero gdy ich kareta zjechała z górki obok klasztoru kamedułów, doktór spojrzał na Wokulskiego i mruknął:

— A to bydlęta!... I że ja na takich błaznów nie sprowadziłem policji...

W trzy dni po dziwnym pojedynku siedział Wokulski zamknięty w gabinecie z niejakim panem Wiliamem Colins. Służący, którego od dawna intrygowały te konferencje odbywające się po kilka razy na tydzień, ścierał kurze w pokoju obocznym i od czasu do czasu przysuwał bądź oko, bądź ucho do dziurki od klucza. Widział na stole jakieś książki i to, że jego pan coś pisze na kajecie; słyszał, że gość zadaje Wokulskiemu jakieś pytania, na które on odpowiada czasem głośno i od razu, czasem półgłosem i nieśmiało... Ale o czym by rozmawiali w tak niezwykły sposób? lokaj nie mógł odgadnąć, ponieważ rozmowa toczyła się w obcym języku.

„Jużci, to nie po niemieczku — mruczał służący — bo przecie wiem, że się mówi po niemieczku: b i t e   m a j n   h e r...[237] I nie po francuszku, bo nie mówią: m ą s i e, b ą ż u r,   l e n d i...[238] I nie po żydowsku, i nie po nijakiemu, więc po jakiemu?... Musi stary wymyślać teraz f a j n[239] spekulację, kiedy gada tak, że go sam diabeł nie zrozumie... i wspólnika znalazł... Niech go wątroba!..."

Wtem zadzwoniono. Czujny sługa odsunął się na palcach ode drzwi gabinetu, z hałasem wszedł do przedpokoju i po chwili wróciwszy zapukał do pana.

— Czego chcesz? — niecierpliwie zapytał go Wokulski wychylając głowę spomiędzy drzwi.

— Przyszedł ten pan, czo już u nas bywał — odparł służący i zapuścił wzrok do pracowni. Ale oprócz kajetu na stole i rudych faworytów na obliczu pana Colinsa nie dopatrzył nic szczególnego.

— Dlaczegóż nie powiedziałeś, że mnie nie ma w domu? — spytał gniewnie Wokulski.

— Zapomniałem — odparł służący marszcząc brwi i machając ręką.

— Prośże go, ośle, do sali — rzekł Wokulski i zatrzasnął drzwi gabinetu.

Niebawem w sali ukazał się Maruszewicz. Już był zmieszany, a zmieszał się jeszcze bardziej, poznawszy, że Wokulski wita go z wyraźną niechęcią:

— Przepraszam... może przeszkadzam... może ważne zajęcia...

— Nie mam w tej chwili żadnego zajęcia — odpowiedział pochmurnie Wokulski i lekko zarumienił się. Maruszewicz dostrzegł to. Był pewny, że w mieszkaniu albo

---

[237] *bite majn her* (niem.) — proszę mój panie (słowa napisane są tak jak je wymawiał służący).

[238] *mąsie, bążur, lendi* — wyrazy francuskie: pan, dzień dobry, poniedziałek (także w formie zniekształconej).

[239] *fajn* — dobry (pisownia zniekształcona).

kluje się coś, albo — jest kobieta. W każdym razie odzyskał odwagę, którą zresztą miał zawsze wobec ludzi zakłopotanych.

— Chwileczkę tylko zabiorę szanownemu panu — mówił już śmielej zniszczony młody człowiek, wdzięcznie wywijając laseczką i kapeluszem. — Chwileczkę.

— Słucham — rzekł Wokulski. Usiadł z impetem na fotelu i wskazał gościowi drugi.

— Przychodzę przeprosić drogiego pana — mówił z afektacją Maruszewicz — że nie mogę służyć mu w sprawie licytacji domu państwa Łęckich...

— A pan skąd wiesz o tej licytacji?... — nie na żarty zdziwił się Wokulski.

— Nie domyśla się pan? — zapytał z całą swobodą przyjemny młody człowiek nieznacznie mrugając okiem, bo jeszcze nie był pewnym swego. — Nie domyśla się drogi pan?... To ten poczciwy Szlangbaum...

Nagle zamilkł, jakby w otwartych ustach ugrzązł mu nie dokończony frazes, a lewa ręka z laseczką i prawa z kapeluszem opadły na poręcze fotelu. Tymczasem Wokulski nawet nie poruszył się, tylko utopił w nim jasne spojrzenie. Śledził nieznacznie fale przebiegające po obliczu Maruszewicza, jak myśliwy śledzi ugor, po którym przebiegają płochliwe zające. Przypatrywał się młodzieńcowi i myślał:

„Ach, więc to on jest tym porządnym katolikiem, którego Szlangbaum wynajmuje do licytacji za piętnaście rubelków, ale nie radzi dawać mu wadium do ręki?... Oho!... I przy odbiorze ośmiuset rubli za klacz Krzeszowskiego był jakiś zmieszany... Aha!... I wiadomość o nabyciu przeze mnie klaczy on rozgłosił... Służy od razu dwom bogom: baronowi i jego małżonce... Tak, ale on za dużo wie o moich interesach... Szlangbaum popełnił nieostrożność..."

Tak rozmyślał Wokulski i spokojnym wzrokiem przypatrywał się Maruszewiczowi. Zniszczony zaś młody człowiek, który w dodatku był bardzo nerwowy, wił się pod jego spojrzeniem jak gołąbek pod wzrokiem okularnika. Naprzód nieco pobladł, potem chciał oprzeć znużone oczy na jakimś obojętnym przedmiocie, którego na próżno szukał po suficie i ścianach pokoju, a nareszcie, oblany zimnym potem, uczuł, że nie może wyrwać swego błędnego wzroku spod wpływu Wokulskiego. Zdawało mu się, że chmurny kupiec kleszczami pochwycił mu duszę i że niepodobna mu się oprzeć. Więc jeszcze parę razy ruszył głową i nareszcie z całym zaufaniem utonął w spojrzeniu Wokulskiego.

— Panie — rzekł słodkim głosem. — Widzę, że z panem muszę grać w otwarte karty... Więc powiem od razu...

— Niech się pan nie fatyguje, panie Maruszewicz. Ja już wiem, co potrzebuję wiedzieć.

— Bo pan dobrodziej złudzony plotkami wyrobił sobie o mnie nieprzychylną opinię... A tymczasem ja, słowo honoru, mam jak najlepsze skłonności...

— Niech pan wierzy, panie Maruszewicz, że moich opinii nie opieram na plotkach.

Wstał z fotelu i spojrzał w inną stronę, co pozwoliło Maruszewiczowi nieco oprzytomnieć. Młody człowiek szybko pożegnał Wokulskiego, opuścił mieszkanie i pędem biegnąc przez schody, myślał:

„No, słyszał kto?... Taki kramarz chce mi imponować! Była chwila, słowo honoru, że chciałem go uderzyć kijem... Impertynent, słowo honoru... Gotów pomyśleć, że ja się go boję, słowo honoru... O Boże, jak ciężko karzesz mnie za lekkomyślność!... Podli lichwiarze nasyłają mi komornika, za parę dni muszę spłacić dług honorowy, a ten kupczyk, ten... łajdak!... Ja bym tylko chciał wiedzieć: co się takiemu zdaje, co on sobie o mnie wyobraża?... Nic, tylko to... Ale, słowo honoru, on musiał kogoś zamordować, bo takiego spojrzenia nie może mieć człowiek przyzwoity. Naturalnie, przecie o mało nie zabił Krzeszowskiego. Ach, nędzny zuchwalec!... on śmiał w taki sposób patrzeć na mnie... na mnie, jak Boga kocham!..."

Mimo to na drugi dzień przyjechał znowu z wizytą do Wokulskiego, a nie znalazłszy go w mieszkaniu, kazał dorożkarzowi stanąć przed sklepem.

W sklepie przywitał go pan Ignacy rozkładając ręce w taki sposób, jakby cały sklep oddawał mu do rozporządzenia. Wewnętrzny głos jednak mówił staremu subiektowi, że gość ten nie kupi przedmiotu droższego nad pięć rubli i kto wie, czy jeszcze nie każe zapisać sobie na rachunek.

— Pan Wokulski?... — spytał Maruszewicz nie zdejmując kapelusza z głowy.
— W tej chwili nadejdzie — odpowiedział pan Ignacy z niskim ukłonem.
— W tej chwili, to znaczy?...
— Najpóźniej za kwadransik — odparł Rzecki.
— Zaczekam. Każ pan wynieść rubla dorożkarzowi — mówił młody człowiek, niedbale rzucając się na krzesło. Nogi mu jednakże zastygły na myśl, że stary subiekt może nie kazać wynieść rubla dorożkarzowi. Ale Rzecki polecenie spełnił, choć już nie kłaniał się gościowi.

W parę minut wszedł Wokulski.

Maruszewicz zobaczywszy wstrętną figurę kupczyka doświadczył tak rozmaitych uczuć, że nie tylko nie wiedział, co mówi, ale nawet o czym myśli. Pamiętał tylko, że Wokulski zaprowadził go do gabinetu za sklepem, gdzie znajdowała się żelazna kasa, i powiedział sobie, że uczucia, jakich doznaje na widok Wokulskiego, są lekceważeniem pomieszanym ze wzgardą. Później przypomniał sobie, że afekta te starał się zamaskować wyszukaną grzecznością, która nawet w jego oczach wyglądała na pokorę.

— Co pan każe? — spytał go Wokulski, gdy już usiedli. (Maruszewicz nie umiałby ściśle oznaczyć chwili aktu zajmowania miejsca w przestrzeni.) Mimo to zaczął, niekiedy zacinając się:

— Chciałem szanownemu panu dać dowód życzliwości... Pani baronowa Krzeszowska, jak pan wie, chce kupić dom państwa Łęckich... Otóż jej małżonek, baron, położył weto na pewnej części jej funduszów, bez których kupno nie może mieć miejsca... Otóż... dziś... baron chwilowo znajduje się w kłopocie... Brak mu... brak mu tysiąca rubli... chciałby zaciągnąć pożyczkę, bez której... bez której, pojmuje pan, nie będzie mógł dość energicznie opierać się woli żony...

Maruszewicz otarł pot z czoła widząc, że Wokulski znowu przypatruje mu się badawczo.

— Więc to baron potrzebuje pieniędzy?
— Tak — szybko odparł młody człowiek.
— Tysiąca rubli nie dam, ale tak trzysta... czterysta... I to na kwit z podpisem barona.
— Czterysta! — powtórzył machinalnie młody człowiek i nagle dodał: — Za godzinę przywiozę kwit barona... Pan tu będzie?

— Będę...
Maruszewicz opuścił gabinet i za godzinę istotnie wrócił z kwitem podpisanym przez barona Krzeszowskiego. Wokulski przeczytawszy dokument włożył go do kasy i w zamian dał Maruszewiczowi czterysta rubli.
— Baron postara się w jak najkrótszym czasie... — mruczał Maruszewicz.
— Nic pilnego — odpowiedział Wokulski. — Podobno baron chory?
— Tak... trochę... Jutro lub pojutrze wyjeżdża... Zwróci w najkrótszym...
Wokulski pożegnał go bardzo obojętnym ruchem głowy.

Młody człowiek prędko opuścił sklep zapomniawszy nawet zwrócić Rzeckiemu rubla wziętego na dorożkę. Gdy zaś znalazł się na ulicy, odetchnął i począł myśleć:
„Ach, podły kupczyk!... Ośmielił się dać mi czterysta rubli zamiast tysiąca... Boże, jak srogo karzesz mnie za lekkomyślność... Byłem się odegrał, słowo honoru, cisnę mu w oczy te czterysta rubli i tamtych dwieście... Boże, jak nisko upadłem..."

Przyszli mu na myśl kelnerzy różnych restauracyj, markierzy[240] bilardów i szwajcarzy hotelowi, od których również bardzo rozmaitymi sposobami wydobywał pieniądze. Ale żaden z nich nie wydał mu się tak wstrętnym i godnym pogardy jak Wokulski.

„Słowo honoru — myślał — dobrowolnie wlazłem mu w te obrzydliwe łapy... Boże, jak karzesz mnie za lekkomyślność..."

Lecz Wokulski po odejściu Maruszewicza był kontent.

„Zdaje mi się — myślał — że jest to hultaj dużej ręki, a przy tym sprytny. Chciał ode mnie posady, lecz sam ją znalazł: śledzi mnie i donosi innym. Mógłby mi narobić kłopotu, gdyby nie te czterysta rubli, które wziął, jestem pewny, za sfałszowanym podpisem. Krzeszowski przy całym swoim bzikostwie i próżniactwie jest człowiek uczciwy... (Czy próżniak może być uczciwym?...) W żadnym razie nie poświęciłby interesów czy kaprysów swojej żony za pożyczkę wziętą ode mnie..."

Zrobiło mu się przykro; oparł głowę na rękach i przymknąwszy oczy marzył dalej:
„Co ja jednak wyrabiam?... Świadomie pomagam hultajowi do zrobienia łotrostwa. Gdybym dziś umarł, pieniądze te musiałby m a s i e[241] zwrócić Krzeszowski... Nie, to Maruszewicz poszedłby do kozy... No, to go nie minie..."

Po chwili ogarnął go jeszcze czarniejszy pesymizm.

„Cztery dni temu o mało nie zabiłem człowieka, dziś dla drugiego postawiłem most do więzienia i — wszystko dla niej za jedno: merci... No, dla niej także zrobiłem majątek, daję pracę kilkuset ludziom, pomnożę bogactwa kraju... Czymże byłbym bez niej? Małym, galanteryjnym kupcem. A dziś mówią o mnie w całej Warszawie, ba!... Odrobina węgla porusza okręt dźwigający dolę kilkuset ludzi, a miłość porusza mnie. A jeżeli mnie spali tak, że zostanę tylko garścią popiołu?... O Boże, jaki to nędzny świat... Ma rację Ochocki. Kobieta jest podłym zwierzęciem: bawi się tym, czego nawet nie może zrozumieć..."

Wokulski o sobie

Był tak pogrążony w bolesnych medytacjach, że nie usłyszał otwierania drzwi do pokoju i szybkich kroków za sobą. Dopiero ocknął się poczuwszy dotknięcie czyjejś

---

[240] *markier* — pilnujący porządku przy grze.
[241] *masa* (spadkowa) — całość spadku.

ręki. Odwrócił głowę i zobaczył mecenasa z dużą teką pod pachą i posępnym wyrazem na twarzy.

Wokulski zerwał się zmieszany, posadził gościa na fotelu; znakomity adwokat ostrożnie położył swoją rękę na stole i szybko pocierając sobie jednym palcem kark rzekł półgłosem:

— Panie... panie... panie Wokulski! Kochany panie Stanisławie!... Co to... co to wyrabiasz pan dobrodziej?... Protestuję... replikuję... zakładam apelację od wielmożnego pana Wokulskiego, letkiewicza, do kochanego pana Stanisława, który z chłopca sklepowego został uczonym i miał nam zreformować handel zagraniczny. Panie... panie Stanisławie — tak nie można!...

To mówiąc pocierał sobie kark z obu stron i krzywił się, jakby miał pełne usta chininy. Wokulski spuścił oczy i milczał; adwokat mówił dalej:

— Panie drogi — jednym słowem — źle słychać. Hrabia Sanocki, pamięta pan, ten stronnik groszowych oszczędności, chce zupełnie wycofać się ze spółki... A wie pan dlaczego? Dla dwu powodów: naprzód, bawisz się pan w wyścigi, a po wtóre — bijesz go pan na wyścigach. Razem z pańską klaczą ścigał się jego koń i — przegrał. Hrabia jest bardzo zmartwiony i mruczy: „Po diabła mam składać kapitały? Czy po to, ażeby kupcom dawać możność ścigania się ze mną i chwytania mi nagród sprzed nosa?..."

Na próżno przekonywałem go — ciągnął odpocząwszy adwokat — że przecież wyścigi są takim dobrym interesem jak każdy inny, a nawet lepszym, gdyż w ciągu kilku dni na ośmiuset rublach zarobiłeś pan trzysta; ale hrabia od razu zamknął mi usta: „Wokulski — odparł — całą wygraną i wartość konia oddał damom na ochronkę, a oprócz tego Bóg wie ile zapłacił Yungowi i Millerowi..."

— Czy mi nawet tego robić nie wolno! — wtrącił Wokulski.

— Wolno, panie, wolno — potakiwał słodko znakomity adwokat. — Wolno robić, ale robiąc to — powtarzasz pan tylko stare grzechy, zresztą daleko lepiej spełniane przez innych. Ani zaś ja, ani książę, ani ci hrabiowie nie po to zbliżyli się do pana, ażebyś odgrzewał dawne potrawy, tylko — ażebyś wskazał nam nowe drogi.

— Więc niech się cofną od spółki — odburknął Wokulski — ja ich nie wabię...

— I cofną się — mówił adwokat trzęsąc ręką — zrób no pan tylko jeszcze jeden błąd...

— Albożem narobił ich tak wiele!...

— Pyszny pan jesteś — złościł się mecenas uderzając ręką w kolano. — A pan wiesz, co mówi hrabia Liciński, ten niby-Anglik, ten: „t e k "?... On mówi: „Wokulski jest to skończony dżentelmen, strzela jak Nemrod[242], ale... to żaden kierownik interesu kupieckiego. Bo dzisiaj rzuci miliony w przedsiębiorstwo, a jutro wyzwie kogo na pojedynek i wszystko narazi..."

Wokulski aż cofnął się z fotelem. Ten zarzut nawet nie przyszedł mu do głowy. Mecenas spostrzegłszy wrażenie postanowił kuć żelazo, póki gorące.

— Jeżeli tedy, kochany panie Stanisławie, nie chcesz zmarnować tak pięknie rozpoczętej sprawy, więc już nie brnij dalej. A nade wszystko — nie kupuj kamienicy Łęc-

---

[242] *Nemrod* — legendarny król chaldejski, sławny myśliwy.

kich. Bo gdy włożysz w nią dziewięćdziesiąt tysięcy rubli, daruj, ale spółka rozwieje się jak dym z fajki. Ludzie widząc, że umieszczasz duży kapitał na sześć lub siedem procent, stracą wiarę do owych procentów, jakieś im obiecywał, a nawet... Pojmujesz... Gotowi podejrzywać...

Wokulski zerwał się od stołu.

Wokulski o spółce

— Nie chcę żadnych spółek!... — krzyknął. — Nie żądam od nikogo łaski, raczej wyświadczam ją innym. Kto mi nie ufa, niech sprawdzi cały interes... Przekona się, żem go nie mistyfikował, ale — i nie będzie moim wspólnikiem. Hrabiowie i książęta nie mają monopolu na fantazję... Ja mam także moje fantazje i nie lubię, ażeby mi się wtrącano...

— Powoli... powoli... uspokój się, kochany panie Stanisławie — mitygował adwokat, na powrót sadowiąc go na fotelu. — Więc nie cofasz się od kupna?...

— Nie; ta kamienica ma dla mnie większą wartość aniżeli spółka z panami całego świata.

— Dobrze... dobrze... Więc może byś na pewien czas podstawił kogo zamiast siebie. W razie ostatecznym nawet ja pożyczę ci firmy, a o zabezpieczenie własności nie ma kłopotu. Najważniejsza rzecz — nie zniechęcać ludzi, którzy już są. Arystokracja, raz zasmakowawszy w interesach publicznych, może do nich przylgnie, a za rok, za pół roku pan staniesz się i nominalnym właścicielem kamienicy. Cóż, zgoda?

— Niech i tak będzie — odparł Wokulski.

— Tak — mówił adwokat — tak będzie najlepiej. Gdybyś pan sam kupił ten budynek, znalazłbyś się w fałszywej pozycji nawet wobec państwa Łęckich. Zazwyczaj nie lubimy tych, którzy coś po nas dziedziczą, to jedno. A po wtóre — kto zaręczy, że nie zaczęłyby snuć im się różne kombinacje po głowach?... Nużby pomyśleli: kupił za drogo albo za tanio?... Jeżeli za drogo — jak śmie robić nam łaskę, a jeżeli za tanio, to — wyzyskał nas...

Ostatnich wyrazów adwokata Wokulski prawie nie słyszał pochłonięty innymi myślami, które go jeszcze mocniej opanowały po odejściu gościa.

„Juści — mówił do siebie — adwokat ma rację. Ludzie mnie sądzą i nawet wyrokują: ale że robią to poza moimi plecami, więc nie wiem o niczym. Dziś dopiero przychodzi mi na myśl wiele szczegółów. Już od tygodnia kupcy związani ze mną mają kwaśne miny, a przeciwnicy — triumfują. W sklepie także coś jest... Ignacy chodzi smutny, Szlangbaum zamyślony. Lisiecki stał się opryskliwszy niż dawniej, jakby przypuszczał, że niedługo wylecę z budy. Klejn ma minę żałosną (socjalista! gniewa się na wyścigi i pojedynki...), a frant Zięba już zaczyna kręcić się przy Szlangbaumie... Może przeczuwa w nim przyszłego właściciela sklepu?... Ach, wy kochani ludzie!..."

Stanął na progu gabinetu i kiwnął na Rzeckiego; stary subiekt istotnie był jakiś niewyraźny i swemu pryncypałowi nie patrzył w oczy.

Wokulski wskazał mu krzesło i przeszedłszy się parę razy po ciasnym pokoju, rzekł:

— Stary!... Powiedz otwarcie: co mówią o mnie?...

Rzecki rozłożył ręce.

— Ach, Boże, co mówią...

— Gadaj prosto z mostu — zachęcał go Wokulski.

— Prosto z mostu?... Dobrze. Jedni mówią, że zaczynasz wariować...
— Brawo!...
— Drudzy, że... drudzy, że chcesz zrobić szwindel...
— Niech mnie...
— A wszyscy — że zbankrutujesz, i to w niedługim czasie.
— Jak wyżej — wtrącił Wokulski — a ty, Ignacy, co sam myślisz?
— Ja myślę — odparł bez wahania — że wklepałeś się w jakąś grubą awanturę... z której nie wyjdziesz cały... Chyba że cofniesz się w porę, na co zresztą masz dosyć rozumu.

Wokulski wybuchnął.

— Nie cofnę się! — zawołał. — Człowiek spragniony nie cofa się od krynicy. Mam zginąć, niech zginę pijąc... Czego wy zresztą chcecie ode mnie?... Od dzieciństwa żyłem jak ptak spętany: w służbach, w więzieniach, a choćby i w tym nieszczęsnym małżeństwie, do którego zaprzedałem się... A dziś, kiedy rozwinęły mi się skrzydła, zaczynacie na mnie wrzeszczeć jak swojskie gęsi na dziką, która zerwała się do lotu... Co mi tam jakiś głupi sklep albo spółka!... Ja chcę żyć, ja chcę...

W tej chwili zapukano do drzwi gabinetu. Ukazał się Mikołaj, służący Łęckiego, z listem. Wokulski gorączkowo pochwycił pismo, rozerwał kopertę i przeczytał:

„Szanowny Panie! Córka moja koniecznie życzy sobie bliżej poznać Pana. Wola kobiety jest świętą: ja więc proszę Pana na jutro do nas, na obiad (około szóstej), a Pan — nawet nie próbuj wymawiać się. Proszę przyjąć zapewnienie wysokiego szacunku.

T. Łęcki"

Wokulski tak osłabł, że musiał usiąść. Przeczytał list drugi, trzeci, czwarty raz... Nareszcie oprzytomniawszy odpisał panu Łęckiemu, a Mikołajowi dał pięć rubli.

Pan Ignacy wybiegł tymczasem na parę minut do sklepu, a gdy Mikołaj wyszedł na ulicę, wrócił do Wokulskiego i rzekł, jakby na nowo zaczynając rozmowę:

— Zawsze jednak, kochany Stachu, rozejrzyj się w sytuacji, a może sam się cofniesz...

Wokulski cicho gwiżdżąc zasadził kapelusz i oparłszy rękę na ramieniu starego przyjaciela, odparł:

— Posłuchaj. Gdyby mi się ziemia rozstąpiła pod nogami... rozumiesz?... Gdyby mi niebo miało zawalić się na łeb — nie cofnę się, rozumiesz?... Za takie szczęście oddam życie...

— Za jakie szczęście?... — spytał Ignacy.

Ale Wokulski już wyszedł przez tylne drzwi.

Rozdział XIV

Dziewicze marzenia

Od Wielkiejnocy panna Izabela często myślała o Wokulskim, a we wszystkich medytacjach uderzał ją niezwykły szczegół: człowiek ten przedstawiał się coraz inaczej.

Panna Izabela miała dużo znajomości i niemały spryt do charakteryzowania ludzi. Otóż każdy z jej dotychczasowych znajomych posiadał tę własność, że można go było streścić w jednym zdaniu. Książę był to patriota, jego adwokat — bardzo zręczny, hrabia Liciński pozował na Anglika, jej ciotka była dumną, prezesowa — dobrą, Ochocki — dziwakiem, a Krzeszowski — karciarzem. Słowem: człowiek — była to jakaś zaleta albo wada, niekiedy zasługa, najczęściej tytuł lub majątek, który miał głowę, ręce i nogi i ubierał się więcej albo mniej modnie.

<small>Izabela o Wokulskim</small> Dopiero w Wokulskim poznała nie tylko nową osobistość, ale niespodziewane zjawisko. Jego niepodobna było określić jednym wyrazem, a nawet stoma zdaniami. Nie był też do nikogo podobny, a jeżeli w ogóle można go było z czymś porównywać, to chyba z jakąś okolicą, przez którą jedzie się cały dzień i gdzie spotyka się równiny i góry, lasy i łąki, wody i pustynie, wsie i miasta. I gdzie jeszcze, spoza mgieł horyzontu, wynurzają się jakieś niejasne widoki, już niepodobne do żadnej rzeczy znanej. Ogarniało ją zdumienie i pytała się: czy to jest gra podnieconej imaginacji, czy naprawdę istota nadludzka, a przynajmniej — pozasalonowa?

Wtedy zaczęła sobie rejestrować doznane wrażenia.

Pierwszy raz — wcale go nie widziała, czuła tylko zbliżający się jakiś ogromny cień.

Był ktoś, kto rzucił parę tysięcy rubli na dobroczynność i na ochronę jej ciotki; potem ktoś grał z jej ojcem w karty w resursie i co dzień przegrywał; potem ktoś, który wykupił weksle jej ojca (może to nie Wokulski?...), następnie jej serwis, a następnie dostarczył różnych rzeczy do przyozdobienia grobu Pańskiego.

Ten ktoś był to zuchwały dorobkiewicz, który od roku ścigał ją spojrzeniami w teatrach i na koncertach. Był to cyniczny brutal, który dorobił się majątku na podejrzanych spekulacjach po to, ażeby kupić sobie reputację u ludzi, a ją, pannę Izabelę Łęcką, u jej ojca!...

Z tej epoki pamiętała tylko jego grubo ciosaną figurę, czerwone ręce i szorstkie obejście, które obok grzeczności innych kupców wydawało się nieznośnym, a na tle wachlarzy, sakwojażów, parasoli, lasek i tym podobnych galanteryj — po prostu śmieszne. Był to przebiegły i bezczelny kupczyk, który w swoim sklepie pozował na upadłego ministra. Był wstrętny, nawet śmiertelnie nienawistny, gdyż poważył się udzielać im zasiłki w formie kupna serwisu albo przegranych w karty do ojca.

Dziś jeszcze myśląc o tym, panna Izabela szarpała na sobie suknię. Niekiedy rzuciwszy się na szezlong biła pięściami sprężyny i szeptała:

— Nikczemnik!... nikczemnik!...

Sam widok niedoli, w jaką staczał się jej dom, już napełniał ją rozpaczą. A cóż dopiero, gdy ktoś wdarł się za zasłonę jej najskrytszych tajemnic i śmiał opatrywać rany, które ukryłaby przed samym Bogiem. Wszystko mogłaby przebaczyć, oprócz tego ciosu, jaki zadano jej dumie.

Tu zaszła zmiana dekoracji. Wystąpił inny człowiek, który bez cienia dwuznacznej myśli powiedział jej w oczy, że kupił serwis, żeby zrobić na nim interes. A zatem on czuł, że panny Izabeli Łęckiej wspierać nie wolno, i gdyby to nawet zrobił, nie tylko nie szukałby rozgłosu albo wdzięczności, ale nawet — nie śmiałby myśleć o tym.

Ten sam człowiek wypędził ze sklepu Mraczewskiego, który poważył się złośliwie o niej mówić. Na próżno wrogowie panny Izabeli, baron i baronowa Krzeszowscy, wstawiali się za tym młodzieńcem; na próżno odezwała się za nim hrabina ciotka, która rzadko dziękowała, a jeszcze rzadziej prosiła. Wokulski nie ustąpił... Lecz jedno słówko jej, panny Izabeli, pokonało nieugiętego człowieka; nie tylko cofnął się, ale nawet dał Mraczewskiemu lepszą posadę. Nie robi się takich ustępstw dla kobiety, której się nie czci.

Szkoda tylko, że prawie w tej samej chwili w jej czcicielu odezwał się pyszny dorobkiewicz, który na kwestyjną tacę rzucił rulon półimperiałów. Ach, jakież to było kupieckie!... I jak on nic nie rozumie po angielsku, nie ma wyobrażenia o języku, który jest modnym!...

Trzecia faza. Zobaczyła Wokulskiego w salonie ciotki w pierwszy dzień Wielkiejnocy i spostrzegła, że on o całą głowę przerasta towarzystwo. Najarystokratyczniejsi ludzie ubiegali się o znajomość z nim, a on, ten brutalny parweniusz, odrzynał się od nich jak ogień od dymu. Chodził niezręcznie, ale śmiało, jakby salon ten był jego niezaprzeczoną własnością i posępnie słuchał komplimentów, którymi go zasypywano. Potem wezwała go do siebie najczcigodniejsza z matron, prezesowa, i po kilku minutach rozmowy z nim rzewnie zapłakała... Czyżby ten z czerwonymi rękami parweniusz?...

Teraz dopiero spostrzegła panna Izabela, że Wokulski ma twarz niepospolitą. Rysy wyraziste i stanowcze, włos jakby najeżony gniewem, mały wąs, ślad bródki, kształty posągowe, wejrzenie jasne i przejmujące... Gdyby ten człowiek zamiast sklepu posiadał duże dobra ziemskie — byłby bardzo przystojnym; gdyby urodził się księciem — byłby imponująco piękny. W każdym razie przypominał Trostiego, pułkownika strzelców, i — naprawdę — posąg gladiatora zwycięzcy.

W tym czasie od panny Izabeli odsunęli się prawie wszyscy.

Wprawdzie starsi panowie jeszcze obsypywali ją grzecznościami z powodu piękności i elegancji, za to młodzi, szczególnie utytułowani lub majętni, traktowali ją chłodno a krótko; gdy zaś, zmęczona samotnością i banalnymi frazesami, nieco żywiej odezwała się do którego, patrzył na nią z wyraźnym przestrachem, jakby lękając się, że ona chwyci go za szyję i natychmiast pociągnie do ołtarza.

Świat salonów kochała panna Izabela na śmierć i życie, wyjść z niego mogła tylko do grobu, ale z każdym rokiem, a nawet miesiącem, mocniej gardziła ludźmi; pojąć nie mogła, ażeby kobietę, tak jak ona piękną, dobrą i dobrze wychowaną, świat opuszczał dlatego tylko, że nie ma majątku!...

„Cóż to za ludzie, Boże miłosierny!..." – szeptała nieraz, patrząc spoza firanek na przejeżdżające powozy elegantów, którzy pod rozmaitymi pozorami odwracali głowę od jej okien, ażeby się nie kłaniać. Czyżby sądzili, że ona wygląda ich?...

A przecież istotnie ona do nich wyglądała!...

Wówczas gorące łzy napływały jej do oczu; gryzła z gniewu piękne usta i szarpiąc taśmy zasłaniała okna firankami.

„Cóż to za ludzie!... Cóż to za ludzie!..." – powtarzała, wstydząc się jednak sama przed sobą rzucić na nich jakiś ostrzejszy epitet, gdyż należeli do świata. Nikczemnikiem, według jej wyobrażeń, można było nazwać tylko Wokulskiego.

Na domiar szyderstwa losu z całej niegdyś falangi zostało jej tylko dwu wielbicieli. Ochockim nie łudziła się: on więcej zajmował się jakąś latającą maszyną (co za obłęd!) aniżeli nią. Za to asystowali jej, zresztą nie narzucając się zbytecznie, marszałek i baron. Marszałek nasuwał jej na myśl zabitego i oparzonego wieprza, jakie czasem spotykała w rzeźniczych furgonach na ulicy; baron znowu wydawał się jej podobnym do niewyprawionej skóry, których całe stosy można widywać na wozach. Obaj stanowili dziś ostatnie jej otoczenie, nawet skrzydła, jeżeli, jak mówiono, była naprawdę aniołem!... Okropna kombinacja dwu tych starców prześladowała pannę Izabelę dniem i nocą. Czasem zdawało się jej, że jest potępiona i że już za życia rozpoczęło się dla niej piekło.

W podobnych chwilach jak topielec, który zwraca oczy do światła na dalekim brzegu, panna Izabela myślała o Wokulskim. I w bezmiarze goryczy doznawała cienia ulgi wiedząc, że jednak szaleje za nią człowiek niepospolity, o którym dużo mówiono w towarzystwie. Wtedy przychodzili jej na myśl sławni podróżnicy albo zbogaceni przemysłowcy amerykańscy, którzy przez szereg lat ciężko pracowali w kopalniach, a których od czasu do czasu z daleka pokazywano jej na paryskich salonach.

„Widzi pani tego – szczebiotała jakaś hrabianka, niedawno wypuszczona z klasztoru, pochylając wachlarz w pewnym kierunku – widzi pani tego pana, który wygląda na woźnicę omnibusów?... To podobno jakiś wielki człowiek, który coś odkrył, tylko nie wiem co: kopalnię złota czy też biegun północny... Nawet nie pamiętam, jak się nazywa, ale zapewnił mnie jeden margrabia z akademii, że ten pan mieszkał dziesięć lat pod biegunem, nie... mieszkał pod ziemią... Okropny człowiek!... Ja będąc na jego miejscu umarłabym z samego strachu... A pani czy także by umarła?..."

Izabela – pycha, naiwność

Gdyby Wokulski był takim podróżnikiem, a przynajmniej górnikiem, który zrobił miliony, dziesięć lat mieszkając pod ziemią!... Ale on był tylko kupcem, w dodatku – galanteryjnym!... Nie umiał nawet po angielsku, co chwilę odzywał się w nim dorobkiewicz, który w młodym wieku restauracyjnym gościom przynosił jedzenie z kuchni. Taki człowiek, co najwyżej, mógł by być dobrym doradcą, nawet nieocenionym przyjacielem (w gabinecie, gdy nie ma gości). Nawet... mężem, boć spotykają ludzi straszne nieszczęścia. Ale kochankiem... No, to byłoby po prostu śmieszne... W razie potrzeby najarystokratyczniejsze damy kąpią się w błotnych wannach; lecz bawić się w błocie mógłby tylko szaleniec.

Czwarta faza. Panna Izabela kilka razy spotkała Wokulskiego w Łazienkach i nawet raczyła odpowiadać na jego ukłony. Między zielonymi drzewami i obok posągów grubianin ten wydał jej się znowu innym aniżeli za kontuarem sklepu. Gdybyż on miał dobra ziemskie, z parkiem, pałacem, sadzawką?... Prawda, że dorobkiewicz, ale podobno szlachcic, synowiec oficera... Przy marszałku i baronie wygląda jak Apollo, arystokracja coraz więcej mówi o nim, a ten wybuch łez prezesowej?...

Nadto prezesowa w oczywisty sposób popierała Wokulskiego u swojej przyjaciółki hrabiny i jej siostrzenicy, panny Izabeli. Parogodzinne spacery z ciotką po Łazienkach były tak nudne, a pogadanki o modach, ochronach i projektowanych w świecie małżeństwach tak dokuczliwe, iż panna Izabela miała nawet trochę żalu do Wokulskiego, że nie zbliża się do nich w czasie spaceru i choć z kwadrans nie porozmawia. Dla osoby z towarzystwa ciekawą jest rozmowa z tego rodzaju ludźmi, a pannie Izabeli chłopi na przykład wydawali się nawet zabawnymi swym odrębnym językiem i logiką.

Chociaż kupiec galanteryjny, a do tego jeżdżący własnym powozem, nie musi być tak zabawny jak chłop...

Bądź co bądź panna Izabela nie doznała przykrej niespodzianki usłyszawszy pewnego dnia od prezesowej, że pojedzie z nią i z hrabiną do Łazienek i — że zatrzyma Wokulskiego.

— Nudzimy się, niech więc nas bawi — mówiła staruszka.

Gdy zaś około pierwszej wjeżdżając do łazienkowskiego parku prezesowa ze znaczącym uśmiechem rzekła do panny Izabeli:

— Mam przeczucie, że go tu gdzieś spotkamy...

Panna Izabela lekko zarumieniła się i postanowiła wcale nie rozmawiać z Wokulskim, a przynajmniej traktować go z góry, ażeby sobie nic nie wyobrażał. O miłości, naturalnie, w owym „wyobrażaniu sobie" mowy być nie mogło. Panna Izabela jednak nie życzyła sobie nawet poufałej życzliwości.

„I ogień jest przyjemny, szczególnie w zimie — myślała — ale... w pewnym oddaleniu."

Tymczasem Wokulskiego nie było w Łazienkach.

„Jak to, on nie czekał? — mówiła do siebie panna Izabela — chyba jest chory..."

Nie sądziła, ażeby Wokulski miał jakiś pilniejszy interes na świecie aniżeli widzenie się z nią; gdyby się zaś spóźnił, postanowiła nie tylko traktować go z góry, ale nawet okazać mu niezadowolenie.

„Jeżeli punktualność — mówiła sobie dalej — jest grzecznością królów, to już co najmniej powinna być obowiązkiem kupców!..."

Upłynęło pół godziny, godzina, dwie — należało wracać do domu, a Wokulski nie przychodził; nareszcie panie wsiadły do karety: hrabina zimna jak zwykle, prezesowa nieco roztargniona, a panna Izabela rozgniewana. Oburzenie nie zmniejszyło się, gdy wieczorem ojciec powiedział jej, że od południa był na sesji u księcia, gdzie Wokulski przedstawił projekt olbrzymiej spółki handlowej i w zblazowanych magnatach obudził formalny zapał.

— Od dawna przeczuwałem — zakończył pan Łęcki — że przy pomocy tego człowieka uwolnię się od troskliwości mojej familii i znowu stanę, jak powinienem!

— Ale do spółki, ojcze, potrzeba pieniędzy — odparła panna Izabela lekko wzruszając ramionami.

— Dlatego też pozwalam sprzedać naszą kamienicę; wprawdzie długi pochłoną ze sześćdziesiąt tysięcy rubli, ale zawsze zostanie mi jeszcze — co najmniej — czterdzieści.
— Ciotka mówiła, że za kamienicę nikt nie da więcej nad sześćdziesiąt...
— Ach, ciotka!... — oburzył się pan Tomasz. — Ona zawsze mówi to, co mogłoby mnie zmartwić albo poniżyć. Sześćdziesiąt tysięcy daje Krzeszowska, która utopiłaby nas w łyżce wody... mieszczanka!... Ale rozumie się, ciotka jej potakuje, bo tu chodzi o mój dom, o moje stanowisko...

Zarumienił się i zaczął sapać; lecz nie chcąc gniewać się przy córce, pocałował ją w czoło i poszedł do swego gabinetu.

„A może ojciec ma rację?... — myślała panna Izabela. — Może on naprawdę jest praktyczniejszy od wszystkich, którzy go tak surowo sądzą? Przecież ojciec pierwszy poznał się na tym... Wokulskim... A jednak cóż za gbur z tego człowieka. Nie przyszedł do Łazienek, choć prezesowa z pewnością musiała go zaangażować. Zresztą może i lepiej: pięknie byśmy wyglądały, gdyby spotkał nas kto znajomy na spacerze z kupcem galanteryjnym!"

Przez parę dni następnych panna Izabela słyszała tylko o Wokulskim. Salony rozbrzmiewały jego nazwiskiem. Marszałek przysięgał, że Wokulski musi pochodzić ze starożytnego rodu, a baron, znawca męskiej piękności (po pół dnia spędzał przed lustrem), twierdził, że Wokulski jest — „wcale... wcale..." Hrabia Sanocki zakładał się, że jest to pierwszy rozumny człowiek w kraju — hrabia Liciński głosił, że ten kupiec wzorował się na angielskich przemysłowcach, a książę — tylko zacierał ręce i uśmiechając się mówił: „Aha?..."

Nawet Ochocki, odwiedziwszy któregoś dnia pannę Izabelę, opowiedział jej, że byli z Wokulskim na spacerze w Łazienkach.

— O czymżeście rozmawiali?... — zapytała zdziwiona. — Bo chyba nie o machinach latających...

— Bah! — odmruknął zamyślony kuzynek. — Wokulski jest chyba jedynym człowiekiem w Warszawie, z którym można o tym mówić. To numer...

„Jedyny rozumny... jedyny kupiec... jedyny, który może dogadać się z Ochockim?... — myślała panna Izabela. — Czymże jest naprawdę ten człowiek?... Ach! już wiem..."

Zdawało jej się, że odgadła Wokulskiego. Jest to ambitny spekulant, który chcąc wedrzeć się do salonów pomyślał o ożenieniu się z nią, zubożałą panną znakomitego rodu. Nie w innym też celu skarbił sobie względy jej ojca, hrabiny ciotki i całej arystokracji. Przekonawszy się jednak, że i bez niej wciśnie się między wielkich panów, nagle ostygnął w miłości i... nawet nie przyszedł do Łazienek!...

„Winszuję mu — mówiła sobie. — Ma wszystkie zalety potrzebne do zrobienia kariery: niebrzydki, zdolny, energiczny, a nade wszystko bezczelny i nikczemny... Jak on śmiał udawać zakochanego we mnie i z jaką łatwością... Doprawdy, że ci parweniusze zdystansują nas nawet w obłudzie... Cóż to za nędznik!..."

Oburzona chciała zapowiedzieć Mikołajowi, ażeby nigdy nie wpuścił Wokulskiego za próg salonu... Najwyżej do gabinetu pana, gdyby do nich przyszedł z interesem. Lecz przypomniawszy sobie, że Wokulski wcale nie zapraszał się do nich, zarumieniła się ze wstydu.

Wtem dowiedziała się od pani Meliton o nowym zatargu barona Krzeszowskiego z żoną i o tym, że baronowa kupiła od niego klacz za osiemset rubli, ale — że pewnie ją zwróci, gdyż za kilka dni ma odbyć się wyścig, a baron porobił duże zakłady.

— Może nawet państwo baronowie pogodzą się przy tej okazji — zauważyła pani Meliton.

— Ach, cóż bym dała za to, ażeby baron nie dostał klaczy i przegrał zakłady!... — zawołała panna Izabela.

W parę zaś dni dowiedziała się pod wielkim sekretem od panny Florentyny, że baron nie odzyska swojej klaczy, gdyż kupił ją Wokulski...

Tajemnica była jeszcze tak zachowywaną, że kiedy panna Izabela poszła z wizytą do ciotki, zastała hrabinę i prezesową naradzające się nad pogodzeniem państwa Krzeszowskich za pomocą owej klaczy.

— Nic z tego nie będzie — wtrąciła ze śmiechem panna Izabela.— Baron nie dostanie swojej klaczy.

— Może założysz się? — spytała chłodno hrabina.

— Owszem, jeżeli wygram od cioci tę bransoletę z szafirów...

Zakład stanął, dzięki czemu hrabina i panna Izabela były wysoce zainteresowane w wyścigach.

Przez chwilę panna Izabela lękała się: powiedziano jej, że baron daje Wokulskiemu czterysta rubli odstępnego i że hrabia Liciński podjął się między nimi pośrednictwa. Nawet szeptano w salonie hrabiny, że Wokulski nie dla pieniędzy, ale dla hrabiego musi zgodzić się na ten układ. A wówczas panna Izabela pomyślała:

„Zgodzi się, jeżeli jest chciwym parweniuszem, ale nie zgodzi się, jeżeli..."

Nie śmiała dokończyć frazesu. Wyręczył ją Wokulski. Nie sprzedał klaczy i sam puścił ją w szranki.

„On jednakże nie jest tak nikczemnym" — rzekła do siebie.

I pod wpływem tej idei rozmawiała z Wokulskim na wyścigach bardzo łaskawie.

Jednakże nawet za ten drobny objaw życzliwości panna Izabela robiła sobie w duchu wymówki:

„Po co on ma wiedzieć, że nas interesuje jego wyścig?... Nie więcej od innych. A po co ja mu powiedziałam, że «musi wygrać...»? Albo co znaczyła jego odpowiedź: «wygram, jeżeli pani zechce...»? On już zapomina, kim jest. Ale mniejsza, jeżeli za parę grzecznych słówek Krzeszowski rozchoruje się ze złości."

Krzeszowskiego nienawidziła panna Izabela. Kiedyś umizgał się do niej, a odtrącony, mścił się. Wiedziała, że nazywał ją za oczy — starzejącą się panną, która wyjdzie za swego lokaja. Tego było dosyć, ażeby pamiętać mu całe życie. Lecz baron, nie poprzestając na nieszczęsnym frazesie, nawet wobec niej zachowywał się cynicznie, drwiąc z jej starych wielbicieli i robiąc aluzje do ich majątkowej ruiny. Że zaś i panna Izabela od niechcenia przypominała mu jego żonę, mieszczankę, z którą połączył się dla pieniędzy, a nic od niej nie mógł wydobyć, więc toczyła się między nimi walka ostra, czasami nawet przykra.

Dzień wyścigów był dla panny Izabeli triumfem, dla barona — klęską i wstydem. Wprawdzie przyjechał na plac i udawał bardzo wesołego, ale w sercu kipiał mu gniew.

Gdy zaś jeszcze zobaczył, że Wokulski nagrodę i cenę konia złożył na ręce panny Izabeli, stracił władzę nad sobą i przybiegłszy do powozu zrobił skandal.

Dla panny Izabeli impertynenckie spojrzenia barona i otwarte nazwanie Wokulskiego jej wielbicielem były strasznym ciosem. Zabiłaby barona, gdyby to uchodziło dobrze wychowanym kobietom. Cierpienie jej było tym dokuczliwsze, że hrabina słuchała jego wybuchu spokojnie, prezesowa z zakłopotaniem, a ojciec nie odzywał się nawet, od dawna uważając Krzeszowskiego za wariata, którego należy nie drażnić, ale traktować pobłażliwie.

W takiej chwili (kiedy już zaczęto spoglądać na nich z innych powozów) przyszedł pannie Izabeli na pomoc Wokulski. I nie tylko przerwał baronowi tok jego niezadowoleń, ale wyzwał go na pojedynek. O tym żadne z nich nie wątpiło; prezesowa wprost zlękła się o swego faworyta, a hrabina zrobiła uwagę, że Wokulski nie mógł postąpić inaczej, ponieważ baron zbliżając się do powozu potrącił go i nie przeprosił.

— Więc sami powiedzcie — mówiła wzruszonym głosem prezesowa — czy godzi się pojedynkować o taką drobnostkę? Wszyscy przecież wiemy, że Krzeszowski jest roztargniony i półgłówek... Najlepszy dowód w tym, co nam nagadał...

— To prawda — odezwał się pan Tomasz — ależ Wokulski nie ma obowiązku wiedzieć o tym, a upomnieć się musiał.

— Pogodzą się! — wtrąciła niedbale hrabina i kazała jechać do domu.

Wtedy to panna Izabela dopuściła się najgorszego wykroczenia przeciw swoim pojęciom i... w znaczący sposób ścisnęła Wokulskiego za rękę.

Już dojeżdżając do rogatek, nie mogła sobie tego darować.

„Jak można było zrobić coś podobnego?... Co sobie taki człowiek pomyśli?..." — mówiła w duchu. Ale wnet ocknęło się w niej uczucie sprawiedliwości i musiała przyznać, że t e n człowiek nie jest byle jakim.

„Ażeby zrobić mi przyjemność (bo z pewnością nie miał innych powodów), podstawił baronowi nogę kupując konia... Całą wygraną (stanowczy dowód bezinteresowności) złożył na ochronę, i to na moje ręce (baron widział to). A nade wszystko, jakby odgadując moje myśli, wyzwał go na pojedynek... No, dzisiejsze pojedynki kończą się zwykle szampanem; ale zawsze baron przekona się, że jeszcze nie jestem tak starą... Nie, w tym Wokulskim jest coś... Szkoda tylko, że jest galanteryjnym kupcem. Przyjemnie byłoby mieć takiego wielbiciela, gdyby... gdyby zajmował inne stanowisko w świecie."

Wróciwszy do domu panna Izabela opowiedziała pannie Florentynie o wyścigowych przygodach, a w godzinę — już nie myślała o nich. Gdy zaś ojciec późno w nocy doniósł jej, że Krzeszowski wybrał na sekundanta hrabiego Licińskiego, który bezwarunkowo żąda, ażeby Wokulski został przeproszony przez barona, panna Izabela zrobiła pogardliwy grymas ustami.

„Szczęśliwy człowiek! — myślała. — Mnie obrażają, a jego będą przepraszać. Ja, gdyby ktoś przy mnie obraził ukochaną, nie pozwoliłabym się przeprosić. On, naturalnie, zgodzi się..."

Gdy już położyła się do łóżka i zaczęła usypiać, nagle przyszła jej nowa myśl:

„A jeżeli Wokulski nie zechce przeprosin?... Przecież ten sam hrabia Liciński układał się z nim o klacz i nic nie wskórał!... Ach, Boże, co też mi się snuje po głowie" — odpowiedziała sobie wzruszając ramionami i zasnęła.

Na drugi dzień do południa ojciec, ona i panna Florentyna byli pewni, że Wokulski pogodzi się z baronem i że nawet inaczej nie wypada mu postąpić. Dopiero po południu pan Tomasz wyszedł na miasto i wrócił na obiad bardzo zakłopotany.

— Cóż to, ojcze? — spytała go panna Izabela, uderzona wyrazem jego twarzy.

— Fatalna historia! — odparł pan Tomasz rzucając się na skórzany fotel. — Wokulski odrzucił przeproszenie, a jego sekundanci postawili ostre warunki.

— I kiedyż to?... — spytała ciszej.

— Jutro przed dziewiątą — odpowiedział pan Tomasz i otarł pot z czoła. — Fatalna historia — ciągnął dalej. — Między naszymi wspólnikami popłoch, bo Krzeszowski strzela doskonale... Gdyby zaś ten człowiek zginął, wszystkie moje rachuby na nic. Straciłbym w nim prawą rękę... jedynego możliwego wykonawcę moich planów... Jemu jednemu powierzyłbym kapitały i jestem pewny, że miałbym co najmniej osiem tysięcy rubli rocznie... Los prześladuje mnie nie na żarty!...

Zły humor pana domu źle oddziałał na innych; obiadu nikt nie jadł. Po obiedzie pan Tomasz zamknął się w gabinecie i chodził wielkimi krokami, co było dowodem niezwykłego wzruszenia.

Panna Izabela także poszła do swego gabinetu i jak zwykle w chwilach zdenerwowania położyła się na szezlongu. Opanowały ją posępne myśli.

„Krótko trwał mój triumf — mówiła sobie. — Krzeszowski naprawdę dobrze strzela... Jeżeli zabije jedynego człowieka, który dziś ujmuje się za mną, to co? Pojedynek jest istotnie barbarzyńskim zabytkiem. Bo Wokulski (biorąc go ze strony moralnej) więcej jest wart od Krzeszowskiego, a jednak... może zginąć!... Ostatni człowiek, w którym pokładał nadzieję mój ojciec."

Tu odezwała się w pannie Izabeli rodowa pycha.

„No — mój ojciec nie potrzebuje przecież łaski Wokulskiego; powierzyłby mu swój kapitał, otoczyłby go protekcją, a on płaciłby mu procenta; w każdym razie szkoda go..."

Przyszedł jej na myśl stary rządca ich niegdyś majątku, który służył u nich trzydzieści lat i którego bardzo lubiła, bardzo mu ufała; może Wokulski obojgu im zastąpiłby nieboszczyka, a jej rozsądnego powiernika, i — zginie!...

Jakiś czas leżała z zamkniętymi oczyma nie myśląc o niczym; potem przyszły jej do głowy niesłychanie dziwne kombinacje.

„Co za szczególny traf! — mówiła w sobie. — Jutro walczyć będą z jej powodu dwaj ludzie, którzy ją śmiertelnie obrazili: Krzeszowski złośliwymi drwinami, Wokulski — ofiarami, jakie ośmielił się ponosić dla niej. Ona mu już prawie przebaczyła i kupno serwisu, i owe weksle, i owe przegrane w karty do ojca, z których przez parę tygodni utrzymywał się cały dom... (Nie, jeszcze mu nie przebaczyła i nie przebaczy nigdy!...) Ale choćby nawet, to jednak — za jej obrazę ujęła się sprawiedliwość boska... I kto jutro zginie?... Może obaj. W każdym razie ten, który poważył się pannie Izabeli Łęckiej ofiarować pomoc pieniężną. Człowiek taki, jak kochanek Kleopatry, żyć nie może..."

Tak myślała zanosząc się od płaczu; żal jej było oddanego sługi, a może powiernika; ale korzyła się przed wyrokami Opatrzności, która nie przebacza obrazy wyrządzonej pannie Łęckiej.

Gdyby Wokulski mógł w tej chwili zajrzeć w jej duszę, uciekłby z przestrachem i uleczyłby się ze swego obłędu.

Swoją drogą panna Izabela nie spała przez całą noc. Ciągle stał jej przed oczyma obraz jakiegoś francuskiego malarza przedstawiający pojedynek. Pod grupą zielonych drzew dwaj czarno ubrani mężczyźni mierzyli do siebie z pistoletów.

Potem (czego już nie było na obrazie) jeden z nich padł uderzony kulą w głowę. Był to Wokulski. Panna Izabela nawet nie poszła na jego pogrzeb nie chcąc zdradzić się ze wzruszeniem. Ale w nocy parę razy płakała. Żal jej było tego nadzwyczajnego parweniusza, tego wiernego niewolnika, który swoje zbrodnie względem niej odpokutował śmiercią dla niej.

Zasnęła dopiero o siódmej rano i spała jak drewno do południa. Przed samą dwunastą obudziło ją nerwowe pukanie do drzwi sypialni.

— Kto tam?

— Ja — odpowiedział jej ojciec radosnym głosem. — Wokulski nietknięty, baron raniony w twarz!

— Czy tak?...

Miała migrenę, więc została w łóżku do czwartej po południu. Była kontenta, że baron został ranny, a zdziwiona, że opłakany przez nią Wokulski nie zginął.

Wstawszy tak późno panna Izabela wyszła przed obiadem na krótki spacer w Aleje. Widok pogodnego nieba, pięknych drzew, przelatujących ptaków i wesołych ludzi zatarł ślady jej nocnych przywidzeń; gdy zaś jeszcze z kilku przejeżdżających powozów spostrzeżono ją i powitano, w sercu jej ocknęło się zadowolenie.

„Jednakże Pan Bóg jest łaskawy — myślała — gdy ocalił człowieka, który może się nam przydać. Ojciec tak liczy na niego, a i ja nabieram ufności. O ileż mniej w życiu doznałabym zawodów mając rozumnego i energicznego przyjaciela."

Słówko „przyjaciel" nie podobało się jej. Przyjacielem panny Izabeli mógłby być człowiek co najmniej posiadający majątek ziemski. Ale kupiec galanteryjny kwalifikował się tylko na doradcę i wykonawcę.

Po powrocie do domu zaraz poznała, że jej ojciec jest w wybornym humorze.

— Wiesz — mówił — byłem z powinszowaniem u Wokulskiego. To dzielny człowiek, istotny dżentelmen! Już ani myśli o pojedynku i nawet zdaje się żałować barona. Nic nie pomoże, szlachecka krew musi się odezwać, bez względu na kondycję...

A potem, odprowadziwszy córkę do gabinetu i rzuciwszy parę razy okiem w zwierciadło dodał:

— No i powiedz sama, czy można nie ufać w opiekę boską? Śmierć tego człowieka byłaby dla mnie ciężkim ciosem — i — został uratowany! Muszę z nim zawiązać bliższe stosunki, a wtedy zobaczymy, kto wyjdzie lepiej: czy książę na swoim wielkim adwokacie, czy ja na moim Wokulskim. Jak sądzisz?...

— To samo myślałam przed chwilą — odpowiedziała panna Izabela uderzona zgodnością przeczuć jej własnych i ojca — papuś koniecznie powinien mieć przy sobie zdolnego i zaufanego człowieka.

— Który w dodatku sam garnie się do mnie — dodał pan Tomasz. — Bystry człowiek! on to pojmuje, że więcej zrobi i lepszą zyska reputację pomagając dźwigać się dawnemu rodowi, aniżeli gdyby sam wyrywał się naprzód. Bardzo rozumny człowiek — powtórzył pan Tomasz. — Choć chwilowo zdobył sobie księcia i całą arystokrację, mnie jednak okazuje najwięcej przywiązania. I nie będzie tego żałował, gdy odzyskam stanowisko...

Panna Izabela patrzyła na cacka ustawione na biurku i myślała, że jednak ojciec łudzi się trochę, sądząc, iż Wokulski garnie się do niego. Nie prostowała jednak omyłki, a na odwrót, przyznawała w duchu, że należy trochę więcej zbliżyć się z tym kupcem i przebaczyć mu jego — stanowisko społeczne. Adwokat... kupiec... to prawie na jedno wychodzi; jeżeli zaś adwokat może być poufałym księcia, dlaczegóż by... kupiec (ach, jakie to niesmaczne!) nie mógł zostać powiernikiem domu Łęckich?

Obiad, wieczór i kilka dni następnych zeszły pannie Izabeli bardzo przyjemnie. Zastanowiła ją jedna okoliczność, że w ciągu tak krótkiego czasu odwiedziło ich więcej osób aniżeli dawniej w ciągu miesiąca. Bywały godziny, że w pustym niegdyś salonie teraz rozlegał się gwar śmiechów i rozmów, aż wypoczęte meble dziwiły się natłokowi, a w kuchni szeptano, że pan Łęcki musiał odebrać jakieś wielkie pieniądze. Nawet damy, które jeszcze na wyścigach nie mogły poznać panny Izabeli, przyszły teraz do niej z wizytami; młodzi zaś panowie, aczkolwiek nie przychodzili, poznawali ją na ulicy i kłaniali się z szacunkiem.

I pan Tomasz miewał teraz gości. Odwiedził go hrabia Sanocki zaklinając, ażeby Wokulski przestał już bawić się wyścigami i pojedynkami, a zajął się spółką. Był hrabia Liciński i opowiadał dziwy o dżentelmenerii Wokulskiego. Lecz nade wszystko przyjeżdżał tu parę razy książę z prośbą do pana Tomasza, ażeby Wokulski bez względu na zajście z baronem nie zniechęcał się do arystokracji i pamiętał o nieszczęśliwym kraju.

— I niech mu też kuzyn — zakończył książę — wyperswaduje pojedynki. To niepotrzebne; to dobre dla ludzi młodych, ale nie dla poważnych i zasłużonych obywateli...

Pan Tomasz był zachwycony, szczególnie gdy pomyślał, że wszystkie te owacje spotykają go w przeddzień sprzedaży domu; rok temu bliskość podobnego wypadku odstraszała ludzi...

„Zaczynam odzyskiwać należne mi stanowisko" — szepnął pan Tomasz i nagle obejrzał się. Zdawało mu się, że za nim stoi Wokulski. Więc dla uspokojenia się powtórzył parę razy:

„Wynagrodzę go... wynagrodzę... może być pewnym mego poparcia."

Trzeciego dnia po pojedynku Wokulskiego pannie Izabeli przyniesiono kosztowne pudełko i list, który ją wstrząsnął. Poznała pismo barona.

„Kochana kuzyneczko! Jeżeli przebaczysz mi moje nieszczęsne ożenienie, ja w zamian daruję ci moją małżonkę, która już mnie samemu dokuczyła. Jako zaś materialny symbol zawartego między nami pokoju na zawsze, posyłam ci ząb, który mi wystrzelił Wny Wokulski, zdaje mi się — za to, co ośmieliłem się powiedzieć ci na wyścigach. Upewniam cię, kochana kuzynko, że jest to ten sam ząb, którym cię dotychczas gryzłem i już gryźć nigdy nie będę. Możesz go wyrzucić na ulicę, lecz pudełeczko racz zachować na pamiątkę. Przyjmij ten drobiazg od człowieka dziś trochę chorego i wierzaj — nie najgorszego, a będę miał nadzieję, że kiedyś zapomnisz mi moich niedorzecznych złośliwości. Kochający cię i pełen głębokiego szacunku kuzyn Krzeszowski.

P. S. Jeżeli mego zęba nie wyrzucisz za okno, przyszlij mi go na powrót, abym mógł ofiarować go mojej niezapomnianej małżonce. Będzie miała martwić się czym przez kilka dni, co podobno biedaczce jest zalecone przez doktorów. Ten zaś pan Wokulski jest bardzo miłym i dystyngowanym człowiekiem i wyznaję, że serdecznie go polubiłem, choć mi taką zrobił krzywdę."

W kosztownym pudełku znajdował się istotnie ząb owinięty w bibułkę.

Panna Izabela po krótkim namyśle odpisała bardzo życzliwy list baronowi oświadczając, że już nie gniewa się i że przyjmuje pudełeczko, a ząb z należytą czcią odsyła jego właścicielowi.

Tu już nie można było wątpić, że tylko dzięki Wokulskiemu baron pojednał się z nią i prosił o przebaczenie. Panna Izabela nieledwie roztkliwiła się swoim triumfem, a dla Wokulskiego uczuła jakby wdzięczność. Zamknęła się w swoim gabinecie i poczęła marzyć.

Marzyła, że Wokulski sprzedał swój sklep, a kupił dobra ziemskie, lecz pozostał naczelnikiem spółki handlowej przynoszącej ogromne zyski. Cała arystokracja przyjmowała go u siebie, ona zaś, panna Izabela, zrobiła go swoim powiernikiem. On podźwignął ich majątek i podniósł go do dawnej świetności; on spełniał wszystkie jej zlecenia; on narażał się, ile razy była tego potrzeba. On wreszcie wyszukał jej męża, odpowiedniego znakomitości domu Łęckich.

Wszystko to robił, ponieważ kochał ją miłością idealną, więcej niż własne życie. I czuł się zupełnie szczęśliwym, jeżeli uśmiechnęła się do niego, życzliwiej spojrzała albo po jakiejś wyjątkowej zasłudze serdecznie uścisnęła go za rękę. Gdy zaś Pan Bóg dał jej dzieci, on wyszukiwał im bony i nauczycieli, powiększał ich majątek, a nareszcie, gdy ona zmarła (w tym miejscu łzy zakręciły się w pięknych oczach panny Izabeli), on zastrzelił się na jej grobie... Nie, przez delikatność, którą ona w nim rozwinęła, zastrzelił się o kilka grobów dalej.

Wejście ojca przerwało ciąg jej fantazji.

— Podobno pisał do ciebie Krzeszowski? — zapytał ciekawie pan Tomasz.

Córka wskazała mu list leżący na biurku i złote pudełko. Pan Tomasz kręcił głową czytając list, a nareszcie rzekł:

— Zawsze wariat, chociaż dobry chłopak. Ale... Wokulski oddał ci rzeczywistą przysługę: zwyciężyłaś śmiertelnego wroga.

— Myślę, ojcze, że należałoby tego pana zaprosić kiedy na obiad... Chciałabym go poznać bliżej.

— Właśnie od kilku dni miałem cię o to samo prosić!... — odpowiedział uradowany pan Tomasz — niepodobna trzymać się na zbyt etykietalnej stopie z człowiekiem tak użytecznym.

— Naturalnie — wtrąciła panna Izabela — przecież nawet wierną służbę dopuszczamy do niejakiej poufałości.

— Uwielbiam twój rozum i takt, Belu!... — zawołał pan Tomasz i zachwycony, pocałował ją naprzód w rękę, potem w czoło.

> Izabela – stosunek do Wokulskiego

Rozdział XV

W jaki sposób duszę ludzką szarpie namiętność, a w jaki rozsądek

Otrzymawszy od pana Łęckiego zaproszenie na obiad, Wokulski wybiegł ze sklepu na ulicę. Ciasny pokój dusił go, a rozmowa z Rzeckim, w ciągu której subiekt udzielał mu przestróg i upomnień, wydawała mu się nadzwyczajnie głupią; nie jestże to śmieszne, ażeby stary i wystygły kawaler, wierzący tylko w sklep i w Bonapartych, zarzucał mu szaleństwo!...

> Wokulski – pragnienie miłości

„Cóż ja robię złego – myślał Wokulski – że się kocham?... Może trochę za późno, ależ przez całe życie nie pozwalałem sobie na podobny zbytek. Kochają się miliony ludzi, kocha się cały świat czujący, dlaczegóż mnie jednemu miałoby to być zabronione? Jeżeli zaś ten zasadniczy punkt ma rację bytu, to ma ją wszystko, co robię. Kto się chce żenić, musi posiadać majątek, więc – zdobyłem majątek. Musi zbliżyć się do wybranej kobiety – ja też zbliżyłem się. Musi troszczyć się o jej byt materialny i chronić od nieprzyjaciół – a ja robię i jedno, i drugie. Czy zaś w tym dobijaniu się o szczęście skrzywdziłem kogo? czy zaniedbuję obowiązków względem społeczeństwa i bliźnich?... Ach, ci kochani bliźni i to społeczeństwo, które nigdy nie troszczyło się o mnie i stawiało mi wszelkie przeszkody, a zawsze upomina się o ofiary z mojej strony... Lecz właśnie to, co oni dziś nazywają szaleństwem, popycha mnie do pełnienia jakichś fikcyjnych obowiązków. Gdyby nie ono, siedziałbym dziś jak mól w książkach i kilkaset osób miałoby mniejsze zarobki. Więc czego oni chcą ode mnie?" – pytał sam siebie w rozdrażnieniu.

> Wokulski o społeczeństwie

Ruch na świeżym powietrzu uspokoił go; doszedł do Alei Jerozolimskiej i skręcił nią ku Wiśle. Owiał go rześki wiatr wschodni i zbudził te nieokreślone uczucia, które tak żywo przypominają wiek dziecinny. Zdawało mu się, że jeszcze na Nowym Świecie był dzieckiem i że jeszcze czuje w sobie drgające fale młodej krwi. Uśmiechał się do piaskarza wiozącego swój towar nędznym koniem w podłużowatej skrzyni, a żebrząca wiedźma wydała mu się bardzo miłą staruszką; cieszył go świst rozlegający się w fabryce i chciał pogadać z gromadką rozkosznych malców, którzy ustawiwszy się na przydrożnym pagórku ciskali kamieniami na przechodzących Żydów.

Uporczywie odsuwał od siebie myśl o dzisiejszym liście i jutrzejszej wizycie u Łęckich; chciał być trzeźwym, ale namiętność przemogła.

„Dlaczego oni mnie zaprosili?" – pytał czując lekki dreszcz wewnętrzny. – Panna Izabela chce się ze mną poznać... Ależ oczywiście dają mi do zrozumienia, że mogę się żenić!... Byliby chyba ślepi albo idioci, żeby nie spostrzegli, co się ze mną dzieje wobec niej..."

Począł tak drżeć, że mu zęby szczękały; wtedy odezwał się przygłuszony rozsądek.

„Za pozwoleniem. Od jednego obiadu i jednej wizyty jeszcze bardzo daleko do dłuższej znajomości. Na tysiąc zaś dłuższych znajomości – ledwie jedna prowadzi do oświadczyn; na dziesięć oświadczyn – ledwie jedne są przyjęte, a i z tych ledwie połowa kończy się małżeństwem. Trzeba więc być zupełnym wariatem, ażeby nawet przy dłuższej znajomości myśleć o małżeństwie, za którym jest ledwie jedna, a przeciw któremu ze dwadzieścia tysięcy szans... Jasne czy niejasne?"

Wokulski musiał przyznać, że jest jasne. Gdyby wszelka znajomość prowadziła do małżeństwa, każda kobieta musiałaby mieć po kilkudziesięciu mężów, każdy mężczyzna po kilkadziesiąt żon, księża nie daliby sobie rady ze ślubami, a cały świat zamieniłby się w jeden wielki szpital wariatów. On zaś, Wokulski, nie tylko nie był jeszcze dobrym znajomym panny Łęckiej, ale dopiero znajdował się w przededniu do zrobienia z nią znajomości.

„Więc cóż zyskałem – spytał – po bułgarskich niebezpieczeństwach i tutejszych wyścigach lub pojedynkach?..."

„Zyskałeś większą szansę – objaśnił rozsądek – przed rokiem miałeś może jedną sto- albo jedną dwudziestomilionową prawdopodobieństwa, że się z nią ożenisz, a za rok możesz mieć jedną dwudziestotysięczną..."

„Za rok?... – powtórzył Wokulski i znowu owionął go jakiś chłód surowy. Wydarł mu się jednak i zapytał: – A jeżeli panna Izabela pokocha mnie albo już kocha?..."

„Naprzód – należałoby wiedzieć, czy panna Izabela może kochać kogokolwiek..."

„Alboż nie jest kobietą?"

„Trafiają się kobiety z defektem moralnym, niezdolne kochać nic i nikogo, prócz swoich przelotnych kaprysów, podobnież i mężczyźni; jest to tak dobra wada, jak: głuchota, ślepota albo paraliż, tylko mniej widoczna."

„Przypuśćmy..."

„Dobrze – mówił dalej głos, który Wokulskiemu przypominał zgryźliwe zrzędzenie doktora Szumana – gdyby więc ta pani w ogóle mogła kogoś kochać, to nasuwa się drugie pytanie: czy pokocha ciebie?"

„Przecież tak wstrętny nie jestem."

„Owszem, możesz nim być, jak najpiękniejszy lew jest wstrętnym dla krowy albo orzeł dla gęsi. Widzisz, mówię ci nawet komplimenta: porównywam cię ze lwem i orłem, które mimo wszystkich zalet budzą jednak odrazę w samicach innego gatunku. Unikaj zatem samic innego niż twój gatunku..."

Wokulski ocknął się i rozejrzał. Był już niedaleko Wisły, obok drewnianych śpichrzów, a przejeżdżające furmanki zasypywały go czarnym pyłem. Szybko zwrócił się ku miastu i począł rozważać samego siebie.

„We mnie jest dwu ludzi – mówił – jeden zupełnie rozsądny, drugi wariat. Który zaś zwycięży?... Ach, o to się już nie troszczę. Ale co zrobię, jeżeli wygra ten mądry?... Cóż to za okropna rzecz posiadając wielki kapitał uczuć złożyć go samicy innego gatunku: krowie, gęsi albo czemuś jeszcze gorszemu?... Cóż to za upokorzenie śmiać się z triumfów jakiegoś

> Wokulski
> o sobie

byka albo gąsiora, a jednocześnie płakać nad własnym sercem, tak boleśnie rozdartym, tak haniebnie podeptanym?... Czy warto żyć dalej w podobnych warunkach?"

I na samą myśl o tym Wokulski uczuł pragnienie śmierci, ale tak zupełnej, żeby nawet resztki jego popiołów nie zostały na ziemi.

Stopniowo jednak uspokoił się i wróciwszy do domu począł zastanawiać się już całkiem chłodno nad tym: czy na jutrzejszy obiad włożyć frak, czy surdut?... Albo czy do jutra nie zajdzie jakaś nieprzewidziana przeszkoda, która znowu mu nie pozwoli zbliżyć się do panny Izabeli? Potem jeszcze zrobił rachunek ostatnich handlowych obrotów, wysłał parę telegramów do Moskwy i Petersburga, a nareszcie napisał list do starego Szlangbauma proponując, ażeby mu pożyczył swego nazwiska w celu nabycia kamienicy Łęckich.

„Mecenas ma rację — myślał. — Lepiej kupić ten dom pod cudzą firmą. Inaczej mogliby mnie podejrzewać o chęć wyzyskania ich albo — co gorsze — posądzić o zamiar robienia im łaski!..." Jednakże pod powłoką obojętnych zajęć kipiała w nim burza. Rozsądek głośno wołał, że jutrzejszy obiad niczego nie oznacza i nie zapowiada. A nadzieja cicho... cicho szeptała, że — może jest kochanym, a może dopiero nim będzie.

Ale cicho... tak cicho, że Wokulski z największą uwagą musiał się przysłuchiwać jej szeptowi.

Dzień następny, pełen znaczenia dla Wokulskiego, nie odznaczył się żadną osobliwością ani w Warszawie, ani w naturze. Tu i ówdzie na ulicy kłębił się kurz wzniecony miotłami stróżów, dorożki pędziły bez pamięci albo zatrzymywały się bez powodu, a nieskończony potok przechodniów ciągnął się w jedną i drugą stronę chyba po to, ażeby utrzymywać ruch w mieście. Niekiedy pod ścianą domów przesuwali się ludzie obdarci, skuleni, z rękami wbitymi w rękawy, jakby to był nie czerwiec, ale styczeń. Czasem na środku ulicy przewinął się chłopski wózek napełniony blaszanymi konwiami, a powożony przez zuchowatą babę w granatowym kaftanie i czerwonej chustce na głowie.

Warszawa — wygląd miasta

Wszystko to roiło się między dwoma długimi ścianami kamienic pstrej barwy, nad którymi górowały wyniosłe fronty świątyń. Na obu zaś końcach ulicy[243], niby pilnujące miasta szyldwachy[244], wznosiły się dwa pomniki. Z jednej strony król Zygmunt, stojący na olbrzymiej świecy, pochylał się ku Bernardynom[245], widocznie pragnąc coś zakomunikować przechodniom. Z drugiego końca nieruchomy Kopernik, z nieruchomym globusem w ręku, odwrócił się tyłem do słońca, które na dzień wychodziło spoza domu Karasia, wznosiło się nad pałac Towarzystwa Przyjaciół Nauk i kryło się za dom Zamoyskich jakby na przekór aforyzmowi: „Wstrzymał słońce, wzruszył ziemię..."[246] Wokulski, który w tym właśnie kierunku wyglądał ze swego balkonu, mimo woli westchnął przypomniawszy sobie, że jedynymi wiernymi przyjaciółmi astronoma byli

---

[243] *na obu końcach ulicy* — Krakowskiego Przedmieścia.

[244] *szyldwach* — wartownik.

[245] *bernardyni* — kościół św. Anny na Krakowskim Przedmieściu.

[246] w tym fragmencie wymienione są pałace i pomniki znajdujące się na Krakowskim Przedmieściu i Nowym Świecie.

tragarze i tracze, nie odznaczający się, jak wiadomo, zbyt dokładną znajomością zasługi Kopernika.

„Wiele mu z tego — myślał — że w kilku książkach nazywają go chlubą narodu... Pracę dla szczęścia — rozumiem, ale pracy dla fikcji nazywającej się społeczeństwem czy sławą — już bym się nie podjął. Społeczność niech sama myśli o sobie, a sława... Co mi przeszkadza wyobrażać sobie, że już posiadam sławę na przykład na Syriuszu[247]? A przecież Kopernik nie jest dziś w lepszym położeniu odnośnie do ziemi i tyle go obchodzi statua w Warszawie, co mnie piramida na jakiejś Wedze!...[248] Trzy wieki sławy oddam za chwilę szczęścia i dziwię się tylko mojej głupocie, że kiedyś inaczej myślałem."

Wokulski o społeczeństwie

Jakby w odpowiedzi na to spostrzegł po drugiej stronie ulicy Ochockiego; wielki maniak szedł wolno, ze spuszczoną głową i rękoma w kieszeniach.

Prosty ten zbieg wypadków głęboko wstrząsnął Wokulskim; przez chwilę uwierzył nawet w przeczucia i pomyślał z radosnym zdumieniem:

„Czy mi to nie zapowiada, że on będzie miał sławę Kopernika, a ja — szczęście?... A budujże sobie machiny latające, tylko zostaw mi swoją kuzynkę!... — Cóż znowu za przesądy?... — opamiętał się po chwili. — Ja i przesądy!..."

W każdym razie bardzo podobało mu się zdanie, że Ochocki będzie miał nieśmiertelną sławę, a on — żywą pannę Izabelę. Serce napełniła mu otucha. Żartował z siebie, lecz mimo to czuł, że jakoś więcej ma spokoju i odwagi.

„Więc przypuśćmy — mówił — że w rezultacie po wszystkich moich zabiegach — odtrąci mnie... No?... słowo honoru, że natychmiast wezmę utrzymankę i będę z nią siadał w teatrze obok loży państwa Łęckich. Zacna pani Meliton, a może i ten... Maruszewicz wynajdą mi kobietę mającą podobne do niej rysy (za kilkanaście tysięcy rubli można i to nawet znaleźć). Od stóp do głów owinę ją w koronki, zasypię klejnotami, a wtedy przekonamy się, czy wobec niej nie zblednie panna Izabela. — Niechże sobie potem idzie za mąż, choćby za marszałka i barona..."

Ale na myśl o zamążpójściu panny Izabeli opanowała go wściekłość i rozpacz. W takiej chwili — chciałby cały świat nabić dynamitem i rozsadzić. Lecz znowu oprzytomniał:

„No i cóż bym zrobił, gdyby podobało się jej wyjść za mąż?... Nie, nawet gdyby podobało się jej mieć kochanków: raz mego subiekta, drugi raz jakiego oficera, trzeci raz furmana albo lokaja... No i cóż bym na to poradził?..."

Poszanowanie cudzej osobistości i swobody było w nim tak wielkie, że przed nim uginał się nawet jego obłęd.

„Cóż zrobię?... cóż zrobię?..." — powtarzał ściskając dłońmi rozgorączkowaną głowę.

Na godzinę wpadł do sklepu, załatwił kilka interesów i wrócił do siebie; o czwartej służący wydobył mu z komody bieliznę i przyszedł fryzjer ogolić go i uczesać.

— Cóż słychać, panie Fitulski? — zapytał fryzjera.

---

[247] *Syriusz* — najjaśniejsza gwiazda w gwiazdozbiorze Wielkiego Psa.
[248] *Wega* — gwiazda w gwiazdozbiorze Lutni.

— Nic, a będzie gorzej; kongres berliński myśli o zduszeniu Europy, Bismarck o zduszeniu kongresu, a Żydzi — o ogoleniu do reszty nas... — opowiadał młody artysta, piękny jak serafin, zręczny — jakby uciekł z żurnala krawców.

Zawiązał Wokulskiemu ręcznik na szyi i mydląc mu policzki z szybkością piorunu, mówił dalej:

— W mieście, panie, cicho do czasu, a zresztą nic. Byłem wczoraj z towarzystwem na Saskiej Kępie, ale cóż to, panie, za ordynaryjna młodzież!... Pokłócili się w tańcu i proszę mego pana wyobrazić sobie... Główkę trochę wyżej, *s'il vous plaît*...[249]

Wokulski podniósł głowę trochę wyżej i zobaczył, że jego operator[250] nosi złote spinki przy bardzo brudnych mankietach.

— Pokłócili się w tańcu — ciągnął elegant błyskając mu brzytwą przed oczyma — i proszę sobie wyobrazić, że jeden chcąc kopnąć drugiego w wystawę — uderzył damę!... Zrobił się hałas... pojedynek... Mnie naturalnie wybrano na sekundanta i właśnie byłem dziś w kłopocie, bom miał tylko jeden pistolet, kiedy przed półgodziną przychodzi do mnie obrażający i mówi, że nie głupi strzelać się i że obrażony— może mu oddać, byle tylko raz... Główkę na prawo, *s'il vous plaît*... No, wie pan, byłem tak oburzony (przed półgodziną), że porwałem faceta za galeryjkę, kolanem w antresolę i — won! za drzwi. Z takim błaznen strzelać się niepodobna, *n'est-ce pas?*...[251] Teraz na lewo, *s'il vous plaît*.

Skończył golić, umył Wokulskiemu twarz i owinąwszy go w strój podobny do śmiertelnej koszuli delikwentów, mówił dalej:

— Że też nigdy u pana dobrodzieja nie spostrzegłem ani śladu kobiety: przychodzę przecież w rozmaitych godzinach...

Wziął do rąk grzebień i szczotkę i zaczął czesać.

— Przychodzę w rozmaitych godzinach, a oko, panie, mam na te rzeczy... no!... Pomimo to nigdy ani rąbka spódniczki, ani pantofelka, ani kawałka wstążki! A przecież nawet raz u jednego kanonika zdarzyło mi się widzieć gorset; prawda, że znalazł go na ulicy i właśnie chciał bezimiennie odesłać do redakcji. A, panie, u oficerów, szczególniej zaś u huzarów!... (Główkę na dół, *s'il vous plaît*...) Czyste zatrzęsienie!... U jednego, panie, spotkałem aż cztery młode damy i wszystkie — uśmiechnięte... Od tej pory, daję słowo honoru, zawsze kłaniam mu się na ulicy, choć mnie opuścił i winien mi pięć rubli. Ale, panie, jeżeli za krzesło na koncert Rubinsteina[252] mogłem dać sześć rubli, toż bym chyba nie żałował pięciu rubli dla takiego wirtuoza... Może by trochę poczernić włosy, *je suppose que oui*[253]?

— Bardzo panu dziękuję — odparł Wokulski.

— Domyślałem się tego — westchnął fryzjer. — W szanownym panu nie ma śladu pretensji, a to źle!... Znam kilka baletniczek, które chętnie zawarłyby z panem stosuneczki, a słowo honoru daję, że warto! Prześlicznie zbudowane, muskulatura dębo-

---

[249] *S'il vous plâit* (fr.) — proszę jeśli łaska.
[250] *operator* — tu: żartobliwie o fryzjerze.
[251] *N'est-ce pas?* (fr.) — czyż nie?
[252] *Antoni Rubinstein* — rosyjski pianista i kompozytor, odbywał liczne podróże artystyczne po Europie.
[253] *Je suppose que oui?* (fr.) — przypuszczam, że tak?

wa, biust jak materac na sprężynach, ruchy pełne gracji i wcale nie przesadzone wymagania, szczególniej za młodu. Bo kobieta, panie, im starsza, tym droższa, zapewne i dlatego nikt nie ciągnie na sześćdziesięciolatki, że już nie ma na nie ceny. Rotszyld[254] by zbankrutował!... Początkującej zaś da pan trzy tysiące rubelków na rok, kilka prezencików i będzie panu wierna... Ach, te kobietki!... Dostałem przez nie scjatyki[255], lecz nie mogę się na nie gniewać...

Skończył swoją sztukę, ukłonił się według najpiękniejszych zasad i wyszedł z uśmiechem; patrząc na jego wspaniałą minę i portfel, w którym nosił szczotki i brzytwy, można by go wziąć za urzędnika z ministerium.

Wokulski po jego odejściu nawet nie pomyślał o młodych i niewymagających baletniczkach; zajmowało go wielkiej doniosłości pytanie, które streścił w dwu wyrazach, frak czy surdut?

„Jeżeli włożę frak, wyjdę na eleganta pilnującego się przepisów, które mnie w rezultacie nic nie obchodzą. A jeżeli włożę surdut, mogę Łęckich obrazić. Zresztą niechże znajdzie się ktoś obcy... Nie ma rady, jeżeli zdobyłem się na takie błazeństwa, jak własny powóz i koń wyścigowy, to już frak muszę włożyć!"

Tak medytując śmiał się z tej otchłani dzieciństw, do której spychała go znajomość z panną Izabelą.

„Ach, mój stary Hopferze! – mówił – o wy, moi koledzy uniwersyteccy i syberyjscy, czy który z was wyobrażał sobie mnie zajmującego się podobnymi kwestiami?..."

Ubrał się w garnitur frakowy i stanąwszy przed lustrem uczuł zadowolenie. Ten obcisły strój najlepiej uwydatniał jego atletyczne kształty.

Konie czekały od kwadransa i było już wpół do szóstej. Wokulski włożył lekki paltot i opuścił mieszkanie. Siadając do powozu był bardzo blady i bardzo spokojny, jak człowiek, który idzie naprzeciw niebezpieczeństwu.

---

[254] *Rotszyld* – nazwisko sławnych bankierów.

[256] *scjatyka* – ischias, choroba objawiająca się napadami bólu z tylnej strony nogi od biodra do pięty.

Rozdział XVI

„Ona" – „On" – i ci inni

Tego dnia, kiedy Wokulski miał przyjść na obiad, panna Izabela wróciła od hrabiny o piątej. Była trochę rozgniewana i bardzo rozmarzona, razem – prześliczna. Spotkało ją dziś szczęście i zawód. Wielki tragik włoski, Rossi, znany jej i ciotce jeszcze z Paryża, przyjechał na występy do Warszawy. Natychmiast odwiedził hrabinę i troskliwie wypytywał się o pannę Izabelę. Miał być dziś drugi raz i hrabina specjalnie dla niego zaprosiła siostrzenicę. Tymczasem Rossi nie przyszedł; przysłał tylko list, w którym przepraszał za zawód i usprawiedliwiał się niespodziewaną wizytą jakiejś wysoko położonej osoby.

Przed paroma laty, właśnie w Paryżu, Rossi był ideałem panny Izabeli; kochała się w nim, i nawet nie kryła swych uczuć, o ile, rozumie się, było to możliwym dla panienki jej stanowiska. Znakomity artysta wiedział o tym, bywał co dzień w domu hrabiny, grał i deklamował wszystko, co mu kazała panna Izabela, a wyjeżdżając do Ameryki ofiarował jej włoski egzemplarz *Romea i Julii* z dedykacją: „Mdła mucha więcej ma mocy, czci i szczęścia aniżeli Romeo..."

Wiadomość o przybyciu Rossiego do Warszawy i o tym, że jej nie zapomniał, wzruszyła pannę Izabelę. Już o pierwszej w południe była u ciotki. Co chwilę wstawała do okna, każdy turkot przyspieszał bicie jej serca, za każdym uderzeniem dzwonka drgała; zapominała się w rozmowie, na twarz jej wystąpiły silne rumieńce... No – i Rossi nie przyszedł!...

A tak dziś była piękną. Ubrała się, umyślnie dla niego, w jedwabną sukienkę kremowej barwy (z daleka wyglądało to jak zmięte płótno), miała brylantowe kolczyki (nie większe od ziarn grochu) w uszach i pasową różę na ramieniu. I tyle. Ale niech żałuje Rossi, że jej nie widział! Po czterogodzinnym oczekiwaniu wróciła do domu oburzona. Mimo jednak gniewu wzięła do rąk egzemplarz *Romea i Julii* i przeglądając go myślała:

„Gdyby też nagle wszedł tu Rossi?..."

Nawet byłoby lepiej tu niż u hrabiny. Bez świadków mógłby jej szepnąć jakieś gorętsze słówko; przekonałby się, że ona szanuje jego pamiątki, a nade wszystko – przekonałby się (o czym tak głośno mówi duże lustro), że w tej sukni, z tą różą i na tym błękitnym fotelu wygląda jak bóstwo.

Przypomniała sobie, że na obiedzie ma być Wokulski, i mimo woli wzruszyła ramionami. Galanteryjny kupiec po Rossim, którego podziwiał cały świat, wydał jej się tak śmiesznym, że po prostu ogarnęła ją litość. Gdyby Wokulski w tej chwili znalazł się u jej nóg, ona może nawet wsunęłaby mu palce we włosy i bawiąc się nim jak wielkim psem czytałaby tę oto skargę Romea przed Laurentym:

„Niebo jest tu, gdzie mieszka Julia. Lada pies, kot, lada mysz marna żyje w niebie, może patrzeć na nią; tylko – Romeo nie może. Mdła mucha więcej ma mocy, więcej czci i szczęścia aniżeli Romeo. Jej wolno dotykać drogiej ręki Julii i z płonących ust kraść nieśmiertelne zbawienie. Mucha ma tę wolność, ale Romeo nie ma, bo on wygnany!... O księże, złe duchy wyją, gdy w piekle usłyszą ten wyraz; maszże ty serce, ty, święty spowiednik i przyjaciel, drzeć ze mnie pasy tym strasznym słowem – wygnanie!..."

Westchnęła. – Kto wie, ile razy powtarza sobie te zdania wielki tułacz myśląc o niej?... I może nawet nie ma powiernika!... Wokulski mógłby być takim powiernikiem; on chyba wie, jak za nią można rozpaczać, bo on narażał dla niej życie.

Odwróciwszy kilka kartek wstecz znowu czytała:

„Romeo! czemuż ty jesteś Romeo? Rzuć tę nazwę albo... przysięgnij być wiernym mojej miłości, a wtedy ja wyprę się rodu Kapuletów... Zresztą – tylko twoje nazwisko jest dla mnie nieprzyjazne, boś ty w istocie dla mnie nie Monteki... O, weź inną nazwę, bo czym jest nazwa?... To, co zwiemy różą, pod inną nazwą również by pachniało: tak i Romeo, bez nazwy Romeo, przecieżby całą swą wartość zatrzymał. Więc, Romeo – rzuć twoją nazwę, a w zamian za to, co nawet nie jest cząstką ciebie, weź mnie... ach!... całą..."

Jakież było dziwne między nimi podobieństwo: on – Rossi, aktor, a ona – panna Łęcka. Rzuć nazwisko, rzuć swój zawód... Tak, ale cóżby wtedy zostało... Zresztą nawet księżniczka krwi mogłaby wyjść za Rossiego i świat tylko podziwiałby jej poświęcenie...

Wyjść za Rossiego?... Dbać o jego garderobę teatralną, a może przyszywać mu guziki do nocnych koszul?...

Panna Izabela wstrząsnęła się. Kochać go bez nadziei – to dosyć... Kochać i czasami porozmawiać z kim o tej tragicznej miłości... Może by z panną Florentyną? Nie, ona nie ma dosyć uczucia. Daleko lepiej nadawałby się do tego Wokulski. Patrzyłby jej w oczy, cierpiałby za siebie i za nią, ona opowiadałaby mu bolejąc nad własnym i nad jego cierpieniem i w taki sposób bardzo przyjemnie upływałyby im godziny. Kupiec galanteryjny w roli powiernika!... Można by zresztą zapomnieć o tym kupiectwie...

W tej samej porze pan Tomasz zakręcając siwego wąsa spacerował po swym gabinecie i myślał: „Wokulski jest to człowiek ogromnie zręczny i energiczny! Gdybym miał takiego plenipotenta (tu westchnął), nie pozbyłbym się majątku... No, już stało się: za to dziś go mam... Z kamienicy zostanie mi czterdzieści, nie – pięćdziesiąt, a może i sześćdziesiąt tysięcy rubli... Nie, nie przesadzajmy, niech pięćdziesiąt tysięcy, no – niechby tylko czterdzieści tysięcy... Dam mu to, on będzie mi płacił z ośmiu tysięcy rubli rocznie, resztę zaś (jeżeli interes pójdzie w jego rękach, jak się spodziewam), resztę procentów – każę kapitalizować...[256] Za pięć, sześć lat suma podwoi się, a już za dziesięć – może wzrosnąć w czwórnasób... Bo to w operacjach handlowych

> Tomasz Łęcki – o Wokulskim, naiwność

---

[256] *kapitalizować* – składać dochody na kapitał.

pieniądze szalenie się mnożą... Ale co ja mówię!... Wokulski, jeżeli jest naprawdę genialnym kupcem, powinien mieć i z pewnością ma sto za sto. A w takim razie spojrzę mu w oczy i powiem bez ogródki: «Dawaj ty innym, mój dobrodzieju, piętnaście albo dwadzieścia procent rocznie, ale nie mnie, który się na tym rozumiem.» I on, naturalnie, zobaczywszy, z kim ma do czynienia, zmięknie od razu i może nawet wykaże taki dochód, o jakim mi się nie śniło..."

Dzwonek w przedpokoju uderzył dwa razy. Pan Tomasz cofnął się w głąb gabinetu i usiadłszy na fotelu wziął do rąk tom przygotowanej na ten cel ekonomii Supińskiego. Mikołaj otworzył drzwi i za chwilę ukazał się Wokulski.

— A... witam!... — zawołał pan Tomasz wyciągając do niego rękę.

Wokulski nisko ukłonił się przed białymi włosami człowieka, którego rad był nazywać swoim ojcem.

— Siadajże, panie Stanisławie... Może papierosa?... Proszę cię... Cóż tam słychać?... Czytam właśnie Supińskiego[257]: tęga głowa!... Tak, narody nie umiejące pracować i oszczędzać zniknąć muszą z powierzchni ziemi... Tylko oszczędność i praca!... Pomimo to nasi wspólnicy zaczynają grymasić, co?...

— Niech robią, jak im wygodniej — odparł Wokulski. — Ja na nich nie zyskam ani jednego rubla.

— Ale ja nie opuszczę cię, panie Stanisławie — rzekł pan Tomasz tonem przekonania. I dodał po chwili: — W tych dniach sprzedaję, to jest dopuszczam do sprzedaży mego domu. Miałem z nim duży kłopot: lokatorowie nie płacą, rządcy złodzieje, a wierzycieli hipotecznych[258] musiałem zaspokajać z własnej kieszeni. Nie dziw się, że mnie to w końcu znudziło...

— Naturalnie — wtrącił Wokulski.

— Mam nadzieję — ciągnął pan Tomasz — że zostanie mi z niego pięćdziesiąt, a choćby czterdzieści tysięcy rubli...

— Ile ma pan nadzieję wziąć za ten dom?

— Sto, do stu dziesięciu tysięcy rubli... Cokolwiek jednakże dostanę, tobie oddam, panie Stanisławie.

Wokulski pochylił głowę na znak zgody i pomyślał, że jednak pan Tomasz za swoją kamienicę nie dostanie więcej nad dziewięćdziesiąt tysięcy rubli. Tyle bowiem miał w tej chwili do dyspozycji, a nie mógł zaciągać długów bez narażania swego kredytu.

— Tobie oddam, panie Stanisławie — mówił pan Łęcki. — I właśnie chciałem zapytać się, czy przyjmiesz?...

— Ależ rozumie się...

— I jaki mi dasz procent?

— Gwarantuję dwudziesty, a jeżeli interesa pójdą lepiej, to i wyższy — odparł Wokulski dodając w duchu, że więcej nad piętnaście procent nie mógłby dać komu innemu.

---

[257] *Józef Supiński* — ekonomista polski, poprzednik pozytywizmu, nawoływał do pracy i oszczędności.

[258] *wierzyciele hipoteczni* — hipoteka: instytucja prawna zabezpieczająca prawa właściciela nieruchomości oraz roszczenia pieniężne jego ewentualnych wierzycieli.

„Filut!... – pomyślał pan Tomasz. – Sam ma ze sto procentów, a mnie daje dwadzieścia..." Głośno jednak rzekł:

– Dobrze, kochany panie Stanisławie. Przyjmuję dwadzieścia procent, bylebyś mi mógł wypłacić z góry.

– Będę płacił z góry... co pół roku – odpowiedział Wokulski lękając się, ażeby pan Tomasz nie wydał pieniędzy zbyt prędko.

– I na to zgoda – rzekł pan Tomasz tonem wielkiej serdeczności. – Wszystkie zaś zyski – dodał z lekkim akcentem – wszystkie zyski wyższe nad dwadzieścia procent, proszę cię, ażebyś nie dawał mi ich do ręki, choćbym... błagał, rozumiesz?... ale żebyś dołączał do kapitału. Niech rośnie, prawda?...

– Panie proszą – rzekł w tej chwili Mikołaj ukazując się we drzwiach gabinetu.

Pan Tomasz uroczyście podniósł się z fotelu i ceremonialnym krokiem wprowadził gościa do salonu.

Później niejednokrotnie Wokulski usiłował zdać sobie sprawę z salonu i ze sposobu, w jaki tam wszedł; ale całości faktu nie mógł sobie przypomnieć. Pamiętał, że przede drzwiami ukłonił się parę razy panu Tomaszowi, że potem owionęła go jakaś miła woń, skutkiem czego ukłonił się damie w kremowej sukni z pąsową różą przy ramieniu, a potem – innej damie wysokiej i czarno ubranej, która patrzyła na niego z przestrachem. Przynajmniej tak mu się zdawało.

Dopiero po chwili spostrzegł, że damą w kremowej sukni była panna Izabela. Siedziała na fotelu, z nieporównanym wdziękiem pochylona w jego stronę, i łagodnie patrząc mu w oczy mówiła:

– Ojciec mój, jako pański wspólnik, będzie musiał odbyć długą praktykę, zanim potrafi zadowolnić pana. W jego imieniu proszę o pobłażliwość.

Wyciągnęła rękę, której Wokulski ledwo śmiał dotknąć.

– Pan Łęcki – odparł – jako wspólnik, potrzebuje mieć tylko zaufanego adwokata i buchaltera, którzy co pewien czas skontrolują rachunki. Reszta należy do nas.

Zdawało mu się, że powiedział coś bardzo głupiego, i zarumienił się.

– Pan musi mieć dużo zajęcia przy takim magazynie... – wtrąciła czarno ubrana panna Florentyna i przestraszyła się jeszcze mocniej.

– Nie tak wiele. Do mnie należy dostarczanie funduszów obrotowych i zawiązywanie stosunków z nabywcami i odbiorcami. Rodzajem zaś towaru i oceną jego wartości zajmuje się administracja sklepu.

– Czy to można w każdym razie spuścić się na obcych! – westchnęła panna Florentyna.

– Mam doskonałego plenipotenta, a zarazem przyjaciela, który lepiej prowadzi interesa, niżbym ja to potrafił.

– Szczęśliwy jesteś, panie Stanisławie... – pochwycił pan Łęcki. – Nie wyjeżdżasz w tym roku za granicę?

– Chcę być w Paryżu na wystawie.

– Zazdroszczę panu – odezwała się panna Izabela. – Od dwu miesięcy marzę tylko o wystawie paryskiej, ale papa jakoś nie okazuje skłonności do wyjazdu...

— Nasz wyjazd całkowicie zależy od pana Wokulskiego — odpowiedział ojciec. — Radzę ci więc jak najczęściej zapraszać go na obiad i podawać smaczny, ażeby miał dobry humor.

— Zaręczam, że ile razy będzie pan na nas łaskaw, sama zajrzę do kuchni. Czy jednak dobre chęci wystarczą w tym wypadku...

— Z wdzięcznością przyjmuję obietnicę — odparł Wokulski. — Nie wpłynie to jednak na termin wyjazdu państwa do Paryża, ponieważ zależy on tylko od ich woli.

— *Merci...* — szepnęła panna Izabela.

Wokulski schylił głowę. „Znam ja to «*merci*»! — pomyślał — płaci się za nie kulami..."

— Państwo pozwolą do stołu?... — wtrąciła panna Florentyna. Przeszli do jadalnego pokoju, gdzie na środku stał okrągły stół nakryty na cztery osoby. Wokulski znalazł się przy nim między panną Izabelą i jej ojcem, naprzeciw panny Florentyny. Już był zupełnie spokojny, tak spokojny, że aż go to przerażało. Opuścił go szał miłości i nawet pytał sam siebie: czy ona jest kobietą, którą kochał?... Bo czy podobna kochać się tak jak on i siedząc o krok od przyczyny swego obłędu czuć taką ciszę w duszy, tak niezmierną ciszę?... Myśl miał tak swobodną, że nie tylko dokładnie widział każde drgnienie fizjognomii swoich współbiesiadników, ale jeszcze (co już było zabawne), patrząc na pannę Izabelę, robił sobie następujący rachunek:

„Suknia. Piętnaście łokci surowego jedwabiu po rublu — piętnaście rubli... Koronki z dziesięć rubli, a robota z piętnaście... Razem — czterdzieści rubli suknia, ze sto pięćdziesiąt rubli kolczyki i dziesięć groszy róża..."

Mikołaj zaczął podawać potrawy. Wokulski bez najmniejszego apetytu zjadł kilka łyżek chłodniku, zapił portweinem[259], potem spróbował polędwicy i zapił ją piwem. Uśmiechnął się, sam nie wiedząc czemu, i w przystępie jakiejś żakowskiej radości postanowił robić błędy przy stole. Na początek skosztowawszy polędwicy położył nóż i widelec na podstawce obok talerza. Panna Florentyna aż drgnęła, a pan Tomasz z wielką werwą począł opowiadać o wieczorze w Tuileriach[260], podczas którego na żądanie cesarzowej Eugenii[261] tańczył z jakąś marszałkową menueta[262].

Podano sandacza, którego Wokulski zaatakował nożem i widelcem. Panna Florentyna o mało nie zemdlała, panna Izabela spojrzała na sąsiada z pobłażliwą litością, a pan Tomasz... zaczął także jeść sandacza nożem i widelcem.

„Jacyście wy głupi!" — pomyślał Wokulski czując, że budzi się w nim coś niby pogarda dla tego towarzystwa. Na domiar odezwała się panna Izabela, zresztą bez cienia złośliwości:

— Musi mnie papa kiedy nauczyć, jak się jada ryby nożem.

Wokulskiemu wydało się to wprost niesmaczne.

„Widzę, że odkocham się tu przed końcem obiadu..." — rzekł do siebie.

— Moja droga — odpowiedział pan Tomasz córce — niejadanie ryb nożem to doprawdy przesąd... Wszak mam rację, panie Wokulski?

---

[259] *portwein* — czerwone wino portugalskie.
[260] *Tuileries* — pałac i park w Paryżu, siedziba panujących, spłonął w 1871 r.
[261] *cesarzowa Eugenia* — żona Napoleona III.
[262] *menuet* — starofrancuski taniec pełen wdzięku i wytworności.

— Przesąd?... nie powiem — rzekł Wokulski. — Jest to tylko przeniesienie zwyczaju z warunków, gdzie on jest stosowny, do warunków, gdzie nim nie jest.

Pan Tomasz aż poruszył się na krześle.

— Anglicy uważają to prawie za obrazę... — wydeklamowała panna Florentyna.

— Anglicy mają ryby morskie, które można jadać samym widelcem; nasze zaś ryby ościste może jedliby innym sposobem...

— O, Anglicy nigdy nie łamią form — broniła się panna Florentyna.

— Tak — mówił Wokulski — nie łamią form w warunkach zwykłych, ale w niezwykłych stosują się do prawidła: robić, jak wygodniej. Sam zresztą widywałem bardzo dystyngowanych lordów, którzy baraninę z ryżem jedli palcami, a rosół pili prosto z garnka.

Lekcja była ostra. Pan Tomasz jednak przysłuchiwał się jej z zadowoleniem, a panna Izabela prawie z podziwem. Ten kupiec, który jadał baraninę z lordami i wygłaszał tak śmiało teorię posługiwania się nożem przy rybach, urósł w jej wyobraźni. Kto wie, czy teoria nie wydała się jej ważniejszą aniżeli pojedynek z Krzeszowskim.

— Więc pan jest nieprzyjacielem etykiety? — spytała.

— Nie. Nie chcę tylko być jej niewolnikiem.

— Są jednak towarzystwa, w których ona przestrzega się zawsze.

— Tego nie wiem. Ale widziałem najwyższe towarzystwa, w których o niej zapominano w pewnych warunkach.

Pan Tomasz lekko schylił głowę; panna Florentyna zsiniała, panna Izabela patrzyła na Wokulskiego prawie życzliwie. Nawet więcej niż — prawie... Bywały mgnienia, w których marzyło się jej, że Wokulski jest jakimś Harun-al-Raszydem[263] ucharakteryzowanym na kupca. W sercu jej budził się podziw, nawet — sympatia. Z pewnością ten człowiek może być jej powiernikiem; z nim będzie mogła rozmawiać o Rossim.

Po lodach, zupełnie zdetonowana, panna Florentyna została w jadalni, a reszta towarzystwa przeszła na kawę do gabinetu pana. Właśnie Wokulski skończył swoją filiżankę, kiedy Mikołaj przyniósł panu Tomaszowi na tacy list mówiąc:

— Czeka na odpowiedź, jaśnie panie.

— Ach, od hrabiny... — rzekł pan Tomasz spojrzawszy na adres. — Pozwolicie państwo...

— Jeżeli pan nie ma nic przeciw temu — przerwała panna Izabela uśmiechając się do Wokulskiego — to przejdziemy do salonu, a ojciec tymczasem odpisze...

Wiedziała, że list ten napisał pan Tomasz sam do siebie; koniecznie bowiem potrzebował choć pół godziny przedrzemać się po obiedzie.

— Nie obrazi się pan? — spytał pan Tomasz ściskając Wokulskiego za rękę.

Opuścili z panną Izabelą gabinet i weszli do salonu. Ona z gracją jej tylko właściwą usiadła na fotelu wskazując mu drugi, zaledwie o parę kroków odległy.

Wokulskiemu, kiedy znalazł się z nią sam na sam, krew uderzyła do głowy. Wzburzenie spotęgowało się, gdy spostrzegł, że panna Izabela patrzy na niego jakimś dziwnym wzrokiem, jakby go chciała przeniknąć do dna i przykuć do siebie. To już nie

---

[263] *Harun-al-Raszyd* — kalif arabski, bohater baśni i legend.

była ta panna Izabela z kwesty wielkotygodniowej ani nawet z wyścigów; to była osoba rozumna i czująca, która ma go o coś serio zapytać i chce mu coś szczerego powiedzieć.

Wokulski był tak ciekawy tego, co mu powie, i tak stracił wszelką władzę nad sobą, że chyba zabiłby człowieka, który by im w tej chwili przeszkodził. Patrzył na pannę Izabelę w milczeniu i czekał.

Panna Izabela była zakłopotana: dawno już nie doznała takiego zamętu uczuć jak w tej chwili. Przez myśl przebiegały jej zdania: „kupił serwis" — „przegrywał umyślnie w karty do ojca" — „znieważył mnie", a potem: „kocha mnie" — „kupił konia wyścigowego" — „pojedynkował się" — „jadał baraninę z lordami w najwyższych towarzystwach..." Pogarda, gniew, podziw, sympatia kolejno potrącały jej duszę jak krople gęsto padającego deszczu; na dnie zaś tej burzy nurtowała potrzeba zwierzenia się komuś ze swych kłopotów codziennych i ze swych rozmaitych powątpiewań, i ze swej tragicznej miłości do wielkiego aktora.

Izabela – stosunek do Wokulskiego

„Tak, on może być... on będzie moim powiernikiem!..." — myślała panna Izabela topiąc słodkie spojrzenie w zdumionych oczach Wokulskiego i lekko pochylając się naprzód, jakby chciała go pocałować w czoło. Potem ogarniał ją bezprzyczynowy wstyd: cofała się na poręcz fotelu, rumieniła się i z wolna opuszczała długie rzęsy, jakby ją sen morzył. Patrząc na grę jej fizjognomii Wokulskiemu przypomniały się cudowne falowania zorzy północnej i owe dziwne melodie, bez tonów i bez słów, które niekiedy odzywają się w ludzkiej duszy niby echa lepszego świata. Rozmarzony, przysłuchiwał się gorączkowemu tykotaniu stołowego zegara i biciu własnych pulsów i dziwił się, że te dwa tak szybkie zjawiska prawie wloką się w porównaniu z biegiem jego myśli.

„Jeżeli jest jakie niebo — mówił sobie — błogosławieni nie doznają wyższego szczęścia aniżeli ja w tej chwili."

Milczenie trwało już tak długo, że zaczęło być nieprzyzwoitym. Panna Izabela opamiętała się pierwsza.

— Pan miał — rzekła — nieporozumienie z panem Krzeszowskim...

— O wyścigi — wtrącił pośpiesznie Wokulski. — Baron nie mógł mi darować, że kupiłem jego konia...

Chwilę patrzyła na niego z łagodnym uśmiechem.

— Potem miał pan pojedynek, który... bardzo nas zaniepokoił... — dodała ciszej. — A potem... baron przeprosił mnie — zakończyła szybko, spuszczając oczy. — W liście napisanym z tego powodu do mnie baron mówi o panu z wielkim szacunkiem i przyjaźnią...

— Jestem bardzo... bardzo szczęśliwy... — bąkał Wokulski.

— Z czego, panie?

— Że okoliczności złożyły się w taki sposób... Baron jest człowiekiem dystyngowanym...

Panna Izabela wyciągnęła rękę i zostawiwszy ją na chwilę w rozpalonej dłoni Wokulskiego rzekła:

— Pomimo niewątpliwej dobroci barona ja jednak tylko panu dziękuję. Dziękuję... Są przysługi, których się nieprędko zapomina, i doprawdy... — tu zaczęła mówić wolniej i ciszej — doprawdy, ulżyłby pan memu sumieniu żądając czegoś, co by zrówno-

ważyło pańską... uprzejmość... Wokulski puścił jej rękę i wyprostował się na krześle. Był tak odurzony, że nie zwrócił uwagi na ten mały wyraz „uprzejmość".
— Dobrze — odparł. — Jeżeli pani każe, przyznam się nawet... do zasługi. Czy w zamian wolno mi zanieść prośbę do pani?...
— Tak.
— A więc — mówił rozgorączkowany — proszę o jedno: ażebym mógł służyć pani, o ile mi siły starczą. Zawsze i we wszystkim.
— Panie!... — przerwała z uśmiechem panna Izabela — ależ to jest podstęp. Ja chcę spłacić jeden dług, a pan chce mnie zmusić do zaciągania nowych. Czy to właściwe?...
— Co w tym niewłaściwego?... Alboż nie przyjmuje pani usług nawet od posłańców publicznych?...
— Ale im płaci się za to — odpowiedziała, figlarnie patrząc mu w oczy.
— I ta tylko jest między mną i nimi różnica, że im płacić potrzeba, a mnie nie wypada. Nawet nie można.

Panna Izabela kręciła głową.

— To, o co proszę — mówił dalej Wokulski — nie przechodzi granicy najzwyklejszych stosunków ludzkich. Panie zawsze rozkazujecie — my zawsze spełniamy, oto wszystko. Ludzie należący do tej co i pani sfery towarzyskiej wcale nie potrzebowaliby prosić o podobną łaskę; dla nich jest ona codziennym obowiązkiem, nawet prawem. Ja zaś dobijałem się, a dzisiaj błagam o nią, gdyż spełnianie zleceń pani byłoby dla mnie pewnym rodzajem nobilitacji[264]. Boże miłosierny! jeżeli furmani i lokaje mogą nosić barwy pani, z jakiej racji ja nie miałbym zasługiwać na ten zaszczyt?
— Ach, o tym pan mówi?... Dawać panu mojej szarfy nie potrzebuję; pan sam wziął ją gwałtem. A odbierać?... Już za późno, choćby ze względu na list barona.

Znowu podała mu rękę, którą Wokulski ze czcią ucałował. W obocznym pokoju rozległy się kroki i wszedł pan Tomasz wyspany, promieniejący. Jego piękna twarz miała tak serdeczny wyraz, że Wokulski pomyślał:

„Nędznikiem będę, jeżeli twoje trzydzieści tysięcy rubli, poczciwcze, nie przyniosą ci dziesięciu tysięcy rocznie."

Jeszcze z kwadrans posiedzieli we troje, rozmawiając o niedawnej zabawie w Dolinie Szwajcarskiej[265] na cel dobroczynny, o przybyciu Rossiego i o wyjeździe do Paryża. Nareszcie Wokulski z żalem opuścił miłe towarzystwo obiecując przychodzić częściej i współcześnie z nimi jechać do Paryża.

— Zobaczy pan, jak tam będzie wesoło — rzekła panna Izabela na pożegnanie.

---

[264] *nobilitacja* — nadanie szlachectwa.

[265] *Dolina Szwajcarska* — ogródek koncertowy, restauracja, miejsce zabaw mieszkańców stolicy.

Rozdział XVII

Kiełkowanie rozmaitych zasiewów i złudzeń

Było już wpół do dziewiątej wieczorem, kiedy Wokulski wracał do domu. Słońce niedawno zaszło, lecz silny wzrok mógł już dopatrzeć większe gwiazdy przebłyskujące na złotawolazurowym niebie. Po ulicach rozlegał się wesoły gwar przechodniów; w sercu Wokulskiego zasiadł radosny spokój.

Przypominał sobie każdy ruch, każdy uśmiech, każde spojrzenie i każdy wyraz panny Izabeli, z podejrzliwą troskliwością wyszukując w nich śladu niechęci albo dumy. Na próżno. Traktowała go jak równego sobie i jak przyjaciela, zapraszała, aby ich częściej odwiedzał, ba!... nawet żądała, aby ją o co prosił...

„A gdybym się był w tej chwili oświadczył – przyszło mu na myśl – to co?..."

I pilnie wpatrywał się w rysy jej widma, które mu napełniało duszę; ale – znowu nie dostrzegł ani śladu niechęci. Owszem – figlarny uśmiech.

„Odpowiedziałaby – myślał – że za mało jeszcze się znamy, że powinienem zasłużyć na nią... Tak... niezawodnie tak by odpowiedziała" – powtarzał, ciągle przypominając sobie niewątpliwe oznaki sympatii.

„W ogóle – mówił – byłem niesprawiedliwie uprzedzony do wielkich panów. A oni są przecie takimi jak i my ludźmi; może nawet mają więcej subtelnych uczuć. Wiedząc, że jesteśmy goniącymi za zyskiem gburami, unikają nas. Ale poznawszy w nas uczciwe serca, przygarniają do siebie... Cóż to za rozkoszna żona może być z takiej kobiety! Naturalnie, że powinienem na nią zasłużyć. Jeszcze jak!..."

I pod wpływem tych myśli czuł, że budzi się w nim jakaś wielka życzliwość, która ogarnia naprzód dom Łęckich, potem dalszą ich rodzinę, potem jego sklep i wszystkich ludzi, którzy w nim pracowali, potem wszystkich kupców, którzy mieli z nim stosunki, a nareszcie – cały kraj i całą ludzkość. Zdawało się Wokulskiemu, że każdy uliczny przechodzień jest jego krewnym, bliższym lub dalszym; wesołym lub smutnym. I niewiele brakowało, ażeby stanąwszy na chodniku zaczepiał jak żebrak ludzi i pytał: „Może który z was czego potrzebuje?... Żądajcie, rozkazujcie, proszę was... w jej imieniu..."

> Wokulski o sobie i roli Izabeli w jego życiu

„Podle mi dotychczas życie schodziło – mówił sobie. – Byłem egoistą. Ochocki – oto wspaniała dusza: chce przypiąć skrzydła ludzkości i dla tej idei zapomina o własnym szczęściu. Sława, naturalnie, jest głupstwem, ale praca dla pomyślności ogółu – to grunt... – A potem dodał z uśmiechem: – Ta kobieta już zrobiła ze mnie bogacza i człowieka z reputacją, lecz jeżeli uprze się, zrobi ze mnie – czy ja wiem co?... Chyba świętego męczennika, który swoją pracę, nawet życie odda dla dobra innych... Naturalnie, że oddam, gdy ona tego zechce!..."

Sklep jego był już zamknięty, ale przez otwory okiennic wyglądało światło.

„Coś jeszcze robią" – pomyślał Wokulski.

Skręcił w bramę i przez tylne drzwi wszedł do sklepu. Na progu zetknął się z wychodzącym Ziębą, który pożegnał go niskim ukłonem; w głębi zaś sklepu było jeszcze kilka osób. Klejn wdrapywał się na drabinkę, ażeby coś poprawić na półkach. Lisiecki ubierał się w palto, za kantorem nad księgą siedział Rzecki, a przed nim stał jakiś człowiek i płakał.

– Stary jedzie! – zawołał Lisiecki.

Rzecki przysłaniając oczy ręką spojrzał na Wokulskiego; Klejn ukłonił mu się parę razy ze szczytu drabinki, a płaczący człowiek zwrócił się nagle i z głośnym jękiem objął go za nogi.

– Co to jest?... – spytał zdziwiony Wokulski poznając w płaczącym starego inkasenta Obermana.

– Zgubił czterysta kilkadziesiąt rubli – odparł Rzecki surowo. – Naturalnie, że nie było nadużycia, głowę dam za to, ale i firma tracić nie może, tym bardziej że pan Oberman ma u nas kilkaset rubli oszczędności. Jedno więc z dwojga – prawił rozdrażniony Rzecki – albo pan Oberman zapłaci, albo pan Oberman straci miejsce... Piękne robilibyśmy interesa mając wszystkich takich inkasentów jak pan Oberman...

– Zapłacę, panie – mówił szlochając inkasent – zapłacę, ale niech mi pan rozłoży choć na parę lat. Toż te pięćset rubli, co mam u panów, to mój cały majątek. Chłopiec skończył szkoły i chce uczyć się na doktora, a i starość za pasem... Bóg i pan wie, co się człowiek napracuje, nim zbierze taki grosz... Musiałbym się drugi raz urodzić, ażeby znowu go zebrać...

Klejn i Lisiecki, obaj ubrani, czekali na wyrok pryncypała.

– Tak – odezwał się Wokulski – firma nie może tracić. Oberman zapłaci.

– Słucham pana – wyszeptał nieszczęśliwy inkasent.

Panowie Klejn i Lisiecki pożegnali się i wyszli. Za nimi, wzdychając zabierał się i Oberman do opuszczenia sklepu. Lecz gdy zostali tylko we trzech, Wokulski dodał szybko:

– Oberman, zapłacisz, a ja ci zwrócę...

Inkasent rzucił mu się do nóg.

– Za pozwoleniem!... za pozwoleniem – przerwał Wokulski podnosząc go. – Jeżeli słówko powiesz komu o naszym układzie, cofnę prezent, uważasz, Oberman?... Inaczej wszyscy zechcą gubić pieniądze. Idź więc do domu i milcz...

– Rozumiem. Niech Bóg zeszle na pana wszystko najlepsze – odparł inkasent i wyszedł, na próżno starając się ukryć radość.

– Już zesłał najlepsze – rzekł Wokulski myśląc o pannie Izabeli.

Rzecki był niekontent.

– Wiesz, mój Stachu – odezwał się, gdy zostali sami – że lepiej zrobisz nie mieszając się do sklepu. Z góry wiedziałem, że całej sumy nie każesz mu zwracać; ja sam nie żądałbym tego. Ale ze sto rubli, tytułem kary, powinien był gałgan zapłacić...

Zresztą, pal diabli, można mu było i wszystko darować: ale należało choć z parę tygodni utrzymać w niepewności... Inaczej lepiej od razu zamknąć budę.

Wokulski śmiał się.

— Lękałbym się — odparł — gniewu boskiego, gdybym w takim dniu skrzywdził człowieka.

— W jakim dniu?... — spytał Rzecki, szeroko otwierając oczy.

— Mniejsza o to. Dziś dopiero widzę, że trzeba być litościwym.

— Byłeś nim zawsze i aż zanadto — oburzył się pan Ignacy — i przekonasz się, że dla ciebie ludzie takimi nie będą.

— Już są — rzekł Wokulski i podał mu rękę na pożegnanie.

— Już są?... — powtórzył pan Ignacy przedrzeźniając go. — Już są!... Nie życzę ci, abyś potrzebował kiedy wystawiać na próbę ich współczucia...

— Mam je bez prób. Dobranoc.

— Masz!... masz!... Zobaczymy, jak ono będzie wyglądało w razie potrzeby. Dobranoc, dobranoc... — mówił stary subiekt, z hałasem chowając księgi.

Wokulski szedł do swego mieszkania i myślał:

„Trzeba nareszcie złożyć wizytę Krzeszowskiemu... Pójdę jutro... W całym znaczeniu przyzwoity człowiek... przeprosił pannę Izabelę. Jutro podziękuję mu i — niech mnie licho weźmie — jeżeli nie spróbuję dopomóc. Choć z takim próżniakiem i letkiewiczem ciężka sprawa... Ale mniejsza o to, spróbuję... On przeprosił pannę Izabelę, ja wydobędę go z długów."

Uczucia spokoju i niezachwianej pewności tak w tej chwili górowały nad wszelkimi innymi w duszy Wokulskiego, że gdy wrócił do domu, zamiast marzyć (co mu się zwykle zdarzało), wziął się do roboty. Wydobył gruby kajet, już w większej części zapisany, potem książkę z polsko-angielskimi ćwiczeniami i zaczął pisać zdania wymawiając je półgłosem i usiłując jak najdokładniej naśladować nauczyciela swego, pana Wiliama Colinsa.

W kilkuminutowych zaś przerwach myślał to o jutrzejszej wizycie u barona Krzeszowskiego i o sposobie wydobycia go z długów, to o Obermanie, którego wybawił z nieszczęścia.

„Jeżeli błogosławieństwo ma jaką wartość — mówił do siebie — cały kapitał błogosławieństw Obermana, wraz ze składanym procentem, ceduję jej...[266]"

Potem przyszło mu na myśl, że nie jest to zbyt świetnym prezentem dla panny Izabeli — uszczęśliwić jednego tylko człowieka. Całego świata — nie może; ale warto by z okazji bliższego poznania się z panną Izabelą podźwignąć bodaj kilka osób.

„Drugim będzie Krzeszowski — myślał — ale ratować takich zuchów — żadna zasługa... Aha!..."

Uderzył się ręką w czoło i porzuciwszy ćwiczenia angielskie wydobył archiwum swoich korespondencyj prywatnych. Była to safianowa[267] okładka, gdzie podług dat umieszczał nadchodzące listy, których spis znajdował się na początku.

---

[266] *cedować* — przelewać swoje prawa na kogoś.

[267] *safianowy* — z delikatnej, kolorowej skóry koźlej lub owczej używanej na oprawy książek, na pokrycie mebli, wyroby galanteryjne.

„Aha! — mówił — list mojej magdalenki i jej opiekunek, stronica sześćset trzy..."
Znalazł stronicę i z uwagą przeczytał dwa listy: jeden pisany elegancko, drugi — jakby go kreśliła dziecinna ręka. W pierwszym zawiadomiono go, że taka to a taka Maria, niegdyś dziewczyna złego prowadzenia, obecnie nauczyła się szyć bielizny, krawiectwa i odznacza się pobożnością, posłuszeństwem, łagodnością i dobrymi obyczajami. W drugim liście sama owa Maria... dziękowała mu za dotychczasową pomoc i prosiła tylko o wyszukanie jakiego zajęcia.

„Niech już wielmożny i dobrotliwy pan — pisała — kiedy z łaski Boga ma takie duże fundusze, na mnie grzeszną ich nie wydaje. Bo ja teraz sama sobie poradzę, bylem miała o co ręce zaczepić, a ludzi, co potrzebują gorzej niż ja, nieszczęśliwa, zhańbiona, w Warszawie nie brak..."

Wokulskiemu przykro się zrobiło, że podobna prośba kilka dni czekała na odpowiedź. Natychmiast odpisał i zawołał służącego.
— List ten — rzekł — odeślesz rano do magdalenek...
— Żrobi się — odparł służący usiłując zapanować nad ziewaniem.
— Sprowadzisz mi także furmana Wysockiego, tego z Tamki, wiesz?...
— O! jeszcze nie miałbym wiedzieć. Ale pan słyszał...
— Tylko żeby mi tu przyszedł z rana...
— O!... czemu nie. Ale pan słyszał, że Oberman zgubił wielkie pieniądze? Był tu z wieczora i przysięgał, że żabije się albo zrobi sobie co złego, jeżeli pan nie okaże nad nim litości. Ja mówię: „Nie bądźcie głupi, nie żabijajcie się, poczekajcie... Nasz stary ma miętkie szercze..."A on gada: „Ja se też tak kalkuluję, ale zawsze będzie heca, bo mi choć trochę strąci, a tu syn idzie na medyka, a tu starość chwyta człowieka za poły..."
— Proszę cię, idź spać — przerwał mu Wokulski.
— Pójść pójdę — odparł z gniewem służący — ale u pana to taka służba, że gorzej niż w kryminale: nawet szpać nie można iść, kiedy się chce...
Zabrał list i wyszedł.
Na drugi dzień około dziewiątej rano służący obudził Wokulskiego, donosząc mu, że czeka Wysocki.
— Niech no wejdzie.
Po chwili wszedł furman. Był przyzwoicie ubrany, miał czerstwą cerę i wesołe spojrzenie. Zbliżył się do łóżka i ucałował Wokulskiemu ręce.
— Mój Wysocki, podobno przy twoim mieszkaniu jest wolny pokój?
— A tak, wielmożny panie, bo mi stryjek umarł, a jego bestie lokatory nie chciały płacić, więcem wygnał. Na wódkę to łobuz ma, a na komorne go nie stać...
— Ja wynajmę od ciebie ten pokój — mówił Wokulski — tylko trzeba go odczyścić...
Furman patrzył na Wokulskiego zdziwiony.
— Będzie tam mieszkać młoda szwaczka — mówił dalej Wokulski. — Niech stołuje się u was, niech jej twoja żona pierze bieliznę... Niech zobaczy: czego jej brak? Na sprzęty i na bieliznę ja dam pieniędzy... Potem będziecie uważali, czy nie sprowadza kogo do domu...

— O ni! — zawołał z ożywieniem furman. — Ile razy będzie wielmożnemu panu potrzebna, ja ją sam zawiodę; ale żeby kto zaś z miasta — to ni!... Z takiego interesu wielmożny pan mógłby się tylko nabawić nieszczęścia...

— Głupiś, mój Wysocki. Ja jej widywać nie potrzebuję. Byle była porządna w domu, schludna, pracowita, to niech sobie chodzi, gdzie chce. Tylko niech do niej nie chodzą. Więc rozumiesz: trzeba w pokoju odświeżyć ściany, umyć podłogę, kupić sprzęty tanie, ale nowe i dobre, znasz się na tym?...

— I jak jeszcze. Ilem się w życiu mebli nawoził...

— Dobrze. A twoja żona niech zobaczy, co jej potrzeba z bielizny i odzienia, i da mi znać.

— Rozumiem wszystko, wielmożny panie — odparł Wysocki, znowu całując go w rękę.

— Ale... A cóż z twoim bratem?...

— Niezgorzej, wielmożny panie. Siedzi, dziękować Bogu i wielmożnemu panu, w Skierniewicach, ma grunt, najął parobka i tera z niego wielki pan. Za parę lat jeszcze ziemi dokupi, bo stołuje się u niego jeden dróżnik i stróż, i dwa smarowniki. Nawet mu tera kolej pensji dodała...

Wokulski pożegnał furmana i zaczął się ubierać. „Chciałbym przespać ten czas, dopóki znowu jej nie zobaczę" — myślał Wokulski.

Do sklepu nie chciało mu się iść. Wziął jakąś książkę i czytał postanawiając sobie między pierwszą i drugą wybrać się do barona Krzeszowskiego.

O jedynastej w przedpokoju rozległ się dzwonek i trzask otwieranych drzwi. Wszedł służący.

— Jakaś panna czeka...

— Proś do sali — rzekł Wokulski.

W sali zaszeleściła kobieca suknia. Wokulski, stanąwszy na progu, zobaczył swoją magdalenkę. Zdumiały go nadzwyczajne zmiany w niej. Dziewczyna była czarno ubrana, miała bladawą, ale zdrową cerę i nieśmiałe spojrzenie. Spostrzegłszy Wokulskiego zarumieniła się i zaczęła drżeć.

— Niech pani siądzie, panno Mario — odezwał się wskazując jej krzesło.

Usiadła na brzegu aksamitnego sprzętu, jeszcze mocniej zawstydzona. Powieki szybko zamykały się jej i otwierały; patrzyła w ziemię, a na rzęsach jej błysnęły krople łez. Inaczej wyglądała przed dwoma miesiącami.

— Więc już pani umie krawiecczyznę, panno Mario?
— Tak.
— I gdzież pani ma zamiar umieścić się?
— Może by do jakiego magazynu albo w służbę... do Rosji...
— Dlaczegóż tam?
— Tam podobno łatwiej dostać robotę, a tu... któż mnie przyjmie? — szepnęła.
— A gdyby tu jaki skład brał u pani bieliznę, czy nie opłaciłoby się zostać?
— O tak... Ale tu trzeba mieć własną maszynę i mieszkanie; i wszystko... Kto tego nie ma, musi iść w służbę.

Nawet głos jej się zmienił. Wokulski pilnie przypatrywał się jej, nareszcie rzekł:

— Zostanie pani tymczasem w Warszawie. Mieszkać będzie pani na Tamce, przy rodzinie furmana Wysockiego. To bardzo dobrzy ludzie. Pokój będzie pani miała osobny, stołować się będzie pani u nich, a maszyna i wszystko, co się okaże potrzebnym do szycia bielizny, znajdzie się także. Rekomendacje[268] do składu bielizny dam pani, a po paru miesiącach zobaczymy, czy utrzyma się pani z tej roboty. — Oto adres Wysockich. Proszę tam zaraz pójść, kupić z Wysocką sprzęty, dopilnować, ażeby uporządkowali pokój. Maszynę przyślę pani jutro... A oto pieniądze na zagospodarowanie się. Pożyczam je; zwróci mi je pani ratami, jak już zacznie iść robota.

Podał jej kilkadziesiąt rubli zawiniętych w kartkę do Wysockiego. A kiedy ona wahała się, czy ma brać, wcisnął jej zwitek w rękę i rzekł:

— Proszę, bardzo proszę natychmiast iść do Wysockich. Za parę dni on przyniesie pani list do składu bielizny. W nagłym wypadku proszę odwołać się do mnie. Żegnam panią...

Ukłonił się i cofnął do swego gabinetu.

Dziewczyna chwilę jeszcze postała na środku sali; potem otarła łzy i wyszła pełna jakiegoś uroczystego zdziwienia.

„Zobaczymy, jak powiedzie się jej w nowych warunkach" — rzekł do siebie Wokulski i znowu zasiadł do czytania.

O pierwszej w południe udał się Wokulski do barona Krzeszowskiego, po drodze wyrzucając sobie, że tak późno składa wizytę swojemu eks-przeciwnikowi.

„Mniejsza o to — pocieszał się. — Nie mogłem go przecie nachodzić, kiedy był chory. A bilet posłałem."

Zbliżywszy się do domu, w którym lokował się baron, Wokulski mimochodem zauważył, że ściany kamienicy mają tak niezdrową barwę zielonawą, jak Maruszewicz żółtawą, i że rolety w mieszkaniu Krzeszowskiego są podniesione.

„Widać już zdrów — myślał. — Nie wypada jednak od razu pytać o jego długi. Zrobię to za drugą lub trzecią wizytą; potem spłacę lichwiarzy i biedny baron odetchnie. Nie mogę być obojętnym dla człowieka, który przeprosił pannę Izabelę..."

Wszedł na piętro i zadzwonił. W mieszkaniu słychać było kroki, ale nie śpieszono się z otwieraniem. Zadzwonił drugi raz. Chodzenie, a nawet przesuwanie sprzętów odbywało się w dalszym ciągu za drzwiami, ale znów nie otwierano. Zniecierpliwiony, szarpnął dzwonek tak gwałtownie, że o mało go nie urwał. Wówczas dopiero zbliżył się ktoś do drzwi i począł flegmatycznie zdejmować łańcuszek, kręcić kluczem i odciągać zasuwkę mrucząc:

— Widać swój... Żyd by tak nie dzwonił...

Nareszcie otworzyły się drzwi i stanął w progu lokaj Konstanty. Na widok Wokulskiego przymrużył oczy i wysunąwszy dolną wargę spytał:

— A co to?...

Wokulski odgadł, że nie cieszy się łaskami wiernego sługi, który był przy pojedynku.

— Pan baron w domu? — spytał.

— Pan baron leży chory i nikogo nie przyjmuje, bo teraz jest doktor.

Wokulski wydobył swój bilet i dwa ruble.

— Kiedyż mniej więcej można odwiedzić pana?

---

[268] *rekomendacje* — listy polecające.

— Bardzo, bardzo nie zaraz... — odparł trochę łagodniej Konstanty. — Bo pan jest chory z postrzału i doktorzy kazali mu dziś — jutro jechać do ciepłych krajów albo na wieś.

— Więc przed wyjazdem nie można widzieć się?...

— O, wcale nie można... — Doktorzy ostro zakazali nie przyjmować nikogo. Pan ciągle w gorączce...

Dwa stoliki do kart, z których jeden miał złamaną nogę, a drugi gęsto zapisane sukno, tudzież kandelabry z niedopałkami świec woskowych kazały powątpiewać o dokładności patologicznych określeń Konstantego. Mimo to Wokulski jeszcze dodał mu rubla i odszedł, bynajmniej niezadowolony z przyjęcia.

„Może baron — myślał — po prostu nie chce mojej wizyty? Ha! w takim razie niech płaci lichwiarzom i zabezpiecza się od nich aż czterema sposobami zamknięć..."

Wrócił do siebie.

Baron istotnie miał zamiar wyjechać na wieś i nie był zdrów, ale i nie tak chory. Rana w policzku goiła mu się bardzo powoli; nie dlatego, ażeby miała być ciężką, ale że organizm pacjenta był mocno podszarpany. W chwili wizyty Wokulskiego baron był wprawdzie obwiązany jak stara kobieta na mrozie, ale nie leżał w łóżku, tylko siedział na fotelu i miał przy sobie nie doktora, ale hrabiego Licińskiego.

Właśnie narzekał przed hrabią na opłakany stan zdrowia.

— Niech diabli wezmą — mówił — tak podłe życie! Ojciec zostawił mi wprawdzie pół miliona rubli w dziedzictwie, ale zarazem cztery choroby, z których każda warta milion... Co za niewygoda bez binokli!... No i wyobraź sobie hrabia: pieniądze rozeszły się, ale choroby zostały. Że zaś ja sam dorobiłem sobie parę nowych chorób i trochę długów, więc — sytuacja jasna: byłem się szpilką zadrasnął, muszę posyłać po trumnę i rejenta.

— T e k! — odezwał się hrabia. — Nie sądzę jednak, ażebyś pan w podobnej sytuacji rujnował się na rejentów.

— Właściwie to mnie rujnują komornicy...

Baron, opowiadając, niecierpliwie chwytał odgłosy dolatujące go z przedpokoju, ale — nic nie mógł zmiarkować. Dopiero gdy usłyszał zamykanie drzwi, zasuwanie zatrzasku i zakładanie łańcucha, nagle wrzasnął:

— Konstanty!...

Po chwili wszedł służący nie zdradzając zbytecznego pośpiechu.

— Kto był?... Pewnie Goldcygier... Powiedziałem ci, ażebyś z tym łotrem nie wdawał się w żadne rozprawy, tylko porwał za łeb i zrzucił ze schodów. Wyobraź pan sobie — zwrócił się do Licińskiego — ten podły Żyd nachodzi mnie ze sfałszowanym wekslem na czterysta rubli i ma bezczelność żądać zapłaty!...

— Trzeba wytoczyć proces... t e k...

— Ja nie wytoczę... Nie jestem prokuratorem, który ma obowiązek ścigać fałszerzy. Zresztą nie chcę dawać inicjatywy do gubienia jakiegoś zapewne biedaka, który zabija się pracą nad naśladowaniem cudzych podpisów... Czekam więc, ażeby Goldcygier wystąpił z akcją, a dopiero wówczas nikogo nie oskarżając przyznam, że to nie mój podpis.

— A właśnie, że to nie był Goldcygier — odezwał się Konstanty.

— Więc kto?... Rządca... może krawiec?...
— Nie... Ten pan... — rzekł służący i podał bilet Krzeszowskiemu. — Porządny człowiek, alem go wygnał, kiedy tak pan baron kazał...
— Co?... — spytał zdziwiony hrabia spoglądając na bilet. — Nie kazałeś pan przyjmować Wokulskiego?...
— Tak — potwierdził baron. — Licha figura, a przynajmniej... nie do towarzystwa...
Hrabia Liciński z pewnym akcentem poprawił się na fotelu.
— Nie spodziewałem się usłyszeć takiego zdania o tym panu... od pana... Tek...
— Nie bierz pan tego, co mówię, w jakimś hańbiącym znaczeniu — pośpieszył objaśnić baron. — Pan Wokulski nie zrobił nic podłego, tylko... takie małe świństewko, które może uchodzić w handlu, ale nie w towarzystwie...
Hrabia z fotelu, a Konstanty z progu uważnie przypatrywali się Krzeszowskiemu.
— Sam hrabia osądź — mówił dalej baron. — Klacz moją ustąpiłem pani Krzeszowskiej (przed Bogiem i ludźmi prawnie zaślubionej mi małżonce) za osiemset rubli. Pani Krzeszowska na złość mnie (nie wiem nawet za co!) postanowiła koniecznie ją sprzedać. No i trafił się nabywca, pan Wokulski, który korzystając z afektu kobiety postanowił zarobić na klaczy... dwieście rubli!... dał bowiem za nią tylko sześćset...
— Miał prawo, tek!... — wtrącił hrabia.
— Eh! Boże... Wiem, że miał prawo... Ale człowiek, który dla pokazania się wyrzuca tysiące rubli, a gdzieś w kącie zarabia na histeryczkach po dwadzieścia pięć procent, taki człowiek nie jest smaczny... To nie dżentelmen... Zbrodni nie popełnił, ale... jest tak nierówny w stosunkach, jak ktoś, kto rozdając znajomym w prezencie dywany i szale wyciągałby nieznajomym chustki do nosa. Zaprzeczy pan temu...
Hrabia milczał i dopiero po chwili odezwał się:
— Tek!... Czy to jednak pewne?
— Najpewniejsze. Układy między panią Krzeszowską i tym panem prowadził mój Maruszewicz i wiem to od niego.
— Tek. W każdym razie pan Wokulski jest dobrym kupcem i naszą spółkę poprowadzi...
— Jeżeli was nie okpi...
Tymczasem Konstanty, wciąż stojąc na progu, zaczął z politowaniem kiwać głową, aż zniecierpliwiony odezwał się:
— Eh!... co też pan wygaduje... Tfy!... zupełnie jak dziecko...
Hrabia spojrzał na niego ciekawie, a baron wybuchnął:
— A ty co, błaźnie, odzywasz się, kiedy cię nie pytają?...
— Naturalnie, że się odzywam, bo pan i gada, i robi całkiem jak dziecko... Ja jestem tylko lokaj, ale przecie wolałbym wierzyć takiemu, co mi daje dwa ruble za wizytę, aniżeli takiemu, co ode mnie po trzy ruble pożycza i wcale nie śpieszy się z oddawaniem. Ot, co jest, dziś pan Wokulski dał mi dwa ruble, a pan Maruszewicz...
— Won!... — wrzasnął baron chwytając za karafkę, na widok której Konstanty uznał za pożyteczne oddzielić się od swego pana grubością drzwi. — A to łotr fagas!... — dodał baron, widocznie bardzo zirytowany.
— Pan ma słabość do tego Maruszewicza? — spytał hrabia.

— Ale bo to poczciwy chłopak... Z jakich on mnie sytuacji nie wyprowadzał... ile daje mi dowodów nieledwie psiego przywiązania!...

— Tek!... — mruknął zamyślony hrabia. Posiedział jeszcze kilka minut, nic nie mówiąc, i nareszcie pożegnał barona.

Idąc do domu hrabia Liciński kilka razy powracał myślą do Wokulskiego. Uważał za rzecz naturalną, że kupiec zarabia nawet na wyścigowym koniu; swoją drogą czuł jakiś niesmak do podobnych operacyj, a już całkiem miał za złe Wokulskiemu, że wdaje się z Maruszewiczem, figurą co najmniej podejrzaną.

„Zwyczajnie, zbogacony parweniusz! — mruknął hrabia. — Przedwcześnie zachwycaliśmy się nim, chociaż... spółkę może prowadzić... Rozumie się, przy pilnej kontroli z naszej strony."

W parę dni, około dziewiątej rano, Wokulski odebrał dwa listy: jeden od pani Meliton, drugi od książęcego adwokata.

Niecierpliwie otworzył pierwszy, w którym pani Meliton napisała tylko te słowa: „Dziś w Łazienkach o zwykłej godzinie." Przeczytał go parę razy, po czym z niechęcią wziął się do listu adwokata, który zapraszał go również dzisiaj na godzinę jedenastą rano na konferencję w sprawie kupna domu Łęckich. Wokulski głęboko odetchnął; miał czas.

Punkt o jedenastej był w gabinecie mecenasa, gdzie już zastał starego Szlangbauma. Mimo woli zauważył, że siwy Żyd bardzo poważnie wygląda na tle brązowych sprzętów i obić i że mecenasowi jest bardzo do twarzy w pantoflach z brązowego safianu.

— Pan ma szczęście, panie Wokulski — odezwał się Szlangbaum. — Ledwie panu zachciało się kupić dom, a już domy idą w górę. Ja powiadam, słowo daję, że pan w pół roku odzyska swój nakład na tę kamienicę i jeszcze co zarobi! A ja przy panu...

— Myślisz pan? — odparł niedbale Wokulski.

— Ja nie myślę — mówił Żyd — ja już zarabiam. Wczoraj adwokat pani baronowej Krzeszowskiej pożyczył ode mnie dziesięć tysięcy rubli do Nowego Roku i dał osiemset rubli procentu.

— Cóż to, i ona już nie ma pieniędzy? — spytał Wokulski adwokata.

— Ma w banku dziewięćdziesiąt tysięcy rubli, ale na tym baron położył areszt. Piękną napisali intercyzę, co?... — zaśmiał się adwokat. — Mąż kładzie areszt na pieniądzach będących niewątpliwą własnością żony, z którą toczy proces o separację...[269] Ja, co prawda, takich intercyz[270] nie pisywałem, cha, cha!... — śmiał się adwokat ciągnąc dym z wielkiego bursztyna.

— Na cóż baronowa pożycza od pana te dziesięć tysięcy, panie Szlangbaum? — rzekł Wokulski.

— Pan nie wie? — odparł Żyd. — Domy idą w górę, i adwokat wytłumaczył pani baronowej, że kamienicy pana Łęckiego nie kupi taniej niż za siedemdziesiąt tysięcy rubli. Ona wolałaby kupić ją za dziesięć tysięcy, no, ale co zrobi?...

Mecenas usiadł przed biurkiem i zabrał głos.

---

[269] *separacja* — rozłączenie małżonków z utrzymaniem ważności związku.

[270] *intercyza* — dodatkowa umowa przy zawieraniu małżeństwa.

— Zatem, szanowny panie Wokulski, kamienicę państwa Łęckich (lekko schylił głowę) kupuje, w imieniu pańskim, nie ja, tylko obecny tu (ukłonił się) pan S. Szlangbaum...

— Mogę kupić, czemu nie — szepnął Żyd.

— Ale za dziewięćdziesiąt tysięcy rubli, nie taniej — wtrącił Wokulski — i przez li-cy-ta-cję... — dodał z naciskiem.

— Czemu nie? To nie moje pieniądze!... Chce pan płacić, będzie pan miał konkurentów do licytacji... Żebym ja miał tyle tysięcy, ile tu, w Warszawie, można wynająć do każdy interes bardzo porządne osoby i katoliki, to ja bym był bogatszy od Rotszylda.

— Więc będą porządni konkurenci — powtórzył mecenas. — Doskonale. Teraz ja oddam panu Szlangbaumowi pieniądze...

— To niepotrzebne — wtrącił Żyd.

— A następnie spiszemy akcik, mocą którego pan S. Szlangbaum zaciąga od wielmożnego S. Wokulskiego dług w kwocie dziewięćdziesięciu tysięcy rubli i takowy zabezpiecza na nowo nabytej przez siebie kamienicy. Gdyby zaś pan S. Szlangbaum do dnia 1 stycznia 1879 roku powyższej sumy nie zwrócił...

— I nie wrócę...

— W takim razie kupiona przez niego kamienica po jaśnie wielmożnych Łęckich przechodzi na własność wielmożnego S. Wokulskiego.

— W tej chwili może przejść... Ja nawet do niej nie zajrzę — odparł Żyd machając ręką.

— Wybornie! — zawołał mecenas. — Na jutro będziemy mieli akcik, a za tydzień... dziesięć dni, kamienicę. Bodajbyś pan tylko nie stracił na niej z kilkunastu tysięcy rubli, szanowny panie Stanisławie.

— Tylko zyskam — odparł Wokulski i pożegnał mecenasa i Szlangbauma.

— Ale, ale... — pochwycił mecenas odprowadziwszy Wokulskiego do salonu. — Nasi hrabiowie tworzą spółkę, tylko nieco zmniejszają udziały i żądają bardzo szczegółowej kontroli interesu.

— Mają rację.

— Szczególniej ostrożnym okazuje się hrabia Liciński. Nie rozumiem, co się z nim stało?...

— Daje pieniądze, więc jest ostrożny. Dopóki dawał tylko słowo, był śmielszy...

— Nie, nie, nie!... — przerwał mu adwokat. — W tym coś jest i ja to wyśledzę... Ktoś nam buty uszył...

— Nie wam, ale mnie — uśmiechnął się Wokulski. — W rezultacie, wszystko mi jedno i nawet wcale bym się nie gniewał, gdyby panowie ci nie przystępowali do spółki...

Jeszcze raz pożegnał adwokata i pobiegł do sklepu. Tam znalazło się kilka ważnych interesów, które zatrzymały go nadspodziewanie długo. Dopiero o wpół do drugiej był w Łazienkach. Surowy chłód parku, zamiast uspokoić, podniecał go. Biegł tak szybko, że chwilami przychodziło mu na myśl: czy nie zwraca uwagi przechodniów? Wtedy zwalniał kroku i czuł, że niecierpliwość piersi mu rozsadza.

„Już ich pewno nie spotkam!" — powtarzał z rozpaczą.

Tuż nad sadzawką, na tle zielonych klombów, spostrzegł popielaty płaszczyk panny Izabeli. Stała nad brzegiem w towarzystwie hrabiny i ojca i rzucała pierniki łabędziom, z których jeden nawet wyszedł z wody na swoich brzydkich łapach i umieścił się u stóp panny Izabeli.

Pierwszy zobaczył go pan Tomasz.

— Cóż za wypadek! — zawołał do Wokulskiego. — Pan o tej porze w Łazienkach?...

Wokulski ukłonił się paniom zauważywszy z rozkosznym zdziwieniem rumieniec na twarzy panny Izabeli.

— Bywam tu, ile razy przepracuję się... To jest dosyć często...

— Szanuj siły, panie Wokulski... — ostrzegł go pan Tomasz; uroczyście grożąc palcem... — A propos — dodał półgłosem — wyobraź pan sobie, że za moją kamienicę już baronowa Krzeszowska chce dać siedemdziesiąt tysięcy rubli... Z pewnością wezmę sto tysięcy, a może i sto dziesięć... Błogosławione są te licytacje!...

— Tak rzadko widuję pana, panie Wokulski — wtrąciła hrabina — że muszę zaraz załatwić interes...

— Do usług pani...

— Panie! — zawołała z komiczną pokorą składając ręce — proszę o sztukę perkalu dla moich sierot... Widzi pan, jak nauczyłam się przymawiać o jałmużnę?

— Pani hrabina raczy przyjąć dwie sztuki?...

— Tylko w takim razie, jeżeli druga będzie sztuką grubego płótna...

— O ciociu, tego już za wiele!... — przerwała jej panna Izabela ze śmiechem. — Jeżeli pan nie chce stracić majątku — zwróciła się do Wokulskiego — niech pan stąd ucieka. Zabieram pana w stronę Pomarańczarni, a ci państwo niech tu odpoczywają...

— Belu, nie boisz się?... — odezwała się ciotka.

— Chyba ciocia nie wątpi, że w towarzystwie pana nie spotka mnie nic złego...

Wokulskiemu uderzyła krew do głowy; na ustach hrabiny mignął niedostrzegalny uśmiech. Była to jedna z tych chwil, kiedy natura hamuje swoje wielkie siły i zawiesza odwieczne prace, ażeby uwydatnić szczęście istot drobnych i znikomych.

Wiatr zaledwie dyszał, i tylko po to, ażeby chłodzić śpiące w gniazdach pisklęta i ułatwić lot owadom śpieszącym na weselne gody. Liście drzew chwiały się tak delikatnie, jakby poruszał je nie materialny podmuch, ale cicho prześlizgujące się promienie światła. Tu i owdzie, w przesiąkłych wilgocią gęstwinach, mieniły się barwne krople rosy jak odpryski spadłej z nieba tęczy.

Zresztą wszystko stało na miejscu: słońce i drzewa, snopy światła i cienie, łabędzie na stawie, roje komarów nad łabędziami, nawet połyskująca fala na lazurowej wodzie. Wokulskiemu zdawało się; że w tej chwili odjechał z ziemi bystry prąd czasu zostawiając tylko parę białych smug na niebie — i od tej pory nie zmieni się już nic; wszystko zostanie tak samo na wieki. Że on z panną Izabelą będzie wiecznie chodził po oświetlonej łące, oboje otoczeni zielonymi obłokami drzew, spośród których gdzieniegdzie, jak para czarnych brylantów, błyskają ciekawe oczy ptaka. Że on już zawsze będzie pełen niezmiernej ciszy, ona zawsze tak rozmarzona i oblana rumieńcem, że przed nimi zawsze, jak teraz, będą lecieć całujące się w powietrzu te oto dwa białe motyle.

Byli w połowie drogi do Pomarańczarni, kiedy panna Izabela, widać już zakłopotana tym spokojem w naturze i między nimi, poczęła mówić:

— Prawda, jaki ładny dzień? W mieście upał, tu przyjemny chłód. Bardzo lubię Łazienki o tej godzinie: mało osób, więc każdy może znaleźć kącik wyłącznie dla siebie. Pan lubi samotność?

— Nawykłem do niej.

— Pan nie był na Rossim?... — dodała rumieniąc się jeszcze mocniej. — Rossiego nie widział pan?... — powtórzyła patrząc mu w oczy ze zdziwieniem.

— Nie byłem, ale... będę...

— My z ciocią byłyśmy już na dwu przedstawieniach.

— Będę na każdym...

— Ach, jak to dobrze! Przekona się pan, co to za wielki artysta. Szczególniej znakomicie gra Romea, chociaż... już nie jest pierwszej młodości... Ciocia i ja znamy go osobiście jeszcze z Paryża... Bardzo miły człowiek, ale nade wszystko genialny tragik... W jego grze najprawdziwszy realizm kojarzy się z najpoetyczniejszym idealizmem...

— Musi być istotnie wielkim — wtrącił Wokulski — jeżeli budzi w pani tyle podziwu i sympatii.

— Ma pan słuszność. Wiem, że w życiu nie zrobię nic nadzwyczajnego, ale umiem przynajmniej oceniać ludzi niezwykłych... Na każdym polu... n a w e t — na scenie... Niech pan sobie jednak wyobrazi, że Warszawa nie ocenia go jak należy...

— Czy podobna?... Jest przecie cudzoziemcem...

— A pan jest złośliwy — odparła z uśmiechem — ale policzę to na karb Warszawy, nie Rossiego... Doprawdy, wstydzę się za nasze miasto!... Ja gdybym była publicznością (ale publicznością rodzaju męskiego!), zasypałabym go wieńcami, a ręce spuchłyby mi od oklasków... Tu zaś oklaski są dość skąpe, a o wieńcach nikt nie myśli... My istotnie jesteśmy jeszcze barbarzyńcami...

— Oklaski i wieńce są rzeczą tak drobną, że... na najbliższym przedstawieniu Rossi może mieć ich raczej za wiele aniżeli za mało — rzekł Wokulski.

— Jest pan pewny? — spytała, wymownie patrząc mu w oczy.

— Ależ... gwarantuję, że tak będzie...

— Będę bardzo zadowolona, jeżeli spełni się pańskie proroctwo; może już wrócimy do tamtych państwa?...

— Ktokolwiek robi pani przyjemność, zasługuje na najwyższe uznanie...

— Za pozwoleniem!— przerwała mu śmiejąc się. — W tej chwili powiedział pan komplement samemu sobie...

Zwrócili się od Pomarańczarni z powrotem.

— Wyobrażam sobie zdumienie Rossiego — mówiła dalej panna Izabela — jeżeli spotkają go owacje. On już zwątpił i — prawie żałuje, że przyjechał do Warszawy... Artyści nie wyłączając największych są to szczególni ludzie: bez sławy i hołdów nie mogą żyć, jak my bez pokarmu i powietrza. Praca, choćby najpłodniejsza, ale cicha, albo poświęcenie to nie dla nich. Oni koniecznie muszą wysuwać się na pierwszy plan, zwracać na siebie spojrzenia wszystkich, panować nad sercami tysięcy... Sam Rossi mówi, że wolałby o rok wcześniej umrzeć na scenie wobec pełnego i wzruszonego teatru aniżeli o rok później w nielicznym otoczeniu. Jakie to dziwne!...

— Ma rację, jeżeli pełny teatr jest dla niego najwyższym szczęściem.

— Pan sądzi, że są szczęścia, które warto opłacić krótszym życiem? — spytała panna Izabela.
— I nieszczęścia, których warto uniknąć w ten sposób — odpowiedział Wokulski.
Panna Izabela zamyśliła się i od tej pory szli oboje w milczeniu.
Tymczasem siedząc nad sadzawką i w dalszym ciągu karmiąc łabędzie hrabina rozmawiała z panem Tomaszem.
— Nie uważasz — mówiła — że ten Wokulski jest jakby zajęty Belą?...
— Nie sądzę.
— Nawet bardzo; dzisiejsi kupcy umieją robić śmiałe projekta.
— Od projektu do wykonania ogromnie daleko — odparł nieco zirytowany pan Tomasz. — Choćby jednakże nawet tak było, nic mnie to nie obchodzi. Nad myślami pana Wokulskiego nie panuję, a o Belcię jestem spokojny.
— Ja, w rezultacie, nic mam nic przeciw temu — dodała hrabina. — Cokolwiek nastąpi, oczywiście zgadzam się z wolą boską, jeżeli zyskują na tym ubodzy... Ciągle zyskują... Moja ochrona będzie niedługo pierwszą w mieście, i tylko dlatego, że ten pan ma słabość do Belci...
— Dajże spokój... Wracają!... — przerwał pan Tomasz.
Istotnie panna Izabela z Wokulskim ukazali się na końcu drogi.
Pan Tomasz przypatrzył im się z uwagą i dopiero teraz spostrzegł, że dwoje tych ludzi harmonizują ze sobą wzrostem i ruchami. On, o głowę wyższy i silnie zbudowany, stąpał jak eks-wojskowy; ona, nieco drobniejsza, lecz kształtniejsza, posuwała się jakby płynąc. Nawet biały cylinder i jasny paltot Wokulskiego godził się z popielatym płaszczykiem panny Izabeli.

> **Tomasz Łęcki — pycha, naiwność**

„Skąd mu ten biały cylinder?..." — pomyślał pan Tomasz z goryczą. Potem nasunęła mu się dziwna kombinacja: że Wokulski jest to parweniusz, który za prawo noszenia białego cylindra powinien by mu płacić przynajmniej pięćdziesiąt procent od wypożyczonego kapitału. — Aż sam wzruszył ramionami.
— Jak tam pięknie, ciociu, w tamtych alejach! — zawołała zbliżając się panna Izabela. — My z ciocią nigdy nie bywamy w tamtej stronie. Łazienki tylko wtedy są przyjemne, kiedy można chodzić po nich szybko i daleko.
— W takim razie poproś pana Wokulskiego, ażeby ci częściej towarzyszył — odpowiedziała hrabina tonem jakiejś osobliwej słodyczy.
Wokulski ukłonił się, panna Izabela nieznacznie ściągnęła brwi, a pan Tomasz rzekł:
— Może byśmy wrócili do domu...
— Ja myślę — odparła hrabina.
— Pan jeszcze zostaje, panie Wokulski?
— Tak. Czy mogę panie odprowadzić do powozu?
— Prosimy. Belu, podaj mi rękę.
Hrabina z panną Izabelą poszły naprzód, za nimi pan Tomasz z Wokulskim. Pan Tomasz czuł w sobie tyle goryczy, kwasu i ciężaru na widok białego cylindra, że nie chcąc być niegrzecznym zmuszał się do uśmiechu. A nareszcie, pragnąc w jakiśkol-

wiek sposób zabawić Wokulskiego, znowu zaczął mówić mu o swej kamienicy, z której ma nadzieję otrzymać czterdzieści albo i pięćdziesiąt tysięcy czystego zysku.

Cyfry te ze swej strony źle podziałały na humor Wokulskiego, który mówił sobie, że ponad trzydzieści tysięcy rubli już nic nie jest w stanie dołożyć.

Dopiero gdy podjechał powóz i pan Tomasz usadowiwszy damy i siebie zawołał: „Ruszaj!", w Wokulskim znikło uczucie niesmaku, a ocknął się żal po pannie Izabeli.

„Tak krótko!" – szepnął patrząc z westchnieniem na łazienkowską szosę, na którą w tej chwili wjechała zielona beczka straży polewająca drogę.

Poszedł jeszcze w stronę Pomarańczarni, tą samą ścieżką co pierwej, upatrując na miałkim piasku śladu bucików panny Izabeli. Coś się tu zmieniło. Wiatr dął silniej, zmącił wodę w sadzawce, porozganiał motyle i ptaki, a za to napędził więcej obłoków, które raz po raz przyćmiewały blask słońca.

„Jak tu nudno!" – szepnął i zawrócił do szosy.

Wsiadł do swego powozu i przymknąwszy oczy nasycał się jego lekkim kołysaniem. Zdawało mu się, że jak ptak siedzi na gałęzi, którą wiatr chwieje w prawo i w lewo, do góry i na dół, a potem nagle roześmiał się przypomniawszy sobie, że to lekkie kołysanie kosztuje go około tysiąca rubli rocznie.

„Głupiec jestem, głupiec! – powtarzał. – Po co ja się pnę między ludzi, którzy albo nie rozumieją moich ofiar, albo śmieją się z niezgrabnych wysiłków. Na co mi ten powóz?... Czy nie mógłbym jeździć dorożką albo tym oto trajkoczącym omnibusem z płóciennymi firankami?..."

Stanąwszy przed domem przypomniał sobie obietnicę daną pannie Izabeli co do owacyj dla Rossiego.

„Naturalnie, że będzie miał owacje, ba! jeszcze jakie... Jutro przedstawienie..."

Nad wieczorem posłał służącego do sklepu po Obermana. Siwy inkasent przybiegł natychmiast, z trwogą pytając się w duszy: czy Wokulski nie rozmyślił się i nie każe mu zwrócić zgubionych pieniędzy?...

Ale Wokulski przywitał go bardzo łaskawie i nawet zabrał do swego gabinetu, gdzie z pół godziny rozmawiali. O czym?...

Pytanie, o czym Wokulski mógł rozmawiać z Obermanem, bardzo zaciekawiało lokaja. Juści, o zgubionych pieniądzach... Troskliwy sługa przykładał kolejno oko i ucho do dziurki od klucza, dużo widział, dużo słyszał, ale nic nie mógł zrozumieć. Widział, że Wokulski daje Obermanowi całą paczkę pięciorublówek i słyszał takie oto wyrazy:

— W Teatrze Wielkim...[271] na balkonie i paradyzie...[272] woźnemu wieniec, bukiet przez orkiestrę...

„Co ta bestyja, stary, już zaczyna handlować biletami do teatru czy co?..."

Usłyszawszy w gabinecie szmer ukłonów służący uciekł do przedpokoju, aby tam przyłapać Obermana. Gdy zaś inkasent wyszedł, odezwał się:

— Cóż, skończyło się z pieniędzmi?... Dużom ja tu śliny zepsuł, ażeby stary pofolgował panu Obermanowi, i nareszcie wymogłem na nim, że mi powiedział: „Zo-

---

[271] *Teatr Wielki* – budowla na placu Teatralnym w Warszawie wzniesiona w latach 1825–1918.

[272] *paradyz* – najwyższe i najtańsze miejsce w teatrze.

baczymy, zrobi się, co się da!..." No i widzę, pan Oberman dobił dziś targu... Cóż, stary w dobrym humorze?...

— Jak zwykle — odparł inkasent.

— Aleście się nagadali z nim. Musi, że o czymś więcej niż o pieniądzach... Może i o teatrze, bo stary paszjami lubi teatr...

Ale Oberman spojrzał na niego wilczym okiem i wyszedł milcząc. Służący w pierwszej chwili otworzył usta ze zdumienia, lecz ochłonąwszy pogroził za nim pięścią.

— Poczekaj!... — mruknął — żapłaczę ja ci... Wielki pan, patrzcie go... Ukradł czterysta rubli i już nie chcze gadać z człowiekiem!...

Rozdział XVIII

Zdumienia, przywidzenia i obserwacje starego subiekta

Dla pana Ignacego Rzeckiego nadeszła znowu epoka niepokojów i zdumień. Ten sam Wokulski, który rok temu poleciał do Bułgarii, a przed kilkoma tygodniami jak magnat bawił się w wyścigi i pojedynki, ten sam Wokulski nabrał dziś nadzwyczajnego gustu do widowisk teatralnych. I jeszcze żeby choć polskich, ale — włoskich... On, który nie rozumiał po włosku ani wyrazu!

Już blisko tydzień trwała ta nowa mania, która dziwiła i gorszyła nie samego tylko pana Ignacego.

Raz na przykład stary Szlangbaum, oczywiście w jakiejś ważnej sprawie, przez pół dnia szukał Wokulskiego. Był w sklepie — Wokulski dopiero co wyszedł ze sklepu kazawszy pierwej odnieść aktorowi Rossiemu duży wazon z saskiej porcelany. Pobiegł do mieszkania — Wokulski dopiero co opuścił mieszkanie i pojechał do Bardeta po kwiaty. Stary Żyd, ażeby go dopędzić, krzywiąc się wziął dorożkę; ale ponieważ ofiarowywał dorożkarzowi złoty i groszy osiem za kurs, zamiast czterdziestu groszy, więc nim dobili targu za złoty i groszy osiem — i dojechali do Bardeta[273], Wokulski już opuścił zakład ogrodniczy.

— A gdzie on pojechał, nie wie pan? — zapytał Szlangbaum ogrodniczka, który za pomocą krzywego noża między najpiękniejszymi kwiatami szerzył zniszczenie.

— Czy ja wiem, podobno do teatru — odparł ogrodniczek z taką miną, jakby owym krzywym nożem chciał gardło poderżnąć Szlangbaumowi.

Żyd, któremu to właśnie przyszło na myśl, cofnął się czym prędzej z oranżerii i jak kamień wyrzucony z procy wpadł w dorożkę. Ale woźnica (porozumiawszy się już widać z krwiożerczymi ogrodnikami) oświadczył, iż za żadne w świecie skarby nie pojedzie dalej, chyba że kupiec da mu czterdzieści groszy za kurs i jeszcze zwróci dwa grosze urwane przy pierwszym kursie.

Szlangbaum poczuł słabość około serca i w pierwszej chwili chciał albo wysiąść, albo zawołać policji. Przypomniawszy sobie jednak, jaka teraz w świecie chrześcijańskim panuje złość i niesprawiedliwość, i zajadłość na Żydów, zgodził się na wszystkie warunki bezwstydnego dorożkarza i jęcząc pojechał do teatru.

Tu — naprzód nie miał z kim gadać, potem nie chciano z nim gadać, aż nareszcie dowiedział się, że pan Wokulski był dopiero co, ale że w tej chwili pojechał w Aleje Ujazdowskie. Słychać nawet turkot jego powozu w bramie...

---

[273] *Bardet* — znany zakład ogrodniczy przy ulicy senatorskiej.

Szlangbaumowi opadły ręce. Piechotą wrócił do sklepu Wokulskiego przy okazji po raz setny z rzędu wyklął swego syna za to, że nazywa się Henrykiem, chodzi w surducie i jada trefne potrawy[274], a nareszcie poszedł żalić się przed panem Ignacym.

— Nu — mówił lamentującym głosem — co ten pan Wokulski wyrabia najlepszego!... Ja miałem taki interes, żeby on za pięć dni mógł od swego kapitału zarobić trzysta rubli... I ja zarobiłbym ze sto rubli... Ale on sobie jeździ teraz po mieście, a ja na same dorożki wydałem dwa złote i groszy dwadzieścia... Aj! co to za rozbójniki te dorożkarze...

Naturalnie, że pan Ignacy upoważnił Szlangbauma do zrobienia interesu i nie tylko zwrócił mu pieniądze wydane na dorożki, ale jeszcze na własny koszt kazał go odwieźć na ulicę Elektoralną, co tak rozczuliło starego Żyda, że odchodząc zdjął ze swego syna rodzicielskie przekleństwo i nawet zaprosił go do siebie na szabasowy obiad.

„Bądź jak bądź — mówił do siebie Rzecki — głupia historia z tym teatrem, nade wszystko z tym, że Stach zaniedbuje interesa..."

Innym razem wpadł do sklepu powszechnie szanowany mecenas, prawa ręka księcia, prawny doradca całej arystokracji, zapraszając Wokulskiego na jakąś wieczorną sesję. Pan Ignacy nie wiedział, gdzie posadzić znakomitą osobę i jak cieszyć się z honoru wyrządzonego przez mecenasa jego Stachowi. Tymczasem Stach nie tylko nie wzruszył się dostojnymi zaprosinami na wieczór, ale wprost odmówił, co nawet trochę dotknęło mecenasa, który zaraz wyszedł i pożegnał ich obojętnie.

— Dlaczegożeś nie przyjął zaprosin?... — zapytał zrozpaczony pan Ignacy.

— Bo muszę być dzisiaj w teatrze — odpowiedział Wokulski.

Prawdziwa wszelako zgroza opanowała Rzeckiego, gdy w tym samym dniu inkasent Oberman przyszedł do niego przed siódmą wieczorem prosząc o zrobienie dziennego obrachunku.

— Po ósmej... po ósmej... — odpowiedział mu pan Ignacy. — Teraz nie ma czasu.

— A po ósmej ja nie będę miał czasu — odparł Oberman.

— Jak to?... co to?...

— A tak, że o wpół do ósmej musze być z naszym panem w teatrze... — mruknął Oberman, nieznacznie wzruszając ramionami.

W tej samej chwili przyszedł pożegnać go uśmiechnięty pan Zięba.

— Pan już wychodzi, panie Zięba, ze sklepu?... O trzy kwadranse na siódmą?... — spytał zdumiony pan Ignacy, szeroko otwierając oczy.

— Idę z wieńcami dla Rossiego — szepnął grzeczny pan Zięba z jeszcze milszym uśmiechem.

Rzecki schwycił się obu rękoma za głowę.

— Powariowali z tym teatrem! — zawołał. — Może jeszcze i mnie tam wyciągną?... No, ale to ze mną sprawa!...

Czując, że lada dzień i jego zechce namawiać Wokulski, ułożył sobie pan Ignacy mowę, w której nie tylko miał oświadczyć, że nie pójdzie na Włochów, ale jeszcze miał zreflektować Stacha mniej więcej tymi słowy:

— Daj spokój... co ci po tych głupstwach!... — i tak dalej.

---

[274] *trefne potrawy* — potrawy, na które nie pozwalają przepisy religii żydowskiej.

Tymczasem Wokulski, zamiast namawiać go, przyszedł raz około szóstej do sklepu, a zastawszy Rzeckiego nad rachunkami — rzekł:

— Mój drogi, dziś Rossi gra Makbeta, siądź z łaski swej w pierwszym rzędzie krzeseł (masz tu bilet) i po trzecim akcie podaj mu to album...

I bez żadnej ceremonii, a nawet bez dalszych wyjaśnień doręczył panu Ignacemu album z widokami Warszawy i warszawianek, co razem mogło kosztować z pięćdziesiąt rubli!...

Pan Ignacy uczuł się głęboko obrażonym. Wstał ze swego fotelu, zmarszczył brwi i już otworzył usta, ażeby wybuchnąć, kiedy Wokulski opuścił nagle sklep nawet nie patrząc na niego.

No i naturalnie pan Ignacy musiał pójść do teatru, ażeby nie zrobić przykrości Stachowi.

W teatrze trafił się panu Ignacemu cały szereg niespodzianek.

Przede wszystkim wszedł on na schody prowadzące na galerię, gdzie bywał zwykle za swoich dawnych, dobrych czasów. Dopiero woźny przypomniał mu, że ma bilet do pierwszego rzędu krzeseł, obrzucając go przy tym spojrzeniami, które mówiły, że ciemnozielony surdut pana Rzeckiego, album pod pachą, a nawet fizjognomia à la Napoleon III wydają się niższym organom władzy teatralnej mocno podejrzanymi.

Zawstydzony, zeszedł pan Ignacy na dół do frontowego przysionka ściskając pod pachą album i kłaniając się wszystkim damom, około których miał zaszczyt przechodzić. Ta uprzejmość, do której nie nawykli warszawiacy, już w przysionku zrobiła wrażenie. Zaczęto pytać się: kto to jest? a chociaż nie poznano osoby, w lot jednakże spostrzeżono że, cylinder pana Ignacego pochodzi sprzed lat dziesięciu, krawat sprzed pięciu, a ciemnozielony surdut i obcisłe spodnie w kratki sięgają nierównie dawniejszej epoki. Powszechnie brano go za cudzoziemca; lecz gdy spytał kogoś ze służby: którędy iść do krzeseł? — wybuchnął śmiech.

— Pewnie jakiś szlachcic z Wołynia — mówili eleganci. — Ale co on ma pod pachą?...

— Może bigos albo pneumatyczną poduszkę...

Osmagany szyderstwem, oblany zimnym potem, dostał się nareszcie pan Ignacy do upragnionych krzeseł. Było ledwie po siódmej i widzowie dopiero zaczęli się gromadzić; ten i ów wchodził do krzeseł w kapeluszu na głowie, loże były puste i tylko na galeriach czerniała masa ludu, a na paradyzie już wymyślano i wołano policji.

„O ile się zdaje, zebranie będzie bardzo ożywione" — mruknął z bladym uśmiechem nieszczęśliwy pan Ignacy sadowiąc się w pierwszym rzędzie.

Z początku patrzył tylko na prawą dziurkę w kurtynie ślubując, że nie oderwie od niej oczu. W parę minut jednakże ochłonął ze wzruszenia, a nawet nabrał takiego animuszu, że począł oglądać się. Sala wydała mu się jakaś niewielka i brudna i dopiero gdy zastanawiał się nad przyczynami tych zmian, przypomniał sobie, że ostatni raz był w teatrze na występie Dobrskiego[275] w *Halce,* mniej więcej przed szesnastoma laty.

Tymczasem sala napełniała, się, a widok pięknych kobiet, zasiadających w lożach, do reszty orzeźwił pana Ignacego. Stary subiekt wydobył nawet małą lornetkę i zaczął przy-

---

[275] *Julian Dobrski* — znakomity tenor Opery Warszawskiej, w Halce Moniuszki śpiewał partię Jontka.

patrywać się fizjognomiom; przy tej zaś okazji zrobił smutne odkrycie, że i jemu przypatrują się z amfiteatru[276], z dalszych rzędów krzeseł, ba! nawet z lóż... Gdy zaś przeniósł swoje zdolności psychiczne od oka do ucha, pochwycił wyrazy latające jak osy:
— Cóż to za oryginał?...
— Ktoś z prowincji.
— Ale skąd on wyrwał taki surdut?...
— Uważasz pan jego breloki przy dewizce? Skandal!...
— Albo kto się tak dziś czesze?...

Niewiele brakowało, ażeby pan Ignacy upuścił swoje album i cylinder i uciekł z gołą głową z teatru. Na szczęście, w ósmym rzędzie krzeseł zobaczył znajomego fabrykanta pierników, który w odpowiedzi na ukłon Rzeckiego opuścił swoje miejsce i zbliżył się do pierwszego rzędu.

— Na miłość boską, panie Pifke — szepnął zalany potem — usiądź pan na moim miejscu i oddaj mi swoje...

— Z największą chęcią — odparł głośno rumiany fabrykant. — Cóż, źle tu panu?... Pyszne miejsce!...

— Doskonałe. Ale ja wolę dalej... Gorąco mi...

— Tam tak samo, ale mogę usiąść. A co to masz pan za paczkę?...

Teraz dopiero Rzecki przypomniał sobie obowiązek.

— Uważa pan, drogi panie Pifke, jakiś wielbiciel tego... tego Rossiego...

— Ba, któż by Rossiego nie uwielbiał! — odpowiedział Pifke. — Mam libretto[277] do *Makbeta,* może panu dać?...

— Owszem. Ale... ten wielbiciel, uważa pan, kupił u nas kosztowne album i prosił, ażeby po trzecim akcie wręczyć je Rossiemu...

— Zrobię to z przyjemnością! — zawołał otyły Pifke pchając się na miejsce Rzeckiego.

Pan Ignacy miał jeszcze kilka bardzo przykrych chwil. Musiał wydobyć się z pierwszego rzędu krzeseł, gdzie zebrani eleganci spoglądali na jego surdut i na jego krawat, i na jego aksamitną kamizelkę z ironicznymi uśmiechami. Potem musiał wejść do ósmego rzędu krzeseł, gdzie wprawdzie bez ironii patrzano na jego garnitur, ale gdzie musiał potrącać o kolana siedzących dam...

— Stokrotnie przepraszam — mówił zawstydzony. — Ale tak ciasno...

— Potrzebujesz pan nie mówić brzydkie słowo — odpowiedziała mu jedna z dam, w której nieco podmalowanych oczach pan Ignacy nie dojrzał jednak gniewu za swój postępek. Był przecież tak zażenowany, że chętnie poszedłby do spowiedzi, byle oczyścić się z plamy owych potrąceń. Nareszcie znalazł krzesło i odetchnął. Tu przynajmniej nie zwracano na niego uwagi, częścią z powodu skromnego miejsca, jakie zajmował, częścią, że teatr był przepełniony i już zaczęło się widowisko.

Gra artystów z początku nie obchodziła go, oglądał się więc po sali i przede wszystkim spostrzegł Wokulskiego. Siedział on w czwartym rzędzie i wpatrywał się

---

[276] *amfiteatr* — tu: najlepsze miejsca w Teatrze Wielkim na podwyższeniu za krzesłami parteru, na wprost sceny.

[277] *libretto* — tekst lub streszczenie opery.

bynajmniej nie w Rossiego, ale w lożę, którą zajmowała panna Izabela z panem Tomaszem i hrabiną. Rzecki parę razy w życiu widział ludzi zamagnetyzowanych i zdawało mu się, że Wokulski ma taki wyraz fizjognomii, jak gdyby był zamagnetyzowany przez ową lożę. Siedział bez ruchu, jak człowiek śpiący z szeroko otwartymi oczyma.

Kto by jednakże tak oczarował Wokulskiego? Pan Ignacy nie mógł się domyślić. Zauważył przecie inną rzecz: ile razy nie było Rossiego na scenie, panna Izabela obojętnie oglądała się po sali albo rozmawiała z ciotką. Lecz gdy wyszedł Makbet-Rossi, przysłaniała twarz do połowy wachlarzem i cudownymi, rozmarzonymi oczyma zdawała się pożerać aktora. Czasami wachlarz z białych piór opadał jej na kolana, a wtedy Rzecki na twarzy panny Izabeli spostrzegał ten sam wyraz zamagnetyzowania, który go tak zdziwił w fizjognomii Wokulskiego.

Spostrzegł jeszcze inne rzeczy. Kiedy piękne oblicze panny Izabeli wyrażało najwyższy zachwyt, wtedy Wokulski pocierał sobie ręką wierzch głowy. A wówczas, jakby na komendę, z galerii i z paradyzu odzywały się gwałtowne oklaski i wrzaskliwe okrzyki: „Brawo, brawo Rossi!..." Zdawało się nawet panu Ignacemu, że gdzieś w tym chórze odróżnia zmęczony głos inkasenta Obermana, który pierwszy zaczynał wrzeszczeć, a ostatni milknął.

„Do diabła! – pomyślał – czyżby Wokulski dyrygował klakierami[278]?"

Ale wnet odpędził to nieusprawiedliwione podejrzenie. Rossi bowiem grał znakomicie i klaskali mu wszyscy z równym zapałem. Najmocniej jednak pan Pifke, jowialny fabrykant pierników, który stosownie do umowy po trzecim akcie z wielkim hałasem podał Rossiemu album.

Wielki aktor nie kiwnął nawet głową Pifkemu; natomiast złożył głęboki ukłon w kierunku loży, gdzie siedziała panna Izabela, a może – tylko w tym kierunku.

„Przywidzenia!... przywidzenia!... – myślał pan Ignacy opuszczając teatr po ostatnim akcie. – Stach przecie nie byłby aż tak głupi..."

W rezultacie jednak pan Ignacy nie był niezadowolony z pobytu w teatrze. Gra Rossiego podobała mu się; niektóre sceny, jak morderstwo króla Dunkana albo ukazanie się ducha Banka, zrobiły na nim potężne wrażenie, a już całkiem był oczarowany zobaczywszy, jak Makbet bije się na rapierze[279].

Toteż wychodząc z teatru nie miał pretensji do Wokulskiego; owszem, zaczął nawet podejrzewać, że kochany Stach tylko dla zrobienia mu przyjemności wymyślił komedię z wręczeniem podarunku Rossiemu.

„On wie, poczciwy Stach – myślał – że tylko przynaglony mogłem pójść na włoskich aktorów... No i dobrze się stało. Pysznie gra ten facet i muszę zobaczyć go drugi raz... Zresztą – dodał po chwili – kto ma tyle pieniędzy co Stach, może robić prezenta aktorom. Ja wprawdzie wolałbym jaką ładnie zbudowaną aktorkę, ale... Ja jestem człowiek innej epoki, nawet nazywają mnie bonapartystą i romantykiem..."

Myślał tak i mruczał po cichu, gdyż nurtowała go inna myśl, którą chciał w sobie zagłuszyć:

---

[278] *klakier* – osoba oklaskująca aktorów za wynagrodzeniem.
[279] *rapier* – długa broń obosieczna o rękojeści z koszem osłaniającym dłoń.

„Dlaczego Stach tak dziwnie przypatrywał się loży, w której siedziała hrabina, pan Łęcki i panna Łęcka?... Czyliżby?... Eh! cóż znowu... Wokulski ma przecież zbyt wiele rozumu, ażeby mógł przypuszczać, że c o ś z t e g o być może... Każde dziecko pojęłoby od razu, że ta panna, w ogóle zimna jak lód, dziś szaleje za Rossim... Jak ona na niego patrzyła, jak się nawet czasami zapominała i jeszcze gdzie, w teatrze, wobec tysiąca osób!... Nie, to głupstwo. Słusznie nazywają mnie romantykiem..."

I znowu usiłował myśleć o czym innym. Poszedł nawet (mimo późnej nocy) do restauracji, gdzie grała muzyka złożona ze skrzypców, fortepianu i arfy. Zjadł pieczeń z kartoflami i z kapustą, wypił kufel piwa, potem drugi kufel, potem trzeci i czwarty... nawet siódmy... Zrobiło mu się tak jakoś raźnie, że cisnął arfiarce na talerz dwie czterdziestówki i zaczął śpiewać pod nosem. A potem przyszło mu do głowy, że — koniecznie, ale to koniecznie powinien zaprezentować się czterem Niemcom, którzy przy bocznym stoliku jedzą pekeflejsz[280] z grochem. „Dlaczego ja miałbym się im prezentować?... Niech oni mnie się zaprezentują" — myślał pan Ignacy.

I w tej chwili opanowała go idea, że tamci czterej panowie powinni mu się zaprezentować, jako starszemu wiekiem tudzież byłemu oficerowi węgierskiej piechoty, która przecież porządnie biła Niemców. Zawołał nawet usługującą dziewczynę w celu wysłania jej do owych czterech panów jedzących pekeflejsz, gdy wtem muzyka złożona ze skrzypców, arfy i fortepianu zagrała... *Marsyliankę.*

Pan Ignacy przypomniał sobie Węgry, piechotę, Augusta Katza i czując, że mu łzy nabiegają do oczu, że się lada chwilę rozpłacze, porwał ze stołu swój cylinder sprzed wojny francusko-pruskiej[281] i rzuciwszy na stół rubla wybiegł z restauracji.

Dopiero gdy na ulicy owionęło go świeże powietrze, oparł się o słup latarni gazowej i spytał:

— Do diabła, czyżbym się upił?... Ba; siedem kufli...

Wrócił do domu starając się iść jak najprościej i teraz dopiero przekonał się, że warszawskie chodniki są nadzwyczaj nierówne: co kilkanaście kroków bowiem musiał zbaczać albo w stronę rynsztoka, albo w stronę kamienic. Potem (dla przekonania samego siebie, że jego umysłowe zdolności znajdują się w kwitnącym stanie) zaczął rachować gwiazdy na niebie.

— Raz... dwa... trzy... siedem... siedem... Co to jest siedem?... Ach, siedem kufli piwa... Czyżbym naprawdę?... Po co ten Stach wysłał mnie do teatru!...

Do domu trafił od razu i od razu znalazł dzwonek. Zadzwoniwszy jednak aż siedem razy na stróża, uczuł potrzebę oparcia się o kąt, zawarty między bramą i ścianą, i usiłował zliczyć, nie z potrzeby, ale ot, tak sobie: ile też upłynie minut, zanim mu stróż otworzy? W tym celu wydobył zegarek z sekundnikiem i przekonał się, że — już jest wpół do drugiej.

— Podły stróż! — mruknął. — Ja muszę wstać o szóstej, a on do wpół do drugiej trzyma mnie na ulicy...

Szczęściem, stróż natychmiast otworzył furtkę, przez którą pan Ignacy krokiem zupełnie pewnym, a nawet więcej niż pewnym, bardzo pewnym, przeszedł całą sień

---

[280] *pekeflejsz* (niem.) — mięso peklowane.
[281] *sprzed wojny francusko-pruskiej* — sprzed 1870 r.

czując, że jego cylinder siedzi mu trochę na bakier, ale tylko troszeczkę. Następnie bez żadnej trudności znalazłszy drzwi swego mieszkania usiłował po kilka razy na próżno wprowadzić klucz do zamku. Czuł dziurkę pod palcem, ściskał w ręce klucz tak mocno jak nigdy i mimo to nie mógł trafić.

— Czyliżbym naprawdę?...

W tej właśnie chwili otworzyły się drzwi, a współcześnie jego jednooki pudel Ir, nie podnosząc się z pościeli, parę razy szczeknął:

— Tak... tak!...

— Milcz, ty podła świnio!... — mruknął pan Ignacy i nie zapalając lampy, rozebrał się i położył do łóżka.

Sny miał okropne. Śniło mu się czy tylko przywidywało, że ciągle jest w teatrze i że widzi Wokulskiego z szeroko otwartymi oczyma, zapatrzonego w jedną lożę. W loży tej siedziała hrabina, pan Łęcki i panna Izabela. Rzeckiemu zdawało się, że Wokulski patrzy tak na pannę Izabelę.

— Niepodobna! — mruknął. — Stach nie jest aż tak głupi...

Tymczasem (wszystko w marzeniu) panna Izabela podniosła się z fotelu i wyszła z loży, a Wokulski za nią, wciąż patrząc jak człowiek zamagnetyzowany. Panna Izabela opuściła teatr, przeszła plac Teatralny i lekkim krokiem wbiegła na ratuszową wieżę[282], a Wokulski za nią, wciąż patrząc jak człowiek zamagnetyzowany. A potem z ganku ratuszowej wieży panna Izabela, uniósłszy się jak ptak, przepłynęła na gmach teatralny, a Wokulski chcąc lecieć za nią, runął z wysokości dziesięciu pięter na ziemię.

— Jezus! Maria!... — jęknął Rzecki zrywając się z łóżka.

— Tak!... tak!... — odszczeknął mu Ir przez sen.

— No, już widzę, że jestem zupełnie pijany — mruknął pan Ignacy kładąc się znowu i niecierpliwie naciągając kołdrę, pod którą drżał.

Kilka minut leżał z otwartymi oczami i znowu przywidziało mu się, że jest w teatrze, akurat po zakończeniu trzeciego aktu, w chwili kiedy fabrykant Pifke miał podać Rossiemu album Warszawy i jej piękności. Pan Ignacy wytęża wzrok (Pifke bowiem jego zastępuje), wytęża wzrok i z najwyższym przerażeniem widzi, że niecny Pifke zamiast kosztownego albumu podaje Włochowi jakąś paczkę owiniętą w papier i niedbale zawiązaną szpagatem.

I jeszcze gorsze rzeczy widzi pan Ignacy. Włoch bowiem uśmiecha się ironicznie, odwiązuje szpagat, odwija papier i wobec panny Izabeli, Wokulskiego, hrabiny i tysiąca innych widzów ukazuje... żółte nankinowe[283] spodnie z fartuszkiem na przodzie i ze strzemiączkami u dołu. Właśnie te same, których pan Ignacy używał w epoce sławnej kampanii sewastopolskiej!...[284]

Na domiar okropności nędzny Pifke wrzeszczy: „Oto jest dar panów: Stanisława Wokulskiego, kupca, i Ignacego Rzeckiego, jego dysponenta!" Cały teatr wybucha

---

[282] *ratuszowa wieża* — ratusz znajdował się naprzeciw Teatru Wielkiego na placu Teatralnym.

[283] *nankinowy* — nankin: gęsta i gładka tkanina barwy żółtej podobna do perkalu.

[284] *kampania sewastopolska* — oblężenie i zdobycie twierdzy Sewastopol było głównym wydarzeniem wojny krymskiej w latach 1853-1856.

śmiechem; wszystkie oczy i wszystkie wskazujące palce skierowują się na ósmy rząd krzeseł i właśnie na to krzesło, gdzie siedzi pan Ignacy. Nieszczęśliwy chce zaprotestować, lecz czuje, że głos zastyga mu w gardle, a na domiar niedoli on sam — zapada się gdzieś. Zapada się w niezmierny, niezgłębiony ocean nicości, w którym będzie spoczywał na wieki wieczne nie objaśniwszy widzów teatralnych, że nankinowe spodnie z fartuszkiem i strzemiączkami wykradziono mu podstępem ze zbioru jego osobistych pamiątek.

Po nocy fatalnie spędzonej Rzecki obudził się dopiero o trzy kwadranse na siódmą. Własnym oczom nie chciał wierzyć patrząc na zegarek ale w końcu uwierzył. Uwierzył nawet w to, że wczoraj był nieco podchmielony; o czym zresztą wymownie świadczył lekki ból głowy i ogólna ociężałość członków.

Wszystkie te jednak chorobliwe objawy mniej trwożyły pana Ignacego aniżeli jeden straszny symptom, oto: nie chciało mu się iść do sklepu!...Co gorsze: nie tylko czuł lenistwo, ale nawet zupełny brak ambicji; zamiast bowiem wstydzić się swego upadku i walczyć z próżniaczymi instynktami, on, Rzecki, wynajdywał sobie powody do jak najdłuższego zatrzymania się w pokoju.

To zdawało mu się, że Ir jest chory, to, że rdzewieje nigdy nie używana dubeltówka, to znowu, że jest jakiś błąd w zielonej firance, która zasłaniała okno, a nareszcie, że herbata jest za gorąca i trzeba ją pić wolniej niż zwykle.

W rezultacie pan Ignacy spóźnił się o czterdzieści minut do sklepu i ze spuszczoną głową przekradł się do kantorka. Zdawało mu się, że każdy z „panów" (a jak na złość wszyscy przyszli dziś na czas!), że każdy z najwyższą wzgardą patrzy na jego podsiniałe oczy, ziemistą cerę i lekko drżące ręce.

„Gotowi jeszcze myśleć, że oddawałem się rozpuście!" — westchnął nieszczęsny pan Ignacy. Potem wydobył księgi, umaczał pióro i niby to zaczął rachować. Był przekonany, że cuchnie piwem jak stara beczka, którą już wyrzucono z piwnicy, i zupełnie serio począł rozważać: czy nie należało podać się do dymisji po spełnieniu całego szeregu tak haniebnych występków?

„Spiłem się... późno wróciłem do domu... późno wstałem... o czterdzieści minut spóźniłem się do sklepu..."

W tej chwili zbliżył się do niego Klejn z jakimś listem.

— Było na kopercie napisane: „bardzo pilno", więc otworzyłem — rzekł mizerny subiekt podając papier Rzeckiemu.

Pan Ignacy otworzył i czytał:

„Człowieku głupi czy nikczemny! Pomimo tylu życzliwych ostrzeżeń kupujesz jednak dom, który stanie się grobem twego w tak nieuczciwy sposób zdobytego majątku..."

Pan Ignacy rzucił okiem na wiersz ostatni, ale nie znalazł podpisu: list był anonimowy. Spojrzał na kopertę — miała adres Wokulskiego. Czytał dalej:

„Jaki zły los postawił cię na drodze pewnej szlachetnej damy, której o mało nie zabiłeś męża, a dziś chcesz jej wydrzeć dom, gdzie zmarła jej ukochana córka?... I po co to robisz?... Dlaczego płacisz, jeżeli prawda, aż dziewięćdziesiąt tysięcy rubli za kamienicę niewartą siedemdziesięciu tysięcy?... Są to sekreta twojej czarnej duszy, które kiedyś sprawiedliwość boska odkryje, a zacni ludzie ukarzą pogardą. Zastanów się więc, póki czas. Nie gub swej duszy i majątku i nie zatruwaj spokoju zacnej damie, która w nieutulonym żalu po stracie córki tę jedną ma dziś pociechę, że może przesiadywać w pokoju, gdzie nieszczęśliwe dziecię oddało Bogu ducha. Upamiętaj się, zaklinam cię — życzliwa..."

Skończywszy czytanie pan Ignacy potrząsnął głową.

— Nic nie rozumiem — rzekł. — Chociaż bardzo wątpię o życzliwości tej damy.

Klejn lękliwie obejrzał się dokoła sklepu, a widząc, że ich nikt nie śledzi, zaczął szeptać:

— Bo to, uważa pan, nasz stary podobno kupuje dom Łęckiego, który właśnie jutro mają wierzyciele sprzedać przez licytację...

— Stach... to jest... pan Wokulski kupuje dom?

— Tak, tak... — potakiwał Klejn głową. — Ale kupuje nie na własne imię, tylko za pośrednictwem starego Szlangbauma... Tak przynajmniej mówią w domu, bo i ja tam mieszkam.

— Za dziewięćdziesiąt tysięcy rubli?...

— Właśnie. A że baronowa Krzeszowska chciałaby kupić tę kamienicę za siedemdziesiąt tysięcy rubli, więc anonim zapewne pochodzi od niej. Nawet założyłbym się, że od niej, bo to piekielna baba...

Gość, przybyły do sklepu z zamiarem kupienia parasola, oderwał Klejna od Rzeckiego. Panu Ignacemu zaczęły krążyć po głowie bardzo szczególne myśli.

„Jeżeli ja — mówił do siebie — przez zmarnowanie jednego wieczora narobiłem tyle zamętu w sklepie, to niby — jakiego zamętu w interesach narobi Stach, który marnuje dziś dnie i tygodnie na teatry włoskie, i zresztą — nawet nie wiem na co?..."

W tej chwili jednak przypomniał sobie, że w sklepie z jego winy zamęt jest niewielki, prawie go nie ma, i że interes handlowy w ogóle idzie świetnie. Nawet co prawda to i sam Wokulski, pomimo dziwnego trybu życia, nie zaniedbuje obowiązków kierownika instytucji.

„Ale po co on chce uwięzić dziewięćdziesiąt tysięcy rubli w murach?... Skąd się i tu znowu biorą ci Łęccy?... Czyliżby... Eh! Stasiek taki głupi nie jest..."

Swoją drogą niepokoiła go myśl kupna kamienicy.

„Zapytam się Henryka Szlangbauma" — rzekł wstając od kantorka.

W oddziale tkanin mały, zgarbiony Szlangbaum z czerwonymi oczyma i wyrazem zajadłości na twarzy kręcił się jak zwykle, skacząc po drabinie albo nurzając się między sztukami perkalu. Tak już przywykł do swojej gorączkowej roboty, że choć nie było interesantów, on ciągle wydostawał jakąś sztukę, odwijał i zawijał, ażeby następnie umieścić ją na właściwym miejscu. Zobaczywszy pana Ignacego Szlangbaum zawiesił swoją jałową pracę i otarł pot z czoła.

— Ciężko, co?... — rzekł.

— Bo po co pan przekładasz te graty, skoro nie ma gości w sklepie? — odparł Rzecki.

— Bah!... gdybym tego nie robił, zapomniałbym, gdzie co leży... stawy zaśniedziałyby w członkach... Zresztą — jużem przywykł... Pan ma jaki interes do mnie?...

Rzecki stropił się na chwilę.

— Nie... Tak chciałem zobaczyć, jak panu tu idzie — odpowiedział pan Ignacy rumieniąc się, o ile to było możliwe w jego wieku.

„Czyżby i on mnie posądzał i śledził?... — błysnęło w głowie Szlangbaumowi i gniew go ogarnął. — Tak, ma ojciec rację.... Dziś wszyscy huzia! na Żydów. Niedługo już trzeba będzie zapuścić pejsy i włożyć jarmułkę[285]..."

„On coś wie!" — pomyślał Rzecki i rzekł głośno:

— Podobno... podobno szanowny ojciec pański kupuje jutro kamienicę... kamienicę pana Łęckiego?...

— Nic o tym nie wiem — odpowiedział Szlangbaum spuszczając oczy. W duchu zaś dodał:

„Mój stary kupuje dom dla Wokulskiego, a oni myślą i pewnie mówią: ot, patrzajcie, znowu Żyd, lichwiarz, zrujnował jednego katolika i pana z panów..."

„Coś wie, tylko gadać nie chce — myślał Rzecki. — Zawsze Żyd..."

Pokręcił się jeszcze po sali, co Szlangbaum uważał za dalszy ciąg posądzeń i śledzenia go, i wrócił do siebie, wzdychając.

„To jest okropne, że Stach ma więcej zaufania do Żydów aniżeli do mnie..."

„Po co on jednak kupuje ten dom, po co wdaje się z Łęckimi... A może nie kupuje?... Może to tylko pogłoski?..."

Tak się lękał uwięzienia w murach dziewięćdziesięciu tysięcy rubli gotówki, że cały dzień tylko o tym myślał. Była chwila, że chciał wprost zapytać Wokulskiego, ale — zabrakło mu odwagi.

„Stach — mówił w sobie — wdaje się dziś tylko z panami, a ufa Żydom. Co jemu po starym Rzeckim!..."

Więc postanowił pójść jutro do sądu i zobaczyć, czy naprawdę stary Szlangbaum kupi dom Łęckich i czy, jak mówił Klejn, dolicytuje go do dziewięćdziesięciu tysięcy rubli. Jeżeli to się sprawdzi, będzie znakiem, że wszystko inne jest prawdą.

W południe wpadł do sklepu Wokulski i zaczął rozmawiać z Rzeckim wypytując go o wczorajszy teatr i o to: dlaczego uciekł z pierwszego rzędu krzeseł, a album kazał doręczyć Rossiemu przez Pifkego. Ale pan Ignacy miał w sercu tyle żalów i tyle wątpliwości co do swego kochanego Stacha, że odpowiadał mu półgębkiem i z nachmurzoną twarzą.

Więc i Wokulski umilkł i opuścił sklep z goryczą w duszy.

„Wszyscy odwracają się ode mnie — mówił sobie — nawet Ignacy... Nawet on... Ale ty mi to wynagrodzisz!..." — dodał już na ulicy, patrząc w stronę Alei Ujazdowskiej.

Po wyjściu Wokulskiego ze sklepu Rzecki ostrożnie wypytał się „panów", w którym sądzie i o której godzinie odbywają się licytacje domów. Potem uprosił Lisieckiego o zastępstwo na jutro między dziesiątą z rana a drugą po południu i z podwójną gorliwością zabrał się do swoich rachunków. Machinalnie (choć bez błędu) dodawał długie jak Nowy Świat kolumny cyfr, a w przerwach myślał:

„Dzisiaj zmarnowałem blisko godzinę, jutro zmarnuję z pięć godzin, a wszystko dlatego, że Stach więcej ufa Szlangbaumom aniżeli mnie... Na co jemu kamienica?...

---

[285] *jarmułka* — czapeczka bez daszka noszona przez Żydów.

Po jakiego diabła wdaje się z tym bankrutem Łęckim?... Skąd mu strzeliło do łba latać na włoski teatr i jeszcze dawać kosztowne prezenta temu przybłędzie Rossiemu?..."

Nie podnosząc głowy od ksiąg siedział przy kantorku do szóstej, a tak był zatopiony w robocie, że już nie tylko nie przyjmował pieniędzy, ale nawet nie widział i nie słyszał gości, którzy roili się i hałasowali w sklepie jak olbrzymie pszczoły w ulu. Nie spostrzegł też jednego najmniej spodziewanego gościa, którego „panowie" witali okrzykami i głośnymi pocałunkami.

Dopiero gdy przybysz stanąwszy nad nim krzyknął mu w ucho:
— Panie Ignacy, to ja!...
Rzecki ocknął się, podniósł głowę, brwi i oczy w górę i zobaczył Mraczewskiego...
— Hę?... — spytał pan Ignacy przypatrując się młodemu elegantowi, który opalił się, zmężniał, a nade wszystko utył.
— No, co... no, co słychać?... — ciągnął pan Ignacy podając mu rękę. — Co z polityki?...
— Nic nowego — odparł Mraczewski. — Kongres w Berlinie robi swoje, Austriacy wezmą Bośnię[286].
— No, no, no... żarty, żarty!... A o małym Napoleonku co słychać?
— Uczy się w Anglii w szkole wojskowej i podobno kocha się w jakiejś aktorce...
— Zaraz kocha się!... — powtórzył drwiąco pan Ignacy. — A do Francji nie wraca?... Jakże się pan miewasz?... Skądeś się tu wziął?... No, gadaj prędko — zawołał Rzecki wesoło, uderzając go w ramię. — Kiedyżeś przyjechał?...
— A to cała historia! — odpowiedział Mraczewski rzucając się na fotel. — Przyjechaliśmy tu dziś z Suzinem o jedynastej... Od pierwszej do trzeciej byliśmy z nim u Wokulskiego, a po trzeciej wpadłem na chwilę do matki i na chwilę do pani Stawskiej... Pyszna kobieta, co?...
— Stawska?... Stawska?... — przypominał sobie Rzecki trąc czoło.
— Znasz ją pan przecie. Ta piękna, co to ma córeczkę... Co to się tak podobała panu...
— Ach, ta!... wiem... Nie mnie się podobała — westchnął Rzecki — tylko myślałem, że dobra byłaby z niej żona dla Stacha...
— Paradny pan jesteś — roześmiał się Mraczewski. — Przecież ona ma męża...
— Męża?
— Naturalnie. Zresztą znane nazwisko. Przed czterema laty uciekł biedak za granicę, bo posądzali go o zabicie tej...
— Ach, pamiętam!... Więc to on?... Dlaczegóż nie wrócił, boć przecie okazało się, że nie winien?...
— Rozumie się, że nie winien — prawił Mraczewski. — Ale swoją drogą, jak dmuchnął do Ameryki, tak po dziś dzień nie ma o nim wiadomości. Pewnie biedak gdzieś zmarniał, a kobieta została ani panną, ani wdową... Okropny los!... Utrzymywać cały dom z haftu, z gry na fortepianie, z lekcyj angielskiego... pracować cały dzień jak wół i jeszcze nie mieć męża... Biedne te kobiety!... My byśmy, panie Ignacy, tak długo nie wytrwali w cnocie, co?... O, wariat stary...

---

[286] *Austriacy wezmą Bośnię* — decyzję tę podjął kongres berliński w czerwcu 1878 r.

— Kto wariat? — spytał Rzecki, zdumiony nagłym przejściem w rozmowie.
— Któż by, jeżeli nie Wokulski — odparł Mraczewski. — Suzin jedzie do Paryża i chce go gwałtem zabrać, bo ma tam robić jakieś ogromne zakupy towarów. Nasz stary nie zapłaciłby grosza za podróż, miałby książęce życie, bo Suzin im dalej od żony, tym szerzej rozpuszcza kieszeń... E! i jeszcze zarobiłby z dziesięć tysięcy rubli.
— Stach... to jest nasz pryncypał zarobiłby z dziesięć tysięcy? — spytał Rzecki.
— Naturalnie. Ale cóż, kiedy tak już zgłupiał...
— No, no... panie Mraczewski!... — zgromił go pan Ignacy.
— Ale słowo honoru, że zgłupiał. Bo przecież wiem, że jedzie na wystawę do Paryża, i to lada tydzień...
— Tak.
— Więc nie wolałby jechać z Suzinem, nic nie wydać i jeszcze tyle zarobić?... Przez dwie godziny błagał go Suzin: „Jedź ze mną, Stanisławie Piotrowiczu", prosił, kłaniał się i na nic... Wokulski nie i nie!...Mówił, że ma tutaj jakieś interesa...
— No, ma... — wtrącił Rzecki.
— O tak, ma... — przedrzeźniał go Mraczewski. — Największy jego interes jest nie zrażać Suzina, który pomógł mu zrobić majątek, dziś daje mu ogromny kredyt i nieraz mówił do mnie, że nie uspokoi się, dopóki Stanisław Piotrowicz nie odłoży sobie choć z milion rubli... I takiemu przyjacielowi odmawiać tak drobnej usługi, zresztą bardzo dobrze opłaconej! — oburzał się Mraczewski.

Pan Ignacy otworzył usta, lecz przygryzł je. O mało że się nie wygadał w tej chwili, iż Wokulski kupuje dom Łęckiego i że tak wielkie prezenta daje Rossiemu.

Do kantorka zbliżył się Klejn z Lisieckim. Mraczewski spostrzegłszy, że są nie zajęci, zaczął rozmawiać z nimi, a pan Ignacy znowu został sam nad swoją księgą.

„Nieszczęście! — myślał. — Dlaczego ten Stach nie jedzie darmo do Paryża i jeszcze zniechęca do siebie Suzina?... Jaki zły duch spętał go z tymi Łęckimi... Czyżby?... Eh! przecie on aż tak głupi nie jest... A swoją drogą, szkoda tej podróży i dziesięciu tysięcy rubli... Mój Boże! jak się to ludzie zmieniają..."

Schylił głowę i posuwając palcem z dołu do góry albo z góry na dół, sumował kolumny cyfr długich jak Nowy Świat i Krakowskie Przedmieście. Sumował bez błędu, nawet z cicha mruczał, a jednocześnie myślał sobie, że jego Stach znajduje się na jakiejś fatalnej pochyłości.

„To darmo — szeptał mu głos ukryty na samym dnie duszy — to darmo!... Stach wklepał się w grubą awanturę... I z pewnością w polityczną awanturę, bo taki człowiek jak on nie wariowałby dla kobiety, choćby nawet była nią sama — panna... Ach, do diabła! omyliłem się... Wyrzeka się, gardzi dziesięcioma tysiącami rubli, on, który osiem lat temu musiał pożyczać ode mnie po dziesięć rubli na miesiąc, ażeby za to wykarmić się jak nędzarz... A teraz rzuca w błoto dziesięć tysięcy rubli, pakuje w kamienicę dziewięćdziesiąt tysięcy, robi aktorom prezenta po kilkadziesiąt rubli... Jak mi Bóg miły, nic nie rozumiem! I to niby jest pozytywista, człowiek realnie myślący... Mnie nazywają starym romantykiem, ale przecież takich głupstw nie robiłbym... No, chociaż jeżeli zabrnął w politykę..."

> Rzecki – wyobrażenia o działalności politycznej Wokulskiego

Na tych medytacjach upłynął mu czas do zamknięcia sklepu. Głowa go trochę bolała, więc wyszedł na spacer na Nowy Zjazd i wróciwszy do domu wcześnie spać się położył.

„Jutro — mówił do siebie — zrozumiem ostatecznie, co się święci. Jeżeli Szlangbaum kupi dom Łęckiego i da dziewięćdziesiąt tysięcy rubli, to znaczy, że go naprawdę Stach podstawił i już jest skończonym wariatem... A może też Stach nie kupuje kamienicy, może to wszystko plotki?..."

Zasnął i śniło mu się, że w oknie jakiegoś wielkiego domu widzi pannę Izabelę, do której stojący obok niego Wokulski chce biec. Na próżno zatrzymuje go pan Ignacy, aż pot oblewa mu całe ciało. Wokulski wyrywa się i znika w bramie kamienicy.

„Stachu, wróć się!..." — krzyczy pan Ignacy widząc, że dom poczyna się chwiać. Jakoż dom zawala się. Panna Izabela, uśmiechnięta, wylatuje z niego jak ptak, a Wokulskiego nie widać...

„Może wbiegł na podwórko i ocalał..." — myśli pan Ignacy i budzi się z mocnym biciem serca.

Nazajutrz pan Ignacy budzi się na kilka minut przed szóstą; przypomina sobie, że to dziś właśnie licytują kamienicę Łęckiego, że ma przypatrzeć się temu widowisku, i zrywa się z łóżka jak sprężyna. Biegnie boso do wielkiej miednicy, oblewa się cały zimną wodą i patrząc na swoje patykowate nogi mruczy:

„Zdaje mi się, że trochę utyłem."

Przy skomplikowanym procesie mycia się pan Ignacy robi dziś taki zgiełk, że budzi Ira. Brudny pudel otwiera jedyne oko, jakie mu pozostało, i snadź dostrzegłszy niezwykłe ożywienie swego pana zeskakuje z kufra na podłogę. Przeciąga się, ziewa, wydłuża w tył jedną nogę, potem drugą nogę, potem na chwilę siada naprzeciw okna, za którym słychać bolesny krzyk zarzynanej kury, i zmiarkowawszy, że naprawdę nic się nie stało, wraca na swoją pościel. Jest przy tym tak ostrożny czy może rozgniewany na pana Ignacego za fałszywy alarm, że odwraca się grzbietem do pokoju, a nosem i ogonem do ściany, jak gdyby panu Ignacemu chciał powiedzieć:

„Już ja tam wolę nie widzieć twojej chudości."

Rzecki ubiera się w oka mgnieniu i z piorunującą szybkością wypija herbatę nie patrząc ani na samowar, ani na służącego, który go przyniósł. Potem biegnie do sklepu jeszcze zamkniętego, przez trzy godziny rachuje bez względu na ruch gości i rozmowy „panów" i punkt o dziesiątej mówi do Lisieckiego:

— Panie Lisiecki, wrócę o drugiej...

— Koniec świata! — mruczy Lisiecki. — Musiało trafić się coś nadzwyczajnego, jeżeli ten safanduła wychodzi o takiej porze do miasta...

Stanąwszy na chodniku przed sklepem pan Ignacy dostaje ataku wyrzutów sumienia.

„Co ja dziś wyrabiam?... — myśli. — Co mnie obchodzą licytacje, choćby pałaców, nie tylko kamienic?..."

I waha się: czy iść do sądu, czy wracać do sklepu? W tej chwili widzi na Krakowskim przejeżdżającą dorożkę, a w niej damę wysoką, chudą i mizerną, w czarnym kostiumie. Dama właśnie patrzy na ich sklep, a Rzecki w jej zapadłych oczach i lekko posiniałych ustach spostrzega wyraz głębokiej nienawiści.

„Dalibóg, że to baronowa Krzeszowska... – mruczy pan Ignacy. – Oczywiście, jedzie na licytację... Awantura!..."

Budzą się w nim jednak wątpliwości. Kto wie, czy baronowa jedzie do sądu; może to wszystko plotki?... „Warto sprawdzić" – myśli pan Ignacy, zapomina o swoich obowiązkach dysponenta i najstarszego subiekta. I poczyna iść za dorożką. Nędzne konie wloką się tak powoli, że pan Ignacy może obserwować wehikuł na całej przestrzeni do kolumny Zygmunta. W tym miejscu dorożka skręca na lewo, a Rzecki myśli:

„Rozumie się, że jedzie baba na Miodową[287]. Taniej kosztowałaby ją podróż na miotle..."

Przez dom Rezlera[288] (który przypomina mu onegdajszą pijatykę!) i część Senatorskiej[289] pan Ignacy dostaje się na Miodową. Tu przechodząc około składu herbaty Nowickiego[290] wstępuje na chwilę, ażeby powiedzieć właścicielowi: „Dzień dobry!", i szybko ucieka, dalej mrucząc:

„Co on sobie pomyśli zobaczywszy mnie o tej godzinie na ulicy?... Naturalnie pomyśli, że jestem najpodlejszy dysponent, który zamiast siedzieć w sklepie, łajdaczy się po mieście... Oto los!..."

Przez pozostałą część drogi do sądu trapi pana Ignacego sumienie. Przybiera ono postać olbrzyma z brodą, w żółtym jedwabnym kitlu i takichże spodniach, który dobrodusznie, a zarazem ironicznie patrzącemu w oczy mówi:

„Powiedz mi pan, panie Rzecki, jaki to porządny kupiec wałęsa się o tej porze po mieście? Pan jesteś taki kupiec jak ja baletnik..."

I pan Ignacy czuje, że nie może nic odpowiedzieć surowemu sędziemu. Rumieni się, potnieje i już chce wracać do swoich ksiąg (w taki jednakże sposób, ażeby go zobaczył Nowicki), gdy nagle widzi przed sobą dawny pałac Paca.

„Tu będzie licytacja!" – mówi pan Ignacy i zapomina o skrupułach. Olbrzym z brodą, w żółtym jedwabnym kitlu, rozpływa się przed oczyma jego duszy jak mgła.

Rozejrzawszy się w sytuacji pan Ignacy przede wszystkim spostrzega, że do gmachu sądowego prowadzą dwie olbrzymie bramy i dwoje drzwi. Następnie widzi cztery różnej wielkości gromady starozakonnych z minami bardzo poważnymi. Pan Ignacy nie wie, dokąd iść, idzie jednak do tych drzwi, przed którymi stoi najwięcej starozakonnych, domyślając się, że tam właśnie odbywa się licytacja.

W tej chwili przed gmach sądu zajeżdża powóz, a w nim pan Łęcki. Pan Ignacy nie może pohamować czci dla jego pięknych, siwych wąsów i podziwu dla jego humoru. Pan Łęcki bowiem nie wygląda tak jak bankrut, któremu licytują kamienicę, ale jak milioner, który przyjechał do rejenta, ażeby podnieść drobną sumę stu kilkudziesięciu tysięcy rubli.

Pan Łęcki wysiada uroczyście z powozu, triumfalnym krokiem zbliża się do drzwi sądowych, a jednocześnie z drugiej strony ulicy przybiega do niego dżentelmen

---

[287] *Miodowa* – na Miodowej w dawnym pałacu Paca znajdował się sąd.

[288] *dom Rezlera* – dom przechodni z Krakowskiego Przedmieścia na Senatorską.

[289] *Senatorska* – wiedzie z placu Zamkowego na plac Bankowy.

[290] *skład herbaty Nowickiego* – mieścił się przy Miodowej.

mający wszelakie pozory próżniaka, który jednakże jest adwokatem. Po bardzo krótkim, a nawet niedbałym powitaniu pan Łęcki pyta dżentelmena:
— Cóż?... kiedyż?...
— Za godzinkę... może trochę dłużej... — odpowiada dżentelmen.
— Wyobraź pan sobie — mówi z dobrotliwym uśmiechem pan Łęcki — że przed tygodniem jeden mój znajomy wziął dwakroć za dom[291], który go kosztował sto pięćdziesiąt tysięcy. A że mój kosztował mnie sto tysięcy, więc powinienem wziąć w tym stosunku ze sto dwadzieścia pięć...
— Hum!... hum!... — mruczy adwokat.
— Będziesz się pan śmiał — ciągnie pan Tomasz — z tego, co powiem (bo wy lubicie żartować z przeczuć i snów), a jednak dziś śniło mi się, że mój dom poszedł za sto dwadzieścia tysięcy... Mówię to panu przed licytacją, uważasz?... Za parę godzin przekonasz się, że nie należy śmiać się ze snów... Są rzeczy na niebie i ziemi...
— Hum!... hum!... — odpowiada adwokat i obaj panowie wchodzą w pierwsze drzwi gmachu.
„Chwała Bogu! — myślał pan Ignacy. — Jeżeli Łęcki weźmie sto dwadzieścia tysięcy za swój dom, to znaczy, że Stach nie zapłaci za niego dziewięćdziesięciu tysięcy rubli."
Wtem ktoś lekko dotyka jego ramienia. Pan Ignacy ogląda się i widzi za sobą starego Szlangbauma.
— Czy może pan mnie szuka? — pyta sędziwy Żyd, bystro patrząc mu w oczy.
— Nie, nie... — odpowiada zmieszany pan Ignacy.
— Pan nie ma do mnie żaden interes?... — powtarza Szlangbaum mrugając czerwonymi powiekami.
— Nie, nie...
— Git! — mruczy Szlangbaum i odchodzi między swoich współwyznawców.
Panu Ignacemu robi się zimno: obecność Szlangbauma w tym miejscu budzi w nim nowe podejrzenie. Aby je rozproszyć, pan Ignacy pyta stojącego przy drzwiach woźnego, gdzie odbywają się licytacje. Woźny wskazuje mu schody.
Pan Ignacy biegnie na górę i wpada do jednej sali. Uderza go tłum starozakonnych, słuchających z największym skupieniem jakiejś mowy. Rzecki poznaje, że w tej chwili toczy się tu sprawa przed sądem, że przemawia prokurator i że chodzi o grube oszustwo. W sali jest duszno; mowę prokuratora tłumi nieco hałas dorożek. Sędziowie wyglądają, jakby drzemali, adwokat ziewa, oskarżony ma minę, jakby chciał oszukać sąd najwyższej instancji, starozakonni przypatrują mu się ze współczuciem, a oskarżenia słuchają z uwagą. Niektórzy przy każdym silniejszym zarzucie prokuratora krzywią się i syczą: „Aj-waj!...".
Pan Ignacy opuszcza salę; nie dla tej sprawy tu przyszedł.
Znalazłszy się w przedsionku, pan Ignacy chce iść na drugie piętro; jednocześnie omija go schodząca stamtąd baronowa Krzeszowska w towarzystwie mężczyzny, który ma powierzchowność znudzonego nauczyciela języków starożytnych. Jest to jednak adwokat, o czym świadczy srebrny znaczek przypięty do klapy bardzo wytar-

---

[291] *wziął dwakroć za dom* — tzn. dwieście tysięcy rubli.

tego fraka; szaraczkowe[292] zaś spodnie kapłana sprawiedliwości są na kolanach tak wytłoczone, jak gdyby ich właściciel, zamiast bronić swoich klientów, nieustannie oświadczał się bogini Temidzie.

— Więc jeżeli dopiero za godzinę — mówi jękliwym głosem pani Krzeszowska — w takim razie pójdę teraz do Kapucynów...[293] Nie sądzi pan...

— Nie sądzę, ażeby wizyta pani u Kapucynów wpłynęła na przebieg licytacji — odpowiada znudzony adwokat.

— Gdyby jednak pan mecenas szczerze chciał, gdyby pobiegał...

Mecenas w wytłoczonych spodniach niecierpliwie potrząsa ręką.

— Ach, pani dobrodziejko — mówi — ja już tyle nabiegałem się w sprawie tej licytacji, że choćby dzisiaj należy mi się spoczynek. W dodatku mam za kilka minut urzędówkę o zabójstwo... Widzi pani te piękne damy?... Wszystkie idą słuchać mojej obrony... Efektowna sprawa!...

— Więc pan mecenas opuszcza mnie? — wykrzykuje baronowa.

— Ależ będę... będę na sali — przerywa jej adwokat — będę przy licytacji, tylko niech mi pani zostawi choć parę minut do pomyślenia o moim zabójcy...

I wpada w otwarte drzwi, nakazując woźnemu, ażeby nikogo nie wpuszczał.

— O Boże! — mówi baronowa na cały głos — nędzny zabójca ma obrońcę, ale biedna, samotna kobieta na próżno szuka człowieka, któryby ujął się za jej honorem, za jej spokojem, za jej mieniem...

Ponieważ pan Ignacy nie chce być tym człowiekiem, więc śpiesznie ucieka na dół, potrącając młode, piękne i eleganckie kobiety, które przypędziła tu żądza wysłuchania sławnego procesu o zabójstwo. To lepsze aniżeli teatr; aktorzy bowiem urzędowego widowiska grają jeżeli nie lepiej, to z pewnością celniej od dramatycznych.

Na schodach wciąż rozlegają się lamentacje pani Krzeszowskiej i śmiechy młodych, pięknych i eleganckich kobiet, śpieszących na oglądanie zabójcy, pokrwawionej odzieży, siekiery, którą zabił swoją ofiarę, i spoconych sędziów. Pan Ignacy ucieka z sieni aż na drugą stronę ulicy; na rogu Kapitulnej i Miodowej wpada do cukierni i kryje się w tak ciemnym kącie, w którym nie mogłaby już poznać go nawet pani Krzeszowska.

Każe sobie podać filiżankę pienistej czekolady, zasłania się podartą gazetą i widzi, że w tym małym pokoiku znajduje się drugi, jeszcze ciemniejszy kąt, w którym mieści się pewien okazałej tuszy jegomość i jakiś zgarbiony Żyd. Pan Ignacy myśli, że okazały jegomość jest co najmniej hrabią i właścicielem wielkich dóbr na Ukrainie, a Żyd jego faktorem; tymczasem zaś słucha toczącej się między nimi rozmowy.

— Panie dobrodzieju — mówi zgarbiony Żyd — żeby nie to, że pana dobrodzieja nikt nie zna w Warszawie, to ja bym panu za ten interes nie dał nawet dziesięć rubli. A tak zarobi pan dobrodziej dwadzieścia pięć...

— I wystoję się z godzinę w dusznej sali! — odmrukuje jegomość.

— Prawda — ciągnie dalej Żyd — że w naszym wieku ciężko stoić, no, ale takie pieniądze to też nie chodzą piechotą... A jaką pan będzie miał reputację, kiedy się dowiedzą, że pan dobrodziej chciał kupić kamienicę za osiemdziesiąt tysięcy rubli?...

---

[292] *szaraczkowy* — z szarego płótna lub sukna.

[293] *do Kapucynów* — do kościoła sąsiadującego z pałacem Paca.

— Niech będzie. Ale dwadzieścia pięć rubli gotówką na stół...
— Niech Bóg zabroni! — odpowiada Żyd. — Pan dobrodziej dostanie do ręki pięć rubli, a dwadzieścia pójdzie na dług tego nieszczęśliwego Seliga Kupferman, co już przez dwa lata grosza od pana nie widział, choć ma wyrok.

Okazały pan uderza ręką w stół marmurowy i chce wychodzić. Zgarbiony Żyd chwyta go za połę surduta, znowu sadza na krześle i ofiaruje sześć rubli gotówką.

Po kilkuminutowym targu strony godzą się na osiem rubli, z których siedem będą wypłacone po licytacji, a rubel natychmiast. Żyd opiera się, ale majestatyczny pan jednym argumentem rozcina jego wahania:

— Przecież, do diabła, muszę oddać za herbatę i ciastka!

Żyd wzdycha, z zatłuszczonej portmonetki wydobywa najbardziej podarty papierek i wyprostowawszy go kładzie na marmurowym stole. Następnie wstaje i leniwie opuszcza ciemny pokoik, a pan Ignacy przez dziurkę gazety poznaje w nim starego Szlangbauma.

Pan Ignacy śpiesznie dopija czekoladę i ucieka z cukierni na ulicę. Już obrzydła mu licytacja, której ma pełne uszy i pełną głowę. Chce w jakiś sposób przepędzić zbywający mu czas i spostrzegłszy otwarty kościół Kapucynów kieruje się do niego będąc pewnym, że w świątyni znajdzie spokój, przyjemny chłodek, a nade wszystko, że tam przynajmniej nie usłyszy o licytacji.

Wchodzi do kościoła i istotnie znajduje ciszę i chłód, a nadto nieboszczyka na katafalku otoczonego świecami, które się jeszcze nie palą, i kwiatami, które już nie pachną. Od pewnego czasu pan Ignacy nie lubi widoku trumny, więc skręca na lewo i widzi klęczącą na posadzce w czarnym stroju kobietę. Jest to baronowa Krzeszowska, kornie zgięta ku ziemi; bije się w piersi i co chwilę podnosi chustkę do oczu.

„Jestem pewny, iż modli się o to, ażeby dom Łęckiego poszedł za sześćdziesiąt tysięcy rubli" — myśli pan Ignacy. Lecz że i widok pani Krzeszowskiej nie wydaje mu się ponętnym, więc cofa się na palcach i przechodzi na prawą stronę kościoła.

Tu znajduje się tylko parę kobiet: jedna półgłosem odmawia różaniec, druga śpi. Zresztą nikogo więcej, tylko spoza filaru wychyla się średniego wzrostu mężczyzna energicznie wyprostowany, pomimo siwych włosów, i szepczący modlitwę z zadartą głową.

Rzecki poznaje w nim pana Łęckiego i myśli:

„Jestem pewny, że ten prosi Boga, ażeby jego dom poszedł za sto dwadzieścia tysięcy rubli..." Potem śpiesznie opuszcza kościół zastanawiając się, w jaki też sposób dobry Bóg zadowoli sprzeczne żądania pani baronowej Krzeszowskiej i pana Tomasza Łęckiego?

Nie znalazłszy, czego szukał, ani w cukierni, ani w kościele, pan Ignacy zaczyna spacerować po ulicy, niedaleko sądowego gmachu. Jest bardzo zmieszany; zdaje mu się, że każdy przechodzień patrzy mu drwiąco w oczy, jakby mówił: „Nie wolałbyś to, stary łobuzie, pilnować sklepu?", i że z każdej dorożki wyskoczy który z „panów" donosząc mu, że sklep spalił się lub zawalił. Więc znowu myśli: czyby nie lepiej było dać za wygraną licytacji, a wrócić do swoich ksiąg i kantorka, gdy nagle słyszy rozpaczliwy krzyk.

To jakiś Żydek wychylił się przez okno sali sądowej i coś wrzasnął do gromady swoich współwyznawców, którzy na to hasło rzucili się do drzwi tłocząc się, potrącając spokojnych przechodniów i tupiąc niecierpliwie nogami jak spłoszone stado owiec w ciasnej owczarni.

„Aha, już zaczęła się licytacja!.." — mówi do siebie pan Ignacy idąc za nimi na górę.

W tej chwili czuje, że ktoś pochwycił go z tyłu za ramię, i odwróciwszy głowę widzi owego majestatycznego pana, który od Szlangbauma dostał w cukierni rubla zadatku. Okazały pan widocznie bardzo się śpieszy, gdyż obu pięściami toruje sobie drogę pośród zbitej masy ciał starozakonnych wołając:

— Na bok, parchy, kiedy ja idę na licytację!...

Żydzi, wbrew swoim zwyczajom, usuwają się i patrzą na niego z podziwem.

— Jakie on musi mieć pieniądze! — mruczy jeden z nich do swego sąsiada.

Pan Ignacy, który jest nieskończenie mniej śmiałym aniżeli okazały jegomość, zamiast pchać się jak on, zdaje się na łaskę i niełaskę losu. Prąd starozakonnych ogarnia go ze wszystkich stron. Przed sobą widzi zatłuszczony kołnierz, brudny szalik i jeszcze brudniejszą szyję; za sobą czuje zapach świeżej cebuli; z prawej strony jakaś szpakowata broda opiera mu się na obojczyku, a z lewej silny łokieć uciska mu rękę aż do ścierpnięcia.

> Sceny rodzajowe – licytacja kamienicy Łęckich

Gniotą go, popychają, szarpią za odzież. Ktoś chwyta go za nogi, ktoś sięga do kieszeni, ktoś uderza go między łopatki. Nadchodzi chwila, w której pan Ignacy sądzi, że połamią mu klatkę piersiową. Podnosi oczy do nieba i widzi, że jest we drzwiach.

Już, już... zaduszą go... Nagle czuje przed sobą puste miejsce, uderza głową w czyjeś wdzięki, nie dosyć starannie zasłonięte połą surduta, i — jest w sali.

Odetchnął... Za nim rozlegają się krzyki i wymyślania licytantów, a od czasu do czasu upomnienia woźnego:

— Czego panowie tak się tłoczą... Cóż to, panowie są bydło czy co?...

„Nie wiedziałem, że tak trudno dostać się na licytację!.." — wzdycha pan Ignacy.

Mija dwie sale, tak puste, że nie widać w nich ani krzesła na podłodze, ani gwoździa w ścianie. Sale te tworzą przysionek jednego z wydziałów sprawiedliwości, lecz są widne i wesołe. Przez otwarte okna wlewają się tu potoki słonecznych blasków i gorący lipcowy wiatr nasycony warszawskimi pyłami. Pan Ignacy słyszy świergot wróbli i nieustanny turkot dorożek i doznaje dziwnego uczucia dysharmonii.

„Czy podobna — mówi — ażeby sąd wyglądał tak pusto jak nie wynajęte mieszkanie i — tak wesoło?..."

Zdaje mu się, że zakratowane okna i szare ściany, połyskujące wilgocią, a obwieszone kajdanami, nierównie lepiej odpowiadałyby sali, w której skazują ludzi na wieczne lub doczesne więzienia.

Ale otóż i sala główna, do której biegną wszyscy starozakonni i gdzie skupia się cały interes licytacji. Jest to pokój tak rozległy, że można by w nim tańcować we czterdzieści par mazura, gdyby nie niska bariera, która dzieli go na dwie części: cywilną i licytacyjną. W części cywilnej znajduje się kilka wyplatanych kanap, w części licytacyjnej — estrada, a na niej duży stół, mający formę rogala pokrytego zielonym suknem. Za stołem spostrzega pan Ignacy trzech dygnitarzów mających łańcuchy na szyi i senatorską powagę na obliczach; są to komornicy. Na stole przed każdym dygnitarzem leży stos papierów reprezentujących wystawione na sprzedaż nieruchomości. Zaś między stołem i barierą, tudzież przed barierą, tłoczy się ciżba interesantów. Wszyscy oni mają zadarte głowy i patrzą na komorników ze skupieniem ducha, którego mogliby im pozazdrościć natchnieni asceci przypatrujący się świętym wizjom. W sali pomimo otwartych okien unosi się woń środkująca między zapachem hiacyntu i starego kitu. Pan Ignacy domyśla się, że jest to woń chałatów[294].

Wyjąwszy turkotu dorożek, w sali jest dosyć cicho. Komornicy milczą, zatopieni w swoich aktach, licytanci również milczą, zapatrzeni w komorników; reszta zaś publiczności, zebrana w cywilnej połowie izby i podzielona na grupy, wprawdzie szemrze, ale po cichu. Nie mają interesu, ażeby ich słyszano.

Tym więc głośniej rozlega się jęk baronowej Krzeszowskiej, która trzymając swego adwokata za klapy fraka mówi z gorączkowym pośpiechem:

— Błagam pana, nie odchodź... No... dam panu wszystko, co zechcesz...
— Tylko, pani baronowo, bez żadnych pogróżek! — odpowiada adwokat.
— Ja przecież nie grożę, ale nie opuszczaj mnie pan!... — deklamuje z prawdziwym uczuciem baronowa.
— Przyjdę na licytację, ależ teraz muszę iść do mego zabójcy...
— Tak!... więc nędzny morderca więcej budzi w panu współczucia aniżeli opuszczona kobieta, której mienie, honor, spokój...

Nagabany adwokat ucieka tak szybko, że jego spodnie wydają się jeszcze bardziej wytłoczonymi na kolanach, aniżeli są w istocie. Baronowa chce za nim biec, lecz w tej chwili pada w objęcia jakiegoś jegomości, który używa bardzo szafirowych okularów i ma fizjognomię zakrystiana.

— O co pani chodzi, droga pani? — mówi słodko jegomość w szafirowych okularach. — Żaden adwokat nie podbije pani ceny domu... to ja jezdem od tego... Desz pani jeden procent od każdego tysiąca rubli wyżej nad sumę początkową i dwadzieścia rubelków na koszta...

Baronowa Krzeszowska odskakuje od niego i wygiąwszy się w tył jak artystka grająca tragiczną rolę odpowiada mu jednym tylko wyrazem:

— Szatanie!...

Jegomość w okularach poznaje, że źle trafił, i cofa się skonsternowany. Jednocześnie zabiega mu drogę inny jegomość, mający minę skończonego łajdaka, i coś mu szepcze przez kilka minut, z bardzo ożywioną gestykulacją. Pan Ignacy jest pewny, że ci dwaj panowie pobiją się; oni jednak rozchodzą się bardzo spokojnie, a jegomość z miną łajdaka zbliża się do baronowej Krzeszowskiej i mówi półgłosem:

— Jeżeli pani baronowa coś zaryzykuje, możemy nie dopuścić nawet do siedemdziesięciu tysięcy rubli.

— Zbawco!... — woła baronowa. — Widzisz przed sobą kobietę skrzywdzoną i osamotnioną, której mienie, honor i spokój...

---

[294] *chałat* — długa męska kapota noszona przez Żydów.

— Co mi tam honor — mówi jegomość z łajdacką fizjognomią. — Da pani dziesięć rubli zadatku?

Odchodzą oboje w najdalszy kąt sali i przed oczyma pana Ignacego kryją się za grupą starozakonnych. W tej grupie znajduje się stary Szlangbaum i młody Żydek bez zarostu, tak blady i wycieńczony, że pan Ignacy sądzi, iż bardzo niedawno musiał wstąpić w związki małżeńskie. Stary Szlangbaum coś wykłada wycieńczonemu Żydkowi, któremu coraz więcej baranieją oczy; co by mu jednak wykładał? pan Ignacy nie może się domyśleć.

Odwraca się więc w drugą stronę sali i spostrzega o parę kroków od siebie pana Łęckiego z jego adwokatem, który widocznie nudzi się i chciałby gdzieś iść.

— Gdyby choć sto piętnaście... no — sto dziesięć tysięcy!... — mówi pan Łęcki. — Przecież pan adwokat musisz znać jakie sposoby...

— Hum!... hum!... — mówi adwokat, tęsknie spoglądając na drzwi. — Pan żąda zbyt wysokiej ceny... Sto dwadzieścia tysięcy za dom, za który dawano sześćdziesiąt...

— Ależ, panie, on kosztował mnie sto tysięcy...

— Tak... Hum!... hum!... Trochę pan przepłacił...

— Ja też — przerywa mu pan Łęcki — żądam tylko stu dziesięciu... I zdaje mi się, że kiedy jak kiedy, ale w tym razie powinien by mi pan adwokat dopomóc... Są przecież jakieś sposoby, których ja nie znam nie będąc prawnikiem...

— Hum!... hum!... — mruczy adwokat. Na szczęście jeden z kolegów (odziany również we frak ze srebrnym znaczkiem) wywołuje go z sali; w minutę zaś później zbliża się do pana Łęckiego jegomość w szafirowych okularach, z miną zakrystiana, i mówi:

— O co panu chodzi, panie hrabio?... Żaden adwokat nie podbije panu ceny domu... Od tego ja jezdem... Desz pan hrabia dwadzieścia rubli na koszta i jeden procent od każdego tysiąca nad sześćdziesiąt tysięcy...

Pan Łęcki patrzy na zakrystiana z wielką pogardą; kładzie nawet obie ręce w kieszenie spodni (co jemu samemu wydaje się dziwnym) i mówi:

— Dam jeden procent od każdego tysiąca wyżej nad sto dwadzieścia tysięcy rubli...

Zakrystian w szafirowych okularach kłania się, poruszając przy tym lewą łopatką, i odpowiada:

— Przepreszem pana hrabiego...

— Stój! — przerywa pan Łęcki. — Wyżej nad sto dziesięć...

— Przepreszem.

— Nad sto...

— Przepreszem.

— Niech was pioruny!....Więc ile chcesz?...

— Jeden procencik od sumy wyższej nad siedemdziesiąt i dwadzieścia rubelków na koszta... — mówi kłaniając się do ziemi zakrystian.

— Dziesięć rubli weźmiesz? — pyta fiołkowy z gniewu pan Łęcki.

— Ja i rubelkiem nie pogardzę...

Pan Łęcki wydobywa wspaniały pugilares, z niego cały pęk szeleszczących dziesięciorublówek i jedną z nich daje zakrystianowi, który schyla się do ziemi.

— Zobaczy jaśnie wielmożny pan... — szepcze zakrystian.

Obok pana Ignacego stoi dwóch Żydów: jeden wysoki, śniady, z brodą tak czarną, że wpada w kolor granatowy, drugi łysy, z tak długimi faworytami, że walają mu klapy surduta. Dżentelmen z faworytami na widok dziesięciorublówek pana Łęckiego uśmiecha się i mówi półgłosem do pięknego bruneta:

— Pan wydzysz te pyniądze u ten szlachcic... Pan słyszysz, jak ony klaskają?... Ony tak czeszą szę, że mnie widzą... Pan to rozumysz, panie Cynader?...

— Łęcki jest pański klient? — pyta piękny brunet.

— Dlaczego on nie ma bycz mój?

— Co on ma? — mówi brunet.

— On ma... on ma — szostre w Krakowie, która, rozumysz pan, zapysała dla jego córki...

— A jeżeli ona nic nie zapisała?...

Dżentelmen z faworytami na chwilę tropi się.

— Tylko mi pan nie mów takie głupie gadanie!... Dlaczego szostra z Krakowa nie ma im zapysać, kiedy ona jest chora?...

— Ja nic nie wiem — odpowiada piękny brunet. (Pan Ignacy przyznaje w duchu, że tak pięknego mężczyzny nigdy jeszcze nie widział.)

— Ale on ma córkę, panie Cynader... — mówi niespokojnie właściciel bujnych faworytów. — Pan zna jego córkę, tę pannę Izabelę, panie Cynader?... Ja sam dałbym jej, no bez targu, sto rubli...

— Ja bym dał sto pięćdziesiąt — mówi piękny brunet — ale swoją drogą Łęcki to niepewny interes.

— Niepewny?... A pan Wokulski to co?...

— Pan Wokulski, no... to jest wielki interes — odpowiada brunet. — Ale ona jest głupia i Łęcki jest głupi, i oni wszyscy są głupi. I oni zgubią tego Wokulskiego, a on im nie da rady...

> Warszawscy
> mieszczanie
> o Wokulskim

Panu Ignacemu pociemniało w oczach.

„Jezus Maria! — szepcze. — Więc już nawet przy licytacjach mówią o Wokulskim i o niej... I jeszcze przewidują, że go zgubi... Jezus Maria!..."

Około stołu zajętego przez komorników robi się mały zamęt; wszyscy widzowie pchają się w tamtym kierunku. Stary Szlangbaum również zbliża się do stołu, a po drodze kiwa na zniszczonego Żydka i nieznacznie mruga na okazałego pana, z którym niedawno rozmawiał w cukierni.

Współcześnie wbiega adwokat pani Krzeszowskiej; nie patrząc na nią zajmuje miejsce przed stołem i mruczy do komornika:

— Prędzej, panie, prędzej, bo dalibóg! nie mam czasu...

W kilka zaś minut po adwokacie wchodzi do sali nowa grupa osób. Jest tam para małżonków należących, zdaje się, do profesji rzeźniczej, jest stara dama z kilkunastoletnim wnukiem i dwu panów: jeden czerstwy i siwy, drugi kędzierzawy, wyglądający na suchotnika. Obaj mają potulne fizjognomie i podniszczone odzienia, lecz na ich widok Żydzi poczynają szemrać i pokazywać palcami z wyrazem podziwu i szacunku.

Obaj stają tak blisko pana Ignacego, że ten mimo woli musi wysłuchać rad, jakich siwy jegomość udziela kędzierzawemu:

— Rób, mówię tobie, Ksawery, jak ja. Ja nie śpieszę się, jak Boga kocham. Już trzy lata, mówię tobie, chcę kupić niewielki domik, ot taki sobie za sto, za dwieście tysięcy, na stare lata, ale nie śpieszę się. Wyczytuję ja sobie, które chaty idą na licytację, ogląduję ja ich sobie powoli, kalkuluję ja sobie w głowie, a potem zachodzę ja sobie tu i słucham, co ludzie dają. I kiedy, mówię tobie, już nabrałem doświadczenia i w tym roku chciałem już co kupić, ceny jak raz w niepraktykowany sposób skoczyły, psiakrew, i muszę na nowo kalkulować!... Ale jak we dwu poczniem się przysłuchiwać, to mówię tobie, ubijemy interes...

— Czycho!... — zawołano od stołu.

W sali ucichło, a pan Ignacy słucha opisu kamienicy położonej tu i tu, mającej trzy oficyny i trzy piętra, plac, ogród itd. W trakcie tego ważnego aktu pan Łęcki robi się na przemian blady i fioletowy, a pani Krzeszowska co chwilę podnosi do nosa kryształowy flakonik w złotej oprawie.

— Znam ten dom! — wykrzykuje nagle jegomość w szafirowych okularach z miną zakrystiana. — Znam ten dom!... Z zamkniętymi oczami wart sto dwadzieścia tysięcy rubli...

— Co pan zawracasz! — odzywa się stojący obok baronowej Krzeszowskiej pan z fizjognomią łajdaka. — Co to za dom?... Rudera... trupiarnia!...

Pan Łęcki robi się bardzo fioletowy. Kiwa na zakrystiana i pyta go szeptem:

— Kto jest tamten łotr?...

— Tamten?... — pyta zakrystian. — To szubrawczyna!... Niech pan hrabia nie zważa na niego... — I mówi na cały głos: — Słowo honoru, za ten dom śmiało można dać sto trzydzieści tysięcy...

— Kto jest ten nikczemnik? — pyta baronowa jegomościa z łajdacką miną. — Kto jest ten w niebieskich okularach?...

— Tamten?... — odpowiada zapytany. — To znany szubrawiec... niedawno siedział na Pawiaku...[295] Niech pani na niego nie zważa... Plunąć nie warto...

— Cicho tam!... — woła urzędowy głos od stołu.

Zakrystian mruga na pana Łęckiego uśmiechając się familiarnie i pcha się do stołu między licytantów. Jest ich czterech: adwokat baronowej, okazały pan, stary Szlangbaum i zniszczony Żydek, obok którego staje zakrystian.

— Sześćdziesiąt tysięcy i pięćset rubli — mówi cicho adwokat pani Krzeszowskiej.

— Daliboóg! więcej nie warto... — wtrąca jegomość z miną łajdaka.

Baronowa triumfalnie spogląda na pana Łęckiego.

— Sześćdziesiąt pięć... — odzywa się majestatyczny pan.

— Sześćdziesiąt pięć tysięcy i sto rubli — bełkocze blady Żydek.

— Sześćdziesiąt sześć... — dodaje Szlangbaum.

— Siedemdziesiąt tysięcy! — wrzeszczy zakrystian.

— Ach! ach! ach!... — wybucha płaczem baronowa upadając na wyplataną kanapkę. Jej adwokat szybko odchodzi od stołu i biegnie bronić zabójcy.

— Siedemdziesiąt pięć tysięcy!... — woła okazały pan.

— Umieram!... — jęczy baronowa.

---

[295] *Pawiak* — znane więzienie karne w Warszawie.

W sali robi się ruch. Stary Litwin chwyta pod rękę baronowę, którą odbiera mu Maruszewicz, nie wiadomo skąd przybyły na ten uroczysty wypadek. Zanosząca się od płaczu baronowa, wsparta na Maruszewiczu, opuszcza salę złorzecząc przy tym swemu adwokatowi, sądowi, licytantom i komornikom. Pan Łęcki blado uśmiecha się, a tymczasem zniszczony Żydek mówi:
— Osiemdziesiąt tysięcy i sto rubli...
— Osiemdziesiąt pięć... — wtrąca Szlangbaum.

Pan Łęcki cały zamienia się we wzrok i słuch. Wzrokiem dostrzega już tylko trzech licytantów, a słuchem chwyta wyrazy otyłego pana:
— Osiemdziesiąt osiem tysięcy...
— Osiemdziesiąt osiem i sto rubli — mówi mizerny Żydek.
— Niech będzie dziewięćdziesiąt — kończy stary Szlangbaum uderzając ręką w stół.
— Dziewięćdziesiąt tysięcy — mówi komornik — po raz pierwszy...

Pan Łęcki zapomniawszy o etykiecie pochyla się do zakrystiana i szepcze mu:
— Licytujże pan!...
— Co się pan tak skrobiesz? — pyta zakrystian zniszczonego Żydka.
— A co się pan rozbijasz? — odzywa się do zakrystiana drugi komornik. — Kupisz pan dom czy co?... Wynoś się pan!...
— Dziewięćdziesiąt tysięcy po raz drugi!... — woła komornik.

Pan Łęcki robi się szary na twarzy.
— Dziewięćdziesiąt tysięcy rubli po raz... trzeci!... — powtarza komornik i uderza małym młotkiem o zielone sukno.
— Szlangbaum kupił!... — odzywa się jakiś głos na sali.

Pan Łęcki toczy dokoła błędnym wzrokiem i teraz dopiero spostrzega swego adwokata.
— A, panie mecenasie — mówi drżącym głosem — tak się nie godzi!...
— Co się nie godzi?...
— Nie godzi się... to jest nieuczciwie!... — powtarza wzburzony pan Łęcki.
— Co się nie godzi?... — odpowiada już nieco podrażniony adwokat. — Po spłaceniu hipotecznych długów zyskuje pan trzydzieści tysięcy rubli...
— Ale mnie ten dom kosztował sto tysięcy, a mógł był pójść, gdyby lepiej pilnowano... za sto dwadzieścia tysięcy...
— Tak — potwierdza zakrystian — dom wart ze sto dwadzieścia tysięcy...
— O!... słyszy pan, panie mecenasie?... — mówi pan Łęcki. — Gdyby się d o p i l n o w a n o...
— Ależ, panie, proszę mi nie mówić impertynencyj!... Słucha pan rad pokątnych doradców, łotrów z Pawiaka...
— O, bardzo proszę... — odpowiada obrażony zakrystian. — Nie każdy jest łotrem, kto siedział na Pawiaku... A co do udzielania rad...
— Tak... dom był wart sto dwadzieścia tysięcy!... — odzywa się całkiem nieoczekiwany sprzymierzeniec w osobie jegomościa z łajdacką miną.

Pan Łęcki patrzy na niego szklanymi oczyma, ale jeszcze nie może zorientować się w sytuacji. Nie żegna się z adwokatem, nakłada w sali kapelusz i wychodząc mruczy:

„Straciłem przez Żydów i adwokatów ze trzydzieści tysięcy rubli... Można było dostać sto dwadzieścia tysięcy..."

I stary Szlangbaum już wychodzi; wtem zastępuje mu drogę pan Cynader, ów piękny brunet, któremu równego nigdy nie widział pan Ignacy.

— Co to pan za interesa robi, panie Szlangbaum? — mówi piękny brunet. — Ten dom można było kupić za siedemdziesiąt jeden tysięcy. On dziś więcej niewart...

— Dla jednego niewart, dla drugiego wart; ja zawsze robię tylko dobre interesa — odpowiada zamyślony Szlangbaum.

Nareszcie i Rzecki opuszcza salę, w której odbywa się inna licytacja i gromadzi się nowa publiczność. Pan Ignacy z wolna schodzi ze schodów i myśli:

„A więc dom kupił Szlangbaum, i to za dziewięćdziesiąt tysięcy, jak przepowiedział Klejn. No, ależ Szlangbaum to przecie nie Wokulski... Stach nie zrobiłby takiego głupstwa... Nie!... I z tą panną Izabelą farsa, plotki..."

Rozdział XIX

Pierwsze ostrzeżenie

Była pierwsza w południe, kiedy pan Ignacy zbliżał się do sklepu, zawstydzony i niespokojny. Jak można zmarnować tyle czasu... w porze największego ruchu interesantów?... A nuż w dodatku stało się jakie nieszczęście?... I co za satysfakcja włóczyć się po ulicach w upał, wśród kurzu i zapachu prażonych asfaltów!...

Istotnie, dzień był wyjątkowo gorący i jaskrawy: chodniki i kamienie ziały żarem, blaszanych szyldów ani latarniowych słupów nie można było dotknąć ręką, a z nadmiaru światła panu Ignacemu zachodziły łzami oczy i czarne płatki zasłaniały mu pole widzenia.

„Gdybym był Panem Bogiem – myślał – połowę lipcowych upałów zachowałbym na grudzień..."

Nagle spojrzał na wystawę sklepową (właśnie mijał okna) i osłupiał. Wystawa już drugi tydzień nie odnowiona!... Te same brązy, majoliki, wachlarze, te same neseserki, rękawiczki, parasole i zabawki!... Czy widział kto podobne zgorszenie?

„Ależ ja jestem podły człowiek! – mruknął do siebie. – Onegdaj spiłem się, dziś włóczę się... Diabli wezmą budę, jak amen w pacierzu..."

Ledwie wszedł do sklepu, niepewny, co mu więcej cięży: serce czy nogi – gdy w tej chwili porwał go Mraczewski. Już był ostrzyżony na sposób warszawski, uczesany i uperfumowany jak dawniej i przez amatorstwo obsługiwał przychodzących gości, sam będąc gościem, jeszcze z tak dalekich okolic. Miejscowi panowie nie mogli wyjść z podziwu.

– A bój się pan Boga, panie Ignacy – zawołał – trzy godziny czekam na pana! Wyście tu wszyscy głowy potracili.

Wziął go pod ramię i nie zważając na paru obecnych gości, którzy ze zdumieniem patrzyli na nich, pędem zaciągnął Rzeckiego do gabinetu, gdzie stała kasa.

Tu osiwiałego w swoim zawodzie subiekta pchnął na twardy fotel stanąwszy przed nim z załamanymi rękoma, jak zrozpaczony Germont przed Violettą[296], rzekł:

– Wiesz pan co... Wiedziałem, że po moim wyjeździe stąd interes się rozprzęgnie; alem nie przypuszczał, że tak prędko... No, bo że pan nie siedzisz w sklepie, mniejsza: dziury nie będzie. Ale jakie ten „stary" głupstwa wyrabia, to przecie skandal!...

Zdawało się; że panu Ignacemu brwi posuną się ze zdziwienia na wierzch czoła.

– Przepraszam!... – zawołał podnosząc się z fotelu.

Ale Mraczewski zmusił go do siedzenia.

– Przepra...

---

[296] „... *jak zrozpaczony Germont przed Violettą*" – bohaterowie popularnej opery Verdiego *Traviata*.

— Już tylko niech się pan nie odzywa! — przerwał mu pachnący młody człowiek. — Pan wie, co się dzieje?... Suzin dziś na noc jedzie do Berlina zobaczyć Bismarcka, a potem — do Paryża na wystawę. Koniecznie, słyszy pan?... koniecznie namawia Wokulskiego, ażeby z nim jechał. I ten dur...

— Panie Mraczewski!... Kto pana ośmielił...

— Ja już z natury jestem śmiały, a Wokulski wariat!... Dziś dopiero dowiedziałem się prawdy... Pan wie, ile stary mógłby zarobić na tym interesie w Paryżu z Suzinem?... Nie dziesięć, ale pięćdziesiąt tysięcy rubli, panie Rzecki!... I ten osioł nie tylko że nie chce dziś jechać, ale jeszcze mówi, że — nie wie, kiedy pojedzie. On nie wie, a Suzin może czekać z tą sprawą najwyżej kilka dni.

— Cóż Suzin?... — cicho spytał naprawdę zmieszany pan Ignacy.

— Suzin?... Jest zły, a co gorsza — rozżalony. Mówi, że Stanisław Piotrowicz już nie ten, co był, że gardzi nim... słowem, awantura!... Pięćdziesiąt tysięcy rubli zysku i darmo podróż. No, niech pan sam powie, czy w tych warunkach nawet święty Stanisław Kostka nie pojechałby do Paryża?...

— Z pewnością! — mruknął pan Ignacy. — Gdzież Stach... to jest, pan Wokulski? — dodał podnosząc się z fotelu.

— Jest w pańskim mieszkaniu i pisze tam rachunki dla Suzina. Zobaczysz pan; co stracicie przez ten figiel.

Drzwi gabinetu uchyliły się i stanął w nich Klejn z listem w ręku.

— Przyniósł lokaj Łęckich do starego — rzekł. — Może pan mu odda, bo dziś, bestia, czegoś taki zły...

Pan Ignacy wziął do rąk bladoniebieską kopertę ozdobioną wizerunkiem niezapominajek, lecz wahał się, czy ma iść. Tymczasem Mraczewski spojrzał mu przez ramię na adres.

— List od Belci! — zawołał — jestem w domu!... — I śmiejąc się wybiegł z gabinetu.

„Do diabła! — mruknął pan Ignacy — czyżby te wszystkie plotki miały być prawdą?... Więc on dla niej wydaje na kupno kamienicy dziewięćdziesiąt tysięcy i traci na Suzinie pięćdziesiąt?... Razem sto czterdzieści tysięcy rubli... A ten powóz, a te wyścigi, a te ofiary na cele dobroczynne?... A... a ten Rossi, któremu tak gorąco przypatruje się panna Łęcka jak Żyd dziesięciorgu przykazaniom?... Ehe!... schowam ja do kieszeni ceremonie..."

Zapiął marynarkę na guzik pod szyją, wyprostował się i poszedł z listem do swego mieszkania. W tej chwili dopiero zauważył, że mu trochę skrzypią buty, i poczuł niejaką ulgę. W mieszkaniu pana Ignacego nad stosem papierów siedział Wokulski bez surduta i kamizelki i pisał.

— Aha!... — zawołał podnosząc głowę na widok Rzeckiego. — Nie gniewasz się, że ci tu gospodaruję jak u siebie?

— Pryncypał robi ceremonie!... — odezwał się z przekąsem pan Ignacy. — Jest tu list od... tych... od Łęckich...

Wokulski spojrzał na adres, gorączkowo rozerwał kopertę i czytał... czytał... Raz, drugi i trzeci przeczytał list. Rzecki coś przewracał w swoim biurku, a spostrzegłszy, że jego przyjaciel skończył już czytanie i zamyślony oparł głowę na ręku, rzekł suchym tonem:

— Jedziesz dziś do Paryża z Suzinem?
— Ani myślę.
— Słyszałem, że to jakiś wielki interes... Pięćdziesiąt tysięcy rubli...
Wokulski milczał.
— Więc jedziesz jutro albo pojutrze, bo podobno Suzin ma na twój przyjazd zaczekać parę dni?
— Nie wiem jeszcze, kiedy pojadę.
— To źle, Stachu. Pięćdziesiąt tysięcy rubli to majątek; szkoda go stracić... Jeżeli dowiedzą się, że wypuściłeś z rąk taką sposobność...
— Powiedzą, żem zwariował — przerwał mu Wokulski.
Znowu zamilkł i nagle odezwał się:
— A gdybym miał do spełnienia ważniejszy obowiązek aniżeli zyskanie pięćdziesięciu tysięcy?...
— Polityczny? — spytał cicho Rzecki z trwogą w oczach, ale i z uśmiechem na ustach.
Wokulski podał mu list.
— Czytaj — rzekł. — Przekonasz się że są rzeczy lepsze od polityki.
Pan Ignacy z niejakim wahaniem wziął list do ręki, lecz na powtórny rozkaz Wokulskiego przeczytał:

„Wieniec jest prześliczny i już z góry w imieniu Rossiego dziękuję panu za ten podarunek. Nieporównane jest to dyskretne rozmieszczenie szmaragdów między złotymi listkami. Musi Pan koniecznie przyjechać do nas jutro na obiad, ażebyśmy się naradzili nad pożegnaniem Rossiego, a także nad naszą podróżą do Paryża. Wczoraj papo powiedział mi, że jedziemy najdalej za tydzień. Naturalnie jedziemy razem, gdyż bez miłego Pańskiego towarzystwa podróż straciłaby dla mnie połowę wartości. A więc do widzenia.

Izabela Łęcka"

— Nie rozumiem — rzekł pan Ignacy, obojętnie rzucając list na stół. — Dla przyjemności podróżowania z panną Łęcką, a choćby radzenia nad prezentami dla... dla jej ulubieńców nie rzuca się w błoto pięćdziesięciu tysięcy... jeżeli nie więcej.
Wokulski powstał z kanapy i oparłszy się obu rękoma na stole, zapytał:
— A gdyby mi się podobało rzucić dla niej cały majątek w błoto, to co?...
Żyły nabrzmiały mu na czole, gors koszuli gorączkowo falował na piersiach. W oczach zapalały mu się i gasły te same iskry, jakie już widział Rzecki w chwili pojedynku z baronem.
— To co?... — powtórzył Wokulski.
— To nic — odpowiedział spokojnie Rzecki. — Przyznałbym tylko, że omyliłem się, nie wiem już który raz w życiu...
— Na czym?
— Dziś na tobie. Myślałem, że człowiek, który naraża się na śmierć i... na plotki dla zdobycia majątku, ma jakieś ogólniejsze cele...

— A dajcież mi raz spokój z tym waszym ogółem!... — wykrzyknął Wokulski uderzając pięścią w stół. — Co ja robiłem dla niego, o tym wiem, ale... cóż on zrobił dla mnie!... Więc nigdy nie skończą się wymagania ofiar, które mi nie dały żadnych praw?... Chcę nareszcie raz coś zrobić dla samego siebie... Uszami wylewają mi się frazesy, których nikt nie wypełnia... Własne szczęście — to dziś mój obowiązek... inaczej... w łeb bym sobie palnął, gdybym już nic nie widział dla siebie oprócz jakichś fantastycznych ciężarów. Tysiące próżnują, a jeden względem nich ma obowiązki!... Czy słyszano coś potworniejszego?...

— A owacje dla Rossiego to nie ciężar? — spytał pan Ignacy.

— Nie robię ich dla Rossiego.

— Tylko dla dogodzenia kobiecie... wiem... Ze wszystkich kas oszczędności ta jest najmniej pewną — odparł Rzecki.

— Jesteś nieostrożny!... — syknął Wokulski.

Rzecki o miłości

— Powiedz — byłem... Tobie się zdaje, że dopiero ty wynalazłeś miłość. Znam i ja ją, bah!... Przez kilka lat kochałem się jak półgłówek, a tymczasem moja Heloiza[297] romansowała z innymi. Boże mój!... ile mnie kosztowała każda wymiana spojrzeń, które chwytałem w przelocie... W końcu w moich oczach wymieniano nawet uściski... Wierz mi, Stachu, ja nie jestem tak naiwny, jak myślą. Wiele w życiu widziałem i doszedłem do wniosku, że my wkładamy zbyt dużo serca w zabawę nazywaną miłością!

— Mówisz tak, bo j e j nie znasz — wtrącił pochmurnie Wokulski.

— Każda jest wyjątkową, dopóki nam karku nie nadkręci. Prawda, że nie znam t e j, ale znam inne. Ażeby nad kobietami odnosić wielkie zwycięstwa, trzeba być w miarę impertynentem i w miarę bezczelnym: dwie zalety, których ty nie posiadasz. I dlatego ostrzegam cię: niedużo ryzykuj, bo zostaniesz zdystansowany, jeżeli już nie zostałeś. Nigdym do ciebie o tych rzeczach nie mówił, prawda? nawet nie wyglądam na podobną filozofię... Ale czuję, że grozi ci niebezpieczeństwo, więc powtarzam: strzeż się! i w podłej zabawie nie angażuj serca, bo ci je w asystencji lada chłystka oplują. A w tym wypadku, mówię ci, człowiek doznaje tak przykrych wrażeń, że... Bodajbyś ich lepiej nie... doczekał!...

Wokulski siedząc na kanapie zaciskał pięści, ale milczał. W tej chwili zapukano do drzwi i ukazał się Lisiecki.

— Pan Łęcki chce się z panem widzieć. Może tu wejść? — zapytał subiekt.

— Niech pan poprosi... — odparł Wokulski, śpiesznie wciągając kamizelkę i surdut.

Rzecki wstał z krzesła, smutno pokiwał głową i opuścił swoje mieszkanie.

„Myślałem, że jest źle — mruknął będąc już w sieni. — Alem nie myślał, że jest aż tak źle..."

Ledwie Wokulski zdążył jako tako ogarnąć się, wszedł pan Łęcki, a za nim woźny sklepowy. Pan Tomasz miał oczy krwią nabiegłe i sine plamy na policzkach. Rzucił się na fotel i oparłszy głowę na tylnej krawędzi, ciężko dyszał. Woźny stał w progu z zakłopotaną miną i przebierając palcami po metalowych guzikach swojej liberii czekał na rozkazy.

---

[297] *Heloiza* — bohaterka powieści J. J. Rousseau *Nowa Heloiza*.

— Wybacz, panie Stanisławie, ale... proszę cię wody z cytryną... — wyszeptał pan Tomasz.

— Sodowej wody, cytryny i cukru... Biegnij! — rzekł Wokulski do woźnego.

Woźny wyszedł zawadzając wielkimi guzami o drzwi pokoju.

— To nic — mówił pan Tomasz z uśmiechem. — Krótka szyja, upał i irytacja... Chwilę odpocznę...

Zatrwożony Wokulski zdjął mu krawat i rozpiął koszulę. Potem zlał ręcznik wodą kolońską, którą znalazł na biurku Rzeckiego, i z synowską troskliwością wytarł choremu kark, twarz i głowę.

Pan Tomasz uścisnął mu rękę.

— Już mi lepiej... Bóg zapłać... — a potem dodał półgłosem: — Podobasz mi się w tej roli siostry miłosierdzia. Bela nie potrafiłaby zrobić delikatniej... No, ona stworzona do tego, ażeby jej usługiwano...

Woźny przyniósł syfon i cytryny. Wokulski przyrządził limoniadę i napoił pana Tomasza, któremu stopniowo poczęły znikać sine plamy z policzków.

— Idź do mego mieszkania — rzekł Wokulski do woźnego — i każ zaprząc konie. Niech zajedzie przed sklep.

— Kochany... kochany jesteś... — mówił pan Tomasz, mocno ściskając go za rękę i z wdzięcznością spoglądając na niego zaczerwienionymi oczyma. — Nie przywykłem do podobnej troskliwości, ponieważ Belcia nie zna się na tych rzeczach...

Nieumiejętność panny Izabeli w opiekowaniu się chorymi w przykry sposób uderzyła Wokulskiego. Ale tylko na chwilę.

Powoli pan Tomasz zupełnie odzyskał siły. Obfity pot wystąpił na czoło, głos wzmocnił się i tylko sieć czerwonych żyłek na oczach świadczyła jeszcze o minionym ataku. Przeszedł się nawet po pokoju, przeciągnął się i zaczął:

— A... nie masz pojęcia, panie Stanisławie, jak się dziś zirytowałem. Czy dasz wiarę? dom mój sprzedano za dziewięćdziesiąt tysięcy!...

Wokulski drgnął.

— Byłem pewny — mówił pan Łęcki — że wezmę choć ze sto dziesięć tysięcy... Już na sali słyszałem dokoła siebie głosy, że kamienica warta sto dwadzieścia... Ale cóż — zapragnął kupić ją Żyd, podły lichwiarz, ten Szlangbaum... Porozumiał się z konkurentami, a kto wie, czy i nie z moim adwokatem, i — straciłem dwadzieścia albo trzydzieści tysięcy.

Teraz Wokulski wyglądał na apoplektyka, ale milczał.

— A tak rachowałem — prawił pan Łęcki — że od pięćdziesięciu tysięcy dasz mi z dziesięć tysięcy rocznie. Na utrzymanie domu wychodzi mi sześć do ośmiu tysięcy, więc za resztę moglibyśmy z Belą co roku wyjeżdżać za granicę. Obiecałem nawet dziecku, że za tydzień pojedziemy do Paryża... Akurat!... Sześć tysięcy rubli ledwie wystarczą na nędzne istnienie, a o podróżach ani myśleć... Nikczemny Żyd... Nikczemne społeczeństwo, które tak ulega lichwiarzom, że nie śmie z nimi walczyć nawet przy licytacji... A co mnie najwięcej boli, powiem ci, to okoliczność, że za tym nędznym Szlangbaumem może ukrywać się jaki chrześcijanin, nawet arystokrata...

Głos znowu zaczął mu się stłumiać i znowu na twarz wystąpiło sinawe zabarwienie. Usiadł i napił się wody.

— Podli!... podli!... — szeptał.
— Niech się pan uspokoi — rzekł Wokulski. — Ile mi pan da gotówką?
— Prosiłem adwokata naszego księcia (bo mój adwokat to łajdak), ażeby odebrał należną mi sumę i tobie doręczył ją, panie Stanisławie... Razem trzydzieści tysięcy. A że obiecujesz mi od nich dwadzieścia procent, więc mam sześć tysięcy rubli rocznie na całe utrzymanie. Nędza... ruina!...
— Sumę pańską — odpowiedział Wokulski — mogę umieścić w lepszym interesie. Będzie pan miał dziesięć tysięcy rocznie...
— Co mówisz?...
— Tak. Trafia mi się wyjątkowa okazja...
Pan Tomasz zerwał się z fotelu.
— Zbawco... dobrodzieju!... — mówił wzruszonym głosem. — Jesteś najszlachetniejszym z ludzi... Ale — dodał cofając się i rozkładając ręce — czy tylko ty nie stracisz?...
— Ja?... Przecież jestem kupcem.
— Kupiec!... Także mi mów!... — zawołał pan Tomasz. — Dzięki tobie przekonałem się, że wyraz kupiec jest dziś synonimem wielkoduszności, delikatności, bohaterstwa... Zacny!...
I rzucił mu się na szyję, omal nie płacząc.
Wokulski po raz trzeci usadowił go na fotelu, a w tej chwili zapukano do drzwi.
— Proszę.
Wszedł Henryk Szlangbaum, blady, z błyskawicami w oczach. Stanął przed panem Tomaszem i kłaniając mu się rzekł:
— Panie — ja jestem Szlangbaum, właśnie syn tego „podłego" lichwiarza, na którego pan tyle wymyślał w sklepie przy moich kolegach i gościach...
— Panie... nie wiedziałem... wszelką satysfakcję jestem gotów... a najpierwej — przepraszam... Byłem bardzo zirytowany... — mówił wzruszony pan Tomasz.
Szlangbaum uspokoił się.
— Proszę pana — odparł — zamiast dawać mi satysfakcję, niech pan posłucha, co powiem. Dlaczego mój ojciec kupił pański dom? o to na dziś mniejsza. Że zaś pana nie oszukał — dam stanowczy dowód. Ojciec natychmiast odstąpi panu ten dom za dziewięćdziesiąt tysięcy... Więcej powiem — wybuchnął — nabywca odda go panu za siedemdziesiąt...
— Henryku!... — wtrącił Wokulski.
— Już skończyłem. Żegnam pana — odpowiedział Szlangbaum i nisko ukłoniwszy się panu Tomaszowi wyszedł z pokoju.
— Co za przykra farsa! — odezwał się po chwili pan Tomasz. — Istotnie, wypowiedziałem w sklepie parę gorzkich wyrazów o starym Szlangbaumie, ale pod słowem, nie wiedziałem, że jego syn tu jest... Zwróci mi dom za siedemdziesiąt tysięcy, za który dał dziewięćdziesiąt... Paradny!... Cóż ty na to, panie Stanisławie?...
— Może dom naprawdę wart tylko dziewięćdziesiąt... — nieśmiało odpowiedział Wokulski. Pan Tomasz zaczął zapinać na sobie odzież i krawat.
— Dziękuję ci, panie Stanisławie — mówił — i za pomoc, i za zajęcie się moimi interesami... Co za farsa z tym Szlangbaumem!... Ale... ale... Belcia prosi cię jutro na

obiad... Pieniądze odbierz od adwokata naszego księcia, a co do procentu, który będziesz łaskaw...
— Wypłacę go natychmiast z góry za pół roku.
— Bardzo ci wdzięczny jestem — ciągnął pan Tomasz całując go w oba policzki. — No, do widzenia zatem, do jutra... A nie zapomnij o obiedzie...
Wokulski wyprowadził go przez podwórze do bramy, gdzie już czekał powóz.
— Straszny upał! — mówił pan Tomasz, z trudnością przy pomocy Wokulskiego siadając do powozu. — Cóż znowu za farsa z tymi Żydami?... Dał dziewięćdziesiąt tysięcy; a gotów odstąpić za siedemdziesiąt... Pocieszne... słowo honoru!...
Konie ruszyły w stronę Alei Ujazdowskiej.
W drodze do domu pan Tomasz był odurzony. Nie czuł upału, tylko ogólne osłabienie i szum w uszach. Chwilami zdawało mu się, że każdym okiem widzi inaczej albo że obydwoma widzi gorzej. Oparł się w rogu powozu chwiejąc się za każdym silniejszym ruchem jak pijany.
Myśli i uczucia plątały mu się w dziwny sposób. Czasem wyobrażał sobie, że jest otoczony siecią intryg, z której wydobyć go może tylko Wokulski. To znowu, że jest ciężko chory i że tylko Wokulski pielęgnować by go potrafił. To znowu, że umrze zostawiając zubożałą i od wszystkich opuszczoną córkę, którą zaopiekować by się mógł tylko Wokulski. A nareszcie pomyślał, że dobrze jest mieć własny powóz, tak lekko niosący jak ten, którym jedzie — i — że gdyby poprosił Wokulskiego, on zrobiłby mu z niego prezent.
„Straszny upał!" — mruknął pan Tomasz.
Konie stanęły przed domem, pan Tomasz wysiadł i nawet nie kiwnąwszy głową stangretowi poszedł na górę. Ledwie włókł ociężałe nogi, a gdy znalazł się w swym gabinecie, padł na fotel w kapeluszu i tak siedział parę minut ku najwyższemu zdumieniu służącego, który uznał za stosowne poprosić panienkę.
— Musiał dobrze pójść interes — rzekł do panny Izabeli — bo jaśnie pan coś... jakby trochę tego...
Panna Izabela, która mimo pozornego chłodu z największą niecierpliwością oczekiwała na powrót ojca i rezultat licytacji domu, poszła do gabinetu o tyle szybko, o ile można to było pogodzić z zasadami przyzwoitości. Zawsze bowiem pamiętała, że pannie z jej nazwiskiem nie wolno zdradzać żywszych uczuć, nawet wobec bankructwa. Pomimo przecież jej panowania nad sobą Mikołaj poznał (z silnych wypieków na twarzy), że jest wzruszona, i jeszcze raz dodał półgłosem:
— O! dobrze musiał pójść interes, bo jaśnie pan... tego...
Panna Izabela zmarszczyła piękne czoło i zatrzasnęła za sobą drzwi gabinetu. Jej ojciec wciąż siedział w kapeluszu na głowie.
— Cóż, ojcze? — spytała z odcieniem niesmaku, patrząc w jego czerwone oczy.
— Nieszczęście... ruina!... — odparł pan Tomasz z trudem zdejmując kapelusz. — Straciłem trzydzieści tysięcy rubli...
Panna Izabela pobladła i usiadła na skórzanym szezlongu.
— Podły Żyd, lichwiarz, odstraszył konkurentów, przekupił adwokata i...
— Więc już nic nie mamy?... — szepnęła.

— Jak to nic?... Mamy trzydzieści tysięcy rubli, a od nich dziesięć tysięcy rubli procentu... Zacny ten Wokulski!... Nie miałem pojęcia o podobnej szlachetności... A gdybyś wiedziała, jak on mnie dziś pielęgnował...

— Dlaczego pielęgnował?...

— Miałem mały atak z gorąca i irytacji...

— Jaki atak?...

— Krew uderzyła mi do głowy... ale to już przeszło... Podły Żyd... no, ale Wokulski — powiadam ci, że to coś nadludzkiego...

Zaczął płakać.

— Papo, co tobie?... Ja poszlę po doktora.... — zawołała panna Izabela klękając przed fotelem.

— Nic, nic... uspokój się... Pomyślałem tylko, że gdybym umarł, Wokulski jest jedynym człowiekiem, któremu mogłabyś zaufać...

— Nie rozumiem...

— Chciałaś powiedzieć: nie poznajesz mnie, prawda?... Dziwi cię to, że twój los mógłbym powierzyć kupcowi?... Ale widzisz... kiedy w nieszczęściu jedni sprzysięgli się przeciw nam, inni opuścili nas, on pospieszył z pomocą, a może mi nawet życie uratował... My, apoplektycy, niekiedy bardzo blisko ocieramy się o śmierć... Więc gdy mnie cucił, pomyślałem, kto by się tobą uczciwie zaopiekował? Bo nie Joasia ani Hortensja, ani nikt... Tylko majętne sieroty znajdują opiekunów...

Panna Izabela spostrzegłszy, że ojciec stopniowo odzyskuje siły i władzę nad sobą, powstała z klęczek i usiadła na szezlongu.

— Zatem, ojcze, jakąż rolę przeznaczasz temu panu? — spytała chłodno.

— Rolę? — powtórzył przypatrując się jej uważnie.

— Rolę... doradcy... przyjaciela domu... opiekuna... Opiekuna tego mająteczku, jaki by ci pozostał...

— O, pod tym względem ja go już dawniej oceniłam. Jest to człowiek energiczny i przywiązany do nas... Zresztą mniejsza z tym — dodała po chwili. — Jakże papo skończył z kamienicą?

— Mówię ci jak. Łotr Żyd dał dziewięćdziesiąt tysięcy, więc nam zostało trzydzieści. A że poczciwy Wokulski będzie mi płacił od tej sumy dziesięć tysięcy... Trzydzieści trzy procent, wyobraź sobie. — Jak to trzydzieści trzy? — przerwała panna Izabela. — Dziesięć tysięcy to dziesięć procent...

— Ale gdzież znowu! Dziesięć od trzydziestu to znaczy trzydzieści trzy procent. Wszakże procent znaczy: *pro centum* — „za sto", rozumiesz?

— Nie rozumiem — odpowiedziała panna Izabela potrząsając głową. — Rozumiem, że dziesięć to znaczy dziesięć; ale jeżeli w języku kupieckim dziesięć nazywa się trzydzieści trzy, to niech i tak będzie.

— Widzisz, że nie rozumiesz. Zaraz wyjaśniłbym ci to, ale — takim znużony, że się trochę prześpię...

— Może posłać po doktora? — spytała panna Izabela podnosząc się z siedzenia.

— Boże uchowaj!... — zawołał pan Tomasz i zatrząsł rękoma. — Niechbym się tylko wdał w doktorów, a z pewnością bym nie żył...

Panna Izabela nie nalegała dłużej; ucałowała ojca w rękę i w czoło i poszła do swego buduaru, głęboko zadumana.

Niepokój trapiący ją od kilku dni: jak się skończy licytacja? opuścił ją tak, że śladu nie zostało po nim. Więc mają jeszcze dziesięć tysięcy rubli rocznie i trzydzieści tysięcy rubli gotówką?... Zatem pojadą na wystawę paryską, potem może do Szwajcarii, a na zimę znowu do Paryża. Nie!... Na zimę wrócą do Warszawy, ażeby znowu otworzyć dom. I jeżeli znajdzie się jaki majętny człowiek, niestary i niebrzydki (jak na przykład baron albo marszałek... br!...), wreszcie nie parweniusz i niegłupi... (No, głupi może sobie być; w ich towarzystwie mądrym jest tylko Ochocki, a i to dziwak!) Jeżeli znajdzie się taki epuzer — panna Izabela zdecyduje się ostatecznie...

„Wyborny jest papa z tym Wokulskim!" — myślała panna Izabela chodząc tam i na powrót po swoim gabinecie.

Wokulski moim opiekunem!... Wokulski może być bardzo dobrym doradcą, plenipotentem, zresztą opiekunem majątku... Ale tytuł opiekuna może nosić tylko książę, zresztą nasz kuzyn i dawny przyjaciel rodziny!..."

Wciąż chodziła po pokoju tam i na powrót ze skrzyżowanymi na piersiach rękoma i nagle przyszło jej na myśl: skąd ojciec tak dziś rozczulił się nad Wokulskim?... Jaką czarodziejską siłą ten człowiek pozyskawszy całe jej otoczenie obecnie zdobył już ostatnią pozycję, ojca!... Ojciec, pan Tomasz Łęcki, płakał... On, z którego oczu od śmierci matki nie stoczyła się ani jedna łza...

„Muszę jednak przyznać, że jest to bardzo dobry człowiek — rzekła w sobie. — Rossi nie byłby tak zadowolony z Warszawy, gdyby nie troskliwość Wokulskiego. No, ależ moim opiekunem, nawet w razie nieszczęścia, nie będzie... Co do majątku, owszem, niech nim rządzi; ale opiekunem!... Ojciec musi być ogromnie osłabiony, jeżeli wpadł na podobną kombinację..."

Około szóstej wieczorem panna Izabela będąc w salonie usłyszała dzwonek w przedpokoju, a potem niecierpliwy głos Mikołaja:

— Mówiłem: jutro przyjść, bo dziś pan chory.

— Co ja zrobię, kiedy pan jak ma pieniądze, to jest chory, a jak jest zdrów, to nie ma pieniędzy?... — odpowiedział inny głos nieco zacinający z żydowska.

W tej chwili rozległ się w przedpokoju szelest kobiecej sukni i wbiegła panna Florentyna mówiąc:

— Cicho!... na Boga, cicho!... Niech pan Szpigelman przyjdzie jutro... Przecież pan Szpigelman wie, że są pieniądze...

— Właśnie ja dlatego dzisiaj przychodzę już trzeci raz. A jutro przyjdą inni i ja znów będę czekał...

Krew uderzyła do głowy pannie Izabeli, która nie zdając sobie sprawy z tego, co robi, nagle weszła do przedpokoju.

— Co to jest?... — zapytała panny Florentyny.

Mikołaj wzruszył ramionami i na palcach wyszedł do kuchni.

— To ja jestem, panno hrabianko... Dawid Szpigelman — odpowiedział niewielki człowiek z czarnym zarostem i w czarnych okularach.— Ja do pana hrabiego przyszedłem na mały interes...

— Kochana Belu... — odezwała się panna Florentyna chcąc wyprowadzić kuzynkę.

Ale panna Izabela wyrwała się jej z rąk i zobaczywszy, że gabinet ojca jest wolny, kazała tam wejść Szpigelmanowi.

— Zastanów się, Belu, co robisz?... — upominała ją panna Florentyna.

— Chcę raz dowiedzieć się prawdy — rzekła panna Izabela.

Zamknęła drzwi gabinetu, siadła na fotelu i patrząc w okulary Szpigelmanowi zapytała:

— Jaki interes ma pan do mego ojca?

— Przepraszam pannę hrabiankę — odpowiedział przybysz kłaniając się — to jest bardzo mały interes. Ja tylko chcę odebrać moje pieniądze...

— Ile?

— Zbierze się może z osiemset rubli...

— Dostanie pan jutro.

— Przepraszam pannę hrabiankę, ale... ja już od pół roku co tydzień dostaję same tylko jutro, a nie widzę ani procentu, ani kapitału.

Panna Izabela poczuła brak oddechu i ściskanie serca. Wnet jednakże zapanowała nad sobą.

— Pan wiesz, że ojciec mój odbiera trzydzieści tysięcy rubli... Prócz tego (mówiła, sama nie wiedząc dlaczego!) będziemy mieli dziesięć tysięcy rocznie... Pańska sumka przepaść nie może, chyba pan rozumie...

— Skąd dziesięć?... — spytał Żyd i zuchwale podniósł głowę.

— Jak to skąd? — odparła oburzona. — Procent od naszego majątku.

— Od trzydziestu tysięcy?... — wtrącił Żyd z uśmiechem, myśląc, że chcą go wyprowadzić w pole.

— Tak.

— Przepraszam pannę hrabiankę — ironicznie odparł Szpigelman — ja dawno robię pieniędzmi, ale takiego procentu nigdy nie widziałem. Od trzydziestu tysięcy pan hrabia może mieć trzy tysiące, i jeszcze na bardzo niepewnej hipotece. Ale co mnie do tego... Mój interes jest, żebym ja odebrał moje pieniądze. Bo jak jutro przyjdą inni, to oni znowu będą lepsi od Dawida Szpigelmana, a jak pan hrabia resztę odda na procent, to ja będę musiał czekać rok...

Panna Izabela zerwała się z fotelu.

— Więc ja pana zapewniam, że jutro dostaniesz pieniądze! — zawołała patrząc na niego z pogardą.

— Słowo? — spytał Żyd delektując się w duszy jej pięknością.

— Słowo daję, że jutro będziecie wszyscy spłaceni... Wszyscy, i to co do grosza!...

Żyd ukłonił się do ziemi i cofając się tyłem, opuścił gabinet.

— Zobaczę, jak panna hrabianka dotrzyma słowa... — rzekł na odchodnym.

Stary Mikołaj znowu był w przedpokoju i z taką gracją otworzył drzwi Szpigelmanowi, że ten już z sieni zawołał:

— Co się pan tak rozbijasz, panie kamerdyner?...

Blada z gniewu panna Izabela biegła do sypialni ojca. Zastąpiła jej drogę panna Florentyna.

— Dajże spokój, Belciu — mówiła składając ręce — ojciec taki chory...

— Zapewniłam tego człowieka, że wszystkie długi będą spłacone, i muszą być spłacone... Choćbyśmy mieli nie jechać do Paryża...

Właśnie pan Tomasz w pantoflach i bez surduta z wolna przechadzał się po sypialni, kiedy weszła córka. Spostrzegła, że ojciec wygląda bardzo mizernie, że ma obwisłe ramiona, obwisłe siwe wąsy, obwisłe powieki i jest pochylony jak starzec; ale uwagi te powstrzymały ją tylko od wybuchu, nie zaś od załatwienia interesu.

— Przepraszam cię, Belu, że mnie widzisz w takim negliżu... Cóż się stało?...

— Nic, ojcze — odparła hamując się. — Był tu jakiś Żyd...

— Ach, pewnie ten Szpigelman... Dokuczliwa bestia jak komar w lesie!... — zawołał pan Tomasz chwytając się za głowę. — Niech jutro przyjdzie...

— Właśnie przyjdzie, on i... inni...

— Dobrze... bardzo dobrze... Dawno już myślałem załatwić ich... No, chwała Bogu, że ochłodziło się chociaż trochę...

Panna Izabela była zdumiona spokojem ojca i jego złym wyglądem. Zdawało się, że od południa przybyło mu kilka lat wieku. Usiadła na krześle i oglądając się po sypialni spytała jakby od niechcenia:

— Dużo im papo winien?

— Niewiele... drobiazg... parę tysięcy rubli...

— To są te pieniądze, o których mówiła ciotka, że je ktoś w marcu wykupił?...

Pan Łęcki stanął na środku pokoju i strzeliwszy palcami zawołał:

— A bodajże cię!... O tamtych na śmierć zapomniałem...

— Zatem mamy więcej długów niż parę tysięcy?...

— Tak... tak... Trochę więcej... Myślę, że pięć do sześciu tysięcy... Poproszę poczciwego Wokulskiego, to mi to załatwi...

Panna Izabela mimo woli wstrząsnęła się.

— Szpigelman mówił — rzekła po chwili — że od naszej sumy nie można mieć dziesięciu tysięcy rubli procentu. Najwyżej trzy tysiące, i to na niepewnej hipotece...

— Ma rację — na hipotece, ale przecież handel to nie hipoteka... Handel może dać trzydzieści od trzydziestu... Ale... a skąd Szpigelman wie o naszym procencie? — spytał pan Tomasz zamyśliwszy się nieco.

— Ja mu powiedziałam niechcący... — tłomaczyła się zarumieniona panna Izabela.

— Szkoda, żeś mu to powiedziała... wielka szkoda!... o takich rzeczach lepiej nie mówić...

— Czy to co złego? — szepnęła.

— Złego?... No, nic złego, mój Boże... Ale zawsze lepiej, gdy ludzie nie znają ani wysokości, ani źródła dochodów... Baron, wreszcie sam marszałek nie mieliby reputacji milionerów i filantropów, gdyby znano wszystkie ich sekreta...

— Dlaczegóż to, ojcze?...

— Dziecko jeszcze jesteś — mówił nieco zakłopotany pan Tomasz — jesteś idealistka, więc... mogłoby cię to zrazić do nich... Ale masz przecie rozum. Baron, widzisz, utrzymuje jakąś spółkę z lichwiarzami, a fortuna marszałka urosła głównie ze szczęśliwych pogorzeli, no... i trochę z handlu bydłem w czasie wojny sewastopolskiej...

— Więc tacy są moi konkurenci?... — szepnęła panna Izabela.

— To nic nie znaczy, Belu!... Mają pieniądze i duży kredyt, a to główna rzecz — uspakajał ją pan Tomasz.

Panna Izabela potrząsnęła głową, jakby chcąc odpędzić przykre myśli.

— Więc my, papo, już nie pojedziemy do Paryża...

— Dlaczego, moje dziecko, dlaczego?...

— Jeżeli papo zapłaci pięć albo sześć tysięcy tym Żydom...

— O to się nie lękaj. Poproszę Wokulskiego, ażeby wystarał mi się o taką sumę na sześć albo na siedem procent, i będziemy płacili na jej rzecz jakieś czterysta rubli rocznie. No, a mamy przecie dziesięć tysięcy.

Panna Izabela zwiesiła głowę i cicho przebierając palcami po stole, dumała.

— Czy ty, ojcze — rzekła po namyśle — nie obawiasz się Wokulskiego?...

— Ja?... — krzyknął pan Tomasz i pięściami uderzył się w piersi. — Ja obawiam się Joasi, Hortensji, nawet naszego księcia i zresztą ich wszystkich razem, ale nie Wokulskiego. Gdybyś widziała, jak on dziś obcierał mnie wodą kolońską... A z jaką trwogą patrzył na mnie!... To najszlachetniejszy człowiek, jakiego spotkałem w życiu... On nie dba o pieniądze, interesów na mnie robić nie może, ale dba o moją przyjaźń... Bóg mi go zesłał, i jeszcze w chwili, w której... w której zaczynam czuć starość, a może... śmierć...

I powiedziawszy to pan Tomasz zaczął mrugać powiekami, z których znowu spadło mu kilka łez.

— Papo, ty jesteś chory!... — zawołała przestraszona panna Izabela.

— Nie, nie!... To upał, irytacja, a nade wszystko... żal do ludzi. Pomyśl tylko: był kto u nas dzisiaj?... Nikt, bo myślą, żeśmy już wszystko stracili... Joanna boi się, żebym od niej nie pożyczył na jutrzejszy obiad... To samo baron i książę... Jeszcze baron dowiedziawszy się, że zostało nam trzydzieści tysięcy, przyjdzie tu... dla ciebie. Bo pomyśli, że choćby się z tobą ożenił bez posagu, to jednak nie będzie potrzebował wydawać pieniędzy na mnie... Ale uspokój się: gdy usłyszą, że mamy dziesięć tysięcy rubli rocznie, wrócą tu wszyscy, a ty znowu będziesz jak dawniej królowała w twoim salonie... Boże, jaki ja dziś jestem zdenerwowany!... — mówił pan Tomasz obcierając załzawione oczy.

— Ja poślę po doktora, papo?...

Ojciec zamyślił się.

— To już jutro, jutro... do jutra może mi samo przejdzie...

W tej chwili rozległo się pukanie do drzwi.

— Kto tam?... Co tam?... — zapytał pan Tomasz.

— Pani hrabina przyjechała — odpowiedział z korytarza głos panny Florentyny.

— Joasia?!... — zawołał pan Tomasz z radosnym zdziwieniem. — Wyjdźże do niej, Belciu... Muszę się trochę ogarnąć... No, no!... Założę się, że już wie o trzydziestu tysiącach... Wyjdźże, Belu... Mikołaj!...

Zaczął kręcić się po sypialni szukając rozmaitych części ubrania, a tymczasem panna Izabela wyszła do ciotki już oczekującej na nią w salonie.

Zobaczywszy pannę Izabelę hrabina pochwyciła ją w objęcia.

— Jakiż Bóg dobry — zawołała — że zesłał wam tyle szczęścia! Cóż to, podobno Tomasz wziął za kamienicę dziewięćdziesiąt tysięcy, i twój posag ocalony?... Nigdy bym nie przypuszczała.

— Ojciec, ciociu, spodziewał się wziąć więcej i tylko jakiś Żyd, nowonabywca, odstręczył konkurentów — odpowiedziała trochę urażona panna Izabela.

— Ach, moje dziecko, że też nie przekonałaś się jeszcze o niepraktyczności ojca. On może wyobrażać sobie, że dom wart był miliony, a ja swoją drogą wiem od ludzi kompetentnych, że co najwyżej wart jest siedemdziesiąt parę tysięcy. Przecież co dzień od kilku dni sprzedają się kamienice z licytacji, wiadomo, jakie są i co za nie płacą. Zresztą nie ma o czym mówić; ojciec niech wyobraża sobie, że go oszukano, a ty, Belu, módl się za zdrowie tego Żyda, który dał wam dziewięćdziesiąt tysięcy... Ale à propos: wiesz, że Kazio Starski wrócił?...

Silny rumieniec wystąpił na twarz panny Izabeli.

— Kiedy? skąd?... — zapytała zmieszana.

— Obecnie z Anglii, dokąd przyjechał prosto z Chin. Zawsze piękny i obecnie jedzie do babki, która zdaje się, odda mu majątek.

— To w sąsiedztwie cioci?

— Właśnie o tym chcę mówić. Ogromnie dopytywał się o ciebie, a ja będąc przekonana, że już chyba wyleczyłaś się ze swych kaprysów, radziłam mu, ażeby was jutro odwiedził.

— Jak to dobrze!... — zawołała uradowana panna Izabela.

— A widzisz!... — odpowiedziała hrabina całując ją. — Ciotka zawsze o tobie myśli. Dla ciebie jest to wyborna partia, którą tym łatwiej będzie zrobić, że Tomasz ma kapitalik, który powinien mu wystarczyć, a Kazio coś słyszał o zapisie ciotki Hortensji dla ciebie. No, przypuszczam, że Starski jest trochę zadłużony. W każdym razie to, co mu zostanie z majątku babki, z tym, co ty możesz wziąć po Hortensji, powinno by wam na jakiś czas wystarczyć. A później zobaczymy. On ma jeszcze stryja, ty masz mnie, więc wasze dzieci nie doznają biedy.

Panna Izabela w milczeniu ucałowała ręce ciotki. W tej chwili była tak piękna, że hrabina schwyciwszy ją w objęcia pociągnęła do lustra i śmiejąc się rzekła:

— No, proszę cię, tylko mi jutro tak wyglądaj, a przekonasz się, że w sercu Kazia odnowią się zabliźnione rany... Choć szkoda, żeś go wtedy odrzuciła!... Mielibyście dziś ze sto albo i sto pięćdziesiąt tysięcy rubli więcej... Wyobrażam sobie, że ten biedny chłopak z rozpaczy musiał bardzo wydawać pieniądze. Ale, ale... — dodała hrabina — czy prawda, że chcecie jechać z ojcem do Paryża?...

— Mamy zamiar.

— Proszę cię, Belu — upominała ją ciotka — tego nie rób. Ja właśnie chcę wam zaproponować, ażebyście u mnie spędzili tę resztkę lata. I musisz to zrobić, choćby ze względu na Starskiego. Pojmujesz, że młody chłopak na wsi będzie się nudził, będzie marzył... Możecie widywać się co dzień, a w takich warunkach najłatwiej będzie przywiązać go, a nawet... zobowiązać...

Panna Izabela zarumieniła się mocniej niż poprzednio i spuściła piękną głowę.

— Ciociu! — szepnęła.

— Ach, moje dziecko, tylko nie baw się ze mną w dyplomatkę. Panna w twoim wieku już powinna wyjść za mąż, a nade wszystko nie powtarzać dawnych błędów. Kazio jest wyborną partią: nieprędko sprzykrzy ci się, no... a gdyby się sprzykrzył, to... już będzie mężem i na wiele rzeczy musi być pobłażliwym, tak jak i ty dla niego. Gdzież ojciec?

— Ojciec trochę niezdrów...

— Wielki Boże!... Chyba zanadto wzruszyło go niespodziewane szczęście...

— Ojciec właśnie zachorował z gniewu na tego Żyda...

— On wiecznie w złudzeniach! — odparła hrabina podnosząc się z kanapy. — Wstąpię do niego na chwilę i pogadam o waszych wakacjach. Co zaś do ciebie, Belu, spodziewam się, że potrafisz skorzystać z czasu.

Po półgodzinnej, poufałej konwersacji z panem Tomaszem hrabina pożegnała siostrzenicę, jeszcze raz polecając jej Starskiego.

Około dziewiątej pan Tomasz, wbrew zwyczajowi, poszedł spać, a panna Izabela wezwała do swego pokoju na rozmowę kuzynkę Florentynę.

— Wiesz, Floro — rzekła siadając w półleżącej pozycji na szezlongu — powrócił Kazio Starski i jutro ma być u nas.

— Aaa!... — szepnęła panna Florentyna, jakby wypadek ten był już jej wiadomy. — Wiec nie gniewa się?... — spytała akcentując ostatni frazes.

— Zapewne... Zresztą nie wiem... — uśmiechnęła się panna Izabela. — Ciotka mówi, że jest bardzo piękny...

— I zadłużony... Ale cóż to szkodzi. Kto dzisiaj nie ma długów!

— Cóż byś powiedziała, Floro, gdybym...

— Gdybyś za niego wyszła?... Naturalnie, powinszowałabym wam obojgu. Ale co na to powie baron, marszałek, Ochocki, a nade wszystko... Wokulski?...

Panna Izabela podniosła się gwałtownie.

— Moja droga, skądże znowu przychodzi ci do głowy ten... Wokulski?...

— Nie mnie on przychodzi do głowy — odparła panna Florentyna skubiąc taśmę swego stanika — tylko przypominam sobie, coś mi mówiła jeszcze w kwietniu... że ten człowiek od roku ścigał cię spojrzeniami, że osacza cię ze wszystkich stron...

Panna Izabela roześmiała się.

— Ach, pamiętam!... Rzeczywiście, tak mi się wówczas zdawało... Dziś jednak, kiedym go poznała trochę lepiej, widzę, że nie należy do tej kategorii ludzi, których można się lękać. Uwielbia mię po cichu, to prawda; ależ tak samo będzie mnie uwielbiał nawet wówczas, gdybym wyszła za... za mąż... Wielbicielom tego, co Wokulski, gatunku wystarcza spojrzenie, uścisk ręki...

— Czy jesteś tego pewna?

— Najzupełniej. Zresztą przekonałam się, że to, co wydawało mi się sidłami z jego strony, jest tylko interesem. Ojciec pożycza mu trzydzieści tysięcy rubli i kto wie, czy wszystkie jego zabiegi nie do tego były skierowane...

— A jeżeli jest inaczej? — zapytała panna Florentyna, ciągle bawiąc się obszyciem swego stanika.

— Moja droga, dajże spokój! — oburzyła się panna Izabela. — Co ci na tym zależy, ażeby psuć mi humor?

— Tyś to powiedziała, że c i ludzie umieją cierpliwie czekać, usidlać, nawet wszystko ryzykować i łamać...
— Ale nie Wokulski.
— Przypomnij sobie barona.
— Baron obraził go publicznie.
— A ciebie przeprosił.
— Ach, Floro, proszę cię, nie dręcz mnie!... — wybuchnęła panna Izabela. — Gwałtem chcesz zrobić demona z kupczyka, może dlatego, że... tyle straciliśmy na kamienicy... że ojciec jest chory i że... Starski wrócił....
Panna Florentyna zrobiła gest, jakby chcąc jeszcze coś powiedzieć, ale pohamowała się.
— Dobranoc, Belu — rzekła. — Może teraz masz rację...
I wyszła.
Przez całą noc śnił się pannie Izabeli Starski jako mąż, Rossi jako pierwszy platoniczny kochanek, Ochocki jako drugi, a Wokulski jako plenipotent ich majątku. Dopiero około dziesiątej rano obudziła ją panna Florentyna donosząc, że przyszedł Szpigelman i jeszcze jeden Żyd.
— Szpigelman?... Ach, prawda!... Zapomniałam o nim. Powiedz mu, niech przyjdzie później... Czy papo wstał?
— Wstał od godziny. Mówiłam mu właśnie o Żydach, a on prosi cię, ażebyś napisała list do Wokulskiego....
— Po co?...
— Żeby był łaskaw przyjść do nas w południe i uregulować rachunki tych Żydów.
— Prawda, że Wokulski ma nasze pieniądze — rzekła panna Izabela. — Ale mnie pisać o tym do niego nie wypada. Napisz ty, Floro, w imieniu ojca... O, tu jest papier, na moim biurku...
Panna Florentyna napisała żądany list, a tymczasem panna Izabela zaczęła się ubierać. Wiadomość o Żydach zrobiła na niej wrażenie zimnej wody, a myśl o Wokulskim zaniepokoiła ją.
„Więc my naprawdę nie możemy obejść się bez tego człowieka?... mówiła w duszy. — No, jeżeli ma nasze pieniądze, to naturalnie musi spłacać nasze długi..."
— Bardzo go proś — rzekła do panny Florentyny — ażeby przyjechał jak najśpieszniej... Bo gdyby tych obrzydliwych Żydów zastał u nas Starski...
— Zna on ich dawniej aniżeli my — szepnęła Flora.
— W każdym razie byłoby to okropne. Ty nie wiesz, jakim tonem przemawiał do mnie wczoraj ten... ten...
— Szpigelman — wtrąciła panna Florentyna. — O, to zuchwały Żyd...
Zapieczętowała list i wyszła z nim do przedpokoju, ażeby wyprawić czekających tam Żydów. Panna Izabela uklękła przed alabastrowym posążkiem Matki Boskiej błagając ją, ażeby posłaniec zastał Wokulskiego w domu i ażeby Starski nie spotkał się u nich z Żydami. Alabastrowa Matka Boska wysłuchała próśb panny Izabeli; w godzinę bowiem, przy śniadaniu, Mikołaj doręczył jej trzy listy. Jeden był od ciotki hrabiny. Zawiadamiała w nim, że dziś między drugą i trzecią przyjdą do jej ojca lekarze na

konsylium, że Kazio Starski wyjeżdża przed wieczorem i że może wpaść do nich lada chwilę.

„Pamiętajże, droga Belciu — kończyła ciotka — postępować tak, ażeby chłopiec myślał o tobie przez drogę i na wsi, dokąd wy z ojcem za kilka dni musicie przyjechać. Ja już urządziłam się w ten sposób, że ani w Warszawie nie widział żadnej panny, ani na wsi nie spotka (prócz ciebie, duszko) żadnej innej kobiety. Chyba poczciwą swoją babkę prezesową i jej mało interesujące wnuczki."

Panna Izabela lekko skrzywiła usta; nie podobał jej się ten nacisk.

— Ciotka tak mnie protegujé — rzekła do panny Florentyny — jakbym już straciła wszelką nadzieję... Nie podoba mi się to!...

I w jej duszy nieco przyćmił się wizerunek pięknego Kazia Starskiego.

Drugi list był od Wokulskiego, który donosił, że będzie służyć o godzinie pierwszej.

— Na którą kazałaś przyjść Żydom, Floro? — spytała panna Izabela.

— Na pierwszą.

— Chwała Bogu! Byle o tej porze nie wpadł do nas Starski — rzekła panna Izabela biorąc do ręki trzeci list. — Jakiś znajomy mi charakter?... — dodała. — Czyje to pismo, Floro?...

— Czy nie poznajesz? — odpowiedziała panna Florentyna spojrzawszy na kopertę.

— Krzeszowskiej...

Rumieniec gniewu wystąpił na twarz panny Izabeli.

— Ach, prawda!... — zawołała rzucając list na stół. — Proszę cię, Floro, odeszlij jej to i dopisz na wierzchu: „nie czytane..." Czego ona od nas chce, ta szkaradna kobieta!...

— Łatwo możesz się dowiedzieć — szepnęła panna Florentyna.

— Nie, nie i... nie!... Nie chcę żadnych listów od tej nieznośnej baby... Pewnie znowu jakaś szykana, bo ona nic innego nie pisuje... Proszę cię, Floro, natychmiast odeszlij ten list i... albo zresztą zobacz, co pisze... Ostatni raz przyjmę jej bazgraninę...

Panna Florentyna powoli otworzyła kopertę i zaczęła czytać. Stopniowo na jej obliczu ciekawość ustąpiła miejsca zdziwieniu, a potem zmieszaniu.

— Nie wypada mi tego czytać — szepnęła oddając list pannie Izabeli.

„Droga panno Izabelo! — pisała baronowa. — Wyznaję, że dotychczasowym postępowaniem mogłam zasłużyć na niechęć Pani i ściągnąć na siebie gniew miłosiernego Boga, który tak troskliwie opiekuje się Wami. Dlatego cofam wszystko, upokarzam się przed Tobą, droga Pani, i błagam, ażebyś mi przebaczyła. Bo czy nie jest dowód łaski Nieba nad Wami, choćby w zesłaniu Wam tego Wokulskiego? Człowiek ułomny jak inni stał się narzędziem Najwyższej Ręki, ażeby mnie ukarać, a Was wynagrodzić. Nie dość bowiem, że ranił mi w pojedynku męża (któremu również niech Bóg przebaczy wszystkie podłości, jakich się względem mnie dopuścił), ale jeszcze nabył kamienicę, w której zgasło moje ukochane dziecko, i pewnie każe sobie płacić duże komorne. Wy zaś nie tylko patrzycie na moje klęski, ale jeszcze zyskaliście dwadzieścia tysięcy rubli więcej, niż była warta kamienica.

W zamian za moją skruchę, droga Pani, racz wyrobić u W-go Wokulskiego (który nie wiem, za co gniewa się na mnie), ażeby mi prolongował kontrakt na dalsze lata i nie wypędzał przesadnymi żądaniami z domu, gdzie moja jedyna córka skończyła życie. Należy to jednak robić ostrożnie, gdyż W-ny Wokulski z niewiadomych mi powodów nie życzy sobie, ażeby o jego nabytku mówiono. Nie tylko, zamiast sam kupić kamienicę (jak uczciwy człowiek), podstawił lichwiarza, Szlangbauma, ale jeszcze, ażeby nadpłacić dwadzieścia tysięcy rubli nad moją sumę, sprowadził do sądu fałszywych licytantów. Dlaczego tak tajemniczo postępuje? lepiej niż ja musicie Wy wiedzieć, drodzy Państwo, którzy podobno umieściliście u niego swój kapitalik. Mały on jest, ale przy łasce bożej (która tak oczywiście czuwa nad Wami) i znanej obrotność W-go Wokulskiego przyniesie zapewne procent, który wynagrodzi Państwu gorycze ich dotychczasowego położenia. Polecając siebie sercu drogiej Pani, a nasze obustronne stosunki niezawodnej sprawiedliwości boskiej, pozostaję zawsze wierną, choć pogardzaną ich kuzynką i uniżoną sługą.

Krzeszowska"

Czytając panna Izabela była blada jak papier. Podniosła się od stołu, zwinęła list i podniosła rękę, jakby z zamiarem rzucenia go komuś w oczy. Nagle, zdjęta strachem, chciała gdzieś uciec czy kogoś zawołać; lecz w tej chwili opamiętała się i poszła do ojca.

Pan Łęcki w pantoflach i płóciennym szlafroku leżał na kanapie i czytał „Kuriera". Bardzo czule przywitał się z córką, a gdy usiadła, uważnie przypatrzył się jej i rzekł:

— Czy światło złe w tym pokoju, czy mi się zdaje, że panienka jest nie w humorze?...
— Jestem trochę rozstrojona.
— Właśnie uważam, ale to z gorąca. A powinnaś dziś — dodał grożąc jej z uśmiechem — powinnaś dziś, figlarko, dobrze wyglądać, bo ten Kazio, jak mówiła mi wczoraj ciotka, jest do wzięcia...

Panna Izabela milczała, ojciec prawił dalej:

— Prawda, że chłopak trochę zbałamucony ciągłym lataniem po świecie, trochę zadłużony, ale — młody, przystojny, no i szalał za tobą. Joasia ma nadzieję, że prezesowa utrzyma go na wsi przez parę tygodni, a reszta należy już do ciebie... I wiesz, może by to było nieźle?...Nazwisko piękne, fortuna jakoś zlepi się z różnych kawałków... Przy tym człowiek światowy, bywalec, nawet rodzaj bohatera, jeżeli to prawda, że opłynął kulę ziemską...
— Miałam list od Krzeszowskiej — przerwała mu panna Izabela.
— Oo?... cóż pisze ta wariatka?
— Pisze, że nasz dom kupił nie Szlangbaum, ale Wokulski i że za pomocą podstawionych licytantów dał za niego o dwadzieścia tysięcy rubli więcej, aniżeli wart.

Mówiąc to zdławionym głosem, patrzyła z trwogą na ojca; obawiała się jakiegoś wybuchu. Ale pan Tomasz uniósł się tylko na kanapie i strzeliwszy palcami zawołał:

— Czekaj!... czekaj... wiesz, że to może być prawda...
— Jak to! — zerwała się z krzesła panna Izabela. — Więc on śmiałby nam darować dwadzieścia tysięcy, a ojciec mówi o tym tak spokojnie?...

— Mówię spokojnie, bo gdybym zaczekał ze sprzedażą, wziąłbym nie dziewięćdziesiąt, ale sto dwadzieścia tysięcy...

— Ależ czekać nie mogliśmy, skoro kamienicę puszczono na licytację...

— Toteż że nie mogliśmy czekać, straciliśmy, a Wokulski zyska, gdyż może czekać.

Panna Izabela po tej uwadze nieco uspokoiła się.

— Więc papo nie uznaje w tym żadnego dobrodziejstwa z jego strony! Bo wczoraj mówił papo o Wokulskim w taki sposób, jakby czuł, że jest przez niego oplątany...

— Cha! cha! cha!... — roześmiał się pan Tomasz — Cudowna jesteś... nieoceniona. Wczoraj byłem trochę rozstrojony, nawet bardzo i... coś... coś... zaświtało mi w głowie... Ale dzisiaj... Cha! cha! cha!... Niechże sobie wreszcie Wokulski przepłaca kamienice. Od tego on kupiec, żeby wiedział, ile i za co płaci. Straci na jednym, zyska na drugim. — Ja, co najwyżej, mogę mu tego nie brać za złe, że staje do licytacji mego majątku... Chociaż miałbym prawo podejrzewać jakiś nieczysty interes w takim na przykład... podstawianiu Szlangbauma...

Panna Izabela serdecznie uścisnęła ojca.

— Tak — rzekła — papo ma rację. Nie umiałam tylko zdać sobie z tego sprawy. Takie podstawienie Żydów przy kupnie najjaśniej dowodzi, że ten pan bawiąc się w przyjaźń robi interesa...

— Naturalnie! — potwierdził pan Tomasz. — Czyliżbyś nie miała rozumieć tak prostej rzeczy. Niezły to może człowiek, ale zawsze kupiec... kupiec!...

W przedpokoju rozległo się mocne dzwonienie.

— To pewnie on. Wyjdę, papo, i zostawię panów samych.

Opuściła sypialnię ojca, lecz w przedpokoju, zamiast Wokulskiego, zobaczyła aż trzech Żydów, głośno rozprawiających z Mikołajem i panną Florentyną. Uciekła do sali i przez myśl przebiegły jej wyrazy:

„Boże!... dlaczego on nie przychodzi..."

W sercu jej kipiała burza uczuć. Panna Izabela potakując zdaniom ojca rozumiała jednak, że to nieprawda, co on mówi, że Wokulski nie zrobił na kamienicy interesu, ale stracił, i tylko dlatego, ażeby ich wydźwignąć z najfatalniejszej pozycji. Lecz przyznając to, czuła nienawiść.

„Podły! podły!... — szeptała. — Jak on śmiał..."

Tymczasem w przedpokoju Żydzi rozpoczęli formalną kłótnię z panną Florentyną. Oświadczyli, że nie ruszą się, dopóki nie dostaną pieniędzy, że panna hrabianka dała wczoraj słowo... A gdy Mikołaj otworzył im drzwi do sieni, poczęli mu wymyślać:

— To jest rozbój!... to oszustwo!... Pieniądze państwo umieją brać i wtedy umieją gadać: mój kochany panie Dawid!... Ale jak przyjdzie...

— A to co znaczy? — odezwał się w tej chwili nowy głos.

Żydzi umilkli.

— Co to jest?... Co pan tu robisz, panie Szpigelman?...

Panna Izabela poznała głos Wokulskiego.

— Ja, nic... Padam do nóg wielmożnego pana... My tylko za interesem do pana hrabi... — tłomaczył się, zupełnie innym tonem, przed chwilą hałaśliwy Szpigelman.

— Kazali nam państwo dziś przyjść po pieniądze... — wtrącił inny Żyd.

— Właśnie panna hrabianka wczoraj dała słowo, że będziemy dziś spłaceni wszyscy, i co do grosza...
— Będziecie — przerwał Wokulski. — Jestem pełnomocnikiem pana Łęckiego i dziś, o szóstej, załatwię z wami rachunki w moim kantorze.
— Nic nagłego... Po co się wielmożny pan ma tak śpieszyć!... — odparł Szpigelman.
— Proszę przyjść o szóstej do mnie, a Mikołaj niechaj tu żadnych interesantów nie przyjmuje, kiedy pan chory.
— Rozumiem, wielmożny panie!... A nasz pan czeka w pokoju sypialnym — odparł Mikołaj.

Gdy zaś Wokulski odszedł, powypychał Żydów za drzwi mówiąc:
— Poszły, parchy!... Won!...
— Ny!... ny!... co się pan tak gniewa?... — mruczeli bardzo zmieszani Żydkowie.

Pan Tomasz przywitał Wokulskiego ze wzruszeniem; trochę drżały mu ręce i trzęsła się głowa.
— No, patrz — mówił — co wyrabiają ci Żydzi, te... te gałgany!... Nachodzą dom... przestraszają mi córkę...
— Kazałem im przyjść o szóstej do mego kantoru i jeżeli pan pozwoli, ureguluję rachunki. Duża to suma?... — zapytał Wokulski.
— Drobiazg, prawie nic... Jakieś pięć do sześciu tysięcy rubli...
— Pięć do sześciu?... — powtórzył Wokulski. — Oni trzej tyle mają u pana?...
— Nie. Im jestem winien ze dwa tysiące, może trochę więcej... Ale, powiadam ci, panie Stanisławie (bo to cała awantura!), ktoś w marcu wykupił moje dawniejsze weksle. Kto? nie wiem; jednakże, na wszelki wypadek, chcę być przygotowany.

Wokulskiemu wyjaśniła się twarz.
— Niech pan spłaca długi — odparł — w miarę zgłaszania się wierzycieli. Dziś zepchniemy tych, którzy mają późniejsze weksle. Więc to wyniesie dwa do trzech tysięcy?...
— Tak, tak... No, ale proszę cię, panie Stanisławie, co za fatalność!...Ty wypłacasz mi za pół roku pięć tysięcy... Czy byłeś łaskaw przynieść pieniądze?
— Naturalnie.
— Bardzo ci jestem wdzięczny. Cóż to jednak za fatalność, że właśnie w chwili, kiedy mamy z Belcią i... z tobą jechać do Paryża, Żydzi wydzierają mi dwa tysiące! Rozumie się, z Paryża nic.
— Dlaczego? — rzekł Wokulski. — Ja pokryję należność, a pan nie potrzebuje naruszać swego procentu. Śmiało możecie państwo jechać do Paryża.
— Nieoceniony!... — zawołał pan Tomasz rzucając mu się w objęcia. — Bo widzisz, mój drogi — dodał uspokoiwszy się — ja właśnie myślałem, czybyś nie mógł mi zaciągnąć gdzie pożyczki dla spłacenia żydowskich długów, tak... na... siedem, sześć procent?...

Wokulski uśmiechnął się z finansowej naiwności pana Tomasza.
— Owszem — rzekł nie mogąc pohamować dobrego humoru — będzie pan miał pożyczkę. Tym Żydom oddamy jakieś trzy tysiące rubli, a pan będzie płacił procentu... Ileż pan chce?
— Siedem... sześć...

— Dobrze — mówił Wokulski — pan będzie płacił sto osiemdziesiąt rubli procentu, a kapitał zostanie nienaruszony.

Pan Tomasz, po raz już nie wiadomo który, zaczął mrugać powiekami i znowu ukazały się łzy.

— Zacny... szlachetny!... — mówił ściskając Wokulskiego. — Bóg cię zesłał...

— Sądzi pan, że mogę robić inaczej?... — szepnął Wokulski.

Zapukano. Wszedł Mikołaj i oznajmił lekarzy.

— Aha!... — zawołał pan Tomasz — to siostra przysyła mi tych panów. Mój Boże! nigdy się jeszcze nie leczyłem, a dziś... Proszę cię, panie Stanisławie, idź teraz do Beli... Mikołaj, zamelduj pana Wokulskiego panience.

„Oto jest moja nagroda... Moje życie!..." — pomyślał Wokulski idąc do Mikołajem.

W przedpokoju spotkał lekarzy, obu znajomych sobie, i gorąco polecił pana Tomasza ich opiece.

W salonie czekała go panna Izabela. Była trochę blada, ale tym piękniejsza. Przywitał ją i rzekł wesoło:

— Bardzo jestem szczęśliwy, że podobał się pani wieniec dla Rossiego.

Zatrzymał się. Uderzył go szczególny wyraz twarzy panny Izabeli, która patrzyła na niego z lekkim zdziwieniem, jakby widziała go pierwszy raz w życiu.

Przez chwilę oboje milczeli, wreszcie panna Izabela strzepując jakiś pyłek z popielatej sukni spytała:

— Wszakże to pan kupił naszą kamienicę? — I przypatrywała mu się przymrużonymi oczyma.

Wokulski tak był zaskoczony, że w pierwszej chwili stracił mowę. Zdawało mu się, że w nim nagle zatrzymał się proces myślenia. Bladł i czerwienił się, a nareszcie odzyskawszy przytomność odparł przyciszonym głosem:

— Tak, ja kupiłem.

— Dlaczegóż pan podstawił Żyda do licytacji?

— Dlaczego?... — powtórzył Wokulski patrząc na nią jak wylęknione dziecko. — Dlaczego?... Jestem, widzi pani, kupcem i... takie uwięzienie kapitału mogłoby zaszkodzić memu kredytowi...

— Pan już od dawna interesuje się naszymi sprawami. Zdaje się, że w kwietniu... tak, w kwietniu nabył pan nasz serwis?... — mówiła ciągle tym samym tonem panna Izabela.

Ten ton otrzeźwił Wokulskiego, który podniósł głowę i odparł oschle:

— Serwis państwa jest w każdej chwili do odebrania.

Teraz panna Izabela spuściła oczy. Wokulski spostrzegł to i znowu zmieszał się.

— Więc dlaczego pan to zrobił? — spytała cicho. — Dlaczego pan tak nas... prześladuje?

Można było myśleć, że rozpłacze się. Wokulski stracił wszelką władzę nad sobą.

— Ja państwa prześladuję!... — rzekł zmienionym głosem. — Czyliż znajdziecie sługę... nie... psa... wierniejszego ode mnie?... Od dwu lat o jednym tylko myślę, ażeby usunąć wam z drogi każdą przeszkodę...

W tej chwili zadzwoniono. Panna Izabela drgnęła, Wokulski umilkł.

Mikołaj otworzył drzwi do salonu i rzekł:

— Pan Starski.

Jednocześnie ukazał się na progu mężczyzna średniego wzrostu, zręczny, śniady, z małymi faworytami i wąsikami, i bardzo nieznaczną łysiną. Miał fizjognomię na pół wesołą, na pół drwiącą i od razu zawołał:

> Starski – wygląd

— Jakżem kontent, kuzynko, że cię znowu mogę przywitać!...

Panna Izabela w milczeniu podała mu rękę; mocny rumieniec oblał jej twarz, a w oczach zamigotało rozmarzenie.

Wokulski cofnął się do bocznego stołu. Panna Izabela przedstawiła panów:

— Pan... Wokulski... Pan Starski...

Nazwisko Wokulskiego było zaakcentowane w taki sposób, że Starski kiwnąwszy mu głową usiadł o kilka kroków, zwrócony bokiem. W odpowiedzi Wokulski usiadł przy małym stoliku pod ścianą i zaczął oglądać album.

— Kuzynek podobno wraca z Chin? — spytała panna Izabela.

— Teraz z Londynu i jeszcze ciągle myślę, że jestem w okręcie — odpowiedział Starski, dość wyraźnie kalecząc polszczyznę.

Panna Izabela zaczęła mówić po angielsku.

— Spodziewam się, że tym razem kuzynek zabawi w kraju dłużej?

— To zależy — odparł również po angielsku Starski. — Kto jest ten?... — dodał rzucając okiem na Wokulskiego.

— Plenipotent mego ojca. Od czegóż to zależy?...

— Myślę, że kuzynka nie potrzebuje się pytać — odpowiedział z uśmiechem młody człowiek. — To zależy — od hojności mojej babki...

— A ładnie... spodziewałam się komplimentu pod moim adresem...

— Podróżnicy nie mówią komplimentów, gdyż wiedzą, że pod każdą szerokością geograficzną komplimenta dyskredytują mężczyznę w oczach kobiet.

— W Chinach zrobił kuzyn to odkrycie?

— W Chinach, w Japonii, a nade wszystko w Europie.

— I myśli kuzyn stosować tę zasadę w Polsce?

— Spróbuję i jeżeli pozwolisz, kuzynko, w twoim towarzystwie. Gdyż podobno mamy razem spędzić wakacje. Czy tak?...

— Tak przynajmniej chce ciotka i ojciec. Mnie się jednak nie uśmiecha to, że kuzyn ma zamiar sprawdzać swoje etnograficzne spostrzeżenia.

— Byłby to tylko odwet z mojej strony.

— Ach, więc walka?... — spytała panna Izabela.

— Spłacanie dawnych długów często prowadzi do zgody.

Wokulski z taką uwagą przeglądał album, że żyły nabrzmiały mu na czole.

— Ale zemsta nie prowadzi — odparła panna Izabela.

— Nie zemsta, tylko przypomnienie, że jestem wierzycielem kuzynki.

— Więc to ja mam spłacać dawne długi?... — zaśmiała się panna Izabela.

— A, kuzyn nie stracił czasu w podróży.

— Wolałbym go nie stracić na wakacjach — rzekł Starski, znacząco spoglądając jej w oczy.

— To będzie zależało od metody odwetu — odpowiedziała panna Izabela i znowu zarumieniła się.

— Jaśnie pan prosi pana! — rzekł Mikołaj stając we drzwiach salonu.

Rozmowa urwała się, Wokulski złożył album, wstał z krzesła i ukłoniwszy się pannie Izabeli i Starskiemu, z wolna poszedł za służącym.

— Ten pan nie rozumie po angielsku?... Czy on nie obrazi się, żeśmy z nim nie rozmawiali?... — spytał Starski.

— O, nie — odpowiedziała panna Izabela.

— Tym lepiej; bo zdawało mi się, że nie był zadowolony z naszego towarzystwa.

— Toteż porzucił je — zakończyła niedbale panna Izabela.

— Przynieś mi kapelusz z sali — rzekł do Mikołaja już w drugim pokoju Wokulski.

Mikołaj zabrał kapelusz i zaniósł go do sypialni pana Tomasza. W przedpokoju usłyszał, że Wokulski oburącz ściskając głowę szepnął:

— Boże miłosierny!...

Gdy Wokulski wszedł do pokoju pana Tomasza, lekarzy już nie było.

— No i wyobraź sobie — zawołał pan Łęcki — co za fatalizm!...Konsylium zabroniło mi jechać do Paryża i pod karą śmierci kazało wynosić się na wieś. Na honor, nie wiem nawet, gdzie uciec przed tymi upałami. Ale i na ciebie także działają, bo jesteś zmieniony... Prawda, jakie to gorące mieszkanie?...

— O, tak. Może pozwoli pan — mówił Wokulski wydobywając z kieszeni gruby pakiet — że oddam pieniądze.

— Ehe... doprawdy...

— Tu jest pięć tysięcy rubli jako procent do połowy stycznia. Niech pan z łaski swojej policzy. A tu jest kwit.

Pan Łęcki kilka razy porachował stos nowych sturublówek i podpisał dokument. Odłożywszy zaś pióro rzekł:

— Dobrze, to jedno... A teraz co się tyczy długów...

— Suma dwa do trzech tysięcy rubli, którą pan winien Żydom, dziś będzie spłacona...

— Ale ja, proszę cię, panie Stanisławie, nie chcę darmo... Proszę cię, ażebyś jak najskrupulatniej odtrącał sobie procent...

— Sto dwadzieścia do stu osiemdziesięciu rubli rocznie.

— Tak, tak... — potakiwał pan Tomasz. — Ale... gdybym, ale... potrzebował jeszcze jakiej kwoty, to mam się do kogo udać u ciebie?

— Drugą połowę procentu otrzyma pan w połowie stycznia — odparł Wokulski.

— O tym wiem. Ale widzisz, panie Stanisławie, gdybym tak potrzebował jakiejś części mego kapitału... Nie darmo, pojmujesz... Chętnie zapłacę procent...

— Szósty... — wtrącił Wokulski.

— Tak, szósty... siódmy.

— Nie, panie. Pański kapitał przynosi trzydzieści trzy procent rocznie, więc nie mogę go pożyczać na siedem...

— Dobrze. W takim razie nie pozbawiaj się mego kapitału, ale... Uważasz... może mi jednak coś wypaść...

— Wycofać swój kapitał może pan nawet w połowie stycznia roku przyszłego.

— Boże uchowaj!... Ja mego kapitału nie odbiorę ci nawet za dziesięć lat...

— Ale ja pański kapitał wziąłem tylko na rok...

— Jak to?... Dlaczego?... — dziwił się pan Tomasz, coraz szerzej otwierając oczy.

— Dlatego, że nie wiem, co będzie od dziś za rok. Nie co roku zdarzają się wyjątkowo dobre interesa.

— *A propos* — rzekł pan Tomasz po chwili przykrego zdumienia. — Co też mówią w mieście: że to ty, panie Wokulski, kupiłeś mój dom?...

— Tak, panie, ja kupiłem pański dom. Ale przed upływem pół roku mogę go panu odstąpić na korzystnych warunkach.

Pan Łęcki poczuł rumieniec na twarzy. Nie chcąc jednak dawać za wygraną zapytał wielkopańskim tonem:

— I ile byś też chciał odstępnego, panie Wokulski?...

— Nic. Oddam go panu za dziewięćdziesiąt tysięcy, a nawet... może taniej...

Pan Tomasz cofnął się, rozłożył ręce, następnie padł na swój wielki fotel i znowu kilka łez spłynęło mu po twarzy.

— Doprawdy, panie Stanisławie — mówił, lekko łkając — widzę, że najlepsze stosunki... mogą zepsuć pieniądze... Czy ja mam ci za złe, żeś kupił ten dom?... Czy ja robię ci wyrzuty?... Ty zaś przemawiasz do mnie tak, jakbyś się obraził.

— Przepraszam pana — przerwał Wokulski. — Ale istotnie jestem trochę rozdrażniony... zapewne z gorąca...

— O, z pewnością! — zawołał pan Tomasz powstając z fotelu i ściskając go za rękę. — Więc... przebaczmy sobie nawzajem cierpkie słówka... Ja się na ciebie nie gniewam, bo wiem... co to jest upał...

Wokulski pożegnał go i wstąpił do salonu. Starskiego już tam nie było, panna Izabela siedziała sama. Zobaczywszy go podniosła się; twarz jej była pogodniejsza.

— Pan wychodzi?

— Właśnie chcę panią pożegnać.

— A o Rossim nie zapomni pan? — rzekła ze słabym uśmiechem.

— O, nie. Poproszę, ażeby mu oddano wieniec.

— Pan sam go nie wręczy?... Dlaczegóż to?...

— Dziś w nocy jadę do Paryża — odpowiedział Wokulski.

Ukłonił się i wyszedł.

Przez chwilę panna Izabela stała zdumiona; następnie pobiegła do pokoju ojca.

— Co to znaczy, papo? Wokulski pożegnał się ze mną bardzo chłodno i powiedział, że — dziś w nocy wyjeżdża do Paryża.

— Co?... co?... co?... — zawołał pan Tomasz chwytając się oburącz za głowę. — On z pewnością obraził się...

— Ach... prawda!... Wspomniałam mu o kupnie naszej kamienicy...

— Chryste!... i cóżeś ty zrobiła?... A... wszystko stracone... Teraz rozumiem... Naturalnie, że się obraził... No — dodał po chwili — ale kto mógł przypuścić, że jest tak obraźliwy?... Taki sobie zwyczajny kupiec!...

Rozdział XX

Pamiętnik starego subiekta

«I wyjechał!... Pan Stanisław Wokulski, wielki organizator spółki do handlu przewozowego, wielki naczelnik firmy, która ma w obrocie ze cztery miliony rubli rocznie, wyjechał do Paryża jak pierwszy lepszy pocztylion do Miłosny... Jednego dnia mówił (do mnie samego), że nie wie, kiedy pojedzie, a na drugi dzień – szast... prast... i już go nie ma.

Zjadł elegancki obiadek u jaśnie wielmożnych państwa Łęckich, wypił kawę, wykłuł zęby i – jazda. Naturalnie. Pan Wokulski nie jest przecie lichym subiektem, który musi żebrać u pryncypała o urlop raz na kilka lat. Pan Wokulski jest kapitalistą, ma ze sześćdziesiąt tysięcy rubli rocznie, żyje za pan brat z hrabiami i książętami, pojedynkuje się z baronami i wyjeżdża, kiedy chce. A wy, moi płatni oficjaliści, kłopoczcie się o interesa. Przecie za to macie pensje i dywidendy.

I to jest kupiec?... To jest błażeństwo, mówię, nie kupiectwo!...

No, można wyjechać nawet do Paryża i nawet po wariacku, ale nie w takich czasach. Tu, panie, kongres berliński nawarzył piwa – tu, panie, Anglia, panie, za Cypr[298], Austria za Bośnię... Włochy krzyczą[299] wniebogłosy: „Dajcie nam Triest, bo będzie źle!..." Tu już słyszę, panie w Bośni krew leje[300] się potokami i (byle żniwa skończyć) wojna buchnie przed zimą jak amen w pacierzu... A on tymczasem daje nura do Paryża!...

Cyt!...?... ...Po co on tak nagle wyjechał do Paryża?... Na wystawę?... Cóż go obchodzi wystawa. A może w tym interesie, który miał zrobić z Suzinem?... Ciekawym, na jakich to interesach zyskuje się po pięćdziesiąt tysięcy rubli, tak sobie od ręki?... Oni mi mówią o wielkich maszynach do nafty czy do kolei, czy też do cukrowni?... Ale czy wy, aniołki, zamiast po nadzwyczajne maszyny, nie jedziecie po zwykłe armaty?... Francja, tylko patrzeć, jak weźmie się za łeb z Niemcami...[301] Mały Napoleonek niby to siedzi w Anglii; ale przecież z Londynu do Paryża bliżej niż z Warszawy do Zamościa...

Ej!... panie Ignacy – nie śpiesz się ty z sądami o panu W. (w takich razach lepiej nie wymawiać całego nazwiska), nie potępiaj go, bo możesz się ośmieszyć. Tu gotuje się jakaś gruba kabała: ten pan Łęcki, który kiedyś bywał u Napoleona III, i ten niby

---

[298] *Anglia... za Cypr* – Turcja odstąpiła Anglii Cypr za obronę jej interesów w 1878 r.
[299] *Włochy krzyczą* – Triest, port nad Adriatykiem, należał do Austrii, dążeniem Włoch było odzyskanie go.
[300] *„w Bośni krew się leje"* – mowa o powstaniu mahometańskiej ludności Bośni przeciw okupacji austriackiej.
[301] *Francja... weźmie się za łeb z Niemcami* – po klęsce w 1870 istniały we Francji silne dążenia odwetowe.

aktor Rossi, Włoch... (Włochy gwałtem upominają się o Triest...), i ten obiad u państwa Łęckich przed samym wyjazdem, i to kupno kamienicy...

Panna Łęcka piękna, bo piękna, ale przecie jest tylko kobietą i dla niej Stach nie popełniałby tylu szaleństw... W tym jest coś z p... (w takich razach najwłaściwiej mówić skróceniami). W tym jest jakieś duże P...

Będzie już ze dwa tygodnie, jak wyjechał biedny chłopak, może na zawsze... Listy pisze krótkie i suche, o sobie nie mówi nic, a mnie tak nurtuje smutek, że nieraz, dalibóg, miejsca znaleźć nie mogę. (No, chyba nie za nim; tylko tak, z przyzwyczajenia.)

Pamiętam, kiedy wyjeżdżał. Już zamknęliśmy sklep i właśnie przy tym oto stoliku piłem herbatę (Ir wciąż mi niedomaga), gdy naraz wpada do pokoju lokaj Stacha:

— Pan prosi! — wrzasnął i uciekł.

(Co to za zuchwały gałgan, a co za próżniak!... Trzeba było widzieć minę, z jaką stanął we drzwiach i powiedział: „Pan prosi!" Bydlę.)

Chciałem go zmonitować: błaźnie jakiś, twój pan jest panem tylko dla ciebie; ale poleciał na złamanie karku.

Szybko dokończyłem herbatę, Irowi nalałem trochę mleka do miseczki poszedłem do Stacha. Patrzę, w bramie jego lokaj kokietuje od razu aż trzy dziewuchy jak łanie. No, myślę, taki wałkoń i czterem dałby radę, chociaż... (Z tymi kobietami sam diabeł nie dojdzie porządku. Na przykład pani Jadwiga, szczuplutka, malutka, eteryczna, a już trzeci mąż dostaje przy niej suchot.)

Wchodzę na górę. Drzwi do mieszkania nie zamknięte, a sam Stach przy świetle lampy pakuje walizkę. Coś mnie tknęło.

— Cóż to znaczy? — pytam.

— Jadę dziś do Paryża — odpowiedział.

— Wczoraj mówiłeś, że jeszcze nie tak prędko pojedziesz?...

— Ach, wczoraj... — odparł.

Cofnął się od walizki i pomyślał chwilę; potem dodał szczególnym tonem:

— Jeszcze wczoraj... myliłem się...

Wyrazy te zastanowiły mnie w przykry sposób. Spojrzałem na Stacha z uwagą i ogarnęło mnie zdziwienie. Nigdy bym nie sądził, ażeby człowiek niby to zdrów, a w każdym razie nie raniony, mógł zmienić się tak w przeciągu kilku godzin. Pobladł, oczy zapadły, prawie zdziczał...

— Skądże ta nagła zmiana... projektu? — spytałem czując, że nie o to pytam, co bym chciał wiedzieć.

— Mój kochany — odparł — alboż ty nie wiesz, że nieraz jedno słowo zmienia projekta, nawet ludzi... A nie dopiero cała rozmowa! — dodał szeptem.

Wciąż pakując i zbierając różne graty wyszedł do sali. Upłynęła minuta — nie wracał; dwie... nie wraca... Spojrzałem przez uchylone drzwi zobaczyłem, że stoi oparty o poręcz krzesła patrząc bezmyślnie w okno.

— Stachu...

Ocknął się — i znowu powrócił do pakowania zapytując:

— Czego chcesz?

— Tobie coś jest.

— Nic.

— Już dawno nie widziałem cię takim.

Uśmiechnął się.

— Zapewne od czasu — odparł — kiedy to dentysta źle wyrwał mi ząb, i w dodatku zdrowy...

— Dziwnie mi wygląda to twoje wybieranie się w drogę — rzekłem. — Może masz mi co powiedzieć?...

— Powiedzieć?... Ach, prawda... W banku mamy około stu dwudziestu tysięcy rubli, więc pieniędzy wam nie zabraknie... Dalej... Cóż dalej?... — pytał sam siebie. — Aha!... Nie rób już sekretu, że ja kupiłem kamienicę Łęckich. Owszem, zajdź tam i ponaznaczaj komorne według dawnych cen. Pani Krzeszowskiej możesz podnieść jakieś kilkanaście rubli, niech się trochę zirytuje; ale biedaków nie duś... Mieszka tam jakiś szewc, jacyś studenci; bierz od nich, ile dadzą, byle płacili regularnie.

Spojrzał na zegarek, a widząc, że ma jeszcze czas, położył się na szezlongu i leżał milcząc, z rękoma nad głową i przymkniętymi oczyma. Widok ten był nad wszelki wyraz żałosny.

Usiadłem mu przy nogach i rzekłem:

— Tobie coś jest, Stachu?... Powiedz, co ci jest. Z góry wiem, że nie pomogę, ale widzisz... Zgryzota jest jak trucizna: dobrze ją wypluć...

Stasiek znowu uśmiechnął się (jak ja nie lubię tych jego półuśmiechów) i po chwili odparł:

— Pamiętam (dawne to dzieje!), siedziałem w jednej izbie z jakimś frantem, który był dziwnie szczery. Opowiadał mi niestworzone rzeczy o swojej rodzinie, o swoich stosunkach, o swoich wielkich czynach, a potem — bardzo uważnie słuchał moich dziejów. No — i dobrze z nich skorzystał...

— Cóż to znaczy?... — spytałem.

— To znaczy, mój stary, że ponieważ ja nic nie chcę z ciebie wydobywać żadnych zeznań, więc i przed tobą nie mam potrzeby ich robić.

— Jak to — zawołałem — w taki sposób traktujesz zwierzenie się przed przyjacielem?

— Daj spokój — rzekł podnosząc się z kanapy. — To może dobre, ale dla pensjonarek... Ja zresztą nie mam z czego zwierzać się nawet przed tobą. Jakim ja znużony!... — mruknął przeciągając się.

Teraz dopiero wszedł ten łajdak lokaj: wziął walizę Stacha i dał znać, że konie stoją przed domem. Siedliśmy do powozu, Stach i ja, ale przez drogę do kolei nie zamieniliśmy ani wyrazu. On patrzył na gwiazdy świszcząc przez zęby, a ja myślałem, że jadę — chyba na pogrzeb.

Na dworcu Kolei Wiedeńskiej[302] złapał nas doktor Szuman.

— Jedziesz do Paryża? — zapytał Stacha.

— A ty skąd wiesz?

— O, ja wszystko wiem. Nawet to, że tym samym pociągiem jedzie pan Starski.

Stach wstrząsnął się.

— Co to za człowiek? — rzekł do doktora.

---

[302] *dworzec Kolei Wiedeńskiej* — znajdował się na rogu ul. Marszałkowskiej i Al. Jerozolimskich.

— Próżniak, bankrut... jak zresztą wszyscy oni — odparł Szuman. — No i eks-konkurent... — dodał.
— Wszystko mi jedno.
Szuman nie odpowiedział nic, tylko spojrzał spod oka. Zaczęto dzwonić i świstać. Podróżni tłoczyli się do wagonów; Stach uścisnął nas za ręce.
— Kiedy wracasz? — zapytał go doktor.
— Chciałbym... nigdy — odpowiedział Stach i usiadł do pustego przedziału pierwszej klasy. Pociąg ruszył. Doktór zamyślony patrzył na oddalające się latarnie, a ja... O mało się nie rozpłakałem...
Kiedy woźni poczęli zamykać drzwi peronu, namówiłem doktora na przechadzkę po Alejach Jerozolimskich. Noc była ciepła, niebo czyste; nie pamiętam, ażebym kiedykolwiek widział więcej gwiazd. A ponieważ Stach mówił mi, że w Bułgarii często patrzył na gwiazdy, więc (zabawny projekt!) i ja postanowiłem od tej pory co wieczór spoglądać w niebo. (A może istotnie na którym z migotliwych świateł spotkają się nasze spojrzenia czy myśli i on nie będzie czuł się już tak osamotniony jak wtedy?)
Nagle (nie wiem nawet skąd) zrodziło się we mnie podejrzenie, że niespodziewany wyjazd Stacha ma związek z polityką. Postanowiłem więc wybadać Szumana i chcąc zażyć go z mańki[303], rzekłem:
— Coś mi się zdaje, że Wokulski jest... jakby zakochany?...
Doktór zatrzymał się na chodniku i usiadłszy na swej lasce zaczął się śmiać w sposób, który aż zwracał uwagę na szczęście nielicznych przechodniów.
— Cha! cha!... czyś pan dopiero dzisiaj zrobił tak piramidalne odkrycie?... Cha!... cha!... podoba mi się ten starzec!...
Głupi był koncept. Przygryzłem jednak usta i odparłem:
— Zrobić to odkrycie było łatwo, nawet dla ludzi... mniej wprawnych ode mnie (zdaje się, że mu troszkę dogryzłem). Ale ja lubię być ostrożny w przypuszczeniach, panie Szuman... Zresztą, nie sądziłem, ażeby mogła wyrabiać z człowiekiem podobne hece rzecz tak zwyczajna jak miłość.
— Mylisz się, staruszku — odparł doktór machając ręką. — Miłość jest rzeczą zwyczajną wobec natury, a nawet, jeżeli chcesz, wobec Boga. Ale wasza głupia cywilizacja, oparta na poglądach rzymskich, dawno już zmarłych i pogrzebanych, na interesach papiestwa, na trubadurach, ascetyzmie, kastowości i tym podobnych badaniach, z naturalnego uczucia zrobiła... wiesz co?... Zrobiła nerwową chorobę!... Wasza niby to miłość rycersko-kościelno-romantyczna jest naprawdę obrzydliwym handlem opartym na oszustwie, które bardzo słusznie karze się dożywotnimi galerami, zwanymi małżeństwem. Biada jednak tym, co na podobny jarmark przyniosą serca... Ile on pochłania czasu, pracy, zdolności, ba! nawet egzystencyj... Znam to dobrze — mówił dalej, zadyszany z gniewu — bo choć jestem Żydem i zostanę nim do końca życia, wychowałem się jednak między waszymi, a nawet zaręczyłem się z chrześcijanką... No i tyle nam porobiono udogodnień w naszych zamiarach, tak czule zaopiekowano się nami w imię religii,

> Szuman
> o miłości

---
[303] *zażyć z mańki* — oszukać, podejść.

Lalka – ark. 10

moralności, tradycji i już nie wiem czego, że ona umarła, a ja próbowałem się otruć... Ja, taki mądry, taki łysy!...
Znowu stanął na chodniku.

> **Ważny cytat –
> Szuman o miłości w epoce pozytywizmu**

— Wierz mi, panie Ignacy — kończył schrypniętym głosem — że nawet między zwierzętami nie znajdziesz tak podłych bydląt jak ludzie. W całej naturze samiec należy do tej samicy, która mu się podoba i której on się podoba. Toteż u bydląt nie ma idiotów. Ale u nas!... Jestem Żyd, więc nie wolno mi kochać chrześcijanki... On jest kupiec, więc nie ma prawa do hrabianki... A ty, który nie posiadasz pieniędzy, nie masz praw do żadnej zgoła kobiety... Podła wasza cywilizacja!... Chciałbym bodaj natychmiast zginąć, ale przywalony jej gruzami...

Szliśmy wciąż ku rogatkom. Od kilku minut zerwał się wiatr wilgotny i dął nam prosto w oczy; na zachodzie poczęły znikać gwiazdy zasłaniane przez chmury. Latarnie trafiały się coraz rzadziej. Kiedy niekiedy w Alei zaturkotał wóz obsypując nas niewidzialnym pyłem; spóźnieni przechodnie uciekali do domów.

„Będzie deszcz!... Stach już jest około Grodziska" — pomyślałem.

Doktór nasunął kapelusz na głowę i szedł zirytowany, milcząc. Mnie było coraz markotniej, może z powodu wzrastającej ciemności. Nie powiedziałbym tego nikomu nigdy, ale nieraz mnie samemu przychodzi na myśl, że Stach... naprawdę już nie dba o politykę, ponieważ cały zatonął w fałdach sukienki tej panny. Zdaje się, że mu nawet coś o tym wspomniałem onegdaj i że to, co on mi odpowiedział, bynajmniej nie osłabiło moich podejrzeń.

— Czy podobna — odezwałem się — ażeby Wokulski tak dalece już zapomniał o sprawach ogólnych, o polityce, o Europie...

— Z Portugalią — wtrącił doktór.

Ten cynizm oburzył mnie.

— Pan sobie drwisz — rzekłem. — Nie zaprzeczysz jednak, że Stach mógł zostać czymś lepszym aniżeli nieszczęśliwym wielbicielem panny Łęckiej. To był działacz społeczny, nie jakiś tam kiepski wzdychacz...

— Masz pan rację — potwierdził doktór — ale cóż stąd?... Machina parowa przecież nie młynek do kawy, to wielka machina; ale gdy w niej zardzewieją kółka, stanie się gratem bezużytecznym i nawet niebezpiecznym. Otóż w Wokulskim jest podobne kółko, które rdzewieje i psuje się...

Wiatr dął coraz mocniej; miałem pełne oczy piasku.

— I skąd właśnie na niego padło takie nieszczęście? — odezwałem się. (Ale niedbałym tonem, ażeby Szuman nie myślał, że żądam informacji.)

— Na to złożyło się i usposobienie Stacha, i stosunki wytworzone przez cywilizację — odparł doktór.

— Usposobienie?... On nigdy nie był kochliwy.

— Tym się zgubił — ciągnął Szuman. — Tysiąc centnarów śniegu, rozdzielonego na płatki, tylko przysypują ziemię nie szkodząc najmniejszej trawce; ale sto centnarów śniegu zbitych w jedną lawinę burzy chałupy i zabija ludzi. Gdyby Wokulski kochał się przez całe życie co tydzień w innej, wyglądałby jak pączek, miałby swobodną myśl i mógłby zrobić wiele dobrego na świecie. Ale on, jak skąpiec, gromadził kapitały sercowe, no i widzimy skutek tej oszczędności. Miłość jest wtedy piękną, kiedy ma wdzięki motyla; ale gdy po długim letargu obudzi się jak tygrys, dziękuję za zabawę!... Co innego człowiek z dobrym apetytem, a co innego ten, któremu głód skręca wnętrzności...

Chmury podnosiły się coraz wyżej; zawróciliśmy prawie od rogatek. Pomyślałem, że Stach musi już być około Rudy Guzowskiej.

A doktór wciąż prawił, coraz mocniej rozgorączkowany, coraz gwałtowniej wywijając laską:

— Jest higiena mieszkań i odzieży, higiena pokarmów i pracy, których nie wypełniają klasy niższe, i to jest powodem wielkiej śmiertelności między nimi, krótkiego życia i charłactwa. Ale jest również higiena miłości, której nie tylko nie przestrzegają, lecz po prostu gwałcą klasy inteligentne, i to stanowi jedną z przyczyn ich upadku. Higiena woła: „Jedz, kiedy masz apetyt!", a wbrew niej tysiąc przepisów chwyta cię za poły wrzeszcząc: „Nie wolno!... będziesz jadł, kiedy my cię upoważnimy, kiedy spełnisz tyle a tyle warunków postawionych przez moralność, tradycję, modę..." Trzeba przyznać, że w tym razie najbardziej zacofane państwa wyprzedziły najbardziej postępowe społeczeństwa, a raczej ich klasy inteligentne.

> Szuman
> o miłości

I przypatrz się, panie Ignacy, jak zgodnie w kierunku ogłupienia ludzi pracuje pokój dziecinny i salon, poezja, powieść i dramat. Każą ci szukać ideałów, samemu być idealnym ascetą i nie tylko wypełniać, ale nawet wytwarzać jakieś sztuczne warunki. A co z tego wynika w rezultacie?... Że mężczyzna, zwykle mniej wytresowany w tych rzeczach, staje się łupem kobiety, którą tylko w tym kierunku tresują. I otóż cywilizacją naprawdę rządzą kobiety!...

— Czy w tym jest co złego? — spytałem.

— A niech diabli wezmą! — wrzasnął doktór. — Czy nie spostrzegałeś, panie Ignacy, że jeżeli mężczyzna pod względem duchowym jest muchą, to kobieta jest jeszcze gorszą muchą, gdyż pozbawioną łap i skrzydeł. Wychowanie, tradycja, a może nawet dziedziczność, pod pozorem zrobienia jej istotą wyższą, robią z niej istotę potworną. I ten próżnujący dziwoląg, ze skrzywionymi stopami, ze ściśniętym tułowiem, czczym mózgiem, ma jeszcze obowiązek wychowywać przyszłe pokolenia ludzkości!... Cóż więc im zaszczepia.?... Czy dzieci uczą się pracować na chleb?... Nie, uczą się ładnie trzymać nóż i widelec. Czy uczą się poznawać ludzi, z którymi kiedyś żyć im przyjdzie?... Nie, uczą się im podobać za pomocą stosownych min i ukłonów. Czy uczą się realnych faktów, decydujących o naszym szczęściu i nieszczęściu?... Nie, uczą się zamykać oczy na fakty, a marzyć o ideałach. Nasza miękkość w życiu, nasza niepraktyczność, lenistwo, fagasostwo i te straszne pęta głupoty, które od wieków gniotą ludzkość, są rezultatem pedagogiki stworzonej przez kobiety. A nasze znowu kobiety są owocem klerykalno-feudalno-poetyckiej teorii miłości, która jest obelgą dla higieny i zdrowego rozsądku...

> Szuman
> o kobietach
> i wychowaniu

W głowie mi szumiało od wywodów doktora, a on tymczasem ciskał się na ulicy jak szalony. Na szczęście błysnęło, upadły pierwsze krople deszczu, a zacietrzewiony mówca nagle ochłonął i skoczywszy w jakąś dorożkę kazał odwieźć się do domu.

Stach był już chyba około Rogowa. Czy też domyślił się, żeśmy tylko o nim mówili? i co on, biedak, czuł mając jedną burzę nad głową, a drugą, może gorszą, w sercu? Phi! co za ulewa, co za kanonada piorunów... Zwinięty w kłębek Ir odszczekuje im przez sen stłumionym głosem, a ja kładę się do łóżka, nakryty tylko prześcieradłem. Gorąca noc. Panie Boże, opiekuj się tymi, którzy w podobną noc uciekają aż za granicę przed nieszczęściem.

Nieraz dość jest małego figla, aby rzeczy, dawne jak ludzkie grzechy, pokazały się nam w nowym zupełnie oświetleniu.

Ja na przykład znam Stare Miasto od dziecka i zawsze wydawało mi się, że jest ono tylko ciasne i brudne. Dopiero kiedy pokazano mi jako osobliwość rysunek jednego z domów staromiejskich (i to jeszcze w „Tygodniku Ilustrowanym", z opisem!), nagle spostrzegłem, że Stare Miasto jest piękne... Od tej pory chodzę tam przynajmniej raz na tydzień i nie tylko odkrywam coraz nowe osobliwości, ale jeszcze dziwię się, żem ich nie zauważył dawniej.

Tak samo z Wokulskim. Znam go ze dwadzieścia lat i ciągle myślałem, że on jest z krwi i kości polityk. Głowę dałbym sobie uciąć, że Stach niczym więcej nie zajmuje się, tylko polityką. Dopiero pojedynek z baronem i owacje dla Rossiego zbudziły we mnie podejrzenia, że on może być zakochany. O czym już dziś nie wątpię, szczególnie po rozmowie z Szumanem.

Ale to fraszka, bo i polityk może być zakochany. Taki Napoleon I kochał się na prawo i na lewo i mimo to trząsł Europą. Napoleon III także miał sporo kochanek, a słyszę, że i syn wstępuje w jego ślady i już wynalazł sobie jakąś Angielkę.

Jeżeli więc słabość do kobiet nie kompromituje Bonapartych, dlaczego miałaby uwłaczać Wokulskiemu?...

I właśnie kiedym tak rozmyślał, zaszedł drobny wypadek, który przypomniał mi dzieje pogrzebane od lat kilkunastu, a i samego Stacha przedstawił w innym świetle. Och, on nie jest politykiem; on jest czymś zupełnie innym, z czego sobie nie umiem nawet dobrze zdać sprawy. Czasem zdaje mi się, że jest to człowiek skrzywdzony przez społeczeństwo. Ale o tym cicho!... Społeczność nikogo nie krzywdzi... Gdyby raz przestano w to wierzyć, Bóg wie, jakie okazałyby się pretensje. Może nawet nikt by już nie zajmował się polityką, tylko myślałby o wyrównywaniu rachunków ze swymi najbliższymi. Lepiej więc nie zaczepiać tych kwestyj. (Jak ja dużo gadam na starość, a wszystko nie to, o czym chcę powiedzieć.)

Jednego tedy wieczora piję u siebie herbatę (Ir jest wciąż osowiały), aż otwierają się drzwi i ktoś wchodzi. Patrzę, figura otyła, twarz nalana, nos czerwony, łeb siwy. Wącham, czuć w pokoju jakby wino i stęchliznę.

„Ten szlachcic — myślę — jest albo nieboszczykiem, albo kiprem[304]?... Bo żaden inny człowiek nie będzie pachniał stęchlizną..."

— Cóż, u diabła!... — dziwi się gość. — Takeś już zhardział, że nie poznajesz ludzi?

Przetarłem oczy. Ależ to żywy Machalski, kiper od Hopfera!... Byliśmy razem na Węgrzech, później tu, w Warszawie; ale od piętnastu lat nie widzieliśmy się; gdyż on mieszka w Galicji i ciągle jest kiprem.

---

[304] *kiper* — znawca gatunków wina.

Naturalnie, przywitaliśmy się jak bliźnięta, raz, drugi, i trzeci...
— Kiedyżeś przyjechał? — pytam.
— Dziś rano — on mówi.
— A gdzieżeś był do tej pory?
— Zajechałem na Dziekankę[305], ale było mi tak tęskno, żem zaraz poszedł do Lesisza[306], do piwnicy... To, panie, piwnice!... żyć, nie umierać...
— Cóżeś tam robił?
— Trochę pomagałem staremu, a zresztą siedziałem. Niegłupim chodzić po mieście, kiedy jest taka piwnica.
Oto prawdziwy kiper dawnej daty!... Nie dzisiejszy elegant, co, bestia, woli iść na wieczór tańcujący aniżeli siedzieć w piwnicy. I nawet do piwnicy bierze lakierki... Ginie Polska przy takich podłych kupcach!...
Gadu, gadu, przesiedzieliśmy do pierwszej w nocy. Machalski przenocował u mnie, a o szóstej rano znowu poleciał do Lesisza:
— Cóż będziesz robił po obiedzie? — pytam.
— Po obiedzie wstąpię do Fukiera[307], a na noc wrócę do ciebie — odpowiedział.
Był z tydzień w Warszawie. Nocował u mnie, a dnie spędzał w piwnicach.
— Powiesiłbym się — mówił — żeby mi przyszło tydzień włóczyć się po dworze. Ścisk, upał, kurzawa!... świnie mogą żyć tak jak wy, ale nie ludzie.
Zdaje mi się, że przesadza. Bo choć i ja wolę sklep aniżeli Krakowskie Przedmieście, jednakże co sklep, to nie piwnica. Zdziwaczał chłop na swoim kiprostwie.
Naturalnie, o czymże mieliśmy rozmawiać z Machalskim, jeżeli nie o dawnych czasach i o Stachu? I tym sposobem stanęła mi przed oczyma historia jego młodości, jakbym ją widział wczoraj.
Pamiętam (był to rok 1857, może 58), zaszedłem raz do Hopfera, u którego pracował Machalski.
— A gdzie pan Jan? — pytam chłopca.
— W piwnicy.
Zaszedłem do piwnicy. Patrzę, mój pan Jan przy łojówce ściąga lewarem[308] wino z beczki do butelek, a we framudze majaczą jakieś dwa cienie: siwy starzec w piaskowym surducie, z pliką papierów na kolanach, i młody chłopak z krótko ostrzyżonym łbem i miną zbója. To był Stach Wokulski i jego ojciec. Siadłem cicho (bo Machalski nie lubił, ażeby mu przeszkadzano przy ściąganiu wina), a siwy człowiek w piaskowym surducie prawił jednostajnym głosem do owego młodzika:

Wokulski z ojcem u Hopfera

— Co to wydawać pieniądze na książki?... Mnie dawaj, bo jak będę musiał przerwać proces, wszystko zmarnieje. Książki nie wydobędą cię z upodlenia, w jakim teraz jesteś, tylko proces. Kiedy go wygram i odzyskamy nasze dobra po dziadku, wtedy przypomną sobie, że Wokulscy stara szlachta, i nawet znajdzie się familia...

---

[305] *Dziekanka* — zabytkowy zajazd na Krakowskim Przedmieściu.

[306] *Lesisz* — znana warszawska winiarnia.

[307] *Fukier* — winiarnia i piwnice win na Starym Mieście.

[308] *lewar* — tu: rurka służąca do przelewania płynów.

W zeszłym miesiącu wydałeś dwadzieścia złotych na książki, a mnie akurat tyle brakowało na adwokata... Książki!... zawsze książki... Żebyś był mądry jak Salomon, póki jesteś w sklepie, będą tobą pomiatali, chociażeś szlachcic, a twój dziadek z matki był kasztelanem. Ale jak wygram proces, jak wyniesiemy się na wieś...

— Chodźmy stąd, ojcze — mruknął chłopak, spode łba patrząc na mnie.

Stary, posłuszny jak dziecko, zawinął swoje papiery w czerwoną chustkę i wyszedł z synem, który musiał go podtrzymywać na schodach.

— Cóż to za odmieńcy? — pytam Machalskiego, który właśnie skończył robotę i usiadł na zydlu.

— Ach!... — machnął ręką. — Stary ma pomieszane klepki, ale chłopak zdatny. Nazywa się Stanisław Wokulski. Bystra bestia!...

— Cóż on zrobił? — pytam.

Machalski objaśnił palcami świecę i nalawszy mi kieliszek wina mówił:

Wokulski — oczami Machalskiego

— On tu jest u nas ze cztery lata. Do sklepu albo do piwnicy nie bardzo... Ale mechanik!... Zbudował taką maszynę, co pompuje wodę z dołu do góry, a z góry wylewa ją na koło, które właśnie porusza pompę. Taka maszyna może obracać się i pompować do końca świata; ale coś się w niej skrzywiło, więc ruszała się tylko kwadrans. Stała tam na górze, w pokoju jadalnym, i Hopferowi zwabiała gości; ale od pół roku coś w niej pękło.

— Otóż jaki!... — mówię.

— No, jeszcze nie taki bardzo — odparł Machalski. — Był tu jeden profesor z gimnazjum realnego, obejrzał pompę i powiedział, że na nic się nie zda, ale że chłopak zdolny i powinien uczyć się. Od tej pory mamy sądny dzień w sklepie. Wokulski zhardział, gościom odmrukuje, w dzień wygląda, jakby drzemał, a za to uczy się po nocach i kupuje książki. Jego znowu ojciec wolałby te pieniądze użyć na proces o jakiś tam majątek po dziadku... Słyszałeś przecie, co mówił.

— Cóż on myśli robić z tą nauką? — rzekłem.

— Mówi, że pojedzie do Kijowa, do uniwersytetu. Ha! niech jedzie — prawił Machalski — może choć jeden subiekt wyjdzie na człowieka. Ja mu tam nie przeszkadzam; kiedy jest w piwnicy, nie napędzamy go do roboty; niech sobie czyta. Ale na górze dokuczają mu subiekci i goście.

— A co na to Hopfer?

— Nic — ciągnął Machalski zakładając nową łojówkę w żelazny lichtarz z rączką. — Hopfer nie chce go odstręczać od siebie, bo Kasia Hopferówna durzy się trochę w Wokulskim, a może chłopak odzyska majątek po dziadku?...

— I on durzy się w Kasi? — spytałem.

— Ani na nią spojrzy, dzika bestia! — odparł Machalski.

Zaraz wówczas pomyślałem, że chłopak z tak otwartą głową, który kupuje książki i nie dba o dziewczęta, mógłby być dobrym politykiem; więc jeszcze tego dnia zapoznałem się ze Stachem i od tej pory żyjemy ze sobą nie najgorzej...

Stach był jeszcze ze trzy lata u Hopfera i przez ten czas porobił dużo znajomości ze studentami, z młodymi urzędnikami rozmaitych biur, którzy na wyścigi dostarczali mu książek, ażeby mógł zdać egzamin do uniwersytetu.

Spośród tej młodzieży wyróżniał się niejaki pan Leon, chłopak jeszcze młody (nie miał nawet dwudziestu lat), piękny, a mądry... a zapalczywy!... Ten jakby był moim pomocnikiem w politycznej edukacji Wokulskiego: kiedy bowiem ja opowiadałem o Napoleonie i wielkim posłannictwie Bonapartych, pan Leon mówił o Mazzinim[309], Garibaldim i im podobnych znakomitościach. A jak on umiał podnosić ducha!...

> Wokulski – towarzystwo u Hopfera

— Pracuj — mówił nieraz do Stacha — i wierz, bo silna wiara może zatrzymać słońce w biegu, a nie dopiero polepszyć stosunki ludzkie.

— A może mnie wysłać do uniwersytetu? — zapytał Stach.

— Jestem pewien — odparł Leon z zaiskrzonymi oczyma — że gdybyś choć przez chwilę miał taką wiarę jak pierwsi apostołowie, jeszcze dziś znalazłbyś się w uniwersytecie...

— Albo u wariatów — mruknął Wokulski.

Leon począł biegać po pokoju i trząść rękoma.

— Co za lód w tych sercach!... co za chłód!... co za upodlenie!... — wołał — jeżeli nawet taki człowiek jak ty jeszcze nie ufa. Więc przypomnij sobie; coś już zrobił w tak krótkim czasie: tyle umiesz, że mógłbyś dzisiaj zdawać egzamin...

— Co ja tam zrobię!... — westchnął Stach.

— Ty jeden niewiele. Ale kilkudziesięciu, kilkuset takich jak ty i ja... Czy wiesz, co możemy zrobić?...

W tym miejscu załamał mu się głos: Leon dostał spazmów. Ledwieśmy go uspokoili.

Innym razem pan Leon wyrzucał nam brak ducha poświęcenia.

— A wiecież wy — mówił — że Chrystus mocą poświęcenia sam jeden zbawił ludzkość?... O ileż więc świat by się udoskonalił, gdyby na nim ciągle były jednostki gotowe do ofiary z życia!...

— Czy mam oddawać życie za tych gości, którzy mi wymyślają jak psu, czy za tych chłopców i subiektów, którzy drwią ze mnie? — spytał Wokulski.

— Nie wykręcaj się! — zawołał pan Leon. — Chrystus zginął nawet za swoich katów... Ale między wami nie ma ducha... Duch w was gnije... Posłuchaj zaś, co mówi Tyrteusz:[310] „O Sparto, ruń! nim pomnik twej wielkości, naddziadów grób, meseński skruszy młot i na żer psom rozrzuci święte kości, i przodków cień odegna od twych wrót... Ty, ludu, nim wróg w pętach cię powlecze, ojców twych broń na progach domów złam i w przepaść rzuć... Niech nie wie świat, że miecze były wśród was, lecz serca zbrakło wam!..." Serca!... — powtórzył pan Leon.

Już to Stach w przyjmowaniu teoryj pana Leona był bardzo ostrożny; ale młody chłopak umiał wszystkich przekonywać jak Demostenes[311].

Pamiętam, że pewnego wieczora na licznym zebraniu ludzi młodszych i starszych spłakaliśmy się wszyscy, kiedy pan Leon opowiadał o tym doskonalszym świecie, w którym zginie głupstwo, nędza i niesprawiedliwość.

---

[309] *Józef Mazzini* — rewolucjonista włoski walczący o zjednoczenie Włoch.
[310] *Tyrteusz* — poeta grecki zagrzewający Spartan do walki.
[311] *Demostenes* — grecki mówca, obrońca niepodległości Grecji.

— Od tej chwili — mówił z uniesieniem — nie będzie już różnic między ludźmi. Szlachta i mieszczanie, chłopi i Żydzi, wszyscy będą braćmi...

— A subiekci?... — odezwał się z kąta Wokulski.

Lecz przerwa ta nie zmieszała pana Leona. Nagle zwrócił się do Wokulskiego, wyliczył wszystkie przykrości, jakie Stachowi wyrządzano w sklepie, przeszkody, jakie stawiano mu w pracy nad nauką, i zakończył w ten sposób:

— Abyś zaś uwierzył, że jesteś nam równym i że cię kochamy jak brata, abyś mógł uspokoić twoje serce rozgniewane na nas, oto ja... klękam przed tobą i w imieniu ludzkości błagam cię o przebaczenie krzywd.

Istotnie, ukląkł przed Stachem i pocałował go w rękę. Zebrani rozczulili się jeszcze bardziej, podnieśli w górę Stacha i Leona i przysięgli, że za takich ludzi, jak oni, każdy oddałby życie.

Dziś, kiedy przypominam sobie owe dzieje, chwilami zdaje mi się, że to był sen. Co prawda, nigdy przedtem ani później nie spotkałem takiego entuzjasty jak pan Leon.

> Wokulski
> — nauka

W początkach roku 1861 Stach podziękował Hopferowi za miejsce. Zamieszkał u mnie (w tym pokoiku z zakratowanym oknem i zielonymi firankami), rzucił handel, a natomiast począł chodzić na akademickie wykłady jako wolny słuchacz.

Dziwne było jego pożegnanie ze sklepem; pamiętam to, bo sam po niego przyszedłem. Hopfera ucałował, a następnie zeszedł do piwnicy uściskać Machalskiego, gdzie zatrzymał się kilka minut. Siedząc na krześle w jadalnym pokoju słyszałem jakiś hałas, śmiechy chłopców i gości, alem nie podejrzywał figla.

> Ważna scena — symbol — Wokulski wydobywa się z piwnicy u Hopfera

Naraz (otwór prowadzący do lochu był w tej samej izbie) widzę, że z piwnicy wydobywa się para czerwonych rąk. Ręce te opierają się o podłogę i tuż za nimi ukazuje się głowa Stacha raz i drugi. Goście i chłopcy w śmiech.

— Aha! — zawołał jeden stołownik — widzisz, jak trudno bez schodów wyjść z piwnicy? A tobie zachciewa się od razu skoczyć ze sklepu do uniwersytetu!... Wyjdźże, kiedyś taki mądry...

Stach z głębi znowu wysunął ręce, znowu chwycił się za krawędź otworu i wydźwignął się do połowy ciała. Myślałem, że mu krew tryśnie z policzków.

— Jak on się wydobywa... Pysznie się wydobywa!... — zawołał drugi stołownik.

Stach zaczepił nogą o podłogę i po chwili był już w pokoju. Nie rozgniewał się, ale też nie podał ręki żadnemu koledze, tylko zabrał swój tłomoczek i szedł ku drzwiom.

— Cóż to, nie żegnasz się z gośćmi, panie doktór!... — wołali zanim stołownicy Hopfera.

Szliśmy przez ulicę nie mówiąc do siebie. Stach przygryzał wargi, a mnie już wówczas przyszło na myśl, że to wydobywanie się z piwnicy jest symbolem jego życia, które upłynęło na wydzieraniu się ze sklepu Hopfera w szerszy świat.

Proroczy wypadek!... bo i do dziś dnia Stach ciągle tylko wydobywa się na wierzch. I Bóg wie, co by dla kraju mógł zrobić taki jak on człowiek, gdyby na każdym kroku nie usuwano mu schodów, a on nie musiał tracić czasu i sił na samo wydzieranie się do nowych stanowisk.

Przeniósłszy się do mnie pracował po całych dniach i nocach, aż mnie nieraz złość brała. Wstawał przed szóstą i czytał. Około dziesiątej biegł na kursa, potem znowu czytał. Po czwartej szedł na korepetycję do kilku domów (głównie żydowskich, gdzie mu Szuman wyrobił stosunki) i wróciwszy do domu znowu czytał i czytał, dopóki zmorzony snem nie położył się już dobrze po północy.

Miałby z owych lekcji nie najgorsze dochody, gdyby od czasu do czasu nie odwiedzał go ojciec, który zmienił się tylko o tyle, że nosił tabaczkowy surdut zamiast piaskowego, a swoje papiery obwijał w chustkę niebieską. Zresztą został taki sam jak wówczas, kiedy go poznałem. Siadał przy stoliku syna, kładł na kolanach papiery i mówił głosem cichym i jednostajnym:

— Książki... zawsze książki!... Tracisz pieniądze na naukę, a mnie brakuje na proces. Żebyś skończył dwa uniwersytety, nie wyjdziesz z dzisiejszego upodlenia, dopóki nie odzyskamy naszych dóbr po dziadku. Wtedy dopiero ludzie przyznają, żeś ty szlachcic, równy innym... Wtedy znajdzie się familia...

Czas wolny od nauki poświęcał Stach na próby z balonami. Wziął dużą butlę i w niej za pomocą witriolu preparował jakiś gaz (już nawet nie pamiętam jaki) i napełniał nim balon nieduży wprawdzie, ale przygotowany bardzo sztucznie. Była pod nim maszynka z wiatraczkiem... No i latało to pod sufitem, dopóki nie zepsuło się przez uderzenie o ścianę.

W takim razie Stach znowu łatał swój balon, naprawiał maszynkę, napełniał butlę rozmaitymi paskudztwami i znowu próbował, bez końca. Raz butla pękła, a witriol[312] mało mu nie wypalił oka. Lecz co jego to obchodziło, skoro bodaj za pomocą balonu chciał „wydobyć się" ze swej marnej pozycji.

Od czasu jak Wokulski osiedlił się u mnie, przybyła naszemu sklepowi nowa kundmanka: Kasia Hopfer. Nie wiem, co tak podobało się jej u nas — moja broda czy tusza Jana Mincla? Bo dziewczyna miała ze dwadzieścia norymberskich sklepów[313] bliżej domu, ale przychodziła do naszego po kilka razy na tydzień.

„A to proszę włóczki, a to proszę jedwabiu, a to igieł za dziesięć groszy..." Po taki sprawunek biegła wiorstę drogi w deszcz czy pogodę, a kupując za parę groszy szpilek przesiadywała w sklepie po pół godziny i rozmawiała ze mną.

— Dlaczego to panowie nigdy nie przychodzą do nas z... panem Stanisławem? — mówiła rumieniąc się. — Ojciec tak panów kocha i... my wszyscy...

Z początku dziwiłem się niespodzianej miłości starego Hopfera i dowodziłem pannie Kasi, że zbyt mało znam jej ojca, ażebym miał składać mu wizyty.

Ale ona wciąż swoje:

— Pan Stanisław musi gniewać się na nas, nie wiem nawet za co, bo przynajmniej tatko i... my wszyscy jesteśmy bardzo życzliwi. Pan Stanisław chyba nie może się skarżyć, ażeby z naszej strony doznał najmniejszej przykrości... Pan Stanisław...

I tak mówiąc o panu Stanisławie kupowała jedwab zamiast włóczki albo igły zamiast nożyczek. Co zaś najgorsze, że z tygodnia na tydzień mizerniało biedactwo. Ile razy przyszła do nas po swoje drobne sprawunki, zdawało mi się, że wygląda trochę lepiej.

---

[312] *witriol* — stężony kwas siarkowy.

[313] *norymberski sklep* — sklep z drobną galanterią.

Ale gdy zgasł na jej twarzy rumieniec chwilowego wzruszenia, przekonywałem się, że jest coraz bledsza, a jej oczy stają się coraz smutniejsze i głębsze.

A jak ona wypytywała się: „Czy pan Stanisław nigdy nie zachodzi tu do sklepu?..." Jak patrzyła na drzwi prowadzące do sieni i do mego mieszkania, gdzie o kilka kroków od niej zmarszczony Wokulski nie domyślając się, że tu tęsknią za nim, siedział nad książkami.

Żal mi się zrobiło biedaczki, więc raz, kiedyśmy z Wokulskim pili wieczorem herbatę, odezwałem się:

— Nie bądźże ty głupi i zajdź kiedy do Hopfera. Stary ma duże pieniądze.

— A po cóż ja mam do niego chodzić... — odparł. — Byłem już chyba dosyć...

Przy tych wyrazach wstrząsnął się.

— Po to masz chodzić, że Kasia jest w tobie zakochana — rzekłem.

— Dajże mi pokój z Kasią!... — przerwał. — Dziewczyna dobra z kośćmi, nieraz ukradkiem przyszywała mi oberwany guzik do paltota albo podrzucała mi kwiatek na okno, ale ona nie dla mnie, ja nie dla niej.

— Gołąbek, nie dziecko!... — wtrąciłem.

— W tym całe nieszczęście, bo ja nie jestem gołąbek. Mnie przywiązać mogłaby taka tylko kobieta jak ja sam. A takiej jeszczem nie spotkał.

(Spotkał taką w szesnaście lat później i dalibóg, że nie ma się czym cieszyć!...)

Powoli Kasia przestała bywać w sklepie, a natomiast stary Hopfer złożył wizytę obojgu państwu Janom Minclom. Musiał im coś mówić o Stachu, gdyż na drugi dzień zbiegła na dół pani Małgorzata Minclowa i dalejże do mnie z pretensjami:

— Cóż to za lokatora ma pan Ignacy, za którym panny szaleją?... Cóż to za jakiś Wokulski?... Jasiu — zwróciła się do męża — dlaczego ten pan u nas nie był?... My go musimy wyswatać, Jasiu... Niech on zaraz przyjdzie na górę...

— A niech sobie idzie na górę — odparł Jan Mincel — ale już co swatać, to nie będę. Jestem uczciwy kupiec i nie myślę zajmować się stręczycielstwem.

Pani Małgorzata ucałowała go w spoconą twarz, jakby to był jeszcze miodowy miesiąc, a on łagodnie odsunął ją i obtarł się fularem.

— Heca z tymi babami! — mówił. — Koniecznie chcą ludzi wciągać w nieszczęście. Swataj sobie, swataj, nawet Hopfera, nie tylko Wokulskiego; ale pamiętaj, że ja za to płacić nie będę.

Od tej pory, ile razy Jaś Mincel poszedł na piwo albo do resursy, pani Małgorzata zapraszała do siebie na wieczór mnie i Wokulskiego. Stach zwykle szybko wypijał herbatę, nawet nie patrząc na panią Janową; potem wsadziwszy ręce w kieszenie myślał zapewne o swoich balonach i milczał jak drewno, a nasza gospodyni nawracała go do miłości.

— Czy podobna, panie Wokulski, ażeby pan nigdy nie kochał się? — mówiła. — Ma pan, o ile wiem, ze dwadzieścia osiem lat, prawie tyle co ja... I kiedy ja już od dawna uważam się za starą babę, pan wciąż jest niewiniątkiem...

Wokulski przekładał nogę na nogę, ale wciąż milczał.

— O! panna Katarzyna smaczny to kąsek — mówiła gospodyni. — Oko ładne... (choć zdaje mi się, że ma skazę na lewym czy prawym?) figurka niczego, chociaż musi mieć jedną łopatkę wyższą (ale to dodaje wdzięku). Nosek wprawdzie nie w moim guście, a usta trochę za duże, ale cóż to za dobra dziewczyna!... Gdyby tak trochę więcej rozumu... No, ale rozum, panie Wokulski, przychodzi kobietom dopiero około trzydziestego roku... Ja sama, kiedy byłam w wieku Kasi, byłam głupiutka jak kanarek... Kochałam się w moim dzisiejszym mężu!...

Już za trzecią wizytą pani Małgorzata przyjęła nas w szlafroczku (był to bardzo ładny szlafroczek, obszyty koronkami), a na czwartą ja wcale nie zostałem zaproszony, tylko Stach. Nie wiem, dalibóg, o czym gadali. To przecie jest pewne, że Stach wracał do domu coraz więcej znudzony, narzekając, że mu baba czas zabiera, a znowu pani Małgorzata tłomaczyła mężowi, że ten Wokulski jest bardzo głupi i że niemało jeszcze musi napracować się, nim go wyswata.

— Pracuj, kochanie, pracuj nad nim — zachęcał ją mąż — bo szkoda dziewczyny, no i Wokulskiego. Strach pomyśleć, że taki porządny chłopak, który tyle lat był subiektem, który może odziedziczyć sklep po Hopferze, chce zmarnować się w uniwersytecie. Tfy!...

Utwierdzona w dobrych postanowieniach, pani Jasiowa już nie tylko w wieczór zapraszała Wokulskiego na herbatę, na którą on po największej części nie chodził, ale jeszcze sama nieraz zbiegała do mego pokoju, troskliwie wypytując Stacha, czy nie jest chory, i dziwiąc się, że się jeszcze nie kochał, on, prawie starszy od niej (myślę, że ona była trochę starsza od niego). Jednocześnie zaczęła kobieta dostawać jakichś płaczów i śmiechów, wymyślać mężowi, który na całe dnie uciekał z domu, i występować z pretensjami do mnie, że jestem niedołęga, że nie rozumiem życia, że przyjmuję na lokatorów ludzi podejrzanych...

Słowem, wywiązały się takie awantury w domu, że Jaś Mincel schudł, pomimo że coraz więcej pił piwa, a ja myślałem: jedno z dwojga... Albo podziękuję Minclowi za obowiązek, albo wypowiem lokal Stachowi.

Skąd, u licha, dowiedziała się o moich troskach pani Małgorzata? nie mam świadomości. Dość, że wpadła raz wieczorem do mego pokoju, powiedziała mi, że jestem jej wrogiem i że muszę być bardzo podły, skoro wymawiam mieszkanie tak dzielnemu człowiekowi, jak Wokulski... Potem dodała, że jej mąż jest podły, że Wokulski jest podły, że wszyscy mężczyźni są podli, i nareszcie na mojej własnej kanapie dostała spazmów.

Sceny takie powtarzały się przez kilka dni z rzędu i nie wiem, do czego by doszły, gdyby nie położył im kresu jeden z najdziwaczniejszych wypadków, jakie widziałem.

Pewnego razu zaprosił Machalski mnie i Wokulskiego do siebie na wieczór.

Poszliśmy tam dobrze po dziewiątej i gdzież by, jeżeli nie do jego ulubionej piwnicy, w której przy migotaniu trzech łojowych świeczek zobaczyłem kilkanaście osób, a między nimi pana Leona. Nigdy chyba nie zapomnę gromady tych po największej części młodych twarzy, które ukazywały się na tle czarnych ścian piwnicy, wyglądały spoza okutych beczek albo rozpływały się w ciemności.

Ponieważ gościnny Machalski już na schodach przyjął nas ogromnymi kielichami wina (i to wcale dobrego), a mnie wziął w szczególną opiekę, muszę więc przyznać, że od razu zaszumiało mi w głowie, a w kilka minut później byłem kompletnie zapity. Usiadłem więc z dala od uczty, w głębokiej framudze, i odurzony, w półśnie, półjawie, przypatrywałem się współbiesiadnikom.

Co się tam działo, dobrze nie wiem, bo najdziksze fantazje przebiegały mi po głowie. Marzyło mi się, że pan Leon mówi, jak zwykle, o potędze wiary, o upadku duchów i o potrzebie poświęcenia, czemu głośno wtórowali obecni. Zgodny chór jednakże osłabnął, gdy pan Leon zaczął tłomaczyć, że należałoby nareszcie wypróbować owej gotowości do czynu. Musiałem być bardzo nietrzeźwy, skoro przywidziało mi się, że pan Leon proponuje, ażeby kto z obecnych skoczył z Nowego Zjazdu na bruk idącej pod nim ulicy[314], i że na to wszyscy umilkli jak jeden mąż, a wielu pochowało się za beczki.

— Więc nikt nie zdecyduje się na próbę?!... — krzyknął pan Leon załamując ręce.

Milczenie. W piwnicy zrobiło się pusto.

— Więc nikt?... nikt?...

— Ja — odpowiedział jakiś prawie obcy mi głos.

Spojrzałem. Przy dogorywającej świeczce stał Wokulski.

Wino Machalskiego było tak mocne, że w tej chwili straciłem przytomność.

Po uczcie w piwnicy Stach przez kilka dni nie pokazał się w mieszkaniu. Nareszcie przyszedł — w cudzej odzieży, zmizerowany, ale z zadartą głową. Wtedy pierwszy raz usłyszałem w jego głosie jakiś twardy ton, który do dziś dnia robi mi przykre wrażenie.

> **Aluzja do powstania styczniowego**

Od tej pory zupełnie zmienił tryb życia. Swój balon z wiatrakiem rzucił w kąt, gdzie go niebawem zasnuła pajęczyna; butlę do robienia gazów oddał stróżowi na wodę, do książek nawet nie zaglądał. I tak leżały skarbnice ludzkiej mądrości, jedne na półce, inne na stole, jedne zamknięte, inne otwarte, a on tymczasem...

Niekiedy po parę dni nie bywał w domu, nawet na nocleg; to znowu wpadał z wieczora i w odzieniu rzucał się na nie posłane łóżko. Czasami zamiast niego przychodziło kilku nie znanych mi panów, którzy nocowali na kanapce, na łóżku Stacha, nawet na moim własnym, nie tylko nie dziękując mi, ale nawet nie mówiąc: jak się nazywają i w jakiej branży pracują? A znowu kiedy indziej zjawiał się sam Stach i siedział w pokoju parę dni bez zajęcia, rozdrażniony, ciągle nadsłuchujący, jak kochanek, który przyszedł na schadzkę z mężatką, lecz zamiast niej spodziewa się zobaczyć męża.

Nie posądzam, ażeby Małgosia Minclowa miała być tą mężatką, gdyż i ona wyglądała, jakby ją giez ukąsił. Z rana oblatywała kobieta ze trzy kościoły, widocznie pragnąc niepokoić z kilku stron miłosiernego Boga. Zaraz po obiedzie zbierała się u niej jakaś sesja dam, które w oczekiwaniu doniosłych wypadków opuszczały mężów i dzieci, ażeby zajmować się plotkami. Nad wieczorem zaś schodzili się do niej panowie; ale ci, nawet nie gadając z panią Małgorzatą, odsyłali ją do kuchni.

> **Aluzja do powstania styczniowego**

Nic dziwnego, że przy takim chaosie w domu i mnie w końcu zaczęły się mieszać klepki. Zdawało mi się, że w Warszawie jest ciaśniej i że wszyscy są odurzeni. Co godzinę oczekiwałem jakiejś nieokreślonej niespodzianki, lecz mimo to wszyscy mieliśmy doskonały humor i głowy pełne projektów.

---

[314] *z Nowego Zjazdu na bruk idącej pod nim ulicy* — mowa tu z pewnością o jakiejś akcji terrorystycznej organizowanej przez „czerwonych", o której Prus nie mógł pisać wprost ze względu na cenzurę.

Tymczasem Jaś Mincel, dręczony w domu przez żonę, od samego rana szedł na piwo i wracał aż wieczorem. Wynalazł nawet przysłowie: „Co tam!... Raz kozie śmierć...", które powtarzał do końca życia.

Nareszcie pewnego dnia Stach Wokulski całkiem zniknął mi z oczu. Dopiero we dwa lata napisał do mnie list z Irkucka prosząc, abym mu przysłał jego książki.

W jesieni, w roku 1870 (właśnie wróciłem od Jasia Mincla, który już leżał w łóżku), siedzę sobie w moim pokoju po wieczornej herbacie, nagle ktoś puka do drzwi.

— *Herein!*[315] — mówię.

Drzwi skrzyp... Patrzę, stoi na progu jakaś brodata bestia, w paltocie z foczej skóry, odwróconej włosem na wierzch.

— No — mówię — niech mnie diabli wezmą, jeżeliś ty nie Wokulski.

— On sam — odpowiada jegomość w foczej skórze.

— W imię Ojca i Syna!... — mówię. — Kpisz — mówię — czy o drogę pytasz?... skądeś się tu wziął? Chyba że jesteś duszą zmarłą...

— Jestem żywy — on mówi — nawet jeść mi się chce.

Zdjął czapkę, zdjął futro, usiadł przy świecy. Jużci Wokulski. Broda jak u zbója, pysk jak u Longina, co to Chrystusowi Panu bok przebił, ale — oczywisty Wokulski...

— Wróciłeś — mówię — czyś tylko przyjechał?

— Wróciłem.

— Cóż kraj tamtejszy?

— Niczego.

— Phi!... A ludzie? — pytam.

— Niezgorsi.

— Fiu!... A z czego żyłeś?

— Z lekcyj — mówi. — jeszcze przywiozłem ze sześćset rubli.

— Fiu!... fiu!... A co myślisz robić?

— No, jużci do Hopfera nie wrócę — odparł uderzając pięścią w stół. — Chyba nie wiesz — dodał — że jestem uczonym; mam nawet rozmaite podziękowania od petersburskich naukowych towarzystw...

„Subiekt od Hopfera — został uczonym!... Stach Wokulski ma podziękowania od petersburskich towarzystw naukowych!... Istna heca..." — pomyślałem.

> **Ważny cytat — Rzecki o Wokulskim**

Co tu dużo gadać. Uplacował się chłopak gdzieś na Starym Mieście i przez pół roku żył ze swej gotówki kupując za nią dużo książek, ale mało jedzenia. Wydawszy pieniądze począł szukać roboty, i wtedy — trafiła się rzecz dziwna. Kupcy nie dali mu roboty, gdyż był uczonym, a uczeni nie dali mu także, ponieważ był eks-subiektem. Został tedy, jak Twardowski, uczepiony między niebem a ziemią. Może rozbiłby sobie łeb gdzie pod Nowym Zjazdem, gdybym od czasu do czasu nie przyszedł mu z pomocą.

Strach, jak ciężkim było jego życie. Zmizerniał, sposępniał, zdziczał... Ale nie narzekał. Raz tylko, kiedy mu powiedziano, że dla takich jak on nie ma tu miejsca, szepnął:

— Oszukano mnie...

---

[315] *Herein!* (niem.) — wejść.

W tym czasie umarł Jaś Mincel. Wdowa pogrzebała go po chrześcijańsku, przez tydzień nie wychodziła ze swych pokojów, a po tygodniu zawołała mnie na konferencję. Myślałem, że będziemy mówili z nią o interesach sklepowych, tym bardziej że spostrzegłem butelkę dobrego węgrzyna na stole. Ale pani Małgorzata ani zapytała o losy sklepu. Zapłakała na mój widok, jakbym jej przypomniał tydzień temu pochowanego nieboszczyka, i nalawszy mi wina spory kieliszek rzekła jękliwym głosem:

— Kiedy zgasł mój anioł, myślałam, że tylko ja jestem nieszczęśliwa...

— Co za anioł? — spytałem nagle. — Może Jaś Mincel?... Pozwoli pani, że choć byłem szczerym przyjacielem nieboszczyka, nie myślę jednak nazywać aniołem osoby, która nawet po śmierci ważyła ze dwieście funtów...

— Za życia ważył ze trzysta... słyszałeś pan? — wtrąciła niepocieszona wdowa. Wtem znowu zasłoniła twarz chustką i rzekła szlochając:

— O pan nigdy nie będziesz miał taktu, panie Rzecki... O! co za cios!... Prawda, że nieboszczyk, dokładnie mówiąc, nigdy nie był aniołem, osobliwie w ostatnich czasach, ale zawsze straszne spotkało mnie nieszczęście... Nieopłakane, niepowetowane!...

— No, przez ostatnie pół roku...

— Co pan mówisz — pół roku?... — zawołała. — Nieszczęśliwy mój Jaś był ze trzy lata chory, a z osiem... Ach, panie Rzecki! iluż nieszczęść w małżeństwie jest źródłem to okropne piwo... Przez osiem lat, panie, jakbym nie miała męża... Ale co to był za człowiek, panie Rzecki!... Dziś dopiero czuję cały ogrom mego nieszczęścia...

— Bywają większe — odważyłem się wtrącić.

— O tak! — jęknęła biedna wdowa. — Ma pan zupełną rację, bywają większe nieszczęścia. Ten na przykład Wokulski, który podobno już wrócił... Czy prawda, że dotychczas nie znalazł żadnego zajęcia?

— Najmniejszego.

— Gdzież jada? gdzie mieszka?...

— Gdzie jada?... Nie wiem nawet, czy w ogóle jada. A gdzie mieszka?... Nigdzie.

— Okropność! — zapłakała pani Małgorzata. — Zdaje mi się — dodała po chwili — że spełnię ostatnią wolę mego kochanego nieboszczyka, jeżeli poproszę pana, ażebyś...

— Słucham panią.

— Ażebyś dał mu mieszkanie u siebie, a ja będę wam przysyłać na dół po dwa obiady, dwa śniadania...

— Wokulski tego nie przyjmie — odezwałem się.

Na to pani Małgorzata znowu w płacz. Z rozpaczy po śmierci męża wpadła nawet w taki gniew zapalczywy, że nazwała mnie ze trzy razy niedołęgą, człowiekiem nie znającym życia, potworem... Nareszcie powiedziała mi, żebym poszedł precz, gdyż ona sama da sobie radę ze sklepem. Potem przeprosiła mnie i zaklęła na wszystkie sakramenta, abym nie obrażał się za słowa, które jej żal dyktuje.

Od tego dnia bardzo rzadko widywałem się z naszą pryncypałową. W pół roku zaś później Stach powiedział mi, że... żeni się z panią Małgorzatą Mincel.

Popatrzyłem na niego... Machnął ręką.

— Wiem — powiedział — że jestem świnia. Ale... jeszcze najmniejsza z tych, jakie tu u was cieszą się publicznym szacunkiem.

Po hucznym weselu, na którym (nie wiem nawet skąd) znalazło się mnóstwo przyjaciół Wokulskiego (a jedli, bestie!... a pili zdrowie państwa młodych — garncami!...), Stach sprowadził się na górę, do swojej żony. O ile pamiętam, za całą garderobę miał cztery paki książek i naukowych instrumentów, a z mebli — chyba tylko cybuch i pudło na kapelusz.

Wokulski — ślub z Minclową

Subiekci śmieli się (naturalnie po kątach) z nowego pryncypała; mnie zaś było przykro, że Stach tak od ręki zerwał ze swoją bohaterską przeszłością i niedostatkiem. Dziwna bowiem jest natura ludzka: im mniej sami mamy skłonności do męczeństwa, tym natarczywiej żądamy go od bliźnich.

— Sprzedał się starej babie — mówili znajomi — ten niby to Brutus!...[316] Uczył się, awanturował się i... klap!...

W liczbie zaś najsurowszych sędziów znajdowali się dwaj odpaleni konkurenci pani Małgorzaty.

Stach jednakże bardzo prędko zamknął ludziom usta, ponieważ od razu wziął się do roboty. Może w tydzień po ślubie przyszedł o ósmej rano do sklepu, zajął przy biurku miejsce nieboszczyka Mincla i obsługiwał gości, rachował, wydawał resztę, jak gdyby był tylko płatnym subiektem.

Zrobił nawet więcej, bo już w drugim roku wszedł w stosunki z moskiewskimi kupcami, co bardzo korzystnie oddziałało na interesa. Mogę powiedzieć, że za jego rządów potroiły się nasze obroty.

Odetchnąłem widząc, że Wokulski nie myśli darmo jeść chleba; a i subiekci przestali się uśmiechać przekonawszy się, że Stach w sklepie więcej pracuje niż oni, i w dodatku — ma jeszcze niemałe obowiązki na górze. My odpoczywaliśmy przynajmniej w święta; podczas gdy on, nieborak, właśnie w święto od rana musiał brać żonę pod pachę i maszerować — przed południem do kościoła, po południu — z wizytami, wieczorem do teatru.

Przy młodym mężu w panią Małgorzatę jakby nowy duch wstąpił. Kupiła sobie fortepian i zaczęła uczyć się muzyki od jakiegoś starego profesora, ażeby — jak mówiła — „nie budził w Stasieczku zazdrości". Godziny zaś wolne od fortepianu przepędzała na konferencjach z szewcami, modystkami, fryzjerami i dentystami robiąc się przy ich pomocy co dzień piękniejszą.

A jaka ona była tkliwa dla męża!... Nieraz przesiadywała po kilka godzin w sklepie, tylko wpatrując się w Stasiulka. Dostrzegłszy zaś, że między kundmankami trafiają się przystojne, cofnęła Stacha z sali frontowej za szafy i jeszcze kazała mu zrobić tam budkę, w której, siedząc jak dzikie zwierzę, prowadził księgi sklepowe.

Pewnego dnia słyszę w owej budce straszny łoskot... Wpadam ja, wpadają subiekci... Co za widok!... Pani Małgorzata leży na podłodze przywalona biurkiem i oblana atramentem, krzesełko złamane, Stach zły i zmieszany... Podnieśliśmy płaczącą z bólu jejmość i z rozmaitych jej półsłówek domyśliliśmy się, że to ona sama narobiła tego rwetesu usiadłszy niespodzianie na kolanach mężowi. Kruche krzesło złamało się pod dubeltowym ciężarem, a jejmość chcąc ratować się od upadku chwyciła za biurko i z całym kramem obaliła je na siebie.

---

[316] *Brutus* — postać z historii starożytnego Rzymu, wzór cnót obywatelskich.

Stach z wielkim spokojem przyjmował hałaśliwe dowody małżeńskiej czułości, na pociechę topiąc się w rachunkach i korespondencjach kupieckich. Jejmość zaś, zamiast ochłonąć, gorączkowała się coraz bardziej; a gdy jej małżonek, znudzony siedzeniem czy też dla załatwienia jakiego interesu, wyszedł kiedy na miasto, biegła za nim... podpatrywać, czy nie idzie na schadzkę!...

Niekiedy, osobliwie podczas zimy, Stach wymykał się na tydzień z domu do znajomego leśnika, polował tam całe dnie i włóczył się po lasach. Wówczas pani już trzeciego dnia jechała w pogoń za swym kochanym zbiegiem, chodziła za nim po gąszczu i w rezultacie – przywoziła chłopa do Warszawy.

Przez dwa pierwsze lata tego rygoru Wokulski milczał. W trzecim roku począł co wieczór zachodzić do mego pokoju na gawędkę o polityce. Czasami, gdyśmy się rozgadali o dawnych czasach, on obejrzawszy się po pokoju nagle urywał poprzednią rozmowę i zaczynał jakąś nową:

– Słuchaj mnie, Ignacy...

Wtedy jednakże, jakby na komendę, wpadała z góry służąca wołając:

– Pani prosi!... pani chora!...

A on, biedak, machał ręką i szedł do jejmości nie zacząwszy nawet tego, co chciał mi powiedzieć.

Po upływie trzech lat takiego życia, któremu zresztą nie można było nic zarzucić, poznałem, że stalowy ten człowiek zaczyna się giąć w aksamitnych objęciach jejmości. Pobladł, pochylił się, zarzucił swoje uczone książki, a wziął się do czytania gazet i każdą chwilę wolną przepędzał ze mną na rozmowie o polityce. Czasami opuszczał sklep przed ósmą i zabrawszy jejmość szedł z nią do teatru albo z wizytą, a nareszcie – zaprowadził u siebie przyjęcia wieczorne, na których zbierały się damy, stare jak grzech śmiertelny, i panowie, już pobierający emeryturę i grający w wista.

Stach jeszcze z nimi nie grał; chodził dopiero około stolików i przypatrywał się.

– Stachu – mówiłem nieraz – strzeż się!... Masz czterdzieści trzy lat... W tym wieku Bismarck dopiero zaczynał karierę...

Takie albo tym podobne wyrazy budziły go na chwilę. Rzucał się wtedy na fotel i oparłszy głowę na ręku myślał. Wnet jednak biegła do niego pani Małgorzata wołając:

– Stasiulku! znowu się zamyślasz, to bardzo źle... A tam panowie nie mają wina...

Stach podnosił się, wydostawał nową butelkę z kredensu, nalewał wino w osiem kieliszków i obchodził stoły, przypatrując się, jak panowie grają w wista.

W ten sposób powoli i stopniowo lew przerabiał się na wołu. Kiedym go widział w tureckim szlafroku, w haftowanych paciorkami pantoflach i w czapeczce z jedwabnym kutasem, nie mogłem wyobrazić sobie, że jest to ten sam Wokulski, który przed czternastoma laty w piwnicy Machalskiego zawołał:

– Ja!...

Kiedy Kochanowski pisał: „Na lwa srogiego bez obrazy siędziesz i na ogromnym smoku jeździć będziesz"[317] – z pewnością miał na myśli kobietę... To są ujeżdżacze i pogromcy męskiego rodu!

---

[317] „Na lwa srogiego..." – cytat z psalmu XCI w przekładzie J. Kochanowskiego.

Tymczasem w piątym roku pożycia pani Małgorzata nagle poczęła się malować... Zrazu nieznacznie, potem coraz energiczniej i coraz nowymi środkami... Usłyszawszy zaś o jakimś likworze[318], który damom w wieku miał przywracać świeżość i wdzięk młodości, wytarła się nim pewnego wieczora tak starannie od stóp do głów, że tej samej nocy wezwani na pomoc lekarze już nie mogli jej odratować. I zmarło biedactwo niespełna we dwie doby na zakażenie krwi, tyle tylko mając przytomności, aby wezwać rejenta i cały majątek przekazać swemu Stasiulkowi.

Stach i po tym nieszczęściu milczał, ale osowiał jeszcze bardziej. Mając kilka tysięcy rubli dochodu przestał zajmować się handlem, zerwał ze znajomymi i zagrzebał się w naukowych książkach.

Nieraz mówiłem mu: wejdź między ludzi, zabaw się, jesteś przecie młody i możesz drugi raz ożenić się...

Na nic wszystko...

Pewnego dnia (w pół roku po śmierci pani Małgorzaty) widząc, że mi chłopak w oczach dziadzieje, podsunąłem mu projekt:

— Idź, Stachu, do teatru... Grają dziś Violettę; przecież byliście na niej z nieboszczką ostatni raz....

Zerwał się z kanapy, na której czytał książkę, i rzekł:

— Wiesz... masz rację... Zobaczę, jak to dziś wygląda...

Poszedł do teatru i... na drugi dzień nie mogłem go poznać: w starcu ocknął się mój Stach Wokulski. Wyprostował się, oko nabrało blasku, głos siły...

Od tej pory chodził na wszelkie przedstawienia, koncerty i odczyty.

Wkrótce pojechał do Bułgarii, gdzie zdobył swój olbrzymi majątek, a w parę miesięcy po jego powrocie jedna stara plotkarka (pani Meliton) powiedziała mi, że Stach jest zakochany...

Roześmiałem się z tej gawędy, bo przecież kto się kocha, nie wyjeżdża na wojnę. Dopiero teraz, niestety! zaczynam przypuszczać, że baba miała rację...

Chociaż z tym odrodzonym Stachem Wokulskim człowiek nie jest pewny. A nuż?... O, to śmiałbym się z doktora Szumana, który tak żartuje z polityki!...»

---

[318] *likwor* — płyn.

Rozdział XXI

Pamiętnik starego subiekta

«Sytuacja polityczna jest tak niepewna, że wcale by mnie nie zdziwiło, gdyby około grudnia wybuchła wojna.

Ludziom ciągle się zdaje, że wojna może być tylko na wiosnę; widać zapomnieli, że wojny: pruska i francuska, rozpoczynały się w lecie. Nie rozumiem zaś, skąd wyrósł przesąd przeciw kampaniom zimowym?... W zimie stodoły są pełne, a droga jak mur; tymczasem na wiosnę u chłopa jest przednówek, a drogi jak ciasto; przejedzie bateria i możesz się w tym miejscu kąpać.

Lecz z drugiej strony — zimowe noce, które ciągną się po kilkanaście godzin, potrzeba ciepłej odzieży i mieszkań dla wojska, tyfus... Doprawdy, nieraz dziękuję Bogu, że mnie nie stworzył Moltkem[319]; on musi kręcić głową, nieborak!...

Austriacy, a raczej Węgrzy już na dobre weszli do Bośni i Hercegowiny, gdzie ich bardzo niegościnnie przyjmują. Znalazł się nawet jakiś Hadżi Loja[320], podobno znakomity partyzant, który im napędza dużo zgryzot. Szkoda mi węgierskiej piechoty, ale też i dzisiejsi Węgrzy diabła warci. Kiedy ich w 49 roku dusił szwarcgelber[321], krzyczeli: każdy naród ma prawo bronić swojej wolności!... A dziś co?... Sami pchają się do Bośni, gdzie ich nie wołano, a broniących się Bośniaków nazywają złodziejami i rozbójnikami.

Dalibóg, coraz mniej rozumiem politykę! I kto wie, czy Stach Wokulski nie ma racji, że przestał się nią zajmować (jeżeli przestał?...).

Ale co ja rozprawiam o polityce, skoro w moim własnym życiu zaszła ogromna zmiana. Kto by uwierzył, że już od tygodnia nie zajmuję się sklepem; tymczasowo, rozumie się, bo inaczej chyba oszalałbym z nudów.

Rzecz jest taka. Pisze do mnie Stach z Paryża (prosił mnie o to samo przed wyjazdem), ażebym się zaopiekował kamienicą, którą kupił od Łęckich. „Nie miała baba kłopotu!...", myślę, ale cóż robić?... Zdałem sklep Lisieckiemu i Szlangbaumowi, a sam — jazda w Aleje Jerozolimskie na zwiady.

Przed wyjściem pytam Klejna, który mieszka w Stachowej kamienicy, aby mi powiedział, jak tam idzie? Zamiast odpowiedzieć, wziął się za głowę.

— Jest tam jaki rządca?

— Jest — mówi Klejn krzywiąc się. — Mieszka na trzecim piętrze od frontu.

---

[319] *Helmut Moltke* — pruski feldmarszałek.
[320] *Hadżi Loja* — dowódca bośniackich powstańców.
[321] *Szwarcgelber* — czarno-żółty: Austriak (od barw państwowych Austrii).

— Dosyć!... — mówię — dosyć, panie Klejn!... — (Nie lubię bowiem słuchać cudzych opinii pierwej, nim zobaczę na własne oczy. Zresztą Klejn, chłopak młody, łatwo mógłby wpaść w zarozumiałość pomiarkowawszy, że starsi zapytują go o informacje.)

Ha! trudno... Posyłam tedy do odprasowania mój kapelusz, płacę dwa złote, na wszelki wypadek biorę do kieszeni krócicę i maszeruję gdzieś aż za kościół Aleksandra[322].

Patrzę, dom żółty o trzech piętrach, numer ten sam, ba!... nawet już na tabliczce znajduję nazwisko Stanisława Wokulskiego... (Widocznie kazał ją przybić stary Szlangbaum.)

Wchodzę na podwórko... oj! niedobrze... Pachnie bestia jak apteka. Śmietnik naładowany do wysokości pierwszego piętra, wszystkimi zaś rynsztokami płyną mydliny. Dopiero teraz spostrzegłem, że na parterze w dziedzińcu znajduje się „Pralnia paryska", z dziewuchami jak dwugarbne wielbłądy. To dodało mi otuchy.

Wołam tedy: „Stróż!..." Przez chwilę nie widać nikogo, nareszcie pokazuje się baba tłusta i tak zasmolona, że nie mogę pojąć, jakim sposobem podobna ilość brudu mieści się w sąsiedztwie pralni, i do tego paryskiej.

— Gdzie stróż? — pytam dotykając ręką kapelusza.
— A czego to?... — odwarknęła baba.
— Przychodzę w imieniu właściciela domu.
— Stróż siedzi w kozie — mówi baba.
— Za cóż to?
— O!... ciekawy pan!... — wrzasnęła. — Za to, że mu gospodarz pensji nie płaci.

Ładnych rzeczy dowiaduję się na wstępie!

Naturalnie poszedłem od stróża do rządcy, na trzecie piętro. Już na drugim piętrze słyszę krzyk dzieci, jakieś trzaskanie i głos kobiety wołającej:

— A gałgany!... a nicponie!... a masz!... a masz!...

Drzwi otwarte, we drzwiach jakaś jejmość w nieco białym kaftaniku wali troje dzieci rzemieniem, aż świszcze.

— Przepraszam — mówię — czy nie przeszkadzam?...

Na mój widok dzieci rozpierzchły się w głąb mieszkania, a jejmość w kaftaniku chowając za siebie rzemień zapytała zmieszana:

— Czy nie pan gospodarz?...
— Nie gospodarz, ale... przychodzę w jego imieniu do szanownego małżonka pani... Jestem Rzecki...

Jejmość chwilę przypatrywała mi się z niedowierzaniem, nareszcie rzekła:
— Wicek, biegnij do składu po ojca... A pan może pozwoli do saloniku...

Między mną i drzwiami wyrwał się obdarty chłopak i dopadłszy schodów począł zjeżdżać na poręczy na dół. Ja zaś, zażenowany, wszedłem do saloniku, którego główną ozdobę stanowiła kanapa z wyłążącym na środku włosieniem.

— Oto los rządcy — odezwała się pani wskazując mi nie mniej obdarte krzesło. — Mój mąż służy niby to bogatym panom, a gdyby nie chodził do składu węgli i nie przepisywał u adwokatów, nie mielibyśmy co włożyć w usta. Oto nasze mieszkanie, niech pan spojrzy — mówiła — za trzy ciupy dopłacamy sto osiemdziesiąt rubli rocznie...

---

[322] kościół Aleksandra na placu Trzech Krzyży.

Nagle od strony kuchni doleciało nas niepokojące syczenie. Jejmość w kaftaniku wybiegła szepcząc po drodze:

— Kaziu! idź do sali i uważaj na tego pana...

Istotnie, weszła do pokoju dziewczynka bardzo mizerna, w brązowej sukience i brudnych pończoszkach. Usiadła na krześle przy drzwiach i wpatrywała się we mnie wzrokiem o tyle podejrzliwym, o ile smutnym. Nigdy bym doprawdy nie sądził, że na stare lata wezmą mnie za złodzieja...

Siedzieliśmy tak z pięć minut milcząc i obserwując się wzajemnie, gdy nagle rozległ się krzyk i łoskot na schodach i w tej chwili wbiegł z sieni ów obdarty chłopak, zwany Wickiem, za którym ktoś gniewnie wołał:

— A szelmo!... dam ja ci...

Odgadłem, że Wicek musi mieć żywy temperament i że ten, kto mu wymyśla, jest jego ojcem. Jakoż istotnie ukazał się sam pan rządca w poplamionym surducie i w spodniach u dołu oberwanych. Miał przy tym gęsty, szpakowaty zarost i czerwone oczy.

Wszedł, grzecznie ukłonił mi się i zapytał:

— Wszak mam honor z panem Wokulskim?

— Nie, panie, jestem tylko przyjacielem i dysponentem pana Wokulskiego...

— A tak!... — przerwał mi wyciągając do uścisku rękę. — Miałem przyjemność zauważyć pana w sklepie... Piękny sklep! — westchnął. — Z takich sklepów rodzą się kamienice, a... a z majątków ziemskich — takie oto mieszkania...

— Pan dobrodziej miał majątek? — spytałem.

— Ba!... Ale co tam... Zapewne chce pan poznać bilans tej kamienicy? — odparł rządca. — Otóż powiem krótko. Mamy dwa rodzaje lokatorów: jedni już od pół roku nie płacą nikomu, inni płacą magistratowi kary lub zaległe podatki za gospodarza. Przy tym stróż nie odbiera pensji, dach zacieka, cyrkuł ekscytuje nas, ażebyśmy wywieźli śmiecie, jeden lokator wytoczył nam proces o piwnicę, a dwu lokatorów procesują się o obelgi z powodu strychu... Co się zaś tyczy — dodał po chwili, nieco zmieszany — co się zaś tyczy dziewięćdziesięciu rubli, które ja będę winien szanownemu panu Wokulskiemu...

— Nie niepokój się pan — przerwałem mu. — Stach, to jest pan Wokulski, zapewne umorzy pański dług do października, a następnie zawrze z panem nowy układ.

Ubogi eks-właściciel majątku ziemskiego serdecznie uścisnął mi obie ręce.

Taki rządca, który miał kiedyś własne dobra, wydawał mi się bardzo ciekawą osobistością; ale jeszcze ciekawszym wydał mi się dom, który nie przynosi żadnych dochodów Z natury jestem nieśmiały: wstydzę się rozmawiać z nieznanymi ludźmi, a prawie boję się wchodzić do cudzych mieszkań... (Boże miłosierny! jak ja już dawno nie byłem w cudzym mieszkaniu...) Tym razem jednak wstąpił we mnie jakiś diabeł i koniecznie zapragnąłem poznać lokatorów tej dziwnej kamienicy.

W roku 1849 bywało goręcej, a przecie szedł człowiek naprzód!...

— Panie — odezwałem się do rządcy — czy byłbyś łaskaw... przedstawić mnie niektórym lokatorom?... Stach... to jest pan Wokulski... prosił mnie o zajęcie się jego interesami, dopóki nie wróci z Paryża...

— Paryż!... — westchnął rządca. — Znam Paryż jeszcze z roku 1859. Pamiętam, jak przyjmowali cesarza[323], kiedy wracał z kampanii włoskiej...[324]
— Pan — zawołałem — pan widziałeś triumfalny powrót Napoleona do Paryża?...
Wyciągnął do mnie rękę i odparł:
— Widziałem lepszą rzecz, panie... Podczas kampanii byłem we Włoszech i widziałem, jak Włosi przyjmowali Francuzów w wigilię bitwy pod Magentą...
— Pod Magentą?... W roku 1859?... — spytałem.
— Pod Magentą, panie...

Popatrzyliśmy sobie w oczy z tym eks-obywatelem, który nie mógł zdobyć się na wywabienie plam ze swego surduta. Popatrzyliśmy sobie — mówię — w oczy. Magenta... Rok 1859... Eh! Boże miłosierny...

> Wirski – udział w bitwie pod Magentą

— Powiedz pan — rzekłem — jak to was przyjmowali Włosi w wigilię bitwy pod Magentą?

Ubogi eks-obywatel siadł na wydartym fotelu i mówił:
— W roku 1859, panie Rzecki... Zdaje mi się, że mam honor...
— Tak, panie, jestem Rzecki, porucznik, panie, węgierskiej piechoty panie...
Znowu popatrzyliśmy sobie w oczy. Eh! Boże miłosierny...
— Mów pan dalej, panie szlachcicu — rzekłem ściskając go za rękę.
— W roku 1859 — prawił eks-obywatel — byłem o dziewiętnaście lat młodszy niż dziś i miałem z dziesięć tysięcy rubli rocznie... Na owe czasy! panie Rzecki... Co prawda, brało się nie tylko procent, ale i coś z kapitału. Więc, jak przyszło uwłaszczenie...
— No — rzekłem — chłopi są także ludźmi, panie...
— Wirski — wtrącił rządca.
— Panie Wirski — rzekłem — chłopi...
— Wszystko mi jedno — przerwał — czym są chłopi. Dość że w roku 1859 miałem z dziesięć tysięcy rubli dochodu (łącznie z pożyczkami) i byłem we Włoszech. Ciekawy byłem, jak wygląda kraj, z którego wypędzają Szwaba... A żem nie miał żony i dzieci, nie miałem dla kogo oszczędzać życia, więc przez amatorstwo jechałem z przednią strażą francuską... Szliśmy pod Magentę, panie Rzecki, choć nie wiedzieliśmy jeszcze, ani dokąd idziemy, ani kto z nas jutro zobaczy zachodzące słońce... Pan zna to uczucie, kiedy człowiek niepewny jutra znajdzie się w kompanii ludzi również niepewnych jutra?...
— Czy ja znam!... Jedź pan dalej, panie Wirski...
— Niech mnie kaczki zdepczą — mówił ubogi eks-obywatel — że to są najpiękniejsze chwile w życiu. Jesteś młody, wesół, zdrów, nie masz na karku żony i dzieci, pijesz i śpiewasz, i co chwilę spoglądasz na jakąś ciemną ścianę, za którą ukrywa się nasze jutro... Hej! — wołasz — lejcie mi wina, bo nie wiem, co jest za tą ciemną ścianą... Hej!... wina. Nawet pocałunków... Panie Rzecki — szepnął nachylając się rządca.
— Więc tedy, jakieście szli z przednią strażą pod Magentę?... — przerwałem mu.

---
[323] *cesarz* — oczywiście Napoleon III.
[324] *kampania włoska* — wojna Francji i Królestwa Sardynii z Austrią w 1859 r.

— Szliśmy z kirasjerami — mówił rządca. — Pan znasz kirasjerów, panie Rzecki?... Na niebie świeci jedno słońce, ale w szwadronie kirasjerów jest sto słońc...
— Ciężka to jazda — wtrąciłem. — Piechota gryzie ją jak stalowy dziadek orzechy...
— Zbliżamy się tedy, panie Rzecki, do jakiejś włoskiej mieściny, aż chłopi tamtejsi dają znać, że niedaleko stoi korpus austriacki. Szlemy ich tedy do miasteczka z rozkazem, a właściwie z prośbą, ażeby mieszkańcy, gdy nas zobaczą, nie wydawali żadnych okrzyków...
— Rozumie się — rzekłem. — Kiedy nieprzyjaciel w sąsiedztwie...
— W pół godziny — ciągnął rządca — jesteśmy w mieście. Ulica wąska, po obu stronach naród, ledwie można przejechać czwórkami, a w oknach i na balkonach kobiety... Jakie kobiety, panie Rzecki!... Każda ma w ręku bukiet z róż. Ci, którzy stoją na ulicy, ani pary z ust... bo Austriacy blisko... Ale tamte, co na balkonach, skubią, panie, swoje bukiety i spoconych, pyłem okrytych kirasjerów zasypują listkami z róż jak śniegiem... Ach, panie Rzecki, gdybyś widział ten śnieg: amarantowy, różowy, biały, i te ręce, i te Włoszki... Pułkownik tylko dotykał ręką ust na prawo, i na lewo słał pocałunki. A tymczasem śnieg różanych listków zasypywał złote kirysy[325], hełmy i parskające konie... Na domiar jakiś stary Włoch, z krzywym kijem i siwymi włosami do kołnierza, zastąpił drogę pułkownikowi. Schwycił za szyję jego konia, pocałował go i krzyknąwszy: *Evviva Italia!*[326], padł trupem na miejscu... — Taka była nasza wigilia przed Magentą!

To mówił eks-obywatel, a z oczu spływały mu łzy na poplamiony surdut.

— Niech mnie diabli wezmą, panie Wirski! — zawołałem — jeżeli Stach nie odda panu darmo tego mieszkania.

— Sto osiemdziesiąt rubli dopłacam!... — szlochał rządca.

Obtarliśmy oczy.

— Panie — mówię — Magenta Magentą, a interes interesem. Może przedstawisz mnie pan kilku lokatorom.

— Chodź pan — odpowiedział rządca zrywając się z obdartego fotelu. — Chodź pan, pokażę panu najosobliwszych...

Wybiegł z saloniku i wtykając głowę do drzwi, zdaje mi się kuchennych, zawołał:
— Maniu! ja wychodzę... A z tobą, Wicek, obrachujemy się wieczorem...
— Ja nie gospodarz, żeby się tatko ze mną rachował — odpowiedział mu dziecięcy głos.
— Daruj mu pan — szepnąłem do rządcy.
— Akurat!... — odparł. — Nie zasnąłby, gdyby nie dostał wałów. Dobry chłopak — mówił — sprytny chłopak, ale szelma!...

Wyszliśmy z mieszkania i zatrzymaliśmy się przede drzwiami obok schodów. Rządca ostrożnie zapukał, a mnie wszystka krew uciekła z głowy do serca, a z serca do nóg. Może nawet z nóg uciekłaby do butów i gdzieś het! po schodach aż do bramy, gdyby nie odpowiedziano z wnętrza:
— Proszę!...
Wchodzimy.

---

[325] *kirysy* — zbroja na piersi.
[326] *Evviva Italia!* — Niech żyją Włochy!

Trzy łóżka. Na jednym z książką w ręku i nogami opartymi o poręcz leży jakiś młody człowiek z czarnym zarostem i w studenckim mundurku; na dwu zaś innych łóżkach pościel wygląda tak, jakby przez ten pokój przeleciał huragan i wszystko do góry nogami przewrócił. Widzę też kufer, pustą walizkę tudzież mnóstwo książek leżących na półkach, na kufrze i na podłodze. Jest nareszcie kilka krzeseł giętych i zwyczajnych i niepoliturowany stół, na którym przyjrzawszy się uważniej spostrzegłem wymalowaną szachownicę i poprzewracane szachy.

W tej chwili mdło mi się zrobiło; obok szachów bowiem spostrzegłem dwie trupie główki: w jednej był tytoń, a w drugiej... cukier!...

— Czego to? — zapytał młody człowiek z czarnym zarostem nie podnosząc się z łóżka.

— Pan Rzecki, plenipotent gospodarza... — odezwał się rządca wskazując na mnie.

Młody człowiek oparł się na łokciu i bystro patrząc na mnie rzekł:

— Gospodarza?... W tej chwili ja tu jestem gospodarzem i wcale sobie nie przypominam, ażebym mianował plenipotentem tego pana...

Odpowiedź była tak uderzająco prosta, że obaj z Wirskim osłupieliśmy. Młody człowiek tymczasem ociężale podniósł się z łóżka i bez zbytniego pośpiechu począł zapinać spodnie i kamizelkę. Pomimo całej systematyczności, z jaką oddawał się temu zajęciu, jestem pewny, że przynajmniej połowa guzików jego garderoby pozostała nie zapiętą.

— Aaa!... — ziewnął.

— Niech panowie siadają — rzekł manewrując ręką w taki sposób, że nie wiedziałem, czy każe nam umieścić się w walizie czy na podłodze.

— Gorąco, panie Wirski — dodał — prawda?... Aaa!...

— Właśnie sąsiad z przeciwka skarży się na panów dobrodziejów!... — odparł z uśmiechem rządca.

— O cóż to?

— Że panowie chodzą nago... po pokoju...

Młody człowiek oburzył się.

— Zwariował stary czy co?... On może chce, żebyśmy się ubierali w futra na taką spiekotę?... Bezczelność! słowo honoru daję...

— No — mówił rządca — niech panowie raczą uwzględnić, że on ma dorosłą córkę.

— A cóż mnie do tego?... Ja nie jestem jej ojcem. Stary błazen! słowo honoru, i przy tym łże, bo nago nie chodzimy.

— Sam widziałem... — wtrącił rządca.

— Słowo honoru, kłamstwo! — zawołał młody człowiek rumieniąc się z gniewu. — Prawda, że Maleski chodzi bez koszuli, ale w majtkach, a Patkiewicz chodzi bez majtek, lecz za to w koszuli. Panna Leokadia więc widzi cały garnitur...

— Tak, i musi zasłaniać wszystkie okna — odparł rządca.

— To stary zasłania, nie ona — odparł student machając ręką. — Ona wygląda przez szpary między firanką a oknem. Zresztą, proszę pana: jeżeli pannie Leokadii wolno drzeć się na całe podwórko, to znowu Maleski i Patkiewicz mają prawo chodzić po swoim pokoju, jak im się podoba.

Mówiąc to młody człowiek spacerował wielkimi krokami. Ile razy zaś stanął do nas tyłem, rządca mrugał na mnie i robił miny oznaczające wielką desperację. Po chwili milczenia odezwał się:

— Panowie dobrodzieje winni nam są za cztery miesiące...

— O, znowu swoje!... — wykrzyknął młody człowiek wsadzając ręce w kieszenie. — Ileż razy jeszcze będę musiał powtarzać panu, ażeby pan o tych głupstwach nie gadał ze mną, tylko albo z Patkiewiczem, albo z Maleskim?... To przecie tak łatwo pamiętać: Maleski płaci za miesiące parzyste, luty, kwiecień, czerwiec, a Patkiewicz za nieparzyste: marzec, maj, lipiec...

— Ależ nikt z panów nigdy nie płaci! — zawołał zniecierpliwiony rządca.

— A któż winien, że pan nie przychodzi we właściwej porze?!... — wrzasnął młody człowiek wytrząsając rękoma. — Sto razy słyszałeś pan, że do Maleskiego należą miesiące parzyste, a do Patkiewicza nieparzyste...

— A do pana dobrodzieja?...

— A do mnie, łaskawy panie, żadne — wołał młody człowiek grożąc nam pod nosami — bo ja z zasady nie płacę za komorne. Komu mam płacić?... Za co?... Cha! cha! dobrzy sobie...

Począł chodzić jeszcze prędzej po pokoju śmiejąc się i gniewając. Naresncie zaczął świstać i wyglądać przez okno, hardo odwróciwszy się tyłem do nas...

Mnie już zabrakło cierpliwości.

— Pozwoli pan zrobić uwagę — odezwałem się — że takie nieuszanowanie umowy jest dość oryginalne... Ktoś daje panu mieszkanie, a pan uważa za stosowne nie płacić mu...

> Ważny cytat –
> sytuacja
> studentów

— Kto mi daje mieszkanie?!... — wrzasnął młody człowiek siadając na oknie i huśtając się w tył, jakby miał zamiar rzucić się z trzeciego piętra. — Ja sam zająłem to mieszkanie i będę w nim dopóty, dopóki mnie nie wyrzucą. Umowy!... paradni są z tymi umowami... Jeżeli społeczeństwo chce, ażebym mu płacił za mieszkanie, to niechaj samo płaci mi tyle za korepetycje, żeby z nich wystarczyło na komorne... Paradni są!... Ja za trzy godziny lekcyj co dzień mam piętnaście rubli na miesiąc, za jedzenie biorą ode mnie dziewięć rubli, za pranie i usługę trzy... A mundur, a wpis?... I jeszcze chcą, żebym za mieszkanie płacił. Wyrzućcie mnie na ulicę — mówił zirytowany — niech mnie złapie hycel i da pałką w łeb... Do tego macie prawo, ale nie do uwag i wymówek...

— Nie rozumiem pańskiego uniesienia — rzekłem spokojnie.

— Mam się czego unosić! — odparł młody człowiek huśtając się coraz mocniej w stronę podwórka. — Społeczeństwo, jeżeli nie zabiło mnie przy urodzeniu, jeżeli każe mi się uczyć i zdawać kilkanaście egzaminów, zobowiązało się tym samym, że mi da pracę ubezpieczającą mój byt... Tymczasem albo nie daje mi pracy, albo oszukuje mnie na wynagrodzeniu... Jeżeli więc społeczność względem mnie nie dotrzymuje umowy, z jakiej racji żąda, abym ja jej dotrzymywał względem niego. Zresztą co tu gadać, z zasady nie płacę komornego, i basta. Tym bardziej że obecny właściciel domu nie budował tego domu; nie wypalał cegieł, nie rozrabiał wapna, nie murował, nie narażał się na skręcenie karku. Przyszedł z pieniędzmi, może ukradzio-

nymi, zapłacił innemu, który może także okradł kogo, i na tej zasadzie chce mnie zrobić swoim niewolnikiem. Kpiny ze zdrowego rozsądku!
— Pan Wokulski — rzekłem powstając z krzesła — nie okradł nikogo... Dorobił się majątku pracą i oszczędnością...
— Daj pan spokój! — przerwał młody człowiek. — Mój ojciec był zdolnym lekarzem, pracował dniem i nocą, miał niby to dobre zarobki i oszczędził... raptem trzysta rubli na rok! A że wasza kamienica kosztuje dziewięćdziesiąt tysięcy rubli; więc na kupienie jej za cenę uczciwej pracy mój ojciec musiałby żyć i zapisywać recepty przez trzysta lat... Nie uwierzę zaś, ażeby ten nowy właściciel pracował od trzystu lat...

W głowie zaczęło mi krążyć od tych wywodów; młody człowiek zaś mówił dalej:
— Możecie nas wypędzić, owszem!... Wtedy dopiero przekonacie się, coście stracili. Wszystkie praczki, wszystkie kucharki z tej kamienicy stracą humor, a pani Krzeszowska już bez przeszkody zacznie śledzić swoich sąsiadów, rachować każdego gościa, który przychodzi do nich z wizytą, i każde ziarno kaszy, które sypią do garnka... Owszem, wypędźcie nas!... Wtedy dopiero panna Leokadia zacznie wyśpiewywać swoje gamy i wokalizy[327] z rana sopranem, a po południu kontraltem... I diabli wezmą dom, w którym my jedni jako tako utrzymujemy porządek!

Zabraliśmy się do odejścia.
— Więc pan stanowczo nie zapłaci komornego? — spytałem.
— Ani myślę.
— Może choć od października zacznie pan płacić?
— Nie, panie. Niedługo już będę żył, więc pragnę przeprowadzić choćby jedną zasadę: jeżeli społeczność chce, ażeby jednostki szanowały umowę względem niej; niechaj sama wykonywa ją względem jednostek. Jeżeli ja mam komuś płacić za komorne, niech inni tyle płacą mi za lekcje, żeby mi na komorne wystarczyło. Rozumie pan?...
— Nie wszystko, panie — odparłem.
— Nic dziwnego — rzekł młody człowiek. — Na starość mózg więdnie i nie jest zdolny przyjmować nowych prawd...

Ukłoniliśmy się sobie nawzajem i wyszliśmy obaj z rządcą. Młody człowiek zamknął za nami drzwi, lecz za chwilę wybiegł na schody i zawołał:
— A niechaj komornik przyprowadzi ze sobą dwu stójkowych[328], bo mnie będą musieli wynosić z mieszkania...
— Owszem, panie! — odpowiedziałem mu z grzecznym ukłonem, myśląc w głębi duszy, że nie godzi się jednak wyrzucać takiego oryginała.

Kiedy szczególny młodzieniec ostatecznie cofnął się do pokoju i zamknął drzwi na klucz dając tym sposobem do zrozumienia, że konferencję z nami uważa za skończoną, zatrzymałem się w połowie schodów i rzekłem do rządcy:
— Widzę, macie tu kolorowe szyby, co?
— O, bardzo kolorowe.
— Ale są zakurzone...

---

[327] *wokalizy* — ćwiczenia wokalne polegające na śpiewaniu jednej samogłoski.
[328] *stójkowy* — posterunkowy w policji rosyjskiej.

— O, bardzo zakurzone — odparł rządca.

— I myślę — dodałem — że ten młody człowiek pod względem niepłacenia komornego dotrzyma słowa, co?

— Panie — zawołał rządca — on to nic. On mówi, że nie zapłaci, no i nie płaci; ale tamci dwaj nic nie mówią i także nie płacą. To są, panie Rzecki, nadzwyczajni lokatorowie!... Oni jedni nigdy nie robią mi zawodu.

Mimo woli, i nie wiem nawet dlaczego, pokręciłem głową, choć przeczuwam, że gdybym był właścicielem podobnego domu, kręciłbym głową cały dzień.

— Więc tu nikt nie płaci, a przynajmniej nie płaci regularnie? — zapytałem eks-obywatela.

— I nie ma się czemu dziwić — odparł pan Wirski. — W domu, z którego od tylu lat komorne pobierają wierzyciele, najuczciwszy lokator musi się znarowić. Pomimo to mamy kilku bardzo punktualnych, na przykład baronowa Krzeszowska...

— Co?!... — zawołałem. — Ach, prawda, że baronowa tu mieszka... Chciała nawet kupić ten dom...

— I kupi go — szepnął rządca — tylko, panowie, trzymajcie się ostro!... Kupi go, choćby miała oddać cały swój majątek... A niemały to majątek, choć pan baron mocno go nadszarpnął...

Wciąż stałem na połowie schodów, pod oknem z żółtymi, czerwonymi i niebieskimi szybami. Wciąż stałem zapatrzony we wspomnienie pani baronowej, którą widziałem zaledwie kilka razy w życiu i zawsze przedstawiała mi się jako osoba bardzo ekscentryczna. Umie być pobożną i zawziętą, pokorną i ordynaryjną...

— Cóż to za kobieta, panie Wirski? — spytałem. — To niezwykła kobieta, panie...

— Jak wszystkie histeryczki — mruknął eks-obywatel. — Straciła córeczkę, mąż ją porzucił... Same awantury!...

— Pójdziemy do niej, panie — rzekłem schodząc na drugie piętro. Czułem w sobie takie męstwo, że baronowa nie tylko nie trwożyła mnie, lecz prawie pociągała.

Ale kiedy stanęliśmy pode drzwiami i rządca zadzwonił, doznałem kurczu w łydkach. Nie mogłem ruszyć się z miejsca i tylko dlatego nie uciekłem. W jednej chwili opuściła mnie odwaga, przypomniałem sobie sceny z licytacji...

Obrócił się klucz w zamku, stuknęła zasuwka i w uchylonych drzwiach ukazała się twarz niestarej jeszcze dziewczyny, ubranej w biały czepeczek.

— A kto to? — spytała dziewczyna.

— Ja, rządca.

— Czego pan chce?

— Przychodzę z pełnomocnikiem właściciela.

— A ten pan czego chce?

— Ten pan jest właśnie pełnomocnikiem.

— Więc jak mam powiedzieć?...

— Powiedz pani — odparł już zirytowany rządca — że przychodzimy pogadać o lokalu...

— Aha!

Zamknęła drzwi i odeszła. Upłynęło ze dwie albo trzy minuty, zanim wróciła na powrót i po otworzeniu wielu zamków wprowadziła nas do pustego salonu.

Dziwny był widok tego salonu. Meble okryte ciemnopopielatymi pokrowcami, to samo fortepian, to samo pająk zawieszony u sufitu; nawet stojące w kątach kolumny z posążkami miały także popielate koszule. W ogóle robił on wrażenie pokoju, którego właściciel wyjechał zostawiwszy tylko służbę bardzo dbałą o porządek domu.

Za drzwiami było słychać rozmowę na głos kobiecy i męski. Kobiecy należał do baronowej; męski znałem dobrze, ale nie mogłem sobie przypomnieć, czyj jest.

— Przysięgłabym — mówiła baronowa — że utrzymuje z nią stosunki. Onegdaj przysłał jej przez posłańca bukiet...

— Hum!... Hum!... — wtrącił głos męski.

— Bukiet, który ta obrzydliwa kokietka, dla oszukania mnie, kazała natychmiast wyrzucić za okno...

— Przecież baron na wsi... tak daleko od Warszawy... — odparł mężczyzna.

— Ale ma tu przyjaciół — zawołała baronowa. — I gdybym nie znała pana, przypuszczałabym, że pośredniczysz mu w tych bezeceństwach...

— Ależ, pani!... — zaprotestował głos męski. I w tej samej chwili rozległy się dwa pocałunki, sądzę, że w rękę.

— No, no, panie Maruszewicz, bez czułości!... Znam ja was. Obsypujecie pieszczotami kobietę, dopóki wam nie zaufa, a potem trwonicie jej majątek i żądacie rozwodu...

„Więc to Maruszewicz — pomyślałem. — Ładna para..."

— Ja jestem zupełnie inny — odparł ciszej męski głos za drzwiami i znowu rozległy się dwa pocałunki, z pewnością w rękę.

Spojrzałem na eks-obywatela. Podniósł oczy do sufitu, a ramiona prawie do wysokości uszu.

— Frant!... — szepnął wskazując na drzwi.

— Znasz go pan?...

— Bah!...

— Więc — mówiła baronowa w drugim pokoju — niechże pan zaniesie do Św. Krzyża[329] te dziewięć rubli na trzy wotywy[330], na intencję, ażeby Bóg go upamiętał... Nie — dodała po chwili nieco zmienionym głosem. — Niech będzie jedna wotywa za niego, a dwie za duszę mojej nieszczęśliwej dziewęczki.

Przerwało jej ciche szlochanie.

— Niechże się pani uspokoi!... — łagodnie reflektował[331] ją Maruszewicz.

— Idź pan już, idź!... — odparła.

Nagle otworzyły się drzwi salonu i jak wryty stanął na progu Maruszewicz, za którym ujrzałem żółtawą twarz i zaczerwienione oczy pani baronowej. Rządca i ja podnieśliśmy się z krzeseł, Maruszewicz cofnął się w głąb drugiego pokoju i widocznie wyszedł innymi drzwiami, a pani baronowa zawołała gniewnie:

— Marysia!... Marysia!...

---

[329] *Św. Krzyż* — kościół na Krakowskim Przedmieściu.

[330] *wotywa* — msza śpiewana, odprawiana na jakąś intencję.

[331] *reflektować* — tu: uspokajać, hamować.

Wbiegła dziewczyna w białym, jak wyżej, czepeczku, w ciemnej sukni i białym fartuchu. W ubraniu tym wyglądałaby na dozorczynię chorych, gdyby jej oczy nie rzucały za wiele iskier.

— Jak mogłaś wprowadzić tu tych panów? — zapytała ją baronowa.
— Pani przecie kazała prosić...
— Głupia... precz!... — syknęła baronowa. Następnie zwróciła się do nas:
— Czego pan chce, panie Wirski?
— Pan Rzecki jest plenipotentem właściciela domu — odparł rządca.
— A, a!... To dobrze... — mówiła baronowa, powoli wchodząc do salonu i nie prosząc nas, ażebyśmy usiedli. Rysopis tej damy: czarna suknia, żółtawa twarz, sinawe usta, zaczerwienione z płaczu oczy i włosy gładko uczesane. Skrzyżowała ręce na piersiach jak Napoleon I i patrząc na mnie rzekła:
— A, a, a!... To pan jest plenipotentem, zdaje mi się, że pana Wokulskiego... Czy tak?... Niechże mu pan powie, że albo ja wyprowadzę się z tego mieszkania, za które płacę mu siedemset rubli bardzo regularnie, wszak prawda, panie Wirski?..

Rządca ukłonił się.
— Albo — ciągnęła baronowa — pan Wokulski usunie ze swego domu te brudy i niemoralność...
— Niemoralność? — spytałem.
— Tak, panie — potwierdziła baronowa kiwając głową. — Te praczki, które przez cały dzień śpiewają jakieś wstrętne piosenki na dole, a wieczorem śmieją się nad moją głową u tych... studentów... Ci zbrodniarze, którzy na mnie rzucają z góry papierosy albo leją wodę... Ta nareszcie pani Stawska, o której nie wiem, czym jest: wdową czy rozwódką, ani z czego się utrzymuje... Ta pani bałamuci mężów żonom cnotliwym, a tak strasznie nieszczęśliwym...

Zaczęła mrugać oczyma i rozpłakała się.
— Okropność!... — mówiła łkając. — Być przykutą do tak wstrętnego domu przez pamięć dla dziecka, której nic już nie wydrze z serca... Wszakże ona biegała po tych wszystkich pokojach... Ona bawiła się tam, od podwórza... I wyglądała oknem, przez które mnie, matce-sierocie, wyjrzeć dzisiaj nie wolno... Chcą mnie wypędzić stąd... wszyscy chcą mnie wypędzić... wszystkim zawadzam... A przecież ja stąd nie mogę wyprowadzić się, bo każda deska tej podłogi nosi ślady jej nóżek... w każdej ścianie uwiązł jej śmiech albo płacz...

Upadła na kanapę i zaniosła się od łkania.
— Ach! — płakała — ludzie są okrutniejsi od zwierząt... Chcą mnie wygnać stąd, gdzie moja dziecina wydała ostatnie tchnienie... Jej łóżeczko i wszystkie zabawki leżą na swoich miejscach... Sama ścieram kurze w jej pokoju, ażeby nie poruszyć najmniejszego sprzętu... Każdy cal podłogi wydeptałam kolanami, wycałowałam ślady mojej dzieciny, a oni mnie chcą wygnać!... Wygnajcież stąd pierwej mój ból, moją tęsknotę, moją rozpacz...

Zasłoniła twarz i szlochała rozdzierającym głosem. Spostrzegłem, że rządcy nos czerwienieje, a i ja sam uczułem łzy pod powiekami.

Rozpacz baronowej po zmarłym dziecku tak mnie rozbroiła, że nie miałem odwagi mówić z nią o podwyższeniu komornego. Płacz zaś jej tak znowu denerwował, że gdyby nie wzgląd na drugie piętro, wyskoczyłbym chyba oknem.

W rezultacie chcąc za jakąkolwiek cenę utulić szlochającą kobietę, odezwałem się z całą łagodnością:

— Proszę pani, niech się pani uspokoi... Czego pani żąda od nas?... Czym możemy służyć?...

W głosie moim było tyle współczucia, że rządcy nos jeszcze bardziej poczerwieniał. Pani baronowej zaś obeschło jedno oko, lecz jeszcze płakała drugim, na znak, że nie uważa swojej akcji za skończoną, a mnie za pobitego.

— Żądam... żądam — mówiła wśród westchnień — żądam, aby mnie nie wypędzano z miejsca, gdzie umarło moje dziecko... i gdzie wszystko mi je przypomina. Nie mogę, no... nie mogę oderwać się od jej pokoju... nie mogę ruszyć jej sprzętów i zabawek... Podłością jest w taki sposób wyzyskiwać niedolę.

— Któż ją wyzyskuje? — spytałem. — Wszyscy, począwszy od gospodarza, który każe mi płacić siedemset rubli...

— A, wybacz, pani baronowa — zawołał rządca. — Siedem pysznych pokoi, dwie kuchnie jak salony, dwie schówki... Niech pani komu odstąpi ze trzy pokoje: przecież są dwa frontowe wejścia.

— Nic nikomu nie odstąpię — odparła stanowczo — gdyż jestem pewna, że mój zbłąkany mąż lada dzień opamięta się i powróci...

— W takim razie trzeba płacić siedemset rubli...

— Jeżeli nie więcej... — szepnąłem.

Pani baronowa spojrzała tak, jakby chciała mnie spalić wzrokiem i utopić we łzach. Oj! co to za setna kobietka... Aż mi zimno, kiedy o niej pomyślę.

— Mniejsza o komorne — rzekła.

— Bardzo rozsądnie! — pochwalił ją Wirski kłaniając się.

— Mniejsza o pretensje gospodarza... Ale przecież nie mogę płacić siedmiuset rubli za lokal w podobnym domu...

— Czego pani baronowa chce od domu? — spytałem.

— Ten dom jest hańbą uczciwych ludzi — zawołała gestykulując rękoma. — Więc nie od siebie, ale w imieniu moralności proszę...

— O co?

— O usunięcie tych studentów, którzy mieszkają nade mną, nie pozwalają mi wyjrzeć oknem na podwórze i demoralizują wszystkie...

Nagle zerwała się z kanapy.

— O! słyszy pan? — rzekła wskazując na drzwi, które prowadziły do pokoju od strony dziedzińca.

Istotnie, usłyszałem głos ekscentrycznego brunecika, który z trzeciego piętra wołał:

— Marysiu!... Marysiu, chodź do nas...

— Marysiu! — krzyknęła baronowa.

— Przecież jestem... Czego pani chce? — odparła nieco zarumieniona służąca.

— Ani mi się rusz z domu!... Oto ma pan... — mówiła baronowa — tak jest po całych dniach. A wieczorem chodzą do nich praczki... Panie! — zawołała składając pobożnie ręce – wygnajcie tych nihilistów, bo to źródło zepsucia i niebezpieczeństwa dla całego domu... Oni w trupich główkach trzymają herbatę i cukier... Oni kośćmi ludzkimi poprawiają węgle w samowarze... Oni chcą tu kiedy przynieść całego nieboszczyka!...

Zaczęła znowu tak płakać, iż myślałem, że dostanie spazmów.

– Panowie ci – rzekłem – nie płacą komornego, więc bardzo być może...

Baronowej obeschły oczy.

– Ależ naturalnie – przerwała mi – że musicie ich wypędzić... Lecz, panie! – zawołała – jakkolwiek są oni źli i zepsuci, to przecież gorszą od nich jest ta... ta Stawska!...

Zdziwiłem się zobaczywszy płomień nienawiści, jaki błysnął w oczach pani baronowej przy wymówieniu nazwy: Stawska.

– Pani Stawska tu mieszka? – spytałem mimo woli. – Ta piękna?...

– O... nowa ofiara!... – wykrzyknęła baronowa wskazując na mnie z pałającymi oczyma zaczęła mówić głębokim głosem:

– Ależ, człowieku siwowłosy, zastanów się, co robisz?... Wszakże to kobieta, której mąż oskarżony o zabójstwo uciekł za granicę... A z czego ona żyje?... Z czego się tak stroi?...

– Pracuje kobiecisko jak wół – szepnął rządca.

– O... i ten!... – zawołała baronowa. – Mój mąż (jestem pewna, że to on) przysyła jej ze wsi bukiety... Rządca tego domu kocha się w niej i bierze od niej komorne z dołu co miesiąc...

– Ależ, pani!... – zaprotestował eks-obywatel, a jego oblicze stało się tak rumiane jak nos.

– Nawet ten poczciwy niedołęga Maruszewicz – ciągnęła baronowa – nawet on po całych dniach wygląda do niej oknem...

Dramatyczny głos baronowej przeszedł znowu w szlochanie.

– I pomyśleć – jęczała – że taka kobieta ma córkę, córkę... którą wychowuje dla piekła, a ja... O! wierzę w sprawiedliwość... wierzę w miłosierdzie boskie, ale nie rozumiem... tak... nic nie rozumiem tych wyroków, które mnie pozbawiły, a jej zostawiają dziecko... tej... tej... Panie! – wybuchnęła z nową siłą głosu – możesz zostawić nawet tych nihilistów, ale ją... musisz wygnać!... Niech lokal po niej stoi pustką... będę za niego płacić, byle ona nie miała dachu nad głową...

Ten wykrzyknik już całkiem mi się nie podobał. Dałem znak rządcy, że wychodzimy, i kłaniając się rzekłem oziębie:

– Pozwoli pani baronowa, że w tej sprawie zadecyduje sam gospodarz, pan Wokulski.

Baronowa rozkrzyżowała ręce jak człowiek trafiony kulą w piersi.

– Ach!... więc tak?... – szepnęła. – Więc już i pan, i... ten, ten... Wokulski związaliście się z nią?... Ha!... zaczekam tedy na sprawiedliwość boską...

Wyszliśmy, nie zatrzymywani dłużej; na schodach zatoczyłem się jak pijany.

– Co pan wiesz o tej pani Stawskiej? – zapytałem Wirskiego.

– Najuczciwsza kobieta – odparł. – Młode to, piękne i pracuje na cały dom... Bo emerytura jej matki ledwie starczy na komorne...

– Ma matkę?

– Ma. Także dobra kobiecina.

— A ile płacą za lokal?
— Trzysta rubli — odpowiedział rządca. — To, panie, jakbyśmy z ołtarza zdejmowali...
— Pójdziemy do tych pań — rzekłem.
— Z największą chęcią! — zawołał. — A co o nich plecie ta wariatka, niech pan nie słucha. Ona nienawidzi Stawskiej, nie wiem nawet za co. Chyba za to, że jest piękna i ma córeczkę jak cherubinek...
— Gdzie mieszkają?
— W prawej oficynie, na pierwszym piętrze.

Nie pamiętam nawet, kiedy zeszliśmy ze schodów frontowych, a kiedy minęliśmy podwórko i weszliśmy na pierwsze piętro oficyny. Tak ciągle stała mi przed oczyma pani Stawska i Wokulski... Mój Boże! jaka by to była piękna para; ale i cóż z tego, kiedy ona ma męża. Chociaż są to sprawy, do których najmniej miałbym ochoty mieszać się. Mnie się wydaje tak, im wydałoby się owak, a losowi jeszcze inaczej...

Los! los!... on dziwnie zbliża ludzi. Gdybym przed laty nie zeszedł do piwnicy Hopfera, do Machalskiego, nie poznałbym się z Wokulskim. Gdybym jego znowu nie wyprawił do teatru, on może nie spotkałby się z panną Łęcką. Raz mimo woli nawarzyłem mu piwa i już nie chcę powtarzać tego po raz drugi. Niech sam Bóg radzi o swej czeladzi...

Gdy stanęliśmy pode drzwiami mieszkania pani Stawskiej, rządca uśmiechnął się filuternie i szepnął:
— Uważa pan... naprzód dowiemy się, czy młoda jest w domu. Jest co widzieć, panie!...
— Wiem, wiem...

Rządca nie dzwonił, ale zapukał raz i drugi. Nagle drzwi otworzyły się dość gwałtownie i stanęła w nich gruba i niska służąca z zawiniętymi rękawami i z mydłem na rękach, których mógłby jej pozazdrościć atleta.
— O, to pan rządca!... — zawołała. — Myślałam, że znowu jaki tam...
— Cóż, dobijał się kto?... — spytał Wirski z akcentem oburzenia w głosie.
— Nie dobijał się nijaki — z chłopska odparła służąca — ino jeden przysłał dziś bukiet. Mówią, że to ten Marusiewicz z przeciwka...
— Łotr! — syknął rządca.
— Mężczyzny wszystkie takie. Niech mu się co podoba, to zara będzie lazł jak ćma w ogień.
— A panie obie są? — spytał Wirski.

Gruba służąca spojrzała na mnie podejrzliwie.
— Pan rządca z tym panem?
— Z tym panem. To plenipotent gospodarza.
— A młody on czy stary? — badała dalej, przypatrując mi się jak sędzia śledczy.
— Widzisz przecie, że stary!... — odparł rządca.
— W średnim wieku... — wtrąciłem. (Oni, dalibóg, niedługo piętnastoletnich chłopców zaczną nazywać starymi.)
— Są obie panie — mówiła służąca. — Tylo co do pani młodszej przyszła jedna dziewczynka wydawać lekcje. Ale pani starsza jest w swoim pokoju.
— Phy! — mruknął rządca. — Wreszcie... powiedz pani starszej...

Weszliśmy do kuchni, gdzie stała balia pełna mydlin i dziecinnej bielizny. Na sznurze zawieszonym w pobliżu komina suszyły się również dziecinne spódniczki, koszule i pończoszki. (Jak to zaraz znać, że w mieszkaniu jest dziecko!) Spoza uchylonych drzwi usłyszeliśmy głos już starszej kobiety.

— Z rządcą?... jakiś pan?.. — mówiła niewidzialna dama. — Może to Ludwiczek, bo akurat śnił mi się...

— Niech panowie idą — rzekła służąca otwierając drzwi do saloniku.

> Mieszkanie Stawskiej – wygląd

Salonik nieduży, koloru perłowego. Szafirowe sprzęty, pianino, w obu oknach pełno kwiatów białych i różowych, na ścianach premia Towarzystwa Sztuk Pięknych[332], na stole lampa ze szkłem w formie tulipana. Po cmentarnym salonie pani Krzeszowskiej z meblami w ciemnych pokrowcach wydało mi się tu weselej. Pokój wyglądał, jakby oczekiwano na gościa. Ale jego sprzęty zanadto symetrycznie ustawione dokoła stołu świadczyły, że gość jeszcze nie przyjechał.

Po chwili z przeciwległych drzwi wyszła osoba w wieku poważnym, ubrana w popielatą suknię. Uderzył mnie prawie biały kolor jej włosów, obok twarzy mizernej, lecz niezbyt starej i bardzo regularnej. Rysy tej damy były mi gdzieś znajome.

Tymczasem rządca zapiął swój poplamiony surdut na dwa guziki i ukłoniwszy się z elegancją prawdziwego szlachcica rzekł:

— Pozwoli pani zaprezentować: pan Rzecki, plenipotent naszego gospodarza, a mój kolega... Spojrzeliśmy sobie obaj w oczy. Wyznaję, że byłem trochę zdziwiony naszym koleżeństwem. Wirski spostrzegł to i dodał z uśmiechem:

— Mówię: kolega, gdyż obaj widzieliśmy równie ciekawe rzeczy będąc za granicą.

— Szanowny pan był za granicą? no proszę!... — odezwała się staruszka.

— W roku 1849 i nieco później — wtrąciłem.

— A czy szanowny pan nie zetknął się gdzie przypadkowo z Ludwikiem Stawskim?...

— Ależ, pani dobrodziejko! — zawołał Wirski śmiejąc się i kłaniając. — Pan Rzecki był za granicą przed trzydziestu laty, a zięć pani wyjechał dopiero przed czterema...

Staruszka machnęła ręką, jakby odganiając muchę.

— Prawda! — rzekła — co też ja plotę... Ale tak ciągle myślę o Ludwiczku... Niechże panowie raczą spocząć...

Usiedliśmy, przy czym eks-obywatel znowu ukłonił się poważnej damie, a ona jemu.

Teraz dopiero spostrzegłem, że popielata suknia staruszki jest w wielu miejscach pocerowana, i dziwna melancholia ogarnęła mnie na widok tych dwojga ludzi w poplamionym surducie i w pocerowanej sukni, którzy zachowywali się jak książęta. Nad nimi już przeszedł wszystko wyrównywający pług czasu.

— Bo zapewne pan nie wie o naszym zmartwieniu — rzekła poważna dama zwracając się do mnie. — Mój zięć przed czterema laty miał bardzo przykrą sprawę, najniesłuszniej... Zamordowano tu jakąś straszną lichwiarkę... Ach, Boże! nie ma o czym mówić... Dosyć, że ktoś z bliskich ostrzegł go, że na niego pada posądzenie... Najniewinniej, panie...

— Rzecki — wtrącił eks-obywatel.

---

[332] *premia Towarzystwa Sztuk Pięknych* — reprodukcje rozdawane członkom Towarzystwa jako premie.

— Najniesprawiedliwiej, panie Rzecki... No i on... biedak, uciekł za granicę. W roku zeszłym znalazł się istotny morderca, ogłoszono niewinność Ludwika, ale i cóż, kiedy on już od dwu lat nie pisał...
Tu pochyliła się do mnie z fotelu i rzekła szeptem:
— Helenka, córka moja, panie...
— Rzecki — odezwał się rządca.
— Córka moja, panie Rzecki, rujnuje się... szczerze mówię, że się rujnuje na ogłoszenia po zagranicznych pismach, a tu nic i nic... Kobieta młoda, panie...
— Rzecki — podpowiedział Wirski.
— Kobieta młoda, panie Rzecki, niebrzydka.
— Prześliczna! — wtrącił rządca z zapałem.
— Byłam trochę do niej podobna — ciągnęła sędziwa dama wzdychając i kiwając głową eks-obywatelowi.
— Jest tedy córka moja niebrzydka i młoda, już jedno dziecko ma i... może tęskni za innymi. Chociaż, panie Wirski, przysięgam, że nigdy od niej o tym nie słyszałam... Cierpi i milczy, ale że cierpi, domyślam się. Ja także miałam trzydzieści lat...
— Kto z nas ich nie miał! — ciężko westchnął rządca.
Skrzypnęły drzwi i wbiegła mała dziewczynka z drutami w ręku.
— Proszę babci! — zawołała — ja nigdy nie skończę kaftanika dla mojej lalki...
— Heluniu! — odezwała się staruszka surowo. — Ty nie ukłoniłaś się...
Dziewczynka zrobiła dwa dygi, na które ja odpowiedziałem niezręcznie, a pan Wirski jak hrabia, i mówiła dalej, pokazując babce druty, przy których chwiał się czarny, włóczkowy kwadracik.
— Proszę babci, nadejdzie zima i moja lalka nie będzie miała w czym wyjść na ulicę... Proszę babci, znowu mi spadło oczko.
(Prześliczne dziecko... Boże miłosierny! dlaczego Stach nie jest jego ojcem. Może nie szalałby tak...)
Babcia przepraszając nas wzięła włóczkę i druty, a w tej chwili weszła do salonu pani Stawska... Muszę sobie przyznać, że ja na jej widok zachowałem się z godnością; ale Wirski zupełnie stracił głowę. Zerwał się z krzesła jak student, zapiął surdut jeszcze na jeden guzik, powiem nawet: zarumienił się, i zaczął bełkotać:
— Pozwoli pani zaprezentować sobie: pan Rzecki, plenipotent naszego gospodarza...
— Bardzo mi przyjemnie — odpowiedziała pani Stawska kłaniając mi się ze spuszczonymi oczyma. Ale silny rumieniec i ślad obawy na jej twarzy upewniły mnie, że nie jestem przyjemnym gościem.
„Poczekaj! — myślę. I wyobraziłem sobie, że na moim miejscu jest w tym pokoju Wokulski. — Poczekaj, zaraz cię przekonam, że nie masz się nas czego lękać."
Tymczasem pani Stawska usiadłszy na krześle była tak zmieszana, że zaczęła coś poprawiać około sukienki swojej córeczki. Jej matka również straciła humor, a rządca kompletnie zbaraniał. „Poczekajcie!" — myślę i przybrawszy bardzo surowy wyraz twarzy odezwałem się:
— Panie dawno mieszkają w tym domu?
— Pięć lat... — odpowiada pani Stawska rumieniąc się jeszcze mocniej. Jej matka aż drgnęła na fotelu.

— Ile panie płacą?
— Dwadzieścia pięć rubli miesięcznie... — szepnęła młoda pani. Jednocześnie pobladła, zaczęła skubać sukienkę i z pewnością mimo woli rzuciła na Wirskiego takie błagalne spojrzenie, że... że gdybym był Wokulskim, zaraz bym się o nią oświadczył...
— Jesteśmy — dodała jeszcze ciszej — jesteśmy winne panom za lipiec...
Zachmurzyłem się jak Lucyper i nabrawszy tyle tchu, ile było powietrza w mieszkaniu, rzekłem:
— Nic panie nie są nam winne do... do października. Właśnie Stach... to jest pan Wokulski, pisze mi, że to istny rozbój brać trzysta rubli za trzy pokoje na tej ulicy. Pan Wokulski nie może pozwolić na podobne zdzierstwo i kazał mi zawiadomić panie, że ten lokal od października będzie do wynajęcia za dwieście rubli. A jeżeli panie nie życzą sobie...
Rządca aż posunął się w tył z fotelem. Staruszka złożyła ręce, a pani Stawska patrzyła na mnie wielkimi oczyma. Oto dopiero oczy!... i jak ona nimi umie patrzeć!... Przysięgam, że gdybym był Wokulskim, oświadczyłbym się jej na poczekaniu. Z męża już pewnie nie ma nawet kosteczki, jeżeli nie pisał przez dwa lata. Wreszcie, od czego są rozwody?... na co Stach ma taki majątek?...
Znowu skrzypnęły drzwi i ukazała się w nich może dwunastoletnia dziewczynka, w pastrece[333] na głowie i z paczką kajetów w ręce. Było to dziecko z twarzą rumianą i pełną, lecz nie zdradzającą zbyt wielkiej inteligencji. Ukłoniła się nam, ukłoniła się pani Stawskiej i jej matce, ucałowała w oba policzki małą Helenkę i wyszła, oczywiście do domu. Następnie wróciła się z kuchni i zarumieniona powyżej oczu, spytała pani Stawskiej:
— Pojutrze o której mogę przyjść?
— Pojutrze, kochanko... Przyjdź o czwartej — odpowiedziała pani Stawska również zmieszana. Gdy dziewczynka ostatecznie wyszła, matka pani Stawskiej odezwała się niezadowolonym tonem:
— I to nazywa się lekcja, Boże odpuść!... Helenka pracuje z nią przynajmniej półtorej godziny i za taką lekcję bierze czterdzieści groszy...
— Mateczko! — przerwała pani Stawska, błagalnie patrząc na nią.
(Gdybym był Wokulskim, już bym z nią wracał od ślubu. Co to za kobieta!... co za rysy... co za gra fizjognomii... W życiu nie widziałem nic podobnego!... A rączka, a figurka, a wzrost; a ruchy, a oczy, oczy!...)
Po chwili kłopotliwego milczenia odezwała się znowu młoda pani:
— Bardzo jesteśmy wdzięczne panu Wokulskiemu za warunki, na jakich zostawia nam ten lokal!... Jest to chyba jedyny wypadek, ażeby gospodarz sam zniżał komorne. Ale nie wiem, czy... wypada nam korzystać z jego uprzejmości?...
— To nie uprzejmość, pani, to uczciwość szlachetnego człowieka! — wtrącił rządca. — Mnie pan Wokulski również zniżył komorne i przyjąłem... Ulica, proszę pani, trzeciorzędna, ruch mały...
— Ale o lokatorów na niej łatwo — wtrąciła pani Stawska.
— Wolimy dawnych, znanych nam już ze spokojności i porządku — odpowiedziałem.

---

[333] *pasterka* — tu: kapelusz damski z dużym prostym rondem.

— Ma pan słuszność — pochwaliła mnie siwowłosa dama. — Porządek w mieszkaniu to pierwsza zasada, której przestrzegamy... Nawet jeżeli Helunia potnie kiedy papierki i rzuci je na podłogę, zaraz zmiata je Franusia...

— Przecie ja, proszę babci, wycinam tylko koperty, bo piszę list do tatki, ażeby już wracał — odezwała się dziewczynka.

Po obliczu pani Stawskiej przeleciał cień jakby żalu i zmęczenia.

— I nic, żadnej wiadomości? — spytał rządca.

Młoda pani z wolna potrząsnęła głową; nie jestem pewny, czy nie westchnęła, ale tak cicho...

— Oto los młodej i niebrzydkiej kobiety! — zawołała starsza dama. — Nie panna, nie mężatka...

— Mateczko!...

— Nie wdowa, nie rozwódka, słowem — nie wiadomo co i nie wiadomo za co... Ty, Helenko, mów sobie co chcesz, a ja ci powiadam, że Ludwik już nie żyje...

— Mateczko!... mateczko!...

— Tak — ciągnęła matka z uniesieniem. — My go tu wszyscy oczekujemy każdego dnia, o każdej godzinie, ale to na nic... Albo umarł, albo zaparł się ciebie, więc nie masz obowiązku czekać...

Obu paniom łzy nabiegły do oczu: matce z gniewu, a córce... Czy ja wiem?... Może z żalu za złamanym życiem.

Nagle przeleciała mi przez głowę myśl, którą (gdyby nie o mnie chodziło) poczytałbym za genialną. Zresztą mniejsza o jej nazwę. Dość, że było w mojej twarzy i całej postaci coś takiego, że gdy poprawiłem się na krześle, założyłem nogę na nogę i odchrząknąłem, wszyscy wlepili we mnie spojrzenia — nawet mała Helenka.

— Znajomość nasza — rzekłem — zbyt jest krótką, ażebym śmiał...

— Wszystko jedno! — przerwał mi pan Wirski. — Dobre usługi przyjmuje się nawet od nieznajomych.

— Znajomość nasza — mówiłem skarciwszy go wzrokiem — jest wprawdzie niedługa. Pozwolą panie jednak, ażebym nie tyle ja, ile pan Wokulski użył swoich wpływów do odszukania małżonka pani...

— Aaa!... — jęknęła starsza dama w sposób, którego nie mógłbym uważać za objaw radości.

— Mateczko! — wtrąciła pani Stawska.

— Heluniu — rzekła babcia stanowczo — idź do swojej lalki i rób jej kaftanik. Oczko już znalazłam, idź...

Dziewczynka była trochę zdziwiona, może nawet zaciekawiona, ale ucałowała ręce babci i matce i wyszła ze swymi drutami.

— Proszę pana — ciągnęła staruszka — jeżeli mamy mówić szczerze, to mnie nie tyle chodzi... To jest... nie wierzę, ażeby Ludwik żył. Kto przez dwa lata nie pisze...

— Mamo, dosyć!...

— O nie! — przerwała matka. — Jeżeli ty jeszcze nie czujesz swego położenia, to już ja je rozumiem. Nie można żyć z taką wieczną nadzieją czy groźbą...

— Mamo droga, o moim szczęściu i obowiązkach ja tylko mam prawo...

— Nie mów mi o szczęściu — wybuchnęła matka. — Ono skończyło się w dniu, kiedy twój mąż uciekł przed sądem, który dowiedział się o jakichś ciemnych jego stosunkach z lichwiarką. Że był niewinny, wiem, na to gotowa byłam przysiąc. Ale nie rozumiem ani ja, ani ty, po co on u niej bywał...

— Mamo!... przecież ci panowie są obcy... — zawołała z desperacją pani Stawska.

— Ja obcy?... — spytał rządca tonem wymówki; ale powstał z krzesełka i ukłonił się.

— I pan nie jesteś obcy, i ten pan — rzekła staruszka wskazując na mnie. — To musi być uczciwy człowiek...

Teraz ja ukłoniłem się.

— Więc mówię panu — ciągnęła staruszka, bystro patrząc mi w oczy — żyjemy w ciągłej niepewności co do mego zięcia i niepewność ta zatruwa nam spokój. Ale ja, wyznam szczerze, więcej boję się jego powrotu...

Pani Stawska zasłoniła twarz chustką i wybiegła do swego pokoju.

— Płacz sobie, płacz... — mówiła grożąc za nią rozdrażniona staruszka. — Takie łzy, chociaż bolesne, lepsze są od tych, które co dzień wylewasz...

— Panie — zwróciła się do mnie — przyjmę wszystko, co nam Bóg zeszle, ale czuję, że gdyby ten człowiek wrócił, zabiłby do reszty szczęście mojego dziecka. Przysięgnę — dodała ciszej — że ona go już nie kocha, choć sama nie wie o tym, ale jestem pewna, że... pojechałaby do niego, gdyby ją wezwał!...

Tłumione łkanie przerwało jej mowę. Spojrzeliśmy po sobie z Wirskim i pożegnaliśmy sędziwą damę.

— Pani — rzekłem na odchodnym — nim rok upłynie, przyniosę wiadomość o jej zięciu. A może — szepnąłem z mimowolnym uśmiechem — sprawy ułożą się tak, że... wszyscy będziemy zadowoleni... Wszyscy... nawet ci, których tu nie ma!...

Staruszka spojrzała na mnie pytającym wzrokiem, alem nic nie odpowiedział. Jeszcze raz pożegnałem ją i wyszliśmy obaj z rządcą nie dopytując się już o panią Stawską.

— A niechże pan zagląda do nas choćby co wieczór!... — zawołała sędziwa dama, gdy już byliśmy w kuchni.

Naturalnie, że będę zaglądał... Czy uda mi się moja kombinacja ze Stachem? Bóg raczy wiedzieć. Tam gdzie serce wchodzi w grę, na nic wszelkie rachuby. Ale spróbuję rozwiązać ręce kobiecie, a i to coś znaczy.

Po opuszczeniu mieszkania pani Stawskiej i jej matki rozeszliśmy się z rządcą domu, bardzo z siebie zadowoleni. To jakiś dobry człeczyna. Ale kiedy wróciwszy do siebie zastanowiłem się nad skutkami mego przeglądu lokatorów, ażem się schwycił za głowę.

Miałem uregulować finanse kamienicy i otóż uregulowałem je tak, że na pewno dochód zmniejszył się o trzysta rubli rocznie. Ha! może tym rychlej Stach opatrzy się i sprzeda swój nabytek, który wcale nie był mu potrzebny.

Ir wciąż mi niedomaga. Polityka stoi w jednej mierze: ciągła niepewność...»

Bolesław Prus

LALKA
TOM II

Tom II

Rozdział I

Szare dnie i krwawe godziny

W kwadrans po wyjeździe z Warszawy koleją warszawsko-bydgoską[1] Wokulski doznał dwu szczególnych, choć zupełnie różnych uczuć: owionęło go świeże powietrze, a on sam wpadł w jakiś dziwny letarg[2].

Poruszał się swobodnie, był trzeźwy, myślał jasno i szybko, tylko nic go nie obchodziło; ani kto z nim jedzie, ani którędy jedzie, ani dokąd jedzie. Apatia ta rosła w miarę oddalania się od Warszawy. Za Pruszkowem prawie ucieszyły go krople deszczu, przez otwarte okno padające do wnętrza wagonu; później nieco ożywiła go gwałtowna burza za Grodziskiem; miał nawet pragnienie, ażeby go piorun zabił. Ale gdy burza przeszła, wpadł znowu w obojętność i nie interesował się niczym; nawet tym, że jego sąsiad z prawej strony spał mu na ramieniu, a sąsiad z przeciwka zdjął kamasze i oparł mu na kolanach nogi, w czystych zresztą skarpetkach.

> Wokulski – opis przeżyć (podróż do Paryża)

Około północy napadło na niego coś jakby sen, a może tylko jeszcze większa obojętność. Zasłonił firanką latarnię wagonu, przymknął oczy i myślał, że ta osobliwa apatia skończy się ze wschodem słońca. Ale nie skończyła się; owszem, do rana wzrosła i rosła coraz bardziej. Nie było mu z nią dobrze ani źle; tak sobie.

Potem wzięto od niego paszport, potem zjadł śniadanie, kupił nowy bilet, kazał przenieść rzeczy do innego pociągu i ruszyli dalej. Nowa stacja, nowa zmiana pociągów, nowa jazda... Wagon drżał i turkotał, lokomotywa co pewien czas świstała, zatrzymywała się... Do przedziału zaczęli siadać ludzie mówiący po niemiecku, dwoje, troje... Potem całkiem zniknęli ludzie mówiący po polsku i wagon napełnił się samymi Niemcami.

Zmieniał się też krajobraz. Ukazały się lasy otoczone wałami i złożone z drzew stojących w tak równej odległości jak żołnierze. Znikły drewniane chaty kryte słomą i coraz częściej zaczęły się pojawiać piętrowe domki kryte dachówką, otoczone ogródkami. Znowu postój, znowu jedzenie. Jakieś ogromne miasto... Ach! to chyba Berlin... Znowu jazda... Do wagonu siadają ludzie wciąż mówiący po niemiecku, ale jakby innym akcentem. Potem noc i sen... Nie, to nie sen, to tylko apatia.

Zjawia się dwu Francuzów w przedziale. Krajobraz całkiem odmienny; szerokie horyzonty, wzgórza, winnice. Tu i ówdzie wielki dom piętrowy, stary, ale krzepki, zasłonięty drzewami, zawinięty jakby w bluszcze. Znowu rewizja walizki. Zmiana pociągów, do wagonu wchodzi dwu Francuzów i jedna Francuzka i robią taki hałas,

---

[1] *kolej warszawsko-bydgoska* – linia kolejowa zbudowana w 1862 r.
[2] *letarg* – rodzaj śpiączki.

jakby ich było z dziesięcioro. Są to ludzie widocznie dobrze wychowani; pomimo to śmieją się, kilka razy zmieniają miejsca i przepraszają Wokulskiego, lecz za co, on sam nie wie.

Na jednej ze stacyj Wokulski pisze kartkę do Suzina: „Paris – Grand Hôtel"[3], i daje ją konduktorowi wagonu razem z jakimś banknotem, nie troszcząc się ani o to, ile dał, ani o to, czy depesza dojdzie. Na następnej stacji ktoś wsuwa mu w rękę cały zwitek banknotów i jadą dalej. Wokulski spostrzega, że znowu jest noc, i znowu zapada w stan, który może być snem, a może tylko utratą przytomności.

Ma oczy zamknięte, pomimo to myśli, że śpi i że ten dziwny stan zobojętnienia opuści go w Paryżu.

„Paryż!... Paryż!... (mówi sobie, ciągle śpiąc). Wszakże od tylu lat o nim tylko marzyłem. To przejdzie... Wszystko przejdzie!..."

Godzina dziesiąta rano, nowa stacja. Pociąg staje pod dachem; hałas, krzyk, bieganina. Wokulskiego napada od razu trzech Francuzów ofiarujących mu usługi. Nagle ktoś chwyta go za ramię.

– No, Stanisławie Piotrowiczu, twoje szczęście, żeś przyjechał...

Wokulski przypatruje się przez chwilę jakiemuś olbrzymowi z czerwoną twarzą i konopiastą brodą, wreszcie mówi:

– Ach, Suzin!

Padają sobie w objęcia. Suzinowi towarzyszy jeszcze dwu Francuzów, z których jeden odbiera Wokulskiemu bilet na rzeczy.

– Twoje szczęście, żeś przyjechał – mówi Suzin całując go jeszcze raz. – Myślałem, że się skręcę w tym Paryżu bez ciebie...

„Paryż..." – myśli Wokulski.

– O mnie mniejsza – ciągnie dalej Suzin. – Takeś zhardział pomiędzy waszą parszywą szlachtą, że o mnie już nie dbasz. Ale dla ciebie samego szkoda pieniędzy... Straciłbyś z pięćdziesiąt tysięcy rubli...

Dwaj Francuzi, towarzyszący Suzinowi, ukazują się znowu i mówią im, że już mogą jechać. Suzin bierze pod rękę Wokulskiego i wyprowadza go na plac, gdzie stoi mnóstwo omnibusów i powozów jedno- i dwukonnych, z woźnicami umieszczonymi z przodu lub z tyłu. Przeszedłszy kilkanaście kroków trafiają na dwukonny powóz z lokajem. Siadają i jadą.

> Paryż – wygląd miasta

– Patrzaj – mówi Suzin – to ulica Lafayette, a ot bulwar Magenta. Jedziem wciąż Lafayettem[4] aż do hotelu przy Operze. Powiadam tobie, cud, nie miasto! No, a jak zobaczysz Elizejskie Pola, a potem między Sekwaną i Rivoli... Eh! ja tobie mówię, cud, nie miasto... Kobiety tylko trochę zanadto wypychają się. Ale tu inszy smak... Na wszelki sposób cieszę się, żeś przyjechał; pięćdziesiąt albo i więcej tysięcy rubli to nie nic... Ot, widzisz, Opera, a ot bulwar Kapucyński, a ot, nasza chata...

Wokulski spostrzega ogromny pięciopiętrowy gmach, formy klinowatej, na wysokości drugiego piętra otoczony żelazną balustradą, przy szerokiej ulicy wysadzonej

---

[3] *Grand Hôtel* – jeden z najwytworniejszych hoteli paryskich.
[4] wymienione na tej stronie ulice i gmachy znajdują się w centrum Paryża.

niezbyt starymi drzewami, pełnej omnibusów, powozów, ludzi konnych i pieszych. Ruch jest tak wielki, jak gdyby co najmniej połowa Warszawy biegła na zobaczenie jakiegoś wypadku; ulica jest tak gładka jak posadzka. Widzi, że jest w samym środku Paryża, lecz nie doznaje ani wzruszenia, ani ciekawości. Nic go nie obchodzi.

Powóz wjeżdża we wspaniałą bramę, lokaj otwiera drzwiczki, wysiadają. Suzin bierze Wokulskiego pod rękę i prowadzi do małego pokoiku, który po chwili zaczyna wznosić się w górę.

— A ot winda — mówi Suzin. — Ja mam tu dwa mieszkania. Jedno na pierwszym piętrze za sto franków dziennie, drugie na trzecim za dziesięć franków. I dla ciebie wziąłem za dziesięć franków. Trudna rada — wystawa!...

Wychodzą z windy na korytarz i po chwili znajdują się w eleganckim saloniku, który posiada mahoniowe meble, szerokie łóżko pod baldachimem i szafę mającą zamiast drzwi ogromne lustro.

— Siadaj, Stanisławie Piotrowiczu. Chcesz jeść czy pić, tu czy w sali? No, pięćdziesiąt tysięcy twoje... Bardzom kontent...

— Powiedz mi — po raz pierwszy odezwał się Wokulski — za cóż to ja mam dostać pięćdziesiąt tysięcy?...

— Może i więcej.

— Dobrze, ale za co?

Suzin rzuca się na fotel, opiera ręce na brzuchu i wybucha śmiechem.

— Ot, za to samo, że się pytasz!... Inny nie pyta, za co weźmie pieniądze, tylko dawaj... A ty jeden chcesz wiedzieć, za co zarobisz takie pieniądze. Ach, ty gołąbku!...

— To nie jest odpowiedź.

— Zaraz ja tobie odpowiem — mówi Suzin. — Najpierw za to, żeś ty mnie jeszcze w Irkucku przez cztery lata rozumu uczył. Żeby nie ty, ja nie byłbym ten Suzin co dziś. No, a ja, Stanisławie Piotrowiczu, ja nie wasz człowiek: za dobro daję dobro...

— I to nie odpowiedź — wtrącił Wokulski.

Suzin wzruszył ramionami.

— Już ty w tej izbie nie chciej ode mnie objaśnienia; a tam na dole sam zrozumiesz. Może być, kupię trochę galanteryj paryskich, a może być, kilkanaście statków kupieckich. Ja po francusku ani w ząb i po niemiecku też, więc trzeba mi człowieka takiego jak ty...

— Nie znam się na statkach.

— Bądź spokojny. Znajdziem tu inżynierów kolejowych i morskich, i wojskowych... Mnie nie o nich chodzi, ale o człowieka, który by gadał za mnie — dla mnie. Zresztą, mówię tobie, jak zejdziemy tam na dół, miej ty dwie pary oczów i dwie pary uszów, ale jak wyjdziemy stamtąd, nie miej ty nawet pamięci. Ty to potrafisz, Stanisławie Piotrowiczu, a o resztę nie pytaj się. Ja zarobię dziesięć procent, tobie dam dziesięć procent od mego zarobku i sprawa skończona. A na co to, dla kogo i przeciw komu — nie pytaj.

Wokulski milczał.

— O czwartej przyjdą do mnie fabrykanci amerykańscy i francuscy. Możesz zejść? — spytał Suzin.

— Dobrze.

— A teraz przejedziesz się po mieście?
— Nie. Teraz pójdę spać.
— No, to i dobrze. Chodźże do twego mieszkania.

Opuścili numer Suzina i o kilkanaście kroków dalej weszli do podobnego zupełnie saloniku: Wokulski rzucił się na łóżko, Suzin wyszedł na palcach i zamknął drzwi.

Po odejściu Suzina Wokulski przymknął oczy i usiłował zasnąć. Może nie tyle zasnąć, ile odpędzić od siebie jakąś myśl natrętną, przed którą uciekł z Warszawy. Przez pewien czas zdawało mu się, że jej niema, że została tam i że dopiero szuka go stroskana, tułając się od Krakowskiego Przedmieścia do Alei Ujazdowskiej.

„Gdzie on jest?... gdzie on jest?..." — szeptało widmo.

„A jeżeli poleci za mną?... — spytał samego siebie Wokulski. — No, już chyba tu mnie nie znajdzie w tak wielkim mieście, w takim ogromnym hotelu..."

„A może mnie już szuka?..." — pomyślał.

Zamknął oczy jeszcze mocniej i począł huśtać się na materacu; który wydał mu się nadzwyczajnie szerokim i wyjątkowo sprężystym. Był pogrążony w dwu szmerach. Za drzwiami, na hotelowym korytarzu, ludzie rozmawiali i biegali, jakby w tej chwili stało się coś; za oknem, na ulicy, rozlegał się nieokreślony hałas, na który składają się turkoty licznych wozów, dźwięki dzwonów, głosy ludzkie, trąbki, wystrzały i Bóg nie wie co, a wszystko przytłumione i odległe.

Potem przywidziało mu się, że jakiś cień zagląda do jego okna, a później, że po długim korytarzu ktoś chodzi ode drzwi do drzwi, puka i pyta:

„Czy nie ma go tu?..."

Istotnie ktoś chodził, pukał i nawet zapukał do jego drzwi; lecz nie odebrawszy odpowiedzi poszedł dalej.

„Nie znajdzie mnie!... nie znajdzie..." — myślał Wokulski.

Wtem otworzył oczy i włosy powstały mu na głowie. Naprzeciw siebie zobaczył taki sam pokój jak jego, takie samo łóżko z baldachimem, a na nim... siebie!... Było to jedno z najsilniejszych wstrząśnień, jakich doznał w życiu, sprawdziwszy własnymi oczyma, że tu, gdzie uważał się za zupełnie samotnego, towarzyszy mu nieodstępny świadek... on sam!...

„Co za oryginalne szpiegowanie... — mruknął. — Głupie te szafy z lustrami."

Zerwał się z łóżka, jego sobowtór zerwał się równie szybko. Pobiegł do okna — tamten także. Otworzył gorączkowo walizkę, ażeby przebrać się, i tamten również zaczął przebierać się, widocznie z zamiarem wyjścia na miasto.

Wokulski czuł, że musi uciec z tego pokoju. Widmo, przed którym wyjechał z Warszawy, było już tu i stało za progiem.

Umył się, włożył czystą bieliznę, przebrał się. Było ledwie wpół do pierwszej.

„Trzy i pół godzin — pomyślał. — Coś trzeba z nimi zrobić..."

Ledwie otworzył drzwi, już znalazł się służący z frazesem:

— *Monsieur?...*[5]

Wokulski kazał zaprowadzić się do schodów, dał służącemu franka i zbiegł z trzeciego piętra na dół, jak człowiek, którego ścigają.

---

[5] *Monsieur?* (fr.) — panie?

Wyszedł przed bramę i zatrzymał się na chodniku. Ulica szeroka, wysadzona drzewami. W jednej chwili przelatuje około niego ze sześć powozów i żółty omnibus, naładowany podróżnymi wewnątrz i na dachu. Na prawo, gdzieś bardzo daleko, widać plac, na lewo — pod hotelem — niedużą markizę, a pod nią gromadę mężczyzn i kobiet, którzy siedzą przy okrągłych stoliczkach, prawie na chodniku, i piją kawę. Panowie są jak wydekoltowani, mają w dziurkach od guzików kwiaty lub wstążeczki i zakładają nogi na kolana akurat tak wysoko, jak przystoi w sąsiedztwie pięciopiętrowych domów; kobiety szczupłe, małe, śniade, z ognistymi spojrzeniami, lecz skromnie ubrane.

Paryż – wygląd miasta

Wokulski idzie w lewo i za węgłem tego samego hotelu, w tymże samym hotelu, widzi drugą markizę i drugą gromadę ludzi, pijących coś, obok chodnika. Tu siedzi ze sto osób, jeżeli nie więcej; panowie mają miny impertynentów, damy są ożywione, przyjacielskie i pełne prostoty. Powozy jedno- i dwukonne toczą się w dalszym ciągu, gromady pieszych pędzą co chwilę w jedną i drugą stronę, przesuwa się żółty i zielony omnibus, tym zaś przecinają drogę omnibusy brunatne, wszystkie napełnione wewnątrz, wszystkie obładowane podróżnymi na dachach.

Wokulski znajduje się na środku placu, z którego rozchodzi się siedem ulic. Liczy raz i drugi — siedem ulic... Gdzie iść? Chyba w kierunku drzew... Akurat dwie ulice, przecinające się pod kątem prostym, są zadrzewione...

„Pójdę w kierunku ściany hotelu" — myśli Wokulski.

Robi pół obrotu w lewo i staje zdumiony.

W głębi na lewo widać jakiś potężny gmach.

Na parterze — szereg arkad i posągów, na pierwszym piętrze olbrzymie kolumny kamienne i nieco mniejsze marmurowe, ze złoconymi kapitelami[6]. Na wysokości dachu w kątach orły i złocone posągi, unoszące się nad złoconymi figurami rozhukanych koni. Dach bliżej płaski, dalej kopuła zakończona koroną, a jeszcze dalej — dach trójkątny, również dźwigający na szczycie grupę figur. Wszędzie marmur, brąz, złoto, wszędzie kolumny, posągi i medaliony...[7]

„Opera?... — myśli Wokulski. — Ależ tu jest więcej marmurów i brązów aniżeli w całej Warszawie!..."

Przypomina sobie swój sklep, ozdobę miasta, rumieni się i idzie dalej. Czuje, że Paryż na pierwszym kroku przytłoczył go, i — jest kontent.

Ruch powozów, omnibusów i ludzi pieszych zwiększa się w zastraszający sposób. Co kilka kroków werandy, okrągłe stoliki, ludzie siedzący przy chodnikach. Za powozem, który ma z tyłu lokaja, toczy się wózek ciągniony przez psa, mija go omnibus, potem dwaj ludzie z tragami[8], potem większy wóz na dwu kołach, potem dama i mężczyzna konno i znowu nieskończony szereg powozów. Bliżej chodnika — wózek z bukietami, drugi z owocami, naprzeciw pasztetnik, roznosiciel gazet, handlarz starzyzny, szlifierz, roznosiciel książek...

---

[6] *kapitel* – głowica kolumny.
[7] *medalion* – płaskorzeźba okrągła lub owalna.
[8] *tragi* – nosze.

— *M'rchand d'habits...*[9]
— *„Figaro"!...*[10]
— *Exposition!...*[11]
— *„Guide Parisien"!... trois francs!... trois francs!...*[12]

Ktoś wsuwa Wokulskiemu książkę w rękę, on płaci trzy franki i przechodzi na drugą stronę ulicy. Idzie szybko, lecz pomimo to widzi, że wszystko go wyprzedza: powozy i piesi. Oczywiście, jest to jakiś olbrzymi wyścig; więc przyśpiesza kroku, a choć jeszcze nikogo nie wyścignął, już zwraca na siebie powszechną uwagę. Jego przede wszystkim atakują roznosiciele gazet i książek, na niego patrzą kobiety, z niego w drwiący sposób uśmiechają się mężczyźni. Czuje, że on, Wokulski, który tyle hałasu robił w Warszawie, tutaj jest onieśmielony jak dziecko i... dobrze mu z tym...

Ach, jakże pragnąłby znowu zostać dzieckiem z owej epoki, kiedy to jego ojciec naradzał się z przyjaciółmi: czy go oddać do kupca, czy do szkół?

W tym miejscu ulica nieco zgina się na prawo. Wokulski pierwszy raz spostrzega dom trzypiętrowy i napełnia go jakaś rzewność. Dom trzypiętrowy między pięciopiętrowymi!... cóż to za miła niespodzianka...

Nagle — mija go powóz z groomem[13] na koźle, wiozący dwie kobiety. Jedna całkiem mu nie znana, druga...

„Ona?... — szepcze Wokulski. — Niepodobieństwo!..."

Mimo to czuje, że siły go opuszczają. Na szczęście, jest obok kawiarnia. Rzuca się na krzesło, tuż przy chodniku; zjawia się garson[14], o coś pyta, a następnie przynosi mazagran[15]. Jednocześnie jakaś kwiaciarka przypina mu różę do tużurka[16], a roznosiciel gazet kładzie przed nim „Figaro".

Wokulski tej rzuca dziesięć franków, temu franka, pije mazagran i zaczyna czytać: „Jej K. M. Królowa Izabela..."[17]

Mnie gazetę i chowa ją do kieszeni, nie dokończywszy mazagranu płaci za niego i — wstaje od stołu. Garson patrzy spod oka, dwaj goście, bawiący się cienkimi laseczkami, zakładają nogi jeszcze wyżej, a jeden z nich impertynencko przypatruje mu się przez monokl.

„Gdybym tego franta uderzył w twarz? — myśli Wokulski. — Jutro pojedynek i może zabiłby mnie... Ale gdybym ja jego zabił?..."

Przeszedł około franta i spojrzał mu w oczy. Elegantowi monokl spadł na kamizelkę i opuściła go ochota do półuśmieszków.

---

[9] *M'rchand d'habits...* (fr.) — handlarz odzieżą (okrzyk paryskich tandeciarzy).
[10] *„Figaro"* — popularny dziennik paryski.
[11] *Exposition!* (fr.) — wystawa!
[12] *Guide Parisien!... trois francs!* (fr.) — *Przewodnik paryski!* trzy franki!
[13] *groom* — chłopak do koni.
[14] *garson* — kelner.
[15] *mazagran* — czarna kawa z cukrem, koniakiem i lodem.
[16] *tużurek* — surdut zapinany na dwa rzędy guzików.
[17] *Jej K. M. Izabela* — królowa hiszpańska, matka Alfonsa XII, po abdykacji przebywała w Paryżu.

Wokulski idzie dalej i z największą uwagą przypatruje się kamienicom. Cóż tu za sklepy!... Najlichszy z nich lepiej wygląda aniżeli jego, który jest najpiękniejszym w Warszawie. Domy ciosowe;[18] prawie na każdym piętrze wielkie balkony albo balustrady biegnące wzdłuż całego piętra.

„Ten Paryż wygląda, jakby wszyscy mieszkańcy czuli potrzebę ciągłego komunikowania się jeżeli nie w kawiarniach, to za pomocą ganków" — myśli Wokulski.

I dachy są jakieś oryginalne, wysokie, obładowane kominami, najeżone blaszanymi kominkami i szpicami. I na ulicach co krok wyrasta albo drzewo, albo latarnia, albo kiosk, albo kolumna zakończona kulą. Życie kipi tu tak silnie, że nie mogąc zużyć się w nieskończonym ruchu powozów, w szybkim biegu ludzi, w dźwiganiu pięciopiętrowych domów z kamienia, jeszcze wytryskuje ze ścian w formie posągów lub płaskorzeźb, z dachów w formie strzał i z ulic w postaci nieprzeliczonych kiosków.

> Paryż – wygląd miasta

Wokulskiemu zdaje się, że wydobyty z martwej wody wpadł nagle w ukrop, który „burzy się i szumi, i pryska..." On, człowiek dojrzały i w swoim klimacie gwałtowny, poczuł się tu jak flegmatyczne dziecko, któremu imponuje wszystko i wszyscy.

Tymczasem dokoła niego wciąż „wre i kipi, i szumi, i pryska"[19]; nie widać końca tłumów ani powozów, ani drzew, ani olśniewających wystaw, ani nawet samej ulicy. Wokulski stopniowo zapada w odurzenie. Przestaje słyszeć hałaśliwą rozmowę przechodniów, potem głuchnie na krzyki handlarzy ulicznych, wreszcie na turkot kół. Potem zdaje mu się, że już gdzieś widział takie domy, taki ruch, takie kawiarnie; później myśli, że ostatecznie jest to nic wielkiego, a nareszcie budzą się w nim zdolności krytyczne, i mówi sobie, że — jakkolwiek w Paryżu częściej można słyszeć język francuski aniżeli w Warszawie, to jednak akcent tutejszy jest gorszy i wymowa mniej wyraźna.

Tak rozważając zwalnia kroku i zaczyna nie ustępować z drogi. I kiedy myśli, że dopiero teraz Francuzi zaczną go wytykać palcami, spostrzega ze zdziwieniem, że już coraz mniej zwracają na niego uwagę. Po jednogodzinnym pobycie na ulicy stał się zwyczajną kroplą paryskiego oceanu.

— „To i lepiej!" — mruczy.

Do tej chwili co kilkadziesiąt kroków, na prawo i na lewo, rozsuwały się domy i widać było jakąś boczną ulicę. Teraz jednolita ściana domów ciągnie się przez kilkaset kroków. Zaniepokojony, pośpiesza i ku wielkiemu zadowoleniu dociera nareszcie do bocznej ulicy; skręca trochę na prawo i czyta: Rue St. Fiacre.

Uśmiecha się, przychodzi mu bowiem na myśl jakiś romans Pawła Kocka. Znowu boczna ulica i znowu czyta: Rue du Sentier.

— „Nie znam" — mówi do siebie.

O kilkadziesiąt kroków dalej widzi: Rue Poissonniere, która mu przypomina jakąś sprawę kryminalną, a potem cały szereg krótkich uliczek wychodzących naprzeciw teatru „Gymnase".

---

[18] *domy ciosowe* — z ciosanego w bloki piaskowca.
[19] *„wre i kipi, i szumi, i pryska"* — cytat z ballady F. Schillera pt. *Nurek*.

„Cóż to znowu?..." — myśli spostrzegłszy na lewo ogromny budynek, niepodobny do żadnego z tych, jakie znał dotychczas. Jest to olbrzymi prostokąt z kamienia, a w nim brama z półkolistym sklepieniem. Oczywiście brama, która stoi na przecięciu się dwu ulic. Obok niej budka, gdzie zatrzymują się omnibusy; prawie naprzeciw kawiarnia i chodnik oddzielony od środka ulicy krótką żelazną balustradą.

O paręset kroków dalej druga podobna brama, a między nimi szeroka ulica ciągnąca się na prawo i lewo. Ruch nagle potęguje się; tędy bowiem przejeżdżają aż trzy gatunki omnibusów i tramwaje.

Wokulski spogląda na prawo i znowu widzi dwa szeregi latarń, dwa szeregi kiosków, dwa szeregi drzew i dwa szeregi pięciopiętrowych domów ciągnących się na długość Krakowskiego Przedmieścia i Nowego Światu. Końca ich nic widać, tylko gdzieś het, daleko, ulica podnosi się ku niebu, dachy zniżają się ku ziemi i wszystko znika.

„No, choćbym miał zbłądzić i spóźnić się na sesję, pójdę w tamtą stronę!..." — myśli.

Wtem na skręcie wymija go młoda kobieta, której wzrost i ruchy robią na Wokulskim silne wrażenie.

„Ona?... Nie... Naprzód, ona została w Warszawie, a po wtóre — spotykam już drugą taką... Złudzenia..."

Ale siły opuszczają go, a nawet pamięć. Stoi na przecięciu się dwu ulic wysadzonych drzewami i absolutnie nie wie, skąd przyszedł. Ogarnia go strach paniczny, znany ludziom, którzy zbłądzili w lesie; szczęściem, nadjeżdża jednokonka, której furman uśmiecha się do niego w sposób bardzo przyjacielski.

— Grand Hôtel — mówi Wokulski siadając.

Dorożkarz dotyka ręką kapelusza i woła:

— Naprzód, Lizetka!... Ten szlachetny cudzoziemiec postawi ci za fatygę kwartę piwa.

Następnie, odwróciwszy się bokiem do Wokulskiego, mówi:

— Jedno z dwojga, obywatelu: albo dopiero dziś przyjechaliście, albo jesteście po dobrym śniadaniu?...

— Dziś przyjechałem — odpowiada Wokulski, uspokojony widokiem jego pełnej, czerwonej twarzy bez zarostu.

— I piliście trochę, to zaraz widać — wtrąca dorożkarz. — A taksę znacie?...

— Wszystko jedno.

— Naprzód, Lizetka!... Bardzo podobał mi się ten cudzoziemiec i myślę, że tylko tacy powinni pokazywać się na naszej wystawie. Czy aby jesteście pewni, obywatelu, że mamy jechać do Grand Hôtel?... — zwraca się do Wokulskiego.

— Najzupełniej.

— Naprzód, Lizetka!... Ten cudzoziemiec zaczyna mi imponować. — Czy nie jesteście, obywatelu, z Berlina?...

— Nie.

Dorożkarz przypatruje mu się chwilę, wreszcie mówi:

— Tym lepiej dla was. Nie mam wprawdzie pretensji do Prusaków, choć zabrali nam Alzację i spory kawał Lotaryngii, ale zawsze nie lubię mieć Niemca za kołnierzem. Skądże jesteście, obywatelu?

— Z Warszawy.
— *Ah, ça!...*[20] Piękny kraj... bogaty kraj... Naprzód, Lizetka!... Więc pan jesteś Polak?... Znam Polaków!... Oto plac Opery, obywatelu, a oto Grand Hôtel...
Wokulski rzucił trzy franki dorożkarzowi, pędem wbiegł do bramy, a z niej na trzecie piętro. Ledwie stanął przed swoim numerem, już ukazał się uśmiechnięty służący i oddał mu bilet Suzina i pakiet listów.
— Dużo interesantów... dużo interesantek! — rzekł służący patrząc na niego figlarnie.
— Gdzież oni?
— Są w salonie przyjęć, są w czytelni, są w sali jadalnej... Pan Jumart niecierpliwi się...
— Któż jest pan Jumart? — spytał Wokulski.
— Marszałek dworu pańskiego i pana Siuzę...[21] Bardzo zdolny człowiek i duże mógłby panu oddać usługi, gdyby był pewny tak... z tysiąc franków gratyfikacji... — mówił wciąż figlarnie służący.
— Gdzież on jest?
— Na pierwszym piętrze, w pańskim salonie przyjęć. Pan Jumart jest bardzo zdolny człowiek, ale i ja może przydałbym się waszej ekscelencji, jakkolwiek nazywam się Miler. Naprawdę jednak jestem Alzatczyk i na honor, zamiast brać od pana, jeszcze płaciłbym dziesięć franków dziennie, byleśmy raz skończyli z Prusakami.
Wokulski wszedł do numeru.
— Nade wszystko niech panowie strzegą się tej baronowej... która już czeka w czytelni, a ma niby to przyjść dopiero o trzeciej... Przysięgnę, to Niemka... Jestem przecie Alzatczyk!...
Ostatnie zdania Miler wypowiedział zniżonym głosem i cofnął się na korytarz.
Wokulski otworzył bilet Suzina i czytał: „Sesja dopiero o ósmej — pisał Suzin — masz czasu dosyć, więc załatw się z tymi interesantami, a nade wszystko z babami. Ja już, dalibóg, za stary, żeby im wszystkim dogodzić."
Wokulski zaczął przeglądać listy. Po większej części były to reklamy kupców, fryzjerów, dentystów, prośby o wsparcie, propozycje wyjawienia jakichś tajemnic, jedna odezwa od Armii Zbawienia.
Z całego mnóstwa tych korespondencyj uderzyła Wokulskiego następna: „Osoba młoda, elegancka i przystojna pragnie zwiedzać z panem Paryż na wspólny koszt. Odpowiedź złożyć u szwajcara hotelu."
„Oryginalne miasto!" — mruknął Wokulski.
Drugi, jeszcze ciekawszy list pochodził od owej baronowej... która od trzeciej miała czekać na schadzkę w czytelni.
„To jeszcze pół godziny..."
Zadzwonił i kazał przynieść do numeru śniadanie. W kilka minut podano mu szynkę, jaja, befsztyk, jakąś nieznaną rybę, kilka butelek rozmaitych trunków i maszynkę kawy czarnej. Jadł z wilczym apetytem, pił nie gorzej, wreszcie kazał Milerowi zaprowadzić się do owej sali przyjęć.

---

[20] *Ah, ça!* (fr.) — ach, tak!
[21] *Siuzę* — nazwisko Suzin wymówione jak francuskie.

Służący wyszedł z nim na korytarz, dotknął dzwonka, coś powiedział przez tubę i wprowadził Wokulskiego do windy. W minutę później Wokulski był na pierwszym piętrze, a gdy opuszczał windę, zastąpił mu drogę jakiś dystyngowany pan, z niedużymi wąsami, we fraku i białym krawacie.

— Jumart... — odezwał się ten pan z ukłonem.

Poszli kilkanaście kroków korytarzem i Jumart otworzył drzwi wspaniałego salonu. Wokulski o mało nie cofnął się zobaczywszy złocone meble, olbrzymie lustra i ściany ozdobione płaskorzeźbami. Na środku stał duży stół pokryty kosztownym obrusem i przywalony stosem papierów.

— Mogę wprowadzić interesantów? — spytał Jumart. — Ci nie są, zdaje mi się, niebezpieczni. Tylko na baronowę... ośmielę się zwrócić uwagę... Czeka w czytelni.

Ukłonił się i wyszedł z powagą do innego salonu, który zdawał się być poczekalnią.

„Czy ja, do licha, nie wpadłem w jaką awanturę?" — pomyślał Wokulski.

Ledwie Wokulski usiadł na fotelu i zaczął przeglądać papiery, wszedł lokaj w błękitnym fraku ozdobionym złotymi haftami i podał mu bilet na tacy. Na bilecie był napis: „Pułkownik", i jakieś nic nie mówiące nazwisko.

— Prosić.

Po chwili ukazał się mężczyzna pięknego wzrostu, z siwą hiszpanką, takimiż wąsami i czerwoną wstążeczką przy klapie surduta.

— Wiem, że mało ma pan czasu — odezwał się gość, lekko kłaniając się. — Mój interes jest krótki. Paryż — miasto wspaniałe pod każdym względem: czy chodzi o zabawę, czy o naukę; ale potrzebuje wytrawnego przewodnika. Ponieważ znam wszystkie muzea, galerie, teatry, kluby, monumenta, instytucje rządowe i prywatne, słowem wszystko... więc jeżeli pan życzy sobie...

— Niech pan raczy zostawić swój adres — odpowiedział Wokulski.

— Władam czterema językami, mam znajomości w świecie artystycznym, literackim, naukowym i przemysłowym...

— W tej chwili nie mogę panu dać odpowiedzi — przerwał Wokulski.

— Mam zgłosić się czy czekać na pańskie wezwanie? — spytał gość.

— Tak, odpowiem panu listownie.

— Polecam się pamięci — odparł gość. Wstał z krzesła i ukłoniwszy się wyszedł.

Lokaj przyniósł drugi bilet i niebawem ukazał się drugi gość. Był to człowiek pulchny i rumiany i wyglądał na właściciela sklepu bławatnego. Kłaniał się na całej przestrzeni ode drzwi do stołu.

— Co pan każe? — spytał Wokulski.

— Jak to, nie odgadł pan przeczytawszy nazwisko Escabeau?... Hannibal Escabeau?... — zdziwił się przybyły. — Karabin Escabeau daje siedemnaście strzałów na minutę; ten zaś, który będę miał honor zaprezentować panu, wyrzuca trzydzieści kul...

Wokulski miał tak zdziwioną minę, że Hannibal Escabeau sam począł się dziwić.

— Sądzę, że nie omyliłem się? — spytał gość.

— Omylił się pan — odparł Wokulski. — Jestem kupcem galanteryjnym i karabiny nic mnie nie obchodzą.

— Mówiono mi jednak... poufnie... — rzekł z naciskiem Escabeau — że panowie...

— Źle pana poinformowano.

— Ach, w takim razie przepraszam... To może być pod innym numerem... — mówił gość cofając się i kłaniając.

Nowy występ błękitnego fraka i białych spodni i nowy gość; tym razem mały, szczupły, czarny, z niespokojnym wejrzeniem. Ten prawie przybiegł do stołu, padł na krzesło, obejrzał się na drzwi i przysunąwszy się do Wokulskiego zaczął przyciszonym głosem:

— Pewnie dziwi to pana, ale... rzecz jest ważna... zbyt ważna... W tych dniach zrobiłem olbrzymie odkrycie co do rulety... Trzeba tylko sześć do siedmiu razy dublować stawkę...

— Wybaczy pan, ale ja się tym nie zajmuję — przerwał mu Wokulski.

— Nie ufa mi pan?... To całkiem naturalne... Ale mam właśnie przy sobie małą ruletę... Możemy spróbować...

— Przepraszam pana, w tej chwili nie mam czasu.

— Trzy minuty, panie... minutkę...

— Ani pół minuty.

— Więc kiedyż mam przyjść? — pytał gość z miną bardzo zdesperowaną.

— W każdym razie nieprędko.

— Niechże mi pan przynajmniej pożyczy sto franków na oficjalne próby...

— Mogę służyć pięcioma — odparł Wokulski sięgając do kieszeni.

— O nie, panie, dziękuję... Nie jestem awanturnikiem... Zresztą... niech pan da... jutro odniosę... Pan może się tymczasem namyśli...

Następny gość, człowiek okazałej tuszy, ze sznurem miniaturowych orderów na klapie surduta, proponował Wokulskiemu: dyplom doktora filozofii, order lub tytuł, i wydawał się bardzo zdziwionym, gdy propozycji nie przyjęto. Odszedł, nawet nie pożegnawszy się.

Po nim nastąpiła paruminutowa przerwa. Wokulskiemu zdawało się, że w poczekalni słyszy szelest kobiecej sukni. Wytężył ucho... W tej chwili lokaj zameldował baronowę...

Znowu długa pauza i ukazała się w salonie kobieta tak piękna i dystyngowana, że Wokulski mimo woli powstał z fotelu. Mogła mieć około czterdziestu lat; wzrost okazały, rysy bardzo regularne, postawa wielkiej damy.

Milcząc wskazał jej fotel. Gdy zaś usiadła, spostrzegł, że jest wzburzona i szarpie w rękach haftowaną chusteczkę. Nagle odezwała się, dumnie patrząc mu w oczy:

— Pan mnie zna?

— Nie, pani.

— Nie widział pan nawet moich portretów?

— Nie.

— Więc chyba nigdy pan nie był ani w Berlinie, ani w Wiedniu.

— Nie byłem.

Dama głęboko odetchnęła.

— Tym lepiej — rzekła — będę śmielszą. Nie jestem baronowa... jestem zupełnie kim innym. Ale o to mniejsza. Chwilowo znalazłam się w trudnym położeniu... potrzebuję dwudziestu tysięcy franków... A ponieważ nie chcę w tutejszych lombardach zastawiać moich klejnotów, więc... Pojmuje pan?

— Nie, pani.

— Więc... mam do zbycia ważną tajemnicę...

— Nie mam prawa nabywać tajemnic — odpowiedział już zmieszany Wokulski.

Dama poruszyła się na fotelu.

— Nie ma pan prawa?... Więc po cóż pan tu przyjechał?... — rzekła z lekkim uśmiechem.

— A jednak nie mam...

Dama podniosła się.

— Tu — mówiła wzruszona — jest adres, pod którym można się zgłosić do mnie w ciągu dwudziestu czterech godzin, a tu... notatka, która może panu da trochę do myślenia... Żegnam.

Wyszła z szelestem. Wokulski spojrzał na notatkę i znalazł w niej szczegóły dotyczące osoby jego i Suzina, które zazwyczaj stanowią treść paszportów.

„No tak!... — myślał. — Miler przeczytał mój paszport i zrobił z niego wyciąg, nawet nie bez błędów... W o k l u s k y !... Cóż, u diabła, czy oni mnie uważają za dziecko?..."

Ponieważ nikt z gości już nie przychodził, Wokulski wezwał do siebie Jumarta.

— Co pan rozkaże? — spytał elegancki marszałek dworu.

— Chciałem z panem pomówić.

— Prywatnie?... W takim razie pozwoli pan, że usiądę. Przedstawienie skończone, kostiumy idą do składu, aktorzy stają się równi sobie.

Mówił to nieco ironicznym tonem i zachowywał się, jak przystało na człowieka bardzo dobrze wychowanego. Wokulski dziwił się coraz więcej.

— Powiedz mi pan — rzekł — co to są za ludzie?

— Ci, którzy byli u pana? — spytał Jumart. — Ludzie jak inni: przewodnicy, wynalazcy, pośrednicy... Każdy pracuje, jak umie, i stara się swoją pracę zbyć najkorzystniej. A że lubią zarobić, jeżeli się da, więcej niż warto, to już cecha Francuzów.

— Pan nie jesteś Francuzem?

— Ja?... Urodziłem się w Wiedniu, kształciłem się w Szwajcarii i w Niemczech, długi czas mieszkałem we Włoszech, Anglii, Norwegii, Stanach Zjednoczonych... Moje zaś nazwisko najlepiej streszcza narodowość: tym jestem, w czyjej mieszkam oborze; wołem między wołami, koniem między końmi. A że wiem, skąd mam pieniądze i na co je wydaję, i ludzie o mnie wiedzą, więc zresztą nic mnie nie obchodzi.

Wokulski przypatrywał mu się z uwagą.

— Nie rozumiem pana — rzekł.

Jumart – refleksje na temat ludzi

— Widzi pan — mówił Jumart przebierając palcami po stole — za dużo zwiedziłem świata, ażebym miał troszczyć się o czyjąś narodowość. Dla mnie istnieją tylko cztery narodowości bez względu na języki. Numer pierwszy mają ci, o których wiem: skąd biorą pieniądze i na co je wydają. Numer drugi — ci, o których wiem, skąd biorą, ale nie wiem, na co wydają. Numer trzeci ma znane wydatki, choć nieznane dochody, a numer czwarty noszą ci, których nie znam ani źródła dochodów, ani wydatków. O panu Escabeau wiem, że ma dochody z fabryki trykotaży, a wydaje pieniądze na zbudowanie jakiejś piekielnej broni, więc szanuję go... Zaś o pani baronowej... nie wiem, ani skąd bierze pieniądze, ani na co je wydaje; i dlatego jej nie ufam.

— Ja jestem kupcem, panie Jumart — odpowiedział Wokulski, niemile draśnięty wykładem powyższej teorii.

— Wiem o tym. I jeszcze jest pan przyjacielem pana Siuzę, co także daje pewien procent. Nie do pana zresztą stosowały się moje uwagi; wypowiedziałem je jako odczyt, który mam nadzieję, opłaci mi się.

— Jesteś pan filozofem — mruknął Wokulski.

— Nawet doktorem filozofii dwu uniwersytetów — odparł Jumart.

— I spełniasz pan rolę...

— Służącego?... chciałeś pan powiedzieć — przerwał śmiejąc się Jumart. — Pracuję, panie, aby żyć i zabezpieczyć sobie rentę na starość. A o tytuł nie dbam: tyle ich już miałem!... Świat

<small>Jumart — refleksje o śmierci</small>

podobny jest do amatorskiego teatru: więc nieprzyzwoicie jest pchać się w nim do ról pierwszych, a odrzucać podrzędne. Wreszcie, każda rola jest dobra, byle grać ją z artyzmem i nie brać jej zbyt poważnie.

Wokulski poruszył się. Jumart wstał z krzesła i ukłoniwszy się elegancko, rzekł:

— Polecam panu moje usługi.

Następnie wyszedł z salonu.

„Mam gorączkę czy co?... — szepnął Wokulski ściskając głowę rękoma. — Wiedziałem, że Paryż jest dziwny, ale żeby był aż tak dziwny..."

Kiedy Wokulski spojrzał na zegarek, było dopiero wpół do czwartej.

„Przeszło cztery godziny do sesji" — mruknął czując, że ogarnia go trwoga na myśl: co robić z czasem? Widział tyle nowych rzeczy, rozmawiał z tyloma nowymi ludźmi i jest dopiero wpół do czwartej!...

Trapił go nieokreślony niepokój, czuł brak czegoś... „Może by znowu co zjeść? — nie. Może czytać? — nie. Może rozmawiać? — już mam dosyć tej rozmowy..." Ludzie obrzydli mu; najmniej wstrętnymi byli ci chorzy na manię wynalazków i ten Jumart ze swoją klasyfikacją człowieczego gatunku.

Nie miał odwagi wracać do swego numeru z wielkim lustrem; cóż mu więc pozostało, jeżeli nie oglądanie paryskich osobliwości. Kazał zaprowadzić się do sali jadalnej Grand Hôtel. Wszystko tu pyszne i ogromne, począwszy od ścian, sufitu i okien, skończywszy na liczbie i długości stołów. Ale Wokulski nie przypatrywał się; utkwił oczy w jednym z olbrzymich złoconych pająków i myślał:

„Kiedy o n a dosięgnie wieku baronowej... o n a, przywykła do wydawania dziesiątków tysięcy rubli rocznie, kto wie, czy nie pójdzie też drogami baronowej?... Przecie i ta kobieta była młodą, i za nią mógł szaleć taki wariat jak ja, i ona nie pytała, skąd się biorą pieniądze... Dziś już wie skąd: z handlu tajemnicami!... Przeklęta sfera, która hoduje takie piękne i takie kobiety..."

W sali było mu ciasno, więc wybiegł przed hotel utopić się w ulicznym gwarze.

„Pierwej szedłem na lewo — myślał — teraz pójdę w prawo..."

Wędrówka na oślep w niezmiernym mieście była jedyną rzeczą mającą dla niego jakiś gorzki powab.

„Gdybym między tymi tłumami mógł zgubić samego siebie..." — szepnął.

Skręcił tedy na prawo. Wyminął nieduży plac i wszedł na bardzo duży, obficie zasadzony drzewami. Na środku jego stał gmach prostokątny, otoczony kolumnami jak grecka świątynia; wielkie drzwi śpiżowe, okryte płaskorzeźbą, na szczycie frontonu również płaskorzeźba przedstawiająca, zdaje się, sąd ostateczny.

Wkoło obszedł gmach myśląc o Warszawie. Z jakim trudem dźwigają się tamtejsze budowle nieduże, nietrwałe i płaskie, gdy tu siła ludzka, jakby dla rozrywki, wznosi olbrzymy i tak dalece jest niewyczerpana pracą, że jeszcze zalewa je ozdobami.

Paryż – plac Zgody

Naprzeciw zobaczył niedługą ulicę, a za nią ogromny plac, na którym majaczyła wysmukła kolumna. Poszedł w tamtą stronę. Im bardziej zbliżał się, tym wyżej rosła kolumna i plac się rozszerzał. Przed i za kolumną biły duże wodotryski; na prawo i na lewo ciągnęły się już żółknące kępy drzew jak ogrody; w głębi widać było rzekę, nad którą co chwilę rozsnuwał się dym szybko przelatującego parostatku.

Na placu kręciło się niewiele stosunkowo powozów; natomiast było dużo dzieci z matkami i bonami. Krążyli wojskowi różnej broni i gdzieś grała orkiestra.

Wokulski zbliżył się do obelisku i ogarnęło go zdumienie. Znajdował się na środku obszaru mającego ze dwie wiorsty długości i z pół szerokości. Za sobą miał ogród, przed sobą bardzo długą aleję. Po obu jej stronach ciągnęły się skwery i pałace, a daleko, na wzgórzu, wznosiła się ogromna brama. Wokulski czuł, że w tym miejscu może mu zabraknąć przymiotników i stopni najwyższych.

— To jest plac Zgody, to obelisk z Luxor (oryginalny, panie!), za nami Ogród Tuileryjski, przed nami Pola Elizejskie, a tam, na końcu... Łuk Gwiazdy...[22]

Wokulski obejrzał się: przy nim kręcił się jakiś pan w ciemnych okularach i nieco podartych rękawiczkach.

— Możemy tam podejść... Boski spacer!... Czy widzisz pan ten ruch... — mówił nieznajomy.

Nagle umilkł, szybko odszedł i zniknął między dwoma przejeżdżającymi powozami. Natomiast zbliżył się jakiś wojskowy w krótkiej pelerynie, z kapturem na plecach. Wojskowy chwilę przypatrzył się Wokulskiemu i rzekł z uśmiechem:

— Pan cudzoziemiec?... Niech pan będzie ostrożny ze znajomościami w Paryżu...

Wokulski machinalnie dotknął bocznej kieszeni surduta i już nie znalazł tam srebrnej papierośnicy. Zarumienił się, podziękował wojskowemu w pelerynie, lecz nie przyznał się do straty. Przyszły mu na myśl definicje Jumarta i powiedział sobie, że już zna źródło dochodów pana w podartych rękawiczkach, choć nie wie jeszcze o jego wydatkach.

„Jumart ma rację — szepnął. — Złodzieje są mniej niepewni od ludzi, którzy nie wiadomo skąd czerpią dochody..."

I przypomniał sobie, że w Warszawie jest bardzo wielu takich.

„Może dlatego nie ma tam gmachów i łuków triumfalnych..."

Szedł Polami Elizejskimi i odurzał się ruchem nieskończonych sznurów karet i powozów, między którymi przesuwali się jeźdźcy i amazonki. Szedł odpędzając od siebie posępne myśli, które krążyły nad nim jak stada nietoperzy. Szedł i lękał się spojrzeć za siebie; zdawało mu się, że na tej drodze, kipiącej przepychem i weselem, on sam jest jak zdeptany robak, który wlecze za sobą wnętrzności.

---

[22] Wokulski zwiedza Paryż, więc autor wymienia ulice i gmachy.

Dotarł do Łuku Gwiazdy i powoli zawrócił się z powrotem. Gdy znowu dosięgał placu Zgody, zobaczył, poza Tuileryjskim ogrodem, ogromną czarną kulę, która szybko szła w górę, zatrzymała się pewien czas i powoli opadła na dół.

„Ach, to tu jest balon Giffarda? – pomyślał. – Szkoda, że nie mam dziś czasu!..."

Z placu skręcił w jakąś ulicę, gdzie na prawo ciągnął się ogród oddzielony żelaznymi sztachetami i słupami, na których stały wazony, a na lewo – szereg kamienic z półokrągłymi dachami, z lasem kominów i kominków, z nie kończącymi się balustradami... Szedł powoli i z trwogą myślał, że ledwie po ośmiogodzinnym pobycie Paryż zaczyna go nudzić...

„Bah! – szepnął. – A wystawa, a muzea, a balon?..."

Idąc wciąż ulicą Rivoli, około siódmej dotarł do placu, na którym wznosiła się, samotna jak palec, wieża gotycka, otoczona drzewami i niskim płotem z prętów żelaznych. Stąd znowu rozbiegało się kilka ulic; Wokulski uczuł znużenie, kiwnął na fiakra i po upływie pół godziny znalazł się w hotelu spotkawszy po drodze znajomą już bramę St. Denis.

Sesja z fabrykantami okrętów i odnośnymi inżynierami przeciągnęła się do północy, przy udziale bardzo wielu butelek szampana. Wokulski, który musiał wyręczać w rozmowie Suzina i robił dużo notatek, dopiero przy tej pracy uspokoił się zupełnie. Rześko pobiegł do swojego numeru i zamiast dręczyć się lustrem, wziął do poduszki plan Paryża umieszczony w *Przewodniku*.

„Bagatela! – mruknął. – Około stu wiorst kwadratowych powierzchni, dwa miliony mieszkańców, kilka tysięcy ulic i kilkanaście tysięcy powozów publicznych..."

Potem przejrzał długi spis najznakomitszych budowli paryskich i ze wstydem pomyślał, że chyba nigdy nie zorientuje się w tym mieście.

„Wystawa... Notre-Dame... Hale Centralne... Plac Bastylii... Magdalena... Ścieki... No, dajcie mi spokój!" – mówił.

Zgasił świecę. Na ulicy było cicho; przez okno napływał szary blask świateł odbitych chyba od obłoków. Ale Wokulskiemu szumiało i dzwoniło w uszach, a przed oczyma ukazywały mu się to ulice gładkie jak posadzka, to drzewa otoczone żelaznymi koszykami, to gmachy budowane z ciosowego kamienia, to znowu ciżba ludzi i powozów wychodzących nie wiadomo skąd i biegnących nie wiadomo dokąd. Przypatrując się tym pierzchliwym widziadłom usypiał i myślał, że jednak ten pierwszy dzień w Paryżu upamiętni mu się na całe życie.

Potem marzyło mu się, że to morze domów i las posągów, i nieskończone szeregi drzew zwalają się na niego i że on sam już śpi w niezmiernym grobowcu samotny, cichy, prawie szczę-

> Wokulski – życie w Paryżu

śliwy. Śpi, o niczym nie myśli, o nikim nie pamięta, i tak przespałby wieki, gdyby, ach! nie ta kropla żalu, która leży w nim czy obok niego, tak mała, że jej nie dojrzy ludzkie oko, a tak gorzka, że mogłaby cały świat zatruć.

Od dnia, w którym po raz pierwszy skąpał się w Paryżu, zaczęło się dla Wokulskiego życie prawie mistyczne. Poza obrębem kilku godzin, które poświęcał naradom Suzina z budowniczymi okrętów, Wokulski był zupełnie swobodny i używał tego czasu na najnieporządniejsze zwiedzanie miasta. Wybierał jakąś miejscowość według alfabetu w *Przewodniku* i nawet nie patrząc na plan jechał tam otwartym powozem.

Wdrapywał się na schody, obchodził gmachy, przebiegał sale, zatrzymywał się przed ciekawszymi okazami i tym samym fiakrem, wynajętym na cały dzień, przenosił się do innej miejscowości, znowu według alfabetu. A ponieważ największym niebezpieczeństwem, jakiego lękał się, był brak zajęcia, więc wieczorami oglądał plan miasta, wykreślał już obejrzane punkta i robił notatki.

Niekiedy w wycieczkach towarzyszył mu Jumart i prowadził go do miejsc, o których nie wspominają przewodniki: do składów kupieckich, do warsztatów fabrycznych, do mieszkań rękodzielników, do kwater studenckich, do kawiarni i restauracyj na ulicach czwartego rzędu. I tu dopiero Wokulski poznawał właściwe życie Paryża.

W ciągu tych wędrówek wchodził na wieże: St. Jacques, Notre-Dame i Panteonu, wjeżdżał windą na Trocadéro, zstępował do ścieków paryskich i do ozdobionych trupimi głowami katakumb, zwiedzał wystawę powszechną, Louvre i Cluny, Lasek Buloński i cmentarze, kawiarnie de la Rotonde, du Grand Balcon i fontanny, szkoły i szpitale, Sorbonę i salę fechtunku, hale i konserwatorium muzyczne, bydłobójnie i teatry, giełdę, Kolumnę Lipcową i wnętrza świątyń. Wszystkie te widoki tworzyły dokoła niego chaos, któremu odpowiadał chaos panujący we własnej duszy.

Wokulski – opis przeżyć (pobyt w Paryżu)

Nieraz przebiegając myślą oglądane przedmioty: od pałacu wystawy, mającego dwie wiorsty w obwodzie, do perły w koronie Burbonów, nie większej od ziarna grochu, pytał: czego ja chcę.?... I okazywało się, że nie chciał niczego. Nic nie przykuwało jego uwagi, nie przyśpieszało bicia serca, nie pobudzało go do czynów. Gdyby za cenę pieszej podróży od cmentarza Montmartre do cmentarza Montparnasse ofiarowano mu cały Paryż pod warunkiem, żeby go to zajęło i rozgrzało, nie przeszedłby tych pięciu wiorst. Przechodził zaś ich dziesiątki dziennie dlatego tylko, ażeby zagłuszyć wspomnienia.

Nieraz zdawało mu się, że jest istotą, która dziwnym zbiegiem wypadków urodziła się przed kilkoma dniami tu, na bruku paryskim, i że wszystko, co mu przychodziło na pamięć, jest złudzeniem, jakimś snem przedbytowym, który nigdy nie istniał w rzeczywistości. Wówczas mówił sobie, że jest zupełnie szczęśliwy, jeździł z jednego końca Paryża na drugi i jak szaleniec garściami rozrzucał luidory[23].

„Wszystko jedno!" — mruczał.

Ach, gdyby tylko nie ta kropla żalu, tak mała, a tak gorzka!

Czasami na tle szarych dni, w których zdawało mu się, że na jego głowę wali się cały świat pałaców, fontann, rzeźb, obrazów i machin, trafiał się wypadek, który przypominał mu, że on nie jest złudzeniem, ale rzeczywistym człowiekiem, chorym na raka w duszy.

Był raz w teatrze „Variétés" na ul. Montmartre, o paręset kroków od swego hotelu. Miano grać trzy wesołe sztuczki, między nimi jedną operetkę. Poszedł tam, ażeby odurzyć się błazeństwem, i prawie natychmiast po podniesieniu kurtyny usłyszał na scenie frazes wypowiedziany płaczliwym głosem:

„Kochanek wszystko wybaczy kochance, wyjąwszy drugiego kochanka..."

---

[23] *luidor* — tradycyjna nazwa dwudziestofrankówki.

— Niekiedy trzeba wybaczyć trzech albo i czterech!... — odezwał się ze śmiechem siedzący obok niego Francuz.

Wokulski uczuł brak powietrza, zdawało mu się, że ziemia rozstępuje się pod nim i sufit upada na niego. Nie mógł wytrzymać w teatrze; wstał z krzesła, na nieszczęście położonego gdzieś we środku teatru i, oblany zimnym potem, depcząc po nogach sąsiadów, uciekł z przedstawienia. Biegł w stronę hotelu i wpadł do pierwszej narożnej kawiarni. O co go pytano, co odpowiedział, nie pamięta. Wiedział tylko, że podano mu kawę i karafkę koniaku, naznaczoną kreskami, które odpowiadały objętości kieliszka.

Wokulski pił i myślał:

„Starski to jest ten drugi kochanek, Ochocki trzeci... A Rossi?... Rossi, któremu ja urządzałem klakę i znosiłem mu do teatru prezenta... Czymże on był?... Głupi człowieku, ależ to jest Mesalina[24], jeżeli nie ciałem, to duchem... I ja, ja mam szaleć dla niej?... Ja!..."

> Wokulski
> o Łęckiej
> (ważny cytat)

Czuł, że oburzenie uspokaja go; gdy przyszło do rachunku, przekonał się, że... karafka była pusta...

„A jednakże ten koniak uspakaja..." — pomyślał.

Odtąd, ile razy przypomniała mu się Warszawa albo ile razy spotkał kobietę mającą coś szczególnego w ruchach, w ubiorze czy w fizjognomii, wpadał do kawiarni i wypijał karafkę koniaku. Tylko wówczas śmiało przypominał sobie pannę Izabelę i dziwił się, że taki jak on człowiek mógł kochać taką jak ona kobietę.

„Przecież chyba zasługuję na to — myślał — ażebym był pierwszym i ostatnim..."

Karafka koniaku wypróżniała się, a on opierał głowę na rękach i drzemał, ku wielkiej uciesze garsonów i gości.

I znowu po całych dniach zwiedzał wystawę, muzea, studnie artezyjskie, szkoły i teatry nie dlatego, ażeby coś poznać, ale żeby zagłuszyć wspomnienia.

Powoli, na tle głuchych, nieokreślonych cierpień, poczęło się w nim rodzić pytanie: czy istnieje jaki porządek w budowie Paryża? Czy jest przedmiot, z którym można by go porównać, i ład, pod który dałoby się go podciągnąć?

Widziany z Panteonu i z Trocadéro, Paryż przedstawiał się jednakowo: było to morze domów, przecięte tysiącem ulic, nierówne dachy wyglądały jak fale, kominy jak odpryski, a wieże i kolumny jak większe fale.

„Chaos! — mówił Wokulski. — Zresztą nie może być inaczej tam, gdzie zbiegają się miliony usiłowań. Wielkie miasto jest jak obłok kurzu; ma przypadkowe kontury, lecz nie może mieć logiki. Gdyby ją miało, już od dawna wykryliby ten fakt autorowie przewodników; bo i od czegóż oni są?..."

I przyglądał się planowi miasta wyśmiewając własne wysiłki.

„Tylko jeden człowiek, i w dodatku genialny człowiek, może wytworzyć jakiś styl, jakiś plan — myślał. — Ale żeby miliony ludzi, pracujących przez kilka wieków i nie wiedzących jeden o drugim, wytworzyło jakąś logiczną całość, jest to wprost niepodobne."

---

[24] *Mesalina* — żona cesarza rzymskiego Klaudiusza znana z rozwiązłości.

Powoli jednakże, ku największemu zdziwieniu, spostrzegł, że ów Paryż budowany przez kilkanaście wieków, przez miliony ludzi, nie wiedzących o sobie i nie myślących o żadnym planie, ma jednakże plan, tworzy całość, nawet bardzo logiczną.

Paryż – wygląd miasta

Uderzyło go naprzód to, że Paryż jest podobny do olbrzymiego półmiska, o dziewięciu wiorstach szerokości z północy na południe i o jedynastu długości ze wschodu na zachód. Półmisek ten w stronie południowej jest pęknięty i przedzielony Sekwaną, która przecina go łukiem biegnącym od kąta południowo-wschodniego przez środek miasta i skręca do kąta południowo-zachodniego. Ośmioletnie dziecko mogłoby wyrysować taki plan.

„No dobrze – myślał Wokulski – ale gdzież tu jest jakiśkolwiek ład w ustawieniu osobliwych budynków... Notre-Dame w jednej stronie, Trocadéro w innej stronie, a Louvre, a giełda, a Sorbona!... Chaos, i tyle..."

Lecz gdy pilniej zaczął rozglądać się w planie Paryża, spostrzegł to, czego nie dojrzeli rodowici paryżanie (co byłoby mniej dziwne) ani nawet K. Baedecker[25], roszczący sobie prawo do orientowania się po całej Europie.

Paryż pomimo pozornego chaosu ma plan, ma logikę, chociaż budowało go przez kilkanaście wieków miliony ludzi nic wiedzących o sobie i bynajmniej nie myślących o logice i stylu.

Paryż posiada to, co można by nazwać kręgosłupem, osią krystalizacji[26] miasta.

Lasek Vincennes leży w stronie południowo-wschodniej, a kraniec Lasku Bulońskiego w północno-zachodniej stronie Paryża. Otóż: owa oś krystalizacji miasta podobna jest do olbrzymiej gąsienicy (mającej prawie sześć wiorst długości), która znudziwszy się w Lasku Vincennes poszła na spacer do Lasku Bulońskiego.

Ogon jej opiera się o plac Bastylii, głowa o Łuk Gwiazdy, korpus prawie przylega do Sekwany. Szyję stanowią Pola Elizejskie, gorset Tuileries i Louvre, ogonem jest Ratusz, Notre-Dame i nareszcie Kolumna Lipcowa na placu Bastylii.

Paryż – wygląd miasta

Gąsienica ta posiada wiele nóżek krótszych i dłuższych. Idąc od głowy pierwsza para jej nóżek opiera się na lewo: o Pole Marsowe, pałac Trocadéro i wystawę, na prawo aż o cmentarz Montmartre. Druga para (nóżki krótsze) na lewo sięga do Szkoły Wojskowej, Hotelu des Invalides i Izby Deputowanych, na prawo kościoła Magdaleny i Opery. Potem idzie (wciąż ku ogonowi) na lewo Szkoła Sztuk Pięknych, na prawo Palais Royal, bank i giełda; na lewo Institut de France i mennica, na prawo Hale Centralne; na lewo Pałac Luksemburski, muzeum Cluny i Szkoła Medyczna, na prawo plac Republiki z koszarami ks. Eugeniusza.

Niezależnie od osi krystalizacyjnej i prawidłowości w ogólnym konturze miasta Wokulski przekonał się jeszcze (o czym zresztą mówiły przewodniki), że w Paryżu istnieją całe dziedziny prac ludzkich i jakiś porządek w ich układzie. Pomiędzy placem Bastylii i placem Rzeczypospolitej skupia się przemysł i rzemiosła; naprzeciw nich, po drugiej stronie Sekwany, leży „dzielnica łacińska", gniazdo uczących się i uczonych. Między Operą, placem Rzeczypospolitej i Sekwaną gromadzi się handel

---

[25] *Karl Baedecker* – niemiecki księgarz, wydawca słynnych przewodników.
[26] *oś krystalizacji* – linia przechodząca przez środek kryształu.

wywozowy i finanse; między Notre-Dame, Instytutem Francuskim i cmentarzem Montparnasse gnieżdżą się szczątki arystokracji rodowej. Od Opery do Łuku Gwiazdy ciągnie się dzielnica bogatych dorobkiewiczów, a naprzeciw nich, po lewej stronie Sekwany, obok Hotelu Inwalidów i Szkoły Wojskowej jest siedziba militaryzmu i wszechświatowych wystaw.

Obserwacje te zbudziły w duszy Wokulskiego nowe prądy, o których pierwej nie myślał albo myślał niedokładnie. Zatem wielkie miasto, jak roślina i zwierzę, ma właściwą sobie anatomię i fizjologię. Zatem praca milionów ludzi, którzy tak głośno krzyczą o swojej wolnej woli, wydaje te same skutki, co praca pszczół budujących regularne plastry, mrówek wznoszących ostrokrężne kopce albo związków chemicznych układających się w regularne kryształy.

Nie ma więc w społeczeństwie przypadku, ale nieugięte prawo, które jakby na ironię z ludzkiej pychy, tak wyraźnie objawia się w życiu najkapryśniejszego narodu, Francuzów! Rządzili nimi Merowingowie i Karlowingowie, Burboni i Bonapartowie, były trzy republiki i parę anarchii, była inkwizycja i ateizm, rządcy i ministrowie zmieniali się jak krój sukien albo obłoki na niebie... Lecz pomimo tylu zmian, tak na pozór głębokich, Paryż coraz dokładniej przybierał formę półmiska rozdartego przez Sekwanę; coraz wyraźniej rysowała się na nim oś krystalizacji, biegnąca z placu Bastylii do Łuku Gwiazdy, coraz jaśniej odgraniczały się dzielnice: uczona i przemysłowa, rodowa i handlowa, wojskowa i dorobkiewiczowska.

komentarze narratora – refleksje o społeczeństwie

Ten sam fatalizm[27] spostrzegł Wokulski w historii kilkunastu głośniejszych rodzin paryskich. Dziad, jako skromny rzemieślnik, pracował przy ulicy Temple po szesnaście godzin na dobę; jego syn skąpawszy się w cyrkule łacińskim założył większy warsztat przy ulicy Św. Antoniego. Wnuk, jeszcze lepiej zanurzywszy się w naukowej dzielnicy, przeniósł się jako wielki handlarz na bulwar Poissonnière, zaś prawnuk, już jako milioner, zamieszkał w sąsiedztwie Pól Elizejskich po to, ażeby... jego córki mogły chorować na nerwy przy bulwarze St. Germain. I tym sposobem ród spracowany i zbogacony około Bastylii, zużyty około Tuileries, dogorywał w pobliżu Notre-Dame. Topografia[28] miasta odpowiadała historii mieszkańców.

Wokulski rozmyślając o tej dziwnej prawidłowości w faktach, uznawanych za nieprawidłowe, przeczuwał, że jeżeli co mogłoby go uleczyć z apatii, to chyba tego rodzaju badania.

„Jestem dziki człowiek — mówił sobie — więc wpadłem w obłęd, ale wydobędzie mnie z niego cywilizacja."

Każdy zresztą dzień w Paryżu przynosił mu nowe idee albo rozjaśniał tajemnice jego własnej duszy.

---

[27] *fatalizm* — wiara w przeznaczenie.
[28] *topografia* — położenie jakiejś miejscowości.

Raz, gdy siedział przed kawiarnią pijąc mazagran, zbliżył się do werendy jakiś uliczny tenor i przy akompaniamencie arfy zaśpiewał:

> *Au printemps, la feuille repousse*
> *Et la fleur embellit les prés;*
> *Mignonette, en foulant la mousse,*
> *Suivons les papillons diaprés.*
> *Vois les se poser sur les roses;*
> *Comme eux aussi je veux poser*
> *Ma lèvre sur tes lèvres closes,*
> *Et te ravir un doux baiser!*

I natychmiast kilku gości powtórzyło ostatnią strofę:

> *Vois les se poser sur les roses;*
> *Comme eux aussi je veux poser*
> *Ma lèvre sur tes lèvres closes,*
> *Et te ravir un doux baiser!*[29]

„Głupcy! — mruknął Wokulski. — Nie mają co powtarzać, tylko takie błazeństwa."

Wstał zachmurzony i z bólem w sercu przesuwał się pomiędzy potokiem ludzi tak ruchliwych, krzykliwych, rozmawiających i śpiewających jak dzieci wypuszczone ze szkoły.

„Głupcy! głupcy!..." — powtarzał.

Nagle przyszło mu na myśl: czy to on raczej nie jest głupi?...

„Gdyby ci wszyscy ludzie — mówił sobie — byli podobni do mnie, Paryż wyglądałby jak szpital smutnych wariatów. Każdy trułby się jakimś widziadłem, ulice zamieniłyby się w kałuże, a domy w ruinę. Tymczasem oni biorą życie, jakim jest, uganiają się za praktycznymi celami, są szczęśliwi i tworzą arcydzieła.

> **Wokulski o sobie (pobyt w Paryżu)**

A ja za czym goniłem? Naprzód za perpetuum mobile i kierowaniem balonami, potem za zdobyciem stanowiska, do którego nie dopuszczali mnie moi właśni sprzymierzeńcy, nareszcie za kobietą, do której prawie nie wolno mi się zbliżyć. A zawsze albo poświęcałem się, albo ulegałem ideom wytworzonym przez klasy, które chciały mnie zrobić swoim sługą i niewolnikiem."

I wyobrażał sobie, jak by to było, gdyby zamiast w Warszawie przyszedł na świat w Paryżu. Przede wszystkim dzięki mnóstwu instytucyj mógłby więcej nauczyć się w dzieciństwie. Później, nawet dostawszy się do kupca, doznałby mniej przykrości, a więcej pomocy w studiach. Dalej, nie pracowałby nad perpetuum mobile przekonawszy się, że w tutejszych muzeach istnieje wiele podobnych machin, które nigdy nie funkcjonowały. Gdyby zaś wziął się do kierowania balonami, znalazłby gotowe

---

[29] tłumaczenie piosenki: Na wiosnę liście wytryskują z drzewa i kwiaty upiększają łąkę; więc pieszczotko moja, biegnijmy na trawę i naśladujmy barwne motyle. Widzisz, jak tulą się do róż? Jak one, ja przytulę moje usta do twoich i wykradnę słodki pocałunek.

modele, całe grupy podobnych jak on marzycieli, a nawet pomoc w razie praktyczności pomysłów.

A gdyby nareszcie, posiadając majątek, zakochał się w arystokratycznej pannie, nie napotkałby tylu przeszkód w zbliżeniu się do niej. Mógłby ją poznać i albo wytrzeźwiałby, albo zdobyłby jej wzajemność. W żadnym zaś wypadku nie traktowano by go jak Murzyna w Ameryce. Zresztą, czy w tym Paryżu można zakochać się tak jak on do szaleństwa?

Tu zakochani nie rozpaczają, ale tańczą, śpiewają i w ogóle najweselej pędzą życie. Gdy nie mogą zdobyć się na małżeństwo urzędowe, tworzą wolne stadło; gdy nie mogą przy sobie chować dzieci, oddają je na mamki. Tu miłość nigdy chyba nie doprowadziła do obłędu rozsądnego człowieka.

„Dwa ostatnie lata mojej egzystencji – mówił Wokulski – schodzą na uganianiu się za kobietą, której może bym się nawet wyrzekł poznawszy ją dokładniej. Cała moja energia, nauka, zdolności i taki ogromny majątek toną w jednym afekcie dlatego tylko, że ja jestem kupcem, a ona jakąś tam arystokratką... Czyliż ten ogół w mojej osobie nie krzywdzi samego siebie..."

> Wokulski o sobie (pobyt w Paryżu)

Tu Wokulski dosięgnął najwyższego punktu samokrytyki: poznał niedorzeczność swego położenia i postanowił wydobyć się.

„Co robić, co robić?... – myślał. – Jużci to, co robią inni."

A cóż oni robią?... Przede wszystkim nadzwyczajnie pracują, po szesnaście godzin na dobę, bez względu na niedzielę i święta. Dzięki czemu spełnia się tu prawo doboru, wedle którego tylko najsilniejsi mają prawo do życia. Chorowity zginie tu przed upływem roku, nieudolny w ciągu kilku lat, a zostają tylko najsilniejsi i najzdolniejsi. Ci zaś dzięki pracy całych pokoleń takich jak oni bojowników znajdują tu zaspokojenie wszelkich potrzeb.

Olbrzymie ścieki chronią ich od chorób, szerokie ulice ułatwiają im dopływ powietrza; Hale Centralne dostarczają żywności, tysiące fabryk – odzieży i sprzętów. Gdy paryżanin chce zobaczyć naturę, jedzie za miasto albo do „lasku", gdy chce nacieszyć się sztuką, idzie do galerii Louvru, a gdy pragnie zdobyć wiedzę, ma muzea i gabinety[30].

Praca nad szczęściem we wszystkich kierunkach – oto treść życia paryskiego. Tu przeciw zmęczeniu zaprowadzono tysiące powozów, przeciw nudzie setki teatrów i widowisk, przeciw nieświadomości setki muzeów, bibliotek i odczytów. Tu troszczą się nie tylko o człowieka, ale nawet o konia dając mu gładkie gościńce; tu dbają nawet o drzewa, przenoszą je w specjalnych wozach na nowe miejsce pobytu, chronią żelaznymi koszami od szkodników, ułatwiają dopływ wilgoci, pielęgnują w razie choroby.

> Wokulski sposób myślenia – cechy pozytywisty

Dzięki troskliwości o wszystko przedmioty znajdujące się w Paryżu przynoszą wielorakie korzyści. Dom, sprzęt, naczynie jest nie tylko użyteczne, ale i piękne, nie tylko dogadza muskułom, ale i zmysłom. I na odwrót – dzieła sztuki są nie tylko

---

[30] *gabinety* – tu: zbiory naukowe.

piękne, ale i użyteczne. Przy łukach triumfalnych i wieżach kościołów znajdują się schody ułatwiające wejście na szczyt i spoglądanie na miasto z wysokości. Posągi i obrazy są dostępne nie tylko dla amatorów, ale dla artystów i rzemieślników, którzy w galeriach mogą zdejmować kopie.

Francuz, gdy coś wytwarza, dba naprzód o to, ażeby dzieło jego odpowiadało swemu celowi, a potem, ażeby było piękne. I jeszcze nie kończąc na tym troszczy się o jego trwałość i czystość. Prawdę tę stwierdzał Wokulski na każdym kroku i na każdej rzeczy, począwszy od wózków wywożących śmiecie do otoczonej barierą Wenus milońskiej[31]. Odgadł również skutki podobnego gospodarstwa, że nie marnuje się tu praca: każde pokolenie oddaje swoim następcom najświetniejsze dzieła poprzedników dopełniając je własnym dorobkiem.

Tym sposobem Paryż jest arką, w której mieszczą się zdobycze kilkunastu, jeżeli nie kilkudziesięciu wieków cywilizacji... Wszystko tu jest, zacząwszy od potwornych posągów asyryjskich i mumij egipskich, skończywszy na ostatnich rezultatach mechaniki i elektrotechniki, od dzbanków, w których przed czterdziestoma wiekami Egipcjanki nosiły wodę, do olbrzymich kół hydraulicznych z Saint-Maur[32].

„Ci, którzy stworzyli te cuda – myślał Wokulski – albo je gromadzili w jedno miejsce, ci nie byli jak ja szalonymi próżniakami..."

Tak sobie mówiąc czuł, że wstyd go ogarnia.

I znowu załatwiwszy w ciągu paru godzin interesa Suzina włóczył się po Paryżu. Błądził po nieznanych ulicach, tonął wśród krociowego tłumu, zanurzał się w pozorny chaos rzeczy i wypadków i na dnie jego znajdował porządek i prawo. To znowu, dla odmiany, pił koniak, grał w karty i w ruletę albo oddawał się rozpuście.

Zdawało mu się, że w tym wulkanicznym ognisku cywilizacji spotka go coś nadzwyczajnego, że tu zacznie się nowa epoka jego życia. Zarazem czuł, że rozpierzchnięte dotychczas wiadomości i poglądy zbiegają się w pewną całość, w jakiś system filozoficzny, który tłomaczył mu wiele tajemnic świata i jego własnego bytu.

„Czym ja jestem?" – pytał się nieraz i stopniowo formułował sobie odpowiedź:

> Wokulski o sobie (poczucie bycia nieużytecznym) – sposób myślenia pozytywisty

„Jestem człowiek zmarnowany. Miałem ogromne zdolności i energię, lecz – nie zrobiłem nic dla cywilizacji. Ci znakomici ludzie, jakich tu spotykam, nie mają nawet połowy moich sił i mimo to zostawiają po sobie machiny, gmachy, utwory sztuki, nowe poglądy. Lecz ja co zostawię?... Chyba mój sklep, który dziś upadłby, gdyby go nie pilnował Rzecki... A przecież nie próżnowałem: szarpałem się za trzech ludzi i gdyby mi nie pomógł przypadek, nie miałbym nawet tego majątku, jaki posiadam!..."

Później przyszło mu na myśl: na co to on strwonił siły i życie?...

Na walkę z otoczeniem, do którego nie przystawał. Gdy miał ochotę uczyć się, nie mógł, ponieważ w jego kraju potrzebowano nie uczonych, ale – chłopców i subiektów sklepowych. Gdy chciał służyć społeczeństwu, choćby ofiarą własnego życia, podsunięto mu fantastyczne marzenia zamiast programu, a potem – zapomniano

---

[31] *Wenus milońska* – słynna rzeźba starożytna znajdująca się w Luwrze.

[32] *Saint-Maur* – kanał na rzece Marnie pod Paryżem.

o nim. Gdy szukał pracy, nie dano mu jej, lecz wskazano szeroki gościniec do ożenienia się ze starszą kobietą dla pieniędzy. Gdy nareszcie zakochał się i chciał zostać legalnym ojcem rodziny, kapłanem domowego ogniska, którego świętość wszyscy dokoła zachwalali, postawiono go w położeniu bez wyjścia. Tak, że nie wie nawet, czy kobieta, za którą szalał, jest zwykłą kokietką o przewróconej głowie, czy może taką jak on zbłąkaną istotą, która nie znalazła właściwej dla siebie drogi. Sądząc jej czyny, jest to panna na wydaniu, która szuka najlepszej partii; patrząc w jej oczy, jest to anielska dusza, której konwenanse ludzkie spętały skrzydła.

„Gdyby mi wystarczyło kilkadziesiąt tysięcy rubli rocznie i komplet do wista, byłbym w Warszawie najszczęśliwszym człowiekiem – mówił do siebie. – Ale ponieważ oprócz żołądka mam duszę, która łaknie wiedzy i miłości, więc musiałbym tam zginąć. W tej strefie nie dojrzewają ani pewnego gatunku rośliny, ani pewnego gatunku ludzie..."

Strefa!... Raz będąc w obserwatorium rzucił okiem na klimatyczną mapę Europy i zapamiętał, że średnia temperatura Paryża jest o pięć stopni wyższą aniżeli Warszawy. Znaczy, że ów Paryż ma rocznie więcej o dwa tysiące stopni ciepła aniżeli Warszawa. A że ciepło jest siłą, i to potężną, jeżeli nie jedyną siłą twórczą, więc... zagadka rozwiązana...

„Na północy jest chłodniej – myślał – świat roślinny i zwierzęcy jest mniej obfity, a więc o żywność dla człowieka trudniej. Nie dość na tym: ten sam człowiek musi jeszcze wkładać mnóstwo pracy w budowę ciepłych mieszkań i przygotowanie ciepłej odzieży. Francuz w porównaniu z mieszkańcem północy ma więcej wolnych sił i czasu, a nie potrzebując zużywać ich na zaspokojenie potrzeb materialnych obraca je na twórczość duchową. Jeżeli do ciężkich warunków klimatycznych dodać jeszcze arystokrację, która opanowała wszystkie oszczędności narodu i utopiła je w bezmyślnej rozpuście, to zaraz wyjaśni się, dlaczego ludzie niezwykle zdolni nie tylko nie mogą rozwijać się tam, ale wprost muszą ginąć."

„No, już ja nie zginę!..." – mruknął głęboko zniechęcony.

I w tej chwili, po raz pierwszy, jasno zarysował mu się projekt niewracania do kraju.

„Sprzedam sklep – myślał – wycofam moje kapitały i osiądę w Paryżu. Nie będę zawadzał tym, którzy mnie nie chcą... Będę tu zwiedzał muzea, może wezmę się do jakiejś specjalnej nauki i życie upłynie mi, jeżeli nie w szczęściu, to przynajmniej bez boleści..."

Powrócić go do kraju i zatrzymać w nim mógł już tylko jeden wypadek, jedna osoba... Ale ten wypadek nie nadchodził, a natomiast zdarzały się inne, coraz bardziej odsuwające go od Warszawy i coraz mocniej przykuwające do Paryża.

Rozdział II

Widziadło

Pewnego dnia, jak zwykle, załatwiał się z interesantami w salonie przyjęć. Już odprawił jegomościa, który ofiarował się staczać za niego pojedynki, drugiego, który jako brzuchomówca chciał odegrać rolę w dyplomacji, i trzeciego, który obiecywał mu wskazać skarby zakopane przez sztab Napoleona I nad Berezyną[33], kiedy lokaj w błękitnym fraku zameldował:

— Profesor Geist.

— Geist?... — powtórzył Wokulski i doznał szczególnego uczucia. Przyszło mu na myśl, że żelazo za zbliżeniem się magnesu musi doznawać podobnych wrażeń.

— Prosić...

Geist – wygląd

Po chwili wszedł człowiek bardzo mały i szczupły, z twarzą żółtą jak wosk. Na głowie nie miał ani jednego siwego włosa.

„Ile on może mieć lat?..." — pomyślał Wokulski.

Gość tymczasem bystro mu się przypatrywał; i tak siedzieli minutę, może dwie, taksując się nawzajem. Wokulski chciał ocenić wiek przybysza, Geist zdawał się badać go.

— Co pan rozkaże? — odezwał się wreszcie Wokulski.

Gość poruszył się na krześle.

— Co ja tam mogę rozkazać! — odparł wzruszając ramionami. — Przyszedłem żebrać, nie rozkazywać...

— Czym mogę służyć? — spytał Wokulski, twarz bowiem gościa wydała mu się dziwnie sympatyczną.

Geist przeciągnął ręką po głowie.

— Przyszedłem tu z czym innym — rzekł — a mówić będę o czym innym. Chciałem panu sprzedać nowy materiał wybuchowy...

— Ja go nie kupię — przerwał Wokulski.

— Nie?... — spytał Geist. — A jednak — dodał — mówiono mi, że panowie staracie się o coś podobnego dla marynarki. Zresztą mniejsza... Dla pana mam coś innego...

— Dla mnie? — spytał Wokulski, zdziwiony nie tyle słowami, ile spojrzeniem Geista.

— Onegdaj puszczałeś się pan balonem captif[34] — mówił gość.

— Tak.

— Jesteś pan człowiek majętny i znasz się na naukach przyrodniczych.

— Tak — odparł Wokulski.

---

[33] *Berezyna* - dopływ Dniepru, słynny z klęski poniesionej tu przez Napoleona w 1812 r.

[34] *balon captif* - balon na uwięzi.

— I była chwila, że chciałeś pan wyskoczyć z galerii?... — pytał Geist.
Wokulski cofnął się z krzesłem.
— Niech pana to nie dziwi — mówił gość. — Widziałem w życiu około tysiąca przyrodników, a w moim laboratorium miałem czterech samobójców, więc znam się na tych klasach ludzi... Za często spoglądałeś pan na barometr, ażebym nie miał odkryć przyrodnika, no, a człowieka myślącego o samobójstwie poznają nawet pensjonarki.
— Czym mogę służyć? — spytał jeszcze raz Wokulski ocierając pot z twarzy.
— Powiem niedużo — rzekł Geist. — Pan wie, co to jest chemia organiczna?...
— Jest to chemia związków węgla...
— A co pan sądzisz o chemii związków wodoru?...
— Że jej nie ma.
— Owszem, jest — odparł Geist. — Tylko zamiast eterów, tłuszczów, ciał aromatycznych daje nowe aliaże... Nowe aliaże[35], panie S i u z ę, z bardzo ciekawymi własnościami...
— Cóż mnie to obchodzi — rzekł głucho Wokulski — jestem kupcem.
— Nie jesteś pan kupcem, tylko desperatem — odparł Geist.
— Kupcy nie myślą o skakaniu z balonu... Ledwiem to zobaczył, zaraz pomyślałem: „To mój człowiek!..." Ale znikłeś mi pan z oczu po wyjściu z ganku... Dziś traf zbliżył nas powtórnie... Panie S i u z ę, my musimy pogadać o związkach wodoru, jeżeli jesteś pan bogaty...

> Geist
> o Wokulskim

— Przede wszystkim nie jestem S i u z ę...
— To mi wszystko jedno, gdyż potrzebuję tylko majętnego desperata — rzekł Geist.
Wokulski patrzył na Geista nieledwie z trwogą; w głowie zapalały mu się pytania: kuglarz czy tajny agent — wariat, a może naprawdę jaki duch?... Kto wie, czy szatan jest legendą i czy w pewnych chwilach nie ukazuje się ludziom?... Faktem jest jednak, że ten starzec, o niezdecydowanym wieku, wytropił najtajemniejszą myśl Wokulskiego, który w tych czasach marzył o samobójstwie, ale jeszcze tak nieśmiało, że sam przed sobą nie miał odwagi sformułować tego projektu.
Gość nie spuszczał z niego oka i uśmiechał się z łagodną ironią; gdy zaś Wokulski otworzył usta, ażeby zapytać go o coś, przerwał mu:
— Nie fatyguj się pan... Z tyloma już ludźmi rozmawiałem o ich charakterze i o moich wynalazkach, że z góry odpowiem na to, o czym chcesz się poinformować. Jestem profesor Geist, stary wariat, jak mówią we wszystkich kawiarniach pod uniwersytetem i szkołą politechniczną. Kiedyś nazywano mnie wielkim chemikiem, dopóki... nie wyszedłem poza granicę dziś obowiązujących poglądów chemicznych. Pisałem rozprawy, robiłem wynalazki pod imieniem własnym lub moich wspólników, którzy nawet sumiennie dzielili się ze mną zyskami. Ale od czasu gdy odkrył zjawiska nie mieszczące się w rocznikach Akademii[36], ogłoszono mnie nie tylko za wariata, ale za heretyka i zdrajcę...

> Geist
> o sobie — przedstawienie postaci, przebieg pracy naukowej

— Tu, w Paryżu? — szepnął Wokulski.

---

[35] *aliaże* — właściwie stopy metali, tu: związki chemiczne.

[36] *Akademia* — Francuska Akademia Nauk zajmująca się naukami ścisłymi

— Oho! — roześmiał się Geist — tu, w Paryżu. W jakimś Altdorfie lub Neustadzie kacerzem i zdrajcą jest ten, kto nie wierzy w pastorów, Bismarcka, w dziesięcioro przykazań i konstytucję pruską. Tu wolno kpić z Bismarcka i konstytucji, ale za to pod grozą odszczepieństwa trzeba wierzyć w tabliczkę mnożenia, teorię ruchu falistego, w stałość ciężarów gatunkowych itd. Pokaż mi pan jedno miasto, w którym nie ściskano by sobie mózgów jakimiś dogmatami, a — zrobię je stolicą świata i kolebką przyszłej ludzkości...

Wokulski ochłonął; był pewny, że ma do czynienia z maniakiem.

Geist patrzył na niego i wciąż uśmiechał się.

— Kończę, panie S i u z ę — mówił dalej. — Porobiłem wielkie odkrycia w chemii, stworzyłem nową naukę, wynalazłem nieznane materiały przemysłowe, o których ledwie śmiano marzyć przede mną. Ale... brakuje mi jeszcze kilku niezmiernie ważnych faktów, a już nie mam pieniędzy. Cztery fortuny utopiłem w moich badaniach, zużyłem kilkunastu ludzi; dziś zaś potrzebuję nowej fortuny i nowych ludzi...

— Skądże do mnie nabrał pan takiego zaufania? — pytał Wokulski już spokojny.

— To proste — odparł Geist. — O zabiciu się myśli wariat, łajdak albo człowiek dużej wartości, któremu za ciasno na świecie.

— A skąd pan wiesz, że ja nie jestem łotrem?

Geist — refleksje na temat ludzi

— A skąd pan wiesz, że koń nie jest krową? — odpowiedział Geist. — W czasie moich przymusowych wakacyj, które niestety, ciągną się po kilka lat, zajmuję się zoologią i specjalnie badam gatunek człowieka. W tej jednej formie, o dwu rękach, odkryłem kilkadziesiąt typów zwierzęcych począwszy od ostrygi i glisty, skończywszy na sowie i tygrysie. Więcej ci powiem: odkryłem mieszańce tych typów: skrzydlate tygrysy, węże z psimi głowami, sokoły w żółwich skorupach, co zresztą już przeczuła fantazja genialnych poetów. I dopiero wśród całej tej menażerii bydląt albo potworów gdzieniegdzie odnajduję prawdziwego człowieka, istotę z rozumem, sercem i energią. Pan, panie S i u z ę, masz niezawodnie cechy ludzkie i dlatego tak otwarcie mówię z panem; jesteś jednym na dziesięć, może na sto tysięcy...

Wokulski zmarszczył się, Geist wybuchnął:

— Co? może sądzisz pan, że pochlebiam ci dla wytumanienia kilku franków?... Jutro będę jeszcze raz u pana i przekonam cię, jak w tej chwili jesteś niesprawiedliwy i głupi...

Zerwał się z krzesła, ale Wokulski zatrzymał go.

— Nie gniewaj się, profesorze — rzekł — nie chciałem pana obrazić. Ale mam tu prawie co dzień wizyty różnego gatunku filutów...

— Jutro przekonam pana, żem nie filut ani wariat — odpowiedział Geist. — Pokażę ci coś, co widziało zaledwie sześciu albo siedmiu ludzi, którzy... już nie żyją... O, gdyby oni żyli!... — westchnął.

— Dlaczego dopiero jutro?

— Dlatego że mieszkam daleko stąd, a nie mam na fiakra.

Wokulski uścisnął go za rękę.

— Nie obrazisz się, profesorze? — spytał — jeżeli...

— Jeżeli dasz mi na fiakra?... Nie. Wszakże z góry powiedziałem ci, że jestem żebrakiem, i kto wie, czy nie najnędzniejszym w Paryżu?...

Wokulski podał mu sto franków.

— Daj spokój — uśmiechnął się Geist — wystarczy dziesięć... Kto wie, czy jutro nie dasz mi stu tysięcy... Duży masz majątek?...

— Około miliona franków.

— Milion! — powtórzył Geist chwytając się za głowę. — Za dwie godziny wrócę tu. Bodajbym stał ci się tak potrzebny, jak ty mnie jesteś...

— W takim razie może pozwolisz, profesorze, do mego numeru, na trzecie piętro. Tu lokal urzędowy...

— Wolę, wolę na trzecie piętro... Za dwie godziny będę — odparł Geist i szybko wybiegł z pokoju.

Po chwili ukazał się Jumart.

— Wynudził pana stary — rzekł do Wokulskiego — co?...

— Cóż to za człowiek? — spytał niedbale Wokulski.

Jumart wyciągnął naprzód dolną wargę.

— Wariat to on jest — odparł — ale jeszcze za moich studenckich czasów był wielkim chemikiem. No i porobił jakieś wynalazki, ma nawet podobno kilka dziwnych okazów, ale...

Stuknął się palcem w czoło.

— Dlaczego nazywacie go wariatem?

— Nie można inaczej nazywać człowieka — odpowiedział Jumart — który sądzi, że uda mu się zmniejszyć ciężar gatunkowy ciał czy tylko metalów, bo już nie pamiętam...

Wokulski pożegnał go i poszedł do swego numeru.

„Cóż to za dziwne miasto — myślał — gdzie znajdują się poszukiwacze skarbów, najemni obrońcy honoru, dystyngowane damy, które handlują tajemnicami, kelnerzy rozprawiający o chemii i chemicy, którzy chcą zmniejszać ciężar gatunkowy ciał!..."

Przed piątą w numerze zjawił się Geist; był jakiś rozdrażniony i zamknął za sobą drzwi na klucz.

— Panie S i u z ę — rzekł — wiele mi na tym zależy, ażebyśmy się porozumieli... Powiedz mi, czy masz jakie obowiązki: żonę, dzieci?... — Chociaż — nie zdaje mi się...

— Nie mam nikogo.

— I majątek masz? Milion...

— Prawie.

— A powiedz mi — mówił Geist — dlaczego ty myślisz o samobójstwie?...

Wokulski wstrząsnął się.

— To było chwilowe — rzekł. — Doznałem zawrotu w balonie...

Geist kręcił głową.

— Majątek masz — mruczał — o sławę, przynajmniej dotychczas, nie dobijasz się... Tu musi być kobieta!... — zawołał.

— Może — odparł Wokulski, bardzo zmieszany.

— Jest kobieta! — rzekł Geist. — To źle. O niej nigdy nie można wiedzieć: co zrobi i dokąd zaprowadzi... W każdym razie słuchaj — dodał patrząc mu w oczy. — Gdy-

by ci kiedy jeszcze raz przyszła ochota próbować... Rozumiesz?... Nie zabijaj się, ale przyjdź do mnie...
— Może zaraz przyjdę... — rzekł Wokulski spuszczając oczy.
— Nie zaraz! — odparł żywo Geist. — Kobiety nigdy nie gubią ludzi od razu. Czy już skończyłeś z tamtą osobą rachunki?...
— Zdaje mi się...
— Aha! dopiero zdaje ci się. To źle. Na wszelki wypadek zapamiętaj radę. W moim laboratorium bardzo łatwo można zginąć, i jeszcze jak!...
— Coś pan przyniósł, profesorze? — zapytał go Wokulski.
— Źle! źle!... — mruczał Geist. — Muszę szukać kupca na mój materiał wybuchowy. A myślałem, że połączymy się...
— Pierwej pokaż pan, coś przyniósł — przerwał Wokulski.
— Masz rację... — odparł Geist i wydobył z kieszeni średniej wielkości pudełko. — Zobacz — rzekł — za co to ludzi nazywają szaleńcami!...

Pudełko było z blachy, zamknięte w szczególny sposób; Geist po kolei dotykał sztyftów osadzonych w różnych punktach, od czasu do czasu rzucając na Wokulskiego spojrzenia gorączkowe i podejrzliwe. Raz nawet zawahał się i zrobił taki ruch, jakby chciał schować pudełko; ale opamiętał się, dotknął jeszcze paru sztyftów i — wieko odskoczyło.

W tej chwili opanował go nowy atak podejrzliwości. Starzec padł na kanapę, ukrył pudełko za siebie i trwożnie spoglądał to na pokój, to na Wokulskiego.
— Głupstwa robię!... — mruczał. — Co za nonsens narażać wszystko dla pierwszego lepszego z ulicy...
— Nie ufasz mi pan?... — spytał nie mniej wzruszony Wokulski.
— Nikomu nie ufam — mówił zgryźliwie starzec. — Bo jaką mi dać kto może rękojmię?... Przysięgę czy słowo honoru?... Za stary jestem, aby wierzyć w przysięgi... Tylko wspólny interes jako tako zabezpiecza od najpodlejszej zdrady, a i to nie zawsze...

Wokulski wzruszył ramionami i usiadł na krześle.
— Nie zmuszam pana — rzekł — do dzielenia się ze mną twoimi kłopotami. Mam dosyć własnych.

Geist nie spuszczał z niego oka, lecz stopniowo uspakajał się. W końcu odezwał się:
— Przysuń się tu do stołu... Spojrzyj, co to jest?
Pokazał mu metalową kulkę ciemnej barwy.
— Zdaje mi się, że to jest metal drukarski.
— Weź w rękę...
Wokulski wziął kulkę i aż zdziwił się, tak była ciężka.
— To jest platyna — rzekł.
— Platyna? — powtórzył Geist z drwiącym uśmiechem. — Oto masz platynę...
I podał mu tej samej wielkości kulkę platynową. Wokulski przekładał obie z rąk do rąk; zdziwienie jego wzrosło.
— To jest chyba ze dwa razy cięższe od platyny?... — szepnął.

— A tak... tak!... — śmiał się Geist. — Nawet jeden z moich przyjaciół akademików[37] nazwał to „komprymowaną[38] platyną"... Dobry wyraz, co? na oznaczenie metalu, którego ciężar gatunkowy wynosi 30,7... Oni tak zawsze. Ile razy uda im się wynaleźć nazwę dla nowej rzeczy, zaraz mówią, że ją wytłomaczyli na zasadzie już poznanych praw natury. Przepyszne osły... najmędrsze ze wszystkich, jakimi roi się tak zwana ludzkość... A to znasz? — dodał.

— No, to jest sztabka szklana — odparł Wokulski.

— Cha! cha!... — śmiał się Geist. — Weź do ręki, przypatrz się... Prawda, że ciekawe szkło?... Cięższe od żelaza, z odłamem ziarnistym, wyborny przewodnik ciepła i elektryczności, pozwala się strugać... Prawda, jak to szkło dobrze udaje metal?... Może chcesz je rozgrzać albo kuć młotem?...

Wokulski przetarł oczy. Nie ulega kwestii, że takiego szkła nie widziano na świecie.

— A to?... — spytał Geist pokazując mu inny kawałek metalu.

— To chyba stal...

— Nie sód i nie potas?... — pytał Geist.

— Nie.

— Weźże do rąk tę stal...

Tu już podziw Wokulskiego przeszedł w pewien rodzaj zaniepokojenia: owa rzekoma stal była lekką jak płatek bibułki.

— Chyba jest pusta w środku?...

— Więc przetnij tę sztabkę, a jeżeli nie masz czym, przyjedź do mnie. Obaczysz tam nierównie więcej podobnych osobliwości i będziesz mógł robić z nimi próby, jakie ci się podoba.

Wokulski oglądał po kolei ów metal cięższy od platyny, drugi metal przeźroczysty, trzeci lżejszy od puchu... Dopóki trzymał je w rękach, wydawały mu się rzeczami najnaturalniejszymi pod słońcem: cóż jest bowiem naturalniejszego aniżeli przedmiot, który oddziaływa na zmysły? Lecz gdy oddał próbki Geistowi, ogarniało go zdziwienie i niedowierzanie, zdziwienie i obawa. Więc znowu oglądał je, kręcił głową, wierzył i wątpił na przemian.

— No i cóż? — zapytał Geist.

— Czy pokazywał pan to chemikom?

— Pokazywałem.

— I cóż oni?...

— Obejrzeli, pokiwali głowami i powiedzieli, że to blaga i kuglarstwo, którym poważna nauka zajmować się nie może.

— Jak to, więc nawet nie robili prób? — spytał Wokulski.

— Nie. Niektórzy z nich wprost mówili, że mając do wyboru między pogwałceniem „praw natury" a złudzeniami własnych zmysłów, wolą nie dowierzać zmysłom. I jeszcze dodawali, że robienie poważnych doświadczeń z podobnymi kuglarstwami może obłąkać zdrowy rozsądek i stanowczo wyrzekli się doświadczeń.

— I nie ogłaszasz pan o tym?

---

[37] *akademik* — członek Akademii.
[38] *komprymowany* — zgęszczony.

— Ani myślę. Owszem, ta bezwładność mózgów daje mi najlepszą gwarancję bezpieczeństwa tajemnicy moich wynalazków. W przeciwnym razie pochwycono by je, prędzej lub później odkryto by metodę postępowania i znaleziono by to, czego bym im dać nie chciał...
— Mianowicie?... — przerwał mu Wokulski.
— Znaleziono by metal lżejszy od powietrza — spokojnie odparł Geist.
Wokulski rzucił się na krześle; przez chwilę obaj milczeli.
— Dlaczegóż ukrywasz pan przed ludźmi ów transcendentalny[39] metal? — odezwał się wreszcie Wokulski.
— Dla wielu powodów — odparł Geist. — Naprzód chcę, ażeby ten produkt wyszedł tylko z mojego laboratorium, choćbym nawet nie ja sam go otrzymał. A po wtóre, podobny materiał, który zmieni postać świata, nie może stać się własnością tak zwanej dzisiejszej ludzkości. Już za wiele nieszczęść mnoży się na ziemi przez nieopatrzne wynalazki.
— Nie rozumiem pana.

Geist — plany wynalazcy (pozytywistyczne idee stworzenia nowej ludzkości)

— Więc posłuchaj — mówił Geist. — Tak zwana ludzkość, mniej więcej na dziesięć tysięcy wołów, baranów, tygrysów i gadów, mających człowiecze formy, posiada ledwie jednego prawdziwego człowieka. Tak było zawsze, nawet w epoce krzemiennej. Na taką tedy ludzkość w biegu wieków spadały rozmaite wynalazki. Brąz, żelazo, proch, igła magnesowa, druk, machiny parowe i telegrafy elektryczne dostawały się bez żadnego wyboru w ręce geniuszów i idiotów, ludzi szlachetnych i zbrodniarzy... A jaki tego rezultat?... Oto ten, że głupota i występek dostając coraz potężniejsze narzędzia mnożyły się i umacniały, zamiast stopniowo ginąć. Ja — ciągnął dalej Geist — nie chcę powtarzać tego błędu i jeżeli znajdę ostatecznie metal lżejszy od powietrza, oddam go tylko prawdziwym ludziom. Niech oni raz zaopatrzą się w broń na swój wyłączny użytek; niechaj ich rasa mnoży się i rośnie w potęgę, a zwierzęta i potwory w ludzkiej postaci niechaj z wolna wyginą. Jeżeli Anglicy mieli prawo[40] wypędzić wilków ze swej wyspy, istotny człowiek ma prawo wypędzić z ziemi przynajmniej tygrysy ucharakteryzowane na ludzi...
„On ma jednakże tęgiego bzika" — pomyślał Wokulski. Później dodał głośno:
— Cóż więc panu przeszkadza do wykonania tych zamiarów?
— Brak pieniędzy i pomocników. Do ostatecznego odkrycia potrzeba wykonać około ośmiu tysięcy prób, co, lekko licząc, jednemu człowiekowi zabrałoby dwadzieścia lat pracy. Ale czterech ludzi zrobi to samo w ciągu pięciu do sześciu lat...
Wokulski wstał z krzesła i zamyślony, począł chodzić po numerze; Geist nie spuszczał z niego oka.
— Przypuśćmy — odezwał się Wokulski — że ja mógłbym panu dać pieniądze i jednego, a nawet... dwu pomocników?... Lecz gdzie dowód, że pańskie metale nie są jakąś dziwną mistyfikacją, a pańskie nadzieje złudzeniami?

---

[39] *transcendentalny* — tu: wychodzący poza granice doświadczenia.

[40] *Anglicy mieli prawo* — w Anglii wilki zostały doszczętnie wytępione w XVII w.

— Przyjdź do mnie, obejrzyj, co jest, sam zrób kilka doświadczeń, a przekonasz się. Innego sposobu nie widzę — odparł Geist.
— I kiedy można by przyjść?...
— Kiedy zechcesz. Daj mi tylko kilkadziesiąt franków, gdyż nie mam za co kupić potrzebnych preparatów. A oto mój adres — zakończył Geist podając zabrudzoną notatkę.

Wokulski wręczył mu trzysta franków. Starzec zapakował swoje okazy, zamknął pudełko i rzekł na odchodne:

— Napisz do mnie list na dzień przed przybyciem. Prawie ciągle siedzę w domu ocierając kurze z moich retort!...

Po odejściu Geista Wokulski był jak odurzony. Spoglądał na drzwi, za którymi zniknął chemik, to na stół, gdzie przed chwilą okazywano mu nadnaturalne przedmioty, to znowu dotykał swoich rąk i głowy lub chodził stukając głośno obcasami po pokoju dla przekonania się, że nie marzy, ale czuwa.

„A przecież faktem jest — myślał — że człowiek ten pokazał mi jakieś dwa materiały: jeden cięższy od platyny, drugi znakomicie lżejszy od sodu. Nawet zapowiedział mi, że szuka metalu lżejszego od powietrza!...

Gdyby w rzeczach tych nie tkwiło jakieś niepojęte oszustwo — rzekł głośno — już miałbym ideę, dla której warto się skazać na całe lata niewoli. Nie tylko znalazłbym pochłaniającą pracę i spełnienie najśmielszych marzeń młodości, ale jeszcze widziałbym przed sobą cel, wyższy nad wszystkie, do jakich kiedykolwiek rwał się duch ludzki. Kwestia żeglugi powietrznej byłaby rozstrzygniętą, człowiek dostałby skrzydeł."

I znowu wzruszał ramionami, rozkładał ręce i mruczał:
„Nie, to niepodobna!..."

Brzemię nowych prawd czy nowych złudzeń tak go gniotło, że uczuł konieczność podzielenia go z kimkolwiek, choćby tylko w części. Zbiegł więc na pierwsze piętro do paradnej sali przyjęć i wezwał Jumarta.

Właśnie gdy zastanawiał się: w jaki sposób rozpocząć z nim tę dziwną rozmowę, Jumart sam mu ją ułatwił. Ledwie bowiem ukazał się w sali, rzekł z dyskretnym uśmiechem:

— Stary Geist wyszedł od pana bardzo ożywiony. Przekonał pana czy też został pobity?...

— No, mówieniem nikt nikogo chyba nie przekona, tylko faktami — odparł Wokulski.
— Więc były i fakta?...
— Tymczasem dopiero zapowiedź ich... Powiedz mi pan jednak — ciągnął Wokulski — co byś sądził, gdyby Geist pokazał ci metal pod każdym względem przypominający stal, lecz dwa lub trzy razy lżejszy od wody?... Gdybyś podobny materiał oglądał na własne oczy, dotykał go własnymi rękoma?...

Uśmiech Jumarta przerodził się w jakiś ironiczny grymas.

— Cóż bym miał powiedzieć, dobry Boże, nad to, że profesor Palmieri jeszcze większe cuda pokazuje za pięć franków od osoby...

— Co za Palmieri? — spytał zdziwiony Wokulski.
— Profesor magnetyzmu — odparł Jumart — znakomity człowiek... Mieszka w naszym hotelu i trzy razy dziennie pokazuje magnetyczne sztuki w sali mogącej od

biedy pomieścić ze sześćdziesiąt osób... Jest właśnie ósma, więc w tej chwili zaczyna się przedstawienie wieczorne. Jeżeli pan chce, możemy tam pójść; ja mam wstęp darmo... Na twarz Wokulskiego wystąpił tak silny rumieniec, że oblał mu czoło, a nawet szyję.

— Chodźmy — rzekł — do owego profesora Palmieri. — W duchu zaś dodał: „Więc ten wielki myśliciel, Geist, jest kuglarzem, a ja głupcem, który płaci trzysta franków za widowisko warte pięć franków... Jakże on mnie złapał!..."

Weszli na drugie piętro do salonu urządzonego równie bogato jak inne w tym hotelu. Większą jego część już zapełniali widzowie starzy i młodzi, kobiety i mężczyźni, ubrani elegancko i bardzo zajęci profesorem Palmierim, który właśnie kończył krótką prelekcję o magnetyzmie. Był to mężczyzna średnich lat, zawiędły, brunet, z rozczochraną brodą i wyrazistymi oczyma. Otaczało go parę przystojnych kobiet i kilku młodych mężczyzn o twarzach mizernych i apatycznych.

— To są media[41] — szepnął Jumart. — Na nich Palmieri pokazuje swoje sztuki.

Widowisko, trwające około dwu godzin, polegało na tym, że Palmieri za pomocą wzroku usypiał swoje media, w taki jednak sposób, że mogły one chodzić, odpowiadać na pytania i wykonywać rozmaite czynności. Prócz tego uśpieni przez magnetyzera w miarę jego rozkazów objawiali bądź niezwykłą siłę muskularną, bądź jeszcze niezwyklejszą nieczułość lub nadwrażliwość zmysłów.

Ponieważ Wokulski pierwszy raz widział podobne zjawiska i bynajmniej nie ukrywał niedowierzania, więc Palmieri zaprosił go do pierwszego rzędu krzeseł. Tu po kilku próbach Wokulski przekonał się, że zjawiska, na które patrzy, nie są kuglarstwem, lecz polegają na jakichś nieznanych właściwościach systemu nerwowego.

Ale najwięcej zajęły, a nawet przeraziły go dwa doświadczenia mające pewien związek z jego własnym życiem. Polegały one na wmawianiu w medium rzeczy nie istniejących.

Jednemu z uśpionych podał Palmieri korek od karafki mówiąc, że podał mu różę. W tej chwili medium zaczęło wąchać korek okazując przy tym wielkie zadowolenie.

— Co pan robisz? — zawołał Palmieri do medium — wszakże to asafetyda...[42]

I medium natychmiast z obrzydzeniem odrzuciło korek wycierając ręce i narzekając, że cuchną. Innemu podał chustkę do nosa, a gdy powiedział mu, że chustka waży sto funtów, uśpiony począł uginać się, drżeć i potnieć pod jej ciężarem.

Wokulski widząc to sam spotniał.

„Już rozumiem — pomyślał — tajemnicę Geista. On mnie zamagnetyzował..."

Lecz najboleśniejszego uczucia doznał wówczas, gdy Palmieri, uśpiwszy jakiegoś wątłego młodzieńca, owinął ręcznikiem łopatkę od węgli i wmówił w swoje medium, że jest to młoda i piękna kobieta, którą trzeba kochać. Zamagnetyzowany ściskał i całował łopatkę, klękał przed nią i robił najczulsze miny. Gdy ją włożono pod kanapę, popełznął za nią na czworakach jak pies, odepchnąwszy pierwej czterech silnych mężczyzn, którzy chcieli go zatrzymać. A gdy nareszcie Palmieri schował ją

---

[41] *medium, media* — osoba, osoby podatne na działanie hipnotyzera.

[42] *asafetyda* — materia żywiczna o nieprzyjemnym zapachu, otrzymywana z rośliny o tej samej nazwie, rosnącej w Persji, używana jako środek leczniczy.

mówiąc, że umarła, młody człowiek wpadł w taką rozpacz, że tarzał się po podłodze i bił głową o ścianę.

W tej chwili Palmieri dmuchnął mu w oczy i młodzian obudził się ze strumieniami łez na policzkach, wśród oklasków i śmiechu obecnych.

Wokulski uciekł z sali straszliwie rozdrażniony.

„A więc wszystko jest kłamstwem!... Rzekome wynalazki Geista i jego mądrość, moja szalona miłość i nawet o n a... Ona sama jest tylko złudzeniem oczarowanych zmysłów... Jedyną rzeczywistością, która nie zawodzi i nie kłamie, jest chyba — śmierć..."

Wybiegł z hotelu na ulicę, wpadł do kawiarni i kazał podać koniak. Tym razem wypił półtorej karafki, a pijąc myślał, że ten Paryż, w którym znalazł najwięcej mądrości, największe złudzenia i ostateczne rozczarowania, stanie się chyba jego grobem.

„Na co mam już czekać?... czego dowiem się?... Jeżeli Geist jest ordynarnym oszustem i jeżeli można kochać się w łopatce od węgli, jak ja w n i e j, to cóż mi jeszcze pozostaje?..."

Wrócił do hotelu rozmarzony koniakiem i zasnął w ubraniu. A gdy obudził się o ósmej rano, pierwszą jego myślą było:

„Nie ma kwestii, że Geist za pomocą magnetyzmu oszukał mnie co do owych metali. Lecz... kto magnetyzował mnie wówczas, kiedy oszalałem dla tej kobiety?..."

Nagle błysnął mu projekt, ażeby zasięgnąć informacji u Palmieriego. Przebrał się więc i szybko zeszedł na drugie piętro.

Mistrz tajemniczej sztuki już czekał na gości; ale że gości jeszcze nie było, więc Wokulskiego przyjął natychmiast, pobrawszy z góry dwadzieścia franków opłaty za naradę.

— Czy — zapytał Wokulski — w każdego może pan wmówić, że łopatka od węgli jest kobietą i że chustka waży sto funtów?...

— W każdego, kto da się uśpić.

— Więc proszę mnie uśpić i powtórzyć na mnie sztukę z chustką.

Palmieri zaczął swoje praktyki; wpatrywał się Wokulskiemu w oczy, dotykał mu czoła, pocierał ręce od obojczyków do dłoni... Nareszcie odsunął się od niego zniechęcony.

— Pan nie jesteś medium — rzekł.

— A gdybym ja miał w życiu wypadek taki, jak ów jegomość z chustką? — spytał Wokulski.

— To jest niemożliwe, pana niepodobna uśpić. Zresztą, gdybyś był uśpiony i miał złudzenie, że chustka waży sto funtów, to znowu obudziwszy się nie pamiętałbyś pan o tym.

— A czy nie sądzisz pan, że ktoś zręczniej może magnetyzować...

Palmieri obraził się.

— Nie ma lepszego magnetyzera ode mnie! — zawołał. — Zresztą i ja pana uśpię ale na to trzeba kilkumiesięcznej pracy... To będzie kosztowało dwa tysiące franków... Nie myślę darmo tracić mego fluidu...[43]

---

[43] *fluid* — płyn, przenośnie: oddziaływanie jednej osoby na drugą.

Wokulski opuścił magnetyzera wcale niezadowolony. Jeszcze nie wątpił, że panna Izabela mogła oczarować go; miała przecież dosyć czasu. Ale znowu Geist nie mógł go uśpić w ciągu paru minut. Zresztą Palmieri twierdzi, że uśpieni nie pamiętają swoich przywidzeń; on zaś pamięta każdy szczegół wizyty starego chemika.

Jeżeli więc Geist nie uśpił go, więc nie jest oszustem. Więc jego metale istnieją i... odkrycie metalu lżejszego od powietrza jest możliwe!...

„Oto miasto – myślał – w którym więcej przeżyłem w ciągu jednej godziny aniżeli w Warszawie przez całe życie... Oto miasto!..."

Przez kilka dni Wokulski był bardzo zajęty.

Przede wszystkim wyjeżdżał Suzin zakupiwszy kilkanaście statków. Najzupełniej legalny zysk z tej operacji był ogromny – tak ogromny, że cząstka przypadająca na Wokulskiego pokryła wszystkie wydatki, jakie w ciągu ostatnich miesięcy poniósł w Warszawie.

Na parę godzin przed pożegnaniem się Suzin i Wokulski jedli śniadanie w swoim paradnym numerze i naturalnie rozmawiali o zyskach.

— Masz bajeczne szczęście – odezwał się Wokulski.

Suzin pociągnął łyk szampana i oparłszy na brzuchu ręce ozdobione pierścieniami rzekł:

— To nie szczęście, Stanisławie Piotrowiczu, to miliony. Nożykiem tniesz wiklinę, a toporem dęby. Kto ma kopiejki, robi interesa kopiejkowe i kopiejki zyskuje; ale kto ma miliony, musi zyskiwać miliony. Rubel, Stanisławie Piotrowiczu, jest jak zapracowana szkapa: kilka lat musisz czekać, zanim urodzi ci nowego rubla; ale milion jest mnożny jak świnia: co rok daje kilkoro. Za dwa albo za trzy lata, Stanisławie Piotrowiczu, i ty zbierzesz okrągły milionik, a wtedy przekonasz się, jak za nim gonią inne pieniądze. Chociaż z tobą!...

Suzin westchnął, zmarszczył brwi i znowu wypił szampana.

— Cóż ze mną? – spytał Wokulski.

— A ot, co z tobą – odparł Suzin. – Ty, zamiast w takim mieście robić interesa dla siebie do swego handlu, ty nic... Ty sobie wałęsasz się z głową na dół albo do góry, na nic się nie patrząc, albo nawet (wstyd powiedzieć chrześcijaninowi!) latasz w powietrze balonem... Cóż ty bałaganowym[44] skoczkiem myślisz zostać, ha?... No i nareszcie, powiem tobie, Stanisławie Piotrowiczu, ty obraziłeś na siebie jedną bardzo dystyngowaną damę, tę ot baronowę... A przecie u niej można było i w karty pograć, i ładne kobiety znaleźć; i dowiedzieć się o niejednej rzeczy. Radzę tobie, daj ty jej co zarobić przed wyjazdem: nie dasz adwokatowi rubla, on tobie sto wyciągnie. Ach, ty ojcze rodzony...

Wokulski słuchał z uwagą. Suzin znowu westchnął i ciągnął dalej:

— I z czarownikami naradzasz się (pfy! nieczysta siła...), na czym, mówię tobie, nie zyskasz rozbitej kopiejki, a możesz na siebie obrazić Boga.

Nieładnie!... Najgorsze, co ty myślisz, że nikt nie wie, co tobie dolega? Tymczasem wszyscy wiedzą, że masz jakieś moralne cierpienie, tylko jeden myśli, że

---

[44] *bałaganowy* – jarmarczny.

chciałbyś kupować tu fałszywe bankocetle, a inny dogaduje się, że rad byś zbankrutować, jeżeli już nie jesteś bankrut.
— I ty w to wierzysz? — spytał Wokulski.
— Aj! Stanisławie Piotrowiczu, już komu, ale tobie nie godzi się awansować mnie na durnia. Ty myślisz: ja nie wiem, że tobie chodzi o kobietę?... Nu, kobieta smaczna rzecz i bywa, że nawet innemu solidnemu człowiekowi przewróci mózgi. Baw więc się i ty, kiedy masz pieniądze. Ale ja tobie, Stanisławie Piotrowiczu, powiem jedno słówko, chcesz?...
— Proszę cię.
— Kto prosi, żeby mu ogolić brodę, nie gniewa się na zdrapanie. Otóż, gołąbku, powiem tobie przypowieść. Znajduje się w tej Francji jakaś cudowna woda na wszystkie choroby (nie pomnę jej nazwiska).Więc słuchaj mnie: są tacy, którzy przychodzą tam na kolanach i prawie nie śmią spojrzeć; a są inni, którzy tę wodę bez ceremonii piją i nawet zęby płuczą... Ach, Stanisławie Piotrowiczu, ty nie wiesz, jak ten pijący grubo żartuje z modlącego się... Zobacz więc, czy nie jesteś takim, a gdybyś był, pluń na wszystko... Ale co tobie?... Boli? prawda... No, pokosztuj wina...
— Czyś słyszał co o niej? — głucho spytał Wokulski.
— Klnę się, żem nic nadzwyczajnego nie słyszał — odparł Suzin uderzając się w piersi. — Kupcowi trzeba subiektów, a kobiecie bijących przed nią czołem, choćby dla zasłonięcia tego zucha, który nie bije pokłonów. Rzecz całkiem naturalna. Tylko ty, Stanisławie Piotrowiczu, nie wchodź między czeredę, a jeżeliś wszedł, podnieś głowę. Pół miliona rubli kapitału to przecie nie plewy; z takiego kupca nie powinni naśmiewać się ludzie.

Wokulski podniósł się i przeciągnął jak człowiek, któremu zrobiono operację rozpalonym żelazem.

„Może tak nie być, a może... tak być!... — pomyślał. — Ale jeżeli tak jest... część majątku oddam szczęśliwemu wielbicielowi za to; że mnie wyleczył!..."

Wrócił do siebie i pierwszy raz całkiem spokojnie począł przebiegać myślą wszystkich adoratorów panny Izabeli, których widywał z nią lub o których tylko słyszał. Przypominał sobie ich znaczące rozmowy, tkliwe spojrzenia, dziwne półsłówka, wszystkie sprawozdania pani Meliton, wszystkie sądy, jakie krążyły o pannie Izabeli wśród podziwiającej ją publiczności. Wreszcie głęboko odetchnął: zdawało mu się, że znalazł jakąś nitkę, która może wyprowadzić go z labiryntu.

„Wyjdę z niego chyba do pracowni Geista" — pomyślał czując, że już wpadło mu w serce pierwsze ziarno pogardy.

„Ma prawo, ma wszelkie prawo!... — mruczał uśmiechając się. — Ale też wybór, czy może nawet wybory... Ehej, jakiżem ja podłe bydlę; a Geist uważa mnie za człowieka!..."

Po wyjeździe Suzina Wokulski po raz drugi odczytał dziś wręczony mu list Rzeckiego. Stary subiekt mało pisał o interesach, ale bardzo dużo o pani Stawskiej, nieszczęśliwej a pięknej kobiecie, której mąż gdzieś zginął.

„Do śmierci zobowiążesz mnie — mówił Rzecki — jeżeli coś obmyślisz dla ostatecznego wyjaśnienia: czy Ludwik Stawski żyje, czy umarł?"

Po czym następował rejestr dat i miejscowości, w których zaginiony przebywał opuściwszy Warszawę.

„Stawska?... Stawska?... — myślał Wokulski. — Już wiem!... To ta piękna pani z córeczką, która mieszka w moim domu... Co za dziwny zbieg wypadków: może po to kupiłem dom Łęckich, ażeby poznać w nim tę drugą?... Nic mnie ona nie obchodzi, skoro tu ostanę, ale dlaczegóż nie miałbym jej dopomóc, jeżeli prosi Rzecki... Ach! wybornie... Będę miał zaraz powód dać prezent baronowej, którą mi tak rekomendował Suzin..."

Wziął adres baronowej i pojechał w okolice Saint-Germain.

W sieni domu, w którym mieszkała, był kramik antykwariusza. Wokulski rozmawiając ze szwajcarem mimo woli rzucił okiem na książki i z radosnym zdziwieniem spostrzegł egzemplarz poezyj Mickiewicza, tej edycji, którą czytał jeszcze jako subiekt Hopfera. Na widok wytartych okładek i spłowiałego papieru cała młodość stanęła mu przed oczyma.

Natychmiast kupił książkę i o mało nie ucałował jej jak relikwii.

Szwajcar, któremu frank podbił serce dla Wokulskiego, zaprowadził go aż do drzwi apartamentów baronowej, z uśmiechem życząc przyjemnej zabawy. Wokulski zadzwonił i zaraz na wstępie zobaczył lokaja w pąsowym fraku.

„Aha!" — mruknął.

W salonie, rzecz naturalna, były złocone meble, obrazy, dywany i kwiaty. Po chwili ukazała się baronowa z miną osoby obrażonej, która gotowa jednak przebaczyć.

Istotnie przebaczyła mu. W krótkiej rozmowie Wokulski wyłożył cel wizyty, napisał nazwisko Stawskiego i miejsc, w których przebywał, usilnie prosząc, ażeby baronowa przez swoje liczne stosunki dała mu o zaginionym dokładną wiadomość.

— To jest możliwe — odparła wielka dama — ale... czy nie zniechęcą pana koszta?... Musimy odwołać się do policji niemieckiej, angielskiej, amerykańskiej...

— Więc?...

— Więc wyda pan ze trzy tysiące franków?

— Oto są cztery tysiące — odparł Wokulski podając jej czek, na którym wypisał odnośną sumę. — Kiedyż mam spodziewać się odpowiedzi?...

— Tego nie jestem w stanie oznaczyć — rzekła baronowa — może za miesiąc, może za rok. Sądzę jednak — dodała surowo — że o rzeczywistości poszukiwań nie wątpi pan?

— Tak dalece nie wątpię, że zostawię u Rotszylda kwit jeszcze na dwa tysiące franków, płatnych po otrzymaniu wiadomości o tym człowieku.

— Pan wkrótce wyjeżdża?

— O nie. Zabawię jakiś czas.

— Ach, zachwycił pana Paryż!... — rzekła baronowa z uśmiechem. — Spodoba się panu jeszcze bardziej z okien mego salonu. Przyjmuję co wieczór.

Pożegnali się oboje bardzo zadowoleni: baronowa z pieniędzy swojego klienta, Wokulski, że jednym zamachem spełnił radę Suzina i prośbę Rzeckiego.

Teraz Wokulski został w Paryżu zupełnie osamotniony, bez żadnego obowiązkowego zajęcia. Znowu zwiedzał wystawę, teatry, nieznane ulice, pominięte sale w muzeach... Znowu podziwiał olbrzymie siły Francji, prawidłowość w budowie i życiu milionowego miasta, wpływ łagodnego klimatu na przyśpieszony rozwój cywilizacji... Znowu pił koniak, jadał kosztowne potrawy albo grał w karty w salonie baronowej, gdzie zawsze przegrywał...

Taki sposób przepędzania czasu wyczerpywał go znakomicie, ale nie dawał ani kropli radości. Godziny wlokły mu się jak doby, dnie nie miały końca, a noce spokojnego snu. Bo choć spał twardo, bez żadnych marzeń przykrych albo przyjemnych, chociaż tracił świadomość, nie mógł jednakże pozbyć się uczucia niezgruntowanej goryczy, w której tonęła jego dusza na próżno szukająca tam dna albo brzegów.

„Dajcie mi jakiś cel... albo śmierć!..." — mówił nieraz, patrząc w niebo. A w chwilę później śmiał się i myślał:

„Do kogo ja mówię?... Kto mnie wysłucha w tym mechanizmie ślepych sił, których stałem się igraszką? Cóż to za okrutna dola nie być do niczego przywiązanym, niczego nie pragnąć, a tak wiele rozumieć..."

Zdawało mu się, że widzi jakąś niezmierną fabrykę, skąd wybiegają nowe słońca, nowe planety, nowe gatunki, nowe narody, a w nich ludzie i serca, które szarpią furie: nadzieja, miłość i boleść. Któraż z nich najgorsza? Nie boleść, bo ona przynajmniej nie kłamie. Ale ta nadzieja, która tym głębiej strąca, im wyżej podniosła... Ale miłość, ten motyl, którego jedno skrzydło nazywa się niepewnością, a drugie oszustwem...

„Wszystko jedno — mruczał. — Jeżeli już musimy odurzać się czymś, odurzajmy się czymkolwiek. Ale czym?..."

Wówczas w głębi mroku, nazywającego się naturą, ukazywały się przed nim jakby dwie gwiazdy. Jedna blada, ale niezmienna — to był Geist i jego metale; druga iskrząca się jak słońce albo nagle gasnąca, a tą była o n a...

„Co tu wybrać? — myślał — jeżeli jedno jest wątpliwe, a druga niedostępna i niepewna. Bo choćbym nawet dosięgnął jej, czy ja jej kiedy uwierzę?... czy nawet mógłbym uwierzyć?..."

Wokulski — trudny wybór

Z tym wszystkim czuł, że zbliża się chwila decydującej walki pomiędzy jego rozumem i sercem. Rozum ciągnął go do Geista, serce do Warszawy. Czuł, że lada dzień coś z tego musi wybrać: albo ciężką pracę, która wiodła do nadzwyczajnej sławy, albo płomienną namiętność, która obiecywała chyba to, że spali go na popiół.

„A jeżeli i to, i tamto jest złudzeniem, jak owa łopatka albo chustka ważąca sto funtów?..."

Poszedł jeszcze raz do magnetyzera Palmieriego i zapłaciwszy należne dwadzieścia franków za konferencję, począł zadawać mu pytania:

— Więc twierdzisz pan, że mnie nie można zamagnetyzować?

— Co to jest, nie można! — oburzył się Palmieri. — Nie można od razu, gdyż nie jesteś pan m e d i u m. Ale można by z pana zrobić medium, jeżeli nie w kilka miesięcy, to w kilka lat.

„Zatem Geist stanowczo nie otumanił mnie" — pomyślał Wokulski. Głośno zaś dodał:

— A kobieta, panie Palmieri, może zamagnetyzować człowieka?

— Nie tylko kobieta, ale nawet drzewo, klamka, woda, no, słowem, wszystko, czemu magnetyzer nada władzę. Ja mogę moje media magnetyzować bodajby szpilką; mówię im: w tę szpilkę przelewam mój fluid i zaśniesz pan, kiedy na nią spojrzysz.

Tym więc łatwiej mógłbym przekazać moją władzę jakiejś kobiecie. Byle, rozumie się, osoba magnetyzowana była m e d i u m.

— I wtedy do owej kobiety przywiązałbym się tak jak pańskie medium do łopatki od węgli?... — spytał Wokulski.

— Bardzo naturalnie — odpowiedział Palmieri spoglądając na zegarek.

Wokulski opuścił go i włócząc się po ulicach myślał:

„Co do Geista, mam prawie dowód, że nie łudził mnie za pomocą magnetyzmu: nie starczyłoby na to czasu. Ale co do niej, nie mam pewności, że nie oczarowała mnie w ten sposób. Czasu było dosyć, ale... któż mnie zrobił jej medium?..."

> Wokulski — miłość do Izabeli — pragnienie ideału — cechy romantyka

Im więcej porównywał swoją miłość dla panny Izabeli z uczuciami ogółu mężczyzn dla ogółu kobiet, tym bardziej wydawała mu się nienaturalną. Bo jak można zakochać się w kimś od jednego rzutu oka? Albo jak można szaleć za kobietą, którą widzi się raz na kilka miesięcy, i tylko po to, ażeby przekonać się, że ona nie dba o nas?

„Bah! — mruknął — rzadkie spotkania właśnie nadają jej charakter ideału. Kto wie, czy zupełnie nie rozczarowałbym się poznawszy ją dokładniej?"

Zdziwiło go, że od Geista nie miał żadnej wiadomości.

„Czyby uczony chemik po to wziął trzysta franków, ażeby już wcale mi się nie pokazywać..." — pomyślał.

Ale sam zawstydził się tych podejrzeń.

„Może chory?" — szepnął.

Wziął fiakra i pojechał według adresu, daleko za wały miasta, w okolicę Charenton[45].

Na wskazanej ulicy fiakier zatrzymał się przed murowanym parkanem; spoza niego widać było dach i górną część okien domu.

Wokulski wysiadł z powozu i zbliżył się do żelaznej furtki w murze, zaopatrzonej w młotek. Po kilkunastu uderzeniach furtka nagle uchyliła się i Wokulski wszedł na dziedziniec.

> dom Geista — wygląd

Dom był jednopiętrowy, bardzo stary; mówiły o tym ściany pokryte pleśnią, mówiły okna zakurzone, gdzieniegdzie wybite.

W środku ściany frontowej znajdowały się drzwi, do których wchodziło się po kilku stopniach kamiennych, dość zrujnowanych.

Ponieważ furtka już zamknęła się z głuchym łoskotem, a nie było widać szwajcara, który ją otwierał, więc Wokulski stał na środku dziedzińca zdziwiony i zakłopotany. Nagle w oknie pierwszego, a zarazem jedynego piętra ukazała się jakaś głowa w czerwonej czapce i znajomy głos zawołał:

— Czy to wy, panie S i u z ę?... Dzień dobry!

Głowa znikła, lecz otwarty lufcik świadczył, że nie była złudzeniem. Wreszcie po kilku chwilach zgrzytnęły drzwi środkowe, otworzyły się i stanął w nich Geist. Był ubrany w podarte niebieskie spodnie, drewniane sandały na nogach i brudny flanelowy kaftanik na grzbiecie.

---

[45] *Charenton* — miejscowość pod Paryżem, gdzie znajduje się zakład dla obłąkanych.

— Powinszuj mi, panie Siuzę! — mówił Geist. — Sprzedałem mój materiał wybuchowy anglo-amerykańskiej kompanii[46] i zdaje się, zrobiłem niezły interes. Sto pięćdziesiąt tysięcy franków gotówką z góry i dwadzieścia pięć centimów[47] od każdego sprzedanego kilograma.

— No, w tych warunkach chyba zarzuci pan swoje metale — rzekł uśmiechając się Wokulski. Geist spojrzał na niego z pobłażliwą wzgardą.

— Warunki te — odparł — o tyle zmieniły moje położenie, że na parę lat nie potrzebuję się troszczyć o majętnego wspólnika. Lecz co do metalów, właśnie w tej chwili pracuję nad nimi, spojrzyj...

Otworzył drzwi na lewo od sieni. Wokulski zobaczył rozległą, kwadratową salę, bardzo chłodną. Na środku jej stał ogromny cylinder, podobny do kadzi: stalowa ściana jej miała z łokieć grubości i była w czterech miejscach ściśnięta potężnymi obręczami. Do górnego dna były przytwierdzone jakieś aparaty: jeden podobny do klapy bezpieczeństwa, spod której od czasu do czasu wydobywał się obłoczek pary i szybko niknął w powietrzu, drugi przypominał manometr, którego skazówka jest w ruchu.

— Kocioł parowy?... — spytał Wokulski. — Dlaczegóż takie grube ściany?

— Dotknij go — rzekł Geist.

Wokulski dotknął i syknął z bólu. Na palcach wyskoczyły mu pęcherze, lecz nie z gorąca, tylko z zimna... Kadź była strasznie zimna, co zresztą czuło się w całej sali.

— Sześćset atmosfer ciśnienia wewnętrznego — dodał Geist nie zważając na przygodę Wokulskiego, który aż wstrząsnął się usłyszawszy taką cyfrę.

— Wulkan!... — szepnął.

— Dlatego namawiałem cię, ażebyś u mnie pracował — odparł Geist. — Jak widzisz, łatwo tu o wypadek... Chodźmy na górę...

— Kocioł zostawi pan bez dozoru? — spytał Wokulski.

— O, przy tej robocie nie potrzeba niańki; wszystko robi się samo i nie może być niespodzianek.

Wszedłszy na górę znaleźli się w dużym pokoju o czterech oknach. Głównym jego umeblowaniem były stoły, literalnie zarzucone retortami, miseczkami i rurkami ze szkła, porcelany, nawet z ołowiu i miedzi. Na podłodze pod stołami i w kątach leżało kilkanaście bomb artyleryjskich, między nimi kilka pękniętych. Pod oknami stały wanienki kamienne lub miedziane, napełnione kolorowymi płynami; wzdłuż jednej ze ścian ciągnęła się ława czy tapczan, a na niej ogromny stos elektryczny.

> dom Geista — wygląd wnętrza

Dopiero odwróciwszy się Wokulski spostrzegł przy samych drzwiach żelazną szafę wmurowaną w ścianę, łóżko okryte podartą kołdrą, z której wyłaziła brudna wata, pod oknem stolik z papierami, a przed nim fotel obity skórą, popękaną i wytartą.

Wokulski spojrzał na starca obutego w drewniane sandały jak najuboższy wyrobnik, potem na jego sprzęty, z których wyzierała nędza, i pomyślał, że przecie ten człowiek za swoje wynalazki mógłby mieć miliony. Wyrzekł się ich jednak dla dobra

---

[46] *kompania* — spółka handlowa.
[47] *centim* — moneta francuska, 1/100 franka.

jakiejś przyszłej, doskonalszej ludzkości... Geist wydał mu się w tej chwili jak Mojżesz, który do obiecanej ziemi prowadzi jeszcze nie urodzone pokolenia.

Ale stary chemik tym razem nie odgadł myśli Wokulskiego; przypatrzył mu się pochmurnie i rzekł:

— Cóż, panie S i u z ę, niewesołe miejsce, niewesoła robota?... Od czterdziestu lat żyję w ten sposób. W tych aparatach uwięzło już kilka milionów i może dlatego ich posiadacz nie bawi się, nie ma służby, a czasami nawet nie ma co jeść... To nie dla pana zajęcie — dodał machnąwszy ręką.

— Mylisz się, profesorze — odparł Wokulski. — Zresztą w grobie nie jest chyba weselej...

— Co tam grób... głupstwo... sentymentalizm!... — mruknął Geist. — W naturze nie ma grobów ani śmierci; są różne formy bytu, z których jedne pozwalają nam być chemikami, inne tylko preparatami chemicznymi. Cała zaś mądrość polega na tym, ażeby korzystać z nadarzającej się okazji, nie tracić czasu na błazeństwa, lecz coś zrobić.

— Rozumiem to — odparł Wokulski — ale... Wybacz pan, pańskie odkrycia są tak nowe...

— I ja rozumiem — przerwał Geist. — Moje odkrycia są tak nowe, że... uważasz je pan za oszustwo!... Pod tym względem nie są mędrszymi od ciebie członkowie Akademii, masz więc dobre towarzystwo... Aha!...Chciałbyś jeszcze raz zobaczyć moje metale, wypróbować je?... Dobrze, bardzo dobrze...

Pobiegł do żelaznej szafy, otworzył ją w sposób bardzo skomplikowany i po kolei począł wydobywać sztabki metalu cięższego od platyny, lżejszego od wody, to znowu przezroczystego... Wokulski oglądał je, ważył, ogrzewał, kuł, przepuszczał przez nie prąd elektryczny, ciął nożycami. Na próbach tych zeszło mu parę godzin; w rezultacie jednak przekonał się, że przynajmniej pod względem fizycznym ma do czynienia z autentycznymi metalami.

Skończywszy próby Wokulski wyczerpany upadł na fotel; Geist pochował swoje okazy, zamknął szafę i śmiejąc się zapytał:

— No i cóż: fakt czy złudzenie?

— Nic nie rozumiem — szepnął Wokulski ściskając rękoma skronie — głowa mi pęka!... Metal trzy razy lżejszy od wody... niepojęta rzecz!...

— Albo metal o jakie dziesięć procent lżejszy od powietrza, co?... — śmiał się Geist. — Ciężar gatunkowy obalony... prawa natury podkopane, co?... Cha! cha! Nic z tego wszystkiego. Prawa natury, o ile je znamy, nawet przy moich metalach pozostaną nietknięte. Rozszerzą się tylko nasze pojęcia o własnościach ciał i ich budowie wewnętrznej, no i rozszerzą się granice ludzkiej techniki.

— A ciężar gatunkowy? — spytał Wokulski.

— Posłuchaj mnie — przerwał mu Geist — a wnet zrozumiesz, na czym polega istota moich odkryć, chociaż, pośpieszam dodać, naśladować ich nie potrafisz. Tu nie ma ani cudów, ani oszustwa; tu są rzeczy tak proste, że pojąć je mógłby uczeń szkoły elementarnej.

Wziął ze stołu stalowy sześcian i podawszy go Wokulskiemu mówił:

— Oto jest decymetr sześcienny, pełny, odlany ze stali; weź go w rękę, ile waży?

— Z osiem kilogramów...

Podał mu drugi sześcian tej samej wielkości, również stalowy, pytając:
— A ten ile waży?
— No, ten waży z pół kilograma... Ale on jest pusty... — odparł Wokulski.
— Doskonale! A ta sześcienna klatka ze stalowego drutu ile waży? — spytał Geist podając ją Wokulskiemu.
— Ta waży kilkanaście gramów...
— Otóż widzisz — przerwał Geist. — Mamy trzy sześciany tej samej wielkości i z tego samego materiału, które jednak są nierównej wagi. A dlaczego? Gdyż w pełnym sześcianie jest najwięcej cząstek stali, w pustym mniej, a w drucianym najmniej. Wyobraź więc sobie, że udało mi się zamiast p e ł n y c h c z ą s t e k budować k l a t k o w a t e c z ą s t k i ciał, a zrozumiesz tajemnicę wynalazku. Polega on na zmianie budowy wewnętrznej materiałów, co nawet dla dzisiejszej chemii nie jest żadną nowością. Cóż, jakże tam?...

Geist — genialny wynalazek

— Kiedy widzę okazy, wierzę — odparł Wokulski — kiedy pana słucham, rozumiem. Ale gdy wyjdę stąd...
Rozłożył ręce w sposób desperacki.
Geist znowu otworzył szafę, poszukał i wydobywszy mały skrawek metalu, barwą przypominającego mosiądz, podał Wokulskiemu mówiąc:
— Weź sobie to jako amulet przeciw powątpiewaniu o moim rozumie czy prawdomówności. Ten metal jest około pięciu razy lżejszy od wody, dobrze więc będzie ci przypominał naszą znajomość. Przy tym — dodał śmiejąc się — ma on wielką zaletę: nie obawia się żadnych odczynników chemicznych... Prędzej zniknie, aniżeli zdradzi mój sekret... A teraz idź już, panie S i u z ę, odpocznij i namyśl się: co masz zrobić ze sobą?
— Przyjdę tu — szepnął Wokulski.
— O nie! nie zaraz!... — odparł Geist. — Jeszcze nie ukończyłeś swoich rachunków ze światem; a że i ja mam na parę lat pieniądze, więc nie nalegam. Przyjdziesz tu, kiedy ci już nic nie zostanie z dawnych złudzeń.
Niecierpliwie ścisnął go za rękę i popychał ku drzwiom. Na schodach pożegnał go jeszcze raz i cofnął się do laboratorium. Gdy Wokulski wyszedł na dziedziniec, furtka już była otwarta, a gdy wyminął ją i stanął obok swego fiakra, zatrzasnęła się.
Wróciwszy do miasta Wokulski przede wszystkim kupił złoty medalion, umieścił w nim skrawek nowego metalu i zawiesił na szyi jak szkaplerz. Chciał przespacerować się, ale spostrzegł, że ruch uliczny męczy go; więc poszedł do siebie.
„Czemu ja się wracam? — szeptał. — Dlaczego nie idę do Geista do roboty?..."
Usiadł na fotelu i utonął we wspomnieniach. Widział sklep Hopfera, stołowe pokoje i gości, którzy drwili z niego; widział swoją maszynę o wieczystym ruchu i model balonu, któremu usiłował nadać kierunek. Widział Kasię Hopfer, która mizerniała z miłości dla niego...
„Do roboty!... Dlaczego ja nie idę do roboty?..."
Wzrok jego machinalnie padł na stół, gdzie leżał niedawno kupiony Mickiewicz.
„Ile ja to razy czytałem!..." — westchnął biorąc książkę do ręki.
Książka otworzyła się sama i Wokulski przeczytał:

> **Wokulski – o romantycznej miłości – cechy romantyka**

„Zrywam się, biegnę, składam na pamięć wyrazy, którymi mam złorzeczyć okrucieństwu twemu, składane, zapomniane już po milion razy... Ale gdy ciebie ujrzę, nie pojmuję, czemu znowu jestem spokojny, zimniejszy nad głazy, aby goreć na nowo, milczeć po dawnemu..."[48]

„Teraz już wiem, przez kogo jestem tak zaczarowany..."

Uczuł łzę pod powieką, lecz pohamował się i nie splamiła mu twarzy.

„Zmarnowaliście życie moje... Zatruliście dwa pokolenia!... szepnął. – Oto skutki waszych sentymentalnych poglądów na miłość..."

Złożył książkę i cisnął nią w kąt pokoju, aż rozleciały się kartki.

Książka odbiła się od ściany, spadła na umywalnię i ze smutnym szelestem stoczyła się na podłogę.

„Dobrze ci tak! tam twoje miejsce... – myślał Wokulski. – Bo któż to miłość przedstawiał mi jako świętą tajemnicę? Kto nauczył mnie gardzić codziennymi kobietami, a szukać niepochwytnego ideału?... Miłość jest radością świata, słońcem życia, wesołą melodią w pustyni, a ty co z niej zrobiłeś?... Żałobny ołtarz, przed którym śpiewają się egzekwie[49] nad zdeptanym sercem ludzkim!"

Wtem nasunęło mu się pytanie:

„Jeżeli poezja zatruła twoje życie, to któż zatruł ją samą? I dlaczego Mickiewicz, zamiast śmiać się i swawolić jak francuscy pieśniarze, umiał tylko tęsknić i rozpaczać?

Bo on, tak jak i ja, kochał pannę wysokiego urodzenia[50], która mogła stać się nagrodą nie rozumu, nie pracy, nie poświęceń, nawet nie geniuszu, ale... pieniędzy i tytułu..."

„Biedny męczenniku! – szepnął Wokulski. – Tyś oddał narodowi, coś miał najlepszego; lecz cóżeś winien, że przelewając w niego własną duszę, razem z nią przelałeś cierpienia, jakimi nasycali ciebie? To oni są winni twoim, moim i naszym nieszczęściom..."

Podniósł się z fotelu i ze czcią zebrał porozdzierane kartki.

„Nie dość, że byłeś umęczony przez nich, ale jeszcze miałbyś odpowiadać za ich występki?... To oni winni, oni, że twoje serce, zamiast śpiewać, jęczało jak dzwon rozbity."

Położył się na kanapie i znowu myślał:

„Szczególny kraj, w którym od tak dawna mieszkają obok siebie dwa całkiem różne narody: arystokracja i pospólstwo. Jeden mówi, że jest szlachetną rośliną, która ma prawo ssać glinę i mierzwę, a ten drugi albo przytakuje dzikim pretensjom, albo nie ma siły zaprotestować przeciw krzywdzie.

A jak się to wszystko składało na uwiecznienie monopolu jednej klasy i zdławienie w zarodku każdej innej! Tak silnie wierzono w powagę rodu, że nawet synowie rzemieślników i handlarzy albo kupowali herby, albo podszywali się pod jakieś zubożałe rody szlachetne.

Nikt nie miał odwagi nazwać się dzieckiem swoich zasług, a nawet ja, głupiec, wydałem kilkaset rubli na kupno szlacheckiego patentu.

---

[48] *„Zrywam się, biegnę, składam na pamięć wyrazy"* – niedokładny cytat z *Sonetów* A. Mickiewicza.

[49] *egzekwie* – nabożeństwo za zmarłych.

[50] *panna wysokiego urodzenia* – Maryla Wereszczakówna.

I ja miałbym tam wracać?... Po co?... Tu przynajmniej mam naród żyjący wszystkimi zdolnościami, jakimi obdarowano człowieka. Tu naczelnych miejsc nie obsiada pleśń podejrzanej starożytności, ale wysuwają się naprzód istotne siły: praca, rozum, wola, twórczość, wiedza, nawet piękność i zręczność, a nawet choćby szczere uczucie. Tam zaś praca staje pod pręgierzem, a triumfuje rozpusta! Ten, kto dorabia się majątku, nosi tytuł sknery, kutwy, dorobkiewicza; ten, kto go trwoni, nazywa się: hojnym, bezinteresownym, wspaniałomyślnym... Tam prostota jest dziwactwem, oszczędność wstydem, uczoność równoznaczy z obłędem, artyzm symbolizuje się dziurawymi łokciami. Tam, chcąc zdobyć miano człowieka, trzeba posiadać albo tytuł z pieniędzmi, albo talent wciskania się do przedpokojów. I ja bym tam miał wracać?..."

> Wokulski – sposób myślenia (cechy pozytywisty)

Począł chodzić po pokoju i liczyć:

„Geist jeden, ja drugi, Ochocki trzeci... Ze dwu jeszcze znajdziemy i za cztery albo pięć lat wyczerpalibyśmy owe osiem tysięcy doświadczeń, potrzebnych do znalezienia metalu lżejszego niż powietrze. No, a wtedy co?... Co stanie się z dzisiejszym światem na widok pierwszej machiny latającej, bez skrzydeł, bez skomplikowanych mechanizmów, a trwałej jak okręt pancerny?"

Zdawało mu się, że szmer uliczny za jego oknami rozszerza się i potęguje ogarniając cały Paryż, Francję i Europę. I że wszystkie głosy ludzkie zlewają się w jeden ogromny okrzyk:

> Wokulski – pragnienie sławy – cechy romantyka

„Sława!... sława!... sława!..."

„Oszalałem?" – mruknął.

Szybko rozpiął kamizelkę i wydobywszy spod koszuli złoty medalion otworzył go. Skrawek metalu, podobnego do mosiądzu i lekkiego jak puch, był na swoim miejscu. Geist nie łudził go; droga do olbrzymiego wynalazku była na oścież otwarta.

„Zostaję! – szepnął. – Bóg ani ludzie nie przebaczyliby mi zaniedbania podobnej sprawy."

Mrok już zapadał. Wokulski zaświecił gazowe lampy nad stołem, wydobył papier i pióro i zaczął pisać:

„Mój Ignacy! Chcę pogadać z tobą o bardzo ważnych rzeczach, a ponieważ do Warszawy już nie wrócę, proszę cię więc, ażebyś jak najśpieszniej..."

Nagle rzucił pióro: jakaś trwoga opanowała go na widok napisanych przez siebie wyrazów: „do Warszawy już nie wrócę..."

„Dlaczego nie mam wrócić?..." – szepnął.

„A po co?... Może po to, ażeby znowu spotkać pannę Izabelę, znowu stracić energię?..."

„Raz nareszcie muszę zamknąć te głupie rachunki..."

Chodził i myślał:

„Oto dwie drogi: jedna wiedzie do nieobliczonych reform ludzkości, druga do podobania się, a nawet, przypuśćmy, do zdobycia kobiety. Co wybrać?...

Bo juści jest faktem, że każdy nowy a ważny materiał, każda nowa siła to nowe piętro cywilizacji. Brąz stworzył cywilizację klasyczną, żelazo wieki średnie; proch zakończył wieki średnie, a węgiel kamienny rozpoczął wiek dziewiętnasty. Co się tu wahać: metale Geista dadzą początek takiej cywilizacji, o jakiej nie marzono, i kto wie, czy wprost nie uszlachetnią gatunku ludzkiego...

A z drugiej strony cóż mam?... Kobietę, która przy takich jak ja parweniuszach nie wahałaby się kąpać. Czym jestem w jej oczach obok tych wykwintnisiów, dla których pusta rozmowa, koncept, komplement stanowią najwyższą treść życia. Co ta czereda, nie wyłączając jej samej, powiedziałaby na widok obdartego Geista i jego niezmiernych odkryć? Tak są ciemni, że nawet nie dziwiliby się temu.

Przypuśćmy wreszcie, żebym się z nią ożenił, a wtedy co?... Natychmiast do salonu dorobkiewicza wleliby się wszyscy jawni i tajni wielbiciele, kuzyni rozmaitego stopnia, czy ja wiem wreszcie kto!... I znowu musiałbym zamykać oczy na ich spojrzenia, głuchnąć na ich komplimenta, dyskretnie usuwać się od ich poufnych rozmów — o czym?... O mojej hańbie czy głupocie?...

Po roku tego życia spodliliby mnie tak, że może zniżyłbym się do zazdrości o podobne indywidua...

Ach, czy nie wolałbym rzucić serce głodnemu psu aniżeli oddać je kobiecie, która nawet nie domyśla się, jaka jest różnica między nimi a mną.

Basta!..."

Znowu usiadł przy stole i zaczął list do Geista. Nagle przerwał:

„Paradny jestem — rzekł głośno — chcę pisać zobowiązanie nie uregulowawszy moich interesów..."

„Oto zmieniły się czasy! — myślał. — Dawniej taki Geist byłby symbolem szatana, z którym walczy o duszę ludzką anioł w postaci kobiety. A dzisiaj... kto jest szatanem, a kto aniołem?..."

Wtem zapukano do drzwi. Wszedł garson i podał Wokulskiemu duży list.

„Z Warszawy — szepnął. — Od Rzeckiego?... Przysyła mi jakiś drugi list... Ach, od prezesowej!... Co, może donosi mi o ślubie panny Izabeli?..."

Rozerwał kopertę, lecz przez chwilę wahał się z odczytaniem. Serce zaczęło mu bić śpieszniej.

„Wszystko jedno!" — mruknął i zaczął:

„Mój kochany panie Stanisławie! Dobrze, widać, bawisz się, podobno nawet w Paryżu, kiedy zapominasz o swoich przyjaciołach. A grób śp. biednego stryja twego wciąż czeka na obiecany kamień i ja także chciałabym poradzić się ciebie o budowę cukrowni, do której namawiają mnie na stare lata. Wstydź się, panie Stanisławie, a nade wszystko żałuj, że nie widzisz rumieńca na twarzy Beli, która w tej chwili jest u mnie i spiekła raczka usłyszawszy, że piszę do ciebie. Kochane dziecko! Mieszka u ciotki w sąsiedztwie i często mnie odwiedza. Domyślam się, że zrobiłeś jej jakąś dużą przykrość; nie ociągaj się więc z przeprosinami i jak najrychlej przyjeżdżaj prosto do mnie. Bela zabawi tu jeszcze kilka dni i może uda mi się wyjednać ci przebaczenie..."

Wokulski zerwał się od stołu, otworzył okno i postawszy w nim chwilę przeczytał drugi raz list prezesowej; oczy zaiskrzyły mu się, na twarz wystąpiły wypieki.

Zadzwonił raz, drugi, trzeci... Wreszcie sam wybiegł na korytarz wołając:

— Garson!... Hej, garson!...

— Do usług...

— Rachunek.

— Jaki?...

— Cały rachunek za ostatnie pięć dni... Cały, nie rozumiesz?...

— Czy zaraz?... — zdziwił się garson.

— Natychmiast i... powóz na dworzec kolei północnej... Natychmiast!

Rozdział III

Człowiek szczęśliwy w miłości

Wróciwszy z Paryża do Warszawy, Wokulski zastał drugi list prezesowej. Staruszka nalegała, ażeby natychmiast przyjeżdżał i zabawił u niej parę tygodni.

„Nie myśl, panie Stanisławie — kończyła — że zapraszam cię z powodu twoich świeżych awansów[51], dla pochwalenia się znajomością z tobą. Tak czasem bywa, ale nie u mnie. Chcę tylko, ażebyś odpoczął po swych ciężkich trudach, a może i rozerwał się w moim domu, gdzie oprócz gospodyni, starej nudziarki, znajdziesz jeszcze towarzystwo młodych i ładnych kobiet."

„Dużo mnie obchodzą młode i ładne kobiety!" — mruknął Wokulski. W następnej zaś chwili przyszło mu na myśl: o jakich to awansach pisze prezesowa? Czyby już nawet na prowincji wiedziano o jego zarobku, choć sam nikomu o tym nie wspomniał?

Słowa prezesowej przestały go jednak dziwić, gdy naprędce rozejrzał się w interesach. Od dnia wyjazdu do Paryża obroty jego handlu znowu wzrosły i wzrastały z tygodnia na tydzień. W stosunki z nim weszło kilkudziesięciu nowych kupców, a cofnął się ledwie jeden, dawny, napisawszy przy tym ostry list, że ponieważ on nie ma arsenału, tylko zwyczajny sklep bławatny, więc nie widzi interesu nadal utrzymywać stosunków z firmą JW-go Wokulskiego, z którym na Nowy Rok ureguluje wszelkie rachunki. Ruch towarów był tak wielki, że pan Ignacy na własną odpowiedzialność wynajął nowy skład, zgodził ósmego subiekta i dwu ekspedytorów.

Kiedy Wokulski skończył przeglądać księgi (na usilną prośbę Rzeckiego wziął się do nich w parę godzin po powrocie z banhofu[52]), pan Ignacy otworzył kasę ogniotrwałą i z uroczystą miną wydobył stamtąd list Suzina.

— Cóż to za ceremoniał? — spytał ze śmiechem Wokulski.

— Korespondencje od Suzina muszą być szczególnie pilnowane — odparł Rzecki z naciskiem. Wokulski wzruszył ramionami i przeczytał list. Suzin proponował mu na zimowe miesiące nowy interes, prawie tej samej doniosłości co paryski.

— Cóż ty na to? — zapytał pana Ignacego objaśniwszy, o co chodzi.

— Mój Stachu — odparł subiekt spuszczając oczy — tak ci ufam, że gdybyś nawet spalił miasto, jeszcze byłbym pewny, że zrobiłeś to w szlachetnym celu.

— Jesteś nieuleczony marzyciel, mój stary! — westchnął Wokulski i przerwał rozmowę. Nie miał wątpliwości, że Ignacy znowu posądza go o jakieś polityczne knowania.

---

[51] *awanse* – tu: osiągnięcia, sukcesy.
[52] *Banhof* (niem.) – dworzec.

Nie sam Rzecki myślał w taki sposób. Wstąpiwszy do swego mieszkania Wokulski znalazł całą pakę biletów wizytowych i listów. Przez czas nieobecności odwiedziło go około setki ludzi wpływowych, utytułowanych i majętnych, z których co najmniej połowy dotychczas nie znał... Jeszcze większą osobliwość stanowiły listy. Były to prośby bądź o wsparcie, bądź o protekcję do rozmaitych władz cywilnych i wojskowych lub też anonimy po największej części wymyślające mu... Jeden nazywał go zdrajcą, inny fagasem, który tak wprawił się do służby u Hopfera, że dziś dobrowolnie wdziewa na siebie liberię arystokracji, a nawet więcej niż arystokracji. Inny anonim zarzucał mu opiekę nad kobietą złego życia, inny donosił, że pani Stawska jest kokietką i awanturnicą, a Rzecki oszustem, który w nowo nabytym domu wykrada mu komorne i dzieli się z rządcą, niejakim Wirskim.

> warszawianie
> o Wokulskim
> (plotki, domysły)

„Muszą zdrowe plotki krążyć o mnie!..." — pomyślał patrząc na stertę papierów.

Na ulicy także, o ile miał czas zwracać uwagę, spostrzegł, że jest przedmiotem ogólnego zainteresowania. Mnóstwo osób kłaniało mu się; czasem zupełnie obcy wskazywali na niego, gdy przechodził; byli jednakże i tacy, którzy z widoczną niechęcią odwracali od niego głowę. Między nimi zauważył dwu znajomych, jeszcze z Irkucka, co go dotknęło w przykry sposób.

„Cóż ci znowu — szepnął — dostali bzika?..."

Na drugi dzień swego pobytu w Warszawie odpisał Suzinowi, że propozycje przyjmuje i że w połowie października będzie w Moskwie. Późnym zaś wieczorem wyjechał do prezesowej, której majątek leżał o kilka mil od niedawno wybudowanej kolei[53].

Na dworcu spostrzegł, że i tu jego osoba robi wrażenie. Sam zawiadowca przedstawił się i kazał mu dać oddzielny przedział; nadkonduktor zaś prowadząc go do wagonu rzekł, że to on właśnie miał zamiar ofiarować mu wygodne miejsce, gdzie by można spać, pracować albo rozmawiać bez przeszkód.

Po długim staniu pociąg z wolna ruszył. Była już noc duża, bezksiężycowa i bezobłoczna, a na niebie więcej gwiazd niż zwykle. Wokulski otworzył okno i przypatrywał się konstelacjom. Przyszły mu na myśl syberyjskie noce, gdzie niebo bywa niekiedy prawie czarne, zasiane gwiazdami jak śnieżycą, gdzie Mała Niedźwiedzica krąży prawie nad głową, a Herkules, kwadrat Pegaza, Bliźnięta świecą niżej niż u nas nad horyzontem.

„Czy dziś umiałbym astronomię, ja, subiekt Hopfera, gdybym tam nie był? — pomyślał z goryczą. — A słyszałbym co o odkryciach Geista, gdyby mnie Suzin gwałtem nie zaciągnął do Paryża?"

I oczyma duszy widział szerokie i niezwykłe życie swoje, jakby rozpięte między dalekim Wschodem i dalekim Zachodem. „Wszystko, co umiem, wszystko, co mam, wszystko, co zrobić jeszcze mogę, nie pochodzi stąd. Tu znajdowałem tylko upokorzenie, zawiść albo wątpliwej wartości poklask, gdy mi się wiodło; lecz gdyby mi się nie powiodło, zdeptałyby mnie te same nogi, które dziś się kłaniają..."

> Wokulski
> o Warszawie

---

[53] *kilka mil od niedawno wybudowanej kolei* — może chodzi tu o tzw. kolej Nadwiślańską łączącą Warszawę z Lubelszczyzną.

„Wyjadę stąd — szeptał — wyjadę!... Chyba że ona mnie zatrzyma... Bo co mi da nawet ten majątek, jeżeli nie mogę go zużytkować w taki sposób, jaki mnie najlepiej przypada do gustu? Co warte życie pleśniejące między resursą, sklepem i prywatnymi salonami, gdzie trzeba grać w preferansa, ażeby nie obmawiać, albo obmawiać, ażeby nie grać w preferansa?..."

„Ciekawym — rzekł do siebie po chwili — w jakim celu tak znacząco zaprasza mnie prezesowa? A może to panna Izabela?..."

Zrobiło mu się gorąco i z wolna uczuł jakąś przemianę w duszy. Przypomniał sobie swego ojca i stryja, Kasię Hopfer, która tak go kochała, Rzeckiego, Leona, Szumana, księcia i tylu, tylu innych ludzi, którzy złożyli mu dowody niewątpliwej życzliwości. Co warta cała jego nauka i majątek, gdyby dokoła siebie nie miał serc przyjaznych; na co zdałby się największy wynalazek Geista, gdyby nie miał być orężem, który zapewni ostateczne zwycięstwo rasie ludzi szlachetniejszych i lepszych?...

„Jest i u nas niemało do zrobienia — szepnął. — Są i u nas ludzie, których warto wydźwignąć albo wzmocnić... Za stary jestem na robienie epokowych wynalazków, niech się tym zajmują Ochoccy... Ja wolę innym przysporzyć szczęścia i sam być szczęśliwym..."

Przymknął oczy i zdawało mu się, że widzi pannę Izabelę, która patrzy na niego w dziwny, jej tylko właściwy sposób i łagodnym uśmiechem przytakuje jego zamiarom.

Zapukano do drzwi przedziału i po chwili ukazał się nadkonduktor mówiąc:
— Pan baron Dalski pyta się, czy może tu przyjść. Jedzie tym samym wagonem.
— Pan baron?... — powtórzył Wokulski. — Owszem, niech będzie łaskaw....

Nadkonduktor cofnął się i przymknął drzwi, a Wokulski przypomniał sobie, że baron jest członkiem spółki do handlu ze Wschodem i jednym z niewielu już konkurentów panny Izabeli.

„Czego on chce ode mnie? — myślał Wokulski. — Może i on jedzie do prezesowej, ażeby na świeżym powietrzu złożyć pannie Izabeli stanowczą deklarację?... Jeżeli go nie uprzedził ten Starski..."

baron Dalski – wygląd

W korytarzu wagonowym słychać było kroki i rozmowę; drzwi przedziału znowu usunęły się i ukazał się nadkonduktor, a obok niego bardzo szczupły pan, z malutkimi wąsikami szpakowatymi, jeszcze mniejszą bródką prawie siwą i dobrze siwiejącą głową.

„Chyba nie on?... — myślał Wokulski. — Tamten był zupełnie czarny...
— Najmocniej przepraszam, że niepokoję pana! — rzekł baron chwiejąc się z powodu ruchu pociągu. — Najmocniej... Nie ośmieliłbym się przerywać samotności, gdyby nie to, że chcę zapytać: czy pan nie jedzie do naszej czcigodnej prezesowej, która pana już od tygodnia oczekuje?
— Właśnie do niej jadę. Witam pana barona. Niechże pan siądzie.
— A to doskonale! — zawołał baron — bo i ja tam jadę. Prawie od dwu miesięcy mieszkam tam. To jest... panie... nie tyle mieszkam, ile ciągle dojeżdżam. To od siebie, gdzie mi dom odnawiają, to z Warszawy... Teraz wracam z Wiednia, gdzie kupowałem meble, ale zabawię u prezesowej tylko parę dni, bo, panie, muszę zmienić wszystkie obicia w pałacu, założone nie dawniej jak dwa tygodnie temu. Ale cóż robić... nie podobały się, więc obedrzemy, nie ma rady!...

Śmiał się i mrugał oczyma, a Wokulskiego zimno przeszło.

„Dla kogo te meble?... Komu nie podobały się obicia?..." — pytał sam siebie z trwogą.

— Szanowny pan — ciągnął baron — już skończył swoją misję. Winszuję!... — dodał ściskając go za rękę. — Od pierwszego, panie, rzutu oka uczułem dla pana szacunek i sympatię, która teraz zamienia się w prawdziwą cześć... Tak, panie. Nasze usuwanie się od politycznego życia zrobiło nam wiele szkody. Pan pierwszy złamałeś nierozsądną zasadę abstynencji i za to, panie, cześć... Musimy się przecie interesować sprawami państwa, w którym znajdują się nasze majątki, gdzie leży nasza przyszłość...

— Nie rozumiem pana, panie baronie — przerwał mu nagle Wokulski.

Baron tak zmieszał się, że przez chwilę siedział bez ruchu i głosu. Nareszcie wybąkał:

— Przepraszam!... Doprawdy nie miałem zamiaru... Ale sądzę, że moja przyjaźń dla czcigodnej prezesowej, która, panie, tak...

— Skończmy, panie, z wyjaśnieniami — rzekł ze śmiechem Wokulski ściskając go za rękę. — Kontent pan z wiedeńskich sprawunków?

— Bardzo... panie... bardzo... Chociaż, czy pan uwierzy, była chwila, że za radą szanownej prezesowej miałem zamiar fatygować pana w Paryżu...

— Chętnie służyłbym. O cóż to chodziło?

— Chciałem mieć stamtąd garnitur brylantowy — mówił baron. — Ale że w Wiedniu trafiły mi się pyszne szafiry... Właśnie mam je przy sobie i jeżeli pan pozwoli... Pan jest znawcą klejnotów?...

„Dla kogo te szafiry?" — myślał Wokulski. Chciał poprawić się na siedzeniu, ale poczuł, że nie może podnieść ręki ani wyprostować nóg.

Baron tymczasem wyjął z rozmaitych kieszeni cztery safianowe pudełka, ustawił je na ławce i po kolei zaczął otwierać.

— Oto branzoleta — mówił — prawda, jaka skromna, jeden kamień... Brosza i kolczyki już są ozdobniejsze; kazałem nawet zmienić oprawę... A to naszyjnik... Proste to, ale smaczne i może dlatego ładne... Ale ogień jest, prawda, panie?...

Mówiąc tak, przesuwał szafiry przed oczyma Wokulskiego, przy migotliwym blasku świecy.

— Nie podobają się panu? — spytał nagle baron spostrzegłszy, że jego towarzysz nie odpowiada.

— Owszem, bardzo piękne. Komuż to baron wiezie taki prezent?

— Mojej narzeczonej — odparł baron tonem zdziwienia. — Sądziłem, że prezesowa wspomniała panu o naszym szczęściu rodzinnym...

— Nic.

— A właśnie dziś jest pięć tygodni, jak oświadczyłem się i zostałem przyjęty.

— Komu się pan oświadczył?... Prezesowej?... — rzekł innym już głosem Wokulski.

— Ależ nie!... — zawołał baron cofając się. — Oświadczyłem się pannie Ewelinie Janockiej, wnuczce prezesowej... Nie pamięta jej pan? Była u hrabiny w tym roku na święconem, nie zauważył jej pan?...

Długa chwila upłynęła, zanim Wokulski skombinował, że panna Ewelina Janocka nie jest panną Izabelą Łęcką, że baron nie oświadczył się pannie Izabeli i że nie dla niej wiezie szafiry.

— Przepraszam pana — odezwał się do zaniepokojonego barona — ale jestem tak rozstrojony, że po prostu nie wiedziałem, co mówię...

Baron zerwał się z siedzenia i prędko zaczął chować pudełka.

— Co za nieuwaga z mojej strony! — zawołał. — Właśnie dostrzegłem w oczach pańskich znużenie i mimo to ośmieliłem się spłoszyć panu sen...

— Nie, panie, spać nie mam zamiaru i miło mi będzie odbyć resztę drogi w pańskim towarzystwie. To chwilowe osłabienie, które już przeszło.

Baron z początku robił ceremonie i chciał wychodzić, ale widząc, że Wokulski istotnie orzeźwił się, usiadł zapewniając, że tylko na parę minut. Czuł potrzebę wygadania się przed kimś ze swoim szczęściem.

> Dalski o Janockiej — naiwność zakochanego starca

— Bo co to za kobieta! — mówił baron z coraz żywszą gestykulacją. — Kiedym ją, panie, poznał, wydała mi się zimna jak posąg i tylko zajęta strojami. Dopiero dziś widzę, jakie tam skarby uczuć... Stroić się lubi jak każda kobieta, ale cóż to za rozum!... Nikomu bym tego nie powiedział, co teraz powiem panu, panie Wokulski. Ja bardzo młodo zacząłem siwieć i nie bez tego, ażebym od czasu do czasu nie dotknął wąsów fiksatuarem[54]. No i kto by, panie, pomyślał: ledwie spostrzegła to, raz na zawsze zabroniła mi fiksatuarować się; powiedziała, że ona ma szczególne upodobanie do siwych włosów i że dla niej prawdziwie pięknym może być tylko siwy mężczyzna. „A o szpakowatych co pani myśli?" — zapytałem. „Że są tylko interesującymi" — odpowiedziała. A jak ona to mówi!... Czy aby nie nudzę pana, panie Wokulski?

— Ależ, panie!... Bardzo mi miło spotkać człowieka szczęśliwego.

— Prawdziwie jestem szczęśliwy, i to w sposób, który dla mnie samego jest niespodzianką — ciągnął baron. — Bo o ożenieniu się zawsze myślałem, już od kilku lat zalecają mi to doktorzy. No i projektowałem, że wezmę sobie, panie, kobietę piękną, dobrze wychowaną z nazwiskiem i prezencją, bynajmniej nie wymagając od niej jakiejś romantycznej miłości. Tymczasem ma pan: sama miłość zastępuje mi drogę i jednym spojrzeniem rozniecą pożar w sercu... Doprawdy, panie Wokulski, jestem zakochany... nie — jestem szalony... Nikomu bym tego nie powiedział, ale panu, dla którego od pierwszej chwili uczułem nieledwie braterską sympatię... Jestem szalony!... Myślę tylko o niej; kiedy śpię — śni mi się, kiedy jej nie widzę — jestem, panie, formalnie chory. Brak apetytu, smutne myśli, jakieś ciągłe lękanie się...

Tego, co panu teraz powiem, panie Wokulski, błagam, ażeby pan nie powtarzał nawet przed samym sobą. Chciałem ją wziąć na próbę; jest to niskie, nieprawda, panie? ale trudno, człowiek niełatwo wierzy w szczęście. Chcąc ją tedy wziąć na próbę (ale nikomu ani słóweczka o tym, panie!), kazałem napisać projekt intercyzy, według którego, gdyby małżeństwo nie doszło do skutku z czyjejkolwiek winy (rozumie pan?) — ja płacę pięćdziesiąt tysięcy rubli pannie za zawód. Serce mi trętwiało z obawy, że... a nuż porzuci mnie?... Lecz co pan powie? Kiedy jej prezesowa wspo-

---

[54] *fiksatuar* — pomada do włosów; fiksatuarować — pomadować.

mniała o tym projekcie, panna w płacz... „Cóż to – mówiła – on myśli, że wyrzeknę się go dla jakichś pięćdziesięciu tysięcy rubli? Bo jeżeli mnie posądza o interesowność i nie uznaje żadnych wyższych pobudek w sercu kobiety, to przecie powinien rozumieć, że za pięćdziesiąt tysięcy nie oddam miliona..."

Kiedy mi to powtórzyła prezesowa, wbiegłem do pokoju panny Eweliny i nie powiedziawszy ani słówka upadłem jej do nóg... Teraz w Warszawie zrobiłem testament, a w nim mianowałem ją jedyną i wyłączną spadkobierczynią, choćbym umarł przed ślubem. Cała moja rodzina przez całe życie nie dała mi tyle szczęścia, ile to dziecko w ciągu kilku tygodni. A co będzie później?... Co będzie później, panie Wokulski?... Nikomu nie zadałbym podobnego pytania – zakończył baron, mocno targając go za rękę. – No, dobranoc...

„Zabawna historia! – mruknął Wokulski po odejściu barona. – Ten staruszek naprawdę wdeptał się po szyję..."

I nie mógł odpędzić wizerunku barona, który jak cień coraz to wypływał na amarantowe tło siedzenia. Więc patrzył na jego chudą twarz, na której płonął ceglasty rumieniec, na włosy jakby posypane mąką, na oczy wielkie a zapadnięte, w których tlił się blask niezdrowy. Komiczne i smutne wrażenie robiły wybuchy namiętności w człowieku, który nieustannie zasłaniał sobie gardło, sprawdzał, czy okno jest dobrze zamknięte, i siedział w przedziale coraz na innym miejscu z obawy przeciągów.

„Ubrał się! – myślał Wokulski. – Czy podobna, ażeby młoda panna mogła zakochać się w takiej mumii? Z pewnością jest o dziesięć lat starszy ode mnie, a jaki niedołężny, jaki przy tym naiwny!...

Dobrze, ale jeżeli ta panna naprawdę go kocha?... Boć trudno przypuścić, ażeby go oszukiwała. W ogóle biorąc, kobiety są szlachetniejsze od mężczyzn; nie tylko mniej spełniają występków, lecz i poświęcają się nierównie częściej od nas. Jeżeli więc z trudnością znalazłby się tak podły mężczyzna, który od rana do nocy kłamałby dla pieniędzy, to czy można posądzać o coś podobnego kobietę, młodą pannę wychowaną wśród uczciwej rodziny?

Oczywiście coś jej strzeliło do głowy i musi być także zadurzona, jeżeli nie w jego wdziękach, to w stanowisku. Inaczej musiałaby zdradzić się, że gra komedię, a baron musiałby spostrzec to, bo miłość patrzy przez mikroskop.

A jeżeli młoda dziewczyna może pokochać takiego dziada, to dlaczegóż by mnie nie miała pokochać tamta?..."

„Zawsze wracam do swego! – szepnął. – Ta myśl stała się już rodzajem monomanii..."[55]

Odsunął okno zamknięte przez barona i dla odpędzenia natrętnych wspomnień począł znowu przyglądać się niebu. Kwadrat Pegaza opuszczał się już na zachód, a na wschodzie podnosił się Byk, Orion, Pies Mały i Bliźnięta[56]. Przypatrywał się gwiazdom wielokrotnym, gęsto rozsianym w tej okolicy nieba, i przyszła mu na myśl ta dziwna, niewidzialna siła przyciągania, która odległe światy wiąże w jedną całość potężniej, niżby to mogły zrobić jakiekolwiek materialne łańcuchy.

---

[55] *monomania* – obłęd polegający na opanowaniu umysłu przez jedną, natarczywą myśl.

[56] *Byk, Orion, Pies Mały, Bliźnięta* – nazwy gwiazdozbiorów.

„Przyciąganie – przywiązanie toż to w gruncie jedno i to samo: siła tak wielka, że wszystko za sobą porywa, a tak płodna, że tryska z niej wszelkie życie. Pozbawmy ziemię jej przywiązania do słońca, a odleci gdzieś w przestrzeń i za parę lat stanie się bryłą lodu. Wtrąćmy jakąś tułaczą gwiazdę w sferę słonecznego systemu, a kto wie, czy i na niej nie rozbudzi się życie? Dlaczego więc baron ma wyłamywać się spod prawa przywiązania, które przenika całą naturę? I czy pomiędzy nim a jego panną Eweliną jest większa przepaść aniżeli między ziemią i słońcem? Co się tu dziwić szaleństwom ludzi, jeżeli w ten sam sposób szaleją światy..."

Tymczasem pociąg szedł wciąż z wolna, długo zatrzymując się na stacjach. Powietrze zrobiło się chłodne, na wschodzie zaczęły blednąć gwiazdy. Wokulski zamknął okno i legł na bujającej kanapie.

„Jeżeli – myślał – młoda kobieta mogła zakochać się w baronie, to dlaczegóż bym ja... Bo przecież go nie oszukuje... Kobiety są w ogóle szlachetniejsze od nas... mniej kłamią..."

– Proszę pana, tu panowie wysiadają... Pan baron już pije herbatę.

Wokulski ocknął się: nad nim stał konduktor i budził go w najuprzejmiejszy sposób.

– Jak to, już dzień? – spytał zdziwiony.

– O, już jest dziewiąta i od pół godziny stoimy na stacji. Nie budziłem pana, bo pan baron nie kazał, ale że pociąg zaraz idzie dalej...

Wokulski szybko wysiadł. Stacja była nowa, jeszcze niezupełnie wykończona. Pomimo to dano mu wody do umycia się i oczyszczono odzież. Rozbudził się już zupełnie i wszedł do małego bufetu, gdzie rozpromieniony baron pił trzecią szklankę herbaty.

– Dzień dobry! – zawołał baron, z familiarną poufałością ściskając Wokulskiego za rękę. – Panie gospodarzu, herbaty dla pana... Ładny dzień, prawda, akurat do spaceru końmi. Ale też zrobili nam figla!

– Cóż się stało?

– Musimy czekać na konie – prawił baron. – Całe szczęście, że o drugiej w nocy pchnąłem depeszę o pańskim przyjeździe. Bo onegdaj także wysłałem do prezesowej depeszę z Warszawy, ale mówi mi zawiadowca, żem się omylił i zamówił konie na jutro. Szczęście, panie, żem telegrafował dziś z drogi. O trzeciej posłali stąd sztafetę, o szóstej prezesowa odebrała telegram, o ósmej najpóźniej wysłano konie. Poczekamy jeszcze z godzinę, ale za to lepiej pozna pan okolicę. Bardzo, panie, ładna miejscowość...

Po śniadaniu wyszli na peron. Okolica z tego punktu wydawała się płaska i prawie bezleśna; tu i owdzie widać było kępę drzew, a wśród niej grupę murowanych budynków.

– To są dwory? – spytał Wokulski.

– A tak... dużo szlachty mieszka w tej stronie. Ziemia doskonale uprawna; ma pan łubin, koniczynę...

– Wsi nie widzę – wtrącił Wokulski.

– Bo to dworskie grunta, a pan zna przysłowie: Na dworskim polu dużo stert, na chłopskim dużo ludzi.

– Słyszałem – rzekł nagle Wokulski – że u prezesowej zbiera się dużo gości.

— Ach, panie! — zawołał baron — kiedy trafi się dobra niedziela, to jakbyś pan był na balu w resursie: zjeżdża się po kilkadziesiąt osób. A nawet dziś powinni byśmy znaleźć grono stałych gości. No, przede wszystkim bawi tam moja narzeczona. Dalej — jest pani Wąsowska, milutka wdóweczka, lat trzydzieści, ogromny majątek. Zdaje mi się, że krąży około niej Starski. Zna pan Starskiego?... Niemiła figura: arogant, panie, impertynent... Dziwię się, doprawdy, że kobieta z takim rozumem i gustem jak pani Wąsowska może znajdować przyjemność w towarzystwie podobnego lekkoducha.

— Któż więcej? — pytał Wokulski.

— Jest jeszcze Fela Janocka, stryjeczna siostra mojej pani; bardzo miłe dziecko, ma z osiemnaście lat. No, jest Ochocki...

— Jest?... Cóż on tam robi?

— Kiedym wyjeżdżał, po całych dniach łowił ryby. Ale ponieważ gust zmienia mu się często, więc nie jestem pewny, czy nie zobaczę go teraz jako myśliwca... Ale cóż to za szlachetny młody człowiek, co za wiedza!... No i zasługi już ma; zrobił kilka wynalazków.

— Tak, to niepospolity człowiek — rzekł Wokulski. — Któż jeszcze bawi u prezesowej?...

— Stale to już nikt, ale bardzo często przyjeżdżają na kilka dni, czasem na tydzień, pan Łęcki z córką. Dystyngowana osoba — mówił dalej baron — pełna rzadkich przymiotów. Pan wreszcie ich zna? Szczęśliwy ten, komu odda serce i rękę! Co to, panie, za wdzięk, co za rozum; doprawdy, czcić ją można jak istną boginię... Nie znajduje pan?

Wokulski oglądał się po okolicy nie mogąc zdobyć się na odpowiedź. Szczęściem, wybiegł w tej chwili posługacz stacyjny donosząc baronowi, że zajechał powóz.

— Wybornie! — zawołał baron i dał mu parę złotych. — Odnieś, kochanku, nasze rzeczy, a my, panie, jedźmy... Za dwie godziny pozna pan moją narzeczoną...

Rozdział IV

Wiejskie rozrywki

Z kwadrans upłynął, zanim upakowano rzeczy w powozie. Nareszcie Wokulski i baron usiedli, furman w piaskowej liberii machnął batem w powietrzu i para dzielnych siwych koni ruszyła wolnym kłusem.

— O, panią Wąsowską rekomenduję panu — mówił baron. — Brylant, nie kobieta, a jaka oryginalna!... Ani myśli iść drugi raz za mąż, choć lubi pasjami, ażeby ją otaczano. Trudno jej, panie, nie uwielbiać, a uwielbiać rzecz niebezpieczna. Starskiemu płaci dzisiaj za wszystkie jego bałamuctwa. Pan zna Starskiego?

— Widziałem go raz...

— Dystyngowany człowiek, ale nieprzyjemny — mówił baron — antypatia mojej narzeczonej. Tak działa jej na nerwy, że biedaczka traci humor w jego towarzystwie. I nie dziwię się, bo to są wprost przeciwne natury: ona poważna — on letkiewicz, ona uczuciowa, nawet sentymentalna — on cynik.

Wokulski słuchając gawędy barona oglądał się po okolicy, która powoli zmieniała fizjognomię. W pół godziny za stacją ukazały się na widnokręgu lasy, bliżej wzgórza; droga wiła się między nimi, wbiegała na ich szczyty lub spadała na dół. Na jednym z takich wzniesień furman zwrócił się do nich i wskazując batem przed siebie rzekł:

— O, państwo tam jadą brekiem...[57]

— Gdzie? kto? — zawołał baron, prawie wspinając się na kozioł. — A tak, to oni... Żółty brek i gniada czwórka... Ciekawym, kto jedzie? Niech no pan spojrzy...

— Zdaje mi się, że widzę coś pąsowego — odparł Wokulski.

— A, to pani Wąsowska. Ciekawym, czy jest i moja narzeczona?... — dodał ciszej.

— Jest kilka pań — rzekł Wokulski, któremu w tej chwili przypomniała się panna Izabela. „Jeżeli jedzie z nimi, to dobra wróżba" — pomyślał.

Oba ekwipaże szybko zbliżały się do siebie. Na breku gwałtownie strzelano z bata, wołano, wywijano chustkami, w powozie zaś baron coraz wychylał się i drżał ze wzruszenia.

Powóz stanął, ale rozpędzony brek przeleciał około niego jak burza śmiechu i okrzyków i zatrzymał się o kilkadziesiąt kroków dalej. Widocznie naradzano się nad czymś w sposób hałaśliwy i zapewne coś uradzono, gdyż towarzystwo wysiadło, a brek pojechał dalej.

— Dzień dobry, panie Wokulski! — zawołał z kozła ktoś wywijając długim batem. Wokulski poznał Ochockiego.

---

[57] *brek* — otwarty powóz z dwoma rzędami ławek wzdłuż.

Baron pobiegł w stronę towarzystwa. Naprzeciw wysunęła się dama w białej narzutce, z białą koronkową parasolką i szła powoli z wyciągniętą do niego ręką, z której zdawał się opadać szeroki rękaw. Baron już z daleka zdjął kapelusz i dopadłszy narzeczonej, prawie zanurzył się w jej rękawie. Po wybuchu czułości, który o ile był krótkim dla niego, o tyle wydał się bardzo długim dla widzów, baron nagle oprzytomniał i rzekł:

— Pozwoli pani, że przedstawię pana Wokulskiego, mego najlepszego przyjaciela... Ponieważ zabawi tu dłużej, więc w tej chwili obliguję[58] go, ażeby w czasie mojej nieobecności zastępował przy pani moje miejsce...

Znowu złożył kilka pocałunków w głąb rękawa, skąd do Wokulskiego wysunęła się prześliczna ręka. Wokulski uścisnął ją i poczuł lodowaty chłód; spojrzał na damę w białej narzutce i zobaczył pobladłą twarz z wielkimi oczyma, w których widać było smutek i obawę.

„Szczególna narzeczona!" — pomyślał.

— Pan Wokulski!... — zawołał baron zwróciwszy się do dwu pań i mężczyzny, którzy już zbliżyli się do nich. — Pan Starski... — dodał.

— Już miałem przyjemność... — odezwał się Starski uchylając kapelusz.

— I ja — odparł Wokulski.

— Jakże teraz usadowimy się? — spytał baron na widok nadjeżdżającego breku.

— Jedźmy wszyscy razem! — zawołała młoda blondynka, w której Wokulski domyślił się panny Felicji Janockiej.

— Bo w naszym powozie są dwa miejsca... — słodko zauważył baron.

— Rozumiem, ale nic z tego — odezwała się pięknym kontraltem dama w pąsowej sukni — Narzeczeni pojadą z nami, a do powozu niech siądą, jeżeli chcą, pan Ochocki z panem Starskim.

— Dlaczego ja? — zawołał z wysokości kozła Ochocki.

— Albo ja? — dodał Starski.

— Bo pan Ochocki źle powozi, a pan Starski jest nieznośny — odpowiedziała rezolutna wdówka.

Teraz Wokulski spostrzegł, że dama ta ma pyszne kasztanowate włosy i czarne oczy, a całą fizjognomię wesołą i energiczną.

— Już mi pani daje dymisję! — westchnął komicznie Starski.

— Pan wie, że ja zawsze daję dymisję wielbicielom, którzy mnie nudzą. No, ale siadajmy, moi państwo. Narzeczeni naprzód. Fela obok Ewelinki.

— O nie! — zaprotestowała blondynka. — Siądę na końcu, bo babcia nie pozwala mi siadać przy narzeczonych.

Baron z większą elegancją aniżeli zręcznością podsadził narzeczoną i sam usiadł naprzeciw niej. Potem wdówka zajęła miejsce obok barona, Starski obok narzeczonej, a panna Felicja obok Starskiego.

— Prosimy — odezwała się wdówka do Wokulskiego zbierając w fałdy swoją pąsową suknię, która rozesłała się na połowie ławki.

---

[58] *obligować* — zobowiązywać.

Wokulski usiadł naprzeciw panny Felicji i spostrzegł, że dziewczynka patrzy na niego z pełnym zachwytu podziwem, rumieniąc się co chwilę.

— Czy nie moglibyśmy prosić pana Ochockiego, ażeby lejce oddał stangretowi? — rzekła wdówka.

— Moja pani, cóż mi pani wiecznie robi jakieś awantury! — oburzył się Ochocki.

— Właśnie, że ja będę powoził.

— Więc daję słowo honoru, że wybiję pana, jeżeli nas wywrócisz.

— To się jeszcze pokaże — odparł Ochocki.

— Słyszeliście państwo, ten człowiek mi grozi! — zawołała wdówka. — Czy nie ma tu nikogo, który by się za mną ujął?

— Ja panią pomszczę — wtrącił Starski dosyć lichą polszczyzną. — Przesiądźmy się we dwoje do tamtego powozu.

Piękna wdowa wzruszyła ramionami, baron znowu całował rączki swojej narzeczonej, która uśmiechając się rozmawiała z nim półgłosem, ale ani na chwilę nie straciła wyrazu smutku i obawy.

Podczas gdy Starski przekomarzał się z wdową, a panna Felicja rumieniła się, Wokulski patrzył na narzeczoną. Spostrzegła to, odpowiedziała mu pogardliwym wejrzeniem i nagle z bezbrzeżnego smutku przeszła do dziecinnej wesołości. Sama podała rękę baronowi do nowego pocałunku, a nawet niechcący potrąciła go nóżką. Jej wielbiciel był tak wzruszony, że pobladł i posiniały mu usta.

— Ależ pan nie ma idei o powożeniu! — krzyknęła wdowa usiłując potrącić Ochockiego drutem parasolki.

W tej chwili Wokulski wyskoczył. Jednocześnie konie lejcowe skręciły na środek drogi, dyszlowe poszły za nimi i brek silnie pochylił się na lewo. Wokulski podparł go, konie, ściągnięte przez stangreta, stanęły.

— Czy nie mówiłam, że ten potwór wywróci nas! — zawołała wdowa. — Cóż to znowu, panie Starski?...

Wokulski spojrzał na brek i w ciągu jednej chwili zobaczył taką scenę: panna Felicja pokładała się ze śmiechu, Starski upadł twarzą na kolana pięknej wdówki, baron tarmosił za kark stangreta, a jego narzeczona, blada z trwogi, jedną ręką chwyciła za pręt kozła, drugą wpiła w ramię Starskiego.

Mgnienie oka — brek wyprostował się i wszystko wróciło do porządku. Tylko panna Felicja zanosiła się od śmiechu.

— Nie rozumiem, Felu, jak można śmiać się w takiej chwili — odezwała się narzeczona.

— Dlaczego nie mam się śmiać?... Cóż mogło stać się złego?... Przecież jedzie z nami pan Wokulski... — mówiła panienka. Spostrzegła się jednak i zarumieniona bardziej niż kiedykolwiek, naprzód ukryła twarz w dłonie, a potem spojrzała na Wokulskiego w sposób, który miał oznaczać, że jest bardzo obrażona.

— Co do mnie, gotów jestem zaabonować[59] kilka podobnych wypadków — odezwał się Starski, wymownie patrząc na wdówkę.

---

[59] *zaabonować* — zamówić.

— Pod warunkiem, że ja będę zabezpieczona od dowodów pańskiej tkliwości.
Felu, usiądź na moim miejscu — odpowiedziała wdowa marszcząc się i siadając naprzeciw Wokulskiego.
— Cóż znowu, sama pani dziś powiedziała, że wdowom wszystko wolno.
— Ale wdowy nie na wszystko pozwalają. Nie, panie Starski, pan musi oduczyć się swoich japońskich zwyczajów.
— To są zwyczaje wszechświatowe — odparł Starski.
— W każdym razie nie z tej połowy świata, do której ja przywykłam — odcięła wdówka krzywiąc się i patrząc na drogę.
W breku zrobiło się cicho. Baron z zadowoleniem poruszał szpakowatymi wąsikami, a jego narzeczona posmutniała jeszcze bardziej. Panna Felicja, zająwszy miejsce wdówki obok Wokulskiego, odwróciła się do swego sąsiada prawie tyłem, od czasu do czasu rzucając mu przez ramię pogardliwe i melancholijnie spojrzenia. Ale za co? tego nie wiedział.
— Pan dobrze jeździ konno? — zapytała Wokulskiego pani Wąsowska.
— Z czego pani wnosi?
— Ach, Boże! zaraz z czego? Pierwej niech pan odpowie na moje pytanie.
— Nieszczególnie, ale jeżdżę.
— Właśnie że musi pan dobrze jeździć, gdyż od razu zgadł pan, co zrobią konie w rękach takiego mistrza jak pan Julian. Będziemy jeździli razem... Panie Ochocki, od dzisiejszego dnia daję panu urlop ze spacerów.
— Bardzo się z tego cieszę — odparł Ochocki.
— A, ładnie w taki sposób odpowiadać damom! — zawołała panna Felcia.
— Wolę odpowiadać aniżeli odbywać z nimi spacery. Kiedyśmy ostatni raz jeździli z panią Wąsowską, w ciągu dwu godzin sześć razy zsiadałem z konia, a pięciu minut nie miałem spokojności. Niech teraz pan Wokulski spróbuje.
— Felu, powiedz temu człowiekowi, że z nim nie rozmawiam — odezwała się wdówka wskazując na Ochockiego.
— Człowieku, człowieku!... — zawołała Felcia. — Ta pani z wami nie rozmawia... Ta pani mówi, że jesteście ordynarni.
— A co, już zatęskniła pani do towarzystwa ludzi z dobrymi manierami — odezwał się Starski. — Niech pani spróbuje, może dam się przeprosić.
— Dawno pan wyjechał z Paryża? — zapytała wdówka Wokulskiego.
— Jutro będzie tydzień.
— A ja już nie widziałam go cztery miesiące. Kochane miasto...
— Zasławek!... — krzyknął Ochocki i zamachnął batem do ogromnego wystrzału, który mu się jednak nie udał, ponieważ bicz, niezbyt szczęśliwie rzucony w tył, zaplątał się między parasolki dam i kapelusze panów.
— Nie, moi państwo — zawołała wdówka — jeżeli chcecie mnie miewać na przejażdżkach, to wiążcie tego człowieka. On jest po prostu niebezpieczny...
Na breku znowu wszczął się hałas, ponieważ Ochocki miał swoje stronnictwo w osobie panny Felicji, która utrzymywała, że jak na początkującego, dobrze powozi i że najwytrwalszym furmanom zdarzają się wypadki.

— Moja Felciu — odparła wdówka — jesteś w tym wieku, że u ciebie każdy będzie dobrym furmanem, kto ma ładne oczy.

— Dopiero dziś będę miał dobry apetyt... — mówił baron do swej narzeczonej, lecz spostrzegłszy, że mówi za głośno, począł znowu szeptać.

pałac w Zasławiu — wygląd

Znajdowali się już na terytorium należącym do prezesowej i właśnie Wokulski przypatrywał się rezydencji. Na dość wysokim, choć łagodnym wzgórzu wznosił się piętrowy pałac z dwoma parterowymi skrzydłami. Za nim zieleniły się stare drzewa parku, przed nim rozścielała się jakby wielka łąka, poprzecinana ścieżkami, tu i ówdzie ozdobiona klombem, posągiem albo altanką. U stóp wzgórza połyskiwała obszerna płachta wody, oczywiście sadzawka, na której kołysały się łódki i łabędzie. Na tle zieloności pałac jasnożółtej barwy z białymi słupami wyglądał okazale i wesoło. Na prawo i na lewo od niego widać było między drzewami murowane budynki gospodarskie.

Przy odgłosie wystrzałów z bata, które tym razem udawały się Ochockiemu, brek po marmurowym moście zajechał przed pałac zawadziwszy tylko jednym kołem o trawnik. Podróżni wysiedli, Ochocki jednak nie oddał lejców, lecz jeszcze odprowadził ekwipaż do stajni.

— A niech pan pamięta, że o pierwszej śniadanie! — zawołała panna Felicja.

Do barona zbliżył się stary służący w czarnym surducie.

— Jaśnie pani — rzekł — jest teraz w spiżarni. Może panowie pozwolą do siebie.

I zaprowadziwszy ich do prawej oficyny wskazał Wokulskiemu obszerny pokój, którego otwarte okna wychodziły do parku. Po chwili wbiegł chłopiec w liberyjnej kurtce, przyniósł wody i zajął się rozpakowaniem walizy.

Wokulski wyjrzał oknem. Przed nim rozciągał się trawnik ozdobiony kępami starych świerków, modrzewi, lip, poza którymi daleko było widać lesiste wzgórza. Tuż przy oknie stał krzak bzu, a w nim gniazdo, do którego zlatywały się wróble. Ciepły wiatr wrześniowy co chwilę wpadał do pokoju siejąc w nim niepochwytne wonie.

Gość patrzył na obłoki, jakby dotykające wierzchołków drzew, na snopy światła, które przepływały między ciemnymi gałęźmi świerków, i było mu dobrze. Nie myślał o pannie Izabeli. Jej wizerunek, palący mu duszę, rozwiał się wobec prostych powabów natury; chore serce umilkło i pierwszy raz od dawna zaległy w nim ukojenie i cisza.

Przypomniawszy jednak sobie, że jest tu z wizytą, szybko począł się ubierać. Ledwie skończył, delikatnie zapukano do drzwi i wszedł stary służący.

— Jaśnie pani prosi do stołu.

Wokulski udał się za nim... Minął korytarz i po chwili znalazł się w obszernym pokoju jadalnym, którego ściany do połowy były przysłonięte taflami z ciemnego drzewa. Panna Felicja rozmawiała w oknie z Ochockim, przy stole zaś między panią Wąsowską i baronem siedziała prezesowa na fotelu z wysoką poręczą.

Zobaczywszy swego gościa wstała i wyszła parę kroków naprzód.

— Witam cię, panie Stanisławie — rzekła — i dziękuję, żeś posłuchał mojej prośby.

Gdy zaś Wokulski pochylił się do jej ręki, pocałowała go w czoło, co na obecnych zrobiło pewne wrażenie.

— Siadajże, o tu, koło Kazi. A ty, proszę cię, pamiętaj o nim.

— Pan Wokulski zasługuje na to — odparła wdówka. — Gdyby nie jego przytomność, pan Ochocki połamałby nam kości.

— Cóż znowu?...

— Nie umie powozić nawet parą koni, a rwie się do czwórki. Już wolałam go, kiedy sobie po całych dniach łapał ryby.

— Boże! jakie szczęście, że nie ożenię się z tą kobietą — westchnął Ochocki, serdecznie witając Wokulskiego.

— O panie, panie!... Tylko jeżeli ofiarujesz mi się na męża, to lepiej zostań furmanem — zawołała pani Wąsowska.

— Ci zawsze kłócą się! — rzekła ze śmiechem prezesowa.

Weszła panna Ewelina Janocka, a w parę minut po niej, drugimi drzwiami, Starski.

Powitali prezesową, która odpowiedziała im życzliwie, lecz z powagą.

Podano śniadanie.

— U nas, panie Stanisławie — mówiła prezesowa — jest taki zwyczaj, że schodzimy się wszyscy obowiązkowo tylko do stołu. Poza tym każdy robi, co mu się podoba. Radzę ci więc, jeżeli boisz się nudów, pilnować się Kazi Wąsowskiej.

— Ja też od razu biorę do niewoli pana Wokulskiego — odparła wdówka.

— Och!... — szepnęła prezesowa spojrzawszy przelotnie na gościa.

Panna Felicja zarumieniła się, nie wiadomo który już raz dzisiaj, i kazała Ochockiemu, ażeby nalał jej wina.

— Nie, nie... proszę wody — poprawiła się.

Ochocki spełnił zlecenie trzęsąc przy tym głową i rozkładając ręce sposób desperacki.

Po śniadaniu, w ciągu którego panna Ewelina rozmawiała tylko z baronem, a Starski umizgał się do czarnookiej wdowy, goście pożegnawszy gospodynią rozeszli się. Ochocki poszedł na strych pałacu, gdzie w pokoiku, świeżo na ten cel zbudowanym, urządził obserwatorium meteorologiczne, baron z narzeczoną wybrali się do parku, a prezesowa zatrzymała Wokulskiego.

— Powiedźże mi — rzekła — bo to pierwsze wrażenia bywają najtrafniejsze, jak ci się podoba pani Wąsowska?

— Wygląda na dzielną i wesołą kobietę.

— Masz rację. A baron?

— Mało go znam. To stary człowiek.

— O, stary, bardzo stary — westchnęła prezesowa — a pomimo to chce mu się żenić. A co powiesz o jego narzeczonej?

— Wcale jej nie znam, chociaż dziwi mnie, że upodobała sobie barona, który zresztą może być najzacniejszym człowiekiem.

— Tak, to jest dziwna dziewczyna — mówiła prezesowa — i powiem ci, że zaczynam tracić dla niej serce. Do jej małżeństwa nie mieszam się, skoro niejedna panna jej zazdrości, a wszyscy mówią, że robi świetną partię. Ale to, co miała dostać po mojej śmierci, przejdzie na innych. Kto ma krocie barona, nie potrzebuje moich dwudziestu tysięcy.

Zasławek – urządzenie gospodarstwa, położenie chłopów – praca u podstaw

Czuć było rozdrażnienie w głosie staruszki. Niebawem pożegnała Wokulskiego radząc mu przejść się po parku.

Wokulski wyszedł na dziedziniec i około lewej oficyny, gdzie była kuchnia, skręcił do parku.

Później bardzo często przychodziły mu na myśl dwa najpierwsze spostrzeżenia, jakie zrobił w Zasławku.

Przede wszystkim niedaleko kuchni zobaczył budę, a przed nią na łańcuchu psa, który spostrzegłszy obcego począł tak szczekać, wyć i rzucać się, jakby dostał wścieklizny. Widząc, że mimo to pies ma wesołe oczy i kręci ogonem, Wokulski pogłaskał go, co okrutnego zwierza wprawiło w taki humor, że nie pozwolił gościowi odejść od siebie. Wył, chwytał za ubranie, kładł się na ziemi, jakby domagając się pieszczot, a przynajmniej widoku ludzkiej twarzy.

„Dziwny pies łańcuchowy!" — pomyślał Wokulski.

W tej chwili z kuchni wyszło nowe dziwo: stary parobek otyły. Wokulski, który jeszcze nigdy nie spotkał otyłego chłopa, wdał się z nim w rozmowę.

— Po co wy tego psa trzymacie na łańcuchu?

— Ażeby był zły i nie puszczał do dom złodziejów — odparł uśmiechając się parobek.

— Więc dlaczegóż od razu nie weźmiecie złego kundla?

— Kiej dziedziczka nie utrzymałaby złego psa. U nas to i pies musi być łaskawy.

— A wy, ojcze, co tu robicie?

— Jo jestem pasiecznik, ale przódy byłem ratraj[60]. Ino jak mi wół złamał ziobro, to mi jaśnie pani kazała do pasieki.

— I dobrze wam?

— Z początku to ckliło[61] mi się bez roboty, ale późni przywykem i jestem.

Pożegnawszy chłopa Wokulski skręcił do parku i długi czas przechadzał się po lipowej alei nie myśląc o niczym. Zdawało mu się, że przyjechał tu nasycony, zatruty zgiełkiem Paryża, hałasem Warszawy, dudnieniem kolei żelaznych i że wszystkie te niepokoje, wszystkie boleści, jakie przeżył, w tej chwili parują z niego. Gdyby go zapytano: czym jest wieś? odpowiedziałby, że jest ciszą.

Wtem usłyszał szybki bieg za sobą. Gonił go Ochocki niosąc na ramieniu dwie wędki.

— Nie było tu panny Felicji? — zapytał. — Miała przyjść o wpół do trzeciej i iść ze mną na ryby... Ale taka to babska punktualność. Może pan pójdzie z nami? Nie ma pan ochoty. To może pan woli grać ze Starskim w pikietę?... Do tego on zawsze gotów, wyjąwszy, jeżeli znajdzie komplet do preferansa.

— Cóż tu robi ten pan Starski?

— Jakże co? Mieszka u swojej ciotecznej babki, a razem chrzestnej matki, prezesowej Zasławskiej, i jak teraz, martwi się, że zapewne nie odziedziczy po niej majątku. Ładny grosz, ze trzysta tysięcy rubli!... Ale prezesowa uważa, że lepiej wesprzeć nim podrzutków aniżeli kasę w Monako. Biedny chłopak!

— Cóż mu złego?

---

[60] *rataj* — parobek od wołów.
[61] *ckliło się* (gwar.) — nudziło.

— Ale ba!... Po babci urwało się, z Kazią zerwało się i choć w łeb sobie strzel. Wiedz pan — ciągnął Ochocki majstrując coś koło wędek — że kiedyś obecna pani Wąsowska, jeszcze jako panna, miała słabość do Starskiego. Kazio i Kazia, jaka dobrana para, co?... Zdaje się, że nawet pod wpływem tej idei pani Kazia zjechała do nas przed trzema tygodniami (a ma także grosz po nieboszczyku, bodaj czy nie tyle, co prezesowa!). Byli nawet ze sobą kilka dni dobrze i nawet Kazio na rachunek posagu zrealizował nowy weksel u pachciarza[62], gdy wtem... coś się zepsuło... Pani Wąsowska po prostu kpi sobie z Kazia, a on tylko udaje dobrą minę. Słowem, kiepsko! Trzeba będzie wyrzec się podróży i osiąść na piaszczystym folwarku, dopóki nie umrze stryjcio, co prawda już dawno chory na kamień.

— Ale co dotychczas robił pan Starski?

— No, przede wszystkim robił długi. Trochę grał, trochę podróżował (zdaje mi się jednak, że głównie po paryskich i londyńskich knajpach, bo w te jego Chiny wierzyć mi się nie chce), ale specjalnie trudnił się bałamuceniem młodych mężatek. W tym to on mistrz i już ma tak ustaloną reputację, że mężatki wcale mu się nie opierają, a panny wierzą, że do której zacznie się umizgać Starski, natychmiast dostanie męża. Takie dobre zajęcie jak każde inne!...

> Ochocki o Starskim

„Zapewne — szepnął Wokulski, już nieco spokojniejszy o rywala. — Ten nie zbałamuci panny Izabeli." Dochodzili do końca parku, poza sztachetami którego widać było szereg murowanych budynków.

— O, ma pan, jaka to oryginalna kobieta z tej prezesowej! — rzekł Ochocki wskazując na sztachety. — Widzi pan te pałace?... To wszystko czworniaki[63], mieszkania parobków. A tamten dom — to ochrona dla parobcząt; bawi się ich ze trzydzieści sztuk, wszystkie umyte i obłatane jak książątka... A ta znowu willa to przytułek dla starców, których w tej chwili jest czworo; uprzyjemniają sobie wakacje czyszcząc włosień na materace do gościnnych pokojów. Tułałem się po rozmaitych okolicach kraju i wszędzie widziałem, że parobcy mieszkają jak świnie, a ich dzieci harcują po błocie jak prosięta... Ale kiedym tu pierwszy raz zajechał, przetarłem oczy. Zdawało mi się, że jestem na wyspie Utopii albo na kartce nudnego a cnotliwego romansu, w którym autor opisuje, jakimi szlachcice być powinni, lecz jakimi nigdy nie będą. Imponuje mi ta staruszka... A gdybyś pan jeszcze wiedział, jaką ona ma bibliotekę, co czyta... Zgłupiałem, kiedy raz zażądała, abym jej objaśnił pewne punkta transformizmu[64], którym dlatego tylko brzydzi się, że uznał walkę o byt za fundamentalne prawo natury.

> Ochocki o prezesowej — realizacja programu pozytywistycznego

Na końcu alei ukazała się panna Felicja.

— Cóż, idziemy, panie Julianie? — zapytała Ochockiego.

— Idziemy i pan Wokulski z nami.

— Aaa?... — zdziwiła się panienka.

---

[62] *pachciarz* — dzierżawca, arendarz.
[63] *czworniaki* — budynki podzielone na cztery izby dla czterech rodzin parobków służących we dworze.
[64] *transformizm* — darwinowska teoria ewolucji.

— Pani nie życzy sobie? — spytał Wokulski.
— Owszem, ale... myślałam, że panu będzie przyjemniej w towarzystwie pani Wąsowskiej.
— Moja panno Felicjo! — zawołał Ochocki — tylko proszę nie bawić się w uszczypliwość, bo się to pani nie udaje.

Obrażona panna poszła naprzód w stronę sadzawki, panowie za nią. Łowili ryby do piątej wieczorem, na spiekocie, gdyż dzień był gorący. Ochocki złapał dwucalowego kiełbia, a panna Felicja oberwała sobie koronkę u rękawa. Skutkiem czego wybuchnął między nimi spór o to, że młode panny nie mają pojęcia o trzymaniu wędki, a panowie nie mogą jednej chwili usiedzieć bez gadania. Pogodził ich dopiero dzwonek wzywający na obiad.

Po obiedzie baron oddalił się do swego pokoju (o tej godzinie zawsze chorował na migrenę), reszta zaś towarzystwa miała zebrać się w parku, w altanie, gdzie zwykle jadano owoce.

Wokulski przyszedł tam w pół godziny. Myślał, że będzie pierwszy, tymczasem zastał już wszystkie panie, którym Starski coś wykładał. Siedział rozparty na brzozowym fotelu i mówił z miną znudzoną, uderzając szpicrózgą w koniec buta:
— Jeżeli w historii odegrały jakąś rolę małżeństwa, to bynajmniej nie te ze skłonności, ale te z rozsądku. Co wiedzielibyśmy dziś o Jadwidze albo o Marii Leszczyńskiej[65], gdyby panie te nie umiały zdecydować się na rozsądny wybór? Czym byłby Stefan Batory albo Napoleon I, gdyby nie pożenili się z kobietami mającymi wpływy? Małżeństwo jest zbyt doniosłym aktem, ażeby przystępując do niego można było radzić się tylko serca. To nie jest poetyczny związek dwu dusz, to jest ważny wypadek dla mnóstwa osób i interesów. Niech ja dziś ożenię się z pokojówką, choćby z guwernantką, a już jutro będę zgubiony w mojej sferze. Nikt mnie nie zapyta: jaka była temperatura moich uczuć? ale — jakie mam dochody na utrzymanie domu i kogo wprowadzam do rodziny?

— Co innego małżeństwa polityczne, a co innego małżeństwo dla pieniędzy z człowiekiem, którego się nie kocha — odpowiedziała prezesowa patrząc w ziemię i bębniąc palcami po stole. — To gwałt zadany najświętszym uczuciom.

> Starski o roli pieniędzy

— Ach, kochana babciu — odparł Starski z westchnieniem — łatwo to mówić o swobodzie uczuć, kiedy się ma dwadzieścia tysięcy rubli rocznie. „Podły pieniądz! brzydki pieniądz!" — wołają wszyscy. Ale dlaczegóż to wszyscy, począwszy od parobka, skończywszy na ministrze, krępują swoją wolność pracą obowiązkową? Za co górnik i marynarz narażają życie? Naturalnie, za ów podły pieniądz, bo podły pieniądz daje swobodę choć przez parę godzin na dzień, choć przez parę miesięcy na rok, choć przez kilka lat w życiu. Wszyscy obłudnie gardzimy pieniędzmi, lecz każdy z nas wie, że jest to mierzwa, z której wyrasta wolność osobista, nauka, sztuka, nawet idealna miłość. Gdzież to wreszcie urodziła się miłość rycerzy i trubadurów? Z pewnością nie między szewcami i kowalami, a nawet nie między doktorami i adwokatami. Wypielęgno-

---

[65] *Maria Leszczyńska* — córka polskiego króla Stanisława Leszczyńskiego, żona króla francuskiego Ludwika XV.

wały ją klasy majętne, które utworzyły kobietę z delikatną cerą i białą ręką, które wydały mężczyznę mającego dosyć czasu na ubóstwianie kobiety.

Jest tu wreszcie między nami przedstawiciel ludzi czynu, pan Wokulski, który, jak mówi sama babcia, niejednokrotnie złożył dowody bohaterstwa. Co go ciągnęło do niebezpieczeństw?... Naturalnie pieniądz, który dziś w jego ręku jest potęgą...

Zrobiło się cicho, wszystkie panie spojrzały na Wokulskiego. Ten odparł po chwili milczenia:

— Tak, ma pan rację, zdobyłem mój majątek wśród ciężkich przygód, ale czy pan wie, dlaczegom go zdobywał?...

— Za pozwoleniem — przerwał Starski — nie robię panu zarzutu, tylko owszem, uważam to za chlubny przykład dla wszystkich. Skądże pan jednak wie, czy człowiek, który żeni się lub wychodzi za mąż dla pieniędzy, nie ma również na widoku szlachetnych celów? Moi rodzice podobno pobrali się z czystej miłości; jednak przez całe życie nie byli szczęśliwi, a o mnie, owocu ich uczuć, to już nie ma co mówić... Tymczasem moja czcigodna babka, tu obecna, wyszła za mąż wbrew skłonności i dziś jest błogosławieństwem całej okolicy. Nawet lepiej — dodał całując prezesową w rękę — gdyż, poprawia błędy moich rodziców, którzy tak byli zajęci miłością, że zapomnieli o majątku dla mnie...

Zresztą — mamy drugi dowód w osobie uroczej pani Wąsowskiej...

— O, mój panie — przerwała zarumieniona wdowa — mówisz tak, jakbyś był prokuratorem sądu ostatecznego. Ja także odpowiem jak pan Wokulski: czy wiesz, dlaczegom to zrobiła?...

— Ale pani to zrobiła i babcia to zrobiła, i my wszyscy to samo zrobimy — mówił z ironicznym chłodem Starski. — Wyjąwszy, rozumie się, pana Wokulskiego, który ma akurat tyle pieniędzy, ile ich potrzeba dla pofolgowania uczuciom...

— I ja tak samo zrobiłem — odezwał się stłumionym głosem Wokulski.

— Ożenił się pan dla majątku? — spytała wdówka szeroko otwierając oczy.

— Nie dla majątku, ale dlatego, ażeby mieć pracę i nie umrzeć głodu. Znam dobrze to prawo, o którym mówi pan Starski...

— A co? — wtrącił Starski patrząc na babkę.

— I dlatego, że znam, żałuję tych, którzy muszą mu ulegać — zakończył Wokulski.

— Jest to chyba największe nieszczęście w życiu.

— Masz rację — rzekła prezesowa.

— Zaczyna mnie pan interesować, panie Wokulski — dodała pani Wąsowska wyciągając do niego rękę.

Panna Ewelina przez cały czas rozmowy była schylona nad haftem. W tej chwili podniosła głowę i spojrzała na Starskiego z takim wyrazem rozpaczy, że Wokulski zdziwił się... Ale Starski wciąż uderzał szpicrózgą koniec swego buta, gryzł cygaro i uśmiechał się na pół drwiąco, na pół smutnie. Za altanką rozległ się głos Ochockiego:

— Widzisz, mówiłem ci, że tu jest pani...

— No, to w altance, ale nie w krzakach — odpowiedziała młoda dziewczyna z koszykiem w ręku.

— Ach, głupia jesteś! — mruknął Ochocki wchodząc i niespokojnie patrząc na damy.

— Oho! pan Julian znowu wkracza do nas jako triumfator — rzekła wdówka.

— Ależ słowo honoru daję, że tylko dla skrócenia drogi szedłem przez klomby — tłumaczył się Ochocki.
— I tak pan zjechał z drogi, jak dziś wioząc nas...
— No, słowo honoru daję...
— Już lepiej podprowadź mnie, zamiast się tłomaczyć — przerwała prezesowa.
Ochocki podał jej rękę, ale miał minę tak zakłopotaną i kapelusz tak wsadzony na bakier, że pani Wąsowska nie mogła pohamować nadmiaru wesołości, co na twarzy panny Felicji wywołało nową serię rumieńców, a Ochockiego zmusiło do rzucenia wdówce kilku gniewnych spojrzeń.
Całe towarzystwo skręciło na lewo i boczną aleją szło do budynków folwarcznych. Naprzód prezesowa z Ochockim, za nimi dziewczyna z koszykiem, potem wdówka z panną Felicją, Wokulski, a za nim panna Ewelina ze Starskim. Przy furtce hałas na przodzie spotęgował się, a w tej chwili Wokulskiemu przywidziało się, że słyszy za sobą cichą rozmowę.
— Czasem zdaje mi się, że wolałabym w grobie leżeć... — szepnęła panna Ewelina.
— Odwagi... odwagi... — odpowiedział jej tym samym tonem Starski.
Wokulski teraz dopiero zrozumiał cel wyprawy na folwark, gdy w dziedzińcu wybiegło naprzeciw prezesowej całe stado kur, którym ona rzucała ziarno z kosza. Za kurami ukazała się ich dozorczyni, stara Mateuszowa, donosząc pani, że wszystko jest dobrze, tylko że z rana krążył nad dziedzińcem jastrząb, a po południu jedna z kur trochę udławiła się kamieniem, ale już ją minęło.

> prezesowa Zasławska jako gospodyni (por. sceny z *Pana Tadeusza*)

Po przeglądzie drobiu prezesowa obejrzała obory i stajnie, gdzie parobcy, po większej części ludzie dojrzałego wieku, składali jej raporta. Tu o mało nie zdarzył się wypadek. Ze stajni bowiem nagle wybiegło spore źrebię i rzuciło się na prezesową przednimi nogami jak pies, który staje na dwu łapach. Szczęściem, Ochocki pohamował figlarne zwierzę, a prezesowa dała mu zwykłą porcję cukru...
— On babcię kiedy skaleczy — odezwał się niezadowolony Starski. — Kto widział przyzwyczajać do takich pieszczot źrebięta, z których później wyrastają konie!
— Zawsze mówisz rozsądnie — odpowiedziała mu prezesowa głaszcząc źrebaka, który kładł głowę na jej ramieniu, a później biegł za nią tak, że parobcy musieli go zawracać do stajni.
Nawet niektóre krowy poznawały swoją panią i witały ją stłumionym rykiem, podobnym do mruczenia.
„Dziwna kobieta" — pomyślał Wokulski patrząc na staruszkę, która umiała budzić miłość dla siebie nie tylko w sercach zwierząt, lecz — nawet ludzi.
Po kolacji prezesowa poszła spać, a pani Wąsowska zaproponowała spacer po parku. Baron, lubo niechętnie, zgodził się na projekt; włożył gruby paltot, szyję okręcił chustką i wziąwszy pod rękę narzeczoną wysunął się z nią naprzód. O czym mówili? Nikt nie wie, tyle tylko widziano, że ona była blada, on miał wypieki na twarzy.
Około jedenastej w nocy wszyscy rozeszli się, a baron pokaszlując odprowadził Wokulskiego do jego pokoju.

— Cóż, przypatrzył się pan mojej narzeczonej?... Jaka ona piękna!... Obraz westalki[66], panie, prawda? A jeszcze kiedy na jej buzi ukaże się ten wyraz dziwnej melancholii, uważał pan, jest tak czarująca, że... oddałbym za nią życie. Nikomu bym tego nie powiedział, wyjąwszy pana, ale wie pan, ona robi na mnie takie wrażenie, że nie wiem, czy ośmielę się kiedykolwiek pieścić ją... chcę tylko modlić się do niej... Po prostu, panie, klęczałbym u jej nóg i patrzył w oczy, szczęśliwy, gdyby mi pozwoliła, panie, pocałować brzeg swojej sukni... Ale czy nie nudzę pana?

Gwałtownie zakaszlał się, tak że mu oczy krwią zabiegły. Odpocząwszy mówił dalej:

— Ja nieczęsto kaszlę, ale dziś trochę zaziębiłem się... i nawet nie zawsze jestem skłonny do zaziębień, tylko w jesieni i na nowiu. No, ale to przejdzie, bo właśnie onegdaj zaprosiłem na konsylium Chałubińskiego[67] i Baranowskiego[68] i ci mi powiedzieli, że byłem się szanował, będę zdrów... Pytałem ich również (mówię to tylko panu), co sądzą o moim małżeństwie. Ale oni powiedzieli, że małżeństwo to taka rzecz osobista... Zwróciłem ich uwagę, że lekarze berlińscy od dawna już kazali mi się żenić. To im dało do myślenia i zaraz któryś rzekł: „A to szkoda, wielka szkoda, że pan natychmiast nie spełnił ich zalecenia..." Toteż, powiem panu, obecnie jestem zdecydowany skończyć przed adwentem...

Znowu napadł go kaszel. Odpoczął i nagle spytał Wokulskiego zmienionym głosem:

— Wierzy pan w życie przyszłe?

— Dlaczego?...

— Bo widzi pan, ta wiara chroni człowieka od rozpaczy. Ja na przykład rozumiem, że ani sam nie będę już tak szczęśliwy, jak bym mógł być kiedyś, ani jej nie dam zupełnego szczęścia. Jedyną zaś pociechę mam w tej myśli, że spotkamy się na innym, lepszym świecie, gdzie oboje będziemy młodzi. Przecież ona — dodał zadumany — będzie i tam należała do mnie, gdyż Pismo święte uczy: „Co zwiążecie na ziemi, będzie związane w niebie..." Pan może nie wierzy w to, tak jak i Ochocki; niech pan jednak przyzna, że... czasem... wierzy pan i wcale nie dałby pan słowa, że tak nie będzie?...

Zegar za ścianą wybił północ, baron zerwał się wylękniony i pożegnał Wokulskiego. W kilka minut później jego zanoszący się kaszel było słychać w drugim końcu oficyny.

Wokulski otworzył okno. Przy kuchni piały ogromnymi głosami koguty kałakuckie[69], w parku kwilił puszczyk; na niebie urwała się jedna gwiazda i spadła gdzieś za drzewami. Baron wciąż kaszlał.

„Czy wszyscy zakochani są tak ślepi jak on? — myślał Wokulski. — Bo dla mnie, i chyba dla każdego tutaj, jest jasne, że ta panna wcale go nie kocha. Może nawet kocha Starskiego?...

Nie rozumiem jeszcze sytuacji — ciągnął dalej — ale najprawdopodobniej jest tak: panna idzie za mąż dla pieniędzy, a Starski swymi teoriami umacnia ją w tym zamiarze. A może i on podkochuje się w niej?... Niepodobna. Prędzej już się nią znudził

---

[66] *westalka* — w starożytnym Rzymie dziewicza kapłanka bogini Westy, opiekunki ogniska domowego.

[67] *Tytus Chałubiński* — lekarz, znany jako „odkrywca Zakopanego".

[68] *Ignacy Baranowski* — warszawski lekarz i działacz społeczny.

[69] *koguty kałakuckie* — odmiana kogutów rasy indyjskiej.

i gwałtem namawia do zamążpójścia. Chociaż... Nie, to byłaby potworna kombinacja. Tylko kobiety publiczne mają kochanków, którzy prowadzą nimi handel. Co za głupie przypuszczenie!... Starski może istotnie być jej przyjacielem i radzić to, w co sam wierzy. On przecież mówi otwarcie, że sam ożeni się tylko z bogatą kobietą. Zasada taka dobra jak każda inna, powiedziałby Ochocki. Słusznie prezesowa mówiła kiedyś, że dzisiejsze pokolenie ma mocne głowy i zimne serca. Nasz przykład zniechęcił ich do sentymentalizmu, więc wierzą w potęgę pieniędzy, co zresztą dowodzi rozsądku. Nie, ten Starski sprytny człowiek; może trochę hulaka, próżniak, ale sprytu mu nie brak. Ciekawym tylko, za co tak na nim używa pani Wąsowska?... Zapewne ma do niego słabość, a że ma i pieniądze, więc w rezultacie pobiorą się. Zresztą — co mnie to obchodzi?...

Ciekawym, dlaczego prezesowa dziś nie wspominała o pannie Izabeli? No, już ja pytać się nie będę... Od razu wzięliby nas na języki..."

Zasnął i marzyło mu się, że jest baronem zakochanym i chorym, a Starski odgrywa przy nim rolę przyjaciela domu.

Ocknął się i roześmiał...

„Już to wyleczyłoby mnie od razu!" — szepnął.

Ranek znowu zeszedł mu na łapaniu ryb z panną Felicją i Ochockim. Gdy zaś o pierwszej wszyscy zebrali się na śniadanie, pani Wąsowska odezwała się:

— Babcia pozwoli nam osiodłać dwa konie: mnie i panu Wokulskiemu, prawda?
— A potem zwróciwszy się do Wokulskiego dodała:
— Za pół godziny jedziemy. Od tej chwili zaczyna pan służbę przy mnie.
— Państwo tylko we dwoje pojadą? — spytała zapłoniona panna Felicja.
— Czy i ty miałabyś chęć jechać z panem Julianem?
— Tylko proszę... bez żadnych dysponowań moją osobą — zaprotestował Ochocki.
— Felcia zostanie ze mną — wtrąciła prezesowa.

Pannie Felicji krew i łzy napłynęły do oczu. Spojrzała na Wokulskiego naprzód z gniewem, potem ze wzgardą, a nareszcie wybiegła z pokoju pod pozorem znalezienia chustki. Gdy wróciła, wyglądała jak Maria Stuart[70] przebaczająca swoim oprawcom i miała czerwony nosek.

Punkt o drugiej przyprowadzono dwa piękne wierzchowce. Wokulski stanął przy swoim, a w parę minut ukazała się pani Wąsowska. Miała obcisłą amazonkę, kształty Junony[71], kasztanowate włosy zebrane w jeden węzeł. Końcem nogi oparła się na ręku stangreta i jak sprężyna rzuciła się na siodło. Szpicrózga drżała w jej ręce. Wokulski tymczasem spokojnie dopasowywał strzemiona.

— Prędzej, panie, prędzej! — wołała ściągając lejce koniowi, który kręcił się w koło i przysiadał na zadzie. — Za bramą ruszamy galopem... *Avanti, Savoya!*...[72]

Nareszcie Wokulski siadł na konia, pani Wąsowska niecierpliwie uderzyła swego szpicrózgą i wyjechała za folwark. Droga ciągnęła się aleją lipową, mającą z wiorstę

---

[70] *Maria Stuart* — szkocka królowa, zgładzona z rozkazu angielskiej królowej Elżbiety I.

[71] *Junona* — bogini rzymska, żona Jowisza.

[72] *Avanti, Savoya!* — naprzód, Sabaudio!

długości. Po obu stronach leżało szare pole, a na nim tu i ówdzie widać było sterty pszenicy, duże jak chaty. Niebo czyste, słońce wesołe, z daleka dolatywał jęk młocarni. Kilka minut jechali kłusem. Potem pani Wąsowska położyła rękojeść szpicrózgi na ustach, pochyliła się i poleciała galopem. Welon kapelusza chwiał się za nią jak popielate skrzydło.

— *Avanti! avanti!...*

Znowu biegli kilka minut. Nagle pani osadziła konia na miejscu, była zarumieniona i zadyszana.

— Dosyć — rzekła — teraz pojedziemy wolno. Uniosła się na siodle i uważnie patrzyła w stronę błękitnego lasu, który było widać daleko na wschodzie. Aleja skończyła się; jechali polem, na którym zieleniły się grusze i szarzały sterty.

— Powiedz mi pan — rzekła — czy to wielka przyjemność dorabiać się majątku?

— Nie — odparł Wokulski po chwilowym namyśle.

— Ale wydawać przyjemnie?

— Nie wiem.

— Nie wiesz pan? A jednak cuda opowiadają o pańskim majątku. Mówią, że masz pan ze sześćdziesiąt tysięcy rocznie...

— Dziś mam znacznie więcej, ale wydaję bardzo mało.

— Ileż?

— Z dziesięć tysięcy.

— Szkoda. Ja w roku zeszłym postanowiłam wydać masę pieniędzy. Plenipotent i kasjer zapewniają mnie, że wydałam dwadzieścia siedem tysięcy... Szalałam, no — i nie spłoszyłam nudów... Dziś, myślę sobie, zapytam pana: jakie robi wrażenie sześćdziesiąt tysięcy wydanych w ciągu roku? ale pan tyle nie wydajesz. Szkoda. Wiesz pan co... Wydaj kiedy sześćdziesiąt, no — sto tysięcy na rok i powiedz mi pan: czy to robi sensację i jaką? Dobrze?...

— Z góry mogę pani powiedzieć, że nie robi.

— Nie?... Więc na cóż są pieniądze?... Jeżeli sto tysięcy rubli rocznie nie daje szczęścia, cóż go da?...

— Można je mieć przy tysiącu rubli. Szczęście każdy nosi w sobie.

— Ale je skądsić bierze do siebie.

— Nie, pani.

— I to mówi pan, taki człowiek niezwykły?

— Gdybym nawet był niezwykłym, to tylko przez cierpienia, nie przez szczęście. A tym mniej nie przez wydatki.

> Wokulski — Wąsowska — rozmowa na temat szczęścia

Pod lasem ukazał się tuman kurzu. Pani Wąsowska chwilę popatrzyła, potem nagle zacięła konia i skręciła na prawo, w pole, bez drogi.

— *Avanti!... avanti!...*

Jechali z dziesięć minut, a teraz Wokulski zatrzymał konia. Stał na wzgórzu, nad łąką tak piękną jak marzenie. Co w niej było pięknym, czy zieloność trawy, czy kręty bieg rzeczułki, czy drzewa pochylające się nad nią, czy pogodne niebo? Wokulski nie wiedział.

Ale pani Wąsowska nie zachwycała się. Pędziła z góry na złamanie karku, jakby chcąc zaimponować swemu towarzyszowi odwagą. Gdy Wokulski powoli zjechał z góry, zwróciła do niego konia i zawołała niecierpliwie:

— Ach, panie, czy pan zawsze taki nudny? Przecież nie po to wzięłam pana na spacer, ażeby ziewać. Proszę mnie bawić, tylko zaraz...

— Zaraz?... Dobrze. Pan Starski jest to bardzo zajmujący człowiek.

Pochyliła się na siodło, jakby padając w tył, i przeciągle spojrzała Wokulskiemu w oczy.

— Ach! — zawołała ze śmiechem — nie spodziewałam się usłyszeć tak banalnego frazesu od pana... Pan Starski zajmujący... Dla kogo?... Chyba dla takich... takich... łabędzic jak panna Ewelina, bo na przykład już dla mnie przestał nim być...

— Jednakże...

Wąsowska o Starskim

— Nie ma jednakże. Był nim kiedyś, kiedym miała zamiar stać się męczennicą małżeństwa. Na szczęście, mój mąż znalazł się tak uprzejmie, że prędko umarł, a pan Starski jest tak nieskomplikowany, że nawet przy moim zasobie doświadczenia poznałam się na nim w tydzień. Ma zawsze taki sam zarost *à la* arcyksiążę Rudolf[73] i ten sam sposób uwodzenia kobiet. Jego spojrzenia, półsłówka, tajemniczość znam tak dobrze jak krój jego żakietu. Zawsze tak samo unika panien bez posagu, jest cynicznym z mężatkami, a wzdychającym przy pannach, które mają wyjść za mąż. Mój Boże, ilu ja podobnych spotkałam w życiu!... Dziś trzeba mi czegoś nowego...

— W takim razie pan Ochocki...

— O tak, Ochocki jest zajmujący, a mógłby nawet być niebezpieczny, ale — na to ja musiałabym drugi raz się urodzić. To człowiek nie z tego świata, do którego ja należę sercem i duszą... Ach, jaki on naiwny, a jaki wspaniały! Wierzy w idealną miłość, z którą zamknąłby się w swoim laboratorium i był pewnym, że go nigdy nie zdradzi... Nie, on nie dla mnie...

— Cóż znowu z tym siodłem! — zawołała nagle. — Mój panie, popręg mi się odpiął... proszę zobaczyć...

Wokulski zeskoczył z konia.

— Zsiądzie pani? — zapytał.

— Ani myślę. Niech pan tak obejrzy.

Zaszedł z prawej strony — popręg był mocno przypasany.

— Ależ nie tam... O, tu... Tu coś psuje się, około strzemienia.

Zawahał się, lecz odsunął jej amazonkę i włożył rękę pod siodło. Nagle krew uderzyła mu do głowy: wdówka w taki sposób ruszyła nogą, że jej kolano dotknęło twarzy Wokulskiego.

— No i cóż?... No i cóż?... — pytała niecierpliwie.

— Nic — odparł. — Popręg jest mocny...

— Pocałowałeś mnie pan w nogę?... — krzyknęła.

— Nie.

Wtedy trzasnęła konia szpicrózgą i poleciała cwałem szepcząc:

---

[73] *arcyksiążę Rudolf* — syn cesarza Franciszka Józefa I, austriacki następca tronu.

„Głupiec czy kamień!..."
Wokulski powoli siadł na konia. Niewysłowiony żal ścisnął mu serce, gdy pomyślał: „Czy i panna Izabela jeździ konno?... I kto też jej poprawia siodło?..."
Kiedy dojechał do pani Wąsowskiej, wybuchnęła śmiechem:
— Cha! cha! cha!... Jesteś pan nieoceniony!... — A potem zaczęła mówić niskim, metalowym głosem: — Na karcie mojej historii zapisał się piękny dzień — odegrałam rolę Putyfarowej[74] i znalazłam Józefa... Cha! cha! cha!... Jedna tylko rzecz napełnia mnie obawą: że pan nawet nie potrafisz ocenić, jak ja umiem zawracać głowy. W takiej chwili stu innych na pańskim miejscu powiedziałoby, że żyć beze mnie nie mogą, że zabrałam im spokój, i tam dalej... A ten odpowiada krótko: nie!... Za to jedno: „nie", powinieneś pan dostać w królestwie niebieskim krzesło pomiędzy niewiniątkami. Takie wysokie krzesełko z poręczą z przodu... Cha! cha! cha!...
Tarzała się na siodle ze śmiechu.
— I co by pani z tego przyszło, gdybym odpowiedział jak inni?
— Miałabym jeden triumf więcej.
— A z tego co pani przyjdzie?
— Zapełniam sobie pustkę życia. Z dziesięciu tych, którzy mi się oświadczają, wybieram jednego, który wydaje mi się najciekawszym, bawię się nim, marzę o nim...
— A potem?
— Robię przegląd następnej dziesiątki i wybieram nowego.
— I tak często?
— Choćby co miesiąc. Co pan chce — dodała wzruszając ramionami — to miłość wieku pary i elektryczności.
— A tak. Nawet przypomina kolej żelazną.
— Leci jak burza i sypie iskry?...
— Nie. Jeździ prędko i bierze pasażerów, ilu się da.
— O, panie Wokulski!...
— Nie chciałem obrazić pani: sformułowałem tylko to, com słyszał.
Pani Wąsowska przygryzła usta.
Jechali jakiś czas milcząc.
Po chwili znowu zabrała głos pani Wąsowska.
— Już określiłam sobie pana: pan jesteś pedant. Co wieczór, nie wiem o której, ale zapewne przed dziesiątą, robisz pan rachunki, potem idziesz spać, ale przed spaniem mówisz pacierz, głośno powtarzając: Nie pożądaj żony bliźniego twego. Czy tak?...
— Niech pani mówi dalej.
— Nie będę nic mówić, bo mnie już i rozmowa z panem męczy. Ach, ten świat daje nam same zawody!... Kiedy kładziemy pierwszą suknię z trenem, kiedy idziemy na pierwszy bal, kiedy pierwszy raz kochamy — zdaje się nam, że otóż jest coś nowego... Lecz po chwili przekonywamy się, że to już było albo że to jest — nic...

Wąsowska — poczucie pustki, nudy, rozczarowanie

---

[74] *odegrałem rolę Putyfarowej* — aluzja do biblijnej opowieści o Józefie kuszonym w Egipcie przez żonę dostojnika dworskiego Putyfara, u którego Józef był niewolnikiem.

Pamiętam, w roku zeszłym, w Krymie, jechaliśmy w kilka osób bardzo dziką drogą, po której kiedyś snuli się rozbójnicy. I właśnie, gdy rozmawiamy o tym, wysuwa się spoza skały dwu Tatarów... Chwała Bogu! myślę, ci zechcą nas zabić, bo miny mieli okropne, choć bardzo przystojni ludzie. A oni, wie pan, z jaką wystąpili propozycją?... Ażeby kupić od nich winogron!... Panie! Oni nam sprzedawali winogrona, kiedy ja myślałam o bandytach. Chciałam ich wybić ze złości, naprawdę. Otóż — pan dzisiaj przypomniał mi tych Tatarów... Prezesowa przez kilka tygodni tłomaczyła mi, że pan jesteś oryginalny człowiek, zupełnie różny od innych, a tymczasem widzę, że pan jesteś najzwyklejszy pedant. Czy tak?

— Tak.

— Widzi pan, jak ja się znam na ludziach. Może byśmy jeszcze pojechali galopem. Albo — nie, już mi się nie chce, jestem zmęczona. Ach... gdybym choć raz w życiu spotkała prawdziwie nowego człowieka...

— A z tego co by pani przyszło?

— Miałby jakiś nowy sposób postępowania, mówiłby mi nowe rzeczy, czasami rozgniewałby mnie do łez, potem sam śmiertelnie obraziłby się na mnie, a potem — naturalnie musiałby przepraszać. O, ten zakochałby się we mnie do szaleństwa! Wpiłabym mu się tak w serce i pamięć, że nawet w grobie nie zapomniałby o mnie... No, taką miłość — rozumiem.

— A pani co by mu dała w zamian? — spytał Wokulski, któremu robiło się coraz ciężej i smutniej.

— Czy ja wiem? Może i ja zdecydowałabym się na jakie szaleństwo...

— Teraz ja powiem, co by ten nowy człowiek dostał od pani — mówił Wokulski czując, że zbiera w nim gorycz. — Naprzód, dostałby długą listę wielbicieli dawniejszych, następnie drugą listę wielbicieli, którzy nastąpią po nim, a w czasie antraktu miałby możność sprawdzania... czy na koniu dobrze leży siodło?...

— To nikczemne, co pan powiedziałeś! — krzyknęła pani Wąsowska ściskając szpicrózgę.

— Tylko powtórzenie tego, co słyszałem od pani. Jeżeli jednak mówię za śmiało na tak krótką znajomość...

— Owszem, słucham... Może pańskie impertynencje będą ciekawsze aniżeli ta chłodna grzeczność, którą od dawna umiem na pamięć. Naturalnie, taki człowiek jak pan gardzi takimi kobietami jak ja... No, śmiało...

— Za pozwoleniem. Przede wszystkim nie używajmy zbyt silnych wyrazów, które wcale nie odpowiadają spacerowej sytuacji. Między nami nie ma mowy o uczuciach, tylko o poglądach. Otóż, moim zdaniem, w poglądzie pani na miłość istnieją nie dające się pogodzić kontrasty.

— Proszę? — zdziwiła się wdówka. — To, co pan nazywasz kontrastami, ja najdoskonalej godzę w życiu.

— Mówi pani o częstej zmianie kochanków...

— Jeżeli łaska, nazwijmy ich wielbicielami.

— A następnie, chce pani znaleźć jakiegoś nowego i nietuzinkowego człowieka, który by nawet w grobie nie zapomniał o pani. Otóż, o ile ja znam ludzką naturę, jest to cel nie do osiągnięcia.

Ani pani z rozrzutnej w swoich względach nie stanie się oszczędną, ani człowiek nietuzinkowy nie zechce zająć miejsca pośród kilku tuzinów...

— Może o tym nie wiedzieć — przerwała wdówka.

— Ach, więc mamy i mistyfikację, dla udania się której potrzeba, ażeby bohater pani był ślepy i głupi. Ale choćby takim był wybrany, czy sama pani miałaby odwagę zwodzić człowieka, który b y a ż t a k panią kochał?...

— Dobrze, więc powiedziałabym mu wszystko kończąc w ten sposób: pamiętaj, że Chrystus przebaczył Magdalenie, od której przecie ja jestem mniej grzeszna, no i przynajmniej mam równie piękne włosy...

— I to by mu wystarczyło?

— Ja sądzę.

— A gdyby mu nie wystarczyło?

— Zostawiłabym go w spokoju i odeszłabym.

— Ale pierwej wpiłaby mu się pani w serce i w pamięć tak, ażeby pani nawet w grobie nie zapomniał!... — wybuchnął Wokulski. — Piękny świat, ten wasz świat... I miłe są te kobiety, przy których, kiedy im człowiek w najlepszej wierze oddaje własną duszę, jeszcze musi spoglądać na zegarek, ażeby nie spotkał swoich poprzedników i nie przeszkadzał następcom. Pani, nawet ciasto, ażeby wyrosło, potrzebuje dłuższego czasu; czy więc podobna wielkie uczucie wyhodować w takim pośpiechu, na takim jarmarku?...

Niech pani skwituje z wielkich uczuć: to pozbawia snu i odbiera apetyt. Po co kiedyś zatruwać życie jakiemuś człowiekowi, którego zapewne dziś jeszcze pani nie zna? Po co sobie samej mącić dobry humor? Lepiej trwać przy programie prędkich i częstych zwycięstw, które innym nie szkodzą, a pani jakoś zapełniają życie.

— Już pan skończył, panie Wokulski?

— Chyba że tak...

— Więc teraz ja panu powiem. Wszyscy jesteście podli...

— Znowu silny wyraz.

— Pańskie były silniejsze. Wszyscy jesteście nędznicy. Kiedy kobieta, w pewnej epoce życia, marzy o idealnej miłości, wyśmiewacie jej złudzenia i domagacie się kokieterii, bez której panna jest dla was nudna, a mężatka głupia. A dopiero gdy dzięki zbiorowym usiłowaniom pozwoli prawić sobie banalne oświadczyny, patrzeć słodko w oczy, ściskać za ręce, wówczas z ciemnego kąta wyłazi jakiś oryginalny egzemplarz w kapturze Piotra z Amiens[75] i uroczyście wyklina kobietę stworzoną na obraz i podobieństwo Adamowych synów. „Tobie już nie wolno kochać, ty już nie będziesz nigdy prawdziwie kochana, bo miałaś nieszczęście znaleźć się wśród jarmarku, boś straciła złudzenia!" A któż ją z nich okradł, jeżeli nie pańscy rodzeni bracia?... I cóż to za świat, który naprzód obdziera z ideałów, a potem skazuje obdartego?...

Pani Wąsowska wydobyła chustkę z kieszeni i poczęła ją gryźć... Na rzęsach błysnęła jej łza i spadła na końską grzywę.

> Wąsowska o miłości

---

[75] *Piotr z Amiens* — asceta średniowieczny, jeden z organizatorów wypraw krzyżowych.

— Jedź pan już sobie — zawołała — jesteś pan drażniąco płytki. Jedź pan... jedź i przyślij mi Starskiego; jego bezczelność jest zabawniejsza od pana księżowskiej powagi...

Wokulski ukłonił się i pojechał naprzód. Był zgryziony i zakłopotany.

> **Wokulski o Wąsowskiej**

— Gdzie pan jedziesz?... nie tędy... Ach, prawda, gotów pan jesteś zbłądzić, a później mówić wszystkim przy obiedzie, żem cię sprowadziła z prostej drogi. Proszę za mną...

Jadąc o kilka kroków za panią Wąsowską, Wokulski rozmyślał:

„Więc to taki świat? Jedne w nim sprzedają się ludziom prawie zgrzybiałym, a inne traktują ludzkie serca jak polędwicę. Dziwna to jednak kobieta z tej pani!... bo złą nie jest, ma nawet szlachetne porywy..."

W pół godziny wjechali znowu na wzgórza, z których widać było dwór prezesowej. Pani Wąsowska nagle zawróciła konia i bystro patrząc na Wokulskiego spytała:

— Między nami pokój czy wojna?...

— Czy mogę być szczerym?

— Proszę.

— Mam dla pani głęboką wdzięczność, w jednej godzinie dowiedziałem się od pani więcej aniżeli przez całe życie.

— Ode mnie?... Zdaje się panu. Mam w sobie parę kropli krwi węgierskiej, więc kiedy wsiądę na konia, szaleję i plotę niedorzeczności. Notabene — nie cofam nic z tego, com powiedziała, ale mylisz się pan, jeżeli sądzisz, żeś mnie już poznał. A teraz pocałuj mnie pan w rękę; jesteś pan rzeczywiście interesujący.

Wyciągnęła rękę, którą Wokulski ucałował, szeroko otwierając oczy ze zdziwienia.

Rozdział V

Pod jednym dachem

W tej samej porze, kiedy Wokulski z panią Wąsowską kłócił się albo galopował po łące, z majątku hrabiny do Zasławka dojeżdżała panna Izabela. Wczoraj otrzymała od prezesowej list, wyprawiony przez umyślnego posłańca, a dziś na wyraźne żądanie swej ciotki wyjechała, lubo niechętnie. Była pewna, że w Zasławku już znajduje się mocno protegowany przez prezesową Wokulski; taka więc nagła podróż wydała jej się niewłaściwą.

„Choćbym nawet musiała kiedyś wyjść za niego — mówiła sobie — to jeszcze nie mam racji śpieszyć na powitanie."

Ale ponieważ rzeczy spakowano, powóz zajechał, a nawet z przedniego siedzenia wyglądała już jej pokojówka, więc panna Izabela zdecydowała się na wyjazd.

Pożegnanie jej z rodziną było pełne znaczenia. Pan Łęcki, ciągle rozstrojony, przecierał oczy, a hrabina wsunąwszy jej w rękę aksamitny woreczek z pieniędzmi pocałowała ją w czoło i rzekła:

— Nie radzę ani odradzam. Masz rozum, wiesz, jakie jest położenie, więc sama musisz coś postanowić i przyjąć konsekwencje.

Co postanowić?... jakie przyjąć konsekwencje?... o tym nie wspomniała hrabina.

Tegoroczny pobyt na wsi głęboko zmodyfikował niektóre poglądy panny Izabeli; nie sprawiło tego jednak świeże powietrze ani piękne krajobrazy, ale wypadki i możność spokojnego zastanowienia się nad nimi.

Przyjechała tu na wyraźne żądanie ciotki, dla Starskiego, o którym powszechnie mówiono, że odziedziczy majątek po prezesowej. Tymczasem prezesowa przypatrzywszy się swemu ciotecznemu wnukowi oświadczyła, że co najwyżej zapisze mu tysiąc rubli dożywotniej renty, która zapewne bardzo mu się przyda na starość. Cały zaś majątek postanowiła zapisać na podrzutków i ich nieszczęśliwe matki.

Od tej chwili Starski w oczach hrabiny stracił wszelką wartość. Stracił ją i u panny Izabeli oświadczywszy pewnego razu, że nigdy nie ożeniłby się z „gołą panną"; raczej z Chinką albo z Japonką, byle miała kilkadziesiąt tysięcy rubli rocznie.

— Za mniejszy dochód nie warto ryzykować przyszłości — powiedział.

Ponieważ tak powiedział, więc panna Izabela przestała go traktować jako poważnego epuzera. Ale ponieważ mówiąc to, z cicha westchnął i spojrzał na nią przelotnie, więc panna Izabela pomyślała, że piękny Kazio musi mieć jakąś sercową tajemnicę i że szukając bogatej żony robi ofiarę. Dla kogo?... Może dla niej... Biedny chłopiec, ale trudno. Kiedyś może znajdzie się sposób osłodzenia jego cierpień, lecz dziś należy go trzymać z daleka. Co przychodziło tym łatwiej, że Starski począł gwałtownie zalecać się do bogatej pani Wąsowskiej i krążyć z daleka około panny Eweliny Janockiej, zapewne dla zatarcia do reszty śladów, że kiedyś kochał się w pannie Izabeli.

„Biedny chłopiec, ale trudno. Życie ma swoje obowiązki, które trzeba spełnić, choć są ciężkie."

W taki sposób Starski, może najstosowniejszy dla panny Izabeli epuzer, wykreślony został z listy jej konkurentów. Nie mógł żenić się z panną ubogą, musiał szukać żony bogatej; były to dwie nieprzebyte między nimi przepaście.

Drugi jej konkurent, baron, wykreślił się sam, zaręczywszy się z panną Eweliną. Panna Izabela czuła wstręt do barona, dopóki starał się o jej względy; lecz gdy ją tak nagle opuścił, prawie że się zatrwożyła. Jak to, więc na świecie są kobiety, dla których można wyrzec się jej?!... Jak to, więc może nadejść chwila, w której pannę Izabelę opuszczą nawet tak podeszłego wieku wielbiciele?...

Zdawało jej się, że ziemia drży jej pod nogami, i pod wpływem nieokreślonych obaw, jakie ją wówczas ogarnęły, panna Izabela odezwała się do prezesowej o Wokulskim dosyć życzliwie. Kto wie nawet, czy nie powiedziała tych słów:

— Co się też dzieje z panem Wokulskim? Bardzo żałuję, że może mieć żal do mnie. Nieraz wyrzucam sobie, że nie postępowałam z nim tak, jak zasługiwał.

Spuściła oczy i zarumieniła się w ten sposób, że prezesowej wydało się koniecznym zaprosić Wokulskiego na wieś.

„Niech się sobie przypatrzą na świeżym powietrzu — myślała staruszka — a będzie, co Bóg da. On brylant między mężczyznami, ona także dobre dziecko, więc może się porozumieją. Bo że on ma do niej słabość, to prawie bym się założyła."

W kilka dni panna Izabela ochłonąwszy z nieprzyjemnych wrażeń poczęła żałować swojej wzmianki o Wokulskim przed prezesową.

„Jeszcze gotów pomyśleć, że wyszłabym za niego..." — rzekła do siebie.

Tymczasem prezesowa zwierzyła się przed bawiącą u niej panią Wąsowską, że przyjedzie do Zasławka Wokulski, bardzo bogaty wdowiec, człowiek ze wszech miar niepospolity, którego chciałaby ożenić i który kto wie, czy nie kocha się w pannie Izabeli...

Pani Wąsowska bardzo obojętnie słuchała o majątku, o wdowieństwie i o matrymonialnych kwalifikacjach Wokulskiego. Lecz gdy prezesowa nazwała go człowiekiem niepospolitym, zaciekawiła się; dowiedziawszy się zaś, że może kochać pannę Izabelę, rzuciła się jak rumak szlachetnej krwi, niebacznie dotknięty ostrogą.

> **Wąsowska – charakterystyka**

Pani Wąsowska była najlepszą kobietą, nie myślała powtórnie wychodzić za mąż, a tym mniej odbierać innym paniom konkurentów. Dopóki jednak żyła na świecie, nie mogła pozwolić na to, ażeby jaki mężczyzna mógł kochać się w jakiejś innej kobiecie, nie w niej. Żenić się dla interesu ma prawo; pani Wąsowska gotowa mu była nawet pomagać, ale uwielbiać — można było tylko ją. Nie dlatego nawet, ażeby uważała się za najpiękniejszą, ale że... taką już miała słabość.

Dowiedziawszy się, że panna Izabela dziś przyjeżdża, pani Wąsowska gwałtem zabrała na spacer Wokulskiego. Gdy zaś na gościńcu pod lasem zobaczyła tuman kurzu, wzniecony przez powóz jej rywalki, skręciła na łąkę i tam zrobiła wielką scenę z siodłem, która jej się nie udała.

Tymczasem panna Izabela dojechała do dworu. Całe towarzystwo przyjęło ją na ganku witając prawie tymi samymi wyrazami:

— Wiesz — szepnęła jej prezesowa — przyjechał Wokulski...

— Tylko pani nam brakło — zawołał baron — ażeby Zasławek był podobny do raju. Bo już mamy tu bardzo przyjemnego towarzysza, znakomitego gościa... Panna Felcia Janocka wzięła na bok pannę Izabelę i ze łzami w głosie poczęła jej opowiadać:

— Wiesz, przyjechał tu pan Wokulski... Ach, gdybyś wiedziała, co to za człowiek!... Ale wolę ci nic nie mówić, bo i ty jeszcze pomyślisz, że jestem nim zajęta... No i wyobraź sobie: pani Wąsowska kazała mu jechać ze sobą na spacer, sam na sam... Gdybyś wiedziała, jak się biedak rumienił!... A ja za nią. Bo i ja chodziłam z nim na ryby, ale tylko tu, do sadzawki, i jeszcze był z nami pan Julian. Ale żebym miała tylko z nim jechać konno?... Za nic w świecie!... wolałabym umrzeć...

Uwolniwszy się od witających panna Izabela poszła do przeznaczonego dla niej pokoju.

„Drażni mnie ten Wokulski" — szepnęła.

W gruncie rzeczy nie było to rozdrażnienie, ale coś innego. Jadąc tu panna Izabela czuła niechęć do prezesowej za jej gwałtowne zaprosiny, do ciotki, że jej kazała natychmiast jechać, a nade wszystko do Wokulskiego.

„Więc naprawdę — mówiła sobie — chcą mnie oddać temu parweniuszowi?... A, zobaczy, jak na tym wyjdzie!..."

Była pewna, że pierwszym człowiekiem, który ją powita, będzie Wokulski, i postanowiła traktować go z najwyższą pogardą.

Tymczasem Wokulski nie tylko nie wybiegł na jej spotkanie, ale — pojechał na spacer z panią Wąsowską.

To w przykry sposób dotknęło pannę Izabelę i pomyślała:

„Zawsze kokietka z niej, choć już ma lat trzydzieści!..."

Gdy baron nazwał Wokulskiego znakomitym gościem, panna Izabela uczuła jakby dumę, ale było to bardzo przelotne uczucie. Gdy zaś panna Felicja w niedwuznaczny sposób zdradziła się, że jest o Wokulskiego zazdrosną, pannę Izabelę ogarnął jakby niepokój, ale tylko na chwilę.

„Naiwna jest ta Felcia" — rzekła do siebie.

Krótko mówiąc: przez całą drogę planowana wzgarda dla Wokulskiego całkiem zniknęła wobec mieszaniny takich uczuć jak lekki gniew, lekkie zadowolenie i lekka obawa. W tej chwili Wokulski przedstawiał się pannie Izabeli inaczej niż dotychczas. Nie był to już jakiś tam kupiec galanteryjny, ale człowiek, który wracał z Paryża, miał ogromny majątek i stosunki, którymi zachwycał się baron, którego kokietowała Wąsowska...

> Izabela — stosunek do Wokulskiego (w Zasławku)

Ledwie panna Izabela miała czas przebrać się, do pokoju jej weszła prezesowa.

— Moja Belu — rzekła staruszka ucałowawszy ją jeszcze raz — dlaczegóż to Joasia nie chce przyjechać do mnie?

— Papo jest niezdrów, więc nie chce go opuszczać.

— Proszę cię... proszę cię, tylko tego mi nie mów. Nie przyjedzie, bo nie chce spotkać się z Wokulskim, oto cały sekret... — mówiła nieco wzruszona prezesowa. — On dla niej wtedy dobry, kiedy sypie pieniądze na jej ochronę... Powiem ci, Belu, że twoja ciotka nigdy już nie będzie mieć rozumu...

W pannie Izabeli odezwały się dawne gorycze.

— Może ciocia nie uważa za stosowne okazywać tylu względów kupcowi — rzekła rumieniąc się.

— Kupiec!... kupiec!... — wybuchnęła prezesowa. — Wokulscy są tak dobrą szlachtą jak Starscy, a nawet Zasławscy... A co się tyczy kupiectwa... Moja Belu, Wokulski nie sprzedawał tego, co dziadek twojej ciotki... Możesz jej to powiedzieć przy okazji. Wolę uczciwego kupca aniżeli dziesięciu austriackich hrabiów[76]. Znam ja dobrze wartość ich tytułów.

— Przyzna pani jednak, że urodzenie...

Prezesowa roześmiała się ironicznie.

— Wierz mi, Belu, że urodzenie jest najmniejszą zasługą tych, którzy się rodzą. A co do czystości krwi... Ach, Boże! wielkie to szczęście, że nie bardzo zajmujemy się sprawdzaniem tych rzeczy. Powiadam ci, że o czyimś urodzeniu nie warto rozmawiać z ludźmi starymi jak ja. Tacy bowiem zwykle pamiętają dziadów i ojców i nieraz dziwią się: dlaczego wnuk jest podobny do kamerdynera, a nie do ojca. No, wiele się tłumaczy zapatrzeniem.

— Pani jednak bardzo lubi pana Wokulskiego — szepnęła panna Izabela.

— Tak jest, bardzo! — zawołała z mocą staruszka. — Kochałam jego stryja, przez całe życie byłam nieszczęśliwa dlatego tylko, że oderwano mnie od niego, i to z tych samych pobudek, dla których twoja ciotka usiłuje dziś lekceważyć Wokulskiego. Ale on nie da sobą pomiatać, o nie!... — mówiła prezesowa. — Kto z takiej nędzy potrafił wydobyć się, kto bez cienia zarzutu zrobił majątek, wykształcił się tak jak on, ten może nie dbać o opinie salonów. Wiesz chyba, jaką on dziś gra rolę i po co jeździł do Paryża... Otóż zapewniam cię, że nie on do salonów; ale salony do niego przyjdą, a pierwszą będzie twoja ciotka, jeżeli zdarzy się interes. Ja znam salony lepiej niż ty, moje dziecko, i wierz mi, że one bardzo prędko znajdą się w przedpokoju Wokulskiego. To nie taki próżniak jak Starski ani marzyciel jak książę, ani półgłówek jak Krzeszowski... To człowiek czynu... Szczęśliwą będzie kobieta, którą on wybierze za żonę... Na nieszczęście, nasze panny mają więcej wymagań aniżeli doświadczenia i serca. Choć nie wszystkie... No, ale przepraszam cię, jeżeli wypowiedziałam ostrzejszy wyraz. Zaraz będzie obiad.

prezesowa Zasławska o Wokulskim

Po tych słowach prezesowa wyszła zostawiając pannę Izabelę pogrążoną w głębokim namyśle.

„Z pewnością mógłby zastąpić barona, o, jeszcze i jak... — mówiła w sobie panna Izabela. — Tamto człowiek zużyty i śmieszny, tego przynajmniej szanują ludzie. Kazia Wąsowska zna się na tym, toteż wzięła go na spacer... Ha, zobaczymy, czy pan Wokulski potrafi być wiernym... Ładna wierność jeździć z inną kobietą na spacery!... To bardzo po rycersku..."

---

[76] *austriaccy hrabiowie* — z końcem XVIII i początkiem XIX w. rząd austriacki łatwo nadawał tytuły arystokratyczne za opłatą; wielu arystokratów galicyjskich nabyło te tytuły.

Prawie w tej chwili Wokulski wracał z panią Wąsowską z przejażdżki i na folwarcznym dziedzińcu zobaczył powóz, od którego odprzęgano konie. Tknęło go jakieś nieokreślone przeczucie, ale nie śmiał pytać; nawet udał, że nie patrzy na powóz. Przed pałacem oddał konia chłopcu, a innemu chłopcu kazał przynieść wody do swego pokoju. I właśnie kiedy miał zapytać, kto przyjechał? coś ścisnęło go za gardło i nie mógł słowa przemówić.

„Co za głupstwo! – myślał. – Choćby nawet i ona, więc cóż z tego?... Jest taką samą kobietą jak pani Wąsowska, panna Felicja, panna Ewelina... A ja znowu nie jestem takim jak baron..."

Ale tak mówiąc czuł, że ona dla niego jest inną niż inne kobiety i że gdyby zażądała, złożyłby u jej nóg majątek, nawet życie.

„Głupstwo! głupstwo!... – szeptał chodząc po pokoju. – Jest tu przecie jej wielbiciel, pan Starski, z którym umawiali się, że wesoło przepędzą wakacje... Pamiętam te spojrzenia, ach..."

Gniew w nim zakipiał.

„Zobaczymy, panno Izabelo: kim ty jesteś i co jesteś warta? Teraz ja będę twoim sędzią..." – pomyślał.

Zapukano do drzwi, wszedł stary lokaj. Obejrzał się po pokoju i rzekł przyciszonym głosem:

– Jaśnie pani kazała powiedzieć, że jest panna Łęcka i że jeżeli jaśnie pan gotów, to prosi na obiad...

– Powiedzcie, że natychmiast służę – odparł Wokulski.

Po wyjściu służącego chwilę postał w oknie patrząc na park oświetlony ukośnymi promieniami słońca i na krzak bzu, na którym wesoło świegotały ptaki. Patrzył, ale serce nurtowała mu głucha obawa na myśl, w jaki sposób przywita się z panną Izabelą...

„Co ja jej powiem i jak będę wyglądał?"

Zdawało mu się, że wszystkie oczy zwrócą się na nich i że on musi skompromitować się jakimś niewłaściwym czynem.

„Alboż nie powiedziałem jej, że jestem dla nich wiernym sługą... jak pies!... Trzeba jednak iść tam..."

Wyszedł, znowu wrócił do siebie i znowu wyszedł na korytarz. Zbliżał się do drzwi powoli, noga za nogą, czując, że zamiera w nim wszelka energia, że jest jak prostak, który ma stanąć przed królem.

Wziął za klamkę, lecz zatrzymał się... W pokoju jadalnym rozlegał się śmiech kobiecy. Pociemniało mu w oczach, chciał uciec i powiedzieć przez służącego, że jest chory. Nagle usłyszał za sobą czyjeś kroki i popchnął drzwi.

W głębi pokoju zobaczył całe towarzystwo, a przede wszystkim pannę Izabelę rozmawiającą ze Starskim. Ona tak samo patrzyła na Starskiego, a on miał ten sam ironiczny uśmiech jak wówczas w Warszawie...

Wokulski w jednej chwili odzyskał energię; fala gniewu uderzyła mu do mózgu. Wszedł z podniesioną głową, przywitał prezesową i ukłonił się pannie Izabeli, która zarumieniwszy się wyciągnęła do niego rękę.

– Witam panią. Jakże się miewa pan Łęcki?

– Papo trochę przyszedł do siebie... Zasyła panu ukłony...

— Bardzo jestem obowiązany za łaskawą pamięć. A pani hrabina?
— Ciocia jest zupełnie zdrowa.

Prezesowa siadła na fotelu; obecni poczęli zajmować miejsca przy stole.

— Panie Wokulski, pan siada przy mnie — odezwała się pani Wąsowska.
— Z największą chęcią, o ile żołnierz ma prawo siadać w obecności swego komendanta.
— Czy już wzięła cię pod komendę, panie Stanisławie? — zapytała z uśmiechem prezesowa.
— Ale jak! Nieczęsto odbywa się podobną musztrę...
— Mści się za to, że wodziłam go po manowcach — wtrąciła pani Wąsowska.
— Po manowcach jeździć najprzyjemniej — odparł Wokulski.
— Byłem pewny, że tak będzie, ale nie sądziłem, że tak prędko... — odezwał się baron ukazując swój piękny garnitur sztucznych zębów.
— Niech mi kuzyn przysunie sól — rzekła panna Izabela do Starskiego.
— Służę... Ach, rozsypałem!... Pokłócimy się.
— Już chyba nam ten wypadek nie grozi — odparła panna Izabela z komiczną powagą.
— Czy zobowiązaliście się nigdy nie kłócić? — zapytała pani Wąsowska.
— Nie mamy zamiaru nigdy przepraszać się — odpowiedziała panna Izabela.
— Ładnie! — rzekła pani Wąsowska. — Na pańskim miejscu, panie Kazimierzu, teraz straciłabym wszelką nadzieję.
— Alboż mi ją wolno było kiedy mieć! — westchnął Starski.
— Prawdziwe szczęście dla nas obojga... — szepnęła panna Izabela.

Wokulski słuchał i patrzył. Panna Izabela rozmawiała naturalnie, w bardzo spokojny sposób, żartując ze Starskiego, który wcale nie zdawał się tym martwić. Natomiast od czasu do czasu spoglądał ukradkiem na pannę Ewelinę Janocką, która szepcząc z baronem, rumieniła się i bladła.

Wokulski uczuł, że z serca zsuwa się mu ogromny ciężar.

„Oczywiście — myślał — jeżeli w tym towarzystwie Starski zajmuje się kimś, to tylko panną Eweliną, a ona nim..."

W tej chwili obudziła się w nim radość i wielka życzliwość dla oszukiwanego barona.

„Już ja go nie będę ostrzegał!" — rzekł w duchu. A potem dodał, „że takie zadowolenie z cudzej biedy jest jednak bardzo podłym uczuciem".

Obiad skończył się, panna Izabela zbliżyła się do Wokulskiego.

— Wie pan — rzekła — jakiego doznałam uczucia na widok pana? Oto żalu. Przypomniałam sobie, że mieliśmy we troje jechać do Paryża: ja, ojciec i pan, i że z naszej trójki los był dobry tylko dla pana. Bawił się pan przynajmniej?... Za nas troje?... Musi mi pan odstąpić trzecią część doznanych wrażeń.

— A gdyby nie były wesołe?
— Dlaczego?
— Choćby dlatego, że pani nie było tam, gdzie mieliśmy być razem.
— O ile wiem, umie pan jednak bawić się dobrze tam, gdzie mnie nie ma — odparła panna Izabela i odeszła.

— Panie Wokulski!... — zawołała pani Wąsowska. Lecz spojrzawszy na niego i na pannę Izabelę rzekła tonem niechęci:
— Albo nie... już nic... Daję panu na dziś urlop. Moi państwo, chodźmy do parku. Panie Ochocki...
— Pan Ochocki ma mnie dziś uczyć meteorologii — odezwała się panna Felicja.
— Meteorologii?... — powtórzyła pani Wąsowska.
— A tak... Właśnie zaraz idziemy na górę do obserwatorium...
— Czy pan tylko meteorologię ma zamiar wykładać? — spytała pani Wąsowska. — Na wszelki jednak wypadek radziłabym zapytać babci, co ona sądzi o tej meteorologii...
— Pani zawsze musi mi zrobić jakiś skandal! — oburzył się Ochocki. — Pani może ze mną jeździć po wertepach, ale pannie Felicji nie wolno nawet zajrzeć do obserwatorium.
— Ależ zaglądajcie sobie, moi kochani, tylko już raz idźmy do parku. Baronie... Belu...

Wyszli. W pierwszą parę pani Wąsowska z panną Izabelą, za nimi Wokulski, dalej baron z narzeczoną, a na końcu panna Felicja z Ochockim, który rozrzucał rękoma i prawił:
— Nic nigdy nie pozna pani nowego, chyba cudacki kapelusz albo siódmą czy ósmą figurę kontredansa, jeżeli jaki półgłówek wymyśli ją. Nic i nigdy!... — dodał dramatycznym głosem — bo zawsze znajdzie się jakaś baba...
— Fe! panie Julianie, któż tak mówi?...
— Tak, nieznośna baba, która będzie uważać to za nieprzyzwoite, że pani ze mną pójdzie do laboratorium...
— Bo może to naprawdę jest źle...
— Tak, źle!... Dekoltować się do pasa jest dobrze, brać lekcje śpiewu od jakiegoś Włocha, który nie czyści paznogci...
— Ale widzi pan... Bo gdyby młode panny ciągle sam na sam przebywały z młodymi ludźmi, to mogłyby się która zakochać...
— Więc cóż z tego? Niech się kocha. Czy lepiej, ażeby i nie kochała się, i była głupia?... Pani jest dzika kobieta, panno Felicjo...
— O panie...
— No, niech mi pani nie zawraca głowy swymi wykrzyknikami. Albo pani chce uczyć się meteorologii, a w takim razie idźmy na górę...
— Ale z Ewelinką albo z panią Wąsowską.
— Dobrze, dobrze... Dajmy już spokój tej zabawie — zakończył Ochocki, na znak gniewu kładąc ręce w kieszenie. Młoda para rozmawiała tak krzykliwie, że słychać ją było w całym parku, ku wielkiemu zadowoleniu pani Wąsowskiej, która zanosiła się ze śmiechu. Gdy umilkli, do uszu Wokulskiego doleciał szept barona i panny Eweliny.
— Prawda — mówił baron — jak ten Starski traci?... Z każdym dniem, panie, traci. Pani Wąsowska żartuje z niego, panna Izabela lekceważy go w najwyższym stopniu, a nawet nie zajmuje się nim panna Felicja. Zauważyła pani?...
— Tak — cicho szepnęła narzeczona.
— Jest to jeden z tych młodych ludzi, których całą ozdobę stanowiły widoki na duży spadek. Czy nie mam racji?...

— Tak.
— Gdy zaś upadła nadzieja zapisu prezesowej, Starski przestał być interesujący. Wszak prawda?...
— Tak — odparła panna Ewelina z ciężkim westchnieniem. — Siądę tu — dodała głośno — a pan może mi przyniesie szal z pokoju... Przepraszam...
Wokulski odwrócił głowę. Panna Ewelina upadła na ławkę blada i zmęczona, a baron wdzięczył się do niej.
— Idę natychmiast — rzekł. — Panie Wokulski... — dodał spostrzegłszy Wokulskiego — może pan zechce mnie zastąpić... Biegnę i wracam za chwilę...
Pocałował narzeczoną w rękę i poszedł ku pałacowi.
Teraz dopiero Wokulski spostrzegł, że baron ma nogi bardzo cienkie i nieosobliwie nimi włada.
— Pan dawno zna barona? — spytała panna Ewelina Wokulskiego. — Przejdźmy się trochę ku altance...
— Właśnie dopiero w tych dniach miałem przyjemność zbliżyć się z nim.
— On dla pana jest z wielkim uwielbieniem... Mówi, że pierwszy raz spotkał człowieka tak miłego w rozmowie...
Wokulski uśmiechnął się.
— Zapewne — rzekł — dlatego, że on sam ciągle mówi do mnie o pani.
Panna Ewelina mocno się zarumieniła.

> Ewelina o Dalskim

— Tak, to bardzo zacny człowiek, bardzo mnie kocha... Jest wprawdzie między nami różnica wieku, ale i cóż to szkodzi? Doświadczone panie utrzymują, że im mąż starszy, tym wierniejszy, a wszakże dla kobiety przywiązanie męża jest wszystkim, prawda, panie? Każda z nas szuka w życiu miłości, kto mi zaś zaręczy, że spotkam drugą, podobną do tej?... Są ludzie młodsi od niego, przystojniejsi, może nawet zdolniejsi; żaden z nich jednak nie powiedział mi z tak serdecznym zapałem, że ostatnie szczęście jego życia jest w moim ręku. Czy można się temu oprzeć, choćby nawet zezwolenie z naszej strony wymagało pewnej ofiary, niech pan sam powie?
Zatrzymała się w alei i patrzyła mu w oczy, z niepokojem oczekując na odpowiedź.
— Nie wiem, pani. To sprawa uczuć osobistych — odparł.
— To źle, że mi pan tak odpowiada. Babcia mówi, że pan jest człowiekiem wielkiego charakteru; ja dotychczas nigdy nie spotykałam ludzi z wielkim charakterem, a sama mam bardzo słaby. Nie umiem oprzeć się niczemu, lękam się odmawiać... Może źle robię, a przynajmniej niektóre osoby dają mi do zrozumienia, że źle robię wychodząc za barona. Czy i pan tak sądzi? Czy pan potrafiłby usunąć się od kogoś, kto by powiedział, że pana kocha nad własną duszę, że bez wzajemności pana niewielka reszta życia, jaka została, zejdzie mu w osamotnieniu i rozpaczy? Gdyby ktoś w oczach pańskich zapadał w przepaść i błagał o ratunek, czy nie podałby mu pan ręki i w ten sposób nie przykuł się do niego, dopóki nie nadeszłaby pomoc?
— Nie jestem kobietą i nigdy nie byłem proszony o spętanie mego życia na czyjąś korzyść, więc nie wiem, co bym zrobił — odparł wzburzony Wokulski. — To tylko wiem jako mężczyzna, że nie potrafiłbym żebrać nawet o miłość.

I jeszcze pani powiem — dodał patrzącej na niego z odchylonymi ustami — nie tylko nie prosiłbym, ale wprost nie przyjąłbym wyżebranej ofiary z czyjegoś serca. Takie dary zwykle bywają tylko połowiczne...

Boczną ścieżką biegł do nich Starski, bardzo zaaferowany, mówiąc:

— Panie Wokulski, damy szukają pana w lipowej alei... Jest moja babka, pani Wąsowska...

Wokulski zawahał się, co ma zrobić w tej chwili.

— O, niech się pan mną nie krępuje — rzekła, mocniej niż zwykle zaczerwieniona, panna Ewelina. — Zresztą zaraz nadejdzie baron i we troje dogonimy państwa...

Wokulski pożegnał ich i poszedł.

„Piękne rzeczy! — myślał. — Panna Ewelina przez litość wychodzi za barona i zapewne przez litość romansuje ze Starskim... Rozumiem kobietę, która wychodzi za mąż dla pieniędzy, choć to głupi rodzaj zarobku... Rozumiem nawet mężatkę, która po szczęśliwym pożyciu nagle zakocha się i oszukuje męża... Nieraz zmusza ją do tego obawa skandalu, dzieci, tysiące pęt... Ale panna oszukująca narzeczonego jest zupełnie nowym zjawiskiem..."

— Panno Ewelino!... Panno Ewelino!... — wołał baron zbliżając się w stronę Wokulskiego.

Ten nagle skręcił i wpadł między gazony.

„Ciekawym — szepnął — co mu powiem, jeżeli mnie spotka?... Po diabła ja wlazłem w to błoto?..."

— Panno Ewelino!... Panno Ewelino!... — wołał baron już znacznie dalej.

„Słowik wabi samiczkę" — myślał Wokulski. — Właściwie jednak, czy można absolutnie potępiać nawet tę kobietę?... Sama przyznaje głośno, że nie ma charakteru, a po cichu — że trzeba jej pieniędzy, których nie posiada i bez których, jak ryba bez wody, żyć nie potrafi. Więc cóż ma robić?... Wychodzi nieszczęśliwa bogato za mąż. A że jednocześnie serce odzywa się w niej, wielbiciel namawia ją, ażeby szła za mąż, i oboje sądzą, że pieszczota starego męża nie zepsuje im smaku, więc robią nowy wynalazek: zdradę przed ślubem, nie starając się nawet o patent[77]. Wreszcie może są aż tak cnotliwi, że umówili się, iż zdradzą go dopiero po ślubie... Bardzo ładne towarzystwo!... Społeczność wytwarza niekiedy ciekawe produkta... I pomyśleć, że każdemu z nas może trafić się podobny specjał!... Doprawdy, należałoby trochę mniej ufać poetom, kiedy zachwalają miłość jako najwyższe szczęście..."

— Panno Ewelino!... Panno Ewelino!... — odzywał się jękliwie baron.

„Cóż to za podła rola — szepnął Wokulski. — Wolałbym w łeb sobie strzelić aniżeli wyjść na podobnego błazna."

W bocznej alei, przy folwarku, spotkał panie, z którymi była prezesowa i jej pokojówka ze swym koszem.

— A, jesteś — rzekła staruszka do Wokulskiego — to dobrze. Poczekajcież tutaj na Ewelinkę z baronem, który ją może nareszcie znajdzie — dodała lekko marszcząc brwi — a my z Kazią pójdziemy do koni.

---

[77] *patent* — dokument uprawniający do wyłącznego korzystania z wynalazku.

— Pan Wokulski mógłby także poczęstować cukrem swego konia, który tak go dziś dobrze nosił — wtrąciła nieco zadąsana pani Wąsowska.

— Dajże mu spokój — przerwała prezesowa. — Mężczyźni lubią tylko jeździć, ale nie pieścić się.

— Niewdzięcznicy! — szepnęła pani Wąsowska podając rękę prezesowej.

Odeszły i wkrótce znikły za furtką. Pani Wąsowska obejrzała się, lecz spostrzegłszy, że Wokulski patrzył na nią, szybko odwróciła głowę.

— Czy szukamy narzeczonych? — spytała panna Izabela.

— Jak pani każe — odparł Wokulski.

— To może lepiej zostawić ich w spokoju. Podobno szczęśliwi nie lubią świadków.

— Pani nigdy nie była szczęśliwa?...

— Ach, ja!... Owszem... Ale nie w ten sposób jak Ewelinka i baron.

Wokulski uważnie spojrzał na nią.

Była zamyślona i spokojna jak posągi greckich bogiń.

„No, już ta nie będzie oszukiwać" — pomyślał Wokulski.

Szli jakiś czas w milczeniu ku najdzikszej stronie parku. Kiedy niekiedy spomiędzy starych drzew mignęło okno pałacu, połyskując czerwonymi blaskami zachodu.

— Pan był pierwszy raz w Paryżu? — spytała panna Izabela.

— Pierwszy.

— Prawda, jakie to cudowne miasto?!... — zawołała nagle, patrząc mu w oczy. — Niech mówią, co chcą, ale Paryż, nawet zwyciężony, nie przestał być stolicą świata. Czy i na panu zrobił takie wrażenie?...

— Imponujące. Zdaje mi się, że po kilkutygodniowym pobycie przybyło mi sił i odwagi. Naprawdę, tam dopiero nauczyłem się być dumnym z tego, że pracuję.

— Niech mi pan to objaśni.

— Bardzo łatwo. U nas praca ludzka wydaje mierne rezultaty: jesteśmy ubodzy i zaniedbani. Ale tam praca jaśnieje jak słońce. Cóż to za gmachy, od dachów do chodników pokryte ozdobami jak drogocenne szkatułki. A te lasy obrazów i posągów, całe puszcze machin, a te odmęty wyrobów fabrycznych i rękodzielniczych!... Dopiero w Paryżu zrozumiałem, że człowiek jest tylko na pozór istotą drobną i wątłą. W rzeczywistości jest to genialny i nieśmiertelny olbrzym, który z równą łatwością przerzuca skały, jak i rzeźbi z nich coś subtelniejszego od koronek.

— Tak odpowiedziała panna Izabela. — Arystokracja francuska miała możność i czas stworzyć te arcydzieła.

— Arystokracja?... — spytał Wokulski.

Panna Izabela zatrzymała się w alei.

— Chyba nie zechce pan twierdzić, że galerie Luwru stworzyła Konwencja[78] albo przedsiębiorcy artykułów paryskich?

— Z pewnością, że nie, ale też nie stworzyli ich magnaci. Jest to zbiorowe dzieło francuskich budowniczych, mularzy, cieślów, wreszcie malarzy i rzeźbiarzy całego

---

[78] *Konwencja* — Konwent Narodowy: rewolucyjne przedstawicielstwo ludu francuskiego po obaleniu monarchii (1792–1795).

świata, którzy nic wspólnego nie mają z arystokracją. Wyborne jest to wieńczenie próżniaków zasługami i pracą ludzi genialnych, a choćby tylko — pracujących!

— Próżniacy i arystokracja! — zawołała panna Izabela. — Myślę, że zdanie to jest raczej silne aniżeli słuszne.

— Pozwoli mi pani zadać jedno pytanie? — spytał Wokulski.

— Słucham.

— Naprzód cofnę wyraz: próżniacy, jeżeli on panią razi, a następnie... Niech mi pani raczy wskazać człowieka z tej sfery, o jakiej mówimy, który by coś robił?... Znam tych panów około dwudziestu, są to również znajomi pani. Cóż więc robią oni wszyscy począwszy od księcia, najzacniejszej w świecie osobistości, który wreszcie może tłomaczyć się wiekiem, a skończywszy... choćby na panu Starskim, który swoich wiecznie trwających wakacyj nie może tłomaczyć nawet położeniem majątkowym.

— Ach, mój kuzynek!... On chyba nigdy nie miał zamiaru służyć w czymkolwiek za przykład. Zresztą nie mówimy o naszej arystokracji, tylko o francuskiej.

— A tamci co robią?

— O, panie Wokulski, tamci dużo robili. Przede wszystkim stworzyli Francję, byli jej rycerzami, wodzami, ministrami i kapłanami. A nareszcie zgromadzili te skarby sztuki, które pan sam podziwia.

— Niech pani powie: tamci dużo rozkazywali i wydawali pieniędzy, stworzył jednak Francję i sztukę kto inny. Tworzyli ją źle wynagradzani żołnierze i marynarze, przywaleni podatkami rolnicy i rękodzielnicy, a nareszcie uczeni i artyści. Jestem człowiekiem doświadczonym i zapewniam panią, że łatwiej projektować aniżeli wykonywać i łatwiej wydawać pieniądze aniżeli je gromadzić.

— Pan jest nieprzejednanym wrogiem arystokracji.

— Nie, pani, nie mogę być wrogiem tych, którzy w niczym mi nie szkodzą. Sądzę tylko, że zajmują oni uprzywilejowane miejsca bez zasługi i że dla utrzymania się na nich apostołują w społeczeństwach pogardę dla pracy, a cześć dla próżniaczego zbytku.

— Jest pan uprzedzony, gdyż nawet i ta, jak pan mówi, próżnująca arystokracja odgrywa ważną rolę na świecie. To, co pan nazywa zbytkiem, jest właściwie wygodą, przyjemnością i polorem, której od arystokracji uczą się nawet niższe stany i tym sposobem cywilizują się. Słyszałam od bardzo liberalnych ludzi, że w społeczeństwach muszą być klasy pielęgnujące nauki, sztuki i wykwintne obyczaje, raz dlatego, ażeby inni mieli w nich żywe wzory, a po wtóre, ażeby mieli podnietę do szlachetnych czynów. Toteż w Anglii i Francji niejeden człowiek, nawet prostego pochodzenia, skoro tylko zdobędzie majątek, przede wszystkim urządza sobie dom, aby mógł w nim przyjąć ludzi z dobrego towarzystwa, a następnie stara się tak postępować, ażeby sam został przyjęty.

Silny rumieniec wystąpił na twarz Wokulskiego. Panna Izabela nie patrząc spostrzegła to i mówiła dalej:

— Nareszcie to, co pan nazywa arystokracją, a co ja nazwałabym klasą wyższą, stanowi dobrą rasę. Może być, że pewna część jej za wiele próżnuje; lecz gdy który weźmie się do czegokolwiek, natychmiast odznaczy się: energią, rozumem, a choćby tylko szlachetnością. Przepraszam, że zacytuję tutaj słowa, które często książę powtarzał mi o panu: „Gdyby Wokulski nie był dobrym szlachcicem, nie byłby tym, czym jest dzisiaj."

— Myli się książę — odparł sucho Wokulski. — Tego, co posiadam i co umiem, nie dało mi szlachectwo, ale ciężka praca. Robiłem więcej, więc mam więcej niż inni.

— Ale czy mógłby pan robić więcej urodziwszy się kimś innym? — spytała panna Izabela. — Mój kuzyn Ochocki jest przyrodnikiem i demokratą, jak pan, a mimo to wierzy w dobre i złe rasy, tak samo jak książę. On również przytaczał pana jako dowód dziedziczności. „Wokulski — mówił — od losu ma powodzenie, ale tęgość ducha ma od rasy."

— Bardzo jestem wdzięczny tym wszystkim, którzy robią mi zaszczyt zaliczaniem do jakiejś uprzywilejowanej rasy — rzekł Wokulski. — Pomimo to nigdy nie uwierzę w przywileje bez pracy i zawsze będę wyżej stawiał źle urodzone zasługi od dobrze urodzonych pretensyj.

— Więc według pana nie jest zasługą pielęgnowanie delikatniejszych uczuć i wykwintniejszych obyczajów?

— Owszem, jest, ale taką rolę w społeczeństwie odgrywają kobiety. Im natura dała tkliwsze serca, ruchliwszą wyobraźnię, subtelniejsze zmysły, i one to, nie zaś arystokracja, utrzymują w życiu codziennym wykwintność, w obyczajach łagodność, a nawet umieją budzić w nas najwznioślejsze uczucia. Tą lampą, której blaski ozłacają drogę cywilizacji, jest kobieta. Ona też bywa niewidzialną sprężyną czynów wymagających niezwykłego natężenia sił...

Teraz panna Izabela zarumieniła się. Szli jakiś czas w milczeniu. Słońce już schowało się za widnokrąg, a między drzewami parku na zachodzie błyszczał sierp księżyca. Wokulski, głęboko zamyślony, porównywał w duchu dwie dzisiejsze rozmowy, jedną z panią Wąsowską, drugą z panną Izabelą.

„Jakie to inne kobiety!... I czy nie miałem racji przywiązać się do tej oto..."

— Czy mogę zadać panu drażliwe pytanie? — odezwała się nagle panna Izabela miękkim głosem.

— Choćby najdrażliwsze.

— Prawda, że wyjeżdżał pan do Paryża bardzo obrażony na mnie?...

Chciał odpowiedzieć, że to było coś gorszego od obrazy, gdyż posądzenie o obłudę, ale milczał.

— Jestem winną wobec pana... Posądzałam pana...

— Czy nie o malwersację w nabyciu domu ojca pani za pośrednictwem Żydów? — spytał uśmiechając się Wokulski.

— O nie! — odparła żywo. — Przeciwnie, posądzałam pana o czyn wysoce chrześcijański, którego jednak nie mogłabym nikomu przebaczyć. Przez chwilę myślałam, że nasz dom kupił pan... za drogo...

— Dziś chyba uspokoiła się pani.

— Tak. Już wiem, że baronowa Krzeszowska chce za niego dać dziewięćdziesiąt tysięcy.

— Doprawdy? Jeszcze nie rozmawiała ze mną, choć przewidywałem, że to nastąpi.

— Bardzo cieszę się, że się tak stało, że pan nic nie straci, gdyż... dopiero teraz mogę panu podziękować z całego serca — mówiła panna Izabela podając mu rękę. — Rozumiem doniosłość pańskiej usługi. Mój ojciec miał być skrzywdzony, po prostu obdarty przez baronowę, a pan uratował go od ruiny, może od śmierci... Takich rzeczy nie zapomina się...

Wokulski pocałował ją w rękę.

— Już wieczór — rzekła zmieszana — wracajmy do domu... Całe towarzystwo pewnie wyszło z parku...

„Jeżeli ona nie jest aniołem, to ja jestem psem!..." — pomyślał Wokulski.

Wszyscy już byli w pałacu, gdzie wkrótce podano kolację. Wieczór zeszedł wesoło. Około jedynastej Ochocki odprowadził Wokulskiego do jego mieszkania.

— Cóż? — rzekł Ochocki — słyszę, że rozmawialiście państwo z kuzynką Izabelą o arystokracji?... Przekonałeś ją pan, że to hołota?...

— Nie! Panna Izabela zanadto dobrze broni swoich tez. Jak ona świetnie rozmawia!... — odparł Wokulski usiłując ukryć pomieszanie.

— Musiała panu mówić, że arystokracja pielęgnuje nauki i sztuki, że jest mistrzynią dobrych obyczajów, a jej stanowisko celem, do którego dążą demokraci, i tym sposobem uszlachetniają się... Ciągle słyszę te argumenta; uszami już mi się wylewają.

— Sam pan wierzysz jednak w dobrą krew — rzekł przykro dotknięty Wokulski.

— Rozumie się... Ale ta dobra krew musi być ciągle odświeżana, gdyż inaczej prędko się psuje — odpowiedział Ochocki. — No, ale dobranoc panu. Zobaczę, co mówi aneroid, gdyż barona łamie po kościach i jutro możemy mieć słotę.

Ledwie wyszedł Ochocki, w pokoju Wokulskiego ukazał się baron, kaszlący, rozgorączkowany, ale uśmiechnięty.

— Aa... ładnie! — mówił, a powieki drgały mu nerwowo. — A ładnie... zdradził mnie pan... zostawił pan moją narzeczoną samą w parku... Żartuję... żartuję — dodał ściskając Wokulskiego za rękę — ale... Choć naprawdę mógłbym mieć do pana pretensję, gdyby nie to, że wróciłem dość wcześnie i... akurat zetknąłem się z panem Starskim, który z przeciwnego końca alei szedł ku naszej stronie...

Wokulski już po raz drugi tego wieczora zarumienił się jak wyrostek.

„Po co ja wpadłem w tę sieć intryg i oszustw!" — pomyślał, ciągle jeszcze rozdrażniony słowami Ochockiego. Baron zakaszlał się i odpocząwszy prawił dalej zniżonym głosem:

— Niech pan jednak nie przypuszcza, że jestem zazdrosny o narzeczoną... Byłoby to bardzo niskie z mojej strony... To nie kobieta, to anioł, któremu każdej chwili powierzyłbym cały majątek, życie. Co mówię, życie?... złożyłbym w jej ręce życie wieczne, tak spokojny, tak pewny o siebie jak to, że jutro słońce wejdzie... Słońca mogę nie zobaczyć, bo, mój Boże, każdy z nas jest śmiertelny, ale... Ale o nią nie mam obawy, cienia obawy, daję panu słowo, panie Wokulski... Oczom własnym nie wierzyłbym, nie tylko czyimś tam podejrzeniom albo półsłówkom... — zakończył głośniej.

Ale, widzi pan — zaczął po chwili — ten Starski to obrzydliwa figura. Nikomu nie powiedziałbym tego, ale... wie pan, jak on postępuje z kobietami?... Myśli pan, że wzdycha, umizga się, błaga o dobre słówko, o uścisk ręki?... Nie, on je traktuje jak samice, w najbrutalniejszy sposób... Działa im na nerwy rozmową, spojrzeniami...

Baron zaciął się, oczy mu krwią nabiegły; Wokulski słuchał go i nagle rzekł cierpkim tonem:

> **Wokulski o kobietach**

— Kto wie, mój baronie, czy Starski nie ma racji. Nas nauczono widzieć w kobietach anioły i tak też je traktujemy. Jeżeli one jednak są przede wszystkim samicami, to my wydajemy się w ich oczach głupsi i niedołężniejsi, niż jesteśmy, a Starski musi triumfować. Ten jest panem kasy, kto posiada właściwy klucz do zamku, baronie! — zakończył ze śmiechem.

— Pan to mówisz, panie Wokulski?...

— Ja, panie, i nieraz pytam się, czy my nie zanadto ubóstwiamy kobiety, czy w ogóle nie traktujemy ich zbyt poważnie; poważniej i uroczyściej niż siebie samych...

— Panna Ewelina należy do wyjątków!... — zawołał baron.

— Istnieniu wyjątków nie przeczę, kto wie jednak, czy taki Starski nie odkrył ogólnego prawidła.

— Może być — odparł zirytowany baron — ale to prawidło nie stosuje się do panny Eweliny. I jeżeli chronię ją... a raczej nie życzę jej stosunków ze Starskim, gdyż ona sama się chroni, to tylko dlatego, ażeby podobny człowiek nie skalał jej czystej myśli jakim wyrazem... No, ale pan jest znużony... Przepraszam za wizytę w tak niewłaściwej porze.

Baron wyszedł, cicho zamykając drzwi; Wokulski został sam, pogrążony w niewesołych myślach:

„Co ten Ochocki mówił, że argumenta panny Izabeli już mu się wylewają uszami? Więc to, co słyszałem od niej, nie było wybuchem zadraśniętego uczucia, ale dawno wyuczoną lekcją?... Więc jej dowodzenia, uniesienia, a nawet wzruszenia są tylko sposobami, za pomocą których dobrze wychowane panny czarują takich jak ja głupców?...

A może po prostu on kocha się w niej i chce ją zdyskredytować w moich oczach?... No, jeżeli kocha, po cóż ją ma dyskredytować; niech powie, a ona niech wybiera... Naturalnie, że Ochocki ma więcej szans aniżeli ja; tak jeszcze nie straciłem rozumu, ażeby tego nie oceniać... Młody, piękny, genialny... Ha!... niech wybiera: sławę czy pannę Izabelę...

Zresztą — ciągnął dalej w myśli — co mnie obchodzi, że panna Izabela używa zawsze tych samych argumentów w swoich dysputach. Ani ona nie jest Duchem Świętym, ażeby wymyślać coraz nowe, ani ja jestem taką osobliwością, ażeby dla mnie warto było silić się na oryginalność. Niech sobie mówi, jak chce... Ważniejsze to, że chyba do niej nie stosuje się ogólne prawidło o kobietach... Pani Wąsowska to przede wszystkim piękna samica, ale ona nie...

Czy nie tak samo mówił baron o swojej pannie Ewelinie?..."

Lampa gasła. Wokulski zdmuchnął ją i rzucił się na łóżko.

Przez dwa następne dnie padał deszcz i goście zasławscy nie opuszczali pałacu. Ochocki wziął się do książek i prawie nie pokazywał się, panna Ewelina chorowała na migrenę, panny Izabela i Felicja czytały francuskie ilustracje, a reszta towarzystwa, pod przewodnictwem prezesowej, zasiadła do wista.

Przy tej okazji Wokulski spostrzegł, że pani Wąsowska zamiast kokietować go, do czego ciągle nastręczała się sposobność, zachowuje się bardzo obojętnie. Uderzyło go zaś, że gdy Starski chciał ją raz pocałować w rękę, wyrwała ją i obrażona zapowiedziała mu, ażeby nigdy nie ważył się tego robić. Gniew jej był tak szczery, że sam

Starski zdziwił się i zmieszał, a baron, choć mu nie szła karta, był w doskonałym humorze.

— Czy i mnie nie pozwoli pani ucałować swej rączki?... — rzekł baron w jakiś czas po owym wypadku.

— Panu owszem — odparła podając mu rękę.

Baron ucałował ją jak relikwię spoglądając z triumfem na Wokulskiego, który pomyślał, że jego utytułowany przyjaciel może nie ma powodu do zbyt wielkiej uciechy.

Starski z takim zajęciem patrzył w karty, że zdawał się nie uważać na to, co zaszło.

Na trzeci dzień wypogodziło się, a na czwarty było już tak pięknie i sucho, że panna Felicja zaproponowała spacer na rydze.

Prezesowa tego dnia kazała podać wcześniej drugie śniadanie, a później obiad. Około wpół do pierwszej przed pałac zajechał brek i pani Wąsowska dała hasło do wsiadania.

— Śpieszymy się, bo szkoda czasu... Gdzie twój szal, Ewelinko?... Służące niech siądą do bryczki i zabiorą kosze. A teraz — dodała, przelotnie spojrzawszy na Wokulskiego — każdy z panów wybierze sobie damę...

Panna Felicja chciała protestować, ale w tej chwili baron podskoczył do panny Eweliny, a Starski do pani Wąsowskiej, która przygryzając usta rzekła:

— Myślałam, że już mnie pan nigdy nie wybierze...

I posłała Wokulskiemu piorunujące wejrzenie.

— To my, kuzynko, będziemy trzymać się razem — odezwał się Ochocki do panny Izabeli. — Ale w takim razie musi pani siąść przy koźle, bo ja powożę.

— Pani Wąsowska nie pozwala, bo pan wywróci! — zawołała panna Felicja, której los przeznaczył Wokulskiego.

— Owszem, niech powozi, niech wywraca... — rzekła pani Wąsowska. — Jestem dziś w takim usposobieniu, że zgadzam się na łamanie nam nóg... Biedny ten rydz, który dostanie się w moje ręce!...

— Jestem pierwszy z nich — odezwał się Starski — jeżeli chodzi o zjedzenie...

— Owszem, jeżeli zgodzisz się pan na poprzednie ucięcie głowy — odpowiedziała pani Wąsowska.

— Już jej dawno nie mam...

— Nie dawniej, aniżeli ja to spostrzegłam... ale siadajmy i jedźmy...

Rozdział VI

Lasy, ruiny i czary

Ruszyli.

Baron, jak zwykle, szeptał z narzeczoną, Starski w gwałtowny sposób umizgał się do pani Wąsowskiej, która ku zdumieniu Wokulskiego przyjmowała to dość życzliwie, a Ochocki powoził czwórką. Tym razem jednak jego furmański entuzjazm hamowało sąsiedztwo panny Izabeli, do której odwracał się co chwilę.

„Wesoły ptaszek z tego Ochockiego! — myślał Wokulski. — Do mnie mówi, że argumentacja panny Izabeli wylewa mu się uszami, a teraz z nią tylko rozmawia... Oczywiście, chciał mnie do niej zrazić..."

I wpadł w bardzo posępny humor, był już bowiem pewny, że Ochocki kocha się w pannie Izabeli i że z takim współkonkurentem prawie nie ma walki.

„Młody, piękny, zdolny... — mówił w sobie. — Nie miałaby chyba oczu albo rozumu, gdyby wybierając między nim i mną nie oddała jemu pierwszeństwa... Lecz nawet i w tym razie musiałbym przyznać, że ma szlachetną naturę, jeżeli gustuje w Ochockim, nie w Starskim. Biedny baron, a jeszcze biedniejsza jego narzeczona, która tak widocznie durzy się w Starskim. Trzeba mieć bardzo pustą głowę i serce..."

Przyglądał się jesiennemu słońcu, szarym ścierniskom i pługom z wolna orzącym ugory i pełen głębokiego smutku w duszy, wyobrażał sobie chwilę, w której już zupełnie straci nadzieję i ustąpi miejsca przy pannie Izabeli Ochockiemu.

„Cóż robić?... Cóż robić, jeżeli go wybrała... Moje nieszczęście, żem ją poznał..."

Wjechali na wzgórze, gdzie roztoczył się przed nimi rozległy horyzont, obejmujący kilka wiosek, lasy, rzekę i miasteczko z kościołem.

Brek chwiał się w obie strony.

— Pyszny widok! — zawołała pani Wąsowska.

— Jak z balonu, którym kieruje pan Ochocki — dodał Starski trzymając się poręczy.

— Pan jeździł balonem? — zapytała panna Felicja.

— Balonem pana Ochockiego?...

— Nie, prawdziwym...

— Niestety! nie jeździłem żadnym — westchnął Starski — ale w tej chwili wyobrażam sobie, że jadę bardzo lichym.

— Pan Wokulski pewnie jeździł — rzekła tonem głębokiego przekonania panna Felicja.

— Ależ, Felu, o co ty niedługo zaczniesz posądzać pana Wokulskiego! — zgromiła ją pani Wąsowska.
— Istotnie jeździłem... — odparł zdziwiony Wokulski.
— Jeździł pan?... ach, jak to dobrze! — zawołała panna Felicja. — Niech nam pan opowie...
— Jeździł pan?... — odezwał się z kozła Ochocki. — Hola!... Niech pan zaczeka z opowiadaniem, zaraz tam przyjdę...
Rzucił lejce furmanowi, choć zjeżdżali z góry, zeskoczył z kozła i po chwili siadł w breku naprzeciw Wokulskiego.
— Jeździł pan?.. — powtórzył. — Gdzie?... Kiedy?...
— W Paryżu, ale tym uwięzionym balonem. Pół wiorsty w górę, prawie żadna podróż — odparł nieco zmieszany Wokulski.
— Niech pan mówi... To musi być olbrzymi widok?... Jakich uczuć doznawał pan?.. — mówił Ochocki. Był dziwnie zmieniony: oczy rozszerzyły mu się, na twarz wystąpił rumieniec. Patrząc na niego trudno było wątpić, że w tej chwili zapomniał o pannie Izabeli.
— To musi być szalona przyjemność... Mów pan... — pytał natarczywie, schwyciwszy Wokulskiego za kolano.
— Widok jest istotnie wspaniały — odpowiedział Wokulski — ponieważ horyzont ma kilkadziesiąt wiorst w promieniu, a cały Paryż i jego okolice wyglądają jak na wypukłej mapie. Ale podróż nie jest miła; może tylko pierwszy raz...
— Jakież wrażenie?...
— Dziwaczne. Człowiek myśli, że sam pojedzie w górę; nagle widzi, że nie on jedzie, ale ziemia szybko zapada mu się pod nogami. Jest to zawód tak niespodziany i przykry, że... chciałoby się wyskoczyć...
— Cóż więcej?... — nalegał Ochocki.
— Drugim dziwowiskiem jest horyzont, który ciągle widać na wysokości wzroku. Skutkiem tego ziemia wydaje się wklęsłą jak ogromny, głęboki talerz.
— A ludzie?... domy?...
— Domy wyglądają jak pudełka, tramwaje jak duże muchy, a ludzie jak czarne krople, które szybko biegną w różnych kierunkach, ciągnąc za sobą długie cienie. W ogóle jest to podróż przeładowana niespodziankami.
Ochocki zamyślił się i patrzył przed siebie nic wiadomo na co... Parę razy zdawało się, że chce wyskoczyć z breka i że go drażni towarzystwo, w którym też zapanowała cisza.
Dojechali do lasu, za nimi dwie służące w bryczce. Panie wzięły do rąk koszyki.
— A teraz każda dama ze swoim kawalerem w inną stronę! — zakomenderowała pani Wąsowska. — Panie Starski, ostrzegam, że jestem dziś w wyjątkowym humorze, a co znaczy u mnie wyjątkowy humor, wie o tym pan Wokulski — dodała śmiejąc się nerwowo. — Panie Ochocki, Belu, proszę do lasu, i nie pokazujcie się, dopóki... nie zbierzecie całego kosza rydzów... Felu!...
— Ja pójdę z Michalinką i z Joasią! — szybko odpowiedziała panna Felicja patrząc na Wokulskiego w taki sposób, jakby to on był owym wrogiem, przeciw któremu należało uzbroić się we dwie służące.

— No, idźmyż, kuzynie — rzekła do Ochockiego panna Izabela widząc, że towarzystwo weszło już w las. — Ale weź mój koszyk i sam zbieraj rydze, bo mnie to, przyznam się, nie bawi.

Ochocki wziął koszyk i rzucił go na bryczkę.

— Co mi tam wasze rydze! — odparł zachmurzony. — Straciłem dwa miesiące na rybach, grzybach, bawieniu dam i tym podobnych głupstwach... Inni przez ten czas jeździli balonem... Wybierałem się do Paryża, ale prezesowa tak nalegała, żebym u niej wypoczął... I pięknie wypocząłem... Zgłupiałem do reszty... Już nawet nie umiem myśleć porządnie... straciłem zdolności... Eh! dajcie mi święty spokój z rydzami... Jestem taki zły!...

Machnął ręką, potem obie włożył do kieszeni i poszedł w las ze spuszczoną głową mrucząc po drodze.

— Miły towarzysz! — odezwała się z uśmiechem panna Izabela do Wokulskiego. — Już będzie z nim tak do końca wakacyj... Byłam pewna, że zepsuje mu się humor, jak tylko Starski wspomniał o balonach...

„Błogosławione te balony! — pomyślał Wokulski. — Taki współzawodnik przy pannie Izabeli nie jest niebezpieczny..."

I w tej chwili uczuł, że kocha Ochockiego.

— Jestem pewny — rzekł do panny Izabeli — że kuzyn pani zrobi wielki wynalazek. Kto wie, czy nie stanie się on epoką w dziejach ludzkości... — dodał myśląc o projektach Geista.

— Tak pan sądzi? — odpowiedziała dosyć obojętnie panna Izabela. — Może być... Tymczasem kuzynek jest chwilami impertynent, z czym mu niekiedy bywa do twarzy, ale chwilami jest nudny, co nie przystoi nawet wynalazcom. Kiedy na niego patrzę, przychodzi mi na myśl historyjka o Newtonie. Był to podobno bardzo wielki człowiek, czy tak, panie?... Ale i cóż, kiedy jednego dnia siedząc przy jakiejś panience wziął ją za rękę i... czy pan uwierzy?... zaczął czyścić swoją fajkę jej małym palcem!... No, jeżeli do tego prowadzi geniusz, dziękuję za genialnego męża!... Przejdźmy się trochę po lesie, dobrze, panie?

Każdy wyraz panny Izabeli padał Wokulskiemu na serce jak kropla słodyczy.

„Więc ona lubi Ochockiego (bo któż by go nie lubił?), ale za niego nie wyjdzie!..."

Szli wąską drogą, która stanowiła granicę dwu lasów: na prawo rosły dęby i buki, na lewo sosny.

Między sosnami od czasu do czasu błysnął czerwony stanik pani Wąsowskiej albo biała okrywka panny Eweliny. W jednym miejscu rozwidlała się droga i Wokulski chciał skręcić, ale panna Izabela zatrzymała go.

— Nie, nie — rzekła — tam nie idźmy, bo stracimy z oczu całe towarzystwo, a dla mnie las tylko wtedy jest piękny, kiedy w nim widzę ludzi. W tej chwili na przykład rozumiem go... Niech no pan spojrzy... prawda, jak ta część jest podobna do ogromnego kościoła?... Te szeregi sosen to kolumny, tam boczna nawa, a tu wielki ołtarz... Widzi pan, widzi pan... Teraz między konarami pokazało się słońce jak w gotyckim oknie... Co za nadzwyczajna rozmaitość widoków! Tu ma pan buduar damski, a te niskie krzaczki to taburety. Nie brak nawet lustra, które zostało po onegdajszym deszczu... A to ulica, prawda?... Trochę krzywa, ale ulica... A tam znowu rynek czy plac... Czy pan widzi to wszystko?...

— Widzę, o ile mi pani pokazuje — odpowiedział Wokulski z uśmiechem. — Trzeba jednak mieć bardzo poetycką fantazję, ażeby spostrzec te podobieństwa.

— Doprawdy?... A ja zawsze myślałam, że jestem uosobioną prozą.

— Może być, że jeszcze nie miała pani sposobności odkryć wszystkich swoich zalet — odparł Wokulski, niekontent, że zbliża się do nich panna Felicja.

— Jak to, nie zbieracie państwo rydzów? — dziwiła się panna Felicja. — Cudowne rydze; jest ich takie mnóstwo, że nam nie wystarczy koszyków i będziemy chyba musiały sypać je do bryczki. Dać ci, Belu, koszyk?...

— Dziękuję ci!
— A panu?...
— Nie wiem, czy potrafiłbym odróżnić rydza od muchomora — odpowiedział Wokulski.

— Ślicznie! — zawołała panna Fela. — Nie spodziewałam się od pana takiej odpowiedzi... Powiem to babci i poproszę, ażeby żadnemu z panów nie pozwoliła jeść rydzów, a przynajmniej nie te, które ja zbieram.

Kiwnęła głową i odeszła.

— Obraził pan Felcię — rzekła panna Izabela. — To nie godzi się... ona jest panu tak życzliwa.

— Panna Felicja ma przyjemność w zbieraniu rydzów, ja wolę słuchać wykładu pani o lesie.

— Bardzo mi to pochlebia — odpowiedziała, lekko rumieniąc się, panna Izabela — ale jestem pewna, że prędko znudzi pana mój wykład. Bo dla mnie nie zawsze las jest piękny, czasem bywa okropny. Gdybym tu była sama, z pewnością nie widziałabym ulic, kościołów i buduarów. Kiedy jestem sama, las mnie przeraża. Przestaje być dekoracją, a zaczyna być czymś, czego nie rozumiem i czego się boję. Głosy ptaków są jakieś dzikie, czasem podobne do nagłego krzyku boleści, a czasem do śmiechu ze mnie, że weszłam między potwory... Wtedy każde drzewo wydaje mi się istotą żywą, która chce mnie owinąć gałęźmi i udusić; każde ziele w zdradziecki sposób oplątuje mi nogi, ażeby mnie już stąd nie wypuścić... A wszystkiemu temu winien kuzynek Ochocki, który tłomaczył mi, że natura nie jest stworzona dla człowieka... Według jego teorii wszystko żyje i wszystko żyje dla siebie...

— Ma rację — szepnął Wokulski.

— Jak to, więc i pan w to wierzy? Więc według pana ten las nie jest przeznaczony na pożytek ludziom, ale ma jakieś swoje własne interesa, nie gorsze od naszych...

— Widziałem ogromne lasy, w których człowiek ukazywał się raz na kilka lat, a jednak rosły bujniej aniżeli nasze...

— Ach, niech pan tak nie mówi!... To jest poniżanie wartości ludzkiej, nawet niezgodne z Pismem świętym. Bóg oddał przecie ludziom ziemię na mieszkanie, a rośliny i zwierzęta na pożytek...

— Krótko mówiąc, według pani natura powinna służyć ludziom, a ludzie klasom uprzywilejowanym i utytułowanym?... Nie, pani. I natura, i ludzie żyją dla siebie, i tylko ci mają prawo władać nimi, którzy posiadają więcej sił i więcej pracują. Siła i praca są jedynymi przywilejami na tym świecie. Niejednokrotnie też tysiącletnie, ale bezwładne drzewa upadają pod ciosami kolonistów-dorobkiewiczów, a pomimo to w naturze nie zachodzi żaden przewrót. Siła i praca, pani, nie tytuł i nie urodzenie...

Panna Izabela była rozdrażniona.

— Tu może mi pan mówić — rzekła — co pan chce, tu uwierzę we wszystko, bo dokoła widzę tylko pańskich sprzymierzeńców.

— Czy oni nigdy nie staną się sprzymierzeńcami pani?!...

— Nie wiem... może... Tak często teraz słyszę o nich, że kiedyś mogę uwierzyć w ich potęgę.

Weszli na polankę zamkniętą wzgórzami, na których rosły pochylone sosny. Panna Izabela usiadła na pniu ściętego drzewa, a Wokulski niedaleko niej na ziemi. W tej chwili na brzegu polanki ukazała się pani Wąsowska ze Starskim.

— Czy nie chcesz, Belu — wołała — wziąć sobie tego kawalera?

— Protestuję! — odezwał się Starski. — Panna Izabela jest całkiem zadowolona ze swego towarzysza, a ja z mojej towarzyszki...

— Czy tak, Belu?

— Tak, tak! — zawołał Starski.

— Niech będzie tak... — powtórzyła panna Izabela bawiąc się parasolką i patrząc w ziemię.

Pani Wąsowska i Starski znikli na wzgórzu, panna Izabela coraz niecierpliwiej bawiła się parasolką. Wokulskiemu pulsa biły w skroniach jak dzwony. Ponieważ milczenie trwało zbyt długo, więc odezwała się panna Izabela:

— Prawie rok temu byliśmy w tym miejscu na wrześniowej majówce... Było ze trzydzieści osób z sąsiedztwa... O, tam palono ogień...

— Bawiła się pani lepiej niż dziś?

— Nie. Siedziałam na tym samym pniu i byłam jakaś smutna... Czegoś mi brakło... I co mi się bardzo rzadko zdarza, myślałam: co też będzie za rok?...

— Dziwna rzecz!... — szepnął Wokulski. — Ja także mniej więcej rok temu mieszkałem z obozem w lesie, ale w Bułgarii... Myślałem: czy za rok żyć będę i...

— I o czym jeszcze?...

— O pani.

Panna Izabela niespokojnie poruszyła się i pobladła.

— O mnie?.. — spytała. — Albóż pan mnie znał?...

— Tak. Znam panią już parę lat, ale niekiedy zdaje mi się, że znam panią od wieków... Czas ogromnie wydłuża się, kiedy o kimś myślimy ciągle, na jawie i we śnie...

Podniosła się z pnia, jakby chcąc uciekać. Wokulski także powstał.

— Niech pani przebaczy, jeżeli mimowolnie zrobiłem jej przykrość. Może, według pani, tacy jak ja nie mają prawa myśleć o pani?... W waszym świecie nawet ten zakaz jest możliwy. Ale ja należę do innego... W moim świecie paproć i mech tak dobrze mają prawo patrzeć na słońce jak sosny albo... grzyby. Dlatego niech mi pani wręcz powie: czy wolno mi, czy nie wolno myśleć o pani? Na dziś nie żądam nic innego.

— Ja pana prawie nie znam — szepnęła, widocznie zakłopotana, panna Izabela.

— Ja też dziś nic nie żądam. Pytam się tylko, czy nie uważa pani za obrazę dla siebie tego, że ja myślę o pani, nic — tylko myślę. Znam opinie klasy, wśród której wychowała się pani, o takich ludziach jak ja i wiem, że to, co mówię w tej chwili, nazwać można zuchwalstwem. Niech mi więc pani powie wprost, a jeżeli aż taka istnieje między nami różnica, nie będę się już dłużej starał o względy pani... Wyjadę dziś lub jutro bez cienia pretensji, owszem, zupełnie wyleczony.

— Każdy człowiek ma prawo myśleć... — odparła panna Izabela, coraz mocniej zmieszana.

— Dziękuję pani. Tym słówkiem dała mi pani poznać, że w jej przekonaniu nie stoję niżej od panów Starskich, marszałków i im podobnych... Rozumiem, że nawet w tych warunkach mogę jeszcze nie zyskać sympatii pani... Do tego bardzo daleko... Ale wiem przynajmniej, że już mam ludzkie prawa i że pani będzie od tej pory sądzić moje czyny, nie tytuły, których nie posiadam.

— Jest pan przecie szlachcicem, a mówi prezesowa, że tak dobrym, jak Starscy, a nawet Zasławscy...

— Owszem, jeżeli pani życzy sobie, jestem szlachcicem, nawet lepszym od niejednego z tych, jakich spotykałem w salonach. Na moje nieszczęście, wobec pani, jestem także i kupcem.

— No, kupcem można być i można nie być, to zależy od pana... odparła już śmielej panna Izabela.

Wokulski zamyślił się.

W tej chwili w lesie poczęto hukać i zwoływać się, a w parę minut później całe towarzystwo ze sługami, koszami i rydzami znalazło się na polance.

— Wracajmy do domu — rzekła pani Wąsowska — bo mnie te rydze znudziły i czas na obiad.

Kilka dni następnych upłynęły Wokulskiemu w sposób dziwny; gdyby go zapytano: czym były dla niego? zapewne odpowiedziałby, że snem szczęścia, jedną z tych epok w życiu, dla których, może być, natura powołała na świat człowieka.

Obojętny widz może nazwałby takie dni jednostajnymi, a nawet nudnymi. Ochocki sposępniał i od rana do wieczora albo kleił, albo puszczał oryginalnej formy latawce. Pani Wąsowska z panną Felicją czytały albo zajmowały się szyciem ornatu dla miejscowego proboszcza. Starski z prezesową i baronem grali w karty.

I tym sposobem Wokulski i panna Izabela nie tylko byli zupełnie osamotnieni, ale jeszcze musieli być ciągle razem.

Chodzili po parku, czasem w pole, siedzieli pod wiekową lipą na podwórzu, ale najczęściej pływali po stawie. On wiosłował, ona od czasu do czasu rzucała okruchy ciastek łabędziom, które cicho sunęły za nimi. Niejeden podróżny zatrzymywał się na gościńcu za stawem i zdziwiony przypatrywał się niezwykłej grupie, którą tworzyły: biała łódka z siedzącą w niej parą i dwa białe łabędzie ze skrzydłami podniesionymi jak żagle.

Później Wokulski nie umiał nawet przypomnieć sobie, o czym mówili w podobnych chwilach. Najczęściej milczeli. Raz zapytała go: dlaczego ślimaki pływają pod powierzchnią wody? drugi raz — dlaczego obłoki mają tak rozmaitą barwę? Tłomaczył jej i wówczas zdawało mu się, że całą naturę od ziemi do nieba ogarnia w jednym uścisku i składa jej pod nogi.

Wokulski — opis przeżyć (cechy romantyka)

Pewnego dnia przyszło mu na myśl, że gdyby kazała mu rzucić się w wodę i umrzeć, umarłby błogosławiąc ją.

Podczas tych wodnych przejażdżek, a także podczas spacerów w parku i zawsze, gdy byli razem, czuł jakiś niezmierny spokój, jakby cała dusza jego i cała ziemia od wschodnich do zachodnich kresów napełniona była ciszą, wśród której nawet turkot wozu, szczekanie psa albo szelest gałęzi wypowiadały się w cudownie pięknych melodiach. Zdawało mu się, że już nie chodzi, lecz pływa w oceanie mistycznego odurzenia, że już nie myśli, nie czuje, nie pragnie, tylko kocha. Godziny umykały gdzieś jak błyskawice zapalające się i gasnące na dalekim nieboskłonie. Dopiero był ranek — już południe — już wieczór i — noc pełna przebudzeń i westchnień. Niekiedy myślał, że dobę podzielono na dwa nierówne okresy czasu: dzień krótszy od mgnienia powiek i noc długą jak wieczność dusz potępionych.

Pewnego dnia wezwała go do siebie prezesowa.

— Siadajże, panie Stanisławie — rzekła — cóż, dobrze się u mnie bawisz?

Drgnął jak człowiek przebudzony.

— Ja?... — spytał.

— Nudziłżebyś się?

— Za rok takich nudów oddałbym życie.

Staruszka potrząsnęła głową.

— Tak czasem się zdaje — odpowiedziała. — Nie wiem, kto tam napisał, że człowiek jest wtedy najszczęśliwszy, kiedy dokoła siebie widzi to, co nosi w sobie samym... Ale ja mówię, że mniejsza, dlaczego jest szczęśliwy, byle nim był... Wybaczysz mi, jeżeli cię obudzę?...

— Słucham panią — odparł, mimo woli blednąc.

Prezesowa wciąż przypatrywała mu się i z lekka chwiała głową.

— No, przecie nie myśl, że obudzę cię złymi wiadomościami. Zbudzę cię w zwykły sposób. Myślałżeś co o tej cukrowni, którą mi tu radzą budować?...

— Jeszcze nie...

— Nic pilnego. Ale o stryju zupełnie już zapomniałeś. A on, biedak, leży niedaleko stąd, o trzy mile, w Zasławiu... Może byście tam jutro pojechali. Okolica ładna, są ruiny zamku... Moglibyście bardzo przyjemnie czas przepędzić i zrobić coś z tym kamieniem nagrobnym.

Wiesz co — dodała staruszka wzdychając — namyśliłam się... Nie trzeba rozbijać kamienia pod zamkiem. Zostaw go tam i tylko każ wyryć na nim te wiersze: „Na każdym miejscu i o każdej dobie..." Znasz to?...[79]

— O tak, znam...

— Pod zamkiem więcej bywa ludzi niż na cmentarzu, prędzej przeczytają i może zamyślą się nad ostatecznym kresem wszystkiego na tym świecie, nawet miłości...

Wokulski wyszedł od prezesowej silnie rozstrojony. „Co znaczy jej rozmowa?..." — pomyślał. Na szczęście, spotkał pannę Izabelę idącą w stronę stawu i zapomniał o wszystkim.

---

[79] „Na każdym miejscu i o każdej dobie" — fragment wiersza A. Mickiewicza *Do M...*

Na drugi dzień istotnie całe towarzystwo pojechało do Zasławia. Mijali lasy, zielone pagórki, wąwozy z żółtymi ścianami. Okolica była piękna, jeszcze piękniejsza pogoda, ale Wokulski nie uważał na nic, zatopiony w smutnych myślach... Już nie był sam z panną Izabelą, jak wczoraj jeszcze; nawet nie siedział w breku blisko niej, tylko naprzeciw panny Felicji, a nade wszystko... Ale to już mu się tylko zdawało i nawet śmiał się w duszy ze swych przywidzeń. Zdawało mu się, że Starski w jakiś dziwny sposób spojrzał na pannę Izabelę i że ją oblał rumieniec.

„Ach, głupstwo – mówił do siebie – po cóż miałaby mnie oszukiwać!... Ona mnie, który przecie nie jestem nawet jej narzeczonym."

Otrząsnął się ze swych przywidzeń i tylko było mu trochę przykro, że Starski siedzi obok panny Izabeli. Ale tylko trochę...

„No, przecież nie zabronię jej – myślał – siadać, przy kim zechce. I nie zniżę się do zazdrości, która bądź jak bądź jest podłym uczuciem, a najczęściej gruntuje się na pozorach... Zresztą, gdyby chcieli wymieniać ze Starskim tkliwe spojrzenia, nie robiliby tego tak jawnie. Szaleniec jestem..."

W parę godzin znaleźli się na miejscu.

Zasław, niegdyś miasteczko, dziś licha osada, stoi w nizinie otoczonej mokrymi łąkami. Oprócz kościoła i dawnego ratusza wszystkie budowle, są parterowe, drewniane i stare. Na środku rynku, a raczej placu pełnego ostów i jam, wznosi się piętrowa kupa śmieci i studnia pod dziurawym dachem opartym na czterech zgniłych słupach.

> Zasław – wygląd

Z powodu szabasu[80] rynek był pusty, a wszystkie kramiki zamknięte. Dopiero o wiorstę za miastem, w południowej stronie, leżała grupa wzgórz. Na jednym stały ruiny zamku, składające się z dwu wież sześciokątnych, gdzie ze szczytów i okien zwieszały się bujne zielska; na drugim rosła kępa starych dębów.

> ruiny zamku w Zasławiu – wygląd

Gdy podróżni zatrzymali się w rynku, Wokulski wysiadł, ażeby zobaczyć się z proboszczem, Starski zaś objął komendę.

– Więc my – rzekł – jedziemy brekiem do tych dębów i tam zjemy, co Bóg dał, a kucharze przygotowali. Następnie brek wróci się tu po pana Wokulskiego...

– Dziękuję – odparł Wokulski. – Nie wiem, jak długo zabawię, i wolę iść piechotą. Zresztą muszę jeszcze wstąpić do ruin...

– I ja z panem – odezwała się panna Izabela. – Chcę zobaczyć ulubiony kamień prezesowej... – dodała półgłosem. – Proszę mi dać znać, jak pan tam będzie.

Brek odjechał, Wokulski wstąpił na plebanię i w ciągu kwadransa skończył interes. Proboszcz oświadczył mu, że nikt w mieście nie będzie miał pretensji, jeżeli na kamieniu zamkowym znajdzie się jaki napis, byle nie nieprzyzwoity i nie bezbożny... Dowiedziawszy się zaś, że chodzi o pamiątkę po nieboszczyku kapitanie Wokulskim, którego znał osobiście, proboszcz obiecał zająć się ułatwieniem tej sprawy.

– Jest tu – rzekł – niejaki Węgiełek, sprytny hultaj, trochę kowal, trochę stolarz, więc może on potrafi wyrzeźbić na kamieniu, co potrzeba. Zaraz ja po niego poślę.

---

[80] *szabas* – sobotnie święto żydowskie.

> **Węgiełek – wygląd**

W ciągu następnego kwadransa zjawił się i Węgiełek, chłopak dwudziestokilkoletni, z fizjognomią wesołą i inteligentną. Dowiedziawszy się od księżego sługi, że można coś zarobić, ubrał się w szaraczkowy surdut z krótkim stanem i połami do ziemi i obficie wytarł sobie włosy słoniną.

Ponieważ Wokulskiemu było pilno, więc pożegnał proboszcza i poszedł z Węgiełkiem w stronę ruin.

Gdy znaleźli się za nieczynną dziś rogatką osady, Wokulski zapytał chłopaka:

— Dobrze umiesz pisać, mój bracie?

— Oj, oj!... Przecie mi nieraz ze sądu dawali do przepisywania, choć nie mam lekkiej ręki. A te wiersze, co pan ekonom z Otrocza pisywał do leśniczanki, to wszystko moja robota. On tyle, że kupował papier i jeszcze mi do tej pory nie dopłacił czterdzieści groszy za pisanie. A o zakręty to tak się dopominał...

— I na kamieniu potrafisz pisać?

— Niby wklęsło, nie wypukło?... Co nie mam potrafić. Podjąłbym się pisania nawet na żelazie, a choćby na szkle i literami, jakimi chcąc: pisanymi, drukowanymi, niemieckimi, żydowskimi... Przecie ja tu, nie chwaląc się, wszystkie szyldy malowałem w mieście.

— I tego krakowiaka, co wisi nad szynkiem?

— A jużci.

— A gdzieżeś ty widział takiego krakowiaka?

— U pana Zwolskiego jest furman, co się nosi z krakowska, więcem se jego obejrzał.

— I widziałeś, że ma obie nogi na lewym boku?

— Proszę łaski pana, ludzie z prowincji nie patrzą na nogi, ino na butelkę. Jak dojrzy butelkę i kieliszek, to już nie chybi, ale trafi prosto do Szmula.

Wokulskiemu coraz więcej podobał się rezolutny chłopak.

— Nie ożeniłeś się jeszcze? — zapytał go.

— Nie. Z taką, co chodzi w chustce, to ja się nie ożenię, a kapeluszowa mnie by nie chciała.

— I cóż tu robisz, kiedy nie ma szyldów do malowania?

— O tak, panie: trochę to, trochę owo, a razem nic. Dawniej robiłem stolarszczyznę i nie mogłem nadążyć. Za jakie parę lat odłożyłbym z tysiąc rubli. Ale spaliłem się tamtego roku i już nie mogę przyjść do siebie. Drzewo, warsztaty, wszystko poszło na węgiel, a mówię łasce pana, był taki ogień, że najtwardsze pilniki stopiły się jak smoła. Kiedym spojrzał na pogorzel, tom ino plunął ze złości, ale dziś nawet mi szkoda tej śliny...

— Odbudowałeś się? Masz warsztat?

— Ehe! panie... Odbudowałem w ogrodzie chałupę jak barak, żeby matka miała gdzie gotować, ale warsztaty... Toż by na to, panie, trzeba pięćset rubli gotowego grosza, słowo honoru daję, jak mi Bóg miły... Ileż to przecie lat ojciec nieboszczyk harował, nim postawił dom i zebrał naczynie.

Zbliżali się do ruin. Wokulski rozmyślał.

— Słuchaj, Węgiełek — rzekł nagle — podobasz mi się. Będę w tej okolicy — dodał, cicho wzdychając — będę jeszcze z tydzień... A jeżeli wyrzeźbisz mi dobrze napis, wezmę cię do Warszawy na jakiś czas... Tam przekonam się, co jesteś wart, i... może odnajdą się twoje warsztaty.

Chłopak pochylał głowę na prawo i na lewo, przypatrując się Wokulskiemu. Nagle przyszło mu na myśl, że musi to być bardzo bogaty pan, a może nawet z takich panów, których niekiedy Bóg zsyła, ażeby opiekowali się ludźmi biednymi, i — zdjął czapkę.

— Cóżeś stanął? Nakryj głowę... — rzekł Wokulski.

— Przepraszam pana... może ja co złego powiedziałem?... Ale u nas, panie, to tacy panowie nie bywają... Podobno bywali dawnymi czasy... Nawet ojciec nieboszczyk gadał, że sam widział takiego pana, co wziął z Zasławia sierotę i zrobił z niej wielką panią, a jegomości zostawił tyle pieniędzy, że z nich wybudowali nową dzwonnicę...

Wokulski uśmiechał się patrząc na zakłopotaną minę chłopaka i z dziwnym uczuciem myślał, że za swój jednoroczny dochód mógłby uszczęśliwić stu kilkudziesięciu takich jak ten oto...

„Pieniądz naprawdę jest wielką potęgą, tylko trzeba go umieć użyć..."

Byli już pod górą zamkową, kiedy z sąsiedniej odezwał się głos panny Felicji:

— Panie Wokulski, my tu jesteśmy!...

Wokulski podniósł oczy i zobaczył między dębami wesoły ogień, dokoła którego siedziało zasławskie towarzystwo. O kilkanaście kroków z boku chłopak kredensowy[81] i pokojówka nastawiali samowar.

— Niech pan zaczeka, idę do pana! — zawołała panna Izabela podnosząc się z dywanu.

Starski podskoczył do niej.

— Sprowadzę kuzynkę — rzekł.

— O, dziękuję, sama zejdę — odpowiedziała panna Izabela cofając się. Potem zaczęła iść ze stromej ściany z taką swobodą i wdziękiem, jakby to była ulica w parku.

„Podły jestem z moimi posądzeniami" — szepnął Wokulski.

W tej chwili przywidziało mu się, że jakiś tajemniczy głos każe mu robić wybór między tysiącami takich jak Węgiełek, którzy potrzebują pomocy, i jedną kobietą, która schodziła tam z góry.

„Już zrobiłem wybór!..." — pomyślał Wokulski.

— Ale do zamku nie wejdę sama, musi mi pan podać rękę — rzekła panna Izabela stanąwszy przy Wokulskim.

— Może państwo pozwolą lżejszą drogą — odezwał się Węgiełek.

— Prowadź!

Okrążyli górę i poczęli wspinać się na jej szczyt łożyskiem wyschłego potoku.

— Jaki dziwny kolor tych kamieni — odezwała się panna Izabela patrząc na kawały wapienia poplamionego brunatnymi piętnami.

— Ruda żelazna — odparł Wokulski.

— O nie — wtrącił Węgiełek — to nie ruda, to krew...

Panna Izabela cofnęła się.

— Krew?... — powtórzyła.

---

[81] *chłopak kredensowy* — usługujący przy stole.

Stanęli na szczycie wzgórza, zasłonięci od reszty towarzystwa walącym się murem. Z tego miejsca widać było dziedziniec zamkowy zarośnięty cierniem i berberysem. Pod jedną z wież stał oparty o jej ścianę olbrzymi granit.

— Oto jest kamień — rzekł Wokulski.

— Ach, ten... ciekawam, jak go tu wnieśli?... Mój człowieku, co mówiliście o krwi? — spytała panna Izabela Węgiełka.

— To dawna historia — odparł Węgiełek — jeszcze mi ją dziaduś opowiadał... Wreszcie tu wszyscy o niej wiedzą.

— Opowiedzcie ją — nalegała panna Izabela. — Między ruinami bardzo lubię słuchać legend. Nad Renem pełno tego...[82]

Weszła na dziedziniec, ostrożnie wymijając cierniste krzaki, i usiadła na kamieniu.

— Opowiedzcie historię o tej krwi...

Węgiełek wcale nie zmieszał się tą propozycją; owszem, uśmiechnął się i zaczął:

— W dawnych czasach, kiedy jeszcze mój dziaduś łapał ptaki między dębami, po tych kamieniach, cośmy nimi szli, płynęła woda. Teraz ona pokazuje się tylko na wiosnę albo po wielkim deszczu, ale za małości dziadusia szła przez cały rok. I był strumień w tym miejscu.

Węgiełek — opowieść--symbol

Na dnie potoku, jeszcze za małości dziadusia, leżał jeden spory kamień, jakby nim kto dziurę zatykał. W rzeczy samej była tam dziura, właśnie nawet okno do podziemiów, gdzie są zachowane wielkie skarby, jakich by na całym świecie nie znalazł. A między tymi majątkami, na szczerozłotym łóżku, śpi panna, może nawet jaka hrabini, bardzo śliczności i bogato odziana. Mówią, że za to samo, co ona ma we włosach, kupiłby wszystkie dobra od Zasławia do Otrocza.

Ta zaś panna śpi przez taki interes, że jej ktoś wbił złotą szpilkę w głowę, może ze zbytków, a może i z nienawiści; Bóg ich tam wie. Tak śpi i nie ocknie się, dopóki jej kto szpilki z głowy nie wyciągnie i potem się z nią nie ożeni. Ale to rzecz ciężka i nawet niebezpieczna, bo tam w podziemiach pilnują skarbów i samej panny różne straszydła. A jakie one są, to wiem dobrze, bo póki mi się dom nie spalił, chowałem taki jeden ząb jak pięść, który ząb dziaduś znalazł w tym miejscu (sprawiedliwie mówię i nic nie kłamię). A jeżeli jeden ząb był jak pięść (widziałem go przecie i miałem w rękach przez długie czasy), to już łeb musiał być jak piec, a cała osoba chyba jak stodoła... Więc borykać się z takim było trudno i jeszcze nie z jednym, ale z wieloma. Dlatego najśmielszy człowiek, choćby mu się i jak spodobała panna, a jeszcze lepiej jej majętności, wejść do podziemiów nie miał odwagi, ażeby go co nie ujadło...

O tej pannie i o tych majątkach — prawił dalej Węgiełek — wiedzieli ludzie od dawna; takim sposobem, że dwa razy do roku, na Wielkanoc i na święty Jan, usuwał się kamień, co leżał na dnie potoku i jeżeli kto stał wtedy nad wodą, mógł zajrzeć do otchłani i widzieć tamtejsze dziwy.

Jednej Wielkanocy (dziadusia jeszcze wtedy nie było na świecie) przyszedł tu do zamku młody kowal z Zasławia. Stanął nad potokiem i myśli: „Nie mogłyby się to mnie pokazać skarby?... Zaraz bym wlazł do nich, choćby przez najciaśniejszą dziurę,

---

[82] *Nad Renem pełno tego* — z przeszłością zamków leżących nad Renem wiąże się wiele legend.

naładowałbym kieszenie i już nie potrzebowałbym dymać miechem." Ledwie tak pomyślał, aż naraz – usuwa się kamień, a mój ci kowal widzi wory pieniędzy, misy ze szczerego złota i tyle drogiej odzieży jak na jarmarku...

Ale najpierwej wpadła mu przed oczy śpiąca panna, taka, mówił dziaduś, śliczna, że kowal stanął słupem. Spała se i tylko jej łzy płynęły, a co która upadła, czy na jej koszulę, czy na łóżko, czy na podłogę, zaraz zamieniała się w klejnot. Spała i wzdychała z bólu od szpilki; a co westchnęła, to na drzewach nad potokiem zaszelepały liście z żalu nad jej strapieniem.

Już kowal chciał wejść do podziemiów; ale że czas przeszedł, więc znowu kamień zamknął się, aż zabulgotało w potoku. Od tego dnia mój kowal nie mógł sobie miejsca znaleźć na świecie. Robota leciała mu z ręki. Gdzie nie spojrzał, widział ino potok jak szybę, a za nią pannę, której łzy płynęły. Aż pomizerniał, bo go coś ciągle trzymało za serce rozpalonymi obcęgami. Zwyczajnie zamroczyło go.

Kiedy już całkiem nie mógł wytrzymać z tęsknoty, poszedł do jednej baby, co znała się na ziołach, dał jej srebrnego rubla i spytał o radę.

– Ano – mówi baba – nie ma tu inszej rady, tylo musisz doczekać świętego Jana i kiedy się kamień odłoży, musisz leźć w otchłań. Byleś pannie wyjął szpilkę z głowy, obudzi się, ożenisz się z nią i będziesz wielki pan, jakiego świat nie widział. Tylko wtedy o mnie nie zapomnij, że ci dobrze poradziłam. I to se spamiętaj: kiedy cię strachy otoczą, a zaczniesz się bać, zaraz przeżegnaj się i umykaj w imię boskie... Cała sztuka w tym, żebyś się nie zląkł; złe nie ima się niebojącego człowieka.

– A powiedzcież mi – mówi kowal – jak poznać, że człowieka strach zdejmuje?...

– Takiś ty?.. – mówiła baba. – No, to już idź do otchłani, a jak wrócisz, o mnie pamiętaj.

Dwa miesiące chodził kowal do potoku, a na tydzień przed świętym Janem wcale się stąd nie ruszył, tylko czekał. I doczekał. W samo południe kamień odsunął się, a mój kowal z siekierą w garści skoczył w jamę.

Co się tam – mówił dziaduś – koło niego nie działo, włosy na głowie stają. Otoczyły go przecie takie poczwary, że inny umarłby od samego ich wejrzenia. Były – mówił dziaduś – niedopyrze[83] wielkie jak psy, ale ino wachlowały nad nim skrzydliskami. To zastąpiła mu drogę ropucha, duża jak ot ten kamień, to wąż zaplątał mu się między nogi, a kiedy kowal ciapnął[84] go, wąż zaczął płakać ludzkim głosem. Były wilki takie na niego zajadłe, że co im piana padła z pyska, to buchnęła płomieniem, a w opoce wypalała dziury.

Wszystkie te potwory siadały mu na plecach, chwytały go za surdut, za rękawy, ale żaden nie śmiał go skrzywdzić. Bo widzieli, że się kowal nie boi, zaś przed nie bojącym się złe umyka jak cień przed człowiekiem. „Zginiesz tu, kowalu!..." – wołały strachy, ale on tylko ściskał siekierę w garści i przepraszam... tak im odpowiadał, że wstyd państwu powtórzyć...

Dobrał się nareszcie mój kowal do złotego łóżka, gdzie już nawet poczwary nie miały dostępu, ino stanęły wkoło, kłapiący zębami. On zaraz zobaczył w głowie panny

---

[83] *niedopyrz* (gwar.) – nietoperz.
[84] *ciapnąć* (gwar.) – uderzyć.

złotą szpilkę, szarpnął i wyciągnął ją do połowy... Aż krew trysnęła... Wtem panna łapie go rękami za surdut i woła z wielkim płaczem:

— Czego mi ból robisz, człowieku!...

Izabela – symbol losu bohaterki (opowieść Węgiełka)

Wtedy dopiero kowal się zląkł... zatrząsł się i ręce mu opadły. Strachom tego tylko było trzeba. Który miał największy pysk, skoczył na kowala i tak go kłapnął, że krew trysnęła przez okno i poplamiła kamienie, co państwo na własne oczy widzieli. Ale przy tym bestia wyłamał sobie ząb duży jak pięść, co go później mój dziaduś znalazł w potoku.

Od tej pory kamień zatkał okno do podziemiów, że go już nikt znaleźć nie może. Potok wysechł, a panna została w otchłani na pół rozbudzona. Płacze teraz już tak głośno, że ją czasem i pastuchy słyszą na łąkach, i będzie płakać wiek wieków.

Węgiełek skończył. Panna Izabela spuściła głowę i końcem parasolki rysowała jakieś znaki na gruzach. Wokulski nie śmiał spojrzeć na nią. Po długim milczeniu odezwał się do Węgiełka:

— Ciekawa jest twoja historia... ale powiedz no mi: w jaki sposób zabierzesz się do wycięcia napisu?...

— Kiedy nie wiem, co mam wyciąć?

— Prawda.

Wokulski wydobył noteskę, ołówek i napisawszy podał chłopcu.

— Tylko cztery wiersze!... — rzekł Węgiełek. — Za trzy dni, panie, będzie gotowe... Na tym kamieniu można wyciąć bodaj calowe litery... Oj, zapomniałem sznurka, żeby wymierzyć. Zejdę, panie, do furmanów, to może oni mi dadzą... Zaraz wrócę.

Węgiełek zbiegł ze wzgórza. Panna Izabela spojrzała na Wokulskiego. Była blada i wzruszona.

— Co to za wiersze?... — spytała wyciągając rękę.

Wokulski podał jej kartkę; zaczęła czytać półgłosem:

„Na każdym miejscu i o każdej dobie, gdziem z tobą płakał, gdziem z tobą się bawił, zawsze i wszędzie będę ja przy tobie, bom wszędzie cząstkę mej duszy zostawił..."

Dokończyła szeptem. Usta jej drżały, oczy zaszły łzami. Przez chwilę mięła kartkę w palcach, potem z wolna odwróciła głowę i kartka upadła na ziemię...

Wokulski przykląkł, ażeby podnieść papier. Wtem dotknął sukni panny Izabeli i już nie wiedząc, co robi, schwycił ją za rękę.

— Obudzisz się, ty moja królewno... — rzekł.

— Nie wiem... może... — odpowiedziała.

— Hop!... hop!... — zawołał z dołu Starski. — A chodźcie już, państwo, bo obiad wystygnie...

Panna Izabela obtarła oczy i prędko opuściła ruinę. Za nią wyszedł Wokulski.

— Cóżeście państwo tak długo robili? — pytał ze śmiechem Starski podając rękę pannie Izabeli, która przyjęła ją pośpiesznie.

— Słyszeliśmy nadzwyczajną historię!... — odpowiedziała panna Izabela. — Doprawdy, nigdy nie myślałam, że w tym kraju mogą istnieć podobne legendy i że mogą je w tak zajmujący sposób opowiadać ludzie prości... Cóż nam dasz na obiad, kuzynie? Ach, ten chłopak jest niezrównany!... Poproście go, ażeby ją wam powtórzył...

Wokulskiego nie raziło już to, że panna Izabela idzie ze Starskim pod rękę, że opiera się na nim, a nawet, że go kokietuje. Wzruszenie, którego był świadkiem, i jedno nic nie znaczące jej słówko rozproszyło wszystkie jego obawy. Ogarnęło go spokojne zamyślenie, w którym nie tylko Starski, ale całe towarzystwo zniknęło mu sprzed oczu.

Pamiętał, że wszedł na górę pod dęby, że coś jadł z wielkim apetytem, że był wesoły, rozmowny i nawet umizgał się do panny Felicji. Ale o czym mówili?... co on im sam odpowiadał, nie wiedział...

Zachodziło słońce, a na niebie pokazały się chmury, kiedy Starski kazał służbie sprzątnąć naczynia, kosze i dywan, a paniom zaproponował powrót.

Siedli do breku w tym samym porządku co pierwej. Otuliwszy Ewelinę szalami baron pochylił się do Wokulskiego i szepnął z uśmiechem:

— Jeżeli jeszcze jeden dzień będziesz pan w takim humorze jak dzisiaj, pozawracasz głowy wszystkim paniom.

— Ach, tak!... — odparł Wokulski wzruszając ramionami. Usiadł na końcu breka, naprzeciw panny Felicji. Ochocki umieścił się przy furmanie i ruszyli.

Niebo chmurzyło się, ciemność zapadała coraz szybciej. Na breku pomimo to było bardzo wesoło, dzięki kłótni pani Wąsowskiej z Ochockim, który zapomniał o swych latawcach i przełożywszy nogi przez poręcz kozła, odwrócił się do towarzystwa. Nagle, chcąc zapalić papierosa, potarł zapałkę i oświetlił cały brek, najlepiej zaś Starskiego.

W tej chwili Wokulski gwałtownie cofnął się; coś mignęło mu przed oczyma. „Głupstwo!... — pomyślał — piłem za wiele..."

Pani Wąsowska parsknęła króciutkim śmiechem, lecz wnet opanowała się i zaczęła mówić:

— Cóż to za oryginalny sposób siedzenia, panie Ochocki!... Fe, jutro musi pan klęczeć!... Ach, niegodziwiec, ależ on niedługo postawi komu nogi na kolanach... Odwróćże się pan natychmiast, bo każę furmanowi, ażeby pana zostawił na drodze...

Wokulskiemu zimny pot wystąpił na czoło; ale wzruszył ramionami i myślał: „Przywidzenia... przywidzenia!... Co za głupstwo..."

I nadludzkim wysiłkiem woli odegnał w końcu przywidzenia. Znowu odzyskał humor i bardzo wesoło począł rozmawiać z panią Wąsowską.

Gdy zaś wrócili do Zasławka późno w nocy, spał jak zabity i nawet śniło mu się coś zabawnego.

Nazajutrz, gdy przed śniadaniem wyszedł Wokulski na spacer, pierwszą osobą, którą spotkał na dziedzińcu, była pokojówka panny Izabeli; niosła kilka sukien, a za nią chłopak dźwigał kufer.

„Cóż to jest?... — pomyślał. — Dziś niedziela, więc chyba nie wyjedzie... Nie może wyjechać w niedzielę... zresztą wspomniałaby mi coś o tym ona lub prezesowa..."

Poszedł nad staw, obleciał park wokoło, jakby chcąc zgubić w drodze złe przeczucia. Na próżno. Uczepiła go się myśl, że panna Izabela może wyjechać. Tłumił ją i przytłumił o tyle, że już nie rysowała mu się jasno, tylko gdzieś na dnie serca drażniła go nieznacznie.

Przy śniadaniu zdawało mu się, że prezesowa przywitała go czulej niż zwykle, że wszyscy zachowują się uroczyściej, że panna Felicja wpatruje się w niego uporczywie i jakby z wyrzutem. Po śniadaniu znowu przywidziało mu się, że prezesowa dała jakiś znak pani Wąsowskiej.

„Oczywiście jestem chory" — myślał.

Wnet jednak ozdrowiał, gdy panna Izabela oświadczyła, że chce przejść się po parku.

— Ma kto z państwa ochotę iść ze mną? — spytała.

Wokulski zerwał się z krzesła, inni siedzieli. Więc znalazł się sam z panną Izabelą w ogrodzie i znowu powrócił mu ten spokój, jaki miał zawsze w jej obecności.

W połowie alei odezwała się panna Izabela:

— Bardzo mi żal będzie Zasławka...

„Żal?..." — pomyślał Wokulski, a ona prędko mówiła dalej:

— Muszę już jechać. Ciocia pisała jeszcze we środę, ażeby wracać, ale prezesowa nie pokazała mi listu, zatrzymała mnie. Dopiero kiedy wczoraj przybył umyślny posłaniec...

— Jedzie pani jutro? — spytał Wokulski.

— Dziś po drugim śniadaniu... — odpowiedziała spuszczając głowę.

— Dziś!... — powtórzył.

Właśnie przechodzili mimo sztachet, za którymi na dziedzińcu folwarcznym stał powóz, ten sam, którym przyjechała panna Izabela. Nawet około dyszla furman układał zaprzęgi. Ale na Wokulskim ani wiadomość, ani przygotowania do wyjazdu nie zrobiły tym razem wrażenia.

„No cóż — myślał — kto przyjechał, musi odjechać... Rzecz całkiem naturalna..."

Nawet dziwił go ten spokój.

Wokulski – opis przeżyć – cechy romantyka

Przeszli jeszcze kilkanaście kroków pod zwieszającymi się gałęźmi i nagle — opanowała go straszna rozpacz. Zdawało mu się, że gdyby w tej chwili zajechał powóz po pannę Izabelę, on rzuciłby się pod koła i nie pozwoliłby jej jechać. Niechby go roztratowali i niechby już raz przestał cierpieć.

Wnet jednak przyszła nowa fala spokoju i Wokulski znowu dziwił się, skąd mu się biorą takie żakowskie myśli. Przecież panna Izabela ma prawo jechać, kiedy chce, gdzie chce i z kim jej się podoba...

— Długo pani jeszcze zabawi na wsi? — spytał.

— Najwyżej miesiąc.

— Miesiąc!... — powtórzył. — Czy przynajmniej wolno mi będzie po tym miesiącu odwiedzać państwa?...

— O tak, bardzo prosimy... — odparła. — Mój ojciec jest wielkim przyjacielem pana.

— A pani?

Zarumieniła się i milczała.

— Nie odpowiada pani... — rzekł Wokulski. — Nie domyśla się pani nawet, jak jest mi drogie każde jej słowo, których tak mało słyszałem... I oto dziś odjeżdża pani nie zostawiając mi nawet cienia nadziei...

— Może czas to zrobi — szepnęła.

— Bodajby zrobił! — W każdym razie coś pani powiem. Widzi pani, w życiu można spotkać ludzi weselszych ode mnie, eleganckich, z tytułami, nawet z mająkiem większym niż mój... Ale przywiązania, jak moje — chyba pani nie znajdzie. Bo jeżeli miłość mierzy się wielkością cierpień, takiej jak moja może jeszcze nie było na świecie. I nie mam nawet prawa skarżyć się o to na kogokolwiek. Los to robi. Jakimiż bo on dziwnymi drogami prowadził mnie do pani! Ile klęsk musiało spaść na ogół, zanim ja, ubogi chłopak, mogłem zdobyć ukształcenie, które mi dziś pozwala mówić z panią. Jaki traf popchnął mnie do teatru, gdzie pierwszy raz zobaczyłem panią. A na majątek, który posiadam, czy może nie złożył się szereg cudów?...

> Wokulski o miłości do Izabeli (cechy romantyka)

Kiedy dziś myślę o tych rzeczach, zdaje mi się, że jeszcze przed urodzeniem naznaczone mi było zejść się z panią. Gdyby mój biedny stryj nie kochał się za młodu i nie umarł osamotniony, ja dziś nie znajdowałbym się w tym miejscu. I nie jestże to dziwne, że ja sam, zamiast bawić się kobietami, jak robią inni, unikałem ich dotychczas i prawie świadomie czekałem na jedną, na panią...

Panna Izabela nieznacznie otarła łzę... Wokulski nie patrząc na nią mówił:

— Nie dalej jak teraz, kiedy byłem w Paryżu, miałem przed sobą dwie drogi. Jedna prowadzi do wielkiego wynalazku, który może zmieni dzieje świata, druga do pani. Wyrzekłem się tamtej, bo mnie tu przykuwa niewidzialny łańcuch: nadzieja, że mnie pani pokocha. Jeżeli to jest możliwym, wolę szczęście z panią od największej sławy bez pani; bo sława to liczman[85], za który własne szczęście poświęcamy dla innych. Ale jeżeli się łudzę, tylko pani może zdjąć ze mnie to zaklęcie. Powiedz, że nie masz i nie będziesz miała nic dla mnie i... Wrócę tam, gdzie może od razu powinienem był zostać.

— Czy tak?... — dodał biorąc ją za rękę.

Nie odpowiedziała nic...

— Więc zostaję... — rzekł po chwili. — Będę cierpliwym, a pani sama da mi znak, że spełniły się moje nadzieje.

Wrócili do pałacu. Panna Izabela była trochę zmieniona, ale rozmawiała ze wszystkimi wesoło. Wokulskiemu znowu powrócił spokój. Nie rozpaczał już, że panna Izabela odjeżdża; powiedział sobie, że zobaczy ją za miesiąc, i to mu obecnie wystarczało.

Po śniadaniu zajechał powóz; zaczęto się żegnać. Na ganku panna Izabela szepnęła do pani Wąsowskiej:

— Mogłabyś też, Kaziu, już nie dręczyć tego biedaka...

— Kogóż to?

— Twego imiennika.

— Ach, Starskiego... Zobaczymy.

Panna Izabela podała rękę Wokulskiemu.

— Do widzenia! — szepnęła z akcentem w głosie.

Odjechała. Całe towarzystwo stało w ganku patrząc na powóz, który z początku oddalał się, potem skręcił za stawem, znikł za pagórkiem, znowu ukazał się i nareszcie został po nim tylko tuman żółtego kurzu.

— Bardzo piękny dzień — rzekł Wokulski.

---

[85] *liczman* — krążek miedziany zastępujący monetę; tu: rzecz fałszywa podawana za prawdziwą.

— O, bardzo ładny — odparł Starski.
Pani Wąsowska spod spuszczonych brwi przypatrywała się Wokulskiemu.
Powoli rozeszli się wszyscy. Wokulski został sam. Wstąpił do swego pokoju, lecz wydał mu się bardzo pusty; potem chciał iść do parku, ale coś go stamtąd odepchnęło... Potem przywidziało mu się, że panna Izabela jeszcze musi być w pałacu, i w żaden sposób nie mógł zrozumieć, że wyjechała, że jest już o milę od Zasławka i że każda sekunda oddala ją od niego.
„A jednak wyjechała! — szepnął. — Wyjechała, więc i cóż?..."
Poszedł nad staw i przypatrywał się białej łódce, dokoła której błyszczała woda, aż oczy bolały. Nagle jeden z łabędzi, pływających przy tamtym brzegu, spostrzegł go i rozpuściwszy skrzydła, szelestem przyleciał do czółna.
I dopiero w tej chwili schwycił Wokulskiego taki smutek, taki niezmierny niezgruntowany smutek, jak gdyby już miał rozstać się z życiem...
Zatopiony we własnej goryczy, Wokulski nie bardzo uważał, co się dokoła niego dzieje. Mimo to nad wieczorem spostrzegł, że towarzystwo zasławskie po powrocie z parku jest skwaszone. Panna Felicja zamknęła się z panną Eweliną w jej pokoju, baron był rozdrażniony, a Starski ironiczny i zuchwały.
Po obiedzie wezwała Wokulskiego do siebie prezesowa. Na staruszce również było znać ślady irytacji, którą starała się opanować.
— Myślałżeś co, panie Stanisławie, o tej cukrowni? — rzekła wąchając swój flakonik, co było znakiem wzruszenia. — Pomyśl o tym, proszę cię, i pogadaj ze mną, bo już mi zbrzydły te komeraże...
— Ma pani jakie zmartwienie? — spytał Wokulski.
Machnęła ręką.
— Ech! zmartwienie... Chciałabym tylko, ażeby albo skojarzył się ten mariaż Eweliny z baronem, albo żeby się zerwał... Albo niechaj sobie jadą ode mnie oni oboje czy Starski... Wszystko jedno...
Wokulski spuścił głowę i milczał zgadując, że umizgi Starskiego do narzeczonej barona musiały już przybrać bardziej widoczne formy. Lecz cóż jego to obchodziło?

> **prezesowa o kobietach**

— Głupiutkie są te panny — zaczęła po chwili prezesowa. — Im się zdaje, że jak złapie która bogatego męża, a poza nim przystojnego kochanka, to już wypełni sobie życie... Głupiutkie. Ani wiedzą, że wnet sprzykrzy się stary mąż i pusty kochanek i że prędzej czy później każda zechce poznać prawdziwego człowieka. A jeżeli się taki trafi, na jej nieszczęście, co ona mu da?... Czy wdzięki, które sprzedała, czy serce zaszargane z takimi oto Starskimi?...
I pomyśleć, że prawie każda z nich musi przejść podobną szkołę, zanim pozna ludzi. Przedtem, choćby się jej trafił najszlachetniejszy, nie oceni go. Wybierze starego bogacza albo śmiałego hultaja, w ich towarzystwie zmarnuje życie, a dopiero kiedyś chce się odrodzić... Zwykle za późno i na próżno!...

> **ważny cytat — motyw lalki — tytuł**

Co mnie jednak dziwi najmocniej — prawiła — to okoliczność, że na podobnych lalkach nie poznają się mężczyźni. Dla żadnej kobiety, począwszy od Wąsowskiej, kończąc na mojej pokojówce, nie jest to sekret, że w Ewelinie nie zbudził się jeszcze ani rozum, ani serce; wszystko w niej śpi... A tymczasem baron widzi w niej bóstwo i durzy się, biedak, że ona go kocha!

— Dlaczegóż go pani nie ostrzeże? — odezwał się Wokulski stłumionym głosem.

— Dajże spokój, to się na nic nie zda... Czy ja mu raz dawałam do zrozumienia, że Ewelina dziś jest tylko zepsute dziecko i lalka? Może kiedyś coś z niej wyrośnie, ale w tej chwili!... akurat Starski dla niej dobry.

— Cóż — dodała po przerwie — pomyślisz o tej cukrowni?... Każ sobie jutro osiodłać konia, przejedź się po polach sam, a jeszcze lepiej z Wąsowską... To kobieta dużo warta, mówię ci...

Wokulski opuścił prezesową przerażony.

„Co ona mówi — myślał — o baronie i Ewelinie?... Czy po prostu nie ostrzega mnie?... Starski bodajże umizga się nie tylko do panny Eweliny. Co to było tam w breku?... Ach, wolałbym w łeb sobie palnąć..."

Wnet jednak opamiętał się.

„W breku — myślał — było albo przywidzenie, albo fakt. Jeżeli przywidzenie, w takim razie krzywdziłbym niewinną, a jeżeli fakt... No, to przecież nie będę rywalem tego uwodziciela z operetki i nie poświęcę życia dla kobiety przewrotnej. Wolno jej romansować, z kim chce, ale nie wolno oszukiwać człowieka, którego jedynym występkiem jest, że ją kocha... Trzeba wyjeżdżać z tej Kapui[86] i wziąć się do roboty. W laboratorium Geista lepiej zapełnię życie aniżeli w salonach..."

Około dziesiątej wieczór wszedł do jego pokoju baron strasznie zmieniony. Z początku śmiał się i dowcipkował, następnie zadyszany upadł na krzesło, a po chwili rzekł:

— Uważa pan, szanowny panie Wokulski, ja czasami myślę, nie z własnego doświadczenia, bo moja narzeczona jest najszlachetniejszą kobietą... ale czasami myślę, że kobiety to nas niekiedy zwodzą...

— Tak, niekiedy.

— Może nie jest to ich wina — mówił baron — trzeba jednak przyznać, że niekiedy pozwalają bałamucić się zręcznym intrygantom...

— O, pozwalają.

Baron drżał tak, że chwilami zęby mu szczękały.

— Nie sądzisz pan — zapytał po namyśle — że jednak należałoby temu zapobiec?...

— W jaki sposób?...

— Choćby usuwając kobietę od stosunków z intrygantami...

Wokulski głośno roześmiał się...

— Można kobietę uwolnić od intrygantów, ale czy podobna uwolnić ją od jej własnych instynktów?... Co pan poradzisz, jeżeli ten, który w pańskich oczach jest tylko bałamutem czy intrygantem, dla niej jest — samcem tego co ona gatunku?...

Stopniowo opanowywał go wściekły gniew. Chodził po pokoju i mówił:

— Jaka walka jest możliwa z prawem natury, według którego suka, choćby najlepszej rasy, nie pójdzie za lwem, ale za psem? Postaw jej pan całą menażerię najszla-

---

[86] *Kapua* — miasto we Włoszech, przysłowiowe z powodu zniewieścienia w nim żołnierzy Hannibala.

chetniejszych zwierząt, a ona wyrzeknie się jej dla kilku psów... I trudno się temu dziwić, gdyż one stanowią jej gatunek.
— Więc według pana nie ma rady? — spytał baron.

> **Wokulski o kobietach (stanowisko pozytywisty)**

— Dziś żadnej, a kiedyś będzie jedna: szczerość w ludzkich stosunkach i wolny wybór. Gdy kobieta nie będzie potrzebowała udawać miłości ani kokietować wszystkich, wówczas od razu odsunie tych, którzy jej nie są mili, i pójdzie za tym, który jej przypada do gustu. Wówczas nie będzie oszukiwanych ani oszukujących, stosunki uporządkują się w sposób naturalny.

Po odejściu barona Wokulski położył się. Nie spał całą noc, ale wrócił do równowagi.

„Co ja mam za pretensje do panny Izabeli? — myślał. — Przecież nie mówiła, że mnie kocha; dała mi ledwie cień nadziei, że to może kiedyś nastąpi. Jest w porządku, gdyż prawie mnie nie zna. I co za przywidzenia snują mi się po głowie!... Starski?... Ależ ona chce wyswatać go z panią Wąsowską, więc chyba romansować z nim nie myśli. Prezesowa?... Prezesowa lubi pannę Izabelę, sama mi o tym mówiła, wreszcie kazała mi tu przyjechać... Mam czas. Poznam się z nią bliżej, a jeżeli mnie pokocha, będę szczęśliwy i mogę być spokojny. Jeżeli nie — wrócę do Geista. Na wszelki wypadek sprzedam kamienicę i sklep, a zostanę przy spółce do handlu z Rosją. To mi da za parę lat ze sto tysięcy rubli rocznie, a jej nie narazi na tytuł kupcowej galanterii."

Nazajutrz po pierwszym śniadaniu kazał osiodłać konia i wyjechał pod pozorem obejrzenia okolicy. Nie myśląc skręcił na drogę, gdzie wczoraj toczył się powóz panny Izabeli i gdzie zdawało mu się, że jeszcze widać ślady kół... Potem, również machinalnie, zawrócił w stronę lasu, dokąd tak niedawno jeździli na rydze. W tym miejscu śmiała się, tu rozmawiała z nim, tu spoglądała na okolicę...

Podejrzenia, gniewy, wszystko w nim wygasło.

Zamiast nich począł wpływać mu do serca żal strugą tak cienką jak łzy, a palącą jak ogień wieczny...

Wjechawszy do lasu zsiadł z konia i prowadził go za cugle.

Oto ścieżka, którą wówczas szli oboje, ale wydaje się jakaś inna. Ta część lasu miała być podobna do kościoła — dziś ani śladu podobieństwa. Dokoła szaro i cicho. Słychać tylko krakanie wron, które w tej chwili przelatują nad lasem, i krzyk spłoszonej wiewiórki, co wdrapując się na drzewo szczeka jak mały piesek.

Wokulski doszedł do polanki, gdzie wówczas rozmawiali z panną Izabelą; znalazł nawet pień, na którym siedziała. Wszystko jest, jak było; tylko jej nie ma... Na krzakach leszczyny już żółkną liście, z sosen zwiesza się smutek, jak sieci pajęcze. Taki nieujęty, a tak go omotał!

„Co za głupstwo — myślał — robić się zależnym od jednej ludzkiej istoty! Wszakże ja dla niej tylko pracowałem, o niej myślę, nią żyję. Co gorsze — dla niej porzuciłem Geista... No, ale cóż lepszego miałbym u Geista? Byłbym tak samo zależny jak dziś, tylko zamiast pięknej kobiety panem moim byłby stary Niemiec. I tak samo pracowałbym, nawet ciężej; z tą różnicą, że dziś pracuję dla mego szczęścia, a wówczas dla szczęścia innych, którzy tymczasem bawiliby się i kochaliby się na mój rachunek.

Zresztą, czy ja mam prawo narzekać? Rok temu ledwie śmiałem marzyć o pannie Izabeli, a dziś już ją znam, staram się nawet o jej wzajemność... Czy ja ją aby znam?... Jest zakamieniałą arystokratką, no ale nie rozejrzała się jeszcze w świecie... Ma duszę poetyczną czy może tak się tylko przedstawia... Kokietka ona jest, ale i to się zmieni, jeżeli mnie pokocha... Słowem – nie jest źle, a za rok..."

W tej chwili koń jego wyrzucił głową i zarżał; odpowiedziało mu w głębi lasu inne rżenie i tętent. Niebawem na końcu ścieżki pokazała się amazonka, w której Wokulski poznał panią Wąsowską.

– Hop! hop!... – zawołała śmiejąc się. Zeskoczyła z konia i oddała cugle Wokulskiemu.

– Przywiąż go pan – rzekła. – Ach, jak ja pana już znam!... Pytam się przed godziną prezesowej: gdzie Wokulski? „Pojechał w pole oglądać miejsce na cukrownię." „Akurat! – myślę. – On pojechał do lasu marzyć." Kazałam sobie podać konia, i otóż znajduję pana siedzącego na pniu, rozgorączkowanego... Cha!... cha!... cha!...

– Czy tak śmiesznie wyglądam?

– Nie! dla mnie nie wygląda pan śmiesznie, ale jak by tu powiedzieć?... niespodziewanie. Wyobrażałam sobie pana całkiem inaczej. Kiedy mi powiedziano, że pan jest kupcem, który w dodatku szybko zrobił majątek, pomyślałam:

„Kupiec?... Zatem przyjechał na wieś albo starać się o posażną pannę, albo wydobyć od prezesowej pieniądze na jakieś przedsiębiorstwa."

W każdym razie sądziłam, że pan jest człowiek zimny, rachunkowy, który chodząc po lesie taksuje drzewo, a na niebo nie patrzy, bo to nie daje procentu. Tymczasem cóż widzę?... Marzyciela, średniowiecznego trubadura, który wymyka się do lasu, ażeby wzdychać i wypatrywać zeszłotygodniowe ślady

> Wąsowska o Wokulskim (cechy romantyka)

j e j stóp! Wiernego rycerza, który kocha na życie i śmierć jedną kobietę, a innym robi impertynencje. Ach, panie Wokulski, jakie to zabawne... jakie to niedzisiejsze!...

– Już pani skończyła? – spytał zimno Wokulski.

– Już... Teraz pan zabierze głos?...

– Nie, pani. Zaproponuję, ażebyśmy wracali do domu.

Panią Wąsowską oblał mocny rumieniec.

– Za pozwoleniem – rzekła biorąc konia za uzdę. – Czy nie myślisz pan, że mówię w ten sposób o pańskiej miłości, ażeby sama wydać się za pana?... Milczysz pan... Otóż mówmy serio. Była chwila, żeś mi się pan podobał; była i – już przeszła. Ale choćby nie przeszła, choćbym miała umrzeć z miłości dla pana, co zapewne nie nastąpi, bo nie straciłam jeszcze ani snu, ani apetytu, nie oddałabym się panu, słyszysz pan... choćbyś mi się u nóg włóczył. Nie mogłabym żyć z człowiekiem, który tak kochał inną kobietę, jak pan to robisz. Jestem za dumna. Wierzy mi pan?

– Tak!

– Przypuszczam. Jeżeli więc dziś drasnęłam pana moimi żartami, to tylko przez życzliwość dla pana. Imponuje mi pańskie szaleństwo, chciałabym, ażebyś był szczęśliwy, i dlatego mówię: wyrzuć pan z siebie średniowiecznego trubadura, bo już mamy wiek dziewiętnasty, w którym kobiety są inne, niż pan je sobie wyobraża, o czym wiedzą nawet dwudziestoletni chłopcy.

> **Wąsowska o kobietach**

— Jakież są?
— Ładne, miłe, lubią was wszystkich prowadzić za nos, a kochają się tylko o tyle, o ile robi im to przyjemność. Na miłość dramatyczną nie zgodzi się żadna, a przynajmniej nie każda... Musiałaby pierwej znudzić się miłostkami, a następnie znaleźć dramatycznego kochanka.

— Krótko mówiąc, insynuuje pani, że panna Izabela...

— O, ja nic nie insynuuję pannie Izabeli — żywo zaprotestowała pani Wąsowska. — Jest w niej materiał na dzielną kobietę i ten, kogo ona pokocha, będzie szczęśliwy. Zanim jednak pokocha!... Pomóż mi pan wsiąść...

Wokulski podsadził ją i sam wsiadł na swego konia. Pani Wąsowska była rozdrażniona. Jakiś czas jechała naprzód milcząc; nagle odwróciła się i rzekła:

— Ostatnie słowo. Znam ludzi lepiej, niż pan sądzisz, i... lękam się pańskiego rozczarowania. Otóż gdyby ono kiedy nadeszło, przypomnij sobie moją radę: nie działaj pod wpływem uniesienia, tylko czekaj. Wiele rzeczy na pozór wygląda gorzej aniżeli w rzeczywistości.

„Szatan!" — mruknął Wokulski. Cały świat zaczął przed nim krążyć i nabiegać krwią.

Jechali, nic już nie mówiąc do siebie. Wróciwszy do Zasławka Wokulski poszedł do prezesowej.

— Jutro jadę — rzekł. — A cukrowni niech pani nie stawia.

— Jutro?.. — powtórzyła staruszka. — A cóż będzie z kamieniem?

— Właśnie, jeżeli pani pozwoli, pojadę na Zasław. Obejrzę kamień, zresztą mam tam jeszcze interes.

— Ha! jedź z Bogiem... nie masz tu co robić. A w Warszawie zachodźże do mnie. Wrócę jednocześnie z hrabiną i z Łęckimi...

Wieczorem wpadł do niego Ochocki.

— Do licha! — krzyknął — tyle miałem z panem do pogadania... Ale cóż, pan ciągle okładałeś się babami, a teraz wyjeżdżasz...

— Nie lubisz pan kobiet? — rzekł z uśmiechem Wokulski. — Może masz rację!...

— Nie to, żebym nie lubił. Ale od czasu, jak przekonałem się, że wielkie damy nie różnią się od pokojówek, wolę pokojówki.

> **Ochocki o kobietach**

Te baby — prawił — to wszystko gęsi nie wyłączając najmądrzejszych. Wczoraj na przykład pół godziny tłomaczyłem Wąsowskiej: na co przyda się kierowanie balonami. Mówiłem o zniknięciu granic, o braterstwie ludów, o olbrzymich postępach cywilizacji... Ona patrzyła mi w oczy tak, iż głowę oddałbym, że mnie rozumie. A kiedy skończyłem, zapytała:

— Panie Ochocki, czemu się pan nie żeni?... — Słyszałeś pan!...

Naturalnie, przez drugie pół godziny wykładałem jej, że ani myślę się żenić, że nie ożeniłbym się ani z panną Felicją, ani z panną Izabelą, ani nawet z nią. Diabli mi po żonie, która by się szastała po moich laboratoriach w sukni z długim ogonem, wyciągałaby mnie na spacery, wizyty, teatry... Dalibóg, nie znam ani jednej kobiety, w której ciągłym towarzystwie nie zgłupiałbym w pół roku.

Umilkł i chciał odchodzić.

— Słówko — rzekł Wokulski. — Kiedy pan wróci do Warszawy, niech pan do mnie wstąpi. Może zakomunikuję panu wiadomość o wynalazku, który wprawdzie zabierze połowę życia, ale... przypadnie panu do gustu.

— Balony?... — spytał Ochocki z pałającym wzrokiem.

— Coś lepszego. Dobranoc.

Na drugi dzień około południa Wokulski pożegnał dom prezesowej. W parę godzin później był w Zasławiu. Odwiedził proboszcza i kazał Węgiełkowi zabierać się w drogę do Warszawy. Załatwiwszy to poszedł do ruin zamkowych.

Na kamieniu już był wyryty czterowiersz. Wokulski przeczytał go kilka razy i zatrzymał wzrok na słowach:

Zawsze i wszędzie będę ja przy tobie...

„A jeżeli nie?..." — szepnął.

Na myśl o tym opanowała go rozpacz. W tej chwili miał jedno tylko pragnienie: ażeby ziemia rozstąpiła się pod nim i pochłonęła go razem z tymi ruinami, z tym kamieniem i z tym napisem...

Gdy wrócił do miasteczka, konie już były nakarmione; przy powozie stał Węgiełek z zieloną skrzynką.

— A czy wiesz, kiedy tu wrócisz? — zapytał go Wokulski.

— Kiedy Bóg da, panie — odparł Węgiełek.

— Siadaj.

Sam rzucił się na poduszki powozu i ruszyli. Z daleka stara kobieta przeżegnała ich na drogę. Węgiełek spostrzegł ją i zdjął czapkę.

— Niech mama będzie zdrowa!... — zawołał z kozła.

Rozdział VII

Pamiętnik starego subiekta

«Mamy tedy rok 1879.
Gdybym był przesądny, a nade wszystko gdybym nie rozumiał, że po najgorszych czasach nadchodzą dobre, lękałbym się tego roku 1879. Bo jeżeli jego poprzednik zakończył się źle, to już on zaczął się jeszcze gorzej.

Czas akcji – sytuacja polityczna 1878–79

Anglia, na przykład, w końcu roku zeszłego wdeptała w wojnę z Afganistanem[87] i w grudniu było nawet z nimi źle. Austria miała dużo kłopotów w Bośni, a w Macedonii wybuchło powstanie[88]. W październiku i listopadzie były zamachy na króla Alfonsa hiszpańskiego i króla Humberta włoskiego. Obaj wyszli cało. Również w październiku umarł hr. Józef Zamoyski, wielki przyjaciel Wokulskiego. Myślę nawet, że jego śmierć w niejednej sprawie pokrzyżowała plany Stachowi.

Rok 1879 dopiero się zaczął, ale niechaj go kaczki zdepczą!... Anglicy, jeszcze nie wygrzebawszy się z Afganistanu, już mają wojnę w Afryce, gdzieś na Przylądku Dobrej Nadziei, z jakimiś Zulusami[89]. Tu zaś, w Europie, ani mniej, ani więcej, tylko — wybuchła dżuma w okolicach Astrachania i lada dzień może do nas zajrzeć.

Co my mamy przez tę dżumę!... Kogo spotkam, mówi: „Co, dobrze wam sprowadzać perkaliki z Moskwy? Zobaczysz pan, że razem z nimi sprowadzicie morową zarazę." A ile się to odbiera anonimów wymyślających na czym świat stoi! Zdaje mi się jednak, że autorami ich są przede wszystkim kupcy, nasi współzawodnicy, albo też fabrykanci perkalików łódzkich.

Ci utopiliby nas w łyżce wody, choćby żadnej dżumy nie było. Naturalnie, że nawet setnej części tych wymysłów nie powtarzam Wokulskiemu; myślę jednak, że on sam słyszy ich i czyta więcej aniżeli ja.

Właściwie mówiąc, chciałem na tym oto miejscu napisać historię niesłychanej sprawy, sprawy kryminalnej, którą pani baronowa Krzeszowska wytoczyła komu?... Nikt by nie zgadł!... Oto tej pięknej, tej poczciwej, tej kochanej pani Helenie Stawskiej. Ale taka mnie pasja ogarnia, że nie mogę myśli zebrać. Więc dla rozerwania uwagi napiszę sobie o czym innym.

---

[87] *wojna z Afganistanem* — w listopadzie 1878 r. Anglia rozpoczęła działania wojenne przeciw Afganistanowi, niezadowolona z rosnących tam wpływów rosyjskich.

[88] *w Macedonii wybuchło powstanie* — wybuchło w październiku 1878 r. przeciw okupacji tureckiej, a za przyłączeniem do Bułgarii.

[89] *wojna z Zulusami* — rozpoczęła się z początkiem 1879 r., odtąd kraj Zulusów stał się kolonią angielską.

Wytoczyła pani Stawskiej proces kryminalny o kradzież!... Jej, o kradzież... Naturalnie, że wyszliśmy z tego błota jak triumfatorowie. Ale co nas to kosztowało... Ja na przykład, dalibóg, nie mogłem sypiać po nocach blisko przez dwa miesiące. A jeżeli dzisiaj lubię wieczorem wstąpić na piwo, czego nigdy nie robiłem, i nawet siedzę w knajpie do północy, to po prostu robię to ze zmartwienia. Jej, tej świętej kobiecie, wytoczyć proces o kradzież!... Na to, Bóg mi świadkiem, trzeba być taką półwariatką jak pani baronowa.

Za to też nam zapłaciła dzika baba dziesięć tysięcy rubli... Ach, gdyby to ode mnie zależało, wydusiłbym ze sto tysięcy. Niechby płakała, niechby spazmowała, niechby nawet umarła... Niegodziwa kobieta!

Ale myślmy o czym innym, nie o ludzkich niegodziwościach.

Właściwie mówiąc, kto wie, czy poczciwy Stach nie był mimowolną przyczyną nieszczęścia pani Stawskiej; a nawet może nie tyle on, ile ja... Ja go do niej gwałtem prowadziłem, ja radziłem Stachowi, ażeby nie odwiedzał tej poczwary, pani baronowej, ja wreszcie pisałem do Wokulskiego, kiedy był w Paryżu, ażeby zasięgnął tam wiadomości o Ludwiku Stawskim. Krótko mówiąc: ja, nikt inny, tylko ja rozdrażniłem tę jędzę Krzeszowską. Odpokutowałem też przez dwa miesiące!... Ha, trudno. Panie Boże, jeżeli jesteś, zbaw pomimo to duszę moją, jeżeli ją mam — jak mówił pewien żołnierz z czasów rewolucji francuskiej.

(Ach, jak ja się starzeję, jak ja się starzeję!... zamiast od razu przystąpić do rzeczy, baję, kręcę, nudzę... Choć, dalibóg, krew by mnie chyba zalała, gdybym miał od razu napisać o tym potwornym, o tym haniebnym procesie...)

Zaraz, niech zbiorę myśli.

Stach przez wrzesień był na wsi u prezesowej Zasławskiej. Po co on tam jeździł, co robił?... domyśleć się nie mogę. Ale z paru listów, które do mnie napisał, widzę, że musiało mu się dziać nieosobliwie. Jaki diabeł sprowadził tam pannę Izabelę Łęcką?... Eh! przecież nią się już chyba nie zajmuje. I będę chłystkiem, jeżeli go nie wyswatam z panią Stawską. Wyswatam, odprowadzę ich do ołtarza, dopilnuję, ażeby przysiągł jak się należy, a potem... Może sobie w łeb palnę, czy ja wiem?...

(Stary głupcze!... i tobież to myśleć o takim aniele?... Zresztą ja o niej wcale nie myślę, osobliwie od czasu, kiedy przekonałem się, że ona kocha Wokulskiego. Niechże go sobie kocha, byle oboje byli szczęśliwi. A ja?... Ej, Katz, mój stary przyjacielu, miałżebyś być odważniejszy ode mnie?...)

W listopadzie, właśnie w tym samym dniu, kiedy zawalił się dom na ulicy Wspólnej[90], Wokulski wrócił z Moskwy. I znowu nie wiem, co tam robił, dość, że zarobił około siedemdziesięciu tysięcy rubli... Takie zyski przechodzą moje pojęcie, ale przysięgnę, że interes, do którego Stach należał, musiał być uczciwy.

> autentyczne wydarzenie — zawalenie się domu przy ulicy Wspólnej

W parę dni po jego powrocie przychodzi do mnie jeden solidny kupiec i mówi:

— Kochany panie Rzecki, nie mam zwyczaju mieszać się do cudzych spraw, ale — ostrzeż pan Wokulskiego (nie ode mnie, tylko od siebie), że ten jego wspólnik Suzin

---

[90] *w dniu, kiedy zawalił się dom przy ulicy Wspólnej* — fakt autentyczny, miał miejsce 27 listopada 1878 r.

to wielki hultaj i zapewne niedługo zbankrutuje... Ostrzeż go pan, bo szkoda człowieka... Zawsze Wokulski, jakkolwiek wszedł na fałszywą drogę, zasługuje na współczucie...

— Co pan nazywasz fałszywą drogą? — pytam.

— No jużci, panie Rzecki — mówi on — kto jeździ do Paryża, kupuje okręty w czasie nieporozumień z Anglią i tak dalej, ten, panie Rzecki, nie odznacza się obywatelskimi cnotami.

— Panie drogi — ja mówię — a czymże kupno okrętów różni się od kupna chmielu? Chyba większym zarobkiem...

— No — mówi znowu on — panie Rzecki, nie będziemy rozprawiali o tej materii. Gdyby to zrobił kto inny, nie miałbym nic przeciw temu, ale Wokulski!... Obaj przecie znamy jego przeszłość, a ja może lepiej niż pan, bo nieraz świętej pamięci Hopfer robił u mnie przez niego obstalunki...

— Pan — mówię do owego kupca — rzucasz podejrzenia na Wokulskiego?

— Nie, panie — mówi znowu on — ja tylko powtarzam, co gada całe miasto. Nie myślę bynajmniej szkodzić Wokulskiemu, osobliwie w opinii pana, który jesteś jego przyjacielem (i słusznie, boś patrzył na tego człowieka, kiedy był inny niż dziś), ale... Przyznaj pan, że ten człowiek szkodzi naszemu przemysłowi... Nie sądzę również jego patriotyzmu, panie Rzecki, ale... szczerze panu powiem (bo przecie wobec pana muszę być szczery), że te perkaliki moskiewskie... Rozumie pan?...

Byłem wściekły. Gdyż jakkolwiek jestem eks-porucznikiem węgierskiej piechoty, nie mogę jednak pojąć: czym perkaliki niemieckie są lepsze od moskiewskich? Ale z moim kupcem nie było gawędy. W taki sposób bestia podnosił brwi, tak ruszał ramionami, a tak rozkładał ręce, iż w końcu pomyślałem, że on jest wielki patriota, a ja gałgan, choć w tym czasie, kiedy on nabijał kieszenie rublami i imperiałami, mnie paręset kul przeleciało nade łbem...

Naturalnie, że opowiedziałem o tym Stachowi, który wysłuchawszy odparł:

— Uspokój się, mój kochany. Ci sami ludzie, którzy mnie ostrzegają, że Suzin jest hultaj, przed miesiącem pisali do Suzina, że ja jestem bankrut, szachraj, eks-powstaniec.

Po rozmowie z tym poczciwym kupcem, którego nawet nazwiska nie wymienię, i po wszystkich anonimach, jakie odebrałem, postanowiłem sobie zapisywać rozmaite opinie wypowiadane przez dobrych ludzi o Wokulskim.

A więc tedy na pierwszą porcję: Stach jest złym patriotą, ponieważ tanimi perkalikami zepsuł trochę interesa łódzkim fabrykantom. Bene!...[91] Zobaczymy, co będzie dalej.

> autentyczne wydarzenie — ukończenie obrazu *Bitwa pod Grunwaldem*

W październiku, jakoś w tym czasie, kiedy Matejko skończył malować bitwę grunwaldzką (duży to obraz i okazały, tylko nie trzeba go pokazywać żołnierzom, którzy przyjmowali udział w bitwach), wpada do sklepu Maruszewicz, ten przyjaciel pani baronowej Krzeszowskiej. Widzę — magnat całą gębą! Na brzuchu, a raczej w tym miejscu, gdzie ludzie mają brzuch, złota dewizka gruba na pół palca, a długa — że choć psy na niej ciągnij. W krawacie brylantowa spinka, na rękach nowe rękawiczki, na nogach nowe buty, na całym ciele (mizerne to ciało, pożał się Boże!) nowy garnitur. Przy tym mina, jakby jednej nitki nie miał

---

[91] *Bene!* — dobrze.

na kredyt, tylko wszystko za gotówkę. (Później Klejn, który mieszka w tym samym domu, objaśnił mnie, że Maruszewicz grywa w karty i że od pewnego czasu szczęście mu służy.)

Wpada tedy mój elegant do sklepu w kapeluszu na głowie, z hebanową laseczką w ręku i rozejrzawszy się niespokojnie (on bo ma jakieś niepewne spojrzenie), pyta:
— Pan Wokulski jest?... Ach, pan Rzecki!... Na słówko...

Weszliśmy za szafy.

— Z wyborną nowiną przychodzę — mówi, czule ściskając mnie za rękę. — Możecie panowie sprzedać swoją kamienicę, tę po Łęckim... Baronowa Krzeszowska ją kupi. Już wyprocesowała od męża swoje kapitały i (jeżeli potraficie się targować) da, dziewięćdziesiąt tysięcy rubli, a nawet może coś odstępnego...

Musiał spostrzec zadowolenie na mojej twarzy (mnie to kupno kamienicy nigdy nie przypadało do gustu), bo ścisnął mnie za rękę jeszcze mocniej, o ile taki zdechlak może coś mocno robić, i słodko uśmiechając się (mdło mi od tej słodyczy) zaczął szeptać:

— Mogę panom oddać usługę... ważną usługę... Pani baronowa bardzo polega na moim zdaniu i... jeżeli ja...

Tu dostał lekkiego kaszlu.

— Rozumiem — odezwałem się zgadując, z kim mam do czynienia. — Pan Wokulski zapewne nie będzie robił trudności co do porękawicznego...[92]

— Ależ proszę pana — zawołał — cóż znowu!... Tym bardziej że ze stanowczą propozycją przyjdzie do panów adwokat baronowej. Zresztą nie o mnie chodzi... To, co mam, zupełnie mi wystarcza... Ale znam pewną ubogą rodzinę, której na moją rekomendację panowie zechcecie coś...

— Proszę pana — przerwałem mu — wolimy złożyć jakąś sumę wprost na pańskie ręce, o ile naturalnie interes dojdzie do skutku.

— O, że dojdzie, mogę ręczyć honorem! — zapewnił pan Maruszewicz.

Ponieważ jednak ja wcale nie dałem mu słowa, że otrzyma porękawiczne, więc chwilę pokręcił się po sklepie i opuścił go gwiżdżąc.

Nad wieczorem powiedziałem o tym Stachowi; ale on zbył mnie milczeniem, co mnie nawet zastanowiło. Więc na drugi dzień pobiegłem do naszego adwokata (który zarazem jest adwokatem księcia) i zakomunikowałem mu wiadomość Maruszewicza.

— Daje dziewięćdziesiąt tysięcy rubli!... — zdziwił się adwokat (jest to bardzo znakomity człowiek). — Ależ, drogi panie Rzecki, teraz kamienice idą w górę, a nawet na przyszły rok wybudują ze dwieście nowych domów... W tych warunkach, drogi panie Rzecki, jeżeli sprzedamy im nasz dom za sto tysięcy rubli, zrobimy im łaskę... Pani baronowa bardzo pali się do tej kamienicy (jeżeli podobnego wyrażenia wolno używać o damach tak dystyngowanych) i możemy wyciągnąć z niej nierównie większą sumę, drogi panie Rzecki.

Pożegnałem znakomitego adwokata i wróciłem do sklepu mocno postanawiając nie mieszać się już do sprzedaży kamienicy. Teraz dopiero, zresztą nie po raz pierwszy, przyszło mi na myśl, że Maruszewicz jest to wielki frant.

---

[92] *porękawiczne* — wynagrodzenie dla pośrednika.

Obecnie uspokoiwszy się o tyle, że już mogę zebrać myśli, opiszę wstrętny proces pani baronowej z tym aniołem, z tą doskonałą kobietą, panią Stawską. Gdybym go nie opisał, za rok albo dwa nie wierzyłbym własnej pamięci, że mogło zdarzyć się coś równie potwornego.

Zapamiętajże sobie tedy, kochany Ignacy, że pani baronowa Krzeszowska naprzód od dawna nie cierpiała pani Stawskiej myśląc, że wszyscy w niej się kochają, a po drugie, że taż pani baronowa chciała jak najtaniej kupić od Wokulskiego kamienicę. To są dwa ważne fakta, których doniosłość dziś dopiero rozumiem. (Jak ja się starzeję, Boże miłosierny, jak ja się starzeję!...)

U pani Stawskiej, od czasu zaznajomienia się z nią, bywałem dosyć często. Nie powiem, co dzień. Czasami raz na kilka dni, a czasem i dwa razy w ciągu dnia. Byłem przecie opiekunem tej kamienicy, to jedno. Dalej, musiałem donieść pani Stawskiej, żem pisał do Wokulskiego w sprawie odnalezienia jej męża. Dalej, wypadło mi być u niej z zawiadomieniem, że Wokulski nie dowiedział się nic stanowczego. Potem odwiedzałem ją, ażeby z okien jej mieszkania poznać obyczaje Maruszewicza, który lokował się w oficynie naprzeciw niej. Następnie chodziło mi o zbadanie pani Krzeszowskiej i jej stosunku do mieszkających nad nią studentów, na których ciągle się skarżyła.

Ktoś obcy mógłby myśleć, że bywam u pani Stawskiej za często. Ja jednak po dojrzałej rozwadze doszedłem do przekonania, żem bywał za rzadko. W jej mieszkaniu miałem przecie doskonały punkt obserwacyjny na całą kamienicę, no i przy tym byłem życzliwie przyjmowany. Pani Misiewiczowa (zacna matka pani Heleny), ile razy przyszedłem, witała mnie otwartymi rękoma, mała Helunia wskakiwała mi na kolana, a sama pani Stawska ożywiała się na mój widok i mówiła, że w tych godzinach, które u niej przepędzam, zapomina o swoich kłopotach!...

Czy wobec podobnych przyjęć mogłem nie bywać często? Dalibóg, myślę, że bywałem za rzadko i że gdybym miał więcej rycerskich usposobień, powinienem był tam siedzieć od rana do wieczora. Niechby się nawet pani Stawska ubierała przy mnie. Cóż by mi to szkodziło?

W czasie tych wizyt zrobiłem kilka ważnych spostrzeżeń.

Rzecki o studentach

Naprzód ci studenci, z trzeciego piętra od frontu, byli to istotnie ludzie niespokojnego ducha. Do godziny drugiej po północy śpiewali i krzyczeli, czasami nawet ryczeli i w ogóle starali się wydawać jak najwięcej głosów nieludzkich. W ciągu dnia, gdy choćby jeden z nich był w domu, a zawsze był któryś, jeżeli tylko pani baronowa Krzeszowska wychyliła głowę przez lufcik (robiła to po kilkanaście razy na dzień), zawsze jej ktoś usiłował wylać z góry wodę na głowę.

Powiem nawet, że między nią a mieszkającymi nad nią studentami wytworzył się pewien rodzaj sportu; polegający na tym, że ona wyjrzawszy przez lufcik starała się jak najprędzej cofnąć głowę, a oni usiłowali wylewać na nią wodę jak najczęściej i w jak największych ilościach.

Wieczorami zaś ci młodzi ludzie, nad którymi już nikt nie mieszkał i nikt nie mógł ich oblewać wodą, wieczorami zwoływali do siebie praczki i służące z całej kamienicy. Wówczas w lokalu pani baronowej rozlegały się krzyki i płacze spazmatyczne.

Drugie moje spostrzeżenie odnosiło się do Maruszewicza, który mieszkał prawie *vis à vis* pani Stawskiej. Człowiek ten prowadzi bardzo osobliwy tryb życia, cechujący się niezwykłą regularnością. Regularnie nie płaci komornego. Regularnie co parę tygodni wynoszą mu mnóstwo gratów z mieszkania: jakieś posągi, lustra, dywany, zegary... Ale co ciekawsze — również regularnie do lokalu przynoszą mu nowe lustra, nowe dywany, nowe zegary i posągi...

Po każdym fakcie wynoszenia rzeczy pan Maruszewicz przez kilka następnych dni ukazuje się w jednym ze swych okien. Goli się w nim, czesze, fiksatuaruje, nawet ubiera się, rzucając bardzo dwuznaczne spojrzenia w kierunku okien pani Stawskiej. Lecz gdy jego lokal napełni się nowymi artykułami wygody i zbytku, wówczas pan Maruszewicz zasłania swoje okna na kilka dni sztorami.

Wtedy (rzecz nie do uwierzenia!) palą się u niego dniem i nocą światła, a w mieszkaniu słychać głosy wielu mężczyzn, czasami nawet i kobiet...

Ale co mi tam do cudzych interesów!

Jednego dnia, w początkach listopada, rzekł do mnie Stach:

— Podobno bywasz u tej pani Stawskiej?

Gorąco mi się zrobiło.

— Przepraszam cię — zawołałem — jak mam to rozumieć?...

— W najzwyczajniejszy sposób — odparł. — Przecież chyba nie składasz jej wizyt oknem, tylko drzwiami. Zresztą składaj sobie, jak chcesz, a przy pierwszej sposobności oświadcz tym paniom, że miałem list z Paryża...

— O Ludwiku Stawskim? — spytałem.

— Tak.

— Znaleźli go nareszcie?

— Jeszcze nie, ale już są na tropie i spodziewają się niedługo rozstrzygnąć kwestię jego pobytu.

— Może biedak umarł! — zawołałem ściskając Wokulskiego. — Proszę cię, Stachu — dodałem nieco ochłonąwszy ze wzruszenia — zróbże mi łaskę, odwiedź te panie i sam zakomunikuj im wiadomość...

— A cóż to ja jestem grabarz, żeby robić ludziom tego rodzaju przyjemności? — oburzył się Wokulski.

Gdy mu jednak zacząłem przedstawiać, jakie to zacne kobiety, jak wypytywały się: czy ich kiedy nie odwiedzi?... a gdy jeszcze napomknąłem, że warto by rzucić okiem na kamienicę, zaczął mięknąć.

— Mało dbam o tę kamienicę — rzekł wzruszając ramionami — sprzedam ją lada dzień...

Ale w końcu dał się namówić i pojechaliśmy tam około pierwszej w południe. Na podwórku spostrzegłem, że sztory w lokalu Maruszewicza są starannie zasłonięte. Widocznie miał już nowy garnitur mebli.

Stach niedbale rozejrzał się po oknach domu i bez najmniejszej uwagi słuchał mego sprawozdania o melioracjach. Daliśmy nową podłogę w bramie, wyreperowaliśmy dachy, odmalowaliśmy ściany, myliśmy schody co tydzień. Słowem, z zaniedbanej zrobiliśmy wcale okazałą kamienicę. Wszystko było w porządku nie wyłączając dziedzińca i wodociągów; wszystko, oprócz komornego.

— Zresztą — zakończyłem — bliższych informacyj o komornem udzieli ci twój rządca, pan Wirski, po którego zaraz poszlę stróża...

— A dajże mi spokój z komornem i rządcą — mruknął Stach. — Idźmy już do tej pani Stawskiej i wracajmy do sklepu.

Weszliśmy na pierwsze piętro lewej oficyny, gdzie czuć było zapach gotowanych kalafiorów; Stach zmarszczył się, a ja zapukałem do kuchni.

— Są panie? — zapytałem grubej kucharki.

— Jeszcze by też nie były, jak pan przychodzi — odpowiedziała mrużąc oczy.

— Widzisz, jak nas przyjmują!... — szepnąłem po niemiecku do Stacha.

W odpowiedzi kiwnął głową i wysunął wargę.

W saloniku matka pani Stawskiej, jak zwykle, robiła pończochę; zobaczywszy nas uniosła się nieco z fotelu i zdziwiona przypatrywała się Wokulskiemu.

Z drugiego pokoju wyjrzała Helcia.

— Mamo — szepnęła tak głośno, że zapewne słychać ją było na dziedzińcu — przyszedł pan Rzecki i jeszcze jakiś pan.

W tej chwili wyszła do nas i pani Stawska.

Widząc obie damy odezwałem się:

— Nasz gospodarz, pan Wokulski, przychodzi złożyć paniom uszanowanie i zakomunikować wiadomości...

— O Ludwiczku?... — pochwyciła pani Misiewiczowa. — Czy żyje?...

Pani Stawska pobladła, a potem równie szybko zarumieniła się. Była w tej chwili tak piękna, że nawet Wokulski przypatrywał się jej, jeżeli nie z zachwytem, to przynajmniej z życzliwością. Jestem pewny, że z miejsca zakochałby się w niej, gdyby nie ten podły zapach kalafiorów zalatujący z kuchni.

Siedliśmy. Wokulski zapytał panie, czy są zadowolone z lokalu, a następnie opowiedział im, że Ludwik Stawski był przed dwoma laty w New Yorku, a następnie przeniósł się do Londynu pod przybranym nazwiskiem. Napomknął z lekka, że Stawski był wówczas chory i że za parę tygodni spodziewa się o nim stanowczych wiadomości.

Słuchając tego pani Misiewiczowa kilka razy odwołała się do pomocy chustki... Pani Stawska była spokojniejsza, tylko parę łez stoczyło się jej po twarzy. Aby ukryć wzruszenie, zwróciła się z uśmiechem do córeczki i rzekła półgłosem:

— Podziękuj, Heluniu, panu, że nam przyniósł wiadomości o tatce.

Znowu łzy jej błysnęły, ale opanowała się. Tymczasem Helunia zrobiła dyg przed Wokulskim, a następnie przypatrzywszy mu się wielkimi oczyma, nagle schwyciła go za szyję i ucałowała w same usta.

Nieprędko zapomnę zmian, jakim uległa fizjognomia Stacha wobec tak niespodzianych pieszczot. Ponieważ, o ile wiem, jeszcze nigdy nie pocałowało go żadne dziecko, więc w pierwszej chwili cofnął się zdziwiony; potem objął Helunię za ramiona, wpatrywał się w nią ze wzruszeniem i pocałował w głowę. Byłbym przysiągł, że wstanie z krzesła i powie pani Stawskiej:

„Pozwól pani, ażebym zastąpił ojca tej kochanej dziecinie..."

Ale... nie powiedział tego; spuścił głowę i wpadł w zwykłą sobie zadumę. Dałbym połowę mojej rocznej pensji, ażeby dowiedzieć się: o czym on wtedy myślał? Może

o pannie Łęckiej?... Eh, znowu starość wyłazi... Cóż panna Łęcka? ani umywała się do Stawskiej!
Po paruminutowym milczeniu Wokulski spytał:
— Zadowolone panie z sąsiadów?...
— Jak z których — odezwała się pani Misiewiczowa.
— Owszem, bardzo — wtrąciła pani Stawska. Przy tym spojrzała na Wokulskiego i zarumieniła się.
— Czy i pani Krzeszowska jest równie miłą sąsiadką? — spytał Wokulski.
— O panie!... — zawołała pani Misiewiczowa podnosząc palec w górę.
— To nieszczęśliwa kobieta — przerwała pani Stawska. — Straciła córkę.

Mówiąc to obracała w palcach rąbek chusteczki i spod swoich cudownych rzęs usiłowała patrzeć... jużci nie na mnie. Ale powieki musiały jej ciężyć jak ołów, więc tylko rumieniła się coraz mocniej i stawała się coraz poważniejszą, jak gdyby ją który z nas obraził.

— A któż to jest ten pan Maruszewicz? — mówił dalej Wokulski, jakby nie myśląc nawet o obecnych damach.
— Letkiewicz, urwisz... — prędko odpowiedziała pani Misiewiczowa.
— Ależ, mateczko, to tylko oryginał!... — poprawiła ją córka. W tej chwili miała oczy tak wielkie i źrenice tak rozszerzone jak chyba jeszcze nigdy.
— Bo ci studenci to podobno bardzo niesforni — rzekł Wokulski patrząc na fortepian.
— Zwyczajnie młodzi — odparła pani Misiewiczowa i głośno utarła nos.
— Widzisz, Heluniu, znowu odpina ci się kokardka — rzekła pani Stawska nachylając się do córeczki, może aby ukryć zakłopotanie na samą wzmiankę o niesfornościach studenckich.

Znudził mnie już Wokulski swoją rozmową. Istotnie, trzeba być albo półgłówkiem, albo źle wychowanym człowiekiem, ażeby tak piękną kobietę wypytywać o współlokatorów! Przestałem go też słuchać i machinalnie począłem wyglądać na podwórze.

I oto, com zobaczył... W jednym z okien Maruszewicza uchyliła się roleta i przez szparę z boku można było dojrzeć, że ktoś patrzy w naszą stronę.

„Szpieguje nas ten poczciwiec!" — pomyślałem. Zwróciłem oczy ku drugiemu piętru od frontu. Masz pociechę!... W najdalszym pokoju pani baronowej Krzeszowskiej oba lufciki otwarte, a w głębi widać... ją samą, jak przypatruje się lokalowi pani Stawskiej przez teatralną lornetkę.

„Że też Pan Bóg nie ukarze tej jędzy..." — rzekłem do siebie, pewny, że z tego lornetowania wyniknie kiedy skandal.

Modliłem się nie na próżno. Kara boska już wisiała nad głową intrygantki, w postaci śledzia, który wysuwał się z lufcika na trzecim piętrze. Śledzia owego trzymała jakaś tajemnicza ręka, odziana w granatowy rękaw ze srebrnym galonem; spoza ręki zaś co kilka sekund wychylała się mizerna twarz ze złośliwym uśmiechem.

Nie trzeba było mojej przenikliwości, ażeby zgadnąć, że był to jeden z nie płacących komornego studentów, który tylko czekał na ukazanie się baronowej w lufciku, ażeby na nią puścić śledzia.

Ale baronowa była ostrożna, więc mizerny studencina nudził się. Przekładał opatrznościowego śledzia z jednej ręki do drugiej i zapewne dla zabicia czasu robił bardzo nieprzystojne miny do dziewcząt z paryskiej pralni.

Właśnie kiedy zastanawiałem się, że zamach, przygotowywany na baronowę przez studenta ze śledziem, spełznie na niczym, Wokulski wstał z krzesła i zaczął żegnać damy.

— Tak prędko panowie odchodzą! — szepnęła pani Stawska i w tej chwili ogromnie zmieszała się.

— Może panowie będą łaskawi częściej... — dodała pani Misiewiczowa.

Ale safanduła Stach, zamiast poprosić panie, ażeby pozwoliły mu bywać co dzień albo nawet ażeby go stołowały (co ja niezawodnie powiedziałbym będąc na jego miejscu), ten... ten dziwak, zapytał się: czy nie potrzebują jakich reperacyj w mieszkaniu?...

— O, już wszystko, co było potrzebne, zrobił poczciwy pan Rzecki — odparła pani Misiewiczowa zwracając się do mnie z sympatycznym uśmiechem. (Szczerze mówiąc, nawet nie lubię takich uśmiechów u osób w pewnym wieku.)

W kuchni Stach zatrzymał się na sekundę, widać drażnił go zapach kalafiorów, więc rzekł do mnie:

— Trzeba by tu urządzić jaki wentylator albo co...

Na schodach nie mogłem już wytrzymać i zawołałem:

— Gdybyś tu bywał częściej, sam byś poznał, jakie melioracje należałoby zaprowadzić w tym domu. Ale co ciebie obchodzi dom albo nawet taka piękna kobieta!

Wokulski stanął w sieni i patrząc na rynnę mruknął:

— Phy!... gdybym ją poznał wcześniej, może bym się z nią ożenił.

Usłyszawszy to doznałem dziwnego uczucia: byłem kontent, a jednocześnie jakby mnie kto w serce kolnął.

— A tak, to już się nawet nie ożenisz? — spytałem.

— Kto wie?... — odparł. — Może się i ożenię... Ale nie z nią.

Usłyszawszy zaś to doznałem jeszcze dziwniejszego uczucia; było mi żal, że pani Stawska nie dostanie Stacha za męża, a jednocześnie jakby mi kto zdjął ciężar z piersi.

Ledwie wyszliśmy na dziedziniec, patrzę, a pani baronowa wychyla się ze swego lufcika i woła, oczywiście do nas:

— Panie!... Proszę!...

Nagle — rozdzierającym głosem krzyknęła: „Ach! nihiliści...", i cofnęła się w głąb pokoju.

Jednocześnie o kilka kroków od nas spadł na podwórze śledź, na którego stróż rzucił się z taką drapieżnością, że nawet mnie nie spostrzegł.

— Nie zajdziesz do pani baronowej? — zapytałem Stacha. — Ona, zdaje się, ma do ciebie interes.

— Niech mi da święty spokój! — odparł machnąwszy ręką.

Na ulicy zawołał dorożkę i wróciliśmy do sklepu nie rozmawiając ze sobą. Jestem jednak pewny, że myślał o pani Stawskiej i że gdyby nie te podłe kalafiory...

Taki byłem nieswój, taki zmartwiony, że zamknąwszy sklep poszedłem na piwo. Spotkałem tam radcę Węgrowicza, który wciąż psy wiesza na Wokulskim, ale miewa bardzo szczęśliwe pomysły polityczne... i kłóciliśmy się z nim do północy. Węgrowicz ma rację: istotnie widać z gazet, że w Europie na coś się zanosi. Kto wie, czy po Nowym Roku mały Napoleonek (nazywają go Lulu, zrobi on wam lulu!) nie przeniesie się z Anglii do Francji... Prezydent MacMahon za nim, ks. Broglie[93] za nim, w narodzie większość za nim... Można by się założyć, że zostanie cesarzem jako Napoleon IV, a na wiosnę zacznie taniec z Niemcami. Teraz przecie Niemcy nie pójdą do Paryża[94]; nie udaje się dwa razy ta sama sztuka.

Otóż tedy... Co ja chciałem powiedzieć?... Aha!

We trzy, może we cztery dni po naszej wizycie u pani Stawskiej przychodzi Stach do sklepu i podaje mi list, ale adresowany do niego.

— Przeczytaj no — rzekł ze śmiechem.

Otworzyłem — czytam:

„Panie Wokulski! Wybacz, że nie nazywam cię szanownym, ale trudno dawać taki tytuł człowiekowi, od którego już wszyscy odwracają się ze wstrętem. Nieszczęsny człowieku! Jeszcze nie zrehabilitowałeś się ze swych dawniejszych występków, a już hańbisz się nowymi. Dziś o niczym więcej nie mówi całe miasto, tylko o twoich odwiedzinach u kobiety tak źle prowadzącej się jak Stawska. Już nie tylko miewasz z nią schadzki na mieście, nie tylko zakradasz się do niej po nocach, co by jeszcze dowodziło, żeś niezupełnie wstyd zatracił, ale nawet odwiedzasz ją w biały dzień, wobec służby, młodzieży i uczciwych mieszkańców tej skompromitowanej kamienicy.

Nie łudź się jednak, nieszczęsny, że sam tylko romans z nią prowadzisz. Pomaga ci jeszcze twój rządca, ten nędznik Wirski, i ten osiwiały w rozpuście twój plenipotent Rzecki.

Muszę dodać, że Rzecki nie tylko uwodzi ci twoją kochanicę, ale jeszcze okrada cię w dochodach z domu: poniżał bowiem komorne niektórym lokatorom, a przede wszystkim tej Stawskiej. Skutkiem tego dom twój już nic niewart, ty sam stoisz nad brzegiem przepaści i zaprawdę! wielką wyrządziłby ci łaskę szlachetny dobroczyńca, który by zechciał kupić tę ruderę po Łęckich z małą dla ciebie stratą.

Gdyby więc znalazł się taki dobrodziej, pozbądź się ciężaru, weź z wdzięcznością, co się da, i uciekaj za granicę, pierwej, nim sprawiedliwość ludzka okuje cię w kajdany i wtrąci do lochów. Czuwaj nad sobą!... strzeż się!... i posłuchaj rady życzliwego przyjaciela."

— Zuch baba, co? — zapytał Wokulski spostrzegłszy, żem już skończył czytanie.

— Niech ją diabli porwą! — zawołałem domyślając się, że mówi o autorce listu. — Ja, według niej, osiwiałem w rozpuście!... Ja kradnę!... Ja romansuję!... Przeklęta jędza.

— No, no, uspokój się, bo już widzę jej adwokata — rzekł Stach.

Istotnie, w tej chwili wszedł do sklepu człeczyna w starym futrze, wypłowiałym cylindrze i ogromnych kaloszach. Wszedł, rozejrzał się jak agent śledczy, zapytał Klejna, kiedy będzie pan Wokulski, potem nagle udał, że dopiero nas spostrzega, i przybliżywszy się do Stacha szepnął:

---

[93] *ks. Jaques Broglie* — reakcyjny polityk francuski.
[94] *Teraz przecie Niemcy nie pójdą do Paryża* — jak w 1870—1871 r.

— Wszak pan Wokulski?... Czy mogę mieć z panem króciutką konferencję na osobności?

Stach mrugnął na mnie i poszliśmy we trzech do mego mieszkania. Gość rozebrał się, przy czym zauważyłem, że jego spodnie są jeszcze bardziej wytarte, a zarost mocniej zjedzony przez mole niż futro.

— Prezentuję się panom — rzekł wyciągając do Wokulskiego prawą, a do mnie lewą rękę. — Jestem adwokat...

Tu wymienił nazwisko i — tak został z rękoma w powietrzu. Dziwnym bowiem trafem ani Stach, ani ja nie czuliśmy ochoty do uściskania go.

Poznał to, ale nie zmieszał się. Owszem, z najlepszą miną zatarł ręce i rzekł śmiejąc się:

— Panowie nawet nie pytają: jaki mnie tu interes sprowadza?

— Domyślamy się, że pan sam powiesz — odparł Wokulski.

— Racja! — zawołał gość. — Otóż mówię krótko. Jest tu jeden bogaty, ale bardzo skąpy Litwin (Litwini są bardzo skąpi!), który prosił mnie, ażebym mu nastręczył do nabycia jaką kamienicę. Mam ich z piętnaście, ale przez szacunek dla pana, panie Wokulski, bo wiem, co pan robisz dla kraju, nastręczyłem mu pańską, tę po Łęckim, i po dwutygodniowej pracy nad nim tylem zrobił, że gotów dać... Zgadnijcie panowie: ile?... Osiemdziesiąt tysięcy rubli!... Co? Kokosowy interes. Nieprawdaż?...

Wokulski zaczerwienił się z gniewu, a przez chwilę myślałem, że wyrzuci gościa za drzwi. Pohamował się jednak i odparł, ale już tym swoim tonem, tym ostrym i nieprzyjemnym:

— Znam tego Litwina, nazywa się baronowa Krzeszowska...

— Co?... — zdziwił się adwokat.

— Ten skąpy Litwin daje nie osiemdziesiąt, ale dziewięćdziesiąt tysięcy za mój dom, pan zaś proponujesz mi niższą cenę, ażeby więcej zarobić...

— Hę! hę! hę!... — zaczął śmiać się adwokat. — Któż by inaczej robił, szanowny panie Wokulski?

— Powiedz pan zatem swojemu Litwinowi — przerwał mu Stach — że sprzedam kamienicę, ale za sto tysięcy rubli. I to do Nowego Roku. Po Nowym Roku cenę podniosę.

— Ależ to jest nieludzkie, co pan mówi!... — wybuchnął gość. — Pan chce tej nieszczęśliwej kobiecie wydrzeć ostatni grosz... Co świat na to powie, zastanów się pan!...

— Co powie świat, o to nie dbam — rzekł Wokulski. — A jeżeli zechce mnie moralizować, tak jak pan, pokażę mu drzwi. O, tam są drzwi, widzisz pan, panie adwokacie?

— Daję panu dziewięćdziesiąt dwa tysiące rubli i ani grosza więcej — odparł adwokat.

— Niech pan włoży futro, bo się pan zaziębi na dziedzińcu...

— Dziewięćdziesiąt pięć... — wtrącił adwokat i szybko zaczął się ubierać.

— No, żegnam pana... — rzekł Wokulski otwierając drzwi. Adwokat nisko ukłonił się i wyszedł, zza proga zaś dodał słodkim tonem:

— To ja tu przyjdę za parę dni. Może szanowny pan będzie lepiej dysponowany...

Stach zamknął mu drzwi przed nosem.

Po wizycie obrzydliwego adwokata wiedziałem już, co myśleć. Pani baronowa z pewnością kupi kamienicę Stacha, ale pierwej użyje wszelkich środków, ażeby coś utargować. Znam te środki! Jednym z nich był ów list anonimowy, w którym szkaluje panią Stawską, a o mnie mówi, że osiwiałem w rozpuście.

Skoro zaś kupi kamienicę, przede wszystkim wypędzi z niej studentów, a zapewne i biedną panią Helenę. Gdybyż choć na tym ograniczyła swoją nienawiść...

Teraz już mogę opowiadać galopem wszystkie wypadki, które później nastąpiły.

Otóż po wizycie tego adwokata tknęło mnie złe przeczucie. Postanowiłem dziś jeszcze odwiedzić panią Stawską i ostrzec ją, ażeby się miała na baczności przed baronową. Nade wszystko zaś, ażeby jak najrzadziej siadała w oknie.

Te panie bowiem, obok zdobiących je cnót, mają fatalny zwyczaj, że ciągle siedzą w oknie. Pani Misiewiczowa sobie, pani Stawska sobie, Helunia sobie i nawet kucharka Marianna też sobie. I nie dość, że siedzą cały dzień, ale jeszcze siedzą wieczorami przy lampach i nawet nie zapuszczają rolet, chyba przed udaniem się na spoczynek. Toteż widać wszystko, co się dzieje w ich mieszkaniu, jak w latarni.

Dla uczciwych sąsiadów taki sposób przepędzania czasu byłby najlepszym dowodem ich zacności: pokazują się wszystkim cały dzień, bo nie mają czego ukrywać. Gdym sobie jednak przypomniał, że te kobiety są ciągle szpiegowane przez Maruszewicza i przez panią baronową, i gdy jeszcze pomyślałem, jak baronowa nienawidzi pani Stawskiej – ogarnęły mnie najgorsze przeczucia.

Tego samego wieczora chciałem pobiec do moich szlachetnych przyjaciółek i zakląć na wszystkie świętości, ażeby tak ciągle nie przesiadywały w oknach i nie narażały się na śledztwo baronowej. Tymczasem akurat o wpół do dziewiątej zachciało mi się pić i – zamiast do pań, poszedłem na kufelek.

Był już tam radca Węgrowicz i Szprot, ajent handlowy. Właśnie mówili coś o tym domu, co zawalił się przy ulicy Wspólnej, kiedy naraz Węgrowicz trąca swoim kuflem w mój kufel i mówi:

– Niejeden się to jeszcze dom zawali przed Nowym Rokiem!

A Szprot mrugnął okiem.

Nie podobało mi się jego mruganie, bo nigdy nie lubiłem przemrugiwać się z lada błaznem, więc pytam:

– Cóż to, panie, mają znaczyć pańskie pantominy?

On śmieje się głupowato i mówi:

– Przecież pan wie lepiej aniżeli ja, co to znaczy. Wokulski sprzedaje sklep...

Męko Chrystusowa!... Żem go nie trzasnął kuflem w łeb, dziwię się samemu sobie. Na szczęście, pohamowałem pierwszy impet, wypiłem dwa kufle piwa jeden po drugim i pytam go niby spokojnym głosem:

– Po cóż by Wokulski miał sklep sprzedać i komu?

– Komu?... – wtrąca Węgrowicz. – Alboż to mało Żydów w Warszawie? – Złożą się we trzech, bodaj w dziesięciu, i zaparszywią Krakowskie Przedmieście z łaski jaśnie wielmożnego pana Wokulskiego, co trzyma własny powóz i jeździ do arystokracji na letnie mieszkanie. Mój Boże!... pamiętam, jak mi to biedactwo podawało rozbratel u Hopfera... Nie ma teraz, jak jeździć na wojnę i rewidować tureckie kieszenie.

– Ale po co by sprzedawał sklep? – pytam szczypiąc się w kolano, ażeby nie wybuchnąć na tego dziada.

— Dobrze robi, że sprzedaje! — odparł Węgrowicz wziąwszy w garść już nie wiem który kufel piwa. — Co on ma robić między kupcami, taki pan, taki... dyplomata, taki... nowator, co nam tu nowe towary sprowadza?...

— Mnie się zdaje, że jest inny powód — wtrącił Szprot. — Wokulski stara się o pannę Łęcką, a choć zrazu dostał odkosza, jednak dziś znowu tam bywa, więc musi mieć widoki... A że panna Łęcka nie wyszłaby za galanteryjnego kupca, choćby on był dyplomatą i nowatorem...

W oczach zaczęły mi ognie latać. Uderzyłem kuflem w stół i krzyknąłem:

— Kłamiesz pan, wszystko pan kłamiesz, panie Szprot!... A oto mój adres... — dodałem rzucając mu bilet na stół.

— Co mi pan dajesz adresy? — odparł Szprot. — Mam panu przysłać partię kortu czy co?...

— Satysfakcji żądam od pana — krzyknąłem, wciąż bijąc w stół.

— Tere-fere! — mówi Szprot i kręci palcem w powietrzu. — Łatwo panu żądać satysfakcji, boś oficer węgierski. Zamordować człowieka albo nawet dwu czy samemu dać się porąbać to u pana chleb z masłem... Ale ja, panie, jestem ajent handlowy, mam żonę, dzieci i terminowe interesa...

— Zmuszę pana do pojedynku!

— Co to zmuszę?... Ciupasem mnie pan sprowadzisz czy co?... A jakbyś mi pan coś podobnego powiedział po trzeźwemu, tobym poszedł do cyrkułu i daliby panu pojedynek...

— Jesteś pan bez honoru! — zawołałem.

Teraz on zaczął bić w stół.

— Kto bez honoru?... Komu pan to mówisz?... Nie płacę weksli czy daję zły towar, czym bankrutował?... Zobaczymy w sądzie, kto ma honor!...

— Uspokójcie się! — prosił radca Węgrowicz. — Pojedynki to były w modzie dawniej, nie teraz... Podajcie sobie ręce...

Wstałem od stołu zalanego piwem, zapłaciłem w bufecie i wyszedłem. Noga moja więcej nie postanie w tej podłej dziurze...

Naturalnie, że po takim wzburzeniu nie mogłem już być u pani Stawskiej. Z początku myślałem nawet, że całą noc spać nie będę. Alem jakoś zasnął. A gdy Stach przyszedł na drugi dzień do sklepu, zapytałem go:

— Wiesz, co mówią?... Że sklep sprzedajesz?...

— A choćbym sprzedał, cóż by w tym było złego?...

(Prawda! Cóż by w tym było złego?... Że też mi tak prosta myśl nie przyszła do głowy.)

— Ale bo widzisz — szepnąłem — mówią jeszcze, że żenisz się z panną Łęcką...

— Gdyby tak... Więc i cóż? — odparł.

(Jużci, ma rację! Cóż to, jemu nie wolno żenić się, z kim by chciał, nawet z panią Stawską?... Że też nie zorientowałem się i bez potrzeby zrobiłem awanturę temu Szprocinie.)

Naturalnie, ponieważ tego wieczora musiałem pójść nie tyle na piwo, ile ażeby pogodzić się z niesłusznie obrażonym Szprotem, więc znowu nie byłem u pani Stawskiej i nie ostrzegłem, ażeby nie siadała w oknie.

Tak więc nie bez przykrości dowiedziałem się, że do Wokulskiego między kupcami wzrasta niechęć, że sklep nasz będzie sprzedany i że Stach żeni się z panną Łęcką. Mówię: żeni się, bo on nie mając pod tym względem pewności nie wyraziłby się tak stanowczo, nawet przede mną.

Dziś już na pewno wiem, za kim on tęsknił w Bułgarii, dla kogo zębami i pazurami zdobywał majątek... Ha, wola boska!...

No i patrzcie, jak ja odbiegam od przedmiotu... Ale teraz już na dobre zajmę się awanturą pani Stawskiej i opowiem z szybkością błyskawicy.»

Rozdział VIII

Pamiętnik starego subiekta

«Jednego wieczora, zaraz po ósmej, poszedłem do tych pań. Pani Stawska swoim zwyczajem w ostatnim pokoju odrabiała lekcje z jakimiś panienkami, a pani Misiewiczowa z Helunią... znowu swoim zwyczajem siedziały w oknie. Nie rozumiem, co mogły widzieć po nocy, ale że ich wszyscy widzieli, to pewne. Nawet przysiągłbym, że pani baronowa w jednym ze swoich nie oświetlonych okien siedzi z lornetą i penetruje pierwsze piętro, bo rolety jak zwykle nie były zasunięte.

Cofnąłem się tedy za firankę, ażeby choć mnie ta poczwara nie widziała, i prosto z mostu pytam pani Misiewiczowej:

— Bez obrazy pani dobrodziejki, dlaczego panie tak ciągle siedzicie w oknach?... To niedobrze...

— Ja się cugów[94] nie boję — odparła szanowna dama — a mam w tym wielką przyjemność. Bo imaginuj sobie pan, co Helunia odkryła. Czasami okna bywają w takim porządku oświetlone, że układa się z nich jakby abecadło... Heluniu! — zwróciła się do dziecka — a nie ma tam jakiej literki?...

— Jest, babciu, i nawet dwie. Jest H i jest T.

— Prawda! — potwierdziła staruszka. — Jest H i jest T. Niechże pan spojrzy...

Spojrzałem. Istotnie, naprzeciw nas były oświetlone dwa okna na trzecim piętrze, trzy na drugim i dwa na pierwszym w taki sposób, że tworzyły znak:

▢ ▢
▢ ▢ ▢
▢ ▢

Zaś w tylnej oficynie pięć okien trzeciego piętra, jedno drugiego, jedno pierwszego i jedno na parterze, również oświetlone, tworzyły znak:

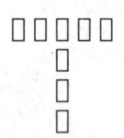

▢ ▢ ▢ ▢ ▢
▢
▢
▢

— Przez te okna, panie — mówiła babcia — (choć rzadko układają się z nich literki) Helunia nabrała ciekawości do abecadła, a i teraz jeszcze bawi się najlepiej, jeżeli potrafi złożyć z oświetlonych okien jakąś formę. Dlatego nawet nie zapuszczamy rolet wieczorem.

---

[94] *cugi* — przeciągi.

Wzruszyłem ramionami, bo i jakże tu bronić dziewczynce, ażeby wyglądała oknem, jeżeli się ona tym tak ładnie bawi!

— Jak tu nie wyglądać oknem — westchnęła pani Misiewiczowa — kiedy to nasza jedyna przyjemność. Czy my gdzie bywamy? Czy kogo widujemy?... Od czasu jak Ludwik wyjechał, zerwały się nasze stosunki z ludźmi. Dla jednych jesteśmy za ubogie, dla innych podejrzane...

Otarła oczy chustką i mówiła dalej:

— O, Ludwiczek źle zrobił, że wyjechał; bo choćby go nawet uwięzili, okazałaby się jego niewinność i znowu bylibyśmy razem. A teraz on Bóg wie gdzie, a Stawska... Mówi pan, żeby nie wyglądać!... Przecież ona, biedactwo, ciągle czeka, nasłuchuje i wypatruje, czy Ludwik nie wraca, a przynajmniej czy nie będzie od niego listu? Niech tylko kto biegnie prędzej przez dziedziniec, ona zaraz do okna myśląc, że to bryftrygier[96]. A jeżeli kiedy do nas wstąpi bryftrygier (my, panie Rzecki, bardzo rzadko odbieramy listy), to gdybyś pan widział Helenkę!... Mieni się, blednie, drży...

Nie śmiałem ust otworzyć, a staruszka odpocząwszy prawiła:

— I ja sama lubię siedzieć w oknie, osobliwie kiedy jest ładny dzień i czyste niebo, bo wtedy staje mi w pamięci mój mąż nieboszczyk, jak żywy...

— Tak — szepnąłem — przypomina go pani niebo, gdzie on mieszka obecnie.

— Nie pod tym względem, panie Rzecki — przerwała. — Że on jest w niebie, to wiem, bo gdzieżby mógł być taki spokojny człowiek? Ale jak patrzę na niebo i na ścianę tej kamienicy, zaraz przychodzi mi na myśl szczęśliwy dzień naszego ślubu... Klemens nieboszczyk miał wtedy na sobie szafirowy frak i żółte nankinowe spodnie, zupełnie tego koloru co nasza kamienica...

O, panie Rzecki — mówiła staruszka płacząc — wierz mi, że dla takich jak my nieraz okno starczy za teatr, koncert i znajomości. Bo i na co my już mamy patrzeć?

Nie potrafię opisać, jak mi się zrobiło smutno, kiedy z powodu marnego wyglądania oknem usłyszałem taki dramat... Nagle w drugim pokoju zrobił się szelest... Uczennice pani Stawskiej skończywszy lekcję zabierały się do domu, a ich przecudna nauczycielka uszczęśliwiła mnie swoim widokiem.

Kiedym ją witał, miała zimne ręce, a na boskiej twarzy wyraz zmęczenia i smutku. Zobaczywszy mnie jednak raczyła się uśmiechnąć. (Drogi anioł! jakby domyślała się, że jej słodki uśmiech na cały tydzień rozświetla mi ciemności życia.)

— Mówiła panu mama — rzekła pani Stawska — jaki nas dziś spotkał honor?

— Aha, prawda, zapomniałam... — wtrąciła pani Misiewiczowa.

Tymczasem dwie panienki wyszły dygając i zostaliśmy sami, jakby w kółku familijnym.

— Niech pan sobie wyobrazi — mówiła pani Stawska — że miałyśmy dziś wizytę baronowej... W pierwszej chwili prawie zlękłam się, bo ona, biedaczka, nie ma przyjemnej powierzchowności, taka blada, tak zawsze czarno ubrana, takie ma jakieś spojrzenie... Ale rozbroiła mnie w jednej chwili, kiedy zobaczywszy Helunię rozpłakała się i upadła przed nią na kolana wołając: takie było moje małe biedactwo i już nie żyje!...

---

[96] *bryftrygier* (z niem.) — listonosz (Briefträger — po niemiecku)

Zimno mi się zrobiło, kiedym tego słuchał. Nie chcąc jednak może na próżno przerażać pani Stawskiej, nie śmiałem zakomunikować jej moich przeczuć. Zapytałem tylko:

— I czego ona chce od pani?

— Przyszła mnie prosić, ażebym pomogła jej w uporządkowaniu bielizny, sukien, koronek, słowem, całego gospodarstwa. Ona spodziewa się, że wkrótce mąż do niej wróci, i chce poodświeżać jedne drobiazgi, inne zakupić. A że jak mówi, nie ma gustu, więc prosi mnie do pomocy i obiecuje mi płacić po dwa ruble za trzy godziny co dzień.

— A pani co na to?

— Mój Boże, cóż miałam robić?... Naturalnie, że przyjęłam z podziękowaniem. Jest to wprawdzie chwilowe zajęcie, ale bardzo przyszło mi w porę, bo właśnie onegdaj (nie rozumiem nawet z jakiego powodu) straciłam jedną lekcję muzyki, za pięć złotych godzina...

Westchnąłem domyślając się, że powodem utraty lekcji mógł być jaki list anonimowy, w pisaniu których pani Krzeszowska odznacza się wielką biegłością. Ale — nie powiedziałem nic. Bo czy mogłem radzić pani Stawskiej, aby odrzuciła dwa ruble dziennie?

Oj, Stachu, Stachu!... dlaczego byś ty się z nią nie miał ożenić?... Panna Łęcka zajechała ci w głowę!... Bodajbyś tego nie żałował.

Od tej pory, ile razy przyszedłem do moich zacnych przyjaciółek, pani Stawska opowiadała mi jak najszczegółowiej historię swoich stosunków z baronową Krzeszowską, u której bywała co dzień i rozumie się, zamiast trzech, pracowała pięć i sześć godzin, wciąż za owe dwa ruble.

Pani Stawska jest bardzo pobłażliwą kobietą, niemniej jednak, o ile mogłem wymiarkować z jej oględnych wyrażeń, zarówno mieszkanie baronowej, jak i całe otoczenie dziwiło i robiło przykrość pani Stawskiej.

Przede wszystkim baronowa wcale nie korzysta ze swego obszernego apartamentu. Salon, buduar, pokój sypialny, jadalny, pokój barona, wszystko stoi pustką. Meble i lustra pozasłaniane pokrowcami; z roślin, jakie tam były kiedyś, dziś są patyki albo tylko wazony pełne próchna zamiast ziemi; na kosztownych obiciach kurz. Jada także Bóg wie po jakiemu, nie biorąc czasem przez parę dni nic ciepłego w usta, i trzyma na tak wielki dom tylko jedną służącę, której w dodatku wymyśla od rozpustnic i złodziejek.

Kiedy ją zapytała pani Stawska, czy jej nie smutno żyć w tej pustce? — odparła:

— Cóż mam robić nieszczęsna sierota i prawie wdowa? Chyba jak mego występnego męża natchnie dobry Bóg, ażeby żałował za swoje niecne czyny i wrócił do mnie, chyba wtedy zmieni się nieco moje pustelnicze życie. O ile zaś mogę wnosić ze snów i przeczuć, jakie na mnie zsyła niebo podczas gorących modłów, mąż mój powinien by nawrócić się lada dzień, bo już i pieniędzy, i kredytu nie ma ten nieszczęśliwy opętaniec...

Pani Stawska słysząc to zrobiła w duchu uwagę, że los barona, po jego nawróceniu się, może nie być godnym zazdrości.

Osoby odwiedzające baronowę także nie wzbudzały zaufania w pani Stawskiej. Najczęściej bywały tam jakieś stare, niemiłej powierzchowności kobiety, z którymi w przedpokoju półgłosem rozmawiała o swym mężu. Niekiedy zjawiał się Maruszewicz albo jakiś adwokat w starym futrze. Tych panów baronowa brała do pokoju jadalnego, ale rozmawiając z nimi, płakała i wymyślała tak głośno, że w całym domu było słychać.

Na nieśmiałą uwagę pani Stawskiej, dlaczego nie żyje z familią – baronowa odpowiedziała:

– Z jaką, kochana pani? Ja już nie mam nikogo, a choćbym nawet miała, nie mogłabym przyjmować u siebie ludzi tak chciwych i ordynarnych. Familia zaś mego męża wypiera się mnie, gdyż nie pochodzę ze szlachty; co im zresztą nie przeszkadzało wytumanić ode mnie ze dwieście tysięcy rubli. Dopóki pożyczałam im na wieczne nieoddanie, politykowali ze mną; ale gdy się opatrzyłam, zerwali stosunki i nawet oni to namawiali mego nieszczęśliwego męża, ażeby położył mi areszt na majątku. O, co ja przeżyłam z tymi ludźmi!... – dodała płacząc.

Jedyny pokój (mówi pani Stawska), w którym baronowa cały dzień spędza, jest pokoik jej zmarłej córeczki. Ma to być bardzo smutny i dziwaczny zakątek, wszystko w nim bowiem zostało jak za życia nieboszczki. Jest więc łóżeczko, na którym co kilka dni zmienia się pościel, szafka z ubraniem, które równie często trzepie się i czyści w salonie, bo na dziedziniec nie pozwoliłaby baronowa wynieść tych świętych pamiątek. Jest mały stolik z książkami i z kajetem otwartym na tej stronie, na której biedne dziecko pisało ostatni raz: „Najświętsza Panno form..." I nareszcie jest półka, pełna lalek małych i dużych, ich łóżeczek i ich garderoby.

Pani Stawska w tym właśnie pokoju ceruje koronki albo jedwabie, których baronowa ma pełno. Czy się w nie będzie kiedy ubierać? – pani Stawska nie może zgadnąć.

Jednego dnia baronowa zapytała panią Stawską: czy zna Wokulskiego? Lecz choć odebrała odpowiedź, że pani Helena zna go bardzo mało, zaczęła mówić:

– Wyrządzi mi kochana pani wielką łaskę, prawdziwe dobrodziejstwo, jeżeli wstawi się za mną do tego pana w ważnym dla mnie interesie. Ja chcę kupić tę kamienicę i daję mu już dziewięćdziesiąt pięć tysięcy rubli, a on przez upór, bo przez nic innego, żąda stu tysięcy. On mnie chce zrujnować, ten człowiek!... Niech mu pani powie, że on mnie zabije... że ściągnie na siebie karę boską za taką chciwość!... – krzyczała i płakała pani baronowa.

Pani Stawska, bardzo zmieszana, odpowiedziała baronowej, że w żaden sposób nie może mówić o tym z Wokulskim.

– Nie znam go... Zaledwie raz był u nas... Zresztą, czy wypada mi wtrącać się do podobnych rzeczy?

– O, pani wszystko mogłaby z nim zrobić – odparła baronowa. – Ale jeżeli pani nie chce uratować mnie od śmierci – wola boska... Niech więc pani przynajmniej spełni chrześcijański obowiązek i powie temu człowiekowi, jak jestem dla pani życzliwa...

Pani Stawska usłyszawszy to podniosła się z krzesła, ażeby wyjść. Ale baronowa rzuciła jej się na szyję i tak przepraszała, tak zaklinała, aby jej przebaczyć, że zacnej pani Helenie łzy zakręciły się w oczach i została.

Opowiedziawszy to wszystko pani Stawska zakończyła pytaniem, które miało ton jakby prośby:
— Więc pan Wokulski nie chce sprzedać tej kamienicy?
— Owszem — odpowiedziałem rozdrażniony — sprzeda kamienicę, sprzeda sklep... Wszystko sprzeda...

Mocny rumieniec oblał twarz pani Stawskiej; odwróciła krzesło tyłem do lampy i spytała cichym głosem:
— Dlaczego?...
— Albo ja wiem! — rzekłem czując tę okrutną przyjemność, jaką sprawia dręczenie bliźnich. — Albo ja wiem!... Mówią, że chce się żenić...
— Aha — wtrąciła pani Misiewiczowa. — Mówią coś o pannie Łęckiej.
— Czy to prawda?... — szepnęła pani Stawska. Nagle przycisnęła ręką piersi, jakby jej tchu zabrakło, i wyszła do drugiego pokoju.

„Ładny interes! — pomyślałem. — Widziała go raz i już mdleje..."
— Nie wiem, po co by on się żenił — rzekłem do pani Misiewiczowej. — Bo on chyba nawet nie może mieć szczęścia do kobiet.
— Ach, co też pan mówi, panie Rzecki! — oburzyła się staruszka. — On nie może mieć szczęścia do kobiet?

> **Misiewiczowa o powierzchowności Wokulskiego**

— No, przecież nie jest piękny...
— On?... Ależ on kompletnie piękny człowiek!... Cóż to za budowa, jaka szlachetna fizjognomia, a co za oczy!... Pan się chyba nie znasz, panie Rzecki. A ja wyznam (bo mi to wolno w moim wieku), że lubo widziałam wielu pięknych mężczyzn (Ludwik był także bardzo przystojny), przecież takiego jak Wokulski widzę pierwszy raz. On między tysiącem zwróciłby uwagę...

Dziwiłem się w duchu tym pochwałom. Bo choć wiem, że Stach jest bardzo przystojny, to jednak żeby aż tak... Ha, nie jestem kobietą!

Kiedy około dziesiątej wieczór żegnałem moje damy, pani Stawska była zmieniona i smutna i skarżyła się, że ją głowa boli. Ot, osioł Stach! Taka kobieta szaleje za nim od jednego spojrzenia, a on, wariat, ugania się za panną Łęcką. I czy jest jaki porządek na tym świecie?

Gdybym to ja był Panem Bogiem... Ale co to gadać na próżno.

Mówią coś o kanalizacji Warszawy[97]. Był nawet u nas książę i zaprosił Stacha na sesję w tej materii. Skończywszy zaś rozmowę o kanalizacji zagadnął go o kamienicę. Byłem przy tym i wszystko dobrze pamiętam.

— Czy prawda (przepraszam, że zapytuję o podobne rzeczy), czy prawda, panie Wokulski, że za swój dom chce pan od baronowej Krzeszowskiej sto dwadzieścia tysięcy?...
— Nieprawda — odpowiedział Stach. — Chcę sto tysięcy i nie odstąpię od nich.
— Baronowa to jakaś dziwaczka, histeryczka, ale... nieszczęśliwa kobieta — mówił książę. — Chce kupić ten dom raz dlatego, że w nim umarła jej ukochana córeczka,

---

[97] *Mówią coś o kanalizacji Warszawy* — pisano o tej sprawie od dawna, prace jednak rozpoczęły się dopiero w 1882 r.

a po wtóre, ażeby zabezpieczyć resztę funduszów przed swoim mężem, który lubi trwonić pieniądze... Może by więc pan zrobił jej jakąś ulgę. To tak pięknie robić dobrze nieszczęśliwym!... — zakończył książę z westchnieniem.

Wyznaję, że choć jestem tylko subiektem, zadziwiła mnie ta dobroczynność z cudzej kieszeni. Stach uczuł to jeszcze mocniej, bo odpowiedział twardym tonem:

— Więc dlatego, że baron trwoni pieniądze; a jego żonie podoba się mieć mój dom, ja mam tracić kilka tysięcy rubli. Z jakiej racji?...

— No, nie obrażaj się pan, szanowny panie — rzekł książę ściskając Wokulskiego za rękę. — Wszyscy przecież żyjemy z ludźmi; oni nam pomagają do naszych celów, więc i my mamy niejakie obowiązki...

— Mnie bodaj czy kto pomaga, a wielu przeszkadza — odparł Stach.

Pożegnali się bardzo chłodno. Zauważyłem nawet, że książę był niekontent.

Osobliwi ludzie! Nie dość, że Wokulski, stworzywszy spółkę do handlu z cesarstwem, dał im okazję zarabiania piętnastu procent od ich kapitałów, oni jeszcze chcą, ażeby na ich słowo darowywał baronowej kilka tysięcy rubli...

Ale co to za frant baba i gdzie ona nie trafi!... Bo już nawet był u Stacha jakiś ksiądz z religijnym upomnieniem, ażeby sprzedał baronowej kamienicę za dziewięćdziesiąt pięć tysięcy. A ponieważ Stach odmówił, więc zapewne niedługo usłyszymy, że jest bezbożnikiem.

Teraz następuje wypadek główny, który opowiem z szybkością uderzenia pioruna.

Kiedy znowu zaszedłem wieczorem do pani Stawskiej (było to w dzień objęcia rządów przez cesarza Wilhelma, po historii z Nobilingiem[98]), kiedy zaszedłem tam, moje bóstwo, ta nieoceniona kobieta była w cudnym humorze i pełna zachwytu dla... baronowej!...

— Niech pan sobie wyobrazi — mówiła — jaka ta pani Krzeszowska, mimo swoich dziwactw, jest zacna kobieta. Spostrzegła, że mi smutno bez Heluni, i prosiła mnie raz na zawsze, ażebym brała Helunię ze sobą do niej na te parę godzin...

— Na te sześć godzin za dwa ruble?... — wtrąciłem.

— Nie, przecie nie sześć, najwyżej cztery... Helunia bawi się tam doskonale, bo choć jej niczego dotykać nie wolno, ale za to jak ona się przypatruje zabawkom po nieboszczce...

— To takie piękne zabawki? — spytałem robiąc sobie pewien plan w duchu.

— Prześliczne! — mówiła z ożywieniem pani Stawska. — Szczególniej jest tam jedna ogromna lalka, która ma ciemne włosy, a kiedy nacisnąć ją... tu, pod gorsem — dodała zarumieniona.

— Czy nie w brzuszek?... za pozwoleniem pani — spytałem.

— Tak — rzekła prędko. — Wtedy lalka rusza oczyma i woła: mama!... Ach, jaka ona zabawna, sama bym ją chciała mieć. Nazywa się Mimi. Kiedy Helunia zobaczyła ją pierwszy raz, złożyła ręce i stanęła jak posąg. A kiedy pani Krzeszowska dotknęła jej i lalka zaczęła mówić, Helunia zawołała:

---

[98] *objęcie rządów przez cesarza Wilhelma...* — po zamachu 2 czerwca 1878 r. Wilhelm I przekazał władzę następcy tronu Fryderykowi Wilhelmowi i ponownie objął rządy 5 grudnia 1878 r.

„Ach, mamo, jaka ona piękna! jaka ona mądra!... czy ja ją mogę pocałować w buzię?..."

I pocałowała ją w koniec lakierowanego bucika.

Od tej pory mówi przez sen o tej lalce! ledwie obudzi się, chce iść do pani baronowej, a kiedy tam jest, gotowa przez cały czas wpatrywać się w lalkę złożywszy ręce jak do pacierza.

Doprawdy — zakończyła pani Stawska półgłosem (Helunia bawiła się w drugim pokoju) — byłabym bardzo szczęśliwa, gdybym mogła kupić jej taką lalkę...

— Z pewnością musi to być bardzo droga zabawka — wtrąciła pani Misiewiczowa.

— Co tam droga, moja mamo. Kto wie, czy kiedykolwiek będę mogła sprawić jej tyle szczęścia, ile dziś jedną lalką — odpowiedziała pani Stawska.

— Zdaje mi się — rzekłem — że u nas znajdzie się taka właśnie lalka. I gdyby pani raczyła wstąpić do sklepu...

Nie śmiałem zrobić prezentu pojmując, że matce przyjemniej będzie, jeżeli sama przyczyni się do radości dziecka.

Helunia, choć rozmawialiśmy zniżonym głosem, usłyszała widać, że mówimy o lalce, i wybiegła z drugiego pokoju z błyszczącymi oczyma. Ażeby zwrócić jej uwagę na inny przedmiot, spytałem:

— Cóż, podoba ci się, Heluniu, pani baronowa?

— Tak sobie — odpowiedziało dziecko opierając się na moim kolanie i patrząc na matkę. (Mój Boże, dlaczego ja nie jestem jej ojcem?)

— A rozmawia z tobą?

— Niewiele. Raz tylko wypytywała się, czy mnie bardzo pieści pan Wokulski.

— Tak?... I cóż ty na to?

— Ja powiedziałam, że nie wiem, który to pan Wokulski. A wtedy pani baronowa mówi... Ach, jak pański zegarek głośno puka. Niech pan pokaże...

Wydobyłem zegarek i podałem go Heli.

— Cóż pani baronowa mówi? — spytałem.

— Pani baronowa mówi: „Jak to, nie wiesz, który jest pan Wokulski? Przecież ten, co u was bywa z tym roz... z tym rozpsotnikiem Rzeckim..." Cha! cha! cha!... pan jest psotnik... Niech mi pan pokaże zegarek we środku...

Spojrzałem na panią Stawską. Była tak zdziwiona, że nawet zapomniała upomnieć Helunię.

Po herbatce z suchymi bułeczkami (bo jak mówiła służąca, masła nie można było dziś dostać), pożegnałem zacne damy przysięgając sobie, że gdybym był na miejscu Stacha, nie odstąpiłbym baronowej kamienicy niżej stu dwudziestu tysięcy rubli.

Tymczasem jędza ta wyczerpawszy rozmaite protekcje i lękając się, ażeby Wokulski albo nie podniósł ceny, albo nawet nie sprzedał kamienicy komu innemu, zdecydowała się ostatecznie kupić ją za sto tysięcy rubli!

Była podobno wściekła przez kilka dni, dostała spazmów, zbiła służącą, zwymyślała swego adwokata w biurze rejentalnym, ale podpisała akt nabycia.

Przez kilka następnych dni po kupieniu naszej kamienicy było cicho.

To jest o tyle cicho, że już nie słyszeliśmy nic o pani baronowej, tylko jej lokatorowie wpadali do nas z pretensjami.

Najpierwej przybiegł szewc, ten z trzeciego piętra w tylnej oficynie, płacząc, że nowa właścicielka podwyższyła mu komorne o trzydzieści rubli na rok. Gdym mu zaś w ciągu pół godziny wytłomaczył, że nas to nic nie obchodzi, otarł oczy, zmarszczył się i pożegnał mnie słowami:

— Pan Wokulski to widać nie ma Boga w sercu, żeby sprzedać dom takiemu, co krzywdzi ludzi!...

Słyszeliście państwo coś podobnego?...

Na drugi dzień zjawia się właścicielka paryskiej pralni. Ma aksamitną salopę, dużo godności w ruchach i jeszcze więcej stanowczości w fizjognomii. Siada w sklepie na fotelu i ogląda się, jakby miała zamiar kupić parę japońskich wazonów, a następnie zaczyna:

— A, dziękuję panu!... Porządnie pan ze mną wyszedł, nie ma co mówić... Kupił pan kamienicę w lipcu, a sprzedał ją w grudniu, rychtyg[99] jak na handel, nie uprzedzając o tym nikogo...

Robi się czerwona i prawi dalej:

— Dziś ta flądra przysyła do mnie jakiegoś draba z wymówieniem komornego. Nie wiem nawet, co jej do łba strzeliło, bo płacę przecież regularnie... A ona mi wymawia komorne, ta lafirynda, i jeszcze rzuca cień na mój zakład... Mówi, że moje panny wdzięczyły się do studentów, co łże, i myśli... Ona sobie myśli, że ja w środku zimy znajdę lokal... że się wyprowadzę z domu, do którego przywykli moi kundmani... Ależ ja mogę na tym stracić kilka tysięcy rubli, a kto mi to zwróci?...

Było mi na przemian zimno i gorąco, kiedym słuchał tej perory wypowiadanej silnym kontraltem przy gościach. Ledwiem babę wyciągnął do mego mieszkania i uprosiłem, ażeby nam wytoczyła proces o szkody i straty.

W parę godzin po babie — traf! wpada student, ten brodacz, co to z zasady nie płaci komornego.

— A, jak się pan masz? — mówi. — Czy prawda, że ta diablica Krzeszowska kupiła od was dom?

— Prawda — mówię ja, a w duchu jestem pewny, że ten chyba już mnie bić zechce.

— A do licha!... — mówi brodacz strzelając z palców. — Taki był dobry gospodarz z tego Wokulskiego (PS. Stach nie widział od nich ani grosza za lokal) i sprzedał dom... Więc Krzeszowska może nas wylać z chałupy?

— Hum! hum!... — odpowiedziałem.

— I wyleje — dodał z westchnieniem. — Już był tam u nas jakiś bursz[100] z żądaniem, ażebyśmy się wynosili... Ale zjedzą diabła, czy nas ruszą bez procesu, a jeżeli ruszą... Zrobimy uciechę całemu domowi! Żegnam pana.

„No — myślę — że przynajmniej ten nie ma do nas pretensji. Zdaje się jednak, że oni naprawdę gotowi są zrobić uciechę baronowej..."

Nareszcie na następny dzień wpada Wirski.

— Wiesz, kolego — mówi wzburzony — wymówiła mi baba rządcostwo i każe wynosić się od Nowego Roku.

---

[99] *Rychtyg* (z niem.) — właśnie, dokładnie.

[100] *bursz* (z niem.) — chłopak.

— Wokulski — odparłem — już pomyślał o panu: dostaniesz posadę przy spółce do handlu z cesarstwem...

I tak słuchając jednych, uspakajając drugich, pocieszając trzecich, przetrzymałem jakoś atak główny. Zrozumiałem również, że baronowa sroży się między lokatorami jak Tamerlan[101], i czułem instynktowny niepokój o śliczną i cnotliwą panią Helenę.

W drugiej połowie grudnia patrzę — otwierają się drzwi i wchodzi pani Stawska. Śliczna jak nigdy (ona jest zawsze śliczna, i wtedy kiedy jest wesoła, i kiedy ma minę zakłopotaną). Patrzy na mnie swymi czarującymi oczyma i mówi cichym głosem:

— Czy zechce mi pan pokazać tę lalkę?

Rzecki — humor

Lalka (a nawet trzy podobne) od dawna była przygotowana, ale tak się zmieszałem, że przez parę minut nie mogłem jej znaleźć. Śmieszny jest Klejn ze swoimi minami; on gotów myśleć, że ja kocham się w pani Stawskiej.

W końcu wydobywam pudło — są trzy duże lalki: brunetka, blondynka i szatynka. Każda ma prawdziwe włosy, każda, naciśnięta w brzuszek, przewraca oczyma i wydaje głos, który dla pani Stawskiej brzmi jak „mama", dla Klejna jak „tata", a dla mnie jak „u-hu"...

— Prześliczna! — mówi Stawska — ale naprawdę musi być bardzo droga...

— Proszę pani — odpowiadam — jest to towar, którego się pozbywamy, więc możemy go odstąpić bardzo tanio. Zaraz pójdę po pryncypała...

Stach pracował za szafami, lecz gdy mu powiedziałem, że jest pani Stawska i po co przyszła, rzucił rachunki i wbiegł do sklepu w doskonałym humorze. Spostrzegłem nawet, że przypatruje się pani Stawskiej tak życzliwie, jakby na nim robiła silne wrażenie. No, przynajmniej teraz!... chwała Bogu.

Targ w targ, wytłomaczyliśmy pani Helenie, że lalkę, jako towar wybrakowany i nie znajdujący nabywców, możemy oddać za trzy ruble: blondynkę albo brunetkę.

— Wezmę tę — odpowiedziała biorąc szatynkę — ponieważ jest zupełnie taka jak baronowej. Helcia będzie zachwycona.

Kiedy przyszło do płacenia, panią Stawską znowu napadły skrupuły; zdawało jej się, że taka lalka musi być warta z piętnaście rubli, i dopiero połączonym usiłowaniom moim, Wokulskiego i Klejna udało się ją przekonać, że biorąc trzy ruble jeszcze mamy zarobek.

Wokulski wrócił do swoich zajęć, a ja zapytałem pani Heleny: co nowego w domu i w jakich jest stosunkach z baronową?

— Już w żadnych — odparła rumieniąc się. — Pani Krzeszowska zrobiła mi taką scenę za to, że musiała zapłacić sto tysięcy za kamienicę, że ja nie protegowałam jej u pana Wokulskiego, i tak dalej, że... pożegnałam ją i już tam nigdy nie pójdę. Naturalnie, wymówiła nam komorne od Nowego Roku.

— A czy pani zwróciła należność?

— Ach!... — westchnęła pani Stawska upuszczając na ziemię mufkę, którą Klejn zaraz podniósł.

— Więc nie?

---

[101] *Tamerlan* — wielki zdobywca mongolski, podbił Azję Środkową, Persję, Indie.

— Nie... powiedziała, że nie ma teraz pieniędzy ani pewności, czy mój rachunek jest dokładny.

Naśmieliśmy się oboje z panią Stawską z dziwactw baronowej i pożegnaliśmy się pełni otuchy. Gdy zaś wychodziła, Klejn otworzył jej drzwi tak szarmancko, że jedno z dwojga: albo już ją uważa za naszą pryncypałowę, albo — sam kocha się w niej. Półgłówek!... On także mieszka w domu baronowej i niekiedy bywa u pani Stawskiej; ale podczas wizyt siedzi tak strasznie smutny, że Helunia pewnego wieczora zapytała babki: czy pan Klejn nie brał dziś olejku?... Marzyciel! Komu to myśleć o podobnej kobiecie...

A teraz opiszę tragedię, na wspomnienie której gniew mnie dusi.

W wigilię Wigilii r. 1878 jestem w sklepie, kiedy po południu odbieram od pani Stawskiej list, ażebym przyszedł wieczorem. Pismo uderzyło mnie, znać było wzruszenie; więc pomyślałem, że może odebrała wiadomość o mężu.

„Pewnie wraca — pomyślałem. — Diabli z tymi zaginionymi mężami, którzy po kilku latach opamiętują się."

Ku wieczorowi wpada Wirski zadyszany i zmieszany; ciągnie mnie do mego mieszkania, zamyka drzwi, nie zdejmując futra rzuca się na fotel i mówi:

— Wiesz pan, po co wczoraj Krzeszowska siedziała w mieszkaniu Maruszewicza do północy?...

— Do północy, u Maruszewicza?...

— Tak, i jeszcze z tym łotrem swoim adwokatem?... Hultaj Maruszewicz wypatrzył ze swych okien, że pani Stawska ubiera lalkę, a baronowa poszła do niego z lornetką, ażeby to sprawdzić...

— Więc i cóż?... — pytam.

— To, że baronowej przed kilkoma dniami zginęła lalka po nieboszczce córce i że dziś ta wariatka posądza panią Stawską...

— O co?

— O kradzież lalki!...

Przeżegnałem się.

— Śmiej się pan z tego — rzekłem — lalka u nas kupiona...

— Wiem — odparł. — Z tym wszystkim dziś, o dziewiątej, pani baronowa wpadła z rewirowym[102] do mieszkania pani Stawskiej, kazała zabrać lalkę i spisać protokół. Już poszła skarga do sądu...

— Oszalałeś, panie Wirski! lalka przecież u nas...

— Wiem, wiem, ale co to wszystko znaczy, kiedy już jest skandal — mówił Wirski.

— Co najgorsze (wiem to od rewirowego), że pani Stawska nie chcąc, ażeby Helunia dowiedziała się o lalce, z początku nie chciała jej pokazać, prosiła, ażeby mówić cicho, rozpłakała się... Rewirowy mówi, że sam był zakłopotany, bo przede wszystkim nie wiedział, po co go baronowa ciągnie do mieszkania pani Stawskiej. Ale jak zaczęła jędza wrzeszczeć: „Okradła mnie!... lalka zginęła tego samego dnia, kiedy Stawska była ostatni raz u mnie... aresztujcie ją, bo odpowiadam całym majątkiem za

---

[102] *rewirowy* — urzędnik policyjny czuwający nad porządkiem w rewirze (części miasta).

prawdziwość skargi!..." — tak tedy mój rewirowy wziął lalkę do cyrkułu i poprosił ze sobą panią Stawską... Skandal, no, straszny skandal...
— A cóż wy na to?... — zawołałem wściekły z gniewu.
— Mnie nie było już w domu. Służąca pani Stawskiej pogorszyła sprawę wymyślając rewirowemu na ulicy, za co nawet siedzi w kozie... Ta znowu właścicielka paryskiej pralni, ażeby przypochlebić się baronowej, wymyślała pani Stawskiej... Tyle tylko mamy dziś satysfakcji, że poczciwe studenciny wylały na łeb baronowej coś tak obrzydliwego, że się domyć nie może...
— Ależ sąd!... ależ sprawiedliwość!... — krzyczałem.
— Sąd panią Stawską uniewinni — rzekł — to przecie jasna sprawa. Ale co skandal jest, to jest... Biedna kobieta zgubiona; już nawet dziś poodprawiała uczennice i sama nie poszła na lekcje. Zapłakują się obie z matką.

Rozumie się, że nie czekając na zamknięcie sklepu (teraz zdarza mi się to coraz częściej), pobiegłem do pani Stawskiej, a nawet pojechałem dorożką.

W drodze przyszła mi jedna z najszczęśliwszych myśli, ażeby o sprawie zawiadomić Wokulskiego, do którego też wstąpiłem, niepewny, czy jest w domu, bo coraz częściej przesiadywał na służbie u panny Łęckiej.

Wokulski był u siebie, ale jakiś rozstrojony; konkury oczywiście nie wychodziły mu na zdrowie. Gdym mu jednak opowiedział historię pani Stawskiej z baronową i z lalką, chłopak ożywił się, podniósł głowę i błysnęły mu oczy. (Nieraz spostrzegłem, że najlepszym lekarstwem na nasze własne kłopoty jest cudze nieszczęście.)

Wysłuchał mnie z zajęciem (smutne myśli pierzchnęły mu gdzieś) i rzekł:
— Zuch baba z tej baronowej... ale pani Stawska może spać spokojnie; sprawę ma jasną jak słońce. Czy to wreszcie na nią jedną rzuca się ludzka podłość!
— Dobrze ci tak mówić — odparłem — bo jesteś mężczyzna, a nade wszystko masz pieniądze... Tymczasem ona, biedaczka, skutkiem tej awantury już dziś straciła wszystkie lekcje, a raczej sama się ich wyrzekła. Z czego więc będzie żyć?...
— Aj!... — syknął Wokulski uderzając się w czoło. — Nie pomyślałem o tym...

Przeszedł się parę razy po pokoju (silnie marszcząc brwi), potrącił krzesło, zabębnił na szybie i nagle stanął przede mną.
— Dobrze! — rzekł. — Jedźże do tych pań, a ja tam będę za godzinę. Zdaje mi się, że zrobimy interes z panią Milerową...

Spojrzałem na niego z uwielbieniem. Pani Milerowa straciła niedawno męża, kupca galanteryjnego tak jak i my; cały zaś jej sklep, majątek, kredyt zależał od Wokulskiego. Więc już prawie zgadywałem, co Stach zrobi dla pani Stawskiej...

Cwałuję tedy na ulicę, buch w dorożkę, jadę jak trzy lokomotywy i wpadam jak raca kongrewska[103] do tej pięknej, tej szlachetnej, tej nieszczęśliwej, tej od wszystkich opuszczonej pani Heleny. Mam pełne piersi wesołych okrzyków i otwierając drzwi chcę zawołać ze śmiechem: „Kpijcie, panie, z całego świata!..." Wtem wchodzę i — cały mój dobry humor zostaje za progiem.

Bo proszę sobie wyobrazić, com znalazł. W kuchni Marianna ma zawiązaną głowę i obrzmiałą fizjognomię; niewątpliwy dowód, że była dziś w cyrkule. Na kominie

---
[103] *raca kongrewska* — rodzaj rakiet zapalających wynalezionych przez angielskiego gen. Congreve.

ciemno, naczynia od obiadu nie pozmywane, samowar nie nastawiony, a nad spuchniętą biedaczką siedzi stróżowa, dwie służące i mleczarka, z minami jak na pogrzebie. Chłód przeleciał mi po kościach, ale wchodzę do salonu. Prawie ten sam widok. Na środku siedzi w fotelu pani Misiewiczowa, również z obwiązaną głową, a dokoła niej pan Wirski, pani Wirska, właścicielka paryskiej pralni, która znowu pokłóciła się z baronową, i jeszcze jakichś parę dam, które rozmawiają półgłosem, ale za to ucierają nosy o całą oktawę wyżej aniżeli w codziennych okolicznościach. Na domiar spostrzegam pod piecem panią Stawską, która siedzi na stołeczku biała jak kreda.

Słowem, atmosfera katakumbowa[104], twarze blade lub żółte, oczy załzawione, nosy zaczerwienione. Tylko Helunia trzyma się jako tako. Siedzi przy fortepianie ze swą dawną laleczką i jej rękoma od czasu do czasu uderza w klawisz mówiąc:

– Cicho, Zosiu, cicho... Nie graj, bo babcię głowa boli.

Proszę dodać do tego przyćmione światło lampy, która trochę filuje, i... poodsłaniane rolety, a każdy pojmie, jakie mnie uczucia ogarnęły.

Ujrzawszy mnie pani Misiewiczowa zaczęła wylewać chyba już resztki łez.

– Ach, więc przyszedłeś, szlachetny panie Rzecki?... nie wstydzisz się biednych kobiet okrytych hańbą?... O, nie całujże mnie w rękę!... Nieszczęśliwa nasza rodzina... Niedawno Ludwiczek posądzony, a teraz na nas przyszła kolej... Musimy się stąd wynieść choćby na koniec świata... Mam pod Częstochową siostrę, tam pojedziemy dokonać złamanego życia...

Szepnąłem Wirskiemu, ażeby delikatnie wyprosił stąd gości, i zbliżyłem się do pani Stawskiej.

– Wolałabym nie żyć... – rzekła mi na powitanie.

Wyznaję, że po kilkuminutowym pobycie zupełnie skołowaciałem. Byłbym przysiągł, że pani Stawska, jej matka, a nawet jej obecne tu przyjaciółki są naprawdę zhańbione i że nam wszystkim nie pozostaje nic innego, tylko śmierć. Pragnienie śmierci nie przeszkodziło mi jednak poprawić filującej lampy, która zaczęła już cały pokój zasypywać delikatną, ale bardzo czarną sadzą.

– No, moje panie – odezwał się nagle Wirski – wynośmy się stąd, bo pan Rzecki musi pogadać z panią Stawską.

Wizytujące damy, w których współczucie nie osłabiło ciekawości, oświadczyły, że i one mogą z nami pogadać. Ale Wirski tak zamaszyście zaczął podawać im salopy, że zakłopotane biedaczki ucałowawszy panią Stawską, panią Misiewiczową, Helunię i panią Wirską (myślałem, że w końcu zaczną całować krzesełka) wyniosły się nareszcie i nadto zmusiły małżonków Wirskich do wyjścia razem z nimi.

Rzecki – humor

– Kiedy sekret, to sekret – rzekła najrezolutniejsza z nich. – Państwo także nie jesteście tu potrzebni.

Nastąpił nowy atak pożegnań, pocałunków, pocieszeń i ledwie że wyszli na złamanie karku całą bandą, ceremoniując się jeszcze we drzwiach i na schodach.

---

[104] *atmosfera katakumbowa* – ponura, smutna.

Ach, te baby!... Czasem myślę, że Pan Bóg po to stworzył Ewę, ażeby obmierzić Adamowi pobyt w raju.

Zostaliśmy nareszcie w kółku familijnym, ale salonik był już tak nasycony kopciem i smutkiem, że ja sam straciłem wszelką energię. Biadającym głosem poprosiłem panią Stawską, ażeby mi było wolno otworzyć lufcik, i tonem mimowolnego wyrzutu poradziłem jej, ażeby przynajmniej od tej pory zasłaniała rolety w oknach.

— Pamięta pani — rzekłem do pani Misiewiczowej — jak ja dawno zwracałem uwagę na te rolety?... Gdyby były zasłonięte, pani Krzeszowska nie mogłaby śledzić, co się dzieje w mieszkaniu pań.

— Prawda, ale któż się tego spodziewał? — odparła pani Misiewiczowa.

— Takie już nasze szczęście — szepnęła pani Stawska.

Usiadłem na fotelu, splotłem ręce tak, że mi kości w nich trzeszczały, i ze spokojną rozpaczą przysłuchiwałem się jękliwym opowiadaniom pani Misiewiczowej o hańbie, jaka na ich rodzinę spada co kilka lat, o śmierci, która jest kresem ludzkich cierpień, o nankinowych spodniach śp. Misiewicza i mnóstwie tym podobnych rzeczy. Nim upłynęła godzina, byłem pewny, że sprawa o lalkę skończy się aktem jakiegoś ogólnego samobójstwa, przy którym ja, konając u nóg pani Stawskiej, ośmielę się wyznać, że ją kocham.

Wtem ktoś mocno zadzwonił do kuchni.

— Rewirowy! — krzyknęła pani Misiewiczowa.

— Panie przyjmują? — zapytał gość Marianny głosem tak pewnym, że od razu odzyskałem otuchę.

— Jest Wokulski — rzekłem do pani Stawskiej i pokręciłem wąsa.

Na cudnej twarzy pani Heleny ukazał się rumieniec podobny do listka bladej róży na śniegu. Boska kobieta!... O, dlaczegóż ja nie jestem Wokulskim... Dopieroż bym...

Wszedł Stach. Pani Helena wysunęła się na jego spotkanie.

— Nie gardzi pan nami?... — spytała zdławionym głosem.

Wokulski ze zdziwieniem popatrzył jej w oczy i... dwa razy, raz po raz... dwa razy, żebym tak zdrów był, pocałował ją w rękę. Z jaką zaś zrobił to tkliwością, najlepszy dowód, że nie było słychać zwykłego w takich razach mlaśnięcia.

— Ach, więc przyszedłeś, szlachetny panie Wokulski?... nie wstydzisz się nieszczęśliwych kobiet okrytych hańbą... — zaczęła nie wiem już który raz pani Misiewiczowa swoją mowę powitalną.

— Za pozwoleniem — przerwał jej Wokulski. — Położenie pań jest niewątpliwie przykre, ale nie widzę powodu do desperacji. Za parę tygodni sprawa wyjaśni się, a dopiero wtedy będzie mogła rozpaczać, ale nie żadna z pań, tylko ta wariatka baronowa. Jak się masz, Heluniu — dodał całując dziewczynkę.

Głos jego był tak spokojny i stanowczy, a całe zachowanie tak naturalne, że pani Misiewiczowa przestała jęczeć, a pani Stawska jakby raźniej spojrzała na mnie.

— Więc cóż mamy robić, szlachetny panie Wokulski, który nie wstydziłeś się... — zaczęła pani Misiewiczowa.

— Trzeba czekać na proces — przerwał Wokulski — dowieść w sądzie pani baronowej, że kłamie, wytoczyć jej sprawę o oszczerstwo i jeżeli pójdzie za to do kozy, nie darować ani jednej godziny. Jakiś miesiąc przepędzony w celi zrobi jej bardzo dobrze. Zresztą mówiłem już z adwokatem, który jutro przyjdzie do pań.

— Bóg cię zesłał, panie Wokulski!... — zawołała już zupełnie naturalnym głosem pani Misiewiczowa zrywając z głowy chustkę.

— Przyszedłem tu w ważniejszym interesie — rzekł Stach do pani Stawskiej (pilno mu widać było pożegnać ją, temu osłu!). — Pani rzuciła swoje lekcje?

— Tak.

— Niech je pani rzuci raz na zawsze. To licha praca i niepopłatna. Niech się pani weźmie do handlu.

— Ja?...

— Tak, pani. Pani umie rachować?

— Uczyłam się buchalterii... — szepnęła pani Stawska. Była tak czegoś wzruszona, że usiadła.

— Wybornie. Otóż spadł tu na mnie jeszcze jeden sklep z jego właścicielką, wdową. Ponieważ prawie cały kapitał należy do mnie, więc w interesie tym muszę mieć kogoś ze swej ręki; wolałbym zaś kobietę ze względu na właścicielkę sklepu. Czy więc przyjmie pani miejsce kasjerki z płacą... tymczasem siedemdziesięciu pięciu rubli na miesiąc?

— Słyszysz, Helenko? — zwróciła się do córki pani Misiewiczowa robiąc przy tym desperacko zdziwioną minę.

— Więc powierzyłby pan swoją kasę mnie, której wytoczono... — rzekła pani Stawska i rozpłakała się.

Wnet jednak obie damy uspokoiły się, a w pół godziny później piliśmy wszyscy herbatę, nie tylko rozmawiając, ale nawet śmiejąc się...

Wokulski to sprawił... Jedyny w świecie człowiek! I jak go tu nie kochać? Co prawda, może i ja miałbym równie dobre serce, tylko brak mi do niego bagatelki... pół miliona rubli, które posiada kochany Stach.

Zaraz po Bożym Narodzeniu zainstalowałem panią Stawską w sklepie Milerowej, która przyjęła nową kasjerkę bardzo serdecznie i przez pół godziny tłomaczyła mi, jaki ten Wokulski jest szlachetny, mądry, przystojny... Jak to on sklep uratował od bankructwa, a ją i dzieci od nędzy, i jak by to było dobrze, gdyby się taki człowiek ożenił.

Figlarna kobiecinka, pomimo swoich trzydziestu pięciu lat!... Ledwie jednego męża odwiozła na Powązki, a już (dałbym sobie rękę uciąć) sama przejechałaby się drugi raz za mąż, naturalnie za Wokulskiego. Nie zliczyłbym, dalibóg, ile tych bab ugania się za Wokulskim (czy też za jego krociami?).

Pani Stawska ze swej strony zachwyca się wszystkim: i posadą, która przynosi jej pensję, jakiej nie miała nigdy, i nowym mieszkaniem, które jej znalazł Wirski.

Rzeczywiście niezłe mieszkanko: mają przedpokój, kuchenkę ze zlewem i wodociągiem, trzy pokoiki wcale zgrabne, a nade wszystko ogródek. Tymczasem rosną w nim trzy zeschłe kije i leży kupa cegieł; ale pani Stawska wyobraża sobie, że w ciągu lata zrobi z tego raj. Raj, który można by nakryć chustką od nosa!...

> **czas akcji – wydarzenia w Afganistanie**

Rok 1879 zaczął się zwycięstwem Anglików w Afganistanie[105], którzy pod jenerałem Robertsem weszli do Kabulu. Pewnie sos K a b u l zdrożeje!... Ale Roberts chwat; nie ma jednej ręki i pomimo to łupi Afgańczyków, aż się wata sypie... Chociaż takich dzikusów walić nietrudno; lecz zobaczyłbym ja cię, panie Roberts, jak byś ty sobie poczynał mając sprawę z węgierską piechotą!...

Wokulski także miał po Nowym Roku batalię z tą spółką, którą założył do handlu z cesarstwem. Myślę, że jeszcze jedna sesja, a rozpędzi swoich wspólników na cztery wiatry. Cóż to za dziwni ludzie, choć wszystko inteligencja: przemysłowcy, kupcy, szlachta, hrabiowie! On im stworzył spółkę, a oni uważają go za wroga tej spółki i sobie tylko przypisują zasługę. On im daje siedem procent za pół roku, a ci jeszcze się krzywią i chcieliby poniżać pensje pracownikom.

A ci kochani pracownicy, za których ujada się Wokulski!... Co oni na niego wygadują, jak nazywają go wyzyskiwaczem (nb. w naszym interesie są największe pensje i gratyfikacje!), a jak jedni pod drugimi kopią doły...

Ze smutkiem widzę, że od pewnego czasu między naszymi ludźmi zaczynają kwitnąć nie znane przedtem obyczaje: mało robić, głośno narzekać, a po cichu snuć intrygi i puszczać plotki. Ale co mi tam do cudzych spraw...

A teraz z nadzwyczajną szybkością dokończę opowiadania o tragedii, która powinna była wstrząsnąć każde szlachetne serce.

Już nawet zapomniałem o szkaradnym procesie pani Krzeszowskiej przeciw tej niewinnej, tej czystej, tej cudnej pani Stawskiej, kiedy, jakoś w końcu stycznia, spadły na nas dwa gromy: wieść o tym, że w Wietlance wybuchła dżuma[106], i – awizacje[107] z sądu do Wokulskiego i do mnie na jutro. Mnie nogi pocierpły i tak mi to cierpnięcie szło od pięt do kolan, później do żołądka, celując oczywiście w stronę serca. Myślę: „Dżuma albo paraliż?..." Ale że Wokulski przyjął awizację bardzo obojętnie, więc i ja nabrałem otuchy.

Idę tedy wieczorem, wciąż pełen otuchy, do tych pań, już na nowe ich mieszkanie, gdy naraz słyszę na środku ulicy: brzęk-brzęk... brzęk-brzęk!... O rany boskie, ależ to aresztantów prowadzą!... Co za okropna wróżba...

Oj, jakież mnie smutne myśli opanowały: „A jeżeli sąd nie uwierzy nam (boć przecie omyłki są możliwe) i jeżeli tę najszlachetniejszą kobietę wtrącą do więzienia, choćby na tydzień, choćby na jeden dzień – cóż wtedy?... Ona tego nie przeżyje ani ja... Gdybym zaś przeżył, to chyba tylko – ażeby biedna Helunia miała opiekę..."

Tak! ja muszę żyć. Ale jakie to będzie życie!...

Wchodzę do tych dam... A, znowu cała awantura! Pani Stawska siedzi blada na stołeczku, a pani Misiewiczowa ma na głowie chustkę zmoczoną w wodzie uśmierzającej. Pachnie staruszka o dwa łokcie kamforą i mówi lamentującym głosem:

– O, szlachetny panie Rzecki, który nie wstydzisz się nieszczęśliwych, zhańbionych kobiet... Wyobraź sobie, co za nieszczęście: jutro sprawa Helenki... i tylko

---

[105] *zwycięstwo Anglików w Afganistanie* – pokój korzystny dla Anglii został zawarty 26 maja 1879 r.
[106] *w Wietlance wybuchła dżuma* – w guberni astrachańskiej; doniosły o tym gazety z 24 stycznia 1879 r.
[107] *awizacja* – zawiadomienie pisemne.

pomyśl: co będzie, jeżeli się sąd omyli i tę nieszczęśliwą kobietę skaże do rot aresztanckich[108]?... Ale uspokój się, Helciu, bądź odważna, może to Bóg odwróci... Chociaż tej nocy miałam sen okropny...
(Ona miała sen, ja spotkałem aresztantów... Nie obejdzie się bez katastrofy.)
— Ale — mówię — cóż znowu! Sprawa nasza jest jak złoto, wygramy ją... Zresztą co tam taka sprawa; gorsza historia z dżumą... — dodałem, ażeby zwrócić uwagę pani Misiewiczowej, w innym kierunku.
I pięknem trafił!... Gdyż jak moja staruszka nie wrzaśnie:
— Dżuma?... tu?... w Warszawie?... A co, Helenko, nie mówiłam?... Aaa... już zginęliśmy wszyscy!... Bo to w czasie dżumy każdy zamyka się w domu... jedzenie podają sobie na drągach... trupów ściągają do dołów hakami...

Uuu... widzę, że mi się rozhulała starowina, więc żeby ją pohamować na punkcie dżumy, napomknąłem znowu o procesie, na co ta kochana pani odpowiedziała mi długim wywodem o hańbie ścigającej jej rodzinę, o możliwym uwięzieniu pani Stawskiej, o tym, że się rozlutował samowar...

Krótko mówiąc, ostatni wieczór przed sprawą, kiedy właśnie najpotrzebniejsza była energia, ostatni ten wieczór upłynął nam pomiędzy dżumą i śmiercią a hańbą i kryminałem. W głowie mi się zamieszało tak, że kiedym się znalazł na ulicy, nie wiedziałem, gdzie iść: w lewo czy w prawo?

Na drugi dzień (sprawa miała być o dziesiątej) już o ósmej pojechałem do moich pań i nie zastałem nikogo. Wszystkie poszły do spowiedzi: matka, córka, wnuczka i kucharka, i jednały się z Bogiem do wpół do dziesiątej, a ja nieszczęśliwy (był przecie styczeń) spacerowałem przed bramą na mrozie i myślałem:

„Ładny interes! Spóźnią się do sądu, jeżeli się już nie spóźniły, sąd wyda wyrok zaoczny i naturalnie, nie tylko skaże panią Stawską, ale jeszcze uzna ją za zbiegłą, roześle listy gończe... Tak zawsze z tymi babami!..."

Nareszcie przyszły wszystkie cztery z Wirskim (czy i ten pobożny człowiek chodził dziś do spowiedzi?) i — dwoma dorożkami pojechaliśmy na sprawę: ja z panią Stawską i Helunią, a Wirski z panią Misiewiczową i kucharką. Szkoda jeszcze, że nie wzięły ze sobą rondli, samowara i naftowej kuchenki!... Przed sądem spotkaliśmy powóz Wokulskiego, którym przyjechał on i adwokat. Czekali nas przy schodach tak zabłoconych, jak gdyby przeszedł tędy batalion piechoty — i mieli miny zupełnie spokojne. Założyłbym się nawet, że rozmawiali o czym innym, nie o pani Stawskiej.

— O, zacny panie Wokulski, który nie wstydzisz się biednych kobiet, okrytych... — zaczęła pani Misiewiczowa.

Ale Stach podał jej rękę, adwokat pani Stawskiej, Wirski wziął za rączkę Helunię, a ja asystowałem Mariannie i tak weszliśmy do biura sędziego pokoju[109].

Sala przypomniała mi szkołę; sędzia siedział na wzniesieniu jak profesor na katedrze, a naprzeciw niego, w dwu szeregach ławek, mieścili się oskarżeni i świadkowie. W tej chwili tak żywo stanęły mi w pamięci młode lata, że mimo woli rzuciłem okiem pod piec, pewny, że zobaczę woźnego z rózgą i ławkę, na której nas bito w skórę.

---

[108] *roty aresztanckie* — w carskiej Rosji kara więzienia połączona z przymusowymi robotami.

[109] *sędzia pokoju* — sędzia najniższej instancji rozstrzygający sprawy cywilne mniejszej wagi i wykroczenia.

Chciałem nawet przez roztargnienie krzyknąć: „Póki życia, nie będę, panie profesorze!...", alem się w porę opamiętał.

Zaczęliśmy rozsadzać nasze damy w ławkach i spierać się przy tej okazji z Żydkami, którzy, jak mi to później objaśniono, są najcierpliwszymi audytorami[110] spraw sądowych, szczególniej o kradzież i oszustwo. Znaleźliśmy nawet miejsce dla poczciwej Marianny, która usiadłszy zrobiła taką minę, jakby miała zamiar przeżegnać się i zmówić pacierz.

Wokulski, nasz adwokat i ja uplacowaliśmy się w pierwszej ławce, obok jegomości z rozerwanym paltotem i podbitym okiem, na którego brzydko spoglądał jeden z obecnych rewirowych.

„Pewnie znowu jakiś zatarg z policją" – pomyślałem.

Nagle usta same otworzyły mi się z podziwu; ujrzałem bowiem przed katedrą sędziego pokoju całą gromadę znanych mi osób. Na lewo od stołu – pani Krzeszowska, jej robaczywy adwokat i ten hultaj Maruszewicz, a na prawo dwaj studenci. Jeden z nich odznaczał się bardzo wytartym mundurem i niezwykle obfitą wymową; drugi miał jeszcze mocniej wytarty mundur, kolorowy szalik na szyi i wyglądał, dalibóg, jak emigrant z przedpogrzebowego domu.

Przypatrzyłem mu się lepiej. Tak, to on, to jest ten sam mizerny młody człowiek, który podczas pierwszej bytności Wokulskiego u pani Stawskiej rzucił baronowej śledzia na głowę. Kochany chłopak!... Ale też nie zdarzyło mi się widzieć nic równie chudego i żółtego...

sceny w sądzie W pierwszej chwili myślałem, że między tymi przyjemnymi młodzieńcami i baronową toczy się proces właśnie o owego śledzia. Wnet jednak przekonałem się, że chodzi o co innego, że mianowicie pani Krzeszowska zostawszy właścicielką domu chce z niego wyrzucić swoich najzapamiętalszych wrogów, a zarazem najniewypłacalniejszych lokatorów.

Sprawa między baronową a młodymi ludźmi w tej chwili dosięgła najwyższego punktu.

Jeden ze studentów, ładny chłopak z wąsikami i faworytami, wspinając się na palcach albo opadając na obcasy opowiadał coś sędziemu; przy czym prawą ręką wykonywał okrągłe ruchy, a lewą kokieteryjnie zakręcał wąsik, wysoko podnosząc mały palec, ozdobiony pierścionkiem bez oczka.

Drugi młodzieniec milczał posępnie i krył się za kolegą. W postawie jego zauważyłem pewną osobliwość: przyciskał on do piersi obie ręce, a dłonie rozłożył w taki sposób, jakby w nich trzymał książkę albo obrazek.

— Więc jak się panowie nazywacie? – spytał sędzia.

— Maleski – odparł z ukłonem właściciel faworytów – i Patkiewicz... – dodał wskazując gestem pełnym dystynkcji na ponurego towarzysza.

— A trzeci pan gdzie?

— Jest cierpiący – odparł krygując się pan Maleski. – Jest to nasz sublokator i zresztą bardzo rzadko mieszka z nami.

— Jak to? Bardzo rzadko mieszka? Gdzież on siedzi w dzień?

---

[110] *audytor* – słuchacz.

— W uniwersytecie, w prosektorium, czasem na obiedzie.
— No, a w nocy?
— Pod tym względem mogę panu sędziemu dać tylko poufne objaśnienia.
— A gdzież on zapisany w księgi?
— O, zapisany jest ciągle w naszym domu, ponieważ nie chciałby robić władzom subiekcji — objaśnił pan Maleski z miną lorda.
Sędzia zwrócił się do pani Krzeszowskiej.
— Cóż, pani wciąż nie chce trzymać tych panów?
— Za żadne skarby! — jęknęła pani baronowa. — Po całych nocach ryczą, tupią, pieją, gwiżdżą... Nie ma służącej w domu, której by nie zwabiali do siebie... Ach, Boże!... — krzyknęła odwracając głowę.
Sędzia był zdziwiony wykrzyknikiem, ale ja nie... Spostrzegłem bowiem, że pan Patkiewicz nie odejmując rąk od piersi nagle wywrócił oczy i opuścił dolną szczękę w taki sposób, że zrobił się podobny do stojącego trupa. Jego twarz i cała postawa istotnie mogła przerazić nawet zdrowego człowieka.
— Najokropniejsze jest to, że ci panowie wylewają oknem jakieś płyny...
— Czy na panią? — spytał zuchwale pan Maleski.
Baronowa posiniała z gniewu, ale umilkła; wstyd jej było przyznać się.
— Cóż dalej? — rzekł sędzia.
— Ale najgorsze ze wszystkiego (przez co nawet wpadłam w nerwową chorobę), że ci panowie po kilka razy na dzień stukają do mego okna trupią główką...
— Tak panowie robią? — zapytał sędzia.
— Będę miał honor objaśnić pana sędziego — odparł Maleski, z postawą człowieka, który chce odtańczyć menueta. — Nam usługuje stróż domu mieszkający na dole; ażeby więc nie marnować się schodzeniem i wchodzeniem na trzecie piętro, mamy u siebie długi sznur, wieszamy na nim, co jest pod ręką (może czasem zdarzyć się i trupia główka), i... pukamy do jego okna — zakończył tak słodkim tonem, że trudno było przestraszyć się równie delikatnego pukania.
— Ach, Boże!... — krzyknęła znowu pani baronowa zataczając się.
— Oczywiście, chora kobieta — mruknął Maleski.
— Nie chora! — zawołała baronowa. — Ale wysłuchaj mnie, panie sędzio!... Ja nie mogę patrzeć na tego drugiego... bo on ciągle robi miny jak nieboszczyk... Ja niedawno straciłam córkę!... — zakończyła ze łzami.
— Słowo honoru, że ta pani ma halucynacje — rzekł Maleski. — Kto tu jest podobny do nieboszczyka?... Patkiewicz?... taki przystojny chłopak!... — dodał wypychając naprzód mizernego kolegę, który... w tej chwili właśnie już po raz piąty udawał trupa.
W sali wybuchnął śmiech; sędzia dla uratowania powagi zanurzył głowę w papierach i po dłuższej pauzie surowo zapowiedział, że śmiać się nie wolno i że każdy, zakłócający porządek, ulegnie karze pieniężnej.
Korzystając z zamieszania Patkiewicz szarpnął kolegę za rękaw i szepnął ponuro:
— Cóż ty, świnio, Maleski, kpisz sobie ze mnie w publicznym miejscu?
— Bo jesteś przystojny, Patkiewicz. Kobiety wściekają się za tobą.
— To przecież nie dlatego... — mruknął Patkiewicz znacznie spokojniejszym tonem.

— Kiedyż panowie zapłacą dwanaście rubli kopiejek pięćdziesiąt za miesiąc styczeń? — spytał sędzia.

Pan Patkiewicz tym razem udał człowieka, który ma bielmo na lewym oku i lewą część twarzy sparaliżowaną; pan Maleski zaś pogrążył się w głębokim zamyśleniu.

— Gdybyśmy — rzekł po chwili — mogli zostać do wakacyj, to... Ale tak!... Niech nam pani baronowa zabierze umeblowanie.

— Ach, nic już nie chcę, nic... Tylko wyprowadźcie się, panowie! Nie mam żadnej pretensji o komorne... — zawołała baronowa.

— Jak się ta kobieta kompromituje — szepnął nasz adwokat. — Włóczy się po sądach, bierze takiego szubrawca na doradcę...

— Ale my mamy do pani pretensję o szkody i straty! — odezwał się Maleski. — Kto słyszał o tej porze wymawiać przyzwoitym ludziom komorne?... Gdybyśmy nawet znaleźli lokal, to będzie taki podły, że przynajmniej ze dwu z nas umrze na suchoty...

Pan Patkiewicz zapewne w celu dodania większej wagi słowom mówcy zaczął poruszać uchem i skórą na głowie; co w sali wywołało nowy atak wesołości.

— Pierwszy raz widzę coś podobnego! — rzekł nasz adwokat.

— Taką sprawę? — spytał Wokulski.

— Nie, ale żeby człowiek uchem ruszał. To artysta!...

Sędzia tymczasem napisał i przeczytał wyrok, mocą którego panowie: Maleski i Patkiewicz, zostali skazani na zapłacenie dwunastu rubli i pięćdziesięciu kopiejek komornego tudzież na opuszczenie lokalu przed 8 lutym.

Tu zdarzył się fakt nadzwyczajny. Pan Patkiewicz usłyszawszy wyrok doznał tak silnego wstrząśnienia moralnego, że twarz zrobiła mu się zieloną i — zemdlał. Szczęściem, spadając trafił w objęcia pana Maleskiego; inaczej strasznie rozbiłby się nieborak.

Naturalnie, w sali odezwały się głosy współczucia, kucharka pani Stawskiej zapłakała. Żydki zaczęły pokazywać palcami na baronowę i chrząkać. Zakłopotany sędzia przerwał posiedzenie i kiwnąwszy głową Wokulskiemu (skąd oni się znają?), poszedł do swego pokoju, a dwaj stójkowi prawie wynieśli na rękach nieszczęśliwego młodzieńca, który tym razem był naprawdę podobny do trupa.

Dopiero w przedpokoju, gdy złożono go na ławce, a jeden z obecnych zawołał, ażeby oblać go wodą; chory nagle zerwał się i rzekł groźnie:

— No, no!... tylko bez głupich żartów...

Po czym natychmiast sam ubrał się w palto, energicznie naciągnął niezbyt całe kalosze i lekkim krokiem opuścił sądową salę ku zdziwieniu stójkowych, oskarżonych i świadków.

W tej chwili zbliżył się do naszej ławki jakiś oficjalista sądowy i szepnął Wokulskiemu, że sędzia prosi go na śniadanie. Stach wyszedł, a pani Misiewiczowa zaczęła nawoływać mnie rozpaczliwymi znakami.

— Jezus! Maria!... — rzekła — nie wiesz pan, po co sędzia wezwał tego najszlachetniejszego z ludzi?... Pewnie chce mu powiedzieć, że Helenka zgubiona!... O, ta niepoczciwa baronowa musi mieć wielkie stosunki... już jedną sprawę wygrała i pewnie będzie to samo z Helenką... O, ja nieszczęśliwa!... czy nie masz, panie Rzecki, jakich kropli trzeźwiących?

— Pani słabo?
— Jeszcze nie, choć tu jest zaduch... Ale strasznie boję się o Helenkę... Jeżeli ją skażą, zemdleje i może umrzeć, jeżeli prędko jej nie otrzeźwimy... Czy nie sądzisz, kochany panie, że dobrze bym zrobiła, gdybym upadła do nóg sędziemu i zaklęła go....
— Ależ, pani, to wszystko niepotrzebne... Właśnie mówił nasz adwokat, że baronowa może by i chciała cofnąć skargę, tylko już nie wolno.
— Ależ my ustąpimy! — zawołała staruszka.
— O, co to, to nie, szanowna pani — odezwałem się trochę niecierpliwie. — Albo wyjdziemy stąd kompletnie oczyszczeni, albo...
— Umrzemy, chcesz powiedzieć? — przerwała staruszka. — O, nie mów tego... Pan nawet nie wiesz, jak przykro w moim wieku słyszeć o śmierci...
Cofnąłem się od zrozpaczonej staruszki i podszedłem do pani Stawskiej.
— Jakże się pani czuje?
— Doskonale! — odpowiedziała z mocą. — Jeszcze wczoraj bałam się okropnie; ale już po spowiedzi lżej odetchnęłam, a od chwili kiedy tu jestem, czuję się zupełnie spokojną.
Uścisnąłem ją za rękę długo... długo... tak, jak umieją ściskać tylko prawdziwie kochający, i pobiegłem do swej ławki, gdyż Wokulski, a za nim sędzia weszli do sali.
Serce mi uderzyło jak młot. Spojrzałem wokoło. Pani Misiewiczowa widocznie modliła się z zamkniętymi oczyma, pani Stawska była bardzo blada, lecz zdecydowana, pani baronowa szarpała swoją salopę, a nasz adwokat spoglądał na sufit i tłumił ziewanie.
W tej chwili i Wokulski spojrzał na panią Stawską i — niech mnie diabli wezmą — jeżeli nie dostrzegłem w jego oczach rzadko trafiającego się tam wyrazu rozczulenia!...
Żeby jeszcze parę takich procesów, jestem pewny, że zakochałby się w niej na śmierć.
Sędzia przez parę minut coś pisał, a skończywszy zawiadomił obecnych, że teraz toczyć się będzie sprawa Krzeszowskiej przeciw Stawskiej o kradzież lalki.
Jednocześnie zawezwał strony i ich świadków na środek.
Stałem przy ławkach, dzięki czemu mogłem słyszeć rozmowę dwu kumoszek, z których młodsza i czerwona na twarzy tłomaczyła starszej:
— To, widzi pani: ta ładna pani ukradła tamtej pani lalkę...
— Także miała się na co łakomić!...
— Ha, trudno. Nie każdy może kraść magle...
— To pani ukradłaś magle — odezwał się spoza kumoszek gruby głos. — Nie ten złodziej, co zabiera swoją własność, ale ten, co da piętnaście rubli zadatku i myśli, że już kupił...
Sędzia wciąż pisał, a ja chciałem przypomnieć sobie mowę, którą ułożyłem wczoraj na obronę pani Stawskiej, a na pohańbienie baronowej. Ale że mi się w głowie plątały wyrazy i zdania, więc zacząłem oglądać się po sali.
Pani Misiewiczowa wciąż modliła się w ławce po cichu, a siedząca za nią Marianna płakała. Pani Krzeszowska miała szarą twarz, przycięte usta i spuszczone oczy; ale z każdego fałdu jej ubrania wyglądała złość... Obok niej stał Maruszewicz

wpatrzony w ziemię, a za nim służąca baronowej, tak przestraszona, jakby ją miano prowadzić na szafot...

Nasz adwokat tłumił ziewanie.

Wokulski ściskał pięści, a pani Stawska spoglądała kolejno na wszystkich z takim łagodnym spokojem, że gdybym był rzeźbiarzem, wziąłbym ją za model do posągu oskarżonej niewinności.

Wtem, pomimo protestu Marianny, Helunia wybiegła na salę i schwyciwszy matkę za rękę spytała półgłosem:

— Mamo, czego ten pan kazał mamie tu przyjść?... Ja coś powiem do uszka: pewnie mama była niegrzeczna i teraz będzie stać w kącie...

— To wyuczone!... — rzekła czerwona kumoszka do starszej.

— Żebyś pani tak zdrowa była! — mruknął za nią gruby głos.

— Pan będziesz zdrów za moją krzywdę... — odparła z gniewem kumoszka.

— A pani skonasz na konwulsje i będą cię w piekle maglować na moich maglach — odrzekł jej antagonista.

— Ciszej! — zawołał sędzia. — Co pani Krzeszowska mówi o sprawie?

— Wysłuchaj mnie, panie sędzio! — zaczęła deklamować pani baronowa wysunąwszy nogę naprzód. — Po zmarłym dziecku została mi, jako najdroższa pamiątka, lalka, która bardzo podobała się tej oto pani — wskazała na Stawską — i jej córce...

— Oskarżona bywała u pani?

— Tak, wynajmowałam ją do szycia...

— Alem jej nic nie zapłaciła! — huknął z końca sali Wirski.

— Ciszej! — zgromił go sędzia. — Tak i cóż?

— W dniu, w którym tę panią oddaliłam od siebie — mówiła baronowa — zginęła mi lalka. Myślałam, że umrę z żalu, i zaraz na nią powzięłam podejrzenie... Miałam dobre przeczucia, gdyż w kilka dni później przyjaciel mój, pan Maruszewicz, zobaczył z okna, że ta pani (która mieszka vis à vis niego) ma u siebie moją lalkę i dla niepoznaki przebiera ją w inną suknię.

Wtedy poszłam do jego mieszkania z moim doradcą prawnym i zobaczyłam przez lornetkę, że moja lalka jest rzeczywiście u tej pani. Na drugi dzień więc udałam się do niej, zabrałam lalkę, którą tu widzę na stole, i podałam skargę.

— A pan Maruszewicz jest pewny, że to ta sama lalka, która była u pani Krzeszowskiej? — spytał sędzia.

— To jest... właściwie mówiąc... pewności nie mam żadnej.

— Tak dlaczegóż pan Maruszewicz powiedział to pani Krzeszowskiej?

— Właściwie... ja nie w tym znaczeniu...

— Nie kłam pan! — zawołała baronowa. — Przybiegłeś do mnie, śmiejąc się, powiedziałeś, że Stawska ukradła lalkę i że to do niej podobne...

Maruszewicz zaczął mienić się, potnieć i nawet przestępować z nogi na nogę, co jest chyba dowodem wielkiej skruchy.

— Podlec! — mruknął Wokulski dosyć głośno.

Spostrzegłem jednak, że uwaga ta nie wzmocniła w Maruszewiczu otuchy. Owszem, zdawał się być jeszcze więcej zmieszany.

Sędzia zwrócił się do służącej pani Krzeszowskiej.

— U was była ta lalka?
— Nie wiem która... — szepnęła zapytana.
Sędzia wyciągnął do niej lalkę, ale służąca milczała mrugając oczyma i załamując ręce.
— Ach, to Mimi!... — zawołała Helunia.
— O, panie sędzio! — krzyknęła baronowa. — Córka świadczy przeciw matce...
— Znasz tę lalkę? — spytał sędzia Heluni.
— O, znam!... Zupełnie taka sama była u pani tam w pokoiku...
— Czy to jest ta sama?
— O, nie, nie ta... Tamta miała popielatą sukienkę i czarne buciki, a ta ma brązowe buciki!...
— Nu, tak... — mruknął sędzia kładąc lalkę na stole. — Co pani Stawska powie?... — dodał.
— Lalkę tę kupiłam w sklepie pana Wokulskiego...
— A ile pani dała za nią?... — syknęła baronowa.
— Trzy ruble.
— Cha! cha! cha!... — zaśmiała się baronowa. — Ta lalka kosztuje piętnaście...
— Kto pani sprzedał tę lalkę? — zapytał sędzia Stawskiej.
— Pan Rzecki — odparła rumieniąc się.
— Co powie pan Rzecki?... — rzekł sędzia.
Tu właśnie była pora wypowiedzieć moją mowę. Jakoż zacząłem:
— Szanowny sędzio!... Z bolesnym zdumieniem przychodzi mi... To jest... widzę przed sobą triumfującą złość i tego... uciśnioną...
Nagle tak mi zaschło w ustach, że już nie mogłem słowa przemówić. Szczęściem, odezwał się Wokulski:
— Rzecki był tylko obecny przy kupnie, lalkę ja sprzedałem.
— Za trzy ruble? — spytała baronowa błysnąwszy oczyma jaszczurki.
— Tak, za trzy ruble. Jest to towar wybrakowany, którego się pozbywamy.
— Czy i mnie pan sprzedałby taką lalkę za trzy ruble? — indagowała baronowa.
— Nie! Pani już nic i nigdy nie sprzedadzą w moim sklepie.
— Jaki pan ma dowód, że ta lalka jest kupiona u pana? — spytał sędzia.
— Otóż to! — zawołała baronowa. — Jaki dowód?...
— Ciszej!... — zgromił ją sędzia.
— Gdzie pani swoją lalkę kupiła? — spytał baronowę Wokulski.
— U Lessera[111].
— Więc mamy dowód — rzekł Wokulski. — Lalki takie sprowadzałem z zagranicy w kawałkach: oddzielnie głowy, oddzielnie korpusy. Niech więc pan sędzia odpruje głowę, a wewnątrz znajdzie moją firmę.
Pani baronowa zaczęła się niepokoić.
Sędzia wziął do rąk lalkę, która tyle narobiła zgryzoty, i urzędowym scyzorykiem rozciął jej naprzód stanik, a następnie począł z wielką uwagą odpruwać głowę od tułowia.

---

[111] *Lesser* — sklep braci Lesser przy ul. Rymarskiej.

Helenka, z początku zdziwiona, przypatrywała się tej operacji, następnie zwróciła się do matki mówiąc półgłosem:

— Mamo, dlaczego ten pan rozbiera Mimi? Przecież ona będzie się wstydzić...

Nagle zrozumiawszy, o co chodzi, wybuchnęła płaczem i kryjąc twarz w suknię pani Stawskiej, zawołała:

— Ach, mamo, po co on ją kraje?... To strasznie boli!... O mamo, mamo, już nie chcę, ażeby Mimi krajali...

— Nie płacz, Heluniu, Mimi będzie zdrowa i jeszcze ładniejsza — uspakajał ją Wokulski, wzruszony nie mniej od Helenki.

Tymczasem głowa Mimi spadła na papiery. Sędzia spojrzał wewnątrz i podając maskę[112] pani baronowej rzekł:

— Nu, niech pani przeczyta, co tam napisano?

Baronowa przycięła usta i milczała.

— To niech pan Maruszewicz przeczyta głośno, co tam jest.

— Jan Mincel i Stanisław Wokulski... — jęknął Maruszewicz.

— Zatem nie Lesser?

— Nie.

Przez cały ten czas służąca baronowej zachowywała się w sposób bardzo dwuznaczny: czerwieniła się, bladła, kryła się między ławki...

Sędzia patrzył na nią spod oka; nagle rzekł:

— Teraz panna nam powie, co to było z lalką? Tylko proszę prawdę, bo panna stanie do przysięgi...

Zagadnięta, z najwyższym przestrachem schwyciła się za głowę i przypadłszy do stołu, prędko odpowiedziała:

— Lalka stłukła się, panie...

— Ta wasza lalka, od pani Krzeszowskiej?...

— Ta...

— Nu, to stłukła się jej tylko głowa, a reszta gdzie?...

— Na strychu, panie... Oj, co ja będę miała!

— Nic panna nie będzie miała; gorzej byłoby nie odpowiedzieć prawdy. A pani oskarżycielka słyszy, co jest?

Baronowa spuściła oczy i skrzyżowała ręce na piersi jak męczennica.

Sędzia zaczął pisać. Siedzący w drugiej ławce (maglarz oczywiście) odezwał się do damy czerwonej na twarzy:

— A co, ukradła?... Widzisz pani, co się teraz zrobiło z paninej gęby?... Hę?..

— Jak kobieta jest ładna, to się i z kryminału wygrzebie — rzekła czerwona dama do swojej sąsiadki.

— Ale pani się nie wygrzebiesz... — mruknął maglarz.

— Głupiś pan!...

— Paniś głupsza...

— Ciszej!... — zawołał sędzia.

Kazano nam wstać i usłyszeliśmy wyrok najzupełniej uniewinniający panią Stawską.

---

[112] *maska* — tu: głowa lalki.

— Teraz — zakończył sędzia skończywszy czytanie — może pani podać skargę o potwarz.

Zeszedł na salę, uścisnął za rękę panią Stawską i dodał:

— Bardzo mi przykro, żem panią sądził, i bardzo mi przyjemnie, że mogę powinszować.

Pani Krzeszowska dostała spazmów, a dama z czerwoną twarzą mówiła do swej sąsiadki:

— Na ładną buzię to i sędzia jest pażyrny...[113] Ale nie tak to będzie w dniu ostatecznym! — westchnęła.

— Cholera!... jak to bluźni... — mruknął maglarz.

Poczęliśmy wychodzić. Wokulski podał rękę pani Stawskiej, z którą wysunął się naprzód, ja zaś ostrożnie zacząłem sprowadzać panią Misiewiczową z brudnych schodów.

— Mówiłam, że się tak skończy — upewniała mnie staruszka — ale pan to nie miałeś wiary...

— Ja nie miałem wiary?..

— Tak, chodziłeś jak struty... Jezus! Maria... A to co?...

Ostatnie te słowa skierowane były do mizernego studenta, który wraz ze swoim towarzyszem czekał przed bramą, widocznie na panią Krzeszowską, a myśląc, że ona wychodzi, ucharakteryzował się na trupa przed... panią Misiewiczową!... Wnet poznał swoją omyłkę i zawstydził się tak, że pobiegł parę kroków naprzód.

— Patkiewicz!... Stójże... już idą... — zawołał pan Maleski.

— Niech cię diabli porwą!... — wybuchnął pan Patkiewicz. — Ty zawsze musisz mnie skompromitować.

Usłyszawszy jednak hałas w bramie zawrócił się i jeszcze raz pokazał nieboszczyka... Wirskiemu!...

To już młodych ludzi ostatecznie zdetonowało; więc poszli do domu bardzo rozgniewani na siebie i każdy inną stroną ulicy.

Nimeśmy jednak dopędzili ich dorożkami, już znowu szli razem i ukłonili się nam z wielką galanterią.»

---

[113] *pażyrny* — żarłoczny, chciwy.

Rozdział IX

Pamiętnik starego subiekta

«Wiem ja, dlaczego tak szeroko rozpisałem się o sprawie pani Stawskiej. Oto dlaczego...
Na świecie jest dużo niedowiarków i ja sam bywam czasami niedowiarkiem i wątpię o Opatrzności Boskiej. Nieraz też, kiedy źle idą polityczne interesa albo kiedy patrzę na nędzę ludzką i na triumfy łajdaków (jeżeli taki wyraz wolno wymawiać), nieraz myślę sobie:

> Rzecki – refleksje o śmierci

„Stary głupcze, nazywający się Ignacym Rzeckim! Ty wyobrażasz sobie, że Napoleonidzi wrócą na tron, że Wokulski zrobi coś nadzwyczajnego, bo jest zdolny, i będzie szczęśliwym, bo jest uczciwy?... Ty myślisz, ośla głowo, że chociaż hultajom zrazu dzieje się dobrze, a ludziom poczciwym źle, to jednakże w końcu źli zostaną pohańbieni, a dobrzy sławą okryci?... Tak sobie imaginujesz?... Więc głupio sobie imaginujesz!... Na świecie nie ma żadnego porządku, żadnej sprawiedliwości, tylko walka. O ile w tej walce zwyciężają dobrzy, jest dobrze, o ile źli, jest źle; ale ażeby istniała jakaś potęga protegująca tylko dobrych, tego sobie wcale nie wyobrażaj... Ludzie są jak liście, którymi wiatr ciska; gdy rzuci je na trawnik, leżą na trawniku, a gdy rzuci w błoto – leżą w błocie..."

Tak sobie nieraz myślałem w chwilach zwątpienia; lecz proces pani Stawskiej doprowadził mnie do wręcz przeciwnych rezultatów, do wiary, że dobrym ludziom prędzej czy później stanie się sprawiedliwość.

Bo zastanów się tylko... Pani Stawska jest zacności kobieta, więc – powinna być szczęśliwą; Stach jest wyższym nad wszelką wartość człowiekiem, więc – i on powinien być szczęśliwy. Tymczasem Stach jest ciągle rozdrażniony i smutny (aż mi się czasem płakać chciało, kiedym na niego patrzył), a pani Stawska miała sprawę o kradzież...

Gdzież więc jest sprawiedliwość nagradzająca dobrych?...

Zaraz ją zobaczysz, o człowieku małej wiary! Ażeby zaś lepiej przekonać cię, że na tym świecie jest porządek, zapiszę tu następujące proroctwa:

Po pierwsze – pani Stawska wyjdzie za mąż za Wokulskiego i będzie z nim szczęśliwa.

Po drugie – Wokulski wyrzeknie się swojej panny Łęckiej, a ożeni się z panią Stawską i będzie z nią szczęśliwy.

Po trzecie – mały Lulu jeszcze w tym roku zostanie cesarzem Francuzów pod imieniem Napoleona IV, zbije Niemców na bryndzę i zrobi sprawiedliwość na całym świecie, co mi jeszcze przepowiadał śp. mój ojciec.

Że Wokulski ożeni się z panią Stawską i że zrobi coś nadzwyczajnego, o tym już dziś nie mam najmniejszej wątpliwości. Jeszcze się, co prawda, nie zaręczył z nią, jeszcze się nawet nie oświadczył, zresztą... jeszcze nawet on sam sobie z tego nie zdaje sprawy. Ale ja już widzę... Jasno widzę, jak rzeczy pójdą, i głowę dam sobie uciąć, że tak będzie... Ja mam nos polityczny!

Bo tylko uważ, co się dzieje.

Na drugi dzień po procesie Wokulski był wieczorem u pani Stawskiej i siedział do jedynastej w nocy. Na trzeci dzień był w sklepie u Milerowej, przejrzał księgi i oddawał wielkie pochwały pani Stawskiej, co nawet trochę ubodło Milerową. Na czwarty zaś dzień...

No, on wprawdzie nie był ani u Milerowej, ani u pani Stawskiej, ale za to mnie zdarzyły się dziwne wypadki.

Przed południem (jakoś nie było gości w sklepie) ni stąd, ni zowąd przychodzi do mnie kto?... Młody Szlangbaum, ten starozakonny, który pracuje w ruskich tkaninach.

Patrzę, mój Szlangbaum zaciera ręce, wąs do góry, głowa pod sufit... Myślę: „Zwariował czy co?..." A on — kłania mi się, ale z głową zadartą, i mówi dosłownie te wyrazy:

— Spodziewam się, panie Rzecki, że cokolwiek nastąpi, będziemy dobrymi przyjaciółmi...

Myślę: „Tam, do diabła, czy Stach nie dał mu dymisji?..." Więc odpowiadam:

— Możesz być pewny, panie Szlangbaum, mojej życzliwości, cokolwiek bądź nastąpi, byleś nie popełnił nadużycia, panie Szlangbaum...

Na ostatnie słowa położyłem nacisk, bo mi mój pan Szlangbaum wyglądał tak, jakby miał zamiar albo nasz sklep kupić (co wydaje mi się nieprawdopodobnym), albo kasę okraść... Czego, lubo jest uczciwy starozakonny, nie uważałbym za rzecz niemożliwą.

On to widać zmiarkował, bo uśmiechnął się nieznacznie i wyszedł do swojego oddziału. W kwadrans później wpadłem tam niby niechcący, ale zastałem go jak zwykle przy robocie. Owszem, powiedziałbym nawet, że pracował gorliwiej niż zwykle: wbiegał na drabinki, wydobywał sztuki rypsu i aksamitu, wkładał je na powrót do szaf, słowem kręcił się jak bąk.

„Nie — myślę — już ten chyba nas nie okradnie..."

Spostrzegłem, co mnie również zastanowiło, że pan Zięba jest uniżenie grzeczny dla Szlangbauma, a na mnie patrzy trochę z góry, choć jeszcze nie bardzo.

„Ha! — myślę — chce Szlangbaumowi wynagrodzić dawne krzywdy, a wobec mnie, najstarszego subiekta, zachowuje godność osobistą. Bardzo uczciwie robi, zawsze bowiem należy trochę zadzierać głowy wobec wyższych, a być uprzedzająco grzecznym dla niższych..."

Wieczorkiem zaszedłem do restauracyjki na piwko. Patrzę, jest pan Szprot i radca Węgrowicz. Ze Szprotem od tamtej afery, co to o niej mówiłem, jesteśmy na stopie obojętności, ale z radcą witam się kordialnie[114]. A on do mnie:

— No i co, już?...

---

[114] *kordialnie* — serdecznie.

— Przepraszam — mówię — ale nie rozumiem. (Myślałem, że robi aluzję do procesu pani Stawskiej.) Nie rozumiem — mówię — panie radco.

— Czego nie rozumiesz — on mówi — tego, że sklep sprzedany?...

— Przeżegnaj się pan, panie radco — ja mówię — jaki sklep?

Poczciwy radca był już po szóstym kuflu, więc zaczyna się śmiać i mówi:

— Phy! ja się przeżegnam, ale panu to się i przeżegnać nie pozwolą, jak z chrześcijańskiego chleba przejdziesz na żydowską chałę; wszak ci to, jak gadają, Żydzi wasz sklep kupili...

Myślałem, że dostanę apopleksji.

— Panie radco — mówię — jesteś pan zbyt poważnym człowiekiem, ażebyś nie miał powiedzieć, skąd ta wiadomość?

— Całe miasto gada — odparł radca — a zresztą niech obecny tu pan Szprot pana objaśni.

— Panie Szprot — mówię kłaniając się — nie chciałbym ubliżyć panu, tym więcej, że żądałem od pana satysfakcji, a pan odmówiłeś mi jej jak hultaj... Jak hultaj, panie Szprot... Oświadczam panu jednak, że albo powtarzasz, albo sam fabrykujesz plotki...

— Co to jest?!... — wrzasnął Szprot, znowu jak niegdyś bijąc pięścią w stół. — Odmówiłem, gdyż nie jestem od dawania satysfakcji panu ani nikomu. Z tym wszystkim powtarzam, że sklep wasz kupują Żydzi...

— Jacy Żydzi?

— Diabeł ich wie: Szlangbaumy, Hundbaumy, czy ja ich zresztą znam!...

Taka mnie porwała wściekłość, żem kazał przynieść piwa, a radca Węgrowicz mówi:

— Z tymi Żydami to może być kiedyś głupia awantura. Tak nas duszą, tak nas ze wszystkich miejsc wysadzają, tak nas wykupują, że trudno poradzić z nimi. Już my ich nie przeszachrujemy, to darmo, ale jak przyjdzie na gołe łby i pięści, zobaczymy, kto kogo przetrzyma...

— Pan radca ma rację! — dodał Szprot. — Tak wszystko ci Żydzi zagarniają, że w końcu trzeba im będzie siłą odbierać, dla utrzymania równowagi. Bo zobaczcie tylko, panowie, co się dzieje choćby z takimi kortami...

— No — mówię — jeżeli nasz sklep kupią Żydzi, to i ja się z wami połączę; jeszcze moja pięść coś zaważy... Ale tymczasem, na miłosierdzie boskie, nie rozpuszczajcie plotek o Wokulskim i nie drażnijcie ludzi przeciw Żydom, bo już i bez tego panuje rozgoryczenie...

Wróciłem do domu z bólem głowy, wściekając się na cały świat. Budziłem się kilka razy w ciągu nocy, a po każdym zaśnięciu śniło mi się, że Żydzi naprawdę sklep nasz kupili i że ja, aby nie umrzeć z głodu, chodziłem po podwórzach z katarynką, na której był napis: „Ulitujcie się nad biednym, starym oficerem węgierskim!"

Dopiero z rana wpadłem na jedyną myśl prostą i rozsądną, ażeby stanowczo rozmówić się ze Stachem i jeżeli istotnie sklep sprzedaje, wystarać się o miejsce.

Ładna kariera po tylu latach służby! Gdyby człowiek był psem, to by mu przynajmniej w łeb strzelili... Ale że jest człowiekiem, więc musi wycierać obce kąty, niepewny zresztą, czy nie zbilansuje życia w rynsztoku.

Przed południem Wokulski nie był w sklepie, więc około drugiej wybrałem się do niego. Może chory?

Idę i w bramie domu, w którym mieszka, wpadam na doktora Szumana. Gdy powiedziałem mu, że chcę odwiedzić Stacha, odparł:

— Nie chodź pan tam. Jest rozdrażniony i lepiej zostawić go w spokoju. Zajdź pan lepiej do mnie na herbatę... *A propos,* czy ja mam pańskie włosy?

— Zdaje mi się — odpowiedziałem — że niedługo oddam panu moje włosy razem ze skórą.

— Chcesz się pan wypchać?

— Powinien bym, bo świat jeszcze nie widział podobnego mi głupca.

— Pociesz się pan — odparł Szuman — są głupsi. Ale o cóż to chodzi?

— Mniejsza, o co mnie chodzi, ale słyszałem, że Stach sklep sprzedaje Żydom... No, a ja już do nich w służbę nie pójdę.

— Cóż to, czy i pana ogarnia antysemityzm?

— Nie; ale co innego nie być antysemitą, a co innego służyć Żydom.

— Któż więc im będzie służył?... Bo ja, choć jestem Żyd, także nie wdzieję liberii tych parchów. Zresztą — dodał — skądże panu takie myśli przychodzą? Jeżeli sklep zostanie sprzedany, pan będziesz miał świetną posadę przy spółce handlu z cesarstwem...

— Niepewna to ta spółka — wtrąciłem.

— Bardzo niepewna — odpowiedział Szuman — bo za mało w niej Żydów, a za wielu magnatów. Ale pana i to nie obchodzi, bo... Tylko nie wydaj mnie z sekretu... Otóż pana to nic nie obchodzi, co się stanie ze sklepem i spółką, gdyż Wokulski zapisał panu dwadzieścia tysięcy rubli...

— Mnie?... zapisał?... cóż to znaczy?... — wykrzyknąłem zdziwiony.

Akurat weszliśmy do mieszkania Szumana i doktor kazał podać samowar.

— Co znaczy ten zapis? — spytałem, trochę nawet zaniepokojony.

— Zapis... zapis!... — mruczał Szuman chodząc po pokoju i pocierając sobie tył głowy. — Co znaczy? nie wiem, dość, że Wokulski zrobił go. Widocznie chce być przygotowany na wszelki wypadek jako rozsądny kupiec!...

— Czyby znowu pojedynek?...

— Eh! cóż znowu... Wokulski za dużo ma rozumu, ażeby dwa razy popełniał to samo głupstwo. Tylko, kochany panie Rzecki, kto z taką babą ma do czynienia, ten musi być przygotowany...

— Z jaką babą?... z panią Stawską?... — spytałem.

— Co za pani Stawska! — mówił doktor. — Tu chodzi o grubszą rybkę, o pannę Łęcką, w którą ten wariat wdeptał bez ratunku. Już zaczyna poznawać, jakie to ziółko, cierpi, gryzie się, ale oderwać się od niej nie może. Najgorsza rzecz spóźnione amory, osobliwie, kiedy trafią na takiego diabła jak Wokulski.

— Cóż się znowu stało? Przecie wczoraj był w ratuszu na balu?

— Właśnie był dlatego, że ona była, a i ja tam byłem dlatego, że oni oboje byli. Ciekawa historia! — mruknął doktor.

— Czy nie mógłbyś pan mówić jaśniej? — spytałem niecierpliwie.

— Dlaczegóż by nie, tym bardziej że wszyscy widzą to samo — mówił doktor. — Wokulski szaleje za panną, ona go bardzo mądrze kokietuje, a wielbiciele... czekają.

Awantura — ciągnął Szuman, precz chodząc po pokoju i trąc sobie głowę. — Dopóki panna Izabela była bez grosza i bez konkurenta, pies do nich nie zaglądał. Ale gdy znalazł się Wokulski, bogaty, z wielką reputacją i stosunkami, które nawet przeceniają, dokoła panny Łęckiej zgromadził się taki rój więcej lub mniej głupich, wyniszczonych i ładnych kawalerów, że przecisnąć się między nimi nie można. A każdy wzdycha, przewraca oczy, szepcze tkliwe półsłówka, czule za rączkę ściska w tańcu...

— I cóż ona na to?

> **Szuman o Łęckiej**

— Marna kobieta! — rzekł doktor machając ręką. — Zamiast gardzić hołotą, która ją w dodatku po kilka razy opuszczała, ona upaja się ich towarzystwem. Wszyscy to widzą, a co najgorsze — widzi sam Wokulski...

— Więc dlaczego, u diabła, nie puści jej?... Już kto jak kto, ale chyba on kpić ze siebie nie pozwoli.

Podano samowar; Szuman odprawił służącego i nalał herbatę.

— Widzisz pan — rzekł — on by ją niezawodnie puścił, gdyby mógł oceniać rzeczy rozsądnie. Była taka chwila wczoraj na balu, że w naszym Stachu obudził się lew i kiedy przyszedł do panny Łęckiej, ażeby z nią zamienić parę wyrazów, przysiągłbym, że jej powie: „Dobranoc pani, już poznałem jej karty i ogrywać się nimi nie pozwolę!" Taką miał minę, kiedy szedł do niej. Ale i cóż z tego?... Panna raz spojrzała, szepnęła, ścisnęła go za rękę i mój Stach był taki szczęśliwy przez całą noc, taki szczęśliwy, że... dziś miałby ochotę w łeb sobie wypalić, gdyby nie czekał na drugie spojrzenie, szept i uścisk ręki... Nie widzi, cymbał, że ona zupełnie takimi samymi słodyczami obdzielała dziesięciu, nawet w znakomicie większych dozach.

— Cóż to za kobieta?

> **Szuman o Łęckiej — ważny cytat**

— Jak setki i tysiące innych! Piękna, rozpieszczona, ale bez duszy. Dla niej Wokulski tyle wart, o ile ma pieniądze i znaczenie: jest dobry na męża, naturalnie, w braku lepszego. Ale na kochanków to już ona wybierze sobie takich, którzy do niej więcej pasują.

A tymczasem on — prawił Szuman — czy to w piwnicy Hopfera, czy to na stepie[115] tak się karmił Aldonami, Grażynami, Marylami[116] i tym podobnymi chimerami[117], że w pannie Łęckiej widzi bóstwo. On się już nie tylko kocha, ale uwielbia ją, modli się, padałby przed nią na twarz... Przykre go czeka zbudzenie!... Bo choć to romantyk pełnej krwi, jednak nie będzie naśladować Mickiewicza, który nie tylko przebaczył tej, co z niego zadrwiła, ale jeszcze tęsknił do niej po zdradzie, ba! nawet ją uwiecznił... Piękna nauka dla naszych panien: jeżeli chcesz być sławną, zdradzaj najgorętszych wielbicieli!... My, Polacy, jesteśmy skazani na głupców nawet w tak prostej rzeczy jak miłość...

— I myślisz doktor, że Wokulski będzie taki błazen?... — spytałem czując, że burzy się we mnie krew jak pod Vilagos.

Szuman aż skoczył na krześle.

---

[115] *na stepie* — tu: na Syberii.
[116] *Aldony, Grażyny, Maryle* — bohaterki romantyczne.
[117] *chimera* — mrzonka, urojenie.

— O, do licha, nie!... — zawołał. — Dziś może szaleć, dopóki mówi sobie: „A nuż mnie kocha, a nuż jest taką, jak myślę?..." Ale gdyby nie ocknął się spostrzegłszy, że z niego żartują, ja... ja pierwszy, jakem Żyd, plunąłbym mu w oczy... Taki człowiek może być nieszczęśliwym, ale nie wolno mu być podłym...

Dawno już nie widziałem Szumana tak rozdrażnionego. Żyd, bo Żyd, ma to wypisane od czuba do pięty, ale rzetelny przyjaciel i człowiek z poczuciem honoru.

— No — rzekłem — uspokój się, doktorze. Mam dla Stacha lekarstwo.

I opowiedziałem mu wszystko, co wiem o pani Stawskiej, dodając:

— Umrę, mówię ci, doktorze, umrę albo... ożenię Stacha z panią Stawską. To kobieta, która ma i rozum, i serce, i za miłość zapłaci miłością, a jemu takiej trzeba.

Szuman kiwał głową i wznosił brwi.

— Ha! próbuj pan... Na żal po kobiecie jedynym lekarstwem może być tylko druga kobieta. Chociaż obawiam się, czy kuracja już nie jest spóźniona...

— Stalowy to człowiek — wtrąciłem.

— I dlatego niebezpieczny — odparł doktor. — Trudno zatrzeć, co się raz w takim zapisze, i trudno skleić, co pęknie.

— Pani Stawska zrobi to.

— Bodajby.

— I Stach będzie szczęśliwy.

— Oho!...

Pożegnałem doktora pełen otuchy. Kocham, bo kocham panią Helenę, ale dla niego... wyrzeknę się jej.

Byle nie było za późno!

Ale nie...

Nazajutrz w południe wpadł do sklepu Szuman; z jego uśmieszków i ze sposobu przygryzania warg poznałem, że mu coś dolega i nastraja go na ton ironiczny:

— Byłeś doktór u Stacha? — spytałem. — Jakże dziś...

Pociągnął mnie za szafy i począł mówić zirytowanym głosem:

— Oto patrz pan, do czego doprowadzają baby nawet takich ludzi jak Wokulski! Wiesz pan, dlaczego on rozdrażniony?..

— Przekonał się, że panna Łęcka ma kochanka...

— Gdyżby się przekonał!... to może by go radykalnie uleczyło. Ale ona za sprytna, ażeby taki naiwny wielbiciel spostrzegł, co się dzieje za kulisami. Zresztą, w tej chwili chodzi o co innego. Śmiech powiedzieć, wstyd powiedzieć!... — żymał się doktór.

Uderzył się w łysinę i mówił ciszej:

— Jutro bal u księcia, gdzie, naturalnie, będzie panna Łęcka. I czy pan wiesz, że książę do tej chwili nie zaprosił Wokulskiego, choć z innymi zrobił to już od dwu tygodni!... A czy uwierzyłbyś pan, że Stach chory z tego powodu?...

Doktor zaśmiał się piskliwie, wyszczerzając popsute zęby, a ja dalibóg — zarumieniłem się ze wstydu.

— Teraz rozumiesz pan, na jakiej pochyłości może znaleźć się człowiek?... — spytał Szuman. — Już drugi dzień truje się, że go jakiś książę nie zaprosił na bal!... On, ten nasz kochany, ten nasz podziwiany Stach...

— I on sam powiedział to panu?

– Bah! – mruknął doktór – właśnie, że nie powiedział. Gdyby miał siłę powiedzieć, potrafiłby odrzucić tak dalece spóźnione zaproszenie.

– Myślisz pan, że go zaproszą?

– Och! Niezaproszenie kosztowałoby piętnaście procent rocznie od kapitału, który książę ma w spółce. Zaprosi go, zaprosi, gdyż, dzięki Bogu, Wokulski jest jeszcze rzeczywistą siłą. Ale pierwej, znając jego słabość dla panny Łęckiej, podrażni go, pobawi się nim jak psem, któremu pokazuje się i chowa mięso, ażeby nauczyć go chodzenia na dwu łapach. Nie bój się pan, oni go nie wypuszczą od siebie, na to są za mądrzy; ale go chcą wytresować, ażeby pięknie służył, dobrze aportował, a choćby i kąsał tych, którzy im nie są mili.

Wziął swoją bobrową czapkę i kiwnąwszy mi głową, wyszedł. Zawsze dziwak.

Cały dzień upłynął mi marnie; nawet parę razy omyliłem się w rachunkach. Wtem, kiedym już myślał o zamknięciu sklepu, zjawił się Stach. Zdawało mi się, że przez parę tych dni schudł. Obojętnie przywitał się z naszymi panami i zaczął przewracać w biurku.

– Szukasz czego? – spytałem.

– Czy nie było tu listu od księcia?... – odparł nie patrząc mi w oczy.

– Odsyłałem ci wszystkie listy do mieszkania...

– Wiem, ale mógł się który zostać, zarzucić...

Wolałbym rwać ząb aniżeli usłyszeć to pytanie. Więc Szuman miał rację: Stach gryzie się, że go książę na bal nie zaprosił!

Gdy sklep zamknięto i panowie wyszli, Wokulski rzekł:

– Co dziś robisz ze sobą? Nie zaprosiłbyś mnie na herbatę?

Naturalnie, zaprosiłem go z radością i przypomniałem sobie dobre czasy, kiedy Stach przepędzał u mnie prawie każdy wieczór. Jakże daleko te czasy! Dziś on był posępny, ja zakłopotany i choć obaj mieliśmy sobie dużo do powiedzenia, żaden z nas nie patrzył drugiemu w oczy. Nawet zaczęliśmy rozmawiać o mrozie i dopiero szklanka herbaty, w której było pół szklanki araku[118], rozwiązała mi trochę usta.

– Wciąż mówią – odezwałem się – że sprzedajesz sklep.

– Już go prawie sprzedałem – odparł Wokulski.

– Żydom?...

Zerwał się z fotelu i wsadziwszy ręce w kieszenie zaczął chodzić po pokoju.

– A komuż go sprzedam?... – spytał. – Czy tym, którzy nie kupią sklepu, gdyż mają pieniądze, czy tym, którzy by go dlatego tylko kupili, że nie mają pieniędzy? Sklep wart ze sto dwadzieścia tysięcy rubli, mam je rzucić w błoto?

– Strasznie ci Żydzi wypierają nas...

– Skąd?... Z tych pozycyj, których nie zajmujemy albo do zajmowania których sami ich zmuszamy, pchamy ich, błagamy, aby je zajęli. Mego sklepu nie kupi żaden z naszych panów, ale każdy da pieniądze Żydowi, aby on go kupił i... płacił dobre procenta od wziętego kapitału.

– Czy tak?...

– Naturalnie, że tak, wiem przecie, kto Szlangbaumowi pożycza pieniędzy...

---

[118] *arak* – mocny napój alkoholowy wyrabiany z ryżu lub trzciny cukrowej.

— To Szlangbaum kupuje?
— A któż by inny? Klejn, Lisiecki czy Zięba?... Ci nie znaleźliby kredytu, a znalazłszy, może by go zmarnowali.
— Będzie kiedyś awantura z tymi Żydami — mruknąłem.
— Bywały już, trwały przez osiemnaście wieków i jaki rezultat?... W antyżydowskich prześladowaniach zginęły najszlachetniejsze jednostki, a zostały tylko takie, które mogły uchronić się od zagłady. I oto jakich mamy dziś Żydów: wytrwałych, cierpliwych, podstępnych, solidarnych, sprytnych i po mistrzowsku władających jedyną bronią, jaka im pozostała — pieniędzmi. Tępiąc wszystko, co lepsze, zrobiliśmy dobór sztuczny i wypielęgnowaliśmy najgorszych.

Wokulski o Żydach

— Czy jednak pomyślałeś, że gdy twój sklep przejdzie w ich ręce, kilkudziesięciu Żydów zyska popłatną pracę, a kilkudziesięciu naszych ludzi straci ją?
— To nie moja wina — odparł zirytowany Wokulski. — Nie moja wina, że ci, z którymi łączą mnie stosunki, domagają się, ażebym sklep sprzedał. Prawda, że społeczność straci, ale też i społeczność chce tego.
— A obowiązki?..
— Jakie obowiązki?!... — wykrzyknął. — Czy względem tych, którzy nazywają mnie wyzyskiwaczem, czy tych, którzy mnie okradają? Spełniony obowiązek powinien coś przynosić człowiekowi, gdyż inaczej byłby ofiarą, której nikt od nikogo nie ma prawa wymagać. A ja, co mam w zysku? Nienawiść i oszczerstwa z jednej strony, lekceważenie z drugiej. Sam powiedz: czy jest występek, którego by mi nie zarzucano i za co?... Za to, żem zrobił majątek i dałem byt setkom ludzi.
— Oszczercy są wszędzie.
— Ale nigdzie w tym stopniu co u nas. Gdzie indziej taki jak ja uczciwy dorobkiewicz miałby wrogów, ale miałby też uznanie, które wynagradza krzywdy... A tu...
Machnął ręką.
Jednym łykiem wypiłem znowu pół szklanki araku z herbatą, na odwagę. Stach tymczasem usłyszawszy kroki w sieni stanął przy drzwiach. Odgadłem, że tak czeka na książęce zaprosiny!...
Już mi w głowie szumiało, więc zapytałem:
— A czy ci, ci, dla których sprzedajesz sklep, ocenią cię lepiej?...
— A jeżeli ocenią?... — spytał zamyśliwszy się.
— I będą cię lepiej kochać aniżeli ci, których opuszczasz?
Przybiegł do mnie i bystro popatrzył mi w oczy.
— A jeżeli będą kochać?... — odparł.
— Jesteś pewny?...
Rzucił się na fotel.
— Czy ja wiem?... — szepnął. — Czy ja wiem?... Co jest pewnego na tym świecie?
— I czy nigdy nie przyszło ci na myśl — mówiłem coraz śmielej — że możesz być nie tylko wyzyskiwany i oszukiwany, ale jeszcze wyśmiewany i lekceważony?... Powiedz, nigdyś o tym nie pomyślał?... Wszystko jest możliwe na świecie, a w takim wypadku należy się zabezpieczyć, jeżeli nie od zawodu, to przynajmniej od śmieszności.

Do diabła! — zakończyłem uderzając szklanką w stół — można ponosić ofiary mając z czego, ale nie można pozwalać na maltretowanie siebie...

— Kto mnie maltretuje? — krzyknął zrywając się.

— Wszyscy ci, którzy cię nie szanują tak, jakeś na to zasłużył.

Przestraszyłem się własnej śmiałości, ale Wokulski nic nie odpowiedział. Położył się na kozetce i splótł ręce pod głową, co było objawem niezwykłego wzruszenia. Potem zaczął mówić o interesach sklepowych głosem zupełnie spokojnym.

Około dziewiątej otworzyły się drzwi i wszedł lokaj Wokulskiego.

— Jest list od księcia!... — zawołał.

Stach przygryzł wargi i nie podnosząc się wyciągnął rękę.

— Daj — rzekł — i idź spać.

Służący wyszedł. Stach powoli otworzył kopertę, przeczytał i — rozdarłszy list na kilka kawałków, rzucił go pod piec.

— Cóż to jest? — spytałem.

— Zaproszenie na bal jutrzejszy — odparł sucho.

— Nie idziesz?

— Ani myślę.

Osłupiałem... I nagle w tym osłupieniu przyszła mi najgenialniejsza myśl pod słońcem.

— Wiesz co? — rzekłem — a może byśmy jutro poszli do pani Stawskiej na wieczór?...

Usiadł na kozetce i odparł z uśmiechem:

— A wiesz, że to będzie nieźle!... Wcale miła kobieta i dawnom już tam nie był. Trzeba by przy okazji posłać parę zabawek tej małej.

Lodowata ściana, jaka utworzyła się między nami, pękła.

Obaj odzyskaliśmy dawną szczerość i do północy rozmawialiśmy o przeszłych czasach. Na dobranoc powiedział mi Stach:

— Człowiek niekiedy głupieje, ale też niekiedy odzyskuje rozum... Bóg ci zapłać, mój stary!

Złoty, kochany Stach!...

Żebym miał pęknąć, ożenię go z panią Stawską!...

W dzień balu u księcia ani Stach, ani Szlangbaum nie byli w sklepie. Odgadłem, że muszą układać się o sprzedaż naszego interesu.

W każdym innym razie podobny wypadek zatrułby mi humor na całą dobę. Ale dziś ani myślałem o zniknięciu naszej firmy i zastąpieniu jej szyldem żydowskim. Co mi tam sklep! byle Stach był szczęśliwy, a przynajmniej wydobył się ze swoich zgryzot. Muszę go ożenić, ażeby pioruny biły!...

Z rana wysłałem do pani Stawskiej liścik donosząc, że przyjdziemy dziś na herbatę obaj z Wokulskim. Do listu ośmieliłem się załączyć pudełko zabawek dla Heluni. Był tam las ze zwierzętami, całe umeblowanie dla lalki, mały serwis i mosiężny samowar. Razem za rs 13 kop. 60 towaru z opakowaniem.

Muszę jeszcze coś wymyślić dla pani Misiewiczowej. Tym sposobem zrobię obcążki z babuni i z wnuczki i tak nimi piękną mamę ścisnę za serce, że musi kapitulować przed świętym Janem...

(Aj, do licha! a ten mąż za granicą?... No, co tam mąż, niechby się pilnował... Zresztą, za jakiś dziesiątek tysięcy rubli dostaniemy rozwód z nieobecnym i zapewne już nieżyjącym.)

Po zamknięciu sklepu idę do Stacha. Lokaj otwiera mi drzwi i trzyma w ręku wykrochmaloną koszulę. Przechodząc przez pokój sypialni widzę na krześle frak, kamizelkę... Oj, czy z naszej wizyty nie miałoby nic być?...

Stach w gabinecie czytał angielską książkę. (Czort wie, na co jemu ta angielszczyzna? Przecie można ożenić się będąc nawet głuchoniemym...) Przywitał mnie serdecznie, chociaż nie bez pewnego wahania.

„Trzeba wziąć byka za rogi!" – pomyślałem – i nie kładąc czapki na stole mówię:
— No, chyba nie ma co czekać. Idźmy, bo te panie spać się pokładą.

Wokulski złożył książkę i zamyślił się.
— Brzydki wieczór — rzekł — śnieżyca.
— Innym ta śnieżyca nie przeszkodzi jechać na bal, więc dlaczegóż nam miałaby psuć wieczorek — odpowiedziałem z głupia frant.

Jakbym kolnął Stacha. Zerwał się z krzesła i kazał podać futro. Służący ubierając go mówił:
— Tylko niech pan żara wracza, bo już pora ubierać się i fryzjer przyjdzie.
— Nie potrzeba — odparł Stach.
— Przecie nie uczesany nie pójdzie pan tańczować...
— Nie idę na bal.

Służący rozłożył ze zdziwieniem ręce i rozstawił nogi.
— Czo pan dziś wyrabia? — zawołał. — Pan tak robi, jakby pan miał źle w głowie... Pan Łęczki tak prosił...

Wokulski prędko wyszedł z pokoju i zatrzasnął drzwi pod nosem zuchwałemu famulusowi[119].

„Aha! — myślę — więc książę spostrzegł, że Stach może nie przyjść, i na przeprosiny wysłał tego niby teścia!... Szuman ma rację, że oni go nie zechcą wypuścić, no, ale my wam go odbierzemy!"

W kwadrans byliśmy u pani Stawskiej. Rozkosz, jak nas przyjęto!... Marianna wysypała kuchnię piaskiem, pani Misiewiczowa ubrała się w jedwabną suknię tabaczkowego koloru, a pani Stawska miała dziś takie śliczne oczy, rumieńce i usta, że można się było na śmierć zacałować przy tej pięknej kobiecie.

Nie chcę się uprzedzać, ale dalibóg! Stach spoglądał na nią z wielkim zajęciem przez cały wieczór... Nie miał nawet czasu spostrzec, że Helunia ubrała się w nową szarfę.

Co to był za wieczór!... Jak pani Stawska dziękowała nam za zabawki, jak ona osładzała Wokulskiemu herbatę, jak go parę razy trąciła brzegiem rękawa... Dziś już jestem pewny, że Stach będzie tu przychodził jak najczęściej, z początku ze mną, później beze mnie.

W środku kolacji zły czy dobry duch skierował oczy pani Misiewiczowej na „Kurier".
— Widzisz, Helenko — rzekła do córki — że to dziś bal u księcia.

---

[119] *famulus* – służący (pogardliwie).

Wokulski sposępniał i zamiast w oczy pani Stawskiej zaczął patrzeć w talerz. Wziąwszy na odwagę odezwałem się nie bez ironii:
— Piękne to musi być towarzystwo u takiego księcia! Stroje, elegancja...
— Nie tak piękne, jak się wydaje — odpowiedziała staruszka. — Stroje bardzo często nie popłacone, a elegancja!... Zapewne, inna musi być w salonie z hrabiami i książętami, a inna w garderobie z biednymi robotnicami.

(O! jakże mi staruszka w porę wystąpiła ze swoją krytyką. „Słuchajże, Stasiu" — pomyślałem i pytam dalej:)
— Więc te wielkie damy nie bardzo są eleganckie w stosunkach z pracownicami?...
— Proszę pana!... — odparła pani Misiewiczowa trzęsąc ręką. — Znamy tu jedną magazynierkę, której te panie dają roboty, bo jest bardzo zręczna i tania. Łzami się nieraz zalewa, kiedy od nich wraca. Ile się trzeba naczekać z przymierzeniem sukni, z poprawieniem, z rachunkiem... A jaki ton w rozmowie, jakie impertynencje, jakie targi... Ta magazynierka mówi (jak dobrze życzę!), że woli mieć do czynienia z czterema Żydówkami aniżeli z jedną wielką damą. Choć teraz i Żydówki psują się: gdy która zbogaci się, zaraz zaczyna mówić tylko po francusku, targować się i grymasić.

Chciałem spytać: czy panna Łęcka nie stroi się u tej magazynierki? ale żal mi było Stacha. Tak mienił się na twarzy, biedaczysko!...

Po herbacie Helunia zaczęła ustawiać na dywanie dziś otrzymane zabawki, co chwilę wykrzykując z radości; pani Misiewiczowa i ja usiedliśmy pod oknem (staruszka nie może odzwyczaić się od tych okien!), a Wokulski i pani Stawska uplacowali się na kanapie: ona z jakąś siatką, on z papierosem.

Ponieważ starowina z wielkim ogniem zaczęła mi opowiadać: jakim doskonałym naczelnikiem powiatu był śp. jej mąż, więc nie bardzo słyszałem, o czym rozmawiała pani Stawska z Wokulskim. A musiało to być interesujące, gdyż mówili półgłosem:

„Ja panią widziałem w roku zeszłym u Karmelitów przy grobach."

„A ja pana najlepiej zapamiętałam, kiedy pan w lecie był w tej kamienicy, gdzie mieszkałyśmy. I nie wiem dlaczego, zdawało mi się..."

— A co to był za kłopot z tymi paszportami!... Bóg wie, kto brał, komu oddawał, czyje wpisywał nazwisko... — opowiadała pani Misiewiczowa.

„... Owszem, ile tylko razy pan zechce..." — mówiła rumieniąc się pani Stawska.
„... I nie będę natrętny?..."

— Piękna para! — rzekłem półgłosem do pani Misiewiczowej.

Spojrzała na nich i wzdychając odparła:
— Cóż z tego, choćby nieszczęśliwy Ludwik już nawet nie żył?
— Miejmy w Bogu ufność...
— Że żyje?... — spytała staruszka, wcale nie zdradzając zachwytu.
— Nie, nie o tym mówię... Ale...
— Mamo, ja już spać chcę — odezwała się Helunia.

Wokulski wstał z kanapki i pożegnaliśmy damy.

„Kto wie — pomyślałem — czy ten jesiotr nie połknął już haczyka?..."

Na dworze wciąż sypał śnieg; Stach odwiózł mnie do domu i nie wiem, z jakiej racji czekał w sankach, aż wejdę w bramę.

Wszedłem, ale zatrzymałem się w sieni. I dopiero, kiedy stróż zamknął bramę, usłyszałem na ulicy dzwonki odjeżdżających sanek.

„Takiś to ty? — pomyślałem. — Zobaczymy, dokąd teraz pójdziesz..."

Wstąpiłem do siebie, włożyłem mój stary płaszcz, cylinder i tak przebrany, w pół godziny wyszedłem na ulicę.

W mieszkaniu Stacha było ciemno, zatem nie siedzi w domu. Więc gdzież jest?...

Kiwnąłem na przejeżdżające sanki i w parę minut wysiadłem niedaleko domu, w którym mieszka książę.

Na ulicy stało kilka karet, inne jeszcze zajeżdżały; ale już pierwsze piętro było oświetlone, muzyka grała, a w oknach od czasu do czasu migały cienie tańczących.

„Tam jest panna Łęcka" — pomyślałem i czegoś serce mi się ścisnęło.

Rozejrzałem się po ulicy. Uf! jakie tumany śniegu... Ledwie można dojrzeć targane przez wiatr płomyki gazowe. Trzeba iść spać.

Chcąc złapać sanki przeszedłem na drugi chodnik i... prawie otarłem się o Wokulskiego... stał pod drzewem zasypany śniegiem, zapatrzony w okna.

„Więc to tak?... O, żebyś zdechł, mój kochanku, musisz ożenić się z panią Stawską."

Wobec takiego niebezpieczeństwa postanowiłem działać energicznie. Więc zaraz na drugi dzień wybrałem się do Szumana i mówię:

— A wiesz, doktór, co się stało ze Stachem?

— Cóż, złamał nogę?

— Gorzej. Bo jakkolwiek, pomimo dwukrotnych zaproszeń, nie był na balu u księcia, lecz około północy wymknął się pod jego dom i stojąc na śnieżycy patrzył w okna. Rozumiesz pan?

— Rozumiem. Na to nie trzeba być psychiatrą.

— Zatem — mówię dalej — nieodwołalnie postanowiłem ożenić Stacha w tym jeszcze roku, nawet przed świętym Janem.

— Z panną Łęcką? — pochwycił doktór. — Radzę nie mieszać się do tego.

— Nie z panną Łęcką, ale z panią Stawską.

Szuman zaczął bić się po głowie.

— Szpital wariatów! — mruczał. — Nie brak ani jednego... Pan, oczywiście, masz wodę w głowie, panie Rzecki — dodał po chwili.

— Pan mnie obrażasz! — krzyknąłem zniecierpliwiony.

Stanął przede mną i schwyciwszy mnie za klapy surduta mówił zirytowanym głosem:

— Słuchaj pan... Użyję porównania, które powinieneś zrozumieć. Jeżeli masz pełną szufladę, na przykład, portmonetek, czy możesz w tę samą szufladę nakłaść, na przykład, krawatów?... Nie możesz. Więc jeżeli Wokulski ma pełne serce panny Łęckiej, czy możesz mu tam wpakować panią Stawską?...

Odczepiłem mu ręce od moich klap i odparłem:

— Wyjmę portmonetki i włożę krawaty, rozumiesz pan, panie uczony?...

I zaraz wyszedłem, bo już mnie jego arogancja rozdrażniła. Myśli, że wszystkie rozumy pojadał.

Od doktora pojechałem do pani Misiewiczowej. Stawska była w swoim sklepie, Helunię wyprawiłem do drugiego pokoju, do zabawek, a sam przysiadłem się do staruszki i bez żadnych wstępów zaczynam:

— Pani dobrodziejko!... Czy sądzi pani, że Wokulski jest godnym człowiekiem?...

— Ach, dobry panie Rzecki, jak możesz o to pytać?... W swoim domu zniżył nam komorne, wydobył Helenkę z takiej hańby, dał jej posadę na siedemdziesiąt pięć rubli, Heluni przysłał tyle zabawek...

— Za pozwoleniem — przerywam. — Jeżeli więc zgadza się pani, że to człowiek zacny, to muszę pani dodać, pod największym sekretem, że jest bardzo nieszczęśliwy...

— W imię Ojca i Syna!... — przeżegnała się staruszka. — On nieszczęśliwy, on, który ma taki sklep, spółkę, taki straszny majątek?... On, który niedawno sprzedał kamienicę?... Chyba że ma długi, o których ja nic nie wiem.

— Długów ani grosza — mówię — a po zlikwidowaniu interesu ma ze sześćset tysięcy rubli, choć dwa lata temu miał ze trzydzieści tysięcy rubli, rozumie się, oprócz sklepu... Ale, pani dobrodziejko!... pieniądze nie stanowią wszystkiego, bo człowiek oprócz kieszeni ma jeszcze i serce.

— Przecież słyszałam, że się żeni, nawet z piękną osobą, z panną Łęcką?

— Tu jest nieszczęście; Wokulski nie może, nie powinien żenić się...

— Czyżby miał defekt?... Taki zdrowy mężczyzna...

— Nie powinien żenić się z panną Łęcką, to nie dla niego partia. Dla niego trzeba by żony takiej...

— Takiej jak moja Helenka... — wtrąciła spiesznie pani Misiewiczowa.

— Otóż to!... — zawołałem. — Nie tylko takiej, ale wprost tej samej... Jej samej, pani Heleny Stawskiej, trzeba nam za żonę.

Staruszka rozpłakała się.

— Czy wiesz, kochany panie Rzecki — mówiła szlochając — że to jest moje najmilsze marzenie... Bo, że poczciwy Ludwiczek już umarł, za to głowę sobie dam uciąć... Tyle razy mi się śnił, a zawsze albo nagi, albo jakiś inny, nie ten...

— Zresztą — mówię — choćby nie umarł, dostaniemy rozwód.

— Naturalnie. Za pieniądze wszystkiego można dostać.

— Otóż to!... Cała rzecz w tym, ażeby pani Stawska nie opierała się.

— Zacny panie Rzecki! — zawołała starowina. — Ależ ona, przysięgnę, już dziś kocha się, biedactwo, w Wokulskim... Humor jej się zepsuł, po nocach nie sypia, tylko wzdycha, mizernieje kobiecisko, a kiedyście tu byli wczoraj, cóż się z nią działo... Ja, matka, poznać jej nie mogłam...

— Więc — basta!... — przerwałem. — Moja głowa w tym, ażeby Wokulski bywał tu jak najczęściej, a pani... niech dobrze usposabia panią Helenę. Wyrwiemy Stacha z rąk tej panny Łęckiej i... bodaj przed świętym Janem wesele...

— Bój się Boga, ależ Ludwiczek?...

— Umarł, umarł... — mówię. — Głowę sobie dam uciąć, że już nie żyje...

— Ha, w takim razie wola boska...

— Tylko... proszę panią o sekret. To gruba gra.

— Za kogóż to mnie masz, panie Rzecki? — obraziła się staruszka. — Tu... tu... — dodała stukając się w piersi — tu każda tajemnica leży jak w grobie. A tym więcej tajemnica mego dziecka i tego szlachetnego człowieka.

Oboje byliśmy głęboko wzruszeni.

— Cóż — rzekłem po chwili, zabierając się do wyjścia — cóż, czy przypuściłby kto, że taka drobna rzecz jak lalka może przyczynić się do uszczęśliwienia dwojga ludzi?
— Jak to lalka?
— No, jakże?... Gdyby pani Stawska nie kupiła u nas lalki, nie byłoby procesu, Stach nie wzruszyłby się losem pani Heleny, pani Helena nie pokochałaby go, a więc i nie pobraliby się... Bo, ściśle rzeczy biorąc, jeżeli w Stachu zbudziło się jakieś gorętsze uczucie dla pani Stawskiej, to dopiero od owego procesu.
— Zbudziło się, powiadasz pan?...
— Bach! Czy to pani nie widziała, jak wczoraj szeptali na tej kanapie?... Wokulski dawno już nie był tak ożywiony, a nawet wzruszony jak wczoraj...
— Bóg cię zesłał, kochany panie Rzecki! — zawołała staruszka i na pożegnanie pocałowała mnie w głowę.

Dziś kontent jestem z siebie i choćbym nie chciał, muszę przyznać, że mam metternichowską głowę[120]. Jak to ja wpadłem na myśl zakochania Stacha w pani Helenie, jak ja to wszystko ułożyłem, ażeby im nie przeszkadzano!...

Bo dziś nie mam już najmniejszej wątpliwości, że i pani Stawska, i Wokulski wpadli w zastawioną na nich pułapkę. Ona w ciągu paru tygodni zmizerniała (ale jeszcze lepiej wyładniała, bestyjka!), a on formalnie traci głowę. Jeżeli tylko nie jest wieczorem u Łęckich, co zresztą trafia się nieczęsto, bo panna wciąż baluje, to zaraz chłopak sprowadza się do pani Stawskiej i siedzi tam choćby do północy. A jak się wtedy ożywia, jak jej opowiada historie o Syberii, o Moskwie, o Paryżu!... Wiem, bo choć nie bywam wieczorami, ażeby im nie przeszkadzać, to zaraz na drugi dzień wszystko opowiada mi pani Misiewiczowa, rozumie się pod największym sekretem.

Jedno mi się tylko nie podobało.

Dowiedziawszy się, że Wirski załazi czasem do naszych pań i, naturalnie, płoszy gruchającą parę, wybrałem się, ażeby go ostrzec.

Właśnie już ubrany wychodzę z domu, gdy wtem spotykam w sieni Wirskiego. Naturalnie, zawracam się, zapalam światło, pogadaliśmy trochę o polityce... Następnie zmieniam przedmiot rozmowy i zaczynam obcesowo:
— Chciałem też panu poufnie zakomunikować...
— Wiem już, wiem!... — on mówi śmiejąc się.
— Co pan wiesz?
— A że Wokulski kocha się w pani Stawskiej.
— Rany boskie! — wołam. — A panu to kto powiedział?
— No, przede wszystkim nie bój się pan zdradzenia sekretu — mówi on poważnie.
— W naszym domu sekret to jak w studni...
— Ale kto panu powiedział?
— Mnie, widzisz pan, powiedziała żona, która dowiedziała się o tym od pani Kolerowej...
— A ona skąd?

---

[120] *Metternichowska głowa* — Metternich był przebiegłym dyplomatą.

— Pani Kolerowej powiedziała pani Radzińska, a pani Radzińskiej pod najświętszym słowem powierzyła tę tajemnicę pani Denowa, wiesz pan, ta przyjaciółka pani Misiewiczowej.

— Jakaż nieostrożna pani Misiewiczowa!...

— Ale! — mówił Wirski — cóż miała robić, nieboga, jeżeli Denowa wpadła na nią z góry, że Wokulski przesiaduje u nich do rana, że to jakieś nieczyste sprawy... Naturalnie, zatrwożona staruszka powiedziała jej, że tu nie chodzi o figle, ale o sakrament, i że może pobiorą się około świętego Jana.

Aż mnie głowa zabolała, ale cóż robić? Aj, te baby, te baby!...

— Cóż słychać na mieście? — pytam Wirskiego, ażeby raz skończyć kłopotliwą rozmowę.

— Awantury — mówi — awantury z baronową! Ale daj mi pan cygaro, bo to dwie duże historie.

Podałem mu cygaro, a on opowiedział rzeczy, które ostatecznie przekonały mnie, że źli prędzej czy później muszą być ukarani, dobrzy wynagrodzeni i że w najzakamienialszym sercu tli się przecież iskra sumienia.

— Dawnoś pan był u naszych dam? — zaczyna Wirski.

— Ze cztery... z pięć dni... — odparłem. — Pojmujesz pan, że nie chcę przeszkadzać Wokulskiemu, a... i panu radzę to samo. Młoda z młodym prędzej porozumie się aniżeli z nami, starymi.

— Za pozwoleniem! — przerywa Wirski. — Mężczyzna pięćdziesięcioletni nie jest starym; jest dopiero dojrzałym...

— Jak jabłko, które już spada.

— Masz pan rację: mężczyzna pięćdziesięcioletni jest bardzo skłonny do upadku. I gdyby nie żona i dzieci... Panie Ignacy!... panie Rzecki!... niech mnie diabli wezmą, jeżelibym się nie ścigał z młodymi. Ale, panie, żonaty człowiek to kaleka: kobiety na niego nie patrzą, chociaż... panie Ignacy...

W tym miejscu oczy mu się zaiskrzyły i zrobił taką pantominę, że jeżeli jest naprawdę pobożnym, jutro powinien iść do spowiedzi.

Już to w ogóle uważam, że ze szlachtą jest tak: do nauki ani do handlu nie ma głowy, do roboty go nie napędzisz, ale do butelki, do wojaczki i do sprośności zawsze gotów, choćby nawet trumną zalatywał. Paskudniki!

— Wszystko to dobrze — mówię — panie Wirski, ale cóżeś mi pan miał opowiedzieć?

— Aha! właśnie o tym myślałem — mówi on, a dymi cygarem jak kocieł asfaltu. — Otóż tedy, pamiętasz pan tych studentów z naszej kamienicy, co mieszkali nad baronową?...

— Maleski, Patkiewicz i ten trzeci. Co nie miałbym pamiętać takich diabłów. Jowialne chłopaki!

— Bardzo, bardzo! — potwierdza Wirski. — Niech mnie Bóg skarze, jeżeli przy tych urwipołciach można było utrzymać młodą kucharkę dłużej jak osiem miesięcy. Panie Rzecki! mówię ci, że oni we trzech zaludniliby wszystkie ochrony... Ich tam, widać, w uniwersytecie uczą tego. Bo za moich czasów, na wsi, jeżeli ojciec mający młodego syna dał trzy, a cztery krowy na rok... fiu!... fiu!... to już zaraz obrażał się nawet ksiądz proboszcz, ażeby mu nie psuć owieczek. A ci, panie...

— Miałeś pan mówić o baronowej — wtrąciłem, bo nie lubię, jeżeli głupstwa trzymają się szpakowatej głowy.

— Właśnie... Otóż tedy... A najgorszy, bestia, to ten Patkiewicz, co trupa udaje. Jak zapadł wieczór, a ten pokraka wylazł na schody, to mówię ci, taki był pisk, jakby stado szczurów tamtędy przechodziło...

— Miałeś pan przecie o baronowej...

— Właśnie też... Otóż tedy, mości dobrodzieju... No i Maleskiemu nic nie brak!... Otóż tedy, jak panu wiadomo, baronowa uzyskała wyrok na chłopaków, ażeby się wyprowadzili ósmego. Tymczasem ci — ani weź... Ósmy, dziewiąty, dziesiąty... oni siedzą, a pani Krzeszowskiej rośnie wątróbka z irytacji. W końcu, naradziwszy się z tym swoim niby adwokatem i z Maruszewiczem, na dzień 15 lutego pchnęła im komornika z policją.

Drapie się tedy komornik z policją na trzecie piętro, stuk — puk! drzwi u chłopców zamknięte, ale ze środka pytają się: „Kto tam?"— „W imieniu prawa otwórzcie!" — mówi komornik. — „Prawo prawem — mówią mu ze środka — ale my nie mamy klucza. Ktoś nas zamknął, pewnie pani baronowa." — „Panowie żarty robicie z władzy — mówi komornik — a panowie wiecie, że powinniście się wyprowadzić." — „Owszem — mówią ze środka — ale przecież dziurką od klucza nie wyjdziemy. Chybaby..."

Naturalnie, komornik wysyła stróża po ślusarza i czeka na schodach z policją. W jakie pół godziny przychodzi i ślusarz: otworzył ten zwyczajny zamek wytrychem, ale angielskiemu zatrzaskowi nie może dać rady. Kręci, wierci — na próżno... Dyma znowu po narzędzia, na co znowu schodzi mu z pół godziny, a tymczasem w podwórzu zbiegowisko, wrzask, a na drugim piętrze pani baronowa dostaje najstraszniejszych spazmów.

Komornik ciągle czeka na schodach, aż tu wpada do niego Maruszewicz. „Panie! — woła — zobacz no, co ci dokazują..." Komornik wybiega na dziedziniec i widzi taką scenę:

Okno na trzecim piętrze otwarte (miarkuj pan, w lutym!) i z owego okna lecą na podwórze: sienniki, kołdry, książki, trupie główki i tam dalej. Niedługo poczekawszy zjeżdża na sznurze kufer, a po nim — łóżko.

„No i cóż pan na to?" — woła Maruszewicz.

„Trzeba spisać protokół — mówi komornik. — Zresztą wyprowadzają się, więc może nie warto im przeszkadzać."

Wtem — nowa szopka. W otwartym oknie na trzecim piętrze ukazuje się krzesło, na krześle siada Patkiewicz, dwaj koledzy spychają go i — mój Patkiewicz jedzie z krzesłem na sznurach na dół!... To już i komornika zemdliło, a jeden stójkowy przeżegnał się.

„Kark skręci... — mówią baby. — Jezus Maria! ratuj duszę jego..." Maruszewicz, jako człowiek nerwowy, uciekł do pani Krzeszowskiej, a tymczasem krzesełko z Patkiewiczem zatrzymuje się na wysokości drugiego piętra, przy oknie baronowej.

„Skończcież, panowie, z tymi żartami!" — woła komornik do dwu kolegów Patkiewicza, którzy go spuszczali.

„Ale ba! kiedy nam się sznur zerwał..." — mówią tamci.

„Ratuj się, Patkiewicz!" — woła z góry Maleski.

Na dziedzińcu awantura. Baby (ile, że niejedna mocno interesowała się zdrowiem Patkiewicza) zaczynają wrzeszczeć, stójkowi osłupieli, a komornik zupełnie stracił głowę.

„Stań pan na gzymsie!... Bij w okno..." — woła do Patkiewicza.

Memu Patkiewiczowi nie trzeba było dwa razy powtarzać. Zaczyna tedy pukać do okna baronowej tak, że sam Maruszewicz nie tylko mu otworzył lufcik, ale jeszcze własnoręcznie wciągnął chłopa do pokoju.

Nawet baronowa przybiegła zatrwożona i mówi do Patkiewicza:

> Rzecki – humor

„Boże miłosierny! potrzebne też to panu takie figle?"

„Inaczej nie miałbym przyjemności pożegnać szanownej pani"— odpowiada Patkiewicz i słyszę, pokazał jej takiego nieboszczyka, że baba runęła na wznak na podłogę wołając:

„Nie ma mnie kto bronić!... Nie ma już mężczyzn!... Mężczyzny!... Mężczyzny!..."

Krzyczała tak głośno, że ją było słychać na całym dziedzińcu, i nawet komornik bardzo opacznie wytłomaczył sobie jej wołania, bo powiedział do stójkowych:

„Ot, w jaką chorobę wpadła biedna kobieta!... Trudno, już ze dwa lata jest w separacji z mężem."

Patkiewicz, jako medyk, pomacawszy puls baronowej, kazał jej zadać waleriany i najspokojniej wyszedł. A tymczasem w ich lokalu ślusarz wziął się do odbijania angielskiego zatrzasku. Kiedy już skończył swoją czynność i dobrze drzwi pokaleczył, Maleski nagle przypomniał sobie, że oba klucze: od zamku i od zatrzasku — ma w kieszeni.

Ledwie baronowa doszła do przytomności, zaraz ów adwokat począł ją namawiać, ażeby wytoczyła proces i Patkiewiczowi, i Maleskiemu. Ale baba jest już tak zrażona do procesów, że tylko zwymyślała swego doradcę i przysięgła, iż od tej pory żadnemu studentowi nie wynajmie lokalu, choćby na wieki miał stać pustkami.

Potem, jak mi mówiono, z wielkim płaczem zaczęła namawiać Maruszewicza, ażeby on nakłonił barona do przeproszenia jej i do sprowadzenia się do niej.

„Ja wiem — szlochała — że on już nie ma ani grosza, że za mieszkanie nie płaci i nawet ze swoim lokajem jada na kredyt. Mimo to, wszystko mu zapomnę i popłacę długi, byle nawrócił się i sprowadził do domu. Bez mężczyzny nie mogę rządzić takim domem... umrę tu w ciągu roku..."

W tym widzę karę boską — zakończył Wirski odmuchując cygaro.

— A narzędziem tej kary będzie baron...

— A druga historia? — spytałem.

— Druga jest krótsza, ale za to ciekawsza. Wyobraź pan sobie, że baronowa, baronowa Krzeszowska, złożyła wczoraj wizytę pani Stawskiej...

— Oj! do licha... — szepnąłem. — To zły znak...

— Wcale nie — rzekł Wirski. — Baronowa przyszła do pani Stawskiej, spłakała się, dostała spazmów i prosiła obie damy prawie na klęczkach, ażeby jej zapomniały ów proces o lalkę, bo inaczej nie będzie mieć spokoju do końca życia.

— I one obiecały zapomnieć?

— Nie tylko obiecały, ale jeszcze ucałowały ją i nawet przyrzekły wyjednać jej przebaczenie u Wokulskiego, o którym baronowa odzywa się z wielkimi pochwałami...

— Oj, do diabła!... — zawołałem. — Po cóż one z nią rozmawiały o Wokulskim?... Gotowe nieszczęście...

— Ale, co pan mówisz! — reflektował mnie Wirski. — To kobieta skruszona, żałuje za grzechy i niezawodnie poprawi się.

Była już północ, więc sobie poszedł. Nie zatrzymywałem go, bo mnie trochę zraził swą wiarą w skruchę baronowej. Ha! zresztą kto ją tam wie, może się i naprawdę nawróciła?...

Postscriptum. Byłem pewny, że MacMahonowi uda się zrobić zamach na rzecz małego Napoleonka. Tymczasem dziś dowiaduję się, że MacMahon upadł[121], prezydentem rzeczypospolitej został mieszczanin Grévy, a mały Napoleonek pojechał na wojnę[122], do jakiegoś Natalu, do Afryki.

> wydarzenia historyczne – wypadki we Francji

Trudna rada — niech się chłopak uczy wojować. Za jakie pół roku wróci okryty sławą, tak że go sami Francuzi gwałtem zaczną ciągnąć do siebie, a my tymczasem — ożenimy Stacha z panią Heleną.

O, bo ja, kiedy uwezmę się na co, to mam metternichowskie sposoby i rozumiem naturalny bieg rzeczy.

Niech więc żyje Francja z Napoleonidami, a Wokulski z panią Stawską!...»

---

[121] *MacMahon upadł* — w wyborach do senatu francuskiego zwyciężyli republikanie, dotychczasowy prezydent MacMahon podał się do dymisji, prezydentem został Jules Grévy.

[122] *mały Napoleonek pojechał na wojnę* — do Natalu w Afryce jako ochotnik w wojnie Anglików z Zulusami.

Rozdział X

Damy i kobiety

W minionym karnawale i w bieżącym wielkim poście fortuna po raz trzeci czy czwarty znowu łaskawym okiem spojrzała na dom pana Łęckiego. Jego salony były pełne gości, a do przedpokoju sypały się bilety wizytowe jak śnieg. I znowu pan Tomasz znalazł się w tej szczęśliwej pozycji, że nie tylko miał kogo przyjmować, ale nawet mógł robić wybór pomiędzy odwiedzającymi.

— Pewnie już niedługo umrę — mówił nieraz do córki. — Mam jednak tę satysfakcję, że ludzie ocenili mnie choć przed śmiercią.

Panna Izabela słuchała tego z uśmiechem. Nie chciała rozpraszać ojcowskich złudzeń, ale była pewna, że rój wizytujących jej składa hołdy — nie ojcu.

Wszakże pan Niwiński, najwykwintniejszy aranżer, najczęściej z nią tańczył, nie z ojcem. Pan Malborg, wzór dobrych manier i wyrocznia mody, z nią rozmawiał, nie z ojcem, a pan Szastalski, przyjaciel poprzedzających, nie przez ojca, tylko przez nią czuł się nieszczęśliwym i niepocieszonym. Pan Szastalski wyraźnie jej to oświadczył, a chociaż sam nie był ani najwykwintniejszym tancerzem jak pan Niwiński, ani wyrocznią mody jak pan Malborg, był jednak przyjacielem panów: Niwińskiego i Malborga. Mieszkał blisko nich, z nimi jadał, z nimi sprowadzał sobie angielskie lub francuskie garnitury, damy zaś dojrzałe nie mogąc w nim dopatrzeć żadnych innych zalet nazywały go przynajmniej — poetycznym.

Dopiero drobny fakt, jedno zdanie zmusiło pannę Izabelę do szukania w innym kierunku tajemnicy jej triumfów.

Podczas pewnego balu rzekła do panny Pantarkiewiczówny:

— Nigdy tak dobrze nie bawiłam się w Warszawie jak tego roku.

> uwaga:
> znaczące
> nazwiska

— Bo jesteś zachwycająca — odpowiedziała krótko panna Pantarkiewiczówna zasłaniając się wachlarzem, jakby chciała ukryć mimowolne ziewnięcie...

— Panny „w tym wieku" umieją być interesujące — odezwała się na cały głos pani z de Ginsów Upadalska do pani z Fertalskich Wywrotnickiej.

Ruch wachlarza panny Pantarkiewiczówny i słówko pani z de Ginsów Upadalskiej zastanowiły pannę Izabelę. Za dużo miała rozumu, ażeby nie zorientować się w sytuacji, jeszcze tak jaskrawo oświetlonej.

„Cóż to za wiek? — myślała. — Dwadzieścia pięć lat jeszcze nie stanowią «tego wieku»... Co one mówią?..."

Spojrzała na bok i zobaczyła utkwione w siebie oczy Wokulskiego. Ponieważ miała do wyboru albo przypisać swoje triumfy „temu wiekowi", albo Wokulskiemu, więc... poczęła zastanawiać się nad Wokulskim.

Kto wie, czy nie był on mimowolnym twórcą uwielbień, które ją ze wszech stron otaczały?...

Zaczęła przypominać sobie. Przede wszystkim ojciec pana Niwińskiego miał kapitały w spółce, którą założył Wokulski, a która (o czym było wiadomo nawet pannie Izabeli) przynosiła wielkie zyski. Następnie pan Malborg, który ukończył jakąś szkołę techniczną (z czym się nie zdradzał), za pośrednictwem Wokulskiego (co w najgłębszej zachował dyskrecji) starał się o posadę przy kolei. I rzeczywiście, dostał taką, która posiadała jedną wielką zaletę, że nie wymagała pracy, i jedną straszną wadę, że nie dawała trzech tysięcy rubli pensji. Pan Malborg miał nawet o to żal do Wokulskiego; lecz ze względu na stosunki ograniczał się na wymawianiu jego nazwiska z ironicznym półuśmiechem.

Pan Szastalski nie miał kapitałów w spółce ani posady przy kolei. Ale ponieważ dwaj jego przyjaciele, panowie Niwiński i Malborg, mieli do Wokulskiego pretensję, więc i on miał do Wokulskiego pretensję, którą formułował wzdychając obok panny Izabeli i mówiąc:

— Są ludzie szczęśliwi, którzy...

O tym, jak wyglądają ci „którzy...", panna Izabela nigdy nie mogła się dowiedzieć. Tylko przy wyrazie „którzy" przychodził jej na myśl Wokulski. Wtedy zaciskała drobne pięści i mówiła do siebie:

„Despota... tyran..."

Choć Wokulski nie zdradzał najmniejszej skłonności ani do tyranii, ani do despotyzmu. Tylko przypatrywał się jej i myślał:

„Tyżeś to czy... nie ty?..."

Czasami na widok młodszych i starszych elegantów otaczających pannę Izabelę, której oczy błyszczały jak brylanty albo jako gwiazdy, po niebie jego zachwytów przelatywał obłok i rzucał mu na duszę cień nieokreślonej wątpliwości. Ale Wokulski na cienie zamykał oczy. Panna Izabela była jego życiem, szczęściem, słońcem, którego nie mogły zaćmić jakieś przelotne chmurki, może nawet zgoła urojone.

Niekiedy przychodził mu na myśl Geist, zdziczały mędrzec wśród wielkich pomysłów, który wskazywał mu inny cel aniżeli miłość panny Łęckiej. Ale wówczas starczyło Wokulskiemu jedno spojrzenie panny Izabeli, ażeby go otrzeźwić z mrzonek. „Co mi tam ludzkość! — mówił wzruszając ramionami. — Za całą ludzkość i za całą przyszłość świata, za moją własną wieczność... nie oddam jednego jej pocałunku..."

I na myśl o tym pocałunku działo się z nim coś niezwykłego. Wola w nim słabła, czuł, że traci przytomność, i ażeby odzyskać ją, musiał znowu zobaczyć pannę Izabelę w towarzystwie elegantów. I dopiero wówczas, gdy słyszał jej szczery śmiech i stanowcze zdania, kiedy widział jej ogniste spojrzenia rzucane na panów: Niwińskiego, Malborga i Szastalskiego, przez mgnienie oka zdawało mu się, że spada przed nim zasłona, poza którą widzi jakiś inny świat i jakąś inną pannę Izabelę. Wtedy, nie wiadomo skąd, zapalała się przed nim jego młodość pełna tytanicznych wysiłków. Widział swoją pracę nad wydobyciem się z nędzy, słyszał świst pocisków, które kiedyś przelatywały mu nad głową, a potem widział laboratorium Geista, gdzie rodziły się niezmierne wypadki, i spoglądając na panów: Niwińskiego, Malborga i Szastalskiego, myślał:

„Co ja tu robię?... Skąd ja modlę się do jednego z nimi ołtarza?"

Chciał roześmiać się, ale znowu wpadał w moc obłędu. I znowu wydawało mu się, że takie jak jego życie warto złożyć u nóg takiej jak panna Izabela kobiety.

Bądź jak bądź, pod wpływem nieostrożnego słówka pani z de Ginsów Upadalskiej, w pannie Izabeli poczęła wytwarzać się zmiana na korzyść Wokulskiego. Z uwagą przysłuchiwała się rozmowom panów odwiedzających jej ojca i w rezultacie spostrzegła, że każdy z nich ma albo kapitalik, który chce umieścić u Wokulskiego, „bodajby na piętnaście procent", albo kuzyna, któremu chce wyrobić posadę, albo pragnie poznać się z Wokulskim dla jakichś innych celów. Co się zaś tyczy dam, te albo również chciały kogoś protegować, albo miały córki na wydaniu i nawet nie taiły się, że pragną odbić Wokulskiego pannie Izabeli, albo, o ile nie były zbyt dojrzałymi, rade były uszczęśliwić go same.

— Oto być żoną takiego człowieka! — mówiła z Fertalskich Wywrotnicka.

— Choćby nawet i nie żoną! — odparła z uśmiechem baronowa von Ples, której mąż od pięciu lat był sparaliżowany.

„Tyran... despota..." — powtarzała panna Izabela czując, że lekceważony przez nią kupiec zwraca ku sobie wiele spojrzeń, nadziei i zazdrości.

Pomimo resztek pogardy i wstrętu, jakie w niej jeszcze tlały, musiała przyznać, że ten szorstki i ponury człowiek więcej znaczy i lepiej wygląda aniżeli marszałek, baron Dalski, a nawet aniżeli panowie: Niwiński, Malborg i Szastalski.

Najsilniej jednak wpłynął na postanowienia jej książę.

Książę, na którego prośbę Wokulski nie tylko w grudniu roku zeszłego nie chciał ofiarować pani Krzeszowskiej dziesięciu tysięcy rubli, ale nawet w styczniu i lutym roku bieżącego nie dał ani grosza na protegowanych przez niego ubogich, książę na chwilę stracił serce do Wokulskiego. Wokulski zrobił księciu przykry zawód. Książę sądził i wierzył, iż ma prawo tak sądzić, że człowiek podobny Wokulskiemu, raz posiadłszy książęcą życzliwość, powinien wyrzec się nie tylko swoich gustów i interesów, ale nawet majątku i osoby. Że powinien lubić to, co lubi książę, nienawidzieć tego, co nienawidzi książę, służyć tylko księcia celom i dogadzać tylko jego upodobaniom. Tymczasem ten parweniusz (aczkolwiek niewątpliwie dobry szlachcic) nie tylko nie myślał być książęcym sługą, ale nawet odważył się być samodzielnym człowiekiem; nieraz sprzeczał się z księciem, a co gorsza, wręcz odmawiał jego żądaniom.

„Szorstki człowiek... interesowny... egoista!..." — myślał książę — ale coraz mocniej dziwił się zuchwalstwu dorobkiewicza.

Traf zdarzył, że pan Łęcki, nie mogąc już ukryć zabiegów Wokulskiego o pannę Izabelę, zapytał księcia o zdanie o Wokulskim i o radę.

Otóż książę, pomimo rozmaitych słabości, był z gruntu uczciwym człowiekiem. W sądzie o ludziach nie polegał na własnym upodobaniu, ale zasięgał opinii.

Poprosił więc pana Łęckiego o parę tygodni zwłoki „dla uformowania sobie zdania", a ponieważ miał rozmaite stosunki i jakby własną policję, podowiadywał się więc różnych rzeczy.

Naprzód tedy zauważył, że szlachta, lubo o Wokulskim odzywa się z przekąsem jako o dorobkiewiczu i demokracie, w cichości jednak chełpi się nim:

— Znać, że nasza krew, choć przystał do kupców!

Ile razy zaś chodziło o przeciwstawienie kogoś żydowskim bankierom, najzakamienialsi szlachcice wysuwali naprzód Wokulskiego.

Kupcy, a nade wszystko fabrykanci, nienawidzili Wokulskiego, najcięższe jednak zarzuty, jakie mu stawiali, były te: „To szlachcic... wielki pan... polityk!...", czego znowu książę w żaden sposób nie mógł mu brać za złe...

Najciekawszych jednak wiadomości dostarczyły księciu zakonnice. Był jakiś furman w Warszawie i jego brat dróżnik na Kolei Warszawsko-Wiedeńskiej, którzy błogosławili Wokulskiego. Byli jacyś studenci, którzy głośno opowiadali, że Wokulski daje im stypendia; byli rzemieślnicy, którzy zawdzięczali mu warsztaty, byli kramarze, którym Wokulski pomógł do założenia sklepów.

<small>Wokulski — działalność pozytywisty</small>

Nie brakło nawet (o czym siostry mówiły z pobożną zgrozą i rumieniąc się), nie brakło nawet kobiety upadłej, którą Wokulski wydobył z nędzy, oddał do magdalenek i ostatecznie zrobił z niej uczciwą kobietę, o ile (mówiły siostry) taka osoba może być uczciwą kobietą.

Relacje te nie tylko zdziwiły, ale wprost przestraszyły księcia. I naraz Wokulski spotężniał w jego opinii. Był przecie człowiekiem, który ma swój własny program, ba! nawet prowadzi politykę na własną rękę, i który ma wielkie znaczenie wśród pospólstwa...

Toteż kiedy książę w oznaczonym terminie przyszedł do pana Łęckiego, nie omieszkał jednocześnie zobaczyć się z panną Izabelą. W znaczący sposób uścisnął ją i powiedział te zagadkowe słowa:

— Szanowna kuzynko, trzymasz w ręku niezwykłego ptaka... Trzymajże go i pieść tak, ażeby wyrósł na pożytek nieszczęśliwemu krajowi...

Panna Izabela bardzo zarumieniła się; odgadła, że owym niezwykłym ptakiem jest Wokulski.

„Tyran... despota!..." — pomyślała.

Pomimo to w stosunku Wokulskiego do panny Izabeli pierwsze lody były przełamane. Już decydowała się wyjść za niego...

Pewnego dnia, kiedy pan Łęcki był trochę niezdrów, a panna Izabela czytała w swoim gabinecie, dano jej znać, że w salonie czeka pani Wąsowska. Panna Izabela natychmiast wybiegła tam i zastała, oprócz pani Wąsowskiej, kuzynka Ochockiego, który był bardzo zachmurzony.

Obie przyjaciółki ucałowały się z demonstracyjną czułością, ale Ochocki, który widział nie patrząc, spostrzegł, że albo jedna z nich, albo obie mają do siebie jakąś pretensję, zresztą niewielką.

„Czyby o mnie?... — pomyślał. — Nie trzeba się zbytecznie angażować..."

— A, i kuzynek jest tutaj! — rzekła panna Izabela podając mu rękę — czegóż taki smutny?

— Powinien być wesoły — wtrąciła pani Wąsowska — gdyż przez całą drogę, od banku do was, umizgał się do mnie, i to z dobrym skutkiem. Na rogu Alei pozwoliłam mu odpiąć dwa guziki u rękawiczki i pocałować się w rękę. Gdybyś wiedziała, Belu, jak on nie umie całować...

— Tak?... — zawołał Ochocki rumieniąc się powyżej czoła. — Dobrze! Od tej pory nigdy nie pocałuję pani w rękę... Przysięgam...

— Jeszcze dziś przed wieczorem pocałujesz mnie pan w obie — odparła pani Wąsowska.

— Czy mogę złożyć uszanowanie panu Łęckiemu? — spytał uroczyście Ochocki i nie czekając na odpowiedź panny Izabeli wyszedł z salonu.

— Zawstydziłaś go — rzekła panna Izabela.

— To niech się nie umizga, kiedy nie umie. W podobnych wypadkach niezręczność jest śmiertelnym grzechem. Czy nieprawda?

— Kiedyżeś przyjechała?

— Wczoraj rano — odpowiedziała pani Wąsowska. — Ale dwa razy musiałam być w banku, w magazynie, zrobić porządki u siebie. Tymczasem asystuje mi Ochocki, dopóki nie znajdę kogoś zabawniejszego. Jeżeli mi kogo odstąpisz... — dodała z akcentem.

— Cóż znowu za pogłoski! — rzekła rumieniąc się panna Izabela.

— Które doszły aż do mnie na wieś. Starski opowiadał mi, nie bez zazdrości, że w tym roku, jak zawsze zresztą byłaś królową. Podobno Szastalski zupełnie głowę stracił.

— I obaj jego równie nudni przyjaciele — wtrąciła panna Izabela z uśmiechem. — Wszyscy trzej kochali się we mnie co wieczór, każdy oświadczał mi się w takich godzinach, ażeby nie przeszkadzać innym, a później wszyscy trzej zwierzali się przed sobą ze swoich cierpień. Ci panowie wszystko robią na spółkę.

— A ty co na to?

Panna Izabela wzruszyła ramionami.

— Ty mnie pytasz? — rzekła.

— Słyszałam również — mówiła pani Wąsowska — że Wokulski oświadczył się...

Panna Izabela zaczęła bawić się kokardą swej sukni.

— No, zaraz: oświadczył się!... Oświadcza mi się, ile razy mnie widzi: patrząc na mnie, nie patrząc, mówiąc, nie mówiąc... jak zwykle oni...

— A ty?

— Tymczasem przeprowadzam mój program.

— Wolno wiedzieć jaki?

— Owszem, nawet zależy mi, ażeby nie był tajemnicą. Naprzód, jeszcze u prezesowej... Jakże ona się ma?

— Bardzo źle — odparła pani Wąsowska. — Starski już prawie nie opuszcza jej pokoju, a rejent przyjeżdża co dzień, ale zdaje się na próżno... Więc co do programu?...

— Jeszcze w Zasławku — ciągnęła panna Izabela — wspomniałam o pozbyciu się tego sklepu (tu oblał ją rumieniec); który też ma być sprzedany najpóźniej w czerwcu.

— Pysznie. Cóż dalej?

— Następnie mam kłopot z tą spółką handlową. On, rozumie się, rzuciłby ją natychmiast, ale ja się zastanawiam. Przy spółce dochody wynoszą około dziewięćdziesięciu tysięcy rubli, bez niej tylko trzydzieści tysięcy, więc pojmujesz, że można wahać się.
— Widzę, że zaczynasz znać się na cyfrach.
Panna Izabela pogardliwie rzuciła ręką.
— Ach, już chyba nigdy nie poznam się z nimi. Ale on mi to wszystko tłomaczy, trochę ojciec... i trochę ciotka.
— I mówisz z nim tak wprost?...
— No, nie... Ale ponieważ nam nie wolno pytać się o wiele rzeczy, więc musimy tak prowadzić rozmowę, ażeby nam wszystko powiedziano. Czyżbyś tego nie rozumiała?
— Owszem. I cóż dalej? — badała pani Wąsowska nie bez odcienia niecierpliwości.
— Ostatni warunek dotyczył strony czysto moralnej. Dowiedziałam się, że nie ma żadnej rodziny, co jest jego największą zaletą, i zastrzegłam sobie, że utrzymam wszystkie moje dotychczasowe stosunki...
— A on zgodził się bez szemrania?
Panna Izabela trochę z góry spojrzała na przyjaciółkę.
— Wątpiłaś? — rzekła.
— Ani przez chwilę. Więc Starski, Szastalski...
— Ależ Starski, Szastalski, książę, Malborg... no wszyscy, wszyscy, którzy podoba mi się wybrać dziś i na przyszłość, wszyscy muszą bywać w moim domu. Czy może być inaczej?...
— Bardzo słusznie. I nie obawiasz się scen zazdrości?
Panna Izabela zaśmiała się.
— Ja i sceny!... Zazdrość i Wokulski... Cha! cha! cha!... Ależ nie ma na świecie człowieka, który ośmieliłby się zrobić mi scenę, a tym bardziej on... Nie masz pojęcia o jego uwielbieniu, poddaniu się... A jego bezgraniczna ufność, nawet zrzeczenie się wszelkiej osobistości doprawdy rozbrajają mnie... I kto wie, czy to jedno nie przywiąże mnie do niego.

> Łęcka
> o Wokulskim

Pani Wąsowska nieznacznie przygryzła usta.
— Będziecie bardzo szczęśliwi, a przynajmniej... ty — rzekła pohamowawszy westchnienie. — Chociaż...
— Widzisz jakieś: chociaż? — spytała panna Izabela z nieudanym zdziwieniem.
— Powiem ci coś — ciągnęła pani Wąsowska tonem niezwykłego u niej spokoju. — Prezesowa bardzo lubi Wokulskiego, zdaje mi się, że go bardzo dobrze zna, choć nie wiem skąd, i często rozmawiała ze mną o nim. I wiesz, co mi raz powiedziała?...
— Ciekawam?... — odparła panna Izabela, coraz mocniej zdziwiona.
— Powiedziała mi: obawiam się, że Bela wcale nie rozumie Wokulskiego. Zdaje mi się, że z nim igra, a z nim igrać nie można. I jeszcze zdaje mi się, że oceni go za późno...
— Tak powiedziała prezesowa? — rzekła chłodno panna Izabela.

— Tak! Zresztą powiem ci wszystko. Swoją rozmowę zakończyła słowami, które dziwnie mnie poruszyły... „Wspomnisz sobie moje słowa, Kaziu, że tak będzie, bo umierający widzą jaśniej..."

— Czy z prezesową aż tak źle?

— W każdym razie niedobrze — sucho zakończyła pani Wąsowska czując, że rozmowa zaczyna się rwać.

Nastała chwila milczenia, którą szczęściem przerwało wejście Ochockiego. Pani Wąsowska znowu bardzo serdecznie pożegnała pannę Izabelę i rzucając na swego towarzysza ogniste spojrzenie rzekła:

— Więc teraz jedziemy do mnie na obiad.

Ochocki zrobił wielką minę, która miała oznaczać, że nie pojedzie z panią Wąsowską. Nachmurzywszy się jednak jeszcze bardziej, wziął kapelusz i wyszedł.

Gdy wsiedli do powozu, odwrócił się bokiem do pani Wąsowskiej i spoglądając na ulicę zaczął:

— Żeby ta Bela raz już skończyła z Wokulskim tak albo owak...

— Zapewne wolałbyś pan: tak, ażeby zostać jednym z przyjaciół domu? Ale to się na nic nie zdało — rzekła pani Wąsowska.

— Bardzo proszę, moja pani — odparł z oburzeniem. — To nie mój fach... Zostawiam to Starskiemu i jemu podobnym...

— Więc cóż panu zależy na tym, ażeby Bela skończyła?

— Bardzo wiele. Dałbym sobie głowę uciąć, że Wokulski zna jakąś ważną tajemnicę naukową, ale jestem pewny, że nie odkryje mi jej, dopóki sam będzie w takiej gorączce... Ach, te kobiety z ich obrzydliwą kokieterią...

— Wasza jest mniej obrzydliwa? — spytała pani Wąsowska.

— Nam wolno.

— Wam wolno... pyszny sobie!... — oburzyła się. — I to mówi człowiek postępowy, w wieku emancypacji!...

— Niech licho weźmie emancypację! — odparł Ochocki. — Piękna emancypacja. Wy chciałybyście mieć wszystkie przywileje: męskie i kobiece, a żadnych obowiązków... Drzwi im otwieraj, ustępuj im miejsca, za które zapłaciłeś, kochaj się w nich, a one...

— Bo my jesteśmy waszym szczęściem — odpowiedziała drwiąco pani Wąsowska.

— Co to za szczęście?... Sto pięć kobiet przypada na stu mężczyzn, więc czym się tu drożyć?

— Toteż pańskie wielbicielki, garderobiane, zapewne nie drożą się.

— Naturalnie! Ale najnieznośniejsze są wielkie damy i służące z restauracji. Co to za wymagania, jakie grymasy!...

— Zapominasz się pan — rzekła dumnie pani Wąsowska.

— No, to pocałuję w rączkę — odparł, natychmiast wykonując swój zamiar.

— Proszę nie całować w tę rękę...

— Więc w tamtą...

— A co, nie powiedziałam, że przed wieczorem pocałujesz mnie pan w obie ręce?

— Ach, jak Boga kocham!... Nie chcę być u pani na obiedzie... tu wysiadam...

— Zatrzymaj pan powóz.

— Po co?...
— No, jeżeli chcesz tu wysiąść...
— Właśnie, że tu nie wysiądę... O, ja nieszczęśliwy z takim podłym usposobieniem!...

Wokulski przychodził do państwa Łęckich co kilka dni i najczęściej zastawał tylko pana Tomasza, który witał go z ojcowską czułością, a następnie po parę godzin rozmawiał o swoich chorobach lub o swoich interesach dając z lekka do zrozumienia, że uważa go już za członka rodziny.

Panny Izabeli zazwyczaj nie było wtedy w domu: była u hrabiny ciotki, u znajomych albo w magazynach. Jeżeli zaś Wokulski trafił szczęśliwie, rozmawiali ze sobą krótko i o rzeczach obojętnych, gdyż panna Izabela nawet i wówczas albo wybierała się gdzieś, albo u siebie przyjmowała wizyty.

W parę dni po odwiedzinach pani Wąsowskiej Wokulski zastał pannę Izabelę. Podając mu rękę, którą jak zwykle z religijną czcią ucałował, rzekła:

— Wie pan, że z prezesową jest bardzo niedobrze...

Wokulski stropił się.

— Biedna, zacna staruszka... Gdybym był pewny, że moje przybycie nie przestraszy jej, pojechałbym... Czy aby ma opiekę?

— O tak — odparła panna Izabela. — Są tam baronostwo Dalscy rzekła z uśmiechem — bo Ewelinka już wyszła za barona. Jest Fela Janocka i... Starski...

Twarz jej oblał lekki rumieniec i umilkła.

„Oto skutki mego nietaktu — pomyślał Wokulski. — Spostrzegła, że ten Starski wydaje mi się niesmacznym, i teraz miesza się na lada wspomnienie o nim. Jakże to podle z mojej strony!"

Chciał powiedzieć coś życzliwego o Starskim, ale uwięzły mu wyrazy. Aby więc przerwać kłopotliwe milczenie, rzekł:

— Gdzież w tym roku wybiorą się państwo na lato?

— Czy ja wiem? Ciotka Hortensja jest trochę słaba, więc może pojedziemy do niej do Krakowa. Ja jednak, muszę przyznać, miałabym ochotę do Szwajcarii, gdyby to ode mnie zależało.

— A od kogóż? — spytał Wokulski.

— Od ojca... Zresztą, czy ja wiem, co się jeszcze stanie? — odpowiedziała rumieniąc się i spoglądając na Wokulskiego w sposób jej tylko właściwy.

— Przypuściwszy, że wszystko stanie się według woli pani — rzekł — czy mnie przyjęłaby pani za towarzysza?...

— Jeżeli pan zasłuży...

Powiedziała to takim tonem, że Wokulski stracił władzę nad sobą, już nie wiadomo po raz który w tym roku.

— Czym ja mogę zasłużyć na łaskę pani? — spytał biorąc ją za rękę. — Chyba litość... Nie, nie litość. Jest to uczucie równie przykre dla ofiarowującego, jak i dla przyjmującego. Litości nie chcę. Ale niech pani tylko pomyśli, co ja pocznę, tak długo nie widząc pani? Prawda, że i dziś widujemy się bardzo rzadko; pani nawet nie wie, jak wlecze się czas tym, którzy czekają... Ale dopóki mieszka pani w Warszawie, mówię sobie: zobaczę ją pojutrze... jutro... Zresztą mogę zobaczyć każdej chwili, jeżeli nie panią, to przynajmniej ojca, Mikołaja, a choćby ten dom...

Ach, mogłaby pani spełnić uczynek miłosierny i jednym słowem zakończyć – nie wiem... moje cierpienia czy przywidzenia... Wszak zna pani to zdanie, że najgorsza pewność jest lepsza od niepewności...

— A jeżeli pewność nie jest najgorsza?... — spytała panna Izabela nie patrząc mu w oczy.

W przedpokoju zadzwoniono, a po chwili Mikołaj podał bilety panów Rydzewskiego i Pieczarkowskiego.

— Proś — rzekła panna Izabela.

Do salonu weszli dwaj bardzo eleganccy młodzi ludzie, z których jeden odznaczał się cienką szyją i dość wyraźną łysiną, a drugi powłóczystymi spojrzeniami i subtelnym sposobem mówienia. Weszli rzędem, jeden obok drugiego, trzymając kapelusze na tej samej wysokości. Jednakowo ukłonili się, jednakowo usiedli, jednakowo założyli nogę na nogę, po czym pan Rydzewski zaczął pracować nad utrzymaniem swojej szyi w kierunku pionowym, a pan Pieczarkowski zaczął mówić bez wytchnienia.

Mówił o tym, że obecnie świat chrześcijański obchodzi wielki post za pomocą rautów, że przed wielkim postem był karnawał, w czasie którego bawiono się wyjątkowo dobrze, i że po wielkim poście nastąpi czas najgorszy, w którym nie wiadomo, co robić. Następnie zakomunikował pannie Izabeli, że podczas wielkiego postu obok rautów odbywają się odczyty, na których można bardzo przyjemnie czas spędzać, jeżeli się siedzi obok znajomych dam, i że najwykwintniejsze przyjęcia w tym poście są u państwa Rzeżuchowskich.

— Coś zachwycającego, coś oryginalnego!... powiadam pani — mówił. — Kolacja, rozumie się, jak zwykle: ostrygi, homary, ryby, zwierzyna, ale na zakończenie, dla amatorów, wie pani co?... Kasza!... Prawdziwa kasza... jakaż to?...

— Tatarska — wtrącił pierwszy i ostatni raz pan Rydzewski.

— Nie tatarska, ale tatarczana. Coś cudownego, coś bajecznego!... Każde ziarnko wygląda tak, jakby oddzielnie gotowane... Formalnie zajadamy się nią: ja, książę Kiełbik, hrabia Śledziński... Coś przechodzącego wszelkie pojęcie... Podaje się zwyczajnie, na srebrnych półmiskach.

Panna Izabela z takim zachwytem patrzyła na mówiącego, w taki sposób każdy jego wyraz podkreślała ruchem, uśmiechem lub spojrzeniem, że Wokulskiemu zaczęło robić się ciemno w oczach. Więc wstał i pożegnawszy towarzystwo wybiegł na ulicę.

„Nie rozumiem tej kobiety! — pomyślał. — Kiedy ona jest sobą, z kim ona jest sobą?..."

Ale po przejściu paruset kroków na mrozie ochłonął.

> **Wokulski o Łęckiej – ważny cytat**

„W rezultacie — myślał — cóż w tym nadzwyczajnego? Musi żyć z ludźmi, do których nawykła; a jeżeli z nimi żyje, musi słuchać ich błazeńskiej rozmowy. Co ona zaś temu winna, że jest piękna jak bóstwo i że dla każdego jest bóstwem?... Chociaż... gust do podobnego towarzystwa... Ach, jakiż ja jestem nikczemny, zawsze i zawsze nikczemny!..."

Ile razy po wizycie u panny Izabeli jak dokuczliwe muchy rzucały się na niego wątpliwości, biegł do pracy. Przeglądał rachunki, uczył się angielskich słówek, czytał nowe książki. A gdy i to nie pomagało, szedł do pani Stawskiej, u niej spędzał cały wieczór i dziwna rzecz, w jej towarzystwie znajdował jeżeli nie zupełny spokój, to przynajmniej ukojenie...

Rozmawiali o rzeczach najzwyklejszych. Najczęściej ona opowiadała mu o tym, że w sklepie Milerowej interesa idą coraz lepiej, ponieważ ludzie dowiedzieli się, że sklep ten w większej części należy do pana Wokulskiego. Potem mówiła, że Helunia robi się coraz grzeczniejsza, a jeżeli jest kiedy niegrzeczną, wówczas babcia straszy ją, że powie przed panem Wokulskim, i – dziecko zaraz się uspakaja. Potem jeszcze napomykała o panu Rzeckim, który bywa tu niekiedy i jest bardzo lubiany przez babcię, ponieważ opowiada jej mnóstwo szczegółów z życia pana Wokulskiego. I że babcia równie lubi pana Wirskiego, który po prostu zachwyca się panem Wokulskim.

Wokulski patrzył na nią zdziwiony. W pierwszych czasach zdawało mu się, że słucha pochlebstw, i – uczuł przykrość. Lecz pani Stawska opowiadała to z tak naiwną prostotą, że powoli zaczął odgadywać w niej najlepszą przyjaciółkę, która jakkolwiek przecenia go, jednak mówi bez cienia obłudy.

Spostrzegł również, że pani Stawska nigdy nie zajmuje się sobą. Kiedy skończy ze sklepem, myśli o Heluni, służy matce, troszczy się interesami służącej i mnóstwa ludzi obcych, po największej części biedaków, którzy niczym odwdzięczyć się jej nie mogli. Gdy zaś i tych kiedy zabrakło, wówczas zagląda do klatki kanarka, ażeby mu zmienić wodę albo dosypać ziarna.

„Anielskie serce!..." – myślał Wokulski. Pewnego zaś wieczora rzekł do niej:

– Wie pani, co mi się zdaje, kiedy patrzę na panią?

Spojrzała na niego zalękniona.

– Zdaje mi się, że gdyby pani dotknęła człowieka ciężko poranionego, nie tylko ból by go opuścił, ale chyba zagoiłyby mu się rany.

– Pan myśli, że jestem czarodziejką? – spytała bardzo zakłopotana.

– Nie, pani. Ja myślę, że tak jak pani wyglądały kobiety święte.

– Pan Wokulski ma rację – potwierdziła pani Misiewiczowa.

Pani Stawska zaczęła się śmiać.

– O, ja i święta!... – odparła. – Gdyby kto mógł zajrzeć w moje serce, dopiero przekonałby się, jak dalece zasługuję na potępienie... Ach, ale teraz wszystko mi jedno!... – zakończyła z desperacją w głosie.

Pani Misiewiczowa nieznacznie przeżegnała się. Wokulski nie zwrócił na to uwagi.

Myślał o innej.

Swoich uczuć dla Wokulskiego pani Stawska nie umiałaby określić.

Z widzenia znała go od lat kilku, nawet wydawał jej się przystojnym człowiekiem, ale nic ją nie obchodził. Potem Wokulski zniknął z Warszawy, rozeszła się wieść, że pojechał do Bułgarii, a później, że zrobił wielki majątek. Dużo mówiono o nim, i pani Stawska zaczęła się nim interesować jako przedmiotem publicznej ciekawości. Gdy zaś jeden ze znajomych powiedział o Wokulskim: „To człowiek diabelnie energiczny",

> Stawska – uczucia do Wokulskiego

pani Stawskiej podobał się frazes: „diabelnie energiczny", i postanowiła lepiej przypatrzeć się Wokulskiemu.

Z tą intencją nieraz zachodziła do sklepu. Parę razy wcale nie znalazła tam Wokulskiego, raz widziała go, ale z boku, a raz zamieniła z nim parę słów i wtedy zrobił na niej szczególne wrażenie. Uderzył ją kontrast pomiędzy zdaniem: „diabelnie energiczny", a jego zachowaniem się; wcale nie wyglądał na diabelnego, był raczej spokojny i smutny. I jeszcze dostrzegła jedną rzecz: oto — miał oczy wielkie i rozmarzone, takie rozmarzone...

„Piękny człowiek!" — pomyślała.

Pewnego dnia w lecie zetknęła się z nim w bramie domu, gdzie mieszkała. Wokulski spojrzał na nią ciekawie, a ją ogarnął taki wstyd, że zarumieniła się powyżej oczu. Była zła na siebie za ten wstyd i za ten rumieniec i długi czas miała pretensję do Wokulskiego, że tak ciekawie na nią spojrzał.

Od tej pory nie mogła ukryć zakłopotania, ile razy wymawiano przy niej to nazwisko; czuła jakiś żal, nie wiedziała jednak, czy do niego, czy do siebie? Ale najprędzej do siebie, gdyż pani Stawska nigdy do nikogo nie czuła żalu; a wreszcie — cóż on temu winien, że ona jest taka zabawna i bez powodu wstydzi się?...

Gdy Wokulski kupił dom, w którym mieszkała, i gdy Rzecki za jego wiedzą zniżył im komorne, pani Stawska (lubo jej wszyscy tłomaczyli, że bogaty właściciel nie tylko może, ale nawet ma obowiązek zniżać komorne) poczuła dla Wokulskiego wdzięczność. Stopniowo wdzięczność zamieniła się w podziw, gdy począł bywać u nich Rzecki i opowiadać mnóstwo szczegółów z życia swojego Stacha.

— To nadzwyczajny człowiek! — mówiła jej nieraz pani Misiewiczowa.

Pani Stawska słuchała w milczeniu, lecz powoli doszła do przekonania, że Wokulski jest najbardziej nadzwyczajnym człowiekiem, jaki istniał na ziemi.

Po powrocie Wokulskiego z Paryża stary subiekt częściej odwiedzał panią Stawską i robił przed nią coraz poufniejsze zwierzenia. Mówił, rozumie się, pod największym sekretem, że Wokulski jest zakochany w pannie Łęckiej i że on, Rzecki, wcale tego nie pochwala.

W pani Stawskiej zaczęła budzić się niechęć do panny Łęckiej i współczucie dla Wokulskiego.

Już wówczas przyszło jej na myśl, ale tylko na chwilę, że Wokulski musi być bardzo nieszczęśliwy i że miałby wielką zasługę ten, kto by wydobył go z sideł kokietki.

Później spadły na panią Stawską dwie duże klęski: proces o lalkę i utrata zarobków. Wokulski nie tylko nie wyparł się znajomości z nią, co przecież mógł zrobić, ale jeszcze uniewinnił ją w sądzie i ofiarował jej korzystne miejsce w sklepie.

Wówczas pani Stawska wyznała przed samą sobą, że ten człowiek obchodzi ją i że jest jej równie drogim jak Helunia i matka.

Odtąd zaczęło się dla niej dziwne życie. Ktokolwiek przyszedł do nich, mówił jej wprost albo z ogródkami o Wokulskim. Pani Denowa, pani Kolerowa i pani Radzińska tłomaczyły jej, że Wokulski jest najlepszą partią w Warszawie; matka napomykała, że Ludwiczek już nie żyje, a zresztą choćby żył, nie zasługuje na jej pamięć. Nareszcie Rzecki za każdą bytnością opowiadał, że jego Stach jest nieszczęśliwy, że trzeba go ocalić, a ocalić go może tylko ona.

— W jaki sposób?... — zapytała, sama niedobrze rozumiejąc, co mówi.
— Niech go pani pokocha, to znajdzie się sposób — odparł Rzecki.

Nie odpowiedziała nic, ale w duszy robiła sobie gorzkie wyrzuty, że nie potrafi kochać Wokulskiego, choćby chciała. Już serce jej wyschło; zresztą ona sama nie jest pewna, czy ma serce. Wprawdzie myślała wciąż o Wokulskim podczas zajęć sklepowych czy w domu; czekała jego odwiedzin, a gdy nie przyszedł, była rozdrażniona i smutna. Często śnił jej się, ale to przecie nie miłość; ona nie jest zdolna do miłości. Jeżeli miałaby powiedzieć prawdę, to już nawet męża przestała kochać. Zdawało jej się, że wspomnienie o nieobecnym jest jak drzewo w jesieni, z którego opadają liście całymi tumanami i zostaje tylko czarny szkielet.

„Gdzie mnie tam do kochania! — myślała. — We mnie już namiętności wygasły."

Rzecki tymczasem wciąż wykonywał swój chytry plan. Z początku mówił jej, że panna Łęcka zgubi Wokulskiego, potem, że tylko inna kobieta mogłaby go otrzeźwić; potem wyznał, że Wokulski jest znacznie spokojniejszy w jej towarzystwie, a nareszcie (ale o tym wspomniał w formie domysłu), że Wokulski zaczyna ją kochać.

Pod wpływem tych zwierzeń pani Stawska szczuplała, mizerniała, nawet zaczęła się trwożyć. Opanowała ją bowiem jedna myśl: co ona odpowie, jeżeli Wokulski wyzna, że ją kocha?... Wprawdzie serce w niej już od dawna zamarło, ale czy będzie miała odwagę odepchnąć go i przyznać, że ją nic nie obchodzi? Czy mógł jej nie obchodzić człowiek taki jak on, nie dlatego, że mu coś zawdzięczała, ale że był nieszczęśliwy i że ją kochał. „Która kobieta — myślała sobie — potrafi nie ulitować się nad sercem tak głęboko zranionym, a tak cichym w swojej boleści?"

Zatopiona w wewnętrznej walce, z której nie miała się nawet przed kim zwierzyć, pani Stawska nie spostrzegła zmiany w postępowaniu pani Milerowej, nie zauważyła jej uśmiechów i półsłówek.

— Jakże się miewa pan Wokulski? — pytała jej nieraz kupcowa. — O, dziś jest pani mizerniutka... Pan Wokulski nie powinien już pozwolić, ażeby pani tak pracowała...

Pewnego dnia, było to jakoś w drugiej połowie marca, pani Stawska wróciwszy do domu zastała matkę zapłakaną.

— Co to znaczy mamo?... Co się stało?... — spytała.

— Nic, nic, moje dziecko... Co ci mam życie zatruwać plotkami!... Boże miłosierny, jacy ci ludzie niegodziwi.

— Pewnie mama odebrała anonim. Ja co parę dni odbieram anonimy, w których nawet nazywają mnie kochanką Wokulskiego, no i cóż?... Domyślam się, że to sprawka pani Krzeszowskiej, i rzucam listy do pieca.

— Nic, nic, moje dziecko... Gdybyż to anonimy... Ale była dziś u mnie ta poczciwa Denowa z Radzińską i... Ale co ja ci mam życie zatruwać!... One mówią (słychać to podobno w całym mieście), że ty zamiast do sklepu chodzisz do Wokulskiego...

Pierwszy raz w życiu w pani Stawskiej obudziła się lwica. Podniosła głowę, oczy jej błysnęły i odpowiedziała twardym tonem:

— A gdyby tak było, więc i cóż?...

— Bój się Boga, co mówisz?... — jęknęła matka składając ręce.

— No, ale gdyby tak było? — powtórzyła pani Stawska.

— A mąż?

— Gdzież on jest?... Zresztą niech mnie zabije...
— A córka?... a Helunia?... — wyszeptała staruszka.
— Nie mówmy o Heluni, tylko o mnie...
— Heleno... dziecko moje... Ty przecież nie jesteś...
— Jego kochanką?... Tak, nie jestem, bo on tego jeszcze nie zażądał. Co mnie obchodzi pani Denowa czy Radzińska albo mąż, który mnie opuścił... Już nie wiem, co się ze mną dzieje... To jedno czuję, że ten człowiek zabrał mi duszę.
— Bądźże przynajmniej rozsądna... Zresztą...
— Jestem nią, dopóki być mogę... Ale ja nie dbam o taki świat, który dwoje ludzi skazuje na tortury za to tylko, że się kochają.
Nienawidzieć się wolno — dodała z gorzkim uśmiechem — kraść, zabijać... wszystko, wszystko wolno, tylko nie wolno kochać... Ach, moja mamo, jeżeli ja nie mam racji, więc dlaczegóż Jezus Chrystus nie mówił ludziom: bądźcie rozsądni, tylko — kochajcie się?
Pani Misiewiczowa umilkła, przerażona wybuchem, którego nigdy nie oczekiwała. Zdawało się, że niebo spada jej na głowę, kiedy z ust tej gołębicy bryzgnęły zdania, jakich dotychczas nie słyszała, nie czytała, jakie jej samej nie przeszły przez myśl, nawet kiedy była w tyfusie.
Na drugi dzień był u niej Rzecki; przyszedł z miną zakłopotaną, gdy mu wszystko opowiedziała, wyszedł złamany.
Bo właśnie dziś w południe zdarzył mu się taki wypadek.
Do sklepu, do Szlangbauma, przyszedł kto?... Maruszewicz i rozmawiał z nim blisko godzinę. Inni subiekci, od czasu gdy dowiedzieli się, że Szlangbaum kupuje sklep, natychmiast wobec niego spokornieli. Ale pan Ignacy zhardział i po odejściu Maruszewicza zaraz zapytał:
— Cóż pan masz za interesa z tym łotrem, panie Henryku?
Ale i Szlangbaum już zhardział, więc odpowiedział panu Rzeckiemu, wysunąwszy pierwej dolną wargę:
— Maruszewicz chce dla barona pożyczyć pieniędzy, a dla siebie chciałby jakiejś posady, bo już gadają na mieście, że Wokulski odstępuje mi swoją spółkę. Za to obiecuje mi, że baron będzie odwiedzał mój dom z baronową...
— I pan przyjmiesz taką jędzę? — spytał Rzecki.
— Dlaczegóż by nie?... Baron będzie dla mnie, a baronowa dla mojej żony. W duszy jestem demokratą, ale co pocznę, kiedy wobec głupich ludzi salon lepiej wygląda z baronami i hrabiami aniżeli bez nich. Wiele robi się dla stosunków, panie Rzecki.
— Winszuję.
— Ale, ale... — dodał Szlangbaum. — Mówił mi jeszcze Maruszewicz, iż po mieście kursuje, że Stasiek wziął na utrzymanie tę... tę... Stawską... Czy to prawda, panie Rzecki?...
Stary subiekt plunął mu pod nogi i wrócił do swego biurka.
Nad wieczorem zaszedł do pani Misiewiczowej, ażeby się z nią naradzić, i tu dowiedział się z ust matki, że pani Stawska dlatego tylko nie jest kochanką Wokulskiego, ponieważ on tego nie żądał...

Opuścił panią Misiewiczową strapiony.

"Niechby sobie była jego kochanką – mówił w duchu. – Ojej!... ile to dam bardzo renomowanych są kochankami jeszcze jak lichych facetów... Ale to gorsze, że Wokulski wcale o niej nie myśli. Tu jest awantura!... Ha, trzeba coś poradzić."

Ale że sam już nie znajdował rady, więc poszedł do doktora Szumana.

Rozdział XI

W jaki sposób zaczynają się otwierać oczy

Doktór siedział przy lampie z zieloną umbrelką[123] i pilnie przeglądał stos papierów.
— Cóż — spytał Rzecki — znowu doktór pracuje nad włosami?... Phi! co za mnóstwo cyfr... Jak sklepowe rachunki.
— Bo też to są rachunki z waszego sklepu i waszej spółki — odparł Szuman.
— A pan skąd je masz?
— Mam tego dosyć. Szlangbaum namawia mnie, ażebym mu powierzył mój kapitał. Ponieważ wolę mieć sześć tysięcy aniżeli cztery tysiące rocznie, więc jestem gotów wysłuchać jego propozycji. Ale że nie lubię działać na ślepo, więc zażądałem cyfr. No, i jak widzę, zrobimy interes.
Rzecki był zdumiony.
— Nigdy nie myślałem — rzekł — ażebyś pan zajmował się podobnymi kwestiami.
— Bom był głupi — odparł doktór wzruszając ramionami. — W moich oczach Wokulski zrobił fortunę, Szlangbaum robi ją, a ja siedzę na paru groszach jak kamień na miejscu. Kto nie idzie naprzód, cofa się.
— Ależ to nie pańska specjalność zbijanie pieniędzy!...
— Dlaczego nie moja? Nie każdy może być poetą albo bohaterem, ale każdy potrzebuje pieniędzy — mówił Szuman. — Pieniądz jest spiżarnią najszlachetniejszej siły w naturze, bo ludzkiej pracy. On jest s e z a m e m[124], przed którym otwierają się wszystkie drzwi, jest obrusem, na którym zawsze można znaleźć obiad, jest lampą Aladyna[125], za której potarciem ma się wszystko, czego się pragnie. Czarodziejskie ogrody, bogate pałace, piękne królewny, wierna służba i gotowi do ofiar przyjaciele, wszystko to ma się za pieniądze...
Rzecki przygryzł wargi.
— Nie zawsze — rzekł — byłeś pan tego zdania.
— *Tempora mutantur et nos mutamur in illis*[126] — spokojnie odpowiedział doktór.
— Dziesięć lat zmarnowałem na badaniu włosów, wydałem tysiąc rubli na druk broszury o stu stronicach i... pies nie wspomniał ani o niej, ani o mnie. Spróbuję dziesięć

---

[123] *umbrelka* — zasłona na lampę.
[124] *sezam* — czarodziejskie zaklęcie otwierające bramy skarbca w baśniach *Z tysiąca i jednej nocy,* nazwa tego skarbca.
[125] *lampa Aladyna* — cudowna lampa z tychże baśni.
[126] *Tempora mutantur et nos mutamur in illis* (łac.) — Czasy się zmieniają i my zmieniamy się wraz z nimi (słowa przypisywane cesarzowi niemieckiemu Lotariuszowi I 795–855).

następnych lat poświęcić operacjom pieniężnym i jestem z góry pewny, że mnie będą kochać i podziwiać. Byłem otworzył salon i kupił ekwipaż...
Chwilę milczeli nie spoglądając na siebie. Szuman był pochmurny, Rzecki prawie zawstydzony.
— Chciałbym — odezwał się nareszcie — pogadać z panem o Stachu...
Doktór niecierpliwie odsunął od siebie papiery.
— Co ja mu pomogę — mruknął. — To nieuleczony marzyciel, który już nie odzyska rozsądku. Fatalnie posuwa się do ruiny materialnej i moralnej, tak jak wy wszyscy i cały wasz system.

Szuman o Wokulskim

— Jaki system?...
— Wasz, polski system...
— A co doktór postawisz na jego miejsce?
— Nasz, żydowski...
Rzecki aż podskoczył na krześle.
— Jeszcze miesiąc temu nazywałeś pan Żydów parchami?...
— Bo oni są parchy. Ale ich system jest wielki: on triumfuje, kiedy wasz bankrutuje.
— A gdzież on siedzi, ten nowy system?
— W umysłach, które wyszły z masy żydowskiej, ale wzbiły się do szczytów cywilizacji. Weź pan Heinego[127], Börnego[128], Lassala[129], Marksa, Rotszylda, Bleichrödera[130], a poznasz nowe drogi świata. To Żydzi je utorowali: ci pogardzani, prześladowani, ale cierpliwi i genialni.

Szuman o Żydach

Rzecki przetarł oczy; zdawało mu się, że śni na jawie. Wreszcie rzekł po chwili:
— Wybacz, doktór, ale... czy pan nie żartujesz ze mnie?... Pół roku temu słyszałem od pana coś zupełnie innego...
— Pół roku temu — odparł rozdrażniony Szuman — słyszałeś pan protesty przeciw starym porządkom, a dziś słyszysz nowy program. Człowiek nie jest ostrygą, która tak przyrasta do swojej skały, że dopiero trzeba ją nożem odrywać. Człowiek patrzy dokoła siebie, myśli, sądzi i w rezultacie odpycha dawne złudzenia przekonawszy się, że są złudzeniami... Ale pan tego nie pojmujesz ani Wokulski... Wszyscy bankrutujecie, wszyscy... Całe szczęście, że wasze miejsca zajmują świeże siły.
— Nic pana nie rozumiem.
— Zaraz mnie pan zrozumiesz — prawił doktór gorączkując się coraz mocniej. — Weź pan rodzinę Łęckich, co oni robili? Trwonili majątki: trwonił dziad, ojciec i syn, któremu w rezultacie zostało trzydzieści tysięcy ocalonych przez Wokulskiego i — piękna córka dla dopełnienia niedoborów.

---

[127] *Henryk Heine* — poeta niemiecki.
[128] *Ludwik Borne* — poeta i krytyk niemiecki.
[129] *Ferdynand Lassalle* — działacz niemieckiego ruchu robotniczego.
[130] *Gerszon Bleichröder* — mąż zaufania Bismarcka, wpływowy berliński bankier.

A co tymczasem robili Szlangbaumowie? Pieniądze. Zbierał je dziad i ojciec, tak że dziś syn, do niedawna skromny subiekt, za rok będzie trząsł naszym handlem. A oni to rozumieją, bo stary Szlangbaum jeszcze w styczniu napisał szaradę:
„Pierwsze po niemiecku znaczy wąż, drugie roślina, wszystko do góry się wspina..." I zaraz mi objaśnił, że to znaczy: Szlang-Baum. Kiepska szarada, ale porządna robota – dodał śmiejąc się doktor.

Rzecki spuścił głowę. Szuman mówił dalej:

– Weź pan księcia, co on robi? Wzdycha nad „tym nieszczęśliwym krajem", i tyle. A pan baron Krzeszowski? Myśli, ażeby wydobyć pieniądze od żony. A baron Dalski? Usycha ze strachu, ażeby go nie zdradziła żona. Pan Maruszewicz poluje na pożyczki, a gdzie nie może pożyczyć, tam wykpiwa; zaś pan Starski siedzi przy dogorywającej babce, ażeby podsunąć jej do podpisania testament ułożony według jego myśli.

Inni, więksi i mniejsi panowie, przeczuwając, że cały interes Wokulskiego przejdzie w ręce Szlangbauma, już składają mu wizyty. Nie wiedzą, biedaki! że on co najmniej o pięć procent zniży im dochody... Najmądrzejszy zaś z nich, Ochocki, zamiast wyzyskać lampy elektryczne swego systemu, myśli o machinach latających. Ba!... zdaje mi się, że od kilku dni radzi o nich z Wokulskim. Zawsze znajdzie swój swego: marzyciel marzyciela...

– No, już chyba Stachowi nie będziesz doktór nic zarzucał – przerwał niecierpliwie Rzecki.

> Szuman
> o Wokulskim –
> ważny cytat

– Nic, oprócz tego, że nigdy nie pilnował fachu, a zawsze gonił za mrzonkami. Będąc subiektem chciał zostać uczonym, a zacząwszy uczyć się postanowił awansować na bohatera. Majątek zrobił nie dlatego, że był kupcem, ale że oszalał dla panny Łęckiej; a dziś, kiedy jej dosięga, co wreszcie bardzo jest niepewne, już zaczyna naradzać się z Ochockim... Słowo honoru, nie pojmuję: o czym finansista może rozmawiać z takim Ochockim?... Lunatycy!...

Rzecki szczypał się w nogę, ażeby doktorowi nie zrobić awantury.

– Uważa pan – odezwał się po chwili – przyszedłem do pana w sprawie już nie tylko Wokulskiego, ale kobiety... Kobiety, panie Szuman, a przeciw tym nic pan chyba nie znajdziesz do powiedzenia.

– Wasze kobiety są akurat tyle warte co i mężczyźni. Wokulski za dziesięć lat mógłby być milionerem i potęgą w tym kraju, ale ponieważ związał losy swoje z panną Łęcką, więc sprzedał sklep doskonale procentujący, rzuci spółkę, wcale nie gorszą od sklepu, a potem strwoni majątek. Albo ten Ochocki!... Inny, na jego miejscu, już pracowałby nad oświetleniem elektrycznym, skoro udał mu się wynalazek. Tymczasem on hula po Warszawie z tą ładną panią Wąsowską, dla której więcej znaczy dobry tancerz aniżeli największy wynalazca.

Żyd zrobiłby inaczej. Gdyby był elektrotechnikiem, znalazłby sobie kobietę, która albo siedziałaby z nim w pracowni, albo – handlowała elektrycznością. A gdyby był finansistą, jak Wokulski, nie kochałby się na oślep, tylko szukałby żony bogatej. Wreszcie może by wziął ubogą i piękną, ale wtedy musiałyby procentować jej wdzięki. Ona prowadziłaby mu salon, zwabiała gości, uśmiechałaby się do możnych, romansowa-

łaby z najmożniejszymi, słowem, na wszelki sposób popierałaby interes firmy, zamiast ją gubić.
— I w tym wypadku byłeś pan przed pół rokiem innego zdania — wtrącił Rzecki.
— Nie przed pół rokiem, ale przed dziesięcioma laty! Ba! trułem się po śmierci narzeczonej, ale to właśnie jeden więcej argument przeciw waszemu systematowi. Dziś aż cierpnę, kiedy pomyślę, że albo mogłem umrzeć, licho wie po co, albo ożenić się z kobietą, która strwoniłaby mi majątek.
Rzecki podniósł się z krzesła.
— Więc teraz — rzekł — ideałem pańskim jest Szlangbaum.
— Ideałem nie, ale dzielnym człowiekiem.
— Który wydobył rachunki sklepowe...
— Ma do tego prawo. Wszak od lipca zostanie właścicielem.
— A tymczasem demoralizuje kolegów, swoich przyszłych subiektów?...
— On ich rozpędzi!...
— I ten pański ideał, kiedy prosił Stacha o posadę, to już wówczas myślał o zagarnięciu naszego sklepu?
— Nie zagarnia, tylko kupuje! — zawołał doktór. — Może wolałbyś pan, ażeby sklep zmarniał nie znalazłszy nabywcy?... I kto z was mądrzejszy: pan, który po kilkudziesięciu latach nie masz nic, czy on, który w ciągu roku zdobywa taką fortecę, nikomu notabene nie robiąc krzywdy, a Wokulskiemu płacąc gotówką?...
— Może masz pan rację, ale mnie jakoś się to nie wydaje — mruknął Rzecki potrząsając głową.
— Nie wydaje się panu, bo należysz do tych, co sądzą, że ludzie jak kamienie muszą porastać mchem nie ruszając się z miejsca. Dla pana Szlangbaumy zawsze powinni być subiektami, Wokulscy zawsze pryncypałami, a Łęccy zawsze jaśnie wielmożnymi... Nie, panie! Społeczeństwo jest jak gotująca się woda: co wczoraj było na dole, dziś pędzi w górę...
— A jutro znowu spada na dół — zakończył Rzecki. — Dobranoc, doktorze.
Szuman ścisnął go za rękę.
— Gniewasz się pan?
— Nie... Tylko nie wierzę w ubóstwienie pieniędzy.
— To stan przejściowy.
— A któż panu zaręczy, że marzycielstwo Wokulskich albo Ochockich nie jest stanem przejściowym? Machina latająca śmieszna to rzecz na pozór, ale tylko na pozór; wiem coś o jej wartości, bo przez całe lata tłomaczył mi to Stach. Lecz gdyby takiemu na przykład Ochockiemu udało się ją zbudować, pomyśl pan, co byłoby więcej warte dla świata: czy spryt Szlangbaumów, czy marzycielstwo Wokulskich i Ochockich?
— Tere-fere — przerwał doktór. — Już ja na tych godach nie będę.
— Ale gdybyś pan był, musiałbyś chyba trzeci raz zmienić program.
Doktór zmieszał się...
— No, co tam — rzekł. — Jakiż to interes miałeś pan do mnie?
— Tej biednej Stawskiej... Ona naprawdę zakochała się w Wokulskim.

— Ehe!... takimi sprawami już mógłbyś pan mnie nie zajmować — ofuknął go doktór. — Kiedy jedni zbogacają się i rosną w siłę, a inni bankrutują, on mi zawraca głowę amorami jakiejś pani Stawskiej. Nie trzeba było bawić się w swata!...

Rzecki opuścił doktora tak zmartwiony, że nawet nie uważał na brutalność jego ostatnich słów.

Dopiero na ulicy spostrzegł się i uczuł żal do Szumana.

„Ot, przyjaźń żydowska!" — mruknął.

Wielki post[131] nie był tak nudny, jak obawiano się w modnym świecie.

> **autentyczne wydarzenia — życie towarzyskie**

Naprzód Opatrzność zesłała wezbranie Wisły, co dało powód do publicznego koncertu i kilku prywatnych wieczorów z muzyką i deklamacją. Następnie w szeregu prelegentów na Osady Rolne wystąpił jeden krakowianin, nadzieja partii arystokratycznej, na którego odczyt wybrało się najlepsze towarzystwo. Potem Szegedyn uległ powodzi, co znowu wywołało wprawdzie nieduże składki, ale za to ogromny ruch w salonach. Odbył się nawet w domu hrabiny teatr amatorski, na którym odegrano dwie sztuki w języku francuskim i jedną w angielskim.

We wszystkich tych filantropijnych zajęciach panna Izabela przyjmowała czynny udział. Bywała na koncertach, zajmowała się wręczeniem bukietu uczonemu krakowianinowi, występowała w żywym obrazie w roli anioła litości i grała w sztuce Musseta *Nie igra się z miłością*. Panowie Niwiński, Malborg, Rydzewski i Pieczarkowski prawie zasypali ją bukietami, a pan Szastalski zwierzył się kilku damom, że prawdopodobnie w tym jeszcze roku będzie musiał odebrać sobie życie.

Gdy rozeszła się wieść o zamierzonym samobójstwie, pan Szastalski stał się bohaterem rautów, a panna Izabela zyskała przydomek — okrutnej. Kiedy panowie powymykali się na wista, wówczas damy pewnego wieku miały największą przyjemność w tym, ażeby za pomocą dowcipnych manewrów zbliżyć pannę Izabelę z Szastalskim. Z nieopisanym współczuciem przypatrywały się przez lornetki cierpieniom młodego człowieka; prawie starczyło im to za koncert. Gniewały się tylko na pannę Izabelę widząc, że ona rozumie swoje uprzywilejowane stanowisko, a każdym ruchem i spojrzeniem zdaje się mówić: patrzcie, to mnie on kocha, przeze mnie jest nieszczęśliwy!...

Wokulski znajdował się niekiedy w tych towarzystwach, widział lornetki dam skierowane na Szastalskiego i pannę Izabelę, nawet słyszał uwagi, które brzęczały mu około uszu jak osy, ale nic nie rozumiał. Nim wreszcie nikt się nie zajmował, odkąd dowiedziano się, że jest poważnym konkurentem.

— Nieszczęśliwa miłość budzi daleko więcej interesu — szepnęła raz panna Rzeżuchowska do pani Wąsowskiej.

— Kto wie, gdzie tu naprawdę jest miłość nieszczęśliwa, a nawet tragiczna!... — odpowiedziała pani Wąsowska patrząc na Wokulskiego.

W kwadrans później panna Rzeżuchowska kazała przedstawić sobie Wokulskiego, a w ciągu następnego kwadransa zawiadomiła go (spuszczając przy tym oczy), że jej zdaniem najpiękniejszą rolą kobiety jest pielęgnować ranione serca, które cierpią w milczeniu.

---

[131] *Wielki Post* — wymienione na tej stronie wydarzenia są autentyczne.

Pewnego dnia przy końcu marca Wokulski przyszedłszy do panny Izabeli zastał ją w doskonałym humorze.

— Wyborna wiadomość! — zawołała witając się z nim niezwykle gorąco. — Czy wie pan, że przyjechał ten znakomity skrzypek Molinari...[132]

— Molinari?... — powtórzył Wokulski. — Ach, tak, widziałem go w Paryżu.

— Tak pan chłodno o nim mówi? — zdziwiła się panna Izabela. — Czyby jego gra nie podobała się panu?...

— Przyznam się pani, że nawet nie uważałem, jak on gra.

— To niepodobna!... to chyba nie słyszał go pan... Pan Szastalski (no, on zawsze przesadza) powiedział, że tylko słuchając Molinariego mógłby umrzeć bez żalu. Pani Wywrotnicka jest nim zachwycona, a pani Rzeżuchowska ma zamiar wydać dla niego raut.

— O ile mi się zdaje, jest to dosyć mierny skrzypek.

— Ależ, panie!... Pan Rydzewski i pan Pieczarkowski mieli sposobność widzieć jego album, złożone z samych recenzyj... Pan Pieczarkowski mówi, że Molinariemu ofiarowali to jego wielbiciele. Otóż wszyscy europejscy recenzenci nazywają go genialnym.

Wokulski potrząsnął głową.

— Widziałem go w sali, gdzie najdroższe miejsce kosztowało dwa franki.

— To niepodobna, to chyba nie on... On dostał order od Ojca świętego, od szacha perskiego, ma tytuł... Miernych skrzypków nie spotykają takie odznaczenia.

Wokulski z podziwem przypatrywał się zarumienionej twarzy i błyszczącym oczom panny Izabeli. Były to tak silne argumenta, że zwątpił we własną pamięć i odparł:

— Może być...

Ale pannę Izabelę w przykry sposób dotknęła jego obojętność dla sztuki. Sposępniała i przez resztę dnia rozmawiała z Wokulskim dosyć chłodno.

„Głupiec jestem! — pomyślał wychodząc. — Zawsze muszę się wyrwać z czymś, co jej robi przykrość. Jeżeli jest melomanką, może uważać za świętokradztwo moje zdanie o Molinarim..."

I przez cały następny dzień gorzko wyrzucał sobie nieznajomość sztuki, prostactwo, niedelikatność, a nawet brak szacunku dla panny Izabeli.

„Z pewnością — mówił — znakomitszym jest ten skrzypek, który na niej zrobi wrażenie, aniżeli ten, który by mnie się podobał. Trzeba być arogantem, ażeby wypowiadać sądy tak stanowcze, tym bardziej że musiałem nie poznać się na jego grze..."

Wstyd go ogarnął.

Na trzeci dzień otrzymał od panny Izabeli krótki liścik:

„Panie — pisała. — Musi mi pan ułatwić zaznajomienie się z Molinarim, ale to koniecznie, koniecznie... Obiecałam Cioci, że skłonię go, ażeby zagrał u niej na ochronę; pojmuje więc pan, ile mi na tym zależy."

W pierwszej chwili zdawało się Wokulskiemu, że zbliżenie się do genialnego skrzypka będzie jednym z najtrudniejszych zadań, jakie mu kazano rozwiązać. Szczę-

---

[132] *Molinari* — nazwisko fikcyjne; w III i IV 1879 r. występował natomiast hiszp. skrzypek Pablo Sarassate.

ściem, przypomniał sobie, że ma znajomego muzyka, który nie tylko poznał się z Molinarim, ale już chodził za nim i przesiadywał u niego jak cień.

Kiedy zwierzył się z kłopotu przed muzykiem, ten naprzód szeroko otworzył oczy, potem zmarszczył brwi, w końcu zaś, po długim namyśle, odparł:

— O, to sprawa trudna, bardzo trudna, ale dla pana postaramy się. Tylko muszę go przygotować, dobrze usposobić... I wie pan, jak zrobimy?... Niech pan jutro zajdzie do hotelu o pierwszej w południe; ja tam będę na śniadaniu. Wtedy niech pan wywoła mnie nieznacznie przez służącego, a już ja wyrobię panu audiencję.

Te ostrożności i ton, jakim je wypowiadano, przykro dotknęły Wokulskiego; mimo to w oznaczonym terminie poszedł do hotelu.

— Pan Molinari w domu? — zapytał szwajcara.

Szwajcar, człowiek znajomy, wyprawił pomocnika na górę, sam zaś zaczął bawić Wokulskiego rozmową:

— To, wielmożny panie, mamy ruch w hotelu z tym Włochem!... Schodzą się państwo jak do cudownego obrazu, ale najwięcej kobiety...

— Oho?...

— Tak, wielmożny panie. Taka najpierwej przysyła mu list, potem bukiet, a nareszcie sama przychodzi za woalką, bo myśli, że jej nikt nie pozna... To, panie, śmiech dla całej służby!... On nie każdą przyjmuje, choć która da jego lokajowi ze trzy ruble. Ale czasem, jak trafi mu się dobry humor, to nieraz dobiera sobie chłopisko jeszcze dwa numery, każdy w innej stronie korytarza, i w każdym inną rozwesela... Taki, bestia, zajadły.

Wokulski spojrzał na zegarek. Upłynęło z dziesięć minut na czekaniu, więc pożegnał szwajcara i poszedł na schody czując, że gniew zaczyna w nim kipieć. „Tęgi blagier! — myślał. — Ale też i miłe te kobietki..."

W drodze spotkał go zadyszany pomocnik szwajcara.

— Pan Molinari — rzekł — kazał prosić, ażeby jaśnie pan chwilkę zaczekał...

Wokulski chciał schwycić za kark posłańca, ale pohamował się i zawrócił na dół.

— Jaśnie pan odchodzi?... Co mam powiedzieć panu Molinaremu?...

— Powiedz mu, ażeby... Rozumiesz?

— Powiem, jaśnie panie, tylko on nie zrozumie — odpowiedział zadowolony lokaj, a wpadłszy do szwajcara rzekł:

— Przynajmniej znalazł się choć jeden pan, co się poznał na tym kundlu Włochu... O, hycel! łeb to zadziera, ale nim ci da, człeku, dziesiątczynę, to ją pierwej ze trzy razy obejrzy... Legawa suka[133] go urodziła, pokrakę... Zgnilec... obieżyświat... kopernik!...[134]

Była chwila, że Wokulski uczuł żal do panny Izabeli. Jak można zapalać się do człowieka, z którego nawet hotelowa służba żartuje!... Jak można zapisywać się na długą listę jego wielbicielek... Czy w końcu godziło się zmuszać go, ażeby szukał znajomości z takim płytkim blagierem!...

---

[133] *legawa suka* — legawiec: wyżeł, pies myśliwski.

[134] *kopernik* — tu: wyzwisko warszawskie.

Ale wnet ochłonął; przyszła mu bardzo słuszna uwaga, że panna Izabela nie znając Molinarego daje się tylko unosić prądowi jego reputacji.

„Pozna go i ochłonie – pomyślał. – Tylko już ja nie będę im służył za pośrednika."

Kiedy Wokulski wrócił do domu, zastał u siebie Węgiełka, który czekał na niego od godziny.

Chłopak wyglądał po warszawsku, ale był trochę mizerny.

– Wychudłeś, zbladłeś – rzekł Wokulski przypatrzywszy mu się. – Łajdaczysz się czy co?...

– Nie, panie, tylko dziesięć dni chorowałem. Coś mi się zrobiło na szyi takie paskudne, że mnie doktór pokrajał. Ale już wczoraj poszedłem do roboty.

– Potrzebujesz pieniędzy?

– Nie, panie. Chciałem tylko opowiedzieć się względem powrotu do Zasławia.

– Już cię korci. A nauczyłeś się czego?

– Ojej! I ze ślusarką się trochę... i według stolarki... Koszyków nauczyłem się też wcale pięknych i rysować. A nawet jakby przyszło do malowania, to też...

Mówiąc to kłaniał się, rumienił i miętosił czapkę w ręku.

– Dobrze – odezwał się po chwili Wokulski. – Na narzędzia dostaniesz sześćset rubli. Wystarczy?... A kiedy chcesz wracać?

Chłopak zaczerwienił się jeszcze mocniej i pocałował Wokulskiego w rękę.

– Bo ja jeszcze, z przeproszeniem łaski pańskiej, chciałbym się ożenić... Tylko nie wiem...

Poskrobał się w głowę.

– Z kimże to? – spytał Wokulski.

– Z tą panną Marianną, co mieszka u furmanów Wysockich. Ja też mieszkam w tym domu, tylko na górze.

„Chce się żenić z moją magdalenką?" – pomyślał Wokulski. Przeszedł się po pokoju i rzekł:

– A dobrze ty znasz pannę Mariannę?

– Co nie mam znać? Przecie widujemy się co dzień trzy razy, a czasami to i przez całą niedzielę albo ja siedzę u niej, albo oboje u Wysockich.

– No tak. Ale czy wiesz, czym ona była przed rokiem?

– Wiem, panie. Ledwiem tu przyjechał z łaski pańskiej, zaraz Wysocka mówi do mnie: „Uważaj, młody, bo ona się puszczała..." Takim sposobem od pierwszego dnia wiedziałem, co ona za jedna; okpistwa ze mną nie robiła żadnego.

– I jakże się stało, że chcesz żenić się z nią?

– Bóg wie, panie, ani tak, ani owak. Nawet z początku to śmiałem się z niej i jak kto przechodził za oknem, mówiłem: „Pewno i ten znajomy panny Marianny, boś panna nie z jednego pieca chleb jadła." A ona nic, tylko spuści głowę, kręci maszyną, aż warczy, i ognie jej na twarz biją.

Później spostrzegłem się, że mi ktoś łata bieliznę; więc na Boże Narodzenie kupiłem jej za dziesięć złotych parasol, a ona sześć chustek perkalowych z moim nazwiskiem. A Wysocka mówi: „Nie daj się, młody, bo to probantka[135]!..." Więcem

---

[135] *probantka* – dziewczyna z przeszłością.

se do głowy nie dopuszczał, choć gdyby nie była ladaco, już bym się w zapusty ożenił.

Akurat w Popielec Wysocki rozpowiedział mi, jak się z nią zrobił ten interes, niby z panną Marianną. Zgodziła ją jakaś pani w aksamitach do służby, no i miała służbę, niech ręka boska broni! Coraz chce uciekać, ale ją łapią i mówią: „Albo siedź tu, albo oddamy cię do kryminału za złodziejstwo." „Cóżem ja ukradła?" — ona mówi. „Nasze dochody, psiawiaro!" — oni krzyczą. I tak by siedziała (rozpowiadał Wysocki) do sądnego dnia, gdyby jej pan Wokulski nie zobaczył w kościele. Wtedy ją wykupił i wyratował.

— Mów dalej, mów — odezwał się Wokulski spostrzegłszy, że Węgiełek waha się.

— Zaraz mnie tknęło — ciągnął Węgiełek — że to nie żadne łajdactwo, tylko nieszczęście. I pytam się Wysockiego: „Ożeniłby się pan z panną Marianną?" „I z jedną babą jest utrapienie" — on mówi. „Ale żeby pan Wysocki był w kawalerskiej kondycji, to co?" „Eh — mówi — kiedy już nie mam ciekawości do kobiet." Widząc ja, że stary nie chce gadać, takem go zaklął, że mi w końcu powiedział: „Nie ożeniłbym się, bo nie miałbym przekonania, że się w niej stary obyczaj nie odezwie. Kobieta jak dobra, to dobra, ale jak się rozwydrzy, niczym diabeł."

Tymczasem na początku świętego postu zesłał Pan Bóg miłosierny na mnie takiego bolaka[136], żem musiał leżeć w domu, i jeszcze doktor mnie pokrajał. Aż tu panna Marianna jak nie zacznie do mnie chodzić, łóżko prześcielać, pokrajanie mi opatrywać... Mówił doktor, żeby nie jej opatrunki, tobym z tydzień dłużej leżał. Mnie nieraz złość brała, osobliwie, jak mnie trzęsło, więc jednego dnia mówię: „Co sobie panna Marianna robi subiekcję?...[137] Panna myśli, że ja się z panną ożenię, a ja chybabym zgłupiał, żeby się z taką wiązać, co się dziesięciu wysługiwała..."

A ona na to nic, tylko spuściła głowę i łzy jej kap... kap...

„Przecie ja rozumiem — mówi — żeby się pan Węgiełek ze mną nie ożenił..."

Aż mnie, z przeproszeniem łaski pańskiej, zemdliło z wielkiej litości, kiedym to usłyszał. I zaraz powiedziałem Wysockiej: „Wie pani Wysocka co, może ja się z panną Marianną ożenię..."

A ona na to: „Nie bądź głupi, bo..."

Kiedy nie śmiem mówić — dodał nagle Węgiełek, znowu całując Wokulskiego w rękę.

— Mów śmiało.

— „Bo — rzekła mi pani Wysocka — jakbyś się ożenił z panną Marianną, to może byś obraził pana Wokulskiego za jego łaskę nad nami wszystkimi... Kto zaś wie, czy panna Marianna do niego nie chodzi..."

Wokulski zatrzymał się przed nim.

— Tego się lękasz? — spytał. — Daję ci słowo honoru, że nigdy nie widuję tej panny.

Węgiełek odetchnął

— To i chwała Bogu. Bo jedno, że nie śmiałbym przecie panu włazić w drogę za jego dobroć, a po drugie...

---

[136] *bolak* — bolesny wrzód.

[137] *robić sobie subiekcję* — zadawać sobie trud.

— Cóż po drugie?
— Po drugie, widzi pan: że ona się puszczała, to przez nieszczęście, źli ludzie ją skrzywdzili i temu ona nie winna. Ale żeby ona teraz nade mną chorym płakała, a do wielmożnego pana chodziła, to już byłaby taka szelma jak wściekły pies, co to tylko zabić, ażeby ludzi nie kąsał.
— A zatem?... — spytał Wokulski.
— Ha, cóż? ożenię się po świętach — odparł Węgiełek. — Przecie ona za nie swoje grzechy cierpieć nie może. Nie jej to była wola.
— Masz jeszcze jaki interes?
— Już nic.
— Więc bywaj zdrów, a przed ślubem wstąp do mnie. Ona będzie miała pięćset rubli posagu, no i co potrzeba na bieliznę i gospodarstwo.

Węgiełek opuścił go bardzo wzruszony.

„Oto logika prostych serc! — pomyślał Wokulski. — Pogarda dla występku, miłosierdzie dla nieszczęścia."

Naiwny mieszczanin w jego oczach wyrósł na posłannika odwiecznej sprawiedliwości, który zdeptanej kobiecie przyniósł spokój i przebaczenie.

W końcu marca u państwa Rzeżuchowskich odbył się wielki raut z Molinarim; Wokulski także otrzymał zaproszenie zaadresowane piękną rączką panny Rzeżuchowskiej.

Przybył tam dosyć późno, właśnie w chwili kiedy mistrz dał się uprosić do uszczęśliwienia słuchaczy koncertem własnej kompozycji. Jeden z miejscowych muzyków usiadł towarzyszyć mu na fortepianie, drugi przyniósł mistrzowi skrzypce, trzeci odwracał nuty akompaniatorowi, czwarty stał za mistrzem w zamiarze podkreślania fizjognomią i gestami piękniejszych albo trudniejszych ustępów.

Ktoś poprosił obecnych o spokojność, damy usiadły w półkole, mężczyźni zgromadzili się za ich krzesłami, koncert zaczął się.

Teraz Wokulski spojrzał na skrzypka i przede wszystkim spostrzegł pewne podobieństwo między nim i Starskim. Molinari miał takież same niewielkie faworyciki, jeszcze mniejsze wąsiki i ten sam wyraz znużenia, jaki cechuje ludzi posiadających szczęście u płci pięknej. Grał dobrze i wyglądał przyzwoicie, lecz było widać po nim, że już pogodził się z rolą półbożka łaskawego dla swoich wiernych.

Od czasu do czasu skrzypce odezwały się głośniej, stojący za mistrzem muzyk robił minę zachwyconą, a po sali przebiegał cichy i krótki szmer. Pomiędzy uroczyście nastrojonymi mężczyznami i zasłuchanymi, zamyślonymi, rozmarzonymi lub drzemiącymi damami Wokulski dostrzegał kobiece fizjognomie napiętnowane niezwykłym wyrazem. Były tam namiętnie odrzucone głowy, zarumienione policzki, pałające oczy, rozchylone i drgające usta, jakby pod wpływem narkotyku.

„Straszna rzecz! — pomyślał Wokulski. — Cóż to za chore indywidua wprzęgają się do triumfalnego wozu tego pana..."

Wtem spojrzał na bok i zrobiło mu się zimno... Zobaczył pannę Łęcką bardziej odurzoną i roznamiętnioną od innych. Nie wierzył własnym oczom.

Mistrz grał z kwadrans, ale Wokulski nie słyszał już ani jednej nuty. Rozbudził go dopiero przeciągły grzmot oklasków. Potem znowu zapomniał, gdzie jest, ale za to doskonale widział, jak Molinari szepnął coś do ucha panu Rzeżuchowskiemu, jak pan Rzeżuchowski wziął go pod rękę i – przedstawił pannie Izabeli.

Przywitała go rumieńcem i wejrzeniem nieopisanego zachwytu. A ponieważ proszono na kolację, mistrz podał jej rękę i zaprowadził do sali jadalnej. Przeszli tuż obok niego, Molinari potrącił go łokciem, ale tak byli zajęci sobą, że panna Izabela nawet nie spostrzegła Wokulskiego. Potem usiedli we czworo przy jednym stoliku: pan Szastalski z panną Rzeżuchowską, Molinari z panną Izabelą, i było znać, że jest im bardzo dobrze razem.

Wokulskiemu znowu zdawało się, że z oczu spada mu zasłona, poza którą widać zupełnie inny świat i inną pannę Izabelę. Ale w tej samej chwili uczuł taki zamęt w głowie, ból w piersiach, szał w nerwach, że uciekł do przedpokoju, a stamtąd na ulicę obawiając się, że traci rozum.

„Boże miłosierny! – szepnął – zdejmijże ze mnie to przekleństwo..."

O kilka kroków od Molinariego, przy mikroskopijnym stoliczku, siedziała pani Wąsowska z Ochockim.

— Moja kuzynka zaczyna mi się coraz mniej podobać – rzekł Ochocki patrząc na pannę Izabelę. – Widzi ją pani?...

— Od godziny – odparła pani Wąsowska. – Ale zdaje mi się, że i Wokulski coś spostrzegł, bo był bardzo zmieniony. Żal mi go.

— O, niech pani będzie spokojna o Wokulskiego. Prawda, że dziś jest rozbity, ale jeżeli się raz ocknie... Takich nie zabijają wachlarzem.

— Więc może być dramat.

— Żadnego – rzekł Ochocki. – Ludzie o skoncentrowanych uczuciach wówczas tylko są niebezpieczni, jeżeli nie mają rezerw...

— Mówisz pan o tej pani... jakże ona... Sta... Star...?

— Boże uchowaj, tam nic nie ma i nigdy nie było. Zresztą dla zakochanego mężczyzny nie stanowi rezerwy inna kobieta.

— Więc cóż?

— Wokulski ma silny umysł i wie o cudownym wynalazku, którego wykończenie naprawdę przewróciłoby świat...

— I pan wiesz o nim?

— Treść znam, dowód widziałem; nie znam tylko bliższych szczegółów. Przysięgam – mówił zapalając się Ochocki – że dla takiej sprawy można by poświęcić nawet dziesięć kochanek!

— Więc i mnie poświęciłbyś, niewdzięczniku?

— Alboż pani jest moją kochanką?... Nie jestem przecie lunatykiem.

— Ale kochasz się we mnie.

— Może jeszcze tak jak Wokulski w Izabeli?... Ani myślę... Choć każdej chwili jestem gotów...

— W każdej chwili jesteś pan źle wychowany. Ale... tym lepiej, że się we mnie nie kochasz.

— I nawet wiem, dlaczego lepiej. Pani wzdycha do Wokulskiego...

Panią Wąsowską oblał mocny rumieniec; zmieszała się tak, że wachlarz upadł jej na posadzkę. Ochocki podniósł go.

— Nie chcę grać z panem komedii, mój potworze — odparła po chwili. — Obchodzi mnie tak, że... robię wszystko, co jest w mojej mocy, ażeby dostał Belę, ponieważ... ją kocha ten szaleniec...

— Przysięgam, że spomiędzy znajomych mi dam jesteś pani jedyną kobietą, która naprawdę coś warta... Ale dosyć o tym. Od czasu kiedym poznał, że Wokulski kocha Belę (a jak on ją kocha!...), moja kuzynka robi na mnie dziwne wrażenie. Dawniej uważałem ją za wyjątkową, dziś wydaje mi się pospolitą, dawniej wzniosła, dziś jest płaska... Ale to tylko chwilami i jeszcze ostrzegam, że mogę się mylić.

Pani Wąsowska uśmiechnęła się.

— Podobno — rzekła — ile razy mężczyzna patrzy na kobietę, szatan zakłada mu różowe okulary.

— Czasami zdejmuje.

— Ale nie bez cierpień — odpowiedziała pani Wąsowska. — Wiesz pan co — dodała — ponieważ jesteśmy prawie kuzynami, mówmy sobie t y...

— Bardzo dziękuję.

— Dlaczego?

— Nie mam zamiaru być wielbicielem pani.

— Ja proponuję panu przyjaźń.

— Właśnie. Jest to mostek, po którym...

W tej chwili panna Izabela wstała nagle od swego stolika i podeszła do nich; była wzburzona.

— Porzucasz mistrza? — spytała ją pani Wąsowska.

— Ależ to jest impertynent! — rzekła panna Izabela tonem, w którym czuć było gniew.

— Bardzom kontent, kuzynko, że tak prędko poznałaś się na tym poliszynelu[138] — odezwał się Ochocki. — Może pani siądzie?...

Ale panna Izabela rzuciła na niego piorunujące spojrzenie, zaczęła rozmawiać z Malborgiem, który właśnie zbliżył się do niej, i odeszła do sali.

Na progu, spoza wachlarza, spojrzała w stronę Molinariego, który bardzo wesoło rozmawiał z panną Rzeżuchowską.

— Zdaje mi się, panie Ochocki — rzekła pani Wąsowska — że prędzej zostaniesz naszym Kopernikiem, aniżeli nauczysz się ostrożności. Jak mogłeś wobec Izabeli nazwać tego pana poliszynelem?...

— Ona przecież nazwała go impertynentem...

— Niemniej interesuje się nim.

— No, proszę ze mnie nie żartować. Jeżeli nie interesuje się człowiekiem, który ją ubóstwia...

— To właśnie będzie interesować się takim, który ją lekceważy.

— Pociąg do ostrych sosów jest oznaką nietęgiego zdrowia — zauważył Ochocki.

---

[138] *poliszynel* — postać z ludowej włoskiej komedii.

— Która tu jest zdrowa! — rzekła pani Wąsowska, pogardliwie obwodząc wzrokiem towarzystwo. — Podaj mi pan rękę i idźmy do salonu.

Na przejściu spotkali księcia, który z wielkim zadowoleniem przywitał panią Wąsowską.

— Cóż, mości książę, Molinari?... — zapytała.
— Ma bardzo ładny ton... Bardzo...
— I będziemy przyjmować go u siebie?
— O tak... w przedpokoju...

W parę minut dowcip księcia obleciał wszystkie sale... Pani Rzeżuchowska z powodu nagłej migreny musiała opuścić gości.

Gdy pani Wąsowska rozmawiając po drodze ze znajomymi weszła z Ochockim do salonu, zobaczyła już pannę Izabelę siedzącą w towarzystwie Molinariego.

— Kto z nas miał rację? — rzekła trącając Ochockiego wachlarzem. — Biedny Wokulski!...

— Zapewniam panią, że jest mniej biednym aniżeli panna Izabela.
— Dlaczego?
— Bo jeżeli kobiety kochają tylko tych, którzy je lekceważą, to moja kuzynka bardzo prędko będzie musiała oszaleć za Wokulskim.

— Powiesz mu pan?... — oburzyła się pani Wąsowska.

— Nigdy! Jestem przecie jego przyjacielem, a już to samo wkłada na mnie obowiązek nieostrzegania o niebezpieczeństwach. Ale jestem także mężczyzną i dalibóg, czuję, że gdy między mężczyzną i kobietą zacznie się tego rodzaju walka...

— To przegra mężczyzna.

— Nie, pani. Przegra kobieta, i to na łeb, na szyję. Przecież dlatego kobiety wszędzie są niewolnicami, że lgną do tych, którzy je lekceważą.

— Nie bluźnij pan.

Ponieważ Molinari zaczął rozmawiać z panią Wywrotnicką, pani Wąsowska zbliżyła się do panny Izabeli, wzięła ją pod rękę i zaczęły spacerować po salonie.

— Pogodziłaś się jednak z tym impertynentem? — zapytała pani Wąsowska.
— Przeprosił mnie — odparła panna Izabela.
— Tak prędko? A czy choć obiecał poprawę?
— Moją będzie rzeczą, ażeby nie potrzebował się poprawiać.
— Był tu Wokulski — mówiła pani Wąsowska — i dosyć nagle wyszedł.
— Dawno?
— Kiedyście siedli do kolacji; stał nawet w tych drzwiach.

Panna Izabela zmarszczyła brwi.

— Moja Kaziu — rzekła — wiem, o co ci chodzi. Otóż oświadczam ci raz na zawsze, że ani myślę wyrzekać się dla Wokulskiego moich sympatyj i upodobań. Małżeństwo nie jest więzieniem, a ja mniej niż kto inny nadaję się na więźnia.

— Masz słuszność. Czy jednakże dla kaprysu godzi się drażnić takie uczucia?

Panna Izabela zmieszała się.

— Więc cóż mam robić?
— To już od ciebie zależy. Jeszcze nie jesteś z nim związana...
— Ach, tak!... już pojmuję... — uśmiechnęła się panna Izabela.

Stojący pod oknem pan Malborg z panem Niwińskim przypatrywali się obu damom przez binokle.
— Piękne kobiety! — westchnął pan Malborg.
— A każda w innym guście — dodał pan Niwiński.
— Którą byś wolał?
— Obie.
— A ja Izabelkę, a potem... Wąsowską.
— Jak one tulą się do siebie... jak się uśmiechają!... To wszystko, ażeby nas podrażnić. Sprytne są te kobietki.
— A w gruncie mogą się nienawidzieć.
— No, przynajmniej nie w tej chwili — zakończył pan Niwiński.
Do spacerujących pań zbliżył się Ochocki.
— Czy i kuzynek należy do spisku przeciw mnie? — zapytała panna Izabela.
— Do spisku nigdy; mogę z panią być tylko w otwartej wojnie.
— Z panią? w otwartej wojnie?... Cóż to znaczy. Wojny prowadzą się w celu zawarcia korzystnego pokoju!
— To nie mój system.
— Czy tak?... — rzekła panna Izabela z uśmiechem. — Więc załóżmy się, że kuzynek złożysz broń; bo wojnę uważam już za rozpoczętą.
— Przegrasz ją, kuzynko, nawet w tych punktach, w których liczysz na najzupełniejsze zwycięstwo — odpowiedział uroczyście Ochocki.
Panna Izabela sposępniała.
— Belu — szepnęła do niej przechodząca w tej chwili hrabina — wyjeżdżamy.
— Cóż, Molinari obiecał?... — zapytała tym samym tonem panna Izabela.
— Wcale go nie prosiłam — odpowiedziała dumnie hrabina.
— Dlaczego, ciociu?...
— Zrobił niekorzystne wrażenie.
Gdyby doniesiono pannie Izabeli, że umarł Wokulski z powodu Molinariego, wielki skrzypek nie straciłby nic w jej oczach. Ale wiadomość, że zrobił złe wrażenie, dotknęła ją w niemiły sposób.
Pożegnała artystę chłodno, prawie wyniośle.
Pomimo znajomości, trwającej ledwie kilka godzin, Molinari żywo zainteresował pannę Izabelę.
Kiedy późno wróciwszy do domu spojrzała na swego Apollina, zdawało jej się, że marmurowy bożek ma coś z postawy i rysów skrzypka. Zarumieniła się przypomniawszy sobie, że posąg bardzo często zmieniał fizjognomię; nawet przez krótką chwilę był podobny do Wokulskiego. Uspokoiła się jednak uwagą, że dzisiejsza zmiana jest ostatnią, że dotychczasowe jej upodobania polegały na omyłkach i że Apollo, jeżeli mógł kogoś symbolizować, to tylko Molinarego.
Nie mogła zasnąć, w sercu jej walczyły najsprzeczniejsze uczucia: gniew, obawa, ciekawość i jakaś tkliwość. Czasem nawet budziło się zdumienie, kiedy przypominała sobie zuchwałe czyny skrzypka. Przy pierwszych słowach powiedział, że jest najpiękniejszą kobietą, jaką zna; idąc na kolację namiętnie przytulał jej ramię i oświadczył,

że ją kocha. A przy kolacji, bez względu na obecność Szastalskiego i panny Rzeżuchowskiej, tak natarczywie szukał pod stołem jej ręki, że... cóż miała zrobić?...

Podobnie gwałtownych uczuć nie spotkała jeszcze nigdy. On naprawdę musiał ją pokochać od pierwszego wejrzenia, szalenie, na śmierć. Czy jej wreszcie nie szepnął (co nawet zmusiło ją do opuszczenia stolika), że bez namysłu oddałby życie za kilka dni spędzonych z nią razem.

„I na co on się narażał mówiąc coś podobnego?" — pomyślała panna Izabela. Nie przyszło jej do głowy, że co najwyżej narażał się na opuszczenie towarzystwa przed końcem kolacji.

„Co za uczucie!... co za namiętność!..." — powtarzała w duchu.

Przez dwa dni panna Izabela nie wychodziła z domu i nikogo nie przyjmowała. W trzecim dniu zdawało jej się, że Apollo, jakkolwiek wciąż podobny do Molinariego, chwilami przypomina Starskiego. Tegoż dnia po południu przyjęła panów Rydzewskiego i Pieczarkowskiego, którzy oświadczyli jej, że Molinari opuszcza już Warszawę, że zraził do siebie całe towarzystwo, że jego album z recenzjami jest blagą, ponieważ nie umieszczono w nim krytyk nieprzychylnych. Dodali w końcu, że tak mierny skrzypek i pospolity człowiek tylko w Warszawie mógł doznać podobnych owacyj.

Panna Izabela była oburzona i przypomniała panu Pieczarkowskiemu, że nie kto inny, tylko on chwalił artystę. Pan Pieczarkowski zdziwił się i powołał się na świadectwo obecnego pana Rydzewskiego i nieobecnego Szastalskiego, że Molinari od pierwszej chwili nie budził w nim zaufania.

Przez następne dwa dni panna Izabela uważała wielkiego artystę jako ofiarę zawiści. Powtarzała sobie, że tylko on jeden zasługuje na jej współczucie i że nigdy o nim nie zapomni.

W tym czasie pan Szastalski przysłał jej bukiet fiołków, a panna Izabela nie bez wyrzutów spostrzegła, że Apollo zaczyna być podobnym do Szastalskiego i że Molinari szybko zaciera się w jej pamięci.

Prawie w tydzień po koncercie, kiedy bez światła siedziała w swoim pokoju, przed oczyma jej stanęła dawno zapomniana wizja. Zdawało jej się, że w towarzystwie ojca zjeżdża powozem z jakiejś góry w dolinę napełnioną chmurami dymów i pary. Spomiędzy chmur wysunęła się olbrzymia ręka trzymająca kartę, na którą pan Tomasz patrzył z niespokojną ciekawością. „Z kim ojciec gra?..." — pomyślała. W tej chwili wionął wiatr i z tumanów ukazała się twarz Wokulskiego, także w olbrzymich rozmiarach.

„Rok temu miałam toż samo widzenie — rzekła do siebie panna Izabela. — Co to znaczy?..."

I dopiero teraz przypomniała sobie, że Wokulski nie był u nich od tygodnia.

Po raucie u państwa Rzeżuchowskich Wokulski wrócił do siebie w niezwykłym nastroju ducha. Atak szału minął go i ustąpił miejsca apatycznemu spokojowi. Wokulski nie spał całą noc, ale stan ten nie wydawał mu się przykrym. Leżał spokojnie, nie myślał o niczym i tylko ciekawie przysłuchiwał się bijącym godzinom. Pierwsza... druga... trzecia...

Na drugi dzień wstał późno i do południa, pijąc herbatę, znowu przysłuchiwał się biciu zegara. Jedynasta... dwunasta... pierwsza... Jakie to nudne!...

Chciał coś czytać, ale nie chciało mu się pójść do biblioteki po książkę; więc położył się na szezlongu i zaczął myśleć o teorii Darwina.

„Co to jest dobór naturalny? Jest to skutek walki o byt, w której giną istoty nie posiadające pewnych uzdolnień, a zwyciężają więcej uzdolnione. Jaka jest najważniejsza zdolność: czy pociąg płciowy? Nie, wstręt do śmierci. Istoty, które nie miałyby wstrętu do śmierci, musiałyby wyginąć najpierwej. Gdyby człowieka nie hamował wstręt do śmierci, ten najmędrszy zwierz nie dźwigałby kajdan życia. W poezji staroindyjskiej są ślady, że istniała kiedyś ludzka rasa mająca mniejszy wstręt do śmierci aniżeli my. No i rasa ta wyginęła, a jej potomkowie są albo niewolnikami, albo ascetami.

Wokulski – rozmyślania o śmierci

A co to jest wstręt do śmierci? Naturalnie, instynkt polegający na złudzeniu. Są osoby mające wstręt do myszy, która jest zupełnie niewinnym stworzeniem, albo nawet do poziomek, które są wcale smaczne. (Kiedy to ja jadłem poziomki?... Aha, w końcu września roku zeszłego w Zasławku.... Zabawna miejscowość ten Zasławek; ciekawym, czy jeszcze żyje prezesowa i czy ma wstręt do śmierci?...)

Bo cóż to jest obawa śmierci?... Złudzenie! Umrzeć jest to nie być nigdzie, nic nie czuć i o niczym nie myśleć. W ilużż ja miejscach dziś nie jestem: nie jestem w Ameryce, w Paryżu, na księżycu, nie jestem nawet w moim sklepie i nic mnie nie trwoży. A o ilu ja rzeczach nie myślałem przed chwilą i o ilu nie myślę? Myślę tylko o jakiejś jednej rzeczy, a nie myślę o miliardzie innych rzeczy, nie wiem nawet o nich i nic mnie to nie obchodzi.

Cóż więc może być przykrego w tym, że nie będąc w milionie miejsc, tylko w jakimś jednym, i nie myśląc o miliardzie rzeczy, tylko o jakiejś jednej, przestanę być i w tym jednym miejscu i myśleć o tej jednej rzeczy?... Istotnie, obawa śmierci jest najkomiczniejszym złudzeniem, jakiemu od tylu wieków ulega ludzkość. Dzicy boją się piorunu, huku broni palnej, nawet zwierciadła; a my, niby to ucywilizowani, lękamy się śmierci!..."

Wstał, wyjrzał przez okno i z uśmiechem przypatrywał się ludziom, którzy gdzieś biegli, kłaniali się sobie, asystowali damom. Przypatrywał się ich gwałtownym ruchom, wielkiemu zainteresowaniu, bezświadomej szarmanterii mężczyzn, automatycznej kokieterii kobiet, obojętnym minom dorożkarzy, męce ich koni i nie mógł oprzeć się uwadze, że całe to życie, pełne niepokoju i udręczeń, jest kapitalnym głupstwem.

Tak przesiedział cały dzień. Następnego przyszedł Rzecki i przypomniał mu, że dziś jest dzień pierwszego kwietnia i że panu Łęckiemu trzeba zapłacić dwa tysiące pięćset rubli procentów.

— A prawda — odparł Wokulski. — Odwieź mu tam...

— Myślałem, że sam odwieziesz.

— Nie chce mi się...

Rzecki kręcił się po pokoju, chrząkał, nareszcie rzekł:

— Pani Stawska jest jakaś markotna. Może byś ją odwiedził?

— A prawda, że już dawno u niej nie byłem. Pójdę wieczorem.

Odebrawszy taką odpowiedź Rzecki już nie zatrzymywał się. Bardzo czule pożegnał Wokulskiego, wpadł do sklepu po pieniądze, potem siadł w dorożkę i kazał jechać do pani Misiewiczowej.

— Przybiegłem tylko na chwilę, bo mam załatwić pilny interes — zawołał uradowany. — Wie pani, Stach będzie tu dzisiaj... Zdaje mi się (ale mówię to pani w największej tajemnicy), że Wokulski już stanowczo zerwał z Łęckimi...

— Czyby tak?... — rzekła pani Misiewiczowa składając ręce.

— Jestem prawie pewny, ale... żegnam panią... Stach będzie dziś wieczorem...

Istotnie, Wokulski był wieczorem i co ważniejsza, zaczął bywać każdego wieczora. Przychodził dosyć późno, kiedy Helunia już spała, a pani Misiewiczowa odchodziła do swego pokoju, i z panią Stawską przepędzał po parę godzin. Zwykle milczał i słuchał jej opowiadań o sklepie Milerowej albo o brukowych wypadkach. Sam odzywał się rzadko, a wtedy wypowiadał aforyzmy; nawet nie mające związku z tym, co do niego mówiono.

Raz rzekł bez powodu:

— Człowiek jest jak ćma: na oślep rwie się do ognia, choć go boli i choć się w nim spali. Robi to jednak dopóty — dodał po namyśle — dopóki nie oprzytomnieje. I tym różni się od ćmy...

„Mówi o pannie Łęckiej!..." — pomyślała pani Stawska i serce jej spieszniej uderzyło.

Innym razem opowiedział jej dziwaczną historię:

— Słyszałem o dwu przyjaciołach, z których jeden mieszkał w Odessie, a drugi w Tobolsku[139]; nie widzieli się kilka lat i bardzo tęsknili za sobą.

Nareszcie przyjaciel tobolski, nie mogąc wytrzymać dłużej, postanowił zrobić odeskiemu niespodziankę i nie uprzedzając go pojechał do Odessy. Nie zastał go jednak w domu, ponieważ jego przyjaciel odeski, również stęskniony, pojechał do Tobolska...

Interesa nie pozwoliły im zetknąć się w czasie powrotu. Zobaczyli się więc dopiero po kilku latach i wie pani, co się pokazało?...

Pani Stawska podniosła na niego oczy.

— Oto obaj, szukając się, tego samego dnia zjechali się w Moskwie, stanęli w tym samym hotelu i w sąsiednich numerach. Los czasami mocno żartuje z ludzi...

— W życiu chyba nieczęsto się tak trafia... — szepnęła pani Stawska.

— Kto wie?... Kto wie?... — odparł Wokulski.

Pocałował ją w rękę i wyszedł zamyślony.

„Z nami tak nie będzie!..." — pomyślała, głęboko wzruszona.

Podczas wieczorów przepędzanych w domu pani Stawskiej Wokulski stosunkowo był najbardziej ożywiony, trochę jadł i rozmawiał.

Lecz przez resztę dnia zapadał w apatię. Prawie nie jadł, tylko wypijał mnóstwo herbaty, nie zajmował się interesami, nie był na kwartalnym posiedzeniu spółki, nic nie czytał, a nawet nie myślał. Zdawało mu się, że potęga, której nie umiałby nazwać, wyrzuciła go poza obręb wszelkich spraw, nadziei, pragnień i że jego życie, podobne dziś do martwego ciężaru, toczy się wśród pustki.

„Przecież w łeb sobie nie wypalę — myślał. — Gdybym choć zbankrutował, ale tak!... Pogardzałbym sam sobą, gdyby z tego świata miała mnie wymieść spódnica... Trzeba było zostać w Paryżu... Kto wie, czy już dziś nie posiadałbym broni, która prędzej czy później wytępi potwory z ludzką twarzą."

---

[139] *Tobolsk* — miasto w zachodniej Syberii nad Irtyszem.

Rzecki odgadując, co się z nim dzieje, zachodził w różnych porach dnia i próbował wciągnąć go w rozmowę. Ale ani stan pogody, ani handel, ani polityka nie obchodziły Wokulskiego. Raz się tylko ożywił, gdy pan Ignacy zrobił wzmiankę, że Milerowa prześladuje panią Stawską.

— O cóż jej chodzi?

— Może zazdrości, że bywasz u pani Stawskiej, że jej płacisz dobrą pensję.

— Uspokoi się Milerowa — rzekł Wokulski — jak oddam sklep Stawskiej, a ją zrobię kasjerką.

— Bój się Boga, dajże spokój!... — zawołał przestraszony Rzecki. — Zgubiłbyś tym panią Stawską.

Wokulski zaczął chodzić.

— Masz rację. Ale swoją drogą, jeżeli baby kłócą się, trzeba je rozdzielić... Namów Stawską, ażeby sama na siebie założyła sklep, a my jej dostarczymy funduszów. Od razu o tym myślałem, a teraz widzę, że nie warto dłużej odkładać.

Pan Ignacy, naturalnie, w tej chwili pobiegł do swoich pań i zawiadomił je o wielkiej nowinie.

— Nie wiem, czy nam wypada przyjmować taką ofiarę? — odezwała się zakłopotana pani Misiewiczowa.

— Cóż to za ofiara? — zawołał Rzecki. — Spłacicie nas panie w ciągu paru lat, i basta. Jakże pani sądzi?... — zapytał Stawskiej.

— Zrobię tak, jak zechce pan Wokulski. Każe mi otworzyć sklep, otworzę; każe zostać u Milerowej, zostanę.

— Ależ, Helenko!... — zreflektowała ją matka. — Pomyśl, na co się narażasz mówiąc w podobny sposób?... Całe szczęście, że nas nie słyszy nikt obcy.

Pani Stawska umilkła ku wielkiemu zmartwieniu pani Misiewiczowej, którą przerażała stanowczość córki dotychczas tak łagodnej i uległej.

Pewnego dnia Wokulski przechodząc ulicą spotkał karetę pani Wąsowskiej. Ukłonił się i szedł dalej bez celu; wtem dopędził go służący.

— Jaśnie pani prosi...

— Co się z panem dzieje?... — zawołała piękna wdówka, gdy Wokulski zbliżył się do powozu. — Siądź no pan, przejedziemy się po Alejach.

Wsiadł, pojechali.

— Co to znaczy? — ciągnęła pani Wąsowska. — Wyglądasz pan okropnie, już blisko dziesięć dni nie byłeś u Beli... No, mówże pan coś!...

— Nie mam nic do powiedzenia. Nie jestem chory i nie sądzę, ażeby pannie Izabeli były potrzebne moje wizyty.

— A jeżeli są potrzebne?

— Nigdy nie miałem tych złudzeń; dziś mniej niż kiedykolwiek.

— No, no... mój panie... mówmy jasno. Jesteś pan zazdrośnik, a to poniża mężczyznę w oczach kobiet. Zirytowałeś się pan Molinarim...

— Myli się pani. Tak dalece nie jestem zazdrosny, że wcale nie przeszkadzam pannie Izabeli wybierać pomiędzy mną i panem Molinarim. Wiem przecie, że w tym wypadku obaj mamy równe prawa.

— O panie, to już zbyt ostre! — zgromiła go pani Wąsowska. — Cóż to, więc biedna kobieta, jeżeli raczy ją uwielbiać jeden z was, nie może rozmawiać z innymi?... Nie spodziewałam się, ażeby taki człowiek jak pan w taki haremowy sposób traktował kobietę. Zresztą o co panu chodzi?... Gdyby nawet Bela kokietowała Molinariego, to i cóż?... Trwało to jeden wieczór i skończyło się tak wzgardliwym pożegnaniem go ze strony Beli, że aż przykro było patrzeć.

Zgnębienie opuściło Wokulskiego.

Wokulski o kobietach

— Pani łaskawa, nie udawajmy, że się nie rozumiemy. Pani wie, że dla mężczyzny kochającego kobieta jest świętością jak ołtarz. Słusznie czy niesłusznie, ale tymczasem tak jest. Otóż jeżeli pierwszy lepszy awanturnik zbliża się do tej świętości jak do krzesła i postępuje z nią jak z krzesłem, a ołtarz prawie zachwyca się podobnym traktowaniem, wówczas... pojmuje pani?... Zaczynamy przypuszczać, że ów ołtarz jest naprawdę tylko krzesłem. Jasno się wytłomaczyłem?...

Pani Wąsowska rzuciła się na poduszkach powozu.

— O panie, aż nadto jasno!... Co byś pan jednak powiedział, gdyby kokieteria Beli była tylko niewinnym odwetem, a raczej ostrzeżeniem?...

— Do kogo wystosowanym?

— Do pana; wszakże pan ciągle zajmujesz się panią Stawską?...

— Ja?... Kto to powiedział?...

— Przypuśćmy, że naoczni świadkowie: pani Krzeszowska, pan Maruszewicz...

Wokulski pochwycił się za głowę.

— I pani wierzy temu?

— Nie, ponieważ zapewnił mnie Ochocki, że tam nic nie ma; czy jednak Belę uspokoił kto w podobny sposób i czy mogłaby na tym poprzestać, to już inna sprawa.

Wokulski ujął ją za rękę.

— Pani droga — szepnął — cofam wszystko, com powiedział z powodu tego Molinariego... Przysięgam pani, że czczę pannę Izabelę i że największym dla mnie nieszczęściem jest moje nierozważne słowo... Teraz dopiero widzę, czego się dopuściłem, mówiąc to...

Był tak wzruszony, że pani Wąsowskiej żal go się zrobiło.

— No, no — rzekła — niech pan się uspokoi i nie przesadza... Pod słowem honoru (choć kobiety podobno nie mają honoru) zapewniam pana, że to, o czym mówiliśmy, zostanie między nami. Zresztą jestem pewna, że nawet Bela przebaczyłaby panu jego wybuch. Była to niegodziwość, ale... zakochanym wybacza się nie takie niegodziwości.

Wokulski ucałował jej obie ręce, które mu wydarła.

— Proszę się do mnie nie umizgać, bo dla zakochanej kobiety mężczyzna jest ołtarzem... A teraz wysiadaj pan, idź, o tam, do Beli i...

— I co pani?

— I przyznaj, że umiem dotrzymywać obietnic.

Głos jej drgnął, ale Wokulski nie spostrzegł tego. Wyskoczył z karety i pobiegł do kamienicy zajmowanej przez pana Łęckiego, gdzie właśnie stanęli.

Gdy Mikołaj otworzył mu drzwi, kazał zameldować się pannie Łęckiej. Była sama i przyjęła go natychmiast, zarumieniona i zmieszana.

— Tak dawno nie był pan u nas — rzekła. — Czy pan był chory?...

— Gorzej, pani — odpowiedział nie siadając. — Ciężko obraziłem panią bez powodu...

— Pan mnie?...

— Tak, pani, obraziłem panią podejrzeniami. Byłem — mówił stłumionym głosem — byłem na koncercie u państwa Rzeżuchowskich... Wyszedłem nawet nie pożegnawszy się z panią... Już nie chcę mówić dalej... Czuję tylko, że ma pani prawo nie przyjmować mnie jako człowieka, który nie ocenił pani... śmiał posądzać...

Panna Izabela głęboko spojrzała mu w oczy i wyciągając rękę rzekła:

— Przebaczam... niech pan siada.

— Niech pani nie spieszy się z przebaczeniem, bo ono może podnieść moje nadzieje...

Zamyśliła się.

— Mój Boże, i cóż na to poradzę?... niechże już pan ma nadzieję, jeżeli tak o nią chodzi...

— I to pani mówi, panno Izabelo?...

— Tak widać było przeznaczone — odpowiedziała z uśmiechem.

Namiętnie ucałował jej rękę, której mu nie broniła, potem odszedł do okna i coś zdjął z szyi.

— Niech pani przyjmie to ode mnie — rzekł i podał jej złoty medalion z łańcuszkiem.

Panna Izabela ciekawie zaczęła się przyglądać.

— Dziwny prezent, nieprawdaż? — mówił Wokulski otwierając medalion. — Widzi pani tę blaszkę lekką jak pajęczyna?... A jednak jest to klejnot, jakiego nie posiada żaden skarbiec, nasienie wielkiego wynalazku, który może ludzkość przemienić. Kto wie, czy z tej blaszki nie urodzą się okręty napowietrzne. Ale mniejsza o nie... Oddając go pani, składam moją przyszłość...

— Więc to jest talizman?

— Prawie. Jest to rzecz, która mogła mnie wyciągnąć z kraju, a cały mój majątek i resztę życia utopić w nowej pracy. Może byłaby ona stratą czasu, maniactwem, ale w każdym razie myśl o niej była jedyną rywalką pani. Jedyną... — powtórzył z naciskiem.

— Myślał pan opuścić nas?

— Nawet nie dawniej jak dziś rano. Dlatego oddaję pani ten amulet. Odtąd, oprócz pani, już nie mam innego szczęścia na świecie; została mi pani albo śmierć.

— Jeżeli tak, więc biorę pana do niewoli — rzekła panna Izabela i zawiesiła medalion na szyi. A kiedy przyszło wsunąć go za stanik, spuściła oczy i zarumieniła się.

„Otom podły — pomyślał Wokulski. — I, ja taką kobietę podejrzewałem... Ach, nędznik..."

Kiedy wrócił do siebie i wpadł do sklepu, był tak rozpromieniony, że pan Ignacy nieledwie przeraził się.

— Co tobie? — zapytał

— Powinszuj mi. Jestem narzeczonym panny Łęckiej.

Ale Rzecki, zamiast winszować, mocno pobladł.

— Miałem list od Mraczewskiego — rzekł po chwili. — Suzin, jak wiesz, jeszcze w lutym wysłał go do Francji...

— Więc?... — przerwał Wokulski.

— Ano pisze mi teraz z Lyonu, że Ludwik Stawski żyje i mieszka w Algierze, tylko pod nazwiskiem Ernesta Waltera. Podobno handluje winem. Przed rokiem ktoś go widział.

— Sprawdzimy to — odpowiedział Wokulski i spokojnie zanotował w katalogu adres.

Odtąd każde popołudnie spędzał u państwa Łęckich, a nawet raz na zawsze został zaproszony na obiady.

W kilka dni przyszedł do niego Rzecki.

— Cóż, mój stary! — zawołał Wokulski. — Jakże tam z księciem Lulu?... Gniewasz się jeszcze na Szlangbauma, że śmiał sklep kupić?...

Stary subiekt pokręcił głową.

— Pani Stawska — rzekł — już nie jest u Milerowej... Trochę chora... Mówi coś o wyjeździe z Warszawy... Może byś tam wstąpił?...

— Prawda, trzeba by zajść — odparł pocierając czoło. — Mówiłeś z nią o sklepie?

— Owszem; pożyczyłem jej nawet tysiąc dwieście rubli.

— Z twoich biednych oszczędności?... Dlaczegóż nie ma pożyczyć ode mnie?...

Rzecki nic nie odpowiedział.

Przed drugą Wokulski pojechał do pani Stawskiej. Była bardzo mizerna; jej słodkie oczy wydawały się jeszcze większe i jeszcze smutniejsze.

— Cóż to — spytał Wokulski — słyszałem, że pani chce opuścić Warszawę?

— Tak, panie... Może mąż powróci... — dodała stłumionym głosem.

— Mówił mi o tym Rzecki i pozwoli pani, że postaram się o sprawdzenie tej wiadomości...

Pani Stawska zalała się łzami.

— Pan taki dobry dla nas — szepnęła. — Niechże pan będzie szczęśliwy...

O tej samej godzinie pani Wąsowska była z wizytą u panny Izabeli i dowiedziała się od niej, że Wokulski został przyjęty.

— Nareszcie... — rzekła pani Wąsowska. — Myślałam, że nigdy się nie zdecydujesz.

— Więc zrobiłam ci przyjemną niespodziankę — odpowiedziała panna Izabela. — W każdym razie jest to idealny mąż: bogaty, nietuzinkowy, a nade wszystko człowiek gołębiego serca. Nie tylko nie jest zazdrosny, ale nawet przeprasza za podejrzenia. To mnie ostatecznie rozbroiło... Prawdziwa miłość ma zawiązane oczy. Nic mi nie odpowiadasz?

— Myślę...

— O czym?

— Że jeżeli on tak zna ciebie, jak ty jego, to oboje bardzo się nie znacie.

— Tym przyjemniej zejdzie nam miodowy miesiąc.

— Życzę...

Rozdział XII

Pogodzeni małżonkowie

Od połowy kwietnia pani baronowa Krzeszowska nagle zmieniła tryb życia. Do tej pory dzień schodził jej na wymyślaniu Mariannie, na pisywaniu listów do lokatorów o to, że schody są zaśmiecone, na wypytywaniu stróża: czy nie zdarł kto karty wynajmu mieszkań? czy praczki z paryskiej pralni nocują w domu albo czy rewirowy nie miał do niej jakiego interesu? Nie zapominała przy tym upominać go, ażeby w razie zgłoszenia się konkurenta o lokal na trzecim piętrze bacznie przypatrywał się, szczególniej ludziom młodym, a gdyby to byli studenci, ażeby odpowiadał, że lokal już wynajęty.

— Uważaj, Kacprze, co ci mówię — kończyła — bo stracisz miejsce, jeżeli mi tu zakradnie się jaki student. Mam już dosyć tych nihilistów, rozpustników, ateuszów, którzy znoszą trupie główki.

Po każdej takiej konferencji stróż wróciwszy do swej komórki rzucał czapkę na stół i wykrzykiwał:

— Albo się, psia mać, powieszę, albo dłużej nie wytrzymam z taką panią! W piątek na targ — idź, stróżu, do apteki po dwa razy na dzień lataj, do magla drałuj i choroba wie, gdzie nie chodź. Przecie już mi zapowiedziała, że będę z nią jeździł na cmentarz do porządkowania grobu!... Słychane to rzeczy na świecie?... Odejdę stąd na święty Jan, żebym miał dać komu dwadzieścia rubli odstępnego...

Ale od połowy kwietnia pani baronowa złagodniała.

Złożyło się na to kilka okoliczności.

Przede wszystkim któregoś dnia odwiedził ją nieznany adwokat z poufnym zapytaniem, czy pani baronowa nie wie czego o funduszach pana barona?... Gdyby zaś takowe gdzie istniały, o czym zresztą wątpi adwokat, należałoby je wskazać dla uwolnienia pana barona od kompromitacji. Wierzyciele jego bowiem gotowi są chwycić się ostatecznych środków.

Pani baronowa solennie upewniła adwokata, że jej małżonek, baron, pomimo całej przewrotności i udręczeń, jakie jej zadał, żadnych funduszów nie posiada. W tym miejscu dostała spazmów, co skłoniło adwokata do szybkiego odwrotu. Gdy zaś kapłan sprawiedliwości opuścił jej mieszkanie, nader szybko powróciła do zdrowia i zawoławszy Marianny rzekła do niej niezwykle spokojnym głosem:

— Trzeba by, moja Marysiu, założyć świeże firanki, bo mam przeczucie, że nieszczęśliwy nasz pan nawróci się...

W parę dni później był u baronowej książę w swojej własnej osobie. Zamknęli się oboje w najodleglejszym pokoju i mieli długą konferencję, w trakcie której pani parę razy zaniosła się od płaczu, a raz zemdlała. O czym by jednak mówili? tego nie wie nawet Marianna. Tylko po odejściu księcia baronowa kazała natychmiast wezwać pana Maruszewicza, a gdy przybiegł, rzekła dziwnie łagodnym głosem, przeplatając mowę westchnieniami:

— Zdaje mi się, panie Maruszewicz, że mój zbłąkany mąż nareszcie się opamięta... Bądź więc łaskaw, jedź do miasta i kup męski szlafrok i parę pantofli. Weź na twoją miarę, bo wy obaj, biedacy, jesteście jednakowo szczupli...

Pan Maruszewicz ruszył brwiami, ale wziął pieniądze i zrobił sprawunek. Baronowej cena czterdziestu rubli za szlafrok i sześciu za pantofle wydała się nieco wysoką, ale pan Maruszewicz odpowiedział, że nie zna się na cenie, że kupował w pierwszorzędnych magazynach, i już nie mówiono o tym.

Znowu po kilku dniach do mieszkania pani Krzeszowskiej zgłosiło się dwu Żydków zapytując, czy pan baron jest w domu?... Pani baronowa, zamiast wpaść na nich z krzykiem, jak to zwykle robiła, kazała im bardzo spokojnym tonem wyjść za drzwi. Potem zawoławszy Kacpra rzekła mu:

— Zdaje mi się, kochany Kacprze, że nasz biedny pan sprowadzi się do nas dziś albo jutro. Trzeba położyć sukno na schodach od drugiego piętra... Tylko uważaj, moje dziecko, ażeby nie pokradli prętów... I sukno trzeba co kilka dni trzepać...

Od tej chwili już nie wymyślała Mariannie, nie pisywała listów, nie dręczyła stróża... Tylko po całych dniach, z rękoma założonymi na piersi, chodziła po swym rozległym mieszkaniu, blada, cicha, zirytowana.

Na turkot dorożki, zatrzymującej się przed domem, biegła do okna; na odgłos dzwonka rzucała się do progu i spoza przymkniętych drzwi salonu nasłuchiwała, kto rozmawia z Marianną.

Po paru dniach takiego trybu życia zrobiła się jeszcze bledszą i jeszcze bardziej rozdrażnioną. Biegała coraz prędzej po coraz mniejszej przestrzeni, często upadała na krzesło lub fotel z biciem serca, a nareszcie położyła się do łóżka.

— Każ zdjąć sukno ze schodów — rzekła do Marianny schrypniętym głosem. — Panu znowu musiał jakiś łotr pożyczyć pieniędzy...

Ledwie to powiedziała, energicznie zadzwoniono do drzwi. Pani baronowa posłała naprzód Mariannę, a sama tknięta przeczuciem, pomimo bólu głowy, zaczęła się ubierać. Wszystko leciało jej z rąk.

Tymczasem Marianna, uchyliwszy drzwi zaczepione na łańcuch, zobaczyła w sieni jakiegoś bardzo dystyngowanego jegomościa z jedwabnym parasolem i ręczną walizką. Za jegomościem, który pomimo starannie ogolonych wąsów i bujnych faworytów wyglądał nieco na kamerdynera, stali tragarze z kuframi i tłomokami.

— A co to?... — machinalnie zapytała służąca.

— Otworzyć drzwi, obie połowy!... — odparł jegomość z walizką. — Rzeczy pana barona i moje...

Drzwi otworzyły się, jegomość kazał tragarzom złożyć kufry i tłomoki w przedpokoju i zapytał:

— Gdzie tu gabinet jaśnie pana?...

W tej chwili przybiegła baronowa w nie zapiętym szlafroku, z włosami w nieładzie.

— Co to?... — zawołała wzruszonym głosem. — Ach, to ty, Leonie... Gdzie pan?...

— Zdaje się, że jaśnie pan u Stępka...[140] Chciałbym złożyć rzeczy, ale nie widzę ani gabinetu pana, ani pokoju dla mnie.
— Zaczekajże — mówiła gorączkowo baronowa. — Zaraz Marianna wyniesie się z kuchni, to ty tam...
— Ja w kuchni?... — spytał jegomość nazwany Leonem. — Chyba jaśnie pani żartuje. Według umowy z panem mam mieć swój pokój...
Pani baronowa zmieszała się.
— Co ja mówię!... — rzekła. — To wiesz, mój Leonie, wprowadź się tymczasem na trzecie piętro, do mieszkania po studentach...
— Tak to rozumiem — odparł Leon. — Jeżeli tam jest z parę pokoików, to mogę nawet mieszkać z kucharzem...
— Jak to z kucharzem?
— Bo przecie jaśnie państwo bez kucharza obejść się nie mogą. Bierzcie te rzeczy na górę — zwrócił się do tragarzy.
— Co wy robicie?... — krzyknęła baronowa widząc, że zabierają wszystkie kufry i tłomoki.
— Biorą moje rzeczy. — Nieście! — komenderował Leon.
— A gdzież pana barona?...
— O, proszę... — odparł służący podając Mariannie ręczną walizkę i parasol.
— A pościel?... garderoba?... sprzęty?... — zawołała pani łamiąc ręce.
— Niechże jaśnie pani nie robi skandalu przy służbie!... — zgromił ją Leon.
— Wszystkie te rzeczy jaśnie pan powinien mieć w domu...
— Prawda... prawda!... — szepnęła upokorzona baronowa.
Zainstalowawszy się na górze, gdzie mu jeszcze musiano zanieść łóżko, stół, parę krzeseł i miednicę z dzbankiem wody, pan Leon ubrał się we frak, biały krawat, świeżą koszulę (trochę ciasną na niego), wrócił do pani baronowej i poważnie zasiadł w przedpokoju.
— Za pół godziny — rzekł do Marianny spoglądając na złoty zegarek — jaśnie pan powinien być, bo co dzień sypia od godziny czwartej do piątej. — Cóż, nudno tu pannie? — dodał. — No, ale ja pannę rozruszam...
— Marianno!... Marianno, chodź tutaj!... — zawołała ze swego pokoju baronowa.
— Cóż panna zaraz tak lecisz? — zapytał Leon. — Uciekanie starej interes czy co?... Niech trochę poczeka...
— Kiedy boję się, bo strasznie zła — szepnęła Marianna wydzierając mu się z rąk.
— Zła, boś ją sama panna zepsuła. Im tylko pozwolić, toby zaraz człowiekowi kołki na łbie ciosali... Z baronem będziesz panna miała lżej, bo to koneser[141]. Ale ubrać się panna musisz inaczej, nie tak po tercjarsku[142]. My nie lubimy zakonnic.
— Marysia!... Marysia!...
— No, to idź już panna, tylko powoli — upominał ją Leon.

---

[140] *u Stępka* — mowa o składzie win i delikatesów Antoniego Stępkowskiego przy placu Teatralnym.
[141] *koneser* — znawca.
[142] *po tercjarsku* — skromnie; tercjarz: członek stowarzyszenia zakonnego dla osób świeckich.

Wbrew przewidywaniom Leona baron przybył do swej małżonki nie o czwartej, ale dopiero około piątej.

Był ubrany w nowy tużurek i świeży kapelusz, w ręku trzymał laseczkę ze srebrną końską nogą. Miał minę spokojną, ale pod tymi pozorami wierny sługa dostrzegł mocne wzruszenie. Już w przedpokoju binokle dwa razy spadły baronowi, a lewa powieka drgała mu bez porównania częściej aniżeli przed pojedynkiem albo nawet przy sztosie[143].

— Zamelduj mnie pani baronowej — rzekł pan Krzeszowski nieco przytłumionym głosem.

Leon otworzył drzwi salonu i prawie groźnie zawołał:

— Jaśnie pan!...

A gdy baron wszedł, zamknął za nim drzwi, odprawił Mariannę, która przybiegła z kuchni, i — sam zaczął podsłuchiwać.

Pani baronowa, siedząca z książką na kanapie, na widok męża powstała. Gdy baron złożył jej głęboki ukłon, chciała odkłonić się, ale znowu upadła na kanapę.

— Mężu mój... — szepnęła zasłaniając twarz rękoma. — O! Co ty robisz...

— Przykro mi bardzo — rzekł baron kłaniając się po raz drugi — że składam pani uszanowanie w takich warunkach.

— Ja wszystko gotowa jestem przebaczyć, jeżeli...

— Jest to bardzo zaszczytne dla nas obojga — przerwał baron — ponieważ i ja gotów jestem zapomnieć pani wszystko, co dotyczy mojej osoby. Na nieszczęście, raczyła pani wprowadzić w grę moje nazwisko, które lubo w historii świata nie odznaczyło się żadną niezwykłością, zasługuje przecież na to, aby je oszczędzano.

— Nazwisko?... — powtórzyła baronowa.

— Tak, pani — odparł baron kłaniając się po raz trzeci, ciągle z kapeluszem w ręku. — Daruje pani, że dotknę tej niemiłej sprawy, ale... Od pewnego czasu nazwisko moje figuruje we wszystkich sądach... W tej chwili na przykład podoba się pani mieć aż trzy procesy: dwa z lokatorami, a jeden z jej byłym adwokatem, który nie uchybiając mu, jest skończonym łotrem.

— Ależ, mężu! — zawołała baronowa zrywając się z kanapy. — Wszakże w tej chwili ty masz jedynaście procesów o trzydzieści tysięcy rubli długów...

— Przepraszam!... Mam siedemnaście procesów o trzydzieści dziewięć tysięcy rubli długów, jeżeli mnie pamięć nie myli. Ale to są procesy o długi. Między nimi nie ma ani jednego, który wytoczyłbym uczciwej kobiecie o kradzież lalki... Między moimi grzechami nie ma ani jednego anonimu, który by spotwarzał niewinną, a spomiędzy moich wierzycieli ani jeden nie musiał uciekać z Warszawy wygnany przez oszczerstwa, jak się to zdarzyło niejakiej pani Stawskiej dzięki troskliwości pani baronowej Krzeszowskiej.

— Stawska była twoją kochanką...

— Przepraszam. Nie twierdzę, że nie starałem się o jej względy, ale przysięgam na honor, że jest to najszlachetniejsza kobieta, jaką spotkałem w życiu. Niech pani nie obraża ten superlatyw zastosowany do osoby obcej i niech pani raczy mi wierzyć, że

---

[143] *sztos* — uderzenie kijem w kulę bilardową.

pani Stawska jest kobietą, która nawet moje... moje starania zostawiała bez odpowiedzi. A ponieważ, pani baronowo, ja mam honor znać przeciętne kobiety, więc... moje świadectwo coś znaczy.

— W rezultacie czego chcesz, mój mężu? — zapytała pani baronowa już pewnym głosem.

— Chcę... bronić nazwiska, które oboje nosimy. Chcę... nakazać w tym domu szacunek dla baronowej Krzeszowskiej. Chcę zakończyć procesy i dać pani opiekę... Dla dopięcia tego celu zmuszony jestem prosić panią o gościnność. Gdy zaś ureguluję stosunki...

— Opuścisz mnie?

— Zapewne.

— A twoje długi?

Baron powstał z krzesła.

— Moje długi niech panią nie interesują — odparł tonem głębokiego przekonania. — Jeżeli pan Wokulski, zwyczajny szlachcic, mógł w ciągu paru lat zrobić miliony, człowiek z moim nazwiskiem potrafi spłacić czterdzieści tysięcy długów. I ja pokażę, że umiem pracować...

— Jesteś chory, mój mężu — odparła baronowa. — Przecie wiesz, że pochodzę z rodziny, która zrobiła swój majątek, i dlatego mówię ci, że ty nie potrafisz zapracować nawet na własne utrzymanie... Ach, nawet na wykarmienie najuboższego człowieka!...

— Zatem pani odrzucasz moją opiekę, którą ofiaruję jej pod wpływem próśb księcia i dbałości o honor nazwiska?

— Ale owszem!... Zacznijże się nareszcie mną opiekować, bo dotychczas...

— Co do mnie — przerwał baron z nowym ukłonem — będę się starał zapomnieć o przeszłości...

— Zapomniałeś o niej dawno... Nie byłeś nawet na grobie naszej córki...

W taki sposób baron zainstalował się w mieszkaniu swojej żony. Przerwał procesy z lokatorami, byłemu adwokatowi baronowej oświadczył, że każe mu dać baty, jeżeli kiedykolwiek wyrazi się bez szacunku o swojej klientce, do pani Stawskiej napisał list z przeprosinami i posłał jej (aż pod Częstochowę) ogromny bukiet. Nareszcie przyjął kucharza i wraz ze swoją małżonką złożył wizyty rozmaitym osobom z towarzystwa, powiedziawszy pierwej Maruszewiczowi, który ogłosił to po mieście, że jeżeli która z dam nie odda im rewizyty, wówczas baron od jej męża zażąda satysfakcji.

W salonach zgorszono się dzikimi pretensjami barona; rewizyty jednak złożyli państwu Krzeszowskim wszyscy i prawie wszyscy zawarli z nimi bliższe stosunki.

W zamian pani baronowa, co z jej strony było dowodem nadzwyczajnej delikatności, nic nikomu nie mówiąc spłacała długi męża. Niektórym z wierzycieli robiła impertynencje, wobec innych płakała, prawie wszystkim odtrącała jakieś sumy na rachunek lichwiarskich procentów, irytowała się, ale — płaciła.

Już w osobnej szufladzie jej biurka leżało kilka funtów mężowskich weksli, kiedy zdarzył się następny wypadek.

Sklep Wokulskiego w lipcu miał objąć w posiadanie Henryk Szlangbaum; a ponieważ nowy nabywca nie życzył sobie przejmować ani długów, ani wierzytelności dawnej firmy, więc pan Rzecki na gwałt regulował rachunki.

Między innymi posłał notatkę na paręset rubli baronowi Krzeszowskiemu, z prośbą o rychłą odpowiedź.

Notatka, jak wszystkie tego rodzaju dokumenta, dostała się w ręce baronowej, która zamiast zapłacić, odpisała Rzeckiemu list impertynencki, gdzie nie brakło wzmianki o szachrajstwie, o nieuczciwym kupnie klaczy, i tak dalej.

Akurat we dwadzieścia cztery godzin po wysłaniu tego listu w lokalu państwa Krzeszowskich zjawił się Rzecki oświadczając, że chce się widzieć z baronem.

Baron przyjął go bardzo życzliwie, choć nie ukrywał zdziwienia spostrzegłszy, że były sekundant jego przeciwnika jest mocno rozdrażniony.

— Przychodzę do pana z pretensją — zaczął stary subiekt. — Onegdaj ośmieliłem się przysłać panu rachunek...

— Ach, tak... jestem coś winien panom... Ileż to wynosi?

— Dwieście trzydzieści sześć rubli kopiejek trzynaście.

— Jutro postaram się zaspokoić panów...

— To nie wszystko — przerwał mu Rzecki. — Wczoraj bowiem od szanownej małżonki pańskiej otrzymałem ten oto list...

Baron przeczytał podany mu papier, zamyślił się i odparł:

— Przykro mi bardzo, że baronowa użyła tak nieparlamentarnych wyrazów, ale... co do tej klaczy — to ma rację... Pan Wokulski (czego mu zresztą nie mam za złe) dał mi istotnie za klacz sześćset, a wziął kwit na osiemset rubli.

Rzecki pozieleniał z gniewu.

— Panie baronie, boleję nad tym wypadkiem, ale... jeden z nas dwu jest ofiarą mistyfikacji... grubej mistyfikacji, panie!... A oto dowód...

Wydobył z kieszeni dwa arkusze i jeden z nich podał Krzeszowskiemu. Baron rzucił okiem i zawołał:

— Więc to ten łotr Maruszewicz?... Ależ honorem ręczę, że oddał mi tylko sześćset rubli i jeszcze dużo mówił o interesowności pana Wokulskiego...

— A to?... — spytał Rzecki podając drugi papier.

Baron obejrzał dokument z góry na dół i z dołu do góry. Usta mu pobladły.

— Teraz wszystko rozumiem — rzekł. — Ten kwit jest sfałszowany, a sfałszowany przez Maruszewicza. Ja nie pożyczałem pieniędzy od pana Wokulskiego!...

— Niemniej jednak pani baronowa nazwała nas szachrajami...

Baron podniósł się z fotelu.

— Wybacz pan — rzekł. — W imieniu mojej żony uroczyście przepraszam i niezależnie od satysfakcji, jaką gotów jestem dać panom, zrobię, co potrzeba, ażeby naprawić krzywdę wyrządzoną panu Wokulskiemu... Tak, panie. Złożę wizyty wszystkim moim przyjaciołom i oświadczę im, że pan Wokulski jest dżentelmenem, że zapłacił za klacz osiemset rubli i że obaj staliśmy się ofiarami intryg tego łotra Maruszewicza. Krzeszowscy, panie... panie...

— Rzecki.

— Szanowny panie Rzecki, Krzeszowscy nigdy i nikogo nie oczerniali. Mogli błądzić, ale w dobrej wierze, panie...

— Rzecki.

— Szanowny panie Rzecki.

Na tym zakończyła się rozmowa; stary subiekt bowiem pomimo nalegań barona nie chciał ani słuchać usprawiedliwień, ani nawet widzieć się z panią baronową.

Baron odprowadziwszy Rzeckiego do drzwi, nie mogąc wytrzymać, odezwał się do Leona:

— Ci kupcy to jednak honorowi ludzie.

— Mają gotówkę, jaśnie panie, mają kredyt — odparł Leon.

— Głupcze jakiś!... więc my już nie mamy honoru dlatego, że nie mamy kredytu?...

— Mamy, jaśnie panie, ale na inszy sposób.

— Spodziewam się, że nie na kupiecki sposób!... — odparł dumnie baron.

I kazał sobie podać garnitur wizytowy.

Prosto od barona Rzecki udał się do Wokulskiego i treściwie opowiedział mu o nadużyciach Maruszewicza, o skrusze barona, a nareszcie oddał sfałszowane dokumenta radząc wytoczenie procesu.

Wokulski słuchał go poważnie, nawet kiwał głową, ale patrzył nie wiadomo gdzie i myślał nie wiadomo o czym.

Stary subiekt zmiarkowawszy, że nie ma tu co robić dłużej, pożegnał swego Stacha i rzekł na odchodne:

— Widzę, że jesteś diabelnie zajęty, więc najlepiej zrobisz, jeżeli od razu oddasz sprawę adwokatowi.

— Dobrze... dobrze... — odparł Wokulski nie zdając sobie sprawy z tego, co mówi pan Ignacy. Właśnie w tej chwili myślał o ruinach zasławskiego zamku, wśród których pierwszy raz zobaczył łzy w oczach panny Izabeli.

„Jaka ona szlachetna!... Jaka delikatność uczuć!... Jeszcze nieprędko poznam wszystkie skarby tej pięknej duszy..."

Po dwa razy dziennie bywał u pana Łęckiego, a jeżeli nie u niego, to przynajmniej w tych towarzystwach, gdzie mógł spotkać się z panną Izabelą, patrzeć na nią i zamienić choć parę wyrazów. To mu na dziś wystarczało, a o przyszłości nie śmiał myśleć.

„Zdaje mi się, że umrę u jej nóg... — mówił sobie. — No i co z tego?... Umrę patrząc na nią i może przez całą wieczność będę ją widział. Któż wie, czy życie przyszłe nie zamyka się w ostatnim uczuciu człowieka?..."

I powtarzał za Mickiewiczem:

„A po dniach wielu czy po latach wielu, kiedy mi każą mogiłę porzucić, wspomnisz o twoim sennym przyjacielu i spłyniesz z nieba, aby go ocucić... Znowu mnie złożysz na twym łonie białym... znowu mnie ramię kochane otoczy... Zbudzę się — myśląc, że chwilkę drzemałem, całując lica, patrząc w twoje oczy..."[144]

W kilka dni wpadł do niego baron Krzeszowski.

— Byłem już u pana dwa razy! — zawołał majstrując około binokli, które, zdaje się, stanowiły jedyny kłopot jego życia.

— Pan?... — spytał Wokulski. I nagle przypomniał sobie opowiadanie Rzeckiego i to, że na swym stole znalazł wczoraj dwa bilety barona.

— Domyśla się pan, z czym przychodzę? — mówił baron. — Panie Wokulski, czy mam przeprosić pana za mimowolną krzywdę?...

---

[144] „A po dniach wielu czy po latach wielu..." — niedokładny cytat z wiersza A. Mickiewicza *Sen*.

— Ani słowa więcej, baronie!... — przerwał Wokulski ściskając go. — Drobna to sprawa. Zresztą gdybym nawet utargował na pańskiej klaczy dwieście rubli, czy potrzebowałbym się z tym kryć?...

— To prawda!... — odparł baron uderzając się w czoło. — Że też mi wcześniej nie przyszła podobna myśl... A propos zarobku, czy nie wskazałbyś mi pan sposobu szybkiego zbogacenia się? Potrzebuję na gwałt stu tysięcy rubli w ciągu roku...

Wokulski uśmiechnął się.

— Śmiejesz się pan, mój kuzynie (bo sądzę, że już mogę pana tak nazywać?). Śmiejesz się, a przecież sam na uczciwej drodze zdobyłeś miliony w ciągu dwu lat?...

— Niecałych — dodał Wokulski. — Ale to majątek nie wypracowany, tylko wygrany. Wygrałem, kilkanaście razy z rzędu dublując stawkę jak szuler, a cała moja zasługa polega na tym, że grałem nie fałszowanymi kartami.

— Więc znowu szczęście! — krzyknął baron obrywając binokle. — A ja, mój kuzynie, ani za grosz nie mam szczęścia. Pół majątku przegrałem, drugą połowę zjadły kobietki i — choć w łeb sobie strzel!...

Nie, ja stanowczo nie mam szczęścia!... Oto i teraz. Myślałem, że osioł Maruszewicz zbałamuci baronowę... Dopieroż miałbym spokój w domu!... Jaka byłaby ona pobłażliwa na moje drobne grzechy... Ale i cóż?... Baronowa ani myśli mi się sprzeniewierzyć, a tego błazna czekają roty aresztanckie... Proszę cię, wsadź go tam koniecznie, bo jego łotrostwa nawet mnie już zaczynają nudzić.

A więc — zakończył — między nami zgoda. Dodam tylko, że odwiedziłem wszystkich znajomych, do których mogły dojść moje nieostrożne słowa o klaczy, i najskrupulatniej rzecz wyjaśniłem... Maruszewicz niech idzie do więzienia; tam dla niego najwłaściwsze miejsce, a ja na jego nieobecności zyskam parę tysięcy rubli rocznie... Byłem także u pana Tomasza i u panny Izabeli i również wytłomaczyłem nasze nieporozumienie... Strach, jak ten łotr umiał ze mnie wyciskać pieniądze! Choć już od roku nic nie mam, on jednak zawsze ode mnie pożyczał. Genialny hultaj!... Czuję, że jeżeli nie przeflancują go do ciężkich robót, nie będę umiał uwolnić się od niego. Do widzenia, kuzynie.

Nie upłynęło dziesięć minut po wyjściu barona, kiedy służący zameldował Wokulskiemu jakiegoś pana, który koniecznie chce się widzieć, ale nie mówi swojego nazwiska.

„Czyżby Maruszewicz?..." — pomyślał Wokulski.

Istotnie, wszedł Maruszewicz, blady, z pałającymi oczyma.

— Panie! — rzekł ponurym głosem, zamykając drzwi gabinetu. — Widzisz przed sobą człowieka, który postanowił...

— Cóżeś pan postanowił?

— Postanowiłem zakończyć życie... Ciężka to chwila, ale trudno. Honor...

Odpoczął i mówił dalej wzburzony.

— Mógłbym wprawdzie pierwej zabić pana, który jesteś przyczyną moich nieszczęść...

— O, nie rób pan ceremonii — rzekł Wokulski.

— Pan żartuje, a ja doprawdy mam broń przy sobie i jestem gotów...

— Spróbuj no pan swojej gotowości.

— Panie! tak nie przemawia się do człowieka stojącego nad grobem. Jeżelim przyszedł, to tylko, ażeby dać panu dowód, że pomimo błędów mam serce szlachetne.

— I dlaczegóż to stajesz pan nad grobem? — spytał Wokulski.

— Ażeby ocalić honor, który chcesz mi pan wydrzeć.

— O!... zachowajże pan ten drogi skarb — odparł Wokulski i wydobył z biurka fatalne dokumenta. — Czy o te papiery panu chodzi?

— Pan pytasz?... pan naigrawasz się z mojej rozpaczy!

— Uważa pan, panie Maruszewicz — mówił Wokulski przeglądając papiery — mógłbym panu w tej chwili wypowiedzieć kilka morałów albo nawet przez pewien czas zostawić pana w niepewności. Ale że obaj jesteśmy już pełnoletni, więc...

Rozdarł papiery i kawałki ich oddał Maruszewiczowi.

— Więc niech pan zachowa sobie to na pamiątkę.

Maruszewicz ukląkł przed nim.

— Panie! — zawołał — darowałeś mi życie... Wdzięczność moja...

— Nie bądź pan śmieszny — przerwał mu Wokulski. — O życie pańskie byłem zupełnie spokojny, tak jak jestem pewny, że kiedyś dostaniesz się do więzienia. Cała rzecz, że ja nie chcę panu ułatwiać tej podróży.

— O, pan jesteś nielitościwy! — odparł Maruszewicz, machinalnie otrzepując spodnie. — Jedno życzliwsze słowo, jeden cieplejszy uścisk ręki może wprowadziłby mnie na nowe tory. Ale pan nie możesz się na to zdobyć...

— No, żegnam pana, panie Maruszewicz. Niech tylko panu nie przyjdzie koncept podpisać kiedy mego nazwiska, bo wówczas... Rozumie pan?

Maruszewicz wyszedł obrażony.

„To dla ciebie, dla ciebie, ty ukochana, ubył dziś jeden więzień. Straszna to rzecz uwięzić kogoś, nawet złodzieja i oszczercę" — pomyślał Wokulski.

Przez chwilę jeszcze toczyła się w nim walka. Raz — wyrzucał sobie, że mogąc uwolnić świat od hultaja nie zrobił tego, to znowu myślał, co działoby się z nim, gdyby tak jego samego uwięziono, oderwano od panny Izabeli na całe miesiące, może na lata.

„Cóż to za okropność już nigdy jej nie zobaczyć... Kto zresztą wie, czy miłosierdzie nie jest najlepszą sprawiedliwością?... Jaki ja się robię sentymentalny!..."

Rozdział XIII

Tempus fugit, aeternitas manet[145]

Jakkolwiek sprawa z Maruszewiczem załatwiła się we cztery oczy, jednak wieść o niej rozeszła się...
Wokulski powiedział o tym Rzeckiemu i kazał wykreślić z księgi rzekomy dług barona. Maruszewicz zaś opowiedział baronowi dodając, że baron już nie powinien gniewać się na niego, ponieważ dług został umorzony a on, Maruszewicz, ma zamiar poprawić się.
— Czuję — mówił wzdychając — że byłbym inny, gdybym miał choć ze trzy tysiące rubli rocznie... Nikczemny świat, na którym tacy jak ja ludzie muszą się marnować!...
— No, daj spokój, Maruszewicz — uspakajał go baron. — Kocham cię, ale przecie wszyscy wiedzą, że jesteś hultaj.
— Zaglądałeś, baron, w moje serce?... wiesz, jakie tam uczucia?... O, gdyby istniał jakiś trybunał, który umie czytać w duszy człowieka, zobaczylibyśmy, kto z nas lepszy: ja czy ci, co mnie sądzą i potępiają!...
W rezultacie tak Rzecki, jak baron, jak książę i paru hrabiów, którzy dowiedzieli się o „nowym figlu" Maruszewicza, wszyscy przyznawali, że Wokulski postąpił szlachetnie, ale nie po męsku.
— To bardzo piękny czyn — mówił książę — ale... nie w stylu Wokulskiego. On mi wyglądał na jednego z tych ludzi, którzy w społeczeństwie stanowią siłę tworzącą rzeczy dobre, a karcącą łotrów. Tak jak postąpił Wokulski z Maruszewiczem, mógłby zrobić każdy ksiądz... Obawiam się, że ten człowiek traci energię.
W rzeczywistości Wokulski nie stracił energii, ale zmienił się pod wieloma względami. Sklepem na przykład nie zajmował się, nawet czuł do niego wstręt, ponieważ tytuł kupca galanteryjnego szkodził mu w oczach panny Izabeli. Natomiast zaczął goręcej zajmować się spółką do handlu z cesarstwem, ponieważ ona przynosiła ogromne dochody, a tym samym zwiększała majątek, który chciał ofiarować pannie Izabeli.
Prawie od chwili kiedy oświadczył się i został przyjęty, opanowała go dziwna rzewność i współczucie. Zdawało mu się, że nie tylko nie umiałby nikomu zrobić przykrości, ale nawet sam nie umiałby się bronić przeciw krzywdom, byle te nie dotykały panny Izabeli.
Natomiast czuł niepokonaną potrzebę robienia dobrze innym. Oprócz zapisu dla Rzeckiego, przeznaczył Lisieckiemu i Klejnowi, swoim byłym subiektom, po cztery tysiące rubli, tytułem wynagrodzenia szkód, jakie wyrządził im sprzedając sklep

---

[145] *tempus fugit, aeternitas manet* (łac.) — czas ucieka, wieczność trwa.

Szlangbaumowi. Przeznaczył również około dwunastu tysięcy rubli na gratyfikacje dla inkasentów, woźnych, parobków i furmanów.

Węgiełkowi nie tylko sprawił huczne wesele, ale jeszcze do sumy obiecanej młodemu małżeństwu dołożył kilkaset rubli. Ponieważ w tym czasie furmanowi Wysockiemu urodziła się córka, więc trzymał ją do chrztu; gdy zaś sprytny ojciec dał dziecku imię Izabeli, Wokulski złożył dla niej pięćset rubli na posag.

Imię to było mu bardzo drogie. Nieraz, gdy siedział samotny, brał papier i ołówek i bez końca pisał: Izabela... Iza... Bela... a potem palił, ażeby nazwisko ukochanej nie wpadło w obce ręce. Miał zamiar kupić pod Warszawą mały folwark, zbudować willę i nazwać ją Izabelinem. Przypomniał sobie, że w czasie jego wędrówek po Górach Uralskich pewien uczony, który znalazł nowy minerał, radził się: jak by go nazwać? I wyrzucał sobie, że nie znając wówczas panny Izabeli, nie wpadł jednakże na pomysł nazwania go izabelitem. Nareszcie przeczytawszy w gazetach o znalezieniu nowej planetoidy, której znalazca również kłopotał się o danie jej nazwiska, chciał przeznaczyć dużą nagrodę temu z astronomów, który odkryje nowe ciało niebieskie i nazwie je: Izabelą.

Odurzające przywiązanie do jednej kobiety nie wykluczało jednak myśli o drugiej. Niekiedy przypominał sobie panią Stawską, o której wiedział, że wszystko gotowa była dla niego poświęcić, i czuł jakby wyrzuty sumienia.

„No, co ja zrobię?... – mówił. – Com winien, że tę kocham, a tamtą... Gdybyż ona zapomniała o mnie i była szczęśliwą."

Na wszelki sposób postanowił zabezpieczyć jej przyszłość i stanowczo dowiedzieć się o jej mężu.

„Niech przynajmniej nie potrzebuje troszczyć się o jutro... Niechaj ma posag dla dziecka..."

Co kilka dni widywał pannę Izabelę w licznych towarzystwach, otoczoną młodszymi i starszymi ludźmi. Ale już nie raziły go ani umizgi mężczyzn, ani jej spojrzenia i uśmiechy.

„Taką ma naturę – myślał – nie umie ani śmiać się, ani patrzeć inaczej. Jest jak kwiat albo jak słońce, które mimo woli uszczęśliwia wszystkich, dla wszystkich jest piękne."

Pewnego dnia otrzymał telegram z Zasławka wzywający go na pogrzeb prezesowej.

„Zmarła?... – szepnął. – Jaka szkoda tej zacnej kobiety!... Dlaczego ja nie byłem przed jej śmiercią?..."

Zmartwił się, posmutniał, ale – nie pojechał na pogrzeb staruszki, która dała mu tyle dowodów życzliwości. Nie miał odwagi rozstać się z panną Izabelą nawet na kilka dni...

Już zrozumiał, że nie należy do siebie, że wszystkie jego myśli, uczucia i pragnienia, wszystkie zamiary i nadzieje przykute są do tej jednej kobiety. Gdyby ona umarła, nie potrzebowałby się zabijać; jego dusza sama odleciałaby za nią jak ptak, który tylko chwilę odpoczywa na gałęzi. Zresztą nawet nie mówił z nią o miłości, jak nie mówi się o ciężarze ciała albo o powietrzu, które człowieka napełnia i ze wszystkich stron otacza. Jeżeli w ciągu dnia wypadło mu pomyśleć o czym innym niż o niej, wstrząsał się ze zdumienia jak człowiek, który cudem znalazłby się w nie znanej sobie okolicy.

Nie była to miłość, ale ekstaza.

Pewnego dnia, już w maju, wezwał go pan Łęcki.

— Wyobraź sobie — rzekł do Wokulskiego — musimy jechać do Krakowa. Hortensja jest chora, chce widzieć Belę (zdaje się, że chodzi o zapis), no, a zapewne rada by poznać ciebie... Możesz jechać z nami?...

— Każdej chwili — odparł Wokulski. — Kiedyż to?

— Powinni byśmy jechać dziś, ale zapewne zejdzie do jutra.

Wokulski obiecał być gotowym na jutro. Kiedy pożegnał pana Tomasza i wstąpił do panny Izabeli, dowiedział się od niej, że jest w Warszawie Starski...

— Biedny chłopak! — mówiła śmiejąc się. — Dostał po prezesowej tylko dwa tysiące rubli rocznie i dziesięć tysięcy ciepłą ręką. Radzę mu, ażeby ożenił się bogato, ale on woli jechać do Wiednia, a stamtąd zapewne do Monte Carlo... Mówiłam, ażeby jechał z nami. Będzie weselej, nieprawdaż?...

— Zapewne — odparł Wokulski — tym bardziej że weźmiemy osobny wagon.

— Więc do jutra!

Wokulski załatwił najpilniejsze interesa, na kolei zamówił wagon salonowy do Krakowa, a około ósmej wieczór, wyekspediowawszy swoje rzeczy, był u państwa Łęckich. Wypili herbatę we troje i przed dziesiątą udali się na kolej.

— Gdzież pan Starski? — zapytał Wokulski.

— Czy ja wiem? — odpowiedziała panna Izabela. — Może wcale nie pojedzie... to taki lekkoduch!...

Już siedzieli w wagonie, ale Starskiego jeszcze nie było. Panna Izabela przygryzała usta, co chwilę wyglądając oknem. Nareszcie po drugim dzwonku Starski ukazał się na peronie.

— Tutaj, tutaj!... — zawołała panna Izabela. Ale ponieważ młody człowiek nie dosłyszał jej, więc wybiegł Wokulski i wprowadził go do saloniku.

— Myślałam, że już pan nie przyjdzie — rzekła panna Izabela.

— Niewiele do tego brakowało — odparł Starski witając się z panem Tomaszem. — Byłem u Krzeszowskiego i niech sobie kuzynka wyobrazi, od drugiej po południu do dziewiątej graliśmy...

— I naturalnie przegrał pan?...

— Rozumie się... Szczęście ucieka od takich jak ja... — dodał spoglądając na nią.

Panna Izabela lekko się zarumieniła.

Pociąg ruszył. Starski usiadł po lewej stronie panny Izabeli i zaczął z nią rozmawiać w połowie po polsku, w połowie po angielsku, coraz częściej wpadając w angielszczyznę. Wokulski siedział na prawo od panny Izabeli, nie chcąc jednak przeszkadzać w rozmowie wstał stamtąd i usiadł za panem Tomaszem.

Pan Łęcki, trochę niezdrów, odział się w hawelok[146], w pled i jeszcze położył kołdrę na nogach. Kazał pozamykać wszystkie okna w wagonie i przyćmić latarnie, które go raziły. Obiecywał sobie, że zaśnie, nawet czuł, że go sen morzy; tymczasem

---

[146] *hawelok* — płaszcz bez rękawów, z peleryną.

wdał się w rozmowę z Wokulskim i szeroko zaczął mu opowiadać o siostrze Hortensji, która za młodu była do niego bardzo przywiązana, o dworze Napoleona III, który z nim kilka razy rozmawiał, o uprzejmości i miłostkach Wiktora Emanuela i o mnóstwie innych rzeczy.

Wokulski słuchał go uważnie do Pruszkowa. Za Pruszkowem zmęczony i jednostajny głos pana Tomasza zaczął go męczyć. Za to coraz wyraźniej wpadała mu w ucho rozmowa panny Izabeli ze Starskim, prowadzona po angielsku. Usłyszał nawet kilka zdań, które go zainteresowały, i zadał sobie pytanie: czy nie należałoby ostrzec ich, że on rozumie po angielsku?

Już chciał powstać z siedzenia, kiedy wypadkiem spojrzał w przeciwległą szybę wagonu i zobaczył w niej jak w lustrze słabe odbicie panny Izabeli i Starskiego. Siedzieli bardzo blisko siebie, oboje zarumienieni, choć rozmawiali tonem tak lekkim, jakby chodziło o rzeczy obojętne.

Wokulski jednakże spostrzegł, że obojętny ton nie odpowiada treści rozmowy; czuł nawet, że tym swobodnym tonem chcą kogoś w błąd wprowadzić. I w tej chwili, pierwszy raz od czasu jak znał pannę Izabelę, przeleciały mu przez myśl straszne wyrazy: „fałsz!... fałsz!..."

Przycisnął się do ławki wagonu, patrzył w szybę i – słuchał. Zdawało mu się, że każde słowo Starskiego i panny Izabeli pada mu na twarz, na głowę, na piersi jak krople ołowianego deszczu...

Już nie myślał ich ostrzegać, że rozumie, co mówią, tylko słuchał i słuchał...

Właśnie pociąg wyjechał z Radziwiłłowa, a pierwszy frazes, który zwrócił uwagę Wokulskiego, był ten:

— Wszystko możesz mu zarzucić – mówiła panna Izabela po angielsku. – Nie jest młody ani dystyngowany; jest zanadto sentymentalny i czasami nudny, ale chciwy?... Już dosyć, kiedy nawet papo nazywa go zbyt hojnym...

— A sprawa z panem K?... – wtrącił Starski.

— O klacz wyścigową?... Jak to zaraz znać, że wracasz z prowincji. Niedawno był u nas baron i powiedział, że jeżeli kiedy, to w tej sprawie pan, o którym mówimy, postąpił jak dżentelmen.

— Żaden dżentelmen nie uwolniłby fałszerza, gdyby nie miał z nim jakichś zakulisowych interesów – odparł z uśmiechem Starski.

— A baron ile razy uwalniał go? – spytała panna Izabela.

— I akurat baron ma rozmaite grzeszki, o których wie pan M. Źle bronisz swoich protegowanych, kuzynko – mówił drwiącym tonem Starski.

Wokulski przycisnął się do ławki wagonu, ażeby nie zerwać się i nie uderzyć Starskiego. Ale pohamował się.

„Każdy ma prawo sądzić innych – myślał. – Zresztą zobaczymy, co będzie dalej!..."

Przez kilka chwil słyszał tylko turkot kół i zauważył, że wagon się chwieje.

„Nigdy nie czułem takiego chwiania się wagonu" – rzekł do siebie.

— I ten medalion – drwił Starski – jest całym prezentem przedślubnym?... Niezbyt hojny narzeczony: kocha jak trubadur, ale...

— Zapewniam cię – przerwała panna Izabela – że oddałby mi cały majątek...

— Bierzże go, kuzynko, i mnie pożycz ze sto tysięcy... A cóż, znalazła się ta cudowna blaszka?...
— Właśnie że nie, i jestem bardzo zmartwiona. Boże, gdyby on się kiedy dowiedział...
— Czy o tym, że zgubiliśmy jego blaszkę, czy że szukaliśmy medalionu? — szepnął Starski przytulając się do jej ramienia.

Wokulskiemu mgłą zaszły oczy.

„Tracę przytomność?..." — pomyślał chwytając za pas przy oknie. Zdawało mu się, że wagon zaczyna skakać i lada moment nastąpi wykolejenie.

— Wiesz, że jesteś zuchwały!... — mówiła przyciszonym głosem panna Izabela.
— To właśnie stanowi moją siłę — odparł Starski.
— Zlituj się... Ależ on może spojrzeć... Znienawidzę cię...
— Będziesz szaleć za mną, bo nikt nie zdobyłby się na to... Kobiety lubią demonów...

Panna Izabela przysunęła się do ojca. Wokulski patrzył w przeciwległą szybę i słuchał.

— Oświadczam ci — mówiła zirytowana — że nie wejdziesz za próg naszego domu... A gdybyś ośmielił się... powiem mu wszystko...

Starski roześmiał się.

— Nie wejdę, kuzynko, dopóki sama mnie nie wezwiesz; jestem zaś pewny, że nastąpi to bardzo prędko. W tydzień znudzi cię ten ubóstwiający mąż i zapragniesz weselszego towarzystwa. Przypomnisz sobie łobuza kuzynka, który ani przez jedną chwilę w życiu nie był poważnym, zawsze dowcipnym, a niekiedy bezczelnie śmiałym... I pożałujesz tego, który zawsze gotów do uwielbiania cię, nigdy nie był zazdrosnym, umiał ustępować innym, szanował twoje kaprysy...

— Wynagradzając sobie na innych drogach — wtrąciła panna Izabela.
— Właśnie!... Gdybym tak nie robił, nie miałabyś mi czego przebaczać i mogłabyś lękać się wymówek z mojej strony...

Nie zmieniając pozycji objął ją prawą ręką, a lewą ściskał jej rączkę, ukrytą pod płaszczykiem.

— Tak, kuzynko — mówił. — Takiej jak ty kobiecie nie wystarczy powszedni chleb szacunku ani pierniczki uwielbień... Tobie niekiedy potrzeba szampana, ciebie musi ktoś odurzyć choćby cynizmem.

— Cynikiem być łatwo...
— Ale nie każdy ośmieli się być nim. Zapytaj tego pana, czy on wpadłby kiedy na myśl, że jego miłosne modlitwy są mniej warte od moich bluźnierstw?...

> Wokulski — opis przeżyć (scena w pociągu)

Wokulski już nie słyszał dalszej rozmowy; uwagę jego pochłonął inny fakt: zmiana, która szybko poczęła odbywać się w nim samym. Gdyby wczoraj powiedziano mu, że będzie niemym świadkiem podobnej rozmowy, nie uwierzyłby; myślałby, że każdy wyraz zabije go albo przyprawi o szaleństwo. Kiedy się to jednak stało, musiał przyznać, że od zdrady, rozczarowania i upokorzeń jest coś gorszego.

Ale co?... Oto – jazda koleją. Jak ten wagon drży... jak on pędzi!... Drżenie pociągu udziela się jego nogom, płucom, sercu, mózgowi; w nim samym wszystko drży, każda kosteczka, każde włókno nerwowe...

A ten pęd przez pole nie ograniczone niczym, pod ogromnym sklepieniem nieba!... I on musi jechać, nie wiadomo jak jeszcze daleko... może z pięć, może z dziesięć minut!...

Co tam Starski albo i panna Izabela... Jedno warte drugiego!... Ale ta kolej, ach, ta kolej... to drżenie...

Zdawało mu się, że się rozpłacze, że zacznie krzyczeć, że wybije okno i wyskoczy z wagonu... Gorzej. Zdawało mu się, że będzie błagać Starskiego, aby go ratował... Przed czym?... Była chwila, że chciał schować się pod ławkę, prosić obecnych, ażeby na nim usiedli, i tak dojechać do stacji...

Zamknął oczy, zaciął zęby, schwycił się rękoma za frędzle obicia; pot wystąpił mu na czoło i spływał po twarzy, a pociąg drżał i pędził... Nareszcie rozległ się świst jeden... drugi i pociąg zatrzymał się na stacji.

„Jestem ocalony" – pomyślał Wokulski.

Jednocześnie obudził się pan Łęcki.

– Co to za stacja? – spytał Wokulskiego.

– Skierniewice – odpowiedziała panna Izabela.

Konduktor otworzył drzwi. Wokulski zerwał się z siedzenia. Potrącił pana Tomasza, zatoczył się na przeciwną ławkę, potknął się na stopniu i wbiegł do bufetu.

– Wódki!... – zawołał.

Zdziwiona bufetowa podała mu kieliszek. Podniósł go do ust, ale uczuł ściskanie w gardle i nudności i postawił kieliszek nietknięty.

W wagonie Starski rozmawiał z panną Izabelą.

– No, już daruj, kuzynko – rzekł – ale z takim pośpiechem nie wychodzi się z wagonu przy damach.

– Może chory? – odpowiedziała panna Izabela czując jakiś niepokój.

– W każdym razie jest to choroba nie tyle niebezpieczna, ile nie cierpiąca zwłoki... Czy każesz sobie co podać, kuzynko?

– Niech mi dadzą wody sodowej.

Starski poszedł do bufetu; panna Izabela wyglądała oknem. Jej nieokreślony niepokój wzrastał.

„W tym coś jest... – myślała. – Jak on dziwnie wyglądał..."

Wokulski z bufetu poszedł na koniec peronu. Kilka razy odetchnął głęboko, napił się wody z beczki, przy której stała jakaś uboga kobieta i paru Żydów. Powoli oprzytomniał, a spostrzegłszy nadkonduktora rzekł:

– Kochany panie, weź do rąk jaki papier...

– Co to panu?...

– Nic. Weź pan z biura jakiś papier i przed naszym wagonem powiedz, że jest telegram do Wokulskiego.

– Do pana?...

– Tak...

Nadkonduktor mocno się zdziwił, ale poszedł do telegrafu. W parę minut wyszedł z biura i zbliżywszy się do wagonu, w którym siedział pan Łęcki z córką, zawołał:

— Telegram do pana Wokulskiego!...

— Co to znaczy?... pokaż pan... — odezwał się zaniepokojony pan Tomasz.

Ale w tej chwili obok nadkonduktora stanął Wokulski, odebrał papier, spokojnie otworzył go i choć w tym miejscu było zupełnie ciemno, udał, że czyta.

— Co to za telegram?... — zapytał go pan Tomasz.

— Z Warszawy — odparł Wokulski. — Muszę wracać.

— Wraca pan?... — zawołała panna Izabela. — Czy jakie nieszczęście?...

— Nie, pani. Mój wspólnik wzywa mnie.

— Zysk czy strata?... — szepnął pan Tomasz wychylając się przez okno.

— Ogromny zysk — odparł tym samym tonem Wokulski.

— A... to jedź... — poradził mu pan Tomasz.

— Ale po cóż ma pan tu zostawać? — zawołała panna Izabela. — Musi pan czekać na pociąg, a w takim razie lepiej niech pan jedzie z nami naprzeciw niego. Będziemy jeszcze parę godzin razem...

— Bela wybornie radzi — wtrącił pan Tomasz.

— Nie, panie — odpowiedział Wokulski. — Wolę stąd pojechać na lokomotywie aniżeli tracić parę godzin.

Panna Izabela przypatrywała mu się szeroko otwartymi oczyma. W tej chwili spostrzegła w nim coś zupełnie nowego i — zainteresował ją.

„Jaka to bogata natura!" — pomyślała.

W ciągu paru minut Wokulski bez powodu spotężniał w jej oczach, a Starski wydał się małym i zabawnym.

„Ale dlaczego on zostaje?... Skąd się tu wziął telegram?..." — mówiła w sobie i po nieokreślonym niepokoju ogarnęła ją trwoga.

Wokulski znowu zwrócił się ku bufetowi, aby znaleźć posługacza, który wyjąłby mu rzeczy, i zetknął się ze Starskim.

— Co panu jest?... — zawołał Starski wpatrując się w niego przy świetle padającym z sali.

Wokulski wziął go pod ramię i pociągnął za sobą wzdłuż peronu.

— Niech pana to nie gniewa, panie Starski, co powiem — rzekł głuchym głosem. — Pan myli się co do siebie... W panu jest tyle demona, ile trucizny w zapałce... I wcale pan nie posiada szampańskich własności... Pan ma raczej własności starego sera, co to podnieca chore żołądki, ale prosty smak może pobudzić do wymiotów... Przepraszam pana...

Starski słuchał oszołomiony. Nic nie rozumiał, a jednak zdawało mu się, że coś rozumie. Zaczął przypuszczać, że ma przed sobą wariata.

Odezwał się drugi dzwonek, podróżni tłumem wybiegli z bufetu do wagonów.

— I jeszcze dam panu radę, panie Starski. Przy korzystaniu ze względów płci pięknej lepszą jest tradycyjna ostrożność aniżeli więcej lub mniej demoniczna śmiałość. Pańska śmiałość demaskuje kobiety. A że kobiety nie lubią być demaskowane, więc możesz pan stracić u nich kredyt, co byłoby nieszczęściem i dla pana, i dla pańskich pupilek.

Starski wciąż nie rozumiał, o co chodzi.

— Jeżeli pana czym obraziłem — rzekł — gotów jestem dać satysfakcję...

Zadzwoniono po raz trzeci.

— Panowie, proszę siadać!... — wołali konduktorzy.

— Nie, panie — mówił Wokulski zwracając się z nim do wagonu państwa Łęckich.
— Gdybym czuł potrzebę satysfakcji od pana, już byś nie żył, bez dodatkowych formalności. To raczej pan masz prawo żądać ode mnie satysfakcji, że ośmieliłem się wejść do tego ogródka, gdzie pielęgnujesz swoje kwiaty... Będę w każdym czasie do dyspozycji... Pan wie, gdzie mieszkam?...

Zbliżyli się do wagonu, przy którym już stał konduktor. Wokulski siłą wprowadził Starskiego na stopnie, popchnął go do saloniku, a konduktor zatrzasnął drzwi.

— Cóż to, nie żegnasz się, panie Stanisławie?... — zapytał zdziwiony pan Tomasz.

— Przyjemnej podróży!... — odparł kłaniając się.

W oknie stanęła panna Izabela. Nadkonduktor świsnął, odpowiedziano mu z lokomotywy.

— *Farewell, miss Iza, farewell!*[147] — zawołał Wokulski.

Pociąg ruszył. Panna Izabela rzuciła się na ławkę naprzeciw ojca; Starski odszedł w drugi kąt saloniku.

„No... no... no!... — mruknął do siebie Wokulski. — Zbliżycie wy się jeszcze przed Piotrkowem..."

Patrzył na odchodzący pociąg i śmiał się.

Został na peronie sam i przysłuchiwał się szumowi odlatującego pociągu; szum niekiedy słabnął, czasem milknął, znowu potężniał i nareszcie ucichł.

Potem słyszał stąpanie rozchodzącej się służby, przesuwanie stołków w bufecie; potem w bufecie zaczęły gasnąć światła i ziewający kelner zamknął szklane drzwi, które wyskrzypiały jakiś wyraz.

„Zgubili moją blaszkę szukając medalionu!... — myślał Wokulski. — Ja jestem sentymentalny i nudny... Ona oprócz powszedniego chleba szacunku i pierniczków uwielbień jeszcze musi mieć szampana... Pierniczki uwielbień to dobry dowcip!... Ale jakiego to ona lubi szampana?... Ach, cynizmu!... Szampan cynizmu — także dobry dowcip... No, przynajmniej opłaciła mi się nauka angielskiego..."

Błąkając się bez celu, wszedł między dwa sznury zapasowych wagonów. Przez chwilę nie wiedział: dokąd iść? — i nagle doznał halucynacji. Zdawało mu się, że stoi we wnętrzu ogromnej wieży, która zawaliła się nie wydawszy łoskotu. Nie zabiła go, ale otoczyła ze wszystkich stron wałem gruzów, spośród których nie mógł się wydostać. Nie było wyjścia!...

Otrząsnął się i widzenie znikło.

„Oczywiście, morzy mnie senność — myślał. — Właściwie mówiąc nie spotkała mnie żadna niespodzianka; wszystko można było z góry przewidzieć, ja nawet wszystko to widziałem... Jakie ona ze mną płaskie rozmowy prowadziła!... Co ją zajmowało?... Bale, rauty, koncerta, stroje... Co ona kochała?... siebie. Zdawało jej się, że cały świat jest dla niej,

> Wokulski o Łęckiej

---

[147] *Farewell, miss Iza, farewell!* (ang.) — żegnaj, panno Izo, żegnaj!

> **ważny cytat – Łęcka – Mesalina**

a ona po to, ażeby się bawić. Kokietowała... ależ tak, najbezwstydniej kokietowała wszystkich mężczyzn; ze wszystkimi kobietami walczyła o piękność, hołdy i toalety... Co robiła?... Nic. Przyozdabiała salony. Jedyną rzeczą, za pomocą której mogła zdobyć sobie byt materialny, była jej miłość, fałszywy towar!... A ten Starski... Cóż Starski? taki pasożyt jak i ona... Był zaledwie epizodem w jej życiu pełnym doświadczeń. Do niego przecież nie mogę mieć pretensji: znalazł swój swoją. Ani do niej... Tak, to Mesalina przez imaginację!... Ściskał ją i szukał medalionu, kto chciał, nawet ten Starski, biedak, który z powodu braku zajęcia musiał zostać uwodzicielem...

> *Niegdyś wierzyłem, że są tu na ziemi*
> *Białe anioły z skrzydłami jasnemi...*[148]

Piękne anioły!... jasne skrzydła!... Pan Molinari, pan Starski i Bóg wie ilu jeszcze... Oto skutki znajomości kobiet z poezji!

Trzeba było poznawać kobiety nie przez okulary Mickiewiczów, Krasińskich albo Słowackich, ale ze statystyki, która uczy, że każdy biały anioł jest w dziesiątej części prostytutką; no i jeżeli spotkałoby cię rozczarowanie, to choć przyjemne..."

W tej chwili rozległ się jakiś ryk: nalewano wody do kotła czy do rezerwoaru. Wokulski przystanął. Zdawało mu się, że w tym przeciągłym i melancholijnym dźwięku słyszy całą orkiestrę wygrywającą inwokację z *Roberta Diabła*[149]. „Wy, co spoczywacie tu, pod zimnym śmierci głazem..." Śmiech, płacz, żal, pisk, niesforne okrzyki, wszystko to odzywało się razem, a nad wszystkim unosił się głos potężny, pełen beznadziejnego smutku.

Byłby przysiągł, że słyszy taką orkiestrę, i znowu uległ halucynacji. Zdawało mu się, że jest na cmentarzu, pośród otwartych grobów, z których wymykały się wstrętne cienie. Po chwili każdy cień stawał się piękną kobietą, między którymi ostrożnie przesuwała się panna Izabela wabiąc go ręką i spojrzeniem...

Ogarnęła go taka trwoga, że przeżegnał się, i widma znikły.

„Basta! – pomyślał – ja tu rozum stracę..."

I postanowił zapomnieć o pannie Izabeli.

Była już druga po północy. W biurze telegrafu paliła się lampa z zielonym daszkiem i słychać było pukanie aparatu. Obok dworca przechadzał się jakiś człowiek, który zdjął czapkę.

– Kiedy jedzie pociąg do Warszawy? – spytał go Wokulski.

– O piątej, wielmożny panie – odparł człowiek robiąc ruch, jakby chciał pocałować go w rękę. – Ja, wielmożny panie, jestem...

– Dopiero o piątej!... – powtórzył Wokulski. – Końmi można... A z Warszawy o której?

– Za trzy kwadranse. Ja, wielmożny panie...

---

[148] *„Niegdyś wierzyłem, że są tu na ziemi..."* – zniekształcony cytat z wierszowanej wstawki do powieści N. Żmichowskiej *Poganka*.

[149] *Robert Diabeł* – opera Meyerbeera.

— Za trzy kwadranse... — szepnął Wokulski. — Kwadranse... kwadranse... — powtarzał czując, że niedokładnie wymawia literę r.

Odwrócił się od nieznajomego i wzdłuż plantu poszedł w kierunku Warszawy. Człowiek patrzył za nim, kręcił głową i zniknął w ciemnościach.

„Kwadranse... kwadranse... — mruczał Wokulski. — Język mi kołowacieje?... Jaka dziwna plątanina wypadków; uczyłem się, ażeby zdobyć pannę Izabelę, a nauczyłem się, aby ją stracić... Albo i Geist. Po to zrobił wielki wynalazek, po to powierzył mi święty depozyt, ażeby pan Starski miał jeden więcej powód do swoich poszukiwań... Wszystkiego mnie pozbawiła, nawet ostatniej nadziei... Gdyby w tej chwili zapytano mnie: czy ja istotnie znałem Geista? czym widział jego dziwny metal? nie umiałbym odpowiedzieć i już sam nie wiem, czy to nie było złudzeniem... Ach, gdybym mógł o niej nie myśleć... Choćby przez kilkanaście minut...

Otóż nie będę o niej myślał..."

Noc była gwiaździsta, pola ciemne, wzdłuż kolei w wielkich odstępach paliły się sygnałowe latarnie. Wokulski idąc rowem potknął się o spory kamień i w jednej chwili stanęły mu przed oczyma ruiny zamku w Zasławiu, kamień, na którym siedziała panna Izabela, i jej łzy. Ale tym razem poza łzami błysnęło spojrzenie pełne fałszu.

„Otóż nie będę o niej myślał... Pojadę do Geista, będę pracował od szóstej rano do jedynastej w nocy, będę musiał uważać na każdą zmianę ciśnienia, temperatury, natężenia prądu... Nie zostanie mi ani jednej chwili..."

Zdawało mu się, że ktoś za nim idzie. Odwrócił się, ale nie dojrzał nic. Natomiast spostrzegł, że lewym okiem widzi gorzej niż prawym, co niewymownie zaczęło go drażnić.

Chciał wrócić się do ludzi, ale uczuł, że nie zniósłby ich widoku. Już samo nawet myślenie męczyło go, prawie bolało.

„Nie wiedziałem, że człowiekowi może ciężyć własna dusza..." — mruknął.

„Ach, gdybym mógł nie myśleć..."

Daleko na wschodzie zamajaczył blask i ukazał się wąski sierp księżyca oblewając krajobraz niewymownie ponurym światłem. I nagle ukazało się Wokulskiemu nowe widzenie. Był w cichym i pustym lesie; pnie sosen rosły pochylone w dziwaczny sposób, nie odzywał się żaden ptak, wiatr nie poruszał najmniejszej gałązki. Nie było nawet światła, tylko smutny półmrok. Wokulski czuł, że ten mrok, żal i smutek wypływał z jego serca i że to wszystko zakończy się chyba z życiem, jeżeli się zakończy...

Spomiędzy sosen, gdziekolwiek spojrzał, przeglądały płaty szarego nieba; każdy zamieniał się w drgającą szybę wagonu, w której widać było blady obraz panny Izabeli w uścisku Starskiego.

Wokulski już nie mógł oprzeć się widzeniom: opanowały go, pożarły mu wolę, skrzywiły myśl i zatruły serce. Duch jego stracił wszelką samodzielność: rządziło nim lada wrażenie, odbijające się w tysiącznych, coraz posępniejszych, coraz boleśniejszych formach, jak echa w pustej budowli.

Znowu potknął się o kamień i ten nie znaczący fakt obudził w nim straszliwe medytacje.

Zdawało mu się, że kiedyś, kiedyś on sam był kamieniem, zimnym, ślepym, nieczułym.

A gdy leżał pyszny w swojej martwocie, której największe ziemskie kataklizmy nie zdołały ożywić, w nim czy nad nim odezwał się głos zapytujący:
„Chcesz zostać człowiekiem?"
„Co to jest człowiek?..." — odparł kamień.
„Chcesz widzieć, słyszeć, czuć?..."
„Co to jest czuć?..."
„Więc czy chcesz zaznać coś zupełnie nowego? Czy chcesz istnienia, które w jednej chwili doświadcza więcej aniżeli wszystkie kamienie w ciągu miliona wieków?"
„Nie rozumiem — odparł kamień — ale mogę być wszystkim."
„A jeżeli — pytał głos nadnaturalny — po tym nowym bycie pozostanie ci wieczny żal?..."
„Co to jest żal?... Mogę być wszystkim."
„Więc niech się stanie człowiek" — odpowiedziano.

I stał się człowiek. Żył kilkadziesiąt lat, a w ciągu nich tyle pragnął i tyle cierpiał, że martwy świat nie zaznałby tego przez całą wieczność. Goniąc za jednym pragnieniem znajdował tysiące innych, uciekając przed jednym cierpieniem wpadł w morze cierpień i tyle odczuł, tyle przemyślał, tyle pochłonął sił bezświadomych, że w końcu obudził przeciw sobie całą naturę.

„Dosyć!... — poczęto wołać ze wszystkich stron. — Dosyć!... ustąp innym miejsca w tym widowisku..."

„Dosyć!... dosyć!... już dosyć!... — wołały kamienie, drzewa, powietrze, ziemia i niebo. — Ustąp innym!... niech i oni poznają ten nowy byt..."

„Dosyć!... Więc znowu ma zostać niczym, i to w chwili, kiedy ów wyższy byt jako ostatnią pamiątkę daje mu tylko rozpacz po tym, co stracił, i żal za tym, czego nie dosięgnął!..."

„Ach, gdyby już słońce weszło! — szepnął Wokulski. — Wracam do Warszawy... zabiorę się do jakiejkolwiek roboty i skończę z tymi głupstwami, które mi rozstrajają nerwy... Chce Starskiego? niech ma Starskiego!... Przegrałem na niej?... Dobrze!... Za to wygrałem na innych rzeczach... Wszystkiego nie można posiadać..."

Od kilku chwil czuł na wąsach jakąś gęstą wilgoć.
„Krew?" — pomyślał. Otarł usta i przy świetle zapałki zobaczył na chustce pianę.
„Wściekam się czy co, u diabła?..."

Wtem z daleka zobaczył dwa światła, powoli zbliżające się w jego stronę; za nimi majaczyła ciemna masa, za którą ciągnął gęsty snop iskier.

„Pociąg?..." — rzekł do siebie, i przywidziało mu się, że jest to ten sam pociąg, którym jedzie panna Izabela. Znowu zobaczył salonik oświetlony latarnią przysłoniętą niebieskim kamlotem[150], a w kącie dostrzegł pannę Izabelę w objęciach Starskiego...

„Tak kocham... tak kocham... — szepnął. — I nie mogę zapomnieć!..."

W tej chwili opanowało go cierpienie, na które w ludzkim języku już nie ma nazwiska. Dręczyła go zmęczona myśl, zbola-

> Wokulski – opis przeżyć przed próbą samobójstwa

---

[150] *kamlot* — tkanina wełniana lub jedwabna.

łe uczucie, zdruzgotana wola, całe istnienie... I nagle uczuł już nie pragnienie, ale głód i żądzę śmierci.

Pociąg z wolna zbliżał się. Wokulski nie zdając sobie sprawy z tego, co robi, upadł na szyny. Drżał, zęby mu szczękały, schwycił się oburącz podkładów, miał usta pełne piasku... Na drogę padł blask latarń, szyny zaczęły cicho dźwięczeć pod toczącą się lokomotywą...

„Boże, bądź miłościwy..." – szepnął i zamknął oczy.

Nagle uczuł ciepło i gwałtowne szarpnięcie, które strąciło go z szyn... Pociąg przeleciał o kilka cali od głowy obryzgując go parą i gorącym popiołem. Na chwilę stracił przytomność, a gdy ocknął się, zobaczył jakiegoś człowieka, który siedział mu na piersiach i trzymał za ręce.

– Co wielmożny pan robi najlepszego?... – mówił człowiek. – Kto słyszał takie rzeczy... Przecie Bóg...

Nie dokończył. Wokulski zepchnął go z siebie, pochwycił za kołnierz i jednym szarpnięciem rzucił na ziemię.

– Czego chcesz ode mnie, ty podły!... – zawołał.

– Panie... Wielmożny panie... ja przecie jestem Wysocki...

– Wysocki?... Wysocki?... – powtórzył Wokulski. – Kłamiesz, Wysocki jest w Warszawie...

– Ale ja jego brat, dróżnik. Przecie mi wielmożny pan sam miejsce tu wyrobił jeszcze w przeszłym roku, po Wielkanocy... I gdzieżbym ja mógł patrzeć na takie nieszczęście pana?... Zresztą, panie, na kolei nie wolno włazić pod maszynę...

Wokulski zamyślił się i puścił go.

„Wszystko zwraca się przeciw mnie, cokolwiek zrobiłem dobrego"– szepnął.

Był bardzo zmęczony, więc usiadł na ziemi, obok dzikiej gruszki, co w tym miejscu rosła, nie większa od dziecka. W tym czasie wiał wiatr i poruszał listkami drzewa wywołując szelesty, które nie wiadomo skąd przypomniały Wokulskiemu dawne lata.

„Gdzie moje szczęście!..." – pomyślał.

Uczuł ściskanie w piersiach, które stopniowo doszło do gardła. Chciał odetchnąć, lecz nie mógł; myślał, że się dusi, i objął rękoma drzewko które wciąż szeleściło.

„Umieram!..." – zawołał.

Zdawało mu się, że go krew zalewa, że mu pękają piersi, wił się z bólu i nagle zaniósł się od płaczu.

„Boże miłosierny... Boże miłosierny!..." – powtarzał wśród łkań.

Dróżnik przypełznął do niego i ostrożnie wsunął mu rękę pod głowę.

– Płacz, wielmożny panie!... – mówił nachylając się nad nim. – Płacz, wielmożny panie, i wzywaj boskiego imienia... Nie będziesz go wzywał nadaremnie... „Kto się w opiekę poda Panu swemu, a całym sercem szczerze ufa jemu, śmiele rzec może, mam obrońcę Boga, nie spadnie na mnie żadna straszna trwoga... Ciebie on z sideł zdradzieckich wyzuje..."[151] Co tam, wielmożny panie, dostatki, co największe skarby!... Wszystko człowieka zawodzi, tylko jeden Bóg nie zawiedzie...

---

[151] „*Kto się w opiekę poda Panu swemu...*" – psalm XCI w przekładzie J. Kochanowskiego przerobiony przez F. Karpińskiego.

Wokulski przytulił twarz do ziemi. Zdawało mu się, że z każdą łzą spada mu z serca jakiś ból, jakiś zawód i rozpacz. Wykolejona myśl poczęła układać się do równowagi. Już zdawał sobie sprawę z tego, co robił, i już zrozumiał, że w chwili nieszczęścia, kiedy go wszystko zdradziło, jeszcze pozostała mu wierną ziemia, prosty człowiek i Bóg...

Powoli uspakajał się, łkania coraz rzadziej rozdzierały mu piersi, uczuł niemoc w całym ciele i twardo zasnął.

Świtało, kiedy się obudził; usiadł, przetarł oczy, zobaczył obok siebie Wysockiego i wszystko sobie przypomniał.

— Długo spałem? — zapytał.

— Może kwadrans... może pół godziny — odparł dróżnik.

Wokulski wyjął pugilares, wydobył kilka sturublówek i podając je Wysockiemu rzekł:

— Uważasz... Wczoraj byłem pijany... Nie mówże nic i nikomu, co się tu stało. A oto masz... dla dzieci...

Dróżnik pocałował go w nogi.

— Myślałem — rzekł — że jaśnie pan stracił wszystko i dlatego...

— Masz rację! — odparł w zamyśleniu Wokulski — straciłem wszystko... oprócz majątku. Nie zapomnę o tobie, chociaż... Wolałbym już nie żyć.

— Ja też zaraz mówiłem, że taki pan nie szukałby nieszczęścia, choćby stracił wszystkie pieniądze. Zrobiła to złość ludzka... Ale i na nią przyjdzie koniec. Bóg nierychliwy, ale sprawiedliwy, przekona się pan...

Wokulski podniósł się z ziemi i zaczął iść do stacji. Nagle zwrócił się do Wysockiego.

— Jak będziesz w Warszawie — rzekł — wstąp do mnie... Ale ani słowa o tym, co się tu stało...

— Tak mi Boże dopomóż, że nie powiem — odparł Wysocki i zdjął czapkę.

— A na drugi raz... — dodał Wokulski kładąc mu rękę na ramieniu — na drugi raz... Gdybyś spotkał takiego człowieka... rozumiesz?... gdybyś spotkał, nie ratuj go... Kiedy kto chce dobrowolnie stanąć ze swoją krzywdą przed boskim sądem, nie zatrzymuj go...

Nie zatrzymuj!...

Rozdział XIV

Pamiętnik starego subiekta

«Sytuacja polityczna zarysowuje się coraz wyraźniej. Mamy już dwie koalicje. Z jednej strony Rosja z Turcją, z drugiej Niemcy, Austria i Anglia. A jeżeli tak jest, więc znaczy, że lada chwilę może wybuchnąć wojna, w której zostaną rozstrzygnięte bardzo, ale to bardzo ważne sprawy.

czas akcji – sytuacja polityczna 1879 r.

Czy tylko będzie wojna? bo my zawsze lubimy się łudzić. Otóż będzie, tym razem niezawodnie. Mówił mi Lisiecki, że ja co roku zapowiadałem wojnę i nigdy się nie sprawdziło. Głupi on, uczciwszy uszy... Co innego było w tamtych latach, a co innego dziś.

Czytam na przykład w gazetach, że Garibaldi agituje we Włoszech przeciw Austrii. Dlaczegóż on agituje?... Bo spodziewa się wielkiej wojny. I nie na tym koniec, gdyż w kilka dni później słyszę, że jenerał Türr na wszystkie świętości zaklina Garibaldiego, ażeby nie robił kłopotu Włochom...

Co to znaczy?... To znaczy, przetłomaczone na ludzki język, że: „Wy, Włosi, nie ruszajcie się, bo i bez tego Austria da wam Triest, jeśli wygra. Gdyby zaś z waszej winy przegrała, nie dostaniecie nic..."

To są ważne zapowiedzi te agitacje Józia Garibaldiego i uspakajania Türra. Józio agituje, bo widzi wojnę na długość ręki, a Türr uspakaja, bo widzi dalsze interesa.

Ale czy zaraz wybuchnie wojna? w końcu czerwca czy w lipcu?... Tak by myślał niedoświadczony polityk, ale nie ja. Niemcy bowiem nie rozpoczęliby wojny nie zabezpieczywszy się od Francji.

Jakże się zaś zabezpieczą?... Szprot mówi, że na to się ma sposobu, ale ja widzę, że jest, i jeszcze bardzo prosty. O, Bismarck to sprytny ptaszek, zaczynam się do niego przekonywać!...

Bo i po co Niemcy i Austria wciągnęły do związku Anglię?... Rozumie się po to, ażeby mieć plaster na Francję i ją namówić do przymierza. Zrobi się to w następujący sposób:

W wojsku angielskim służy młody Napoleonek, Lulu, i bije się z Zulusami w Afryce jak jego dziadek, Napoleon Wielki. Kiedy zaś Anglicy skończą wojnę, mianują Napoleonka jenerałem i powiedzą do Francuzów te słowa:

— Moi kochani! Macie tu Bonapartego, który wojował w Afryce i okrył się tam nieśmiertelną chwałą jak jego dziad. Zróbcie go więc waszym cesarzem jak dziada, a my za to wypolitykujemy u Niemców Alzację i Lotaryngię. Zapłacicie im kilka miliardów, no, ale to lepsze aniżeli przeprowadzić nową wojnę, która będzie kosztowała z dziesięć miliardów i jest dla was wątpliwa...

Francuzi, naturalnie, zrobią Lulu cesarzem, odbiorą swoją ziemię, zapłacą, wejdą w przymierze z Niemcami, a wtedy Bismarck mając tyle pieniędzy pokaże swoją sztukę!...[152]

O, Bismarck mądra ryba i jeżeli kto, to tylko on może taki plan przeprowadzić. Ja już od dawna czułem, że to frant szpakami karmiony[153], i miałem do niego słabość, chociaż się z nią taiłem... To, panie, ziółko!... Jest on ożeniony z Puttkamerówną[154]; wiadomo zaś, że Puttkamerowie są spokrewnieni z Mickiewiczem. Przy tym podobno pasjami lubi Polaków[155], a nawet synowi następcy tronu[156] niemieckiego radził uczyć się po polsku...

No, jeżeli w tym roku nie będzie wojny... Dopieroż to Lisieckiemu powiem bajkę o kpie! On, biedak, myśli, że polityczna mądrość polega na tym, ażeby w nic nie wierzyć. Głupstwo!... Polityka polega na kombinacjach, które wynikają z porządku rzeczy.

A więc niech żyje Napoleon IV!... Bo chociaż dzisiaj nikt o nim nie myśli, ja przecie jestem pewny, że w tym rozgardiaszu on główną odegra rolę. A jeżeli potrafi się wziąć do rzeczy, to nie tylko odzyska Alzację i Lotaryngię darmo, ale jeszcze granice Francji może posunąć do Renu na całej linii. Byle Bismarck nie spostrzegł się za wcześnie i nie zmiarkował, że posługiwać się Bonapartym znaczy to samo, co lwa zaprzęgać do taczek. Zdaje mi się nawet, że w tej jednej kwestii Bismarck przerachuje się. I powiem prawdę, że nie będę go żałował, bo nigdy nie miałem do niego zaufania.

Jakoś z moim zdrowiem nie jest dobrze. Nie powiem, ażeby mi coś dolegało, ale ot tak... Chodzić wiele nie mogę, apetyt straciłem, nawet nie bardzo chce mi się pisać.

W sklepie prawie nie mam zajęcia, już tam bowiem rządzi Szlangbaum, a ja — tylko na przyprzążkę załatwiam interesa Stacha. Przed październikiem ma nas Szlangbaum spłacić zupełnie. Biedy nie zaznam, bo poczciwy Stach zapewnił mi półtora tysiąca rubli dożywotniej pensji; ale jak sobie człowiek pomyśli, że niedługo nic już nie będzie znaczył w sklepie, do niczego nie będzie miał już prawa...

Nie warto żyć... Gdyby nie Stach i nie Napoleonek, to czasem jest mi tak ciężko na świecie, że zrobiłbym sobie co... Kto wie, stary kolego Katz, czy nie najmądrzej postąpiłeś? Nie masz wprawdzie żadnych nadziei, ale też i nie boisz się zawodów... Nie twierdzę, ażebym się ich lękał, bo przecie ani Wokulski, ani Bonaparte... Ale zawsze... tak coś...

---

[152] Rzecki ocenia poprawnie ówczesną sytuację polityczną.
[153] *Szpakami karmiony* — chytry, przebiegły.
[154] *Jest ożeniony z Puttkamerówną* — Rzecki snuje dość fantastyczne kombinacje, Puttkamerów z Litwy nic nie łączyło z junkrami pruskimi tegoż nazwiska.
[155] *pasjami lubi Polaków* — Bismarck kilkakrotnie w nieoficjalnych rozmowach wspomniał o wskrzeszeniu państwa polskiego na przełomie lat 70. i 80. w okresie tarć rosyjsko-niemieckich.
[156] *syn następcy tronu* — przyszły cesarz Wilhelm II.

Jaki ja jestem zmęczony; już nawet ciężko mi pisać. Tak bym gdzie pojechał... Mój Boże, dwadzieścia lat nie wyjrzałem za warszawskie rogatki!... A tak mi czasami tęskno, ażeby jeszcze choć raz przed śmiercią spojrzeć na Węgry... Może na dawnych polach bitew znalazłbym bodaj kości kamratów... Ej, Katz, ej, Katz!... pamiętasz ty ten dym, ten świst, te sygnały?... Jaka wtedy była zielona trawa i jak świeciło nam słońce?...

Nic nie pomoże, muszę wybrać się w podróż, spojrzeć na góry i lasy, wykąpać się w słońcu i w powietrzu szerokich równin i zacząć nowe życie. Może nawet wyniosę się gdzie na prowincję, w sąsiedztwo pani Stawskiej, bo i cóż więcej pozostaje emerytowi?...

Ten Szlangbaum dziwny człowiek; anibym myślał znając go biedakiem, że on tak potrafi zadzierać nosa. Już, widzę, zapoznał się przez Maruszewicza z baronami, przez baronów z hrabiami, a tylko jeszcze nie może dostać się do księcia, który z Żydami jest bardzo grzeczny, ale i bardzo z daleka.

I kiedy tak Szlangbaum zadziera nosa, w mieście na Żydów krzyk. Ile razy wstąpię na piwo, zawsze ktoś napada mnie i wymyśla, że Stach sprzedał sklep Żydom. Radca narzeka, że Żydzi zabierają mu trzecią część emerytury; Szprot utyskuje, że Żydzi popsuli mu interesa; Lisiecki płacze, że mu Szlangbaum wymówił miejsce od świętego Jana, a Klejn milczy.

Już i w gazetach zaczynają pisać przeciw Żydom, ale co dziwniejsze, że nawet doktór Szuman, choć sam starozakonny, miał raz ze mną taka rozmowę:

— Zobaczysz pan, że przed upływem kilku lat z Żydami będzie jakaś awantura.

— Za pozwoleniem — mówię — przecie sam doktór niedawno chwaliłeś ich!...

— Chwaliłem, bo to genialna rasa, ale podłe charaktery. Wyobraź pan sobie, że Szlangbaumy, stary i młody, mnie chcieli okpić, mnie...

„Aha! — myślę sobie — zaczynasz się znowu nawracać, kiedy cię połaskotali za kieszeń..."

> warszawianie o Wokulskim — ważny cytat

I mówiąc prawdę, do reszty straciłem serce dla Szumana.

A co oni wygadują na Wokulskiego!... Marzyciel, idealista, romantyk... Może za to, że nigdy nie zrobił świństwa.

Kiedy Klejnowi opowiedziałem moją rozmowę z Szumanem, nasz mizerny kolega odparł:

— On mówi, że dopiero za kilka lat będzie awantura z Żydami?... Uspokój go pan, będzie wcześniej...

— Rany Chrystusowe! — mówię — dlaczego ma być?...

— Bo m y dobrze ich znamy, choć się i do n a s umizgają... — odpowiedział Klejn.

— To migdały![157] ale przerachowali się... M y wiemy, do czego oni są zdolni, gdyby mieli siłę.

Uważałem Klejna za człowieka bardzo postępowego, może nawet zanadto postępowego, ale teraz myślę, że to jest wielki zacofaniec. Zresztą, co znaczą owe: my — nas?...

---

[157] *migdały* — w znaczeniu: fircyki, oszuści.

Rzecki – refleksje o świecie

I to ma być wiek, który nastąpił po XVIII, po tym XVIII wieku, co napisał na swoich sztandarach: wolność, równość, braterstwo?... Za cóż ja się, u diabła, biłem z Austriakami?... Za co ginęli moi kamraci?...

Facecje! Przywidzenia! wszystko to odrobi cesarz Napoleon IV.

Wówczas i Szlangbaum przestanie być arogantem, i Szuman przestanie chełpić się swoim żydostwem, i Klejn nie będzie im groził.

A niedalekie to czasy, bo nawet Stach Wokulski...

Ach, jaki ja jestem zmęczony... Muszę gdzieś wyjechać.

Nie jestem przecie taki stary, ażebym miał myśleć o śmierci; ale mój Boże, kiedy z wody wyjmą rybę, choćby najmłodszą i najzdrowszą, musi zdychać, gdyż nie ma właściwego sobie żywiołu...

Bodaj czy ja nie stałem się taką rybą wyciąganą z wody; w sklepie już rozpanoszył się Szlangbaum i ażeby zamanifestować swoją władzę, wypędził szwajcara i inkasenta za to tylko, że nie okazywali mu dosyć szacunku.

Kiedy prosiłem za biedakami, odparł z gniewem:

— Patrz pan, jak oni mnie traktują, a jak Wokulskiego!... Jemu nie kłaniali się tak nisko, ale w każdym ruchu, w każdym spojrzeniu było widać, żeby za nim poszli w ogień...

— Więc i pan, panie Szlangbaumie, chcesz, ażeby za tobą szli w ogień? — spytałem.

— Naturalnie. Przecie jedzą mój chleb, mają u mnie zarobki! ja im płacę pensję...

Myślałem, że Lisiecki, który posiniał słuchając tych bredni, palnie go w ucho. Pohamował się jednak i tylko spytał:

— A czy wiesz pan, dlaczego my za Wokulskim poszlibyśmy w ogień?...

— Bo on ma więcej pieniędzy — odparł Szlangbaum.

— Nie, panie. Bo on ma to, czego pan nie masz i mieć nie będziesz — rzekł Lisiecki bijąc się w piersi.

Szlangbaum zaczerwienił się jak upiór.

— Co to jest?... — zawołał. — Czego ja nie mam?... My nie możemy razem pracować, panie Lisiecki... pan obrażasz moje obrządki religijne...

Schwyciłem Lisieckiego za rękę i odciągnąłem za szafy. Śmieli się wszyscy panowie z tej obrazy Szlangbauma... Tylko Zięba (on jeden zostaje przy sklepie) zaperzył się i zawołał:

— Pryncypał ma rację... nie można drwić z wyznania, bo wyznanie to święta rzecz!... Gdzież wolność sumienia?... gdzie postęp?... cywilizacja?... emancypacja?...

— Lizus bestia — mruknął Klejn, a potem rzekł mi do ucha:

— Czy nie ma Szuman racji, że oni muszą się doczekać awantury?... Widziałeś go pan, jaki był, kiedy do nas nastał, a jaki jest dzisiaj!...

Naturalnie, że zgromiłem Klejna, bo i co on ma za prawo straszyć swoich współobywateli awanturami? Nie mogę jednak ukryć przed sobą, że Szlangbaum mocno zmienił się w ciągu roku.

Dawniej był potulny, dziś arogant i pogardliwy; dawniej milczał, kiedy go krzywdzono, dziś sam rozbija się bez powodu. Dawniej mianował się Polakiem, dziś chełpi się ze swego żydostwa. Dawniej nawet wierzył w szlachetność i bezinteresowność, a teraz mówi tylko o swoich pieniądzach i stosunkach. Może być źle!...

> Rzecki o Szlangbaumie

Za to wobec gości jest uniżony, a hrabiom, a nawet baronom właziłby pod podeszwy. Ale wobec swoich podwładnych istny hipopotam: ciągle parska i depcze ludzi po nogach. To nawet nie jest pięknie... Swoją drogą radca, Szprot, Klejn i Lisiecki nie mają racji grozić mu jakimiś awanturami.

Cóż więc ja dziś znaczę w sklepie przy takim smoku? Gdy chcę zrobić rachunek, on zagląda mi przez ramię; wydam jaką dyspozycję, on ją zaraz głośno powtarza. Ze sklepu usuwa mnie coraz bardziej, przy znajomych gościach ciągle mówi: „Mój przyjaciel Wokulski... mój znajomy baron Krzeszowski... mój subiekt Rzecki..." Gdy zaś jesteśmy sami, nazywa mnie „kochanym Rzesiem..."

Parę razy w najdelikatniejszy sposób dałem mu do zrozumienia, że te pieszczotliwe nazwiska nie robią mi przyjemności. Ale on, biedak, nawet nie poznał się na tym; ja zaś mam zwyczaj długo czekać, nim komu nawymyślam. Lisiecki robi to z miejsca, więc Szlangbaum szanuje go.

Swoją drogą Szuman miał rację mówiąc wtedy, że my, z dziada pradziada, myślimy: jak trwonić pieniądze? a oni: jak by je zrobić? Pod tym względem byliby już dziś pierwszymi na świecie, gdyby ludzka wartość zasadzała się tylko na pieniądzach. Ale co mi tam!...

Ponieważ w sklepie nie mam wiele zajęcia, więc coraz częściej myślę o podróży do Węgier. Przez dwadzieścia lat nie widzieć ani zboża, ani lasu... To strach!...

Zacząłem się już starać o paszport; myślałem, że mi zejdzie z miesiąc. Tymczasem wziął się do tego Wirski i paf!... traf!... wyrobił mi paszport w ciągu czterech dni. Ażem się przestraszył...

Nie ma co, trzeba wyjechać choćby na kilka tygodni. Zdawało się, że przygotowania do wyjazdu zabiorą mi trochę czasu... Gdzie tam!... Znowu wmieszał się Wirski, jednego dnia kupił mi podróżny kufer, drugiego dnia spakował mi rzeczy i mówi: „Jedź!..."

Ażem się rozgniewał. Czego oni, u diabła, chcą mnie się pozbyć.?... Kazałem im na złość rozpakować rzeczy i kufer nakryć dywanem, bo mnie to już drażni. Ale swoją drogą, tak bym gdzieś pojechał... tak bym jechał...

Muszę jednak pierwej trochę sił nabrać. Wciąż brak mi apetytu, chudnę, źle sypiam, choć przez cały dzień jestem senny; miewam jakieś zawroty, bicia serca... Ech! wszystko to przejdzie...

Klejn także zaczyna się zaniedbywać. Spóźnia się do sklepu, znosi jakieś książeczki, chodzi na sesje nie wiadomo z kim?... Ale to najgorsze, że z sumy przeznaczonej mu przez Wokulskiego wziął już tysiąc rubli i wydał w ciągu jednego dnia. Na co?... Pomimo to wszystko dobry chłopak! A najlepszą miarą jego poczciwości jest fakt, że nawet baronowa Krzeszowska nie wyrzuciła go ze swego domu, gdzie po dawnemu mieszka na trzecim piętrze, zawsze cichutki, nikomu nie mącąc wody.

Gdyby tylko wydobył się z tych niepotrzebnych stosunków; bo z Żydami może nie być awantury, ale z nim!...

Niech go tam Pan Bóg oświeca i chroni.

Zabawną historię i pouczającą opowiedział mi Klejn. Uśmiałem się do łez, a zarazem przybył mi jeden więcej dowód sprawiedliwości boskiej nawet w drobiazgowych rzeczach.

„Krótki jest triumf bezbożników" — mówi, zdaje mi się, Pismo święte czy może jaki ojciec Kościoła. Ktokolwiek zresztą powiedział, jest niezawodnym, że zdanie to sprawdziło się i na baronowej, i na Maruszewiczu.

Wiadomo, że baronowa raz pozbywszy się Maleskiego i Patkiewicza zapowiedziała stróżowi, ażeby pod żadnym pozorem nie wynajmował mieszkania na trzecim piętrze studentom, choćby miało stać pustką. Rzeczywiście, pokój studencki przez parę miesięcy był nie zajęty, ale pani miała przynajmniej satysfakcję.

Tymczasem wrócił do niej mąż, baron, i naturalnie objął zarząd kamienicy. A ponieważ baron ciągle potrzebuje pieniędzy, więc mocno korcił go i ów pusty pokój, i zakaz baronowej, który zmniejszał dochody o sto dwadzieścia rubli rocznie. Nade wszystko jednak buntował go Maruszewicz (już się pogodzili!...), który znowu ciągle od Krzeszowskiego pożycza pieniędzy.

— Co baron — mówił mu nieraz — masz sprawdzać: czy kandydat na lokatora jest, czy nie jest studentem? Na co ten kłopot? Byle nie przyszedł w mundurze, to już nie student; a jak z góry za miesiąc zapłaci, to brać, i kwita!

Baron mocno wziął do serca te rady; nakazał nawet stróżowi, ażeby gdy trafi się lokator, nie pytając przysłał go na górę. Stróż, rozumie się, powiedział o tym swej żonie, a żona Klejnowi, któremu znowu chciało się mieć sąsiadów najlepiej odpowiadających jego gustowi.

Więc w parę dni po owej dyspozycji zjawia się u barona jakiś elegant z dziwną fizjognomią, a jeszcze dziwniej ubrany: jego spodnie nie pasowały do kamizelki, kamizelka do surduta, a krawat do wszystkiego.

— W domu pana barona jest kawalerski pokój do wynajęcia — mówił elegant — za dziesięć rubli miesięcznie?

— A tak — mówi baron — może go pan obejrzy.

— O, to zbyteczne! Jestem pewny, że pan baron nie wynajmowałby złego mieszkania. Czy mogę dać zadatek?

— Proszę — odpowiada baron. — A ponieważ pan ufasz mi na słowo, więc i ja nie będę żądał bliższych informacyj...

— O, jeżeli pan baron życzy sobie...

— Między ludźmi dobrze wychowanymi wystarcza wzajemne zaufanie — odparł baron. — Mam więc nadzieję, że ani ja, ani moja żona, a nade wszystko moja żona nie będzie miała powodu skarżyć się na panów...

Młody człowiek gorąco ścisnął go za rękę.

— Daję panu słowo — rzekł — że nigdy nie zrobimy przykrości pańskiej żonie, która może niesłusznie uprzedziła się...

— Dość! Dość!... panie — przerwał baron. Wziął zadatek i wydał kwit.

Po wyjściu młodzieńca wezwał do siebie Maruszewicza.

— Nie wiem — rzekł strapiony baron — czy nie palnąłem głupstwa... bo lokatora już mam, ale sądząc z opisu obawiam się, czy nie będzie nim jeden z tych młodych ludzi, których właśnie wypędziła moja żona...

— Wszystko jedno! — odparł Maruszewicz — byle z góry płacili.

Na drugi dzień z rana wprowadzili się do pokoiku trzej młodzi ludzie, ale tak cicho, że nikt ich nawet nie widział. Nikt nawet nie uważał, że wieczorami sesjonują[158] z Klejnem. Zaś w kilka dni później wpadł do barona mocno zirytowany Maruszewicz wołając:

— A wie baron, że to istotnie są ci hultaje, których wyrzuciła baronowa. Maleski, Patkiewicz...

— Wszystko jedno — odpowiada baron. — Żonie mojej nie dokuczają, więc byle płacili...

— Ale mnie dokuczają! — wybuchnął Maruszewicz. — Jeżeli okno otworzę, jeden z nich strzela do mnie grochem przez świstułę[159], co wcale nie jest przyjemne. Gdy się zaś zejdzie u mnie parę osób albo któraś z dam (dodał ciszej), bębnią mi grochem w okna tak, że wysiedzieć nie można... To mi przeszkadza... to mnie kompromituje. Ja pójdę na skargę do cyrkułu!...

Baron naturalnie opowiedział o tym swoim lokatorom prosząc ich, aby nie strzelali do okien Maruszewicza. Ci przestali strzelać, ale za to jeżeli Maruszewicz przyjmuje u siebie jaką damę, co trafia mu się dosyć często, zaraz jeden z chłopaków wychyla się przez okno i wrzeszczy:

— Stróżu! stróżu!... a nie wiecie, jaka to pani poszła do pana Maruszewicza?

Naturalnie, stróż nie wie nawet, czy jaka poszła, ale po podobnym zapytaniu dowiaduje się o tym cała kamienica.

Maruszewicz jest wściekły na nich, tym bardziej że baron na jego skargi odpowiada:

— Sam mi radziłeś, ażebym nie trzymał pustego lokalu...

I baronowa spokorniała, bo z jednej strony boi się męża, a z drugiej studentów.

Takim sposobem baronowa za swoją złość i mściwość, a Maruszewicz za intrygi, z jednej i tej samej ręki ponoszą karę; uczciwy zaś Klejn ma towarzystwo, jakiego pragnął.

O, jest sprawiedliwość na świecie!...

---

[158] *sesjonować* — zbierać się, obradować.
[159] *świstuła* — zabawka, rurka, z której wydmuchuje się różne pociski.

Ten Maruszewicz, dalibóg, jest bezwstydny!
Przyleciał dziś do Szlangbauma ze skargą na Klejna.
— Panie — mówił — jeden z pańskich oficjalistów, który mieszka w domu baronowej Krzeszowskiej, po prostu kompromituje mnie...
— Jak on pana kompromituje? — zapytał Szlangbaum otwierając oczy.
— On bywa u tych studentów, których okno wychodzi na podwórze. A oni, panie, zaglądają w moje okna, strzelają do mnie grochem, a jeżeli zbierze się kilka osób, wrzeszczą, że u mnie jest szulernia!...
— Pan Klejn już nie będzie u mnie służył od lipca — odparł Szlangbaum. — Więc niech pan rozmówi się z panem Rzeckim, oni znają się dawniej.

Maruszewicz z kolei wpadł na mnie i znowu opowiedział historię studentów, którzy nazywają go szulerem albo kompromitują damy bywające u niego.

„Porządne damy!" — pomyślałem, głośno zaś odparłem:
— Pan Klejn cały dzień siedzi w sklepie, więc nie może odpowiadać za swoich sąsiadów.
— Tak, ale pan Klejn ma z nimi jakieś konszachty, namówił ich, ażeby znowu sprowadzili się do kamienicy, bywa u nich, przyjmuje ich u siebie.
— Młody chłopak — odparłem — woli przestawać z młodymi.
— Ale ja z tego powodu nie chcę cierpieć!... Niech więc ich uspokoi albo... wszystkim wytoczę proces.

Dzika pretensja, ażeby Klejn uspakajał studentów, a może jednał u nich sympatię dla Maruszewicza! Swoją drogą, ostrzegłem Klejna i dodałem, że byłby to bardzo przykry wypadek, gdyby on, subiekt Wokulskiego, miał proces o jakieś studenckie awantury.

Klejn wysłuchał i wzruszył ramionami.
— Co mnie to obchodzi!— odparł. — Ja może powiesiłbym takiego nicponia, ale mu w okna grochu nie rzucam i nie nazywam go szulerem. Co mnie do jego szulerki?...

Ma rację! Toteż nie odezwałem się ani słowa więcej.

Trzeba jechać... trzeba jechać!... Żeby tylko Klejn nie wdeptał się w jakie głupstwo. Strach, co to za dzieciaki: chcieliby świat przebudować, a jednocześnie robią tak płaskie figle.

Albo jestem w grubym błędzie, albo znajdujemy się w przededniu nadzwyczajnych wypadków.

W maju jednego dnia pojechał Wokulski z panną Łęcką i z panem Łęckim do Krakowa i wyraźnie mi zapowiedział, że nie wie, kiedy wróci, może dopiero za miesiąc.

Tymczasem wrócił nie za miesiąc, ale na drugi dzień, taki sponiewierany, że litość brała patrzeć na niego. Okropność, co się zrobiło z tym człowiekiem przez jedną dobę!

Kiedym go pytał: co się stało? dlaczego wrócił? z początku wahał się, a potem powiedział, że otrzymał telegram od Suzina i że pojedzie do Moskwy. Lecz znowu po upływie doby rozmyślił się i oświadczył, że do Moskwy nie pojedzie.

— A jeżeli to ważny interes?... — spytałem.

— Pal diabli interesa! — mruknął i machnął ręką.

Teraz po całych dniach nie wychodzi z domu i po większej części leży. Byłem u niego, ale przyjął mnie rozdrażniony; od lokaja zaś dowiedziałem się, że nikogo nie każe przyjmować.

Posłałem mu Szumana, ale Stach i z Szumanem nie chciał gadać, tylko powiedział mu, że nie potrzebuje doktorów. Szumanowi to jednak nie wystarczyło; a że jest trochę wścibski, więc zaczął śledztwo na własną rękę i dowiedział się dziwacznych rzeczy.

Mówił, że Wokulski wysiadł z pociągu około północy w Skierniewicach, udając, że otrzymał telegram, że potem zniknął sprzed stacji i wrócił dopiero nad ranem, powalany ziemią i jakby pijany. Na stacji myślą, że on naprawdę podchmielił sobie i zasnął gdzieś w polu.

Wyjaśnienie to nie trafiło do przekonania ani mnie, ani Szumanowi. Doktor twierdzi, że Stach musiał zerwać z panną Łęcką i może nawet próbował jakiej niedorzeczności... Ale ja myślę, że on naprawdę miał telegram od Suzina.

W każdym razie trzeba jechać, dla zdrowia. Jeszcze nie jestem inwalidem i dla chwilowego osłabienia nie mogę się wyrzekać przyszłości.

Jest tu Mraczewski i mieszka u mnie. Wygląda chłopak jak bernardyński prowincjał[160], zmężniał, opalił się, utył. A ile on świata obleciał przez parę ostatnich miesięcy...

Był w Paryżu, potem w Lyonie; z Lyonu wpadł pod Częstochowę do pani Stawskiej i z nią przyjechał do Warszawy. Potem odwiózł ją pod Częstochowę, siedział z tydzień i podobno pomógł jej do urządzenia sklepu. Następnie poleciał aż do Moskwy, stamtąd znowu wrócił pod Częstochowę, do pani Stawskiej, znowu u niej siedział trochę i obecnie jest u mnie.

Mraczewski twierdzi, że Suzin wcale nie telegrafował do Wokulskiego, a przy tym jest pewny, że Wokulski zerwał z panną Łęcką. Musiał nawet coś mówić pani Stawskiej, gdyż ten anioł, nie kobieta, będąc przed paroma tygodniami w Warszawie raczyła mnie odwiedzić i mocno wypytywała się o Stacha.

„A czy zdrów?... a czy bardzo zmieniony i smutny?... a czy już nigdy nie wydobędzie się ze swej rozpaczy?..."

Z jakiej rozpaczy?... Gdyby nawet zerwał z panną Łęcką, to jeszcze, dzięki Bogu, nie brak kobiet i jeżeli Stach zechce, może się ożenić choćby z panią Stawską.

Złote, diamentowe kobiecisko, jak ona go kochała i kto wie, czy teraz nie kocha?... Dalibóg, śmiałbym się, żeby Stach powrócił do niej. Taka piękna, taka szlachetna, tyle w niej poświęcenia... Jeżeli jest ład na świecie (o czym niekiedy wątpię), to Wokulski powinien by się ożenić ze Stawską.

---

[160] *prowincjał* — zwierzchnik zakonu na terenie prowincji.

Ale musi się spieszyć, bo jeżeli się nie mylę, naprawdę zaczyna o niej myśleć Mraczewski.
— Panie! — mówi nieraz do mnie załamując ręce. — Panie, co to za kobieta, co to za kobieta... Gdyby nie ten nieszczęsny jej mąż, już bym się jej oświadczył.
— A przyjęłaby cię? — pytam.
— Otóż nie wiem — westchnął.
Padł na krzesło, aż zatrzeszczało, i mówił:
— Kiedy ją spotkałem pierwszy raz po jej wyjeździe z Warszawy, jakby we mnie piorun trzasł, tak mi się podobała...
— No, ona i dawniej robiła na tobie wrażenie.
— Ale nie takie. Po przyjechaniu z Paryża do Częstochowy byłem rozmarzony, a ona taka blada, z takimi smutnymi oczyma, że zaraz pomyślałem: nuż mi się uda?... i dalejże w umizgi. Tymczasem ona po pierwszych słowach odpycha mnie, a gdym upadł przed nią na kolana i przysiągłem, że ją kocham... rozbeczała się!... Ach, panie Ignacy, te łzy... Zupełnie straciłem głowę, zupełnie... Gdyby raz tego jej męża diabli wzięli albo gdybym miał pieniądze na rozwód... Panie Ignacy!... po tygodniu życia z tą kobietą albo umarłbym, albo jeździłbym wózkiem... Tak, panie... Dziś dopiero czuję, jak ją kocham.
— A gdyby ona kochała się w innym? — pytam.
— W kim?... Może w Wokulskim?... Cha! cha!... Kto w tym mruku może się kochać?... Kobiecie potrzeba okazywać uczucie, namiętność, mówić jej o miłości, ściskać za ręce, a jeżeli można, to i... A czy ten głaz potrafiłby coś podobnego?... Wystawał do panny Izabeli jak wyżeł do kaczki, bo mu się zdawało, że wejdzie w stosunki z arystokracją i że panna ma posag. Ale gdy poznał stan rzeczy, uciekł ze Skierniewic. O panie, z kobietami tak nie można...

> Rzecki – humor

Wyznaję, że nie podobają mi się zapały Mraczewskiego. Jak zacznie padać do nóg, skomleć, płakać, to w końcu zawróci głowę pani Stawskiej. A Wokulski może tego żałować, bo, na mój honor oficerski, była to jedyna kobieta dla niego.
Ale zaczekajmy, a tymczasem jedźmy... jedźmy!...

Brr!... Otóż i pojechałem... Kupiłem bilet do Krakowa, na Dworcu Warszawsko-Wiedeńskim siadłem do wagonu i kiedy już było po trzecim dzwonku, wyskoczyłem...
Nie mogę ani na chwilę rozstać się z Warszawą i ze sklepem... Żyć bym bez nich nie potrafił...
Rzeczy odebrałem z kolei dopiero na drugi dzień, gdyż zajechały aż do Piotrkowa.
Jeżeli wszystkie moje plany spełnią się w taki sposób, to winszuję...»

Rozdział XV

Dusza w letargu

Leżąc albo siedząc w swoim pokoju Wokulski machinalnie przypominał sobie, w jaki sposób ze Skierniewic powrócił do Warszawy. Około piątej rano kupił na dworcu bilet pierwszej klasy, nie był jednak pewny, czy takiego żądał, czy dano mu go bez żądania. Następnie wsiadł do przedziału drugiej klasy i zastał tam księdza, który przez cały czas podróży wyglądał oknem, tudzież rudego Niemca, który zdjął kamasze i oparłszy nogi w brudnych skarpetkach na przeciwległej ławce, spał jak zarżnięty. Wreszcie naprzeciw siebie miał jakąś starą damę, którą tak bolały zęby, że nawet nie obrażała się na postępowanie swego sąsiada w skarpetkach.

Wokulski chciał porachować liczbę osób jadących w przedziale i z wielkim trudem zmiarkował, że bez niego jest ich trzy, a z nim cztery. Potem zaczął rozmyślać: dlaczego trzy osoby i jedna osoba stanowią razem cztery osoby — i zasnął.

W Warszawie opamiętał się dopiero w Alejach Jerozolimskich, już jadąc dorożką. Kto mu jednak wyniósł walizkę, jakim sposobem on sam znalazł się w dorożce? o tym nie wiedział i nawet nic go to nie obchodziło.

Do swego mieszkania dostał się ledwie po półgodzinnym dzwonieniu, choć była blisko ósma rano. Otworzył mu służący zaspany, rozebrany, przerażony jego nagłym powrotem. Wszedłszy zaś do sypialni Wokulski przekonał się, że wierny sługa spał na jego własnym łóżku. Nie robił mu jednak wymówek, lecz kazał podać samowar.

Służący, otrzeźwiony, ale i zakłopotany, szybko zmienił prześcieradła i poszewki, Wokulski zaś zobaczywszy świeżo posłane łóżko nie pił herbaty, ale rozebrał się i legł spać.

Spał do piątej po południu, a potem, umywszy się i ubrawszy jak do wyjścia, całkiem mimo woli usiadł na fotelu w salonie i drzemał do wieczora. Gdy zaś na ulicach zapłonęły latarnie, kazał podać światło i przynieść befsztyk z restauracji. Zjadł go z apetytem, popił winem i około północy znowu poszedł spać.

Na drugi dzień odwiedził go Rzecki, ale jak długo siedział i o czym rozmawiali, nie pamięta. Tylko następnej nocy, kiedy obudził się na chwilę, zdawało mu się, że widzi Rzeckiego z twarzą bardzo zafrasowaną.

Potem zupełnie stracił rachubę czasu, nie spostrzegał różnic pomiędzy dniem i nocą, nie uważał, ażeby godziny mijały za prędko albo za wolno. W ogóle nie zajmował się czasem, który dla niego jakby nie istniał. Czuł tylko pustkę w sobie i naokoło siebie i nie był pewny, czy nie powiększyło się jego mieszkanie.

> **Wokulski – rozmyślania o śmierci, apatia**

Raz przywidziało mu się, że leży na wysokim katafalku, i zaczął myśleć o śmierci. Zdawało mu się, że musi umrzeć koniecznie na paraliż serca; ale ani przerażało go to, ani cieszyło. Niekiedy z ciągłego siedzenia na fotelu cierpły mu nogi, a wówczas myślał, że idzie śmierć, i z obojętną ciekawością uważał, jak szybko owo cierpnięcie posuwa się do serca? Obserwacje te chwilowo robiły mu jakby cień przyjemności, ale i one rozpływały się w apatii.

Służącemu nakazał nie przyjmować nikogo; pomimo to kilka razy odwiedził go doktór Szuman.

Na pierwszej wizycie wziął go za puls i kazał pokazać język.

— Może angielski?... — spytał Wokulski, lecz wnet opamiętał się i wyrwał rękę.

Szuman bystro popatrzył mu w oczy.

— Nie jesteś zdrów — rzekł — co ci dolega?

— Nic. Czy znowu zajmujesz się praktyką?

— Spodziewam się! — zawołał Szuman — a pierwszą kurację zrobiłem na samym sobie: uleczyłem się z marzycielstwa.

— Bardzo pięknie — odparł Wokulski. — Rzecki wspominał mi coś o twoim wyleczeniu.

> **Szuman o Rzeckim – ważny cytat (Rzecki – romantyk)**

— Rzecki jest półgłówek... stary romantyk... To rasa już ginąca! Kto chce żyć, musi trzeźwo patrzeć na świat... Uważaj no i po kolei zamykaj oczy. Kiedy ci powiem: lewe... prawe... prawe... Załóż nogę na nogę...

— Co ty robisz, mój kochany?... — zapytał Wokulski.

— Badam cię.

— O!... I masz nadzieję zbadać?

— Spodziewam się.

— A potem?

— Będę cię leczył.

— Z marzycielstwa.

— Nie, z neurastenii.

Wokulski uśmiechnął się i rzekł po chwili:

— Czy możesz wyjąć człowiekowi jego mózg i włożyć na to miejsce inny?

— Tymczasem nie...

— No, to daj spokój leczeniu.

— Mogę podsunąć ci nowe pragnienia...

> **Wokulski o śmierci**

— Już je mam. Chciałbym zapaść się pod ziemię, choć tak głęboko jak... studnia w zasławskim zamku... I jeszcze chciałbym, ażeby mnie zasypały gruzy, mnie i mój majątek, i nawet ślad tego, że kiedykolwiek istniałem. Oto moje pragnienia, owoc wszystkich poprzednich.

— Romantyzm!... — zawołał Szuman klepiąc go po ramieniu. Ale i to przejdzie.

Wokulski już nic nie odpowiedział. Gniewał się za swoje ostatnie wyrazy i dziwił się: skąd nagle przyszła mu taka otwartość?... Głupia otwartość!... Co komu do jego pragnień?... Po co on to mówił?... Po co jak bezwstydny żebrak odsłonił swoje rany?

Po wyjściu doktora spostrzegł, że coś się w nim zmieniło; oto na tle dotychczas bezwzględnej apatii pojawiło się jakieś uczucie. Był to bezimienny ból, z początku bardzo mały, który szybko powiększył się i stanął w mierze. W pierwszej chwili można go było porównać do delikatnego ukłucia szpilką, a później do jakiejś zawady w sercu, nie większej od laskowego orzecha. Już żałował apatii, kiedy przyszło mu na myśl zdanie Feuchterslebena[161]:

„Radowałem się w mojej boleści; bo zdawało mi się, żem spostrzegł w sobie tę płodną walkę, która tworzyła i tworzy wszystko na tym świecie, gdzie bez przerwy walczą nieskończone siły."

„Jednakże co to jest?" – spytał siebie czując, że w jego duszy miejsce apatii zajmuje głucha boleść. I wnet odparł:

„Aha, jest to budzenie się świadomości..."

Powoli w jego umyśle, dotychczas jakby zasnutym mgłą, począł zarysowywać się obraz. Wokulski ciekawie wpatrywał się w niego i dostrzegł – sylwetkę kobiety w objęciach mężczyzny... Obraz ten miał z początku słaby blask fosforycznego światła, potem stał się różowym... żółtawym... zielonawym... błękitnym... wreszcie zupełnie czarnym jak aksamit. Potem zniknął na kilka chwil i znowu zaczął ukazywać się kolejno we wszystkich barwach, począwszy od fosforycznej, kończąc na czarnej.

Jednocześnie ból wzmagał się.

„Cierpię, więc jestem!..."[162] – pomyślał śmiejąc się Wokulski.

Tak upłynęło kilka dni na wpatrywaniu się już to w ów obraz zmieniający barwę, już to w ból, który zmieniał natężenie. Czasami zupełnie ginął, pojawiał się drobny jak atom, rósł, wypełniał serce, całą istotę, cały świat... I w chwili kiedy już przekroczył wszelką miarę, znowu niknął ustępując miejsca absolutnemu spokojowi i zdziwieniu.

Z wolna zaczęło się rodzić w duszy coś nowego: pragnienie pozbycia się i tych bólów, i tych obrazów. Było to podobne do iskry zapalającej się na tle nocy. Jakaś słaba otucha błysnęła Wokulskiemu.

„Czy tylko aby potrafię jeszcze myśleć?" – rzekł do siebie.

Ażeby sprawdzić to, zaczął przypominać sobie tabliczkę mnożenia, potem mnożyć liczby dwucyfrowe przez jednocyfrowe i dwucyfrowe przez dwucyfrowe. Nie dowierzając sobie zapisywał rezultaty działań, a potem sprawdzał je... Mnożenia na papierze zgadzały się z pamięciowymi i Wokulski odetchnął.

„Jeszcze nie straciłem rozumu!" – pomyślał z radością.

Zaczął wyobrażać sobie rozkład własnego mieszkania, ulice Warszawy, Paryż... Otucha rosła; spostrzegł bowiem, że nie tylko dokładnie pamięta, ale że jeszcze ćwiczenia te przynoszą mu pewien rodzaj ulgi. Im więcej myślał o Paryżu, im żywiej przedstawiały mu się tamtejszy ruch, budowle, targi, muzea, tym mocniej zacierała się sylwetka kobiety spoczywającej w objęciach mężczyzny...

---

[161] *Eryk Feuchtersleben* – austriacki poeta, eseista i lekarz; cytat jest mottem jednego z rozdz. *Higieny duszy.*

[162] *„Cierpię, więc jestem"* – Wokulski trawestuje powiedzenie Kartezjusza „Myślę, więc jestem".

Już zaczął spacerować po mieszkaniu i oczy jego przypadkowo zatrzymały się na stosie ilustracyj. Były tam kopie z galerii drezdeńskiej i monachijskiej, *Don Quichot* z rysunkami Dorégo[163], Hogart...[164]

Przypomniał sobie, że skazani na gilotynę najznośniej przepędzają czas oglądając rysunki... I odtąd całe dnie schodziły mu na przeglądaniu rysunków. Skończywszy jedną książkę, brał się do drugiej, trzeciej... i znowu powracał do pierwszej.

Ból głuchnął; widziadła ukazywały się coraz rzadziej, otucha rosła...

Najczęściej jednak przeglądał *Don Quichota*, który robił na nim potężne wrażenie.

Przypomniał sobie tę dziwną historię człowieka, przez kilkanaście lat żyjącego w sferze poezji – tak jak on, który rzucał się na wiatraki – jak on, był druzgotany – jak on, który zmarnował życie uganiając się za ideałem kobiety – jak on, i zamiast królewny znalazł brudną dziewkę od krów – znowu jak on!...

„A jednakże ten don Quichot był szczęśliwszy ode mnie! – myślał. – Dopiero nad grobem zaczął budzić się ze swych złudzeń... A ja?..."

Im dłużej przypatrywał się rysunkom, im bardziej oswajał się z nimi, tym mniej pochłaniały jego uwagę. Spoza don Quichota, Sancho Panchy[165] i mulników Dorégo, spoza *Walki kogutów* i *Ulicy pijackiej* Hogarta coraz częściej pokazywało mu się wnętrze wagonu, drgająca szyba, a w niej niewyraźny obraz Starskiego i panny Izabeli...

Wtedy odrzucił ilustracje i zaczął czytać książki znane mu jeszcze z epoki dzieciństwa albo z piwnicy Hopfera. Z niewymownym wzruszeniem odświeżał w pamięci: *Żywot św. Genowefy*[166], *Różę z Tannenburgu*[167], *Rinaldiniego*[168], *Robinsona Kruzoe*, a nareszcie – *Tysiąc i jedną nocy*. Znowu zdawało mu się, że już nie istnieje czas ani rzeczywistość i że jego raniona dusza uciekłszy z ziemi błądzi po jakichś czarodziejskich krainach, gdzie biją tylko szlachetne serca, gdzie podłość nie stroi się w maskę obłudy, gdzie rządzi wieczna sprawiedliwość kojąca bóle i nagradzająca krzywdy...

I tu uderzył go jeden dziwny szczegół. Kiedy z własnej literatury wyniósł złudzenia, które zakończyły się rozkładem jego duszy – ukojenie i spokój znajdował tylko w literaturach obcych.

„Czy my naprawdę – myślał z trwogą – jesteśmy narodem marzycieli i czy już nigdy nie zejdzie anioł, który by poruszył betsedejską sadzawkę[169] obłożoną tylu chorymi?..."

Pewnego dnia przyniesiono mu z poczty gruby pakiet.

„Z Paryża?... – rzekł. – Tak z Paryża. Ciekawym, co to?..."

Ale ciekawość jego nie była dość silną, ażeby zachęcić go do otworzenia i przeczytania listu.

„Taki gruby list!... Komu, u licha, chce się dziś tyle pisać?"

---

[163] *Doré Gustaw* – znakomity ilustrator dzieł literatury światowej.
[164] *William Hogarth* – angielski malarz i rytownik.
[165] *Sancho Pansa* – postać z Don Kichota M. Cervantesa.
[166] *Żywot św. Genowefy* – popularna książka dla ludu napisana przez Krzysztofa Schmida.
[167] *Róża z Tannenburgu* – powieść dydaktyczna dla młodzieży również napisana przez K. Schmida.
[168] *Rinaldo Rinaldini* – powieść awanturnicza napisana przez Vulpiusa.
[169] *betsedejska sadzawka* – według *Ewangelii* sadzawka w Jerozolimie, której woda, poruszana przez anioła, ma moc uzdrawiania.

Rzucił pakiet na biurko i w dalszym ciągu wziął się do czytania *Tysiąca i jednej nocy*.

Co za rozkosz dla zmęczonego umysłu te pałace z drogich kamieni, drzewa, których owocami były klejnoty!... Te kabalistyczne[170] słowa, przed którymi ustępowały mury, te cudowne lampy, dzięki którym można było zwalczać nieprzyjaciół, przenosić się w mgnieniu oka o setki mil... A ci potężni czarodzieje!... Co za szkoda, że taka władza dostawała się ludziom złośliwym i nikczemnym!...

Odkładał książkę i śmiejąc się sam z siebie marzył, że on jest czarodziejem, który posiada dwie bagatelki: władzę nad siłami natury i zdolność stawania się niewidzialnym...

„Myślę — rzekł — że po kilku latach mojej gospodarki świat wyglądałby inaczej... Najwięksi hultaje zmieniliby się na Sokratesów i Platonów."

Wtem spojrzał na list paryski i przypomniał sobie Geista i jego głowa:

„Ludzkość składa się z gadów i tygrysów, między którymi ledwie jeden na całą gromadę znajdzie się człowiek... Dzisiejsze niedole pochodzą stąd, że wielkie wynalazki dostawały się bez różnicy ludziom i potworom... Ja nie popełnię tego błędu i jeżeli ostatecznie znajdę metal lżejszy od powietrza, oddam go tylko prawdziwym ludziom. Niech oni choć raz zaopatrzą się w broń na swój wyłączny użytek; niechaj ich rasa mnoży się i rośnie w potęgę..."

„Niezawodnie byłoby lepiej — mruknął — gdyby tacy Ochoccy i Rzeccy mieli siłę, a nie Starscy i Maruszewicze..."

„To jest cel!... — myślał w dalszym ciągu. — Gdybym był młodszy... Chociaż... No i tutaj bywają ludzie, i tu jest niemało do zrobienia..."

Zaczął znowu czytać historię z *Tysiąca nocy*, lecz spostrzegł, że i ona już nie absorbuje go. Dawny ból zaczął nurtować serce, a przed oczyma coraz wyraźniej rysowała się sylwetka panny Izabeli i Starskiego.

Przypomniał sobie Geista w drewnianych sandałach, później jego dziwny dom otoczony murem... I nagle przywidziało mu się, że ten dom jest pierwszym stopniem olbrzymich schodów, na szczycie których stoi posąg niknący w obłokach. Przedstawiał on kobietę, której nie było widać głowy ani piersi, tylko spiżowe fałdy sukni. Zdawało mu się, że na stopniu, którego dotykają jej nogi, czerni się napis: „Niezmienna i czysta." Nie rozumiał, co to jest, ale czuł, że od stóp posągu napływa mu w serce jakaś wielkość pełna spokoju. I dziwił się, że on, który był zdolnym doświadczać podobnego uczucia, mógł kochać czy gniewać się na pannę Izabelę albo zazdrościć jej Starskiemu!...

Wstyd uderzył mu na twarz, choć nikogo nie było w pokoju.

Widzenie znikło. Wokulski ocknął się. Był znowu tylko człowiekiem zbolałym i słabym, ale w jego duszy huczał jakiś potężny głos niby echo kwietniowej burzy, grzmotami zapowiadającej wiosnę i zmartwychwstanie.

Pierwszego czerwca odwiedził go Szlangbaum. Wszedł zakłopotany; ale przypatrzywszy się Wokulskiemu nabrał otuchy.

---

[170] *kabalistyczne słowa* — Kabała: żydowska mistyczna filozofia religii w średniowieczu; kabaliści stosowali w swych dociekaniach kombinacje liczb i liter, którym przypisywali głębsze znaczenie.

— Nie odwiedzałem cię do tej pory — zaczął — bo wiem, żeś był niezdrów i nie chciałeś nikogo widywać. No, ale dzięki Bogu, już wszystko przeszło...

Kręcił się na krześle i spod oka rzucał spojrzenia na pokój; może spodziewał się znaleźć w nim więcej nieładu.

— Masz jaki interes? — zapytał go Wokulski.

— Nie tyle interes, ile propozycję... Właśnie kiedy dowiedziałem się, żeś chory, przyszło mi na myśl... Uważasz... tobie potrzeba dłuższego wypoczynku, usunięcia się od wszelkich zajęć, więc przyszło mi na myśl, czybyś nie zostawił u mnie tych stu dwudziestu tysięcy rubli... Miałbyś bez kłopotu dziesiąty procent.

— Aha!... — wtrącił Wokulski. — Ja moim wspólnikom bez kłopotu, nawet dla siebie, płaciłem piętnaście.

— Ale teraz cięższe czasy... Zresztą chętnie dam piętnasty procent, jeżeli mi zostawisz swoją firmę...

— Ani firmy, ani pieniędzy — odparł niecierpliwie Wokulski. — Firma bodajby nigdy nie istniała, a co do pieniędzy... Tyle ich mam, że mi wystarczy procent, jaki dają papiery. Aaa... i tego za dużo.

— Więc chcesz odebrać swój kapitał na święty Jan? — spytał Szlangbaum.

— Mogę ci go zostawić do października, nawet bez procentu, pod warunkiem, że zatrzymasz przy sklepie tych ludzi, którzy zechcą zostać.

— Ciężki warunek, ale...

— Jak chcesz.

Nastała chwila milczenia.

— Cóż myślisz robić ze spółką do handlu z cesarstwem? — zapytał Szlangbaum. — Bo mówisz tak, jakbyś się i z niej chciał wycofać...

— Jest to bardzo prawdopodobne.

Szlangbaum zarumienił się, chciał coś powiedzieć, ale dał spokój. Pogadali jeszcze o rzeczach obojętnych i Szlangbaum wyszedł żegnając się z nim bardzo serdecznie.

„On, widzę, ma zamiar wszystko odziedziczyć po mnie — myślał Wokulski. — Ha! niech dziedziczy... świat należy do tych, którzy go biorą."

Swoją drogą Szlangbaum rozmawiający z nim w tej chwili o swoich interesach wydał mu się zabawny.

„Wszyscy w sklepie skarżą się na niego — myślał — mówią, że głowę zadziera, że wyzyskuje... Co prawda, o mnie mówili to samo..."

Spojrzenie jego znowu padło na biurko, gdzie od kilku dni leżał list z Paryża. Wziął go do rąk, ziewnął, ale nareszcie odpieczętował.

Była to korespondencja od baronowej, mającej dyplomatyczne stosunki, tudzież kilka urzędowych aktów. Przejrzał je i przekonał się, że są to dowody śmierci Ernesta Waltera, inaczej: Ludwika Stawskiego, który zmarł w Algierze.

Wokulski zamyślił się.

„Gdybym przed trzema miesiącami dostał te papiery, kto wie, co by dziś było?... Stawska — piękna, a nade wszystko jaka szlachetna... jaka szlachetna!... Czy ja wiem, może ona naprawdę mnie kochała?... Stawska mnie, a ja tamtą... Co za ironia losu!..."

Rzucił papiery na biurko i przypomniał sobie ten mały, czysty salonik, w którym tyle wieczorów przepędził z panią Stawską, gdzie czuł się tak spokojnym.

"No — mówił — i odrzuciłem szczęście, które samo wpadło mi w ręce... Ale czy może być szczęściem to, czego nie pragniemy?... I jeżeli ona choć przez jeden dzień tyle cierpiała co ja?...

Okrutne jest to urządzenie świata, na którym dwoje ludzi nieszczęśliwych z tego samego powodu nie mogą sobie pomóc..."

Dokumenta o śmierci Stawskiego leżały kilka dni, a Wokulski jeszcze nie zdecydował się, co z nimi zrobić.

Z początku wcale o nich nie myślał, potem, gdy mu coraz częściej wpadały w oczy lub pod rękę, zaczął doświadczać wyrzutów sumienia.

„Ostatecznie — mówił — sprowadziłem je dla pani Stawskiej, więc trzeba to oddać pani Stawskiej; ale gdzie ona jest?... Nie wiem... Zabawna byłaby historia, gdybym się z nią ożenił... Miałbym towarzystwo, Helunia miłe dziecko... miałbym cel w życiu. No, ale ona sama nie zrobiłaby interesu... Cóż bym jej wreszcie powiedział? Jestem chory, potrzebuję dozorczyni i dlatego ofiaruję pani kilkanaście tysięcy rubli rocznie... Nawet pozwolę się pani kochać, chociaż sam... Mam już dosyć miłości..."

Dzień schodził za dniem, a Wokulski nie wymyślił sposobu odesłania papierów pani Stawskiej. Trzeba by dowiedzieć się, gdzie mieszka, napisać list rekomendowany[171], oddać go na pocztę... W końcu przypomniał sobie, że najprostszą rzeczą będzie wezwać Rzeckiego (z którym nie widział się od kilku tygodni) i jemu oddać dokumenta. Lecz chcąc wezwać Rzeckiego, trzeba dzwonić na lokaja, posłać go do sklepu...

„Aaa... dajcież mi spokój!" — mruknął.

Wziął się znowu do czytania, tym razem podróży. Zwiedził Stany Zjednoczone, Chiny, ale papiery pani Stawskiej nie dawały mu spokoju. Rozumiał, że coś trzeba zrobić z nimi, a czuł, że on nic nie zrobi.

Taki stan ducha jego samego zaczął dziwić.

„Myślę przecież prawidłowo — mówił — no, o ile nie przeszkadzają mi wspomnienia... Czuję prawidłowo... ach, nawet zanadto prawidłowo! Tylko... nie chce mi się załatwić tego interesu i zresztą żadnego... Jest to więc modna dzisiaj choroba woli...[172] Pyszny wynalazek!... Ależ ja, u diabła, nigdy nie stosowałem się do mody... W końcu, co mi tam moda czy nie moda; jest mi z nią dobrze, zatem..."

Właśnie kończył podróż do Chin, kiedy przyszło mu na myśl, że gdyby on miał wolę, to mógłby prędzej czy później zapomnieć i o pewnych wypadkach, i o pewnych osobach.

„A tak mnie to dręczy... tak dręczy!..." — szepnął.

Już zupełnie stracił rachubę czasu.

Pewnego dnia gwałtem wszedł do niego Szuman.

— No, jakże tam? — spytał. — Czytamy, widzę... powieści, dobrze... podróże, doskonale... Nie miałbyś ochoty wyjść na spacer? Ładny dzień, a przez pięć tygodni chyba naciszyłeś się swoim mieszkaniem...

— Ty z dziesięć lat cieszyłeś się swoim — odparł Wokulski.

---

[171] *list rekomendowany* — list polecony.

[172] *modna dziś choroba woli* — przejaw psychologii dekadentyzmu, który zapanował w następnej epoce.

— Racja. Ale ja miałem zajęcie, badałem ludzkie włosy i myślałem o sławie. Nade wszystko zaś nie miałem na karku interesów cudzych i swoich. Przecież za kilka tygodni będzie sesja tej spółki do handlu z cesarstwem...

— Wycofuję się z niej...

— Proszę... Dobra myśl — mówił z ironią Szuman. — I jeszcze, ażeby cię lepiej ocenili, pozwól im wziąć na dyrektora Szlangbauma. On ich urządzi!... tak jak mnie... Genialna rasa te Żydki, ale cóż to za łajdaki!...

— No, no, no...

— Tylkoż ty ich nie broń przede mną — zawołał gniewnie Szuman — bo ja ich nie tylko znam, ale i odczuwam... Dałbym gardło, że już w tej chwili Szlangbaum kopie pod tobą doły w owej spółce, i jestem pewny, że się tam wkręci, bo jakżeby polska szlachta mogła obejść się bez Żyda...

— Widzę, że nie lubisz Szlangbauma?

— Owszem, nawet podziwiam go i chciałbym naśladować, ale nie potrafię! A właśnie teraz zaczyna się budzić we mnie instynkt przodków: skłonność do geszefciarstwa... O naturo! jakżebym chciał mieć z milion rubli, ażeby zrobić drugi milion, trzeci... i stać się młodszym bratem Rotszylda. Tymczasem nawet Szlangbaum wyprowadza mnie w pole... Tak długo kręciłem się w waszym świecie, żem w końcu utracił najcenniejsze przymioty mojej rasy... Ale to wielka rasa: oni świat zdobędą, i nawet nie rozumem, tylko szachrajstwem i bezczelnością...

— Więc zerwij z nimi, ochrzcij się...

— Ani myślę. Naprzód, nie zerwę z nimi, choćbym się ochrzcił, a jestem znowu taki fenomenalny Żydziak, że nie lubię blagować. Po wtóre — jeżeli nie zerwałem z nimi, kiedy byli słabi, nie zerwę dziś, kiedy są potężni.

— Mnie się zdaje, że właśnie teraz są słabsi — wtrącił Wokulski.

— Czy dlatego, że ich zaczynają nienawidzieć?...

— No, nienawiść zbyt silne słowo.

— Dajże spokój, nie jestem ślepy ani głupi... Wiem, co mówi się o Żydach w warsztatach, szynkach, sklepach, nawet w gazetach... I jestem pewny, że lada rok wybuchnie nowe prześladowanie, z którego moi bracia w Izraelu wyjdą jeszcze mędrsi, jeszcze silniejsi i jeszcze solidarniejsi... A jak oni wam kiedyś zapłacą!... Szelmy spod ciemnej gwiazdy, ale muszę uznać ich geniusz i nie mogę wyprzeć się sympatii. Czuję, że dla mnie brudny Żydziak jest milszym od umytego panicza; a kiedy po dwudziestu latach pierwszy raz zajrzałem do synagogi i usłyszałem śpiewy, na honor, łzy mi w oczach stanęły... Co tu gadać... Pięknym jest Izrael triumfujący i miło pomyśleć, że w tym triumfie uciśnionych jest cząstka mojej pracy!...

— Szuman, zdaje mi się, że masz gorączkę...

— Wokulski, jestem pewny, że masz bielmo, i to nie na oczach, ale na mózgu...

— Jakże możesz wobec mnie mówić o takich rzeczach?...

— Mówię, bo naprzód, nie chcę być gadem, który kąsa podstępnie, a po wtóre... ty, Stachu, już nie będziesz z nami walczył... Jesteś złamany, i to złamany przez swoich... Sklep sprzedałeś, spółkę porzucasz... Kariera twoja skończona.

Wokulski spuścił głowę na piersi.

— Pomyśl zresztą — ciągnął Szuman — kto dziś jest przy tobie?... Ja, Żyd, tak pogardzony i tak skrzywdzony jak ty... I przez tych samych ludzi... przez wielkich panów...
— Robisz się sentymentalny — wtrącił Wokulski.
— To nie sentymentalizm!... Bryzgali nam w oczy swoją wielkością, reklamowali swoje cnoty, kazali nam mieć ich ideały... A dziś, powiedz sam: co warte są te ideały i cnoty, gdzie ich wielkość, która musiała czerpać z twojej kieszeni?... Rok tylko żyłeś z nimi, niby na równej stopie, i co z ciebie zrobili?... Więc pomyśl, co musieli zrobić z nami, których gnietli i kopali przez całe wieki?... I dlatego radzę ci: połącz się z Żydami. Zdublujesz majątek i jak mówi Stary Testament, zobaczysz nieprzyjacioły twoje u podnóżka nóg twoich... Za firmę i dobre słowo oddamy ci Łęckich, Starskiego i nawet jeszcze kogo na przykładkę... Szlangbaum to nie dla ciebie wspólnik, to błazen.
— A jak zagryziecie owych wielkich panów, to co?...
— Z konieczności połączymy się z waszym ludem, będziemy jego inteligencją, której dziś nie posiada... Nauczymy go naszej filozofii, naszej polityki, naszej ekonomii i z pewnością lepiej wyjdzie na nas aniżeli na swoich dotychczasowych przewodnikach... Przewodnikach!... — dodał ze śmiechem.
Wokulski machnął ręką.
— Mnie się zdaje — rzekł — że ty, który chcesz wszystkich leczyć na marzycielstwo, sam jesteś marzycielem.
— A tóż znowu?... — zapytał Szuman.
— Tak... Nie macie gruntu pod nogami, a chcecie innych brać za łeb... Myślcie wy lepiej o uczciwej równości z innymi, nie o zdobywaniu świata, i nie leczcie cudzych wad przed uleczeniem własnych, które mnożą wam nieprzyjaciół. Zresztą ty sam nie wiesz, czego się trzymać: raz gardzisz Żydami, drugi raz oceniasz ich zbyt wysoko...
— Gardzę jednostkami, szanuję siłę gromady.
— Wprost przeciwnie, aniżeli ja, który gardzę gromadami, a niekiedy szanuję jednostki.
Szuman zamyślił się.
— Rób, jak chcesz — rzekł biorąc za kapelusz. — Faktem jest jednak, że jeżeli ty wyjdziesz ze swojej spółki, to ona wpadnie w ręce Szlangbauma i całej zgrai parszywych Żydziaków. Tymczasem gdybyś został, mógłbyś tam wprowadzić ludzi uczciwych i przyzwoitych, którzy mają niewiele wad, a wszystkie żydowskie stosunki.
— Tak czy owak, spółkę opanują Żydzi.
— Ale bez twej pomocy zrobią to Żydzi chederowi[173], a z tobą zrobiliby uniwersyteccy.
— Czy to nie wszystko jedno! — odparł Wokulski wzruszając ramionami.
— Nie wszystko. Nas z nimi łączy rasa i wspólne położenie, ale dzielą poglądy. My mamy naukę, oni Talmud[174], my rozum, oni spryt; my jesteśmy trochę kosmopolici[175],

---

[173] *Żydzi chederowi* — tacy, którzy otrzymali tradycyjne wychowanie w chederze.

[174] *Talmud* — zbiór żydowskich zasad religijno-prawnych.

[175] *kosmopolici* — obywatele świata.

oni partykularyści[176], którzy nie widzą dalej poza swoją synagogę i gminę[177]. Gdy chodzi o wspólnych nieprzyjaciół, są wybornymi sprzymierzeńcami, ale gdy o postęp judaizmu... wówczas są dla nas nieznośnym ciężarem! Dlatego w interesie cywilizacji leży, ażeby kierunek spraw był w naszych rękach. Tamci mogą tylko zaplugawić świat chałatami i cebulą, ale nie posunąć go naprzód... Pomyśl o tym, Stachu!...

Uściskał Wokulskiego i wyszedł pogwizdując arię: „Rachelo, kiedy Pan w dobroci niepojęty..."[178]

„Tak tedy — myślał Wokulski — zanosi się na walkę między Żydami postępowymi i zacofanymi o naszą skórę, a ja mam brać w niej udział jako sprzymierzeniec tych albo tamtych... Piękna rola!... Ach, jak mnie to nudzi i nuży..."

Zaczął marzyć, i znowu zobaczył odrapany mur domu Geista i nieskończoną ilość schodów, na szczycie których siedział posąg spiżowej bogini, z głową w chmurach i z zagadkowym napisem u stóp: „Niezmienna i czysta..."

Przez chwilę, kiedy patrzył na fałdy jej sukni, śmiać mu się chciało i z panny Izabeli, i z jej triumfującego wielbiciela, i z własnych cierpień.

„Czy to podobna?... czy to podobna?... — szepnął. — Ażebym ja..."

Ale posąg wnet zniknął, a ból powrócił i rozsiadł się w jego sercu jak wielki pan, któremu nikt nie sprosta.

W parę dni po wizycie Szumana zjawił się u Wokulskiego Rzecki.

Był bardzo mizerny, podpierał się laską i tak zmęczył się wejściem na pierwsze piętro, że zadyszany upadł na krzesło i z trudnością mówił.

Wokulski przeraził się.

— Co tobie, Ignacy?... — zawołał.

— Et, nic!... Trochę starość, trochę... Ot, nic!...

— Ależ ty lecz się, mój drogi, wyjedź gdzie...

— Powiem ci, że próbowałem wyjeżdżać... Już nawet byłem na kolei. Ale ogarnęła mnie taka tęsknota za Warszawą i... za naszym sklepem — dodał ciszej — że... Iii... co tam!... Przepraszam cię, żem tu przyszedł...

— Ty mnie przepraszasz, kochany stary?... Ja myślałem, że gniewasz się na mnie.

— Ja na ciebie?... — odparł Rzecki wpatrując się w niego z przywiązaniem. — Ja na ciebie?... — Ale co tam!... Przypędziły mnie tu interesa i ciężki kłopot...

— Kłopot?

— Wyobraź sobie, że Klejn aresztowany...

Wokulski cofnął się z krzesłem.

— Klejn i ci dwaj... pamiętasz?... Ten Maleski i Patkiewicz...

— Za co?

— Oni mieszkali w domu baronowej Krzeszowskiej, no i trochę, co prawda, szykanowali tego... tego Maruszewicza... On groził, a ci jeszcze lepiej... W końcu poleciał na skargę do cyrkułu... Zeszła policja, zrobił się jakiś skandal i wszystkich trzech wzięto do kozy.

---

[176] *partykularyści* — ludzie zaściankowi, ciaśni, ograniczeni.

[177] *gmina* — tu w znaczeniu żydowska gmina wyznaniowa.

[178] „*Rachelo, kiedy Pan...*" — aria z opery *Żydówka* Helévy'ego.

— Dzieciaki... dzieciaki!... — szepnął Wokulski.
— Ja to samo mówiłem — ciągnął Rzecki. — Naturalnie, nic im się nie stanie, ale zawsze niemiła historia. Ten osioł Maruszewicz sam przestraszony... Wpadł do mnie, przysięgał, że on temu nie winien... Nie mogłem już wytrzymać i odpowiedziałem mu: „Żeś pan nie winien, jestem pewny; ale i to pewne, że w naszych czasach Pan Bóg opiekuje się hultajami... Bo naprawdę, to pan powinieneś siedzieć dziś pod kluczem za fałszowanie podpisów, ale nie te lekkoduchy..." Aż rozpłakał się. Przysiągł, że odtąd wejdzie na dobrą drogę i że jeżeli dotychczas nie wszedł na nią, to tylko z twojej winy.

„Byłem pełen najszlachetniejszych zamiarów — mówił — ale pan Wokulski, zamiast podać mi rękę, zamiast utwierdzić w zacnych intencjach, zbył mnie lekceważeniem..."
— Poczciwa dusza! — roześmiał się Wokulski. — Cóż więcej?
— W mieście gadają — mówił Rzecki — że opuszczasz spółkę...
— Tak...
— I że odstępujesz ją Żydom.
— No, przecież moi wspólnicy nie są starą garderobą, ażebym mógł ich odstępować — wybuchnął Wokulski. — Mają pieniądze, mają głowy na karkach... Niech znajdą ludzi i niech sobie radzą.
— Kogo oni tam znajdą, a choćby znaleźli, komu zaufają, jeżeli nie Żydom!... A Żydzi na serio myślą o tym interesie. Nie ma dnia, ażeby nie odwiedził mnie Szuman albo Szlangbaum, a każdy namawia, ażebym ja po tobie prowadził spółkę...
— Właściwie ty ją dziś prowadzisz.
Rzecki machnął ręką.
— Twoimi pomysłami i pieniędzmi! — odparł. — Ale mniejsza... Z tego widzę, że Szuman należy do jednej partii, a Szlangbaum do drugiej i że potrzebują sztromanów...[179] Przede mną jeden na drugiego wiesza psy, ale wczoraj słyszałem, że obie partie już mają się porozumieć.
— Mądrzy! — szepnął Wokulski.
— Ale ja do nich straciłem serce — odparł Rzecki. — Jestem przecie stary kupiec i mówię ci, że u nich wszystko stoi na bladze, szacherce i tandecie.
— Nie bardzo im wymyślaj — wtrącił Wokulski — boć to przecie my ich wyhodowaliśmy...
— Nie my!... — zawołał gniewnie Rzecki — oni wszędzie tacy... Gdziekolwiek ich spotkałem: w Peszcie, Konstantynopolu, w Paryżu i w Londynie, zawsze widziałem jedną zasadę: dawać jak najmniej, a brać jak najwięcej, tak we względzie materialnym, jak i w moralnym... Blichtr... zawsze blichtr!...
Wokulski zaczął chodzić po pokoju.
— Szuman miał rację — rzekł — że wzrasta do nich niechęć, kiedy nawet ty...
— Ja nie jestem niechętny... ja już schodzę z pola... Ale spojrzyj tylko, co się tu dzieje?... Gdzie oni nie włażą, gdzie nie otwierają sklepów, do czego nie wyciągają rąk?... A każdy, byle zajął jakie stanowisko, prowadzi za sobą cały legion swoich,

---

[179] *sztroman* (niem.) — osoba podstawiona, figurant.

bynajmniej nie lepszych od nas, nawet gorszych. Zobaczysz, co zrobią z naszym sklepem: jacy to tam będą subiekci, jakie towary... I ledwie zagarnęli sklep, już wkręcają się między arystokrację, już biorą się do twojej spółki...

— Nasza wina... Nasza wina!... — powtarzał Wokulski. — Nie możemy odmawiać ludziom prawa do zdobywania stanowisk, ale możemy bronić własnych.

— Ty sam opuszczasz stanowisko.

— Nie przez nich; oni ze mną uczciwie wychodzili.

— Boś był im potrzebny. Z ciebie i twoich stosunków zrobili szczebel...

— No, co tam — przerwał Wokulski — obaj nie przekonamy się... Ale, ale... Mam tu urzędowe papiery o śmierci Ludwika Stawskiego.

Rzecki zerwał się z fotela.

— Męża pani Heleny?... Gdzie?... — mówił rozgorączkowany. — Ależ to ocalenie dla nas wszystkich!...

Wokulski podał dokumenta, które Rzecki schwycił drżącymi rękoma.

— Wieczny odpoczynek i... chwała Bogu!... — prawił czytając. — No, kochany Stachu, dziś nie ma już żadnej przeszkody... Żeń się z nią... Ach, gdybyś wiedział, jak ona cię kocha... Zaraz doniosę o tym biedaczce, a papiery ty sam zawieź i... oświadcz się z miejsca... Już widzę, spółka będzie uratowana, a może i sklep... Paruset ludzi, których uchronisz od nędzy, pobłogosławi was... Co to za kobieta!... Przy niej dopiero znajdziesz spokój i szczęście...

Wokulski stanął przed nim i pokiwał głową.

— A ona ze mną znajdzie szczęście? — spytał.

— Szalenie cię kocha... Ty nawet nie domyślasz się...

— A wie ona: co kocha?... Czy ty nie widzisz, że ja już jestem tylko ruiną, najgorszą, bo moralną... Zatruć komu szczęście potrafię, ale dać!... I jeżeli mógłbym dać coś światu, to chyba pieniądze i pracę, ale... nie dla dzisiejszych ludzi i jak najdalej od nich.

— Eh, przestań!... — zawołał Rzecki. — Ożeń się z nią, a zaraz inaczej spojrzysz...

Wokulski śmiał się smutno.

— Tak... ożenić się!... Spętać dobrą i niewinną istotę, wyzyskiwać najszlachetniejsze uczucia, a myślą być gdzie indziej... I może jeszcze za rok lub dwa wymawiać, że dla niej porzuciłem wielkie zamiary...

— Polityka?... — szepnął tajemniczo Rzecki.

— Co tam polityka!... już miałem czas i okazje rozczarować się do niej... Jest coś ważniejszego od polityki...

— Może wynalazek tego Geista?... — pytał Rzecki.

— A ty skąd wiesz?

— Od Szumana.

— Ach, prawda!... Zapomniałem, że Szuman musi wiedzieć o wszystkim. To także talent...

— I bardzo pomocny. — Swoją drogą, radzę ci: pomyśl o pani Stawskiej, bo...

— Ty mi ją odbijesz?... — uśmiechnął się Wokulski. — Odbij, odbij!... Gwarantuję wam, że nie zaznacie biedy.

— Tfy! dajże spokój!... Ziemia by się zapadła, gdyby taki stary grat jak ja myślał o podobnej kobiecie. Ale jest tu ktoś niebezpieczniejszy... Mraczewski... Szaleje za nią, mówię ci, i już pojechał do niej trzeci czy czwarty raz... Serce kobiety nie kamień...

— O!... Mraczewski?... Już nie bawi się w socjalizm?

— Ale skąd! on mówi, że byle człowiek odłożył pierwszy tysiąc rubli, a jeszcze poznał taką piękną kobietę jak Stawska, zaraz polityka wywietrzeje mu z głowy.

— Biedny Klejn był innego zdania — rzekł Wokulski.

— Co tam Klejn, narwaniec!... Dobry chłopak, ale żaden subiekt... Mraczewski, oto była perła!... Piękny, paplał po francusku, a jak on spoglądał na klientki, jak podkręcał wąsy!... Ten zrobi interes na świecie i zdmuchnie ci panią Stawską... Zobaczysz!...

Zabrał się do wyjścia, ale jeszcze stanął i rzekł:

— Żeń się z nią, Stachu, żeń... Uszczęśliwisz kobietę, uratujesz spółkę, a może i sklep ocalisz. Co tam wynalazki!... Rozumiałbym cele polityczne w tych czasach, kiedy mogą zajść najdonioślejsze wypadki. Ale te machiny latające... Chociaż może i one przydałyby się? — dodał po namyśle. — Ha! zresztą rób, jak chcesz, ale prędko decyduj się co do Stawskiej, bo czuję, że Mraczewski nie zaśpi gruszek w popiele. To front! Machiny latające... Phy! czy ja wiem?... Może i to... może i to na coś się przyda.

Wokulski został sam.

„Paryż czy Warszawa?... — myślał. — Tam wielki cel, ale niepewny, tu paruset ludzi... Na których nie mogę patrzeć..." — dodał po chwili.

Zbliżył się do okna i jakiś czas wyglądał na ulicę, po prostu ażeby się przemóc. Ale wszystko drażniło go: ruch powozów, bieganina pieszych, ich zafrasowane lub uśmiechnięte twarze. Najbardziej zaś rozstrajał go widok kobiet. Zdawało mu się, że każda jest uosobieniem głupoty i fałszu.

„Każda znajdzie swego Starskiego, prędzej lub później — myślał. — Każda go szuka."

Wkrótce znowu odwiedził Wokulskiego Szuman.

— Mój drogi — zawołał od progu śmiejąc się — choćbyś miał mnie wyrzucić za drzwi, będę cię prześladował wizytami...

— Ale owszem, przychodź jak najczęściej — odparł Wokulski.

— Więc zgadzasz się?... Wybornie!... To połowa kuracji... Co znaczy jednakże silny mózg!... Po niecałych siedmiu tygodniach ciężkiej mizantropii już zaczynasz tolerować gatunek człowieczy, i to jeszcze w mojej osobie... Cha! cha! cha!... Cóż by było, gdyby wpuścić do twej klatki jakąś szykowną kobietkę...

Wokulski zbladł.

— No, no... wiem, że jeszcze za wcześnie... Choć już pora, ażebyś zaczął ukazywać się między ludźmi. To uleczyłoby cię do reszty. Bo weź za przykład mnie — prawił Szuman. — Dopóki siedziałem w czterech ścianach, nudziłem się jak diabeł w dzwonnicy; a dziś ledwiem pokazał się w świecie, już mam tysiące rozrywek. Szlangbaum chce mnie okpić i z jednego zdziwienia wpada w drugie, dzień po dniu przekonywając się, że choć mam tak naiwną minę, przecież z góry przewidziałem wszystkie jego cugi[180]. To nawet zjednało mi u niego szacunek...

— Dosyć skromna zabawa — wtrącił Wokulski.

---

[180] *cugi* — tu: pociągnięcia.

— Zaczekaj!... Drugą uciechę sprawiają mi moi współwyznawcy ze sfer finansowych, ponieważ zdaje im się, że ja mam nadzwyczajny spryt do interesów i że pomimo to będą mną mogli kierować, jak im się podoba... Wyobrażam sobie ich bolesne rozczarowanie, kiedy przekonają się, że ani jestem dość sprytnym do interesów, ani dość głupim, ażeby stać się pionkiem w ich rękach...

— A tak namawiałeś mnie do wejścia w spółkę z nimi?...

— To co innego. Ja i dziś jeszcze cię namawiam. Na ostrożnej spółce z rozumnymi Żydami nikt nigdy nie stracił, przynajmniej finansowo. Ale co innego być wspólnikiem, a co innego pionkiem, jakim mnie chcą zrobić... Ach, te Żydziaki!... zawsze szelmy, w chałatach czy we frakach...

— Co ci jednak nie przeszkadza uwielbiać ich, a nawet łączyć się ze Szlangbaumem?...

— To znowu co innego — odparł Szuman. — Żydzi, moim zdaniem, są najgenialniejszą rasą w świecie, a przy tym moją rasą, więc ich podziwiam i w gromadzie kocham. A co do porozumienia ze Szlangbaumem... Bój się Boga, Stachu! czyby to była rzecz rozsądna z naszej strony, gdybyśmy się żarli między sobą wówczas, kiedy idzie o uratowanie tak świetnego interesu jak spółka do handlu z cesarstwem?... Ty ją rzucasz, więc albo runie, albo złapią ją Niemcy i w każdym razie kraj straci. A tak i kraj zyska, i my...

— Coraz mniej rozumiem cię — wtrącił Wokulski. — Żydzi są wielcy i Żydzi są szelmy... Szlangbauma trzeba wyrzucić ze spółki i trzeba go znowu przyjąć... Raz Żydzi na tym zyskują, to znowu kraj zyska... Kompletny chaos!...

— Masz, Stachu, mózg przewrócony... To żaden chaos, najjaśniejsza prawda... W tym kraju tylko Żydzi tworzą jakiś ruch przemysłowy i handlowy, a więc każde ich ekonomiczne zwycięstwo jest czystym zyskiem dla kraju... Nie mam racji?...

— Muszę się nad tym zastanowić — odparł Wokulski. — No, a jaką jeszcze masz uciechę?...

— Największą. Wyobraź sobie, że na pierwszą wieść o moich przyszłych sukcesach finansowych już chcą mnie żenić!... Mnie, z moją żydowską mordą i łysiną!...

— Kto?... z kim?...

— Naturalnie, że nasi znajomi, a z kim?... Z kim zechcę. Nawet z chrześcijanką, i to z pięknej familii, byłem się ochrzcił...

— A ty?...

— Wiesz co, że gotówem to zrobić przez ciekawość. Po prostu dla dowiedzenia się: w jaki sposób przekona mnie o swej miłości chrześcijanka piękna, młoda, dobrze wychowana, a nade wszystko z porządnej familii?... Tu już miałbym miliony zabaw. Bawiłbym się widząc jej konkury o moją rękę i serce. Bawiłbym się słysząc, jak mówi o swej wielkiej ofierze dla dobra rodziny, a może nawet ojczyzny. Bawiłbym się w końcu śledząc, w jaki sposób powetowałaby sobie swoją ofiarę: czy oszukiwałaby mnie starą metodą, to jest potajemnie, czy nową, to jest jawnie, i może nawet żądając mego przyzwolenia?...

Wokulski schwycił się za głowę.

— Okropność... — szepnął.

Szuman patrzył na niego spod oka.

— Stary romantyku!... stary romantyku!... — mówił. — Chwytasz się za głowę, bo w twojej chorej wyobraźni ciągle jeszcze pokutuje chimera idealnej miłości, kobiety z anielską duszą... Takich jest ledwie jedna na dziesięć, więc masz dziewięć przeciw jednemu, że na taką nie trafisz. A chcesz poznać normę?... więc rozejrzyj się w stosunkach ludzkich. Albo mężczyzna jak kogut uwija się między kilkunastoma kurami, albo kobieta, jak wilczyca w lutym, wabi za sobą całą zgraję ogłupiałych wilków czy psów... I powiadam ci, że nie ma nic bardziej upadlającego jak ściganie się w takiej gromadzie, jak zależność od wilczycy... W tym stosunku traci się majątek, zdrowie, serce, energię, a w końcu i rozum... Hańba temu, kto nie potrafi wydobyć się z podobnego błota!

> Szuman o Wokulskim — ważny cytat

Wokulski siedział milczący, z szeroko otwartymi oczyma. Wreszcie rzekł cichym głosem:

— Masz rację...

Doktór pochwycił go za rękę i gwałtownie targając nią zawołał:

— Mam rację?... ty to powiedziałeś?... A więc — jesteś ocalony!... Tak, jeszcze będą z ciebie ludzie... Pluń na wszystko, co minęło: na własną boleść i na cudzą nikczemność... Wybierz sobie jaki cel, jakikolwiek, i zacznij nowe życie. Rób dalej majątek czy cudowne wynalazki, żeń się ze Stawską czy zawiąż drugą spółkę, byleś czegoś pragnął i coś robił. Rozumiesz? I nigdy nie pozwól nakrywać się spódnicą... rozumiesz? Ludzie twojej energii rozkazują, nie słuchają, prowadzą, nie zaś są prowadzeni... Kto mając do wyboru ciebie i Starskiego wybrał Starskiego, ten dowiódł, że niewart nawet Starskiego... Oto moja recepta, pojmujesz?... A teraz bądź zdrów i zostań z własnymi myślami.

Wokulski nie zatrzymywał go.

— Gniewasz się? — rzekł Szuman. — Nie dziwię się, wypaliłem ci tęgiego raka; a to, co jeszcze zostało, samo zginie. Bywaj zdrów.

Po odejściu doktora Wokulski otworzył okno i rozpiął koszulę. Było mu duszno, gorąco i zdawało mu się, że go krew zaleje. Przypomniał sobie Zasławek i oszukiwanego barona, przy którym on sam odegrywał wówczas prawie taką rolę, jak dzisiaj przy nim Szuman...

Zaczął marzyć i obok wizerunku panny Izabeli w objęciach Starskiego ukazała mu się teraz gromada zziajanych wilków uganiających się po śniegu za wilczycą... A on był jednym z nich!...

Znowu ogarnął go ból, a zarazem wstręt i obrzydzenie do samego siebie.

„Jakim ja nikczemny i głupi!... — zawołał uderzając się w czoło. — Żeby tyle widzieć, tyle słyszeć i jednakże dojść do podobnego upodlenia... Ja... ja... ścigałem się ze Starskim i Bóg wie z kim jeszcze!"

Tym razem śmiało wywołał z pamięci obraz panny Izabeli; śmiało przypatrywał się jej posągowym rysom, popielatym włosom, oczom mieniącym się wszystkimi barwami, od niebieskiej do czarnej. I zdawało mu się, że na jej twarzy, szyi, ramionach i piersiach widzi, jak piętna, ślady pocałunków Starskiego...

„Miał rację Szuman — pomyślał — jestem naprawdę uleczony..."

Powoli jednak gniew ostygł w nim, a jego miejsce znowu zajął żal i smutek.

Przez kilka następnych dni Wokulski już nic nie czytał. Prowadził ożywioną korespondencję z Suzinem i dużo rozmyślał.

Myślał, że w obecnym położeniu, prawie od dwu miesięcy zamknięty w swoim gabinecie, już przestał być człowiekiem i zaczyna robić się czymś podobnym do ostrygi, która, siedząc na jednym miejscu, bez wyboru przyjmuje od świata to, co jej rzuci przypadek.

A jemu co dał przypadek?

Najpierwej podsunął książki, z których jedne oświeciły go, że jest don Quichotem, a inne obudziły w nim pociąg do cudownego świata, w którym ludzie posiadają władzę nad wszelkimi siłami natury.

Więc chciał już nie być don Quichotem i zapragnął posiadać władzę nad siłami natury.

Potem kolejno wpadali do niego Szlangbaum i Szuman, od których dowiedział się, że dwie partie żydowskie walczą między sobą o odziedziczenie po nim kierunku spółką. W całym kraju nie było nikogo, kto by mógł dalej rozwijać jego pomysły; nikogo, prócz Żydów, którzy występowali z całą kastową arogancją, przebiegłością, bezwzględnością i jeszcze kazali mu wierzyć, że jego upadek, a ich triumf – będzie korzystnym dla kraju...

Wobec tego poczuł taki wstręt do handlu, spółek i wszystkich zysków, że dziwił się samemu sobie: jakim sposobem on mógł, prawie przez dwa lata, mieszać się do podobnych rzeczy?

„Zdobywałem majątek dla niej!... – pomyślał. – Handel... ja i handel!... I to ja zgromadziłem przeszło pół miliona rubli w ciągu dwu lat, ja zmieszałem się z ekonomicznymi szulerami, stawiałem na kartę pracę i życie, no... i wygrałem... Ja – idealista, ja – uczony, ja, który przecie rozumiem, że pół miliona rubli człowiek nie mógłby wypracować przez całe życie, nawet przez trzy życia... A jedyną pociechą, jaką jeszcze wyniosłem z tej szulerki, jest pewność, żem nie kradł i nie oszukiwał... Widocznie Bóg opiekuje się głupcami..."

Potem znowu wypadek przyniósł mu wiadomość o śmierci Stawskiego w liście z Paryża i od tej chwili kolejno budziły się w nim wspomnienia pani Stawskiej i Geista.

„Mówiąc prawdę – myślał – powinien bym ten wyszulerowany majątek zwrócić ogółowi. Biedy i ciemnoty u nas pełno, a ci ludzie biedni i ciemni są jednocześnie najczcigodniejszym materiałem... Jedyny zaś na to sposób byłby ożenić się ze Stawską. Ona z pewnością nie tylko nie paraliżowałaby moich zamiarów, ale byłaby najwierniejszą pomocnicą. Ona przecież zna pracę i biedę, i jest taka szlachetna!..."

Tak rozumował, ale czuł co innego: pogardę dla ludzi, których chciał uszczęśliwić. Czuł, że pesymizm Szumana nie tylko poderwał w nim namiętność dla panny Izabeli, ale jeszcze zatruł jego samego. Trudno mu było opędzić się przed skutkami słów, że rodzaj ludzki albo składa się z kur kokietujących koguta, albo z wilków uganiających się za wilczycą. I że gdziekolwiek zwróci się, ma dziewięć razy więcej szans, że trafi na zwierzę aniżeli na człowieka!...

„Niech go diabli wezmą z taką kuracją" – szepnął.

Teraz począł zastanawiać się nad Szumanem.

Trzej ludzie upatrywali w człowieczym gatunku cechy mocno zwierzęce: on sam, Geist i Szuman. Ale on sądził, że zwierzęta w ludzkiej postaci są wyjątkami, ogół zaś składa się z dobrych jednostek. Geist twierdził, przeciwnie, że ogół ludzki jest bydlęcym, a jednostki dobre są wyjątkami; ale Geist wierzył, że z czasem rozmnożą się ci dobrzy ludzie, że opanują całą ziemię – i od kilkudziesięciu lat pracował nad wynalazkiem, który by umożliwił ten triumf.

Szuman także twierdził, że ogromna większość ludzi są zwierzętami, lecz ani wierzył w lepszą przyszłość, ani w nikim nie budził tej otuchy. Dla niego ludzki rodzaj był już skazany na wiekuiste bydlęctwo, wśród którego odróżniali się tylko Żydzi, jak szczupaki między karasiami.

„Piękna filozofia!" – myślał Wokulski.

Czuł jednak, że w jego zranionej duszy, jak w świeżo zaoranym polu, pesymizm Szumana bystro się pleni. Czuł, że gaśnie w nim nie tylko miłość, ale nawet żal do panny Izabeli. Bo jeżeli cały świat składa się z bydląt, to nie ma dobrej racji ani szaleć za jednym z nich, ani gniewać się za to, że jest zwierzęciem, nie lepszym i zapewne nie gorszym od innych.

„Piekielna jego kuracja! – powtarzał. – Ale kto wie, czy nie słuszna?... Ja fatalnie zbankrutowałem na moich poglądach; kto mi zaręczy, że i Geist nie myli się w swoich albo że nie ma racji Szuman?... Rzecki bydlę, Stawska bydlę, Geist bydlę, ja sam bydlę... Ideały – to malowane żłoby, w których jest malowana trawa, niezdolna nikogo nasycić!... Więc co się poświęcać dla jednych albo uganiać za drugimi?... Po prostu trzeba się wyleczyć, a potem na odmianę jadać polędwicę albo ładne kobiety i popijać to dobrym winem... Czasami coś przeczytać, czasami gdzie wyjechać, wysłuchać koncertu i tak doczekać starości!"

Na tydzień przed sesją, która miała zdecydować o losach spółki, wizyty u Wokulskiego stały się coraz częstszymi. Przychodzili kupcy, arystokracja, adwokaci zaklinając go, ażeby nie opuszczał stanowiska i nie narażał instytucji, która przecież jest jego dziełem. Wokulski przyjmował interesantów z tak lodowatą obojętnością, że nawet nie mieli ochoty wypowiedzieć mu swoich argumentów; mówił, że jest znużony i chory i że musi się wycofać.

Interesanci odchodzili bez nadziei; każdy jednak przyznawał, że Wokulski musi być ciężko chory. Wychudł, odpowiadał krótko i cierpko, a w oczach paliła mu się gorączka.

– Zabił się chciwością! – mówili kupcy.

Na parę dni przed ostatecznym terminem Wokulski wezwał swego adwokata i prosił go o zawiadomienie wspólników, że stosownie do zawartej z nimi umowy, wycofuje kapitał i usuwa się ze spółki. Inni mogą zrobić to samo.

– A pieniądze? – spytał adwokat.

– Dla nich już są gotowe w banku; ja zaś mam rachunki z Suzinem.

Adwokat pożegnał go strapiony. Tegoż dnia przyjechał do Wokulskiego książę.

– Słyszę nieprawdopodobne rzeczy! – zaczął książę ściskając go za rękę. – Adwokat pański zachowuje się tak, jakby pan naprawdę miał zamiar nas opuścić...

– Czy książę myślał, że żartuję?...

– No, nie... Ja myślę, że pan spostrzegł jakieś niedogodności w naszej umowie i...

— I targuję się, ażeby zmusić was do podpisania innej, która zmniejszy wasze procenta, a zwiększy moje dochody... — pochwycił Wokulski. — Nie, książę, usuwam się zupełnie na serio.

— Więc robi pan zawód swoim wspólnikom...

— Jaki? Panowie sami zawiązaliście ze mną spółkę tylko na rok i sami żądaliście takiego prowadzenia interesów, ażeby w ciągu miesiąca po rozwiązaniu umowy każdy wspólnik mógł wycofać swój wkład. To było wasze wyraźne żądanie. Ja zaś przekroczyłem je o tyle, że zwrócę pieniądze nie w miesiąc dopiero, ale w godzinę po rozwiązaniu spółki.

Książę upadł na fotel.

— Spółka zostanie — rzekł cicho — ale na miejsce pana wejdą do niej starozakonni...

— To już z wyboru panów.

— Żydowszczyzna w naszej spółce!... — westchnął książę. — Oni nawet na posiedzeniach gotowi rozmawiać po żydowsku... Nieszczęsny kraj! nieszczęsny język!...

— Nie ma obawy — wtrącił Wokulski. — Większość naszych wspólników ma zwyczaj rozmawiać na sesjach po francusku i językowi nic się nie stało, więc chyba nie zaszkodzi mu i kilka frazesów w żargonie.

Książę zarumienił się.

— Ależ starozakonni, panie... obca rasa... Teraz jeszcze zaczęła się przeciw nim jakaś niechęć...

— Niechęć tłumu niczego nie dowodzi. Lecz któż zresztą broni panom zebrać odpowiednie kapitały, jak to zrobili Żydzi, i powierzyć je nie Szlangbaumowi, ale któremu z chrześcijańskich kupców?

— Nie znamy takiego, któremu można by zaufać.

— A Szlangbauma znacie?...

— Przy tym u nas nie ma ludzi dość zdolnych — wtrącił książę. — To są subiekci, nie finansiści...

— A ja czym byłem?... Także subiektem i nawet restauracyjnym chłopcem; mimo to spółka przyniosła zapowiedziany dochód.

— Pan jesteś wyjątkiem...

— Któż panom zaręczy, że nie znaleźlibyście więcej takich wyjątków w piwnicach i za kontuarami. Poszukajcie.

— Starozakonni sami do nas przychodzą...

> Wokulski
> o arystokracji

— Otóż to!... — zawołał Wokulski. — Żydzi przychodzą albo wy do nich, ale chrześcijański parweniusz do was nawet przyjść nie może, bo tyle napotyka zawad po drodze... Wiem coś o tym. Wasze drzwi tak szczelnie są zamknięte przed kupcem i przemysłowcem, że albo trzeba je zbombardować setkami tysięcy rubli, ażeby się otworzyły, albo wciskać się jak pluskwa... Uchylcie trochę tych drzwi, a może będziecie mogli obchodzić się bez Żydów.

Książę zasłonił rękoma oczy.

— O, panie Wokulski, to... bardzo słuszne, co pan mówi, ale i bardzo gorzkie... bardzo okrutne... Mniejsza jednak... Rozumiem pański żal do nas, ależ... są jakieś obowiązki względem ogółu...

— No, ja nie uważam tego za pełnienie obowiązków, że od mego kapitału miałem piętnaście procent rocznie. I nie sądzę, ażebym był gorszym obywatelem poprzestając na pięciu...
— Ależ my wydajemy te pieniądze — odparł już obrażony książę. — Ludzie żyją około nas...
— I ja będę wydawał. Pojadę na lato do Ostendy[181], na jesień do Paryża, na zimę do Nizzy...[182]
— Przepraszam!... Nie tylko za granicą żyją z nas ludzie... Iluż tutejszych rzemieślników...
— Czeka na swoje należności po roku i dłużej — pochwycił Wokulski. — My obaj, mości książę, znamy takich protektorów krajowego przemysłu, mieliśmy ich nawet w naszej spółce...

Książę zerwał się z fotelu.

— Aaa!... to się nie godzi, panie Wokulski — mówił zadyszany. — Prawda, są wśród nas duże wady, są grzechy, ale żadnego z nich nie popełniliśmy względem pana... Miałeś naszą życzliwość... szacunek...
— Szacunek!... — zawołał śmiejąc się Wokulski. — Czy książę sądzi, że nie rozumiałem, na czym on polegał i jakie zapewniał mi stanowisko między wami?... Pan Szastalski, pan Niwiński, nawet... pan Starski, który nigdy nic nie robił i nie wiadomo skąd brał pieniądze, o dziesięć pięter stali wyżej ode mnie w waszym szacunku. Co mówię... Lada zagraniczny przybłęda bez trudu dostawał się do waszych salonów, które ja musiałem dopiero zdobywać, choćby... piętnastym procentem od powierzonych mi kapitałów!... To oni, to ci ludzie, nie ja, posiadali wasz szacunek, ba! mieli nierównie rozleglejsze przywileje... Choć każdy z tych wyżej oszacowanych mniej jest wart aniżeli mój szwajcar sklepowy, bo on coś robi i przynajmniej nie gnoi ogółu...
— Panie Wokulski, krzywdzisz nas. Rozumiem, o czym pan mówisz, i na mój honor, wstydzę się... Ależ my nie odpowiadamy za występki jednostek...
— Owszem, wy wszyscy odpowiadacie, bo owe jednostki wyrosły pośród was, a to, co książę nazywasz występkiem, jest tylko owocem waszych poglądów, waszej pogardy dla wszelkiej pracy i wszelkich obowiązków.
— Żal mówi przez pana... — odparł książę zabierając się do wyjścia. — Żal słuszny, ale może niewłaściwie skierowany... Żegnam pana. Więc zostawiasz nas na pastwę starozakonnym?...
— Mam nadzieję, że porozumiecie się z nimi lepiej niż z nami — rzekł Wokulski z ironią.

Książę miał łzy w oczach.

— Myślałem — mówił wzruszony — że będziesz pan złotym mostem między nami a tymi, którzy... coraz więcej odsuwają się od nas...
— Chciałem być mostem, ale podpiłowano go i zawalił się... — odpowiedział Wokulski kłaniając się.
— Wracajmy więc do okopów Świętej Trójcy!...

---

[181] *Ostenda* — kąpielisko w Belgii nad Morzem Północnym.
[182] *Nizza* — (wł.) Nicea, uzdrowisko na Riwierze Francuskiej.

— To jeszcze nie okopy... to dopiero spółka z Żydami.
— Tak pan mówisz?... — zapytał książę blednąc. — A więc ja... nie należę do tej spółki... Nieszczęsny kraj!...

Kiwnął głową i wyszedł.

Nareszcie odbyła się sesja rozstrzygająca losy spółki do handlu z cesarstwem. Przede wszystkim zarząd, utworzony przez Wokulskiego, złożył sprawozdanie za rok ubiegły. Okazało się, że obroty przewyższały kilkanaście razy kapitał, który przyniósł nie piętnaście, ale osiemnaście procent zysku. Wspólnicy słuchając tego byli wzruszeni i na wniosek księcia podziękowali zarządowi i nieobecnemu Wokulskiemu przez powstanie.

Potem podniósł się adwokat Wokulskiego i oświadczył, że jego klient z powodu choroby wycofuje się nie tylko od zarządu, ale nawet od udziału w spółce. Wszyscy od dawna byli przygotowani na tę wiadomość, niemniej zrobiła wrażenie bardzo przygnębiające.

Korzystając z przerwy książę poprosił o głos i zawiadomił obecnych, że skutkiem usunięcia się Wokulskiego i on występuje ze spółki. Co powiedziawszy zaraz opuścił salę obrad; na odchodne zaś rzekł do któregoś ze swoich przyjaciół:

— Nigdy nie miałem zdolności do operacyj handlowych, a Wokulski jest jedynym człowiekiem, któremu mogłem powierzyć honor mego nazwiska. Dziś nie ma jego, więc i ja nie mam tu co robić.

— Ale dywidenda?... — szepnął przyjaciel.

Książę spojrzał na niego z góry.

— To, com robił, robiłem nie dla dywidendy, ale dla nieszczęśliwego kraju — odparł. — Chciałem do naszej sfery wlać trochę świeżej krwi i świeższych poglądów; muszę jednak wyznać, żem przegrał, i to nie z winy Wokulskiego... Biedny ten kraj!...

Wyjście księcia, aczkolwiek nieoczekiwane, zrobiło mniejsze wrażenie; obecni bowiem już byli uprzedzeni, że spółka utrzyma się.

Teraz wystąpił jeden z adwokatów i drżącym głosem odczytał bardzo piękną mowę, której treścią było to, że z usunięciem się Wokulskiego spółka traci nie tylko kierownika, ale i pięć szóstych kapitału. „Powinna by więc upaść — ciągnął mówca — i gruzami swoimi zasypać cały kraj, tysiące pracowników, setki rodzin..."

Tu przerwał czekając na efekt. Ale obecni zachowywali się obojętnie, z góry wiedząc, co nastąpi dalej.

Adwokat zabrał znowu głos i wezwał obecnych, ażeby nie tracili męstwa. „Znalazł się bowiem zacny obywatel, człowiek fachowy, nawet przyjaciel i wspólnik Wokulskiego, który jest zdecydowany jak Atlas[183] niebo podeprzeć zachwianą spółkę. Mężem tym, który chce obetrzeć łzy tysiącom, ocalić kraj od ruiny, handel popchnąć na nowe drogi..."

W tym miejscu wszyscy obecni zwrócili głowy ku krzesłu, na którym siedział spotniały i zarumieniony Szlangbaum.

— Mężem tym — zawołał adwokat — jest pan...
— Mój syn, Henryś... — odezwał się głos z kąta.

---

[183] *Atlas* — tytan skazany przez Zeusa na podtrzymywanie sklepienia niebieskiego.

Ponieważ ten efekt nie był oczekiwany, więc sala zatrzęsła się od śmiechu. Swoją drogą zarząd spółki udał radosne zdziwienie, zapytał obecnych: czy chcą przyjąć pana Szlangbauma na wspólnika i kierownika? a otrzymawszy jednomyślne zezwolenie, wezwał nowego kierownika na fotel prezydialny.

Tu znowu zrobiło się małe zamieszanie. Natychmiast bowiem zażądał głosu Szlangbaum ojciec i wypowiedziawszy kilka pochwał synowi i zarządowi, postawił wniosek, że spółka nie może gwarantować wspólnikom więcej nad dziesięć procent rocznego zysku.

Powstał hałas, kilkunastu mówców zabrało głos i po bardzo ożywionych rozprawach uchwalono, że spółka przyjmuje nowych członków wskazanych przez pana Szlangbauma, a kierunek spraw powierza temuż panu Szlangbaumowi.

Ostatnim epizodem było przemówienie doktora Szumana, którego wezwano na członka zarządu, ale który odmawiając przyjęcia tak zaszczytnego stanowiska w szyderczy sposób pozwolił sobie zażartować ze spółki między arystokracją i Żydami.

„Jest to jakby nieślubne małżeństwo – mówił. – Ale ponieważ z takich związków rodzą się niekiedy genialne dzieci, miejmy więc nadzieję, że i nasza spółka wyda jakieś niezwykłe owoce..."

Zarząd był zaniepokojony, garstka obecnych oburzona; ale większość dała doktorowi rzęsiste brawo.

Wokulski najdokładniej znał przebieg sesji: przez cały bowiem następny tydzień odwiedzano go i zasypywano listami lub anonimami.

Przy tej sposobności odkrył w sobie nowy i dziwny nastrój duszy. Zdawało mu się, że pękły w nim wszystkie nici łączące go z ludźmi, że są mu obojętni, że go nic nie obchodzi, co ich obchodzi. Słowem, że jest podobny do aktora, który skończywszy rolę na scenie, gdzie przed chwilą śmiał się, gniewał lub płakał, zasiadł obecnie między widzami i na grę swoich kolegów patrzy jak na zabawę dzieci.

„Czego oni się tak rzucają?... Co to za głupstwa!..." – myślał.

Zdawało mu się, że spoza świata patrzy na ten świat, a jego sprawy widzi z jakiejś nowej strony, której dotychczas nie spostrzegał.

Przez parę pierwszych dni nachodzili go wspólnicy, pracownicy albo klienci spółki, niezadowoleni z wejścia Szlangbauma, a może zatrwożeni o swoją przyszłość. Ci po największej części namawiali go, ażeby wrócił na porzucone stanowisko, które jeszcze może zająć, gdyż kontrakt ze Szlangbaumem nie podpisany.

Niektórzy w tak smutnych barwach przedstawiali swoje położenie, a nawet płakali, że Wokulski doznał wzruszenia.

Lecz zarazem odkrył w sobie taką obojętność, taki brak współczucia dla cudzej niedoli, że sam się zadziwił.

„Coś we mnie umarło!..." – myślał i odprawił interesantów z niczym.

Potem przyszła druga fala odwiedzających, którzy pod pozorem podziękowania mu za oddane usługi chcieli zaspokoić ciekawość i zobaczyć, jak wygląda ten niegdyś silny człowiek, o którym teraz mówiono, że całkiem zniedołężniał?

Ci już nie prosili go, ażeby wszedł znowu do spółki, tylko wychwalali jego minioną działalność i mówili, że nieprędko znajdzie się działacz podobny do niego.

Trzecia fala gości odwiedzała Wokulskiego nie wiadomo po co. Bo nawet już nie mówili mu komplementów, ale coraz częściej wspominali o Szlangbaumie, jego energii i zdolnościach.

Z gromady wizytujących wyróżnił się furman Wysocki. Przyszedł pożegnać się ze swoim dawnym chlebodawcą; chciał nawet coś powiedzieć, lecz nagle rozpłakał się, ucałował go w obie ręce i wybiegł z pokoju.

Mniej więcej to samo powtarzało się w listach... W jednych znajomi i nieznajomi zaklinali go, ażeby nie cofał się od interesów, ustąpienie jego bowiem będzie klęską dla kraju. Inni chwalili jego minioną działalność lub żałowali go; jeszcze inni radzili mu połączyć się ze Szlangbaumem, jako z człowiekiem bardzo zdolnym i myślącym o dobru ogółu. Za to w anonimach wymyślano mu bez miłosierdzia, że zgubiwszy rok temu przemysł krajowy przez sprowadzanie obcych wyrobów, dziś zgubił handel sprzedawszy go Żydom. Nawet wymieniano sumę.

Wokulski całkiem spokojnie rozmyślał nad tymi rzeczami. Zdawało mu się, że już jest zmarłym człowiekiem, który patrzy na własny pogrzeb. Widział tych, co żałowali go, co go chwalili, co mu złorzeczyli; widział swego następcę, do którego dziś zaczęły zwracać się sympatie ogółu, a nareszcie zrozumiał, że jest zapomniany i nikomu niepotrzebny. Był podobny do rzuconego w wodę kamienia, nad którym w pierwszej chwili powstaje wir i zamęt, a później tylko rozbiegają się fale coraz mniejsze, coraz mniejsze... I w końcu nad miejscem, gdzie upadł, tworzy się gładkie zwierciadło wody, gdzie znowu przebiegają fale, lecz zrodzone już w innych punktach, wywołane przez kogo innego.

„No, ale co dalej?... — mówił do siebie. — Z nikim nie żyję... nic nie robię... cóż dalej?..."

Przypomniał sobie, że Szuman radził mu upatrzyć jakiś cel w życiu. Rada dobra, ale... jak ją wykonać, kiedy on sam nie czuł żadnego pragnienia, nie miał sił ani ochoty?... Był jak zeschły liść, który tam pójdzie, gdzie nim wiatr rzuci.

„Kiedyś przeczuwałem ten stan — myślał — ale dziś widzę, że nie miałem o nim pojęcia..."

Pewnego dnia usłyszał w przedpokoju głośny spór. Wyjrzał i zobaczył Węgiełka, którego lokaj nie chciał puścić do pokoju.

— Ach, to ty! — rzekł Wokulski. — Chodźże no... Co u was słychać?

Węgiełek z początku przypatrywał mu się z miną niespokojną; stopniowo jednak ożywił się i nabrał otuchy.

— Mówili — rzekł z uśmiechem — że wielmożny pan już na ostatnich nogach, ale, widzę, łgali. Zmizerniał pan, bo zmizerniał, ale na księżą oborę to już żadnym sposobem pan nie patrzy...

— Cóż słychać? — powtórzył Wokulski.

Węgiełek szeroko opowiedział mu, że już ma dom, lepszy od tamtego, co się spalił, i że ma mnóstwo roboty. Dlatego właśnie przyjechał do Warszawy, ażeby kupić materiały i zabrać choćby ze dwu pomocników.

— Fabrykę mógłbym założyć, mówię wielmożnemu panu!... — zakończył Węgiełek.

Wokulski słuchał go milcząc. Nagle zapytał:

— A z żoną jesteś szczęśliwy?

Cień przeleciał po twarzy Węgiełka.
— Dobra kobieta, wielmożny panie, ale... Wreszcie przed panem powiem jak przed Bogiem... Trochę nam już nie tak... Zawsze to prawda, że czego oczy nie widzą, tego sercu nie żal; ale jak raz zobaczą...

Otarł łzy rękawem.
— Co to znaczy!... — zdziwił się Wokulski.
— Ot, nic. Wiem przecie, kogo wziąłem, alem był spokojny, bo kobieta dobra, cicha, pracowita i przywiązana do mnie jak ten pies. No, ale co z tego?... Dopótym był spokojny, dopókim nie zobaczył jej dawnego gacha czy jak tam...
— Gdzie?...
— W Zasławiu, panie — ciągnął Węgiełek. — Jednej niedzieli poszliśmy z Marysią na zamek; chciałem jej pokazać ten potok, gdzie zginął kowal, i ten kamień, co na nim wielmożny pan kazał mi wyciąć napis. Wtem patrzę, jest powóz pana barona Dalskiego, co ożenił się z wnuczką nieboszczki pani Zasławskiej...

Dobra to była pani, niech jej Bóg da wieczne odpocznienie!...
— Znasz barona? — spytał Wokulski.
— Ojej! — odparł Węgiełek — przecie pan baron gospodaruje teraz dobrami po nieboszczce, dopóki się tam coś nie zrobi. A ja już za jego rządów wyklejałem pokoje i poprawiałem okna. Znam go!... rzetelny pan i hojny...
— Cóż dalej?
— Więc mówię wielmożnemu panu, stoimy w zamku z Marysią i patrzymy na potok, aż ci na jeden raz włażą między gruzy: pani baronowa, niby wnuczka nieboszczki, i ten psubrat Starszczak...

Wokulski rzucił się na krześle.
— Kto?... — szepnął.
— Ten pan Starski, także wnuk po nieboszczce pani Zasławskiej, co się podlizywał jej za życia, a teraz chce zwalić testament, bo mówi, że babka przed śmiercią zwariowała... Taki to on!

Odpoczął i ciągnął dalej:
— Wzięli się z panią baronową pod ręce, patrzyli na nasz kamień, ale więcej gadali ze sobą i chichotali. Wtem Starszczak ogląda się. Zobaczył moją żonę i roześmiał się do niej nieznacznie, a ona tak zbielała jak chusta...

„Co ci to, Maryś?..." — mówię. A ona: „Nic mi..." A tymczasem pani baronowa i ten bisurman zbiegli z górki zamkowej i poszli między leszczynę. „Co ci to?... — mówię jeszcze raz do Marysi. — Ino mi gadaj prawdę, bom zmiarkował, że się z tym cholerą znasz..." A ona siadła na ziemi i w płacz: „Żeby go Bóg skarał! — mówi — przecie on najpierwszy mnie zgubił..."

Wokulski przymknął oczy. Węgiełek zirytowanym głosem opowiadał:
— Jakem to usłyszał, wielmożny panie, myślałem, że polecę za nim i choć przy pani baronowej, nogami go zabiję na miejscu. Taki mnie żal zdjął. Ale wnet przyszło mi do głowy: „Po cóżeś się, durny, z nią ożenił? Wiedziałeś przecie, co za jedna..." I w tym momencie serce mi zemdlało, żem się nawet bał zejść z górki, a na żonę wcalem nie spojrzał. Ona mówi: „Gniewasz się?..." A ja: „Pewnieście się tu spotykali?..." „Bogiem się świadczę — ona odpowiada — żem go tylko wtedy widziała..." „I dobrze-

ście się sobie przypatrzyli!... — ja mówię. — Bodajem był pierwej oślepł, nimem na cię spojrzał; bodajem zdechł, niżem się z tobą poznał..." A ona pyta się z płaczem: „Za co się gniewasz?..." Ja jej wtedy powiedziałem, pierwszy i ostatni raz: „Świnia jesteś, i tyle..." — bom już nie mógł wytrzymać.

Wtem patrzę, leci sam pan baron, zakaszlany, aż posiniał, i pyta: „Nie widziałeś, Węgiełek, mojej żony?..." Mnie coś wtedy do łba strzeliło, żem mu odpowiedział: „Widziałem, jaśnie panie, poszła w krzaki z panem Starskim. Już mu zabrakło pieniędzy na kupowanie dziewcząt, to teraz chwyta się mężatek..." No, jak on na mnie wtedy spojrzał, choć i pan baron!...

Węgiełek ukradkiem otarł oczy.

— Ot, takie jest moje życie, wielmożny panie. Byłem spokojny, dopókim nie zobaczył jednego gacha; ale teraz na kogo spojrzę, wydaje mi się, że i on mój szwagier... A od żony, choć jej o tym nie gadam, to tak mnie odpycha... tak mnie odpycha, jakby co między mną i nią stało... Nawet pocałować jej nie mogę po dawnemu i żeby nie święta przysięga, to mówię panu, już bym porzucił dom i leciał gdzie na cztery strony... A wszystko tylko z tego idzie, żem do niej przywiązany. Bo żebym ja jej nie lubił, to co mi tam!... Gospodyni staranna, dobrze gotuje, pięknie szyje i w domu cichutka jak pajęczyna. Niechby tam miała gachów.

Ale żem ją lubił, więc przez to taki mam żal i złość, że się we mnie wszystko pali na popiół...

Węgiełek drżał z gniewu.

— Z początku, wielmożny panie, jakeśmy się pobrali, tom ino wyglądał dzieci. Ale dziś to mnie strach bierze, ażebym zamiast mojego dziecka nie zobaczył gachowego. Bo przecie wiadomo, że jak wyżlica ma raz szczenięta z kundlem, to później żebyś jej dawał wyżły najlepsze, zawsze się odezwie kundel w pomiocie, widać przez zapatrzenie...

— Muszę wyjść — rzekł nagle Wokulski — więc bądź zdrów... A przed wyjazdem wstąp jeszcze do mnie...

Węgiełek pożegnał go bardzo serdecznie, w przedpokoju zaś rzekł do lokaja:

— Coś waszemu panu dolega... Zrazu tom myślał, że zdrów, choć źle wygląda; ale on, widać, nietęgi... Niech się wami Pan Bóg opiekuje!...

— A widzisz, mówiłem ci, żebyś tam nie właził i dużo nie gadał — odparł pochmurnie lokaj wypychając go do sieni.

Po odejściu Węgiełka Wokulski wpadł w głęboką zadumę.

„Stali naprzeciw mego kamienia i śmieli się!... — szepnął. — Nawet kamień musiał zbezcześcić, niewinny kamień..."

Przez chwilę zdawało mu się, że znalazł nowy cel, chodziło tylko o wybór; czy wypalić w łeb Starskiemu wymieniwszy mu pierwej listę osób, którym zrujnował szczęście, czyli też — zostawić go przy życiu, lecz doprowadzić do ostatecznej nędzy i upodlenia?...

Ale wnet przyszedł rozmysł i wydało mu się rzeczą dziecinną, a nawet niesmaczną, ażeby on miał poświęcać majątek, pracę i spokojność dla zemsty nad tego rodzaju człowiekiem.

„Wolałbym zastanawiać się nad tępieniem myszy polnych albo karaluchów, bo one są rzeczywistą klęską, a taki Starski... licho wie, co to jest?... Zresztą niepodobna, ażeby człowiek tak ograniczony mógł być wyłączną przyczyną tylu nieszczęść. On jest tylko iskrą, która podpala już gotowe materiały..."

Położył się na szezlongu i myślał:

„Mnie urządził – dlaczego?... Miał wspólniczkę najzupełniej godną siebie, no i drugą wspólniczkę: moją głupotę. Jak można było od razu nie poznać się na tej kobiecie i zrobić ją bożyszczem dlatego tylko, że pozowała na istotę wyższą?... Urządził też Dalskiego, ale kto winien Dalskiemu, że oszalał na starość dla osoby, której wartość moralna leżała jak na półmisku... Przyczyną klęsk świata nie są Starscy ani im podobni, ale przede wszystkim głupota ich ofiar. A znowu ani Starski, ani panna Izabela, ani pani Ewelina nie spadli z księżyca, tylko wyhodowali się w pewnej sferze, epoce i wśród pewnych pojęć. Oni są jak wysypka, która sama przez się nie stanowi choroby, ale jest objawem zakażenia społecznych soków. Co się tu mścić nad nimi, po co ich tępić?..."

Tego wieczora Wokulski pierwszy raz wyszedł na ulicę i przekonał się, jak jest osłabiony. Kręciło mu się w głowie od turkotu dorożek i ruchu przechodniów, i po prostu bał się zbyt daleko odchodzić od mieszkania. Zdawało mu się, że nie dojdzie do Nowego Światu, że nie trafi z powrotem albo że mimo woli zrobi jakiś śmieszny skandal. Nade wszystko zaś lękał się spotkania znajomej twarzy.

Wrócił zmęczony i wzburzony, ale tej nocy spał dobrze.

W tydzień po odwiedzinach Węgiełka wpadł Ochocki. Zmężniał, opalił się i wyglądał na młodego szlachcica.

– A pan skąd? – zapytał go Wokulski.

– Prosto z Zasławka, gdzie siedzę prawie od dwu miesięcy – odparł Ochocki. – A niechże ich w końcu diabli wezmą, w jakie wpadłem awantury!...

– Pan?...

– Ja, ja, panie, i w dodatku bez winy. Włosy panu powstaną na głowie!...

Zapalił papierosa i prawił:

– Nie wiem, czyś pan słyszał, że nieboszczka prezesowa, oprócz drobnej części, cały swój majątek zapisała na cele dobroczynne. Szpitale, domy podrzutków, szkółki, sklepy wiejskie *et cetera*... A książę, Dalski i ja należymy do grona wykonawców jej woli... Bardzo dobrze!... Już zaczynamy wykonywać, a raczej starać się o zatwierdzenie testamentu, gdy wtem (będzie z miesiąc) wraca z Krakowa Starski i oświadcza nam, że w imieniu pokrzywdzonej rodziny wytoczy proces o zwalenie testamentu. Naturalnie, książę ani ja nie chcemy o tym słyszeć; ale baron, którego podburzyła żona, zbuntowana przez Starskiego, otóż baron zaczyna mięknąć... Nawet z tej racji przemówiliśmy się parę razy, a książę wprost zerwał z nim stosunki...

Tymczasem co się dzieje – mówił Ochocki zniżając głos. – Pewnej niedzieli baron z żoną i ze Starskim pojechali do Zasławia na spacer. Co tam zaszło?... nie wiem, dość, że rezultat jest następujący. Baron jak najenergiczniej oświadczył, że testamentu obalić nie pozwoli, ale to jeszcze nic... Bo tenże baron stanowczo rozwodzi się ze swoją ubóstwianą małżonką (słyszałeś pan?...). Ale i to jeszcze nic: gdyż baron przed dziesięcioma dniami strzelał się ze Starskim i dostał kulą po wierzchu żeber...

Mówię panu, jakby mu kto hakiem rozdarł skórę od prawej do lewej strony piersi... Zły stary, wrzeszczy, wymyśla, gorączkuje, ale żonie kazał natychmiast wyjechać do familii i jestem pewny, że jej nie przyjmie... To twarda sztuka!... A tak się bestia zawziął, że na łożu boleści kazał felczerowi, ażeby mu, na złość żonie, ufarbował łeb i zarost i dziś wygląda na dwudziestoletniego trupa.

Wokulski uśmiechnął się.

— Z panią dobrze zrobił — rzekł — ale ufarbował się niepotrzebnie.

— No i po żebrach dostał niepotrzebnie — wtrącił Ochocki. — A niewiele brakowało, ażeby prześwidrował mózgownicę Starskiemu!... Kule zawsze ślepe. Mówię panu, żem przechorował ten wypadek.

— I gdzież teraz jest ten bohater? — spytał Wokulski.

— Starski?... Dmuchnął za granicę, i nie tyle przed impertynencjami, które go zaczęły spotykać, ile przed wierzycielami. Panie! co to za majster... Przecież on ma ze sto tysięcy rubli długów.

Nastało długie milczenie. Wokulski siedział tyłem do okna ze spuszczoną głową. Ochocki cicho pogwizdując rozmyślał.

Nagle ocknął się i zaczął mówić jakby do siebie:

— Co to za dziwna plątanina — życie ludzkie! Kto by się spodziewał, że taki cymbał Starski może zrobić tyle dobrego... I właśnie z racji, że jest cymbałem...

Wokulski podniósł głowę i pytająco spojrzał na Ochockiego.

— Prawda, że dziwne?... — ciągnął Ochocki — a przecież tak jest. Gdyby Starski był człowiekiem przyzwoitym i nie awanturował się z młodą panią baronową, Dalski niezawodnie poparłby jego pretensje do testamentu, ba! dałby mu nawet pieniędzy na proces, gdyż zyskałaby na tym i jego żona. Ale że Starski jest cymbał, więc naraził się baronowi i... uratował zapisy. Tym sposobem nawet nie urodzone jeszcze pokolenia chłopów zasławskich powinny błogosławić Starskiego za to, że umizgał się do baronowej...

— Paradoks!...[184] — wtrącił Wokulski.

— Paradoks!... To są przecie fakta... A cóż pan sądzisz, czy Starski nie ma zasługi, że uwolnił barona od takiej żony?... Mówiąc między nami, to żaba, nie kobieta. Myślała tylko o strojach, zabawach i kokietowaniu, ja nawet nie wiem, czy ona co kiedy czytała, czy na co patrzyła z uwagą... Istny kawał mięsa przy kości, który udawał, że ma duszę, a miał zaledwie żołądek... Pan jej nie znałeś, pan nie wyobrażasz sobie, co to jest za automat i jak tam pod wszelkimi pozorami człowieczeństwa nie było nic ludzkiego... Że baron nareszcie poznał się na niej, toż to jakby wygrał wielki los...

— Boże miłosierny! — szepnął Wokulski.

— Co pan mówi? — zapytał Ochocki.

— Nic.

— Ale ocalenie zapisów nieboszczki prezesowej i uwolnienie barona od takiej żony to dopiero cząstka zasług Starskiego.

Wokulski przeciągnął się na krześle.

---

[184] *paradoks* — pogląd sprzeczny z powszechnymi przekonaniami.

— Bo wyobraź pan sobie, że ten cymbał swoimi umizgami może przyczynić się do faktu rzeczywiście doniosłego — mówił Ochocki. — Rzecz jest taka. Ja nieraz napomykałem Dalskiemu (i zresztą wszystkim, którzy mają pieniądze), że warto by założyć w Warszawie gabinet doświadczalny do technologii chemicznej i mechanicznej. Bo pojmujesz pan, u nas nie ma wynalazków przede wszystkiem dlatego, że nie ma ich gdzie robić... Naturalnie, baron słuchał moich wywodów jednym uchem, a drugim je wypuszczał. Coś mu z tego jednak ugrzęzło w mózgu, bo dziś, kiedy Starski połaskotał go po sercu i po żebrach, mój baron, rozmyślając nad sposobami wydziedziczenia żony, gadał ze mną po całych dniach o pracowni technologicznej. A na co się to zda?... A czy ludzie istotnie zrobią się mądrzejsi i lepsi, gdyby im ufundować pracownię?... A ile by kosztowała i czy ja podjąłbym się urządzenia podobnej instytucji?... Kiedym zaś wyjeżdżał, rzeczy tak stanęły, że baron wezwał do siebie rejenta i spisali jakiś akt, który, o ile mogę wnosić z półsłówek, dotyczy właśnie pracowni. Zresztą Dalski prosił mnie, ażeby mu wskazać facetów zdolnych do dyrygowania tym interesem. No i patrz pan, czy to nie ironia losu, ażeby takie zero jak Starski, taki gatunek publicznego mężczyzny na pociechę nudzących się mężatek, ażeby ten frant był zarodkiem technologicznej pracowni!... I niechże mi teraz dowodzą, że na świecie jest coś niepotrzebnego.

Wokulski otarł pot z twarzy, która przy białej chustce wydawała się prawie popielatą.

— Ale może ja pana męczę?... — zapytał Ochocki.

— Owszem, niech pan mówi... Chociaż... zdaje mi się, że pan trochę przecenia zasługi tego... pana, a już całkiem zapomina pan...

— O czym?...

— O tym, że pracownia technologiczna wyrośnie z cierpień, z gruzów ludzkiego szczęścia. I nawet nie zadaje pan sobie pytania, jaką drogą przeszedł baron od miłości dla swojej żony do... pracowni technologicznej!...

— A cóż mnie to obchodzi! — zawołał Ochocki wyrzucając rękoma. — Kupić postęp społeczny za cierpienia choćby najokropniejsze jednostki to, dalibóg! tanie kupno...

— A czy pan przynajmniej wiesz, jakie bywają cierpienia jednostek? — spytał Wokulski.

— Wiem! Wiem!... Wyrywali mi przecież bez chloroformu paznogieć u nogi, i jeszcze u wielkiego palca...

— Paznogieć? — powtórzył w zamyśleniu Wokulski. — A czy pan zna ten dawny aforyzm: „Niekiedy duch ludzki rozdziera się i walczy z samym sobą?..." Kto wie, czy to nie gorsze od wyrywania paznogcia, a może od zdarcia całej skóry?

— Ii... to jakaś niemęska dolegliwość! — odparł krzywiąc się Ochocki. — To może kobiety doświadczają czegoś podobnego przy porodach... Ale mężczyzna...

Wokulski roześmiał się głośno.

— Śmiejesz się pan ze mnie?... — ofuknął Ochocki.

— Nie, tylko z barona... A pan dlaczego nie podjąłeś się zorganizować pracowni technologicznej?

— Dajże mi pan spokój! Wolę pojechać do gotowej pracowni, a nie dopiero tworzyć nową, z której bym nie doczekał się owoców i sam zmarniał. Na to trzeba mieć zdolności administracyjne i pedagogiczne, a już bynajmniej nie myśleć o machinach latających...

— Więc?... — spytał Wokulski.

— Jakie więc?... Byłem odebrał mój kapitalik, jaki jeszcze mam na hipotece, a o który od trzech lat nie mogę się doprosić, zmykam za granicę i na serio biorę się do roboty. Tutaj można nie tylko rozpróżniaczyć się, ale zgłupieć i skwaśnieć...

— Pracować wszędzie można.

— Facecje!... — odparł Ochocki. — Bo nawet, pominąwszy brak pracowni, tu przede wszystkim nie ma naukowego klimatu. To jest miasto karierowiczów, między którymi istotny badacz uchodzi za gbura albo wariata. Ludzie uczą się nie dla wiedzy, ale dla posady; a posadę i rozgłos zdobywają przez stosunki, przez baby, przez rauty, czy ja wiem wreszcie przez co!... Skąpałem się w tej sadzawce. Znam prawdziwie uczonych, nawet ludzi z geniuszem, którzy nagle zatrzymani w swym rozwoju wzięli się do dawania lekcyj albo do pisania artykułów popularnych, których nikt nie czyta, a choćby czytał, nie rozumie. Rozmawiałem z wielkimi przemysłowcami myśląc, że skłonię ich do popierania nauki, choćby dla praktycznych wynalazków. I wiesz pan, com poznał?... Oto oni mają takie wyobrażenie o nauce jak gęsi o logarytmach. A wiesz pan, jakie wynalazki zainteresowałyby ich?... Tylko dwa: jeden, który by wpłynął na zwiększenie dywidend, a drugi, który by nauczył ich pisać takie kontrakty obstalunkowe, żeby na nich można było okpić kundmana bądź na cenie, bądź na towarze. Przecież oni, dopóki myśleli, że pan zrobisz szwindel na tej spółce do handlu z cesarstwem, nazywali pana geniuszem; a dziś mówią, że pan masz rozmiękczenie mózgu, ponieważ dałeś swoim wspólnikom o trzy procent więcej, aniżeli obiecałeś.

— Wiem o tym — odparł Wokulski.

— No, więc spróbujże pan między takimi ludźmi pracować dla nauki. Zdechniesz z głodu albo zidiociejesz!... Ale za to jeżeli będziesz pan umiał tańczyć, grać na jakim instrumencie, występować w teatrze amatorskim, a nade wszystko bawić damy, aaa... to zrobisz pan karierę. Natychmiast ogłoszą pana za znakomitość i zajmiesz takie stanowisko, na którym dochody dziesięć razy przeniosą wartość pańskiej pracy. Rauty i damy, damy i rauty!... A ponieważ ja nie jestem lokajem, ażebym miał fatygować się na rautach, a damy uważam za bardzo pożyteczne, ale tylko do rodzenia dzieci, więc umknę stąd, chociażby do Zurychu.

— A do Geista nie pojechałbyś pan? — spytał Wokulski.

Ochocki zamyślił się.

— Tam potrzeba setek tysięcy rubli, których ja nie mam — odparł. — Zresztą, choćbym je miał, musiałbym pierwej przekonać się, co to jest naprawdę?... Bo owe zmniejszanie ciężaru gatunkowego ciał wygląda mi na bajkę.

— Przecież pokazywałem panu blaszkę — rzekł Wokulski.

— Aha, prawda... Niech no ją pan pokaże!... — zawołał Ochocki.

Wokulskiemu wystąpił na twarz chorobliwy rumieniec i szybko zniknął.

— Już jej nie mam!... — rzekł stłumionym głosem.

— Cóż się z nią stało? — zdziwił się Ochocki.

— Mniejsza!... Przypuść pan, że upadła gdzieś w kanał... Ale czy to do Geista pojechałbyś pan mając na przykład pieniądze?...

— Owszem, pojechałbym, ale najpierwej dla sprawdzenia faktu. Bo to, co ja wiem o materiałach chemicznych, wybacz pan, ale nie godzi się z teorią zmienności ciężarów gatunkowych poza pewną granicą.

Obaj umilkli, a wkrótce Ochocki opuścił Wokulskiego.

Wizyta Ochockiego zbudziła w Wokulskim nowy prąd myśli.

Poczuł nie tylko chęć, ale żądzę przypomnienia sobie doświadczeń chemicznych i tego samego dnia wybiegł na miasto, ażeby kupić retort, rurek, epruwetek[185] tudzież rozmaitych preparatów.

Pod wpływem tej myśli wyszedł śmiało na ulicę, nawet wsiadł w dorożkę; na ludzi patrzył obojętnie i nie doznawał przykrości widząc, że jedni ciekawie przypatrują mu się, inni go nie poznają, a inni nawet uśmiechają się złośliwie na jego widok.

Ale już w magazynie szkieł, a jeszcze bardziej w składzie materiałów aptecznych przyszło mu na myśl, jak dalece osłabła w nim nie tylko energia, ale wprost ludzka samodzielność, jeżeli rozmowa z Ochockim przypomniała mu chemię, którą nie zajmował się od kilku lat!...

„Wszystko jedno — mruknął — jeżeli mi to czas zapełni."

Na drugi dzień zakupił wagę precyzyjną i kilka bardziej skomplikowanych narzędzi i wziął się do roboty jak uczeń, który dopiero zaczyna studia.

Na początek otrzymał wodór, co przypomniało mu czasy akademickie, kiedy to wyrabiało się wodór we flaszce owiniętej ręcznikiem, przy pomocy puszek od szuwaksu. Jakie to były szczęśliwe czasy!... Potem przyszły mu na myśl balony jego pomysłu, a potem Geist, który utrzymywał, że chemia związków wodoru zmieni dzieje ludzkości...

„No, a gdybym tak ja za parę lat trafił na ów metal, którego Geist poszukuje? — rzekł do siebie. — Geist twierdzi, że odkrycie zależy od wypróbowania kilku tysięcy kombinacji; jest to więc loteria, a ja mam szczęście... Gdybym zaś znalazł taki metal, co wówczas powiedziałaby panna Izabela?..."

Gniew zakipiał w nim na to wspomnienie.

„Ach — szepnął — chciałbym być sławnym i potężnym, ażebym mógł jej dowieść, jak nią gardzę..."

Potem przyszło mu na myśl, że pogarda nie objawia się ani gniewem, ani chęcią upokorzenia kogoś, i znowu zabrał się do roboty.

Elementarne doświadczenia z wodorem sprawiały mu najwięcej przyjemności, toteż powtarzał je najczęściej.

Jednego dnia zrobił sobie harmonijkę fizyczną[186] i tak głośno na niej wygrywał, że nazajutrz odwiedził go sam właściciel domu zapytując z całą uprzejmością, czy nie zgodziłby się na odstąpienie swojego mieszkania od kwartału?

— A ma pan kandydata? — spytał Wokulski.

— To jest... tak jakby... Prawie mam — odpowiedział zakłopotany gospodarz.

— W takim razie odstąpię.

---

[185] *epruwetka* — probówka.

[186] *harmonijka fizyczna* — raczej chemiczna: płomień wodoru w rurce powodujący dźwięki.

Gospodarz trochę zdziwił się gotowości Wokulskiego, ale pożegnał go bardzo zadowolony. Wokulski śmiał się.

„Oczywiście — myślał — uważa mnie za bzika albo za bankruta... Tym lepiej!... Prawdę bowiem powiedziawszy, mogę doskonale mieszkać w dwu pokojach zamiast ośmiu."

Potem przychodziły chwile, że nie wiadomo dlaczego żałował pośpiechu w odstąpieniu mieszkania. Ale wówczas przypomniał sobie barona i Węgiełka.

„Baron — mówił — rozwodzi się z żoną, która romansowała z innym; Węgiełek stracił serce do swojej dlatego tylko, że na własne oczy zobaczył jednego z jej gachów... Cóż bym więc ja powinien zrobić?..."

I znowu zabierał się do analiz, z przyjemnością widząc, że nie bardzo stracił wprawę.

Zajęcia te wybornie go pochłaniały. Niekiedy przez kilka godzin z rzędu nie myślał o pannie Izabeli, a wtedy czuł, że jego zmęczony mózg naprawdę wypoczywa. Nawet przygasła w nim obawa ludzi i ulic i zaczął coraz częściej wychodzić na miasto.

Jednego dnia pojechał aż do Łazienek; zrobił więcej, gdyż spojrzał w aleję, po której niegdyś spacerował z panną Izabelą. Wtem zwabione przez kogoś łabędzie rozpuściły skrzydła i uderzając nimi o wodę przyleciały do brzegu. Zwykły ten widok straszne zrobił wrażenie na Wokulskim: przypomniał mu odjazd panny Izabeli z Zasławka... Jak szalony uciekł z parku, wpadł do dorożki i z zamkniętymi oczyma zajechał do domu.

Tego dnia nie zajmował się niczym, a w nocy miał dziwny sen.

Śniło mu się, że stanęła przed nim panna Izabela i ze łzami w oczach zapytywała go, czemu ją porzucił?... Wszakże owa podróż do Skierniewic, rozmowa ze Starskim i jego umizgi były tylko snem. Wszakże jemu się to tylko śniło.

Wokulski zerwał się z pościeli i zapalił światło.

„Co tu jest snem?... — pytał się. — Czy podróż do Skierniewic, czy jej żal i wyrzuty?..."

Do rana nie mógł zasnąć, trapiły go kwestie i wątpliwości największej wagi.

„Czy osoby, siedzące w słabo oświetlonym wagonie, mogły odbić się w szybie — myślał — i czy to, co widziałem wówczas, nie było halucynacją?... Czy posiadam w tym stopniu język angielski, ażebym nie mógł przesłyszeć się co do znaczenia niektórych wyrazów?... Jak ja wyglądam wobec niej, jeżelim zrobił tak straszny afront bez powodu?... Przecież kuzyni, i jeszcze znający się od dziecka, mogą prowadzić nawet dość drastyczne rozmowy nie zdradzając niczyjego zaufania?...

Co ja zrobiłem, nieszczęśliwy, jeżelim się omylił tylko pod wpływem nieusprawiedliwionej zazdrości!... Wszakże ten Starski kochał się w baronowej, panna Izabela wiedziała o tym i już chyba nie miałaby wstydu romansując z cudzym kochankiem..."

Potem przypomniał sobie swoje życie obecne, tak puste, tak okropnie puste!... Zerwał z dotychczasowymi zajęciami, zerwał z ludźmi i już nie miał przed sobą nic, no — nic. Co dalej pocznie?... Czy ma czytać fantastyczne książki? Czy robić bezcelowe doświadczenia? Czy jechać gdzie? Czy ożenić się ze Stawską?... Ależ cokolwiek z tego wybierze, gdziekolwiek pójdzie, nigdy nie pozbędzie się ani żalu, ani uczucia samotności!

„No, a baron?... — rzekł do siebie. — Ożenił się ze swoją panną Eweliną i co?... Myśli dziś o założeniu pracowni technologicznej, on, który może nawet nie rozumie, co znaczy technologia..."

Dzień i kąpiel pod prysznicem nadały znowu inny kierunek myślom Wokulskiego.

„Mam, co najmniej, trzydzieści do czterdziestu tysięcy rubli rocznie; wydam na siebie dwa do trzech tysięcy, cóż zrobię z resztą, co z majątkiem, który mnie wprost przytłacza?... Za taką sumę mógłbym ustalić byt tysiącowi rodzin; ale co mi z tego, jeżeli jedne z nich będą nieszczęśliwymi jak Węgiełek, a inne odwdzięczą mi się tak jak dróżnik Wysocki?..."

Znowu przypomniał sobie Geista i jego tajemniczy warsztat, w którym wykluwał się zarodek nowej cywilizacji. Tam włożony majątek i praca opłaciłaby się milion milionów razy. Tam był i cel kolosalny, i sposób zapełnienia czasu, a w perspektywie sława i potęga, jakiej nie widziano na świecie... Pancerniki unoszące się w powietrzu!... czy mogło być coś niezmierniejszego w skutkach?...

„A jeżeli nie ja znajdę ów metal, tylko ktoś inny, co jest bardzo prawdopodobne?..." — pytał sam siebie.

„No to i cóż? — odpowiadał. — W najgorszym razie należałbym do tych kilku, którzy wynalazek posunęli naprzód. Taka sprawa warta przecie ofiary z bezużytecznego majątku i bezcelowego życia. Więc lepiej tu zmarnować się w czterech ścianach albo zgłupieć przy preferansie aniżeli tam sięgać po bezprzykładną chwałę?..."

Stopniowo w duszy Wokulskiego coraz wyraźniej począł zarysowywać się jakiś zamiar; lecz im dokładniej pojmował go, im więcej odkrywał w nim zalet, tym lepiej czuł, że do wykonania brakuje mu energii, a nawet pobudki.

Wola jego była zupełnie sparaliżowana; ocucić ją mogło tylko silne wstrząśnienie. Tymczasem wstrząśnienie nie przychodziło, a codzienny bieg wypadków pogrążał Wokulskiego w coraz głębszej apatii.

„Już nie ginę, ale gniję" — mówił do siebie.

Rzecki, który odwiedzał go coraz rzadziej, patrzył na niego z przerażeniem.

— Źle robisz, Stachu — odzywał się nieraz. — Źle, źle, źle!... Lepiej nie żyć aniżeli tak żyć...

Pewnego dnia służący oddał Wokulskiemu list zaadresowany kobiecą ręką.

Otworzył go i przeczytał:

„Muszę się z panem widzieć, czekam dziś o trzeciej po południu.

Wąsowska"

„Czego ona może chcieć ode mnie?..." — zapytał zdumiony.

Ale przed trzecią pojechał.

Punkt o trzeciej Wokulski znalazł się w przedpokoju Wąsowskiej.

Lokaj, nawet nie pytając, kim jest, otworzył drzwi do salonu, po którym szybkimi krokami spacerowała piękna wdowa.

Była w ciemnej sukni, doskonale uwydatniającej jej posągową figurę; rude włosy, jak zwykle, były zebrane w ogromny węzeł, ale zamiast szpilki tkwił w nich wąski sztylecik ze złotą rękojeścią.

Na jej widok ogarnęło Wokulskiego osobliwe uczucie radości i rozrzewnienia; podbiegł do niej i gorąco ucałował jej rękę.

— Nie powinna bym mówić z panem!... — rzekła pani Wąsowska wydzierając mu rękę.

— W takim razie po cóż mnie pani wezwała? — odparł zdziwiony. Zdawało mu się, że go na wstępie oblano zimną wodą.

— Niech pan siada.

Wokulski siadł milcząc; pani Wąsowska wciąż chodziła po salonie.

— Doskonale się pan popisuje, nie ma co mówić!... — zaczęła po chwili wzburzonym głosem. — Naraził pan osobę z towarzystwa na plotki, jej ojca na chorobę, całą rodzinę na przykrości... Zamyka się pan po parę miesięcy w domu, robi pan zawód kilkunastu ludziom, którzy mu nieograniczenie ufali, a potem nawet poczciwy książę wszystkie pańskie dziwactwa nazywa: „przyczynkiem do działalności kobiet..." Winszuję panu... Gdybyż to jeszcze zrobił jaki student...

Nagle umilkła... Wokulski był strasznie zmieniony.

— Ach, cóż znowu, przecież mi pan chyba nie zemdlejesz?... — rzekła przestraszona. — Dam panu wody albo wina...

— Dziękuję pani — odparł. Jego twarz bardzo szybko odzyskała naturalną barwę i spokojny wyraz. — Widzi pani, że naprawdę nie jestem zdrów.

Pani Wąsowska zaczęła mu się pilnie przypatrywać.

— Tak — mówiła — trochę pan zeszczuplał, ale z tą brodą jest panu wcale nieźle. Nie powinien pan jej golić... Wygląda pan interesująco...

Wokulski rumienił się jak dzieciak. Słuchał pani Wąsowskiej i dziwił się czując, że jest wobec niej nieśmiały, prawie zawstydzony.

„Co się ze mną dzieje?" — pomyślał.

— W każdym razie powinien pan zaraz wyjechać na wieś — ciągnęła dalej. — Kto słyszał siedzieć w mieście na początku sierpnia?... O, basta, mój panie!... Pojutrze zabieram pana do siebie, bo inaczej cień nieboszczki prezesowej nie dałby mi spokoju... Od dzisiejszego dnia przychodzi pan do mnie na obiady i kolacje; po obiedzie jedziemy na spacer, a pojutrze... bądź zdrowa, Warszawo!... Dosyć tego...

Wokulski był tak zahukany, że nie umiał zdobyć się na odpowiedź. Nie wiedział, co zrobić z rękoma, i czuł, że na twarz biją mu ognie.

Zadzwoniła. Wszedł lokaj.

— Proszę podać wina — rzekła pani Wąsowska. — Wiesz, tego maślacza...[187] Panie Wokulski, niech pan zapali papierosa.

Wokulski natychmiast zapalił papierosa modląc się w duszy, żeby mógł zapanować nad drżeniem rąk. Lokaj przyniósł wino i dwa kieliszki; pani Wąsowska nalała oba.

— Pij pan — rzekła.

Wokulski wypił duszkiem.

— O tak, to lubię!... Za pańskie zdrowie! — dodała pijąc. — A teraz musi pan wypić za moje...

Wokulski wypił drugi kieliszek.

---

[187] *maślacz* — rodzaj słodkiego wina węgierskiego.

— A teraz wypije pan za spełnienie moich zamiarów... Proszę... proszę... tylko natychmiast...
— Za pozwoleniem pani — odparł — ale ja nie chcę upić się.
— Więc pan nie życzy mi spełnienia zamiarów?
— Owszem, ale muszę je pierwej poznać.
— Doprawdy?... — zawołała pani Wąsowska. — A to coś zupełnie nowego... Dobrze, niech pan nie pije.

Zaczęła patrzeć w okno uderzając nogą w podłogę. Wokulski zamyślił się. Milczenie trwało parę minut, nareszcie przerwała je pani.

— Słyszałeś pan, co zrobił baron?... Jak się to panu podoba?...
— Dobrze zrobił — odparł Wokulski już zupełnie spokojnym tonem.

Pani Wąsowska zerwała się z fotelu.

— Co?!... — zawołała. — Pan bronisz człowieka, który okrył hańbą kobietę?... Brutala, egoistę, który dla dogodzenia zemście nie cofnął się przed najniższymi środkami...
— Cóż on zrobił?
— Ach, więc pan nic nie wiesz!... Wyobraź pan sobie, że zażądał rozwodu z żoną i ażeby skandal zrobić jeszcze głośniejszym, strzelał się ze Starskim...
— To prawda — rzekł Wokulski po namyśle. — Bo przecież, nie mówiąc nikomu, mógł był tylko sobie w łeb strzelić zapisawszy pierwej żonie majątek.

Pani Wąsowska wybuchnęła gniewem.

— Z pewnością — rzekła — tak by zrobił każdy mężczyzna mający iskrę szlachetności i poczucia honoru... Wolałby się sam zabić aniżeli ciągnąć pod pręgierz biedną kobietę, słabą istotę, nad którą tak łatwa jest zemsta, kiedy się ma za sobą majątek, stanowisko i przesądy publiczne!... Ale po panu nie spodziewałam się tego... Cha! cha! cha!... I to jest ten nowy człowiek, ten bohater, który cierpi i milczy... O, wy wszyscy jesteście jednakowi!...
— Przepraszam, ale... o co właściwie ma pani pretensję do barona?

Z oczu pani Wąsowskiej posypały się błyskawice.

— Kochał baron Ewelinę czy nie?... — zapytała.
— Wariował za nią!
— Otóż nieprawda, on udawał, że ją kocha, kłamał, że ubóstwia... Ale przy najpierwszej sposobności dowiódł, że nawet nie traktował jej jak równego sobie człowieka, ale jak niewolnicę, której za chwilę słabości można założyć powróz na szyję, wyciągnąć na rynek, okryć sromotą... O, wy panowie świata, obłudnicy!... Dopóki was zaślepia zwierzęcy instynkt, włóczycie się u nóg, gotowiście spełnić podłość, kłamiecie, ty najdroższa... ty ubóstwiana... za ciebie oddałbym życie... Kiedy zaś biedna ofiara uwierzy waszym krzywoprzysięstwom, zaczynacie się nudzić, a jeżeli i w niej odezwie się ludzka, ułomna natura, depczecie ją nogami... Ach, jakie to oburzające, jakie to nikczemne... Czy mi pan co nareszcie odpowiesz?...
— Czy pani baronowa nie romansowała z panem Starskim? — zapytał Wokulski.
— O!... zaraz romansowała. Flirtowała go, zresztą miała do niego feblik...[188]

---

[188] *feblik* — słabość, skłonność.

— Feblik?... Nie znałem tego wyrazu. Więc jeżeli miała feblik do Starskiego, to po cóż wyszła za barona?

— Bo ją o to błagał na klęczkach... groził, że odbierze sobie życie...

— Przepraszam, ale... Czy on ją błagał tylko o to, ażeby raczyła przyjąć jego nazwisko i majątek, czy też i o to, ażeby nie miała feblika do innych mężczyzn?...

— A wy?... a mężczyźni?... co wyrabiacie przed ślubem i po ślubie?... Więc kobieta...

— Proszę pani, nam, jeszcze kiedy jesteśmy dziećmi, tłomaczą, żeśmy zwierzęta i że jedynym sposobem uczłowieczenia się jest miłość dla kobiety, której szlachetność, niewinność i wierność trochę powściągają świat od zupełnego zbydlęcenia. No, i my wierzymy w tę szlachetność, niewinność et cetera, ubóstwiamy ją, padamy przed nią na kolana...

— I słusznie, bo jesteście daleko mniej warci od kobiet.

— Uznajemy to na tysiące sposobów i twierdzimy, że wprawdzie mężczyzna tworzy cywilizację, ale dopiero kobieta uświęca ją i wyciska na niej idealniejsze piętno... Jeżeli jednak kobiety mają nas naśladować pod względem owej zwierzęcości, to niby czymże będą lepsze od nas, a nade wszystko: za co mamy je ubóstwiać?...

— Za miłość.

— I to piękna rzecz! Ale jeżeli pan Starski otrzymuje miłość za swoje wąsiki i spojrzenia, to znowu inny pan nie ma racji dawać za nią nazwiska, majątku i swobody.

— Ja pana coraz mniej rozumiem — rzekła pani Wąsowska. — Uznajesz pan, że kobiety są równe mężczyznom czy nie?...

— W sumie są równe, w szczegółach nie! Umysłem i pracą przeciętna kobieta jest niższą od mężczyzny; ale obyczajami i uczuciem ma być od niego o tyle wyższą, że kompensuje tamte nierówności. Przynajmniej tak nam to ciągle mówią, my w to wierzymy i pomimo wielu niższości kobiet stawiamy je wyżej od nas... Jeżeli zaś pani baronowa zrzekła się swoich zalet, a że się ich od dawna zrzekła, tośmy widzieli wszyscy, więc nie może dziwić się, że straciła i przywileje. Mąż pozbył się jej jako nieuczciwego wspólnika.

— Ależ baron to niedołężny starzec!...

— Po cóż za niego wyszła, po co nawet słuchała jego miłosnych paroksyzmów?

— Więc pan nie pojmujesz tego, że kobieta może być zmuszoną do sprzedania się?... — zapytała pani Wąsowska blednąc i rumieniąc się.

— Pojmuję, pani, bo... ja sam kiedyś... sprzedałem się, tylko nie dla zyskania majątku, ale z nędzy...

— Cóż dalej?

— Ale żona moja przede wszystkim z góry nie posądzała mnie o niewinność, a ja jej, co prawda, nie obiecywałem miłości. Byłem bardzo lichym mężem, ale za to, jak człowiek kupiony, byłem najlepszym subiektem i najwierniejszym jej sługą. Chodziłem z nią po kościołach, koncertach, teatrach, bawiłem jej gości i faktycznie potroiłem dochody ze sklepu.

— I nie miałeś pan kochanek?

— Nie, pani. Tak gorzko odczuwałem moją niewolę, żem po prostu nie śmiał patrzeć na inne kobiety. Niech więc pani przyzna, że mam prawo być surowym sędzią pani baronowej, która sprzedając się wiedziała, że nie kupowano od niej... jej pracy...

— Okropność! — szepnęła pani Wąsowska patrząc w ziemię.
— Tak, pani. Handel ludźmi jest rzeczą okropną, a jeszcze okropniejszą handel samym sobą. Ale dopiero transakcje zawierane w złej wierze są rzeczą haniebną. Gdy się taka sprawa wykryje, następstwa muszą być bardzo przykre dla strony zdemaskowanej.

Jakiś czas oboje siedzieli milcząc. Pani Wąsowska była zirytowana, Wokulski sposępniał.

— Nie!... — zawołała nagle — ja muszę z pana wydobyć zdanie stanowcze...
— O czym?
— O różnych kwestiach, na które mi pan odpowie jasno i wyraźnie.
— Czy to ma być egzamin?
— Coś na kształt tego.
— Słucham panią.

Można było myśleć, że się waha; przemogła się jednak i zapytała:
— Więc utrzymuje pan, że baron miał prawo odepchnąć i zniesławić kobietę?...
— Która go oszukała?... Miał.
— Co pan nazywa oszustwem?
— Przyjmowanie uwielbień barona pomimo feblika, jak pani mówi, do pana Starskiego.

Pani Wąsowska przygryzła usta.
— A baron ile miał takich feblików?...
— Zapewne tyle, na ile mu starczyło ochoty i okazji — odparł Wokulski. — Ale baron nie pozował na niewinność, nie nosił tytułu specjalisty od czystości obyczajów, nie był za to otaczany hołdami... Gdyby baron zdobył czyjeś serce twierdząc, że nigdy nie miał kochanek, a miał je, byłby także oszustem. Co prawda, nie tego w nim szukano.

Pani Wąsowska uśmiechnęła się.
— Wyborny pan jesteś!... A któraż kobieta twierdzi czy zapewnia was, że nie miała kochanków?...
— Ach, więc pani ich miała...
— Mój panie!... — wybuchnęła wdówka zrywając się.

Wnet jednak opamiętała się i rzekła chłodno:
— Zastrzegam sobie u pana niejaką względność w wyborze argumentów.
— Na co to?... Przecież oboje mamy równe prawa, a ja wcale się nie obrażę, jeżeli pani zapyta mnie o liczbę moich kochanek.
— Nie ciekawam.

Zaczęła chodzić po salonie. W Wokulskim zadrgał gniew, ale go opanował.
— Tak, przyznaję panu — mówiła — że nie jestem wolną od przesądów. No, ale ja jestem tylko kobietą, mam mózg lżejszy, jak utrzymują wasi antropologowie: zresztą jestem spętana stosunkami, nałogami i Bóg wie czym!... Gdybym jednak była rozumnym mężczyzną jak pan i wierzyła w postęp jak pan, umiałabym otrząsnąć się z tych naleciałości, a choćby tylko uznać, że prędzej lub później kobiety muszą być równouprawnione.
— Niby pod względem tych feblików?...
— Niby... niby... — przedrzeźniała go. — Właśnie mówię o tych feblikach...

— O!... to po cóż mamy czekać na wątpliwe rezultaty postępu? Już dziś jest bardzo wiele kobiet równouprawnionych pod tym względem. Tworzą nawet potężne stronnictwo, nazywające się kokotami... Ale dziwna rzecz: posiadając względy mężczyzn, panie te nie cieszą się życzliwością kobiet...

— Z panem nie można rozmawiać, panie Wokulski — upomniała go wdówka.

— Nie można ze mną rozmawiać o równouprawnieniu kobiet?

Pani Wąsowskiej zapłonęły oczy i krew uderzyła na twarz. Usiadła gwałtownie na fotelu i uderzywszy ręką w stół, zawołała:

— Dobrze!... otóż wytrzymam pański cynizm i będę mówiła nawet o kokotach... Dowiedzże się pan, że trzeba mieć bardzo niski charakter, ażeby zestawiać te damy, które sprzedają się za pieniądze, z kobietami uczciwymi i szlachetnymi, które oddają się z miłości...

— Ciągle pozując na niewinność...

— Chociażby.

— I po kolei oszukując naiwnych, którzy temu wierzą.

— A co im szkodzi oszustwo?... — zapytała, zuchwale patrząc mu w oczy.

Wokulski zaciął zęby, ale opanował się i mówił spokojnie:

— Proszę pani, co by też powiedzieli o mnie moi wspólnicy, gdybym ja zamiast sześciukroć stu tysięcy rubli majątku, jak to ogłoszono, miał sześć tysięcy i nie protestował przeciw pogłoskom?... Chodzi przecież tylko o dwa zera...

— Wyłączmy kwestie pieniężne — przerwała pani Wąsowska.

— Aha!... A więc co sama pani powiedziałaby o mnie, gdybym ja na przykład nazywał się nie Wokulski, ale — Wolkuski i za pomocą tak małego przestawienia liter zdobył życzliwość nieboszczki prezesowej, wcisnął się do jej domu i tam miał honor poznać panią?... Jak by pani nazwała ten sposób robienia znajomości i pozyskiwania ludzkich względów?...

Na ruchliwej twarzy pani Wąsowskiej odmalowało się uczucie wstrętu.

— Jakiż to znowu ma związek ze sprawą barona i jego żony?... — odparła.

— Ma, proszę pani, ten związek, że na świecie nie wolno przywłaszczać sobie tytułów. Kokota może być zresztą użyteczną kobietą i nikt nie ma prawa robić jej wymówek za specjalność; ale kokota maskująca się pozorami tak zwanej nieskazitelności jest oszustką. A za to już można robić wymówki.

— Okropność!... — wybuchnęła pani Wąsowska. — Ale mniejsza... Powiedz mi pan jednak, co świat traci na podobnej mistyfikacji?...

Wokulskiemu zaczęło szumieć w uszach.

— Świat niekiedy zyskuje, jeżeli jakiś naiwny prostak wpada w obłęd zwany miłością idealną i za cenę największych niebezpieczeństw zdobywa majątek, aby go złożyć u stóp swego ideału... Ale świat czasem traci, jeżeli ten wariat odkrywszy mistyfikację upada złamany, do niczego niezdolny... Albo... nie rozporządziwszy majątkiem rzuca się... To jest: strzela się z panem Starskim i dostaje kulą po żebrach... Świat traci, pani, jedno zabite szczęście, jeden zwichnięty umysł, a może i człowieka, który mógł coś zrobić...

— Ten człowiek sam sobie winien...

— Ma pani rację: byłby winien, gdyby spostrzegłszy się nie postąpił jak baron i nie zerwał ze swoim ogłupieniem i hańbą...

— Krótko mówiąc — rzekła pani Wąsowska — mężczyźni nie zrzekną się dobrowolnie swoich dzikich przywilejów wobec kobiet...

— To jest: nie uznają przywileju zwodzenia...

— Kto zaś odrzuca układy — mówiła z uniesieniem — ten rozpoczyna walkę...

— Walkę?... — powtórzył śmiejąc się Wokulski.

— Tak, walkę, w której strona silniejsza zwycięży... A kto silniejszy, to dopiero zobaczymy!... — zawołała potrząsając ręką.

W tej chwili stała się rzecz dziwna. Wokulski nagle schwycił panią Wąsowską za obie ręce i umieścił je między trzema palcami swojej.

— Cóż to znaczy?... — zapytała blednąc.

— Próbujemy, kto silniejszy — odparł.

— No... już dosyć żartów...

— Nie, pani, to nie są żarty... To tylko mały dowód, że z panią, jako reprezentantką walki, mogę zrobić, co mi się podoba. Tak czy nie?

— Puść mnie pan — zawołała szarpiąc się — bo zawołam na służbę...

Wokulski puścił jej ręce.

— Ach, więc będziecie panie walczyć z nami przy pomocy służby?... Ciekawym, jakiego wynagrodzenia zażądaliby ci sprzymierzeńcy i czy pozwoliliby nie dotrzymywać zobowiązań?

Pani Wąsowska przypatrywała mu się naprzód z lekką trwogą, potem z oburzeniem, w końcu wzruszyła ramionami.

— Wie pan, co mi na myśl przyszło?

— Żem oszalał.

— Coś na kształt tego.

— Wobec tak pięknej kobiety i przy takiej dyskusji byłoby to rzeczą naturalną.

— Ach, jakiż płaski komplement!... — zawołała z grymasem. — W każdym razie muszę wyznać, żeś mi pan trochę zaimponował. Trochę... Ale nie wytrzymałeś pan w roli, puściłeś mi ręce, i to mnie rozczarowało...

— O, ja potrafiłbym nie puścić rąk.

— A ja potrafiłabym zawołać na służbę...

— A ja, przepraszam panią, potrafiłbym zakneblować usta.

— Co?... co?...

— To, co powiedziałem.

Pani Wąsowska znowu się zadziwiła.

— Wie pan — rzekła zakładając po napoleońsku ręce[189] — że pan jest albo bardzo oryginalny, albo... bardzo źle wychowany...

— Wcale nie jestem wychowany...

— Więc istotnie oryginalny — szepnęła. — Szkoda, że z tej strony nie dałeś się pan poznać Beli...

Wokulski osłupiał. Nie na dźwięk tego imienia, ale z powodu zmiany, jaką uczuł w sobie. Panna Izabela wydała mu się całkiem obojętną, a natomiast zaczęła go interesować pani Wąsowska.

---

[189] *zakładając po napoleońsku ręce* — krzyżując je na piersiach (ulubiony gest Napoleona).

— Trzeba jej było — ciągnęła — od razu wyłożyć swoje teorie tak jak mnie, a nie wynikłyby między wami nieporozumienia.

— Nieporozumienia?... — spytał Wokulski szeroko otwierając oczy.

— Tak, bo o ile wiem, ona panu gotowa przebaczyć.

— Przebaczyć?...

— Jesteś pan, widzę, jeszcze bardzo... osłabiony — mówiła obojętnym tonem — jeżeli nie czujesz, że postępek pański był brutalny... Wobec pańskich ekscentryczności nawet baron wygląda na eleganckiego człowieka.

Wokulski roześmiał się tak szczerze, iż jego samego to zaniepokoiło. Pani Wąsowska mówiła dalej:

— Śmiejesz się pan?... Wybaczam, ponieważ rozumiem taki śmiech... Jest to najwyższy stopień cierpienia...

— Przysięgam pani, że od dziesięciu tygodni nie czułem się tak swobodnym... Boże mój!... nawet od paru lat... Zdaje mi się, że przez cały ten czas szarpała mi mózg jakaś straszna zmora i przed chwilą znikła... Teraz dopiero czuję, że jestem ocalony, i to dzięki pani...

Głos mu drżał. Wziął ją za obie ręce i całował prawie namiętnie. Pani Wąsowskiej zdawało się, że dostrzegła w jego oczach coś na kształt łez.

— Ocalony!... Uwolniony!... — powtarzał.

— Posłuchaj mnie pan — mówiła zimno, cofając ręce. — Wszystko wiem, co między wami zaszło... Postąpiłeś pan niegodziwie podsłuchując rozmowę, którą znam w najdrobniejszych szczegółach, a nawet więcej... Była to najzwyklejsza flirtacja...

— Ach, więc to jest flirtacja?... — przerwał. — To, co robi kobietę podobną do restauracyjnej serwetki, którą każdy może obcierać usta i palce?... To jest flirtacja, bardzo dobrze!...

— Milcz pan!... — zawołała pani Wąsowska. — Nie przeczę, że Bela postąpiła źle, ale... osądź pan sam siebie, jeżeli powiem, że ona pana...

— Kocha, czy tak? — spytał Wokulski bawiąc się swoją brodą.

— O, kocha!... Dopiero żałuje pana... Nie chcę się wdawać w szczegóły, dość, jeżeli powiem, że widywałam ją przez dwa miesiące prawie co dzień... Że przez ten czas mówiła tylko o panu i że najulubieńszym miejscem jej przejażdżek jest... zamek zasławski!... Ile razy siadała na tym wielkim kamieniu z napisem, ile razy widziałam łzy w jej oczach... A nawet raz rozpłakała się na dobre, powtarzając wyryty tam dwuwiersz:

> *Wszędzie i zawsze będę ja przy tobie,*
> *Bom wszędzie cząstkę mej duszy zostawił...*

Cóż pan na to?...

— Co ja na to?... — powtórzył Wokulski. — Przysięgam, że jedynym moim życzeniem w tej chwili jest, ażeby zaginął najdrobniejszy ślad mojej znajomości z panną Łęcką... A przede wszystkim ten nieszczęśliwy kamień, który ją tak roztkliwia.

— Gdyby to była prawda, miałabym piękny dowód męskiej stałości...

— Nie, miałaby pani tylko dowód cudownej kuracji — mówił wzruszony. — O Boże!... zdaje mi się, że mnie ktoś na parę lat zamagnetyzował, że przed dziesię-

cioma tygodniami zbudzono mnie nieumiejętnie i że dopiero dziś ocknąłem się naprawdę...
— Pan to mówisz na serio?...
— Czyliż pani nie widzi, jaki jestem szczęśliwy?... Odzyskałem siebie i znowu należę do siebie... Niech mi pani wierzy, że jest to cud, którego najzupełniej nie rozumiem, ale który porównać można tylko z przebudzeniem z letargu człowieka, który już leżał w trumnie.
— I czemu pan to przypisuje?... — zapytała spuszczając oczy.
— Przede wszystkim pani... A następnie temu, że nareszcie zdobyłem się na jasne sformułowanie przed kimś rzeczy, którąm od dawna rozumiał, alem nie miał odwagi uznać. Panna Izabela to kobieta innego gatunku aniżeli ja i tylko jakieś obłąkanie mogło mnie przykuć do niej.
— I co pan zrobi po tym ciekawym odkryciu?
— Nie wiem.
— Nie znalazł pan czasem kobiety swego gatunku?...
— Może.
— Zapewne jest nią ta pani... pani Sta... Sta...
— Stawska?... Nie. Prędzej byłaby nią pani.
Pani Wąsowska podniosła się z fotelu z miną bardzo uroczystą.
— Rozumiem — rzekł Wokulski. — Mam już odejść?
— Jak pan uważa.
— I na wieś nie pojedziemy razem?
— O, to z pewnością... Chociaż... nie bronię panu przyjechać tam... Zapewne będzie u mnie Bela...
— W takim razie nie przyjadę.
— Nie twierdzę, że będzie.
— I zastałbym tylko samą panią?
— Przypuszczam.
— I rozmawialibyśmy tak jak dzisiaj?... Jeździlibyśmy na spacer jak wówczas?...
— I naprawdę rozpoczęłaby się między nami wojna — odparła pani Wąsowska.
— Ostrzegam, żebym ją wygrał.
— Doprawdy?... I może zrobiłby mnie pan swoją niewolnicą?...
— Tak. Przekonałbym, że potrafię mieć władzę, a później u nóg pani błagałbym, ażebyś przyjęła mnie za swego niewolnika...
Pani Wąsowska odwróciła się i wyszła z salonu. Na progu zatrzymała się chwilę i z lekka odwracając głowę rzekła:
— Do widzenia... na wsi!...
Wokulski opuścił jej mieszkanie jak pijany. Znalazłszy się na ulicy szepnął: „Oczywiście, zgłupiałem."
Spojrzał za siebie i zobaczył w oknie panią Wąsowską, która wyglądała spoza firanki.
„Do licha! — pomyślał. — Czy ja znowu nie wlazłem w jaką awanturę?..."
Idąc ulicą Wokulski wciąż zastanawiał się nad zmianą, jaka w nim zaszła.

Zdawało mu się, że z otchłani, w której panuje noc i obłęd, wydobył się na jasny dzień. Pulsa biły mu silniej, oddychał szerzej, myśli toczyły się z niezwykłą swobodą; czuł jakąś rześkość w całym organizmie i nie dający się opisać spokój w sercu.

Już nie drażnił go ruch uliczny, a cieszyły tłumy. Niebo miało ciemniejszą barwę, domy wyglądały zdrowiej, a nawet kurz nasycony potokami światła był piękny.

Największą jednak przyjemność robił mu widok młodych kobiet, ich giętkich ruchów, uśmiechających się ust i wabiących spojrzeń. Kilka z nich spojrzały mu prosto w oczy z wyrazem słodkiej tkliwości i kokieterii; Wokulskiemu serce uderzyło śpieszniej, jakiś prąd drażniący przeleciał po nim od stóp do głów.

„Ładne!..." — pomyślał.

Wnet jednak przypomniał sobie panią Wąsowską i musiał przyznać, że spomiędzy tych ładnych ona jest najładniejsza, a co lepiej, najponętniejsza... Co to za figura, jaki wspaniały kontur nogi, a płeć, a oczy mające w sobie coś z brylantów i aksamitu... Byłby przysiągł, że czuje zapach jej ciała, że słyszy spazmatyczny śmiech, i w głowie zaszumiało mu na samą myśl zbliżenia się do niej.

„Co to musi być za wściekła kobieta!... — szepnął. — Kąsałbym ją..."

Widmo pani Wąsowskiej tak go prześladowało i drażniło, że nagle przyszedł mu projekt odwiedzić ją jeszcze dziś wieczorem.

„Przecież zaprosiła mnie na obiady i kolacje — mówił do siebie czując, że w nim coś kipi. — Wyrzuci mnie za drzwi?... Po cóż by mnie kokietowała. Że nie ma do mnie wstrętu, wiem nie od dzisiaj, no, a ja, dalibóg, mam na nią apetyt, który także coś wart..."

Wtem przeszła obok niego jakaś szatynka z fiołkowymi oczyma i twarzą dziecka, a Wokulski spostrzegł ze zdziwieniem, że i ta mu się podoba.

O kilkanaście kroków od swojego domu usłyszał wołanie:

— Hej!... hej!... Stachu!...

Wokulski odwrócił głowę i pod werandą cukierni zobaczył Szumana. Doktor zostawił nie dokończoną porcję lodów, rzucił na stół srebrną czterdziestówkę[190] i wybiegł do niego.

— Idę do ciebie — mówił Szuman biorąc go pod rękę. — Wiesz co, że dawno już nie miałeś tak byczej miny... Założę się, że wrócisz do spółki i porozpędzasz tych parchów... Co za fizjognomia... co za oko... Dziś dopiero poznaję dawnego Stacha!...

Minęli bramę, schody i weszli do mieszkania.

— A ja w tej chwili myślałem, że grozi mi jakaś nowa choroba... — rzekł Wokulski ze śmiechem. — Chcesz cygaro?

— Dlaczego grozi?

— Wyobraź sobie, że może od godziny ogromne wrażenie robią na mnie kobiety... Jestem przestraszony...

Szuman roześmiał się na cały głos.

Szuman o Wokulskim

— Pyszny jesteś... Zamiast wydać obiad na znak radości, to ten się boi... A cóż ty myślisz, że wówczas byłeś zdrów, kiedyś wariował za jedną kobietą? Dziś jesteś zdrów, kiedy ci się wszy-

---

[190] *czterdziestówka* — nazwa monety 20-kopiejkowej (40 groszy).

stkie podobają, i nie masz nic pilniejszego jak postarać się o względy tej, która ci najlepiej przypadnie do gustu.

— Bah!... A gdyby to była wielka dama?...

— Tym lepiej... tym lepiej... Wielkie damy są daleko smaczniejsze od pokojówek. Kobiecość ogromnie zyskuje na szyku i inteligencji, a nade wszystko na dumie. Jakie czekają cię idealne rozmowy, jakie miny pełne godności... Ach, powiadam ci, to ze trzy razy więcej warte...

Po twarzy Wokulskiego przeleciał cień.

— Oho! — zawołał Szuman — już widzę obok ciebie długie ucho tego patrona, na którym Chrystus wjeżdżał do Jerozolimy. Czego się krzywisz?... Właśnie umizgaj się tylko do wielkich dam, bo one mają ciekawość do demokracji.

W przedpokoju rozległ się dzwonek i wszedł Ochocki. Spojrzał na zacietrzewionego doktora i zapytał:

— Przeszkadzam panom?

— Nie — odparł Szuman — możesz pan nawet być pomocny. Bo właśnie radzę w tej chwili Stachowi, ażeby leczył się romansem, ale... nie idealnym. Z ideałami już dosyć...

— A wie pan, że tego wykładu i ja gotów jestem posłuchać — rzekł Ochocki zapalając podane cygaro.

— Awantura! — mruknął Wokulski.

— Żadna awantura — prawił Szuman. — Człowiek z twoim majątkiem może być kompletnie szczęśliwy, do rozsądnego bowiem szczęścia potrzeba: co dzień jadać inne potrawy i brać czystą bieliznę, a co kwartał zmieniać miejsce pobytu i kochanki.

— Zabraknie kobiet — wtrącił Ochocki.

— Zostaw pan to kobietom, a już one postarają się, ażeby ich nie zabrakło — odparł szyderczo doktór. — Przecież ta sama dieta stosuje się i do kobiet...

— Ta kwartalna dieta?... — spytał Ochocki.

— Naturalnie. Dlaczegóż one mają być gorsze od nas?

— Nieciekawa to jednak służba w dziesiątym lub dwudziestym kwartale.

— Przesąd!... przesąd!... — mówił Szuman. — Ani się pan spostrzeżesz, ani się domyślisz, szczególniej, jeżeli cię zapewnią, że jesteś dopiero drugim lub czwartym, i to tym prawdziwie kochanym, tym od dawna przeczuwanym...

— Nie byłeś u Rzeckiego? — spytał Szumana Wokulski.

— No, jemu już nie zapiszę recepty na miłość — odparł doktór. — Stary kapcanieje...

— Istotnie, źle wygląda — dorzucił Ochocki.

Rozmowa przeszła na stan zdrowia Rzeckiego, potem na politykę, w końcu Szuman pożegnał ich.

— Bestia cynik!... — mruknął Ochocki.

— Nie lubi kobiet — dodał Wokulski — a w dodatku miewa gorzkie dnie i wtedy wygaduje herezje.

— Czasami nie bez racji — rzekł Ochocki. — Ale też dobrze trafił ze swymi poglądami... Bo akurat przed godziną miałem uroczystą rozmowę z ciotką, która koniecznie namawia mnie, abym się ożenił, i dowodzi, że nic tak nie uszlachetnia człowieka, jak miłość zacnej kobiety...

— On nie radził panu, tylko mnie.
— Ja też właśnie, gdym słuchał jego wywodów, myślałem o panu. Wyobrażam sobie, jak byś pan wyglądał zmieniając co kwartał kochanki, gdyby kiedy stanęli przed panem ci wszyscy ludzie, którzy dziś pracują na pańskie dochody, i zapytali: „Czym się wywdzięczasz nam za nasze trudy, nędzę i krótsze życie, którego część tobie oddajemy?... Czy pracą, czy radą, czy przykładem?..."
— Jacyż dziś ludzie pracują na moje dochody? — spytał Wokulski. — Wycofałem się z interesów i zamieniam majątek na papiery.
— Jeżeli na listy zastawne ziemskie[191], to przecież kupony od nich płacą parobcy; a jeżeli na jakieś akcje, to znowu ich dywidendy pokrywają robotnicy kolejowi, cukrowniani, tkaccy, czy ja zresztą wiem jacy?...
Wokulski jeszcze bardziej spochmurniał.
— Proszę pana — rzekł — czy ja potrzebuję myśleć o tym?... Tysiące żyją z procentów i nie troszczą się podobnymi pytaniami.
— Ale ba — mruknął Ochocki. — Inni to nie pan... Ja mam wszystkiego półtora tysiąca rubli rocznie, a jednak bardzo często przychodzi mi na myśl, że taka suma stanowi utrzymanie trzech albo czterech ludzi i że jacyś faceci ustępują dla mnie ze świata albo muszą ograniczać swoje, już i tak ograniczone potrzeby...
Wokulski przeszedł się po pokoju.
— Kiedy pan jedziesz za granicę? — nagle zapytał.
— I tego nie wiem — odparł kwaśno Ochocki. — Mój dłużnik nie zwróci mi pieniędzy wcześniej jak za rok. Spłaci mnie dopiero nową pożyczką, a tej dziś niełatwo zaciągnąć.
— Duży daje procent?
— Siódmy.
— A pewna to lokacja?
— Pierwszy numer po Towarzystwie Kredytowym[192].
— A gdybym ja panu dał gotówkę i wszedł w pańskie prawa, wyjechałbyś pan za granicę?
— Jednej chwili!... — zawołał Ochocki zrywając się. — Cóż ja tu wysiedzę?... Chyba z desperacji ożenię się bogato, a później będę robił tak, jak radzi Szuman.
Wokulski zamyślił się.
— Cóż by to było złego ożenić się? — rzekł półgłosem.
— Dajże mi pan spokój!... Ubogiej żony nie wykarmię, bogata wciągnęłaby mnie w sybarytyzm[193], a każda byłaby grobem moich planów. Dla mnie trzeba jakiejś dziwnej kobiety, która by razem ze mną pracowała w laboratorium; a gdzież znajdę taką?...

---

[191] *listy zastawne ziemskie* — papiery wartościowe wydawane przez instytucje kredytowe ziemskie i banki hipoteczne.

[192] *Pierwszy numer po Towarzystwie Kredytowym* — tzn. że w razie sprzedaży majątku dłużnika wierzytelność Ochockiego zostałaby spłacona w pierwszym rzędzie po zwrocie pożyczki zaciągniętej w Towarzystwie Kredytowym.

[193] *sybarytyzm* — skłonność do zbytku i zniewieściałości.

Ochocki zdawał się być mocno rozstrojony i zabrał się do wyjścia.

— Więc, kochany panie — mówił żegnając się z nim Wokulski — sprawę pańskiego kapitału obgadamy. Ja gotów jestem spłacić pana.

— Jak pan chce... Nie proszę o to, ale byłbym bardzo wdzięczny.

— Kiedy pan wyjeżdżasz do Zasławka?

— Jutro, właśnie przyszedłem pożegnać pana.

— A więc interes gotów — zakończył ściskając go Wokulski. — W październiku możesz pan mieć pieniądze.

Po wyjściu Ochockiego Wokulski położył się spać. Doznał dziś tylu silnych i sprzecznych wrażeń, że nie umiał ich uporządkować. Zdawało mu się, że od chwili zerwania z panną Izabelą wchodził na jakąś straszną wysokość, otoczoną przepaściami, i dopiero dziś dosięgnął jej szczytów, a nawet zeszedł na drugi skłon, gdzie ujrzał jeszcze niewyraźne, lecz całkiem nowe horyzonty.

Jakiś czas snuły mu się przed oczyma roje kobiet, a między nimi najczęściej pani Wąsowska; to znowu widział gromady parobków i robotników, którzy zapytywali go, co im dał w zamian za swoje dochody.

Nareszcie twardo zasnął.

Obudził się o szóstej rano, a pierwszym wrażeniem było uczucie swobody i rześkości.

Wprawdzie nie chciało mu się wstawać, lecz nie doznawał żadnego cierpienia i nie myślał o pannie Izabeli. To jest myślał, ale mógł nie myśleć; w każdym razie wspomnienie jej nie nurtowało go w sposób jak dotychczas bolesny.

Ten brak cierpień znowu zatrwożył go.

„Czy to nie przywidzenie?" — pomyślał.

Przypomniał sobie historię dnia wczorajszego; pamięć i logika dopisywały mu.

„Może i wolę odzyskam?" — szepnął.

Na próbę postanowił, że wstanie za pięć minut, wykąpie się, ubierze i natychmiast pójdzie na spacer do Łazienek. Patrzył na posuwającą się skazówkę zegarka i z niepokojem zapytał: „A może ja się nawet na to nie zdobędę?..."

Skazówka dosięgła pięciu minut i Wokulski wstał bez pośpiechu, ale też i bez wahania. Sam nalał sobie wody do wanny, wykąpał się, wytarł, ubrał i już w pół godziny szedł do Łazienek.

Uderzyło go, że przez cały ten czas nie myślał o pannie Izabeli, tylko o pani Wąsowskiej. Oczywiście, coś się w nim wczoraj zmieniło: może zaczęły działać jakieś sparaliżowane komórki w mózgu?... Myśl o pannie Izabeli straciła nad nim władzę.

„Co to za dziwna plątanina — mówił. — Tamtą wyrugowała pani Wąsowska, a panią Wąsowską może zastąpić każda inna kobieta. Jestem więc naprawdę uleczony z obłędu..."

Przeszedł nad stawem i obojętnie przypatrywał się czółnom i łabędziom. Potem skręcił w aleję ku Pomarańczarni, na której byli wtedy oboje, i powiedział sobie, że... zje śniadanie z apetytem. Ale gdy wracał tą samą drogą, opanował go gniew i z dziką radością złośliwego dzieciaka poprzednie ślady własnych stóp zacierał nogą.

„Gdybym mógł wszystko tak zetrzeć... I tamten kamień, i ruiny... Wszystko!..."

W tej chwili uczuł, że budzi się w nim niepokonany instynkt niszczenia pewnych rzeczy; lecz zarazem zdawał sobie sprawę, że jest to objaw chorobliwy. Wielką też robiło mu satysfakcję, że nie tylko spokojnie może myśleć o pannie Izabeli, ale nawet oddawać jej sprawiedliwość.

„O co ja się irytowałem? – mówił do siebie. – Gdyby nie ona, nie zdobyłbym majątku... Gdyby nie ona i nie Starski, za pierwszym razem nie wyjechałbym do Paryża i nie zbliżyłbym się z Geistem, a pod Skierniewicami nie uleczyłbym się z głupoty... Wszakże to moi dobrodzieje ci państwo... Nawet powinien bym wyswatać tę dobraną parę, a przynajmniej ułatwiać im schadzki... I pomyśleć, że z takiej mierzwy kiedyś wykwitnie metal Geista!..."

W Ogrodzie Botanicznym było cicho i prawie pusto. Wokulski wyminął studnię i z wolna począł wstępować na ocieniony pagórek, na którym przeszło rok temu po raz pierwszy rozmawiał z Ochockim. Zdawało mu się, że wzgórze jest podwaliną tych ogromnych schodów, na szczycie których ukazywał mu się posąg tajemniczej bogini. Ujrzał ją i teraz i ze wzruszeniem spostrzegł, że chmury otaczające jej głowę rozsunęły się na chwilę. Zobaczył surową twarz, rozwiane włosy, a pod spiżowym czołem żywe, lwie oczy, które wpatrywały się w niego z wyrazem przygniatającej potęgi. Wytrzymał to spojrzenie i nagle uczuł, że rośnie... rośnie... że już przenosi głową najwyższe drzewa parku i sięga prawie do obnażonych stóp bogini.

Teraz zrozumiał, że tą czystą i wieczną pięknością jest S ł a w a i że na jej szczytach nie ma innej uciechy nad pracę i niebezpieczeństwa.

Wrócił do domu smutniejszy, ale wciąż spokojny. Zdawało mu się, że podczas tej przechadzki nawiązał się jakiś węzeł między jego przyszłością a ową odległą epoką, kiedy jeszcze jako subiekt i student budował machiny o wiecznym ruchu albo dające się kierować balony. Kilkanaście zaś ostatnich lat były tylko przerwą i stratą czasu.

„Muszę gdzieś wyjechać – rzekł do siebie – muszę odpocząć, a później... zobaczymy..."

Po południu wysłał długą depeszę do Suzina do Moskwy.

Na drugi dzień, około pierwszej, kiedy Wokulski jadł śniadanie, wszedł lokaj pani Wąsowskiej i oświadczył, że pani czeka w powozie.

Gdy wybiegł na ulicę, pani Wąsowska kazała mu wsiąść.

– Zabieram pana – rzekła.

– Czy na obiad?...

– O nie, tylko do Łazienek. Bezpieczniej mi będzie rozmawiać z panem przy świadkach i na wolnym powietrzu.

Ale Wokulski był pochmurny i milczał.

W Łazienkach wysiedli z powozu, minęli pałacowy taras i zaczęli spacerować po alei dotykającej amfiteatru.

– Musi pan wejść między ludzi, panie Wokulski – zaczęła pani Wąsowska. – Musi ocknąć się pan ze swej apatii, bo inaczej minie pana słodka nagroda...

– Och?... aż tak...

– Niezawodnie. Wszystkie damy są zainteresowane pańskimi cierpieniami i założę się, że niejedna chciałaby odegrać rolę pocieszycielki.

— Albo pobawić się moim rzekomym cierpieniem jak kot poranioną myszą?... Nie, pani, ja nie potrzebuję pocieszycielek, ponieważ wcale nie cierpię, a już najmniej z winy dam...

— Proszę?... — zawołała pani Wąsowska. — Myślałby kto, że naprawdę nie otrzymałeś pan ciosu z małych rączek...

— I dobrze by myślał — odparł Wokulski. — Jeżeli zadał mi kto ciosy, to bynajmniej nie płeć piękna, ale... czy ja wiem co?... może fatalność.

— Zawsze jednak za pośrednictwem kobiety...

— A nade wszystko mojej własnej naiwności. Prawie od dzieciństwa szukałem jakiejś rzeczy wielkiej i nieznanej; a ponieważ kobiety widywałem tylko przez okulary poetów, którzy im przesadnie pochlebiają, więc myślałem, że kobieta jest ową rzeczą wielką i nieznaną. Omyliłem się i w tym leży sekret mego chwilowego zachwiania, na którym zresztą udało mi się zrobić majątek.

Pani Wąsowska zatrzymała się w alei.

— No, wie pan co, że jestem zdumiona!... Nie widzieliśmy się od onegdaj, a dziś przedstawia mi się pan jako całkiem inny człowiek, coś w rodzaju starego dziada, który lekceważy kobiety...

— To nie lekceważenie, to spostrzeżenie.

— Mianowicie?... — zapytała pani Wąsowska.

— Że jest gatunek kobiet, które po to tylko żyją na świecie, ażeby drażnić i podniecać namiętności mężczyzn. Tym sposobem ogłupiają ludzi rozumnych, upadlają uczciwych i utrzymują w równowadze głupców. Mają licznych wielbicieli i dzięki temu wywierają na nas taki wpływ jak haremy na Turcję. Widzi więc pani, że damy nie mają powodu roztkliwiać się nad moimi cierpieniami ani prawa bawić się mną. Nie należę do ich referatu.

— I nawet zrywasz pan z miłością?... — zapytała ironicznie pani Wąsowska.

W Wokulskim zakipiał gniew...

— Nie, pani — odparł — tylko mam przyjaciela pesymistę, który mi wytłomaczył, że nierównie korzystniej jest kupić miłość za cztery tysiące rubli rocznie, a wierność za pięć tysięcy aniżeli za to, co nazywamy uczuciem.

— Piękna wierność!... — szepnęła pani Wąsowska.

— Przynajmniej z góry zapowiada, czego się mamy od niej spodziewać.

Pani Wąsowska przygryzła wargi i skręciła w stronę powozu.

— Powinien by pan zacząć apostołować swoje nowe poglądy.

— Ja myślę, proszę pani, że na to szkoda czasu, bo jedni nigdy ich nie zrozumieją, a inni nie uwierzą bez osobistego doświadczenia.

— Dziękuję panu za prelekcję — rzekła po chwili. — Zrobiła na mnie tak silne wrażenie, że nawet nie proszę pana, ażebyś mnie odwiózł do domu... Jesteś pan dziś w wyjątkowo złym humorze, sądzę jednak, że to minie... Ale... ale... Oto list — dodała wsuwając mu w rękę kopertę — który niech pan przeczyta. Popełniam niedyskrecję, ale wiem, że mnie pan nie zdradzi, a postanowiłam sobie ostatecznie rozwikłać nieporozumienie między panem i Belą. Jeżeli mi się zamiar uda, niech pan spali, jeżeli nie... niech mi pan ten list przywiezie na wieś... *Adieu!*

Siadła do powozu i zostawiła Wokulskiego na ogrodowej szosie.

„Do licha, czyżbym ją obraził?... – rzekł do siebie. – A szkoda, bo warta grzechu!..."

Szedł powoli w stronę Alei Ujazdowskiej i myślał o pani Wąsowskiej.

„Głupstwo!... przecież jej nie oświadczę, że mam na nią apetyt... A zresztą, choćbym trafił na dobrą chwilę, co bym dał jej w zamian?... Nawet nie mógłbym powiedzieć, że ją kocham."

Dopiero w domu Wokulski otworzył list panny Izabeli.

Na widok drogiego niegdyś pisma przeleciała po nim błyskawica żalu; ale zapach papieru przypomniał mu te dawne, bardzo dawne czasy, kiedy jeszcze zachęcała go do urządzania owacyj Rossiemu.

„To był jeden paciorek z różańca, na którym panna Izabela odprawiała nabożeństwo!..." – szepnął z uśmiechem.

Zaczął czytać.

„Moja droga Kaziu! Jestem tak zniechęcona do wszystkiego i tak jeszcze nie mogę zebrać myśli, że dziś dopiero zdobywam się na opowiedzenie ci wydarzeń, jakie u nas zaszły od twego wyjazdu.

Już wiem, ile mi zapisała ciotka Hortensja: oto sześćdziesiąt tysięcy rubli; razem więc mamy dziewięćdziesiąt tysięcy rubli, które poczciwy baron obiecuje umieścić na siedem procent, co wyniesie około sześciu tysięcy rubli rocznie. Ale trudno, trzeba nauczyć się oszczędności.

Nie umiem ci opowiedzieć, jak się nudzę, a może tylko tęsknię... Ale i to przejdzie. Ten młody inżynier ciągle u nas bywa, co parę dni. Z początku bawił mnie rozmową o mostach żelaznych, a obecnie opowiada, jak się kochał w osobie, która wyszła za innego, jak za nią rozpaczał, jak stracił nadzieję zakochania się po raz drugi i jak by pragnął uzdrowić się przez nową, lepszą miłość. Wyznał mi jeszcze, że niekiedy pisuje wiersze, w których jednak opiewa tylko wdzięki natury... Czasami płakać mi się chce z nudów, ale że bez towarzystwa umarłabym, więc udaję, że słucham, i niekiedy pozwalam mu ucałować moją rączkę..."

Wokulskiemu żyły nabrzmiały na czole... Odpoczął i czytał dalej:

„Papo coraz słabszy. Płacze po kilka razy na dzień i byleśmy porozmawiali pięć minut sami, robi mi wymówki, wiesz za kogo!... Nie uwierzysz, jak mnie to rozstraja.

W ruinach zasławskich bywam co parę dni. Coś mnie tam ciągnie, nie wiem – piękna natura czy samotność. Kiedy jestem bardzo nieszczęśliwa, piszę różne rzeczy ołówkiem na spękanych ścianach i z radością myślę: jak dobrze, że to wszystko pierwszy deszcz zmyje.

Ale, ale... Zapomniałam o najważniejszym! Wiesz: marszałek napisał do ojca list, w którym najformalniej oświadcza się o moją rękę. Całą noc płakałam, nie dlatego, że mogę zostać marszałkową, ale... że się to tak łatwo stać może!...

Pióro wypada mi z ręki. Bądź zdrowa i wspomnij czasami o twej nieszczęśliwej Beli."

Wokulski zmiął list.

„Tak pogardzam i... jeszcze ją kocham!" — szepnął.
Głowa mu pałała. Chodził tam i na powrót z zaciśniętymi pięściami i uśmiechał się do własnych marzeń.

Nad wieczorem otrzymał telegram z Moskwy, po którym natychmiast wysłał depeszę do Paryża. Następny zaś dzień, od rana do późnej nocy spędził ze swym adwokatem i rejentem.

Kładąc się spać pomyślał:

„Czy tylko ja nie zrobię głupstwa?... No, przecież zbadam rzeczy na miejscu... Czy może istnieć metal lżejszy od powietrza, to inna kwestia, ale że coś w tym jest — nie ma wątpliwości... Zresztą szukając kamienia filozoficznego[194] znaleziono chemię; kto zatem wie, co się napotka teraz?... W rezultacie wszystko mi jedno, byle wydobyć się z tego błota..."

Dopiero nazajutrz w południe przyszła odpowiedź z Paryża, którą Wokulski parę razy odczytał. W chwilę później oddano mu list od pani Wąsowskiej, gdzie na kopercie, w miejsce pieczątki, znajdował się wizerunek Sfinksa.

„Tak — mruknął z uśmiechem Wokulski — twarz ludzka i tułów zwierzęcia: nasza zaś imaginacja dodaje wam skrzydeł."

„Niech pan do mnie wpadnie na kilka minut — pisała pani Wąsowska — gdyż mam bardzo ważny interes, a dzisiaj chciałabym jechać."

„Zobaczymy ten ważny interes!" — rzekł do siebie.

W pół godziny później był u pani Wąsowskiej; w przedpokoju stały już gotowe do drogi kufry. Pani przyjęła go w swoim gabinecie do pracy, w którym przecie ani jeden szczegół nie przypominał pracy.

— A, pan jest bardzo grzeczny! — zaczęła obrażonym tonem pani Wąsowska. — Wczoraj cały dzień czekałam na pana, a pan ani się pokazał...

— Przecież zabroniła mi pani przychodzić do siebie — odparł zdziwiony Wokulski.

— Jak to?... Czyliż wyraźnie nie zaprosiłam pana na wieś?... Ale mniejsza, policzę to na karb pańskiej ekscentryczności... Drogi panie, mam do pana bardzo ważny interes. Chcę niedługo wyjechać za granicę i chcę poradzić się pana: kiedy najlepiej kupić franki, teraz czy przed wyjazdem?...

— Kiedyż pani jedzie?...

— Tak... w listopadzie... w grudniu... — odparła rumieniąc się.

— Lepiej przed samym wyjazdem.

— Tak pan sądzi?

— Przynajmniej tak wszyscy robią.

— Ja właśnie nie chcę robić jak wszyscy! — zawołała pani Wąsowska.

— To niech pani kupi teraz.

— A jeżeli do grudnia franki stanieją?

— To niech pani odłoży kupno do grudnia.

---

[194] *kamień filozoficzny* — domniemany środek, który według alchemików średniowiecznych umożliwiał przemianę metali nieszlachetnych w szlachetne.

— No, wie pan co — mówiła drąc jakiś papier — że jesteś pan jedyny do rady... Czarno to czarno, biało to biało... Cóż z pana za mężczyzna? Mężczyzna w każdej chwili powinien być stanowczy, a przynajmniej wiedzieć, czego chce... Cóż, odniósł mi pan list Beli?

Wokulski milcząc oddał list.

— Doprawdy? — zawołała ożywiona. — Więc pan jej nie kochasz?... A w takim razie rozmowa o niej nie powinna panu robić przykrości. Bo ja muszę... pogodzić was albo... Niech się już biedna dziewczyna nie dręczy... Pan się do niej uprzedziłeś... pan wyrządzasz jej krzywdę... To nieuczciwie... tak nie postępuje człowiek honorowy, aby zbałamuciwszy kogoś rzucał jak zwiędły bukiet...

— Nieuczciwie! — powtórzył Wokulski. — Niech mi pani z łaski swej powie, jaka uczciwość może pozostać w człowieku, którego wykarmiono albo cierpieniem i upokorzeniem, albo upokorzeniem i cierpieniem?

— Ale obok tego miałeś pan i inne chwile.

— O tak, parę życzliwych spojrzeń i kilka dobrych słówek, które dziś mają w moich oczach tę jedną wadę, że były... mistyfikacją.

— Ale ona dziś tego żałuje i gdybyś pan zwrócił się...

— Po co?

— Ażeby pozyskać jej serce i rękę.

— Zostawiając drugą dla znanych i nieznanych wielbicieli?... Nie, pani, już mam dosyć tych wyścigów, w których byłem bity przez panów Starskich, Szastalskich i licho nie wie jakich jeszcze!... Nie mogę odegrywać roli eunucha przy moim ideale i upatrywać w każdym mężczyźnie szczęśliwego rywala czy niepożądanego kuzyna...

— Jakież to niskie!... — zawołała pani Wąsowska. — Więc za jeden błąd, zresztą niewinny, poniewierasz pan niegdyś ukochaną kobietę?...

— Co do liczby owych błędów, to pozwoli pani, ażebym miał własną opinię; a co do niewinności... Boże miłosierny! w jak nędznym jestem położeniu, skoro nawet nie mam pojęcia, dokąd sięgała ich niewinność.

— Pan przypuszczasz?... — surowo zapytała go pani Wąsowska.

— Ja już nic nie przypuszczam — odparł chłodno Wokulski. — Wiem tylko, że w moich oczach, pod pozorami obojętnej życzliwości, toczył się najzwyklejszy romans i — to mi wystarcza. Rozumiem żonę, która oszukuje męża; bo ona może się tłomaczyć pętami, jakie wkłada na nią małżeństwo. Ale ażeby kobieta wolna oszukiwała obcego sobie człowieka... Cha!... cha!... cha!... to już jest, dalibóg, zamiłowanie do sportu... Przecież miała prawo przenosić nade mnie Starskiego — i ich wszystkich... Ale nie! Jej jeszcze było potrzeba mieć w swoim orszaku błazna, który ją naprawdę kochał, który dla niej wszystko był gotów poświęcić... I dla ostatecznego zhańbienia natury ludzkiej właśnie z mojej piersi chciała zrobić parawan dla siebie i adoratorów... Czy pani domyśla się, jak musieli drwić ze mnie ci ludzie, tak tanio obsypywani względami?... I czy pani czuje, co to za piekło być tak śmiesznym jak ja, a zarazem tak nieszczęśliwym, tak oceniać swój upadek i tak rozumieć, że jest niezasłużony?...

Pani Wąsowskiej drżały usta; z trudnością powstrzymywała się od łez.

— Czy to nie jest imaginacja? — wtrąciła.

— Eh, nie, pani... Skrzywdzona ludzka godność to nie imaginacja.

— A zatem?..
— Cóż być może? — odparł Wokulski. — Spostrzegłem się, odzyskałem siebie, a dziś mam tę tylko satysfakcję, że triumf moich współzawodników, przynajmniej co do mnie, nie był zupełny.
— I to jest nieodwołalne?...
— Proszę pani, rozumiem kobietę, która oddaje się z miłości albo sprzedaje się z nędzy. Ale na zrozumienie tej duchowej prostytucji, którą prowadzi się bez potrzeby, na zimno, przy zachowaniu pozorów cnoty, na to już brakuje mi zmysłu.
— Więc są rzeczy, których się nie przebacza? — spytała cicho.
— Kto i komu ma przebaczać?... Pan Starski chyba nigdy nie obrazi się o takie rzeczy, a może nawet będzie rekomendował swoich przyjaciół. O resztę zaś można nie dbać mając liczne i tak dobrane towarzystwo.
— Jeszcze słówko — rzekła pani Wąsowska powstając. — Wolno wiedzieć, jakie pan ma zamiary?...
— Gdybyżem ja sam wiedział!...
Podała mu rękę.
— Żegnam pana.
— Życzę pani szczęścia...
— O!... — westchnęła i szybko weszła do następnego pokoju.
„Zdaje mi się — myślał Wokulski schodząc ze schodów — że w tej chwili załatwiłem dwa interesa... Kto wie, czy Szuman nie ma racji?..."
Od pani Wąsowskiej pojechał do mieszkania Rzeckiego. Stary subiekt był bardzo mizerny i ledwie podniósł się z fotelu. Wokulskiego głęboko poruszył jego widok.
— Czy ty się gniewasz, stary, że tak dawno nie byłem u ciebie? — rzekł ściskając go za rękę.
Rzecki smutnie pokiwał głową.
— Alboż ja nie wiem, co się z tobą dzieje?... — odparł. — Bieda... bieda na świecie!... Coraz gorzej...
Wokulski usiadł zamyślony, Rzecki począł mówić:
— Widzisz, Stachu, ja już miarkuję, że mi czas iść do Katza i do moich piechurów, co tam gdzieś wyszczerzają na mnie zęby, żem maruder... Wiem, że cokolwiek postanowisz ze sobą, będzie mądre i dobre, ale... Czy nie byłoby praktycznie, gdybyś się ożenił ze Stawską?... Przecież to jakby twoja ofiara...
Wokulski schwycił się za głowę.
— Boże miłosierny! — zawołał — a kiedyż ja się wypłączę z tych babskich stosunków?... Jedna pochlebia sobie, że ja stałem się jej ofiarą, druga jest moją ofiarą, trzecia chciała zostać moją ofiarą, a jeszcze znalazłby się z dziesiątek takich, z których każda przyjęłaby mnie i mój majątek w ofierze... Zabawny kraj, gdzie baby trzymają pierwsze skrzypce i gdzie nie ma żadnych innych interesów, tylko szczęśliwa albo nieszczęśliwa miłość!
— No, no, no... — odparł Rzecki — ja cię przecież za kark nie ciągnę!... Tylko, widzisz, mówił mi Szuman, że tobie na gwałt potrzeba romansu...
— Iii... nie!... Mnie bardziej potrzeba zmiany klimatu i to lekarstwo już sobie zapisałem.

— Wyjeżdżasz?
— Najdalej pojutrze do Moskwy, a potem... gdzie Bóg przeznaczy...
— Masz co na myśli? — spytał tajemniczo Rzecki.
Wokulski zastanowił się.
— Jeszcze nic nie wiem; waham się, jakbym siedział na dziesięciopiętrowej huśtawce. Czasami zdaje mi się, że coś zrobię dla świata...
— Oj, to... to...

Wokulski — dwie drogi

— Ale chwilami ogarnia mnie taka desperacja, że chciałbym, ażeby mnie ziemia pochłonęła i wszystko, czegom tylko dotknął...

— To nierozsądne... nierozsądne... — wtrącił Rzecki.
— Wiem... Toteż nie dziwiłbym się ani temu, gdybym kiedy narobił hałasu, ani temu, gdybym skończył wszelkie rachunki ze światem...

Siedzieli obaj do późnego wieczora.

W kilka dni rozeszła się wieść, że Wokulski gdzieś wyjechał nagle i może na zawsze.

Wszystkie jego ruchomości, począwszy od sprzętów, skończywszy na powozie i koniach, nabył hurtem Szlangbaum za dosyć niską cenę.

Rozdział XVI

Pamiętnik starego subiekta

«Od kilku miesięcy utrzymuje się pogłoska, że w dniu 26 czerwca bieżącego roku zginął w Afryce książę Ludwik Napoleon[195], syn cesarza. I to jeszcze zginął w bitwie z dzikim narodem, o którym nie wiadomo, ani gdzie mieszka, ani jak się nazywa; bo przecie Z u l u s a m i nie może nazywać się żaden naród.
Tak wszyscy mówią. Nawet miała tam pojechać cesarzowa Eugenia i przywieźć zwłoki syna do Anglii. Czy tak jest w rzeczy samej, nie wiem, bo już od lipca nie czytuję gazet i nie lubię rozmawiać o polityce.
Głupia jest polityka! Dawniej nie było telegramów i artykułów wstępnych, a przecie świat posuwał się naprzód i każdy człowiek rozsądny mógł zorientować się w sytuacji politycznej. Dziś zaś są telegramy, artykuły wstępne i ostatnie wiadomości, ale wszystko służy do bałamucenia w głowach.
Gorzej nawet, niż bałamucą, bo odejmują serca ludziom. I gdyby nie Kenig[196] albo poczciwy Sulicki[197], to człowiek przestałby wierzyć w sprawiedliwość boską. Takie się dziś rzeczy wypisują w gazetach!...
Co zaś do księcia Ludwika Napoleona, to mógł on zginąć, ale może się też i ukrył gdzie przed ajentami Gambetty. Ja tam do pogłosek nie przywiązuję wagi.

Klejna wciąż nie ma, a Lisiecki przeniósł się do Astrachania nad Wołgę. Na odjezdne powiedział mi, że tu niedługo zostaną tylko Żydzi, a reszta zżydzieje.
Lisiecki zawsze był gorączka.

Moje zdrowie jakoś nietęgie. Męczę się tak łatwo, że już bez laski nie wychodzę na ulicę. W ogóle nic mi nie jest, tylko czasem napada mnie dziwny ból w ramionach

---

[195] *26 czerwca zginął Ludwik Napoleon* – faktycznie syn cesarza Napoleona III zginął 3 czerwca zabity przez Zulusów podczas patrolu.
[196] *Józef Kenig* – redaktor „Gazety Warszawskiej".
[197] *Edmund Sulicki* – redaktor „Gazety Polskiej".

i duszność. Ale to przejdzie, a nie przejdzie, to wszystko mi jedno. Tak się jakoś zmienia świat na złe, że niedługo nie będę mógł z nikim gadać i w nic wierzyć.

W końcu lipca Henryk Szlangbaum wyprawiał urodziny jako właściciel sklepu i naczelnik naszej spółki. A choć i w połowie nie wystąpił tak jak Stach w roku zeszłym, jednakże zbiegli się wszyscy przyjaciele i nieprzyjaciele Wokulskiego i pili zdrowie Szlangbauma... aż okna się trzęsły.

Oj, ludzie, ludzie!... Za pełnym talerzem i butelką wleźliby do kanału, a za rublem to już nawet nie wiem gdzie.

Fiu! fiu!... Pokazano mi dzisiaj kurierek, w którym pani baronowa Krzeszowska nazywa się jedną z najzacniejszych i najlitościwszych naszych niewiast za to, że dała dwieście rubli na jakiś przytułek. Widocznie zapomniano o jej procesie z panią Stawską i awanturach z lokatorami.

Czyby mąż tak babę ujeździł?...

Rzecki o antysemityzmie

Przeciw Żydom ciągle rosną kwasy. Nie brak nawet pogłosek o tym, że Żydzi chwytają chrześcijańskie dzieci i zabijają na mace.

Kiedy słyszę takie historie, dalibóg! że przecieram oczy i zapytuję samego siebie: czy ja teraz majaczę w gorączce, czyli też cała moja młodość była snem?...

Ale najbardziej gniewa mnie uciecha doktora Szumana z tego fermentu.

— Dobrze tak parchom!... — mówi. — Niech im zrobią awanturę, niech ich nauczą rozumu. To genialna rasa, ale takie szelmy, że nie ujeździsz ich bez bata i ostrogi...

— Mój doktorze — odpowiedziałem, bo już mi zbrakło cierpliwości — jeżeli Żydzi są takie gałgany, jak pan mówisz, to im nawet i ostrogi nie pomogą.

— Może ich nie poprawią, ale napędzą im nową porcję rozumu i nauczą silniej trzymać się za ręce — odparł. — A gdyby Żydzi byli solidarniejsi... no!...

Dziwny człowiek z tego doktora. Uczciwy to on jest, a nade wszystko rozumny; ale jego uczciwość nie wypływa z uczucia, tylko — albo ja wiem? — może z nałogu; a rozum ma tego gatunku, że łatwiej mu sto rzeczy wyśmiać i zepsuć aniżeli jedną zbudować. Kiedy z nim rozmawiam, czasami przychodzi mi na myśl, że jego dusza jest jak tafla lodu: nawet ogień może się w niej odbić, ale ona sama nigdy się nie rozgrzeje.

Stach wyjechał do Moskwy, zdaje mi się po to, ażeby uregulować rachunki z Suzinem. Ma u niego z pół miliona rubli (kto mógł przypuścić coś podobnego przed dwoma laty!), ale co zrobi z taką masą pieniędzy, ani się domyślam.

Już to Stach był zawsze oryginał i robił niespodzianki. Czy nam teraz jakiej nie przygotowuje?... aż się lękam.

A tymczasem Mraczewski oświadczył się pani Stawskiej i po krótkim wahaniu został przyjęty. Gdyby, jak projektuje sobie Mraczewski, otworzyli sklep w Warszawie, wszedłbym do spółki i przy nich bym zamieszkał. I mój Boże! niańczyłbym dzieci Mraczewskiego, choć myślałem, że podobny urząd mógłbym pełnić tylko przy dzieciach Stacha...

Życie jest okrutnie ciężkie...

Wczoraj dałem pięć rubli na nabożeństwo na intencję księcia Ludwika Napoleona. Tylko na intencję, bo może nie zginął, choć tak wszyscy gadają... Gdyby zaś... Nie znam ja się na teologii, ale zawsze bezpieczniej wyrobić mu stosunki na tamtym świecie. Bo nużby?...

Naprawdę jestem niezdrów, choć Szuman mówi, że wszystko idzie dobrze. Zabronił mi: piwa, kawy, wina, prędkiego chodzenia, irytacji... Wyborny sobie!... Taką receptę to i ja potrafię zapisać; ale potraf ty ją sam wykonać...

On mówi ze mną tak, jakby podejrzewał, że ja niepokoję się losem Stacha. Zabawny człowiek!... A cóż to Stach nie jest pełnoletni albo czy ja go już nie żegnałem na siedem lat? Lata minęły, Stach wrócił i znowu puścił się na awanturę.

Teraz będzie to samo; jak nagle zniknął, tak nagle powróci...

A jednakże ciężko żyć na świecie. I nieraz myślę sobie: czy naprawdę jest jaki plan, wedle którego cała ludzkość posuwa się ku lepszemu, czyli też wszystko jest dziełem przypadku, a ludzkość czy nie idzie tam, gdzie ją popchnie większa siła?... Jeżeli dobrzy mają górę, wówczas świat toczy się ku dobremu, a jeżeli gałgany są mocniejsi, to idzie ku złemu. Zaś ostatecznym kresem złych i dobrych jest garść popiołu.

> Rzecki – refleksje o świecie

Jeżeli jest tak, nie dziwię się Stachowi, który nieraz mówił, że chciałby jak najprędzej sam zginąć i zniszczyć wszelki ślad po sobie. Ale mam przeczucie, że tak nie jest.

Chociaż... Czy to ja nie miałem przeczuć, że książę Ludwik Napoleon zostanie cesarzem Francuzów?... Ha! jeszcze zaczekajmy, bo mi ta jego śmierć, w bitwie z gołymi Murzynami, jakoś dziwnie wygląda...»

Rozdział XVII

... ? ...

Pan Rzecki istotnie niedomagał; według własnej opinii z powodu braku zajęcia, według Szumana z powodu sercowej choroby, która nagle rozwinęła się w nim i szła dosyć szybko pod wpływem jakichś zmartwień.

Zajęć miał niewiele. Z rana przychodził do sklepu niegdyś Wokulskiego, obecnie Szlangbauma, lecz bawił tam, dopóki nie zaczęli się schodzić subiekci, a nade wszystko goście. Goście bowiem, nie wiadomo nawet dlaczego, przypatrywali mu się ze zdziwieniem, a subiekci, dziś z wyjątkiem pana Zięby starozakonni, nie tylko nie okazywali mu szacunku, do którego przywykł, ale nawet wbrew upomnieniom Szlangbauma traktowali go w sposób lekceważący.

W tym stanie rzeczy pan Ignacy coraz częściej myślał o Wokulskim. Nie z racji, ażeby lękał się jakiegoś nieszczęścia, ale ot tak sobie.

Z rana około szóstej myślał: czy Wokulski wstaje, czy śpi o tej porze i gdzie jest? W Moskwie czy może już wyjechał z Moskwy i dąży do Warszawy? W południe przypominał sobie te czasy, kiedy prawie nie było dnia, ażeby Stach nie jadł z nim obiadu, wieczorem zaś, szczególniej kładąc się do łóżka, mówił:

„Zapewne Stach jest u Suzina... To dopiero używają!... A może wraca w tej chwili do Warszawy i w wagonie zabiera się do spania?..."

Ilekroć zaś wszedł do sklepu, a robił to po kilka razy na dzień, mimo niechęci subiektów i drażniącej grzeczności Szlangbauma, zawsze myślał, że jednak za czasów Wokulskiego było tu inaczej.

Martwiło go, ale tylko trochę, że Wokulski nie dawał znać o sobie. Uważał to przecież za zwykłe dziwactwo.

„Nie bardzo rwał się on do pisania, kiedy był zdrów, więc cóż dopiero teraz, kiedy jest tak rozbity – myślał. – Oj, te baby, te baby!..."

W dniu nabycia przez Szlangbauma sprzętów i powozu Wokulskiego pan Ignacy położył się do łóżka. Nie dlatego, ażeby miało mu to robić przykrość, bo przecie powóz i zbytkowne sprzęty były rzeczami wcale niepotrzebnymi, ale dlatego, że podobne sprawunki robią się tylko po ludziach już umarłych.

„No, a Stach, dzięki Bogu, jest zdrów!..." – mówił do siebie.

Pewnego wieczora, kiedy pan Ignacy siedząc w szlafroku rozmyślał, jak to on urządzi sklep Mraczewskiemu, ażeby zakasować Szlangbauma, usłyszał gwałtowne dzwonienie do przedpokoju i szczególny hałas w sieni.

Służący, który już zabierał się do spania, otworzył drzwi.

— Jest pan? – zapytał głos znany Rzeckiemu.

— Pan chory.
— Co to chory!... Kryje się przed ludźmi...
— Może, panie radco, zrobimy subiekcję... — odezwał się inny głos.
— Co to subiekcję!... Kto nie chce mieć subiekcji w domu, niech przychodzi do knajpy...

Rzecki podniósł się z fotelu, a jednocześnie ukazał się we drzwiach jego sypialni radca Węgrowicz i ajent Szprot... Spoza nich wychylała się jakaś kudłata głowa i oblicze nie pierwszej czystości.

— Nie chciała przyjść góra do Mahometów, więc Mahomeci przyszli do góry!... — zawołał radca. — Panie Rzecki... panie Ignacy!... co acan najlepszego wyrabiasz?... Przecież od czasu jakeśmy pana ostatni raz widzieli, odkryliśmy nowy gatunek piwa... Postaw tu, kochanku, i zgłoś się jutro — dodał zwracając się do zasmolonego kudłacza.

Na to wezwanie kudłaty człowiek, ubrany w wielki fartuch, postawił na umywalni kosz wysmukłych butelek i trzy kufle. Potem zniknął, jak gdyby był istotą złożoną ze mgły i powietrza, nie zaś z dwustu funtów ciała.

Pan Ignacy zdziwił się na widok wysmukłych butelek; uczucie to jednak nie łączyło się z żadną przykrością.

— Na miłość boską, cóż się z panem dzieje? — zaczął znowu radca rozkładając ręce, jakby cały świat chciał ogarnąć w jednym uścisku. — Tak dawno nie byłeś pan między nami, że Szprot nawet zapomniał, jak wyglądasz, a ja pomyślałem, że zaraziłeś się od swego przyjaciela, co to ma bzika...

Rzecki sposępniał.

— Więc właśnie dziś — prawił radca — kiedy na pańskim przyjacielu wygrałem od Deklewskiego kosz piwa nowej marki, mówię do Szprota: wiesz pan co, zabierzmy piwo i chodźmy do starego, a może się chłop rozrusza... Cóż to, nawet nie prosisz nas, ażebyśmy usiedli?...

— Ależ bardzo proszę — odpowiedział Rzecki.

— I stolik jest... — mówił radca oglądając się po pokoju — i miejsce, widzę, zaciszne. Ehe, he!... my tu będziem mogli złazić się do chorego na partyjkę co wieczór... Szprot, dobądź, synu, trybuszonik[198] i zabierz się do szkliwa... Niech poczciwiec zaznajomi się z nową marką...

— Jakiż to zakład wygrał radca? — zapytał Rzecki, któremu znowu fizjognomia zaczęła się wyjaśniać.

— Zakład o Wokulskiego. Widzisz pan, było tak. Jeszcze w styczniu roku zeszłego, kiedy to Wokulski awanturował się po Bułgarii, ja powiedziałem do Szprota, że pan Stanisław jest wariat, że zbankrutuje i źle skończy... Tymczasem dzisiaj, wyobraź sobie, Deklewski utrzymuje, że to on to powiedział!... Naturalnie, założyliśmy się o kosz piwa, Szprot rozstrzygnął na moją stronę i jesteśmy u ciebie...

W ciągu tego wyjaśnienia pan Szprot ustawił na stole trzy kufle i odkorkował trzy butelki.

— No, tylko spojrzyj, panie Ignacy — mówił radca podnosząc napełniony kufel. — Kolor starego miodu, piana jak śmietana, a smak szesnastoletniej dziewczyny. Sko-

---

[198] *trybuszonik* — korkociąg.

sztujże... Co to za smak i co to za posmak?... Gdybyś zamknął oczy, przysiągłbyś, że to jest Ale... O! uważasz?... Ja powiadam, że przed takim piwem należałoby płukać usta... Powiedzże sam: piłeś kiedy coś podobnego?...[199]

Rzecki wypił pół kufla.

— Dobre — rzekł. — Skądże jednak przyszło radcy do głowy, że Wokulski zbankrutował?

— Bo nikt w mieście nie mówi inaczej. Przecież człowiek, który ma pieniądze, sens w głowie i nikogo nie zarwał, nie ucieka z miasta Bóg wie gdzie...

— Wokulski wyjechał do Moskwy.

— Tere, fere!... Tak wam powiedział, ażeby zmylić ślady. Ale sam się złapał, skoro wyrzekł się nawet swoich pieniędzy...

— Czego się wyrzekł?... — spytał już rozgniewany pan Ignacy.

— Tych pieniędzy, które ma w banku, a nade wszystko u Szlangbauma... Przecież to razem wyniesie ze dwakroć sto tysięcy rubli... Kto więc taką sumę zostawia bez dyspozycji, po prostu rzuca ją w błoto, ten jest albo wariat, albo... zmajstrował coś takiego, że już nie czeka na wypłatę... W całym mieście rozlega się tylko jeden głos oburzenia przeciw temu... temu... że go nie nazwę właściwym imieniem...

— Radco, zapominasz się!... — zawołał Rzecki.

— Rozum tracisz, panie Ignacy, ujmując się za takim człowiekiem — odparł gwałtownie radca. — Bo tylko pomyśl. Pojechał po majątek, gdzie?... na wojnę turecką... Na wojnę turecką!... czy rozumiesz doniosłość tych słów?... Tam zrobił majątek, ale w jaki sposób?... Jakim sposobem można w pół roku zrobić pół miliona rubli?...

— Bo obracał dziesięcioma milionami rubli — odparł Rzecki — więc nawet zrobił mniej, niżby mógł...

— Ale czyje to były miliony?

— Suzina... kupca... jego przyjaciela.

— Otóż to!... Ale mniejsza; przypuśćmy, że w tym razie nie zrobił żadnego świństwa... Co to jednakże za interesa prowadził on w Paryżu, a później w Moskwie, na czym również grubo zarobił?... A godziło się to zabijać krajowy przemysł, ażeby dać osiemnaście procent dywidendy kilku arystokratom dla wkręcenia się pomiędzy nich?... A pięknie to sprzedawać całą spółkę Żydom i nareszcie uciekać zostawiając setki ludzi w nędzy lub w niepewności?... To tak robi dobry obywatel i człowiek uczciwy?... No, pijże, panie Ignacy!... — zawołał trącając jego kufel swoim. — Nasze kawalerskie!... Panie Szprot, pokaż, co umiesz... nie kompromituj się przy chorym...

— Hola!... — odezwał się doktor Szuman, który od kilku chwil stał na progu nie zdejmując kapelusza z głowy. — Hola!... A cóż to wy, moi panowie, jesteście ajentami domu pogrzebowego, że mi w taki sposób urządzacie pacjenta?... Kazimierz! — zawołał na służącego — wyrzuć mi te butelki do sieni... A panów proszę, ażebyście pożegnali chorego... Szpital, choćby na jedną osobę, nie jest knajpą... To pan tak wykonywasz moje zlecenia?... — zwrócił się do Rzeckiego. — To pan mając wadę serca będziesz mi urządzał pijatyki?... Może jeszcze zaprosicie sobie dziewczęta?...

---

[199] Ale — mocne jasne piwo angielskie.

Dobrej nocy panom... — rzekł do radcy i Szprota — a na drugi raz nie otwierajcie mi tu piwiarni, bo was zaskarżę o zabójstwo...

Panowie radca Węgrowicz i ajent Szprot wynieśli się tak szybko, że gdyby nie gęsty dym ich cygar, można by myśleć, że nikogo nie było w pokoju.

— Otwórz okno!... — mówił doktór do służącego. — Oj, to! to!... dodał patrząc ironicznie na Rzeckiego. — Twarz w płomieniach, oczy szkliste, pulsa biją tak, że słychać na ulicy...

— Słyszałeś pan, co on mówił o Stachu?... — spytał Rzecki.

— Ma rację — odparł Szuman. — Całe miasto mówi to samo, chociaż myli się tytułując Wokulskiego bankrutem, bo on jest tylko półgłówkiem z tego typu, który ja nazywam polskimi romantykami.

Rzecki patrzył na niego prawie wylękniony.

— Nie patrz pan tak na mnie — ciągnął spokojnym głosem Szuman — raczej zastanów się, czy nie mam racji. Wszakże ten człowiek ani razu w życiu nie działał przytomnie... Kiedy był subiektem, myślał o wynalazkach i o uniwersytecie; kiedy wszedł do uniwersytetu, zaczął bawić się polityką. Później, zamiast robić pieniądze, został uczonym i wrócił tu tak goły, że gdyby nie Minclowa, umarłby z głodu... Nareszcie zaczął robić majątek, ale nie jako kupiec, tylko jako wielbiciel panny, która od wielu lat ma ustaloną reputację kokietki. Nie koniec na tym, już bowiem mając w ręku i pannę, i majątek, rzucił oboje, a dzisiaj co robi i gdzie jest?... Powiedz pan, jeżeliś mądry?... Półgłówek, skończony półgłówek! — mówił Szuman machając ręką. — Czystej krwi polski romantyk, co to wiecznie szuka czegoś poza rzeczywistością...

<small>Szuman o Wokulskim</small>

— Czy doktór powtórzy to Wokulskiemu, gdy wróci?... — spytał Rzecki.

— Sto razy mu tak mówiłem, a jeżeli teraz nie powiem, to tylko dlatego, że nie wróci...

— Co nie ma wrócić... — szepnął Rzecki blednąc.

— Nie wróci, bo albo sobie gdzieś łeb rozbije, jeżeli odzyska rozsądek, albo weźmie się do jakiejś nowej utopii. Choćby do wynalazków tego mitycznego Geista, który także musi być patentowanym wariatem.

— A doktór nie uganiałeś się nigdy za utopiami?

— Tak, ale robiłem to odurzywszy się w waszej atmosferze. Opatrzyłem się jednak w porę i ta okoliczność pozwala mi stawiać jak najdokładniejsze diagnozy podobnych chorób... No, zdejmij pan szlafrok, zobaczymy, jakie skutki wywołał wieczór spędzony w wesołym towarzystwie...

Zbadał Rzeckiego, kazał mu natychmiast iść do łóżka, a na przyszłość nie robić ze swego mieszkania szynkowni.

— Pan to także jesteś okazem romantyka; tyle tylko, żeś miał mniej sposobności do robienia głupstw — zakończył doktór.

Po czym wyszedł zostawiając Rzeckiego w bardzo ponurym nastroju.

„Już tam twoje gadanie więcej mi zaszkodzi aniżeli piwo" — pomyślał Rzecki, a po chwili dodał półgłosem:

„Mógłby jednakże Stach choć słówko napisać... Bo licho wie, jakie domysły snują się człowiekowi po głowie!..."

Przykuty do łóżka pan Ignacy nudził się piekielnie.

Więc dla zabicia czasu odczytywał, po raz nie wiadomo który, historię konsulatu i cesarstwa albo rozmyślał o Wokulskim.

Oba te jednak zajęcia, zamiast uspakajać, drażniły go... Historia przypominała mu cudowne dzieje jednego z największych triumfatorów, na którego dynastii Rzecki opierał wiarę w przyszłość świata, a która to dynastia w jego oczach padła pod oszczepem Zulusa. Rozmyślania zaś o Wokulskim prowadziły go do wniosku, że ukochany przyjaciel, a tak niezwykły człowiek, co najmniej znajdował się na drodze do jakiegoś moralnego bankructwa.

„Tyle chciał zrobić, tyle mógł zrobić i nic nie zrobił!... — powtarzał pan Ignacy ze smutkiem w sercu. — Gdybyż choć napisał, gdzie jest i jakie ma zamiary... Gdyby chociaż dał znać, że żyje!..."

Od pewnego bowiem czasu trapiły pana Rzeckiego niejasne, ale złowrogie przeczucia. Przychodził mu na myśl jego sen, kiedy po przedstawieniu Rossiego marzyło mu się, że Wokulski skoczył za panną Izabelą z wieży ratuszowej. To znowu przypominał sobie dziwne, a nic dobrego nie zapowiadające zdania Stacha: „Chciałbym zginąć sam i zniszczyć wszelkie ślady mego istnienia!..."

Jak łatwo podobne życzenie może się spełnić u człowieka, który mówił tylko to, co czuł, i umiał wykonywać to, co mówił!...

Codziennie odwiedzający go doktor Szuman wcale nie dodawał mu otuchy i już prawie znudził go powtarzaniem jednej i tej samej zwrotki:

— Doprawdy, że trzeba być albo kompletnym bankrutem, albo wariatem, ażeby zostawiwszy tyle pieniędzy w Warszawie, nie wydać żadnej dyspozycji, a nawet nie donieść, gdzie jest!...

Rzecki kłócił się z nim, ale w duszy przyznawał mu rację.

Pewnego dnia doktór wpadł do niego w porze niezwykłej, bo o godzinie dziesiątej rano. Cisnął kapelusz na stół i zawołał:

— A co, nie miałem racji, że to jest półgłówek!...

— Cóż się stało?... — zapytał pan Ignacy, z góry wiedząc, o kim mowa.

— Stało się, że już przed tygodniem ten wariat wyjechał z Moskwy i... zgadnij pan dokąd?...

— Do Paryża?...

| Szuman – o tym, co się dzieje z Wokulskim |

— Ale gdzie zaś!... Wyjechał do Odessy, stamtąd ma zamiar udać się do Indyj, z Indyj do Chin i Japonii, a później przez Ocean Spokojny do Ameryki... Rozumiem podróż, nawet naokoło świata, sam bym mu ją radził. Ale ażeby nie napisać słówka, zostawiając, bądź jak bądź, ludzi życzliwych i ze dwakroć sto tysięcy rubli w Warszawie, na to, dalibóg! trzeba mieć w wysokim stopniu rozwiniętą psychozę...

— Skądże te wiadomości? — spytał Rzecki.

— Z najlepszego źródła, bo od Szlangbauma, któremu zbyt wiele zależy na tym, ażeby dowiedzieć się o projektach Wokulskiego. Ma mu przecież w początkach października zapłacić sto dwadzieścia tysięcy rubli... No, a gdyby kochany Stasio w łeb sobie palnął czy utonął, czy umarł na żółtą febrę... Rozumiesz pan?... Wówczas moglibyśmy albo całemu kapitałowi ukręcić szyję, albo przynajmniej obracać nim z pół roku bez procentu... Pan już chyba poznałeś Szlangbauma? On przecież mnie... mnie chciał okpić!

Doktór biegał po pokoju i gestykulował rękoma w taki sposób, jak gdyby sam był dotknięty początkami psychozy. Nagle zatrzymał się przed panem Ignacym, popatrzył mu w oczy i schwycił za rękę.

— Co... co... co?... Puls przeszło sto?... Miałeś pan dziś gorączkę?...
— Jeszcze nie.
— Jak to: nie?... Przecież widzę...
— Mniejsza — odparł Rzecki. — Czyby jednakże Stach zrobił coś podobnego?...
— Ten nasz dawny Stach, pomimo romantyzmu, może by nie zrobił; ale ten pan Wokulski, zakochany w jaśnie wielmożnej pannie Łęckiej, może zrobić wszystko... No, i jak pan widzisz, robi, na co go stać...

Od tej wizyty doktora pan Ignacy sam zaczął zeznawać, że jest z nim niedobrze. „To byłoby zabawne — myślał — gdybym ja tak w tych czasach dał nura?... Phy! trafiało się to lepszym ode mnie... Napoleon I... Napoleon III... mały Lulu... Stach... No, cóż Stach?... przecież jedzie teraz do Indyj..."

Zadumał się, wstał z łóżka, ubrał się jak należy i poszedł do sklepu ku wielkiemu zgorszeniu Szlangbauma, który wiedział, że panu Ignacemu zabroniono podnosić się.

Za to przez następny dzień było mu gorzej; odleżał więc dobę i znowu na parę godzin zaszedł do sklepu.

— Cóż on sobie myśli, że sklep to trupiarnia?... — rzekł jeden ze starozakonnych subiektów do pana Zięby, który z właściwą sobie szczerością znalazł, że ten koncept jest doskonały.

W połowie września odwiedził pana Rzeckiego Ochocki, który na kilka dni przyjechał tu z Zasławka.

Na jego widok pan Ignacy odzyskał dobry humor.

— Cóż pana tu sprowadza?!... — zawołał, gorąco ściskając kochanego przez wszystkich wynalazcę.

Ale Ochocki był pochmurny.

— Cóż by innego, jeżeli nie kłopoty! — odparł. — Wiesz pan, że umarł Łęcki...
— Ojciec tej... tej?... — zdziwił się pan Ignacy.
— Tej... tej!... I nawet bodaj czy nie przez nią...
— W imię Ojca i Syna... — przeżegnał się Rzecki. — Iluż ludzi ma zamiar zgubić ta kobieta?... Bo, o ile wiem, a zapewne i dla pana nie jest to tajemnicą, że jeżeli Stach wpadł w nieszczęście, to tylko przez nią...

Ochocki pokiwał głową.

— Możesz mi pan powiedzieć, co się stało z Łęckim?... — ciekawie zapytał pan Ignacy.

— Żaden to sekret — odparł Ochocki. — W początkach lata oświadczył się o pannę Izabelę marszałek...

— Ten... ten?... Mógł być moim ojcem — wtrącił Rzecki.

— Może też dlatego panna przyjęła go, a przynajmniej nie odrzuciła. Więc stary zebrał manatki po dwu swoich żonach i przyjechał na wieś do hrabiny... do ciotki panny Izabeli, u której mieszkała wraz z ojcem...
— Oszalał.
— Trafiało się to i mędrszym od niego — ciągnął Ochocki. — Tymczasem, pomimo że marszałek zaczął uważać się za konkurenta, panna Izabela co parę dni, a później nawet i co dzień jeździła sobie w towarzystwie pewnego inżyniera do ruin starego zamku w Zasławiu... Mówiła, że jej to rozpędza nudy...
— I marszałek nic?...
— Marszałek, naturalnie, milczał, ale kobiety perswadowały pannie, że tak robić nie wypada. Ona zaś ma w tych razach jedną odpowiedź: „Marszałek powinien być kontent, jeżeli wyjdę za niego, a wyjdę nie po to, aby wyrzekać się moich przyjemności..."
— I pewnie marszałek przydybał ich na czym w owych ruinach? — wtrącił Rzecki.
— Ii... nie!... nawet tam nie zaglądał. A gdyby i zajrzał, przekonałby się, że panna Izabela brała z sobą naiwnego inżynierka po to, ażeby w jego asystencji tęsknić za Wokulskim...
— Za Wo-kul-skim?...
— Przynajmniej tak domyślano się — mówił Ochocki. — Tym razem ja sam zwróciłem jej uwagę, że w towarzystwie jednego wielbiciela nie wypada tęsknić za drugim. Ale ona odpowiedziała mi swoim zwyczajem: „Niech będzie kontent, że pozwalam mu patrzeć na siebie..."
— To osioł ten inżynier!...
— Nie bardzo, gdyż pomimo całej naiwności spostrzegł się i pewnego dnia, a nawet przez wszystkie dnie następne nie pojechał z panną tęsknić między gruzami. Jednocześnie zaś marszałek, zazdrosny o inżyniera, zaprzestał konkurów i wyniósł się na Litwę w sposób tak demonstracyjny, że panna Izabela i hrabina dostały spazmów, a poczciwy Łęcki nawet nie kiwnąwszy palcem umarł na apopleksję...
Skończywszy opowiadać Ochocki objął się rękoma za głowę i śmiał się.
— I pomyśleć tu — dodał — że tego rodzaju kobieta tylu ludziom głowy zawróciła...
— Ależ to potwór!... — zawołał Rzecki.
— Nie. Nawet niegłupia i niezła w gruncie rzeczy, tylko... taka jak tysiące innych z jej sfery.
— Tysiące?...
— Niestety!... — westchnął Ochocki. — Wyobraź pan sobie klasę ludzi majętnych lub zamożnych, którzy dobrze jedzą, a niewiele robią. Człowiek musi w jakiś sposób zużywać siły; więc jeżeli nie pracuje, musi wpaść w rozpustę, a przynajmniej drażnić nerwy... I do rozpusty zaś, i do drażnienia nerwów potrzebne są kobiety piękne, eleganckie, dowcipne, świetnie wychowane, a raczej wytresowane w tym właśnie kierunku... Toż to ich jedyna kariera...
— I panna Izabela zaciągnęła się w ich szeregi?...
— To jest, właściwie zaciągnęli ją... Przykro mi to mówić, ale panu mówię, ażebyś wiedział, o jaką to kobietę potknął się Wokulski...
Rozmowa urwała się — zaczął ją Ochocki pytając:
— Kiedyż on wraca?

— Wokulski?... — odparł pan Ignacy. — Przecież wyjechał do Indyj, Chin, Ameryki...
Ochocki rzucił się na krześle.
— To niepodobna!... — zawołał. — Chociaż... — dodał po namyśle.
— Czy ma pan jakie wskazówki, że tam nie pojechał?... — zapytał Rzecki zniżonym głosem.
— Żadnych. Tylko dziwię się nagłej decyzji... Kiedym tu był ostatnim razem, obiecał mi załatwić pewien interes... Ale...
— I niezawodnie załatwiłby go ten dawny Wokulski. Ten nowy zaś zapomniał nie tylko o pańskich interesach... Przede wszystkim o własnych...
— Że on wyjedzie — mówił Ochocki jakby do siebie — tego można było spodziewać się, ale nie podoba mi się ta nagłość. Pisał do pana?..
— Ani litery, i do nikogo — odparł stary subiekt.
Ochocki kręcił głową.
— Musiało się tak stać — mruknął.
— Dlaczego musiało się stać?... — wybuchnął Rzecki. — Cóż to on bankrut czy może nie miał zajęcia?... Taki sklep, spółka to fraszki? A nie mógł ożenić się z kobietą piękną, zacną...
— Znalazłoby się więcej takich kobiet — wtrącił Ochocki. — Wszystko to było dobre — mówił ożywiając się — ale nie dla człowieka z jego usposobieniem...
— Jak pan to rozumiesz? — pochwycił Rzecki, któremu rozmowa o Wokulskim sprawiała taką przyjemność jak o kochance. — Jak pan to rozumiesz?... Poznałeś pan bliżej tego człowieka?... — pytał natarczywie, a oczy mu błyszczały.
— Poznać go łatwo. Był to jednym słowem człowiek szerokiej duszy.
— Oto właśnie!... — odezwał się Rzecki wybijając takt palcem i wpatrując się w Ochockiego jak w obraz. — Co pan jednak rozumiesz przez tę szerokość?... Pięknie powiedziane!... Wytłomacz to pan, a jasno!...
Ochocki uśmiechnął się.
— Widzi pan — rzekł — ludzie małej duszy dbają tylko o swoje interesa, nie sięgają myślą poza dzień dzisiejszy i mają wstręt do rzeczy nieznanych. Byle im było spokojnie i suto... Taki zaś facet jak on troszczy się interesami tysięcy, patrzy nieraz o kilkadziesiąt lat naprzód, a każda rzecz nieznana i nierozstrzygnięta pociąga go w sposób nieprzeparty. To nawet nie jest żadna zasługa, tylko mus. Jak żelazo bez namysłu rusza się za magnesem albo pszczoła lepi swoje komórki, tak ten gatunek ludzi rzuca się do wielkich idei i niezwykłych prac...
Rzecki ściskał go za obie ręce i drżał ze wzruszenia.
— Szuman — rzekł — mądry doktor Szuman mówi, że Stach jest wariat, polski romantyk.
— Głupi Szuman ze swoim żydowskim klasycyzmem!...[200] — odparł Ochocki. — On nawet nie domyśla się, że cywilizacji nie stworzyli ani filistrowie[201], ani geszefciarze,

---

[200] *klasycyzm* — tu: realizm, trzeźwość życiowa w przeciwstawieniu do romantyzmu.

[201] *filister* — ciasny, ograniczony mieszczuch.

lecz właśnie tacy wariaci... Gdyby rozum polegał na myśleniu o dochodach, ludzie do dzisiejszego dnia byliby małpami...
— Święte słowa... piękne słowa!... — powtarzał subiekt. — Wytłomaczże pan jednak: jakim sposobem człowiek, podobny Wokulskiemu, mógł... tak oto... zaawanturować się?...

> Ochocki
> o Wokulskim

— Proszę pana, ja się dziwię, że to tak późno nastąpiło!... — odparł Ochocki wzruszając ramionami. — Przecież znam jego życie i wiem, że ten człowiek prawie dusił się tutaj od dzieciństwa. Miał aspiracje naukowe, lecz nie było ich czym zaspokoić; miał szerokie instynkta społeczne, ale czego dotknął się w tym kierunku, wszystko padało... Nawet ta marna spółczyna, którą założył, zwaliła mu na łeb tylko pretensje i nienawiści...
— Masz pan rację!... masz pan rację!... — powtarzał Rzecki. — A teraz ta panna Izabela...
— Tak, ona mogła go uspokoić. Mając szczęście osobiste, łatwiej pogodziłby się z otoczeniem i zużyłby energię w tych kierunkach, jakie są u nas możliwe. Ale... nietęgo trafił...
— A co dalej?...
— Czy ja wiem?... — szepnął Ochocki. — Dziś jest on podobny do wyrwanego drzewa. Jeżeli znajdzie grunt właściwy, a w Europie może go znaleźć, i jeżeli ma jeszcze energię, to wlezie w jakąś robotę i bodaj czy nie zacznie naprawdę żyć... Ale jeżeli wyczerpał się, co także w jego wieku jest możliwym...

Rzecki podniósł palec do ust...
— Cicho!... cicho!... — przerwał. — Stach ma energię... o, ma!... On jeszcze wypłynie... wypły...

Odszedł od okna i oparłszy się o futrynę zaczął szlochać.
— Taki jestem chory — mówił — taki rozdrażniony... — Bo ja mam podobno wadę serca... Ale to przejdzie... przejdzie... Tylko dlaczego on tak ucieka... kryje się... nie pisze?...
— Ach, jak ja rozumiem — zawołał Ochocki — ten wstręt człowieka rozbitego do rzeczy, które mu przypominają przeszłość!... Jak ja to znam, choćby z małego doświadczenia... Wyobraź pan sobie, że kiedy zdawałem w gimnazjum egzamin dojrzałości, musiałem w pięć tygodni przejść kursa łaciny i greki z siedmiu klas, bom się tego nigdy nie chciał uczyć. No i jakoś wykręciłem się na egzaminie, ale tak przedtem pracowałem, żem się przepracował.

Od tej pory nie tylko nie mogłem patrzeć na książki łacińskie albo greckie, ale nawet myśleć o nich. Nie mogłem patrzeć na gmach szkolny, unikałem kolegów, którzy pracowali razem ze mną, ale nawet musiałem opuścić owe mieszkanie, gdzie uczyłem się dzień i noc. Trwało to parę miesięcy i naprawdę nie pierwej uspokoiłem się, ażem... Wiesz pan, com zrobił? Rzuciłem do pieca wszystkie podręczniki greckie i łacińskie i spaliłem bestie!... Paskudziło się to z godzinę, ale kiedy ostatecznie kazałem popioły wysypać na śmietnik, ozdrowiałem!... Chociaż i dziś jeszcze dostaję bicia serca na widok greckich liter albo łacińskich wyjątków: *panis, piscis, crinis...*[202] Aaa... jakie to obrzydliwe...

Nie dziwże się pan — kończył Ochocki — że Wokulski umyka stąd aż do Chin... Długie udręczenie może doprowadzić człowieka do wścieklizny... Chociaż i to przechodzi...

— A czterdzieści sześć lat, panie?... — zapytał Rzecki.

— A silny organizm?... a tęgi mózg?... No, ale zagadałem się... Bywaj mi pan zdrów...

— Co, może wyjeżdżasz pan?...

— Aż do Petersburga — odparł Ochocki. — Muszę pilnować testamentu nieboszczki Zasławskiej, który chce obalić wdzięczna rodzina. Posiedzę tam, bodaj czy nie do końca października.

— Jak tylko będę miał wiadomość od Stacha, zaraz panu doniosę. Tylko przyszlij mi pan adres.

— I ja panu dam znać, tylko zachwycę języka... Chociaż wątpię... Do widzenia!...

— Rychłego powrotu...

Rozmowa z Ochockim orzeźwiła pana Ignacego. Zdawało się, że stary subiekt nabrał sił nagadawszy się z człowiekiem, który nie tylko rozumiał ukochanego Stacha, ale i przypominał go w wielu punktach.

„On był taki sam — myślał Rzecki. — Energiczny, trzeźwy, a mimo to zawsze pełen idealnych popędów..."

Można powiedzieć, że od tego dnia zaczęła się rekonwalescencja pana Ignacego. Opuścił łóżko, potem szlafrok zamienił na surdut, bywał w sklepie i nawet często wychodził na ulicę. Szuman zachwycał się trafnością swojej kuracji, dzięki której choroba serca zatrzymała się w rozwoju.

— Co będzie dalej — mówił do Szlangbauma — nie wiadomo. Ale fakt, że od kilku dni stary ma się lepiej. Odzyskał apetyt i sen, a nade wszystko opuściła go apatia. Z Wokulskim miałem to samo.

Naprawdę zaś Rzecki pokrzepiał się nadzieją, że prędzej lub później będzie miał list od swego Stacha.

„Już może jest w Indiach — myślał — więc w końcu września powinien bym mieć wiadomość... No, o spóźnienie w takich razach nietrudno; ale za październik dam głowę..."

Rzeczywiście, w epokach wskazanych nadeszły wiadomości o Wokulskim, lecz bardzo dziwne.

W końcu września wieczorem odwiedził pana Ignacego Szuman i śmiejąc się rzekł:

— Tylko uważaj pan, jak ten półgłówek zainteresował ludzi. Pachciarz z Zasławka mówił Szlangbaumowi, że furman nieboszczki prezesowej widział niedawno Wokulskiego w lesie zasławskim. Opisywał nawet, jak był ubrany i na jakim koniu jechał...

> Szuman — wiadomości o Wokulskim

---

[202] *panis, piscis, crinis* — wyrazy łacińskie: chleb, ryba, włos — wyjątki w gramatyce łacińskiej (rzeczowniki rodzaju męskiego, choć mają końcówkę -is właściwą rzeczownikom żeńskim).

— Może być!... — wtrącił ożywiony pan Ignacy.
— Farsa!... Gdzie Krym, gdzie Rzym, gdzie Indie, a gdzie Zasławek?... — odparł doktór. — Tym bardziej że prawie jednocześnie inny Żydek, handlujący węglami, widział znowu Wokulskiego w Dąbrowie... A nawet więcej, bo jakoby dowiedział się, że ów Wokulski kupił od jednego górnika, pijaczyny, dwa naboje dynamitowe... No, już tego głupstwa chyba i pan nie zechcesz bronić?...
— Ale cóż by to znaczyło?...
— Nic. Widocznie Szlangbaum musiał między Żydkami ogłosić nagrodę za dowiedzenie się o Wokulskim, więc teraz każdy będzie upatrywał Wokulskiego bodajby w mysiej jamie... I święty rubel tworzy jasnowidzących!... — zakończył doktór śmiejąc się ironicznie.

Rzecki musiał przyznać, że pogłoski nie miały sensu, a wyjaśnienie ich przez Szumana było najzupełniej racjonalne. Pomimo to niepokój o Wokulskiego wzmógł się.

Niepokój jednak zamienił się w istotną trwogę wobec faktu nie ulegającego już żadnej wątpliwości. Oto w dniu pierwszego października jeden z rejentów zawezwał do siebie pana Ignacego i pokazał mu akt, zeznany przez Wokulskiego przed wyjazdem do Moskwy.

> Wokulski
> – testament

Był to formalny testament, w którym Wokulski rozporządził pozostałymi w Warszawie pieniędzmi, z których siedemdziesiąt tysięcy rs leżały w banku, zaś sto dwadzieścia tysięcy rs. u Szlangbauma.

Dla osób obcych rozporządzenie to było dowodem niepoczytalności Wokulskiego; Rzeckiemu jednak wydało się całkiem logiczne. Testator[203] zapisał: ogromną sumę stu czterdziestu tysięcy rubli Ochockiemu, dwadzieścia pięć tysięcy rs. Rzeckiemu, dwadzieścia tysięcy rs. Helence Stawskiej. Pozostałe zaś pięć tysięcy rs. podzielił między swoją dawną służbę albo biedaków, którzy mieli z nim stosunki. Z tej sumy otrzymali po pięćset rubli: Węgiełek, stolarz z Zasławia, Wysocki, furman z Warszawy, i drugi Wysocki, jego brat, dróżnik ze Skierniewic.

Wokulski rzewnymi słowami prosił obdarowanych, ażeby zapisy przyjęli jak od zmarłego; rejenta zaś zobowiązał do nieogłaszania aktu przed pierwszym października.

Między ludźmi, którzy znali Wokulskiego, zrobił się hałas, posypały się plotki, insynuacje, obrazy osobiste... Szuman zaś w rozmowie z Rzeckim wypowiedział taki pogląd:

— O zapisie dla pana dawno wiedziałem... Ochockiemu dał blisko milion złotych[204], ponieważ odkrył w nim wariata tego co sam gatunku... No i prezent dla córeczki pięknej pani Stawskiej rozumiem – dodał z uśmiechem – jedno mnie tylko intryguje...

— Cóż mianowicie? – spytał Rzecki przygryzając wąsy.
— Skąd się wziął między obdarowanymi ów dróżnik Wysocki?... – zakończył Szuman.

Zanotował jego imię i nazwisko i wyszedł zamyślony.

---

[203] *testator* – pozostawiający testament.
[204] *blisko milion złotych* – tzn. owe 140 tysięcy rubli.

Wielki był niepokój Rzeckiego o to, co mogło się stać z Wokulskim? dlaczego zrobił zapis i dlaczego przemawiał w nim jak człowiek myślący o bliskiej śmierci?... Wnet jednak trafiły się wypadki, które obudziły w panu Ignacym iskrę nadziei lub do pewnego stopnia wyjaśniły dziwne postępowanie Wokulskiego.

Przede wszystkim Ochocki, zawiadomiony o darze, nie tylko natychmiast odpowiedział z Petersburga, że zapis przyjmuje i że całą gotówkę chce mieć w początkach listopada, ale jeszcze zastrzegł sobie u Szlangbauma procent za miesiąc październik.

Nadto zaś napisał do Rzeckiego list z zapytaniem: czy pan Ignacy nie dałby mu ze swego kapitału dwudziestu jeden tysięcy rubli gotowizną, w zamian za sumę płatną na święty Jan, którą Ochocki miał na hipotece wiejskiego majątku?

„Bardzo zależy mi na tym – kończył swój list – ażeby wszystko, co posiadam, mieć w ręku, gdyż w listopadzie stanowczo muszę wyjechać za granicę. Objaśnię to panu przy osobistej rozmowie..."

„Dlaczego on tak nagle wyjeżdża za granicę i dlaczego zbiera wszystkie pieniądze?... – zapytywał sam siebie Rzecki. – Dlaczego w końcu odkłada wyjaśnienia do rozmowy osobistej?..."

Naturalnie, że przyjął propozycję Ochockiego; zdawało mu się, że w tym nagłym wyjeździe i niedomówieniach tkwi jakaś otucha.

„Kto wie – myślał – czy Stach pojechał do Indyj ze swoim półmilionem?... Może oni obaj z Ochockim zejdą się w Paryżu, u tego dziwnego Geista?... Jakieś metale... jakieś balony!... Widocznie chodzi im o utrzymanie tajemnicy, przynajmniej do czasu..."

W tym jednak razie pomieszał mu rachunki Szuman powiedziawszy przy jakiejś okazji:

– Dowiadywałem się w Paryżu o tego sławnego Geista myśląc, że Wokulski może się o niego zechce zaczepić. No, ale Geist, niegdyś bardzo zdolny chemik, jest dziś skończonym wariatem... Cała Akademia śmieje się z jego pomysłów!...

Drwiny całej Akademii z Geista mocno zachwiały nadziejami Rzeckiego. Jużci, jeżeli kto, to tylko Akademia Francuska mogłaby ocenić wartość owych metali czy balonów... A jeżeli mędrcy zadecydowali, że Geist jest wariatem, to już chyba Wokulski nie miałby co robić u niego.

„Gdzie i po co w takim razie wyjechał? – myślał Rzecki. – Ha, oczywiście, wyjechał w podróż, bo mu tu było źle... Jeżeli Ochocki musiał opuścić mieszkanie, w którym dokuczyła mu tylko gramatyka grecka, to Wokulski mógł tym bardziej wynieść się z miasta, gdzie mu tak dokuczyła kobieta... I gdybyż to tylko ona!... Czy był kiedy człowiek bardziej szkalowany od niego?..."

„Ale dlaczego on zrobił prawie testament i jeszcze napomykał w nim o śmierci?..." – dodawał pan Ignacy.

Tę wątpliwość rozjaśniła mu wizyta Mraczewskiego. Młody człowiek przyjechał do Warszawy niespodzianie i przyszedł do Rzeckiego z miną zakłopotaną. Rozmawiał urywkowo, a w końcu napomknął, że pani Stawska waha się przyjąć darowizny Wokulskiego i że jemu samemu dar ten wydaje się niepokojącym...

– Dzieciak jesteś, mój kochany!... – oburzył się pan Ignacy. – Wokulski zapisał jej czy Helci dwadzieścia tysięcy rubli, bo polubił kobietę; a polubił ją, bo w jej domu znajdował spokój w najcięższych czasach dla siebie... Wiesz przecie, że kochał się w pannie Izabeli?...

— To wiem — odparł nieco spokojniej Mraczewski — ale wiem i o tym, że pani Stawska miała do Wokulskiego słabość...

— Więc i cóż?... Dziś Wokulski jest dla nas wszystkich prawie umarłym i Bóg wie, czy go kiedy zobaczymy.

Mraczewskiemu twarz rozjaśniła się.

— To prawda — rzekł — to prawda!... Pani Stawska może przyjąć zapis od zmarłego, a ja nie potrzebuję się obawiać wspomnień o nim...

I wyszedł bardzo kontent z tego, że Wokulski może już nie żyje.

„Stach miał rację — myślał pan Ignacy — nadając taką formę swoim zapisom. Umniejszył kłopotu obdarowanym, a nade wszystko tej poczciwej pani Helenie..."

W sklepie Rzecki bywał ledwie raz na kilka dni, jedyne zaś jego zajęcie, notabene bezpłatne, polegało na układaniu wystawy w oknach, co zwykle robił w nocy z soboty na niedzielę. Stary subiekt bardzo lubił to układanie, a Szlangbaum sam go o nie prosił w nadziei, że pan Ignacy umieści swój kapitał w jego kantorze na niewysoki procent.

Ale i te rzadkie odwiedziny wystarczyły panu Ignacemu do zorientowania się, że w sklepie zaszły gruntowne zmiany na gorsze. Towary, lubo pokaźne na oko, były liche, choć zarazem zniżyła się trochę ich cena; subiekci w arogancki sposób traktowali publiczność i dopuszczali się drobnych nadużyć, które nie uszły uwagi Rzeckiego. Nareszcie dwu nowych inkasentów dopuściło się malwersacji na sto kilkadziesiąt rubli.

Kiedy pan Ignacy wspomniał o tym Szlangbaumowi, usłyszał odpowiedź:

— Proszę pana, publiczność nie zna się na dobrym towarze, tylko na tanim... A co do malwersacji, te się wszędzie trafiają. Skąd zresztą wezmę innych ludzi?

Pomimo tęgiej miny Szlangbaum jednak martwił się, a Szuman drwił z niego bez miłosierdzia.

— Prawda, panie Szlangbaum — mówił doktor — że gdyby w kraju zostali sami Żydzi, wyszlibyśmy z torbami z interesu! Bo jedni okpiwaliby nas, a drudzy nie daliby się łapać na nasze sztuki...

Mając dużo wolnego czasu pan Ignacy dużo rozmyślał i dziwił się, że teraz po całych dniach zaprzątały go kwestie, które dawniej nawet nie przeszły mu przez głowę.

„Dlaczego nasz sklep upadł?... — mówił do siebie. — Bo gospodaruje w nim Szlangbaum, nie Wokulski. A dlaczego nie gospodaruje Wokulski?... Bo jak to wspomniał Ochocki, Stach dusił się tutaj prawie od dzieciństwa i nareszcie musiał uciec na świeże powietrze..."

I przypomniał sobie najwydatniejsze momenta z życia Wokulskiego. Kiedy chciał uczyć się, jeszcze jako subiekt Hopfera, wszyscy mu dokuczali. Kiedy wstąpił do uniwersytetu, zażądano od niego poświęceń. Kiedy wrócił do kraju, nawet pracy mu odmówiono. Kiedy zrobił majątek, obrzucono go podejrzeniami, a kiedy zakochał się, ubóstwiana kobieta zdradziła go w najnikczemniejszy sposób...

„Trzeba przyznać — rzekł pan Ignacy — że w takich warunkach zrobił, co mógł najlepszego..."

Ale jeżeli Wokulskiego siła faktów wypchnęła z kraju, dlaczego sklepu po nim nie odziedziczył bodajby on sam, Rzecki, nie zaś Szlangbaum?...

Bo on, Rzecki, nigdy o tym nie myślał, ażeby posiadać własny sklep. On walczył za interesa Węgrów albo czekał, aż Napoleonidzi świat przebudują. I cóż się stało?... Świat nie poprawił się, Napoleonidzi wyginęli, a właścicielem sklepu został Szlangbaum.

„Strach, ile się u nas marnuje uczciwych ludzi — myślał. — Katz palnął sobie w łeb, Wokulski wyjechał, Klejn Bóg wie gdzie, a Lisiecki musiał także się wynosić, bo dla niego nie było tu miejsca..."

Wobec tych medytacyj pan Ignacy doznawał wyrzutów sumienia, pod wpływem których począł mu się zarysowywać jakiś plan na przyszłość...

„Wejdę — mówił — do spółki z panią Stawską i z Mraczewskim. Oni mają dwadzieścia tysięcy rubli, ja dwadzieścia pięć tysięcy, więc za taką sumę możemy otworzyć porządny sklep choćby pod bokiem Szlangbaumowi..."

Projekt ten tak go opanował, że pod jego wpływem czuł się nawet zdrowszym. Wprawdzie coraz częściej doznawał bólu w ramionach i duszności, ale nie zważał na to...

„Pojadę na kurację choćby za granicę — myślał — pozbędę się tych głupich duszności i wezmę się do roboty naprawdę... Cóż to, czy tylko Szlangbaum ma robić u nas majątek?..."

Czuł się młodszym i rzeźwiejszym, choć Szuman nie radził mu wychodzić na ulicę i zalecał unikać wzruszeń.

Sam doktor jednakże często zapominał o własnym przepisie.

Raz wpadł do Rzeckiego z rana, wzburzony tak, że zapomniał włożyć krawata na szyję.

— Wiesz pan — zawołał — pięknych rzeczy dowiedziałem się o Wokulskim!...

Pan Ignacy położył na stole nóż i widelec (właśnie jadł befsztyk z borówkami) i uczuł ból w ramionach.

— Cóż się stało?... — zapytał słabym głosem.

— Pyszny jest Staś!... — mówił Szuman. — Odnalazłem tego dróżnika Wysockiego w Skierniewicach, wybadałem go i wiesz pan, com odkrył?...

— Skądże mogę wiedzieć?... — spytał Rzecki, któremu na chwilę zrobiło się ciemno w oczach.

— Wyobraź pan sobie — mówił zirytowany Szuman — że... to bydlę... to zwierzę... wtedy w maju, kiedy jechał z Łęckimi do Krakowa, rzucił się w Skierniewicach pod pociąg!... Wysocki go uratował...

— Eh!... — mruknął Rzecki.

— Nie: eh!... tylko tak jest... Z czego widzę, że kochany Stasieczek, obok romantyzmu, miał jeszcze manię samobójstwa... Założyłbym się o cały mój majątek, że on już nie żyje!...

Nagle umilkł spostrzegłszy straszną zmianę na twarzy pana Ignacego. Zmieszał się niesłychanie, sam prawie zaniósł go na łóżko i przysiągł sobie, że już nigdy nie będzie zaczepiać tych kwestyj.

Ale los zrządził inaczej.

W końcu października bryftrygier oddał Rzeckiemu list rekomendowany pod adresem Wokulskiego.

List pochodził z Zasławia, pismo było niewprawne.

„Czyby od Węgiełka..." — pomyślał pan Ignacy i otworzył kopertę.

Węgiełek – list z wiadomościami o Wokulskim

„Wielmożny panie! — pisał Węgiełek. — Najpierwej dziękujemy wielmożnemu panu za pamięć o nas i za te pięćset rubli, którymi nas wielmożny pan znowu obdarzył, i za wszystkie dobrodziejstwa, które otrzymaliśmy z jego szczodrobliwej ręki, dziękujemy: matka moja, żona moja i ja... Po drugie zaś wszyscy troje zapytujemy się o zdrowie i życie wielmożnego pana i czy pan szczęśliwie do dom powrócił. Pewno, że tak jest, bo inaczej nie wysłałby nam pan swego wspaniałego daru. Tylko żona moja jest bardzo o wielmożnego pana niespokojna i po nocach nie sypia, a nawet chciała, ażebym sam do Warszawy pojechał, zwyczajnie jak kobieta.

Bo to u nas, wielmożny panie, we wrześniu, tego samego dnia, kiedy wielmożny pan idąc na zamek spotkał moją matkę przy kartoflach, trafiło się wielkie zdarzenie. Tylko co matka wróciła z pola i nastawiła wieczerzę, aż tu w zamku dwa razy tak strasznie huknęło, jak pioruny, a w miasteczku szyby się zatrzęsły. Matce garnczek wypadł z rąk i zaraz mówi do mnie:

«Leć na zamek, bo tam może bawi się jeszcze pan Wokulski, więc żeby go nieszczęście nie spotkało.» I ja też zaraz poleciałem.

Chryste Panie! Ledwieżem poznał górę. Z czterech ścian zamku, co się jeszcze mocno trzymały, została tylko jedna, a trzy zmielone prawie na mąkę. Kamień, cośmy na nim rok temu wycięli wiersze, rozbity na jakie dwadzieścia kawałków, a w tym miejscu, gdzie była zawalona studnia, zrobił się dół i gruzów nasypało w niego więcej niż na stodołę. Ja myślę, że to mury same zawaliły się ze starości; ale matka mówi, że to może kowal nieboszczyk, com o nim wielmożnemu państwu rozpowiadał, że on taką psotę zrobił.

Nic nie mówiąc nikomu o tym, że wielmożny pan szedł wtedy na zamek, przez cały tydzień grzebałem między gruzami, czy, broń Boże, nie stało się nieszczęście. I dopiero, kiedym śladu nie znalazł, ucieszyłem się tak, że na tym miejscu święty krzyż stawiam, cały z drzewa dębowego, nie malowany, ażeby była pamiątka, jako wielmożny pan od nieszczęścia się ocalił. Ale moja żona, kobiecym obyczajem, wciąż się niepokoi... Więc dlatego pokornie upraszam wielmożnego pana, ażeby nam dał znać o sobie, że żyje i że zdrów jest...

Ksiądz proboszcz jegomość taki poradził mi wyciąć napis na krzyżu:

Non omnis moriar...[205]

Ażeby ludzie wiedzieli, że choć stary zamek, pamiątka z czasów dawnych, w gruzy się rozleciał, to przecie nie wszystek zginął i jeszcze niemało zostanie po nim do widzenia nawet dla naszych wnuków..."

---

[205] *Non omnis moriar* (łac.) — Nie wszystek umrę; cytat z ody Horacego, rzymskiego poety żyjącego w latach 64–8 p.n.e.

„A zatem Wokulski był w kraju!..." — zawołał ucieszony Rzecki i posłał po doktora prosząc go, ażeby przyszedł natychmiast.

W niecały kwadrans zjawił się Szuman. Dwa razy przeczytał podany mu list i ze zdziwieniem przypatrywał się ożywionej fizjognomii pana Ignacego.

— Cóż doktór na to?... — zapytał triumfalnie Rzecki.

Szuman zdziwił się jeszcze mocniej.

— Co ja na to?... — powtórzył. — Że stało się, co przepowiadałem Wokulskiemu jeszcze przed jego wyjazdem do Bułgarii. Przecież to jasne, że Stach zabił się w Zasławiu...

Rzecki uśmiechnął się.

— Ależ zastanów się, panie Ignacy — mówił doktór, z trudnością hamując wzruszenie. — Pomyśl tylko: widziano go w Dąbrowie, jak kupował naboje, potem widziano go w okolicach Zasławka, a nareszcie w samym Zasławiu. Myślę, że w zamku musiało coś kiedyś zajść między nim a tą... tą potępienicą... Bo nawet mnie raz wspomniał, że chciałby zapaść się pod ziemię tak głęboko jak studnia zasławska...

— Gdyby zechciał się zabić, mógłby to zrobić dawniej... Zresztą i pistolet by wystarczył, nie dynamit — odparł Rzecki.

— Toteż zabijał się... Ale że w każdym calu była to wściekła bestia, więc mu pistolet nie wystarczał... Jemu trzeba było lokomotywy, ażeby zginąć... Samobójcy umieją być wybredni, wiem o tym!...

Rzecki kręcił głową i uśmiechał się.

— Więc co pan myślisz, u diabła?... — zawołał zniecierpliwiony Szuman. — Czy masz jaką inną hipotezę.?...

— Mam. Stacha po prostu dręczyły wspomnienia tego zamku, więc chciał go zniszczyć, jak Ochocki zniszczył grecką gramatykę, kiedy się na niej przepracował. Jest to także odpowiedź dana tej pannie, która podobno co dzień jeździła tęsknie do tych gruzów...

— Ależ to byłoby dzieciństwo!... Czterdziestoletni chłop nie może postępować jak uczeń...

— Kwestia temperamentu — odparł Rzecki spokojnie. — Jedni odsyłają pamiątki, a on swoją wysadził w powietrze... Szkoda tylko, że tej Dulcynei[206] nie było między gruzami.

Doktor zamyślił się.

— Wściekła bestia!... Ale gdzież by teraz się podział, jeżeliby żył?...

— Teraz właśnie podróżuje z lekkim sercem. A nie pisze, bośmy mu już widać wszyscy obrzydli... — dokończył ciszej pan Ignacy. — Zresztą, gdyby tam zginął, pozostałby jakiś ślad...

— Swoją drogą, nie przysiągłbym, że pan nie masz racji, chociaż... ja w to nie wierzę — mruknął Szuman.

Kiwał smutnie głową i mówił:

---

[206] *Dulcynea* — ukochana Don Kichota; w jego wyobraźni piękna i subtelna dama, w rzeczywistości brzydka, ordynarna chłopka.

> **ważny cytat – Szuman o romantykach**

— Romantycy muszą wyginąć, to darmo; dzisiejszy świat nie dla nich... Powszechna jawność sprawia to, że już nie wierzymy ani w anielskość kobiet, ani w możliwość ideałów. Kto tego nie rozumie, musi zginąć albo dobrowolnie sam ustąpić...

Ale jaki to człowiek stylowy!... — zakończył. — Umarł przywalony resztkami feudalizmu. Zginął, aż ziemia zadrżała... Ciekawy typ, ciekawy...

Nagle schwycił kapelusz i wybiegł z pokoju mrucząc:

— Wariaty!... wariaty!... cały świat mogliby zarazić swoim obłędem...

Rzecki wciąż uśmiechał się...

„Niech mnie diabli wezmą — mówił do siebie — jeżeli co do Stacha nie mam racji!... Powiedział pannie: *adieu!* i pojechał... Oto cały sekret. Byle wrócił Ochocki, dowiemy się prawdy..."

Był w tak dobrym usposobieniu, że wydobył spod łóżka gitarę, naciągnął struny i przy jej akompaniamencie zaczął nucić:

> „*Wiosna się budzi w całej naturze,*
> *Witana rzewnym słowików pieniem...*
> *W zielonym gaju, ponad strumieniem,*
> *Kwitnęły dwie piękne róże...*"

Ostry ból w piersiach przypomniał mu, że nie powinien się męczyć.

Niemniej czuł w sobie ogromną energię.

„Stach — myślał — wziął się do jakiejś wielkiej roboty, Ochocki jedzie do niego, więc muszę i ja pokazać, co umiem... Precz z marzeniami!...

Napoleonidzi już nie poprawią świata i nikt go nie poprawi, jeżeli i nadal będziemy postępować jak lunatycy... Zawiążę spółkę z Mraczewskimi, sprowadzę Lisieckiego, znajdę Klejna i spróbujemy, panie Szlangbaum, czy tylko ty masz rozum... Do licha, co może być łatwiejszego aniżeli zrobienie pieniędzy, jeżeli chce się tego?...

A jeszcze z takim kapitałem i takimi ludźmi!..."

W sobotę, po rozejściu się subiektów, wieczorem pan Ignacy wziął od Szlangbauma klucz od tylnych drzwi sklepu, ażeby na przyszły tydzień ułożyć wystawę w oknach.

Zapalił jedną lampę, z głównego okna wydobył przy pomocy Kazimierza żardynierkę[207] i dwa wazony saskie, a na ich miejsce ustawił wazony japońskie i starorzymski stolik. Następnie kazał służącemu iść spać, miał bowiem zwyczaj własnoręcznie rozkładać przedmioty drobne, a osobliwie mechaniczne zabawki. Nie chciał zresztą, ażeby prosty człowiek wiedział, że on sam najlepiej bawi się sklepowymi zabawkami.

Jak zwykle, tak i tym razem wydobył wszystkie, zapełnił nimi cały kontuar i wszystkie jednocześnie nakręcił. Po raz tysiączny w życiu przysłuchiwał się melodiom grających tabakierek i patrzył, jak niedźwiedź wdrapuje się na słup, jak szklana woda obraca młyńskie koła, jak kot ugania się za myszą, jak tańczą krakowiacy, a na wyciągniętym koniu pędzi dżokej.

---

[207] *żardynierka* — podstawka lub kosz na kwiaty

I przypatrując się ruchowi martwych figur po tysiączny raz w życiu powtarzał: „Marionetki!... Wszystko marionetki!... Zdaje im się, że robią, co chcą, a robią tylko, co im każe sprężyna, taka ślepa jak one..."

ważny cytat – Rzecki o życiu

Kiedy źle kierowany dżokej wywrócił się na tańczących parach, pan Ignacy posmutniał.

„Dopomóc do szczęścia jeden drugiemu nie potrafi – myślał – ale zrujnować cudze życie umieją tak dobrze, jak gdyby byli ludźmi..."

Nagle usłyszał łoskot. Spojrzał w głąb sklepu i zobaczył wydobywającą się spod kontuaru ludzką figurę.

„Złodziej?..." – przeleciało mu przez głowę.

– Bardzo przepraszam, panie Rzecki, ale... ja zaraz przyjdę... – odezwała się figura z oliwkową twarzą i czarnymi włosami. Pobiegła do drzwi, otworzyła je pośpiesznie i znikła.

Pan Ignacy nie mógł podnieść się z fotelu; ręce mu opadły, nogi odmówiły posłuszeństwa. Tylko serce uderzało w nim jak dzwon rozbity, a w oczach zrobiło mu się ciemno.

„Cóż, u diabła, ja się zlękłem? – szepnął. – Wszakże to jest ten... ten Izydor Gutmorgen... tutejszy subiekt... Oczywiście, coś skradł i uciekł... Ale dlaczego ja się zląkłem?..."

Tymczasem pan Izydor Gutmorgen po dłuższej nieobecności wrócił do sklepu, co jeszcze więcej zadziwiło Rzeckiego.

– Skądeś się pan tu wziął?... czego pan chcesz?... – zapytał go pan Ignacy.

Pan Gutmorgen zdawał się być mocno zakłopotany. Spuścił głowę jak winowajca i przebierając palcami po kontuarze, mówił:

– Przepraszam pana, panie Rzecki, ale pan może myśli, że ja co ukradłem?... Niech mnie pan zrewiduje...

– Ale co pan tu robisz? – zapytał Rzecki. Chciał się podnieść z fotelu, lecz nie mógł.

– Mnie pan Szlangbaum kazał zostać tu dziś na noc...

– Po co?...

– Bo, widzi pan, panie Rzecki... z panem przychodzi tu do ustawiania ten Kazimierz... Więc pan Szlangbaum kazał mnie pilnować, ażeby on czego nie wyniósł... Ale że mnie się trochę niedobrze zrobiło, więc... ja pana bardzo przepraszam...

Rzecki już powstał z siedzenia.

– Ach, wy kundle!... – zawołał w najwyższej pasji. – To wy mnie uważacie za złodzieja?... I za to, że wam darmo pracuję?...

– Przepraszam pana, panie Rzecki – wtrącił z pokorą Gutmorgen – ale... po co pan darmo pracuje?...

– Niechże was milion diabłów porwie!... – krzyknął pan Ignacy. Wybiegł ze sklepu i starannie zamknął drzwi na klucz.

„Posiedźże sobie do rana, kiedy ci niedobrze!... I zostaw pamiątkę swemu pryncypałowi" – mruknął.

Pan Ignacy nie mógł spać całą noc. A ponieważ jego lokal dzieliła tylko sień od sklepu, więc około drugiej usłyszał ciche pukanie wewnątrz sklepu i stłumiony głos Gutmorgena, który mówił:

— Panie Rzecki, niech pan otworzy... Ja zaraz wrócę...

Wkrótce jednak wszystko ucichło.

„O gałgany!... — myślał Rzecki przewracając się na łóżku. — To wy mnie traktujecie jak złodzieja... Poczekajcież!..."

Około dziewiątej z rana usłyszał, że Szlangbaum uwolnił Gutmorgena, a następnie zaczął kołatać do jego drzwi. Nie odezwał się jednak, a kiedy przyszedł Kazimierz, zapowiedział mu, ażeby nigdy nie puszczał tu Szlangbauma.

„Wyniosę się stąd — mówił — bodaj od Nowego Roku... Żebym miał mieszkać na strychu albo wziąć numer w hotelu... Mnie zrobili złodziejem!... Stach powierzał mi krocie, a ten, bestia, lęka się o swoje tandeciarskie towary..."

Przed południem napisał dwa długie listy: jeden do pani Stawskiej proponując, ażeby sprowadziła się do Warszawy i zawiązała z nim spółkę; drugi do Lisieckiego zapytując: czyby nie zechciał powrócić i objąć posady w jego sklepie?...

Przez cały czas pisania i odczytywania listów złośliwy uśmiech nie schodził mu z twarzy.

„Wyobrażam sobie minę Szlangbauma — myślał — kiedy otworzymy mu przed nosem sklep konkurencyjny... he!... he!... he!... On mnie kazał pilnować... Dobrze mi tak, kiedym pozwolił rozpanoszyć się temu filutowi... He! he! he!"

W tej chwili trącił rękawem pióro, które z biurka upadło na podłogę. Rzecki schylił się, ażeby je podnieść, i nagle uczuł dziwny ból w piersiach, jakby mu kto przebił płuca wąskim nożykiem. Na chwilę zaćmiło mu się w oczach i doznał lekkich mdłości; więc nie podnosząc pióra wstał z fotelu i położył się na szezlongu.

„Będę ostatnim cymbałem — myślał — jeżeli za parę lat Szlangbaum nie wyjdzie na Nalewki... Stary głupiec ze mnie!... troszczyłem się o Bonapartych i o całą Europę, a tymczasem wyrósł mi pod bokiem tandeciarz, który każe mnie pilnować jak złodzieja... No, ale przynajmniej nabrałem doświadczenia; wystarczy mi go na całe życie... Przestaniecie wy mnie teraz nazywać romantykiem i marzycielem..."

Coś jakby zawadzało mu w lewym płucu.

„Astma?... — mruknął. — Muszę ja się na serio wziąć do kuracji. Inaczej za pięć, sześć lat zostałbym kompletnym niedołęgą... Ach, gdybym się był spostrzegł dziesięć lat temu!..."

Przymknął oczy i zdawało mu się, że widzi całe swoje życie, od chwili obecnej aż do dzieciństwa, rozwinięte na kształt panoramy, wzdłuż której on sam płynął dziwnie spokojnym ruchem... Uderzało go tylko, że każdy miniony obraz zacierał mu się w pamięci tak nieodwołalnie, iż w żaden sposób nie mógł przypomnieć sobie tego, na co patrzył przed chwilą. Oto obiad w Hotelu Europejskim z powodu otwarcia nowego sklepu... Oto stary sklep, a w nim panna Łęcka rozmawia z Mraczewskim... Oto jego pokój z zakratowanym oknem, gdzie przed chwilą wszedł Wokulski, kiedy powrócił z Bułgarii...

„Zaraz... Co to ja poprzednio widziałem..." — myślał.

Oto piwnica Hopfera, gdzie poznał się z Wokulskim...

A oto pole bitwy, gdzie niebieskawy dym unosi się nad liniami granatowych i białych mundurów... A oto stary Mincel siedzi na fotelu i ciągnie za sznurek wiszącego w oknie kozaka...

„Czy ja to wszystko istotnie widziałem, czy mi się tylko śniło?... Boże miłosierny..." — szepnął.

Teraz zdawało mu się, że jest małym chłopcem i że podczas gdy jego ojciec rozmawiał z panem Raczkiem o cesarzu Napoleonie, on wymknął się na strych i przez dymnik patrzył na Wisłę w stronę Pragi... Stopniowo jednak obraz przedmieścia zatarł mu się przed oczyma i został tylko dymnik. Z początku był on wielki jak talerz, później jak spodek, a potem zmalał do rozmiarów srebrnej dziesiątki...

Jednocześnie ze wszystkich stron ogarnęła go niepamięć i ciemność, a raczej głęboka czarność, wśród której tylko ów dymnik świecił jak gwiazda o nieustannie zmniejszającym się blasku.

Nareszcie i ta ostatnia gwiazda zgasła...

Może zobaczył ją znowu, ale już nie nad ziemskim horyzontem.

Około drugiej w południe przyszedł służący pana Ignacego, Kazimierz, z koszem talerzy. Hałaśliwie nakrył do stołu, a widząc, że pan nie budzi się, zawołał:

— Proszę pana, obiad wystygnie...

Ponieważ pan Ignacy nie ruszył się i tym razem, więc Kazimierz zbliżył się do szezlonga i rzekł:

— Proszę pana....

Nagle cofnął się, wybiegł do sieni i zaczął pukać do tylnych drzwi sklepu, w którym jeszcze był Szlangbaum i jeden z jego subiektów.

Szlangbaum otworzył drzwi.

— Czego chcesz?... — szorstko zapytał służącego.

— Proszę pana... naszemu panu coś się stało...

Szlangbaum ostrożnie wszedł do pokoju, spojrzał na szezlong i również cofnął się...

— Biegnij po doktora Szumana!... — zawołał. — Ja tu nie chcę wchodzić...

W tej samej porze u doktora był Ochocki i opowiadał mu, że wczoraj z rana powrócił z Petersburga, a w południe odprowadzał na pociąg wiedeński swoją kuzynkę, pannę Izabelę Łęcką, która wyjechała za granicę.

— Wyobraź pan sobie — zakończył — że wstępuje do klasztoru!...

— Panna Izabela?... — zapytał Szuman. — Cóż to, czy ma zamiar nawet Pana Boga kokietować, czy tylko chce po wzruszeniach odpocząć, ażeby pewniejszym krokiem wyjść za mąż?

— Daj jej pan spokój... to dziwna kobieta... — szepnął Ochocki.

— One wszystkie wydają się nam dziwne — odparł zirytowanym głosem doktor — dopóki nie sprawdzimy, że są tylko głupie albo nędzne... O Wokulskim nie słyszałeś pan czego?...

— A właśnie... — odpowiedział. Lecz nagle zatrzymał się i umilkł.

— Cóż, wiesz pan co o nim?... Czy może robisz z tego tajemnicę stanu?... — nalegał doktór.
W tej chwili wpadł Kazimierz wołając:
— Panie doktorze, coś się stało naszemu panu. Prędzej, panie!
Szuman zerwał się, razem z nim Ochocki. Siedli w dorożkę i pędem zajechali przed dom, w którym mieszkał Rzecki.
W bramie zastąpił im drogę Maruszewicz z mocno zafrasowaną miną.
— No, wyobraź pan sobie — zawołał do doktora — taki miałem do niego ważny interes... Chodzi przecież o mój honor... a ten tymczasem umarł sobie!...
Doktór i Ochocki w towarzystwie Maruszewicza weszli do mieszkania Rzeckiego. W pierwszym pokoju był już Szlangbaum, radca Węgrowicz i ajent Szprot.
— Gdyby pił r a d z i k a [208] — mówił Węgrowicz — dosięgnąłby stu lat... A tak... Szlangbaum spostrzegłszy Ochockiego schwycił go za rękę i zapytał:
— Pan nieodwołalnie chce odebrać pieniądze w tym tygodniu?...
— Tak.
— Dlaczego tak prędko?...
— Bo wyjeżdżam.
— Na długo?...
— Może na zawsze — odparł szorstko i wszedł za doktorem do pokoju, gdzie leżały zwłoki.
Za nim na palcach weszli inni.
— Straszna rzecz! — odezwał się doktór. — Ci giną, wy wyjeżdżacie... Któż tu w końcu zostanie?...
— My!... — odpowiedzieli jednogłośnie Maruszewicz i Szlangbaum.
— Ludzi nie zabraknie... — dorzucił radca Węgrowicz.
— Nie zabraknie... ale tymczasem idźcie, panowie, stąd!... — krzyknął doktór.
Cała gromada z oznakami oburzenia cofnęła się do przedpokoju. Został tylko Szuman i Ochocki.

ważny cytat — Szuman o romantykach

— Przypatrz mu się pan... — rzekł doktór wskazując na zwłoki.
— Ostatni to romantyk!... Jak oni się wynoszą... Jak oni się wynoszą...
Szarpał wąsy i odwrócił się do okna.
Ochocki ujął zimną już rękę Rzeckiego i pochylił się, jakby chcąc mu coś szepnąć do ucha. Nagle w bocznej kieszeni zmarłego spostrzegł wysunięty do połowy list Węgiełka i machinalnie przeczytał nakreślone wielkimi literami wyrazy: *Non omnis moriar...*
— Masz rację... — rzekł jakby do siebie.
— Ja mam rację?... — zapytał doktór. — Wiem o tym od dawna.
Ochocki milczał.

KONIEC

---

[208] *radzik* — gatunek jasnego piwa.

OPRACOWANIE

BIOGRAFIA BOLESŁAWA PRUSA

Aleksander Głowacki, herbu Prus, piszący pod pseudonimem Bolesław Prus, urodził się w Hrubieszowie **20 VIII 1847** r. Jego ojciec, Antoni, był oficjalistą w obszarniczym majątku, matka Apolonia pochodziła z rodziny Trembińskich. Dzieciństwo przyszłego pisarza było trudne, stracił matkę, gdy miał trzy lata, a ojciec nie bardzo dbał o dzieci. Po jego śmierci tułały się po rodzinie. Aleksander mieszkał najpierw w Puławach u babki, która niewiele czasu poświęcała wnukowi – chłopiec nie miał tam należytej opieki. Kiedy miał siedem lat, opiekę nad nim przejęła ciotka Domicela z Trembińskich Olszewska. Była to dzielna kobieta, prawdziwa emancypantka, zarabiająca na utrzymanie rodziny prowadzeniem w Lublinie sklepu z kapeluszami. Pobyt u ciotki Aleksander zawsze wspominał czule, tym bardziej, że mógł liczyć na jej wsparcie także potem, gdy już opuścił jej dom.

W 1857 r. Prus rozpoczął naukę w Powiatowej Szkole Realnej przy Gimnazjum Gubernialnym w Lublinie. W 1861 r. opuścił Lublin i przeszedł pod opiekę brata Leona, który właśnie ukończył studia filologiczne na uniwersytecie kijowskim i rozpoczął pracę nauczyciela historii i geografii w Siedlcach. Leon, starszy o 13 lat od Aleksandra, był zaangażowany w przedpowstaniową działalność konspiracyjną i namówił do niej brata. Leon pracował kolejno w Siedlcach, Kielcach, a wraz z nim przenosił się i młodszy brat. W Kielcach Aleksander przerwał naukę i wstąpił do oddziału powstańczego. 1 IX 1863 r. został ciężko ranny w potyczce pod wsią Białka, położoną 4 km od Siedlec. Znalazł się w szpitalu, potem został aresztowany. Przebywał w więzieniu na Zamku Lubelskim od 20 I 1864 r. do końca kwietnia tegoż roku. Wyrokiem sądu wojennego został skazany na pozbawienie szlachectwa i oddany za poręczeniem pod opiekę wuja Klemensa Olszewskiego. Powrócił więc do szkoły po dwuletniej przerwie w nauce, starszy i bardziej doświadczony od kolegów. Z powstania wyszedł chory, z obniżoną odpornością fizyczną i psychiczną. Stracił też brata i opiekuna, gdyż Leon przypłacił udział w powstaniu nieuleczalną chorobą psychiczną. Przede wszystkim jednak Aleksander stracił wiele złudzeń: nadzieję na rozwiązanie sprawy polskiej w drodze powstańczego zrywu oraz wiarę w swój naród.

W prowincjonalnej szkole czuł się źle, mimo sukcesów odnoszonych na lekcjach matematyki i języka polskiego. Marzył o studiowaniu w Petersburgu, ale z powodu trudności finansowych było to niemożliwe. 30 VI 1866 r. otrzymał wreszcie świadectwo ukończenia gimnazjum w Lublinie, a w październiku rozpoczął studia na Wydziale Matematyczno-Fizycznym Szkoły Głównej w Warszawie. Marzył o twórczej pracy uczonego – matematyka lub przyrodnika. Tymczasem jednak borykał się z trudnościami materialnymi. Musiał zarobić na swoje utrzymanie, gdyż pomoc rodziny zawiodła. Kłopoty finansowe zmusiły Prusa do przerwanie studiów w 1869 r. Próbował jeszcze podjąć naukę w Instytucie Gospodarstwa Wiejskiego i Leśnictwa w Puławach, ale we wrześniu 1870 r. wrócił do Warszawy.

Pracował jako robotnik. Podjął także próby działalności dziennikarskiej i odczytowej. Współpracował z czasopismami „Niwa", „Opiekun Domowy", „Mucha", „Kurier Warszawski". W 1872 r. na stałe związał się z dziennikarstwem. W „Niwie" próbował zamieszczać artykuły naukowe i te podpisywał: Aleksander Głowacki. W „Opiekunie Domowym" zaczął drukować felietony pt. *Listy ze starego obozu*, które podpisywał: Bolesław Prus. Zawsze marzył o pracy naukowej, więc tylko poważne artykuły chciał podpisywać własnym nazwiskiem. Felietony traktowane jako *„praca parobcza"* zasługiwały, jego zdaniem, tylko na pseudonim. Nie przypuszczał, że w pamięci potomnych pozostanie na zawsze jako Bolesław Prus.

Stopniowo stabilizowała się sytuacja materialna pisarza: miał stałą pracę kasjera w banku, dorabiał pracując jako dziennikarz, mógł więc zrealizować swe plany małżeńskie. Ślub z Oktawią Trembińską odbył się 14 I 1875 r., a 23 III tegoż roku ukazała się w „Kurierze Warszawskim" pierwsza kronika tygodniowa. Odtąd rozpoczęła się długa działalność Prusa-felietonisty – kroniki do „Kuriera Warszawskiego" pisywał do 1887 r.

Współpracował też z czasopismami „Ateneum" i „Nowiny" (ostatnie z nich, niestety bez powodzenia, redagował). Równolegle z pracą dziennikarską rozwijała się działalność beletrystyczna. Początki nie zapowiadały późniejszych wielkich osiągnięć. *Szkice warszawskie* (1874), *Powiastki cmentarne* (1875), powieść *Pałac i rudera* (1875), *Przeklęte szczęście* i *Dusze w niewoli* (1876) to utwory słabe. Pisarz ujawnił swój talent dopiero w opowiadaniach i nowelach: *Przygoda Stasia* (1879), *Powracająca fala* (1880), *Michałko* (1880), *Antek* (1881), *Nawrócony* (1881). Zapowiedzią późniejszych osiągnięć jest niewątpliwie *Anielka* drukowana w 1880 r. w „Kurierze Warszawskim". Potem wyszły kolejno takie arcydzieła nowelistyki polskiej jak: *Kamizelka*, *On* (1882), *Milknące głosy* (1883), *Omyłka* (1884), *Na wakacjach* (1885).

Mimo sukcesów literackich Prus nie porzucił dziennikarstwa: nadal współpracował z „Kurierem Warszawskim", a także z „Tygodnikiem Ilustrowanym" i „Echem Muzycznym i Teatralnym". W wymienionych wyżej czasopismach ukazywały się nie tylko kroniki, ale także utwory literackie, stanowiące trwały dorobek polskiej nowelistyki i powieści. W 1883 r. wydrukowane zostały *Grzechy dzieciństwa*, w 1885 r. *Bajki* oraz *Placówka*. W 1890 r. ukazało się wydanie książkowe *Lalki*, drukowanej w „Kurierze Codziennym" od 1887 r., a w 1888 r. nowela *Z legend dawnego Egiptu*, w 1890 r. *Sen*. Od 1890 r. w „Kurierze Codziennym" drukowane były *Emancypantki* (wydanie książkowe w 1894 r.), od 1895 r. *Faraon* (wydanie książkowe 1897 r.).

W 1887 r. zerwał współpracę z „Kurierem Warszawskim" i odtąd kroniki tygodniowe ukazywały się w „Kurierze Codziennym" (od 1901 r.).

Po sukcesie *Faraona* Prus wyjechał w swą pierwszą i ostatnią zagraniczną podróż do Berlina, Drezna, Karlsbadu, Raperswilu (gdzie odwiedził Żeromskich) i do wymarzonego Paryża. W tym okresie artysta stał się w opinii społecznej reprezentantem pewnej postawy moralnej – poczucia obowiązku codziennej pracy dla ogółu i pewnego typu działalności – drobnych, ale licznych ulepszeń. Od 1901 r. pisarz zapadł na zdrowiu, w 1904 r. przeżył osobiste nieszczęście: samobójczą śmierć wychowanka – Emila. W 1907 r. zmarł jego brat, Leon. Mimo tych tragedii Prus wziął udział w wielu akcjach społecznych, wygłaszał liczne odczyty. **19 V 1912 r.** zmarł na atak serca. Pogrzeb, który odbył się 22 maja, był wielką manifestacją wszystkich mieszkańców Warszawy. Prus został pochowany na Powązkach, na nagrobku widnieje napis: „Serce serc".

KALENDARIUM ŻYCIA I TWÓRCZOŚCI

20 VIII 1847 – data urodzin Aleksandra Głowackiego, znanego w literaturze polskiej jako Bolesław Prus (miejsce urodzin: Hrubieszów)
1857 – początek edukacji szkolnej Prusa, początkowo w Lublinie, potem w Siedlcach, Kielcach i znowu w Lublinie
1861 – 1863 – udział w działaniach konspiracyjnych i powstańczych
1 IX 1863 – Prus został ranny pod Białką
1864 – od stycznia do kwietnia Prus przebywał w więzieniu
30 VI 1866 – ukończył gimnazjum w Lublinie, w październiku rozpoczął studia w Szkole Głównej
1869 – przerwanie studiów z powodów materialnych
1872 – początek działalności dziennikarskiej pod pseudonimem Prus
14 I 1875 – Prus ożenił się z Oktawią Trembińską
23 I – ukazała się pierwsza kronika tygodniowa

Dzieła Bolesława Prusa:
1874 – *Szkice warszawskie*
1875 – *Powiastki cmentarne*
Pałac i rudera
1876 – *Przeklęte szczęście*
Dusze w niewoli
1879 – *Przygoda Stasia*
1880 – *Powracająca fala*
Michałko
Anielka
1881 – *Antek*
Nawrócony

1882 — *Kamizelka*
       On
1883 — *Milknące głosy*
       Grzechy dzieciństwa
1884 — *Omyłka*
1885 — *Na wakacjach*
       Bajki
       Placówka
       Cienie
1887 — zaczęła wychodzić *Lalka* (wyd. książkowe 1890)
       — zerwanie współpracy z „Kurierem Warszawskim", kroniki tygodniowe ukazywały się w „Kurierze Codziennym"
1888 — *Z legend dawnego Egiptu*
1890 — *Sen*
       — zaczęły wychodzić *Emancypantki* (wyd. książkowe 1894)
1895 — *Faraon* (wyd. książkowe 1897)
19 V 1912 — śmierć Bolesława Prusa

TYTUŁ

Powieść w dwóch tomach pt. *Lalka* powstawała od 1887 (wtedy zaczęto ją drukować w odcinkach w „Kurierze Codziennym") do 1890 roku (pierwsze wydanie książkowe). Do 1905 roku ukazały się jeszcze trzy wydania, co jak na owe czasy było sukcesem wydawniczym. Znaczenie tytułu od dawna przysparza historykom literatury problemy. Sam Prus ucinał dyskusje nad tytułem powieści stwierdzeniem, że nawiązuje on do epizodu opisanego w rozdz. VIII pt. *Pamiętnik starego subiekta* — procesu o lalkę wytoczonego pani Stawskiej przez baronową Krzeszowską, którego pomysł oparł autor na wyczytanej w gazecie notatce o rzeczywistym takim procesie. Nawiązanie w tytule do epizodu, nie mającego związku z głównym ciągiem zdarzeń, wskazywałoby na **kronikarski charakter powieści,** której autor rejestruje wiele sytuacji, scen rodzajowych z życia codziennego Warszawy lat 70. XIX w. Interpretatorzy powieści sugerują jednak, że tytułowa „lalka" odnosi się do postaci panny Izabeli Łęckiej — lalki salonowej, trawiącej życie na zabawach, pięknej, lecz pustej w środku. Taka interpretacja ma również swe uzasadnienie w tekście powieści w słowach prezesowej Zasławskiej, która ocenia współczesne sobie młode kobiety, nazywając je lalkami: *„Co mnie jednak dziwi najmocniej — prawiła — to okoliczność, że na podobnych lalkach nie poznają się mężczyźni"* (str. 426). Trzecia proponowana przez badaczy interpretacja tytułu nawiązuje do alegorii świata jako teatru (*theatrum mundi*), w którym ludzie są jedynie pozbawionymi woli marionetkami, igraszkami losu. Uzasadnieniem tej interpretacji jest powracający w powieści motyw mechanicznych zabawek, nakręcanych bez celu i sensu w pustym sklepie przez Ignacego Rzeckiego i powodowane ich obserwacją gorzkie refleksje starego subiekta.

Faktem jest jednak, że, jakkolwiek rozumiany, tytuł powieści Prusa nie obejmuje całej złożoności problemów w niej poruszonych.

CZAS I MIEJSCE AKCJI

Zgodnie z konwencją powieści realistycznej czas i miejsce w *Lalce* są ściśle określone. Akcja obejmuje **niecałe dwa lata — 1878 i 1879**. Obiektywny narrator powieści, a także Ignacy Rzecki w swym pamiętniku wielokrotnie odwołują się do wydarzeń historycznych. Pierwsze zdanie powieści brzmi: *„W początkach roku 1878, kiedy świat polityczny zajmował się pokojem san-stefańskim, wyborem nowego papieża albo szansami europejskiej wojny, warszawscy kupcy, tudzież inteligencja pewnej okolicy Krakowskiego Przedmieścia nie mniej gorąco interesowała się przyszłością galanteryjnego sklepu pod firmą J. Mincel i S. Wokulski."* (str. 5). W ten sposób autor informuje czytelnika zarówno o czasie, jak i miejscu akcji. Podobnych wzmianek odnoszących się do wydarzeń z pierwszych stron gazet jest wiele. W rozdziale VII t. II (*Pamiętnik starego subiekta*) narrator kreśli całą sytuację polityczną końca 1878 r. i perspektywy na nowy rok. Wspomina też: *„Stach przez wrzesień był na wsi u prezesowej Zasławskiej"*, a trochę dalej pisze: *„W listopadzie, właśnie w tym samym dniu, kiedy zawalił się dom na ulicy Wspólnej, Wokulski wrócił z Moskwy"* (str. 433). W ten sposób sygnalizowany jest czas w całej powieści. Co więcej, autentyczne są wydarzenia polityczne oraz wspomniany wyżej wypadek: dom przy ulicy Wspólnej 36 zawalił się naprawdę 27 XI 1878 r., o czym doniosły wszystkie warszawskie gazety.

Oprócz tej perspektywy czasowej, obejmującej lata 1878 i 1879, jest jeszcze w powieści druga, głębsza. Narrator-pamiętnikarz, Rzecki, sięga w swych wspomnieniach do dzieciństwa **(lata 30.)**, a nawet, w przytoczeniach opowieści ojca, do **czasów napoleońskich**. Dzięki wprowadzeniu *Pamiętnika starego subiekta* autor nadał *Lalce* perspektywę historyczną, uobecnił w powieści zamkniętą epokę walk narodowowyzwoleńczych: Wiosny Ludów (1848) i powstania styczniowego (1863).

W ten sposób **czas fabularny** *Lalki* obejmuje prawie **50 lat**, na przestrzeni których rozgrywały się typowe losy Polaków, uczestników walk narodowowyzwoleńczych, tułaczy, zesłańców, którzy z czasem przemienili się w pracowników, kupców, rzemieślników, słowem — zwyczajnych ludzi. Powieść obejmująca czas tak rozległy staje się obrazem społeczeństwa i zachodzących w nim przemian, nabiera cech **panoramy życia społecznego.**

Miejscem akcji jest przede wszystkim **Warszawa**, poza epizodami paryskim i zasławskim w biografii Wokulskiego. Warszawa została w powieści przedstawiona tak, że staje się jeszcze jednym jej bohaterem. Prus bardzo dokładnie precyzuje miejsca pobytu bohaterów: sklep Mincla był na Podwalu, sklep Wokulskiego na Krakowskim Przedmieściu, Wokulski z okien swego mieszkania widział pomnik Kopernika, chodził na spacery do Łazienek, jeździł Alejami Ujazdowskimi. Place, pałace, ogrody, kościoły warszawskie są wspominane i opisywane w sposób tak realny, że z *Lalką* można było zwiedzać miasto jak z przewodnikiem. Warszawiacy, kierując się opisem Prusa, umiejscowili sklep Wokulskiego pod numerem 9 na Krakowskim Przedmieściu i wmurowali tablicę pamiątkową na cześć (fikcyjnego przecież!) bohatera. W ten sposób świat przedstawiony powieści stopił się z rzeczywistością.

KOMPOZYCJA POWIEŚCI

Kompozycja *Lalki* (a więc dobór składników świata przedstawionego, ich układ i wzajemne powiązanie) jest skomplikowana, bogata i ściśle przemyślana, a jednak współcześni Prusowi krytycy czynili z niej główny zarzut wysuwany wobec powieści, wytykając chaos, przypadkowość, brak spójności i logiki konstrukcji. Nie podobało im się także rozbicie narracji na opowiadanie wszechwiedzącego narratora trzecioosobowego oraz pierwszoosobową narrację Ignacego Rzeckiego. Nowatorskie ukształtowanie powieści zastosowane przez Prusa w *Lalce* wynikało jednak z podstawowych wymogów krytyki pozytywistycznej – obiektywizmu, realizmu, dokonania szerokiego przeglądu problemów współczesnej rzeczywistości.

Prus – powieściopisarz z bogatym dziennikarskim doświadczeniem – był znakomitym obserwatorem, a przy tym posiadał niezwykle żywą fantazję. Wiedział zatem, że w rzeczywistości życie nigdy nie układa się w geometryczną logiczną całość, że składa się ona właśnie z kalejdoskopu różnych, szczątkowych epizodów, czasem chaotycznych, czasem pozbawionych celu, czasem niepotrzebnych. Plan powieści nie mieści się w żadnym schemacie, pisarz wykorzystał natomiast twórczo różne znane schematy powieściowe. Zastosował w swoim dziele kompozycję panoramiczną, obejmującą wiele postaci i wątków. Aby sprostać wymogom realizmu, ukazania, „zbliżenia" się do prawdziwego życia, buduje *Lalkę* z wielkiej ilości sugestywnych, plastycznych obrazków, czyli wyraziście naszkicowanych sytuacji, epizodów, i tzw. szkiców fizjologicznych (obrazków przedstawiających jakiś społeczny typ, zawód, klasę, mieszkańców określonej dzielnicy, miasta itp.). Odchodzi jednak od utartej konstrukcji powieści-panoramy wiążąc obrazki i szkice w spójną całość, ukazując ich wzajemne relacje, związki, poprzez podporządkowanie ich akcji powieści. Kolejną konstrukcyjną komplikacją jest osadzenie wydarzeń i obrazów teraźniejszych w szerszym tle historycznym, wprowadzenie motywu przemijania, przemienności pokoleń, poprzez włączenie do powieści fragmentów pamiętnika Ignacego Rzeckiego. W ten sposób powstał utwór będący równocześnie powieścią – panoramą społeczną, powieścią o miłości, wreszcie powieścią – kroniką życia kilku pokoleń.

Pierwszym, narzucającym się uwadze czytelnika zabiegiem konstrukcyjnym, jest **dwugłos narracyjny**. Obok obiektywnego, bezimiennego, wszechwiedzącego narratora, który opowiada o wydarzeniach mieszczących się w przedziale czasowym lat 1878–1879, występuje drugi narrator, opowiadający o przeszłości i w subiektywny sposób komentujący aktualne wydarzenia. Jest nim stary subiekt Rzecki, wypowiadający się w swym pamiętniku.

Pamiętnik starego subiekta jest złożony z dziewięciu odcinków – wstawek do powieściowego opowiadania. Wprowadzenie drugiego narratora sprzyja urozmaiceniu struktury fabularnej. Wpływa również na czytelniczą ocenę przedstawionej rzeczywistości – patrzymy na nią z innej, skrajnie subiektywnej perspektywy. W *Pamiętniku starego subiekta* autor poszerza perspektywę czasową, pogłębia ocenę postaci. Obraz rzeczywistości jest w nim często przerysowany, obciążony poglądami, fobiami, dziwactwami narratora – bohatera. *Pamiętnik...* ma wreszcie niezwykły urok ze względu na zawarte w nim ciekawe, indywidualne spojrzenie na świat, pełne dobrotliwej ironii i autoironii oraz subtelny, ciepły humor. Jest ozdobiony głębokimi, nierzadko gorzkimi refleksjami filozoficznymi, dotyczącymi ludzi, zdarzeń i świata, w którym panu Ignacemu przyszło żyć.

Zdarzenia i sytuacje wspomniane w *Pamiętniku...*:
Tom I
1. Dzieciństwo Ignacego Rzeckiego, wspomnienie o ojcu, żołnierzu napoleońskim, jego kompanach i ciotce Raczkowej.
2. Terminowanie małego Ignasia w sklepie Jana Mincla na Podwalu (patriarchalna atmosfera, niemiecka i kupiecka solidność).
3. Komentarze, spekulacje Rzeckiego związane ze zmianami dokonanymi przez Wokulskiego w sklepie i dotyczące jego trybu życia.
4. Udział Rzeckiego i Augusta Katza w kampanii węgierskiej 1848 r.
5. Refleksje związane z wyjazdem Wokulskiego do Paryża i z pogłoskami o jego staraniach o względy panny Łęckiej.
6. Wspomnienie przeszłości Wokulskiego począwszy od 1857 r.: sklep Hopfera, uparte dążenie do zdobycia wiedzy, studia w Szkole Głównej, udział w powstaniu, syberyjskie zesłanie, powrót w 1870 r., małżeństwo z Małgorzatą Minclową, odziedziczenie po jej śmierci sklepu Minclów, wyjazd do Bułgarii, powrót stamtąd z dużym majątkiem.
7. Kamienica Łęckich i jej mieszkańcy (pełne humoru rodzajowe obrazki związane z osobami: rządcy Wirskiego, studentów, baronowej Krzeszowskiej, pani Stawskiej i jej matki, pani Misiewiczowej).

Tom II
1. Przytoczenie komentarzy, plotek, ocen krążących o Wokulskim wśród warszawskiego kupiectwa.
2. Proces o lalkę pomiędzy baronową Krzeszowską i panią Stawską.
3. Smutne refleksje w związku ze sprzedażą sklepu przez Wokulskiego, plany Rzeckiego, by ożenić Wokulskiego z panią Stawską.
4. Nowe porządki w sklepie pod rządami Szlangbauma – stary subiekt nie może zrozumieć zmian zachodzących wokół, czuje się stary i niepotrzebny, przewiduje rozruchy antyżydowskie, komentuje zachowanie Wokulskiego.
5. Rzecki niedomaga, choruje, lęka się o przyjaciela w związku z pogłoskami o jego podróży, śmierci itd.

Trzecioosobowy narrator wszechwiedzący rzadko wykracza poza czas aktualnych wydarzeń, chyba że uzupełnia portrety bohaterów ich biografią. Towarzyszy głównemu bohaterowi i jego partnerce. Często oddaje im głos, patrzy wtedy na świat ich oczami, a wewnętrzne przeżycia przedstawia tak, jakby czynił to sam bohater. Mamy wtedy do czynienia z tzw. **narracją personalną** i **monologami wewnętrznymi** w mowie pozornie zależnej.

Osią konstrukcyjną powieści Prus uczynił dzieje nieszczęśliwej miłości galanteryjnego kupca do arystokratki.

SZCZEGÓŁOWY PLAN WYDARZEŃ

Lalka to powieść obszerna i jej szczegółowe streszczenie mogłoby się okazać mało czytelne dla ucznia. W poniższym planie przedstawiono węzłowe punkty akcji, a najważniejsze z nich w kilku zdaniach opisano. Dzięki temu treść książki jest klarowna i zrozumiała.

(Uwaga: w planie nie uwzględniono wydarzeń opisywanych w *Pamiętniku starego subiekta*, które zostały przedstawione wyżej)

Tom I
1. Renomowana warszawska jadłodajnia: panowie Deklewski, Węgrowicz i Szprot rozmawiają o Wokulskim, który przebywa poza Warszawą gromadząc majątek jako dostawca wojskowy (na wojnie rosyjsko-tureckiej). Opowieść o przeszłości głównego bohatera powieści:
    a) **1860 rok** — Wokulski jako dwudziestoparoletni młodzieniec pracuje w winiarni Hopfera;
    b) porzuca pracę, by wstąpić do Szkoły Przygotowawczej, a następnie rozpocząć naukę w Szkole Głównej;
    c) w rok po wstąpieniu do Szkoły Głównej rezygnuje z nauki, bierze udział w powstaniu styczniowym i zostaje zesłany na Syberię w okolice Irkucka;
    d) **1870 rok** — Wokulski wraca do Warszawy z niewielkim majątkiem, bezskutecznie poszukuje pracy, dzięki protekcji Rzeckiego otrzymuje ją w sklepie Mincla, a w rok później żeni się z wdową po swym pracodawcy, Małgorzatą Minclową;
    e) **po czterech latach** małżonka umiera, Wokulski dziedziczy sklep i trzydzieści tysięcy rubli;
    f) wkrótce potem postanawia wyjechać, aby powiększyć majątek.
2. Sklep Wokulskiego na Krakowskim Przedmieściu: jeden ze zwyczajnych dni pracy, prezentacja sylwetek sprzedawców — subiektów: Klejna, Lisieckiego, Mraczewskiego.
3. Niedziela, jeden z ponurych dni marcowych, popołudnie: w domu Rzeckiego zjawia się nieoczekiwany gość, Stanisław Wokulski; dzięki dostawom dla wojska

zdobył olbrzymią sumę dwustu pięćdziesięciu tysięcy rubli; po krótkiej rozmowie Wokulski pyta o rodzinę Łęckich.
4. Portret Tomasza Łęckiego, zrujnowanego arystokraty, i jego córki, Izabeli; wiadomość, że weksle Łęckiego zostały przez kogoś wykupione.
5. **Wokulski stara się o Izabelę**: ofiaruje dużą sumę krewnej Łęckiej, hrabinie Karolowej, zajmującej się działalnością dobroczynną, zawiera znajomość z Łęckim, wspólnie planują założenie spółki do handlu ze Wschodem, angażuje się w kwestę, w której uczestniczy Izabela, wykupuje zastawiony serwis i weksle Łęckiego; Izabela domyśla się, że wszystkie te zabiegi są obliczone na to, aby ona zwróciła na niego uwagę.
6. Łęcka składa wizytę w sklepie Wokulskiego, rozmawia z nim na temat sreber, kupuje rękawiczki przyjmując umizgi Mraczewskiego, Wokulski obserwuje scenę, cierpi, ostatecznie stwierdza jednak: „*w rezultacie nic mnie to nie obchodzi*".
7. Wokulski wspomina **pierwsze spotkanie z Izabelą** w teatrze i stan, w jaki popadł ujrzawszy ją; rozmyśla o rozmowie ze swoim przyjacielem, doktorem Szumanem, na temat miłości idealnej; spotyka dawnego pracownika, Wysockiego, któremu postanawia pomóc, następnie przemierza Powiśle, dzielnicę zamieszkaną przez najbardziej ubogich; po powrocie do sklepu spotyka baronostwo Krzeszowskich, zwalnia Mraczewskiego i przyjmuje nowego subiekta, pana Ziębę.
8. **Kwesta**: Wokulski ofiarowuje wysoką sumę, czym zwraca uwagę kwestujących – hrabiny Karolowej i Izabeli, ta pierwsza zaprasza go do siebie; podczas gdy obie panie zastanawiają się, czy zaproszenie nie było zbytkiem łaski dla zwykłego kupca, jakim jest Wokulski, on obserwuje młodą dziewczynę, zapewne lekkich obyczajów, która z pokorą klęka pod krzyżem, potem jego uwagę zwraca młoda, skromnie ubrana kobieta z córką (pani Helena Stawska); po wyjściu z kościoła Wokulski rozmawia z dziewczyną i oferuje pomoc.
9. Wokulski w pałacu Karolowej – zdaje sobie sprawę, że jest traktowany chłodno i z dystansem, jako ktoś z niższej sfery, jedynym przyjemnym momentem wizyty jest rozmowa z prezesową Zasławską, związaną wielką miłością ze stryjem Wokulskiego, także Stanisławem.
10. **Czerwiec**: kontakty Wokulskiego z panią Meliton, która informuje go o każdym wydarzeniu w życiu Izabeli; spotkanie w salonie księcia i **rozmowa o spółce**, Wokulski orientuje się w niekompetencji i braku wiedzy o podstawowych sprawach ekonomicznych, jakie wykazują arystokraci, odtąd jego zabiegi wokół spółki to kolejny sposób, aby zbliżyć się do ukochanej; spotyka u księcia młodego naukowca, Ochockiego; rozmawiają o kobietach, miłości i... maszynach latających; Wokulski cierpi coraz bardziej, napadnięty podczas spaceru nie waha się prowokować napastników, padają słowa „*zabij mnie (...) bronić się nie będę...*".
11. Wokulski otrzymuje wiadomość, że Łęcki zamierza sprzedać swoją kamienicę i postanawia ją kupić, w tym celu poleca znajomemu Żydowi, Szlangbaumowi, aby w jego imieniu uczestniczył w licytacji, staje się też właścicielem klaczy wyścigowej, którą nabywa od baronowej Krzeszowskiej.
12. **Dzień wyścigów**: Wokulski spotyka Łęckich i dowiaduje się, że zakupem klaczy zrobił Izabeli wielką przyjemność, jest szczęśliwy, zwłaszcza, że koń wygrywa

bieg; humoru nie psuje mu nawet utarczka z Krzeszowskim, którego w końcu wyzywa na pojedynek; baron zostaje w nim ranny; postępowanie Wokulskiego nie podoba się arystokratom, którzy zgodzili się uczestniczyć w spółce, na wieść o tym bohater wpada w furię, krzyczy: *„Nie żądam od nikogo łaski, raczej wyświadczam ją innym".*

13. Niespodziewanie dla Stanisława zostaje on **zaproszony do Łęckich;** pan Tomasz pisze w zaproszeniu, że jego wizyta jest wyraźnym życzeniem panny Izabeli; ku zdumieniu Rzeckiego Wokulski jest nieprzytomny ze szczęścia.
14. Izabela wiele rozmyśla o Wokulskim, analizuje jego karierę towarzyską i stosunki z ojcem, a nawet niepokoi się na wieść o pojedynku z Krzeszowskim, w końcu dochodzi do wniosku, że galanteryjny kupiec nadaje się na jej *„doradcę i wykonawcę".*
15. Wokulski oddaje się refleksjom na temat swego uczucia, nie łudzi się, że znaczy ono cokolwiek dla Izabeli, zastanawia się, co zrobi po ostatecznym odtrąceniu, myśli nawet o związku z utrzymanką, zdaje sobie także sprawę, jak bardzo dziwne są te myśli właśnie u niego, człowieka zajętego dotąd wyłącznie nauką i interesami.
16. Do Warszawy przyjeżdża włoski aktor, Rossi, w którym Izabela jest zakochana; Wokulski na obiedzie u Łęckich celowo popełnia przy stole kilka błędów; rozmawia o etykiecie; zdecydowaniem i odwagą zdobywa przychylność Izabeli, ale sam odnosi bardzo przykre wrażenie, stwierdza: *„Widzę, że odkocham się tu przed końcem obiadu...";* Łęcka jest jednak wyjątkowo miła dla gościa, rozmawiają o wspólnym wyjeździe do Paryża, Wokulski jest znowu bezgranicznie szczęśliwy.
17. Do Wokulskiego przychodzi Maria, dziewczyna kiedyś spotkana w kościele, teraz odmieniona po pobycie u sióstr magdalenek, Stanisław postanawia pomóc jej w zdobyciu posady w Warszawie; tymczasem wspólnicy Wokulskiego odnoszą się do niego z coraz większą niechęcią; podczas spotkania z Łęckimi w Łazienkach Stanisław obiecuje Izabeli, że po przedstawieniu Rossi, jej zdaniem niedoceniany, dostanie wielkie owacje.
18. Ignacy **Rzecki w teatrze;** w kilka dni później stary subiekt idzie na licytację kamienicy Łęckich, widząc, że dom kupił Szlangbaum, uspokaja się, choć wcześniej bardzo się zdenerwował plotkami na temat Wokulskiego i Izabeli i myślał nawet, że może właśnie Stanisław kupi kamienicę; Rzecki nie wie, że Szlangbaum działał z polecenia Wokulskiego.
19. Rzecki dowiaduje się o kupnie kamienicy przez Stanisława, jest coraz bardziej zaniepokojony nie tyle stratą finansową, ile stanem przyjaciela; pan Łęcki pojawia się u Wokulskiego, skarżąc się na niską, według niego, cenę, za jaką zlicytowano jego kamienicę, co świadczy o zupełnej nieznajomości interesów; w domu Łęckich pojawiają się Żydzi, u których pan Tomasz zaciągnął długi, Izabela dowiaduje się, jak bardzo są zadłużeni; jeszcze tego samego wieczora otrzymuje list od baronowej Krzeszowskiej z wiadomością, że dom kupił nie Szlangbaum, ale Wokulski.
20. Wokulski pojawia się z wizytą u Łęckich, aby wypłacić panu Tomaszowi procent od powierzonej mu sumy. Izabela zarzuca mu, że prześladuje dom Łęckich; zroz-

paczony uczestniczy na dodatek w spotkaniu ukochanej ze Starskim, jej kuzynem, który traktuje Łęcką z dużą zuchwałością, zresztą przy jej cichej zgodzie; błyskawicznie **podejmuje decyzję o wyjeździe do Paryża**, do czego od pewnego czasu bezskutecznie próbował go nakłonić wspólnik i przyjaciel, Suzin; perspektywa zrobienia kolejnego przynoszącego wspaniałe zyski interesu nie poprawia samopoczucia Wokulskiego.

Tom II

1. **Paryż:** Wokulski spotyka się z Suzinem, odbywa też szereg spotkań z nieznajomymi, ale mającymi do niego sprawy interesantami; jest wśród nich **profesor Geist**, genialny, ale przez nikogo niedoceniony wynalazca.
2. Stanisław przeżywa głębokie **załamanie psychiczne**, cierpi, wspomina, analizuje swoje uczucia i dochodzi do wniosku, że nie może przestać kochać Izabeli, choć ta miłość działa na niego niszcząco; w końcu, po otrzymaniu listu od prezesowej Zasławskiej z wiadomością, że Łęcka spędzi u niej wakacje i że Stanisław nie jest jej obojętny, Wokulski wraca do kraju i natychmiast, korzystając z zaproszenia, wyrusza do Zasławka.
3. Jeszcze w drodze spotyka podstarzałego barona Dalskiego bez pamięci zakochanego w młodej narzeczonej, Ewelinie Janockiej, a w Zasławku poznaje samą Ewelinę oraz panią Wąsowską, kobietę piękną, bogatą i niezależną, spotyka tu także Starskiego i Ochockiego.
4. Wokulski zauważa stosunek Eweliny do Dalskiego (zgodziła się wyjść za niego za mąż tylko dla pieniędzy), widzi też jej flirty, jest zaskoczony zachowaniem Wąsowskiej, która nie ukrywa, że adorator Izabeli bardzo się jej podoba.
5. W kilka dni po przyjeździe Wokulskiego do Zasławka zjawia się tam Łęcka, podczas jednej z wypraw do lasu Stanisław odbywa z ukochaną rozmowę, **Izabela robi mu nadzieję na odwzajemnienie jego uczucia;** udają się razem do ruin zamku w Zasławiu, tam oglądają kamień nagrobny, pod którym leży ukochany prezesowej, Stanisław Wokulski, stryj bohatera powieści; mimo wyraźnych dowodów sympatii ze strony Izabeli, Wokulski nie może się oprzeć złudzeniu, że flirtuje ona ze Starskim.
6. Izabela zostaje wezwana przez ciotkę do Warszawy, przed wyjazdem Wokulski po raz kolejny wyznaje jej swoje uczucie i prosi, by ostatecznie dała lub odebrała mu nadzieję na szczęście, Izabela nie odpowiada.
7. **Minęła zima i wiosna,** dom Łęckich jest pełen gości, Izabelę otacza znowu tłum adoratorów, na co wpływ ma niewątpliwie lepsza sytuacja finansowa pana Tomasza, którą zyskał dzięki pomocy Wokulskiego; Stanisław jest **oficjalnym konkurentem** do jej ręki, Izabela jednak nie może wyjść za kupca, więc jej zabiegi sprowadzają się do namawiania adoratora, aby zrezygnował ze sklepu, waha się jedynie czy nakłaniać Wokulskiego także do rezygnacji ze spółki, bo niepokoi się możliwym wtedy spadkiem dochodów.
8. Wokulski zagląda też do pani Stawskiej, której Stanisław bardzo się podoba, Rzecki marzy, aby Stach ożenił się właśnie z nią.
9. Do Warszawy przyjeżdża skrzypek Molinari, jest oblegany przez kobiety, jego adoratorką zostaje także Izabela, podczas rautu na cześć skrzypka Łęcka

otwarcie z nim flirtuje, nie zwracając uwagi na Wokulskiego; Stanisław przestaje odwiedzać ukochaną, idzie do Izabeli dopiero za namową pani Wąsowskiej; tu spotyka go niespodzianka, **Łęcka** nie tylko wybacza jego wybuch i podejrzenia spowodowane jej zachowaniem wobec Molinariego, ale przyjmuje jego oświadczyny i oficjalnie staje się **narzeczoną Wokulskiego**.
10. Baronowa Krzeszowska godzi się z mężem. Umiera prezesowa Zasławska.
11. Łęccy wraz z Wokulskim i Starskim jadą do Krakowa, by odwiedzić krewną Izabeli, Hortensję. W trakcie podróży Stanisław jest świadkiem flirtu Izabeli ze Starskim, słyszy też rozmowę, z której wynika, że od dawna ze sobą romansują. Wysiada na stacji w Skierniewicach, dając Izabeli poznać, że słyszał rozmowę; **próbuje popełnić samobójstwo**, ale ratuje go Wysocki, brat woźnicy, któremu Wokulski niegdyś pomógł.
12. Wokulski wraca do Warszawy, nie opuszcza swego mieszkania, popada w letarg, ze swojego stanu ducha zwierza się tylko Szumanowi, porzuca spółkę, otrzymuje wiadomość o śmierci męża Heleny Stawskiej, rozmyśla nad przyszłością, waha się pomiędzy działalnością dobroczynną a wyjazdem do Geista.
13. Po pewnym czasie Stanisław otrzymuje zaproszenie od pani Wąsowskiej, odbywają dziwną rozmowę, Wokulski zostaje przez nią zaproszony na wieś, deklaruje się jako mężczyzna gotowy zabiegać o względy Wąsowskiej. Wychodzi na ulicę niewiele rozumiejąc z tego, co zaszło.
14. Mimo zabiegów Wąsowskiej, aby pogodzić zwaśnioną parę, Wokulski jest zdecydowany już nigdy więcej nie spotkać się z Izabelą.
15. Wokulski odbywa ostatnią rozmowę z Rzeckim, w końcu znika.
16. Rzecki jest ciężko chory. Na temat Stanisława krążą różne wiadomości – wyjechał do Odessy i ma zamiar wybrać się w podróż dookoła świata; wyjechał do Paryża; w końcu przerażenie pana Ignacego budzi testament Wokulskiego, który ten sporządził przed wyjazdem do Moskwy, ostatecznie Rzecki otrzymuje list od Węgiełka (Wokulski jemu także pomagał), z którego wynika, że Wokulski był w Zasławiu i że widziano go idącego w stronę ruin zamku. Słyszano potem potężny wybuch – okazało się, że ruiny zostały wysadzone, pod gruzami nie znaleziono jednak ciała; Węgiełek postawił na tym miejscu krzyż z napisem „*non omnis moriar*".
17. Umiera Rzecki, Izabela wstępuje do klasztoru.

PRZEBIEG ZDARZEŃ – GŁÓWNY WĄTEK

Przebieg zdarzeń wątku głównego Prus skonstruował jak w dramacie. Rozdział I, w którym „*w renomowanej jadłodajni*" (str. 5) plotkują o Wokulskim i losach firmy „J. Mincel i S. Wokulski" pan Deklewski- fabrykant powozów Węgrowicz i ajent Szprot, stanowi swoistą **ekspozycję**, w której pisarz wprowadza czytelnika w powieściowe realia. Główny bohater pojawia się dopiero w rozdziale IV, ale niemal natychmiast, już z pierwszej rozmowy z Rzeckim, poznajemy jego charakter i motywy działania. W następnych rozdziałach pojawiają się informacje o kolejnych zabiegach, działaniach i staraniach Wokulskiego, pragnącego zbliżyć się do panny Łęckiej. Bohater poznał ojca Izabeli, grywającego w karty w resursie kupieckiej i przegrywał do niego drobne sumy, wykupił jego weksle, nabył wyprawowy serwis i srebra panny Izabeli, wspomógł ochronkę prowadzoną przez ciotkę panny Łęckiej. Kupił powóz i konie, uczy się angielskiego, dał hojny datek na cele charytatywne w czasie Wielkopiątkowej kwesty. Odnosi także sukcesy handlowe, rozbudowuje sklep, tworzy spółkę do handlu ze Wschodem z kapitałami arystokratów, co pozwala mu dostać się na warszawskie salony. Rozwija też działalność filantropijną, pomagając furmanowi Wysockiemu, jego bratu i pannie Mariannie, którą umieścił u magdalenek, a potem wyposażył, by mogła zacząć uczciwe życie. Chcąc zrobić Izabeli przyjemność kupuje od baronowej Krzeszowskiej ulubioną klacz barona i wystawia ją do wyścigu, następnie pojedynkuje się z Krzeszowskim. Coraz częściej bywa w salonach, jest przyjmowany przez arystokratów i wszędzie spotyka pannę Izabelę. Wreszcie kupuje kamienicę Łęckich. Sukcesy majątkowe Wokulskiego nie idą niestety w parze z miłosnymi. Bohater znosi kolejne dowody lekceważenia ze strony ukochanej, ale... do czasu. **Cezurę wewnętrzną** w historii tej pary stanowi jedno wydarzenie – obiad u Łęckich (tom I, rdz. XIX): pojawienie się Starskiego, kokieteria Izabeli, a także nieporozumienia w związku ze sprzedażą kamienicy powodują kryzys i demonstracyjny wyjazd Wokulskiego do Paryża. Jest to punkt zwrotny w rozwoju akcji.

Tom II jest mniej zwarty. Akcja ma tu nierówny rytm – od klęsk do pozornych sukcesów, od złudzeń i iluzji do odkrywania prawdy o ukochanej. Początek tego tomu zawiera opis depresji Wokulskiego. Mrocznej atmosfery cierpień nieszczęśliwego bohatera nie rozjaśniają nawet obrazy dziewiętnastowiecznego Paryża – stolicy zbytku. Dla Wokulskiego nie mają także znaczenia sukcesy finansowe. Wyraźny jest **kontrast** pomiędzy stanem psychicznym postaci a rozwojem wypadków związanych z jej życiem zawodowym.

Kolejna sekwencja to pobyt w Zasławku, gdzie w sielankowej scenerii lasów i ruin Wokulski uzyskuje nadzieję na rękę Izabeli (tom II, rdz. VI). Powrót do Warszawy jest początkiem pasma sukcesów towarzyskich bohatera w arystokratycznych salonach już jako narzeczonego panny Łęckiej, połączony z kolejnymi rozczarowaniami wywołanymi salonową kokieterią Izabeli wciąż otoczonej wielbicielami. Pisarz skomplikował towarzyskie konfiguracje przez wprowadzenie na scenę pani Stawskiej, zdaniem Rzeckiego doskonałej kandydatki na żonę pana Stanisława. Komplikacja ta jest jednak całkowicie pozorna, zważywszy, że wywołana jest wyłącznie złudzeniami starego subiekta, marzącego o szczęściu przyjaciela. Wokulski darzy Stawską szacunkiem i sympatią, niczym więcej.

Powodem kolejnego kryzysu jest podsłuchana w pociągu (analogia do sceny z końca tomu I) rozmowa Łęckiej ze Starskim, co prowadzi do **katastrofy** – zerwania z Izabelą. Wreszcie pojawia się scena, w której, podobnie jak na początku, radca Węgrowicz i ajent Szprot plotkują, tym razem u łoża chorego Rzeckiego, na temat Wokulskiego.

Po nieudanej próbie samobójczej Wokulski popada w depresję (analogia do scen z początku tomu II), mimo zabiegów pani Wąsowskiej nie chce pogodzić się z Izabelą, waha się pomiędzy pragnieniem unicestwienia a potrzebą działania i w końcu znika w tajemniczych okolicznościach.

Zakończenie powieści pełne jest sugestii, plotek, kontrastów sytuacyjnych, przypuszczeń, faktów, domniemań i domysłów. Prus pozostawił je otwartym, nie stworzył jednoznacznego obrazu dalszych dziejów bohatera.

Przedstawiony tu ciąg zdarzeń składających się na wątek główny, obudowany jest wieloma wątkami pobocznymi i paralelnymi do niego na zasadzie analogii lub kontrastu. Służą one podkreśleniu psychologicznego i społecznego znaczenia tego wątku. Przesądy kastowe i rasowe zniszczyły w przeszłości miłość prezesowej Zasławskiej i stryja Wokulskiego, a także dra Szumana i jego narzeczonej. Karykaturalnym odpowiednikiem miłości Wokulskiego Izabeli, a także ostrzeżeniem dla bohatera jest miłosne zaślepienie barona Dalskiego, oszukiwanego przez Ewelinę i Starskiego. Obojętność ukochanej w stosunku do Wokulskiego została zrównoważona obojętnością bohatera wobec zakochanej w nim pani Stawskiej.

Wiele postaci występujących w utworze nie ma żadnego związku z akcją lub ma bardzo minimalny. Dzięki nim autor mógł zaprezentować w powieści szeroką panoramę środowisk. Każda postać jest opisana, ma swoją biografię, charakterystyczne, indywidualne rysy. Np. lokaj Wokulskiego mówi w sposób typowy dla wiejskiego chłopca przeniesionego do miasta, który pragnie unikać cech gwarowych (hiperpoprawność): żrobi się, żgubił, szpać itp. Baronowa Krzeszowska mówi i robi wszystko jak typowa histeryczka, z przesadą, Szlangbaum posługuje się językiem polsko-żydowskim. Czasami do zaprezentowania postaci wystarczy narratorowi jedno zdanie: *„Mraczewski już stał przy pannie Izabeli, zarumieniony jak wiśnia, pachnący jak kadzielnica, z pochyloną głową, jak kita wodnej trzciny"* (str. 63); *„Lekarz, Żyd, stary kawaler, żółty, mały, z czarną brodą, miał reputację dziwaka"* (dr Szuman, str. 72).

Dzięki tym celnym określeniom w powieści nie występuje wiele opisów, przeważa **charakterystyka pośrednia.** Pisarz prezentuje postacie w działaniu i są one niezwykle wyraziste, wystarczy wymienić choćby Maruszewicza, rządcę Wirskiego, panią Misiewiczową, studentów.

Powieść została także ubarwiona licznymi epizodami, którymi są codzienne, typowe sytuacje wzięte prosto z życia. Pisarz nie jest przy tym drobiazgowy, nie przedstawia szczegółów, raczej migawki, fragmenty, ale robi to dynamicznie, przez co całość staje się jeszcze bardziej interesująca. W ten sposób Prus wprowadza scenki sklepie, podczas licytacji i procesu, przekomiczne sceny ze studentami w sądzie i podczas eksmisji, w salonach, w kościele podczas kwesty w Wielki Piątek itd. Są to z reporterską precyzją skonstruowane sceny z autentycznego życia, mogące być przyczynkami naukowymi dla badacza drugiej połowy XIX wieku. Są też dowodem na to, jak znakomicie opanował Prus metodę realistycznego konstruowania świata przedstawionego w utworze literackim.

Horyzonty intelektualne *Lalki* zostały poszerzone dzięki wprowadzeniu medytacji, rozważań i rozmów bohaterów na tematy polityczne, społeczne, psychologiczne. Obdarzając bohaterów, zwłaszcza Wokulskiego, Rzeckiego i Szumana, własnymi poglądami, Prus nie utożsamia się z żadnym z nich. Poglądy te wynikają z charakterów postaci oraz z powieściowych sytuacji, a nie są dodanym komentarzem autora. Wokulski wypowiada się najczęściej w monologach wewnętrznych, Rzecki bezpośrednio w swym pamiętniku, Szuman w dyskusjach z przyjaciółmi.

BOHATEROWIE

Stanisław Wokulski

Plan losów bohatera (uwaga: losy bohatera zostały tu przedstawione w porządku chronologicznym, pamiętaj, że w powieści Wokulski występuje jako czterdziestokilkuletni mężczyzna)

1. Utrata majątku przez rodzinę Wokulskich, młody Stanisław postanawia pracować, aby zebrać pieniądze potrzebne do nauki.
2. Praca w winiarni Hopfera, kontakty ze studentami, uparte i wytrwałe zdobywanie wiedzy **(jak pozytywista)**.
3. Wstąpienie do Szkoły Przygotowawczej, a po jej ukończeniu nauka w Szkole Głównej.
4. Przerwanie studiów i udział w powstaniu, zesłanie na Syberię **(jak romantyk)**.
5. Powrót do Warszawy, trudności w zdobyciu pracy, pomoc Rzeckiego.
6. W sklepie Mincla, śmierć pracodawcy i ślub z wdową po nim, Małgorzatą, utrata poczucia sensu i celu życia.
7. Śmierć żony, próby kontynuowania pasji naukowych – nieudane.
8. **W teatrze – spotkanie z Izabelą Łęcką, pierwsze prawdziwe i gorące uczucie (jak romantyk)**.
9. Uparte zdobywanie majątku jako droga do zdobycia ręki rozpieszczonej arystokratki, wyjazd na wojnę rosyjsko-turecką (dostawy dla wojska), powrót do Warszawy z pokaźną sumą pieniędzy, próby zbliżenia do ukochanej **(darzy ją uczuciem romantycznym, zdobywa jak pozytywista)**.
10. Działalność handlowa (praca organiczna): otwarcie nowego sklepu, założenie spółki do handlu ze Wschodem, interesy z Suzinem; działalność charytatywna (praca u podstaw): pomoc Marii, Wysockiemu, Węgiełkowi, wkład w organizowanie ochronek dla dzieci **(jak pozytywista)**.
11. Perypetie miłosne, wyjazd do Paryża (spotkanie z profesorem Geistem), powrót i dalsze adorowanie ukochanej.
12. Próba samobójstwa z powodu nieszczęśliwej miłości **(jak romantyk)**.
13. Powrót do Warszawy, apatia.
14. Nagłe zniknięcie, wiele możliwości dalszych losów bohatera
    a) samobójstwo w ruinach zasławskiego zamku (z listu Węgiełka i wiadomości od Szumana wynika, jakoby widziano Wokulskiego kupującego dynamit u jednego z górników, a potem spacerującego w pobliżu ruin zamku);

b) wyjazd do Paryża i współpraca z Geistem (do Paryża nagle wyjechał także Ochocki, Rzecki domyśla się, że wraz ze Stanisławem rozpoczną badania nad wynalazkiem genialnego profesora);
c) wyjazd za granicę i rozpoczęcie nowego życia (wiadomość od Szlangbauma).

Główny bohater *Lalki* to jedna z najciekawszych kreacji w literaturze polskiej. Jest postacią interesującą, złożoną, skomplikowaną, pełną sprzeczności. Ta wieloznaczność w rysunku postaci wynika z wielu ról, które odgrywa ona w powieści i licznych zadań wyznaczonych jej przez pisarza. Po pierwsze Wokulski jest postacią **reprezentatywną dla pokolenia przełomu dwóch epok,** jest romantykiem i pozytywistą. Jego losy są typowe dla roczników, których przeżyciem pokoleniowym było powstanie 1863 r. Zwano je pokoleniem straconym.

Młody chłopiec, Stanisław Wokulski, mimo szlacheckiego pochodzenia, trafił do sklepu i restauracji Hopfera, ponieważ ojciec stracił majątek. Pragnął się uczyć, wszystkie z trudem zdobyte pieniądze wydawał na książki, pomagali mu studenci, potem Rzecki, aż wreszcie dostał się do Szkoły Głównej. Po dwóch latach studiów zaangażował się w działalność spiskową i organizowanie demonstracji religijno-patriotycznych, poprzedzających powstanie. Przerwał studia, walczył w oddziale partyzanckim, po jakiejś potyczce został uwięziony i zesłany na Syberię. Czas zesłania spożytkował na badania naukowe. Wrócił w 1870 r., ale nie potrafił znaleźć sobie miejsca w nowej, popowstaniowej rzeczywistości – nie mógł wrócić na studia, nie było też dla niego pracy. Przeżywał frustrację, czuł się oszukany, zwłaszcza że nie znalazł uznania w społeczeństwie ani jako uczony, ani jako bohater. Ożenił się z owdowiałą Małgorzatą Minclową i został kupcem. Poczucie pustki zostało uzupełnione przez świadomość, że ten krok jest traktowany jako zaprzedanie się w zamian za majątek kilku pokoleń Minclów. Wokulski żył bez celu, stracił poczucie sensu swojej egzystencji, czuł, że gnuśnieje. Po śmierci żony powrócił do swych naukowych pasji, ale i to nie przyniosło wewnętrznego spokoju i satysfakcji. Wokulski pogrążył się więc w apatii i nudzie. Taki stan trwał aż do czasu, gdy bohater zobaczył w teatrze Izabelę Łęcką i zakochał się. Wkrótce wyjechał na wojnę do Bułgarii, wrócił z niej jako bogacz i rozpoczął starania, by zbliżyć się do arystokracji i ukochanej.

W koncepcji pisarza Wokulski miał być człowiekiem wybitnym, wartościowym, pozostającym w konflikcie z otoczeniem, które wciąż stawia przed nim przeszkody, utrudniając realizację obranych celów. Tak myśli o sobie sam Wokulski, tak mówią o nim Ochocki, Rzecki, Szuman. Potwierdzają to przytaczane w *Pamiętniku starego subiekta* głosy opinii publicznej, tj. kupców, rzemieślników, z którymi kontaktuje się Rzecki. Symbolicznym obrazem tej postawy bohatera jest wydobywanie się Stacha z piwnicy u Hopfera wbrew przeszkodom i śmiechom kolegów. Rzecki myśli o nim tak: *„Kiedy chciał się uczyć, jeszcze jako subiekt Hopfera, wszyscy mu dokuczali. Kiedy wstąpił do uniwersytetu, żądano od niego poświęceń. Kiedy wrócił do kraju, nawet pracy mu odmówiono. Kiedy zrobił majątek, obrzucono go podejrzeniami, a kiedy zakochał się, ubóstwiana kobieta zdradziła go w najnikczemniejszy sposób..."* (str. 620).

Przyczyną klęski Wokulskiego, według Prusa, jest społeczeństwo polskie, niezrozumienie, niedocenianie wybitnej jednostki. Jednak takie wyjaśnienie jest niewystarczające i nie do końca prawdziwe. Przeczy mu fakt, że wiele osób pomaga przecież bohaterowi: i studenci, i Rzecki, i Suzin, i uczeni na zesłaniu, a więc nie jest zupełnie samotny. Gdyby chciał koniecznie być uczonym, mógł zająć się badaniami naukowymi po śmierci żony, wreszcie nie musiał zakochać się w Izabeli. Jeśli już koniecznie chciał żenić się z arystokratką, mógł znaleźć sobie inną, na przykład panią Wąsowską.

Klęska bohatera znajduje natomiast uzasadnienie psychologiczne. **Wokulski** jest **człowiekiem czynu,** za wszelką cenę chce działać i nie znajduje pola do popisu w społeczeństwie w stanie rozkładu. Ideały romantyczne przeżyły się, nikt już nie wierzy w skuteczność poświęceń patriotycznych, sam Wokulski uważa, że go oszukano podsuwając zamiast programu jedynie mrzonki. Z ideałów pozytywistycznych pozostała filantropia i bogacenie się. Dla swych dalekosiężnych planów, np. budowy nadwiślańskich bulwarów czy też kanalizacji, Wokulski nie znajduje poparcia. Miłość do Izabeli więc także swego rodzaju działaniem zastępczym, w którym Wokulski rozładowuje nagromadzoną w nim energię. **Miłość dostarcza mu motywacji do działania.**

Sprzeczność istnieje także pomiędzy poczuciem klęski bohatera, a jego rzeczywistymi sukcesami. W rzeczywistości Wokulski jest niewątpliwie człowiekiem sukcesu, z komórki przy sklepie awansuje do buduaru hrabiny, zdobywa ogromny majątek, rozbudowuje sklep, organizuje spółkę do handlu z Cesarstwem, staje się międzynarodowym przedsiębiorcą i biznesmenem. Problem polega na tym, że Wokulski pragnął uznania, sławy, społecznej aprobaty, a spotykał się z podejrzliwością, plotkami, insynuacjami i niechęcią tak kupców jak i arystokratów. Przeżywał także konflikt we własnym sumieniu. Wszystkie swoje sukcesy uważał za znikome wobec działalności powstańczej czy kariery uczonego. Problem polega też na tym, że Wokulski nie mógł się spełnić tak, jak chciał, że to, co robił, robił jakby wbrew sobie, na przekór sobie. Zdobywanie i poszerzanie majątku było w latach 70. jedyną działalnością, jakiej mógł się poświęcić, dlatego Wokulski walczy z sobą, przeżywa wyrzuty sumienia, że zamiast służyć swoim majątkiem i umiejętnościami ojczyźnie lub zubożałemu społeczeństwu, zdobywa majątek, by dostać się do salonów arystokracji i zabiegać o miłość Izabeli.

W licznych w powieści monologach wewnętrznych ujawniają się rozterki bohatera: *„To są moi – ci, którzy leżą tam na śmietniku i może dlatego są nędzni, a będą jeszcze nędzniejsi, że ja chcę wydawać po trzydzieści tysięcy rubli rocznie na zabawę w motyla. Głupi handlarzu, podły człowieku!..."* (str. 77). *„Zrobię, co się da i komu można, lecz osobistego szczęścia się nie wyrzeknę, to darmo..."* (str. 79). Taka konstrukcja postaci Wokulskiego służy Prusowi do zilustrowania kryzysu postaw romantycznych i pozytywistycznych.

Bohater jest też jednym z **największych kochanków** w polskiej literaturze. Analiza psychologiczna jego uczuć jest wnikliwa, przeprowadzona dzięki licznym wewnętrznym monologom, a także dialogom dwóch różnych „ja" Wokulskiego. Za ich pośrednictwem poznajemy rozterki bohatera zmuszonego wybierać pomiędzy namiętną miłością a poczuciem obowiązków społecznych.

Wokulski ma 45–46 lat, jest człowiekiem dojrzałym, doświadczonym, ale nigdy dotąd nie kochał. Nagromadzony kapitał uczuć procentuje, jak stwierdza pan Stanisław po kupiecku, ogromną eksplozją namiętności. **Kocha jak romantyk,** bo z romantycznej poezji czerpał wzorce uczuć, kocha ideał, kobietę-anioła, czystą, nieskalaną, niedostępną. Uczucia ogarniają całe jego życie, bez reszty pogrąża się w zabiegach o względy ukochanej. Otacza ją czcią, uwielbieniem, jest bezgranicznie wierny i oddany, spełnia najbardziej wyszukane zachcianki i kaprysy. Izabela urzekła go urodą, ale także wykwintnymi manierami, niedostępnością, luksusem, pięknem otoczenia i ludzi, wśród których żyła. Wokulski, mimo życiowych doświadczeń, jest parweniuszem, imponuje mu luksus salonów, a niedostępność i chłód Izabeli mobilizują go do działania. Trzeźwy realista w duszy Wokulskiego tłumaczy mu czasami, iż Izabela nie jest warta takich starań, że jest pusta, próżna, powierzchowna, niezdolna do głębokich uczuć, ale romantyczny kochanek nie chce słuchać głosu rozsądku i wielbi po swojemu, dlatego w końcu przeżywa tak gorzkie rozczarowanie.

Wokulski kocha jak rasowy romantyk, ale **zdobywa Izabelę jak typowy pozytywista.** Wie z doświadczenia, że w rzeczywistości lat 70. XIX w. wiele można kupić, więc postępuje jak kupiec ofiarowując ukochanej pieniądze za kamienicę, wykupując weksle, obsypując ją prezentami. Niemal udaje mu się z powodzeniem zakończyć transakcję. Zostaje narzeczonym Łęckiej i prawdopodobnie byłby jej mężem, gdyby nie... głos romantyka mówiący, że nie można kupić uczuć, że jego anioł przystanie na jego miłość tylko w zamian za swobodę finansową i sam nigdy nie odwzajemni uczucia. Zbyt późno to pojął, ale romantyczne pierwiastki jego charakteru (czystość uczuć, uczciwość, spontaniczność, pragnienie autentycznej miłości) pozwoliły na ocalenie, Wokulski odrzucił schematy obowiązujące w sferze otaczającej pannę Łęcką.

Uczucia Wokulskiego przybierają czasami postać prawie patologiczną, chorobliwą. Bohater kocha głęboko, ale nie umie o tym mówić, sądzi, że Izabela powinna się domyślać jego uczuć. Wokulski patrzy i wielbi milcząc. Izabela tymczasem w ogóle nie bierze pod uwagę możliwości, że mogłaby się zakochać w kupcu, gdyby nie trudności finansowe Łęckich, Wokulski prawdopodobnie nie miałby wstępu do ich salonu. W powieściowej sytuacji Izabela może mu się tylko... sprzedać, uznając to za wyjątkową łaskawość z jej strony. Wyraźnie widać, że miłość bohatera jest skazana na niespełnienie, a on sam na „niebo i piekło" nieodwzajemnionego uczucia.

Stan zbliżony do depresji przeżywa pan Stanisław już w Paryżu, a potem, po raz drugi po opuszczeniu pociągu w Skierniewicach. Pisarz świetnie uchwycił emocjonalne napięcie i rozchwianie bohatera po wysłuchaniu rozmowy Izabeli ze Starskim. Wydaje mu się mianowicie, że źródłem jego udręki nie jest treść rozmowy, a stukot i kołysanie pociągu: *„Kiedy się to jednak stało, musiał przyznać, że od zdrady i upokorzeń jest coś gorszego. Ale co? Oto — jazda koleją. Jak ten pociąg drży, jak on pędzi!... Drżenie pociągu udziela się jego nogom, płucom, mózgowi; w nim samym wszystko drży, każda kosteczka, każde włókno nerwowe..."* (str. 536–537). Taki sposób opisywania emocji zbliża *Lalkę* do powieści modernistycznej.

Pisząc o Wokulskim nie można zapomnieć o słynnym podwójnym zakończeniu wątku bohatera. Prus pozostawił otwartym problem czy Wokulski *„umarł przywalony resztkami feudalizmu"* (dr Szuman, str. 624), czy też wybrał nowe życie w pracowni Geista lub gdziekolwiek, gdzie znalazł otwarte perspektywy.

Odpowiedź zależy od tego, co w odczuciu czytelnika było silniejsze w bohaterze: ideały romantyczne, w tym ideał kobiety, czy praktycyzm i realizm kupca, przedsiębiorczość i ambicje naukowe.

Wokulski – cechy pozytywisty: realizm, racjonalizm, realizacja ideałów pracy organicznej (bogacenie się, działalność w celu zwiększenia dochodów obywateli) i pracy u podstaw (pomoc najuboższym, zainteresowanie losem najuboższych mieszkańców Warszawy i prowincji); fascynacja nauką, postępem technicznym, popieranie działalności naukowców, badaczy (przyjaźń z Ochockim, pomoc Geistowi); tolerancja wobec poglądów i postaw innych; akceptacja haseł asymilacji Żydów i innych narodowości (stosunek do Szlangbauma, Niemców), ocenianie ludzi według ich ideałów, efektów pracy, wartości moralnych, a nie według stanu posiadania i tytułów; energia, umiejętność przewidywania, dbałość o własne kompetencje zawodowe, zdolność do pokonywania własnych słabości, ambicja; zdobywanie przedmiotu uczuć, sposób, w jaki próbuje zbliżyć się do Izabeli (otoczenie jej rodziny zakamuflowaną opieką finansową, zapewnienie jej życia w luksusie, uzależnienie bytu jej rodziny od własnego majątku).

Wokulski – cechy romantyka: romantyczna biografia okresu młodości – walka w powstaniu o wolność i niepodległość, zesłanie na Syberię; miłość do Izabeli – nieszczęśliwa, nieodwzajemniona, idealizowanie przedmiotu uczuć, pragnienie „komunii dusz", traktowanie ukochanej jak „bliźniaczej duszy", z którą życie na ziemi jest rajem, uzależnienie się od uczucia w takim stopniu, że stało się ono przyczyną (dwukrotnej?) próby samobójstwa; skłonność do depresji, załamań, kryzysów psychicznych, nadwrażliwość dotycząca jednak wyłącznie tego, co jest związane z Izabelą; zdolność do przeżywania wielkich przełomów uczuciowych, skłonność do głębokich przemyśleń, refleksji, rozpamiętywania, analiz własnych uczuć, wspominania każdego gestu, uśmiechu, stwierdzenia ukochanej; indywidualizm, niechęć do ulegania, podporządkowywania się komukolwiek, skłonność do gwałtownych zmian nastroju.

Ignacy Rzecki – bohater i jeden z narratorów powieści

Jest to człowiek starszy, stary kawaler, sprawia wrażenie trochę anachronicznego dziwaka nie z tej epoki, ale jest bardzo sympatyczny. Prus obdarzył go wieloma cechami, które wysoko ceni, jemu powierzył także wypowiadanie ocen dotyczących ludzi i świata. Nie należy utożsamiać ich z poglądami Prusa, ale wielu z nich pisarz nadaje moralną sankcję.

Bohater jest przede wszystkim uosobieniem kupieckiej uczciwości, rzetelności pracowitości – wartości wyniesionych ze sklepu Jana Mincla. Pan Ignacy ciepło wspomina swego pryncypała, który był nie tylko pracodawcą, ale i wychowawcą. Ojciec z kolei wpoił Ignacemu miłość i respekt do Napoleona, zainteresowanie polityką, poczucie odpowiedzialności za kraj. To patriotyzm i idealizm nakazały Rzeckiemu wziąć udział w Wiośnie Ludów i walczyć na Węgrzech w 1848 r. Odtąd śledzi zawiłe rozgrywki polityczne, snuje plany, żyje mrzonkami, uciekając w nie od coraz bardziej obcej i niezrozumiałej dla niego rzeczywistości.

Rzecki nie może pojąć wielu poczynań przyjaciela – Wokulskiego, choć wciąż jest mu wierny i lojalnie go broni w towarzyskich dyskusjach. To on politycznie „uświadamiał" młodego Stanisława, opowiadając mu o Napoleonie i rewolucjach. Nie rozumie, jak dawny powstaniec może wkładać tyle energii w zdobywanie kobiety. W swych marzeniach wciąż przypisuje Wokulskiemu różne poczynania polityczne, będące usprawiedliwieniem jego wielkich przedsięwzięć, jest z natury człowiekiem spokojnym, preferuje ciche, skromne, ustabilizowane życie. W młodości przeżył zawód miłosny, dlatego nigdy się już nie ożenił. Tym bardziej chciałby, aby Stach znalazł szczęście, którym według niego jest spokojne życie w sklepie z kochającą żoną i gromadką dzieci. Nie rozumie sensu zdobywania majątku wyłącznie dla powiększenia swego stanu posiadania: *„Narażać się dla majątku, gdy się ma spokojny kawałek chleba!"* (str. 30) – mówi ze zdziwieniem do Wokulskiego, który właśnie wrócił z Bułgarii, gdzie toczyła się wojna rosyjsko-turecka i opowiada o swoich finansowych sukcesach.

Boli go to, iż zanika solidność kupiecka, że wkoło tyle nieuczciwości, niesprawiedliwości, szachrajstwa. Nie jest zgorzkniały, patrzy na świat trochę z ironią; nieobca jest mu też autoironia, gdy dostrzega własny anachronizm i dziwactwa. Prus obdarza go płynącą z życiowego doświadczenia mądrością domorosłego filozofa, który wypowiada zdania w rodzaju: *„Głupstwo handel... głupstwo polityka... głupstwo podróż do Turcji... głupstwo całe życie, którego początku nie pamiętamy, a końca nie znamy. Gdzież prawda?..."* (str. 14).

Wzruszający jest stosunek Rzeckiego do Wokulskiego: jest mu ojcem, przyjacielem, najwierniejszym, niezawodnym współpracownikiem. Nie rozumie jego poczynań, ale je akceptuje, broni go i tłumaczy nawet przed samym sobą. Życzy mu szczęścia, naiwnie stara się swatać go z panią Stawską, gdyby był młodszy, pewnie sam chętnie pojąłby ją za żonę. Przytacza w swym pamiętniku opinie innych o Wokulskim, boleje nad ich niesprawiedliwością, cierpi, że poczynania przyjaciela nie znajdują zrozumienia wśród zawistnych kupców i wśród tyle mu zawdzięczającej arystokracji.

To właśnie w usta Rzeckiego Prus wkłada najbardziej gorzką ocenę całego XIX w., będącą uzasadnieniem diagnozy o stanie rozkładu społeczeństwa: *„I to ma być wiek, który nastąpił po XVIII, po tym XVIII wieku, co napisał na swoich sztandarach: wolność, równość, braterstwo? Za cóż ja się, u diabła, biłem z Austriakami? Za co ginęli moi kamraci?"* (str. 548). Przytoczona wypowiedź jest wyrazem żalu za ideałami demokratycznej równości, walki „za wolność naszą i waszą", które zastąpione zostały pod koniec wieku hasłem bogacenia się za wszelką cenę.

Z kart *Pamiętnika...* wyłania się ciekawa osobowość słabego, niezaradnego życiowo safanduły, ale jednocześnie człowieka niezwykle dobrego i mądrego życiowym doświadczeniem i własnymi, głębokimi przemyśleniami, które sprowadzają się do refleksji, iż światem wcale nie rządzą racjonalne siły i ideały, ale bezsensowny przypadek.

Rzecki tworzy mity polityczne nie po to, by się okłamywać, ale by znaleźć pociechę i nadzieję, bo coraz częściej dochodzi do wniosku, że wraz z całym pokoleniem poniósł życiową klęskę. Dlatego też m.in. pojawiają się refleksje tego rodzaju: *„Stary głupcze, nazywający się Ignacym Rzeckim! Ty wyobrażasz sobie, że Napoleonidzi wrócą na tron, że Wokulski zrobi coś nadzwyczajnego, bo jest zdolny i będzie szczęśliwym, bo jest uczciwy? Ty myślisz, ośla głowo, że chociaż hultajom zrazu dzieje się dobrze,* *a ludziom poczciwym źle, to jednakże w końcu źli zostaną pohańbieni, a dobrzy sławą okryci? Tak sobie imaginujesz? Więc głupio sobie imaginujesz!... Na świecie nie ma żadnego porządku, żadnej sprawiedliwości, tylko walka (...) Ludzie są jak liście, którymi wiatr ciska; gdy rzuci je na trawnik, leżą na trawniku, gdy rzuci w błoto – leżą w błocie..."* (str. 470).

Tak więc najbardziej pesymistyczne myśli o świecie i ludziach zawarte są w *Pamiętniku starego subiekta*, człowieka przecież pogodnego, dobrego, pełnego ciepłego humoru. Jest on jak Don Kichote (Donkiszot), ponieważ aż do śmierci broni dawnych ideałów, choć nikt w nie już nie wierzy, choć niektórzy z nich się śmieją, a i on sam stracił już wiarę i nadzieję...

INNI BOHATEROWIE – *LALKA* JAKO POWIEŚĆ ŚRODOWISKOWA

Arystokracja

Oprócz głównych bohaterów w powieści B. Prusa występuje cała plejada postaci reprezentujących różne środowiska miejskie (autor nie uwzględnił w utworze mieszkańców wsi, poza niewielkimi wzmiankami w rozdziale o Zasławku). Najdokładniej scharakteryzowana jest w powieści **arystokracja**, bo tę warstwę obarcza Prus główną odpowiedzialnością za sytuację kryzysową w Polsce i za klęskę bohatera. Na pierwszym planie rysują się postacie **Izabeli Łęckiej** i jej ojca, **Tomasza Łęckiego**.

Izabela Łęcka ukazana została jako posągowo piękna kobieta przyzwyczajona do życia w luksusach, w świecie wiecznej wiosny, otoczona wielbicielami, wyobrażająca sobie, że została stworzona do przyjmowania hołdów. Jest zapatrzoną w siebie egoistką, nie zadaje sobie trudu, by poświęcić innym minimum uwagi. Zresztą jest przekonana, że inni ludzie istnieją tylko po to, by jej służyć. Nie umie nawet zaopiekować się chorym ojcem. Przywykła do sztucznego świata salonów i innego nie zna ani znać nie chce. Stworzyła sobie teorię, zgodnie z którą praca jest karą za grzechy, a obarczeni nią ludzie to swego rodzaju pokutnicy, z natury niższego niż ona gatunku. Ona sama nic nie robi, niczego praktycznego nie umie i nie mieści jej się w głowie, że mogłaby cokolwiek robić. Nie ma pojęcia o zarabianiu pieniędzy, nie wie skąd ojciec je bierze, nie rozumie problemów finansowych (nie wie np. co to są procenty!). Natomiast musi mieć powóz, konie, stroje i musi bywać w salonach. O kłopotach ojca wie tylko tyle, że nie mogą już sobie pozwolić na wyjazdy za granicę. Martwi się też, gdy nie może kupić sobie nowego wiosennego kostiumu. Rozumie, że musi wyjść dobrze (tzn. bogato) za mąż, by ktoś przejął troskę o zaspokajanie jej potrzeb. Nie jest zdolna do pokochania kogoś szczerze, umie tylko flirtować, bo do takiego stylu bycia przywykła.

Izabela nie rozumie i nie docenia Wokulskiego, nie dostrzega jego uczuć, widzi w nim tylko pokornego sługę znajdującego przyjemność w nadskakiwaniu swej księżniczce. Gotowa jest w końcu wyjść za niego, skoro ojciec nalega i nie ma innych kandydatów, ale nie jest w stanie go pokochać ani zrezygnować z flirtów. Ewentualne małżeństwo z człowiekiem należącym w jej mniemaniu do niższej kasty społecznej traktuje jak wielkie poświęcenie i ustępstwo ze swej strony. W jej świadomości nie istnieją żadne zasady moralne, nie ma też poczucia jakichkolwiek wartości. Zatraciła nawet właściwy wszystkim ludziom podstawowy instynkt dobra i zła, dlatego podoba jej się Starski – postać prawdziwie odpychająca, a nie dostrzega szlachetności Wokulskiego, fascynuje ją Molinari, wyśmiany w arystokratycznych salonach warszawskich, a nie potrafi docenić oddania i wierności głównego bohatera.

Prus skonstruował kobietę, arystokratkę, obiekt szalonej miłości, być może powód samobójstwa jako postać, której wdzięk i styl są wyuczone, kryją się za nimi zimny egocentryzm, wyrachowanie i przesądy klasowe. Jej zachowanie, kultura, obycie to tylko pozory, udawanie, by dobrze się sprzedać. Nie zasługuje ani na miłość romantyczną, ani na jakąkolwiek, ponieważ nie potrafi jej poznać, docenić i odwzajemnić.

Z drugiej jednak strony należy pamiętać, że Izabela jest tylko nieodrodnym dzieckiem swojej klasy, wychowana w określony sposób przez arystokratyczne ciotki, ojca, całe swoje środowisko, w którym jedynym zadaniem panien było ładnie wyglądać i znaleźć bogatego męża, choćby starego i niedołężnego.

Tytuł i majątek – to jedyne wyznawane przez arystokrację wartości. To środowisko arystokratów – chore od wewnątrz, amoralne, obłudne, zepsute, zbankrutowane nie tylko w sensie finansowym, ale i moralnym, bezproduktywne, pozbawione wszelkich wartości, a jednak ciągle zamykające się na niższe stany i traktujące je z pogardą – winne jest temu, że Izabela nie potrafi docenić uczuć Wokulskiego. Pokazano jej sentymentalne obrazy miłości we francuskich romansach i jednocześnie, pozbawione skrupułów małżeńskie „handle": majątku za tytuł (małżeństwo Krzeszowskich), urody młodej dziewczyny za utrzymanie oferowane przez podstarzałego narzeczonego z majątkiem i tytułem (Dalski i Ewelina). W jej świecie kontrakt małżeński gwarantował utrzymanie, salonowy flirt i kochankowie – romansową miłość i uniesienia. Dlatego właśnie Izabela nie widzi niczego złego w zaręczeniu się z bogatym Wokulskim, którego traktuje jak gorzkie lekarstwo na swoje finansowe problemy, i jednoczesnym romansie ze Starskim – kawalerem przypominającym jej sentymentalnych, literackich kochanków. Dla Izabeli miłość i małżeństwo są dwiema osobnymi kwestiami, które być może nie wykluczają się na wzajem, ale też wcale nie muszą dotyczyć jednej i tej samej osoby.

Tomasz Łęcki jest z wyglądu i manier typowym arystokratą. Dawno stracił majątek, ale nie myśli pracować, a tym bardziej zmieniać trybu życia, ograniczając wydatki i zajmując się działalnością choćby w spółce założonej przez Wokulskiego. Nie wstydzi się natomiast zarabiać drobnych sum grą w karty, zaciągać długów i nie spłacać ich. Przyjmuje pomoc Wokulskiego bez żenady, bo uważa, że mu się to należy ze względu na pozycję społeczną. Nie ma pojęcia, jak zaradzić katastrofalnej sytuacji finansowej, w jakiej znalazł się z córką. Jest beztroski, żyje z dnia na dzień.

Liczy na wpływy ze sprzedaży kamienicy, choć nie zdaje sobie sprawy z jej faktycznej wartości, a nie zadaje sobie trudu, by się tym zainteresować. Traktuje własną córkę jako kapitał i zabezpieczenie. Chce ją bogato wydać za mąż, by spokojnie spędzić starość u jej boku.

Obok tych postaci arystokrację w powieści reprezentuje cała galeria bohaterów: książę, wiecznie mówiący (ale tylko mówiący) o służbie dla ojczyzny, filantropka – hrabina Karolowa, prezesowa Zasławska – mądra kobieta realizująca w swych dobrach pracę u podstaw, jej wnuczki: Felicja i Ewelina, baron Dalski, baron Krzeszowski, Starski, hrabia „Anglik" itd. Jest jeszcze oryginał, naukowiec Julian Ochocki.

Cała zaś warstwa przedstawiona została jako zbiorowisko ludzi mających się za elitę społeczeństwa, a trawiących życie na próżniactwie i zbytkach. Prus krytykuje ich bezczynność oraz pogardę dla ludzi pracy, rozpustę, obłudę i wysokie mniemanie o sobie. Obnaża ich brak moralności, handlowe podejście do kojarzenia małżeństw, zaciąganie długów, grę w karty i na wyścigach. Ludzi ci pozbawieni są patriotyzmu, odpowiedzialności za kraj i naród. Najchętniej mieszkaliby za granicą i tam wydawali pieniądze. Gardzą pracą i handlem, ale dla zysku wchodzą w układy z Żydami. Uważają uczciwą pracę za hańbę (dlatego z taką rezerwą traktują Wokulskiego), natomiast w swoim mniemaniu nie ponoszą żadnego uszczerbku na honorze, zaciągając długi, żeniąc się lub wychodząc za mąż dla pieniędzy, lub czekając na śmierć krewnych, aby podjąć spadek.

Przedstawiony przez Prusa wizerunek arystokracji ma służyć ilustracji tezy o kryzysie przeżywanym przez społeczeństwo. Jednym z jego powodów są właśnie elity społeczne, warstwy, które zamiast przewodzić wspólnym wysiłkom w celu realizacji pozytywistycznego programu, przyczyniają się do ciągłego pogarszania sytuacji gospodarczej i społecznej. Nie wystarczy kilka pozytywnych wyjątków, które sprawiedliwie dostrzegł pisarz realista.

Mieszczaństwo

Mieszczaństwo w *Lalce* jest bardzo zróżnicowane i to zarówno pod względem majątkowym jak i narodowościowym.

Szlangbaumowie, Szuman reprezentują mieszczaństwo żydowskie, niezwykle aktywne, przedsiębiorcze. To oni ostatecznie przejmują sklep Wokulskiego i spółkę do handlu z Cesarstwem. Wprowadzając do utworu te postacie Prus demaskuje równocześnie iluzoryczność jeszcze jednego pozytywistycznego hasła dotyczącego równouprawnienia i współpracy różnych narodów zamieszkujących ziemie polskie. Henryk Szlangbaum, Michał Szuman współpracowali z Wokulskim w czasie powstania, potem byli przyjaciółmi, zresztą byli oni Żydami mocno spolszczonymi. Pod koniec akcji powieści coraz dobitniej przyznają się jednak do swego żydostwa, wobec narastającej fali antysemityzmu, wywołanego z kolei wzrastającą aktywnością gospodarczą Żydów.

Minclowie, Hopfer są przedstawicielami solidnego, pracowitego, rzetelnego mieszczaństwa pochodzenia niemieckiego, przeważnie spolszczonego, o czym świadczy poparcie Minclów dla walk narodowowyzwoleńczych w 1848 i 1863 r. Bardzo ciepło wspomina Minclów w swoim pamiętniku Rzecki. Sklep, w którym pracował, był dla niego prawdziwym domem i doskonałą szkołą życia. Tu nauczył się być uczciwym człowiekiem i dobrym, solidnym, dbającym o powierzone mu interesy kupcem.

Mieszczaństwo polskie jest najbardziej zróżnicowane pod względem majątkowym. Są tu i handlowcy (Wokulski), i drobni kupcy, i rzemieślnicy (Węgrowicz, Szprot), inteligenci (panie Meliton i Stawska, Wirski), subiekci (Mraczewski, Zięba, Lisiecki), adwokaci, studenci, służące, lokaje, dziewczyna lekkiego prowadzenia – Maria, Wysocki i jego brat, Węgiełek itd.

Na ich przykładzie pokazuje Prus trudną sytuację kraju w niewoli, w którym inicjatywy ludzkie nie znajdują oparcia w społeczeństwie i każdy musi liczyć tylko na siebie. Najbiedniejsi mogą jedynie oczekiwać na pomoc filantropów. Brak w tym społeczeństwie jedności, solidarności, wspólnego działania dla ogólnego dobra. Wprost przeciwnie – królują zawiść, małostkowość, podejrzliwość, nepotyzm, kunktatorstwo i pogoń za pieniądzem.

Studenci

Z pewnością osobną i bardzo charakterystyczną grupę społeczną stanowią studenci, mieszkańcy kamienicy Łęckich, a potem świadkowie w procesie o lalkę między panią Stawską i baronową Krzeszowską. Z ich postaciami, dowcipami, błazenadą wprowadzony został do powieści humor sytuacyjny. Stanowią też oni w powieści o kryzysie ideowym zapowiedź przyszłości. Są to młodzi ludzie, przyszli inteligenci, elita społeczna. Nie wierzą już w ideały pozytywistyczne, zaprzeczają poglądowi, by można było dorobić się uczciwą pracą, jak to uczynił Wokulski. Poglądy ich zbliżają się do socjalizmu, który wtedy się narodził i do anarchizmu. Dowodzą Rzeckiemu, który zbierał czynsz, że jeśli społeczeństwo potrzebuje ludzi wykształconych, to powinno łożyć na ich kształcenie, a jeżeli żąda się zapłaty za mieszkanie, to należy za pracę płacić tak, by możliwe było płacenie komornego. Ponieważ oni się uczą, korepetycjami zarabiają niewiele, więc odmawiają płacenia czynszu. Szczególną ofiarą studentów staje się baronowa Krzeszowska, której wścibstwo, ciekawość, pruderia prowokują studentów do psot. By zrobić baronowej na złość, świadczą przeciwko niej, a w obronie pani Stawskiej w procesie o lalkę, ośmieszają przy okazji instytucję sądów.

Niziny społeczne

Niziny społeczne nie są w powieści reprezentowane przez tak wielu przedstawicieli jak inne warstwy. Jest kilka postaci, będących przedmiotem działalności charytatywnej Wokulskiego: Węgiełek, Wysocki, Maria i inne. Jest wreszcie obszerny fragment poświęcony Powiślu, najbiedniejszej dzielnicy dawnej Warszawy i jej mieszkańcom, tworzący zbiorowy portret warszawskich nędzarzy. Prus ukazuje w nim fatalne warunki bytowe biedaków, choroby, przestępczość, prostytucję. Obraz utrzymany jest w konwencji naturalistycznej. Patrzymy na niego oczami Wokulskiego, który marzy o likwidacji nędzy, a patrząc na nią uświadamia sobie swoją bezsilność i bezskuteczność wszelkich jednostkowych wysiłków. Obraz ten jest też argumentem potwierdzającym upadek cywilizacyjny w Polsce, kryzys społeczny – ideały pozytywistyczne okazały się bowiem utopią.

PROBLEMATYKA POWIEŚCI

Sam Bolesław Prus sformułował temat *Lalki* słowami: *„przedstawić naszych polskich idealistów na tle społecznego rozkładu"*. Tworząc więc szeroką **panoramę polskiego życia społecznego,** pisarz ukazał także przyczyny i objawy rozkładu. Dlatego wiele miejsca w jego utworze zajmuje krytyka arystokracji jako pozostałości feudalizmu: jej przesądów kastowych, bezczynności, próżniactwa, a zwłaszcza odrzucenia przez tę warstwę roli przewodnika narodu, dodajmy roli, do której zawsze rościła sobie pretensje. Pisarz ukazał także bolesny problem zacofania cywilizacyjnego kraju, zapóźnienia spowodowanego m.in. niewolą, ale także obojętnością, samowolą i brakiem patriotyzmu klas wyższych. Najbardziej drastycznym obrazem warszawskiej nędzy jest panorama Powiśla – dzielnicy biedoty. Przygnębiony Wokulski snuje następujące refleksje: *„Oto miniatura kraju – myślał – w którym wszystko dąży do spodlenia i wytępienia rasy. Jedni giną z niedostatku, drudzy z rozpusty. Praca odejmuje sobie od ust, ażeby karmić niedołęgów, miłosierdzie hoduje bezczelnych próżniaków, a ubóstwo nie mogące zdobyć się na sprzęty otacza się wiecznie głodnymi dziećmi, których największą zaletą jest wczesna śmierć"* (str. 70).

„Polscy idealiści" reprezentowani są **w trzech pokoleniach** – romantycznym, przez Ignacego Rzeckiego (to **idealizm polityczny** związany z epoką napoleońską), przejściowym, przez Stanisława Wokulskiego, z jednej strony wyznawcę **idealnej miłości** romantycznej, z drugiej – **idei** typowo **pozytywistycznych** i najnowszym, reprezentowanym przez młodego naukowca – **idealistę nauki,** wynalazku, techniki i cywilizacyjnego rozwoju – Ochockiego.

Z powyższymi problemami połączona jest także **krytyka ciasnych perspektyw życiowych mieszczaństwa** niezdolnego do pracy nad rozwojem ekonomicznym kraju, budowania ustroju kapitalistycznego na wzór państw Zachodu – Anglii czy Francji.

Na tym tle wreszcie Prus ukazał dewaluację i klęskę dwóch wielkich ideologii XIX w.: **romantyzmu i pozytywizmu.** Poddał je ocenie, krytyce, pokazał, jak sprawdziły się (a raczej, jak bardzo zawiodły) w praktyce. Przedstawił ten problem na przykładzie swoich bohaterów i ich losów: Rzeckiego jako ostatniego romantyka, Wokulskiego jako człowieka epoki przejściowej oraz Ochockiego, studentów, socjalistów jako ludzi reprezentujących przyszłość i nowe, rodzące się dopiero ideologie.

Klęska ideologii romantycznej ukazana została w powieści głównie na kartach *Pamiętnika starego subiekta* oraz w osobie Rzeckiego. Bohater wiąże swe nadzieje polityczne z osobą Napoleona III i jego syna. Wierzy w pomoc mocarstw zachodnich, zwłaszcza Francji, w dziele odzyskania przez Polskę niepodległości. Z ideą napoleońską, do której szacunek i sympatię pan Ignacy odziedziczył po ojcu, związane są także marzenia wolnościowe oraz nadzieje na wprowadzenie zasad demokratycznej równości. Piękne to marzenia i ideały braterstwa narodów walczących o wolność, ale Rzecki ze swymi poglądami jest w powieści postacią całkowicie osamotnioną, został przedstawiony jako nieszkodliwy, sympatyczny, ale nieco śmieszny dziwak. Mimo klęski jego przekonań politycznych, Prus przyznaje mu jednak racje moralne w ocenie współczesności. W dusznej atmosferze powieści, w atmosferze *„społecznego rozkładu"* jedynym epizodem, w którym życie ludzkie nabiera sensu, godności i piękna, jest węgierska kampania Rzeckiego. Dla Wokulskiego, mimo niechęci, z jaką mówi o swym udziale w powstaniu, przeszłość powstańcza i syberyjskie zesłanie są najważniejszymi miernikami jego wartości.

Rzecki nie jest w stanie pojąć panującego i zdobywającego sobie rzesze zwolenników materializmu, chorobliwej chęci zysku, jaką ogarnięte jest współczesne mu pokolenie Polaków. Z pełną smutku zadumą obserwuje odrzucanie ideałów wolności, równości, braterstwa narodów, patriotyzmu i solidarności w walce o wolną ojczyznę. Zarówno Rzecki, jak i Wokulski są idealistami. W świecie powieściowym skazani są na przegraną. Być może sprawiedliwość oddadzą im dopiero przyszłe pokolenia, które docenią prawdziwą wartość ekonomicznych zamysłów Wokulskiego, genialnych wynalazków Ochockiego i Geista oraz piękno i czystość patriotycznej myśli Rzeckiego. Być może to ich działanie ma znaczenie dla rozwoju cywilizacji i tak zdaje się myślał również Prus, który kazał Ochockiemu stanowczo stwierdzić: *„cywilizacji nie stworzyli ani filistrowie, ani geszefciarze, lecz właśnie tacy wariaci... Gdyby rozum polegał na myśleniu o dochodach, ludzie do dzisiejszego dnia byliby małpami..."* (str. 615–616).

Pozytywistą jest w utworze Wokulski, ale to jednocześnie bohater pozbawiony przez doświadczenia życiowe wiary w słuszność postępowych idei. Rozumie on konieczność zmian cywilizacyjnych, rangę postępu technicznego, rozwoju przemysłu i handlu oraz pracy u podstaw. Czuje się jednak osamotniony, nie znajduje zrozumienia i poparcia dla swych poczynań, ma świadomość, że działa w pustce. Arystokracja wiele mówi o narodzie (książę), ale to szczyt możliwości tej warstwy, na nic więcej nie stać tych przekonanych o własnej wyjątkowej wartości, a w rzeczywistości niewiele już znaczących ludzi. Najbardziej niebezpieczna jest właśnie ta pewność własnej wartości, ponieważ jest ona całkowicie nieuzasadniona. Prus wyraźnie kompromituje członków arystokracji: książę ma się za wielkiego patriotę, a w rzeczywistości nie wykonał nawet minimalnego gestu dla poprawienia sytuacji w kraju, o którym tak wiele lubi mówić; żyjący ponad stan Łęccy to ludzie zadłużeni u Żydów, na których łasce pozostają; Izabela pozuje na bogdankę, świętość, a tymczasem wystarcza kilka niewybrednych dowcipów i komplementów Starskiego, by wdała się z nim w pusty, niesmaczny flirt; baron Krzeszowski jest bankrutem. Wspólnicy Wokulskiego spośród arystokracji to ludzie niewykształceni, nie mający pojęcia o współczesnych stosunkach i taktykach ekonomicznych, ale pokrywających swą ignorancję, pewnością siebie, butą. Starają się na każdym kroku okazać Wokulskiemu swoją wyższość.

Program pozytywistyczny nie znalazł realizatorów również wśród mieszczaństwa. Oni także nie zmienią swoich przekonań i nie wyrzekną się przesądów w imię narodowego dobra. Dlatego zamiast zdobywać doświadczenie w handlu, powiększać swoje dochody i w ten sposób pomnażać majątek narodowy wolą rozprawiać o tym, że handel nie leży w charakterze narodowym Polaków, że jest domeną Niemców i Żydów, którzy na dodatek oszukują i wyzyskują innych. Nikomu nie przemawia do przekonania przykład Wokulskiego, potrafią go tylko krytykować. Są przerażająco krótkowzroczni, dbają jedynie o własne dobro, pogrążyli się w pustej egzystencji ludzi żmudnie ciułających każdy grosz, aby móc przeżyć jutro.

Nic dziwnego, że w takim środowisku osamotniony Wokulski niewiele może zdziałać. Przy całej jego dobrej woli jest skazany na, przynajmniej tymczasową, klęskę. W ten sposób Prus demaskuje stosunek pozytywistycznych ideałów do rzeczywistości. Nie odrzuca ich, ponieważ same w sobie są niewątpliwie słuszne, zwraca jednak uwagę na postawę społeczeństwa, które nie znalazło w sobie dość siły, by je konsekwentnie realizować. Dlatego wydaje się, że pisząc *Lalkę* artysta nie wierzył już w powodzenie pozytywistycznych koncepcji uzdrowienia narodu i stopniowego odzyskania niepodległości.

W dodatku wraz z kryzysem ideologii romantycznej i pozytywistycznej pojawiają się nowe idee. Prus-realista odnotowuje istnienie **socjalistów** (Klejn) i prezentuje ich poglądy w wypowiedzi studenta: *„Daj pan spokój! – przerwał młody człowiek – Mój ojciec był zdolnym lekarzem, pracował dniem i nocą, miał niby to dobre zarobki i oszczędził... raptem 300 rubli na rok! A że wasza kamienica kosztuje 90 000 rubli, więc na kupienie jej za cenę uczciwej pracy mój ojciec musiałby żyć i zapisywać recepty przez 300 lat..."* (str. 311).

Prus nie jest zwolennikiem rewolucyjnych rozwiązań, ośmiesza nawet socjalistów prezentując naiwne poglądy Maruszewicza, ale nie ukrywa, że w więzieniach przebywają oddani idei działacze, którzy bardzo poważnie je traktują. Prezentuje także sytuację studentów, uwłaczające godności warunki, w jakich żyją i zdobywają wykształcenie, wyraźnie zmierza więc do umiejscowienia idei socjalistycznych w konkretnym czasie i środowisku.

Pozostaje jeszcze **utopia techniczna,** wiara w nowe wynalazki **Geista i Ochockiego,** które umożliwią powstanie sprawiedliwego porządku. Jest jednak oczywiste, że jest to ucieczka w fantastykę, będąca wyrazem utraty wiary w wielką przemianę rzeczywistości. Jednocześnie to kolejna płaszczyzna, na której autor pokazuje głęboki kryzys pozytywistycznych ideałów. W tym mającym się za wiek rewolucyjnych wynalazków i zawrotnego rozwoju cywilizacji okresie, prawdziwie utalentowani naukowcy żyją w nędzy (Geist), są lekceważeni i wyśmiewani, nikt nie interesuje się ich osiągnięciami, w najlepszym wypadku traktuje się ich jak nieszkodliwych dziwaków (Ochocki). Nie tylko więc nie dokonano wynalazku, który by zrewolucjonizował świat, ale nie zdołano nawet obudzić w ludzkości pasji i umiłowania wiedzy, nie nauczono jej doceniać genialnych umysłów.

Obok tych mrocznych refleksji pojawia się jednak także światełko nadziei – łaciński cytat z ody Horacego *„Non omnis moriar"* – nie wszystek umrę. Napis ten, umieszczony na krzyżu w ruinach zasławskich wyraża, mimo klęski Wokulskiego, szacunek dla jego heroicznej bezkompromisowości, wysiłków i poświęcenia w próbach zmiany świata, przeobrażenia rzeczywistości i przekonanie, że pozostaną one niezatarty ślad w ludzkiej pamięci i będą miały swoich kontynuatorów. Słowa te odnoszą się także do Rzeckiego - jego heroicznej dobroci, prostoty, wyznawanej całe życie rycerskiej, żołnierskiej etyki, miłości, moralności i altruizmu.

LALKA – NAJWYBITNIEJSZA POLSKA POWIEŚĆ REALIZMU KRYTYCZNEGO

Wszystkie omówione wyżej elementy struktury *Lalki* dowodzą, że powieść B. Prusa jest najdojrzalszym przejawem dziewiętnastowiecznego realizmu w literaturze polskiej, zwanego też realizmem krytycznym. *Lalka* posiada wszystkie cechy powieści tego typu. Jest to długi utwór epicki, pisany prozą, fabularny, o skomplikowanej strukturze, na którą składają się:
a) **konkretny,** mający odniesienia historyczne, **czas;**
b) **dokładnie przedstawione miejsca akcji;**
c) **kreacje bohaterów** o wyraźnie zarysowanej osobowości, a zarazem typowych, reprezentatywnych dla swej warstwy społecznej, a nawet pokolenia cech; ich postępowanie jest motywowane przez czynniki zewnętrzne, psychologiczne, a także biologiczne;
d) zdarzenia o wysokim stopniu **prawdopodobieństwa,** z których zbudowana jest wielowątkowa fabuła (wątek główny i poboczne);
e) świat przedstawiony, będący **panoramicznym obrazem życia** zbudowany na podstawie studiów z natury, rzetelnych obserwacji, opisany szczegółowo i ukazany tak, by stworzyć iluzję bezpośredniego obcowania z rzeczywistością;
f) **narrator obiektywny, wszechwiedzący,** którego rola jednak maleje, staje się on coraz mniej widoczny, zastępują go bohaterowie; miejsce narracji zajmują obrazy, sceny, dialogi i coraz bardziej skomplikowana sfera znaków i znaczeń;
g) **bogactwo środków stylistycznych** zarówno w narracji jak i w dialogach i monologach wewnętrznych.

Ponadto powieść realizmu krytycznego jest zwykle wyrazem krytycznego nastawienia autora do przedstawionej rzeczywistości. Prus piętnuje w *Lalce* pozostałości feudalizmu, konserwatyzm arystokracji, nędzę proletariatu, bezwzględność, chciwość, bogacenie się kosztem innych. Na tle rozkładu społecznego ukazuje bohaterów, którzy marnują swe możliwości i wysiłki, chcąc coś zmienić, a którzy spotykają się z niezrozumieniem i dezaprobatą środowiska.

Należy także pamiętać, iż powieść jest strukturą elastyczną, swobodną, pozbawioną ścisłych rygorów. Obejmuje wiele zjawisk życiowych, ogromny materiał poznawczy. W każdym utworze zostaje on przetworzony w swoisty sposób. Tak też jest w *Lalce,* która ma, obok omówionych wyżej, własne cechy strukturalne.

CYTATY, KTÓRE MOGĄ SIĘ PRZYDAĆ

„Panna Izabela była niepospolicie piękną kobietą. Wszystko w niej było oryginalne i doskonałe. Wzrost więcej niż średni, bardzo kształtna figura, bujne włosy blond z odcieniem popielatym, nosek prosty, usta trochę odchylone, zęby perłowe, ręce i stopy modelowe. Szczególne wrażenie robiły jej oczy, niekiedy ciemne i rozmarzone, niekiedy pełne iskier wesołości, czasem jasnoniebieskie i zimne jak lód." (str. 37–38)

„Ciekawym zjawiskiem była dusza panny Izabeli. Gdyby ją ktoś szczerze zapytał czym jest świat, a czym ona sama? niezawodnie odpowiedziałaby, że świat jest zaczarowanym ogrodem, napełnionym czarodziejskimi zamkami, a ona — boginią czy nimfą uwięzioną w formy cielesne." (str. 38)

„Szedł, przez brudne szyby zaglądał do mieszkań i nasycał się widokiem szaf bez drzwi, krzeseł na trzech nogach, kanap z wydartym siedzeniem, zegarów o jednej wskazówce z porozbijanymi cyferblatami. Szedł i cicho śmiał się na widok wyrobników wiecznie czekających na robotę, rzemieślników, którzy trudnią się tylko łataniem starej odzieży, przekupek, których całym majątkiem jest kosz zeschłych ciastek — na widok obdartych mężczyzn, mizernych dzieci i kobiet niezwykle brudnych." (str. 70 — wędrówka Wokulskiego po Powiślu)

„Jaki oni mają rozum! — pomyślał Wokulski. I zdawało mu się, że między tymi ludźmi życie upływa prościej i weselej aniżeli między nadętym mieszczaństwem albo arystokratyzującą szlachtą." (str. 101 — usprawiedliwienie starań Wokulskiego o wejście do salonów arystokracji)

„Czuł i myślał, pragnął i cierpiał — za miliony. Tylko — nic nigdy nie zrobił użytecznego. Zdawało mu się, że ciągłe frasowanie się całym krajem ma bez miary wyższą wartość od utarcia nosa zasmolonemu dziecku." (str. 147 — charakterystyka księcia)

„Wierz mi, Stachu, nie jestem tak naiwny, jak myślą. Wiele w życiu widziałem i doszedłem do wniosku, że my wkładamy zbyt dużo serca w zabawę nazywaną miłością!" (str. 264 — Rzecki o miłości)

„Później przyszło mu na myśl: na co to on strwonił siły i życie?... Na walkę z otoczeniem, do którego nie przystawał. Gdy miał ochotę uczyć się, nie mógł, ponieważ w jego kraju potrzebowano nie uczonych, ale — chłopców i subiektów sklepowych. Gdy chciał służyć społeczeństwu, choćby ofiarą własnego życia, podsunięto mu fantastyczne marzenia zamiast programu, a potem — zapomniano o nim. Gdy szukał pracy, nie dano mu jej, lecz wskazano szeroki gościniec do ożenienia się ze starszą kobietą dla pieniędzy." (str. 344–345 — Wokulski o sobie jako o ofierze społeczeństwa)

„Rozmawiałem z wielkimi przemysłowcami myśląc, że skłonię ich do popierania nauki, choćby dla praktycznych wynalazków. I wiesz pan, com poznał?... Oto oni mają ta-

kie wyobrażenie o nauce jak gęsi o logarytmach. A wiesz pan, jakie wynalazki zainteresowałyby ich? Tylko dwa: jeden, który by wpłynął na zwiększenie dywidend, a drugi, który by nauczył ich pisać takie kontrakty obstalunkowe, żeby na nich można było okpić kundmana..." (str. 582 – Ochocki o polskiej burżuazji)

„Półgłówek, skończony półgłówek! – mówił Szuman machając ręką. – Czystej krwi polski romantyk, co to wiecznie szuka czegoś poza rzeczywistością..." (str. 611 – o Wokulskim)

„Nawet niegłupia i niezła w gruncie rzeczy, tylko... taka jak tysiące innych z jej sfery." (str. 614 – Ochocki o Izabeli)

„Dziś jest on podobny do wyrwanego drzewa. Jeżeli znajdzie grunt właściwy, a w Europie może go znaleźć, i jeżeli ma jeszcze energię, to wlezie w jakąś robotę i bodaj czy nie zacznie naprawdę żyć..." (str. 616 – Ochocki o Wokulskim)

„Romantycy muszą wyginąć, to darmo; dzisiejszy świat nie dla nich... Powszechna jawność sprawia to, że już nie wierzymy ani w anielskość kobiet, ani w możliwość ideałów. (...) Umarł przywalony resztkami feudalizmu..." (str. 624 – Szuman o Wokulskim)

„Marionetki!... Wszystko marionetki!... Zdaje im się, że robią, co chcą, a robią tylko, co im każe sprężyna, taka ślepa jak one..." (str. 625 – jedna z ostatnich refleksji Rzeckiego, jakże przypominająca fraszkę J. Kochanowskiego O żywocie ludzkim)

INDEKS KOMENTARZY DO TEKSTU

TYTUŁ

Motyw lalki – t. II, str. 426

CZAS AKCJI

Sytuacja polityczna 1878–1879 – t. II, str. 432
Sytuacja polityczna 1879 r. – t. II, str. 545
Wydarzenia w Afganistanie – t. II, str. 460
Wypadki we Francji – t. II, str. 487

MIEJSCE AKCJI

Dom Geista – wygląd – t. II, str. 360
Dom Geista – wygląd wnętrza – t. II, str. 361
Kamienica Łęckich – wygląd – t. I, str. 166
Mieszkanie Łęckich – wygląd wnętrza – t. I, str. 36

Mieszkanie Stawskiej – wygląd – t. I, str. 318
Pałac księcia – wygląd – t. I, str. 147
Pałac w Zasławiu – wygląd – t. II, str. 380
Paryż – plac Zgody – t. II, str. 336
Paryż – wygląd miasta – t. II, str. 324; t. II, str. 327; t. II, str. 329; t. II, str. 340
Ruiny zamku w Zasławiu – wygląd – t. II, str. 417
Sklep Mincla – wygląd wnętrza – t. I, str. 20
Warszawa – wygląd miasta – t. I, str. 210
Wygląd Powiśla – t. I, str. 70
Zasław – wygląd – t. II, str. 417
Zasławek – urządzenie gospodarstwa, położenie chłopów – praca u podstaw – t. II, str. 382

BOHATEROWIE

Wokulski
Dwie drogi – t. II, str. 604
Działalność pozytywisty – t. II, str. 491
Miłość do Izabeli – pragnienie ideału – cechy romantyka – t. II, str. 360
Nauka – t. I, str. 294
O arystokracji – t. II, str. 572
O kobietach – t. II, str. 408; t. II, str. 520
O kobietach (stanowisko pozytywisty) – t. II, str. 428
O Łęckiej – t. I, str. 63; t. II, str. 339; t. II, str. 496; t. II, str. 539
O miłości do Izabeli – cechy romantyka – t. II, str. 425
O obyczajach arystokracji – t. I, str. 92
O romantycznej miłości – cechy romantyka – t. II, str. 364
O samotności – t. I, str. 31
O sobie – t. I, str. 192; t. I, str. 209
O sobie – nuda, niepokój – cechy romantyka – t. I, str. 106
O sobie (pobyt w Paryżu) – t. II, str. 342; t. II, str. 343
O sobie i roli Izabeli w jego życiu – t. I, str. 222
O społeczeństwie – t. I, str. 208; t. I, str. 211
O spółce – t. I, str. 194
O śmierci – t. II, str. 556
O tęsknocie za krajem – t. I, str. 32
O ubogich z Powiśla, o pracy organicznej – t. I, str. 75
O Warszawie – t. II, str. 369
O Wąsowskiej – t. II, str. 394
O zgromadzonym na wojnie majątku – t. I, str. 29
O Żydach – t. II, str. 477
Opis przeżyć
  – scena w pociągu – t. II, str. 536

– cechy romantyka – t. II, str. 415; t. II, str. 424
– przed próbą samobójstwa – t. II, str. 542
– po wizycie Łęckiej w sklepie – t. I, str. 65
– pobyt w Paryżu – t. II, str. 338
– podróż do Paryża – t. II, str. 323
Pomoc Wysockiemu (praca u podstaw) – t. I, str. 74
Pragnienie miłości – t. I, str. 208
Pragnienie sławy – cechy romantyka – t. II, str. 365
– przeszłość – t. I, str. 6; t. I, str. 70
– nauka – t. I, str. 6
– udział w powstaniu styczniowym, powrót do Warszawy – t. I, str. 7
– wyjazd na wojnę turecko-bułgarską – t. I, str. 8
Przyjaźń z Suzinem – t. I, str. 72
Refleksje o życiu i przemijaniu – t. I, str. 68
Refleksje po rozmowie z Ochockim – t. I, str. 159
Rozmyślania o śmierci – t. II, str. 517; t. II, str. 556
Scena w Łazienkach – pragnienie śmierci – t. I, str. 160
Spotkanie z prezesową Zasławską – t. I, str. 99
Stosunek do Izabeli (kontrast między nimi) – t. I, str. 76
Ślub z Minclową – t. I, str. 301
Testament – t. II, str. 618
Trudny wybór – t. II, str. 359
Wokulski – Izabela – pierwsze spotkanie – t. I, str. 71
Wokulski – sposób myślenia – cechy pozytywisty – t. II, str. 343; t. II, str. 365
Wokulski – towarzystwo u Hopfera – t. I, str. 293
Wokulski – Wąsowska
– rozmowa na temat szczęścia – t. II, str. 389
– rozmowa o miłości – t. II, str. 392
Wokulski o sobie (poczucie bycia nieużytecznym – sposób myślenia pozytywisty) – t. II, str. 344
Wokulski oczami Machalskiego – t. I, str. 292
Wokulski z ojcem u Hopfera – t. I, str. 291
Życie z Paryżu – t. II, str. 337

Ignacy Rzecki
Humor – t. I, str. 132; t. I, str. 135; t. II, str. 454; t. II, str. 457; t. II, str. 486; t. II, str. 554
Losy żołnierza – t. I, str. 120
O antysemityzmie – t. I, str. 132; t. II, str. 606
O Łęckim – t. I, str. 30
O miłości – t. I, str. 264
O pani Meliton – t. I, str. 131
O socjalistach – t. I, str. 135
O studentach – t. II, str. 436

O Szlangbaumie – t. II, str. 549
O Szumanie – t. I, str. 139
O Wiośnie Ludów – t. I, str. 108
O Wokulskim – t. I, str. 299
Przedstawienie postaci – t. I, str. 9
Przeszłość – t. I, str. 16
Refleksje na temat życia – t. I, str. 14
Refleksje o śmierci – t. II, str. 470
Refleksje o świecie – t. II, str. 548; t. II, str. 607
Wyobrażenia o działalności politycznej Wokulskiego – t. I, str. 126; t. I, str. 248
Zwyczaje, porządek dnia – t. I, str. 9

Izabela Łęcka
O Wokulskim – t. I, str. 52; t. I, str. 53; t. I, str. 55; t. I, str. 58; t. I, str. 59; t. I, str. 60; t. I, str. 196; t. II, str. 493
Poglądy na małżeństwo – t. I, str. 42
Pycha, naiwność – t. I, str. 198
Sposób odczuwania, stosunek do miłości, cechy temperamentu (motyw Pigmaliona) – t. I, str. 43
Stosunek do mężczyzn – t. I, str. 42; t. I, str. 59
Stosunek do Wokulskiego – t. I, str. 207; t. I, str. 220; t. II, str. 397
Symbol losu bohaterki (opowieść Węgiełka) – t. II, str. 422
Wygląd, sposób bycia – t. I, str. 37
Wyobrażenia o ludziach „z niższych sfer" – t. I, str. 40
Wyobrażenia o sobie i świecie – t. I, str. 38
Łęccy – stosunki z panią Meliton – t. I, str. 45

Tomasz Łęcki
O Wokulskim – t. I, str. 52; t. I, str. 215
– naiwność – t. I, str. 215
Przedstawienie i wygląd postaci – t. I, str. 36
Pycha, naiwność – t. I, str. 234
Ród i przeszłość – t. I, str. 36

Szuman
Nieszczęśliwa miłość – t. I, str. 73
O kobietach i wychowaniu – t. I, str. 289
O Łęckiej – t. II, str. 474
O miłości – t. I, str. 287; t. I, str. 288; t. I, str. 289
O miłości Wokulskiego – t. I, str. 73
O romantykach – t. II, str. 624; t. II, str. 628
O Rzeckim – t. II, str. 556
O tym, co się dzieje z Wokulskim – t. II, str. 612
O Wokulskim – t. I, str. 139; t. II, str. 503; t. II, str. 504; t. II, str. 569; t. II, str. 594; t. II, str. 611

O Żydach – t. II, str. 503
Wiadomości o Wokulskim – t. II, str. 617
Wygląd – t. I, str. 72

Ochocki
Marzenia i rozczarowania wynalazcy – t. I, str. 155
O kobietach – t. II, str. 430
O miłości – t. I, str. 157
O prezesowej – realizacja programu pozytywistycznego – t. II, str. 383
O samolotach – t. I, str. 155
O Starskim – t. II, str. 383
O Wokulskim – t. II, str. 616
Wygląd – t. I, str. 153; t. I, str. 155
Wynalazca – t. I, str. 157

Wąsowska
Charakterystyka – t. II, str. 396
O kobietach – t. II, str. 430
O miłości – t. II, str. 393
O Starskim – t. II, str. 390
O Wokulskim (cechy romantyka) – t. II, str. 429
Poczucie pustki, nudy, rozczarowanie – t. II, str. 391

Geist
Genialny wynalazek – t. II, str. 363
O sobie – przedstawienie postaci, przebieg pracy naukowej – t. II, str. 347
O Wokulskim – t. II, str. 347
Plany wynalazcy (pozytywistyczne idee stworzenia nowej ludzkości) – t. II, str. 352
Refleksje na temat ludzi – t. II, str. 348
Wygląd – t. II, str. 346

Prezesowa Zasławska
Jako gospodyni (por. sceny z *Pana Tadeusza*) – t. II, str. 386
O kobietach – t. II, str. 426
O Wokulskim – t. II, str. 398

Arystokracja
Arystokracja w oczach adwokata księcia – t. I, str. 170
Skład społeczności – t. I, str. 38
Tryb życia – t. I, str. 39
Wokulski o arystokracji – t. II, str. 572

Minclowie
Jan i Franc – cechy usposobienia, tożsamość narodowa – t. I, str. 124
Jan i Franc (synowie) – wygląd – t. I, str. 21

Jan Mincel (ojciec) — wygląd — t. I, str. 20
Sklep Mincla
— historia — t. I, str. 25
— rola pryncypała — t. I, str. 25
Sklep Mincla — porządek dnia — t. I, str. 21

INNI BOHATEROWIE

Baron Dalski — o Janockiej — naiwność zakochanego starca — t. II, str. 372
— wygląd — t. II, str. 370
Ewelina — o Dalskim — t. II, str. 402
Mraczewski — o Krzeszowskich — t. I, str. 81
— o socjalistach — t. I, str. 135
— wygląd — t. I, str. 12
Zięba — wygląd, sposób bycia — t. I, str. 84
Szlangbaum (ojciec) — o Żydach — t. I, str. 172
Szlangbaum (syn) — wygląd, sposób bycia — t. I, str. 132
Molinari — wygląd — t. II, str. 511
Krzeszowska — wygląd — t. I, str. 79
Maria — wygląd, zachowanie — t. I, str. 90
Stawska — uczucia do Wokulskiego — t. II, str. 497
— wygląd — t. I, str. 90
Krzeszowski — wygląd — t. I, str. 80
Studenci — sytuacja materialna — t. I, str. 310
Jumart — refleksje na temat ludzi — t. II, str. 334
— refleksje o śmierci — t. II, str. 335
Pani Meliton — przeszłość — t. I, str. 141
— sposób zarabiania pieniędzy — t. I, str. 141
Węgiełek — list z wiadomościami o Wokulskim — t. II, str. 622
— opowieść — symbol — t. II, str. 420
— wygląd — t. II, str. 418
Książę — charakterystyka, poglądy społeczne — t. I, str. 145
— fałszywy patriotyzm — t. I, str. 146
Kazimierz Starski — o roli pieniędzy — t. II, str. 384
— wygląd — t. I, str. 281
Misiewiczowa — o powierzchowności Wokulskiego — t. II, str. 450
August Katz — wygląd — t. I, str. 21

STOSUNKI I OBYCZAJE PANUJĄCE W WARSZAWIE, SCENY RODZAJOWE, WYDARZENIA AUTENTYCZNE

Deklewski o polskich kupcach — t. I, str. 6
Licytacja kamienicy Łęckich — t. I, str. 254

Sceny w sądzie – t. II, str. 462
Ukończenie obrazu *Bitwa pod Grunwaldem* – t. II, str. 434
Uwaga: znaczące nazwiska – t. II, str. 488
Warszawianie o Wokulskim (plotki, domysły) – t. II, str. 369
Warszawscy mieszczanie o Wokulskim – t. I, str. 129; t. I, str. 257
Zawalenie się domu przy ulicy Wspólnej – t. II, str. 433
Życie towarzyskie – t. II, str. 506

KOMENTARZE NARRATORA

Do stylu rozmowy w języku francuskim – t. I, str. 46
Refleksje o społeczeństwie – t. II, str. 341

WAŻNY CYTAT, SCENA

Łęcka – Mesalina – t. II, str. 540
Łęcka o Wokulskim – t. I, str. 53
Motyw lalki – t. II, str. 426
Rzecki o Wokulskim – t. I, str. 299
Rzecki o życiu – t. II, str. 625
Scena – symbol: Wokulski wydobywa się z piwnicy u Hopfera – t. I, str. 294
Sytuacja studentów – t. I, str. 310
Szuman o Łęckiej – t. II, str. 474
Szuman o miłości w epoce pozytywizmu – t. I, str. 288
Szuman o romantykach – t. II, str. 624; t. II, str. 628
Szuman o Rzeckim (Rzecki romantyk) – t. II, str. 556
Szuman o Wokulskim – t. II, str. 504; t. II, str. 569
Warszawianie o Wokulskim – t. II, str. 547
Wartość pracy – t. I, str. 76
Wokulski – cechy romantyka i pozytywisty – t. I, str. 140
Wokulski – przeszłość – t. I, str. 70
Wokulski o Łęckiej – t. II, str. 339; t. II, str. 496
Wokulski o Powiślu – t. I, str. 70
Wokulski w kościele (trzy odmienne światy, indywidualizm bohatera) – t. I, str. 86

HISTORIA W POWIEŚCI

Aluzja do powstania styczniowego – t. I, str. 53; t. I, str. 298
Wirski – udział w bitwie pod Magentą – t. I, str. 307

OBJAŚNIENIA DOTYCZĄCE WYDARZEŃ HISTORYCZNYCH WSPOMNIANYCH W UTWORZE

t. I, rozdz. III
Ignacy Rzecki był bonapartystą, więc w różnych częściach jego pamiętnika rozsiane są wzmianki o Napoleonidach. Ojciec Ignacego czcił Napoleona I, on sam przelał swe nadzieje na Napoleona III. Napoleon III, Ludwik Napoleon Bonaparte, był bratankiem Napoleona I. W grudniu 1848 r. został wybrany prezydentem Francji. W grudniu 1851 r. dokonał zamachu stanu, rozwiązał Zgromadzenie Ustawodawcze i rozszerzył zakres władzy prezydenta. W rok później ogłosił się cesarzem. Dążył do odzyskania przewagi Francji w Europie. Pomagał Turcji (wraz z Anglią i Sardynią) przeciw Rosji w wojnie krymskiej (1853–1856) i Włochom wyzwalającym się spod jarzma Austrii. Wdał się w awanturę meksykańską, osadził na tronie cesarza Maksymiliana i zostawił go własnemu losowi. Prowadził też politykę kolonialną na Dalekim Wschodzie. W 1870 r. wypowiedział wojnę Prusom. Po piorunującej i dramatycznej klęsce, dostał się do niewoli pod Sedanem (zmarł w niewoli w Anglii w 1873 r.). We Francji 3 września 1870 r. proklamowana została republika. Umocniła ją konstytucja 1875 r. Politycy skrajnej prawicy dążyli jednak do restauracji monarchii, chcąc powołać na tron syna Napoleona III, zwanego Napoleonem IV. Pan Rzecki też łączył swe nadzieje z młodym Napoleonem, którym jednak zginął w wojnie z Zulusami w 1879 r.

t. I, rozdz. IV – powrót Wokulskiego z wojny bułgarskiej
Konflikt rosyjsko-turecki trwał od dawna i dotyczył cieśnin tureckich oraz Bałkanów. Problemy te miała rozstrzygnąć wojna krymska w latach 1853–1856, zakończona traktatem paryskim w 1856. Do wojny doszło ponownie w 1877 r. Wojna rosyjsko-turecka 1877–1878 (zwana też bułgarską, bo toczyła się przeważnie na terytorium Bułgarii) wywołana została wzrostem nastrojów narodowowyzwoleńczych na Bałkanach i zaostrzeniem sprzeczności międzynarodowych na Bliskim Wschodzie. Pokonana Turcja musiała uznać niepodległość swych dotychczasowych państw lennych: Rumunii, Serbii i Czarnogóry. Powstało również Księstwo Bułgarskie. Turcja zmuszona została także do licznych ustępstw na rzecz Rosji w Azji. Anglia w tym konflikcie sprzyjała Turcji, zaostrzyło to jej stosunki z Rosją. Flota angielska przepłynęła Dardanele i zajęła stanowisko naprzeciw Konstantynopola. Otrzymała za to od Turcji Cypr. Wojna zakończyła się pokojem w San Stefano. Pod naciskiem Anglii zwołano kongres w Berlinie, na którym wymuszono na Rosji ustępstwa na Bałkanach na rzecz Austrii (Bośnia i Hercegowina).

t. 1, rozdz. X – *Pamiętnik starego subiekta*
Wiosna Ludów – ruchy rewolucyjne 1848–1849 w wielu krajach europejskich. Miały charakter burżuazyjno-liberalny, narodowy i republikański. Wiosna Ludów rozpoczęła się we Francji. W wyniku wystąpień powstała tam II republika, we Włoszech

uchwalono konstytucję, w Austrii obalono rządy Metternicha i również ogłoszono konstytucję. W Czechach Wiosna Ludów to zaburzenia w Pradze. Doszło także do rozruchów w Berlinie. Ruchy te, przeważnie stłumione, stały się zapowiedzią zmian społeczno-politycznych w Europie.

Najdramatyczniejszą formę Wiosna Ludów przybrała na Węgrzech, gdzie wybuchło powstanie o podłożu narodowym. Jednym z jego przywódców był gen. Józef Bem, a w szeregach armii węgierskiej walczyło kilka tysięcy Polaków. W świecie powieściowym należą do nich Ignacy Rzecki i August Katz. Na ziemiach polskich Wiosnę Ludów poprzedziło uaktywnienie się działalności spiskowej. W Wielkopolsce wybuchło powstanie, na Śląsku doszło do wystąpień chłopskich przeciw regulacjom, na Pomorzu Gdańskim i Mazurach uaktywniły się dążenia narodowościowe w postaci walk o polską szkołę. W zaborze austriackim – w Krakowie i we Lwowie doszło do zbrojnych wystąpień. W zaborze rosyjskim władze nie dopuściły do żadnych rozruchów.

t. I, rozdz. XX, str. 340 i następne – udział Wokulskiego w powstaniu styczniowym

W Królestwie Polskim, rządzonym twardą ręką przez Paskiewicza, Wiosna Ludów nie miała większego oddźwięku. Działalność spiskowa zaczęła się już jednak wkrótce aktywizować. Świadectwem narastania nastrojów narodowych były demonstracje, np. z okazji pogrzebu Zygmunta Krasińskiego (1854), trzydziestej rocznicy wybuchu powstania listopadowego czy pogrzebu generałowej Sowińskiej itp. W 1862 r. powstał Komitet Centralny Narodowy przekształcony wkrótce w Rząd Narodowy Polski, który stanął na czele Organizacji narodowej przygotowującej powstanie. W ten sposób powstawało podziemne państwo polskie.

Powstanie wybuchło w styczniu 1863 r. Nie miało żadnych szans militarnych. Przeciwko półmilionowej armii rosyjskiej stanęło 30 tysięcy powstańców. Walki miały przeważnie charakter partyzanckich potyczek. Stoczono ich około 1200, na ogół samodzielnie, bez planów strategicznych.

Powstanie spowodowało wzrost represji, a przyciągnięcie do niego ludu nie powiodło się. Po upadku powstania na Syberię wywieziono 40 tysięcy jego uczestników, skonfiskowano 3 tysiące majątków. Przywódcy (z Romualdem Trauguttem na czele) zostali powieszeni na stokach Cytadeli Warszawskiej.

Spis treści

Lalka
Tom I
Rozdział I	Jak wygląda firma J. Mincel i S. Wokulski przez szkło butelek?	5
Rozdział II	Rządy starego subiekta	9
Rozdział III	Pamiętnik starego subiekta	16
Rozdział IV	Powrót	27
Rozdział V	Demokratyzacja pana i marzenia panny z towarzystwa	36
Rozdział VI	W jaki sposób nowi ludzie ukazują się nad starymi horyzontami	47
Rozdział VII	Gołąb wychodzi na spotkanie węża	61
Rozdział VIII	Medytacje	68
Rozdział IX	Kładki, na których spotykają się ludzie różnych światów	85
Rozdział X	Pamiętnik starego subiekta	108
Rozdział XI	Stare marzenia i nowe znajomości	141
Rozdział XII	Wędrówki za cudzymi interesami	162
Rozdział XIII	Wielkopańskie zabawy	178
Rozdział XIV	Dziewicze marzenia	196
Rozdział XV	W jaki sposób duszę ludzką szarpie namiętność, a w jaki rozsądek	208
Rozdział XVI	„Ona" – „On" – i ci inni	214
Rozdział XVII	Kiełkowanie rozmaitych zasiewów i złudzeń	222
Rozdział XVIII	Zdumienia, przywidzenia i obserwacje starego subiekta	237
Rozdział XIX	Pierwsze ostrzeżenie	261
Rozdział XX	Pamiętnik starego subiekta	284
Rozdział XXI	Pamiętnik starego subiekta	304

Tom II
Rozdział I	Szare dnie i krwawe godziny	323
Rozdział II	Widziadło	346
Rozdział III	Człowiek szczęśliwy w miłości	368
Rozdział IV	Wiejskie rozrywki	376
Rozdział V	Pod jednym dachem	395
Rozdział VI	Lasy, ruiny i czary	410
Rozdział VII	Pamiętnik starego subiekta	432

Rozdział VIII   *Pamiętnik starego subiekta* 446
Rozdział IX   *Pamiętnik starego subiekta* 470
Rozdział X   *Damy i kobiety* 488
Rozdział XI   *W jaki sposób zaczynają się otwierać oczy* 502
Rozdział XII   *Pogodzeni małżonkowie* 523
Rozdział XIII *Tempus fugit, aeternitas manet* 532
Rozdział XIV   *Pamiętnik starego subiekta* 545
Rozdział XV   *Dusza w letargu* 555
Rozdział XVI   *Pamiętnik starego subiekta* 605
Rozdział XVII *...?...* 608

Opracowanie
Biografia Bolesława Prusa 629
Kalendarium życia i twórczości 631
Tytuł 632
Czas i miejsce akcji 633
Kompozycja powieści 634
Plan wydarzeń 635
Przebieg wydarzeń – główny wątek 640
Bohaterowie – charakterystyka 642
    Stanisław Wokulski 642
    Ignacy Rzecki 646
Inni bohaterowie – *Lalka* jako powieść środowiskowa 648
    Arystokracja 648
        Izabela Łęcka 648
        Tomasz Łęcki 649
    Mieszczaństwo 650
    Studenci 651
    Niziny społeczne 651
Problematyka powieści 651
Lalka – najwybitniejsza polska powieść realizmu krytycznego 654
Cytaty, które mogą się przydać 655
Indeks komentarzy do tekstu 657
Objaśnienia dotyczące wydarzeń historycznych wspomnianych
w utworze 664